АМАДОКА

Софія
Андрухович

АМАДОКА

Роман

Львів
Видавництво Старого Лева
2023

УДК 821.161.2-3
А 66

Софія Андрухович

А 66 Амадока [Текст] : роман / Софія Андрухович. — Львів : Видавництво Старого Лева, 2023. — 832 с.

ISBN 978-617-679-629-9

Понівечений до невпізнаваности в одній із гарячих точок на Сході України, герой роману «Амадока» тільки дивом залишився живим. Це сумнівна втіха, оскільки важкі травми призвели до повної втрати пам'яти: чоловік не пам'ятає ні свого імени, ні звідки походить, не пригадує жодної близької людини, жодного фрагмента свого попереднього життя. Таким його і віднаходить жінка, любов і терпіння якої здатні творити дива: сягати найглибших пластів забуття і спогадів, поєднувати розрізнені клапті понівеченої свідомости, зшивати докупи спільну історію.

Амадока — найбільше в Європі озеро, розташоване на території сучасної України, вперше згадане Геродотом і впродовж кількох століть відтворюване на мапах середньовічними картографами, аж до свого раптового і цілковитого зникнення. Яким чином безслідно випаровуються великі озера, як зникають цілі світи, цілі культури — і що залишається натомість? Чи може існувати зв'язок між єврейською Катастрофою Східної Європи і знищенням української інтелігенції в часи сталінських репресій? Чи може забуття однієї людини сягати на кілька поколінь під землю? Чи пов'язують нас знаки і шрами понівеченої пам'яти? Чи здатні любов і терпіння дати змогу торкнутися свідомости іншої людини?

УДК 821.161.2-3

LONDON BOROUGH OF ENFIELD

91200000737780	82694
BOOKS ASIA	22/06/2023
UKR AND / F	£26.95
ENORDN	

© Софія Андрухович, текст, 2020
© Романа Романишин та Андрій Лесів, обкладинка, 2020
© Видавництво Старого Лева, 2020

ISBN 978-617-679-629-9

Усі права застережено

Андрієві

ЧАСТИНА ПЕРША

Ось він — її чоловік. Ось темні відбитки його пальців на її передпліччі. Ось синці на сідницях і стегнах. Ось коліна зі свіжоздертими смужками найтоншої шкіри. Ось її біль у хребті — від того, що він тиснув у центр спини, розпластавши її животом на протертому килимі, намагаючись знерухомити її тіло. Легкий вивих плечового суглоба заважає тепер вільно рухатись і забарвлює насолоду додатковим посмаком.

Його пальці чіпко тримають її кінцівки, складають її тіло у спосіб зручний і відкритий, різкий натиск його плоти негайно пригладжується обережними дотиками, місце удару вкривається поцілунками.

Ось він, цей її чоловік, так поводиться з її власним тілом, що з горлянки у неї замість видиху лунає незнайомий зойк. І відчуття, і голос, і навіть барви кімнати, і погойдування гілок ялини за вікном — усе змінене ним крізь її тіло. Вона обводить здивованим поглядом світ навколо і жадібно чіпляється пальцями в його спину, потрапляючи пучками в заглибини шрамів. Не заплющуй очей, суворо говорить він, не відводь погляду, дивись мені в очі.

Розтягнутий комір вибляклої футболки відкриває міцний загривок. Вона йде слідом за ним, ступаючи в його кроки, вгрузаючи в білий пісок. Піщинки слизькими струменями затікають у проміжки між ступнями і підошвами взуття. Ступні гарячі, м'язи — скам'янілі, втома і важкість у всьому тілі.

Він мимохідь обертається до неї на три чверті, вказує простягнутою рукою на протилежний бік озера, намагається щось сказати. Вона не здатна встежити, куди він показує: вихоплює тільки розмиті клапті хмар, дрібні складки вітру, викладені на плесі, шамротання очерету навколо іржавої водоочисної конструкції, густий запах намулу й жаб'ячої ікри, і кружляння птаха. Але більше зацікавлення в неї викликає його шкіра, зморшкувата й шкарубка навколо ліктя, виразні натягнуті м'язи, волосинки, що стримлять із пор, спрямовані у напрямку великого пальця руки. Вона пригадує це місце притиснутим до її обличчя, втиснутим у рот і ніздрі, в зуби і язик.

Вони долають болото, переступаючи по уламках цегли і шматках дерева, але вона необережно зслизає у глевку чорноту води і забрьохує йому литку жирними краплями. Його увага цілковито поглинута краєвидом: його ваблять грабовий ліс на протилежному боці озера та стежки для катання на велосипедах, його цікавить шлях на Нову Греблю. А вона розповідає, що раніше вони постійно туди їздили, вздовж соняшникових полів, уздовж картоплі і буряків, під палючим сонцем. Він не пам'ятає.

Вона розповідає, що за Пороскотнем є добрі стежки на території лісництва, де вони часто каталися. Натомість із цього боку, ближче до їхнього дому, минулого літа вирубали ту стару частину лісу з найвищими соснами і ліщиновими заростями, де вони раніше валялися на ковдрі, покусані комарами, серед мурашників і пухнастих куль моху, схожих на відрубані голови. Він нічого не здатен пригадати.

Ось вони підходять до самої води. Тут очерет розходиться, утворюючи місце для купання. Порослий травою ґрунт переходить у пісок, пісок занурюється під воду. На мілководді повно напівпрозорих мальків, яких легко сплутати з відблисками сонячного світла, заламаними променями.

Вона сідає на березі, охайно складає рушника на колінах. Її чоловік одним рухом стягує з себе футболку, звільняється від штанів — і завмирає на мить, увійшовши по кісточки в воду.

Згодом вона відраховує його ритмічні гребки, що вкладаються в музичний розмір ранкового вібрування шафи над їхніми тілами, скрипіння дощок підлоги під візерунками протертого килима, загрозливого розгойдування книжкових стелажів навколо, під завалами яких вони могли загинути. Але не загинули.

І зараз вона слухає плюскотіння води об стіну очерету — варіації плюскотіння шкіри об шкіру, тертя напружених стегон об сідниці. А коли він зникає за смугою очерету ліворуч, вона вкладається горілиць на пісок, відчуваючи крізь одяг і волосся важку спресовану вологу. Вона чує, як чоловік пливе до берега. Відчуває вібрацію його кроків по мілині. Уявляє, як мокрі волосинки тісно прилягли до поверхні шкіри.

Він знімає з її колін рушник, розсіває їй на чоло і щоки, на шию краплини, витираючись і голосно форкаючи, а тоді завалюється поруч. Деякий час обоє лежать мовчки, з заплющеними очима. Потім вона повертає голову і роздивляється його, обліпленого травинками і піском, з кількома рудими сосновими голками, прилиплими нижче від скаліченого вуха. Його велике тіло й обличчя понівечені, посмуговані глибокими шрамами — рожевими, червоними, бурими, фіолетовими. Він виглядає, як тварина, яку м'ясарі на бойні розібрали на кавалки, але ці шматки чомусь знову зрослись. І обличчя його мало схоже на обличчя людини: риси розладнані й розрізнені, ніздрі вивернуті, обриси щелеп і черепних кісток неприродно проступають з-під шкіри, темні западини вкривають щоки та чоло.

Роздивляючись його, вона тремтить. Це її чоловік. Це її власне чудовисько.

ЧОЛОВІК

Спочатку він був упевнений, що в цьому столітровому акваріюмі живе тільки один неон. Крихітний і непримітний: срібляете тільце, чорна смужка від голови до хвоста. Невагомий. Неон пурхав серед тоненьких стебел красули, виписував петлі й ламані лінії, намотував кола навкруги розгалуженого кореня, порослого чорною бородою, пірнав у тріщинки та печери мушель. Ніби невтомно й настирливо когось шукав.

Акваріюм був погано доглянутий. Вода мала зеленкавий відтінок. Красула розрослась і займала чи не половину простору. Галька й мушлі відкидали хвости шовковистої чорної бороди, яка ледь помітно ворушилась під струменем вуглекислого газу. Над поверхнею води скло було вкрите напівпрозорим білим нальотом. Вода здавалася загуслою. І неон рухався в ній повільно, ніби йому доводилося долати чималий опір.

Акваріюм стояв в одній із кімнат, що початково призначалися, вочевидь, для заспокійливого проведення часу, споглядання, медитації, для самотнього перебування в тиші й самозаглибленні. Цією кімнатою закінчувався довгий коридор сьомого поверху, який ішов крізь віддалене крило лікарні, чи то не обжите ще як слід після ремонту, чи покинуте колись заради цього ж ремонту, який так і не завершився.

З третього поверху, де розташовувалося відділення хірургії хребта, чоловік виїздив нагору ліфтом, що рухався настільки повільно, ніби насправді просто висів на одному рівні й поскрипував, ледь посмикуючись на тросах. Нагорі великі склопакети, заляпані вапном, виходили на шматок запущеного парку, що місцями перетворювався на старий фруктовий сад із лавками, сміттєвими урнами й побіленими бордюрами; і на дахи іржавих гаражів, на промислові склади, бетонні мури, уздовж яких ліниво волочились тічки псів із перебитими ногами й легкими ушкодженнями хребта. Чоловік знав, що саме такі ушкодження намагаються лікувати людям у відділенні, до якого він належав.

Уперше він вирушив у цю виснажливу подорож, коли старша медсестра, тіло якої було ніби наповнене теплим бульйоном, що схлипував під шкірою, розповіла йому про акваріум. До того він долав тільки короткі відстані: до туалету на їхньому поверсі, через три палати ліворуч, іноді — до кабінету мануальної терапії або кабінету діягностики, або до телевізійної кімнати, де пацієнти дивились футбол чи мультфільми про пінгвінів. Медсестра сказала, що імпланти вже дозволяють пересуватися далі. Що він може сходити й подивитись на екзотичних рибок там, нагорі. Це буде боляче, це, звичайно, буде нестерпно, але час уже братися за реабілітацію, починати розробляти контрактури, час уже йому йти назустріч медпрацівникам, які так багато для нього зробили. Хоча й вони не всесильні, не олімпійські боги, і від нього, від пацієнта, очікують більшої готовности співпрацювати, більшого розуміння та вищого рівня свідомости. Акваріум з екзотичними рибками на сьомому поверсі віддаленого крила. Такий похід точно піде на користь.

Отож він туди вирушив і першого разу повернувся з третини шляху. Високе сонце просвічувало шиби наскрізь, заливаючи коридор сухим марним світлом. Чоловікові стало так погано, що він мусив пів години сидіти на батареї, стікаючи потом. Він був певен, що всі його шви розійшлися, що кістки та хребці не витримали навантаження. Відчував навіть, як із живота в пах тече кров. Але потім з'ясувалося, що то був піт.

Через два тижні, понурого дощового дня, він повторив спробу. Було анітрохи не легше, але він часто зупинявся і відпочивав, щоби знову мати змогу зробити кілька кроків.

Нарешті він таки дістався до кімнати з акваріумом. Бетонна підлога була вистелена потертою доріжкою з геометричною облямівкою, навколо лакованого журнального столика стояло кілька м'яких крісел, оббитих коричневим плюшем, в кутках — пластикові пальми й ліяни, що обвивали газові труби. В кімнаті ледь чутно гудів компресор аератора, ще дужче підкреслюючи порожнисту тишу.

«Екзотичними рибками» виявився крихітний неон — зовсім один у ста літрах густої, зараженої води. Він сполошився від непояснених рухів і гри тіней на стінках акваріума й заметався безглуздою голкою серед стебел красули.

Чоловік сів у крісло перед акваріумом і зачекав, аж неон заспокоїться. Тепер він знову розмірено обпливав периметр. Непояснених рухів і гри тіней більше для нього не існувало — їх не було навіть у минулому. Неон жив теперішньою миттю.

Чоловік кілька годин сидів непорушно. Тільки услід за неоновими маршрутами рухались його очі. Здіймалася грудна клітка. Ворушились волосинки в ніздрях поламаного носа. Час від часу посмикувалися деякі м'язи й сухожилля в тілі, відгукуючись різаним болем. Або спазматично стискалися внутрішні органи.

Серед зелених слизьких ниток він бачив нечітке відображення кімнати: пластикові пальми, безглузді етажерки з устромленими в них паперовими сонахами; позаминулорічний календар на стіні, розгорнутий на січні, коридор, який відходив у нескінченність; коротку щетину волосся, що пробивалася крізь щільну пов'язку, намотану на нерівний ґулястий череп; неприродні виступи на вилицях, чорні плями та впадини на чолі і щоках, ребристі смуги, темну ламану лінію кривого й увім'ятого носа.

Аж згодом чоловік помітив серед розгалужень темного кореня зірчастого агаміксиса, наполовину запорпаного в дрібну гальку. Сом лежав нерухомо, але чоловік знав, що він не мертвий. Мабуть, раніше тут було більше неонів. Зірчастого агаміксиса не можна селити з неонами.

Тепер, вирушаючи у своє паломництво на сьомий поверх, чоловік гадав, чи застане в акваріумі останнього неона. Проводячи довгі години в своєму ліжку або перед вікном палати під базікання обколотих транквілізаторами сусідів, чоловік уявляв крихітну сріблясту рибку, що намотує кола відчаю, відчуваючи, що її невидима смерть не зводить із неї погляду.

Чоловік прийшов удруге, втретє, вчетверте — обидві рибки залишались на місці. Хтось, вочевидь, підсипав їм корм, раз вони не подохли досі. Неон вимальовував невидимі фігури в зеленкавій воді. Поцяткованого сузір'ями сома спершу доводилось деякий час розшукувати, напружуючи зір: він прилипав своїм розпластаним тілом до ввігнутого боку великої рогатої мушлі або продовжував собою відросток кореня, опускаючи плавці між нитками чорної бороди.

Того разу чоловік закуняв із розплющеними очима, кілька годин поспіль вдивляючись у скло. Сом напав раптово, метнувшись на неона з вивіреною точністю. Неон націлився вниз, забився у гущу водоростей. Чоловік різко звівся, незграбно відштовхнувши милиці, запустив руку у воду, відчув пальцями слиз, прочесав шовковисту гладку куделю — і вийняв на розчепіреній долоні невідчутну на дотик сріблясту рибку з чорною смужкою.

Сом каменем упав на дно і завмер, більше й вусом не смикнувши.

Під столом лежав білий пластиковий стаканчик з ребристими боками. Чоловік набрав води і пустив туди рибку.

Майже неможливо не вихлюпувати воду зі стаканчика, коли можеш ходити, лише спираючись на милиці. Поперек ламало, плечі й сідниці затерпли, голова розколювалася. Йому вкотре здавалося, що він пошкодив щось у своєму тілі. Неон — маленька вертлява трісочка — знавісніло метушився в тісному просторі.

Навпроти реанімації, під стіною, сиділа жінка, тримаючи на колінах зарюмсаного хлопчика. Хлопчик уже не плакав, але обличчя його було ще вологим, і трахея продовжувала вібрувати від нервового спазму.

Чоловік простягнув стаканчик хлопчикові.

Це неон, — сказав чоловік. — Йому потрібні друзі-неони, мечоносці, пецилії, маленькі безпечні рибки. Тільки не сели його з кимось, хто може його проковтнути.

*

Добре було, коли ця жінка з густим прозорим пушком на круглому обличчі будила його, торкаючись об'ємними грудьми його щік, поки тягнулась за ампулою на тумбочці біля ліжка. Добре було від дотиків її м'яких рук. Добрим був біль від голки, яку вона поволі вводила в його плоть чи вену, добре, коли рани горіли від антисептиків, і коли вони свербіли під пов'язками, і коли рвалася й тягнулася шкіра від того, що м'яка персикова жінка віддирала від неї зашкарублі бинти.

Коли повітря вже від самого світанку почало прогріватися сонцем, приємна жінка в бузковому халаті відчинила вікно. Пух на її вкритих ластовинням гойдливих передпліччях просякав сонячним світлом. Буває, коли потримаєш частину тіла у воді, всі волосинки виявляються обліпленими найдрібнішими бульбашками кисню.

Приємно було повільно повертатись зі сну під стишені жіночі голоси на коридорах, під дзеленчання пробірок, скрипіння коліщаток на візках для ліків. Добре було знати, що можна ще довго дрімати. Можна буде дрімати ще навіть після того, як у тебе візьмуть аналіз першої ранкової сечі, аналіз крові, як виміряють температуру і тиск.

І ще йому подобалося прокидатись уночі під стривожені голоси, шарпанину, біганину на коридорах. Когось кудись терміново котили, явно не встигаючи, щось відбувалося безповоротне, остаточне — але все це було там, за стіною, за зачиненими дверима. Він міг собі знову поринати в сон, знаючи, що його це не стосується.

За вікном погойдувалися липкі й лискучі від весняної вологи гілки. Їхня чорна кора розповсюджувала ледь відчутний терпкий запах.

Щоранку санітарка вимивала підлогу в палаті. Він відстежував цей ритуал пожадливо, зголодніло: як вона занурює швабру в прямокутне видовжене відро, як ретельно витискає зайву воду з поролону, як затискає швабру в кутик приміщення і звідти починає вести рівні смуги, перемальовуючи на кілька хвилин тьмяну поверхню на глянсову й урочисту. Енергійне мокре поскрипування поролону об темний лінолеум. Жирні мазки, що дедалі більше заповнюють простір. Накладання шарів. Пропущені тонкі невимиті смужки, що викликають неспокій, відчуття тривожної недовершености. Він спостерігав, як випаровується волога, як бліднє та вицвітає поверхня, як не залишається жодного сліду від недавнього перетворення.

Коли чоловік зміг пересуватись палатою, коли зміг стояти, спираючись на милиці, його увагу захоплював садівник за роботою — розмірена побілка дерев, ритмічні рухи широким пензлем, ледь помітне посіріння стовбурів, яке з кожною хвилиною увиразнюється все дужче. Або згрібання сміття, гілок і старого листя, що накопичилися за зиму, перебувши під снігом і льодовою корою. Формування куп. Вантаження їх на тачку. Він не думав про те, чи подобається йому цей чоловік, так само як не думав, подобаються чи не подобаються санітарки й медсестри. Він не думав про них узагалі.

Його просто заспокоювали їхні жести, їхні заняття, симетрія їхній звичок, ламаність зморщок на їхніх обличчях.

Він знав обриси спини садівника, знав, що той сутулиться, що голова його втиснута в плечі. Що у нього великі вуха, навколо яких жорсткими віхтями стирчить сиве волосся. Іноді він чітко бачив чорні глибокі пори на м'ясистому носі, червоні капіляри на його крилах. Але зір його тут же знову затуманювався — так скло у ванній вистеляє парою — і скроні прострілювало гострим болем (постріл, постріл, постріл спазму, тріпотіння судин, тіснота черепної коробки, розчавлювання), і після того він довго не міг нічого розгледіти навіть на близькій відстані. Мусив лягати в ліжко, щоб не впасти. Не міг ворушитись.

Він увесь час почувався сонним, погано виспаним, хоча мав чітке відчуття, що прокинувся зовсім недавно, виринув із найгустішого намулу на дні, куди не досягає жоден промінь, де звуки повністю перекриті важкою товщею безвісти. Цей безіменний сон тривав надто довго, кілька місяців, може, навіть кілька пір року. А потім запах соку гілок і мокрий вітер, і ще кволі, лимонно-салатові сонячні промені, і скрипіння коліс перевантаженої садівникової тачки почали достукуватись туди, у темінь, почали вібрувати, котити хвилі, поштовхувати його, і гойдати, і виносити догори — туди, де каламуть була не така каламутна. Перепона, яка відокремлювала його від світу, виточнилась.

Хоча й не зникла повністю. Вона надійно його захищала. Надмірні болі чи небажана метушня, дотики рук у латексних рукавичках, холод гострих інструментів, ліхтарик, націлений в очі, УЗД, зонди, пальпації, кардіограми — все це занадто сильно разило, нестерпно сильно. Схилені над ним обличчя, пильні очі, голоси, які тицяли в нього не менш дошкульно, ніж пальці й інструменти. Він негайно йшов на дно, залягав у темряву.

Згодом, однак, деякі маніпуляції почали приносити заспокоєння, тож він не тільки перестав утікати від них, перестав западати в прострацію, але й передчував і дослухався, бо виявлялося, що відчуття існують. Дослухався до найпростіших відгуків свого тіла. Дослухався до того, що могло бути його тілом. Хоч він не одразу пов'язав цей об'єкт, який відчував, зі словом «тіло», бо слова взагалі довго до нього не пробивались. Він їх чув, але вони нічого не означали. Він не реагував на них так само, як не реагував на поскрипування віконної рами.

Хоча, правду кажучи, на поскрипування віконної рами таки реагував — рама видавала звуки шорсткі, відповідала на протяг. Чоловік дослухався до цих звуків, як до власного пульсу чи серцебиття. А слова були чимось занадто грубим, і ні про що не свідчили, і ніяк не пов'язувалися ні з відгуками тіла, ні зі шваброю, ні з вухами й носом садівника.

Його перевертали з боку на бік, розмотували пов'язки, колупались у ньому, заливали мазями й рідинами. Тілиста медсестра ретельно вимальовувала на ньому візерунки брудно-рудим розчином, вимочуючи тампон у вмісті пляшки з темного скла. Хірург з глибоко запалими очима витягував із його шкіри нитки, що перетворилися на чорні дротики. Інструменти дзенькали. Деякі нитки з часом розсмоктувалися в організмі.

Поступово він почав прив'язувати слова до явищ або предметів, хоча це й скидалось йому на пришивання слів хірургічними нитками, бо він не відчував, що слова й поняття одні одним належать. Він робив це тому, що слова були потрібні санітаркам, медсестрам і лікарям, а ті проводили з ним маніпуляції, яких йому хотілося. Санітарки, медсестри й лікарі робили його тіло фізичним.

Він передавав себе в їхні руки так, як передають небайдужий об'єкт у добрі руки, з тією лаконічною вдячністю, на яку був здатен. А тим часом з певної віддалі чи глибини спостерігав за тим, як можна поводитися з цим об'єктом.

*

Тілиста медсестра час від часу відпроваджувала його коридорами в кабінет психіятра Слонової. Це була довга й виснажлива подорож. Вона вичерпувала беззмістовністю, тягнулася роками. Він довго, з надсадним зусиллям робив крок правою ногою, напружуючи геть усі м'язи, навіть сухожилля на шиї, навіть щелепи — і цей крок уже встигав набриднути йому так нестерпно, що він неодноразово застосовував свій чітко відточений спосіб уникання: провалювався у невідомість. Усе ж — із нез'ясовних та ірраціональних причин — наступні рази він себе пересилював, витримував ці роки, ці століття, цілі доцивілізаційні ери, сповнені самотності й позбавлені сенсу. Хоча й знав, що мета цих абсурдних страждань — довгий порожній час наодинці з жінкою за п'ятдесят, одягненою так, аби ніхто не випустив з-поза уваги її жіночої привабливости. Іноді на кілька митей його увагу привертав її чіткий червоний рот, який енергійно й ритмічно змінював форму, відкриваючи рівні зуби і бездоганно чистий язик. Або коротка графічна стрижка, фарбоване світле волосся, виголена потилиця з м'якими короткими волосинками, схожими чимось на карк кота. Або зморшки на чолі, навколо очей і біля уст. Або втомлена шкіра. Або тонка бретелька, що визирала з-під блузки і провадила кудись, до чогось, прихованого під тканиною. Або невідповідність розслабленого й доброзичливого виразу обличчя, тихого голосу, неквапливого тону і — відокремлене темним лакованим столом зі стосами карток, формулярів, довідок — навісне смикання ногою, взутою у високу шпильку, розмагнічене гойдання.

Довший час їхні зустрічі можна було б відтворити у вигляді місячного пейзажу. Не варто стверджувати, що він не робив жодного зусилля, але ці зусилля послаблювали його ще дужче, оскільки незрозуміло було, на що їх спрямовувати. Психіятр Слонова вимовляла слова, багато слів, що зливались у білий шум, у піщану бурю, у стихію, проти якої він був безсилий і геть беззахисний, призначення якої не розумів. Він знав лише, що зустріч треба відбути, як неминучість. Будь-якої миті можна провалитись у непритомність. Це рятівне усвідомлення дозволяло йому залишатися.

Слонова сідала поруч і демонструвала зображення. Він чемно все розглядав, іноді западав у зелень голок на ялиці чи політ шкіряного м'яча з надірваним клаптем, зафіксований на фотографії. Запах цієї жінки сприяв його спокоєві. Запах був тоненький, як високий звук. Можливо, як дзенькання кришталевих келихів.

Але коли вона настирливо вимовляла слова, інтонуючи їх, наголошуючи, надаючи їм незрозумілого забарвлення — він губився. Він не знав, що йому слід робити далі.

Ні? — запитувала вона.

Ні? — повторював він, сподіваючись, що вона саме цього від нього хоче.

Нічого вам не нагадує? — терпляче наполягала вона, гамуючи смикання перекинутої через ногу ноги.

Ні? — знову втрапляв він пальцем у небо. Слонова кивала головою — і чоловік доброзичливо імітував цей жест. Вона знизувала плечима — і він знизував також. Вона сумно і розчаровано усміхалась — і його рот, незважаючи на біль у всьому черепі, на скреготіння десь там, під вухами, жалюгідно посмикувався.

Потім він затямив, що «рука» — це рука, «нога» — нога. Прив'язав уявними хірургічними нитками слова «біль», «рана», «милиця», «медсестра», «гречка», «туалет», «втома» до тих об'єктів і понять, які, найімовірніше, їх стосувались. Він спостерігав, і світ людських зв'язків відкривався йому дедалі більше. Він міг уже вести діалог. Міг розповісти, що болить. Міг сказати, коли голодний. На запитання психіятра: «Дивіться — червоний підйомний кран. Це нічого вам не нагадує?» — він відповідав: «Кран нагадує мені кран». І усміхався.

Не те щоби вимовляння слів приносило йому задоволення. Це був просто засіб взаємодії, потрібний для того, щоб триматися на поверхні.

*

Зі своїми сусідами по палаті чоловік волів не взаємодіяти. Їх було троє. Той, який позбувся правого ока, і тепер, ніби між іншим, начісував скуйовджену буйну шерсть із чола на той бік, захищений білою пов'язкою, міг ходити вже навіть без милиць. Він найретельніше займався вправами, мало не щогодини відпрацьовував їх біля свого ліжка, в нього вже досить непогано згинались ноги, хоча він продовжував скаржитися на болі у шийному відділі.

Двоє інших сусідів реагували на цю гімнастику по-різному. Тендітний контрабасист (його батько-диригент під час перших же відвідин приніс хлопцеві інструмент у футлярі й залишив під ліжком), з ампутованими до колін ногами, не міг відірвати погляду від повторюваних повільних рухів. Існуюча литка безокого хлопця описувала в повітрі півколо — раз, другий, десятий. Натягувалися неподатливі сухожилля. На сірому видовженому обличчі контрабасиста відображались усі зусилля сусіда. Він виконував кожен рух мозком, він відчував напруження, втому, негнучкість атрофованих кінцівок. Піт виступав на його скронях, сльози — на очах. Жодного разу в нього не промайнула думка, що в його випадку сльози виступають на *обох* очах. Він здатен був помічати тільки зусилля своїх неіснуючих ніг, жар і тремор у м'язах. Одного разу ліву невидиму литку контрабасиста схопив корч. Він кричав, аж поки сварлива медсестра, розлючена й обурена істерикою, не зробила йому укол магнію з вітаміном В6. Заспокоївся, схоже, не від дії речовини, а від жорстокого удару шприцом по напруженій худій сідниці. Тоді він оговтався. Чи то пак впав у прострацію і дивився в стелю почервонілими очима, часто кліпаючи.

Третій хлопець під час гімнастики заплющував очі і, здавалося, навіть дихати припиняв. Він був паралізований нижче пояса. Він багато усміхався, цей веснянкуватий красунчик, показуючи гарні великі зуби. Хлопцеві очі іскрились. Він загравав із усіма сестричками, які з'являлись робити йому процедури, помити чи поміняти резервуар із випорожненнями.

Його відвідували жінки різного віку. Приходили по одній і групками. Одна жінка приходила і мовчки гладила його по передпліччю, а він у цей час усміхався їй, розповідав анекдоти і казав, що був упевнений: тепер вона його покине. Зовсім юна дівчина з довгим світлим волоссям, навпаки, не змовкаючи, переповідала сотні заплутаних історій про якихось непутящих молодих людей, які після вечірки прокидались у незнайомих лофтах і не могли знайти вихід, або потрапляли в скрутне становище на кухні корейського ресторану, або катались на моторному човні знайомого айтішника чи стартапера, і раптом цього успішного та сповненого сил чоловіка розбивав інсульт (ти його знаєш, він пригощав нас кристалами на Трухановому і розповідав про свою ідею — додаток для асексуалів). Стартапер мало не вивалювався за борт, на нього нападали гикавка і конвульсії, тому гостеві доводилось братися за керування. «А він навіть машину водити не вміє, він навіть на велосипеді не вміє їздити, уявляєш!» — тоненьким дзвінким голосочком вигукувала дівчинка, поправляла ніжними руками хвилясті льняні пасма, її вилиці мерехтіли свіжістю, від неї пахло волошками і вітром, у неї все життя було попереду, прекрасне життя, схоже на святковий базар зі свіжою рибою або на променад у котрійсь із європейських столиць. Життя, що даруватиме їй безліч найкращих можливостей, серед яких вона вибиратиме щонайприємніші. І дівчинка знала — про це відомо всім присутнім, і присутні щиро за неї радіють, визнаючи справедливість такого стану речей. Адже нею неможливо не милуватись, за неї неможливо не вболівати: вона гарна і ніжна, любить секс і подорожі, була на виставці робіт Еґона Шіле у Відні, а художник Ройтбурд коментує її фотографії у фейсбуку.

Я думав, ти мене покинеш, — виблискував бездоганними зубами паралізований симпатяга. Дівчина нахилялася впритул до його обличчя. Її філігранний носик торкався його брів, його щік, тепло її уст передавалося його засмаглій шкірі.

Я ніколи, ніколи тебе не покину, — шепотіла вона, тицяючись у нього мордочкою лисички. На скронях пушкове волосся у неї вилось, як струмені сигаретного диму. — Ти ж знаєш, що я ніколи тебе не покину і завжди буду поруч, що би не сталось. Я прийду до тебе завтра або наступного тижня. Але якщо ми поїдемо з хлопцями до Одеси, то я прийду в кінці місяця. А якщо мене візьмуть асистенткою в цю контору, яка допомагає оформлювати новостворений бізнес, то я буду дуже зайнята. Але ж я постійно оновлюю фотки в інстаґрамі, зайчику, тому просто стеж за моїм акаунтом, і знатимеш все про мої сніданки, білизну і постіль, про шипучі охолоджені напої, які я п'ю вечорами на Оболонській набережній, і про старі сири, які їм із абрикосовим джемом і ягодами малини. Таким чином ти завжди будеш зі мною, завжди будеш поруч, домовились?

*

Наш герой, четвертий у палаті, волів товариство зірчастого агаміксиса. Він домовився з тілистою медсестрою на ім'я Любов, і та через день приносила йому пакуночок, в якому ворушився рубіновий мотиль.

Не тільки він сам реагував на сома — сом теж почав на нього реагувати. Якимось чином він відчував наближення годувальника, і щойно двері ліфта зачинялись і чоловік розпочинав свою страдденну ходу, як на весь простір довжелезного коридора розлягалось енергійне поклацування й тріскотіння. Це агаміксис вітав його своїми кістяними грудними плавниками, піднявшись на затягнуту плівкою поверхню свого болітця.

Коли чоловік кидав у воду червоний клубок із тонких рухливих ниток, що нагадував живу малинку, агаміксис войовниче розкладав свої настовбурчені плавці й накидався на здобич. Згодом, вдоволений, він міг навіть рухатись слідом за чоловічим пальцем. Це скидалося на неспішну прогулянку двох приятелів після ситного обіду. Їхній мовчазний союз повнився довірою і не зазнавав шкідливого впливу взаємних очікувань, розчарувань чи ілюзій.

Однак через захоплення рибиною пацієнт почав пропускати сеанси в психіатра Слонової. Одного разу чоловік виявив, що акваріум бездоганно вичищений: жодного сліду плівки чи нальоту, зайві водорості зникли, натомість додався палац, зліплений із дрібних мушель, і додатковий пристрій для очищення води. Слонова сиділа поруч, на журнальному столику. Обтягнуті тонкими тілесними колготками коліна скептично стриміли вперед.

Поговорімо про рибок, — сказала Слонова, коли чоловік увійшов у хмаринку аромату її парфумів і несвідомо, з голосним присвистуванням, втягнув запах ніздрями. — Ви знаєте, як називається ця акваріумна рибка?

Білоплямистий агаміксис, — слухняно відповів чоловік. — Або зірчастий агаміксис Рафаеля. *Agamyxis pectinifrons.*

Сом виплив із-під кореня, під яким ховався, і наблизився до поверхні води, прилипнувши сплюснутим лискучим тільцем до скла.

Схоже, він вас полюбив, — хрипко промовила Слонова, вдивляючись у рибку дивно-блискучими очима. За мить вона перевела погляд на чоловіка і усміхнулась. — Сідайте поруч, — поплескала рукою по поверхні столу.

Він чемно сів.

Жінка вийняла телефон і показала на екрані зображення рудої рибки, ніби рівненько пров'язаної аквамариновими нитками.

Це ляліюс, популярна невибаглива акваріумна рибка.

А це? — психіатр збільшила зображення.

Це в'юн, акантофальмус кюля. Вперше цей вид описали 1846 року. Їх возять із Суматри, Борнео і Яви. Акантофальмус живе в річках із повільною течією і в гірських струмках, дно яких щільно вистелене опалим листям. Над течією низько нависають гілки дерев, кидаючи густу тінь.

Звідки ви все це знаєте? — обличчя Слонової було зовсім близько від обличчя чоловіка, а поглядом вона прикипіла до його уст. Він подумав би, що вона придивляється до його ран і шрамів, вивчає, наскільки добре вони загоїлись, як реґенерується верхній шар епідермісу, бо так зазвичай робили місцеві лікарі, або подумав би також, що Слонова стежить, як він із зусиллям видобуває з рота слова, виштовхуючи їх з-за ясен язиком, оскільки слова його погано слухаються, розчиняються слиною, розповзаються в слизовій оболонці, як стара жувальна ґумка, і тому його мову недостатньо лише чути, на неї треба ще й дивитись. Він подумав би, що Слонова чогось від нього хоче, чекає конкретних вчинків, але чоловік точно знав, що розуміння її бажань лежить далеко за межами його можливостей, і тому він просто волів не помічати її розфокусованого погляду, її тамованого високого дихання, її підвищеної температури, її солодкого спітніння, її млосного хвилювання. Вона була така доросла і сувора, ця психіятр Слонова, але зараз поводилась нерішуче й збентежено, і чоловікові було її шкода.

Мені це відомо, — відповів чоловік.

Навіщо ви виловили з акваріюма рибку? Що ви відчули, торкнувшись рукою води? Які почуття викликає у вас запах застояного акваріюма? Дотик слизького риб'ячого тільця до шкіри? Мокре тріпотіння поміж пальцями? Чому ви віддали рибку хлопчикові? Рибки нагадують вам про щось? Чи про когось? Про якусь людину? Чиїсь дотики? Може, ви пригадаєте щось про себе, якщо відчуєте дотик? — долоня Слонової була холодна й волога, фаланги її пальців торкнулися чоловічого карка, ніжно лягли на потилицю. Вона запитально дивилась йому в очі, і чоловік бачив у її погляді непромовлене запитання — і це було нестерпно та незрозуміло. Вона не припиняла запитувати, але її не цікавило те, що сама вимовляла: жінку цікавило щось інше, чого вона не випускала з себе назовні.

Ця невідповідність так розізлила чоловіка, наповнила його таким міцним гнівом, такою вбивчою люттю, що він вхопив Слонову за долоню і нестямно стиснув її, від чого жінка закричала пташиним голосом на повні груди — але тут же сама отямилась, опанувала себе, незважаючи на біль і навіть фатальний хрускіт, і обірвала крик на незавершеній ноті.

*

Саме ця незавершена нота, а також, імовірно, нові індійські транквілізатори, що формально ще не отримали державної ліцензії, але вже кілька тижнів обережно випробовувалися на пацієнтах, дали хід нічному маренню чоловіка. Це маріння, своєю чергою, переросло у спільну для всіх мешканців палати галюцинацію.

Чоловік лежав на дні, серед шарів листя, що протягом багатьох років опадало у воду зі схилених гілок дерев. Чоловік був запорпаний у той найнижчий шар листя, який давно вже нічим на листя не скидався — то був намул, жирна брунатна маса, тягуча патока. Йому хотілося спати, його схоже на гладку торпеду обтічне тіло, зі шкірою, наче мокрий сатин, було важке й неповоротке. Але повільна течія набирала сили й упертости, і в плавцях не було достатньо опори, щоби вритися ними у дно й завадити плину води.

Отож течія, з кожною миттю набираючи потужности, потягла чоловіка за собою. Зрештою він відчув, що найкраще — розслабитись і віддати себе у владу цьому рухові, дозволити воді волокти його, метляти його перістим хвостом, бити зябрами об камені й корені, натовкти йому в очі, ніздрі й рот намулу, перевертати його догори черевом, як утопленика — і так само, як утопленика, виносити на поверхню води, до повітря, де вітер холодним язиком облизував його пузо, щоб потім знову накрити ще більшою хвилею, і затягнути у вир, закружляти серед целофанових пакетів, шприців і ґумових трубочок, аж зябра заклинить і вони припинять функціонувати, а чорні холодні губи пришвидшено відхаркуватимуть тромби жаху.

Коли його пласке і широке чоло з розгону вдарилось об щось тверде, чоловік не одразу зрозумів, що це труна. В його повільній свідомості промайнув образ футляра для контрабаса, обклеєний кольоровими наклейками з логотипами фестивалів — але звідки на дні гірського струмка на Борнео міг взятись футляр для контрабаса, подумав чоловік. Безсумнівно, це була труна з мертвим тілом усередині.

Очевидно, на суходолі більше не вистачало місця для цвинтарів, і труни почали опускати на дно водойм. Чоловік присмоктався гладким черевцем до віка труни і нарешті таким чином зміг протистояти швидкій течії, яка невідь звідки взялась у цьому повільному струмку.

Тепер він плив на труні, як на підводному судні, і йому навіть вдавалося цим судном керувати. Там, під віком, було чиєсь тіло. І чоловікові здавалось, що йому достеменно відомо, чиє саме, що це знання сховане за тонкою оболонкою, яка відокремлює від усвідомлення.

Чоловік знав, що він мусить доправити труну до безпечного місця. Туди, де зможе це тіло залишити, аби згодом до нього навідуватись. Аби згадувати.

Його не покидало стійке відчуття, що сам він якимось чином походить зі схованого у труні тіла. Що він проріс із нього, виник. І тепер його відповідальність і його обов'язок полягали в тому, щоби знову посадити це тіло в землю, як садять насінину в ґрунт на городі.

Чоловікові були відомі точні координати цього городу, цього цвинтаря. Він не раз там бував, хоч і не пам'ятав, з якого приводу, за яких обставин.

*

Опуклості могил з огорожами, бортиками — ніби грядки. У його спогаді був травень, туга рослинність випнулась з усіх усюд, могили були завиті плющем, диким виноградом. Ніжні салатні листки молодої кропиви сором'язливо ясніли серед стебел трави. На цвинтарях рослини завжди такі бурхливі й радісні. Їхні стебла й листя м'ясисті, цвіт — яскравий і запашний. Він чманів тут у цю пору: пилок, тополиний пух, гострі й солодкі пахощі, сонячне світло. Розстібав комір сорочки, вибирав лавку, найменш захищену тінню, і підставляв обличчя, голову, шию сонцю. Напувався повітрям, ароматом розігрітої хвої та кори. Розминав у руках стеблини, аж пучки ставали зеленими від соку. Злизував сік. Жував пелюстки аличі. Смоктав тонкі завитки виноградної лози — вони кваскуваті на смак.

Навпроти — стара акація, що вросла в чорний метал тісної загорожі, схожої на каркас дитячого ліжка. Стовбур товстий, могутній — але як м'яко він обіймав деформованим боком тонкий пасочок паркана. Так по-жіночому, самовіддано, ніби розхлюпана плоть, настромлена на міцний стрижень. Ця могила стара, провалена й недоглянута — жодних родичів, вочевидь, уже давно не залишилось, родичі теж уже солодко спочивають на якихось інших цвинтарях. Замість родичів над похованими кістками — обійми заліза й дерева, і бадьорий густий барвінок хвилею, ніби підземна навколоплідна вода, що прорвала греблю.

Якось чоловік зі здивуванням виявив, що, вкотре уявляючи те, чим він стане рано чи пізно, як тлітиме в темряві під тонною землі, простежуючи подумки всі не надто приємні процеси, пов'язані з розкладом і гниттям, змінами у тканинах, перетвореннями одних речовин на інші, розрідженням, булькотінням і газоутворенням, копошінням червів і комашні, і з безвихіддю — тісною й остаточною, безповоротною — він намацав фантазію, яка завдала йому відчутного внутрішнього пом'якшення.

Це була фантазія проростання із тіла рослини. Про насінину, яка несміливо розлущується. Про пагінець, сліпий і білий, який настирливо пробиває собі шлях до світла. Про шумовиння хлорофілу у пружних клітинах. Про шелевіння листків на вітрі. І про корені, які лагідними й міцними пальцями обплітатимуть його ребра, окільцьовуватимуть його хребці, проникатимуть в отвори черепа, дбайливо стискатимуть кістки кінцівок — і він опиниться в колисці, в найдовірливішому полоні. Він напуватиме собою рослину, він харчуватиме її і живитиме; вона всотає не тільки поживні речовини його плоті, не тільки азот і фосфор, не тільки гній і компост, а й почуття його і думки, мрії і пам'ять, смак поту, падіння виделки, розсип шрапнелі, тонкі й довгі паралельні розрізи на шкірі гострим лезом, схожі на риб'ячі зябра, голоси та сміх людей, з якими він був близький, але ще дужче був далекий, і сльози, і гострий біль у діафрагмі, його дні — все його людське життя.

Він хотів би, аби з нього виріс волоський горіх. Сильне і чисте дерево з гладкою світлою шкірою. Егоцентричне дерево, яке розганяє інші рослини з-під власної крони — горіх зручно займає якнайбільше місця, вигідно розташовується, випростується і залишається самотнім. Іншим рослинам важко його витримувати: горіх насичує землю нестерпними для них речовинами. Простір під його гіллям пахне терпкістю, ніби випраний. Його прохолодна тінь дає полегшення, мов аспірин під час гарячки.

Йому хотілось би, аби його плоди їли жінки. Щоб збивали молоді горіхи з його гілок палицями, щоб кульки рясно падали навколо них, б'ючи по голові і плечах. Хотілось би, аби ці жінки крутили його плоди у долонях, гладили їх пальцями, відчуваючи міцність шкаралупи. Аби вони клали горіхи на асфальт, на плити доріжки чи на плиту могили — і товкли оболонку великим каменем або ногою. У котроїсь знайшовся би для цього відповідний каблук.

Хотілось би, аби їхні тонкі пальчики з пофарбованими нігтями длубались у серцевині, аби їхні лиця ставали зосередженими і серйозними, аби їхні гладенькі роти наповнювались нетерплячою слиною. Аби вони акуратно й рішуче знімали тонку плівочку з кожної насінини. Аби вони визнавали красу його ядер, аби нею захоплювались. Аби повільно клали на свої язики упольоване, аби перемелювали зубами, аби наповнювалися смаком. Аби їм було все мало, аби вони не могли зупинитись. Аби приходили до нього й приходили, як на прощу. Втікали до нього, як до коханця. Аби, прощаючись одна з одною, сумно зітхали, й запитували: «Коли ми знову підемо до нашого горіха? Я не змогла наїстися».

*

Чоловік відчував над собою шарудіння густої крони. Раптом гілки затремтіли й заскрипіли натужно, і з гущавини долинуло панічне шепотіння:

— Забери мене, забери мене звідси, я не відчуваю ніг.

Далі лежачи на віку труни, звідки проростало велике дерево зі світлою корою, чоловік підвів голову та побачив над собою бліде обличчя з розширеними від жаху очима і спазматично перекошеним ротом. Обличчя було звідкілясь віддалено знайомим.

— На мене посипались стіни будинків. Вони скинули касетну бомбу. Подивись — тут усі мертві, тільки я вижив, але я не можу йти.

— Ні, не всі мертві, — долинув іще один голос. Чоловік обернувся на звук — і побачив, як у темряві кімнати зловісно зблискує чиєсь єдине око. — Я щойно прийшов до тями. Мій зір іще не відновився, я дуже погано бачу. Хто ж думав, що вони саме сьогодні нападуть. Це була єдина ніч за весь час, коли ми не сподівалися нападу.

— Придурки, — почулось хрипіння із ліжка в самому кутку. — Треба забиратися звідси. Зараз знову почнеться.

— От і забирайся собі, — сказав безокий.

— Він теж не може сам рухатись, — це було точно відомо нашому героєві, хоча й невідомо звідки. — Його треба нести на руках. Схоже, він паралізований нижче пояса.

— Я не буду нікого нести, поки моє око знову не почне бачити.

Ворожий снайпер ковзав по їхніх тілах акуратним променем, цілився з найближчого копра.

— Зараз і друге око перестане бачити, якщо не знімеш каску. У ній відбивається місячне сяйво, — люто загарчав Чоловік.

На цих його словах знову почався обстріл. Дах бліндажа розсипався на крихти, як сухар. Чоловік схопив під пахви того, хто не відчував ніг, і потягнув кудись, не розбираючи дороги. Слідом за ними повз безокий. Вони пересувались вузькою траншеєю з обваленими стінами. Земля була суха й гірка, порохнява. Коли припиняли свистіти міни, ставало чутно, як десь поруч густо тріскочуть автомати. Чоловік залишив безногого за продірявленою стіною покинутої халупи. Безокий розтягнувся на порозі, прикривши долонями вуха і сховавши обличчя у вибоїну в обгорілій дерев'яній підлозі.

Коли наш герой, прогнувшись під вагою дорослого чоловічого тіла, ще тяжчого через те, що було наполовину паралізованим, невеликими кроками просувався вперед до сховку, у світлі трасуючих снарядів з кольоровими димовими хвостами він розгледів кілька постатей, які поспішали назустріч. Тепер стало зрозуміло, що від них не втекти.

Санітар у зеленаво-блакитному халаті спритним рухом ввів голку в Чоловікову сідницю. Той відчув у тілі легкість левітації. Це з його плечей зняли паралізованого сусіда по палаті. І почали діяти ліки.

М'яко сповзаючи в обійми санітара, чоловік розгледів тривогу в очах психіатра Слонової та гіпсову пов'язку, що фіксувала її зап'ястя і долоню.

А ти казала, він не буйний, Еміліє, — густим голосом прошелестів головний лікар. Він мав такі кущуваті брови, що ті аж кучерявилися, загинаючись над чолом.

Він не буйний. Просто хірург не повинен виписувати пацієнтам транквілізатори, — відрізала роздратована Слонова. Вона була люта, наче вовчиця, котрій відібрали малих. — Коли вже мені перестануть заважати лікувати моїх пацієнтів?

Можна подумати, Еміліє, — доброзичливо пробасував головний.

*

Прокинувшись уранці і ще не розплющивши очей, наш герой відчув, що все в порядку, все, як завжди: він знову не знає, хто він, звідки, що з ним трапилось, яким було його життя. Рани болять, шви сверблять, кості ломить. У роті так само немає зубів. Він — те ж спотворене чудовисько з потрощеними вилицями і проламаним носом, з нерівним черепом, з цілою колекцією болів у всьому тілі.

Чоловік не знав, ким він є, і якщо дивився у дзеркало, то його зовнішність не викликала в ньому жодних асоціацій. Але за весь час, що він провів у цьому реабілітаційному центрі, відколи випірнув із забуття, він добре роззнайомився зі спектром своїх болів.

Він володів болем тонким і тоскним, як завивання вітру, і болем, схожим на електричні розряди різного вольтажу; мав біль, схожий на вкручування у плоть тонких металевих штирів, і біль, схожий на викручування цих штирів у зворотному напрямку; був у нього біль розлогий і жирний, як вгодована свійська тварина, біль-стискання лещатами, біль-нудота, біль-жар, біль-стесування плоти, біль-пульсація, що то наростала й ставала дедалі потужнішою, доходила до конвульсій, то спадала й лагіднішала, майже починаючи приносити задоволення. Також був біль-напруження, не зовсім схожий на біль, але чи не найскладніший для витримування. Біль, що пер ізсередини черепа, шлунка, грудної клітки, ніби там роздувався, пучнявів і набруньковувався чийсь живий організм. Біль-тривожність. Біль-порожнеча. Біль-свербіж. Біль-страх, від якого мороз лягав на внутрішню стінку черева. І ще безліч болів, кожен із яких він міг би описати докладно, з найтоншими подробицями, якби мова не чинила йому опору.

Чоловік розумів, що вночі йому наснився дивний сон і що цей сон був спричинений дією неякісних ліків. Що ліки подіяли також і на його сусідів, і вони всі разом розіграли макабричну виставу, завдавши клопоту персоналові центру, а найдужче — головному лікареві з кущуватими бровами (непоганому, по суті, чоловікові, хірургові від Бога).

Єдине, чого не міг втямити наш герой такого невинного ранку у розпалі весни, пронизаного білим сонячним світлом і безумним пташиним вереском за шибами вікон, — ким є ця незнайома жінка, яка незмигно дивиться в його спотворене обличчя, закусивши нижню губу і почісуючи нігтями правої руки ліве передпліччя. Очі за скельцями її окулярів не кліпали. Блузка на грудях ритмічно здіймалася. Вона сиділа на його ковдрі, вмостившись задом якраз поміж його випростаних литок, тісно притискаючи їх вагою свого тіла до матраца. Як птаха у гнізді. Як тварина на полюванні. Як самичка, що спокійно дивиться на самця, лише трохи посмикуючи дротами вусиків, добре знаючи, що чекає на них обох попереду, чого ніхто з них не зможе уникнути, від чого нікому нізащо не відкрутитися. Прислухаючись до пульсування невблаганної сили природи під тонким хутром, під шовковою блузкою. Тутук-тутук-тутук.

За її спиною стояли лікарі: головний зі своїми хвацькими бровами, Слонова — скептична і невдоволена, зі звуженими очима й роздутими ніздрями, терапевт, рентгенолог, старша сестра на ім'я Любов, щоки якої налились багряним кольором, а шовковистий пушок на обличчі наелектризовано настовбурчився.

Ви впізнаєте цю жінку? — квапливо й суворо поцікавилась Слонова кумедним горловим голосом.

Ні? — досить упевнено запитав у відповідь чоловік.

Слонова тицьнула головного в живіт гіпсом і засичала від болю. Чомусь здавалося, вона от-от розплачеться.

Пацієнта не можна піддавати такому стресу! Пускати до нього всіх підряд із вулиці! Ви щойно мало не вбили його лівими транквілізаторами! Ви догратесь!

Жінка в окулярах, не зводячи погляду з нашого героя, нарешті розслабила нижню губу, взялась руками за обидва краї ліжка і потягнулась усім тілом уперед понад стегнами і животом чоловіка до його обличчя.

Але ж я не всі підряд, — сказала вона. — Звичайно, він мене впізнає. Він мій чоловік. А я його жінка. Богдане, це ж я, Рома.

БОГДАН

Ранньої осені Романа залишилася там, на дачі, сама. Вона кілька тижнів збирала на тачку погнилі, неїстівні плоди, якими завалило клапоть землі під грушею з найприємнішою і найгустішою травою. Рома вивозила брунатну кашу, що пахтіла теплою утробною гнилизною, до лісу і скидала під соснами. Потім сиділа на автобусній зупинці, сперши ступні на колесо тачки, і спостерігала, як невагоме тільце білки нечутно долає повітряні проміжки між стовбурами. Все в цьому місці здавалось порожнистим, розрідженим. Між досконало одноманітними стовпами сосон можна було розвішувати цілі полотна своїх страхів, свого розпачу, своєї відірваности від світу. Тут вистачало місця на все, а надто — на те, на що бракувало його всередині Роми.

На роботу до Архіву вона їхала сперш розбитим автобусом із блакитними смужками на облущено-білих боках, що довозив її до Клавдієвого вже о 7:15 ранку. Цей автобус ізсередини нагадував їй вітальню вдома у котроїсь із однокласниць — через скріплені бантом фіолетові штори, що закривали заднє скло, і через штучну пластикову ліяну, якою була обвита перегородка позаду водійського сидіння, і через старезний вицвілий календар із зображенням чорнявої дівчини в джинсах і бюстгальтері, яка тісно й ніжно горнулась до шиї гнідого коня. Але водночас салон цього дірчастого ревуна-автобуса, подорож у якому тривала рівно тринадцять хвилин, нагадував транспорт для ритуальних послуг — імпровізовано прикрашений і незручний, бо кому тут ідеться про зручності. Дачники-пенсіонери з відсутніми поглядами, старигані за крок від деменції наче відпроваджували когось в останню путь, заблукавши думками в дендритах власного мозку.

О 7:30 Рома вирушала з Клавдієвого до Києва в синій маршрутці «Богдан» із запітнілими від пасажирського недоспаного дихання шибами. Кілька хвилин по восьмій вона була вже на Академмістечку, отримувала дозу надмірної близькості до чужих тіл. Зазвичай Рома вибирала собі маршрут від Контрактової: вздовж Сагайдачного, повз столики на вузьких хідниках із ранковими капучино, до фунікулера. Хто ще в цьому світі їздить на роботу фунікулером, думала Рома. Хіба що водії фунікулера.

Вагончик неспішно виповзав нагору, зачерпуючи сонячне світло або сіру імлу, примножену водами Дніпра.

У дзеркальних стінах готелю *Hyatt* відображались ворони у польоті, зграї голубів, складених гострокрилими конвертами.

Охоронець перед входом на територію Софії Київської, не вітаючись, не киваючи, не кажучи жодного слова, пропускав Рому. Увійшовши за мури, вона сповільнювала крок. Рухалась мощеною доріжкою серед вижовклих і все ж доглянутих газонів, повз фруктові дерева, вже майже безлисті, повз кущі і клумби, повз туристів з фотоапаратами, повз мам із візочками. Цей внутрішній простір за кам'яними стінами був наповнений своїм повітрям, своїм умістом, своїм білком і жовтком. Середовище, повністю ізольоване й відокремлене, не поєднане з містом за його межами.

Біла двоповерхова будівля колишньої Бурси, в якій розташувався Архів, ізолювала від світу ще дужче. Ромі доводилось завмерти бодай на хвилину, піднявшись сходами до входу, щоб іще трохи подихати, щоб відтягнути мить занурення. Постояти спиною до входу, обличчям до жасминового куща. Так самогубець вкотре озирає світ перед невдалою спробою.

Всередині панували холод, темрява і вологість. Довгі лункі коридори розходились у всіх напрямках, ведучи до приміщень, пропахлих тліном, майонезним салатом, кип'ятильниками і грибками. Будівля стояла на схилі, тож її підвали зі сховищами матеріалів перетворювалися на поверхи, її сліпі погреби виявлялися дослідницькими кабінетами.

Рома тримала у себе в читальному залі товстий светр зеленого кольору — з в'язаним паском, з розкошланими візерунками. Інакше в Архіві вижити було неможливо. Навіть у найбільшу спеку, коли надворі люди сходили потами і непритомніли від високих температур і задухи, принишклий морок колишнього північно-західного корпусу монастирських келій прокрадався холодом крізь шкіру, просочувався у кістки.

Вже після п'ятнадцяти хвилин перебування на роботі Романа відчувала, як холонуть її кінцівки. За кілька годин холод знечулював не тільки її тіло, а й думки та почуття. Мозок затерпав, як рука чи нога від незручної пози.

Рома рахувала хвилини до обідньої перерви — навіть якщо йшлося про зимовий період, пронизливий дощовий день, вітер, мряку, снігопад. Будь-який стан зовнішнього світу був теплішим і м'якшим. Потрапивши назовні, Рома починала дихати, оживала, вітер надимав їй легені, груди розпирало від гніву, розпачу, горло стискало від самотності.

В Архіві панувала тиша. Драцена звішувала свої довгі тонкі язики. Більшість часу Романа проводила мовчки. Працівниці з інших відділів заходили іноді поділитися плітками. Однак більшість діалогів Рома відбувала з відвідувачами Архіву, дослідниками. «Мені потрібні матеріяли редакції журналу "Праця сліпих". Я замовляв їх кілька днів тому». — «Фонд 736, здається? Ось вони».

Натягнувши рукави светра на змерзлі п'ястуки, Романа сиділа над журналами з архівними описами матеріялів, іноді — поглядала в монітор камери стеження на дослідників, іноді переходила зі свого кабінету до читального залу і спостерігала за шторою, яка здіймалась від протягу, або за окулярами, що постійно зіслизали з перенісся лисявого дослідника оперного мистецтва.

За вікнами читального залу, пагорбом нижче, виднівся двір кількаповерхового житлового будинку. Там гуляли мами з дітьми, на обідню перерву приїздили чоловіки в темних костюмах, що впевненим рухом затраскували дверцята своїх дорогих автівок, іншою рукою розслабляючи вузол краватки на шиї. Там цокали підборами жінки, повертаючись надвечір додому, щоб за кілька хвилин знову вийти у двір у зручному взутті та спортивних штанях, ведучи на повідці собаку.

Рома то западала у вивчення чийогось завіконного життя, вибираючи собі персонажа (сива пані з короткою стрижкою, яка постійно розмовляє по телефону, даючи фінансові доручення; чоловік зі зморшкуватим міжбрів'ям, який виходить курити надвір, чухає мізинцем скроню і не відриває погляду від планшета), то знаходила героя безпосередньо в Архіві, спускаючись сходами додолу, де зберігались фонди, і вишукуючи в шухлядах теки з листами та щоденниками, фотографіями, паперовими уривками життів.

Зазвичай Рома поєднувала кілька ліній: відстежувала життя осіб, яких бачила за вікном, дофантазовуючи найдрібніші обставини їхніх життів, характери, емоційні особливості, і водночас клаптик за клаптиком складала в уяві життя котрогось із видатних діячів — найдужче полюючи за виявами анітрохи не видатними, побутовими. Проблеми з травленням, списки речей, які треба взяти з собою в дорогу, прохання купити тканину на пальто. Записки з подорожей до Куби, Мексики, країн Латинської Америки. Страхова книжка, довідки про видачу інвалюти, придбання дачі. Атестат про закінчення підготовчого класу Київської міністерської жіночої гімназії (1899), квиток кандидата в дійсні члени Імператорського російського театрального товариства (1916), свідоцтво про одруження (1923), профспілковий квиток (1924), заповіт (1928), трудова книжка (1939), атестат доцента (1946), автобіографія (1954–1957).

Що стосувалось дослідників, то деякі приходили сюди роками. Ось, наприклад, Малишка Василь Ігорович — чоловік із клинцюватою борідкою і примруженими очима — все збирав матеріали до своєї праці про Фотія Красицького, внучатого племінника Шевченка. Коли надходив момент підживитися, Малишка виймав із кишені піджака незмінний бутерброд із житнього хліба з яйцем і майонезом, і впивався в нього ненаситним ротом. Цей перекус втілював для дослідника момент тілесних насолод: він втолював свій фізичний голод і спрагу спілкування. Розжовуючи хліб, Малишка нахилявся до Роми і схвильованим шепотінням (щоб не заважати іншим) розповідав їй про нові обставини життя і творчости Красицького. Розповідав, скажімо, як Красицький проєктував театральні декорації з нагоди святкування 35-ліття свого дорогого Лисенка. Або переповідав Ромі листи Фотія до Надії Крупської.

До постійних відвідувачів належала дослідниця архітектора Заболотного — здоровенна баба з могутніми частинами тіла, яка носила капелюхи, шалі, синтетичні блузки, що тріскотіли і розсипали іскри, ніби під пахвами у цієї жінки постійно працювало дві бригади зварювальників. Порівняно з нею Малишка зі своїм майонезним яйцем у бороді був просто янголом. Вона постійно здійснювала якісь вибрики, то починаючи несанкціоновано робити знімки матеріалів, то сварячись по телефону в читальному залі, то супроводжуючи читання нестерпним бубонінням — і цим змушувала Роману втручатися, робити їй зауваження, вести безглуздий діалог, переступати через себе. Основним коником бабери, проти якого Рома нічого не могла заподіяти і через який вважала дослідницю Заболотного своїм особистим ворогом, була її звичка рясно спльовувати на пучки пальців, щоб перегортати сторінки листів і рукописів.

Але здебільшого у читальному залі працювали тимчасові відвідувачі — студенти, які приходили на один чи два рази, неуважно копирсались у теках, платили за ксерокопії, позіхали і нудились — і не з'являлися більше ніколи.

Більшість відвідувачів Романа негайно забувала, щойно вони покидали стіни Архіву. На повторну появу декого з них вона чекала роками.

*

Траплялись і чудернацькі випадки. До Роми прибігла захекана й розпашіла Коротулька Саша з підвалів Фонду і повідомила про чоловіка з чотирма валізами.

Саша схопила Роману за руку й потягнула коридором до кабінету директорки. Там уже стовбичило повно народу: вахтер, прибиральниця, дехто з дослідників і більшість працівників. На підлозі у кабінеті секретарки лежали розкриті валізи з якимось пожовклим барахлом. Старі зошити, списані школярським похилим письмом, фіолетовим чорнилом, вицвілим і розмитим, схожим на марганцівку. Коричнево-сепієві знімки зі зубцюватими краєчками. З глянсових прямокутників визирали наївні і розгублені обличчя людей з минулого століття: жінки в хустках і беретах, чоловіки в недоладних костюмах, перелякані й заплакані діти. На тлі релігійного обряду сидів на дерев'яній загорожі великий гордий півень. Голова корови з виколеним оком тягнулась до заквітчаних з нагоди весілля воріт.

Навколо валіз висів важкий сопух гнилизни.

Чоловік якраз пояснював директорці походження запаху: мовляв, бабина сестра тримала свої записи й фотографії в погребі, поруч із бульбою, цибулею, буряками і діжею квашеної капусти. Вони з сестрами, хоч на свій похилий вік (у їхньому роду всі жінки доживають майже до сотки) ще й зберігали доволі ясні та світлі голови, після пережитого вроїли собі й одна одній, що сусіди от-от здадуть їх владі. Баби й самі сміялись із цього страху, і насправді наче в нього не вірили. Розуміли, що це така рана в мозку чи в якомусь іншому органі, фізичне пошкодження тканин, хімічний дисбаланс речовин у крові — але нічого не могли вдіяти з нав'язливою звичкою переховувати свої речі. Чоловіка звали Богданом. Говорив він упевнено, твердо і гарно, а сам був серйозний і самозамилуваний, добре одягнутий і пристойний. Зачіска — одночасно невимушена і продумана. Широкі плечі. Сорочка прилягала до міцної спини.

Йому подобалася та увага, яку він на себе тут зібрав, — і він явно розумів, що цю увагу притягують не смердючі валізи його древньої родички, а він сам — своїми інтонаціями, жестами, манерою триматись. Чарівний тип. Романі такі ніколи не подобались.

Чоловік приніс зі собою кілька пляшок рожевого шипучого ламбруско з ягідним присмаком і особисто простежив, щоби кілька ковтків дісталось кожній архівній працівниці, і вахтерові, і Коротульці Саші, і Романі. Все це можна було заїдати сушеними скибками яблук і зацукрованими горіхами. А потім на хвилі відчуття близькості, сп'янілі від людського тепла, всі присутні висипали на сходи, що вели до архівного входу, і там, захлинаючись від вологого сміху, кпинячи одне з одного, почали фотографуватися з їхнім гостем на смартфони: робили групові і парні фото, чоловік приязно клав руки на плечі схвильованих працівниць, стримано торкався їхніх талій. На знімках він виходив бездоганно, і складалось враження, що ці фотографії — готовий продукт фотошопу. Що незугарні тітки причепили поряд із собою зображення плеканого актора.

Коли вийшло так, що Богдан опинився поруч із Романою і притягнув її до себе, усміхаючись до Коротульки Саші, яка аж заходилася від щастя, фіксуючи гостя на свій телефон, Рома зовсім по-дурному вишкірилася, шкіра на її обличчі натягнулась, як церата, — вона усвідомлювала неприродність своєї міни, але не могла розслабити спазму.

Чоловік пахнув, як свіжа деревина, звільнена від кори. Як нове шкіряне взуття. Він був розчулений, очі у нього сльозилися.

Він видихнув Романі в рот слова вдячності. Сказав, що історія його родини повниться драмами. Що він змалку був намертво прив'язаний до цих ходячих старожитностей жіночої статі, які замість казок про яйце-райце переповідали свої страхітливі життя. Оці фотокартки — ілюстрації до цілої епохи. В них окремі долі, любов, яка перевертає світ, і безліч смертей. Іноді йому хотілося з'їсти знімки, щоб ніколи не забувати деталей, подробиць, правди — тому він і приніс фотографії до Архіву: аби порятувати їх од власної ненажерливости. Чоловік усміхнувся Романі, і його очі примружились настільки гарно, аж Рому забили дрижаки. Її не покидало відчуття, що вона не розуміє його жартів, справжнього сенсу його слів, не розуміє причин його появи.

Чоловік тим часом скрушно зводив брови на переніссі: в його родині, схоже, він єдиний усвідомлює, що знімки становлять цінність. Йому нещодавно довелося зустрітися з прикрою правдою: його власний батько, небіж фотографині, намагався цих валіз позбутися. Богдан упевнений, що валізам місце саме тут, у музеї, що дослідники візьмуться за свою роботу і хтозна, що саме про власну родину і про її історію він іще довідається завдяки їм усім, завдяки їй, Романі.

Потім, коли гість нарешті пішов, посеред кабінету секретарки залишилися роззявлені смердючі валізи з десятками кілограмів паперу. Ейфорія кудись зникла. День раптом набрав понурих сірих барв, ніби насмоктався токсинів. Працівники, похнюпившись, розбрелися келіями.

Коротулька Саша, не вгаваючи, надсилала Романі у вайбер фотографії обіймів. А потім написала: «Ти мені допоможеш розгрібати валізи? Я сама не впораюсь».

*

Це було безнадійно: валізи були наповнені непотребом. Смердючим і зігнилим сміттям. Того дня, коли їх знесли до сховищ Архіву, Романа зустріла Богдана дорогою до метро.

Вона перетнула Софійську площу і якраз чекала на світлофорі, щоб Софійською вулицею спуститися до Майдану. У повітрі почали пролітати окремі сніжинки. Рвучкий вітер так блискавично змінював свій напрям, що час від часу сніжинки просто зависали у світлі фар і вуличних ліхтарів.

Рома бачила, що водій перед зеброю широко усміхається їй і жестикулює, але вона продовжувала йти, тому що жоден водій із такою осяйною усмішкою і в такій розкішній машині за законами світобудови не міг подавати їй сигналів.

Богдан вистрибнув у самій сорочці. Сніжинки падали йому за комір і відразу танули. Інші водії, яким Богдан заважав проїхати, знавісніло сигналили.

Ви хочете, щоб мене оштрафували? — засміявся він, взявши її чомусь обома долонями за плечі. — Ходімо.

Рома просто не хотіла, щоб ця проблема з транспортним рухом розбухала. Скупчення машин і людей, які витріщались на неї, поширювалося в навколишню темряву. Романа несподівано стала причиною вуличного затору в центрі міста. Верещання сигналів, лайка у відчинені вікна. Хтось вказував на неї пальцем. Якийсь вульгарний чолов'яга, спотворений спазмом злості, вибіг зі свого «паджеро» і кричав, не розбираючи слів. Над усім цим тьмяно полискував купол дзвіниці собору.

Рома впала на крісло поруч із місцем водія, і авто покотилося вперед, залишаючи позаду істерику й сором.

Куди вас везти? — запитав Богдан. — І як вас звуть? Ми знайомилися в Архіві, але вас було так багато, що я забув імена.

Навіщо ви все це затіяли? — невдоволено пробурчала Рома, хоча в машині їй стало затишно і добре, крісло виявилося теплим і зручним. Хотілось загойдатися тут, і забути про все, і їздити колами навкруги Собору і Оперного театру, повз Будинок вчителя і Будинок вчених, і повз Посольство Вірменії в Україні, і які завгодно посольства і будинки яких завгодно вчителів і вчених.

Я нічого не затіяв. Я просто намагався з вами привітатись, а ви дивились крізь мене, наче крізь шибу. Я ж приніс до Архіву чотири валізи матеріалів! Родинний скарб! Ми ж із вами про це розмовляли, це ж ваша дослідницька робота!

І тому ви кинули машину посеред вулиці і побігли за мною?

Припиніть зі мною сперечатись, — холодним голосом сказав Богдан.

Глибоко втопившись у теплому кріслі, Рома думала, що вона залишається сидіти в цьому авті зовсім не тому, що воно зручне і затишне, і що таким чином вона може спростити своє вечірнє добирання додому, не їхати в переповненому метро до Академмістечка, не стояти там у черзі на зупинці, мерзнучи від мокрого вітру і мліючи від смороду пиріжків, які продають у кіоску поруч із зупинкою, а потім не стояти півтори години стиснутою якимись типами в зашморганих куртках, втупившись поглядом у чиюсь потилицю зі шкірою грубою, як шкіра тварини, якщо цій тварині зголити шерсть. Рома здивовано виявила, що залишається тут покірно і мовчки тому, що цей чоловік, такий непривітний і брутальний, створює їй дискомфорт. Ця незручність, цей пісок у взутті, ця непросохла білизна під одягом сковували її рухи і магнетизували. Стан робив її безвольною.

А чоловік і не думав везти її в напрямку Клавдієвого. Він повернув із Верхнього Валу за Житнім ринком — з його трампліном даху над полотнами скла і металевими барельєфами, порожньої нічної бляшанки, навколо якої совгалися чорні опудала безпритульних. Білі стіни церкви Миколи Притиска у світлі ліхтарів здавались опуклими. Чоловік зупинив авто біля тротуару, не доїжджаючи до Флорівського монастиря.

Схоже, ви одна з небагатьох, кому я можу довіряти в цьому місті, — сказав Богдан, нервово тарабанячи пальцями по керму. — Зрештою, там, звідки я родом, довіра взагалі небезпечна для життя.

Він поглянув на неї своїми виразними світлими очима і гірко усміхнувся:

Розумієте, завтра вранці на мене чекає подорож. Не просто неприємна: огидна! І невідомо, чи я коли-небудь повернусь, розумієте? Я хочу попросити вас розділити зі мною цей вечір. Раз ми вже з вами сьогодні випадково зустрілися.

Зауваживши натяки на обурення, що явно проступили у виразі Романиного обличчя, Богдан додав офіційним тоном:

Ви повинні допомогти мені знайти одну цінну річ. Навіть не уявляєте, наскільки вона коштовна. Без вас я не впораюсь.

Я повинна? — видавши короткий збентежений смішок, запитала Рома.

Ну, я прошу вас допомогти, — Богданів тон раптом зробився жалібним і навіть плаксивим. — У мене мало часу. Завтра вранці я вже буду в дорозі. І ця річ дуже потрібна. Необхідна, розумієте? Не мені особисто: вся ця справа виходить далеко за межі особистих амбіцій. Це частина скульптури, уламок витвору мистецтва. Я повинен повернути його чоловікові, який поклав своє життя на те, щоб рятувати від знищення мистецтво минулих часів. Чоловікові, який дуже багато для мене важить. І перед яким я страшенно завинив.

Він вийняв із пачки, що лежала на панелі під лобовим склом, сигарету і почав розминати її у пальцях, смітячи собі на штани тютюном.

Ви курите? — запитав у Роми. І, не дочекавшись відповіді, мовив: — Я кинув.

Поки він, докуривши, безуспішно колупався у вхідних дверях під'їзду, примірюючи один за одним ключі зі зв'язки, Романа формулювала подумки повідомлення про те, що вона не зможе допомогти, бо їй уже час, що підвозити не треба, їй тут два кроки до метро. У Богдана тремтіли руки.

От чорт, — цідив він крізь зуби. — Розумієте, вони ніколи не зачиняють цих дверей, я в житті цим ключем не користувався.

Нарешті двері з внутрішнього боку відчинив заспаний консьєрж — літній чоловік зі скуйовдженими залишками волосся. Богдан кивнув йому мовчки і, тицьнувши пальцем нагору, першим увійшов досередини.

Вони піднімалися широкими сходами. Романі здавалося, що кожна сходинка була удвічі вищою і ширшою, ніж більшість сходинок, які їй траплялися у житті. Долоня обачно повзла прохолодним поруччям.

На кожен щедро освітлений простір поверху — лише одні двері, одне помешкання. Світло вмикалося, реагуючи на рух, із сухим клацанням. Тут і там блимали червоні цятки датчиків, сигналізацій, камер спостереження.

На найвищому поверсі, звідки вже тільки залізна драбинка вела нагору, на горище, Богдан жестом наказав Ромі завмерти на кілька сходинок нижче і не рухатись, а сам упритул наблизився до дверей сталевого кольору із невідомого Романі матеріялу, в якому одночасно можна було впізнати і дерево, і метал, і пластик.

На цьому етапі Ромі здалося, що Богдан п'яний. Розпластавши долоні, він почав обмацувати поверхню дверей згори донизу, вимальовувати якісь фігури і лінії, таємні знаки. Це тривало деякий час, аж доки, схилившись на коліна і копирсаючись пальцями біля порога, Богдан не прогугнявив: «Аг-г-га, є». Після цього щось ритмічно заклацало, пролунало кілька сигналів, Богдан звівся на ноги, переможно усміхнувся — і широко розвів руки, ніби збирався Роману обійняти. Рома помітила, що двері вже відчинені. Крізь вузьку щілину пробивалося неяскраве темно-жовте світло.

Треба просто знати, куди тиснути, — задоволено пояснив Богдан. — Двері — відімкнути, відеокамеру — вимкнути.

Вони увійшли в передпокій, порожній і світлий, що продовжувався так само порожнім довгим коридором із яскравими плямами фотографій на стінах. Фотографії зображали обличчя понівечених людей, зняті крупним планом. Рома ковзнула по них поглядом, одразу ж його розфокусовуючи, і зняла окуляри. Але миттєві відбитки моторошних портретів уже втрамбувались у її пам'ять: дірки носів, у темряві яких проглядались потаємні хрящі і полискували внутрішні запечені тканини, провалля ротів, позбавлених піднебінь, хаос розташування частин обличчя, немов на роботах кубістів.

Богдан засміявся і підбадьорливо поплескав її по спині.

До цього вам варто звикнути. Це помешкання мого батька, він пластичний хірург. Переважно працює з обличчям, справжній ювелір. Бачите, як людина любить свою роботу, — Рома не була до кінця упевненою, яку емоцію чує в голосі Богдана: гордість чи насмішку. Він переходив від портрета до портрета, пильно придивляючись до кожного: — Ці фотографії здаються йому красивими, вірите?

Романа обережно повернула окуляри на місце, але на знімках погляд намагалась не затримувати.

Богдан поманив її рукою, і вона пішла слідом за ним коридором, збагнувши, що чоловік уже повністю захоплений якоюсь ідеєю: його погляд був зосереджений, очі примружені. Він оцінював закутки і поверхні, до них приміряючись.

Допоможете мені шукати, — сказав Богдан. — Ви навіть не уявляєте, скільки в цій квартирі речей, скільки тут споживацького непотребу. Батько ніколи не визнавав, що має проблеми з накопичуванням. Він жадібний і загребущий, мій старий. Смішно, бо все життя це він критикує мене через мою любов до предметів. Тільки от я ціную зовсім інші речі. Знаєте які? — він навіть не поглянув на Роману. Йому явно було неважливо, чи вона слухає його, чи розуміє. — Я ціную речі, яким є що розповісти. Наприклад, голову лева від скульптури святого Онуфрія.

Що ми шукаємо? — запитала Романа, не певна, чи хоче вона з'ясовувати, що саме Богдан має на увазі.

Він здивовано звів брови, ніби прагнучи підкреслити Ромину недорікуватість:

Я ж сказав. Ми шукаємо уламок каменю, завбільшки з невелику капустину. Ви впізнаєте в ньому голову тварини — обличчя лева. Він має доволі поважний вигляд. Не бійтеся, ви не зможете його не зауважити. Камінь був світлим, але потемнів від часу і шарів фарби, якою його методично вкривали селяни. Ми повинні повернути цю голову на її місце. Ви розумієте?

Романа відчула, як роздратування піднімається їй до голови. Відвернулася від Богдана — тільки для того, аби втупитись поглядом у фотографію жіночого тіла, з якого звисали цілі мішки, важкі безрозмірні сувої білої зморшкуватої шкіри. Вони спадали на підлогу з живота, рук, боків, чимось скидаючись на лаштунки в театрі.

Чому Романа не йшла геть? Чому вона залишалась у чужому помешканні з неприємним їй і, вочевидь, ненормальним чоловіком?

Почнемо звідси, — рішуче сказав Богдан. Він розсунув стіну, що виявилася дверцятами місткої шафи. На полицях лежали картонні коробки з побутовою технікою: міксерами, блендерами, кухонними комбайнами, пилотягами, прасками, оверлоками, кавоварками, кавомолками і капучинаторами, мультиварками, електричними чайниками, термопотами, хлібопічками, цитрус-пресами, йогуртницями, вафельницями, скиборізками, фритюрницями, шашличницями, епіляторами, фенами, електробігудями, тримерами, масажерами, підлоговими вагами, електроковдрами.

Що це — склад якогось магазину? — запитала Романа.

Це людська жадібність, — по-діловому відповів Богдан, безцеремонно скидаючи коробки на землю. Він розчищав полицю за полицею, зазираючи до кожної коробки, більшість із яких були ще не розпаковані. Богдан вийняв ножа з набору кухонних ножів і використовував його для розпаковування.

Вони переходили від шафи до шафи, і з'ясувалося, що мало не всі стіни у цьому помешканні складалися зі сховищ. Богдан натискав на вертикальні й горизонтальні панелі, виявляючи перед Романою все більше комодів і етажерок, прихованих полиць і шухляд, запасних антресолей і комірчин. Богдан і Романа переходили до наступних приміщень, залишаючи позаду себе божевільні розвали, сліди землетрусів і вивержень вулкану, хаос і непристойність. Приблизно таку розтерзаність залишають по собі злодії.

Весь цей час, відколи сіла до чужої машини, Романа потерпала від непроникної перепони відчуження між Богданом і собою. Байдужости, яку вона природним чином повинна була відчувати у стосунку до людей в метро чи маршрутках, до перехожих — і якої часто не відчувала. Натомість зараз, коли ситуація набирала дедалі інтимніших обертів, Рому бентежило, що їй ніяк не вдається наблизитись до свого нового знайомого, незважаючи навіть на злагодженість їхніх рухів.

Тож Рома спробувала намацати бодай якесь потепління, зав'язуючи розмову, поки її чутливі пальці перебирали тканини й целофанові обгортки, розстібали ґудзики і блискавки, розбирали стоси предметів, щоб потім знову їх зібрати. Романа запитувала про це помешкання і про те, чи батько не розсердиться, побачивши, що вони перевернули тут усе догори дриґом (на це Богдан пхекнув: «Але ж ми хочемо, щоб він розсердився»), про те, чому Богдан сказав, що нікому не може довіряти, про те, звідки ж він родом, намагалася розпитувати про сім'ю, про життя в Києві, про життя. Богдан відповідав односкладно — саме так, щоб не повідомити Романі нічого. І аж коли вона поцікавилася, ким був той чоловік, заради якого вони перевертають все в цьому домі догори дриґом, нарешті сталася зміна.

І ось тут її, Роману, було винагороджено. Бо погляд чоловіка пом'якшав і потеплішав, він дивився на Рому мало не з ніжністю, ковзаючи очима по її обличчю з несподіваною увагою. Його голос округлився і злагіднішав, він говорив обережно і зацікавлено, ніби гойдав дитину.

Понад усе він хотів би зараз поїхати на розкопки, сказав Богдан. Хотів би розібрати бодай невеличкий могильник. Але оскільки зараз не сезон, їхати доводиться деінде, в інших справах.

Саме під час своїх найперших розкопок у житті, будучи ще першокурсником, біля кам'яних балясин, відкопаних у підземеллі Підгорецького замку, Богдан і познайомився з доктором *honoris causa* Омеляном Майструком.

Досі не уявляю, чим можна пояснити його особливу до мене увагу, — зачудовано знизав плечима Богдан. — Що він побачив у мені такого, про що сам я ніколи не підозрював, у що я першим не повірив би і що б заперечив. Як він розгледів у мені щось цікаве — чого за все моє життя не здатні були розгледіти ні батьки (що не дивно, бо їх ніколи не було поруч), ані баба з її сестрами (які від мене не відлипали), ні мої нечисленні приятелі.

Богдан описав Романі невисокого сухого чоловіка з сивим розвіяним навіть у приміщенні волоссям — складалося враження, що той постійно перебував на перехресті буйних вітрів. Описав поли його плаща, ледь зашироку в плечах маринарку, ледь задовгі штани, розтоптані мешти. Описав його пильний погляд, його тиху мову, його зосередженість. Його маніякальність, коли справа стосувалась архітектури чи мистецтва минулого, а особливо — зразків рококо й бароко, в якому він кохався з жагою онімілого від обожнення юнака.

Ось тоді я і пізнав, — розповідав Романі Богдан, — як слід по-справжньому дивитись на кам'яні статуї костелу в Підгірцях, на скульптури Томаса Гуттера і Конрада Кутшенрайтера, на дзвони Теодора Полянського, на роботи його зятя Франциска Олендзького, на іконостаси в Ізюмі, Лохвиці, Гадячому й Гадячі, Козельці, Чемерисах Волоських; на Ратушу в моєму рідному містечку, якої я раніше, здавалося, ніколи по-справжньому не бачив. Я ніби вперше довідався про майстра Пінзеля, який у середині XVIII століття працював у місті, в якому я народився, і залишив по собі в костелах і церквах потріскані животики путті і відламані кінцівки святих, якими ще не встигли розпалити багаття у минулі десятиліття.

Він марив музеями і реставраціями, був готовий на все, щоб роздобути гроші на порятунок напівзгнилої каплиці у віддаленому селі, до якої можна було дістатись тільки пішки. Він не шкодував себе: не спав ночами, згорав від хвилювання, що цієї осені грибок остаточно роз'їсть старі дереворити, що взимку колони Костелу Воздвиження та святого Йосипа заваляться під вагою снігу — і тому не помічав ані власного болю в кістках і шлунку, ані потреб близьких людей, які вимагали його підтримки. — Але мене чомусь помічав, — знову знизував плечима Богдан.

Якось він попросив мене відфотографувати скульптури святих Атанасія й Леона на фасаді Собору святого Юра. Я повинен був зробити щонайменше сотню знімків, зафіксувавши окремі фрагменти, чітко розписані Майструком, — розповідав Романі Богдан. — Я досі пам'ятаю ті аркуші, видерті зі шкільного зошита в клітинку. Пам'ятаю, наскільки Майструкове «к» скидалось на «н», тимчасом як «н» майже неможливо було відрізнити від «п». Я стояв там, угорі, поруч із кам'яними митрополитами, заляпаними голубиним послідом, і час від часу зиркав додолу, на дрібну постать мого наставника, який не відводив від мене погляду, закинувши обличчя догори.

Це сталось після того, як я показав йому деякі зі старих знімків моєї родички: Майструк прийшов від них у захват. «Її талант передався і вам, — сказав він мені. — Ви здатні помічати речі, недоступні очам інших».

— І я повірив йому! — вигукнув Богдан, і Романа відповіла йому захопленою усмішкою. — Відтоді — аж доки не схибив — я фотографував для нього Пінзелеві скульптури.

Його голос болісно надламався, і на якусь мить Богдан немов вибляк, утратив барви.

Але вже наступної хвилі він знову наелектризовано випростався. — Я все виправлю, — твердо промовив він. — Нехай я більше ніколи не зустрінусь із Майструком, нехай він так мене й не пробачить — але я поверну йому втрачену голову Пінзелевого лева, а собі поверну втрачений сенс.

Він розповідав про свою роботу, про подорожі і фізичну працю, про заглиблення й вивчення, про обставини й інструменти так, як молодий батько може розповідати про немовля. Він вщерть налився азартом і пристрастю, немов картяр.

Рот наповнився слиною, що густо поблискувала на язиці, поки Богдан, не вгаваючи, переповідав анекдоти й випадки, які з ним траплялися під час тієї чи іншої поїздки, чи про тонкощі пошуків, про ланцюжки помилкових кроків, які здавалися єдиноправильними, висмоктували сили і час, а потім виявлялись лабіринтами, що приводили в глухий кут. У нього тремтіли руки, а на щоках з'явився рум'янець. Він почав сміятись, посвячуючи Роману в містифікації і фальсифікації, що тривали довше, ніж людське життя, ніж життя кількох поколінь людей.

Тепер уже Рома вела перед у пошуках. Тепер вона стежила за тим, щоб не пропустити жодної полиці, жодної шухляди, тому що Богдан, захоплений своєю пристрастю, думками перебував десь далеко. Він штовхав Рому в плече, брав її за коліно в найбільш напружені моменти власних розповідей, а вона, усміхаючись у відповідь, раділа, що таки знайшла до нього підхід, що цей стриманий чоловік, виявляється, здатен бути таким палким, таким запальним. І з вдячності за те, що він їй відкрився, Рома докладала до пошуків дедалі більше зусиль.

Його запал і жар, його збудження осявали Роману і гріли її. Вона почувалася спільницею. Почувалася причетною.

У кімнаті з особливо вкрадливим освітленням, де на підвіконні у квадратних вазонах росла газонна трава, а під склом підлоги глянцево мерехтіли фарбовані чорним камені, Богдан хвацько потягнувся догори і звісився з якоїсь поперечини.

Це спальня, — повідомив він Ромі, опускаючи додолу широке ліжко і тим самим відкриваючи дерев'яні полиці, на яких було навалено різний мотлох, що видавався чужорідним у лощених декораціях помешкання. Від мотлоху тхнуло запахом старости, цвілі. Тут лежали старі ікони на потріскних шматках аж почорнілого дерева, охайно поораного шашелем: личка святих, що проглядалися з облущеної поблякої фарби, були чимось схожі на обличчя пацієнтів на стінах помешкання, якби їх намагалася скопіювати рука дитини; оберемки банкнотів Ваймарської республіки; австрійські дукати; поштові марки на честь дня народження Гітлера; листівка з Тюркеншанцпарку з водоспадом і альтанкою, списана дрібним і нерозбірливим почерком; два настінні бронзові підсвічники; невелика коричнева книжка в палітурці з м'якої шкіри з жовтими, а то й брунатними сторінками, старанно списана кимось і змальована майже повністю; і уламок кам'яної голови людиноподібного лева, що молитовно склав лапи.

Богданове обличчя осяяв хлоп'ячий захват. Він по-змовницьки зазирнув Романі просто в очі, наблизившись упритул і схилившись до неї зі свого чималого зросту, і торкнувся кінчика її носа своїм. Йому заважали її окуляри, і тому він обережно зняв їх із Роминого перенісся і поклав на поличку, між іконами. Тоді підібрав із підлоги золотисту термоковдру, складену прямокутником, і навіщось розклав її на ліжку, а тоді вклав на її неприємно-холодну поверхню Роману, як рибину кладуть у кишеню з фольги для того, щоб її запекти. Романа слухняно дозволила Богданові себе вкласти, перед тим допомігши йому стягнути з себе вузькі джинси, з якими він не міг впоратися, посприяла у зніманні светра і розстібанні бюстгальтера, погодилася позбутися трусів. Вона повністю роздягнулась сама, поки Богдан сидів поруч у неприродній позі, теж наполовину роздягнутий, нетерплячий, серйозний і роздратований, уже нічого не розповідаючи.

Мені подобаються твої груди, — сказав Богдан, не дивлячись на Романині груди, і якось дуже відповідально почав Роману цілувати. Він злився, здавалося, на те, що Романа весь час усміхається, ніби просячи пробачення за таку безглузду ситуацію.

Богданова долоня мимохіть притиснула м'якуш груди, а тоді його пальці почали ковзати ребрами, ледь торкаючись шкіри. Рома видихнула густе повітря Богданові в шию. Він став настирливішим, обома долонями міцно схопив Рому за поперек — і раптом відсахнувся, як обпечений: його пальці наткнулись на жорстку затверділу тканину, що на дотик нагадувала кору дерева.

Що це? — запитав він, вигинаючись і придивляючись до Роминої талії. Богданові очі були широко розплющені. Здавалось, він щойно прокинувся. На жіночій шкірі перед ним пролягав широкий нерівний шлях. Сама жінка затихла.

Це мій шрам, — пошепки пояснила вона, ніби перепрошуючи. Богдан продовжував роздивлятись коричневу смугу, торкався пальцями складок і зморщок, розгалужень, які відходили від основного річища й розтікались у протилежних напрямках аж на спині.

Звідки він? Що з тобою сталось? — запитав Богдан, нарешті знову наближаючи своє обличчя до Роминого, але не припиняючи торкатись пошкодженої Роминої шкіри.

Можна, я потім розповім? — попросила Романа. — Я зараз не хочу... Це давня історія. Я не хочу туди повертатись.

Вона зазирнула Богданові в очі благально і вперто, взяла його долоні у свої і повернула їх собі на груди.

Ось так, — сказала вона.

Ти бачила ці фотографії там, на стінах? — раптом пирхнув Богдан їй у вухо, боляче прикушуючи мочку. — Недарма ти сюди потрапила.

Рома стиснулась усім тілом і сильним рухом відштовхнула від себе Богдана. Він не відпускав її, щось нашіптуючи на вухо, просячи пробачення, заспокоюючи, і вона врешті знову обм'якла.

Термоковдра рипіла, жорстка і холодна під голою спиною Романи. Зосереджене і старанне обличчя Богдана над нею ніяк не пов'язувалось з тим, що відбувалось трохи нижче, всередині, в її гарячій і м'якій тісноті. Бракувало якихось кількох міліметрів, певного кута, трохи зміненої позиції, прогнутої попереку чи випростаної ноги, щоб нарешті ця японська головоломка запрацювала. І Романа прогинала попереку, випростувала ноги, згинала їх і дужче розводила, злизуючи крапельки слини зі слизової, відчуваючи, як на піднебінні і в гортані осів запах деревини, з якої щойно до живого здерли кору, — але все марно. Вони продовжували залишатися кожен сам по собі, відокремлено. Хоч усі деталі увійшли в пази, а поступально-обертальні рухи здійснювалися то в пришвидшеному, то заповільненому темпах, хоч золотисту термоковдру зросило дрібненькими крапельками, і їх огорнуло солодкаво-солоними ароматами — жодна з чотирьох зіниць не захопила собою цілу рогівку, невситимість не розпалила нутрощі вогнем, вони не пустилися берега.

Знесилений Богдан сповз і стояв над розпластаною Романою майже голий, тільки в розстібнутій сорочці, яку чомусь так і не скинув.

До ранку залишалося кілька годин. Богдан розпакував для Романи спальник, що повинен був витримувати значний мінус і захищати від вологи, а сам побрів кудись углиб помешкання. Шарудіння целофанових пакетів, крізь які він ішов, поволі стихало, аж доки його зовсім було вже не розрізнити. Натомість десь під вікнами, на вулиці, чулося бурмотіння жіночих голосів, які повторювали щось про левів і фініки, про бесіду на самоті та дерзновення, шість місяців гріха і вічну муку, пустелю й одіж із бадилля. То були черниці Флорівського монастиря, пристрасні вірянки, які бачать крізь стіни і зазирають у душі грішників.

Наступного ранку Романа не з'явилася на роботі. Світанок застав її в черзі на клавдієвську маршрутку з новеньким туристичним наплічником. Наплічник Y-3 від Йодзі Ямамото відчутно відтягував плечі своїм вагомим умістом: окрім доволі вагового уламка лев'ячої голови вона навіщось забрала з собою старий смердючий записник із задубілими аркушами. Виразом свого жалібного обличчя лев благав не залишати його, молив, щоби з ним були поруч, — і Романа не здатна була відмовити.

У ледь морозяному повітрі вже висів запах пересмажених на отруйній олії пиріжків. Романа думала, чи можна вважати її нічну пригоду любовною. І чи доведеться їй іще колись потрапити до помешкання на Притисько-Микільській.

*

Але й барахло у валізах не давало їй спокою. Вона точно знала, що не хоче продовження нічної любовної пригоди, що не бажає більше зустрічатись зі своїм випадковим коханцем, що її не приваблять більше ні його приємний тембр голосу, ні розріз очей, ні великі долоні, ні замріяний і відсторонений погляд, ні високий зріст, ні шерехатість щоки, ні м'язи спини, ні зверхність, ні стриманість, ні запах, ні нахабство, ні несподівані м'якість і захват, ні відчуття спільництва, ні пережитий незрозумілий, одначе безпомильно незаконний, досвід у чужому помешканні. Романа засинала з труднощами: перед очима стояли портрети спотворених людей, оголені сухожилля і хрящі, відсутні з'єднання між частинами черепа або, навпаки, — додаткові нарости, роздуті, налиті кров'ю пухлини, рожево-сизі новоутворення, нахабні жировики, сосочкові вирости. Вона не могла відігнати від себе видіння, в якому пульсувала бліда, ніжна, прив'яла тканина мозку, визираючи з отвору чийогось виголеного черепа.

А вдень, щойно була нагода, спускалася темними сходами додолу, до підвалів і погребів колишнього монастиря, до фондів Архіву, де під розмірене скрапування конденсату з труб, під тривожне шурхотіння невидимих гризунів навколо знову запорпувалась у вміст чотирьох Богданових валіз, що були напхом напхані різним непотребом.

Знову і знову перебирала коричнево-сепієві фотокартки з застіль, днів народжень, похоронів і хрестин; придивлялася до натовпів людей (жінки у хустках, чоловіки притискають до піджакових лацканів кашкети), намагаючись розгледіти за межами знімка постать або явище, до яких були прикуті зосереджені погляди; вивчала людей на подвір'ях храмів, з кошиками; людей над ополонкою, взимку; мерців із запалими щоками у трунах, серед квітів; зарюмсаних і замурзаних дітлахів посеред двору, гарбузів, болота, гусей; поля і городи; мости; церковні шпилі, вежі, мури, каріятид, сходи, монастирі, руїни; розглядала, як люди набирають у відра воду з джерела; коней і вози, візників; священника в рясі, з кадилом і двома хлопчиками-служками (близнюками); чоловіків у лісі на полюванні; ратушу зі скульптурами; понівечені деталі скульптур; пагорби; вид на місто, на пагорби, на руїни, монастир, ратушу, голубів на дахах, гарбузи на балконах, ковані решітки стоків, у які стікає сік гнилих овочів, єврейський цвинтар, християнський цвинтар, музичну школу, жіночу консультацію, верби, річку, гаражі.

Крім фотокарток, були також листівки з міськими видами, на звороті яких повідомлялися найбанальніші побутові речі: «Уляна здорова», «Горіхи вродили цього року добре», «Приїздіть на хрестини».

І ще — якісь розшматовані нотатники, аркуші, замотані тельбухами сплутаних ниток, списки речей і предметів, продовольства. Помітки і записи — з датами, кілометрами, навіть якимись координатами, описами погоди. Часом — щось схоже на щоденникові записи, з яких нічого (навіть розібравши більшість слів) неможливо дібрати.

Разом із Коротулькою вони старанно й чемно розсортували вміст валіз: розділили на кілька окремих видів, перебрали фотокартки, вдивляючись у німі обличчя, перечитали нотатники та розрізнені аркуші й дійшли висновку, що жодної цінности цей мотлох не має. Про це на прохання Коротульки Саші Романа повідомила директорку в написаному тристорінковому звіті («Ти краще пишеш, — сказала Коротулька, — а я б сиділа сто років»).

Я й так це знала, — незворушно повідомила директорка, скоса милуючись у вікно на митрополичий сад і будинок Варлаама. Навіть цієї найменш привабливої пори, коли дерева стояли оголені, а з болота стриміли мертві клапті брунатної трави, коли вже від самого ранку назовні нидів млистий і тонкосльозий вечір, у залишках клумб і газонів митрополичого саду, в його потаємних лавках, прикритих вигнутим гіллям декоративних кущів, можна було вгледіти заспокоєння і красу.

За словами Роми, директорка схилялась до того, що всі чотири валізи треба негайно викинути на смітник, щоб не захаращувати ними архівного простору. Дослідники і так мали над чим працювати, оцифровуючи матеріяли, проводячи облік і ревізію. Скільки рукописів по-справжньому важливих діячів чекали у сховищах на те, що їх зауважать, що їх опрацюють, що про них заговорять.

Рому рішення директорки занепокоїло. Вона погоджувалась із тим, що валізам у їхньому Архіві не місце, але їй стало нестерпно прикро від думки про всі ті сотні дурнуватих знімків із наївними простацькими обличчями на них, про листівки й нотатники з нерозбірливою базграниною серед смороду і жаху сміттєзвалища. Колись і для когось цей непотріб мав значення. Колись усе це було, можливо, чиїмось скарбом — і вже тільки тому мало шанс на порятунок.

Хіба не він, хіба не Богдан тієї ночі, коли вони сиділи удвох серед картонних коробок із технікою, у неозорому безладі, аж захлинався, говорячи про уламки і черепки, культурні шари і горизонти, глибину залягання, зуби і хребці, монети, ґудзики, шматки обвугленого закам'янілого дерева, мікроскопічні клаптики зітлілої тканини, про надзвичайну цінність непотребу. Про те, що будь-яка річ може розповідати. Що, поєднана з іншими речами і їхнім заляганням у надрах землі, вона може розповісти історію створення світу, історію війни, історію людини.

Тепер Романі залишалось лише піти на Притисько-Микільську і запитати ще раз. Вона не хотіла його бачити, в неї кінцівки хололи від однієї думки, її вернуло від цієї неприємної необхідности. Але історія створення світу важливіша за мої почуття, вирішила Романа і попросила директорку Архіву дати їй трохи часу, щоб остаточно закрити питання смердючих валіз.

ПРОФЕСОР

Було всього лише кілька хвилин по сьомій, але навколишня чорнота здавалась цілком нічною. Рома дісталася до Контрактової, і там, у глухому закутку позаду вхідних дверей до крамниці, їй довелось на кілька хвилин завмерти, оскільки від передчуттів їй стало млосно й недобре. Взад-уперед сновигали люди, зустрічались одні з одними, радісно щось вигукували, втомлено позіхали, ковзали байдужими поглядами, буркотіли й вибухали роздратуванням. Пахло гарячим шоколадом з кондитерської за рогом і прілим одягом бездомного чоловіка з брудними пальцями рук і ніг, який докурював чиюсь сигарету, сидячи на бетонному парапеті.

Рома незбагненно довго повзла від виходу з метро до церкви Миколая Притиска. У напрямку Флорівського сунули ссутулені жінки, щільно замотані чорними хустками так, що назовні стриміли тільки їхні сповнені осуду рильця. Романа знала, що їм про неї нічого не може бути відомо — звідки ж у такому разі походили ці гострі погляди, це перешіптування, це озирання їй услід? Якоїсь миті бічним поглядом вона помітила, як одна з жінок нахилилась і підняла з землі камінь, а тоді швидким кроком рушила в напрямку Романи. Рома кинулася вперед і влетіла в розчахнуті двері під'їзду.

Вона бігла догори сходами, надто пізно зметикувавши, що консьєрж щось кричить їй услід, але не могла себе зупинити, не могла йому відповісти, не могла заспокоїтись. У помешкання вона майже вдерлась: задихана, розпашіла, з тремтячими руками, розширеними зіницями. Вже аж заклякнувши на початку знайомого коридору, зрозуміла, що й ці двері чомусь відчинено. Просто перед нею стояв розгублений чоловік, якого Романа бачила вперше.

Вони мовчки дивились одне на одного крізь скельця своїх окулярів. У Романи окуляри були великими й помітними, блакитна пластикова оправа ховала за собою мало не пів лиця. Окуляри господаря — майже невидимі, вузькі й видовжені, сріблясті дужки поблискували на скронях, нишкнучи серед сивих пасем. Цікаво, подумала Романа, чи він також вірить, що окуляри допомагають йому бачити приховане. Наступної миті вона зауважила, що чоловік чимось невловно схожий на Богдана, хоч не такий високий і широкоплечий, а його сиве волосся скуйовджене зовсім в інший спосіб — так, як куйовдиться сиве волосся у літніх чоловіків у хвилини розгубленості. Він стояв босий, одягнутий в смугасті піжамні штани й сорочку з краваткою, з манжетів стирчали міцні засмаглі зап'ястя, вкриті ледь кучерявим темним волоссям. Отже, це Богданів батько, зрозуміла Романа.

Богданів батько також помітно заспокоївся. Здивування на його обличчі плавно перетворилося на здогад, розуміння й полегшення. Хоча від цього він не став веселішим: його пригнічував якийсь нездоланний смуток. Романа одразу прочитала це з тіней під очима чоловіка, з понурих кутиків тонких уст, із запалих щік. Не було сумніву: це чоловік, який звик до старанного щоденного гоління — однак сьогодні він чомусь пропустив свій ритуал, і тепер цупку шкіру його щік вкривала помітна сива щетина.

Він силувано усміхнувся і простягнув руку:

— Я не чекав на вас сьогодні, — зізнався він, коротку мить міцно стискаючи Ромину долоню. — Але це навіть добре, що ви прийшли, бо я сам би не впорався.

І цей сам би не впорався, подумки зітхнула Романа, не розуміючи, до чого він хилить.

— Ви зможете взятись за роботу негайно? У нас тут сталося дещо непередбачуване, — і він, делікатно беручи Рому за зап'ястя якимось абсолютно музичним, диригентським, хоча ні, ні — хірургічним рухом, повів її слідом за собою, повз зображення роздертих облич, які крізь спазми болю, крізь сором своєї потворности не зводили з Романи і пильних, й отупілих від сорому та огиди до себе самих очей. Господар цього не помічав — він демонстрував Романі, що діялось у кімнатах його помешкання.

Таке собі стихійне лихо, — гірко всміхнувся чоловік і, поправивши окуляри жестом, який нагадав Романі її власний, схилив голову на груди, наче зажурений голуб, що перечікує зливу під стічною трубою.

Романа зовсім не здивувалась, побачивши перед собою приміщення: розчахнуті шафи, вивернуті шухляди, купи одягу, коробки з міксерами, блендерами, кавоварками, прасками, епіляторами, фенами і шашличницями. Перевернуті горщики з газонною травою, роздерті пакети з декоративною тирсою. У щілинах між дошками підлоги вилискували кольорові намистинки.

Це склад якогось магазину? — запитала вона, щоб тільки про щось запитати. Її дихання досі ще не втихомирилося.

Літній чоловік поглянув на неї здивовано:

Та ні, це все наші речі. Просто їх поперевертали, — в його погляді прослизнула тінь благання: — То як, ви зможете сьогодні? Я знаю, ми так не домовлялися.

Поприбирати? — запитала Романа.

Ну, так, — розвів руками чоловік. Його голос на мить зрадив роздратування, яке він негайно приховав, вправно пом'якшивши інтонацію. — Ви ж прибиральниця?

Романа кивнула. Господар надто палко схопив її за руку і на мить притиснув до грудей, а тоді знічено відпустив, розгубившись через власний порив.

О, я вам так дякую! Що б я робив без вас... Якийсь містичний збіг: ви ж мали прийти щойно за тиждень, я навіть забув, що просив підшукати нову прибиральницю. Як вдало! Як вчасно!

Він радів, не припиняючи сумувати.

Ви поки що відпочиньте, ви так захекалися. Поспішали? — дбайливо поцікавився він. І одразу ж перелякано перебив сам себе: — Ви кудись поспішаєте?

Романа з дивним спокоєм, який раптом спустився на її голову і крізь ніздрі проник у дихальні шляхи та в легені, запевнила:

Та ні, я не поспішаю. Я ж сказала, що приберу.

І негайно, одразу ж, на очах у чоловіка взялась до роботи. Вона досить добре пам'ятала, як усі ці предмети були складені раніше, до якої шухляди слід ховати жіночу білизну, до якої — чоловічу, до якої шафи ставити кухонне приладдя, а до якої — спортивні аксесуари.

Чоловік натомість знову розхвилювався:

Ви не образилися на мене? — зазирнув він зосередженій Романі в обличчя. — Як вас, до речі, звати? Як ваше ім'я?

Романа, — усміхнулась Романа, показуючи, що не образилась.

Криводяк, — чоловік знову простягнув долоню, і Романа потисла її, поглянувши йому в очі. — Професор Криводяк, пластичний хірург, — додав він, не здогадавшись назвати власного імені.

Так, вони з Богданом були чимось дуже схожі, але чимось і відрізнялись, і Романа ніяк не могла збагнути, чим саме. Тембри їхніх голосів звучали по-різному, вони інакше інтонували слова й мали різні відтінки рогівок, різні форми носів, різні вигини брів, різні овали облич, різні статури, вже не кажучи про вік і зріст — але Романа не могла відігнати від себе тягучого, не до кінця неприємного відчуття, що повільно розкривалось усередині, роблячи одночасно трохи боляче й лоскотно: цей чоловік так сильно нагадував їй Богдана.

*

Це поліція, не лякайтесь, — кинув у бік Романи чоловік і поспішив назустріч відвідувачам, заляпавши босими ногами по дошках підлоги.

Завмерши серед картонних хмарочосів, з трубою від пилотяга, що скрутилася навколо неї лискучим тілом удава, вчепившись обома руками в холодний метал гантелей, Романа дослухалась до того, що діялось у передпокої. Вона чула невдоволений жіночий голос, який цікавився зображеннями на стінах. Господар, Богданів батько, щось пояснював. Він, мовляв, пластичний хірург, і це його колишні пацієнти. — Жахливо, — реагував на це набагато вищий за тембром від жіночого голос, про який Романа чітко знала, що він належав чоловікові.

Романі здавалося, що господар у відповідь тільки знизував плечима під своєю світло-блакитною сорочкою, і краватка кумедно підстрибувала догори. Жінка наказала йому розповідати. Романа почула, як коридором наближалися її кроки. Вона була взута в якесь важке взуття — шнуровані черевики до середини литки з товстою підошвою. З підошви відколювалися, вилаштовуючись нерівною стежкою, зашкарублі шматки болота, нерівні потріскані крихти. Ґумка піжамних штанів, підтягнута нервовими руками, святковою хлопавкою ляскала об поперек господаря. — Знаєте, — промовляв чоловік, — знаєте, я хочу відмінити свій виклик. Немає жодних проблем.

Романа збагнула, що жінка зупинилася на півдорозі і різко обернулась до господаря помешкання. Кобура з пістолетом і кийок ритмічно плескали її по міцних стегнах. Романа запідозрила, що у жінки видовжилось обличчя і брови знеслися на чоло, вигнувшись від здивування. Справжнім контральто вона обурилася, бо вже нічого неможливо було відмінити, адже професор залишив заявку про пограбування, і ось вони, поліціянти, тут, їх не скасуєш. І взагалі, нехай сам подивиться, що тут у нього коїться, нехай роззує очі.

Нарешті вона з'явилася на порозі кімнати, на підлозі якої серед цінного майна заціпеніла Романа. Темне волосся поліціянтки було стягнуте в кінський хвіст на потилиці, туш під очима обсипалась після цілоденного виснажливого чергування. Жінка з підозрою, прискіпливо придивилася до Романи, наблизилася до неї, завмерла угорі: справжня велетка. Романа, піднявши до неї обличчя, відчула біля своєї щоки маятникове погойдування ґумового кийка. — Це ще хто така? Чому вона порушує місце злочину? — звернулась поліціянтка до господаря, до цього скуйовдженого чоловіка в піжамних штанах, який якраз боляче вдарився ногою об гіроскутер і голосно засичав. — Ви не роззулися, — зауважила поліціянтці Романа, чуючи власний голос ніби збоку. — Погляньте тільки, якого бруду ви понаносили, хто це буде прибирати, по-вашому, скажіть, будь ласка?

Ці слова подіяли на поліціянтку, як магія. Господареві навіть не довелося вже пояснювати, що Романа — їхня нова прибиральниця, яка допоможе йому з усім цим безладом, бо сам він не впорається. Поліціянтка обережно, навшпиньки повернулась назад до дверей. — Що ж ви так, — заходилась вона картати професора, але якось дуже по-доброму, по-материнськи, — навіщо ж ви нас викликали — і відміняєте, давайте хоч відеозапис переглянемо, там же злодіїв видно. — Ну що ви, — так само лагідно відповів їй на це професор, — не варто витрачати час, я й так знаю, хто все це тут накоїв, і не маю сили вкотре краяти собі серце, тим більше, що нічого й не зникло, це навіть пограбуванням неможливо вважати. — Напарник поліціянтки, на льоту вловивши зміну настрою, так само миролюбно втрутився у розмову, цікавлячись, хто ж, усе-таки, виконавець і призвідець цього обурливого розгардіяшу?

Професор завис у миттєвому ваганні. Йому явно не хотілось нічого відповідати. Сором і туга вивертали всі його нутрощі, і Романа здатна була відчути це навіть крізь товстелезні царські стіни, її вже й саму давно мліло, не сумнівайтесь, але, зрештою, господар помешкання відчував перед поліціянтами власну провину, і тому, як мінімум, мусив втолити їхню цікавість.

Це мій син, — промимрив він, понуривши голову. Тоді різко звів її і здивував співрозмовників спалахом агресії, що недвозначно відобразилася на обличчі: його блискучі очі широко розчахнулися, вилиці та щелепи набрали обрисів жорсткости, налились вагою, а губи викривились озлобленою гримасою. — Це мій сорокарічний син, який ніяк не подорослішає. Думаєте, він уперше робить щось подібне?

Романа продовжувала слухати, як професор викладав перед поліціянтами декотрі обставини свого життя, оскільки ситуація виклику поліції перейшла у розряд людських, майже інтимних. — У дружини четверта стадія, — говорив професор, наливаючи гостям чаю. Романа чітко чула дзвінке дзюрчання, тому що професор був наділений специфічною звичкою високо піднімати заварник у повітря, здіймаючи його мало не до рівня власної голови. Дружина не вилазить із клініки, казав він, тож йому, її чоловікові, постійно доводиться перебувати поруч. Він подбав про найкращих фахівців, він же й сам хірург, він усіх знає у світі медицини. Тільки, будь ласка, благав він, ніби від цього залежало життя його дружини, нехай вони, поліціянти, не думають, що він якийсь герой, святий чи мученик, бо його відданість і самопосвята пояснювалися суто практичними міркуваннями. Він же лікар, він мусив стежити, як рідка хімія крапля за краплею мандрувала прозорими трубочками, що звивалися навколо вижовклого тіла дружини, як рідина крізь голки просякала у вени з крихкими, мов гіпс, стінками, щоби кров рознесла отруту організмом, доправивши її до кожної клітини, частину з яких слід було знищити. В результаті цієї процедури загинула переважна більшість добрих клітин, однак залишалося сподіватись, що якимось дивом декотрі збережуть дієздатність, навіть життєдайність, і що шанс усе-таки буде, що б там не казали всі її онкогастроентерологи, онкогінекологи, онконейрохірурги. Професор говорив (а поліціянти тим часом сьорбали, вже навіть не зважаючи на високу температуру напою, так міцно діяв на них ефект співпереживання), що існували переконливі причини, чому він не відходив упродовж цього останнього року від її ліжка, від її тіла. В якомусь сенсі (і він не мав на увазі жодної містики чи магічних збігів, а говорив лише про фізику, логіку, про причинно-наслідкові зв'язки), те, що відбувається із дружиною, — його провина, і цьому він не може зарадити. Йому залишалося сидіти поруч, зустрічаючи поглядом кожну краплю аспарагінази, ведучи її власними зіницями крізь звивини системи, а тоді відпускаючи в тіло дружини, у вільне плавання, як мати-дельфініха назавжди відпускає в океан свого підлітка-сина.

Уживши цю виразну метафору про сина, професор надовго замовк. Романа знала звідкілясь — хоч продовжувала охайно й цілеспрямовано складати до невдало розірваних пакетиків перламутрові ґудзики, перлини і намистинки з венецького скла, — що тієї миті він сидів, спершись ліктями об кухонну стільницю й обхопивши чоло руками. Його шия була зморщена, рапата, з вух стирчали жорсткі сиві волосинки. З кінчика носа звісилася краплина, але професор встиг вчасно її помітити і перехопити. — Син ворогує зі мною, — глухо бубонів професор, не піднімаючи голови і не зауважуючи, що він сидить у цій позі вже настільки довго, аж парочка поліціянтів встигла допити свій чай, попросити пробачення у Романи за болото на підлозі, подякувати і попрощатися. Вони вирішили не чекати, поки професор відповість на їхнє прощання. — Ви хоч уявляєте, на що це схоже, — белькотів він у темряві під вузлом своєї краватки: — Цілий тиждень провести біля лікарняного ліжка дружини, яка радше схожа тепер на висушеного цвіркуна або на скитську мумію з IV століття до нашої ери. Саме таких мій син знаходив десятками під час своїх археологічних розкопок, і ось тепер він не бажає прийти і провідати власну матір, поки та ще в лікарні, а не в кургані. На що це схоже: розуміючи, що їй нічим уже не допоможеш, повернутись до порожнього помешкання, щоби бодай виспатися на нормальному ліжку, — і застати тут повний розгардіяш, такий самісінький хаос, як у тебе всередині. І записку про добровольчий батальйон, у якому, мовляв, із нього буде більше користи, ніж деінде. Син мститься мені, і частково його злість справедлива, — шепотів професор. Манжети його сорочки були розстібнутими, дорогий наручний годинник показував першу ночі.

Але більша частина цієї страшної дурної злости, — говорив професор, — якщо її, звісно, можна якось виміряти й окреслити, належить не мені, і цього мій син не здатен затямити. Одна людина не може прийняти на себе злість кількох поколінь. Мені цього забагато, розумієте? Занадто багато.

Він звів почервонілі очі з потрісканими судинами і побачив навпроти Роману. Вона стояла у дверях, спираючись боком на одвірок, і тримала в руках скручену ганчірку. Романа помітила раптом, наскільки витончено й гармонійно пролягають зморшки на професоровому обличчі: немов педантичний кресляр акуратно наніс гострим пером, зволоженим чорною тушшю, найтонші чіткі лінії, промені біля кутиків очей, два знаки оклику над перенісся, підкреслені короткою поперечкою, охайні напівдуги над кожною бровою, що врешті зливаються між собою, утворюючи поверхню озера, ледь заторкнуту вітерцем. — О, я зовсім про вас забув, — видихнув чоловік. — Пробачте, я просто занадто втомився. Ви не повинні були працювати аж дотепер.

Нічого, — підбадьорливо усміхнулась до нього Романа. — Не переймайтеся. — Вона мовчала, не зводячи з професора запитального погляду. Переминалася з ноги на ногу, поправляла окуляри, що з'їжджали на середину носа, і прикидала, яким же чином їй натякнути господареві, що вона могла би переночувати у цьому помешканні, що їй нікуди не хочеться зараз іти, що маршрутки давно вже не ходять, а на таксі аж до Пороскотня, навіть далі — до Ближніх Садів, у неї немає грошей, і в її поверненні до себе додому немає жодної необхідності. Там усе одно ніхто не чекає на неї, крім мишей і молі.

Професор тим часом підвівся і почав шукати щось у шухляді з ліками. Він перевертав баночки з піґулками, зазирав у картонні коробки, виколупував із них інструкції, щоб негайно відкинути їх, щось гидливо забурмотівши собі під носа. Врешті випив дві маленькі білі таблетки, ковтаючи залишки надто міцного чаю з заварника. — Вибачте, — сказав він до Романи, раптом кланяючись. — Знаєте, я мушу лягти. Так багато всього навалилося.

І він віддалився від неї коридором, а зі стін його відпроваджували поглядами обличчя колишніх пацієнтів: жінка без шкіри, кістки і лицеві м'язи якої були повністю оголені, чоловік із вовчою пащею, дівчина з заячою губою, істота невизначеної статі (зовсім скоро Романа довідалася від професора, що це також жінка) з ущелиною губи й піднебіння, розплатаним носом і монголоїдним розрізом очей (Романа дізналася невдовзі, що така вроджена вада називається «премаксилярною агенезією»). Професор зник у спальні, але його голос усе ще продовжував певний час приглушено лунати з-за стін, як шурхотіння води в каналізації. Романа пам'ятала, що в цій кімнаті ліжко опускалося зі стіни, відкриваючи полички зі старим мотлохом — іконами, грошима, уламками каменів.

Вона штовхнула двері, уникаючи дивитись у нав'язливі, влізливі обличчя професорових пацієнтів, і нарешті знайшла для себе симпатичну кімнатку. Приміщення було схоже на музичну студію: оббите корком, заставлене підсилювачами, колонками, клавішами й гітарами, увите дротами, ніби плющем. На стінах Романа помітила цілком непогано розмиті пейзажі: алеї з опалим листям, альтанки і довгі тіні, полиски місячного світла на майже повністю висохлому озері. За раму однієї з картин виявилась засунута глянсова кольорова фотокартка: впадав в очі надмірно широкий рот, кутики якого були віддалені один від одного на неприродно велику відстань. У всьому іншому жінка справляла враження радше дрібної, тендітної. Була оточена дітьми початкових класів, серед яких не особливо й вирізнялася завдяки своїм розмірам. Романа здогадалася, що це Богданова мати, вчителька музики. Кілька хвилин вона розглядала фотографію, намагаючись уявити хворобу цієї жінки, а тоді згорнулась калачиком на вузькому дивані під стіною, попередньо знявши з нього бубон, бугая і тулумбас. Вона обійняла руками наплічник, що зберігав у собі уламок кам'яної лев'ячої голови з молитовно складеними лапами і записник у шкіряній палітурці. Предмети, які вона поцупила в Богдана і його батька, професора пластичної хірургії.

*

Рано-вранці Романа визбирувала з підмерзлої землі горіхи. Вона долала спокусу повернутись у теплий м'якуш незастеленого ліжка, в затхлий морок своєї потаємної нори, і тепер навпомацки вишуковувала в темряві тверді плоди, вкриті зогнилою поморщеною скориною. Світились неоном скуті інеєм відмерлі травинки. Вони збились у жорстку повсть, закам'яніли. Недосвіт, торкаючись уважних Романиних пальців, спритною твариною переповзав на її руки. Крижані кульки, видаючи економний перестук, наповнювали наплічник.

Згодом Романа весь день куняла в присмерковій волозі Архіву. Западала в анабіоз, сутулячись у складках ангорового светра, улягала гіпнозу примарних візерунків, що вилаштовувались у повітрі сховищ, коридорів, відображались у потьмарених дзеркалах і немитих шибах. Це були підвішені нанокраплі, спори, суспензія тисячолітньої вологи й підземних випарів, що під напором часу й невідворотних кліматичних змін витискалися з древнього каменю корпусу келій.

Після закінчення робочого дня, спускаючись додолу Андріївським узвозом, Романа повернула ліворуч, на Воздвиженку. Професор з'явився несподівано: у сірому пальті, у вишуканих черевиках, які катастрофічно всотували багнюку. Романа не відразу впізнала його, хоч і не пручалась, коли чоловік стягнув наплічника з її плечей. Щойно усвідомивши, що це професор, Романа почала непокоїтись: на дні, під горіхами, досі лежали уламок лева і записник. Професор здивовано видихнув густу пару під вагою наплічника. — Це горіхи, пояснила Романа. — Цього року рясно вродили горіхи, я вам привезла. — Волоські горіхи схожі на людський мозок, — зазначив професор. — Ви знаєте, що вдень можна з'їдати не більше п'яти горіхових четвертинок? — Я вам не вірю, — сказала Романа. — Те саме з яйцями, — вперто продовжувала вона: — Кажуть, людина не повинна з'їдати більше одного курячого яйця за день, але хіба це не дурниця? — В яйцях холестерол, — поважно сказав професор. — У моєму віці варто зважати на холестерол. — Це дурниці, — знову перебила його Романа (їй приємно було йти поруч із таким сивим, розважливим чоловіком; вона дивилася на манжети його пальта, на його руки, якими він жестикулював у світлі з галерейних і офісних вікон, на його сумний, втомлений профіль, на мляву шкіру шиї, яка визирала з коміра). — Я впевнена, що людина може з'їдати щодня п'ять або й шість яєць, і їй нічого не буде. Чи знали ви, що одне куряче яйце дорівнює п'яти перепелиним? — Ні, — професор цього не знав. Він запав у меланхолійну задуму й неуважно роззирався навкруги.

Знаєте, — почав він голосом сновиди, — ця частина Києва викликає у мене тривогу. Це неприємне місце. Я намагаюсь його уникати, і тільки сьогодні чомусь мене понесло сюди. — Він пояснив, що син забрав із собою їхню основну машину — але, зрештою, він же сам дав йому право нею користуватись. — А старенька «вольво» знову віднині в ремонті: вона належить дружині, і я вже давно помітив цей непояснений зв'язок між ними, про який соромився говорити близьким мені людям (я маю на увазі медсестер і асистентів). Бо це ж звучить абсурдно, — професорові очі знічено ковзнули по Романиній щоці, — що між залізним механізмом і людським тілом може існувати якесь тяжіння, взаємозалежність. Почуття провини просто-таки душило мене в салоні цього автомобіля. Відкриваєш бардачок — а там її пилочка для нігтів, крем для рук, згорнуті трубочкою ноти. В щілинах сидінь — пробники парфумів, помада, програмки концертів. Одного разу я знайшов під ґумовим килимком дримбу. — Голос професора став безпомічним. — Але найгірше — це запах. Ця машина вся пропахла моєю дружиною, запахом її шкіри, її білизни, її одягу, її волосся, її втоми, її злости, її образи. Опускаю голову, щоб підняти щось із підлоги, — і обличчя мені огортає її ранковий запах (знаєте, не особливо приємний). Відкриваю багажник — а звідтіля раптом запах її купальних процедур. Одного разу мені наснилося, як машина заговорила її голосом, і тоді я зрозумів, що дружина померла. Я не розповів їй про той сон, вона страшенно вразлива до таких речей.

Здається, є такий американський фільм, — обережно спробувала нагадати про свою присутність Романа. Професор зиркнув на неї невдоволено. — Можливо. Я не маю часу на фільми. Я років двадцять тому подивився всього Фелліні, Берґмана, Антоніоні. Я ж не про це вам говорю. Я розповідаю, що ці пагорби, ця нова забудова викликає в мені неприємні відчуття, тривогу, неспокій, роздратування. Ці будівлі схожі на порожнисті декорації, на картонні коробки з зефіром. Навіть не з зефіром і не з еклерами — це ще можна було б прийняти. Ви помічаєте, які вони мертві, скільки в них знущання? Коли я тут опиняюсь, мене починає переслідувати відчуття, що я живу неправильно.

Робочий день уже завершився, й офіси спорожніли. Яскраві ліхтарі освітлювали вузькі вулички, викладені рівною плиткою та охайною бруківкою, однакові іграшкові фасади, сліпі вікна яких зраджували безнадійну й загрозливу порожнечу, що чаїлась за ними. — У вас бувало таке в дитинстві, — запитав професор, — що вас переслідувало переконання: коли ви відвертаєтеся, частина світу, яка залишається позаду, повністю зникає, розчиняється в темряві? Усе, що ви бачите, існує рівно доти, доки ви дивитеся. — У мене і зараз так, — відповіла Романа. — Тоді ви зможете мене зрозуміти. Це місце найпевніше зраджує цей порядок речей.

Він гнівно роззирнувся навкруги, кидаючи гидливі погляди на вивіски кав'ярень, на крамниці з екологічними продуктами, на ковані чорні фігурки, що прикрашали ґрати на вікнах однієї з галерей. Крім них, навколо не було жодної живої душі. Від певного моменту вони не зустрічали більше нікого. Голос професора відлунював від гіпсокартонних стін, повертався назад, принесений пронизливим вітром, вихоплений із брам, із роззявлених раптом смердючих каналізаційних пащек, які дихали прілою гнилизною. Це був подих місця, який неможливо було замаскувати жодною дезінфекцією, прокладанням нових комунікацій: нуртували утробні соки, бродили тисячолітні дріжджі, шумував і ворушився компост із решток, що перетравлювались у череві пагорбів.

Професор легко торкнувся Романиного плеча. — Ходімо за мною, — сказав він і повів її внутрішніми дворами, в яких кроки звучали особливо лунко. Вони перелізли через гору битої цегли і скла, професор заплутався ногою у фрагменті дротяної сітки — наче птах, що потрапив у сильце, — і Романа, схилившись серед аміячного духу, допомогла йому вивільнитись. Нарешті вони стояли перед стіною зруйнованого будинку. Зрештою, ця стіна — єдине, що залишилось від споруди: грудна клітка викопної істоти з фрагментами зітлілої шкіри. З-під шарів вапна проступала фактура внутрішніх конструкцій, перехрещені дошки, якесь загіпсоване шмаття. На зазубреному краю, місці виламаної віконної рами, виднілися нашарування минулих епох: уривки шпалер, сліди від утеплень, латки дедалі старішого вапна. В Романине обличчя пахнуло старими кістками, сіркою, зігнилою труною. — За цими речами можна вивчати час, як за кільцями дерева, — сказав професор, торкаючись пальцями віхтів соломи, що стирчали з відсирілої глини врослого в будівельне сміття фундаменту. — Це вислів мого сина, — сказав професор. — Він показав мені цю руїну.

Вони виходили з цього двору набагато довше, ніж заходили туди. Ноги грузли в уламках, підверталися. З-під професорових ніг раптом пружно вистрибнула чорна тварина і заметалася навколо непрошених гостей, видаючи неприємні звуки. Професор похитнувся і сперся на Романине плече. — Перепрошую, — сказав він, прочистивши заніміле горло. — Я не одразу збагнув, що це щур.

Ви тільки уявіть собі це місце п'ятдесят років тому, — провадив далі професор. — Я пам'ятаю його у вісімдесяті, воно було зовсім інакшим. Тут стояли старі халупи на один і два поверхи. Ці будинки не мали жодної прямої лінії, всі кути в них були гострими або тупими. Якщо зупинитись і достатньо уважно дивитись на їхні закіптюжені дерев'яні стіни, на криві віконниці, можна було помітити їхній невпинний рух. Ці будинки рухалися, вони повзли. Сповзалися докупи посеред вуличок, стікали з пагорбів у баюри. Ти міг заснути на початку Дегтярної, а прокинутись посередині Кожум'яцької, оточений новими сусідами, не впізнаючи сам себе. Стелі сипалися на голови мешканців, підлога вислизала з-під ніг. А потім, коли мешканців виселили, навколо панувала пустка. Порожні будинки траскали дверима. В кімнати заходили підземні води. І ще пожежі: будинки займались один по одному, згоряли цілими вулицями. Після пожеж тут усе ставало чорно-білим, ти ходив посеред рисунків, виконаних вугіллям.

Знаєте, — сказала Романа, — в дитинстві я була впевнена, що в минулому, ще до мого народження, світ був чорно-білим. Що з плином часу він набрав, розвинув барви.

Професор роззирнувся навколо скептично: — Ці барви? Але ж це декорації зі страшного сну, — говорив він далі. — Якщо говорити про моє дитинство, то я бачив сни, в яких нескінченно довго — насправді цілу вічність — доводилось блукати знайомими вулицями. На одній із цих вулиць стояв будинок, в якому я народився і жив із мамою, бабусею, з маминими сестрами (мене оточували жінки). Я виріс із цими вулицями, вживленими в кору головного мозку. Але в тих снах рідні вулиці відчужувалися від мене. Вони були знайомими, але я відчував безповоротну втрату. Я не знаходив дому. А якщо знаходив, якщо піднімався сходами до дверей, якщо відчиняв їх, то зустрічав там чужих людей, які мене не знали. В інших варіаціях сну мені назустріч виходила мама чи котрась із її сестер. Вони виглядали спотвореними зовні: ці лихі сварливі курдуплихи не впізнавали мене, гнали геть. — Мені також снилися такі сни, — сказала Романа, але професор, здавалося, її не почув, надто глибоко занурений у власні спогади. Романа дивилась, як його розмите відображення пропливає у вітринах, у вікнах першого поверху.

Ось погляньте — що це за шпилі? — він у розпачі зносив до неба обидві долоні. Романа дивилася на шпилі, на вежі з ажурним оздобленням на тлі чорного неба, з набитими гематомами хмар. — У цьому місті ніколи не будували таких шпилів. Проєкт цієї забудови скопіювали з якогось містечка у Нідерландах. Оцей будинок на розі має своє точне відображення у наступному кварталі. Ти ніби переходиш із дзеркала в дзеркало, ніколи не маючи певности, чи хоч колись потрапляєш у звичний вимір.

Що вас так сильно в цьому лякає? — запитала Романа. Професор зсутулився, підняв комір пальта, намагаючись захиститися від вітру. — Я ж сказав, що ці будинки нагадують мені страшний сон. Я ніби опиняюсь одночасно у двох місцях, в яких ніколи не бував, але які несуть відбиток моєї провини і провини моїх рідних. Різні часи й різні місця нашаровуються один на одного, як зрощені шари тієї зруйнованої стіни, яку ми щойно бачили. Вулиці й пагорби мого рідного містечка в Галичині схрещуються раптом з вулицями й пагорбами Києва, це схоже на накладені одна на одну об'ємні мапи, супутникові зображення клаптів землі. Час відмотується назад, далеко, глибоко назад, коли моє фізичне існування було ще рішучим чином не передбачене, не запідозрене, і попри це — мене не полишає відчуття, яке я ніяк не можу раціоналізувати, що туди простягається моя пам'ять, яка повинна бути функцією мого фізичного мозку. — Професор замовк, а тоді нерішуче продовжив: — Чи радше звідти вона, моя пам'ять, походить, десь там вона зароджується, пускаючи корені, і лише згодом, за століття і десятиліття обростає фізичним тілом. Я, виявляється, виникаю з пам'яти, а не з заплідненої яйцеклітини, — здивовано сказав професор.

Як я можу пам'ятати якісь будиночки з низькими стелями, в тісних кімнатах яких доводиться пригинати голову? Чому перед моїми очима так чітко стоять ці видовища ритуального вбивства тварин, коли якийсь кульгавий чоловік з пронизливо-чорними очима, шепочучи у вухо корови заспокійливі слова, вправним рухом вводить чотирикутну пластину леза в пружну горлянку? Навіщо мені бачити ці подробиці здирання шкури з м'язистих тіл тварин, чути пручання тканин, які не хочуть розлучатися з сухожиллями, з кістками, плоттю? Калюжі гнилої крови під ногами, які замурзані діти розбризкують босими п'ятами. Бочки з оселедцями і квашеною капустою. Тонкий землистий запах глини та руки, які вимішують її, як тісто, що поволі перетворюється на тіло. Бронзовий келих, різьблений тонкими візерунками, наповнений вином, над яким чинять щосуботній обряд. Бороди водовозів, свічки в семистовбурному світильнику, напівпрозорі, хрумкі пластинки хліба. Я чую незнайомі мені мови, і все ж я здатен розрізнити, якою з них моляться, читають нескінченні проповіді, ведуть диспути, а якою — проклинають, плачуть і впадають у розпач, якою скімлять без надії на порятунок.

Романа зауважила, що їхня з професором дорога додому видовжилась у три або й чотири рази. Він вів її за собою крізь вечірню імлу, яка впевнено перетікала в ніч, крізь запахи зі сміттєвих баків позаду Житнього ринку. — Не знаю, чи я встигну сьогодні прибрати, — сказала Романа. — Нічого, — відповів професор, — сьогодні не треба прибирати.

Дивовижно, але серед усього розмаїття кухонних приладів у помешканні не знайшлося жодного горіхокола.

*

Одного разу професор нарешті сказав їй, що вона приходить занадто часто. Вони домовлялися щодо прибирання всього раз на тиждень, а він має честь бачити Роману три, а то й чотири дні з семи. — Ви, звичайно, мені не заважаєте, в якомусь сенсі мені навіть приємно заставати когось живого у цьому порожньому помешканні, коли повертаюся від дружини, щоразу думаючи, що попрощався з нею востаннє, — мовив він, кладучи на підлогу шкіряну течку, а після цього круговими рухами розмотуючи шалик.

Це сталось того вечора, коли професор застав Роману за розгляданням фотографій і медичних карток його пацієнтів. Вона втратила лік часу, розпластавшись на килимі професорового кабінету, вивалившши з шухляд вміст товстих картонних папок. Помешкання повільно занурювалось у ворсистий присмерк. Він осідав на підлогу кімнат, як кульки бавовни. За вікном схожим чином нечутно опадав сніг. Лапаті сніжинки, позліплювавшись між собою цілими розчепіреними архіпелагами, заповільнено текли повітрям, створюючи ілюзію лінивої низхідної течії. Романа лежала на животі, спершись на лікті, і гортала аркуші медичних карток, вчитуючись у них, як Емма Боварі вчитувалась у любовні романи. Метаморфози облич і тіл на знімках були грандіозними: спочатку на шкірі пацієнтів з'являлися пунктирні знаки, таємні позначки, які нагадували розмітки на географічних мапах: дороги, озера, западини й виступи над рівнем моря. Це було схоже на тактичні мапи бойових дій: умовні позначення позицій, на яких воїни мали брати в облогу вроджені вади, сліди катастроф, призвідників невдалих життів, причини ненависти до себе. Від наступного етапу кров холонула в жилах: запухлі й порізані, залатані, понівечені шрамами й гематомами, пацієнти після операцій дивилися в об'єктив жалібними, насиченими болем поглядами. З кожним фото їхні обличчя дедалі дужче змінювалися: зникало зайве, вирівнювалися надмірні випуклості, з'являлись необхідні елементи. Герої змінювались — і Рома, вилаштовуючи послідовність знімків у ряд, намагалася простежити, чи ці зміни були новими якостями, що з'являлись разом із новою зовнішністю, чи то були проявлені особливості, закладені в людині від самого початку, тільки затулені від очей спостерігача фізичною вадою. Романа вдивлялась у знімки, запитуючи себе, чи нові обличчя можна було вважати справжніми обличчями цих людей? Чи це лише менш страшна, більш прийнятна маска, переховування за якою обіцяє менш інтенсивний рівень внутрішнього болю?

Як був, у пальті, професор схилився над її головою і заходився мовчки складати до течок свої папери. Романа мляво допомагала йому. Чомусь до голови не надходило жодне переконливе виправдання. З голосним стуком він засунув останню шухляду і, не дивлячись на Роману, взутий у домашні капці, рушив у бік балкона.

Рома намагалась розгледіти його нечіткий силует крізь шибу. Доктор курив. Дим хмарка за хмаркою змішувався з дедалі густішим снігом, що блідо ворушився у чорноті ночі. Нарешті Романа не витримала: загорнулась у свій пуховик, перед балконними дверима взула чоботи й вийшла назовні.

Професор заговорив майже одразу, ніби тільки й чекав на її появу. Він сказав: — Ви знаєте, що цей будинок розташований між двома в'язницями? Не справжніми в'язницями, а символічними: монастирем з одного боку і військовою частиною з іншого. Перше ув'язнення — жіноче, друге — чоловіче, — повагом сказав професор, примруживши одне око. — Перше — добровільне і пожиттєве, друге — зазвичай примусове й тимчасове.

Територія монастиря була де-не-де освітлена ліхтарями. Зерниста матерія брудного світла гніздилася в темряві, проявляючи окремі острівці монастирського світу, але у спосіб, який радше приховував, ніж будь-що прояснював. Світло клубочилось тут і там посеред чорноти, як клубочиться мушва над прибережним намулом. В облущену сизу хмару впивалася хрестом дзвіниця Святих Воріт. На тлі її білого обличчя зяяв запалий рот віконного отвору. Поруч прорізався паралелепіпед Вознесенського собору, схожий на крижаний куб. А в іншому місці дурнувато вищирились колонами заокруглені портики будинку ігумені. Тоді як крихітної Свято-Миколо-Тихвинської церкви, яку найприємніше було б споглядати, неможливо було розгледіти за будівлями й деревами, хіба тільки домалювавши її бароковість у своїй уяві.

Вся ця нічна картинка серед мороку, вітру й снігу видавалася спроєктованим на стіну розмитим зображенням, якимось напівсонним малюнком. У ній були збиті об'єми, роз'їхались осі. Крізь плями світла і темні провалля пересувалася дрібна постать: то пливла з небувалою для людини швидкістю вздовж монастирських келій, то раптом губилась у котрійсь із чорних дір між побілених стін господарських приміщень, зливаючись зі стовбурами дерев і бордюрами. Її кроки натомість лунали занадто гучно, десь зовсім поруч, ніби посилені невидимими тунелями з гладкими стінами, що акумулювали звук і примножували його. Невже черниці ходять ночами на підборах, хотілось запитати Романі. Їй здалося певної миті, що вітер доніс до них жіноче зітхання, чи навіть притуплене гарчання, що гіркий гарячий подих із запахом нутра незнайомої людини торкнувся її щоки.

Професор здригнувся і закурив наступну сигарету. Романа почула його приглушений голос, який із зусиллям продирався крізь голосову щілину, шпортався об зв'язки, розвіюючись майже негайно серед сигаретного диму і сніжинок. Професор говорив щось про власну матір, яка збиралася стати черницею ще до його народження. Одразу після закінчення війни вона пішки вирушила зі свого рідного містечка до Язловця, розташованого неподалік, і вблагала настоятельку дати їй дозвіл зайняти одну з келій. Настоятелька, зауваживши пошматовані материні зап'ястя, заходилася твердо відмовляти дівчині, і молода професорова матір упродовж кількох тижнів ходила за нею слідом, крок у крок, проникаючи немислимими способами до замку, петляючи серед стовбурів середньовічного яблуневого саду, що був виплеканий комендантом фортеці Хржановським.

Дівчина втиралась у довіру кістлявим черницям різного віку й походження (тут було навіть кілька врятованих від смерті, вихрещених юдейок). Усі вони впродовж років війни стали більше схожими не на людей, а на собак. Уляні здавалося, що вона проситься прийняти її до собачого стада. Здавалося, що тільки серед них, серед шолудивих звірів із виголоднілими гарячковими поглядами, з піною, що скрапувала з жовтих ікол, із сопухом їхніх пащ, вона може знайти бодай якусь відповідність із тією нестерпністю, яка її спорожнила.

Настоятелька махала в її бік костуром. На її підборідді їжачилась сива щетина. Очі пропікали наскрізь нездоровим сухим вогнем.

Врешті вона погодилась Уляну вислухати. Вони розмовляли в каплиці Блаженних. Уляна мурмотіла собі під ніс, опустивши голову і бігаючи очима по рожево-сірих ромбовидних плитах підлоги. Її голос розщеплювався на кілька різних голосів, відбиваючись від напівкруглого склепіння каплиці: деякі фрази повторювалися безліч разів, деякі — лунали фрагментами, то запізнюючись, то випереджаючи ще не промовлене дівчиною. Це лякало її. Заважало говорити, і вона замовкала, випадаючи в цілковиту прострацію, забуваючи на кілька митей, хто вона така і що тут робить. І навіть тоді чула власний голос, який сочився з високих вікон каплиці. Від сліз і вологи з носа одяг на її грудях неприємно холодив шкіру. Настоятелька торсала її за плече: кажи далі, грішнице, кажи далі. Як тебе тільки земля носить. Як ти не запалася на дно каньйону, бредучи до нас, як тебе не проковтнув Вільховець.

Так, — сказав професор, — материна розповідь переконала настоятельку. Духовно розвинені особи мають особливу слабкість перед тим, що вважають жахливими гріхами смертних. Що страшніші гріхи, то невідпорніша привабливість грішників.

Баба схопила дівчину за зап'ястя і потягнула до білосніжної мармурової фігурки Діви Марії Язловецької. Стара вдарила з усієї сили дівчину костуром по спині, від чого та впала перед статуєю на коліна. Чисте обличчя Марії було печально й смиренно опущене, очі заплющені. Вона тримала руки схрещеними на грудях, притримуючи долонями тканину, що була накинута на її тіло. — Проси, — засичала на вухо Уляні стара настоятелька. — Проси як слід!

Час від часу підводячи голову від кам'яного холоду підлоги, крізь пелену сліз мати бачила прекрасні мармурові пальчики ніг Божої Матері, що стриміли з-під накидки. Через утому дівчині здавалося, що пальці ворушаться, грайливо торкаються круглих плодів, розсипаних біля подолу Богоматері. З правого боку звивався тонкий хвіст плазуна, чиє тіло, вочевидь, було схованим позаду статуї. Чи здогадувалася сама Матір Божа про небезпеку, яка чатувала поруч? Чи вона добровільно пригріла біля себе змія? Чи відомо було бодай щось про це беззубій настоятельці? На ці запитання моя мати не знала відповіді навіть тоді, коли розповідала цю історію мені, своєму п'ятирічному синові, замість казки на добраніч, — посміхнувся Романі професор, перелякано дивлячись на неї.

Згодом настоятелька повела Уляну до замку, перетвореного на монастир сестер Непорочниць. Усі келії були вже зайняті. Настоятелька привела Уляну до одного з альковів, які залишили недоторканими після того, як замок переробили на прихисток для черниць. Цей альков слугував настоятельці спальнею. Моя мати могла спати на підлозі, поруч із ліжком старої. — Чи був там балдахін? — запитала Романа. — Ні, про балдахін мама нічого не розповідала.

Натомість вона багато говорила мені про те, що недовгий час її перебування в монастирі був чи не найправильнішим у її житті (вона не казала «найщасливішим» або «найкращим», казала — «найправильнішим»). Після кінця світу її існування стало жахливою помилкою, непорозумінням. Вона повторювала це знову і знову, — пояснив Романі професор. — Ці речі я затямив найкраще вже від перших років свого життя: моєї мами не повинно було існувати ще до мого народження, а отже, і народження моє не повинно було відбутись, а отже, воно було помилкою, похибкою, викривленням, непорозумінням, як і я сам, як і життя, яке ми вели з мамою, бабусею, з материними сестрами, а потім — моє життя з дружиною і сином, моє життя з іншими жінками, моє життя із Зоєю, все моє життя аж до цієї хвилини.

То що вона казала вам про той монастир? — поцікавилась Романа, намагаючись ігнорувати цілковите заніміння кінцівок від холоду, нечутливість м'язів обличчя, знерухомленість уст.

Перш ніж відповісти, професор закурив наступну сигарету. Третю, четверту або вже й п'яту. Романа збилася з ліку. Це породжувало в ній певний неспокій: здавалось, вона втрачає над ситуацією контроль. Щоб повернути його, різко підвелася з низького дерев'яного стільця, легко торкнулася згорбленої професорової спини, даючи зрозуміти, що за мить повернеться, й увійшла в тепло помешкання. Її тіло миттю розімліло від безпечного затишку приміщення. Рома поставила чайник, запарила чай, знайшла в одній із шаф два важкі хутра — руде і чорне, і в кілька заходів винесла все це на балкон. Рудим хутром накрила зсутуленого, скорченого літнього чоловіка, який, здавалося, на очах маліє, розчиняється в нічній безвісті. Від ваги, що опустилась на нього згори, від затхлого запаху шафи, від тепла, яким його огорнуло, професор оговтався. Здивовано поглянув на дві чашки чаю, які парували в обтягнених плетеними рукавичками Роминих руках. Усміхнувся до Романи з вдячністю, приглядаючись до чорного хутра, яке вона накинула поверх свого пуховика. — Це улюблене хутро моєї дружини, — сказав професор. — Чорнобура лисиця.

То що там було? — повторила своє запитання Романа, обпікаючи собі язика окропом. — Що сталося з її зап'ястями?

Зап'ястя були вкриті глибокими свіжими шрамами, потворними і виразними. До монастиря мати прибрела по кількох місяцях після намагання себе вбити. Але з ран продовжували сочитися гній і сукровиця, вони ніяк не хотіли гоїтись. Одразу після її невдалої спроби якийсь радянський фельдшер, який не встиг забратися з рештою війська перед тим, як у містечко знову увійшли німці, грубо позашивав розрізи, занісши до ран інфекцію. Але мати не померла ні від втрати крові, ні від больового шоку, ні від зараження, ні від гарячки. Здавалося, що дужче вона хоче померти, то більше віддаляється від неї смерть.

Я боявся цих її шрамів. Вона завжди ховала їх, замотувала бинтами, прикривала манжетами й рукавами. Я соромився їх і гидував торкатись оголеної шкіри маминих рук. Зрештою, ми взагалі рідко одне одного торкалися. Вона ніколи мене не обіймала. І я ніколи не хотів обіймати її.

Чому вона хотіла себе вбити? — запитала Романа.

Професор надовго замовк.

Романа нетерпляче чекала, не зводячи з нього погляду. Руде хутро коміра розходилося навколо його висохлого обличчя променистим німбом.

Вона не витримала війни, — нарешті сказав професор. — Там і тоді відбувались речі, яких ніхто не витримав. Яких і досі ніхто не витримує.

Він знову замовк. Було видно, що він більше не хоче говорити. Під хутром професорові стало тепло. Напившись чаю, він западав у сон. Нічний вітер постукував підмерзлими гілками дерев. Вийшов із ладу котрийсь із ліхтарів на території Флорівського монастиря, і будівлі з келіями запали на дно мороку.

Вона щось накоїла? — запитала Романа. — Ваша мама скоїла щось погане?

*

Перебування в монастирі здавалось їй правильним, бо воно найбільше скидалось на покарання. Настоятелька била її костуром. Протягом кількох нічних годин, відведених для сну перед першим богослужінням, холод кам'яної підлоги наповнював її кістки, протяг надимав їй голову. Вона не могла там спати — і це оберталось на краще, розповідала мати. Тому що варто їй було провалитись у сон, як вона знову і знову переживала *ті події*. Події, після яких її існування перестало бути можливим. У тих снах вона не знала, що це сон. Усе повторювалось раз за разом, у нескінченність, без жодних варіацій. Жах не зменшувався. Вона знову переходила межу.

Настоятелька була впевнена у материній одержимості нечистим, — нерозбірливо бубонів професор. Романа наблизилася до нього усім тілом, боячись що-небудь пропустити. І водночас вона не наважувалася перепитувати, розуміючи, що професор от-от замовкне. Що вона за волосинку від того, щоби більше нічого не довідатися.

Настоятелька била Уляну костуром, щоб вигнати з неї нечистого, — пояснював професор. — Вона силою відкривала моїй матері рота, сідала їй на груди і довго-довго вдивлялась у горлянку. Або шепотіла туди молитви. Або сварилась. Або довірливо щось розповідала: скаржилась на тяжкі часи, на грішників, на євреїв, яких більше ніде не було, на німців, які програли, на радянських безбожників, які не знають, що чинять, на ангела, який усе не згортає сувій Небес. Інші черниці боялись Уляну й уникали її. Вони плювали їй услід, стукали по дереву, терзали нервовими пальцями свої вервиці, хрестилися, посипали свяченою сіллю закутки келій, непомітно кидали Уляні в тарілку з зупою то дрібку попелу, то — поташу, шепотілись між собою, що вона, мовляв, несе їм усім ще гірші нещастя, ніж ті, крізь які їм уже довелось так-сяк пройти: сестрі Центулі вибили всі зуби, у сестри Едельдреди випало все волосся, сестра Гортуляна втратила людську мову і могла лише волати, як лосиха, сестра Касильда постійно сходила кров'ю, сестра Модеста весь час реготала, сестра Воборада то повністю сліпла, то починала бачити те, чого не бачили інші, і так далі. Скільки черниць у монастирі — стільки видів різних вад і терзань.

Але Уляна була серед усіх найгіршою, і карати її слід було найтяжче. Їй не можна було сідати до столу з рештою, під час богослужіння вона повинна була накривати собі голову темним рядном і вклякати в кутку, обернувшись спиною до іконостаса.

Часом уночі настоятелька забороняла Уляні лягати. Іноді, навпаки, забороняла їй підводитись із кам'яної підлоги кілька днів поспіль. Вона зачиняла її в льоху, стверджуючи, що оці копошіння, шкряботіння й пискляві згуки чинять не хто інші, як лускаті люцифуги й мерзенні геліофоби.

Востаннє настоятелька відпрацювала Уляну костуром у день здійснення найгірших передчуттів. До монастиря з'явились представники нової влади, визволителі й переможці. Вони приїхали кількома чорними лискучими машинами з Чорткова або з Тернополя, кілька разів збивалися з дороги, блукали манівцями, розбитими, вивернутими шляхами і бездоріжжям. Складалося враження, що вони раз по раз вдаряються капотами в якусь невидиму пружну стіну, яка відкидає їх знову назад, змушує намотувати кола навкруг монастиря. Врешті котрась із машин мало не перевернулась на серпантині на підході до Язлівця.

Тому чоловіки у плащах і капелюхах, які мовчки ввалилися до трапезної і вишикувались рядком перед переляканими сестрами, видавались загрозливими й понурими. Вони ковзали поглядами по зіщулених черницях, які збилися від переляку в тремтливу й драглисту масу, обвивши одна одну руками, хапаючись за сині ряси, мало не стягуючи з голів білі намітки, попритискавшись тілами одна до одної і тихо скімлячи. Котрась із сестер зверталась до зображення святої Марцеліни, засновниці монастиря, благаючи в неї порятунку.

Лише один із новоприбулих поводив себе приязно. Це був високий приємний чоловік середнього віку з фуражкою на голові, у штивному мундирі з погонами і темно-синіх бриджах. Його блакитні очі свідчили про лагідність і тепло. Нечутними кроками чоловік наблизився до настоятельки, вклонився їй і, делікатно взявши під лікоть, попросив про розмову наодинці. Настоятелька спробувала вивільнитись, закректала, змахнула в повітрі костуром, але чоловік, продовжуючи заспокійливо усміхатись і не випускаючи зі своїх пальців старечого ліктя, досить швидко її приборкав. Вочевидь, він натиснув на якусь точку на руці настоятельки, спеціальним чином подіяв на її нервові закінчення, і вона слухняно рушила поруч із ним до виходу з трапезної. У лункій тиші було чутно тільки сопіння і свист її носа з закладеними гайморовими пазухами, та ще стукотіння костура об камінь підлоги.

Прийшлі чоловіки і місцеві сестри весь час, поки тривала розмова, залишались у приміщенні трапезної. Вони роздивлялись одні одних із сумішшю подиву, зацікавлення, насмішки, страху, огиди і ще невідь яких каламутних почувань. Ворушились ніздрі, прагнучи розрізнити ноти незнайомих запахів, шкірою пробігали мурашки, пітніли долоні, підпахви, міжгруддя і стопи, млоїло у шлунках. Сестра Центула, оголивши беззахисні ясна, сором'язливо усміхнулась білявому юнакові, який зніченя копирсав різьблений портал входу. Сестра Модеста негайно шмагонула її своїм розарієм і, усвідомивши власне гріхопадіння, з грюкотом упала на підлогу непритомна.

Емоції повнили вкрадливу тишу трапезної, і хто його знає, чим би це все закінчилось, якби не з'явилась нарешті маленька сестра Евфемія, на спині якої, немов у бактріяна, височіло два гостроверхі горбики. Сестра Евфемія наблизилась до Уляни, чомусь задкуючи від дверей через усе приміщення, наче рак, і промимрила собі під ніс, ховаючи очі, що їй, Уляні, наказано прибути на розмову.

Розмова відбулася в алькові. Настоятелька сиділа на своєму ліжку і неприродно вигнутою спиною впиралась у стіну. Якби вона час від часу ледь чутно не плюскотіла губами, Уляна подумала б, що та віддала Богові душу. Ряса непристойно завинулась аж до роздутих старечих колін, поперек яких нерухомо лежав костур. Уже пізніше мати зрозуміла, пояснив Романі професор, що настоятелька перебувала у прострації, у шоковому стані, довідавшись від чоловіка про неминучу долю її монастиря, її самої, усіх черниць, римо-католицької релігії на цих землях і самого Господа Бога.

Галантний чоловік стояв при вікні, заклавши руки за спину і милувався краєвидом: вигином Вільховця, густими лісами навколо, старими яблунями під вікнами замку, криваво-червоним ґрунтом, що вигинав свій хребет тут і там уздовж каньйону, контрастуючи із зеленню і блакиттю неба. — Тут земля має незвичну червону барву, — всміхнувся чоловік до Уляни замість привітання. Дівчина кивнула, сторожко чекаючи на продовження. Чоловік наблизився до неї і простягнув руку: — Капітан держбезпеки НКВД Красовський. — У його очах проглядала зворушлива сором'язливість.

Він тримав її долоню у своїй, прикривши згори іншою, і, не відпускаючи, зазирав просто в очі. Уляна відчувала під своїми пальцями тверді потовщення бородавок на його руках. Красовський почав із того, що за Уляною страшенно тужать її молодші сестри і мати, що її місце поруч із ними, в рідному домі, в рідному місті. Що тільки там вона може жити спокійно й гідно, приносячи користь своїми талановитими руками медпрацівниці. Він, мовляв, добре розуміє її розпуку, розуміє все, крізь що їй довелось пройти, розуміє причини її втечі. Але річ у тім, що ховаючись серед забобонів, на дні якихось доісторичних уявлень, підкоряючись людській тупості, примітивності й обмеженості, вона нічого не досягне, вона тільки страждатиме дедалі більше. Тим більше, що відтепер, після звитяжної й остаточної перемоги сил добра над злом, релігійні культи оголошено поза законом. Почалось ретельне й повсюдне їх викорінення, а це означає, що кожній розумній, проникливій і перспективній людині слід взяти ноги в руки і перенести себе до більш сприятливого і безпечного місця. Адже він добре знає, він чітко бачить, наскільки розумною, винятково проникливою і рідкісно перспективною дівчиною є Уляна. І тому він, капітан держбезпеки НКВД Красовський, готовий особисто посприяти їй, підтримати її в різних сферах життя, подати їй руку щирого товариша. Ось, наприклад, він уже має для неї чудову новину: на неї як на талановиту медсестру чекають лікарі та інші працівники їхньої районної лікарні. Її офіційно вже влаштовано туди на роботу. Все, що їй залишається, — просто сісти разом із ним до автомобіля, повернутись додому, до рідних, які й без того зазнали надто багато горя, щоби втрачати ще одну рідну душу, доньку і сестру. А згодом, трохи прийшовши до тями, вона може виходити на роботу і братися за власні обов'язки, служити народові й новій, справжній Батьківщині. Нехай вона, Уляна, знає, по-змовницьки підморгнув капітан, що вже зараз її новесенький білий халат висить у шафі і чекає на неї. Чекає очіпок медсестри, чекають судна і градусники, крапельниці і шприци.

Капітан поклав Уляні обидві долоні на плечі і, наблизивши своє обличчя впритул, зазирнув просто в очі.

Буду говорити відверто, Уляно, — притишеним теплим голосом продовжив він. — Буду говорити з вами відкрито й прямо. Ви мені небайдужа. Ви мені — рідна душа. Ви не лякайтесь, але так воно є. Я не можу розкрити вам усієї правди, скажу тільки, що ми пов'язані з вами через рідних і близьких нам людей, що ми, самі того не бажаючи, повпливали на життя одне одного. І за цей вплив я і моя дружина будемо вдячні вам до кінця наших днів. Окрім того, за вас просив мене ще дехто, близький як мені, так і вам. Хтось, кому я завдячую більше, ніж життям, хоч би як голосно це не було сказано. А тому я хочу і зобов'язаний подбати про вас, товаришко Фрасуляк.

Подбати не тільки про вашу роботу, а й про особисте життя, — урочисто сказав капітан.

Уляна ніби слухала його, а ніби зовсім і не слухала. З надзвичайною чіткістю вона бачила за якийсь сантиметр від свого обличчя шкіру незнайомого чоловіка, з пор якої пробивалися волосинки. Бачила, як відкривається і закривається його рот, як напинаються під шкірою м'язи обличчя, що позбавлені фасцій і кріпляться у своїй більшості не до кісток, а один до одного. Вона ж справді була медсестрою і такі речі знала ще з польських довідників із фізіології. Уляна спостерігала, як розташовані навколо отворів м'язи зменшували або збільшували їх відповідно до міміки незнайомця. Рухалися його вуха. Здіймалися брови. Хвилі чужого подиху ритмічними поштовхами торкались Уляниного носа, уст і щік.

Їй було байдуже, про що він говорить. Їй пригадався сон про маленьку теличку, яка дивилася на неї широко розчахнутими вологими очима, повними розпачу і страху, повними бажання докликатись. Ця теличка відкривала рот і видавала звуки — стогони, підвивання, короткі плямкотіння губних приголосних. Уляна розуміла, що теличка намагається пробитись крізь стіну і заговорити людською мовою. І вона відчувала її удари об цю стіну своїм власним тілом, удари до стіни власною головою, липкі криваві потоки, розверзлу рану. І недоторканість стіни, її повну непроникність.

І на спогад про цей сон — що був набагато реалістичнішим за наближене впритул чуже обличчя і запах з рота, за борлак, який ходив угору-вниз під жовтавою шкірою шиї, — накладалися слова Красовського про когось, кого Уляна тьмяно пригадувала зі свого минулого.

Красовський говорив, що Матвій Криводяк — безперечно, зрадник, диверсант і бандит, націоналістський виродок. Що такі люди заслуговують щонайменше на розстріл. Що він служив нацистським загарбникам і впродовж довгих років докладав усіх зусиль, аби шкодити Радянському Союзу і зраджувати власний народ. Це, мовляв, людина надприродного розуму й талантів — і тим більша ганьба йому, що застосовував їх у настільки ниций спосіб. — Але чого сподіватися від людини, яка з юних літ мріяла пов'язати своє життя з греко-католицькою релігією, — скрушно похитав головою Красовський. Тоді він замовк, ковзнув поглядом по затінених і холодних стінах алькову, зупинив очі на великому розп'ятті навпроти ліжка і ковтнув посмішку.

Тяга до віри зрозуміла мені, — продовжив він говорити ще тихше, майже нашіптуючи слова Уляні в саме вухо. — Її можна було зрозуміти під час панування старого ладу. У цій липкій павутині із забобонів і хитрих маніпуляцій із легкістю можна було заплутатися, що й відбувалось не раз навіть із найсвітлішими умами. Адже ж і ви, товаришко Уляно Фрасуляк, заплутались, загубились, утратили себе. Тому в якомусь сенсі Криводяк є не стільки злочинцем, скільки жертвою, — промовивши це, Красовський ледь сахнувся, ніби злякався, що його занесло. Але вмить заспокоївся і продовжив: — У якомусь сенсі Криводяк став жертвою, і це зробило з нього злочинця.

Ми, будівники нового ладу, — гладив Красовський Уляну по спині твердою долонею, — вирізняємося своїм чуттям справедливості, твердістю і незламністю, своєю рішучістю карати незгодних. Але разом із тим ми пишаємося тим, що розуміємо тонкощі людської натури, її слабкості. Ми вміємо знищувати шкідників, виховувати й перевиховувати зіпсованих, але вміємо і співчувати.

Я знаю, Уляно, що цей чоловік вам небайдужий, — у відповідь Уляна ніби трохи оговталась і підняла на капітана очі, в яких проблиск подиву ледь розсіяв глибокий туман. Невідомо, чи помітив це Красовський. Принаймні він жодним жестом цього не зрадив. Він говорив далі: — Мені точно відомо, товаришко Фрасуляк Уляно, що чоловік, якого я маю на увазі, чоловік, який водночас є жертвою та злочинцем і який, безперечно, є живою людиною зі своїми слабкостями, має до вас глибокі, сильні і небуденні почуття. Він поважає вас і шанує, він захоплюється вами і потребує вас. Можна сказати, що тепер, коли Криводяка знешкоджено, коли йому відтнуто крила, ви залишились останнім сенсом його життя, його останньою надією.

Звідки вам таке відомо? — раптом прошепотів пересохлий від спраги Улянин рот. Вона дивилась на Красовського гострим поглядом.

Красовський витримав багатозначну паузу.

Нам багато відомо, товаришко Фрасуляк. Відкривати свої способи і знання не в наших традиціях. Ви просто не сумнівайтесь: Матвій Криводяк по-справжньому вас потребує. Ця чиста, зворушлива прив'язаність переконала нас, будівничих нового ладу, в тому, що націоналістичний виродок, який роками сидів у звірячих норах посеред лісу, керував диверсіями, розповсюджував буржуазно-націоналістичну заразу серед збентежених умів, служив німецьким загарбникам і поневолювачам, харчувався корінням, стікав кров'ю, вбивав і катував невинних, зраджував і обманював, стріляв і грабував — що навіть він є людиною з ніжним, чутливим серцем. І це викликає у нас до нього співчуття. Тож ми хочемо подарувати йому останній ковток життя. І тому ми просимо вас, товаришко Фрасуляк Уляно Василівно, доньку звитяжно загиблого на останньому сплеску війни героя, жорстоко закатованого руками німецьких фашистів і їхніх націоналістично-буржуазних посіпак, зібрати негайно свої речі, сісти з нами до автомобіля і тут же вирушити на зустріч із Матвієм Криводяком. Він дуже на вас чекає, — закінчив Красовський.

Невдовзі Уляна їхала на задньому сидінні чорного автомобіля, салон якого крізь невидимі й дуже видимі щілини провівало протягами, але водночас у повітрі стояв душок згірклого масла, шорстка кислинка плісняви з квашених огірків. Уляна сиділа поміж двох мовчазних типів, що притискали її з обох боків гострими ліктями. Один із них час від часу тихенько відригував, ніяково прикриваючи рота долонею. У дзеркальці над водієм Уляна зустрічала погляд капітана. Він вів автомобіль, посадивши водія поруч зі собою. Він звертався до цього дядька зі щіткою вусів на обличчі і грубими неспокійними руками з синіми літерами, що були витатуйовані на нижніх фалангах пальців, просячи то підкурити йому сигарету, то її загасити.

За вікнами опадали та здіймались пагорби, нудними полотнами проповзали поля, але більшість видноколa займало сизе небо, що ніби складалось із нашарованих одна на одну прозорих пелюсток, проміжки і невидимі тріщини між якими поросли слизистими утвореннями хмар. Села і містечка, які вони проминали, пригнічували порожнечею й нужденністю. Поруйновані будинки повивертали назовні свої спалені, погнилі нутрощі. Де-не-де серед цього безлюддя можна було вихопити якусь вихудлу чорну постать — щось ніби опудало, безтямне й доведене до краю, вичерпане з будь-яких почуттів і розумінь.

На видноколі вже вимальовувались обриси замку, досконало припасованого між двох веж монастиря отців василіян Воздвиження Чесного Хреста Господнього. Але автомобіль завернув на польову дорогу, так і не доїхавши до міста.

Будинок був міцний і просторий, із широкими вікнами, з терасою вздовж усього першого поверху. Він був оточений садом, колись надзвичайно задбаним, про що свідчили залишки клумб вигадливих форм, лабіринт із самшитових кущів, що порозлазилися по стежинах, викладена пласкими каменями доріжка, тріщини якої заросли травою і будяками, закисле озерце, в якому — цілком імовірно — раніше плавали коропи. Фруктові дерева досі слухняно розвішували свої ще не здичавілі віти. Південною стіною будинку і дахами підсобних приміщень вився виноград.

Колишній єврейський маєток, — пояснив Уляні Красовський, допомагаючи їй вийти з машини. — Власники зникли безвісти. Під час війни тут квартирувалися німці.

Він із виглядом задоволеного господаря роззирнувся навкруги, широко розкинув руки, випростався, потягнувся. Під його грубими підошвами захрумтів гравій.

Ми, до речі, євреїв не переслідуємо, — багатозначно округлив він очі, зустрівшись із Уляною поглядом. — Хіба коли вони — вороги народу. Тоді інша справа. Тоді вже немає значення, єврей перед тобою, таджик чи карел. Але зараз ми не про це.

Він повів рукою, запрошуючи Уляну помилуватись маєтком. Уздовж рясних гортензій, що пінилися вибляклими сірувато-блакитними кольорами, несподівано просочуючись рожевим, неквапом ішла смугаста кішка, не зводячи пильного погляду з непроханих гостей.

Ми це використаємо з користю для народу, — повідомив Красовський. — А поки що нехай порожня вілла стане притулком для почуттів двох простих смертних.

Він крекнув, посміюючись із власної пишномовності, і навіть похитав головою. А далі повів Уляну слідом за собою до будинку.

Вони проминули широкий передпокій, звідки піднімалися на другий поверх широкі сходи з лискучими перилами, пройшли довгим коридором, стіни якого були оббиті зеленою тканиною, потрапили до бібліотеки зі спеціальними кріслами для читання — вкритими оксамитом, прикрашеними витими сріблястими шнурками з китичками; ці крісла стояли під вікном; яке займало всю задню стіну бібліотеки. Врешті Красовський відчинив якісь темні двері й заштовхнув Уляну досередини зі словами:

Залишаю вас наодинці.

Двері причинились — і Уляна опинилась у невеликій затемненій кімнаті з охайним умеблюванням. Вона, зрештою, не здатна була розглядати частини цих меблів, лише вихопила поглядом плями кольорів, розмиті обриси столу, відображення в полусканому дзеркалі навпроти входу, пожовклі зуби піяніно з відкритою накривкою, акварелі на стінах. Але детальніше роздивлятись навколо не було жодної спроможности. Уляна бачила перед собою Матвія Криводяка, і його постать заполонила весь простір її сприйняття. Він стояв перед дзеркалом, настільки виснажений і безбарвний, що, здавалося, просвічував наскрізь. Не він відображався у дзеркалі, а дзеркало відображалось у ньому. Його риси танули. Його тіло майже висіло в повітрі.

Але він досі був живий. Криводяк, хворий на незнану хворобу семінарист Місійного інституту імени святого Йосафата, а згодом — лісовий комбатант. Криводяк, який умлівав по кілька разів на день, не міг перетравлювати майже жодної їжі, потерпав від болю голови і мерехтіння в очах. Криводяк, шкіра якого завжди здавалась тонкою і сухою, як папір, а ефемерне кощаве тіло було повністю позбавлене волосся. Криводяк, який не мав навіть брів і вій, навіть пушку на обличчі. Який роками сидів під землею, без повітря, води і їжі. Який свідомо порушував Божі заповіді, хоч раніше збирався присвятити своє життя Господу. Криводяк, якому вона, Уляна, кілька разів приносила до лісу їжу, медикаменти і важливу інформацію. І на якого повсякчас полювали: спочатку його вистежували німці, згодом — енкаведисти. Криводяк, який давно вже повинен був тліти в землі.

Побачивши Уляну, він змінився на виду. Його обличчя раптом ожило. Очі потемніли, розширились іще дужче. Чорнота зіниць захопила всю райдужку. Він рушив уперед і наблизився до Уляни впритул. Стояв перед нею, крихітний і делікатний, схожий на висохлий листок чи радше на комаху з цупким ороговілим тілом, що прикидається листком, і тремтів — одначе зовсім не так, як листок тремтить на вітрі. Він тремтів від напруження, від сили, яка пробивалася крізь його шкіру, яка струменіла, немов електрика, що мотлошить хмари під час грози.

Вони мовчали. Не рухалися, не сідали на канапу навпроти столу, не усміхалися, не плакали, не обіймалися, не бралися за руки. Просто стояли одне навпроти одного, занімівши, і дивились.

Це тривало, аж доки Красовський нарочито делікатно не постукав у двері. Він прочинив їх і просунув досередини голову. Невидима хвиля — ніби пригорщі гарячого піску, здійнятого вітром, — війнула йому в обличчя, мало не обпаливши шкіру, і здмухнула з обличчя усмішку. Він округлив очі й відсахнувся. Прочистив горло, яке вмить пересохло і спазматично стислося.

Та що ж це таке, — пробурмотів він, наважившись знову поглянути на двох людей, які нерухомо стояли за крок від входу, не рухаючись, майже не дихаючи, не кліпаючи, — і вдивлялись одне одному в очі.

Він знову покахикав, і тоді Уляна заворушилась. Вона обернулась і поглянула на Красовського нетутешнім поглядом.

Нам час уже, товаришко Фрасуляк Уляно Василівно, — зчавленим голосом, ніби набрав у горлянку рисового киселю, пробелькотів капітан. — Ви з громадянином Криводяком іще матимете можливість... кгм... поспілкуватись. Неодноразово ще матимете таку можливість.

Коли машина рушила, з-під коліс із диким криком вилетіла кішка. Красовський вчепився руками за кермо, витиснув газ, Уляниній охоронці попадали на неї, навалилися своїми тушами.

Коли автомобіль загальмував навпроти Уляниного будинку, стояла глупа ніч. Небо було повністю затягнуте хмарами — жодного натяку на місяць або на зорі. Уляна зупинилася на мить на подвір'ї, слухаючи торохтіння двигуна на вулиці за парканом. З місця, де вона стояла, відкривався вид на частину містечка з його розташованими одна над одною звивистими вуличками, кам'яницями, дахами, розсипаними на вигинах улоговини, як луска щойно почищеної риби на краях вигрібної ями, з вежами і дзвіницями, з руїнами замку. Точніше — цей вид відкривався колись раніше, але не тепер, не цієї миті. Внизу, під Уляною, і вгорі, над нею, і всюди навколо панувала чорна порожнеча. Ніби світ, який існував колись, назавжди затопило чорною водою. Десь там, на самому дні, у Старій Синагозі на Ринку, погойдувалися бліді полотна священних сувоїв, які незбагненним чином зберігалися недоторканими.

Уляна піднялася сходами ґанку, штовхнула двері й увійшла. Затерті дошки підлоги в передпокої були по діагоналі перекреслені вузькою смужкою тьмяного світла, що пробивалася з прочинених дверей до кімнати. Наступної миті двері розчахнулися. На порозі стояла Улянина мама. Позаду неї Уляна помітила двох молодших сестер — Нусю і Христю.

Той дивний неприродний крик, який пролунав серед остовпіння й тиші, належав саме Нусі. Вона відштовхнула маму й кинулася до Уляни, заходячись плачем уже на бігу. Сестра повисла на Уляниній шиї і заборсалась, ледь не збиваючи Уляну з ніг. Нусине тіло смикалось і дрижало. — Пробач, пробач мені, — повторювала вона крізь сльози, неприємно зрошуючи вологою Улянину шию.

Вже наступного дня Уляна повернулася на роботу до лікарні. Для цього все було підготовлене: новий головний лікар, який прибув звідкілясь зі сходу, новий халат, готові документи і пацієнти, хвороби яких умиротворювали.

Іноді замість роботи Красовський підхоплював її дорогою і віз до маєтку, на зустріч із Криводяком. Дорогою він напучував Уляну, як і про що варто повести їй розмову, аби дати шанс засудженому бодай трохи полегшити свою безнадійну ситуацію. Красовський простягав Уляні списки людей і просив підкреслювати прізвища. Переповідав деталізовані звіти про диверсії й напади, про захоплення заручників. Про те, як група бандитів під керівництвом Криводяка, вдаючи радянських партизанів, спалила село. Загинуло четверо дітей, п'ятеро жінок, серед них — двоє вагітних, і шестеро старих людей. — Ви повинні допомогти йому, як людина і жінка, — казав Уляні Красовський. — І допомогти нам, як медпрацівниця і громадянка. Розмовляйте з ним, запитуйте його, випитуйте, будьте лагідні, притріться до нього, увітріться йому в довіру, натисніть, підлестіться, приручіть його, скористайтесь батогом і пряником, увійдіть під його шкіру, розчиніться в його крові, просочіться в нейрони його мозку, ви ж медсестра, ви ж сестра милосердя, ви зможете, ми покладаємо надії, ми тримаємо руку на пульсі, ви в нас на прицілі, все, що ми робимо, ми робимо для вас, для нього, для Країни Рад.

Але всі його заклинання, всі тонкі психологічні ігри та прийоми, всі техніки гіпнозу, які він застосовував, усі його погрози і цілком переконлива щирість жодним чином не діяли. Зустрічі відбувались у цілковитій тиші. На підвіконні зі зовнішнього боку будинку сиділа кішка і порожніми круглими очима крізь шибу витріщалася на дві нерухомі постаті. Вони стояли або сиділи на певній відстані одне від одного і не відводили поглядів.

Яким же чином ви завагітніли? — кричав на неї згодом Красовський у кабінеті гінеколога. З-за блакитної ширми на рівні його голови стирчала боса Улянина стопа. Уляна мовчала. Брязкали металеві інструменти, які лікар час від часу кидав до алюмінієвої миски, призначеної для стерилізації.

Не хочете співпрацювати — нехай так і буде. Ви більше ніколи його не побачите, — процідив крізь зуби Красовський, вчепився рукою в тканину ширми і з люттю зірвав її із завіс. — Це я точно можу вам пообіцяти, — додав він, дивлячись на Уляну.

Відтоді автомобіль перестав по неї приїздити. Її звільнили з роботи в лікарні, і вона лежала вдома, дивлячись у стелю. Нуся вилася навколо неї, збиваючись із ніг. Спорожнювала миску з блювотою, приносила свіжого росолу, який за кілька хвилин доводилось виносити з дому в тій самій мисці.

Час від часу вона кудись бігала і поверталась за кілька годин напружена, понура. Так відбувалося раз по раз, аж доки Нуся не сіла на край Уляниного ліжка, сперлася ліктями об коліна і сховала обличчя в долонях. — Криводяк у виправно-трудовому таборі в Норильську, — ледь чутно сказала вона. — З ним усе гаразд, він працює на нікелевому комбінаті, його добре годують і він просив передати, що усвідомив свої помилки.

Уляна звісила голову з ліжка і вивергнулась потужним фонтаном. Звалившись назад на подушку, вона сказала: — І що мені тепер робити з цим хлопчиком?

*

Товстий, як свиняче сало під шкірою, шар снігу притлумлював звуки. Навіть перекошені дверцята «жигулів», які таксист затраскував не менше кільканадцяти разів поспіль із гідним подиву самовладанням, аж доки нарешті вони не зчепились як слід із каркасом машини, звучали доволі стримано. Таксист усю дорогу скаржився на сніг і висловлював сумніви, що його «жигулям» вдасться проникнути крізь снігові завали на Варшавській трасі, хоч її, на диво, непогано почистили, все могло бути набагато гірше. Але навіть якщо там вони проїдуть без пригод, то далі, на залізничному переїзді чи на під'їзді до Клавдієвого, вже не кажучи про відрізок до Пороскотня, який пролягає уздовж лісів, вже не кажучи про самі Сади, де в цю пору ніхто не живе, куди жодна жива душа серед зими навіть носа не потикає, нікому й на думку не спаде чистити дороги. — І якщо ми застрягнемо, — погрожував Романі таксист, — якщо я загрузну через вас, то майте на увазі, що вам доведеться компенсувати мені цілоденний простій. Тому що, знаєте, я заробив би цілком непогано сьогодні у Києві, де принаймні якщо вже засядеш у якомусь дворі, то тебе обов'язково знайдеться кому витягнути.

Таксист нарікав на валізи — чотири валізи зі старими фотографіями, які Романа перевозила з Архіву-музею літератури і мистецтва до будинку в дачному кооперативі «Калина-1». Ніхто зі співробітників їй і слова про це не сказав. Валізи нікого не цікавили. Тільки Коротулька Саша намотала навколо Романи сотню кіл, як це роблять від надміру енергії собаки під час прогулянок, поки Романа тягнула валізу за валізою сходами з підвалів Фонду на перший поверх, до виходу.

Таксист, звичайно, страшенно перебільшував: валізи були напхані папером, а не залізом. І дороги виявились почищеними, і найкраще, найретельніше — саме на відрізку від Клавдієвого до Пороскотня. Щоправда, за воротами кооперативу лежала неторкнута снігова перина, ледь прикрашена де-не-де окремими хвоїнками, зморщеними ягодами шипшини, шматками кори і лускою від шишок, що були нещадно розпотрошені дроздами. Коли Рома вийшла з машини, їй звіддаля помахав широким заступом рум'янощокий і розпашілий голова кооперативу Степан Іванович Сопілочка, який займався прокопуванням тунелю від власного будинку до воріт в'їзду.

Романа заплатила таксистові і залишилась посеред снігу зі своїм скарбом. Разом із Сопілочкою вони дотягнули валізи до Роминого будинку. Запах Сопілоччиного солоного поту піднімався в чисте морозяне повітря, химерно дисонуючи з завмерлою чуттєвістю природи.

Зіпріла й задихана, вивалена у снігу, з густим шумом крови у скронях, Романа нарешті опинилася вдома. Вона сиділа на підлозі в кухні, не вмикаючи світла, дивлячись на чорні силуети валіз, що обступили її стіною.

Кілька разів під час їхніх довгих розмов, які щоразу перетворювалися на затяжні професорові розповіді, нескінченні й деталізовані сповіді, від яких він виснажувався, втрачав голос, слабшав, мусив пити таблетки від тиску і краплі від серця, професор говорив про втрачені родинні фотографії, викрадені його сином. — Коли я згадую про всіх цих людей, мене охоплюють безсилля і розпач, — говорив він Романі. На суворому чоловічому обличчі, шкіра якого здавалася такою цупкою й задубленою часом, що ніби майже не здатна була до міміки, вологі очі з архіпелагами дрібних крововиливів і потрісканими судинами виглядали чиїмись чужими, вирізаними з іншого обличчя — вразливого, незахищеного, розгубленого.

Тому що моя пам'ять, мій старечий, поїдений часом мозок — останній їхній прихисток, — говорив професор, і губи його тремтіли, тремтіло підборіддя. Ромі було шкода його. Вона піднімала руку, тягнулась долонею до професорового ліктя, майже торкалася кінчиками пальців шкарубкої шкіри — але рука опадала назад, поверталася додому, на Ромине коліно.

Їхні голоси, їхні лиця, всі їхні покректування і зітхання, накульгування й сопіння, звичка лаятися крізь зуби, замислено чухати підпаху, незмигно дивитись у простір перед собою, ніби провалившись кудись за підкладку простору; поріпування дощок підлоги під ногами у неповторному ритмі, повторюваність тих самих дрібних дій щодня і програвання кількох мотивів упродовж всього життя, без зупинок, по колу, космічна трагедія, запакована в заляпаний жиром газетний папір — усе це провалилось кудись безслідно, і тільки окремі, ледь розбірливі, затягнуті пеленою сліз знаки ще проступали у професоровій пам'яті.

Ось чому він так побивався за фотографіями. Пласкі крихітні зображення облич, людських постатей, завмерлих у неприродних, смішних позах, у напруженні, з переляком в очах, із приклеєними усмішками, невластиві повороти голови, невпізнавані ракурси, стиснутий кулак, сором'язливий рум'янець — єдині гачки, за які можна було зачепити слизьку нитку спогадів, що норовить вислизнути з рук і розчинитися.

Бачите, — пояснював професор начебто Романі, але насправді вкотре говорив це собі самому. — Бачите, Богдан вирішив, що я не маю права на спогади. Що я недостойний того, щоби відчувати свій зв'язок із людьми з фотографій.

Як він може таке вирішувати? — запитала Романа.

Хтось повинен вирішувати, — знизав плечима професор.

Він тужив за фотографіями. Описував їх Романі — десятками, навіть сотнями, з найменшими подробицями: ця має фігурну облямівку і тиснення, ця — пляму від темної рідини, у цієї немає нижнього лівого кутика. На цій — відбиток офіційної печатки. На одній позаду сфотографованих — темно-зелене плюшеве тло. На іншій — розбуялий сад, де на найближчому дереві видно гілку, з якої він у дитинстві впав і пошкодив собі кісточку на нозі. Вона досі болить, і дедалі сильніше. І має неправильну форму, крізь шкіру видно щербинку. — Прошу дуже, Романо, будь ласка, погляньте.

І ось вона тремтячими руками повільно потягла за язичок замка і розчахнула першу валізу, а за нею одразу ж три наступні. Її переповнювало таке хвилювання, таке відчуття щойно скоєного страшного злочину, аж вона боялась вмикати світло, щоб не осліпнути від свого прозріння. Крізь сутінки приглядалась до карток — і впізнавала всіх, хто на них був зображений. Василь Фрасуляк із дружиною Зеною — штивна фотокартка з весілля, майже повністю вибляла. У Зени широке обличчя й опуклі очі. У юного Василя з іще не голеним пушком над верхньою губою втомлений вираз обличчя — ніби вже тепер, на самому початку, він тримає на собі всю вагу того, що чекає на нього попереду. Відчуває вагу, ще не розуміючи її значення.

Троє сестер різного віку на тлі розквітлого бузку. Черевички в густій траві серед пухнастих голівок конюшини. Чиїсь заплакані очі. Христя — найменша: невинна, налякана, зацікавлена. Пухкі щічки. Розтулений ротик. Рука з ямочками. Бачить перед собою моторошну машинку, яка зараз спалахне і висмокче їхні з сестрами м'які серцевини. Жах і зацікавлення у Христиних очах.

Нуся — середня: образа в погляді, відчуття світової несправедливості, ревнощі. Косий проділ, акуратні манжети.

Уляна — найстарша: десь далеко, страшенно далеко, в безкрайній далечі, не прив'язана ні до чого. Навіть до цієї фотокартки. Худе обличчя, запалі щоки, очі великі та серйозні. В очах — насолода від неправильності, насмішка. Зухвало вигнута брова. Зовсім дитина ще. Тут їй років дванадцять.

*

А ось інша жінка. З іншого часу, з іншої родини, з іншої ситуації. Хоча часи й ситуації так між собою сплетені, повростали одні в одних так, що не розплести, ніяк не розплутати, не зрозуміти, що і звідки береться, що з чим і чому поєднується.

За цим знімком професор побивався чи не найдужче. — Це єдине, що мені від неї залишалося, — казав він ослабленим голосом. Романа боялася, що він непритомніє. Про всяк випадок принесла з холодильника краплі, поклала перед ним на столі. Професор постукував пальцями по стільниці, не дивлячись ні на краплі, ні на Роману, відвернувши голову вбік. — На тій фотографії збереглося її обличчя, яким воно було, коли вона вперше до мене прийшла. Коли я вперше її побачив.

Романа так і залишила розтерзані валізи посеред кухні, лише трохи позгрібавши до центру скирту глянсового паперу. Виконуючи того вечора всі свої прості дії: пережовуючи їжу, сьорбаючи чай, перемикаючи воду з крана на душ, вона не відводила погляду від жіночого обличчя.

Поверхні фотокартки хотілось увесь час торкатися. На ній, здавалося, натягнуто гладку і теплу плівку, яку так приємно обмацувати пучками пальців. Податлива й ніжна, вона пружно проминалася від дотику чи натиску, і поверталася до своєї форми, щойно припинявся натиск. Накривши картку долонею, Романа відчувала навіть, як та пульсує, відчувала ритм, що нагадував ритм кровотоку, серцебиття в гарячому людському організмі.

Барви портрета згущувалися до лискучої темряви: податливість достиглої сливи, темний, розніжений м'якуш інжиру, гранатові зернята чорноти у найпотаємніших закамарках, заглибинах, сховках. Хотілося просунути руку туди, вглиб, торкнутися потилиці, заповзти долонею під комір трикотажного светра з округлою горловиною, відчути хребці й випнуті лопатки. Хотілося злегка стиснути шию трохи нижче від вух великим і вказівним пальцями, тісно обхопивши її рукою. Хотілося почути вигук болю і несподіванки, хотілося поглибити вираз, що відчитувався в очах, вирізнити його.

Бо найбільшу тривогу в Романи викликала неможливість збагнути емоцію в очах жінки. Її губи залишались у стані цілковитого спокою. Жоден м'яз на щоках не свідчив про напруження. Гладінь шкіри не тривожила жодна брижа. Обличчя, хоч яке м'яке та ніжне, мало в собі завмерлість кам'яної статуї або посмертної маски.

Натомість очі цієї жінки лякали. Вони усміхалися, тільки усмішка не була ні веселою, ні лагідною. В очах Романа спостерігала біль, і переляк, і загубленість, і жорстокість. Вираз, притаманний людям, які довго, впродовж багатьох годин і днів терплять біль. Він лунає на тлі безперервною нав'язливою мелодією. Або виходить на перший план, і приголомшує, і затоплює собою геть усе інше.

Було видно, що ця жінка з професорової фотокартки терпить біль. Що вона витримує його, але не може до нього звикнути. Що вона навіть йому радіє, бо він їй добре знайомий, вона знає всі його вигини й западини, він поєднує її тіло з навколишнім світом. Романа придивлялась до фотокартки, і їй ставало очевидно, що ця жінка прагне болю. Що це єдиний спосіб, у якій вона звикла відчувати. Що це найзрозуміліший спосіб жити, який їй довелося затямити.

Романа знала, що ім'я цієї жінки — Зоя. Вона була професоровою пацієнткою. Одного дня вона прийшла до нього на прийом і попросила змінити їй зовнішність.

*

Професор так і сказав: — Я вперше в житті бачив таку жінку. Вона сіла навпроти мого столу, я дивився на її коліна, що стриміли з-під вузької спідниці, яка трохи підскочила на стегнах. Я, не бажаючи цього, простежив поглядом за нижнім краєм цієї спідниці, в тісний проміжок між стиснутими ногами. Вона зауважила мій погляд і потерла ногою об ногу — ніби від холоду чи від зніяковіння. Але я одразу, ще навіть не поглянувши їй в очі, відчув, що не контролюю ситуацію.

За мить я звів погляд на її непроникне обличчя. Жодного натяку на зваблювання. Бездоганна стриманість. Ніби її ноги в тонких колготках жили своїм відокремленим життям, продовжуючи шурхотіти одна об одну, продовжуючи ледь помітно соватися від некерованого нетерпіння, млости, гарячої напруги, що не давала її стегнам розслабитися. Жінка торкнулася долонею литки і ніжно її погладила. Пасмо волосся впало їй на щоку, як театральна куліса. Рука повільно поповзла напнутим м'язом до самої кісточки, окреслюючи хвилясту лінію. Я бачив це периферійним зором, не відводячи тепер погляду від її обличчя. Ми ще навіть не заговорили. Я дивився на неї здивовано і запитально. Але і в її очах, які єдині на цьому закам'янілому обличчі могли щось пояснити, прочитувалися запитання й подив. Ніби це не вона прийшла до мене, а я її до себе покликав.

Я вас слухаю, — промовив нарешті я, несподівано виявивши, що мені перехопило горло і мій голос тремтить.

Я хочу змінити зовнішність, — сказала вона, не змигнувши й оком.

Навіщо? — запитав я.

Вона дивилася на мене прямим поглядом і не відповідала.

Навіщо? — повторив я своє запитання. — Ви дуже красива жінка. Хіба ви цього не знаєте?

Я встав з-за столу і наблизився до неї. Цей рух, який я виконував десятки разів за день — наблизитися до пацієнта, визначити зони його вад, глибину і катастрофічність деґрадації, власні шанси вплинути на жорстокість Природи, — давався мені нескінченно тяжко. Я ніби прогрібав крізь тужавість сну. Тіло жінки не підпускало мене до себе.

Поки я оглядав її профіль, найдосконаліший профіль, який мені доводилось бачити у житті, поки я, хвилюючись, як юнак перед можливістю отримати перший поцілунок, опускався поглядом уздовж її шиї, аж у круглий виріз трикотажного светра, вона сиділа нерухомо, навіть, здавалося, не дихаючи. Така старанна, зібрана — всім своїм виглядом демонструючи, як хоче мені допомогти, як намагається мені не заважати.

Будь-кого іншого з пацієнтів я попросив би скинути одяг і оглянув би тіло. Може, їй ідеться про тіло. Може, у неї негарна форма грудей. Може, розтяжки на животі. Може, шрам від апендициту. Може, вона прагне позбутись котроїсь із цих популярних вад.

Але я не міг попросити її роздягнутись. Це здавалося немислимим. Це одразу засвідчило б геть усе. Оголило б мій мозок і інші члени. Хоча ще десять хвилин тому ми одне одного не знали. І ось я почувався ґвалтівником.

Я не розумію, — сказав я їй, заховавшись знову за барикадою власного столу. — Я не розумію, що саме ви хочете змінювати. З вами все дуже добре. Висота вашого чола дорівнює довжині носа й відстані від носа до підборіддя. Ширина носа в зоні ніздрів дорівнює відстані між очима. Довжина губ дорівнює лінії, проведеній униз від середини райдужки ока. Внутрішній і зовнішній куточки ваших очей розташовано на одній лінії. Три зони вашого обличчя абсолютно пропорційні. У вас матова шкіра тілесного кольору, жовтуватий відтінок тканин. Шкіра пружна, пори чисті та звужені, зморшки проявлені менше, ніж зазвичай це буває у жінок вашого віку. Я не розумію, що саме і навіщо ви хочете змінювати.

Я хочу змінити все, — спокійно сказала вона. — Я хочу мати зовсім інше обличчя.

Чому? — запитав я, потерпаючи від наростання тривоги.

Тому що це обличчя не моє. Я не так повинна виглядати.

На цьому етапі я повинен був делікатно попрощатись із нею і скерувати її до психіятра. Я робив таке часто, лагідно вмовляючи людину, що така консультація — цілковита умовність. Мовляв, це потрібно лише для документації. — Без підпису спеціяліста з психіятрії, — казав я, — мені не дадуть дозволу проводити операції. — Я не оперував пацієнтів із психічними проблемами. Я пишався тим, що принципово не займаюсь жінками, охопленими страхом старіння. Моя робота — виправляти справжні вади: ущелину губи або піднебіння, агенезію, макро- чи мікростомію, подвійний рот чи додатковий ніс. У цієї жінки був досконалий ніс, кажу вам.

І все ж я заходився спокійно розпитувати її про зовнішність, якої б вона собі бажала. Вона наблизилася до мене і ми розглядали фотографії носів і губ, види підтяжок обличчя, результати рино-, блефаро- і отопластик. Вона захоплювалася, вона зачудовано зойкала і зітхала, вона так розхвилювалася від картинок, які я їй демонстрував, виймаючи їх сотнями зі своїх акуратних, систематизованих течок, що я відчував її тремтіння, чув її важкий віддих — шершавий, гарячий, пришвидшений. Віддих, який виходив із глибини живота, піднімався верхньою частиною тіла і вихлюпувався мені на щоку, у вухо, за комір моєї сорочки. Її ноги витанцьовували біля мене, пальці тицяли в зображення облич і їхніх частин, які видавалися їй особливо вартими наслідування.

Я переконав себе, що все це лише тимчасово. Що я дозволю собі трохи погратися, щоб затримати її тут, ще на якихось кільканадцять хвилин поруч із собою. Нехай ще бодай недовго вона торкатиметься мене мимоволі своїм тілом, лоскотатиме волоссям. Усе одно це лише на одну мить, не довше. Я ж лікар. Я ж добре знаю, як не нашкодити. Я ж умію вчасно зупинятись.

*

Коли я вперше зняв їй пов'язки з обличчя і оглянув шви, фіолетово-чорні мокрі набряки, біль у щілинах її затягнутих плівкою очей викликав у мені збудження, від якого на кілька митей я повністю втратив себе. Прийшовши до тями, я помітив, що вказівний палець моєї правої руки до половини занурений до Зоїного рота, що він купається в Зоїній слині, гладить її язик, вивертає їй губи. Вона розтулила уста і слухняно дозволяла мені це робити. Я бачив усмішку, яка раптом виринула в її очах. Я відчував її вдячність і полегшення.

Це саме те, чого я хотіла, — сказала вона того разу мені на прощання, і я не знаю, що саме мала вона на увазі — форму носа, розгледіти яку, поки не спаде набряк, було неможливо, чи незаконне проникнення мого вказівного пальця до її ротової порожнини. Мій палець того дня не припиняв пульсувати, жив власним життям. Я відчував на ньому смоктальні рухи, лещата тугих і гарячих, гладких тканин.

З кожним наступним разом ми заходили з нею все далі. Ми цілувались, я обмацував її груди, переконуючись, що з їхньою формою все гаразд, я торкався її тіла під одягом, пересвідчуючись, що жодних шрамів, жодних видимих вад воно не має. Вада чаїлась у неї всередині, в цьому я не мав жодного сумніву. Ця жінка носила в собі якусь фатальну несправність, природи якої я жахався, подробиць якої знати не хотів. Але вона ж і тягнула мене до себе, і я не здатен був упоратися зі збудженням.

Я продовжував умовляти себе, що можу зупинитися кожної миті, продовжував вдавати перед собою, ніби нічого не відбувається — і саме тому не зачинив дверей кабінету перед тим, як ми вперше почали злягатися. Я лише задер їй сукню, ми не роздягалися. Я залишався сидіти у своєму кріслі, вона сиділа на мені верхи, схилившись головою на плече, пластична й розімліла. Її мляві холодні долоні лежали на моїй шиї за розстібнутим коміром сорочки.

Але там, де наші тіла торкались, де вони терлись чутливими тканинами, температури, здавалося, зростали до рівнів, від яких здатні плавитись метали. М'язи її сідниць ритмічно напружувалися. Вона стискала мене з жадібністю, яка межувала з бажанням всотати й увібрати. Вона підставляла себе мені, ніби пропонувала її вбити.

Якоїсь миті до кабінету ввійшла котрась із медсестер. Я, спітнілий, нестямний, зустрівся з нею поглядом і побачив нас збоку. Медсестра смикнулась, позадкувала за двері, затраснула їх за собою. Я взяв Зою за волосся на потилиці і відтягнув її голову назад. Я подивився їй в очі. Тепер ми обоє були зіпсовані, отрута розтеклася тілом. Ми роз'єднали липкі тіла, які стали сплавами одне одного і більше не були тим, чим раніше.

*

Я подбав про помешкання, в якому ми могли зустрічатися. Воно було розташоване в сталінці на одній зі старих заглиблених вуличок Печерська, навпроти недавно збудованого готелю «Салют». Вуличка вигиналась вигадливим меандром, кілька разів стискаючись і утворюючи колінця. Стіна триповерхового будинку в одному з вузьких вигинів була увита диким виноградом, під багаторічними нашаруваннями якого не припиняли туркотіти голуби.

Ми кохалися під це туркотіння, під лопотіння крил у кімнаті з обдертими шпалерами і меблями зі столярних плит, облицьованих клеєною фанерою. Випірнувши нагору з підземного переходу дорогою на побачення, я щоразу обіцяв собі, що це вже востаннє, що я повинен усе зупинити.

Зоя чекала на мене в закутку поміж двох будинків. Я збуджувався, щойно побачивши здалеку її постать в чорному плащі, розгледівши пов'язки або пластирі на її обличчі. Вона стояла нерухомо і дивилася в одну точку. Про що вона думає, міркував я, намагаючись не розлучатися з цією здатністю, яка дедалі дужче марніла, заглушена шумом крови у вухах, пульсуванням у паху. Чи хотів би я справді дізнатися, про що вона думає?

Мене переслідувало відчуття, що я зустрічаюсь щоразу з іншою коханкою — і не лише через шви й набряки, не лише через зміни, які відбувалися з її обличчям унаслідок моїх операцій. При всій її незворушності, при всій відстороненості Зоя часто поводилася невпізнавано й непередбачувано. Минуло доволі багато часу, перш ніж вона почала по-справжньому всміхатися мені: не лише очима, а й устами, ротом, усім обличчям. Іноді вона просяювала, світилася безтурботністю. Я з подивом і полегшенням спостерігав у ній легкість — і чіплявся за це відчуття. Іноді вона скидала одяг неохоче і знуджено, і жодним зітханням не дозволяла мені впевнитись, що вона отримує задоволення. Часом після оргазму, коли я лежав поруч із нею і моя голова була повністю вільна від будь-яких думок, коли все, що я міг робити, це відчувати солодку втому в кінцівках, глибоке полегшення — вона дивилась на мене з неприхованою огидою і презирством. Часто мені здавалося, що вона зустрічається зі мною для того, аби скоїти з собою щось жахливе. Іноді — що вона сподівається від мене завагітніти. Бувало — я починав підозрювати, що обидві ці речі поєднуються в її голові в один моторошний, ненормальний план.

Вона то заливалася легковажним сміхом над будь-якою дурницею, то жартувала безжально й дотепно, то западала у глибоку апатію. Я не міг тоді витягнути з неї жодного слова і, можливо, анітрохи цього й не хотів. Вона починала скаржитися тоді на недосконалу форму виліпленого мною носа, на підборіддя, яке треба виправити, на недостатньо високі вилиці, на занадто тонкі губи. Ти повинен виправити свою помилку, шепотіла вона мені, міцно стискаючи ноги й вивертаючись. Добре, добре, як скажеш, обіцяв я, знерухомлюючи її руки, щоб вона перестала пручатися і мені заважати, щоб вона нарешті мене в себе впустила, щоб я нарешті міг у неї зануритися.

Котрийсь із разів, коли ми вже достатньо звикли одне до одного, але наші чуття все ще перебільшено пульсували, все бачилось налитим яскравими кольорами, аж очі боліли дивитись, і все сяяло пронизливо, приголомшуючи, вона почала говорити про себе. Вона лежала горілиць, розпластана, її спітніла шкіра лисніла засмагою, на животі висихали молочні краплини, втрачаючи забарвлення. Соски не були вже тепер твердими, вони сплясли й розширилися. Нижній шар волосся, найближчий до шиї, той, який так дрібно кучерявився, був геть мокрим. І скроні її були мокрі, і над верхньою губою і на чолі виступали краплі вологи. Ми були липкі, навколо нас стояв такий густий запах, що його можна було би торкнутись. Я начепив окуляри і дивився на неї, підперши голову рукою. Вона провалювалась у сон, знеможена, намагаючись із ним боротись — у нас було мало часу, на неї чекали, на мене чекали, ми повинні були вже давно виходити з помешкання, вмиті й одягнені, витверезені. Але ми так і продовжували лежати на перському килимі. Тисячі бордових пелюсток перетікали одна в одну, розходились віялами, вростали у золоті павичеві пір'їни, з-під них мчали крихітні чорні постаті мисливців, що полювали на ланей і оленів, ті ховались у хащах, у сплетіннях брунатних лоз, у пахучих кущах, пагони яких були всіяні колючками; ніжна шкіра лані, поранена чи то стрілою меткого вершника, чи особливо гострою колючкою, висяла цілу стежину кривавих орнаментів — і пальці моєї коханки, незважаючи на її погойдування на межі сну та дійсности, рухались уздовж цих слідів, то нишкнучи на мить, то продовжуючи обережне просування теплими ворсинками.

Вона вкотре напіврозплющила очі й поглянула на мене. Я спробував їй усміхнутись — у мені вже починало наростати нетерпіння, я вже починав сягати думками до свого зім'ятого одягу, до своїх шкарпеток, до сорочки, яка суворо вказувала на мене гострою стійкою комірця. Але вона не відповіла на мій усмішк, усе ще перебуваючи деінде, у млосних глибинах, де час розтягується, де зовнішній бік життя і його рутинних ритуалів втрачає значення, а натомість проступає щось з-під масного намулу, якась відкрита слизова оболонка, ніжно-рожева і чутлива незахищена плоть. Я бачив це в її затуманених очах, і мені було лячно. Ніби ми на різних берегах — я не хочу зараз на її берег і не можу перетягнути її на свій. Я відчув роздратування: мені хотілося відділитись, відокремитись. Її беззахисність відштовхувала, я волів уже повернутись до своїх справ, але водночас відчував нудотні ревнощі від того, що ми вже не разом, що вона продовжує залишатися там, що зараз вона для мене вже недоступна. Мені хотілось рвучко висмикнути її на поверхню, грубо й жорстоко. Завдати болю.

Знаєш, — сказала вона, домандрувавши пальцями до краю килима і запірнувши ними під його виворіт, — раніше я завжди хвилювалась і запитувала того, з ким була: як тобі? Я не надто мовчазна? Тебе не дратують мої зойки? Вони не нагадують тобі голос якоїсь дурної пташки? Мій запах не здається тобі нав'язливим? Мій запах не переслідує тебе багато годин, викликаючи неприємні думки? Тобі не хочеться якнайшвидше позбутись мого запаху? Якщо мій смак тобі не подобається, якщо він занадто різкий, то я не ображусь. Я не занадто ніжна і м'яка? Я не роблю тобі боляче? Я не надто близько до тебе пригортаюся? Це нічого, що я вкусила тебе за вухо? Ти пробачиш мене, що я спітніла? А зараз, із тобою, хоч я і не знаю, чи я не занадто мовчазна, і не знаю, чи мій голос не схожий тобі на зойки і схлипування тварини, не знаю, чи мій запах не в'їдається в твою шкіру надто надовго, чи тобі не доводиться віддирати його від себе потім жорсткою губкою, не знаю, що ти відчуваєш, мене куштуючи, але мені не хочеться тебе про це запитувати, не хочеться розпитувати тебе (хоч мені й цікаво — як я тобі, як тобі зі мною, яка я тобі на смак і на запах, на дотик, на вигляд, яка я тобі), тому що я не можу бути інакшою, тому що я нічого не можу змінити, тому що я з тобою тільки така, якою можу бути: з отакими зойками і схлипуваннями, отака спітніла й солона, отака волога і така липка, і я не можу не куштувати тебе язиком, коли роблю це, і коли я вгризаюсь у твоє плече зубами — то я не можу не вгризтись, і тому просто сенсу немає ні про що запитувати, бо навіть якщо тобі це не подобається, то я нічим не здатна зарадити, так уже воно і буде — і не інакше.

Може, це тому, що саме ти робиш мені справжнє обличчя, — сказала вона, підсуваючись ближче і торкаючись щокою мого плеча. — Ще трохи — і моє обличчя стане таким, яким повинно бути.

Від її слів про тих, із ким вона бувала раніше, від того, що ці слова означали для мене багатьох, надто багатьох, як на одне таке невелике і розгублене тіло, від того, що в моїй уяві негайно постав цілий натовп безликих чоловіків, яких вона вдовольняла ще до того, як почала вдовольняти мене, я зазнав раптового нападу ревнощів, від яких мене буквально скрутило.

Тоді я вперше запитав її, чи вона одружена. — Так, — відповіла вона, — я маю чоловіка. Він дуже добрий.

І потім почала розповідати про себе якісь уривки, окремі факти, які між собою геть не в'язались і які я сприймав з неабиякими труднощами, оскільки ревнощі так і не покидали мене. Вони затопили мене аж по горло й тисли на груди, і водночас надійшла нова хвиля збудження — набагато сильніша, безогляднішa, ніж навіть того першого разу, коли мій палець опинився у неї в роті. Я потягнувся за пледом і прикрився, щоб не видавати себе і свого приниження.

Вона розповіла, що з чоловіком її познайомив дід, який до того, як піти у відставку, обіймав високу посаду в 5-му управлінні органів. Що чоловік був дідовим підлеглим і, зрештою, залишається ним і досі, тому що в такого роду психологічному підпорядкуванні відставки не мають жодного значення. — Мій чоловік трохи схожий на Фауста, — сказала Зоя, — він колись підписав угоду кров'ю і про це не шкодує. Він добра людина.

На кого ж тоді схожий твій дід? — розсміявся я, вважаючи, що страшенно вдало пожартував. Але вона ніби не почула мого жарту. Продовжувала говорити далі.

Дід після відставки допоміг моєму чоловікові отримати посаду. Тепер він бореться зі злочинами, стежить за студентами, туристами, за радянськими громадянами й іноземними журналістами. Але його часто кличуть і з інших справ. Кажуть, у нього золоті руки.

Він приходить додому пізно ввечері, навіть у вихідні. Я тоді вже часто міцно сплю — або прикидаюсь. Він відчиняє двері і хвилину дивиться на мою спину, а тоді йде обробляти собі антисептиком розбиті кісточки правої руки. Якщо трапляється, що я ще читаю в ліжку, він просить мене обробити рани. Я кажу: — Коханий, твої попередні рани ще не загоїлись, а ти вже знову розбив собі руку. Ти зовсім себе не бережеш.

Він просить налити йому сто грамів, щоб якось витримати перекис. У нього незвично низький больовий поріг. — У тебе був дуже складний день? — запитую я його. Він киває, намагаючись не розкисати. (Не перекисати, — пожартував я. Зоя знову не зреагувала.)

Щодня цей конвеєр, — говорить мій чоловік, — вела вона розповідь. — Я хотів би вкладати у свою справу душу, я хотів би до кожної людини ставитись по-особливому, мати окремий підхід, як це роблять справжні спеціалісти. Як це робив твій дід.

Але хіба це можливо, якщо їх щодня така кількість: їх привозять, волочуть із зав'язаними руками, або вони приходять самі, отримавши від нас виклик, або навіть просто так, бажаючи вислужитись, попередити неминуче, щоби донести на когось, відвівши удар від себе.

І я щоразу кажу собі: так, Котлубаю, цього разу напружся, склади його психологічний портрет, вирізни його слабкості, його страхи, те, що для нього найважливіше у світі. Дій тонко й непомітно. Будь хитрим і підступним. Їж його живцем так, щоб він сам відламував від себе шматки м'яса, згодовував їх тобі і дякував. Так, як робив дід твоєї дружини. Ти зможеш, Котлубаю. Недаремно на тебе покладені такі надії.

Але часу на все це немає. Ти розумієш, кохана? Мені наказують ламати їх швидко й ефективно: вибити стілець, проламати ніс, розтрощити пальці. Мене кличуть лише у випадках, коли злочини по-справжньому серйозні, коли винного треба отримати негайно. Щойно доводиться діяти лагідно, сидіти з якоюсь цінною птахою впродовж усієї ночі, підлещуватись, обіцяти золоті гори, залякувати тільки словами — мене не кличуть. Кличуть Грека або Настича. Як ти думаєш, мене хочуть принизити?

І Зоя продовжувала розповідати, що вона змушена тоді заспокоювати свого чоловіка, запевняти його, що ніхто б не наважився його принижувати, що його поважають і бояться не менше, ніж поважають і бояться діда. — Ніхто ніколи не насмілився б. Ти ж дідова права рука. Він же насправді так ніколи й не пішов у відставку, ти ж знаєш.

Просто в цій справі, коханий, не вибираєш. Це механізм, це найточніша і вчасна машина, яка не дає вибору не тільки її жертвам, а й виконавцям.

І він заспокоювався, хоч і сидів, трохи похнюплений, зі щоками, ледь обвислими додолу, схожий на плюшевого ведмедя. Дозволяв Зої зняти з нього піджак і сорочку з комірцем, що за день устиг страшенно забруднитися. Розстібнути пасок і зняти штани. А потім стягнути з нього шкарпетки. Все це вона охайно складала, щоб їхня хатня робітниця Наталочка могла вранці негайно зайнятися пранням.

Тоді Зоя брала чоловіка, що залишався у самих трусах і майці, за руку і вела за собою крізь зимовий сад, де на паркеті погойдувалися візерунки, відкинуті лапатим листям кімнатних рослин, підсвічених місячним сяйвом. Вона вела його до спальні, і вкладала у ліжко поруч із собою, і довго гладила його по залисинах, що нагадували їй на дотик вовняні шкарпетки грубої в'язки, аж доки він не починав розмірено сопіти.

Голос Зої змінився, коли я запитав про діда. — Дід — надзвичайна людина, — сказала вона, сідаючи на килимі і тягнучись до своєї блузки. Зоя поспішно натягнула труси, випростовуючи і потім знову зграбно згинаючи ноги. — Дід, — сказала вона, — незламний і принциповий. Він дуже багато зробив для цієї країни. Він творив чудеса ще під час війни — з того часу починається його історія. Вже після війни він брав участь у знищенні тисяч людей. Може, навіть десятків тисяч. Ув'язнення, допити, тортури, шантаж, підкуп, табори, розстріл, задушення, утоплення, доведення до божевілля. Ці люди й самі не завжди усвідомлювали, що дід їх нищить. Іноді вони навіть були йому вдячні. Вони починали любити його, коли він із ними працював. Відчували до нього довіру.

Він дуже багато зробив для цієї країни, — повторила Зоя, замислено чухаючи литку. — І ще більше зробив для своєї сім'ї. Знав би ти, як він сильно любив дружину. Вона померла кілька років тому — це одразу його підкосило. У нього стався інсульт, але він видряпався буквально за кілька місяців: контрастний душ, біг, йога, дихальні вправи. Тепер він навіть міцніший, ніж до її смерті.

Він так сильно любив її, вона була для нього втіленням омріяного. Дід привіз її після війни з Росії. Хоч познайомились вони ще до війни, у Москві. Він не втомлювався згадувати, як уперше її побачив. Вона говорила з трибуни, аж заливаючись дзвінкою гарячою злістю. Її силует був обрамлений флуоресцентним небом і хмарами. Підсилений динаміками голос звучав зусібіч. Час від часу вона робила паузи, щоб отримати бурхливі овації. Вона приймала їх серйозно, ледь опустивши голову, від чого її загострене підборіддя здавалося ще гострішим. — Лише робітники Радянського Союзу радісно відзначають велике пролетарське свято, — промовляла вона. — На очах у всього світу, під мудрим керівництвом партії Лєніна-Сталіна росте і розквітає наша Батьківщина, користуючись усіма благами миру. За минулий рік невимовно зросла політична, господарська, культурна й військова могутність нашої країни. Народне господарство здійснило значний крок уперед. Зростає матеріяльний добробут трудящих. Країна впевнено рухається запланованим шляхом — наздогнати і перегнати передові капіталістичні країни в економічному розвитку. Будьте пильні, невпинно опановуйте військову справу, з десятикратною енергією на всіх ділянках соціялістичного будівництва зміцнюйте економічну та військову могутність нашої прекрасної Батьківщини! Незважаючи на будь-які підступи ворогів, ми підемо вперед і вперед, до світлих вершин комунізму, куди веде нас великий керманич революції, наш Сталін!

Овації, овації, овації. — Мій молодий дід, — сказала Зоя, — знав, що ці овації, крім усього іншого, — на честь їхньої великої любови, про яку ця дівчина з круглими щічками та вузьким підборіддям, з розкосими очима і ледь підпухлими повіками поки що не здогадувалася. Сильне бентежне почуття охопило її, щойно коли вона спустилася з трибуни, рішуча, серйозна, зосереджена, поправила червону краватку якомусь піонерові з букетом гвоздик у руках і раптом зустрілась поглядом із високим чорнявим незнайомцем.

Згодом вона вирушила заради нього аж на захід, на край світу. Просування на захід відбувалося поступово. Під час війни вона чекала на нього в Харкові, після — опинилась у чужому крихітному містечку на Західній Україні, де багатостолітні руїни не поступались місцем руїнам недавнього часу. Вона не розуміла мови, місцеві люди здавалися їй дикунами. Зі свого балкона в кам'яниці посеред міста вона з відразою спостерігала, як сільські жінки витирають фартухами обісрані курми яйця. — Я би всіх вигнала за межу міста, — говорила вона чоловікові, коли він з'являвся на балконі, щоб викурити сигарету. — Звідси вже й так усіх повиганяли, і не раз, — відповідав їй чоловік, доброзичливо придивляючись до метушні на ринку.

Потім вони знову переміщалися на схід, хоч так і не дісталися до Росії, куди вона хотіла повернутися найдужче. Переїхали до більшого міста, потім — до ще більшого, до найголовнішого міста республіки. Бабуся, зрештою, звикла до цієї країни. Напевно, її заспокоювало їхнє невпинне, хоч і повільне просування на схід. Але полюбити жодного з цих міст так і не змогла. Не любила ні гір, де відпочивала разом зі мною в розкішних санаторіях для родин держслужбовців, ні навіть Чорного моря, супилась і напружувалась, щойно чула чужу їй мову, щойно потрапляла в оточення місцевих мешканців.

Дід — той завжди почувався серед них як риба в воді. Зрештою, він і був місцевим. Він добре їх відчував.

Зоя сіла в крісло біля балкона і закурила. Дим налипав на внутрішній бік виноградного листя, чіплявся за шолудиву кору винограду. Зоя випростала голі ноги, аж вони майже торкалися пальцями ліктя руки, якою я підпирав голову, лежачи на боці й дивлячись на неї знизу вгору. Крізь накинуту блузку проступали напружені пиптики.

У них не могло бути дітей, — сказала Зоя. — Бабуся сказала йому це у відповідь на пропозицію одружитись: я ніколи нікого тобі не народжу. Він сказав: які дрібниці. Вона сказала: це не дрібниці. Я й сама не знаю, як житиму без дітей. І вона справді дуже швидко запала у глибоку апатію, почала втрачати відчуття смаків і кольорів, не реагувала на ніжності, жарти, новини про смерті й катастрофи. Він сказав: якби я міг, то народив би тобі дітей.

За пеленою цієї отупілості вона провела всю війну. Писала йому листи: у мене все добре. Вчора падав дощ. Приходив майстер, налаштував піяніно. Але я геть розучилася грати. Мало того, що не можу нікого народити, то ще й грати не можу.

Він писав листи їй: у мене все добре. Не знаю, коли зможу написати тобі наступного разу, бо завтра починається відповідальна операція. Тільки ти не хвилюйся, моєму життю нічого не загрожує. Фронт просувається на захід, очищає простір для нас із тобою. Невдовзі я заберу тебе сюди, і ти побачиш, як тут добре: положисті пагорби, ліси, ріки, чисте повітря. Звичайно, не зараз. Зараз у повітрі вибухи, сажа і дим. Але вже скоро, зовсім скоро. Цілую. Люблю. Твій.

Вона писала: ти казав, щоб я пошила собі пальто, але не сказав, із якої тканини і з яким візерунком. Я щодня ходжу дивитись на тканини, але жодна мені не подобається. Твід чи габардин? Мабуть, я хочу кашку. Але чи не писав ти мені, що тобі більше до вподоби ялиночка? Чому ти так довго не відповідаєш? Тобі стало нецікаво писати мені листи? Це тому, що я не можу народити тобі дитину? Я вже тобі набридла? У тебе є інша? Куди ти зник? Що сталось?

А коли війна таки справді закінчилася, він привіз їй дівчинку. Десятирічну чи одинадцятирічну, німу дикунку зі стиснутими кулаками і непроникним обличчям. (Сказала Зоя, жоден м'яз обличчя якої не ворушився навіть тоді, коли вона говорила. Ілюзію емоцій на обличчі створював сигаретний дим, який кружляв перед її лицем.)

Зоя продовжувала. — Він викопав дівчинку з якоїсь лісової нори — я так і не зрозуміла з усіх їхніх розповідей, як ця дитина туди потрапила. Коли я була зовсім дрібна, уявляла собі, що то була вовча нора. Що зграя вовків прийняла до себе покинуте дитя, батьків якого розстріляли. Що вона спала разом із вовченятами і мама-вовчиця старанно вилизувала її шершавим язиком, викусуючи бліх. Потім до мене дійшло, що то були не вовки, а бандити. Кровожерливі покидьки, які не знали жалю. Різуни, які розпорювали животи беззахисним людям, залишаючи по собі на місці злочину гори гарячих нутрощів. Про це не заведено було говорити. Я просто жила з цими картинами у своїй уяві: брудні, заюшені кров'ю чолов'яги, вкриті шрамами, смердючі — і дівчатко, яке вони чомусь вирішили залишити живим.

Вона була білява, гарненька. Незважаючи на ненормальну виснаженість, на ключиці й ребра, які випирали з її тіла крізь одяг, на застиглі очі з темними колами довкруг, її зовнішність розтоплювала серце. Навіть серце бабусі. Вони залишили її собі. Це була моя мама, — сказала Зоя.

І Зоя почала розповідати про маму, відсунувшись від мене ще далі — на поріг балкона, і заховавшись за тюлем кольору слабкої чайної заварки. Я бачив лише її ступні, які постукували по лінолеумі. Зоя розповідала про невловну сутність, до якої не можна було торкнутись, навіть перебуваючи з нею поруч. Навіть горнучись до неї й обіймаючи, неможливо було отримати відчуття обіймів.

Вона ніколи не підвищувала на мене голос, — говорила Зоя. — Але я й ніколи не мала певності, чи підозрює вона про моє існування. Іноді я помічала її погляд, звернутий на мене, і аж заходилась від щастя: кидалася до неї з розкритими обіймами або навпаки — завмирала, не зводячи з неї очей, широко усміхаючись або починаючи плакати. Але вже за кілька митей розуміла, що вона дивилася на щось інше, на щось, заховане в ній усередині. На людей, яких я ніколи не знала і які були для неї набагато ближчими від мене. Я так хотіла довідатись, хто вони, аби бодай таким чином до неї доторкнутися: її вовча родина чи лісові бандити? З ким залишилось наповнення моєї мами там, у минулому, коли вона була маленькою дівчинкою? З ким їй так добре, що вона не хоче, не може навіть миті побути поруч зі мною?

Я розбивала собі коліна, падала на кожному кроці і безперервно хворіла. Я розбивала тарілки і склянки, рвала одяг, вимащувала себе і все навколо томатним соусом, зеленкою, багнюкою, зубною пастою. Я пхала в розетку дротики. Я намагалася перелізти через перила на балконі. Я ховалась у шафах і під ліжками й сиділа там цілими днями, аж доки дід мене не знаходив. Мама ніколи навіть не починала шукати. Жодного разу вона так і не помітила мого зникнення.

Чим вона займалася? — повторила Зоя моє запитання. — Та нічим. Вона не мусила працювати. Ходила до швачки приміряти одяг. Безцільно блукала вулицями, ніби сновида, яка збилася з дороги і забула, куди і звідки вона йде. Читала книжки. Слухала другий концерт Рахманінова. Але здебільшого просто сиділа, склавши руки на колінах, і дивилась за вікно, у колодязь внутрішнього двору.

О, в неї була-таки одна слабкість, — майже радісно пригадала Зоя. — Вона мало не щодня ходила на ринок і приносила ще не оброблені тушки кроликів або птиці, нечищену рибу. І потім якийсь час займалась общипуванням пір'я, обпалюванням шерсти, вичищанням, розрізанням на шматки, сортуванням. Це приносило їй дивну, майже видиму насолоду. Вона ніби поєднувалась із чимось у себе всередині, з якимось спогадом, з якоюсь справжньою частиною себе — і тільки в ці моменти отримувала сили мене помічати. Вона їх тільки різала й обробляла — готувати залишала іншим.

Часом я ходила з нею на ринок, намагаючись пильнувати, щоб не відстати від неї в натовпі: вона точно не здатна була за цим встежити. Я міцно трималася за її руку, поки вона прискіпливим поглядом оглядала підвішені нижніми лапками догори тільця. — Не треба мені підсувати цю падлину, — казала вона спокійно хитрій бабі, — подивіться, який синюшний у нього язик.

Коли вона бралась до роботи, я вже сиділа біля кухонного столу на табуреті. Вона підспівувала собі чи насвистувала і навіть поглядала на мене зі змовницьким теплом. Я захланно вбирала його в себе, знаючи, що триватиме це недовго. Вона брала в руки свого улюбленого ножа для м'яса і торкалась леза подушечкою пальця. Обертала ніж цим і тим боком, роздивляючись його перед вікном. А часом перевіряла кінчиком язика, від чого все моє тіло починали лоскотати невидимі мурашки, і я просила: мамо, мамочко, перестань, будь ласка, ти зараз поранишся. Вона усміхалась мені (усміхалась мені!) і заходилася до роботи. Її рухи були вкрай вивірені, вона повністю віддавалася своїй справі. Думаю, вона могла би стати найкращим хірургом.

Я запитав у Зої, чи її мама вбивала живих тварин. — Ні, я ніколи такого не бачила, — відповіла Зоя замислено. — Але можу це уявити. Не тому, що вона була кровожерливою. Хоча я пов'язувала схильність до крови і плоти з її перебуванням в лісовій норі у бандитів, як і ти зараз намагаєшся, — сказала мені Зоя. — Але в розтинанні тушок крилося щось зовсім інше. Уміння, що жило в її тілі незалежно від неї самої, від її бажань. Логіка, що існує за межами наших звичних уявлень про добро і жорстокість. Тобі здається, це може бути пов'язано з її справжньою родиною? — запитала мене Зоя з надією. Ніби я міг таке знати.

Я у відповідь розповів їй про свою маму. — Думаєш, тільки у тебе вона була відстороненою і жила у своєму світі? Думаєш, тільки тобі доводилось витримувати на собі всю вагу незнаного минулого, в якому на тебе навіть натяку не було, але з яким ти від самої своєї появи на світ змушений рахуватись?

Уляна? — несподівано назвала Зоя ім'я моєї матері. Вона зацікавлено випросталась і усім тілом потягнулась до мене. — Уляна Фрасуляк?

Я схопився від несподіванки, округлив на неї очі.

Звідки ти знаєш?

Зоя усміхнулась і похитала головою.

Не забувай, ким є мій дід, — відповіла вона. — Яким би могутнім і хитрим він не був, я його онучка — нехай і не рідна. Нас пов'язує особливий зв'язок. Я багато від нього навчилась. Дідові знання і зв'язки бувають дуже корисними, коли тобі по-справжньому треба когось знайти, коли треба про щось дізнатися.

Для чого тобі знати ім'я моєї матері? — запитав я.

Хіба ж ми не схожі? — відповіла запитанням на запитання Зоя. — Хіба нас не пов'язує щось геть ірраціональне? Або щось геть логічне, до чого ми поки що не маємо доступу. Я просто шукаю цей доступ.

Цю непереконливу відмовку вона вимовила з таким запалом, з таким блиском в очах, що я, захоплений силою Зоїної емоції, знову довірився їй.

Ми з нею наперебій перелічували ознаки поведінки наших матерів — і сміялись від того, як чітко все збігалось. Упродовж годин сиділа, втупившись у вікно, не ворушачись. Дивилась крізь мене відсутнім поглядом. Не спала ночами, важко крутилася, перерталася з боку на бік у постелі. Не реагувала на мої сльози. Напружено мовчала. Відстронювалася від обіймів, вимовляючись нагальними справами. Важко зітхала, ніби випускала з себе чорну кіптяву, духа смоли, коли я намагався (коли я намагалась) заплакати. Висмикувала свою долоню з моєї, стріпувала мене з себе різким рухом.

І до того ж, — сказав я, — моя мала ще двох молодших сестер. І власну маму. Я зростав, оточений цілою зграєю нестерпних жінок. У мене, — сказав я, — ніколи не було батька. Тобто він був, але я ніколи його не знав. Він загинув, коли я ще навіть не народився.

Батька у мене теж не було, — сказала Зоя. — Коли я про нього запитувала, дід відповідав, що ця тема геть нецікава. Казав: замість забивати собі голову дурницями, йди і почитай книжку.

Дід займався мною, читав мені перед сном, купував одяг і речі, водив на прогулянки, приносив солодощі. Ми разом дивилися «Вечірню казку», ходили до лялькового театру й каталися на «чортовому колесі». Ми з ним їздили в подорожі, і це було набагато цікавіше, ніж відпочивати з бабусею. Каталися верхи, вирушали в походи з наметами. Ми ночували в замках: у Шенборні, Олеському, Підгорецькому, краще і гірше збережених, покинутих і перетворених на санаторії. У музеях нам дозволяли торкатися руками картин і скульптур.

Тоді я розповів Зої про порізані зап'ястя своєї матері, про випуклі браслети з фіолетових цупких шрамів, що накільцьовувались одні на одних, химерно розширюючись і знову звужуючись, врізаючись у вени (так залізничні тунелі врізаються у скелі).

Моїй мамі це вдалося, — тут же зреагувала Зоя, підвелася і вийшла на балкон. Я не міг тепер її бачити. Я чув шум виноградного листя, який ставав дедалі сильнішим, бо вітер посилився і заходилося на дощ.

Зайди досередини, — гукнув я їй, бо мене раптом пронизало холодом. — Ти ж неодягнена. Тобі не можна переохолоджуватись. Ще застудишся. Ходи-но сюди, — покликав я Зою, починаючи сердитись.

Але вона затримувалась. Вітер свистів загрозливо. Я знав, що голуби поховалися на виступах будинку під виноградом, понадувавши вола і перетворившись на сизі безтолкові кулі.

Я почув її кволий голос знадвору: — Як ти думаєш, може, вона розрізала тушки, тренуючись? Щоб точно не схибити, коли нарешті наважиться це зробити?

*

Коли все це відбувалось — я маю на увазі мій ненормальний роман із Зоєю (сказав Романі професор, щойно вони з кухні перейшли до великої кімнати й сіли одне навпроти одного у м'які крісла; професор останнім часом почав курити в помешканні, і Романі ніяк не вдавалося побороти цю його звичку), — коли у мене тягнувся цей ненормальний, протиприродний роман, дружина уперше не витримала.

Чому ненормальний? — майже обурено запитала Романа. — Чому це раптом — протиприродний?

Професор не відповів. Його погляд став важким, підбитим неприхованим роздратуванням. Їх із Зоєю поєднувало між собою більше, ніж зазвичай може поєднувати двох людей, врешті знову заговорив він. Їхні подібності були подібностями людей, які хворіють на ту саму рідкісну, неідентифіковану медициною хворобу. Вони впізнавали одне в одному власні симптоми. Іноді це переходило всі можливі межі здорового глузду. Вони із Зоєю ніби пережили ту саму катастрофу і тепер потерпали від наслідків, хоча пам'ять про їхні причини була навіть не стертою — вона була відсутня цілком.

Романа відчула, як її шкіра реагує на професорові слова новими й новими хвилями легких поколювань і пощипувань, що сипались додолу спиною, стегнами й литками. Їй здалося, вона давно хотіла почути про щось подібне від іншої людини, що вона довго шукала когось, хто зможе сказати їй приблизно такі слова. Повторити те, про що їй завжди було відомо.

А ваша дружина? — запитала Романа, збираючи в голові розрізнені клапті думок. — Уперше не витримала? У вас бували ще й інші жінки, крім Зої?

Жінок було море, — поважно кивнув професор. Він видавався трагічним, але й задоволеним водночас. Він звик мати навколо себе багато жінок. Він інакше не зміг би, пояснив професор, таким уже він був чоловіком. Медсестри, колеги-медики, пацієнтки, офіціянтки, навіть вчителька молодших класів його сина, який залишився жити з бабусею і якого вони з дружиною по черзі або разом навідували в містечку. Така вже у нього натура, розводив професор руками. Але дружина не витримала тільки тоді, коли з'явилася Зоя. І то не одразу. Деякий час вона сподівалася, що все припиниться само собою. Що це всього лиш одна з історій.

Професор і сам на це розраховував. З кожним днем обманювати себе, щоправда, ставало дедалі складніше. Поспішаючи підземним переходом навпроти готелю «Салют», збиваючись із ніг у розшнурованих черевиках, чіпляючи полами пальта перехожих, жебраків у заплюваних бетонних коридорах, перекупок з яблуками та гарбузами, з соняшниковим насінням і розсипами тютюну на газетних аркушах, він уже й сам не вірив собі, приймаючи ритуальне рішення сьогодні ж усе припинити. Зоя, щоразу трохи інакша всередині й зовні, і щоразу дедалі впізнаваніша, Зоя з забинтованим обличчям ставала невід'ємною від нього, від його життя.

Професор пишався тим, що робив із Зоїним обличчям. Зміни були природними, майже невидимими. Порівнюючи фотографії до і після, складно було чітко вказати, що саме змінилось і чи змінилося щось взагалі. Просто на післяопераційних знімках на Зоїне зображення ніби навели різкість, ніби додали чистіших барв.

Щось схоже відбувалося з професоровими почуттями: тільки йдучи до неї на зустріч, очікуючи цієї зустрічі, тужачи за нею, тільки помічаючи звіддаля її тонкий силует, її профіль із прямокутником пластиру на підборідді чи носі, він міг переконливо сказати, що таке чіткість і точність, що таке необхідність, біль і постійна порожнеча всередині.

Він заштовхував її досередини, у темний передпокій помешкання, не завжди здатний зачинити вслід за ними вхідні двері; він накривав її своїм пальтом, як рибальськими тенетами, вони вовтузились і плутались у просторих і тісних тканинах, у бавовні та капроні, у шифоні, батисті й сатині; їхні кінцівки незручно викручувалися, перетискалися дихальні шляхи й артерії, чулось хрипіння і кашель, один із підборів відламувався, інший боляче втискався професорові в підшлункову. Хтось піднімався догори сходами під'їзду, зупинявся й дивився на це моторошне, незбагненне вовтузіння. Хтось забувався і хрестився, щойно повернувшись із таємного походу до печер Лаври і негайно ставши свідком розпусних підступів нечистого, хтось починав сміятись, хтось гнівався. А професор (який, до речі, ще не був тоді жодним професором, але згодом обов'язково ним стане) тим часом нарешті стягував зі своєї коханки маленький вологий клаптик і отримував доступ туди, куди доривався з усією непогамовністю, із ґвалтовною жадібністю.

Професор сказав, що проблеми почались одночасно і прийшли звідусюди. Сусіди винайнятого помешкання написали не одну скаргу в міліцію, дільничний щоразу зустрічав професора під сплетіннями винограду, прикутий до Зоїної постаті затуманеним хтивим поглядом на недоумкуватому обличчі. Їм свистіли вслід, а одного грудневого дня облили з балкона крижаною водою. Тоді ж колеги на роботі почали багатозначно перешіптуватись за спиною і кидати недвозначні погляди. Головний лікар викликав до себе і перейшов на «ви». Поставив ультиматум і висловив цілу низку погроз. — На якій підставі ви здійснюєте хірургічні втручання? — горлав він так, аж його секретарка прочинила двері і несхвально похитала головою, округливши очі. — Ви зловживаєте службовим становищем! Ви порушуєте закон! Ви використовуєте неадекватність пацієнтки!

Наприкінці розмови він шипів на професора, як індик. Його обличчя побуряковіло і пішло білими плямами. Зморщене підгорля гойдалось із боку в бік. Окуляри запітніли. Артеріальний тиск небезпечно зашкалював. — Ти хоч знаєш, хто її чоловік? Ти знаєш, хто її дід? — знову збився на «ти» головний. — Ти хоч знаєш, що він робить з людьми? Тебе хоч раз викликали на розмову на Володимирську? Ти взагалі розумієш, що коїш?

Навколо професора повиростали якісь невиразні, безформні тіні: шпакуваті чоловіки з настільки пересічними обличчями, що їх неможливо було запам'ятати чи описати навіть людині, чиїм головним професійним заняттям було запам'ятовування, описування та перекроювання облич. Ці згустки сигаретного диму, одягнуті в недолугі костюми («як корові з писка», називала таке Уляна Фрасуляк), постійно крутились навколо, терлись об професоровий бік, стояли позаду нього в чергах, сиділи за сусідніми столиками і на сусідніх місцях в кінотеатрі, подавали йому сірника, коли він не міг знайти власної запальнички, підказували, яка сьогодні температура і о котрій годині у нього побачення з Зоєю.

Увечері, після розмови з головним лікарем, професор повертався додому і здаля зауважив, як двоє цих типів намагалися допомогти його дружині донести до під'їзду сумки з харчами. Дружина виривалась і сварилась.

Типи бубоніли щось примирливо: мовляв, такій тендітній жіночці не можна тягати на собі весь цей вантаж, давайте хоч ми допоможемо, раз вам чоловік не допомагає. Давайте ми знімемо з вас тягар, давайте ми полегшимо вашу долю.

Того вечора дружина запропонувала йому забиратися геть. Вигнала з власного помешкання. Він уперше пошкодував тоді, що хлопчик не жив із ними: професор подумав, що тоді дружина поводилася б поміркованіше з огляду на дитину.

У душі він обурювався, що вона вимагає від нього покинути його власний дім на Притисько-Микільській. Квартиру в старому царському будинку, яку він так любив і якою пишався. Взагалі-то, сказав професор Романі, це помешкання дісталось йому в якийсь незрозумілий, несподіваний навіть спосіб. Він ніколи не міг дозволити собі купити його. Навіть зараз, коли його прибутки насправді доволі значні, коли вже саме його ім'я притягує гроші.

Професор отримав помешкання в подарунок від середньої сестри матері, Нусі. — Я ж розповідав вам про Нусю? — запитав професор, схиливши голову на бік.

Романа кивнула. Вона мала в уяві чіткі образи кожної з трьох сестер. Іноді в неї виникало враження, що вона давно і близько знає цих трьох жінок: обриси пігментних плям на їхніх руках і обличчях, в'ялість шкіри на дотик, запах старечих тіл, барви запраних халатів, білу шкіру, що просвічується крізь рідкі пасма, беззахисність беззубих ясен. Ба більше — Романа бачила сестер і їхні особливості не тільки у літньому віці. Вона знала їх із дитинства, впродовж болісних змін юності, під час усього їхнього життя.

Уляна була найголовніша та найбільш незалежна. Молодша, Христя, — ніжна, допитлива спостерігачка. Середня, Нуся, вирізнялась хіба що тим, що була повністю, цілковито поглинута любов'ю до старшої сестри, яку вона наслідувала і без якої себе геть не тямила. Ця любов проявлялась у крайнощах: то в уїдливості, то в роздратуванні, то в нескінченній поступливості.

Саме Нуся, пояснив Романі професор, порадила йому покинути містечко і вступити до медичного університету в Києві. Шанси в нього були нікчемні. Він сам бачив, що іспити склав препаскудно, навіть вирішив не довідуватися результатів. Але Нуся наполягла. І несподівано виявилось, що його взяли.

Вона ж наполягла на тому, аби професор не повертався згодом додому. Нуся взяла на себе материн гнів і сльози, її безупинні приговорювання про зраду. Місяцями, роками витримувала її крики, її бурчання, прикрі слова, траскання дверима, її плачі і образи.

Нуся провадила переговори, виявляла безмір терпіння, а також неочікувано тонке вміння підбирати найточніші слова й володіти інтонаціями власного голосу, коли професорова мати вперлася, що тільки вона має право виховувати онука, що в Києві йому не місце, бо там брудно та небезпечно, і що жінці, яка не збирається кидати роботу, народивши дитину, довіряти хлопця не можна, бо нічого доброго з цього не вийде. Богданова мама, звісно, не погоджувалась: відмовлялася навіть розмовляти на цю тему, кричала, впадала в істерики. Уляна з нею не церемонилась — тому, якби не Нуся, вся ця історія взагалі невідомо чим могла закінчитись: викраденням, відреченням чи судом. Врешті професор і його дружина погодилися. Так було краще для всіх — а для хлопця насамперед. Поки батьки були зайняті роботою, цілих чотири бабусі (три сестри і їхня древня мама, яка насправді сама давно вже здитиніла) віддавали йому весь свій час і втілювали власні уявлення про опіку. Ключовий момент полягав у тому, що такий уклад справ був тимчасовим і мав протривати зовсім коротко. Хлопчик повинен був возз'єднатися зі своїми батьками.

Професор не зміг або не схотів пояснити, звідки в Нусі взялися ключі від помешкання. Звідки у неї взялися документи на нього. У своєму містечку жінки мешкали у старому цегляному будинку з трьома кімнатами і фруктовим садом навколо. Нуся і Христя з дитинства ділили спільну кімнату і до старості не змогли або не захотіли її покинути, вирватись за межі пагорба, на якому стояв їхній дім. З цього пагорба відкривався найширший краєвид із хмарами і глибиною неба, сказав професор, всі будинки, всі храми, вулички, навіть люди у вікнах були як на долоні. Пролягали поля, латки теплих барв, темніли ліси. Може, цього світу сестрам і вистачало. — Вони завжди розуміли набагато більше від мене, — скрушно зітхнув професор.

Але всі вони, вся моя родина, завжди потерпали від нестач. Ніхто з них не мав жодних статків, — продовжував професор, здивовано розводячи руками. Він розповідав про різні дрібні способи заробляння грошей, про селянські заняття, городину, про Уляну, яка ціле життя працювала медсестрою, а у вільний час (донедавна — потаємно і підпільно, ризикуючи власним життям і життям рідних) присвячувалася справам церковної громади. Про Нусю, яка працювала бібліотекаркою. Про Христю, яка викладала у школі трудове навчання. І тут раптом: ключі від велетенського помешкання в Києві, від пам'ятки архітектури, зі стінами завтовшки у півтора метра, зі стелями заввишки в цілих чотири.

Відповідь на Романине запитання професор зажував і зіжмакав. Він говорив щось про спадок, далеких родичів, про яких небагато було відомо, про зв'язки й історії, які загубились у гущавині часу. А після напруженої мовчанки з ентузіазмом заходився розповідати про добрі справи, вчинені його рідними під час і після війни. Про врятованих і виходжених, про вилікуваних і пригрітих, про тих, за ким полювали і хто знайшов собі притулок у схованці старого будинку, розташованого на пагорбі з краєвидом на маленьке містечко. Професор говорив про вдячність і про відплату, про матеріяльну винагороду, якої замало, коли йдеться про врятовані людські життя. — Чи не так? — запитував він у Романи. І Романа казала: — Так, професоре, звісно.

*

Дружина не хотіла нічого чути. Не хотіла обговорювати, не хотіла знати, не хотіла розуміти. — Мене не цікавить, — казала вона дзвінким, бездоганно поставленим голосом, ніби співала котрусь зі своїх жартівливих дитячих пісень, ніби продовжувала репетицію з одним зі своїх музичних колективів.

Професор, геть дезорієнтований, напхав валізу несвіжими й вим'ятими сорочками, взяв улюблений вовняний светр, піжаму, в якій ніколи не спав, і десяток розпарованих шкарпеток. Йому ніяк не вдавалося позбиратися з думками, вирішити найпростіше: що з побутових речей знадобиться йому завтра, найближчим часом. Коли він їздив у подорожі, валізу складала йому дружина. Вона знала найкраще, скільки пар і якої білизни йому потрібно, які краватки пасують до його сорочок і як поскладати речі так, щоби навіть не конче було перед одяганням їх прасувати.

Розгублений і голодний (звичайно, дружина не здогадалася приготувати сьогодні вечерю), він стояв на порозі своєї квартири з валізою в руках, зіпрілий у лижній куртці, яку одягнув зовсім не по сезону. Він продовжував сподіватися, що зараз дружина усміхнеться і все стане на свої місця. Вона махне рукою і піде на кухню щось готувати. А він зніме куртку, кине валізу в коридорі і наллє їм випити. А потім вони кохатимуться, щоб загладити незручну ситуацію, і міцно спатимуть всю ніч, обійнявшись.

Але коли професор нахилився вперед, знічено усміхаючись і шукаючи її погляду, щоб поцілувати в м'яку щоку і вдихнути знайомий пудровий запах, вона відхилилась і з силою штовхнула його обома руками в груди. Професор заточився і зробив крок за поріг. Двері затраснулись перед його носом.

У кишені штанів лежали ключі від винайнятої для зустрічей із Зоєю квартири. Професор переночував там, так і не склепивши очей. Його душили запахи старого помешкання, чужих токсичних життів. Плед, яким він спробував накритись, здавався просякнутим слідами їхньої з Зоєю любови. Під стіною стояла батарея порожніх пляшок від вина. Блюдце було наповнене недопалками, вимащеними Зоїною помадою.

Професор відніс плед і блюдце у ванну й зачинив двері на тугу засувку, вкриту багатьма шарами білої олійної фарби. Пролежав на нерозкладеному дивані до ранку під лижною курткою, спостерігаючи, як тріщини на стінах і стелі стають дедалі виразнішими з наближенням світанку.

Щойно о п'ятій він почав западати в сон, але йому не дозволили голуби. Вони вчинили у винограді справжню бучу: пищали і дряпалися, вовтузилися й копирсалися, длубалися, шкряботіли, булькотіли й туркотіли, клекотіли, лопотіли й невпинно товклися.

У несвіжій сорочці, з незав'язаною краваткою, в лижній куртці, невиспаний професор наскочив у під'їзді на сусідку, замотану з головою в чорну одіж. Жінка перехрестилась на його вид і знову поспішила до Лаврських печер. На виході назовні трапився той кістлявий старий із обличчям, вишкрябаним бритвою аж до кривавих смуг, який пообіцяв цього разу особисто сходити куди треба і власноручно привести сюди найвище начальство.

Того дня професор відмінив першу з серії операцій на вовчу пащу, яку мав провести чотирнадцятирічній дівчинці, сором'язливій і лагідній дитині. Він обіцяв дівчинці зробити її життя нормальним. Обіцяв, що невдовзі вона й зовні виглядатиме так гарно, якою є всередині. Що зовсім скоро всі побачать її справжню красу.

Дівчинка теж не змогла сьогодні заснути. Вона зустрічала його у вестибюлі лікарні. Побачивши крізь великі вікна, як професор, розхристаний і нервовий, заходить у двір своїми широкими кроками, дівчинка не витримала і вибігла на холод у самому лише байковому халаті, у шльопанцях, узутих на ноги в розтягнутих шкарпетках.

Але він не був здатен її оперувати. У нього тремтіли руки. Дівчинка не плакала. Вона сиділа в кутку його кабінету, похнюпивши своє розколене личко, і смикала за рукав батька, коли той починав кричати на професора вже зовсім нестримно.

Відправивши пацієнтів, професор почав думати про Зою. Цього разу сумнівів не було: все повинно скінчитися. Він підбирав слова, якими пояснюватиме їй, чому вони більше не зможуть зустрічатись. І експерименти з обличчям також доведеться припинити, якщо вона не хоче, щоб його посадили до в'язниці. Гаразд, він зробить іще одну операцію, останню: кілька штрихів, після яких її образ можна буде вважати завершеним і вдосконаленим. — Ти матимеш у подарунок від мене своє обличчя, — скаже він їй, думав професор, відчуваючи, як усередині в ньому все обривається і ниє, мов чорна зажерлива гангрена, що продукує гнилу кров. — Це буде частинка мене, яка залишиться з тобою на все життя. Наше спільне творіння.

Його не полишало відчуття роздратування від Зоїної нав'язливості — не зовсім справедливе, якщо подумати: вона не тільки жодного разу ні про що його не просила, нічого не вимагала, її навіть не було зараз поруч, а професор натомість почувався так, ніби його хапають за рукави, ніби він знову і знову змушений пояснювати очевидні речі. — Не принижуймо одне одного, — розігрував він в уяві неприємну сцену. Зоя в ній плакала, кидалась йому на шию. Він залишався спокійним і стриманим, непохитним. — Нам пощастило, що вся ця історія взагалі відбулася. Ми могли ніколи не зустрітись.

У цей момент Зоя в уяві професора піднімала на нього червоне й мокре обличчя з ледь видимими шрамиками тут і там: — Ми могли ніколи не зустрітися? Ти в це віриш? — Професор, звичайно, не вірив.

Його роздратованість не минала впродовж кількох днів. Ну, як вона може не розуміти! — гарячкував він, нарешті так-сяк навчившись зав'язувати краватку. — Я не здатен розірватись. У нас із дружиною, зрештою, спільна дитина. І квартира. І стільки років у шлюбі.

Аж доки однієї ночі, посеред цілковитої темряви та глухоти, посеред виснажливого безсоння, замучений сухим кашлем, який не мав жодних підстав і був цілковитою дурницею, повним безглуздям, професор зробив відкриття: Зоя зникла. Вона повинна була з'явитися на прийом ще першого дня, коли на нього посипалися нещастя, — але не прийшла, і він, приголомшений усім, що відбувалося, цього не помітив. А вже наступного дня Зоя мусила з'явитися сюди, на квартиру, бо таку вони мали домовленість. За цих кілька днів, якби все відбувалось без змін, вони бачили б одне одного кілька разів і десятки разів кохалися б.

Професор пішов до ванної і випорпав із блюдечка один із Зоїних червоних недопалків. Бичок смердів огидно. Але Зоя колись торкалася його губами. Ще якихось днів п'ять тому. Навіть тиждень не встиг проминути.

Що він відчував, сидячи на прикритому накривкою унітазі і крутячи в пальцях вимащений помадою фільтр? Полегшення? Розпач? Розчарування? Страх? Тривогу? Він навіть не мав її номера телефону, не знав адреси. Вони домовлялись про зустрічі, коли Зоя приходила на прийом. Професор відчув раптом тремтіння линви над прірвою: йому забило паморки. Щойно тепер він усвідомив, яким нетривким і примарним був їхній із Зоєю зв'язок. Розрив між роздратуванням через фантазію, що він не зможе спекатись Зоїної нав'язливої любови, і відкриттям, що, можливо, він не здатен її віднайти і ніколи більше не побачить, відчувався як удар гострим лезом у живіт.

Він упав на брудні кахлі підлоги й побачив навпроти свого обличчя відламаний Зоїн каблук. За годину лікар швидкої повідомив, що у професора стався гострий апендицит.

*

Щойно він почав відновлюватися після операції, як подзвонила Нуся. Точніше, до палати увійшла медсестра і замість того, щоб, як завжди, принести пакунок із ліками і їжею від дружини, повідомила, що його хоче бачити головний лікар. Головний знову був на «ти» — схоже, ситуація якось влягла-ся. — Телефонувала твоя дружина, — сказав головний професорові. — Набери її, вона мала стурбований голос, — ляснув він професора по плечі, й удар негайно відгукнувся пекучим болем у паху.

Дружина була вдома. Вона відповіла буденним, навіть доброзичливим тоном, і професор помітив, як у нього всередині піднімається, заповнюючи верхні дихальні шляхи, тепла хмара надії повернутись додому, спати у власному ліжку, витиратися чистими рушниками. — Щось там сталося з бабою, — м'яко повідомила дружина. — Телефонувала Нуся.

Дружина зробила паузу і ще лагідніше, з чуттєвою ніжністю додала: — Я сказала їй. Сказала, що ми розійшлися.

Професор закашлявся. Внизу живота муляло і пекло вогнем. — Навіщо? — запитав він. — Ми ж нічого ще не вирішили. Я... — він знав, що чинить нечесно, він ще тільки згодом усвідомить усю глибину того, як зрадив цими словами їх із Зоєю, але туга за ліжком і чистими рушниками накрила його з головою. Йшлося про виживання. — Я навіть не бачився з нею весь цей час. Я усе припинив. І не збираюся...

Дружина не дослухала. — Це неважливо, — сказала вона. Зараз вони не живуть разом, і вона не збирається це ні від кого приховувати, — її голос зміцнів, задрижав від високих, зривистих ноток. З неї, мовляв, досить усіх цих хованок, досить цих непережованих, неперетравлених таємниць, якими напхана під зав'язку його родина. Вони розбухають від таємниць, як мерці, заговорила вона раптом страшними, невластивими їй словами. Роками, десятиліттями, може, навіть цілими століттями вони гниють живцем, отруєні власним мовчанням, удаванням, ніби нічого не сталося. Вона хоче від цього звільнитися, сказала дружина. Їй давно вже не було так вільно, так добре.

Вони добру хвилину мовчали у слухавку. Тільки професор заходився час від часу скрегітливим, схожим на вдаваний, кашлем. Якби тієї миті він міг побачити себе збоку, то не повірив би своїй подібності до власних зображень на дитячих чорно-білих фотографіях, зроблених Христею: короткі шортики й худющі ноги, цибате тільце, завмерле в недолугій позі, пластиковий самоскид, притиснутий до грудей, провислі на колінах колготки, приплюснуте зі сну волосся, винуваті очі, понура голівка.

За кілька хвилин цей хлопчик, постарілий на сорок років, набирав номер районного центру. Йшли короткі гудки. Старі знову розмовляли з усіма своїми нескінченними подругами, видираючи одна в одної слухавку, бо кожна мала нагальнішу розмову.

Нарешті професорові вдалося. Він боявся почути з протилежного боку материн голос. Але йому пощастило: відповіла Нуся.

Погані новини, сину, — сказала вона (обидві тітки називали його «сином»; мама ніколи до нього так не зверталася). — Бабця впала. Шийка стегна. Сам знаєш, що це означає в такому віці. Ви мусите приїхати.

Вона жодним словом не натякнула на те, що почула від професорової дружини.

Професор шукав у голові слова. Він уявляв собі ніч у потягу: безперервний біль і дискомфорт у животі, млявість і нудоту, що проймають тіло і мозок, загиджений туалет, присутність чужих людей навколо, духоту і протяг. Уявляв свою появу після цієї ночі в тісному домі на пагорбі над провінційним містечком, перед матір'ю: ослаблений, беззахисний, розчавлений. — Де твоя дружина? — запитає вона. — Де мати твого сина?

Бачив перед собою її суворе обличчя: жорстоку складку стиснутого рота, обтягнуті зів'ялою жовтою шкірою щелепи, що видають спазматичну зціпленість зубів, прискіпливий погляд таких знайомих карих, із жовтими іскрами, очей, нехай і захованих за спухлими, провислими повіками.

Уявляв хлопчика, який соромиться до нього наближатись і коли проходить повз, нахиляє голову і ховає очі. Уявляв свою неспроможність підійти до цього хлопчика і обійняти його, взяти за руку. Знав, що хлопчик навіть не запитає професора, де його мама, чому вона не приїхала. Знав, що сам він теж із хлопчиком про це не заговорить. Ні про що не заговорить.

Уявляв мовчання, що наповнює дім на пагорбі над плюгавим містечком. Мовчання, крізь яке складно навіть пронести руку з ложкою. В якому надлюдських зусиль коштує спроба розкрити очі, рот чи заплакати.

Зламана шийка бабиного стегна проявила зламаність в усьому, що стосувалося професора. Зламаність при самому корені. Чи навіть зламаність кореня.

*

Дружина несподівано погодилася їхати. З одного боку, це було бентежно, з другого — знову воскресило професорову надію.

Все-таки з нею навіть у потягу було простіше, зручніше. Вона застелила професорові полицю, дістала з торбинки канапки з запеченою свининою.

Він так любив смак цієї свинини з розмарином і паприкою, яку вона для нього пекла, що зараз ладен був розплакатися.

Тільки не думай, що я мовчатиму, — попередила його дружина, коли вони вже вляглись одне навпроти одного в темному купе. Чоловіки на верхніх полицях хропли. — Добре, я не думаю, — буркнув професор, хоча насправді він думав. Більше вони ні про що не говорили. Обоє знали, що у кожного з них безсоння.

О шостій годині ранку виїхали рейсовим автобусом до районного центру: потяги до містечка перестали ходити ще наприкінці Другої світової, бо залізницю знищили під час відступу німці.

На задніх високих сидіннях нещадно трусило, коліна впирались у спинки крісел попереду. Від радіатора йшов жар, зі щілин у корпусі сіялися гострі краплини дощу. Сільські люди в одязі, пропахлому курячим послідом, обклали професора і його дружину з усіх боків клунками й кошиками, напханими невідь чим мішками. Товсті груди якоїсь баби лежали на професоровій голові. Певної миті він відчув, що плаче. І знав, що дружина це помічає, що його сльози відображаються в порослій ворсом дорожнього бруду шибі, до якої вона відвернула голову, спостерігаючи за проковзуванням порожніх рудих полів.

Нуся і Христя зустріли їх на автовокзалі. Дві зсутулені постаті (одна — в хустці, друга — у прим'ятому згори капелюшку, який ніби використовували час від часу для зберігання яєць або картоплі) тулились під навісом перед входом до розплюснутої бетонної споруди.

Тебе що, живіт болить? — запитала Нуся в професора, помітивши, що той тримається за свій шрам від апендициту. Після потяга завжди так: там неможливо сходити по-великому, — сказала вона.

Нічого, зараз вдома нормально сходиш, — заспокоїла професора Христя. — Зараз поїси товченої картоплі з квасним молоком і одразу сходиш. А ти, Нусю, — звернулась вона до сестри, — звідки знаєш, що після потяга бувають проблеми зі шлунком? Ти так часто їздиш потягами?

Христя по-змовницьки підморгнула професорові і його дружині, показуючи їм, наскільки рада їх бачити.

Дуже багато ти про мене знаєш, — підвищила голос Нуся, стріпнувши головою, аж хустка з'їхала набік, смішно відстовбурчившись хвостиками на запалій щоці. — Я їздила, куди тобі і не снилось.

Поки вони трусились у таксі, сестри навперебій розповідали в найменших подробицях обставини перелому.

Це тому, що ти зацерувала їй колготки тонкими нитками, — сказала Нуся. — Я завжди використовувала найгрубші нитки, це допомагало їй втримувати рівновагу.

А може, це тому, що тобі було ліньки провести її п'ять кроків з однієї кімнати до іншої? — не поступалася Христя.

Професор і його дружина безліч разів вислухали перелік знамень, які почали надходити вже за кілька днів до випадку: оживали метелики, на стриху знайшлося гніздо з мертвими, ще зовсім лисими щуренятами, а за кілька годин до падіння зникла електрика і вода у криниці замулилась.

Зробивши укол, лікар відкликав Уляну на бік і сказав, що їхня мати до ранку не доживе. Цілу ніч сестри ридали над висохлим нерухомим тільцем, прислухаючись до ледь чутних хрипів і сопіння, які видавала приспана бабуся. Замотана, як лялечка, вона була схожа на муміфіковану дитину і займала всього лише п'яту частину вузького ліжка.

Вона прийшла до тями, коли сестри міцно спали, посхилявшись одна на одну і на материне ліжко. Стара кілька годин лопотіла щось сама до себе, аж доки Уляна не прокинулася від болю в попясниці і не почала кричати й метушитись. Верескими вона розбудила Христю з Нусею, і ті негайно знову почали плакати від нерозуміння і страху.

Їхня мати тим часом усміхалась і здавалась цілком спокійною. Вона по черзі зазирнула в очі кожній зі своїх підстаркуватих доньок і побажала їм мати таку ж щасливу долю, яка випала їй із її коханим і золотим небіжчиком-чоловіком.

Цілий день вона не змовкала, не втомлюючись пригадувати кожну мить їхнього з чоловіком знайомства, кожен погляд і усмішку, кожен доторк рук. Описувала колір його очей, і м'які губи, і солодкий подих. І як він непомітно, але міцно притискав її до себе під час їхнього весілля, щоб не зауважили батьки та гості. І як він жалів її, і як оберігав, і як вона тяжко за ним тужила, коли його не було поруч, і як солодко на нього чекала, і як завжди могла на нього покластися. З її слів, Василь Фрасуляк був найкращим господарем і найстараннішим працівником, найдбайливішим і справедливим батьком, але понад усе — її вірним другом і співчутливим коханцем.

Уляна вже після десяти хвилин материної маячні вдруге викликала швидку. — Зробіть щось із нею, вона збожеволіла, — процідила крізь зуби старша донька.

Лікар, вивчивши написане своїм попередником із минулої зміни, здивувався, що стара досі жива. Він сказав, що з маячнею нічого робити не буде, що краще їм порадіти з її бадьорости, бо потриває це зовсім недовго. Але що ж, він не мав куди подітись від накладання гіпсу на без малого сторічну кінцівку. Заспокоєна новою дозою знеболювального, Зена Фрасуляк зраділа вдячним вухам. — Ви, докторе, як дві краплі води схожі на мого Василя, — сказала вона і тут же почала зізнаватись лікареві в любові і дякувати йому, заливаючись сльозами, за те, що все життя він був їй вірним другом, її світком, її домом.

Це не припиняється й дотепер, — сумно посміхнулася Нуся, ступаючи із таксі просто в глибоке багно посеред битої Торговиці, на якій стояв будинок Фрасуляків.

А я завжди знала, що насправді вони сильно любили одне одного, — сказала Христя. — Дитина не могла такого не відчувати. Хай там що. Хай там що, — кілька разів повторила вона, крекчучи і не вміщаючись у пройму автомобільних дверцят. Професор взяв обох тіток за руки і допоміг їм дістатися до хвіртки. Дружина відчинила її і увійшла на подвір'я першою. Брязкаючи ланцюгом, рудий собака розривався від гавкоту і махав хвостом.

Дружина йшла подвір'ям дедалі швидше й ось зірвалася на біг. Вона штовхнула вхідні двері, і тоді професор почув усередині дому її високий голос, який різко перейшов у плач. Вона обіймала сина. — Лякає дитину, — насупила брови Нуся, з осудом поглянувши на професора.

Хлопчик стояв, випростаний, безвольно звісивши руки вздовж тулуба. Його темне густе волосся давно не було стрижене, воно закривало вуха і карк іззаду. Він закусив нижню губу і опустив очі, терпляче чекаючи, коли мама його відпустить. Уляна — в білій блузці, з волоссям, охайно вкладеним після ночі на бігудях, так і застигла, не відпускаючи руків'я чавунної м'ясорубки. Червона алюмінієва миска в білі горохи повнилася бузковими хробаками з запахом талого снігу.

Всі завмерли навколо них, не знаючи, що вчинити. Професор розвернувся і пішов на вулицю за сумками. Зачинив за собою хвіртку, присів на ребро валізи і закурив. На якихось двадцять секунд у його голові запанувала цілковита пустка. Він полегшено випустив дим, про все забувши. Дивився на досконалу поверхню баюри під своїми ногами, на сліди ґумаків на дорозі.

Хвіртка рипнула. Професорова мати нависла над ним, одягнута в ґранатове широкоплече пальто. — Воно на тебе завелике, — вичавив із себе професор. — Ти куриш і виглядаєш паскудно, — сказала жінка. — Ти виглядаєш гірше, ніж моя столітня мати з поламаним стегном. І ти не менш божевільний, ніж вона. Може, навіть більш, — сказала Уляна Фрасуляк.

Професор застогнав і заховав обличчя в долоні. Недопалок зашипів і загас, поглинутий баюрою.

Ти маєш коханку, — продовжувала Уляна, обтріпуючи пальто від якоїсь білої шерсти, яка невідь звідки взялася на грудях. Вона нахилила голову, щоби добре бачити волосинки, її нижня щелепа виїхала вперед, а друге підборіддя розплюснулось об комір. — І це, звичайно, не дивно — з такою дружиною, — із неприхованою насолодою говорила Уляна. — Твоя дружина — абсолютна нікчема і нікудишня мати. Вона покинула власну дитину, не дбає про чоловіка і займається незрозумілою справою, що не приносить ні грошей, ні користи. Витрачає час на чужих дітей, поки її власний син цілими днями розколупує мурашники. У нього теж проблеми з головою, це перейшло у спадок.

Тоді і ти маєш проблеми з головою, — безвольно прошепотів професор, не знаходячи в собі жодних сил пручатись.

Звичайно, я теж, — погодилась Уляна, викресуючи кожне слово. — Інакше якого дідька я терпіла би тут усіх вас: цих двох дуреп, які сидять на моїй шиї, твого хлопця, який тільки і знає, що копирсатись у землі днями й ночами, тебе, не здатного дати собі раду з власним життям. Моя мама серед вас усіх ще найпритомніша.

Уляна раптом засміялася.

Ти тільки уяви, вона вже котрий день безперервно говорить про їхню з батьком любов. Як наречена!

Професор відчув напад дикого, неконтрольованого страху перед необхідністю зустрічатися з бабою. Йому до нудоти не хотілося дивитись на її немічне тіло, спостерігати за цим невідворотним розпадом на останній стадії. А ще дужче не хотілося ставати свідком того, як простакуватий, та все ж доволі стрункий людський розум розчиняється у хаосі, залишаючи по собі лише кілька чуднацьких, сміховинних мотивів.

Мати поклала йому на плече свою важку руку.

Слухай, — сказала вона. — Я розумію, що ти настільки дурний, аж знайшов собі жінку, яка за появи у свого чоловіка якоїсь першої-ліпшої коханки негайно розповідає про це власній дитині.

Професор підняв на Уляну запитальний і наляканий погляд. Уляна важко кивнула, склавши губи трубочкою і змістивши їх ліворуч. Професорова голова впала на його коліна, валіза гойднулася.

Давай, упади тепер іще в багнюку, — незворушним низьким голосом прокоментувала Уляна. Навіть не дивлячись на неї, професор знав, що його мати закочує очі.

Вона вичекала хвилину, поки її син знову відновив рівновагу на валізі, і продовжила.

Тільки не треба тепер розповідати про все це столітній жінці, яка лежить, прикута до ліжка, з поламаною шийкою стегна, по горло в гіпсі, уже напівмертва. Не треба повідомляти моїй матері (яка раптом за кілька хвилин до смерті відкрила в собі любов до власного чоловіка, застреленого п'ятдесят років тому), що дружина її внука вигнала його з власного дому і змусила жити в якійсь смердючій норі тільки тому, що йому захотілося раз чи двічі лягти з нормальною жінкою.

Не такою вже й нормальною, — самокритично процідив крізь зуби професор.

Не сумніваюсь, — сказала його мати. — Я б здивувалася.

Вона рішуче розвернулась, обдавши сина гарячим подмухом від розвіяної поли свого пальта.

Добре, немає часу дурно плести язиками, — Уляна зробила кілька кроків до хвіртки. — Хлопець сьогодні ще нічого не їв. Та і в тебе, Нуся сказала, проблеми зі шлунком. У потягу ніхто не може ходити в туалет по-великому, сказала вона. Яка велика знавчиня потягів. Тільки я кажу їй: чому ж тоді в цих потягових туалетах засрано все аж до стелі?

Професорові здалося, вона зникла за хвірткою. Але щойно він видихнув із полегшенням і потягнувся за новою сигаретою, як материн голос над його вухом проказав:

Візьми за шкурки свою жінку та хлопця і накажи їм, щоби бабі не говорили ні слова про жодне розлучення. Такого не було і не буде в моєму домі. Баба не повинна про таке знати. Бо я сама з вас усіх шкури спущу. Чув?

Чув, — кивнув головою професор.

Йому вдалося переконати дружину. Та погодилася: зрозуміло, що баба от-от помре, але безпосереднім чином убивати її не хотілося. Богдан укотре мовчки кивнув головою, коли його попросили не говорити прабабці про те, що розповіла йому мама. — Все буде добре, — торкнувся професор хлопчикової щоки фалангою вказівного пальця. Хлопчик відсахнувся. Професор перелякано заховав руку за спину. — Нічого добре не буде, — з притиском сказала дружина і, пригорнувши сина до себе, задрижала від плачу.

Сідайте за стіл, — перебільшено радісним голосом крикнула Уляна. — Сідайте за стіл, щоби мама могла помилуватися нами всіма перед самі знаєте чим.

Професор із дружиною сіли з обох боків від Богдана. Професор налив синові газованої води, дружина поклала йому на тарілку тертий буряк і котлету. Хлопчик випив шипучу зелену рідину. — Колеться, — промовив собі під носа. Професор налив іще. Хлопчик знову випив, витер рот рукою і гикнув.

Поїж бодай щось, — сказала синові професорова дружина.

Хай не їсть, якщо не голодний, — сказала Уляна. — Я ці котлети для нього дві години смажила. І все знову дістанеться псові.

Старій підклали під голову високі вишиті подушки, знесли їх із цілої хати і навіть у сусідів позичили. Її сперли на стіну, до якої цвяшками була прибита червоно-руда верета. Уляна годувала її з ложечки ріденькою товченою картоплею. Крихітне бабине личко було розтягнуте усмішкою. Вона старанно відкривала рота, хитро поглядала на всіх, довго плямкала, ніяк не ковтаючи їжу.

Не грайся, — суворо казала їй старша донька. — Мамо, їж нормально, кому кажу.

Коли я дивлюся на цих дітей, — сказала Уляні її сторічна мама, запиваючи картоплю компотом, — то відразу згадаю свого Василя. Ми теж із ним так любились. Усе життя. Усеньке життя.

І раптом вона зайшлась нестримним плачем — як немовля, покинуте на кілька годин у холодній кімнаті. Її викривлене лице сіпалося від судом.

Поцілуйтесь! — наказала професорові і його дружині Уляна. Вона замахала на них рукою з випростаним вказівним пальцем і тицяла цим пальцем то в професора, то в його жінку. — Поцілуйтесь негайно!

Професор перехилився через голову свого сина і наблизив обличчя до дружини. Дружина поспішно і перелякано ковтнула непережований шматок оселедця. Він торкнувся своїми губами її губ, за звичкою захопив язиком нижню губу. Відчув смак помади, і в грудях похололо від нестерпного спогаду про Зою. Хлопчик під ними знову голосно гикнув. Стара здригалася в обіймах своєї найстаршої доньки.

Наступного вечора, коли професор і його дружина поїхали, прабаба покликала Богдана до себе і по-змовницьки йому підморгнула.

Ти знаєш, що він має коханку? А вона його за це з дому вигнала. Слаба жінка.

І скривила презирливо беззубий рот.

Жити їй залишалося рівно тиждень.

*

Дружина запропонувала йому повернутися додому, але він не поспішав. Професор почав шукати Зою. Очевидним місцем, єдиною зачіпкою, на яку він міг опиратись, була сіра кам'яна будівля у дусі неоренесансу на вулиці Володимирській. Професор вирішив знайти Зоїного чоловіка. Він збирався вдати з себе стурбованого лікаря: моя пацієнтка не з'явилась на заплановану операцію, клята Гіппократа вимагає від мене повернути її на операційний стіл.

Він не мав певності, чи прізвище, яке фігурувало у медичній картці Зої, було справжнім. Належало воно їй, її чоловікові, її невідомому батькові, її всемогутньому дідові — чи було вигаданим за долю секунди, взяте просто з голови, набитої чудернацькими ідеями.

Обдзвонивши всіх Красовських, номери яких знайшов у телефонному довіднику, і нічого у цей спосіб не досягнувши, професор вирішив іще обійти всі вказані під номерами телефонів адреси. Люди, які відчиняли йому двері, ніколи про Зою не чули. Він намагався її описувати, але незмінно розгублювався: професор не мав жодної певності ні про колір очей своєї коханої (зелені чи сірі? іноді, здається, жовто-карі? то чорні, то сині, як у Емми Боварі?), ні про її зачіску (темне волосся чи русяве? пряме чи кучеряве?), ні про вік (28? 36? 42?), ні про зріст і статуру (зовсім крихітна і тендітна? заввишки така ж, як і він?).

Професор почав описувати шрами на її обличчі, які знав достеменно, оскільки заподіяні вони були його власними руками, але ця інформація не принесла жодної користи. Красовські з різних адрес і з-під різних телефонних номерів лише знизували плечима. — Ні, у нас такої немає. Нічого про таку не чули.

Він підозрював, що її могли десь переховувати. Що вона сидить, наприклад, зачинена у віддаленій кімнаті рожевого особняка на Лютеранській, або навіть не сидить, а гупає зараз кулаками у важкі дубові двері і кричить не своїм голосом, благаючи її врятувати, звільнити. Може, вона прив'язана чи прикута до билець ліжка, може, накачана наркотичними речовинами — а він, професор, тим часом червоніє і затинається, намагаючись розпитати про неї у чоловіка з простакуватим обличчям, але хитрим поглядом, що явно потерпає від жорстокого похмілля. Може, дзявкотіння собачки і невміле виконання «Арабесок» Дебюссі, які лунають з глибини помешкання, покликані якраз заглушити Зоїні крики про допомогу. Чи могла то бути собачка Зої? Чи могла Зоя виконувати Дебюссі? Професор так мало про неї знав.

Цілий тиждень він блукав навколо цього особняка. До середини ночі курив у брамах, товкся під вікнами будинку із зарюмсаним жіночим маскароном на фасаді, ховався за рогом флігеля у внутрішньому дворику, аж доки одного разу двірник не спустив на нього двох вовкодавів. Ті, щоправда, професорові нічого не зробили: вимастили слиною руки, потицялись здоровенними гарячими мордами в пах, помахали хвостами. Але професор зрозумів, що далі ошиватися тут небезпечно. Що настав час вирушати на Володимирську.

Не встиг він наблизитися до головного входу під колонами, як йому назустріч вийшло троє. Він звідкись їх знав. Чоловіки відтіснили професора до ніші у фасаді, оточили його так, що дивитись він міг тільки на співрозмовника — невисокого охайного чоловіка, який пружно погойдувався на ногах, ніби розтягував і скорочував потужні пружини, готуючись до стрибка у висоту. — Я вас уважно слухаю, — сказав чоловік. — Розумієте, — знічено усміхнувся професор, навіть не дивуючись, звідки могло цим людям бути відомо, що перехожий на вулиці мав справу до їхньої установи. — Розумієте, — розгублено пролопотів професор, — я шукаю одну жінку. Тобто одного чоловіка. Я шукаю чоловіка однієї жінки. А якщо не його, то старенького родича цієї жінки. Хоча він, розумієте, родич їй номінально, а не фактично. — Так, розуміємо, — відповів співрозмовник. І його ввічливий вигляд справді свідчив про розуміння.

Професор зітхнув із вдячністю і полегшенням. — Тут просто така справа, — почав пояснювати він дедалі довірливіше. — Розумієте, я — пластичний хірург. Це рідкісна професія, не надто у нас поширена. — Так, — кивнув чоловік, беручи професора під лікоть і ведучи його Володимирською у напрямку від Софійської площі, ледь відчутно підштовхуючи. Двоє інших чоловіків весь час залишалися при цьому на пів кроку позаду, але професор відчував їхній подих на своєму карку.

До мене звернулась пацієнтка, — продовжував професор усе сміливіше. — Не те щоб вона мала якісь вроджені вади обличчя, зовсім ні. Навпаки! Дуже гарна жінка. Ви б і самі так сказали, якби її побачили.

Співрозмовник кивнув — ніби йому доводилося бачити Зою і він справді вважав її гарною жінкою.

Але саме тому, що ця жінка настільки гарна, — натхненний доброзичливою увагою свого слухача, розпалився професор, — я погодився їй допомогти. Я погодився з її міркуваннями. Річ у тому, що я поділяю її філософію. Естетика — наука сувора. Її критерії високі. До них нелегко дотягнутися.

Цілковито з вами погоджуюся, — закивав чоловік, жестом підказуючи, що зараз їм слід повернути за ріг. — Тут ніхто з вами не сперечається. — Він люб'язно вказав професорові на вхід до котроїсь із брам. Професор поклонився і прийняв запрошення. Кроки чоловіків відлунювали в холодному довгому проході.

Професор так захопився своїм поясненням, яке здалось йому страшенно вдалим і переконливим, що зовсім не встигав звертати увагу на ланцюжки внутрішніх дворів, якими вони проходили, бічні і задні двері, які наскрізь проводили їх проз будівлі, на сходи, що вели донизу і піднімалися догори, на запахи їжі і запустіння, на котів, які розбігалися з-під їхніх ніг, на разки вологої білизни, що тріпотіла на вітрі, на рипіння дерев'яних дощок нескінченних галерей, а потім — на залізні брами на замках, на порожні площини вилизаних мало не до блиску порожніх майданчиків, оточених стінами зачаєних будівель, на важкий тесаний камінь із досконалими ребрами, на мармурову крихту, на запах поліролю для меблів, невловно схожий на запах свіжої крови.

Я зрозумів її вимогливість до себе, — говорив професор уже майже розслаблено, вже майже легковажно. — І я погодився: ця виняткова жінка тільки так і повинна до себе ставитися. На ній лежить відповідальність за власну особу, за власну зовнішність. Вона не має права просто ось так залишити все як є, не докладати жодних зусиль, піддатись природі й часові. Це було би злочином. Це було б кричущим недбальством. Обурливим! Я не міг цього допустити!

Раптом професорові здалося, що вони наскрізь пройшли весь квартал і стоять перед тією ж сірою кам'яною будівлею, до якої він прагнув потрапити, тільки з протилежного боку або з торця — тут уже не мав певности. Чоловік, який не відпускав професорового ліктя, відчинив невисокі тісні дверцята в стіні і запропонував спускатись додолу, в темряву, вузькими кованими сходами.

У цей момент професорові стало лячно. — Знаєте, — сказав він. — Може, краще не варто. Мені ще треба викурити сигарету надворі. І взагалі — я не певен, що мені не час уже повертатися на роботу. На мене чекають пацієнти. Дівчинка з вовчою пащею. Тобто уже без. Я прооперував її дуже вдало, — із надмірним запалом запевнив професор своїх супутників. — Рани загоюються, невдовзі вона стане симпатичним дівчам. Тільки я повинен оглянути шви. Це дуже важливо. Дуже, дуже важливо.

Звичайно, важливо, — погодився з ним його провідник. І одним точним, сильним рухом штовхнув професора зі сходів. Професор полетів у чорноту, б'ючись головою і боками об залізні ребра сходів, об стіни, аж доки не завмер, розпластаний, на холодній підлозі. Він сподівався, що зараз знепритомніє, але цього не сталося.

Сходи лунали, як духовий музичний інструмент. Чомусь не ударний, а духовий — це здивувало професора. Чоловіки спускалися додолу, присвічуючи собі ліхтариками. Вони лаялись. А професор не лайнувся жодного разу, хоч це він ударявся і падав, а не вони.

Мовчазні типи схопили його за ноги біля кісточок і потягнули кудись коридором. Професор мусив напружити шиї і торс, щоб тримати голову в повітрі і не битись потилицею об долівку. Вони наступали на поли його плаща, піджак і сорочка задерлись, і шкіра голої спини, здавалося, лущилась клаптями. У тьмяному світлі він бачив вгорі над собою серйозне обличчя свого провідника. Той курив, обидві руки тримаючи в кишенях шкіряної куртки.

Знову брязкотіли ключі, не слухався замок. Професора затягнули в тісне приміщення і затраснули за ним двері. Крізь заґратоване віконечко під самою стелею пробивалося непереконливе електричне світло. Професор лежав горілиць на підлозі, не бачачи необхідности в тому, щоб підводитись, і дивився у віконечко. Зовсім скоро з того боку шиби загойдались нечіткі тіні. Чиєсь обличчя прикипіло до вікна. Можна було розрізнити ребра долонь, вочевидь, прикладені до скронь. Хтось придивлявся до професора.

Він навіть чув голоси — приглушені і не до кінця розбірливі. Професор пригадав, як відходив від наркозу після операції на апендицит. Пригадав, як до нього повільно й непевно почала повертатися свідомість — поламаними проблисками, щербатими уривками. Як у глуху товщу, в якій він перебував чи був розчинений, звіддаля, з незбагненної далечі проникли нечіткі, беззмістовні фрази, голоси, діялоги.

Щось подібне коїлося й тепер. Професорові здалося, він чує чийсь розлючений монолог. Якесь гарчання, погрози, безтямну лють. Невже це він викликає у комусь аж таку ненависть? За що його хочуть убити? До того ж спочатку повідриваши йому частини тіла, здерши з нього живцем шкіру, покалічивши в тисяча й один вигадливий спосіб.

Інший голос звучав набагато рідше. Вимовлені фрази свідчили про ощадність. Він впливав на першого мовця витверезливо, тож професор негайно пройнявся теплими почуттями до цього заспокійливого тембру, до невидимої особи за склом, яка їх вимовляла. Це був професорів янгол-охоронець, його рятівник. Прийди, прийди, благав професор подумки. Прийди і звільни мене.

І він справді прийшов. Високий старий чоловік із прямою спиною і густим сивим волоссям, одягнутий у білий в'язаний светр із високим горлом. Він подав професорові руку і допоміг йому підвестися, дозволивши відчути винятково, як на такий вік, жилавість і силу.

Я Красовський, — представився старий, запропонувавши професорові сісти на один із двох стільців, поки сам умощувався навпроти. На колінах він тримав об'ємну чорну течку. — Я Зоїн дід.

Отже, вона назвалася прізвищем свого несправжнього діда.

Він довго мовчав, не зводячи з професора пильного, зацікавленого погляду. Старий розглядав його, як давнього знайомого, якого не бачив багато років і тепер намагався відстежити невловні зміни, невблаганні перетворення.

Хіба ми знайомі? — запитав професор, який ніяк не міг звикнути до вертикальної пози, до сидіння на стільці. Його рот дошкульно болів. Як і скроні, потилиця, ніс, вуха, як кістки і шкіра, ступні і поперек.

Красовський посміхнувся. Професор зауважив, що його сині очі темніють і стають майже чорними в певних ракурсах.

Можна сказати, я знав вас іще до вашого народження, — сказав Красовський уже знайомим голосом — низьким і тихим, заспокійливо-м'яким. — Я добре знав не тільки одну з ваших тіток і вашу матір, але також і вашого батька, якого вам ніколи не доводилося бачити. Він був доброю людиною. Хоч і злочинцем.

Як? — запитав професор, налякавшись раптом, що почне плакати. Хлоп'яча плаксивість підступила йому до горла.

Це така древня історія, — махнув рукою Красовський. Ніжна усмішка в мороці тісної камери робила його обличчя красивим, як автопортрет Тиціяна, і величним, як зображення Папи Климента IX пензля Карло Маратті. — У вас немає зараз часу слухати, — повагом сказав він. — Я чув про вовчу пащу. Ви людина з надзвичайним серцем. Онуці пощастило потрапити до рук найкращого спеціяліста.

Красовський замовк. Професор також мовчав — несила розшифрувати те, що стояло за словами старого. Крізь тишу, що запала в тісній кімнатці, до професора долинули незрозумілі звуки, які просочувалися з-за дверей і стін: щось ніби стогін, щеміння, мукання, брязкотіння металу, ритмічне похльоскування і скавуління. Чиїсь швидкі кроки гупали зовсім поруч, у коридорі. Спершу зліва направо, тоді справа наліво, взад-уперед, взад-уперед, у супроводі скреготіння твердого і важкого предмета до стіни, до дверей, до самих стулок професорового страху, до професорових нервів.

Що це? — запитав професор у старого, який теж прислухався.

Красовський схилив голову.

Залежно, про що ви запитуєте. Деякі зі звуків, які ви зараз чуєте, не стосуються вас напряму, а лише служать приблизним зразком того, що теоретично й гіпотетично могло б трапитися з вашими тілом і душею, якби ви виявили непокірність. Якої, професоре, ви не виявите — заради себе самого, свого сина і дружини, своєї матері і тіток. Інші звуки призначені безпосередньо вашій присутності, — і Красовський вказав пальцем і очима на залізні двері, по яких невидимий звір якраз із люттю проводив пазурами, викресуючи іскри. Він гарчав, шерсть на його карку стовбурчилася, тяжко роздималися боки. З носа і пащі текло, він дихав тяжко, зривисто, навісніючи від бажання роздерти. Він був близько, зовсім близько. Красовський будь-якої миті міг відчинити двері і впустити його.

Я його не впущу, — м'яко запевнив Красовський. — У нього надто запальна вдача. Я знаю, що з вами можна домовитися. З деким із ваших родичів я домовлявся. Тих, із якими домовитися не вдалося, довелось угамувати іншим чином. Способів я знаю достатньо.

Але повернімось до Зої, — сказав Красовський. — Я знаю, що ви до неї небайдужі, професоре. І він це знає, — кивнув старий на двері. — Його це доводить до сказу, а у мене викликає зворушення, ще більше теплих почуттів до вас.

Він раптом засміявся. В його блакитних очах спалахнув грайливий вогник.

Ось я щойно подумав: я ж вам практично як хрещений батько. Ми з вами майже родичі, близькі люди. Не тільки через Зою. Я сприяв зустрічам ваших батьків. Влаштовував їм романтичні побачення на віллі серед прекрасного англійського парку. Я, можна сказати, став свідком вашого зачаття. Якби не я, не моє втручання, вас не було би, професоре.

Професор гадки не мав, про що Красовський говорить.

Що з Зоєю? — запитав він, незмога відірвати напруженого погляду від дверей.

Зоя догралася, — спохмурнів дід. — Зою покарано. Вона повернулася додому.

Він замовк, занурений кудись глибоко в себе. Глибокі борозни, що пролягали від внутрішніх кутиків його очей аж до сухого рота, потемніли, стали ще глибшими. За хвилину чи дві він енергійно струснув із себе цей летаргічний стан. Його очі заблищали.

Ви її не знаєте, професоре, — доброзичливо сказав він. — Ви не винні, що потрапили в пастку. Вона свідома своєї сили, свідома власної невідпорності і вправно нею користується. Не докладаючи жодних зусиль, вона зваблює кожного, кого їй заманеться. Ще ніхто і ніколи не зміг їй відмовити. Зоя звикла мати все, що захочеться. От тільки Зоя сама не знає, чого їй хочеться. Зоя — маленька хвора дитина. Страшенно вразлива і незахищена. Така сама, якою була її мати.

Дід дивився просто в очі професорові — поглядом тяжким і суворим. Він говорив, що професорові, вочевидь, дещо відомо про ту історію: що Зоїна мати не була рідною донькою Красовського, що вона мала складний характер, що навіть найкращим вихованням і любов'ю неможливо вплинути на спадковість. Але Зоя, раптом цілком несподівано схлипнув він, хоч і спробував замаскувати цей пташиний скрик кашлем, з першої миті свого життя опинилась на його руках. Він і тільки він чинив на неї найбільший вплив.

Йому довелось відпустити свою прибрану доньку (ванна, наповнена кров'ю, бліді руки світяться крізь товщу пурпурової води; він, хто без жодних зусиль читав думки інших людей, ніколи так і не зміг вгадати, що коїлося у неї всередині). Потім довелось відпустити кохану дружину (повільне в'янення, що тривало багато десятиліть, поступове падіння температури, завмирання, цілковитий розпад).

Але Зою він не відпустить. Він не хоче залишитися один. — Це найстрашніше, — сказав Красовський. Нехай вона втікає до все нових чоловіків — усе це тільки іграшки. Необхідний елемент її існування, ілюзія свободи. Їй не втекти від життя, яке він, Красовський, для неї уклав. Від доброго, нормального життя: помешкання на Лютеранській, роялю, собачки, вишуканої їжі, подорожей, спілкування з порядними людьми, найкращими людьми цієї країни, не втекти від оранжереї та чоловіка, який, можливо, дещо недоумкуватий і різкий, але в усьому іншому — найбільш відповідний для такої, як вона. Він ніколи не підніме на неї руку, запевнив професора дід.

До все нових чоловіків? — повторив професор, мало що розуміючи в словах Красовського. Ця фраза відгукнулась у ньому спогадом: голі, ще спітнілі після сексу, вони з Зоєю лежать на брудному килимі у винайнятому помешканні, за відчиненими дверима балкона туркочуть голуби, Зоя починає говорити, у професора стається ерекція від нападу ревнощів.

Красовський простягнув йому течку. Професор поклав її собі на коліна, якусь мить притискаючи обома долонями, не бажаючи довідуватись, що усередині.

Там були фотографії. Сотні посортованих знімків. Фотограф, щоб залишатись невидимим для свого об'єкта, ховався за рогом будинку, в кущах, за кіоском Союздруку, за спиною перехожого, за вікнами автобуса, за бильцями сходів, за вазоном у кашпо, за стовбуром дерева, за шторою, за шибою. Він робив знімки крізь шпарини, щілини, тканину, дощ і темряву, крізь отвори й проміжки. Він приймав найбільш незручні, безглузді пози. Потрапляв у небезпечні ситуації на межі викривання або й загибелі. Але продовжував фотографувати, чи то заохочений чимось, чи то заляканий, поставлений у безвихідне становище.

І ось професор їх роздивлявся: цих чоловіків, їхні потилиці, їхні плечі, їхні різноманітні статури. Один мав великий живіт, інший — тіло тонке й довге. Цей, повністю роздягнений, залишався в окулярах. Груди іншого були вкриті татуюваннями. Були тут чоловіки лисі і з довгим волоссям. Несміливі та брутальні на вигляд. Вони дивились на Зою з усмішкою або роздратуванням. Один відводив назад її голову, намотавши на руку волосся. Інший стояв перед нею навколішки. З котримсь вона сиділа в театрі. З іншим видряпувалася на гору. Потім, із цим же, засмагала, роздягнена, на березі озера. Її біле тіло, витягнуте на траві серед кількох пласких каменів, випромінювало розімлілу знемогу. Ще котрийсь щось показував їй у товстому томі з брудно-зеленою палітуркою, з потріпаним корінцем. З багатьма ними вона міцно спала, сплівшись тілами, на десятках ліжок — малих і великих, на диванах і розкладачках, у спальних мішках, на полицях потягів. Її голова довірливо лежала на всіх цих різноманітних грудях, її пальці схрещувалися з їхніми пальцями. Її коліно лежало на їхніх животах. Її груди розплющувались об їхні боки. На її обличчі був солодкий вираз. Спокійний вираз. Довірливий вираз.

Гортаючи знімки, професор згадував колір її очей і волосся, її зріст і статуру, її голос і сміх, розташування родимок на її тілі, її схлипи та зойки, доторки її пальців, звук відкушеного її ротом яблука.

Професор зрозумів, що впродовж довшого часу не дихає, коли натрапив на фотографію, на якій упізнав себе. Він лежав на боці, спершись скронею на свою долоню і накрившись пледом. Зоя у профіль сиділа на стільці, її голі ноги були випростані вперед і пальці майже торкались професорового ліктя. Напружені Зоїні пиптики стирчали крізь прозору сорочку, накинуту на голе тіло. Силуети були частково затулені виноградним листям. Профіль Зої ховався за розмитим видовженим предметом, який, якщо придивитись, виявлявся хвостом голуба.

Професор голосно, відчайдушно схопив ротом повітря, відчувши ріжучий біль у гортані й легенях. Навіть шрам від апендициту, який уже давно не нагадував про себе, нещадно занив.

А цей фотограф? — запитав навіщось професор, коли дихання так-сяк відновилось. — Вони знайомі з Зоєю?

Красовський мовчки доброзичливо дивився на професора. Він знову був схожий на старого вельможу з полотен середньовічних майстрів.

Яке це має значення, професоре. Дайте нарешті собі спокій. Забудьте про неї. Вона задурила вам голову. Але це не зі зла. Вона просто дитина, просто капризна дитина. Вона сама не знає, чого хоче.

Дід підвівся і взяв течку з професорових рук. Тримаючи її в повітрі, він спритно вирівняв стоси фотографій і скріпив усе ґумкою.

Ви, звичайно, цілком незаконно робили їй ті операції. Це була її дурнувата примха, але ж ви, серйозний спеціяліст, не маєте права слухатися чужих примх.

Ці слова повинні були налякати професора, вони озвучували найстрашніші професорові побоювання: він втратить роботу, його засудять. Що станеться з сином? Що скаже його мати?

Але зараз він почувався таким знесиленим, таким цілковито спустошеним, що лише поглянув на Красовського спідлоба і стенув плечима.

Дякувати Богу — якого, звичайно, не існує, я просто жартую, хоча в кожному жарті, як відомо, є доля жарту, — сказав дід, стоячи позаду професора і тримаючи свою міцну долоню на його плечі, — ви хірург від Нього ж. Ви їй не зашкодили. Її зовнішність трохи змінилась, але це й далі вона. Це Зоя, яку я знаю і яку впізнаю, моя онука. Може, — він замовк на мить, ніби здивувавшись сам зі своїх думок, — може, тепер вона навіть більшою мірою Зоя і моя онука, ніж раніше.

Забудьте про неї, — прошепотів Красовський на вухо професорові. Запах старечого тіла пробився крізь аромат свіжої тирси. — Забудьте про все, що сталось. І нічого поганого з вами не буде. Ні з вами, ні з вашими рідними. Кажу ж бо: я завжди вмів домовлятися з вашою родиною, — з ніжністю констатував Красовський.

Як вам, до речі, живеться в помешканні на Притисько-Микільській? — запитав старий, допомагаючи професорові підвестися. Він обтріпав його плаща, поправив комір сорочки і розпрасував долонями лацкани піджака.

Кілька разів поплескав професора по щоці (той раптом усвідомив, як сильно щоку роздуло, яким ниттям і болем вона наповнена).

Красовський постукав у двері, і ті прочинилися. Старий вийшов у коридор і зашепотів кудись у темряву: — Відійди. Відійди, кажу тобі. Не смій виявляти непослух.

Гупання неохочих кроків віддалилося. Красовський галантним жестом вказав професорові на вихід.

Вас проведуть, професоре. Вам оброблять рани. І відвезуть додому. Ви лише поставтеся з усією серйозністю до моїх слів: забудьте. Нічого не було.

Професор ішов слідом за невисоким жилавим чоловічком із пружною ходою, своїм сьогоднішнім знайомцем. Іззаду, з протилежного боку коридору йому услід перла хвиля тамованої люті.

Коли професор уже ступив на залізні сходи, щоб підніматися догори, він знову почув голос Красовського:

До речі, професоре, майте на увазі: нам будуть потрібні ваші послуги. Надійшов ваш час попрацювати на благо Батьківщини. Нам необхідно мати під рукою спеціяліста.

Професор кивнув у темряву.

«Мати під рукою спеціяліста», — понуро прокручував він у голові, поки спритна жіночка з погонами обробляла його забиття. Він з отупінням дивився на своє відображення в дзеркалі. Йому не спадало на думку, що він невловним чином схожий чомусь на Красовського.

*

Романа так і не змогла збагнути причини професорового гніву. Не могла зрозуміти, чому він прогнав її, чому заборонив приходити.

Минали дні й тижні її самотнього перебування в лісовому будинку, минав тягучий час виснажливого очікування, але професор не телефонував. Вона все сподівалася, що він пересердиться, що ця його старечa дивнота от-от минеться, але телефон продовжував мовчати. Вона не могла відірватися від смартфона: тримала його перед собою, щокілька хвилин засвічувала екран, аби впевнитися, що нічого не пропустила. Спускалася з телефоном в долоні до сховища, щоб знайти необхідні відвідувачам Архіву матеріяли, за мить плутала течки, забувала їх узяти з собою нагору. Спускалася вдруге, втретє. Довго стояла перед шухлядами та полицями, втупившись в іконки на екрані. Не припиняла на нього зиркати.

Професор мовчав. Одного дня вони, як повелося, ще вечеряли разом у нього на балконі китайською локшиною з картонних коробочок (Романа жадібно слухала, а професор розповідав, не припиняючи говорити навіть коли жував, і довжелезні скляні макаронини звисали з його підборіддя, аж доки він не перекушував їх, відкидаючи частину назад до коробки) — а наступного дня він уже тягнув її за лікоть коридором лікарні — блідий і розлючений, зі зціпленими зубами — і повторював: більше ніколи не приходьте, не смійте навіть потикатись, щоб я ніколи не бачив вас.

Романа набирала його номер, але він не відповідав. На повідомлення не реагував жодним чином. Вона стовбичила під його будинком, сиділа на сходах, тарабанила у двері — все марно. Консьєржка почала погрожувати, що викличе поліцію, якщо Романа не забереться.

Врешті Романа вирішила налаштуватися на очікування. Без поспіху, розтягуючи задоволення, вона посортувала фотографії, розділивши їх на часові проміжки, покоління, сюжетні лінії, і, спираючись на свої чіткі й логічні міркування, поскладала їх до спеціально куплених із цією метою альбомів. У процесі Романа ще раз пильно вдивлялась у кожне з зображень, мало не з'їдаючи поглядом найменші деталі, що глибоко увійшли в її мозок, стали спогадами, які нічим не різнилися від її спогадів про власне дитинство, батьків, падіння з велосипеда, темну літню ніч, у якій вона маленькою якось заблукала і загубилась, як їй здавалось, назавжди.

Все це було доказом їхньої з професором близькості, що непомітно, вечір за вечором, виплекалась у розмовах. Уперше професор переповідав своє життя у такий спосіб. Це могло стати можливим лише з нею, з Романою. Уперше Романа так слухала. Її ніхто не міг замінити. Їхні щоденні розмови найбільше скидалися на втамовування задавненого голоду, накопиченого дефіциту життєво важливих елементів. Зовсім скоро вона почала відчувати себе органічною частиною професорового помешкання, професорового життя. Зовсім скоро Романа збагнула, наскільки корисною, навіть необхідною стала вона для професора. Це він потребував її, а не вона його. Це він без неї більше не міг. Коли Романа про це думала, її охоплювала тиха спокійна радість, ворсиста, як фрукт, порослий пліснявою: вона могла дарувати комусь відчуття повноти, вона могла дбати про когось іншого, нічого не потребуючи натомість.

Романа почувала себе одним цілим із помешканням професора — продовженням цих меблів, цих чітких лаконічних ліній. Їй здавалось, вона зливається із поверхнями, з корковим деревом, з ляною оббивкою, з посудом в шафах, з відображеннями в шибах і обрисами Флорівського монастиря за вікном. Щоразу вона зустрічала виснаженого професора, який повертався після операції або від дружини, так, як кицька зустрічає господаря, коли той приходить додому.

Однак Роману непокоїла певна недосконалість, що не дозволяла їй відчути себе цілком легітимно у цій домівці. Вона так багато знала про дружину професора — знала історію їхнього знайомства і стосунків, знала перебіг вагітності і пам'ятала кожну подробицю приходу на цей світ Богдана, знала всі її звички, улюблені вирази, міряла її взуття і одяг, поки професора не було вдома, користувалася її косметикою і парфумами, беручи запах із собою в ті дні, коли йшла на роботу або поверталася до свого лісового будинку. Але їй здавалося несправедливим те, що це знайомство настільки однобоке, що воно не повне, не відвзаємнене.

Романа переконувала професора забрати дружину додому. — Тут їй було би краще, тут вона почувалась би набагато комфортніше. В чому проблема? — запитувала вона. — Хіба ви не можете обладнати їй ліжко з усім необхідним, хіба не можете платити лікарям і медсестрам, які робитимуть процедури? І я була би завжди поруч. Я тримала б її за руку, поки вас немає, я розмовляла би з нею. Щось розповідала б або слухала.

Вона вже не може говорити, — понуро відбуркував професор і хитав головою.

Ну, добре, — спокійно продовжувала Романа. — Розмова — це ще далеко не все. Вона просто проводила б час із людиною, яка добре розуміє її, добре знає. Яка співчуває. Моя присутність приносила б їй втіху, полегшення. Я підміняла б вас.

Ні, — не поступався професор. — Я про це вже багато думав. Я все одно не можу перетягнути сюди всю клініку, все необхідне устаткування. Найкращі фахівці не будуть чергувати цілодобово в моєму домі. А в її стані важливою може стати кожна мить, кожна секунда вагання може коштувати втраченого шансу. Ні, — вперто стояв на своєму професор, — я маю іншу ідею. Вона ще ризикованіша, але дає надію. Я хочу повезти її до Ізраїлю. Мені давно вже треба було це зробити. Я боявся нашкодити їй перельотами.

Романа докладала зусиль, щоби відрадити професора. — Літак? Ізраїль? Ви хоч знаєте, який там клімат? Цю зміну не витримає і здоровий, що вже казати про таке зболене, понівечене тіло. Не торсайте вже її, — майже сварилася вона на професора, — дайте вже їй спокій. Ви ж і без того її скривдили. Ви ж її любите. Так для неї буде найкраще. Привезіть її додому. Я допоможу вам.

За такими суперечками не стояло нічого серйозного: вони з професором завжди знаходили спільну мову. Їхнє порозуміння було абсолютним. Окремі дрібні розбіжності лише підкреслювали злагоду.

Ось чому Романа поставилася з розумінням до нервового зриву професора. Хоч він боляче шарпнув її, кілька разів штовхнув, аж вона вдарилась об викладену білими кахлями стіну, обсипав її неприємними, несправедливими словами — і все це на очах у медперсоналу, — вона не образилася. Її люб'язно провела сюди, у закрите крило клініки, одна з молоденьких адміністраторок, коли Романа представилася нареченою професорового сина. Адміністраторка дорогою довірливо щебетала, розпитувала про професора, про його дружину, співчутливо хитала головою, цокала язиком. Потім кокетливо усміхнулась і поцікавилася, коли весілля. Романа доброзичливо відповідала на всі її запитання: — Ми з професором вирішили облаштувати все вдома найкращим чином, щоб забрати маму додому, я навіть порадила викликати персонал з Ізраїлю, вони там знають свою справу, у них особливий підхід. Ми замовили звідти ліки й певне устаткування. Все-таки вдома мама почуватиметься найкраще. Поки Богдан не повернеться, я буду поруч. Ми з нею добрі подруги. Нам навіть не конче розмовляти.

Адміністраторка захоплено дивилась на Роману своїми широко розчахнутими очима з приклеєними ляльковими віями.

Романа хитрувала. То був всього лише маленький жарт — їй же треба було якось проникнути до палати. Професор уперто відмовлявся Роману туди провести. Він боявся, це стане для неї надто великим потрясінням. Вона більше не схожа на себе, говорив він. Це зовсім не та жінка. Вона навіть на жінку більше не схожа.

У білому халаті, в целофанових бахілах, що ковзали по підлозі, Романа тихенько увійшла до палати. Світлі ролети на вікнах були опущені.

Попискували й кліпали жовто-салатовими вогниками монітори. До ліжка тягнулися сув'язі дротів і трубочок. Столик і шафка зі скляними дверцятами були напхані ліками. У повітрі нестерпно чимось разило.

Намагаючись шаруділи якомога більше, щоб таким чином попередити про свій прихід, Романа почала обережними кроками наближатися до ліжка. Їй стало чомусь нестерпно лячно, ноги не слухались, пересохло в роті. Вона підбадьорювала себе, зобразила на обличчі радісний вираз, який виявився переляканим при погляді в дзеркало на стіні.

Маленька людина лежала майже половиною сухого тіла на подушці. Під жовтою шкірою, яка обтягувала череп, билися роздуті вени. В ніс заходили трубочки з іржавою рідиною, зафіксовані над верхньою губою чимось на кшталт скотчу. Гострими крайчиками на обличчі стирчали вилиці, пошерхлі губи задерлися й оголили роззявлену ротову порожнину, язик, укритий товстим шаром сіро-жовтого нальоту. Звідти, з нутра, продиралося нерівне хрипіння, моторошне порипування й посвист. При кожному вдиху обличчя пересмикувалося від болісної гримаси.

Романа притулила обидві долоні до обличчя й завмерла над ліжком. Її погляд вихоплював рапату шкіру шиї, пласку впалу грудину, прутики рук, розпанахані запаленими слідами від голок.

Людина дивилася на Роману завмерлим, втомленим поглядом. У каламутних очах не було ні подиву, ні зацікавлення, ні роздратування. Романа не розуміла навіть, чи людина в ліжку взагалі її бачить, чи усвідомлює її присутність. Вона усміхнулась до людини в ліжку. Людина не відповіла. Пересилюючи себе, Романа простягнула руку і провела кінчиками пальців по шкірі нерухомого передпліччя. Це було неприємно — ніби торкаєшся чогось зіпсованого, неживого. Романа розтулила уста, прочистила горло, збираючись із думками. Їй треба було якось представитися, пояснити свою присутність, щось запропонувати. Вона пригадала раптом, що принесла з собою айпод професорової дружини. Це здалося найкращим розв'язанням. Романа вийняла з сумочки навушники, приклала їх до вух жінки, боячись надто сильно натискати, і ввімкнула котрусь із численних однакових мінімалістичних композицій для фортепіяно.

Жінка жодним чином не реагувала, навіть не кліпала. Але Романі здалось, що тілом її почали пробігати ледь помітні хвилі, ледь відчутне дрижання. Частіше засигналили датчики, замигтіли, тривожно заблимали додаткові вогники. Хрипке дихання стало частішим, схожим на проламування сухого гілляччя.

Цієї миті до палати й забігло кілька медсестер і лікарів, а слідом за ними влетів професор. Вираз переляку на його обличчі негайно змінився на лють. Романі ще не доводилось бачити такої виразної емоції на цьому завжди однаковому, економному обличчі.

Він вирвав із вух дружини навушники і з силою відкинув плеєр в куток палати. Тоді схопив Роману обома руками за плечі, струснув нею, стиснув з усієї сили так, що вона скрикнула, розгублено на нього дивлячись, усміхаючись йому з нерозумінням, ніби сподіваючись, що він таким дивним чином жартує.

Лікарі тим часом копошились навколо пацієнтки. Романа встигла помітити, як один із них жестом показує іншому, що все гаразд, що все під контролем, пацієнтка жива, нічого не сталось, — а далі професор виштовхав її на коридор, захлинаючись шипінням, незв'язними потоками навісного булькотіння. Він штовхав її коридором, і вона боляче билась боками об стіну. Вже на сходах він трохи заспокоївся, прийшов до тями. Але разом із тим геть утратив дар мови. Професор тримав Роману за зап'ястя, охопивши його кільцем своєї долоні, ніби кайданками. Романа шукала професорів погляд, але той уникав дивитись на неї. Він був рішучий, він був чужий і неприступний. Це була людина, яку Романа знала ще менше, ніж того дня, коли вперше прибирала його помешкання. Він вів її до виходу, не даючи жодного шансу дістатися до їхньої близькости, до всіх проведених разом вечорів, до вислуханих історій. Він вивів Роману назовні і сказав холодним голосом: — Ідіть геть. Більше ніколи не потикайтесь. Не смійте приходити. Щоб я не бачив вас більше.

І ось тепер вона чекала. Днями, тижнями, що поволі перетворились на другий місяць.

*

І тоді професор таки зателефонував. — Чи не могли би ви приїхати? — запитав він поважно. — Якщо це, звичайно, не відірве вас від якихось важливих справ.

Романа притьмом зібралась і вибігла на трасу. До найближчого автобуса з Ближніх Садів залишалась година, стовбичити стільки часу не вистачило б терпіння. Вона пішки дійшла до Клавдієвого, з подивом помічаючи особливу яскравість барв і чіткість ліній у природі. Маршрутка до Києва раз по раз застрягала в заторах, тягнулась у напівсонному темпі, ніби знущаючись над Романою.

Відчувши на своїх розпашілих щоках прохолоду професорового під'їзду, Романа мало не розплакалася. Вона привіталась із консьєржкою і побігла нагору, по-юнацьки перестрибуючи через сходинку.

Хвилювання і збудження відібрали їй мову, тож коли професор відчинив двері, Романа — замість привітатися — розсміялася. Професор за цей час змарнів, постарів іще дужче. Його обличчя ніби затягнуло ряскою недоглянутости. Спина зовсім зсутулилась, як у старого діда.

Він запросив Роману на кухню, налив їй чаю. Підсунув їй під самий ніс бляшану коробку з печивом. На коробці були намальовані притрушені снігом і блискітками гілки ялини, й барвистий напис звивався, замикаючись сам на собі: «З Новим роком!»

Ми таки наважилися, — повідомив професор урочисто (так повідомляють зазвичай про вагітність). — Тут у неї жодного шансу. Після останньої хіміотерапії знову стався рецидив, цього разу вже за місяць. Я купив квитки на літак, домовився про спеціальне транспортування. Знаєте, — подивився він на Роману пронизливим поглядом, — мені відомо кілька історій, коли вдавалось продовжити життя ще на кілька років у цілковито безнадійних випадках. Ось одна жінка, наприклад... — почав він із удаваним ентузіязмом у голосі, але тут же махнув рукою.

Я не можу відібрати у неї цей шанс, — сказав він, ніби просячи пробачення. — Я й собі не можу його не дати.

Професор попросив Роману пожити в їхньому з дружиною помешканні у час їхньої відсутности. Поливати сукуленти, лаванду і орхідеї, протирати пилюку з лакованих чорним камінців у японському стилі, підтримувати екологічний рівень обжитости. — Кого б іще я міг про таке попросити? — знизав плечима професор, угризшись зубами в зашкарубле новорічне печиво з бляшанки. — Ви ж своя. Я ж вам можу довіритися.

І, так і не спромігшись відкусити печива, професор усміхнувся лукаво й щемко, і вони удвох із Романою розреготалися, після чого нарешті між ними знову запанувала звична злагода.

Рома збагнула, що то був жест примирення, що таким чином професор просив пробачення за свій зрив, за несправедливість, якої допустився тоді в лікарні. Вона й так не ображалась, але це запрошення знову повернутись у професорове життя заторкнуло в ній найглибші поклади ніжності.

Увесь вечір вони розмовляли так, як раніше. Професор розповідав, а Романа слухала. Вона, звісно ж, погодилася тут пожити. Квартиру не слід було залишати без нагляду. Хіба вона не розуміла.

Перед виходом, уже прощаючись, Романа запитала про Богдана. Професор похитав головою. Нічого не чути. За весь цей час від нього не було жодної звістки. Хоча він, професор, докладав зусиль, аби довідатися, землю перевертав, аби знайти бодай якийсь слід, — і врешті йому таки влаштували телефонну розмову з котримсь із командирів. Той запевнив, що син живий. Але більше не сказав жодного слова.

ЇЇ ЧОЛОВІК

Навіть тепер Рома пам'ятала той листопадовий вечір, пронизливий і мерзотний, сколошканий клаптями мокрого вітру, крізь який продиралася, повертаючись із Архіву до квартири на Притисько-Микільській. Вона сиділа у фунікулері, що так довго сунув униз, ніби це було бездонне провалля, каньйон в Аризоні.

Від холодного блакитного світла мосту крізь мокрі шиби вагончика віяло самотністю. На Сагайдачного було весело й людно. Пахло їжею з ресторанів. На Контрактовій, як завжди, — сценки закоханих алкоголіків, струнний квартет, трамвайні рейки, калюжі, болото, столики з зіперами, ґудзиками й ароматичними паличками.

У помешканні було холодно, тому що Романа тримала опалення на мінімумі. Професор щомісяця передавав їй кошти, але Романі здавалось безглуздим без потреби обігрівати такий величезний простір. Вона хитрувала, використовуючи гроші для себе: купувала собі авокадо, довгі сукні з оголеною спиною, шкіряні туфлі, пила каву з дорогими тістечками.

Того вечора було особливо тоскно. Романа увімкнула точкове освітлення в коридорі, обвела поглядом обличчя на стінах. Часом їй здавалось, що вони змінюють вирази, що на них проступають нюанси нових емоцій. Сьогодні практично всі виглядали похнюпленими, і тільки жінка без шкіри усміхалася лукаво й багатозначно, в її очах світилась затаєна думка.

Романа перейшла до професорового кабінету й вийняла на килим течки з фотографіями пацієнтів. Узялась за червону, ще не до кінця вивчену. Спробувала зануритися в читання діягнозу, в опис перебігу операції, але ніяк не могла зосередитися.

Так і покинувши все розкиданим на підлозі, Романа сіла до одного з залишених професором комп'ютерів. Покрутилася на кріслі, поїла вчорашнього солоного арахісу з глиняної піялки, пройшлась професоровими закладками — новинні сайти, соціяльні мережі, почитала професорові приватні повідомлення, тоді — статтю про легеневі стовбурові клітини на сайті *The New England Journal of Medicine*, а після цього заходилась переглядати листи у професоровій поштовій скриньці.

І раптом остовпіла. Не могла повірити сама собі. Знову і знову перечитувала короткий текст, який супроводжував фотокартку з понівеченим, нелюдським обличчям. У листі йшлося про чоловіка, який дивом вижив під час однієї з військових операцій на Сході. Зараз його стан оцінюють як стабільно важкий.

Грошей на його лікування немає зовсім, випадок безнадійний. Тиждень тому цей невідомий чоловік прийшов до тями, але він, що не дивно, потерпає від особливо складного випадку ретроградної амнезії. Особу чоловіка встановити поки що не вдається. Його обличчя й тіло спотворені настільки, що шанси на впізнавання кимось із рідних нікчемно малі. Хоча хтось же на нього чекає, писала волонтерка.

Професора просили про консультацію з приводу проламаного носа, щелеп і покришеного на часточки черепа. Просили листом, оскільки професорів мобільний чомусь не відповідав.

Фотографія пацієнта додавалася.

Романа прокрутила коліщатко мишки додолу і поглянула на фотографію. Забинтоване обличчя, як із фільму про чоловіка-невидимку. Запухлі щілинки очей, що мокро й отупіло прозирають крізь отвори. Губи. Його губи. Вона ні з ким би його не сплутала. Цей контур. Ця тріщинка на нижній. Кутики.

Волонтерка мала рацію. На цього чоловіка справді чекала близька людина. Дуже довго чекала.

*

Мокра і гола, Романа вистрибнула з ванни і понеслася помешканням, залишаючи по собі калюжі й мокрі сліди. Її біле тіло відображалось у дзеркалах, у скляних поверхнях, у темних лискучих предметах, у товстому колючому листі кімнатних рослин, у португальських тарілках і полірованих дерев'яних масках, привезених із островів Океанії, в незашторених вікнах на всю стіну, що виходили на військову частину з одного боку і на тиху вузеньку вуличку Подолу — з іншого. Рома витерла окуляри об біло-синю скатертину у прованському стилі та перевернула порцеляновий вазон із лавандою.

З налиплим на щоки й чоло мокрим волоссям вона розчахувала дверцята шаф, відсувала двері шаф-купе, висувала шухляди комодів — і вивертала їхній вміст на дерев'яну підлогу (вкриту спеціальним екологічним лаком, який дозволяє милуватися природною текстурою дощок). У шафах зберігалося безліч цінних речей: новий одяг із бірками й цінниками, позначки на яких діяли на Рому заспокійливо, давали надію; цілі гірлянди мереживної і шовкової білизни, ніжної на дотик, майже живої; постіль, скатертини й серветки з вишивкою ручної роботи; свічники, свічки та мило, попільнички й упаковки сигар, шкіряні гаманці й сумки, кухонне устаткування, срібні прибори з інкрустацією, посуд, абажури й настільні лампи, нерозпаковані парфуми і косметика з запасом терміну придатності, коштовні прикраси, цінна техніка, спортивне спорядження, ґаджети, предмети для сексуального вжитку і багато всякого іншого.

Врешті Рома знесилено сіла посеред гірських хребтів, які сама ж утворила з усіх цих незліченних речей. Її волосся смішно висохло, скуйовджене після ванни.

*

Запах свіжого тиньку й антисептиків. Приглушені голоси, стривожене шепотіння. Стіни, обліплені дитячими малюнками.

Коли вона сюди потрапляла, незмінно відчувала себе злісною порушницею. Мало не злочинницею. Грішницею, яка стоїть на колінах і приймає на кінчик вологого язика тіло і кров Христові, зводячи свій непристойний погляд догори, торкаючись ним погляду священника.

Її доволі стримані підбори голосно цокали по кахляній підлозі. Вона надто бадьоро рухалась цим вузьким коридором, надміру енергійно карбувала кроки, хоч і в'язла іноді серед колін і каталок, як середньовічний португальський вітрильник серед заростей Сарґасового моря.

Було щось неналежне, щось навіть, сказати б, безсоромне в тому, як ця жінка вносила до лікарняної будівлі своє міцне тіло, розігріте травневим жаром. Ті, повз кого вона проходила достатньо близько, відчували хвилю вологого тепла та суміш запахів — солодкого білого цвіту, поту й кави. У згин дужки окулярів забилась тополина пушинка. І помаду вона знову вибрала занадто яскраву.

Але, зрештою, це ж не храм і не дім ритуальних послуг, як слушно зауважила літня пані, котра не втрачала надії. Хоч навіть лікарі сказали їй, що сподіватися не варто. Що слід готуватися до найгіршого.

Уже впритул наблизившись до палати, Романа змушена була зупинитись і перечекати. Огрядний анестезіолог зі зверхнім обличчям хлопчика-відмінника супроводжував каталку з пацієнтом. Рома впіймала себе на думці, що не знає, чи цей пацієнт мертвий, чи перебуває під дією наркозу. Хірург мимохідь обвів її діловим поглядом: водночас несхвальним і зацікавленим.

У палаті було стільки сонця, що Романа не одразу зрозуміла, що йому з голови зняли пов'язки. А коли зрозуміла, коли вихопила з-за широкої спини старшої медсестри якийсь розораний фрагмент, щось чорне, щось брунатне, щось розпанахане, негайно перевела погляд на босі ноги, які стирчали з-під ковдри.

Медсестра відчула її присутність, озирнулась і засміялась. Її смішив чималий розмір Богданових ніг. — Сорок п'ятий? Сорок шостий? — запитувала медсестра, ласо омиваючи язиком свої губи.

Ця медсестра Романі подобалася. Вона постійно бурчала, часто хамила, але з нею можна було домовитися. Білий халат тісно охоплював м'який круглий бюст, який затишно лежав на колінах або ковзав грудьми пацієнта, поки жінка обробляла рани.

Сорок шість із половиною, — затнувшись, відповіла Романа.

Медсестра схилилася над понівеченим обличчям, вдивляючись у шви, в краї зашкарублої шкіри, у вологі заглибини на щоках і підборідді.

Слухай, дівчинко, я всім про тебе розповідаю, — закректала вона, розгинаючи спину. — Як це ти впізнала його, в нього ж усе обличчя було забинтоване.

Рома сіла на край ліжка, уникаючи дивитись безпосередньо на чоловіка, зняла окуляри й видобула нарешті пушинку. Без окулярів вона виглядала непереконливо.

Вона довго протирала скельця серветкою, хухала на них — і знову заходилась енергійно їх розтирати, вкладаючи в це трохи забагато зусиль. Тоді опанувала себе, наділа окуляри й пильно поглянула на того, до кого прийшла. Тепер вона цілковито володіла собою. Готову до будь-чого, її неможливо було заскочити зненацька.

Злегка усміхаючись і не відводячи від Богдана погляду, Романа відповіла, що впізнала його за губами. Очі були ще занадто пошкоджені, запухлі. Але навколо рота на фотографії пов'язки не було. І Романа впізнала його губи.

Тепер вони обидві з медсестрою не зводили поглядів із обличчя чоловіка, що горілиць лежав перед ними, не виявляючи жодних емоцій, не рухаючись. Жінки роздивлялися чоловіка пильно й ніжно, по-господарськи. Як грядку, в яку вже вкладено чимало зусиль і часу, але яка вимагає невсипущої уваги.

*

Зовсім скоро вона звикла до його обличчя. Більшість пов'язок зняли, і він уже не скидався на мумію. Тепер вона бачила перед собою чудовисько.

Понівечене обличчя з обширними западинами на щоках і підборідді, де тільки недавно відійшла чорна кора струпів і почала наростати тонка рожева шкіра, зі здутими білими шрамами на чолі, у бровах і навколо очей, із розплющеним носом, із продірявленими вухами, яким бракувало значних фрагментів плоті.

Стоматолог-ортопед, дрібний метушливий альбінос з дитячими долонями, сказав, що процес протезування перевалив за екватор. Тепер треба дозволити яснам гоїтись, вживленим вінірам — пристосовуватися до кісток, а кісткам — до шматочків титану. — Найгрубшу частину цієї тонкої роботи зроблено, — сказав альбінос, аж роздимаючись від пихи за свої ювелірні пальці, свій надчутливий американський мікроскоп, за ізраїльські технології протезування, — далі ми будемо діяти поволі і з більшими інтервалами. Час уже проплатити наступний етап, — додав альбінос, тручи кісточками тоненьких вказівних пальчиків червоні оченята. — Та й попередній етап, ви ж пам'ятаєте, проплачений не повністю.

Вона продала лижне спорядження — чоловічі лижі *Stöckli*, білосніжні жіночі (і, здається, жодного разу не вживані) лижі *five star*, гірськолижні черевики *Salomon X-Pro*, куртки *Helly Hansen* (одна навіть з біркою), штани *Marmot*, термобілизну *Icebreaker* (усе ще запаковане), підштаники *Patagonia*, рукавиці *Black Diamond* і гірськолижні карбонові окуляри *Oakley`s*, кілька спальників (таких м'яких і легеньких, що вона навіть ненароком заснула в одному з них, вирішивши просто полежати хвилини дві), два намети, схожі на космічні станції, і якийсь високотехнологічний ліхтар — чи то для глибоководного пірнання, чи для дослідження печер. Цей ліхтар забрав собі продавець спортивного спорядження, якого вона знайшла через інтернет. Він так збудився, що аж спітнів — Романа помітила, як його сіро-зелена футболка поволі темніла під пахвами, відчула, як задушливе повітря напівтемного складу наповнилося терпким запахом, що лоскотав ніздрі.

А велосипедів у вас немає? — запитав хлопець.

Є, — повагом відповіла Романа. — Ще є трошки всякого.

Які у вас велосипеди? Гірські? Трекові? БМХ? Які бренди? Дитячі чи дорослі? Скільки їх? — ще більше розхвилювався хлопець. Ця жінка продавала найкрутіші речі — зазвичай зовсім нові — за сміховинними цінами. Русява гривка падала продавцеві на очі, й він різко смикав головою, на якусь секунду відкидаючи волосся набік. Із внутрішнього боку його лівої руки, від згину ліктя і до зап'ястя, тягнулося татуювання: «Історії немає».

Зачекайте, — насупилась Рома. — Я поки що їх не продаю.

Вона знала, що й велосипеди доведеться продати. І не тільки їх. Їй це було неприємно, навіть гірко, але іншого виходу вона не мала. Романа не вагалася. Вона давно вже провела ретельну ревізію у квартирі, внесла список речей, які становлять цінність, до окремого файлу в айпаді. Цей файл вона постійно змінювала, переносила найменування предметів до іншого стовпчика з заголовком «Продано». Пам'ятала, що айпад треба буде продати також.

Романа добре знала, заради чого все це робить. І знала, що готова зробити ще й не таке. Такої сили, пружної гарячої сили, що нуртувала всі ці місяці в її жилах, пульсувала в животі, наповнювала м'язи міцністю, хребет — гнучкістю, прояснювала погляд і освіжала мозок, Романа не мала досі ніколи в житті. Вона знала, заради чого живе. Вона жадібно, навіть захланно прагнула жити. Почувалася так, ніби довший час провела без ріски в роті — а тепер опинилася перед тацею зі щойно приготованими стравами. Або так, ніби цілий день і цілу ніч брела пустелею, висохлим розжареним ландшафтом, потерпаючи від спраги, — й ось вона в тіні квітучого гібіскусу, і перед нею — джерело з холодною водою. Вода прозора, в ній плаває кілька ніжних рожевих пелюсток, що плавно танцюють на поверхні, кружляють у повільному танці, керованому невидимим підземним струменем. Ромі так хотілося цієї води. Хотілося занурити в джерело обличчя й жадібно хлебтати, як втомлений собака. Хотілося, щоб усі чуття, всі процеси її організму, свідомі й несвідомі, злилися в одному органі, стали великим ротом, і щоб усією собою вона могла вбирати цю вологу, відчувати її клітинами, стати з нею одним, стати насолодою від її поглинання.

Але Рома відтягувала цю насолоду. Вона не хотіла замулити джерела, не хотіла порушити злагодженого ритму обертання пелюсток. Терпіння й обережність — ось Романині інструменти. Вона й так знала, що це джерело належить їй. Вона знайшла його серед пустелі. Вона з ним наодинці.

*

Що ти можеш вдіяти, якщо руки вирішують самі. Щоразу Рома нагадувала собі, що йде до клініки, до реабілітаційного центру, і тому цього разу вже точно слід одягнутись скромніше. Але коли вона починала збиратися, її руки виймали з шухляди ту окрему особливу коробку з кількома наборами мереживної білизни, знімали з плічок сукню чи блузку з глибоким вирізом, перебирали стосик одягу — і ніби навмання витягали з нього щось напівпрозоре, щось обтисле, щось вузьке. Не встигала вона будь-що усвідомити, закликати на підмогу критичний розум, як пальці вже підмальовували їй темні широкі брови і надто яскраві уста.

Вона знала, що це зовсім не обов'язково робити — з її організмом і так активно щось відбувалося. Вона почувала себе великою тропічною квіткою з м'ясистими пелюстками, з краплями вологи на тугих тичинках. Квіткою, яка була чимось більшим від рослини, — граційно ворушила стеблом, вдивлялася своєю чутливою маточкою в лісову гущавину, читала навколишній простір своїми клітинами, розповсюджувала пахощі (Чи не пахнуть такі тропічні квіти гнилим м'ясом? Десь Рома таке читала), поїдала комах і пташок.

Рома дивилася на себе у дзеркало — зіниці розширені, шкіра виділяє сяйливий секрет, пришвидшено б'ється жилка на скроні. Рома порскала на себе золоту рідину з бурштинової кулі: тричі, а тоді, на мить завмерши, все ж таки — четвертий і п'ятий рази. Рома взувала туфлі на підборах. Сьогодні темно-темно-сині з візерунком-тисненням. Наступного разу — чорні човники. А потім — вишневі, через які вічно натерті п'яти.

Іноді їй здавалося, що вона не витримає збудження. Заспокоювала себе, збавляла темп — але вже за хвилину знову ловила себе на тому, що мчить, спотикаючись, уся спітніла, захекана, з широко розплющеними очима, з перенапруженими литками. Відхекувалась уже в палаті. Сідала зазвичай на край його ліжка — поруч із босими ногами, які незмінно стирчали з-під ковдри: сині кінцівки з дрібними заглибинами, зірвані нігті.

Їй здавалося, він почав її впізнавати. Реагував на її прихід. Романа була впевнена, що помічала якусь тінь емоції в його очах, коли вона з'являлася на порозі. Це могла бути радість. Хіба він міг не радіти з того, що вона прийшла — до нього ж ніхто більше не приходив, окрім медсестер і лікарів.

До інших хлопців приходили родичі, друзі — до нього ж іноді навідувалась жінка-психіатр (Романа ревниво констатувала привабливість цієї зрілої блондинки та її неприховану зацікавленість пацієнтом), соціальні працівники, ще якийсь млявий чиновник. Усе це робилося заради галочки.

Він нічого не пам'ятав. Майже не міг говорити — язик був пошкоджений (хоча пластичний хірург запевнив Роману, що коли йдеться про його частину справи, то мова відновиться, чоловік заговорить). Узагалі — він не реагував практично ні на що, весь час або спав, або перебував у занімінні та прострації. Оскліліі очі без жодного виразу. Нерухома потворна маска замість обличчя.

Роману це не знеохочувало. Навпаки. Щойно ввійшовши до палати, вона прикипала поглядом до нерухомого чоловіка під ковдрою, і не могла відірвати очей, аж доки медсестра не просила її йти геть.

Хлопці з сусідніх ліжок один поперед одного намагалися привернути її увагу, зав'язати розмову — і кучерявий без правого ока, і тоненький хлопчина з ампутованими ногами (біля його ліжка стояв темний лискучий футляр від контрабаса, обклеєний салатовими й фіолетовими наліпками), і веснянкуватий красунчик, який, вочевидь, мав залишитися назавжди паралізованим, чого, здавалося, не бажав розуміти і від чого вперто сам себе захищав, перебуваючи постійно в надміру збудженому радісному настрої. Він просив санітарок, щоб ті розкривали його до пояса, оголювали його міцний торс — пропорційний, добре збудований торс молодого чоловіка.

Рома неуважно щось відповідала хлопцям. Часто просто недочувала запитань, не стежила за історіями про болото й бігунку, бухло та вибухи — ніби це були не розповіді про війну, а заспокійливе шелестіння прибою в морській мушлі, прикладеній до вуха. Коли паралізований розповідав їй наївні недолугі анекдоти — а він знав неймовірну кількість недолугих анекдотів, — Романа, навіть не повернувши голови до жартівника, зображала на обличчі розсіяну усмішку. Її погляд ніяк не міг насититися виглядом пацієнта, до якого вона приходила. Всі органи її чуття — або навіть геть усі її органи, зовнішні та внутрішні — були націлені на це велике понівечене тіло, пошматоване й виснажене, порізане і залатане.

Він лежав горілиць, бо інакше просто не міг лежати (тільки іноді медсестри перевертали його, обробляючи пролежні), перебуваючи на одному з найнижчих рівнів людської активности. Єдина характерна ознака, єдина зміна, яка відбувалася час від часу в його поведінці, в його діяльності, стосувалася повік. Романа заходила до палати і схвильовано відзначала про себе: «У нього розплющені очі». Або: «У нього заплющені очі». Якщо очі у нього були заплющені, це не свідчило про сон. Так само, зрештою, як тоді, коли очі в нього були розплющені, це не означало, що він не спить.

*

Вона сідала спиною до решти хлопців, витісняючи всіх людських істот за межі Всесвіту, розміром з одне лікарняне ліжко. Її губи наближалися до того, що колись було людським вухом. Романа звикла до деформованости і шрамів. Гній і сукровиця стали для неї явищами, які безпосередньо її стосувалися. Вона могла довго мандрувати поглядом уздовж швів, що стіжками скріплювали краї розірваної шкіри. Могла придивлятися до фрагментів, позбавлених верхніх шарів епітелію, і їй видавалося, що вона розрізняє процеси реґенерації, поділ клітин.

Вона шепотіла йому на вухо історію. Історію його життя — все, що було їй відомо: як його звали, хто він і звідкіля, ким були його батьки, як минуло його дитинство. Все, що колись він розповідав їй про себе сам, ще на початку їхньої любови: в темряві, в обіймах, гола шкіра до голої шкіри.

Романа почала з епізодів простих і не надто важливих: поховання синички, розкопки мурашника, побиття сусідського хлопчика, який відривав крильця метеликам. Розповідала про його бабу Уляну — найголовнішу особу Богданового життя: вона володіла остаточним і точним знанням про світ (і це знання не породжувало радости), ніколи не усміхалася, не зітхала з полегшенням, не дозволяла ні собі, ні іншим розслабитися, і випромінювала хворобливу, болючу й заразну самотність, на яку жодним чином не впливало те, що поруч із нею завжди були дві молодші сестри, Нуся і Христя, син та інші члени родини. Про діда Криводяка, священника і повстанця, у якого в дитинстві від невідомої хвороби випало все волосся, навіть брови і вії, і який ціле життя прожив, щоміті чекаючи свого скону, однак помер не від хвороби, а від катувань у концентраційному таборі поблизу Норильська. Про прабабу Зену, яку всі так боялися звести в могилу, що довгими роками не казали їй про себе жодної правди, годуючи фантазійними епопеями, покликаними вдовольнити стару. Натякнула на складні стосунки з батьком і на драму, яка змусила Богдана поїхати якнайдалі з дому, в невідомість і чужорідність — аби тільки не бачити більше нікого з них, аби більше про них не пам'ятати.

Через цю драму, розповіла Романа, Богдан переживав стійку та небезпечну відразу до археології — заняття його життя, і це було тотожним переживанню відрази до себе самого. Навіть тривала материна хвороба, яка немилосердно вимучувала її і всіх навколо, не змусила Богдана примиритися з батьками.

Романа уникала фізичних дотиків, тому що Богдан продовжував ігнорувати її присутність. Це ігнорування кожної миті могло перейти в прийняття, але могло переродитися також у відторгнення, тож Романа була обережна, як нейрохірург, що дбає про цілісність якомога більшої кількости клітин. Вона шепотіла йому на вухо слова, і рух повітря з її вологого рота торкався зіщуленого брунатного клаптя м'яса навколо вушного отвору.

Романа розповідала Богданові про дачний будинок за Києвом, де вони жили разом і куди повернуться зовсім скоро, нехай лише Богданові зроблять ще кілька дрібніших операцій, нехай закінчаться необхідні процедури і він набере достатньо сили для того, аби покинути клініку.

Романа запевняла Богдана: щойно заскрипить під його черевиками гравій стежки, щойно рипне дерев'яна хвіртка, зачепивши своїм півкруглим верхом розлогу гілку «ялини Сталіна», щойно ключ повернеться в ледь схоплений іржею колодці і в обличчя війне теплим запахом мишачих екскрементів, щойно він побачить свої інструменти, свої папери і книжки, їхні спільні фотографії і знімки його родини, щойно ляже до їхнього ліжка — пам'ять прийде і ляже йому в череп, як дитина в колиску, як тварина у своє нагріте кубло.

Богдан ніяк не виявляв, чи слухає Роману, чи розуміє її. Якщо його очі були розплющені, вони мали вираз відсторонений. Зіниці цілились у якусь точку на стелі або протилежній стіні. Жодного разу за весь цей час Богдан не зустрівся з Романою поглядом.

Часом заходила білява жінка-психіятр і тут же, побачивши біля Богданового ліжка Роману, закочувала очі й цокала язиком.

Ви його перевтомлюєте, — казала вона. — Невже ви не розумієте, що пацієнт глибоко травмований, що він перебуває у прострації, що ви можете йому нашкодити. Багатомісячна робота цілої армії лікарів зійде нанівець. Вона вже, цієї ж самої миті туди сходить — на ваших очах, із вашої провини! Ви не уявляєте, наскільки складним і делікатним інструментом є людський мозок. Краще би вам деякий час не приходити, — говорила Слонова, брала Богдана за зап'ястя, зазирала йому в очі, ставила йому запитання.

На Слонову Богдан реагував. Односкладно відповідав на її запитання, відповідав поглядом на погляд, часом навіть усміхався (один із кутиків рота, смикаючись, вигинався додолу).

Я його дружина, — казала Рома, намагаючись за агресією приховати переляк. — Він — мій чоловік, і я буду до нього приходити. До того ж я приношу гроші на його лікування. Якими ліками ви його лікували раніше? Якими нитками ви його шили? Коли йому почало ставати краще?

Слонова презирливо піднімала брову.

Можливо, фізично йому й краще, — цідила крізь зуби вона. — Можливо, і краще, хоч я би так не сказала. Але психічно ви йому шкодите. Він вас не впізнає. Він вас не знає.

Вона виходила з палати, цокаючи підборами. Її зад був туго обтягнутий білим халатом. Крізь тканину прорізалося мереживо трусів.

Рома думала: нехай він поки що мене не впізнає. Але ж і не жене від себе.

*

Іноді Романі здавалося, що вона володіє цілими сотнями, якщо не тисячами, людських історій, таємниць і точок зору: звіряннями співробітниць і випадкових перехожих, продавчинь на базарі та дослідників у Архіві, володіє плодами своїх спостережень за вікнами і дворами, а також — інформацією з архівних матеріалів про померлих. А ще ж був фейсбук, стрічка новин якого оновлювалася щомиті, несучи Роману в потоці чиїхось вражень і суджень, найдрібніших і найдокладніших замальовок, емоційних викидів у ноосферу, обсмоктування найдражливіших подій, вивертання інтимного.

Час від часу, прокручуючи коліщатко мишки, Рома ловила себе на бажанні використати фейсбук за призначенням: створити з його допомогою страшенно виразну і правдоподібну особу, живу й розслаблену, проартикульовану, зворушливу у своїх людських проявах (збісила тітка в метро; цілий вечір читала дитячі віршики; пригадую вишиту сорочку свого прадідуся) і водночас здатну сформулювати глибоку рефлексію або аналітичну замальовку на будь-яку тему, урізноманітнити тексти власними зображеннями — і побачити, що з цього вийде. Ця можливість вабила Рому й викликала в ній тугу, яка буває, коли мрієш про подорожі в далекі незнані краї.

Тим часом Романина сторінка у фейсбуці залишалася досконало нудною. Вона публікувала фотографії з лісом чи озером, поширювала тести, новини, анонси, симпатичних котів і дітей, ранкову росу на травинках, іній на рогах лося (макрозйомка). Але так здебільшого Рома прокручувала стрічку новин, усмоктуючи в себе скалки людських образів, тіні життів.

Підглядальницею — ось ким вона, Романа, була.

*

Що змінилося після того, як Рома випадково натрапила на Богданову фотографію у поштовій скриньці професора? Що змінилося, коли вона знайшла Богдана?

Одного з вечорів, повернувшись із лікарні до помешкання на Притисько-Микільській і безуспішно намагаючись заспокоїти себе буденним плином фейсбучних повідомлень, Романа відчула, що їй хочеться поділитися. Вона більше не витримувала передозування хвилюваннями та думками про Богдана. Почувалась, як під час початкової стадії грипу: туман у голові, плутані думки, нерівне серцебиття, задишка, біль у м'язах.

Усе, що для неї важило, — це його існування, його одужання, їхнє возз'єднання. Вона продавала речі, щоб отримані суми негайно перевести на рахунок реабілітаційного центру. Вона не могла їсти, а на архівних дослідників дивилась, як на безтямних дітей, — що за мізерні у них проблеми, чого вони від неї хочуть?

Щодня вона проводила в лікарні стільки часу, скільки їй було дозволено — часто для того, аби залишитися надовше, їй доводилось невимушеним рухом укласти в халат старшої сестри одну-дві купюри. Рома на льоту освоювала навички, які все життя залишалися десь за бортом, недоступні й незрозумілі.

Все це вона робила для того, щоби сидіти поруч із нерухомим понівеченим тілом, щоби брати його за руку і не відчувати відгуку в пальцях, щоб усміхатись — і не отримувати жодної емоції у відповідь, щоб без угаву розмовляти з ним, розповідати йому про нього самого, пояснювати, хто він такий, — і натомість бачити тільки порожні очі, апатію, незацікавлення, невпізнавання.

Романа навіть на мить не сумнівалася, що рано чи пізно вона крізь забуття проб'ється до Богдана. Омиє найдокладнішими деталями його життя, вистелить спогадами простір навколо цього тіла на лікарняному ліжку, покладе його в ці спогади, як у колиску. І він пригадає. Забуття дасть тріщину. Спогади просочаться в неї, торкнуться його ніжного мозку, ніжного серця. Він усе пригадає.

Але того вечора Рома відчула, що їй бракує сил, що вона не витримає. Що вона переповнена по вінця і виснажена намаганням не розхлюпати жодної краплі. Рома не хотіла розповідати лікарям і санітаркам, бо ті були або надто заклопотані власними обов'язками й байдужі до драматичних історій пацієнтів і їхніх рідних, або надто упереджені до Романи (як, наприклад, Слонова).

Коротульці Саші Романа не хотіла розповідати нічого тому, що це було б неприродно. Їхні стосунки від самого початку склалися так, що Романі вдавалося зовсім нічого про себе не говорити. Саша не підозрювала навіть, що Рома одружена. Вона мала уявлення про дачний будиночок на околиці міста, про щасливий випадок зі знайомим літнім чоловіком, який попросив Рому деякий час пожити в його розкішному помешканні на Подолі, про те, що в Романи дуже прості і звичайні батьки. Більше Саші й не треба було. Вона сама весь час говорила, у неї не закривався рот.

То чи ж було надто дивно, що Романа написала на своїй фейсбучній сторінці цей лаконічний, доволі стриманий текст про те, що чудеса трапляються і їй завжди це було відомо, а якщо не мріяти, то не буде чому збуватися. Її чоловік, писала Романа, перестав виходити на зв'язок більше року тому, зник безвісти після бою. За весь цей час їй не вдалося довідатись анічогісінько, крім чуток про полон, тортури, однієї інформації про викуп, яка дуже швидко виявилась липовою, — і після того, як ця примарна надія розвіялась, як переговори припинились, Рома навіть не знає, як вижила. Щиро кажучи, вона не може пригадати свого життя впродовж останнього року. Так, ніби позбулася пам'яти, ніби не була собою, ніби просто весь цей час не була. Але раптом він знайшовся. Понівечений, поламаний, продірявлений і пошкоджений всередині й назовні. Не схожий на себе. Не пригадує ні її, ні себе самого. Вона ж ні з ким не сплутає його запаху, його голосу, його особливої манери мружити очі (нехай навіть ці очі мають тепер різну форму і розташовані на різних осях). Вона впізнала його по губах.

Приблизно такий текст написала Романа, свідомо уникаючи деталізованости й подробиць. Захищена вигаданим іменем і ретельно підібраною аватаркою.

Здивувалася Рома тоді, коли наступного ранку побачила свій постинг розтиражованим понад тисячу разів. До неї стукались у друзі, їй писали повідомлення, пропонували гроші, допомогу, підтримку. Гроші Рома приймала з вдячністю.

Кількох найвідоміших блоґерів Ромин текст підштовхнув до аналізу кризи у воєнній сфері, до чергового констатування цілковитого фіаско держави перед громадянами, яких використовували як безіменне гарматне м'ясо, перетворюючи на ось такий окіст без пам'яти. «Але кожен окіст без пам'яти, — писав один фейсбучний майстер несподіваних метафор, — насправді має власну історію, сентиментальну людську історію щоденного життя, яким сьогодні поки що щастить жити кожному з нас. Кожен окіст має когось, хто носить у собі знання про цю історію, і не дасть цій історії канути в безвість».

Одні писали пафосно, зриваючись на утробне голосіння. Інші — дотепно й цинічно. Коли траплялося комусь припуститися надмірної легковажности, висловлюючи думки з приводу віднайденого героя, проти нього негайно поставав цілий натовп обурених і розлючених захисників, педагогів, дидактиків. Рома виявила з десяток кровожерливих словесних битв, спричинених її коротким повідомленням: красномовні багатослівні полотна, нищівні аргументи, іскри та брязкіт криці, розтерзані тіла, повішеники, викидання з друзів.

Увага ширилась, як шириться вірусна інфекція. Романа побачила себе раптом у центрі залюдненого стадіону, освітленою яскравими прожекторами. Людей були тисячі, сотні тисяч. Вони вичікувально дивились на Роману, не зводили з неї очей. Вони мовчали. Вони чекали. Чогось від Романи сподівалися. Вони її тепер бачили.

З переляку Романа вийшла з фейсбуку і кілька тижнів туди не поверталася.

*

Вперше Богдан звернувся до Романи, коли йому дозволили вийти з нею на прогулянку до лікарняного саду. Тобто це була вже їхня третя або й четверта така «прогулянка» — Богдан докульгував до лавки і сідав на неї, не дивлячись на траву, на листя, на побілену кору, на кобальт небес, а найбільше — не дивлячись на Роману. Він мовчав.

Романа дивилася на траву, на листя, на нерівності кори, на небо, схоже на китайську глазуровану порцеляну, а найдужче дивилася на Богдана. Вона говорила.

Під час четвертої прогулянки Богдан уперше звернувся до Романи.

Як у нас усе почалося? — запитав він, продовжуючи на неї не дивитися.

Замість відповіді Романа підвелася з лавки, наблизилася до нього впритул і, задерши тонку пісочну блузку, зробила повільний піверт. Біла смуга її шкіри війнула йому в обличчя теплом і ледь вловним запахом — трохи підталим вершковим маслом.

Сад навколо лікарні наповнився клубами сутінків, пухнастими від тополиного пуху, щільними. Білі видовжені силуети пропливали на віддалі між стовбурами дерев, фосфоризували в темряві, римуючись із побіленою вапном корою, цвітінням плодових дерев і смугами бордюрів. Сестри виловлювали пацієнтів, що принишкли на лавках, сподіваючись залишитися непомітними. Сестри ескортували їх до корпусу, як утеклих в'язнів. Ці суворі жінки у білих тогах перегукувались між собою, немов були насправді досвідченими мисливицями, немов усі до однієї були земними втіленнями богині Артеміди. Вони прочісували сад, подавали одна одній таємні сигнали — скрикували сойкою, тьохкали соловейком, підгавкували лисицею чи хортом. Але до Роми з Богданом вони так і не наблизилися. Невідомо, чи було це виявом сентиментальності їхніх жіночих сердець, чи звичайним недбальством і неуважністю, але той закинутий острівець, оточений кущами і накритий куполом з очманілих від власних польотів хрущів, таки залишився непоміченим.

Отож замість відповіді Рома зробила повільний піверт, демонструючи Богданові смужку оголеного тіла — плавно проносячи її якраз перед самим Богдановим носом.

Біла Ромина шкіра також фосфоризувала. І посеред цього рівномірного, не надто яскравого сяйва Богдан побачив темний звивистий пасок, який ділив Романин живіт на дві частини, завертав за її лівий бік і розходився дрібними гілками чи коренями на попереку. У світлому сяйві шкіри Богдан розгледів поверхню смуги, її фактуру: зморшкувату і порепану, справді схожу на кору дерева. Схожу на Богданову шкіру.

Я тебе врятувала, — нарешті сказала Рома, дивлячись на нього згори. Її тіло мало не торкалося Богданового обличчя. Так вони завмерли на кілька задушливих секунд, на відстані кількох міліметрів від дотику.

Тоді Рома опустила блузку, прикривши поперек і живіт, і знову сіла на лавку. Її долоні торкнулися шерехатої поверхні. Луски старої фарби відходили від деревини, як плазунова шкіра.

*

Перш ніж уперше прийти до свого віднайденого чоловіка, Романа зробила щось геть собі непритаманне. До цього рішення вона дійшла протягом кількох перших днів після того вечора, коли знайшла його фотографію в професоровій поштовій скриньці. Вона не кинулась одразу до клініки, а дала собі кілька днів на обмірковування. Міркувати було складно — заважало хвилювання.

Врешті, продумавши цілком переконливу стратегію, Рома спорожнила маленьку кімнатку помешкання, в якому мешкала впродовж минулого року. З усіх просторих приміщень у квартирі вона вибрала собі для життя найменше — музичну студію професорової дружини, захаращену устаткуванням. Тут Романа ночувала на вузькому дивані — як людина, яка прилягла подрімати в тимчасовому прихистку.

Рома знайшла інтернет-магазин, де продавалась усяка всячина — речі не зовсім нові або ледь браковані, або й нові й не браковані, зате контрабандні чи крадені. Такі тонкощі, зрештою, Романі відомі не були: вона просто лазила сторінками різних магазинів у мережі і зупинилась на тому, що мав найбільш зручний і приємний інтерфейс, а до того ж — винятково широкий діяпазон товарів. Музичним устаткуванням у магазині торгували також.

Вона набрала вказаний у контактах номер телефону, поставила співрозмовникові кілька запитань, отримала відповіді, тоді назвала кілька моделей і марок для прикладу. Вже наступного дня на Притисько-Микільську під'їхала срібляста «газель», і Романа провела до помешкання розважливого товстуна з недовірливим поглядом і його спритного приятеля. Той заходився розмотувати дроти, залазити під корпуси приладів, відкручувати викруткою панелі. — Що там у нас із еквалайзером? — бубонів він. — А скільки каналів? Ага, вісім... Входи-виходи... Ха, а тут що? Низькоімпендансна, ти диви!

Дещо пізніше, коли недовірливий тип відраховував Романі гроші («Це схоже на якусь не зовсім звичайну незаконну оборудку. Я звик до звичайних», — вочевидь пожартував він, виймаючи зі своєї спортивної сумки кілька товстих пачок банкнот і передаючи їх Ромі на перерахунок), його спритний приятель привів водія, й удвох вони заходилися складати в коробки і виносити назовні кабелі і комутацію, комбопідсилювачі, тюнери і метрономи, мікрофони й аксесуари до них, студійні монітори й акустичні системи, стереопідсилювачі і підсилювачі ефектів, електрогітари *Gibson Les Paul Custom Ebony* і кілька дешевих «фендерів». У самому кінці винесли елегантне цифрове піяніно *Yamaha Clavinova*.

Романа не змогла заснути тієї ночі у спорожнілій кімнаті. Наступного ранку, відчуваючи розфокусованість і нестійкість навколишнього світу, вона поїхала до клініки. На головного лікаря довелося чекати майже дві години. Табличка на дверях його кабінету повідомляла: «Шматок О. О. Головний лікар, хірург».

Шматок виявився чоловіком середнього зросту з почервонілими й вологими очима, з різкими смиканими рухами. Він не одразу зміг потрапити ключем до замкової шпарини, тому що рука в нього дрижала. Найпомітнішою ознакою головного лікаря були темні розлогі брови, що контрастували з сивиною на голові.

Він неуважно вислухав Роману, тамуючи позіхання. Було очевидно, що суть її проблеми від нього вислизає, і він не почувається вмотивованим, аби докласти зусиль і сконцентруватись. Головний лікар позирав на екран айфона. Він збирався попросити Роману піти.

Романина долоня заповзла у сумочку і витягла звідти товсту пачку банкнот. Вона не мала уявлення, яка сума буде відповідною у такому випадку і чи траплялись уже раніше схожі прецеденти. Рома допускала, що переборщує, але вона вирішила, що переборщування їй на руку.

Як уже говорилося, Романа робила це вперше, і чужорідність власної дії змусила її сприймати все відсторонено й сонно. Це не вона, це її рука поклала гроші перед носом густобрового хірурга. Очі чоловіка округлились. Брови загрозливо насупилися. Суворим голосом він запитав, чого Романа від нього хоче. Романа ще раз повторила свою історію: в їхній лікарні лежить травмований боєць із відбитою пам'яттю, її чоловік. Вони прожили разом стільки років, але це жодним чином не задокументовано. Вони відкладали шлюб, якось руки не дійшли до цієї умовності. Тепер вона хоче забрати чоловіка додому, коли це буде можливо. Рідне середовище найшвидше поверне йому здоров'я і пам'ять, загоїть рани. Але як їй це зробити? Закон проти неї, умовності ставлять палки в колеса героєвого життя. Він уже кілька років як сирота — немає нікого, хто міг би виступити в ролі правомірного свідка. Як же їй повернути собі чоловіка?

Головний лікар довго дивився на Роману, не промовляючи жодного слова. Його долоня поповзла по поверхні столу, між медичними картками і аркушами з результатами аналізів, верхні фаланги пальців заповзли на стосик банкнот. Рука перестала чомусь тремтіти. Рома не сумнівалася, що, поки рука повзла столом, лікар не вірив їй, у чомусь її підозрював. Щойно пальці торкнулися грошей — в очах лікаря спалахнула довіра.

Він зателефонував їй ще того ж дня і співчутливим теплим голосом повідомив, що комісія відбудеться за кілька днів. Романа прийшла туди з негнучкими колінами і відчуттям вільного польоту у прірву. Це було знайоме їй відчуття.

Цього разу сумочки було замало. Ромі довелося принести з собою картонний подарунковий пакет. Згори вона склала свою строкату газову хустку.

Шматок чекав на неї у своєму кабінеті. Навпроти нього сиділи соціальна працівниця і якийсь військовий чин. Слонова — у криваво-червоній обтислій сукні, яка перегукувалася з багряними плямами на обличчі і декольте, з білим халатом, зіжмаканим у руці, — міряла кроками кімнату, розлючено впиваючись голками підборів у лискучий паркет. Романа одразу зрозуміла, що Слонова вже довго і голосно щось промовляє, і присутні втомились уже її слухати, що вони налякані її експресивністю. Побачивши прибулу, блондинка роздула ніздрі і підняла руку: здавалося, вона зараз почне періщити Роману халатом.

Шматок підвівся з-за столу. На його губах тьмяніла журлива посмішка. В погляді читалося зніяковіння. Він обережно взяв Слонову за лікоть, дбайливо провів долонями по її делікатних плечах, ніби зігріваючи, щось замурмотів їй на вухо — брови змішались зі стриженими прозорими пасмами психіатра. Блондинка осіла в його руках, втратила рішучість і зацікавлення. Втомлено обвела поглядом присутніх, затримавшись на Романі. Романа не витримала погляду, відвернулась і сіла на вільний стілець у кутку, затіненому декоративною пальмою.

Коли Слонову спровадили, Шматок попросив Роману ще раз повторити для присутніх свою історію. Щоправда, сам він не дозволив їй цього зробити, перебиваючи і не даючи договорити до кінця жодного речення. Отож у результаті Романа не витримала і розридалася — причому одразу з тремтінням і схлипуваннями, з рясними сльозами та шмарклями, з неконтрольованими підвиваннями.

Соціяльна працівниця носила велику мушлеподібну зачіску. Вона обсмикувала свій піджак і поправляла комір білої блузки, цим демонструючи співчуття. Військовий чин натомість, штивно карбуючи кроки, підійшов до Шматкового столу і передав Романі коробку з паперовими серветками.

Більше вони нічого від неї не вимагали. Кожен щось довго пояснював, цитував закони, наводив випадки з недавнього минулого, описував прецеденти. Вони змальовували картину цілковитого хаосу, яку навіть системою не назвеш, але було очевидно, що кожен із присутніх мав велике людяне серце. Вони прагнули допомогти Романі. Їм хотілося віддячити героєві. Це були люди тверезі та приземлені: здоровий глузд у них переважав умовності й бюрократичні неврози.

Отож Романі надиктували з десяток заяв і розписок, і вона вивела нерозбірливі слова на папері неслухняною рукою, щосекунди витираючи нею ж носа. Їй поставили умови й висловили наполегливі рекомендації. Пояснили обов'язки і призначили дати, коли їм із чоловіком доведеться з'явитись до відповідних органів та установ. Узяли Романині координати, попередивши про імовірні візити.

Хоча, можливо, навіть настільки скрупульозної роботи з нею не проводили. Може, це стрес так вплинув на Романине сприйняття, видовживши час, поглибивши все, що відбувалося.

Соціяльна працівниця вийняла зі шкіряного футляра лискучий сріблястий ноутбук і, чекаючи, поки він завантажиться, не припиняла повторювати, що ніколи в житті вона нічого подібного не робила, що в таких випадках слід ходити в інстанції, отримувати дозволи і печатки — але вона йде назустріч, бо вона розуміє, бо вона співчуває. У Роминих вухах це звучало, немов якесь припале пилом ретро-танґо, ритм якого соціяльна працівниця вистукувала собі нігтями, що були викладені цілою мозаїкою з лискучих камінців: я іду назустріч, я йду вам назустріч, бо я вас розумію, я вам співчуваю, я іду назустріч, іду вам назустріч останній раз, цей єдиний раз.

На робочому столі розгорнулися шпалери з темним і вологим пралісом, що положисто сходив додолу, аж доки не уривався стрімкою скелею, яка нависала над розбурханим морем, а на передньому тлі узбережжям цього моря мчали темні вершники на крутобоких конях, охороняючи жеребця, через круп якого було перекинуто зв'язану оголену бранку.

Пальці соціяльної працівниці спритно засовалися гладкою поверхнею сенсорної панелі. Її голова здавалась утричі більшою за середньостатистичну голову через грандіозний витвір із волосся і загрозливо погойдувалася під мелодію уявного акордеона.

— Почніть із цієї течки, — сказала соціяльна працівниця. — Я не встигла їх посортувати, роботи весь час додається.

Жінка відсунула свого стільця, запрошуючи Роману наблизитися. Рома незграбно торкнулась клавіятури, провела пальцями по тачпаду, заклацала лівою клавішею, відкриваючи файл за файлом.

Усі можливі форми облич, розміри вух і носів, відтінки шкіри, розріз очей, густина брів, вирази обличчя десятків молодих чоловіків свідчили про те, що ці люди колись існували, що в кожного з них було справжнє життя. Очі декого дивились насмішкувато, інші вражали понурістю, багато хто ховав за серйозністю страх, більшість не мала уявлення про те найгірше, що чекає попереду.

Романа усвідомила, що ці течки перед нею — це десятки і сотні небуттів, невідомостей. Молоді чоловіки з серцями, кінцівками, з голосами канули кудись — не живі і не мертві. Ні тіл їхніх не було, ні достовірних історій загибелі чи катувань. Тільки маленькі чотирикутнички фотографій світились на моніторі.

Романа відкривала файл за файлом, швидко вдивлялась в обличчя, продивлялась інформацію: Яцьківці, Дунаєвецький район Хмельницької обл. 26 років, солдат-контрактник; Ржищів, Горохівський район Волинської обл. 1965-го р. н.; Чернігів, військовослужбовець 13-го окремого мотопіхотного батальйону 1-ї окремої танкової бригади. В кабінеті стояла тиша. Пальма в діжці кволо погойдувала листям під дією таємного протягу. Романа клацала лівою клавішею.

Вона переглянула файли всі до останнього і почала з початку.

— Ось він, — врешті почувся її захриплий голос. Вона вже досить довго сиділа над цим файлом. Фотографії в ньому не було — можна було розгледіти тільки відсканований сіруватий слід від клею. Інша інформація зазначалась у відповідних графах, але написані від руки й відскановані слова майже неможливо було розібрати: прізвище, ім'я, по-батькові, дата і місце народження, місце проживання, рід занять, військова підготовка, сімейний стан, стан здоров'я.

Військовий чин навис над Романиною головою усім своїм кремезним тілом. Соціяльна працівниця одягнула окуляри і зосереджено зазирнула в монітор. Шматок потягнувся через свій стіл, суплячи брови.

Фотографія загубилась! — зауважив військовий чин.

У нас ці бланки відсканоавні, — спробувала виправдатись соціяльна працівниця. — Ми їх спочатку заповнювали від руки, а потім уже сканували. А тоді надійшло розпорядження набирати все на комп'ютері, але ми не встигли. Надто багато роботи. Треба пошукати в картотеці. Або ось — дружина нам принесе.

Рома кивнула, не відводячи погляду від аркуша, поглинаючи його очима.

Населений пункт нерозбірливо, — тицьнув пальцем Шматок. — Буча? Київська область?

Закреслено, — погодився військовий чин.

Це помилка, — сказала Романа. — Має бути Бучач. Тернопільська область.

Соціяльна працівниця старанно доповнила графу.

Неодружений, безробітний, здоровий, — прочитав Шматок. І закашлявся. Імени взагалі не добереш. А прізвище... Привдик? Правдик? Приндик?

Він примружився, намагаючись розібрати дрібне й нечітке письмо.

Богдан Криводяк, — урочисто мовила Романа тихим голосом. З-під окулярів знову текли сльози.

Це мій чоловік.

*

Вона стільки місяців щоденно приходила до цієї клініки, що коли настав час забирати додому свого чоловіка, Романа й сама відчула тривожність.

Суперечливі почуття: бажання вхопити його у жменю і заволокти в найдальший закуток, у найтемнішу глибоку нору, заховавши від чужих очей, володіючи ним повністю. І страх перед чужим, невідомим чоловіком: перед його запахами, перед його звуками, перед усім, що містить його велика понівечена голова.

Вона так багато разів описувала йому дачний будиночок поруч із озерами і сосновим лісом — їхній справжній дім, рипучий і старий, дірявий і населений мишами; дім, у якому вони сварились і мовчки лежали без сну, обійнявшись, слухаючи рипіння стовбурів від шквального вітру. Описувала багатогодинні піші і велосипедні прогулянки крізь спекотну тишу, пісок, у якому відмовлялися прокручуватись колеса, хвою за коміром сорочок.

Вона так старанно підготувала в будинку все, що могла, до його приїзду, стільки часу на це витратила — а тепер боялася. І навіть сама не могла зрозуміти, чого саме. Що повернення не подіє? Що він не пригадає? Таке може бути, але Рома готувала до цього їх обох. Нам треба бути терплячими і просто знати, що рано чи пізно пам'ять до тебе повернеться. Ти мене пригадаєш. Пригадаєш наше життя.

Богдан не виявляв хвилювання, не здавався опечаленим чи радісним через зміну, яка на нього чекала. Не скидався на людину, яка покладає на майбутнє великі надії. Він складав свої нечисленні речі, прощався з іншими пацієнтами і з медсестрами, переодягався в одяг, який Рома йому привезла (Так, це твій давній одяг. Сорочка затісна? Значить, вас тут добре годували. Ну, штани ти завжди любив вільні. Черевики на розмір більші? Ти впевнений? Я не знаю, чому вони раптом стали на розмір більшими. Значить, виросли).

Пухка медсестра зашепотіла Романі, що Слонова прощалась із ним ще вчора — покликала до себе, і він повернувся звідти аж пізно ввечері, і накульгував дужче, ніж останні два місяці.

Рома спробувала відмахнутись від цього повідомлення, але злість піднімалась у ній і клубочилась, аж доки Романа не опинилася перед кабінетом психіатра.

Спочатку їй здалось, що у приміщенні нікого немає. Наступної миті Слонова заворушилася, і Романа зрозуміла: вона сидить на тому місці, яке зазвичай займає пацієнт. Коли психіатр підвелася, виявилось, що вона боса (туфлі лежали під столом, безпомічно завалені на боки, як задубілі тушки звірят). Вона стояла така низенька і крихка перед Романою, змарніла, з втомленою тьмяною шкірою, з потрісканими капілярами очних яблук, що Рома зовсім забула про намір скандалити.

Натомість Слонова використала цей візит, щоб прочитати повчальну лекцію. Вже хвилині на п'ятнадцятій її очі загорілись, губи і щоки налилися кров'ю. Вона тицяла в Роману вказівним пальцем і жестикулювала, демонструючи гнучкі зап'ястя. Весь її вигляд говорив про зневагу. Вона пояснювала природу амнезії, перелічувала різні її типи, розводилася про психогенність і тисячу разів повторила, що пацієнта з таким діягнозом у нестабільному стані небезпечно забирати з-під нагляду спеціялістів. Що вона стільки зусиль і часу витратила, проводячи нескінченні анкетування, визначаючи маячки, які згодом слід було застосовувати і розробляти в терапії, що дещо почало вже вдаватися, прогрес, безперечно, був — і то помітний, хоча ще помітніші опори пацієнта, які вона, Слонова, обережно й цілеспрямовано, професійно розхитувала.

Знаєте, що він сказав мені одного разу? — примружилася психіятр, вдаючи, що тамує посмішку. — Я вам зацитую. Він сказав: «А що, коли я не хочу нічого пригадувати? Що, коли там, у минулому, я був нещасним? Що, коли я був поганою людиною — злодієм, ґвалтівником, убивцею? Що, коли я втік від свого життя на війну, аби більше ніколи не повернутися?»

Романа впевнено захитала головою:

Це зовсім не так. Він був дуже доброю людиною. І він був щасливий. Ми з ним були щасливі!

У вас така вимова, — сказала Слонова. — Ви зі Львова?

Романа зітхнула і похитала головою.

Він так не розмовляє, — сказала, дивлячись Романі в очі, психіятр. — Крізь сон він розмовляє російською.

Та він узагалі майже говорити не може! — нарешті вибухнула Рома. — У нього язик понівечений! Мій чоловік заговорить тією ж мовою, що і я!

Коли Рома повернулась до Богданової палати, той уже чекав на неї, сидячи на своєму ліжку. Пухка медсестра розплакалась. Романа обійняла її і поцілувала в м'яку, як зефір, щоку.

*

На жаль, їм довелося ще раз зіткнутися зі Слоновою.

Романа йшла коридором попереду, несучи в обох руках пакети, повні одягу, бинтів і ліків. Богдан рухався за нею слідом. Рома вела його до виходу. Проводила чоловіка додому.

Проходячи повз присадкуватого дядька зі щокастим обличчям і вузлуватим носом, зі шпакуватим коротким волоссям, прим'ятим, як виваляна трава, і густими веснянками, проваленими у дуги зморщок, Романа не пов'язала вираз його обличчя з Богданом. Уже тільки згодом вона пригадувала цю відвислу нижню щелепу і калейдоскоп емоцій, які щосекунди змінювали одна одну в напружених, широко виряченних очах. Остовпіння і впізнавання, недовіра, радість, пригадування, прикидання ймовірностей. В очницях ніби перемикалася підсвітка. Ніби мерехтіла різними кольорами різдвяна гірлянда.

Уже майже завертаючи за ріг коридору, Романа відчула позаду себе порожнечу. Вона обернулася. Богдана не було.

Він залишився там, посередині коридору. Веснянкуватий дядько з силою притискав його до стіни.

Він був набагато нижчим на зріст і зараз тягнувся до Богданового обличчя своїм лицем, ніби до поцілунку. Рот і очі мав максимально розширені в намаганні випустити з себе і передати Богданові власне чітке знання.

Рома кинулася на допомогу. Біжучи на своїх незручних підборах, у вузькій спідниці, з пакетами в руках, вона помітила, що з протилежного кінця поспішає Слонова. Чоловіків оточили пацієнти і відвідувачі, кілька санітарів. Усім було цікаво. Ніхто не втручався.

Ти ж мене пам'ятаєш! Ми навчалися з тобою в одній школі, — хрипко викашлював російською, задихаючись від збудження, дядько. — Ольгу Миколаївну пам'ятаєш? Директора, Василя Никифоровича, пам'ятаєш? Рашпіля пам'ятаєш? Ну, Рашпіля! Ну, пам'ятаєш же ж! Я ж Слава! Слава я! Я діда твого пам'ятаю, і батька! Дід за тобою весь час приходив. І тебе я теж пам'ятаю добре! — мало не плакав він. Ним трусило. Все його тіло било струмом. Він собою не володів.

Богдан дивився на чоловіка згори вниз — як завжди, беземоційний, бездіяльний. Паличник на бадилині.

Романа і Слонова дісталися до чоловіків одночасно. Романа втиснулася тілом між Богданом і дядьком. Слонова поклала впевнені руки на зап'ястя збудженого типа. Він тут же покорився їй і зреагував. Схлипнув, подивився на неї жалібно, ніби чогось випрошуючи:

Я його пам'ятаю. Ми навчалися з ним в одній школі. Я пам'ятаю його діда.

Слонова звела очі на Богдана.

Ви знаєте цього чоловіка? — запитала вона.

Я не знаю цього чоловіка? — відповів Богдан так, як навчився розмовляти зі Слоновою.

Романі здалося, що Богданове обличчя ледь змінилося, коли він дивився на Слонову. Крізь незворушну безтямну маску проступила м'якість. Слонова, схоже, теж її розгледіла. Вона насилу відірвала погляд від Богдана і мимохіть кинула Ромі:

Вибачте, це мій пацієнт. Три місяці стаціонарного лікування після вибуху. Взагалі-то, ми вже його виписували...

І вона повела дядька геть коридором. Той плентався поруч із нею, понуривши голову і зовсім забувши про Богданове існування. А Романа повела в протилежному напрямку свого чоловіка. Вона міцно тримала його за руку і навіть не усвідомлювала, що б'є пакетом по хворому коліну.

Її неприємно млоїло від думки, що психіатр проводила час поруч із Богданом, коли той спав.

*

Була п'ятниця. Люди масово виїздили за місто на вихідні. Рома сиділа за кермом старенького «вольво», виставивши лікоть у відчинене вікно, і це повільне переповзання щоразу на кілька десятків метрів витягувало з неї жили. Чужий жіночий запах, яким був просякнутий цей автомобіль, ненормально посилившись, нав'язливо бив у ніздрі. Романа підозрювала, що це лише спецефект, викликаний хвилюванням: вона ж ретельно вичистила салон і позбулась зайвих предметів.

Богдан навіть не намагався завести розмову. Як завжди, зрештою.

Романа впіймала кілька спрямованих на чоловіка поглядів з інших авт: переляк, відраза, липка зацікавленість. Хтось кивав у його бік головою, хтось щось коментував зі смішком. Романа майже читала по губах ці коментарі, примушувала себе відвертатися, не бажаючи знати.

Нарешті з обох боків від дороги почали з'являтися залишки колишніх лісів — рідeньких, вирубаних, забудованих багатоповерхівками. Дорога стала вільнішою. «Вольво» покотилося веселіше. У салон ніби увірвалося більше повітря. Рома задихала глибше і спокійніше.

Вони проминали містечка і села: поворот на Гостомель, поворот на Ірпінь, Буча, Ворзель, Мироцьке, Немішаєве, Микуличі. Небо розпласталося раптом над ними широке, підсилене кольорами і світлом. Потворні будівлі ховались у бурхливих заростях: паркан стоянки вантажівок, обвитий диким виноградом, сільські будинки серед садків, розсадник молодих ялинок.

Після колії Романа попередила чоловіка, що коротко покаже йому Клавдієве. Вона повернула ліворуч і зробила коло центральною площею навколо колишньої клумби, на якій нічого не росло, проїхала повз бляшані кіоски та зграю псів, які спали рядком посеред проїжджої частини. У Клавдієвому не було на що дивитися, але Романа почувалася так, як міг би почуватись ґід, показуючи спеціяльному туристові Рим або Лісабон.

«Вольво» знову повернулося на головну і рушило в бік Пороскотня. Ліси загусли. У глибині, за рядами сосон, тягуче темніла прохолода.

У Романи спітніли долоні, коли під колесами зашурхотів гравій доріжки. Вони в'їздили до дачного кооперативу. Ось виднілась уже височенна ялина, що росла на подвір'ї їхнього будинку.

Рома скоса зиркала на Богдана: чи не змінюється він на обличчі. Той уважно роздивлявся все навколо, переводив погляд зі стежки, що — повз автобусну зупинку і купи зігнилих яблук, вивезених із садів, — вела поміж сосон, на бетонний паркан, сторожку, ліхтарний стовп, дахи дач. Тоді повернув голову до Романи і спробував усміхнутися: ні, я нічого тут не впізнаю.

Богдан не впізнавав високого тину, плетеного з темної лози, що слугував парканом для їхнього будинку, не впізнав дерев'яної хвіртки з заокругленим верхом, не впізнав її рипіння й ромбовидного отвору, в який слід було просунути руку, щоб намацати засув. Не впізнав «ялинку Сталіна» (Рома сказала, що то був їхній жарт — відколи вони довідались, що саджанець привезли колись із Таллінна). Ялина ніжно ковзнула гілкою по Богдановій голові (бачиш, вона тебе впізнала, сказала Рома).

Він не впізнав кущів шипшини та ялівцю, не впізнав плит, якими був викладений невеличкий дворик, не впізнав травинок, що пробивались у щілини між плитами. Не впізнав столика під дашком, різних сортів винограду, плюща і хмелю, не впізнав старої груші, яка родила неїстівні плоди, не впізнав сливи та вишень, і гойдалки під горіхом. Богдан не впізнав вохристо-помаранчевих стін двоповерхового будинку, його вікон і його даху, і оббитих почорнілим деревом сходинок ґанку.

Ні про що не повідомив йому запах усередині темного дому, присмак пилюки і затхлості, і рука його не почала несвідомо шукати вимикача ліворуч від входу. Жодним чином не відгукнулась йому ця багряна облущена фарба, якою були пофарбовані кухонні шафки, і вагонка на стінах, що непереконливо імітувала фактуру світлого дерева. Рома піднесла під ніс Богданові його улюблену чашку з сірої глини — і ця чашка здалась йому неприємною, ворожою на дотик. Не промовляли до Богдана рядки кросівок і черевиків, виставлені обіч дверей, куртки, светри й пальта. Рома натягнула на голову чоловікові синю шапку з білою смужкою і кивнула на його відображення у дверях із кольорового скла. Богдан мовчки зняв шапку.

Романа повела чоловіка до кімнати на першому поверсі, до його робочого столу. Він дивився на стелажі, завалені книжками: книжки шикувалися на кожній полиці у два ряди, впоперек, у найтісніших проміжках між цими рядками. Припалі густим шаром пилу, як рештки погорільців, притрушені попелом.

Богдан довго вивчав корінці, ні до чого не торкаючись. Рома підносила йому різні дрібниці й непотріб: ось перо дятла, яке ми з тобою знайшли на прогулянці, ось жолуді, тут — полиця зі скандинавськими детективами, а це — взуттєва коробка з клеєм і скотчем, з ґудзиками, видовжувачами та перехідниками, а в цьому футлярі — цвяхи, викрутки, обценьки, молоток і навіть дриль. Поки тебе не було, я навчилась ними користуватись, усміхнулася Романа.

Робочий стіл був завалений паперами і записниками, довідниками й енциклопедіями. Під ним стояв великий сіро-жовтий системний блок від старого комп'ютера і сплітались між собою виткими червами дроти.

Ти користувався ноутбуком, — махнула Романа рукою. — Там ти зберігав більшість своїх записів із поїздок, фотографії з експедицій, каталоги. Там — усі мої фотографії, які ти робив протягом семи років. Але ти забрав із собою і комп'ютер, і фотоапарат, і вони так само, як і ти, зникли безвісти.

Вона торкнулася вказівним пальцем поверхні столу і провела в пилюці нерівну лінію.

Найголовніше, що ти знайшовся.

Романа привернула Богданову увагу до полиці, на якій лежало близько десятка товстих фотоальбомів.

Це твої родинні фотоальбоми, — пояснила Романа, беручи той, що лежав скраю, з коричневою палітуркою. — Ти привіз їх із собою, ти дуже ними дорожиш. Ти дратувався, коли я просила тебе розповідати мені про родину.

Вона почала перегортати картонні сторінки, показуючи йому обличчя незнайомих людей: літніх жінок у хустках з обличчями у складках, чоловіків у хутряних шапках і піджаках, одягнутих на турецькі светри з ромбами і оленями, портрет древньої баби, схожої на виїдений комахами шмат порохнявого дерева (стара навіть не усміхалася, вона шкірилася на весь свій беззубий рот із самовіддачею кількарічної дитини, поглинутої емоцією), фотокартку, на якій три дівчинки позували перед кущем бузку, і фотокартку, де три дорослі жінки сиділи зовсім поруч і здавалися такими напруженими й переляканими, ніби під їхніми ногами розверзається чорна бездонна прірва, яка залишилася поза кадром.

Я розповім тобі про них усе, що ти мені розповідав, — пошепки промовила Романа, занадто широко розплющивши очі, щоби сльози, які несподівано проступили, якнайшвидше знову всякли. — Ти розірвав із ними стосунки, ти нічого не хотів про них знати, Богдане. Але вони були для тебе страшенно важливі. Вони навіть зараз надзвичайно важливі для тебе, Богдане, — нехай ти не можеш поки що цього пригадати.

Між двома стосами фотоальбомів була затиснута велика засклена фотографія в рамці. Романа поглянула на Богдана по-змовницьки, закусила губи, підчепила пальцями рамку й витягла фотографію з пастки.

Це був портрет Романи і якогось чоловіка на тлі побіленої стіни, в якій усе ж можна було впізнати стіну доволі давню, можливо — історичну.

Романині очі розгублено дивилися з-за окулярів, а рот її — ще чи вже — не усміхався, зафіксований на зображенні в перехідну мить від серйозности до радости чи від захвату до спантеличення. Вона тулилась до чоловікового плеча скронею та потилицею — і від того окуляри ледь перекосились, — але цілком можливо, що це чоловік пригортав її до себе міцним рухом. Цілком можливо, що за мить до того, як було зафіксовано цей кадр, вони стояли одне від одного на певній відстані.

Чоловік був повернутий до камери на три чверті. Він дивився на Роману згори донизу. Його погляд був цілком точно сконцентрований саме на ній. Хоча увагу глядача привертала зовсім не Романа. Це його обличчя було складене з деталей, сума яких утворювала обіцянку подій і почуттів. Він виглядав так, як виглядають дійові особи, персонажі, герої. Він міг бути і співчутливим, і нахабним, і безвідповідальним, і відданим якійсь важливій для себе меті.

На знімку під склом чоловік видавався відданим жінці, яка до нього горнулася. Принаймні тієї миті.

Це ми з тобою, Богдане, — сказала Романа і обвела пальцем контури чоловікового обличчя на фотографії. — Це — ти.

*

Вони виходили на прогулянки: спершу Богдан здатен був прогулюватися лише двором, важко совгаючи ногами по розбитих плитах. Десяток кроків до старої кремезної груші, що рясно родила дерев'янисті плоди, під металевим каркасом, на якому точилася запекла боротьба між виноградом і самонасіяним хмелем. Богдан зупинявся після кожного кроку: тут, серед надміру кисню, серед безмірної тиші ходіння давалося йому набагато складніше, ніж у реабілітаційному центрі.

Здебільшого Ромі вдавалося розібрати його белькотіння. Ось і зараз він, найімовірніше, поцікавився у Романи, як вони з нею потрапили до цього будинку. — Як ми сюди потрапили? — із зусиллям відкриваючи рот, викручуючи м'яз язика, запитав він.

Рома обережно підвела Богдана до перекошеної лавки поруч зі столиком і кам'яним мангалом, накритим шиферним дахом. Вона довго підбирала слова, не наважуючись розпочати розповідь. Було очевидно, що відповісти на Богданове запитання зовсім не просто, що відповідь складна і розлога, що вона зачіпає моменти болісні й подекуди невимовні, стосується різних людей, сплетінь їхніх стосунків, різних часових шарів.

Поки Романа гарячково міркувала, полотніючи і пітніючи, Богдан, здавалося, забув про своє запитання. Він втупився у простір між грушевими гілками і навіть дихати перестав. Романа прислухалася: звичні хрипи не долинали з Богданових грудей при кожному вдихові й видиху. На його обличчя опала перелітна павутинка, пролягла додатковим тонким шрамом навскіс — од скроні до щелепи.

Романа кінчиками пальців змахнула вологу нитку. Богдан здригнувся і звів на неї погляд людини, яку щойно видерли з глибокого сну.

Романа усміхнулася до нього лагідно. — Ходімо додому, ти вже, напевно, зголоднів. Надворі надто пронизливо, тобі не варто переохолоджуватись. У тебе не намокли ноги? — запитала вона.

Її охопило полегшення: цієї миті не доведеться розповідати про те, чому Богдан остаточно зненавидів власного батька, чому заходився втікати із заходу на схід, чому в усьому світі на цей момент у нього залишилась тільки одна Романа. Вона мала ще трохи часу, щоб підібрати правильні слова й укласти їх у потрібному порядку, аби пояснити його невпинний рух якнайдалі від місця катастрофи своєї родини, від місця численних незагоєних катастроф, який привів уреші до зони справжніх бойових дій.

Чи була Романа здатна знайти слова для того, щоб відкрити Богданові історію участи його родини в найбільшій катастрофі? Як вона могла описати тіла на вулицях, трупи в ямах, розбиті голови дітей, випатрані помешкання, обтягнуті пожовклою шкірою кістяки, яких гнали вулицями до товарних вагонів, повз будинки, з вікон яких визирали перелякані сусіди? Як сказати, що одними з цих сусідів були Богданові родичі? Як розповісти, звідки взялися шрами на зап'ястях Богданової баби?

Як Романі було пояснити йому, що вся ця історія й спричинилася в результаті до втрати ним пам'яти? Що саме тому вона, його дружина, стала чоловіковою пам'яттю.

Заточуючись від ваги його тіла на собі, вона відчула, як чіпкі пальці впились у шрам на її спині. У рану, завдану їй у ніч їхнього з Богданом знайомства. Коли впав святий Онуфрій, обвалився церковний мур, коли розлючені парафіяни були готові їх розтерзати.

Романа здивувалася з яскравости власних спогадів, від їхньої реальности, перебільшеної чіткости. Але ще чіткішими, ще реальнішими поставали в її свідомості спогади чоловіка. Так, ніби втрачена Богданова пам'ять поселилася в її голові, помножилася на її власну.

Богдан завмер ніби вкопаний перед дверима будинку. — Що сталося? — запитала Романа.

Як я сюди потрапив? — запитав Богдан, обводячи збентеженим поглядом потрісканий фасад будинку.

*

Рома ніяковіла, коли мова заходила про фізичну близькість. Вона жадібно стежила за виразами й тінями, гримасами Богданового обличчя, сподіваючись упіймати слід спогаду, натяк на впізнавання, але чудово усвідомлювала, що її розповіді наразі не мають на Богдана жодного впливу. Він не тільки не пригадував нічого зі спільного минулого, залишаючись осторонь їхньої близькості, не дозволяючи цій близькості зачепити його, ніби то був брудний собака, що норовить заляпати поли чийогось світлого плаща, — а й власної особи та історії, батьків і дитинства не тямив.

Рома пам'ятала інструкції жінки-психіатра з лікарні. Пам'ятала, що Слонова застерігала Роману і радила не переобтяжувати Богдана надміром інформації. Але часто вона не могла стриматися: спокуса і нетерпіння, тривожність і бажання повернути собі чоловіка неконтрольовано гнали її вперед, не дозволяли відпустити ситуацію.

Це було нестерпно: сидіти впритул біля його великого тіла, відчувати запах шкіри, змішаний із запахом ліків і мазей, наважуватись іноді брати в свої долоні його велику спотворену руку, важку й почорнілу, як рука орангутана. Сидіти з ним у сутінках, поки вечірня волога просякає у тканини одягу, прислухатися до бриніння комарів, відганяти комах від Богданового обличчя і кінцівок — і почуватись так, ніби сидиш із випадковим чоловіком на автобусній зупинці.

Коли в її розповідях доходило до численних випадків фізичної близькості між ними у попередньому житті, Романа затиналась і перелякано замовкала. Богдан повертав голову й кілька секунд дивився на неї зацікавлено, явно відгадуючи, про що могло йтися. Романа ніяковіла. Совалася на лавці. Він дивився на неї, не впізнаючи, але думав про те, що й вона. І це було так очевидно і так неправильно, що Романі хотілося закричати, штовхнути його щосили, вдарити чимось важким по голові, щоб він нарешті прийшов до тями і пригадав собі, як усе було насправді, як він сильно її любив, наскільки вона була йому потрібна. Пригадав, яким природним і позбавленим сорому був зв'язок їхніх тіл.

Часто Романі здавалося, що їй бракує терпіння, що вона впадає у розпач. Що її Богдан ніколи не оговтається, ніколи не повернеться. Що це вже більше не її Богдан.

*

Здійнявся вітер і знову пошкодив лінії електропередач. Нерегулярні цятки ліхтарів можна було розгледіти аж ген удалині, з протилежного боку озера, за маслянистою чорнотою.

Небезпечно висока — з чотириповерховий будинок — «ялинка Сталіна» загрозливо скрипіла і розгойдувалася, мало не торкаючись даху. Хижий вітряний простір, зяюча темрява обліпили зовнішні стіни будинку, наблизилися впритул.

Романа й Богдан лежали в цій абсолютній чорноті на ортопедичному матраці — обоє горілиць. Може, якби назовні світилися ліхтарі, якби по стінах ковзали бліді плями світла, розмиті тіні, їм обом вдалось би розслабитися і заснути. Темрява не давала такого шансу. У цілковитій темряві, лежачи поруч, не замаскуєшся.

То було їхнє спільне рішення: спати разом. Коли Рома привезла Богдана, залишила його у дворі, на лавці біля столика, общипувати пагони винограду і знічев'я кидати їх у траву, а сама почала розвантажувати «вольво» і заносити речі до будинку, вона вся аж тремтіла від думок про ночівлю. З чого починати розмову? Краще не починати її взагалі. Зараз вони з її віднайденим чоловіком — як чужі люди. Він узагалі нічого не пам'ятає. А вона, пам'ятаючи геть усе (може, і краще було б забути; може, вона йому навіть заздрить), почувається з ним, як із незнайомцем. Ніби жінка у відчаї привела собі першого-ліпшого приблуду до хати.

Вона показала йому будинок, підтримуючи під лікоть: — Ми хотіли велику ванну. Тут була справжня сауна, але не було нормальної кухні. Це ти вибрав такий синій колір, мені він дуже подобається. Цей стіл ти привіз із собою з дому свого дитинства. Ми купили матрац, коли поламалося наше старе ліжко. Розламалося навпіл одного дня, просто посередині.

Про це неможливо було не думати. Вони, кожен по-своєму, весь час думали лише на одну-єдину тему, викладаючи навколо її живого пульсування візерунки з дрібніших думок. І тому, якраз коли Рома обмірковувала, де стелити собі цієї ночі — в маленькій кімнатці, більше схожій на склад, чи на першому поверсі, на старому дивані, набитому кублами мишей; поки Рома прикидала, чи зручно спатиметься Богданові на підлозі, на ортопедичному матраці, чи не надто складно буде йому так низько лягати, чи впорається він з уставанням, Богдан, стоячи до Роми спиною і спостерігаючи за напівпримарним пурханням молі над матрацом, прошамкотів:

Ми спали тут? — замість літери «с» у нього виходила «ш», як у беззубого діда.

Рома відчула, як у неї німіє низ живота, підгинаються ноги і поколює розжарені раптом стегна з внутрішнього боку.

Ми збиралися купити ліжко згодом, а потім то забували, то вирішували, що нам і на підлозі чудово спиться, — і вона сковтнула слину, яка загусла, ніби кулька воску. Сковтнула надто голосно, на всю кімнату — і почервоніла від гучності цього звуку.

Я постелю собі тут, за стіною, в маленькій кімнаті. Буду неподалік, якщо тобі щось знадобиться... — і, усвідомивши промовлену двозначність, Рома заговорила голосніше і швидше:

Якщо тебе щось заболить, якщо треба буде принести води чи зробити укол. Будь-що, — запевнила вона Богдана і аж тоді знову спостерегла натяк.

Богдан обернувся і подивився на неї, не кліпаючи. Його очі були розташовані на різних осях, приречених перетнутися.

Ми ж спали з тобою тут разом? — запитав він.

Рома кивнула, відчуваючи, що хвилювання вилазить назовні з усіх її пор, що воно очевидне.

Ми спали тут багато років? Це наше спільне місце? — стенув плечима Богдан. І Рома зрозуміла, що він не запитує, а констатує: «Ми спали тут багато років. Це наше спільне місце».

Решту дня вона до пізнього вечора наводила лад: розкладала привезені речі до шаф і шухляд, витрушувала зі скляних банок крупи з личинками, полювала за міллю, поки Богдан продовжував сновидою переходити з кутка в куток, то кінчиком вказівного пальця відстежуючи вигини здутих шпалер, то стираючи пил із багатотомника Франка в темно-зелених палітурках, то придивляючись крізь вікно до найбільш занедбаної частини подвір'я. Рома знала, що Богдан шукає тріщинки у стіні, котра відділяє його від спогадів. Час від часу вона, в жовтих ґумових рукавицях до ліктів, в протертих джинсових шортах, розпашіла від неустанного руху, запитально поглядала на Богдана. Він перехоплював її погляд і, добре розуміючи значення запитання, заперечно хитав головою. Ні, нічого. Зовсім нічого. Жодного проблиску. Предмети, які, за Роминими свідченнями, протягом років зрослися з Богдановою нервовою системою, обмінялися з його тілом живими клітинами, були невід'ємними часточками Богданової особи, вперто залишалися неприступними декораціями: ні про що не нагадували, ні з чим не асоціювалися.

Пізнього вечора Рома надто повільно й довго піднімалася сходами до їхньої спальні. Вологий рушник, який слід було розвісити тут на перилах, багатотонною вагою тягнув її додолу. Вітер лупився боками об стіни будинку — ніби кіт, який намагається видобути зі скляної банки мишу.

Вона відчинила стулки дверей, зробила крок досередини, підвела очі, зустрілася поглядом із Богданом, який лежав горілиць, поклавши голову на підвищення подушки, — і в цей момент зникло світло. Запала цілковита темрява.

Рома напам'ять знала стежку до матраца. Вона лягла на сам край, знаючи, що між нею і Богданом міг би вільно вміститись хтось третій.

Так вони і лежали, в повній чорноті, мовчки, добре відчуваючи безсоння одне одного. А тоді Рома, виснажившись від напруги, продовжила розповідати.

*

Романа говорила, що відколи вони почали жити разом у цьому будинку, місцеві ліси не пробуджували в Богданові почуттів. Вони блукали стежками, засипаними білим, майже морським, піском. Із шовковистої піщаної товщі проступали корені сосон. Угорі, на тлі блакитної товщі небес, знавісніло розгойдувалися однакові соснові щогли. Сосни скрипіли. Вони гойдалися навіть тоді, коли не було вітру.

Він же звик до гірських лісів — вогких, темних, наповнених рослинністю по вінця. Звик до рельєфів і вигинів, до темного мокрого ґрунту, до міцного запаху мохів і грибів, до колючих витких гілок, до ожини, чорниці, віял папороті. Звик до дзюрчання струмків, до стрімкої крижаної течії, яка знавісніло рве себе об біле гостре каміння. До різних форм і відтінків густої зелені.

Богдан дуже старався, слухняно відбував пікніки і прогулянки, запам'ятовував, де ростуть кущі ліщини, щоби повернутися по неї, коли надійде пора дозрівання. Але врешті почав дедалі більше замислюватися над пропозиціями розкопок на півдні і сході. Можливо, справді йому полегшає, якщо він поїде туди. Можливо, пуповина, яка не хоче відпустити його остаточно, нарешті розірветься.

Тепер він проводив більше часу в Києві, спілкуючись із колегами, вивчав записки та наукові праці про Салтівський могильник, пізньоскитські городища, про Чортомлик, Огуз, Куль-Обу, Солоху, Козла, Гайманову Могилу і знахідки в ній Бориса Мозолевського: амфори, бронзові казани, залізну жарівню, про золоті пластини від дерев'яних посудин, ритони, викладені золотом і сріблом, срібну з позолотою чашу із зображенням зграбних людських постатей. На крихтіних кінцівках фігурок проступав рельєф м'язів, кожне маленьке личко було специфічним і виражало впізнавані емоції.

Одного недільного дня Богдан повіз Роману до Музею історичних коштовностей дивитися на пектораль. Ромі вистачило кількох хвилин, щоб розгледіти, як крилаті потвори роздирають здобич важкими дзьобами, як більші тварини полюють на менших, а ті — на ще менших, як лев пожирає оленя, як двоє бороданів розтягують шкуру вбитої тварини, як двоє інших чоловіків доять вівцю і корову, і далі вона вже тільки роздивлялася Богданове відображення у склі, що накривало пектораль. Він захоплювався тонкими пелюстками, пір'ям золотих птахів, виткими пагонами — а вона милувалася його відкритим обличчям, яке по-новому постало в її очах, тьмяно відбите у склі.

*

На цьому етапі розповіді Романі довелося замовкнути, тому що з тієї частини матраца, де мав би лежати Богдан, долинув гучний неприємний звук — так могла стогнати здобич, яку роздирають важкими дзьобами крилаті потвори.

Рома зрозуміла, що вона даремно обмовилась про обличчя — старе, колишнє обличчя Богдана, про яке в нього навіть спогадів не було. Але якщо спогади будь-якої миті могли повернутися, то обличчя Богданове не повернеться ніколи. Замість нього — покраяна шкіра, западини, шви, виступи, перебиті хрящі. Неприродність, до якої неможливо звикнути. Як очі не можуть звикнути до навколишньої непроглядної темряви.

Рома швидко заговорила далі, аби залишити позаду цю мить. Збиваючись і плутаючи від хвилювання склади місцями, вона заторохтіла, як, не *водвідячи* очей від *пекратолі*, Богдан розповідав їй, що Мозолевський знайшов коштовність «лівою ногою». Йому так потрібне було відкриття світового значення, щоб не потрапити на заслання слідом за колегою по котельні, відомим поетом — і ось уже його ліва нога перечіпляється через виступ утрамбованої століттями глини в підземному коридорі, що провадить до розграбованої могили, і там, під цим виступом, виявляється сховище, наповнене золотими коштовностями.

Тоді ж, у Музеї, Рома зрозуміла, що Богдан спрямує свої пошуки в напрямку від неї: географічно і в часі. Вона здатна була почувати себе добре будь-де, в яких завгодно обставинах, аби лише під пучками тенькав Богданів пульс, проступало його відображення у склі музейних футлярів, у сон проникала вібрація його хропіння. Він же постійно був спрямований деінде, ніяк не хотів чи не міг заспокоїтися поруч із нею. Заказавши собі шлях на захід України, до своїх улюблених галицьких городищ і курганних могильників культури шнурової кераміки, до житлово-господарського комплексу вельбарської культури на Львівщині, до Високого Замку, Урочища Знесіння і Кортумової гори, Львівської Сахари та черняхівського поселення на правому березі Полтви, Богдан почав націлюватися на південний схід, Нижнє Подніпров'я. У його розповідях з'явились імена і прізвища нових колег, історії їхніх досліджень, їхня необов'язкова пряма мова. Їм поступилися місцем імена з попереднього Богданового життя, звучання яких завдавало йому болю.

Зовсім скоро Богдан уперше поклав до багажника «вольво» сумку зі зручним і практичним одягом, з вітрівкою, термобілизною, спортивним костюмом, флісовим светром, міцними черевиками, темними окулярами, капелюхом, банданами, рукавицями різного типу, наколінниками. Цю сумку Богдан востаннє розкривав ще до знайомства з Ромою. А до того користувався її вмістом, здається, під час розкопок санітарного поховання на Лисоні. Черевики, наколінники та вітрівка досі де-не-де були вкриті скоринкою з глини характерного жовтаво-сірого відтінку.

Рома сказала, що, спостерігаючи за тим, як Богдан обережно дотикав пальцями цієї скоринки, вона думала про людину, яка раптово втратила когось найближчого. Ось горнятко з недопитою кавою, якої ще вчора торкалися губи того, кого більше немає. Ось знайомі шкарпетки на батареї, скручені клубочком. Сліди присутности, що тануть і затираються з кожною миттю.

В окремій валізі — темно-синій, майже чорній, обтягнутій фактурним дерматином — у спеціяльних заглибленнях лежали інструменти, зафіксовані пасками на липучках. Основні інструменти Богдан волів мати власні — рука звикає до них, рука знає, з яким натиском і під яким кутом ними користуватись, щоб нічого не пошкодити і працювати плідно. До того ж ті інструменти, які офіційно виписують на експедицію, весь час у руках в інших учасників.

У Богдановій валізі лежав ромбовидний шпатель (таким зазвичай кладуть тиньк на стінах) американської марки *Marshalltown* — з руків'ям і одним лезом. Цією лопаткою зручно було розкривати невеликі предмети і знімати ґрунт біля основи дрібніших об'єктів (наприклад, вогнищ). Окрім того, цей шпатель виявився незамінним, коли йшлося про темні контури стовпів чи непевні стратиграфічні шари на стінах траншей. До шпателя додавалися шкіряні піхви, ніби то був коштовний ритуальний кинджал.

Зберігався у валізі набір господарських і художніх пензлів із ворсом різної товщини (господарські — для залишків споруд, більших предметів, навіть для кісток; художні — для різних дрібниць: намистин, монет, мушель, крихких тонких костей і залізних виробів). Цвяхами зчищалося землю з кісток і делікатних предметів, голками та зубочистками — з найдрібніших деталей черепа, очниць і вилиць. Чітко визначені місця у валізі належали ситам різного діяметру і з різними розмірами чарунок, рулеткам, свинцевому вискові, мотузкам, спиртовим рівням, креслярському планшетові й інструментам, компасові, контейнерам, пакетам і коробкам для зберігання й транспортування невеликих знахідок.

Крім валізи, Богдан возив із собою футляр із мензулою, другий — із землемірним рівнем, а третій — із комп'ютером.

Рома неквапливо перелічувала всі ці предмети, ніби цитувала напам'ять вірш. Її голос лягав у нічному повітрі кімнати рівними стосами, як одяг на полиці шафи.

Де ці речі? — запитав у неї Богдан.

Вони у спіжарці на першому поверсі, — відповіла Рома.

— У спіжарці? — перепитав Богдан.

— Ти знаєш, що таке спіжарка.

— Не знаю.

— Знаєш. Ти просто не можеш зараз пригадати. Але ти знаєш, що таке спіжарка. Ти завжди саме так її називав: спіжарка. Завтра я покажу тобі спіжарку і покажу твою валізу. Може, ти все пригадаєш.

— Ходімо туди зараз, — благально прошепотів Богдан. — Ходімо до спіжарки. Ходімо до валізи.

— Зараз немає світла, Богдане, — суворо зупинила його порив Романа. — Електроенергія зникла. Нічого не видно. Завтра все побачиш. Побачиш речі, які ти складав власними руками, закріпляв пасками з липучками. Не любив, щоб я до них торкалася. Все у тебе мало своє визначене місце. Ти страшенний нудзяр.

— Нудзяр? — без особливого зацікавлення буркнув Богдан.

Романа зітхнула.

Скільки терпіння було їй потрібно, щоби витримувати цього чужинця: цілі поклади, вичерпувані родовища внутрішніх ресурсів. Доводилося зусиллям волі забороняти собі думати, що вона розтрачає власні сили не заради розвитку, не заради більшої близькості двох істот, які так добре і давно одне одного знають — а щоби повернути найпростіше. Те, що раніше існувало за замовчуванням.

*

Вітер ущух над ранок. Чорна плоть темряви розбилася на гранули. Рома принесла трилітрову банку води — горло нещадно пересохло, голос хрипів.

Останні дві години вона розповідала, як Богдан почав їздити в експедиції: відчалював у них, ніби в море, а вона залишалася на березі, перетворювалася на мізерну крапку на обрії — навіть у власних очах.

Він телефонував із насипів, коли вдавалося впіймати дві поділки на телефоні і коли вистачало ввечері сил. Розповідав, що ломить кості і крутить суглоби від незручних поз, у яких доводиться проводити стільки часу. Що отримав сонячний удар і опік вух, аж до пухирів. Тепер забризкує вуха піною пантенолу і виглядає кумедно.

Телефонував часом уранці, але весь зосереджений був на роботі. Казав, що копають ліву камеру: там, схоже, похована дитина. Потім розповідав про кістяк цієї дитини, вкладений у саркофаг, про багату оздобу, золоті бляшки, алебастр у рештках дерева. Про коридори-дромоси і поховання родовитого воїна чи вождя, могилу якого розграбували, кості розкидали. І про кістяки коней у золотій збруї, і про кістяки конюхів, кухарки, слуг. Про сизі клубки сухих трав і про повітря, ворсисте від суховію. Про гіркоту полину, якою наскрізь просякає все навколо, одяг, шкіра, рецептори. І здається, що у світі немає нічого, крім цієї гіркоти. Що все, геть усе, на що не поглянеш чи про що не подумаєш, — це гіркота.

*

Ромина розповідь перервалася, коли яскраве сонячне світло залило кімнату. Сонми сяючих порошинок висіли в повітрі, і щойно Рома рішуче звелася на ноги — порошинки закрутилися кількома вихорами, здійнявши іскристий ураган.

Вони з Богданом цієї ночі так і не заснули. Близька присутність одне одного в ліжку, в якому вони багато років кохалися, не заспокоювала, а спричиняла напруження.

Коли Рома піднялась на другий поверх із кавою (лікарі заборонили Богданові пити каву, але Романі так хотілось повернутись бодай до цього їхнього ритуалу!), Богдан міцно спав. Світло падало просто йому в обличчя, але він не зауважував більше нічого, вимкнувся повністю. Голова закинута, рот широко розчахнутий. Усі потворності вивернуті назовні, виставлені напоказ.

Ось він, її чоловік. Рома не хотіла Богданові заважати. Вона залишила горнятко з кавою на високому табуреті перед дзеркалом, а сама прилягла на кілька хвилин у маленькій кімнатці.

Прокинулася надвечір від важких повільних кроків на сходах. Намагаючись балансувати на слонячих кінцівках, потвора трощила благенький дім. Романа лежала горілиць серед старих запилюжених шарфів і светрів, з носоглоткою, набитою порохом, і, нажахано витріщившись на стелю, прислухалася до звуків безчинства. Нарешті до неї дійшло, що це її чоловік-каліка намагається зійти додолу, послуговуючись милицями.

Вона прочинила двері кімнатки, в якій спала, Богдан озирнувся на скрип — і незручна мовчанка паралізувала обох. Богданове обличчя відображало розчарування дитини, яку застукали в мить розгортання поцупленої плитки шоколаду.

Знічений, що блокує прохід, він завовтузився на сходах ще безпораднішe, милиці потрапляли у проміжки між перилами, права нога зовсім відмовилась рухатися. Богдан боляче вдарився скронею об стіну, а тоді просто кинувся додолу з п'яти сходинок, щоб вирішити нарешті проблему з непрохідністю.

Романа збігла вниз і допомогла йому підвестися. Він уперто повторював, що його нічого не болить, хоча вона напам'ять знала цей напружений вираз обличчя, стиснуті губи, відбиток зосередженого зусилля. Дивовижно, що понівечені риси обличчя не вплинули на вміння Романи розрізняти вирази Богданового обличчя. Можливо, тому, що головна емоція проступала в його жовтаво-карих очах. А можливо, Рома просто навчилася за всі ці роки ловити хвилі Богданових станів, читати Богданові думки.

Вона не нав'язувалася з розмовами, тож невдовзі мовчанка його заспокоїла. Вони сиділи одне навпроти одного, хоч і розвернуті на три чверті від стіни, не зустрічаючись поглядами. Романа подумала, що якраз зараз валіза з археологічними інструментами може Богдана втішити.

Вона притягнула валізу на кухню, і Богдан, схилившись над нею, спробував розсунути блискавку. Річ була навіть не в його неслухняних пальцях — блискавка заїдала, язичок вперто застряг на кількох вигнутих зубчиках. Рома м'яко відсторонила його і за кілька секунд, проробивши серію ледь помітних звичних маніпуляцій, впоралася з блискавкою.

Пензлі і лопатки лежали у своїх виїмках, зафіксовані пасками на липучках. На залізній поверхні рулетки виднілася вохряна скоринка засохлої глини.

Романа обережно вийняла зі шкіряної кишеньки шпатель і простягнула Богданові, як простягають лицареві меча, що супроводжував у найзапекліших боях і має таємне ім'я, відоме небагатьом.

Цей футляр я для тебе пошила, — голос раптом зрадив її та урвався.

Богдан незграбно взяв у долоні елегантно вигнутий ромбовидний шпатель із гладким руків'ям зі світлого дерева. Він покрутив предмет у руках, провів пальцями по його металевій частині, спробував загострений крайчик, згини, лезо на дотик. Цей предмет мусив активувати в його нервових закінченнях ту інформацію, доступ до якої закрився. Але Богдан сам не знав, чи насправді цього хоче. Зрештою, нічого не трапилося. Шпатель ні про що Богданові не промовив.

Він, радше з увічливості, поперекладав із місця на місце пензлі та сита, трохи більше зацікавився компасом — навіть очі заблищали якимись сенсами, які Ромі так хотілось би видобути і зрозуміти. Лівий кутик рота сіпнувся й потягнувся додолу. Романа знала, що це усмішка.

Упізнаєш? — її хвилювання було схоже на переляк, на нехіть. — Пригадуєш щось?

Богдан похитав головою, не припиняючи гратися компасом. Це була приємна іграшка: за формою і розміром схожа на сірникову коробку з чорного пластику, всередині — коло з білими стрілками й позначками на помаранчевому тлі.

Богдан повертав компас у різних напрямках і стежив за дрижанням стрілок, що тягнулися на звук голосів магнітного поля Землі.

*

Романа прокинулася від того, що на неї навалювалися зграєю кошлаті демони, виваляні в піску. Їхній пан біснувався, нищив будинок. Дрижали шиби, тонкі стіни вібрували. Знизу долинало ревіння очільника демонів. Лють у гортанному воланні, що розкочувалося селевим потоком; кривда у сплесках високих, раптово обірваних нот. Падали, розбивалися предмети.

Невже він пригадав усе або щось, пронизало Роману. І якщо він пригадав не все, то що саме?

Якусь мить вона зважувала свої дії. Втекти, пересидіти, покинути його тут наодинці з гнівом — чи ризикнути? Романа не збиралась зупинятися на півдорозі. Зрештою, те, що відбувалося тепер унизу, могло бути сходинкою до повернення її чоловіка, критичним перевалом. Болем від кисню, що розрізає легені щойно народженого.

«Усе або щось», — вертілося в Романиних думках, поки вона навпомацки, в темряві спускалася додолу сходами. Двері, які нещільно прилягали до рами і відділяли кухню у приміщенні під сходами від кімнати на першому поверсі з книжковими стелажами, диваном і Богдановим письмовим столом, заваленим паперами, ритмічно гойдалися взад і вперед в одному ритмі з ударами. Крізь щілину, яка то утворювалась, то знову зникала, Романа бачила спазми болю на обличчі, розплавлену діру рота, розтанцьовані очі, невидющі від шалу, засліплені безумством. М'язиста й жилава туша тварини, якою відчай кидав від стіни до стіни. Жертва кораблетрощі, яка намагається вхопитися за щось кігтистими лапами, щоб утримати рівновагу.

Романа увійшла до кімнати, розуміючи, що приборкувачка диких тварин із неї нікудишня. Вона сама відчувала запах страху, що посилено виділявся з її пор. Якби Романа мала більше часу зараз для саморефлексії та спостережень, вона б відзначила, як швидко й голосно гупає її пульс, якими негнучкими, холодними й вологими стали кінцівки, якими темними і глибокими — зіниці.

Вона наближалася до широкої Богданової спини, так і не знаючи, які саме слова мусить зараз промовити.

Але Богдан вирішив цю проблему за неї. Спина здійснила півоберт, порожні від сліпучої люті очі блискавично наповнились ненавистю, зареєструвавши наближення Романи. Вона не знала — впізнав її чоловік чи ні — і не мала можливости зрозуміти, наскільки його дії стосувалися її конкретно. Чи була це помста, чи імпульс, викликаний нездатністю витримувати власний розпач.

Він ухопив її за плечі і видихнув в її обличчя сморід і крик. Він міг її знищити вже самим оцим криком. Романа теж закричала, хоч не чула власного голосу. Коротка мить розбилась на мікроскопічні фрагменти, розтягнуті кінематографічною плівкою за межі часу. Натомість Романа чула внутрішнім слухом, як натягуються сухожилля в її тілі, як критично хрускають суглоби під натиском Богданових долонь. Вона не відчувала опори під ногами, якщо не вважати опорою тіло особи, яка хотіла її розчавити.

Богдан швиргонув нею з нехіттю і розчаруванням, з гидливістю — і повалився на неї всією своєю вагою, захлинаючись риданнями. Зі стелажа на них падали книжки, томи в цупких палітурках із гострими краями, грубі ґросбухи. Падало темно-зелене зібрання творів Франка у п'ятдесяти томах, і «Додаткові томи до Зібрання творів у п'ятдесяти томах», і книжка «Із творів, що не увійшли до Зібрання творів у п'ятдесяти томах» із фотографією печального Франка, що проступає з імли, і «Зів'яле листя», і «Лис Микита», і «Листування

Івана Франка та Михайла Драгоманова», і «Будівничий української державності» — але й не тільки. Падали також томи Лесі Українки й Ольги Кобилянської, Осипа Маковея, Василя Стефаника, Михайла Коцюбинського, падало листування Коцюбинського з Олександрою Аплаксіною, падали десять столітніх томів Шекспіра у перекладі Пантелеймона Куліша, падали також детективи Аґати Крісті і маленькі видання «Иностранной литературы», які невідь чому затесались у цю частину бібліотеки, вдаряли особливо дошкульно.

Серед пилу і розгорнутих сторінок, прибита до підлоги, Романа, можливо, на кілька секунд знепритомніла, після чого прийшла до тями, не відчуваючи жодного болю чи хвилювання. Спокій і ясність панували в її голові — біль у потилиці від удару, біль у плечах і руках від стискання, синці й вивихи, біль у куприку, колінах, стегні надійдуть трохи згодом. Так само, як смачний солоний присмак чогось гарячого на прикушеному язику. Ніби свіжого курячого бульйону з додатком заліза.

Зараз же Романа відчувала майже блаженство. Таке прозоре блаженство може настати хіба що посеред цілковито неправного хаосу, коли усвідомлення власного безсилля й немочі виявляється відкриттям, рівнозначним переможному тріюмфу.

Богдан лежав на ній, не припиняючи потворно ридати. У нього з носа юшила кров. Він поранив себе безліч разів розбитою вазою.

Треба обробити рани, — майже лагідно сказала Романа, проводячи неслухняною рукою по його карку.

Я нічого не пам'ятаю, — прохрипів Богдан. — Хто я такий?

Він підвів голову і зазирнув їй в обличчя, продовжуючи й далі притискати її своєю вагою.

Де я був?

Ти — Богдан Криводяк. Ти народився в маленькому містечку на Західній Україні. У тебе складні стосунки з родиною. Ти археолог. Ти знаєшся на бароко і рококо. Ти був на війні, на сході. Ти пережив таке, що рідко хто переживає. Ти мало не загинув. Ти втратив пам'ять. Але ти живий і ти в безпеці. Ти в себе вдома. Ти зі мною. Я — твоя дружина Романа. Все добре, маленький хлопчику. Іди сюди.

Десь за чверть години, коли футболка Романи була наскрізь мокрою від Богданових сліз, крови і слини, коли він остаточно знесилився і майже заспокоївся, чоловік нарешті виповз із обіймів своєї жінки (нехай вони досі ще не кохались після взаємного віднайдення, але чи це так важливо за таких обставин?) і, опустивши свої запухлі важкі очі, сказав:

Я не розумію, навіщо ти це робиш.

Романа продовжувала лежати горілиць. Запитання ударило її болючіше, ніж навіть том листування Коцюбинського з Аплаксіною.

Я не розумію, навіщо я тобі. Навіщо витрачати сили і час на безумне чудовисько, навіщо так довго витягати мене на цей світ. Я не хотів приходити до тями. Це єдине, що я про себе знаю.

Аж тепер Романа звелася на лікті, подолавши гострий біль. Її очі сухо блищали, як від гарячки.

Ти — мій чоловік, Богдане.

*

Вже за кілька годин вони вдвох наводили лад у кімнаті. Богдан наполіг на своїй участі, хоч йому непросто було щоразу нахилятися, щоб підняти з підлоги пожбурену річ, і потім знову нахилятися по наступну. В Романи теж боліли кості, пекли місця на плечах, куди чоловік впинався їй пальцями, електричні розряди проходили крізь забитий куприк, нила потилиця — але ці болі, злиті в один цілісний біль, розшарований на різні спектри, підтримував приємну млість, що заповнила простір десь під Роминим сонячним сплетінням. Біль у Роминому тілі свідчив, що вони з чоловіком пов'язані, що вони близькі, що шкаралуща відстороненості дала тріщину.

Богдан подавав Романі одну за одною підібрані з підлоги книжки. Романа старанно витирала з них пил ганчіркою і клала на полицю, розповідаючи історію появи в їхньому домі кожної книжки і пояснюючи суть системи, за якою книжки були розташовані на стелажах. Більшість томів Богдан забрав собі колись із родинної бібліотеки. Однак батько, скажімо, не забажав подарувати синові ні п'ятдесятитомника Франка, ні «Історію України-Руси» Грушевського, ні найпершого видання «Історії української культури» за редакцією Крип'якевича. Довелося окремо домовлятися з букіністом біля пам'ятника Федорову у Львові.

Романа звернула Богданову увагу на стелажі навколо письмового столу, до яких він не встиг дістатися в нападі шалу, але які цілком непогано було б впорядкувати і звільнити від пилюки. То були видання з археології, енциклопедії і наукові праці різними мовами — польською, німецькою, французькою, англійською. А томи з історії мистецтва й альбоми з репродукціями, за словами Романи, Богдан цінував чи не найдужче: вони дістались йому від його наставника, Омеляна Майструка.

Це він насправді навчив тебе читати і бачити, — розповідала Романа. — Твої батьки сприймали книжки радше як частину інтер'єру. О, я дотепер не знаю, навіщо їм була потрібна бібліотека: як данина твоєму дідові Криводяку, повстанцю? Як наслідок таємної церковної діяльності баби Уляни? Чи в зв'язку з захопленням її сестри, бібліотекарки Нусі?

Натомість доктор *honoris causa* Омелян Майструк підказав тобі, як налаштовувати погляд, щоб помічати зв'язки між історією, втраченим і відображеним. Ось його праця про майстра Пінзеля, перекладена польською, — показала Романа чоловікові на почесне місце на етажерці. — Через скульптури майстра Пінзеля ти дійшов до історії своєї родини.

Я знаю тільки англійську, — сказав Богдан, ковзаючи очима по іноземних написах на палітурках. Романа лише пильно на нього поглянула і продовжила старанно вести ганчіркою уздовж сірого корінця зграбного мюнхенського видання «Звичаїв нашого народу» Воропая (другого тому).

Богдан присів, зацікавлено виймаючи одну по одній запилюжені течки і стоси аркушів з блідими копіями густих текстів, видрукуваних на допотопній машинці. Дотепер вони були сховані за переднім рядком томів. Романа стривожено сіла поруч. — Що таке? — запитала вона. — Щось пригадуєш?

Богдан не відповідав. Роздивлявся заголовки, гортав сторінки. Романа чітко бачила, наскільки зосередженим зробилося його обличчя.

Це праці одного науковця, археолога, — пояснила Романа. — Ти цікавився його знахідками і міркуваннями. Тебе приваблював його спосіб викладати думки про розкопки в Нижньому Подніпров'ї, про скитів, про Зарубинецький могильник.

Ти так захопився ним, — невпевнено усміхнулася Романа, — що почав читати навіть його художні твори. Роздобув копії його наукових праць. І його філософські розвідки. Як і він, ти полюбив Сковороду: Сковорода прийшов на зміну Пінзелеві. Філософія пізнання себе через самовідречення першого стала для тебе розрадою після того, як другий змусив тебе скинути з себе шкіру і оголити власну суть. Ти цікавився усіма, кого досліджував Петров: Пантелеймоном

Кулішем, Франсуа Війоном, Вацлавом Жевуським. Ти напомповував себе новими знаннями, прагнучи віддалитися від місць, з яких тобі прагнулось утекти. Ти думав, що, наповнивши голову чимось незнаним, зможеш перетворитись на іншу, нову людину. Бачиш, вся ця полиця присвячена винятково Вікторові Петрову. Ти навіть ходив до Архіву, щоб читати його листи...

Різко затнувшись, Романа заходилась видирати з Богданових рук течки, книжки й аркуші.

Досить уже, — сухо сказала вона. — На сьогодні спогадів вистачить.

Де його поховано? — замислено запитав Богдан.

Що? — здригнулась Романа.

Де поховано Віктора Петрова?

Романа не відповіла, квапливо поринувши у прибирання.

День за стінами дачного будиночка вперше видався по-літньому спекотним. Весняна недійшлість поступилася місцем достиглій насиченості розжареного повітря. Десь припинила нервово ревіти газонокосарка, і натомість довгими розрядами затуркотіла поливалка. Дивно було чути ці докази існування інших людей навколо, оскільки, відколи Рома привезла Богдана на дачу з лікарні, жодного сусіда зустріти чи навіть побачити здаля їм не довелося.

Обліплені павутиною, клубками пилюки, спітнілі, вони набули спільного ритму впорядкування етажерки, випрацювали алгоритм, що пов'язував лаконічними рухами їхні тіла між собою.

Романа підняла з підлоги доволі важку каменюку і поклала її Богданові на долоню. Той розгублено подивився на пощерблену сіру поверхню, зі здивуванням збагнувши, що западини, тріщини, розрізи й опуклості — це риси чийогось усміхненого обличчя.

Це лев, що сміється, — з притиском сказала Романа. — Уламок давнього світу, який ти так прагнув забути. І до якого я тебе поверну.

*

Вони якраз підібралися до родинних альбомів, з яких Богдан повидирав фотографії і віялами порозкидав навколо. З висоти свого зросту Богдан дивився додолу, на пласкі зображення чужих людей, кров яких текла в його венах. Він дивився в їхні очі, які десь там, у минулому, на щось сподівалися, урочисто вглядаючись в об'єктив, придивлявся до завмерлих м'язів обличчя. Можливо, в нього такий тембр голосу, як у цього чоловіка з глибоко посадженими пильними очима, гострим носом, вузьким і видовженим підборіддям і тонкими губами. Можливо, пальці його ніг мало не ідентичні з пальцями ніг оцього зарюмсаного хлопчика, який перелякано притискається до ноги своєї мами (другий палець — набагато довший від першого і ледь вигнутий). Цілком імовірно, що він, так само, як жінка в береті й пальті з круглим комірцем, глибоко вдихає і завмирає на мить, перш ніж почати розмову.

Богдан більше не міг до них доторкатися. За цих кілька днів він просидів над альбомами та їхнім вмістом безліч годин. Сотні, тисячі разів він передивився всі картки одну по одній, надовго завмираючи над кожною, прискіпливо прислухаючись до себе, напружуючи до перегріву мозок і ловлячи себе на відчайдушних спробах навіяти собі спогади. Чи ця жінка не асоціюється з холодним дотиком до щік теплої дощової днини? Чи двоє оцих вусанів на возі не споріднені із запахом перепаленого цукру? А ось плащ якоїсь дівчини з косою, намотаною навколо голови: якщо запхати руки в кишені, чи не виявиться там повно цукеркових обгорток і згорнутих кульками автобусних квитків?

За збудженим ривком упізнавання, від якого гарячий згусток в грудині зривався і стрімко плюхався в низ живота, надходило розчарування: та ні ж бо, він усе це вигадує. Може, не вигадує холодного дотику до щік і теплої дощової днини (колеса машин шурхітливо розбризкують калюжі), може, справді звідкілясь підіймаються в його пам'яті й запах перепаленого цукру, й обгортки з квитками, впереміш із піском у кишенях, — але вони ніяк не кріпляться до картинок, до сепієвих мерців. Суцільний дисонанс і насильство над собою.

Романа, запримітивши нехіть на Богдановому обличчі, м'яко відсторонила його від фотокарток і посадила у крісло, оббите жовтим потертим дерматином. Рома розвернула його обличчям до вікна, за яким якраз доречно цвіли обидва кущі шипшини, сплітаючись гілками з розлогим пишним ялівцем.

Сама вона вклякла серед слизьких аркушів і почала визбирувати їх один по одному з небувалою ніжністю, формуючи в стосики. Їй так хотілось розповідати Богданові про людей на знімках, про його родичів, вона стільки разів уявляла собі момент впізнавання, момент, коли спогади починають просочуватися крапля за краплею до його свідомости, але зараз чітко відчувала, що це недоречно.

*

Богдан слухав її, опустивши голову і пильно стежачи за шнурівкою, кінчик якої виписував у повітрі плавні півкола, то пірнаючи в отвір черевика, то знову здіймаючись догори.

Рома міцно стягнула обидві шнурівки, вирівнявши їх, і зав'язала бантик.

Який у мене розмір ноги? — запитав Богдан.

Рома, стоячи перед ним на колінах, підвела очі.

Сорок п'ятий.

Медсестрі ти казала про сорок шостий із половиною.

Романа мовчки підвелася і обтрусила коліна штанів.

Я помилилася. Занадто хвилювалась через те, що нарешті тебе знайшла, — спокійним голосом сказала вона. — Звичайно, я знаю, що у тебе сорок п'ятий розмір. Завжди був сорок п'ятий.

*

Пізнього вечора у своїй маленькій кімнатці Романа слухала, як б'ються об стіни нічні метелики. У них були важкі неповороткі тіла. Здавалося, більшість своїх коротких життів ці комахи проводили, б'ючись головами об тверді поверхні, намагаючись вирватися кудись назовні, за якісь невблаганні межі.

Романа не знала, чи спить зараз її чоловік. Вони, не змовляючись, розійшлися до різних кімнат, але це не було знаком відчуження, навпаки — так проявлялося тонке взаєморозуміння. Терпіння і поступовість — їхні спільники. Її Богдан повернувся до неї новим, невпізнаваним. Їм обом був потрібен час.

Вона відчувала його присутність крізь стіну. Крізь ту, до якої ошаліло товклася тля.

Романа не могла заснути від почуттів. Вони вихлюпувалися, виходили з берегів. Треба було зробити кровопускання.

«Ми з чоловіком у нашому домі, — написала Романа на своїй сторінці у фейсбуці. — Пам'ять до Богдана поки що не повернулась. Але його впізнали ці стіни, меблі, книжки, його впізнав робочий стіл, взуття, одяг і улюблене горнятко. Його впізнали хвіртка, тин, "ялинка Сталіна", гравій. Його впізнала я».

Хвилею негайного розслаблення накотило полегшення. Романа повільно видихнула, насолоджуючись теплом і легкістю у кінцівках, ясністю в голові. Вона не відводила погляду від екрана свого смартфона, стежачи, як множиться кількість лайків, як стрибають, майже налізаючи одні на одних, повідомлення про поширення і коментарі.

ЧАСТИНА ДРУГА

фотокартка: стара жінка дивиться в об'єктив

Тільки-но поглянь на неї — яка допотопна істота. Дуже старі люди з певного моменту входять у період, коли викликають в інших відчуття не меншої безпорадности та зворушення, ніж немовля. Поглянь на її очі, тут їх можна розгледіти. Ти казав, в молодості вони в неї мали темно-болотну барву. Зрештою, навіть на цих фотографіях, де вона років на двадцять молодша, видно, що очі темні. А на ось цій, останній картці, на великому портреті, вони виблякли: рогівка вже майже зрівнялася в кольорі з мутними білками, і тільки цятки-зіниці темніють у центрі, оточені розсипом крововиливів. Але вираз очей — хоч утоплених глибоко серед складок шкіри, загорнутих у її гофровані тканини, як у капустяне листя, — на диво виразний: такий цілковито розгублений — як може бути в людини, човна якої раптом понесло стрімкою течією у бік водоспаду, — і відтінений насмішкою.

Ця її насмішка возвеличується над усім, як святий дух, вона прикриває собою прохання пробачити і сором, страх загнаної тварини і здивування — все, що викликане і накликане довгим життям і глибокою старістю. Усі життєві системи вийшли з ладу, тканини зсохлися і вже починають тліти, життя у тілі ледь жевріє — вже швидше як непорозуміння.

Але насмішка — це остання дбайливість. Як до цього могло дійти, це ж треба, хто міг подумати, що вона житиме і що доживе до такого, що вона досі отут залишається. Просто сміх один: дивіться, що за пальці, грибком поїло всі нігті, якесь покинуте осине гніздо, а не тіло. Жодної різниці між засинанням і прокиданням, між явою і сном — один лише напівморок, каламуть, безсилля, сонливість, біль, поколювання, вивертання хрящів. Це ж треба: плутати сіль із сірниками, вогонь із водою, себе з подушкою. Добре було би пригадати причини всіх страждань, усі свої провини, які раніше не дозволяли нормально дихати. Бодай на мить пригадати свої найтяжчі провини — яка б це була розрада.

Натомість — сотні кілометрів годин серед пустельної утоми. Напівлежить, тіло вросло в постіль, угрузло в матрац. Слухає, як із глухим сичанням випаровується остання волога з клітин мозку, як вони відмирають одна по одній. Жаб'яча ікра на потрісканій глині — там, де ще навесні стояло зелене болітце.

Ха-ха.

Очі перетворюються на дві найвужчі щілинки, обличчя зморщується, як шкіряна рукавичка, оголюються невинні рожеві ясна. Тільки-но поглянь на неї на цьому знімку: вона ж ніби маленька дівчинка, яку щойно витягли з купелі. Опецькувата дитинка, що безпричинно сміється, бо їй приємно чи лоскотно. Ці дві тонесенькі білі кіски нижче від величезних м'ясистих вух. Цей гачкуватий ніс, що кінчиком тягнеться до підборіддя. Чи вона розуміє, чому сміється? Чи вона пам'ятає взагалі, ким є?

Ти казав, що перед самою смертю з нею не було особливого клопоту. Доводилося тільки щодня відбувати кілька простих ритуалів у коло — щось середнє між доглядом за немовлям, хворим конем і вазоном у горщику. Хоча ніхто з них не розповідає, а вона розповідала, і її треба було слухати. Як вона плутає сіль із сірниками, вогонь із водою, себе з подушкою, як не може пригадати власних найтяжчих провин, як не розуміє, чому сміється, і не пам'ятає, ким є.

Але ти казав, що цей останній період був легшим за всі попередні — і для інших, і для неї самої. Бо хіба інакше вона усміхалась би ось так, як на цій фотографії. Хіба реготала б, неясно підозрюючи, що знову наплутала все на світі, хіба насміхалася би так над собою. Ти казав, що ніколи раніше не бачив її усмішки.

Вона почала усміхатися одночасно із забуванням. Забуваючи, розслаблялася дедалі більше, напруга стількох десятиліть виходила потом крізь пори. Звідкись узялася м'якість, звідкись раптом узялася лагідність. Ти ніколи не запідозрив би цю жінку в лагідності.

А я тепер, дивлячись на зморшкувату дівчинку з двома тоненькими сивими кісками під великими мочками вух, і уявити не могла б усіх тих розповідей про неї, які від тебе почула.

Ти розповідав, як часом з глибини очей проступала рухлива тінь тривожності — ніби в ставку промайнула велика рибина. Вона пробувала схопити її, обличчя кривилося від болю. Пробувала повернутись. Але жодних тіней уже не було поруч, сонячне проміння пронизувало чисту воду.

Може, то був найкращий період її життя. Може, забуття зробило її щасливою, звільнило від тягаря. Про тебе, натомість, такого не скажеш. Пам'яти ти позбувся, але її вага залишилась. У всіх по-різному.

Думаєш, якби вона не втратила осмисленості, якби могла обирати, то залишила би при собі тягар? Думаєш? Ти думав так і раніше — бачиш, нічого ж не змінилося.

Мені подобається, як вона тут дивиться в об'єктив. Ніби побачила у ньому щось знайоме, ніби впізнала когось, на кого так довго чекала.

фотокартка: сестри в садку

У тебе буває, що коли гортаєш дуже старі фотографії — нечіткі, розмиті, вибляклі, з брунатними плямами невідомого походження, випадково поставленими багато років тому, через які зовсім неможливо розрізнити виразу й рис обличчя, визначити людину — почуваєшся, як на старому кладовищі? Ти зауважував, що колись люди фотографувалися без посмішок? Поглянь, як вони дивляться в об'єктив: серйозні, поважні, ніби виконують надзвичайно важливу місію, насуплені й набурмосені, ніби їх примушують до чогось безглуздого, виставляють на посміх, водять за носа, роблять із них дурнів. Бачиш, які насторожені, перелякані лиця, вибалушені очі, бачиш, як зійшлися брови на переніссі, бачиш підозру в поглядах, бачиш розкриті від несподіванки роти або ці зціплені зуби, цю напругу, ці втягнуті шиї, ці скам'янілі неприродні пози, витримані так довго, що все тіло затерпло.

Ці пози й вирази облич засвідчують, що раніше, фотографуючись, люди мали іншу мету, інші міркування. Щось вагоме і навіть важке вело їх до великих чорних пристроїв на триногах. Процес фотографування був тривалий і урочистий, до нього готувалися, його продумували, обмірковували. Побоювалися, чи не станеться чогось від цієї процедури, чи не втратять вони щось важливе, чи не висмокче тьмяне скляне око частину душі, чи не прокляне, чи не вречé. Позування до фотографії було справою відповідальною: якщо вже на це наважуєшся, будь готовий до наслідків. Знай, що можеш втратити спокій, викрити свої думки, захворіти на невідому хворобу, змінити своє життя, побачити себе.

Це не була справа доступна, мимобіжна, неважлива, миттєва, легковажна. І водночас — вона була неважливою та легковажною, оскільки в самому бажанні розтиражувати своє зображення є щось соромітне, щось розпусне і надмірно відверте. Зізнання в любові до себе, виявлення потаємного переконання, що фотографований — таки вартий того, щоби на нього дивилися, щоб ним милувались, щоби його пам'ятали. Зізнавшись у цьому переконанні, ризикуєш накликати на себе сміх. Виставити себе незахищеним дурником, що надумав про власну особу невідь що. Ось звідкіля і настороженість поглядів, і підозра, і насупленість облич.

До того ж, сам знаєш, у ті часи фотографій не могло бути тисячі і сотні тисяч, більшість із яких можна було тут же стерти назавжди, залишивши тільки ту, яка подобається. Результат завжди мав у собі елемент фатуму, приреченості: ти не відбирав варіянти, формуючи бажану тобі личину, придатну для демонстрування іншим, — ти отримував один із небагатьох власних відбитків, власних діягнозів, щось невблаганне, остаточне й невиправне.

У цих старих фотографіях — сама екзистенція, її дистилят. Краплина загуслої смоли, майже бурштин.

Ліва половина картки майже чорна, права — занадто висвітлена. Бачиш, можна розгледіти під ногами пасма сплутаної трави, листки конюшини, подорожник, навіть ягоди суниці. Позаду — стіна бузку. Незважаючи на погану якість і вади проявлення, зауважуєш восковий відблиск листя.

Дівчина в центрі сидить на табуреті. У неї довге світле волосся, гладке й лискуче. Кілька пасем віночком оперізують голову, зібрані шпильками на потилиці. Так, ми не бачимо фактичних відтінків, зображення дрібненьке та нечітке, але з типу її обличчя можна припустити, що вона веснянкувата. У неї примружені очі, гостре підборіддя, вузьке личко, схоже на лисичину мордочку. Дівчина серйозна, але ти ж бачиш цей лукавий вогник у її темних очах. Вона одягнута в просту чорну сукню з комірцем під горло. А може, це спідниця і блузка. Або шкільна форма. На знімку цього не розгледіти.

Що це у неї на шиї — якийсь круглий кулон на короткому ланцюжку?

Вона в білих шкарпетках до середини литки і черевиках-човниках з пасочками: не чорних і не білих, більше нічого не скажеш.

У неї щось зі щокою. Бачиш: якась темна пляма. Малоймовірно, що це бруд. І на тінь не схоже. Синець? Слід від удару?

Дві інші дівчини, які стоять обабіч неї, позаду, також мають на ногах білі шкарпетки і човники-черевички. Обидві підстрижені під пажа, в обох в'ється волосся. Дівчата різного віку: середня і наймолодша стоять, старша — сидить. Ті, що стоять, одягнуті у вишиті сорочки і мають на собі запаски з дрібними квітками на чорному тлі. У середньої — дуже червоні губи і рум'яні щоки. Вона серйозна. У неї букет квітів у руці. Молодша — зосереджена й зацікавлена, боїться будь-що пропустити. Її очі трохи підпухлі, ніби дівчинка недавно гірко плакала. Їм 11, 7 і 4 роки.

Старша сестра — центр знімка. Це видно з її лукавого впертого погляду. З того, що вона сидить у центрі. Що вбрана в чорний одяг.

Позаду підписано гострими цифрами — 1932.

фотокартка: натюрморт, пижмо в трилітровому слоїку

Ця остання. Остання, на якій можна розгледіти її фізичне тіло. Навіщо роблять знімки мерців, як ти думаєш? Навіщо зберігають такі фотографії серед кадрів із немовлятами, родинними зібраннями, буденними життєвими сценками? Щоб запам'ятати людину якою? Щоб не забути, що вона справді померла, що її поклали в труну, склали руки на грудях, перев'язали мотузкою щелепу? Що вона не просто зникла безслідно, випарувалась — ні; що з нею сталася найприродніша на світі річ: її час завершився, вона віджила своє, і близькі залагодили все відповідним чином, подбали про рештки, надійно склали їх у спеціально відведений для цього сховок?

Як ти думаєш — це дає відчуття впорядкованости? Заспокоює? Що заспокоює дужче: фото неосмисленого немовляти з пухкими складками тіла, перед яким попереду весь безлад світу, невблаганні відкриття і безвихідь — чи фото завершення, труни з тілом на столі посеред кімнати, коли відомо, що гірше не буде, що історія обірвалася, що розгардіяш уже не буде плодити і множити сам себе, джерело хаосу вичерпалося.

Але ти справді думаєш, що після смерти людини хаос її життя вичерпується і його мацаки послаблюють раптом тиск і завмирають? Думаєш, історія обривається назавжди? А може, навпаки? Може, якраз у цьому криється справжнє безсмертя: мотиви і наслідки дій померлого продовжують вібрувати у мотивах і діях живих, не маючи шансу стихнути?

Твоя баба мала непростий характер. Хоча — в кого він простий, скажи-но мені лишень. Простий характер хіба що в мене.

А ти, Богдане, хоч і не можеш пригадати, ким і яким ти був, навіть без пам'яті, навіть цього не знаючи, продовжуєш залишатись онуком своєї баби. Це одна з небагатьох рис, яку я впізнаю в тобі, яка не змінилася. Вперто не відповідати на запитання, не реагувати на мої слова, дивитись крізь мене, ніби я — порожнє місце. Чіплятися до слів. Зводити все на жарти, коли йдеться про найповажніші речі. Не казати, що думаєш насправді. А потім, у найбільш несподівані моменти, повідомляти неприємну правду і навіть більше, називаючи це близькістю та відвертістю. Бути холодним і незворушним, не усміхатись у відповідь на усмішку, не обіймати, коли я плачу. Заперечувати кожне вимовлене мною твердження, оберігаючи своє нероздільне володіння істиною. Карати мене відстороненістю, втрачаючи контроль над ситуацією. Після періодів м'якости без жодного попередження різко відчужуватися. Приймати як належне мій вибір брати все на себе: провину, слабкість, ніжність. Я можу перелічувати ще довго. Я ж тебе знаю.

Іноді, коли я починаю сумніватися, що це справді ти, коли починаю мучитись, чи не підібрала якогось чужого незнайомця, коли не впізнаю більше розрізу твоїх очей і форми носа, забуваю розмір ніг і точний зріст — тільки складники твоєї клятої вдачі мене рятують. Знаєш, мені здається, навіть запах твій і голос тепер трохи інакші. Але прикрість залишилася незмінною. Раніше я думала, що вона нас розлучить. Тепер — це те, що нас об'єднує. Бо часто тільки так я здатна тебе впізнати.

Я мало що можу розповісти тобі про твоїх батьків, крім того, що вони зрідка бували з тобою в дитинстві, що твій тато — пластичний хірург, а мама — вчителька музики і дитяча співачка. Натомість про твоїх бабів я знаю більше.

Тут видно частину кімнати, в якій проминало твоє дитинство. Цей будинок стоїть на схилі пагорба серед яблунь, слив, вишень і бузку. Садки спускаються додолу, тут і там оточуючи дахи інших будинків, вночі між гілок вистромлюються окремі тьмяні ліхтарі. Одразу позаду дому пролягає вулиця Торгова, і пагорб цей називається Торговиця. Вулиця веде від міського автовокзалу, випинається пагорбом догори. Праворуч залишається старий єврейський цвинтар. Білі мацеви серед скуйовдженого бадилля посхилялись у різні боки, як розхитані зуби. Край дороги оперізує білий пасок, викладений із уламків надгробних плит. Їх знесли сюди господарі, виколупавши з деяких доріг і фундаментів своїх будинків. Туди мацеви потрапили під час німецької окупації.

Цвинтар тягнеться доволі довго вздовж дороги і в глибину рослинности. Врешті він закінчується, і з'являються перші житлові будинки з садками і городами. Ось там, серед них, і стоїть будинок твоєї баби.

З цього вікна, що на фотокартці щільно заштореноe через похорон, відкривається вид на міські дахи, шпилі і руїни замку. Містечко видно майже повністю — воно лежить у зручній улоговині серед м'яких пагорбів. Їхні видовжені півсфери вплавляються в поля, що тягнуться в далечінь під роздутими парашутами небес. Тут же, у самому місті, все набагато концентрованіше: шпилі та вежі, похилі площини, нашаровані одна на одну, середньовічний камінь і радянський бетон, бруківка, продірявлений асфальт, гіпсокартонний ринок на місці зруйнованої синагоги і бет-мідрашу, церква, в підвалі якої знайшли кількасот трупів, пригашених вапном і зацементованих, меандр ріки серед верболозів, вежі монастиря на горі, елегантний силует напівзруйнованої Ратуші у вічному риштуванні.

Вулички нашаровуються одна на одну, лежать одна на другій, на різних ярусах, під різними кутами. У твоєму містечку можна однієї миті бачити сотню одночасних подій, треба тільки знайти зручний спостережний пункт. Коли ти дивився на місто з бабиного будинку, воно нагадувало тобі розріз мурашника.

Це була одна з твоїх улюблених розваг у дитинстві: досліджувати мурашники. Ти обережно знімав один із сегментів, із часом надбавши набір інструментів для цієї справи, які завжди носив при собі: гостра лопатка, кухонний ніж із широким лезом, кілька кілків різної товщини. Ти загортав їх у старий вафельний рушник, перев'язував мотузкою, яку зняв якось із оберемка тонких церковних свічок із жовтого воску, і тримав цей згорток у своєму портфелі.

Багато добрячих мурашників пучнявіло в заростях на єврейському кладовищі. Можна було займатися розкопками, не вирушаючи в подорожі надто далеко від дому — скажімо, до руїн замку чи на гору Федір, де мурашники також траплялись. Але там і ґрунт не такий поступливий, часто затверділий, ущільнений глиною та корінцями, і виправи ці забирали багато годин, наражаючи на бабин терор.

Тобі особливо щастило, коли мурашник піддавався легко, наче великий медівник. Стесана вздовж вузька частина відкладалася вбік, немов на святкову тарілку. Твоїм очам відкривалося потаємне мурашине королівство.

У животі розходилось тепло насолоди. Ти нахиляв обличчя й розчинявся у спостеріганні: незважаючи на паніку і втричі пришвидшені темпи, комахи не втрачали злагодженості й цілеспрямованості. Більшість із них миттю переорієнтовувались із буденного режиму безпеки на режим оперативного реагування на надзвичайну ситуацію: ланцюжки комах-робітників лилися тонкими переходами, поспішаючи до печер із яйцями і ясел із личинками, зустрічні ланцюжки мурах тягнули дитинчат назовні. Воїни з лискучими боками, тісно обступивши з усіх боків цибату матку — своє божественне плодюче чудовисько — відпроваджували її крізь особливі коридори, безжально відштовхуючи зі шляху випадкових мурах-простолюдинів. Одні мурахи рятували продовольство: шматки комах інших видів, насінини й зернятка. В озерах, які раптово утворились в нижніх печерах через руйнування, інші мурахи покірно гинули, ледь посмикуючи тонкими лапками, тягнучись ними до кількох напівзатоплених яєць. Частина робітників методично закопувала одні переходи, тим часом як інший підрозділ починав копати новий тунель. Вони тисячі разів змірювали туди-сюди той самий відрізок, переносячи з місця на місце піщинку за піщинкою. На твоїх очах нірка, що за формою і розміром нагадувала мізинець на руці, за кілька годин спостережень майже повністю зникала і вирізнялася хіба за відтінком ґрунту і його щільністю.

Ти геть забувався там. Баба мала рацію, коли потім давала тобі прочухана. Коли ти, спам'ятавшись, у присмерку повертався до її будинку, від страху тобі аж кінцівки зводило, викручувало спазмами шлунок і кишківник, закладало вуха. Ти видряпувався на Торговицю коротшим шляхом через людські садки, викликав на себе гавкіт собак, плутався у вусиках гороху та винограду і відчував запах власного дитячого поту, власного страху.

Ти заходив до хати, і дерев'яна підлога, пофарбована рудою фарбою, злостиво порипувала. Баба, як завжди, сиділа на своєму коронному місці: на присунутому під стіну двоспальному ліжку з лакованою спинкою, на піраміді з вишитих подушок із френзлями, які інші люди використовували тільки для прикраси, і лише твоя баба чхати хотіла на те, як заведено, і сиділа на них дупою, як королева. На стіні, за її спиною, висіла червоно-руда верета, яку баба сама прибила маленькими цвяшками. Коли не вдавалося заснути, ти розхитував цвяшки і розколупував отвори, в яких вони стриміли, віддираючи від стіни шматочки пахучого тиньку. Ти спав біля стіни, баба — скраю. І коли вона викривала твоє шкідництво, ти знову отримував порцію виховання.

Отож ти прямував до неї від порога довго-довго. Тепер і подумати неможливо було про насолоду, яку переживав ще сьогодні, розкроюючи мурашника. Бруднаве тьмяне світло поганої жарівки, ще дужче приглушене запиленими плафонами, поглиблювало тіні та спотворювало форми. Стелі в цьому будинку були високими, стіни — товстими, потрісканими. Від кожного твого кроку здригалась і тремтіла опецькувата дубова шафа зі скляною вітриною, в якій брязкотів розрізнений посуд різних часів: угорські фаянсові тарелі із золотавими краями, порцелянові супниця і соусниця, на денці яких чітко проступав маленький чорний орел верхи на свастиці, польські посріблені ножі, ложки й виделки, і твої улюблені маленькі ложечки з гнутими ручками, з круглими черпачками, аж бурі від старості, темно-сині чеські кавові філіжанки і один келих для шампанського кольору темного виноградного соку, мельхіоровий чайник, мідна таця, одна золота виделочка з двома зубцями, кілька ложок і келих з вигравіюваними єврейськими літерами, склянки, бутель для вина з жовківського склозаводу Лілієна і бережанські піялки, радянський посріблений мельхіор з емблемою у вигляді качки, тарілки і блюдця з вишнями й олімпійськими ведмедиками, і ще — глиняний глек і глибокі полив'яні тарілки.

Тобі здавалося, що вазон із виткими пагонами зараз потягнеться до тебе, обів'ється навколо шиї, грудей, намагаючись придушити. Ти знав, що там, позаду інших дверей, які ніколи не відчинялися і вели до кімнати бабиних сестер (ти їх також за звичкою називав «бабами»), зачаїлися дві старі жінки і слухають кожен звук, кожне дзеленчання й кожне рипіння. Ти мав не до кінця сформовану підозру, що ці ряболиці вижовклі істоти напуваються твоїм страхом і всім, що відбувається з тобою в цій кімнаті.

І ще це пижмо. Невже воно стояло на столі вічно, впродовж цілого року? Пишний віник з вохристими суцвіттями, з ароматом сухим, терпким і пісочним. Ось ти проходиш повз стіл, на якому стоїть оберемок у звичайному трилітровому слоїку. Воду давно не змінювали — вона темно-зелена й загусла, зі шматками слизу, розповсюджує трупний запах.

Ти завжди так боявся трупного запаху. Вже навіть ставши дорослим, ти боявся моменту, коли доведеться його відчути від когось, кого знав ціле життя. Ти побоювався, що не витримаєш, що виявиш свою відразу, що інші її зауважать. «Та він не тужить, він не убитий горем! Ви тільки погляньте — йому бридко, йому неприємно!»

Але коли баба померла, коли вона з дивним шипінням надувної кульки видихнула з себе останній ковток повітря, ти так і не вловив нічого схожого на запах гнилої квіткової води. Якщо й був якийсь запах, то він більше скидався на запах висохлих суцвіть пижма і неочищеного воску з нотами сірки, аміяку і чогось невпізнаваного. Їй, мабуть, пощастило. Вона перейшла зі стану в стан так плавно, що й сама цього, вочевидь, не помітила.

Можна дивитися на це й інакше. Вважати, що останніми роками вона насправді вже не жила: майже вся волога з неї випарувалася, вона збіглась і зжужмилась, мозок перетворився на почорніле зернятко волоського горіха. Відколи вона перестала себе впізнавати, відколи стала тихою і розгубленою, відколи перестала бути нестерпною — десь отоді непомітно й померла.

Але фактично похорони відбулися аж після того, як її кам'яна зморшкувата рука з покрученими пальцями застигла у твоїй долоні.

Ось, бачиш, яка добротна труна стоїть на тому столі, де стояв слоїк із пижмом. Ти не пам'ятаєш, що зробили зі слоїком — твоя мама викинула його, сестри-баби кудись його переклали? Тоді в старому кам'яному будинку на Торговиці — з великим, як трап корабля, ґанком, з круглим вікном на піддашші, що здавалось тобі Всевидячим оком, — товклося так багато людей, що будь-хто з них міг безборонно зробити зі слоїком що завгодно.

Наймолодша бабина сестра, Христя, перебувала в цілковитій прострації. Вона так звикла до того, що обидві старші сестри вважали її юною і нетямущою, вічним немовлям, яке бавиться цурпалками та корінцями топінамбура, що тепер не могла вмістити собі в голові: як це так, що її опори, її грози, старшої сестри Уляни вже немає на світі. Вона сприймала це не як природний етап земного життя, не як нормальний стан речей, а як трагедію, як раптову і приголомшливу катастрофу. Їй самій на той момент було вже під дев'яносто — і вона раптом запідозрила, що і з нею незабаром може також статися щось подібне.

І все ж саме Христя — бо кому ж іще — зробила цей знімок, казав мені ти. Це один із небагатьох кольорових знімків у твоїх родинних альбомах. Христя зберігала вірність своєму плівковому фотоапарату і віддавала перевагу чорно-білій плівці. Те, що тіло своєї старшої сестри вона сфотографувала у кольорі, свідчило про гостроту переживань, про відчай. Христя відчула пекучу потребу в додаткових засобах, до яких раніше практично не вдавалася. Розфарбувати безкровну сестрину шкіру, вдихнути в неї життя — ось що вона намагалася зробити, натискаючи неслухняним пальцем на спускову кнопку подарованої тобою «Лейки».

(А ще ти розповідав мені, як демонстрував їй одного разу можливості цифрової камери. І як вона — вже у розпалі деменції — чи то навмисне, чи під впливом хвороби і деградації, повністю ігнорувала всі твої спроби. Відвертала голову, відводила очі, говорила про будь-що, тільки не про плаский сріблястий прямокутник на твоїй долоні. А коли ти нарешті дав їй спокій, почала пожадливо щось налаштовувати у своєму старенькому «Зеніті» з напівавтоматичним налаштуванням експозиції.)

Тим часом середня сестра Нуся проявила під час похорону всю свою практичність. Це був її спосіб захисту: стежити за дотриманням порядків, керувати, контролювати, критикувати.

Вона вчасно впіймала сусідку з-під Торговиці на спробі зняти з ніг небіжчиці шнурок. Потім Нуся багато разів переповідала цю історію: як зайшла до кімнати і побачила сусідку, що трималася обома руками за ноги тіла, як запитала її, що вона робить, як та спохопилася і спаленіла, вирячилася на неї переляканими очима, застукана на гарячому, і почала белькотіти щось жалісливе, і навіть залилася слізьми, говорячи про померлу найвищими означеннями — що та була людиною щирою і доброю, істинно святою, що вона завжди допомагала людям, ризикуючи власним життям, відмовляючи собі в найнеобхіднішому. Кожному ж відома, мовляв, історія про переховування чужого єврейського хлопця ціною винищення її власної християнської родини. А і їй, сусідці, померла після війни не раз віддавала всю здобуту працею їжу, яку несла якраз сестрам. І чоловік її, небіжчик, який став би найкращим священником із можливих, якби не війна, був святим. Обоє тепер на Небі.

Ця ж сусідка почала розпитувати Нусю про обмивання — хто його проводив, і як, і що зробили з водою, і так далі. Але Нуся ні на мить не сумнівалася, про що йдеться, і хоч не могла сказати цього жінці у вічі, як не могла вигнати її геть із дому, бо це було би поганим знаком, та й узагалі так не робиться, все ж дала їй зрозуміти своїм недвозначним виглядом і кількома напівпрозорими натяками, що її викрито. Жіночка після цього ще спробувала підмести хату, але віника у неї було тут же відібрано і зашикано на неї по-гусячому, після чого вона ніби випарувалась і більше не з'являлась.

Кожному, хто прийшов на похорон, Нуся розповідала свої сни, що віщували смерть. Перший сон був про знервованого кота з їхнього дитинства, триколірного кота з відірваним вухом, який сидів на Уляниних вишитих подушках під веретою, на її місці, і, відкриваючи широко рота, сварився людською мовою. Другий сон був про саму Нусю: вона переносила з місця на місце на кладовищі мертві людські голови, відділені від тіл, складаючи їх охайно й обережно до гарних кам'яних усипальниць. Нуся страшенно зморилася, ледве пересувала ноги, тому що кожна голова була невимовно важкою, майже непідйомною, але «їх мус було перетягнути на місце, не мож було кинути».

Ти не спав уже майже дві доби: баба померла над ранок позаминулої ночі, а до того ти майже не відходив від її ліжка і мучився разом із нею: волікся часовими пустелями без води й кисню і сам собі боявся зізнатися, що чекаєш кінця. І коли вона з присвистуванням і шипінням видмухнула з себе останній ковток повітря, ти чекав іще чогось, якогось остаточного знаку, що все справді скінчилося — таким непереконливим здавався тобі її відхід. Ти чекав, що вона зараз знову поворухнеться. Чекав, що вона навіть скаже щось — хоча баба вже кілька діб не говорила.

Потім тобі довелося цілий день бігати й залагоджувати справи, пов'язані з похованням — якісь документи і служби, місце на цвинтарі, одяг, труна, священник. Священник у баби був свій власний. Він розплакався, коли ти повідомив йому про її смерть. Плакав, гладячи себе долонею по лискучій залисині. Сльози стікали півколами в ямку на підборідді — і звідти скрапували за комір.

Сестри і сусідки обмили її і одягнули. Вона давно вже, як з'ясувалося, приготувала для себе одяг на цю нагоду, тому ти купив речі марно — хоч ідеально вгадав із розмірами, бо добре її знав. Христя мовчки взяла у тебе пакунок і забрала його до своєї з сестрою шафи.

Ти зносив тіло вузькими крученими сходами, що вели з кухні, униз, до пивниці. Вона стала незручною, штивною, і тобі майже доводилося протискатись із нею у цьому тунелі, просуваючись із усією можливою обачністю, щоб не впасти. Тобі здавалося, це ніколи не закінчиться. І ще ти боявся, що вона застрягне тут, що ти не впораєшся. Але врешті таки зніс її додолу.

В пивниці у вас низькі стелі — тобі доводилося пригинатись. Там вологоі дуже зимно; запах підгнилих зваляних коренеплодів вгризся у стіни разом із грибками. Поруч із мішками картоплі, моркви і буряків, стояла маленька полускана й проіржавлена ванна. До ванни вела хрумка доріжка із золотого цибулевого лушпиння. Газова колонка запалювалась, ревнувши, як вогнедишний змій.

Бабині сестри і сусідки вже чекали внизу. Вони прийняли її від тебе і, не припиняючи нарікати, почали роздягати, як велику ляльку, виплавлену з олова. Десь назовні хрипко завивав пес, якого господарі забули зачинити. Або не зачинили зумисне. Нуся відстоювала версію, хто саме намагався злякати Улянину душу — образ було достатньо. Навіть смерть не скасовувала бажання мститися.

Ти піднявся сходами, завмер у темряві й тісняві і слухав це відьомське базікання. До твоїх вух чітко долинали глухі удари твердого предмета об борти чавунної ванни. Чавун відлунював, як труба самодіяльного оркестру.

Потім ти сперечався з ними: навіщо зав'язали їй цю чорну хустку? Вона так зовсім на себе не схожа, це ніби не вона. Вона ж ніколи не носила хустку, навіщо ви зробили з неї якусь сільську жінку, вона такою ніколи не була.

Ти називав її «бабою», але це слово було омонімом до тих звичних «бабів», що стосувались уже навіть Уляниних сестер, сусідок, жінок у церкві, на зупинках автобусів, на базарі, всюди навколо. Ця «баба» належала тільки їй одній, і це слово містило в собі все, що можна було про неї розповісти:

її прямий хребет, продовгуваті м'язи рук, напнуті під потертою майже цілим століттям шкірою, чітко окреслений контур губ, від яких розходилися чіткі зморшки-тріщинки, погляд, що пронизував черепну коробку і перебирав ланцюжки думок у твоїй голові; її ситцеві сукні і взуття на квадратному підборі, ніби вона завжди була готова танцювати «Гуцулку Ксеню»; її непохитне переконання у безнадійності життя, марності зусиль і нікчемності людських істот; і попри це — її вперта непосидючість, її втручання у все навколо, впевненість, що тільки вона знає найкраще і може виправити ситуацію, її акуратні випрасувані білі блузки, регулярне висмикування волосинок над верхньою губою, накручена на бігуді сивина, зафарбована басмою у блакитний колір, її невдоволене, навіть обурене «Хто це дзвонить?» у слухавці замість загальноприйнятого «Алло». Її сизі, роздуті шрами, схожі на додаткові вени, розташовані на зап'ястях перпендикулярно до основних — тілесні ушкодження, настільки невід'ємні від неї, що здавалось, ніби вона з ними народилась.

Але справжні баби відстояли хустку, піднявши такий ґвалт, що ти негайно здався, аж до нестерпности відчувши своє цілковите безсилля — перед жінками, перед хусткою, перед життям, перед смертю. Привезли труну — і баби негайно її розкритикували: дерево, мовляв, розсохлося, цвяхи стирчать не там, де треба. Вони змусили тебе встрянути в довгу суперечку з власником майстерні, де виготовляли домовини — а той і так уже був роздратований, бо ви відмовилися користуватися звичним переліком послуг, які надавала його фірма (підготовка тіла, надання приміщення для прощання, сценарій дійства і розпорядник, який мав усе організовувати і за всім стежити, а також виголосити гарну прощальну промову). Вони щільно позачиняли всі вікна, хоча стояла липнева задуха, і коли ти спробував відчинити вікно бодай на кілька хвилин, щоби трохи подихати, почали кидатися тобі на руки, як скажені кицьки.

Вночі сидіти біля її тіла довелося, звичайно, тобі. Батько — її єдиний син — встигав дістатись до міста лише завтра; мама сказала тобі по телефону: «Я приїду на похорони, але більше робити нічого не буду. Не в тих ми були стосунках».

Але ти й сам хотів залишитися з нею наодинці. Бабині сестри час від часу прокидались і по черзі заходили до кімнати, запевняючи, що не можуть заснути, що плачуть, що в них безперервно відбуваються приступи й напади: тиск то підвищується, то стрімко паде, болять серця, крутить ноги — і найгірше, що ти добре знав: усе це було правдою. Вони також були вже дуже старі, сестри твоєї баби Уляни.

Її незнайоме обличчя стало ніби глянсовим — здавалося, в нього можна зазирнути, як у дзеркало. Ти відчував, що уникаєш дивитися на неї, що найохочіше би відвернувся, вийшов би звідти геть. Що чекаєш миті, коли труну накриють віком, коли її опустять у землю і закопають. Але саме тому ти примушував себе підходити до неї і вдивлятися в її обличчя, торкатись її рук, натягувати манжети її рукавів на дивним чином зблідлі та спласлі шрами, що зміїлися впоперек її зап'ясть. Ти прислухався до себе з надією, що натрапиш на м'яке місце в своєму нутрі, на схлип, на жалість, яка допоможе прорватися плачеві. Але всюди всередині тебе було гладко, тісно, напружено, забито запахом лілій.

Ти хотів знайти у грудях бодай натяк на зворушення, хотів пожаліти її і себе, із зусиллям викликав у пам'яті її голос, її інтонації — «Хто це дзвонить?». Пригадував, як наближаєшся до неї після дня біля мурашника, як вібрує слоїк із пижмом на столі, як ковзає верета по дошках підлоги. Як ти зупиняєшся перед пірамідою вишитих подушок і дивишся знизу вгору, де вона сидить, як Гера на Олімпі, в нічній сорочці серед газет, окулярів, бланків із рахунками за комунальні послуги, папірців зі стовпчиками підрахунків. Як вона не дивиться на тебе. Як калатає твоє серце. Як вона не дивиться на тебе, хоч добре знає, що ти тут. Вночі ти, маленький хлопчик, не зможеш заснути від болю у м'язах — аж тоді виявиться, наскільки ти напружував ноги, наскільки стискав кулаки, як запомповував досередини передню стінку шлунка, боячись поворухнутись. Але стоячи навпроти неї, ти цього не зауважував, самого себе не зауважував, весь звернутий до неї: як вона відкушує нитку з коротким клацанням, як мурмоче, ніби між іншим, пісеньку з радіо:

> *Червону троянду дарую тобі,*
> *Не знаю, чи стрінемось знову.*
> *Могла б я віддати і серце своє,*
> *Та серце належить другому.*

Десь о третій ночі ти таки наважився відчинити навстіж вікно. Вологий розігрітий вітер увірвався до кімнати, полощучи полум'я свічок, затріпотівши пелюстками лілій — це ж була якраз пора їхнього цвітіння. Цілі оберемки отих найпростіших, помаранчевих, з невеликими чашками; але були також і плямисті, тигрові, і білі, воскові, влізливі, що тягнулися до тебе всю ніч своїми хижими головами, схожі на живі безсоромні органи, запеленавши тяжким солодким сопухом. Ти вже й не наближався до них — однак постійно зауважував ядучо-жовтий пилок на рукавах і щоках.

Десь гепнула віконна рама, від протягу з дзеркала зіслизнула чорна тканина. Розпатлані сестри вбігли до кімнати. Нуся трималась за серце, Христя — за Нусю. Беззубі роти роззявлені від страху й обурення, рожева шкіра просвічувалась крізь ріденьку сивину.

Ти покірно зачинив вікно, знову завісив дзеркало, позапалював свічки, які згасли, змів опалі пелюстки лілій, відправив сестер спати.

Рано-вранці приїхав батько, але чим він міг зарадити? Ви вдвох наблизилися до труни і постояли біля неї кілька хвилин мовчки.

Все одно саме тобі довелось позичати ложки на поминки («Виделками не мож їсти») і домовлятися з сусідами, хто нестиме труну. Не всі аж так легко погоджувалися. Бабу не любили.

Але людей на прощання набилася повна хата. Принесли ще більше квітів, ще більше лілій. Вони стояли у відрах, лежали серед вишитих подушок на бабиному ліжку. Ти не знав багатьох. Що то за сухенький дідок із мокрими очима, який пересувається, совгаючи ногами, і якого веде за руку круглолиця жінка з густими бровами? Що це за літній пан у коричневому костюмі, який наказує негайно попереверати всі табуретки і стільці, «щоб душа не сіла», і налити для покійної п'ятдесят грамів горілки? Нуся прошепотіла тобі на вухо, що дідок — це брат паламаря, який після війни прибився до церкви, а пан у костюмі — гінеколог, який прийняв на світ майже всіх мешканців містечка — «і тата твого, і тебе самого теж».

Одначе Нуся не знала, ким була жінка в чорній сукні до колін із довгими рукавами, з глухим коміром, у чорних панчохах (це в таку спеку, у важкій і липкій лілієвій задусі). На око ти дав би їй років п'ятдесят, але я не певна, що у свій ранній студентський вік ти здатен був уже орієнтуватись у віці жінок. Насправді мало хто міг би визначити вік саме цієї жінки: шкіра на її обличчі, білосніжна й надмірно гладка, здавалася немов щільно натягнутою на вилиці, підборіддя й лобову кістку. Волосся гладко зачесане, зібране у вузол.

Звідкілясь у твоїй голові взялися кадри, що перед тим запалися на дно свідомости серед біганини й метушні: твій батько кудись тягне незнайому жінку, тримаючи її за руку, окуляри зіслизають із його спітнілого від нервів носа; жінка стоїть на порозі, широко розставивши ноги для певнішої опори, склавши руки на грудях, повз неї протискаються прийшлі, передають одні одним вінки; вона дивиться на твого батька зверхнім поглядом, згори вниз, вища від нього, раптово зсутуленого, на цілу голову. Ти пригадав, як, намагаючись вникнути у дрібний почерк і розрахунки в зошиті власника бюро ритуальних послуг, ковзнув поглядом по силуету незнайомки, припертому до стіни. Її туфлі на високих гострих підборах лисніли серед заляпаних болотом ґумаків, що покотом лежали на дощаній підлозі. Кінчиками пальців вона торкалася свого обличчя, не зводячи з твого батька насмішкуватого погляду. Ти сам не знав, як, намагаючись вивести на чисту воду облудного шахрая з поховальної контори, зумів розгледіти в темряві передпокою тонкі шрами на досконалому, попри вік, жінчиному обличчі. Шрами обліпили її лице, мов слинаві нитки, залишені шовкопрядом. І як ти спромігся розчути серед одноманітного молитовного дзижчання десятків людей над бабиною труною батькове істеричне шепотіння на вухо озлобленій красуні: «Заберися, заберися звідси, будь ласка».

Тепер Нуся дивилася на неї з підозрою і майже вголос розпитувала людей. Жінка вийшла надвір, закурила сигарету, походжаючи ґанком. Завідуюча дитячого садка «Теремок» сказала, що це донька директора житлово-експлуатаційної контори. Ветеринар Яців, у якого на сизому обличчі проступала чітка сітка тонких фіолетових судин, пригадав, що вона була першою дружиною фармацевта з комунальної районної аптеки на Галицькій. Інспектор насіннєвої інспекції, пані Люда, зсунула на кінчик носа окуляри, і її ніздрі раптом різко розширились від гніву: та ж ця хвойда товклася, коли було сорок днів по її, пані Люди, чоловікові. Ангеліна Всеволодівна, голова профспілкової організації працівників культури, тут же впізнала жінку — вона приходила на дев'ятий день по смерті адміністратора хору Бобрянського. Баба Нуся, що раптом зробилася схожа на войовничу принцесу, вигукнула, що це точно та бестія, яку проганяли з велелюдного прощання з отцем Лисником двадцять років тому. А баба Христя сказала, що має її на своїй ранній фотографії із тілом оунівця, викуреного з печер монастиря в Рукораку. Вона переховувала плівку з цією фотографією в саду під грушкою, у бляшанці від італійської м'ясної консерви 1942 року, призначеної для солдатів Вермахту, яку знайшла неподалік від Нагірянського тунелю.

Твоя мама чомусь заточилася, пожовкла на обличчі і безсило опустилася на лаковане трюмо, закинувши голову на темну тканину, що покривала дзеркало. Її погляд став дезорієнтованим і дитячим. Вона ковзала ним від обличчя до обличчя, не приховуючи паніки, що нею оволоділа. Вона простягнула до тебе руки.

І тоді ти нагримав на них усіх і процідив крізь зуби, що якби те, що казали про жінку, було правдою, то вона мала б зараз уже років сто двадцять. Ти наказав їм усім схаменутися і поводитися пристойно. Яка різниця, ким є ця жінка і чому вона сюди прийшла. Вона плаче, вона явно схвильована — отже, має на це причини. Цього достатньо.

Ти звернув увагу на погляд, яким пильно зміряв тебе твій батько. Він ніби вперше не проскочив тебе неуважно і поспішно, а затримався і побачив. Час застиг на кілька секунд, поки ви здивовано дивились один на одного.

Баба Нуся, послухавшись твого наказу, перемкнулася на жалощі і сльози. Вона згадувала, як Уляна, увійшовши в ранній підлітковий вік, у першій половині тридцятих вимагала в їхнього батька нові суконки і взуття. Батько любив її надто сильно, незаслужено — баба Нуся так і сказала: «Незаслужено», — і навіть не спіткнулась на цьому слові. Як він подарував одного разу їй сукню в горох з великим бантом на грудях і перламутровими ґудзиками на манжетах — і потім мав великі проблеми: його заарештувала польська поліція, бо хтось звинуватив його в крадіжці сукні. Зрештою, наступного дня батька якимось дивом відпустили.

У цій сукні Уляна ходила на здибанки з солдатами й іншими кавалерами, яких заводила в різних кутках містечка, не гребуючи ніким, навіть самі знаєте ким. Після цих слів навколо Нусі запала глибока тиша. Мовчанку порушила твоя мама, вкотре зауваживши, що Уляна була ж іще зовсім дитиною, яких таких кавалерів могла вона заводити. А Нуся на це з готовністю відповіла, що тоді були інші часи, інше ставлення — Уляна нічого такого не робила, вона просто жартувала з чоловіками і фліртувала, дражнячи їх, вона займалась цим, бо страшенно себе любила.

Нуся розповіла, як одного разу Уляна покликала супроводити її на побаченні — хотіла показати нового нареченого. На що Христя, розсміявшись, заперечила: мовляв, можеш себе скільки хочеш обманювати, ніби ти була для Уляни така важлива, що вона з тобою збиралася радитися про наречених, але людей хоч не обманю. І пояснила слухачам, що Уляна брала іноді Нусю з собою для прикриття, прагнучи попередити мамині підозри та гнів. Але щойно вони спускалися з Торговиці, як Уляна Нусю проганяла.

На цих словах тарілка, яка стояла перед останнім прижиттєвим фотопортретом Уляни, несподівано сплигнула зі столу і посеред цілковитої тиші почала з глухим туркотанням описувати на підлозі широкі кола. Вона крутилася і крутилася, ніби не сама по собі, а заведена кимось невидимим, креслила ребром десятки, сотні кіл, приковуючи до себе очі сполотнілих присутніх. Це тривало надзвичайно довго. Ніхто не смів ворухнутись, ніби боячись привернути до себе тарілчину увагу. Здавалося, ніхто й не дихав. Врешті тарілка, навіть не сповільнившись, впала плиском і завмерла.

Я ж казав налити їй п'ятдесят грамів, — сказав гінеколог.

Хліба, хліба, треба покласти їй хліба, — заметушились баби.

Вона так любила свята! Вона так любила поїсти!

Всі зібрались — а їй нічого не дають.

Вийшла! Вийшла! — прошепотів панотець, стежачи за чимось очима під стелею і хрестячись. Після цього почав послідування, прочитав Трисвяте й Отче наш, і продовжив:

З духами спочилих праведників душу раби Твоєї Уляни, Спасе, упокой, і прийми її до блаженного життя коло Тебе, Чоловіколюбче. В оселях Твоїх, Господи, де всі святі Твої спочивають, упокой і душу раби Твоєї Уляни, бо Ти Єдиний Чоловіколюбець...

Ти зауважив, що повітря під час молитви загусло ще дужче, легені боліли і злипались від нестачі кисню, скроні стискало болем, ніс і горлянка повнилися смородом людських тіл і квітів. Ти відчував, як краплини поту вкрадливо сповзають спиною під твоєю чорною сорочкою.

Жінка впала навзнак, глухо вдарившись об підлогу потилицею. Люди, які стояли позаду неї, миттєво розступились, звільнивши підлогу для її падіння.

Ти озирнувся і побачив іще, як підлітають догори пасма її волосся, вибившись із зачіски. Ти кинувся до неї. Баби заквоктали навколо. Священник замовк.

Ти схилився над її безкровним обличчям. Її очі були не повністю заплющені, напіврозхилені: знизу виднілись серпики білків.

— Неси її на ліжко, — розпорядилася Христя.

Ти послухався і незграбно взяв її в оберемок. Відразу відчув, як її просякла вологою синтетична сукня прилипла до твого пропареного одягу. На тебе пахнуло літнім мусоном, розкритими мушлями, зіпрілими морськими водоростями, винесеними на розігріті білі камені узбережжя. Твої руки зіслизали з її тіла, настільки ви обоє були спітнілими, настільки вологим було повітря. Її кінцівки, її тулуб виковзували з твоїх рук, ти майже не міг його втримати, майже не міг нести. Тіло було м'яким, розтопленим, пластичним. Тобі здавалося, твої пальці вминаються в нього, залишають заглибини, отвори, які ніколи не минуть, не затягнуться. Ти не відводив погляду від її обличчя. Голова закинулася далеко назад: от-от відірветься від шиї. Мокрі пасма волосся прилипли до щік і підборіддя. З мочок скрапували важкі краплини.

Присутні рухалися за тобою крок за кроком. Штовхали тебе, підпирали з усіх боків, смикали. Метушились і галасували. Нуся дмухала в обличчя жінки, розбризкуючи слину. Христя намагалася знайти на її сукні і розстібнути ґудзики.

Ти заревів на них, не здатен підібрати слів, — і встиг зауважити, що своїм ревінням відлякав батька, який якраз тієї миті підступав, простягнувши руки, намагаючись підхопити жінку, допомогти тобі. Ти неуважно йому кивнув, водночас ледь підкинувши тіло догори, щоб зручніше його вхопити, — і при цьому твоя права рука ковзнула між її ніг, ошпарена розжареною плоттю. Твоє зап'ястя опинилось у лещатах стегон, долоня вперлась у куприкову кістку. Лівою рукою ти тримав її за плечі, ліктем підтримуючи голову. Ти наблизив її обличчя до своєї щоки, намагаючись зафіксувати, щоби струшувати нею якнайменше. Її лице, перекреслене шрамами на сегменти, було вкрите прозорим пушком. Випадково торкнувшись носом її шиї, ти відчув, що її піт став тепер крижаним. Але там, де зав'язла твоя права рука, ставало дедалі тісніше, дедалі спекотніше. Ковзка плоть пульсувала, розбухаючи, і твоя долоня пульсувала з нею в такт, не намагаючись вирватися з пастки.

Кладучи її на бабине ліжко, у гніздо з вишитих подушок, ти не втримався, верета посунулась під твоїми ногами — і ти впав просто на неї, на перини, в глибини постелі. Над вами товпились люди: твої батьки, сестри померлої баби, священник із ієреєм, сусіди, гінеколог, ветеринар Яців, інспектор насіннєвої інспекції пані Люда, голова профспілкової організації працівників культури Ангеліна Василівна та всі інші. Ти втиснув у матрац її тіло своєю вагою, замочив обличчя в її мокрому розтріпаному волоссі. Вона видихнула різко тобі у вухо, і ти відчув, як стегна змикаються іще щільніше, аж зводить болем зап'ястя. Вона дивилась тобі в очі серйозним поглядом і не відпускала.

Тебе тягнули за плечі: «Піднімайся, вставай, ти ж її розчавиш, їй треба допомогти», — а ти не міг підвестись, бо вона не дозволяла тобі вивільнити руку. Ти запитав її поглядом, але вона дивилася на тебе майже без виразу, лише з упертістю й упевненістю, ніби точно знала, що саме робить. Тобі здалося, вона розтирає стегнами твою руку. Здалося, вона починає прогинати поясницю. Здалося, її уста розтуляються, подих пришвидшується і вона стогне.

І тоді ти шарпнувся з усією силою, на яку був спроможний, — як вовк, який видирається з пастки, готовий навіть відгризти собі лапу, аби лише порятуватися. Ти упав на священника з ієреєм, мало не збивши їх із ніг — і жінки негайно кинулися туди, в подушки, до постраждалої, надавати їй допомогу, закриваючи її від тебе. Ти залишився сам десь збоку. Спиною відчував присутність баби Уляни. Вона продовжувала лежати в труні з обличчям, як силіконова пелюстка великої лілії. Тебе морозило. Ти підніс праву руку до обличчя і понюхав її.

фотокартка: панорама міста крізь завісу з хмар

Цей знімок, схоже, Христя зробила з вікна, яке на попередній фотографії так щільно зашторене. Вона, можливо, зняла з підвіконня вазони у глиняних горщиках, вийняла зі щілин у рамі поролоновий утеплювач (уже стояв кінець квітня, а вони ще жодного разу не відчиняли вікна з минулого року), відчинила вікно і вилізла з ногами на облущене підвіконня, притримуючи правою рукою важкий фотоапарат у чорному футлярі, що звисав із шиї. Вилазити на вікно їй було не надто легко: знімок зроблено на початку 1970-х років, а отже, Христя вже далеко не юна дівчина. Вона кректала, в неї хрумтіли суглоби. Вона незграбно перебралася зі спеціально підставленого замість сходинки стільця на шершаву пожовклу емаль підвіконня і навіть крізь колготи відчула її прохолоду.

День був холодний і хмарний. Хмари перли з північного сходу з-за Христиної спини, з-над даху їхнього будинку. Вони були важкі й багаторівневі, розбудовані загрозливими вихорами та хвостами. Тисли на повітря, на дахи, на автомобілі, що котилися вузькими вуличками. Їх гнав різкий непривітний вітер — погонич худоби, пристрасний любитель нагайок. На околиці хмари зустрічалися з димом зі смугастої труби цукрового заводу.

Фото водночас чітке і розмите. Бачиш, як тут багато всього: круглі крони дерев просувають свої щокаті голови з-поміж черепичних дахів, плямистих і облізлих. Можна розрізнити накип цвіту. Можна розгледіти почорнілі ребра черепиці, можна вгадати, що вона рудувата і брунатна, обляпана голубами. Хмари звисають з обламаних стін замку на стрімкому пагорбі над містом, порослому безладними бур'янами. Хмари щільно набилися в зяючі бійниці.

У дитинстві, коли ти бачив ці руїни або думав про них, у твоїй уяві поставала картинка внутрішнього двору з ренесансними галереями. Ти майже чув дзюркотіння води у фонтані, що лунало 1684 року. Ти намагався уявити життя в палаці, в залах зі стінами завтовшки в чотири метри. Як котрась із дружин власника замку — чи Урсула з Даниловичів, чи, може, то була Тереза — переходить із зали до зали кроками твердими, але нечутними, як у лункій тиші шарудить її сопіння, як покахикують застудженими горлами слуги, душачи в собі мокрий задавнений кашель. Як вона керує обороною замку під час облоги — грізна і тверда баба, яка існувала насправді: кричить і віддає накази, між бровами у шкіру врізалася різка й глибока зморшка напруги, з рота летять бризки слини.

Замок розростався століттями, нарощував об'єми. Кожні наступні власники розбудовували його й укріплювали, вдосконалювали, осучаснювали. У ньому спали і їли, радились і вирішували, приймали гостей, знімали одяг, справляли потреби, дивились на місто: як під наглядом італійця зводять, наприклад, Ратушу або церкву при монастирі на горі Федір під наглядом сілезця.

Цей замок жив так довго, аж десятки поколінь людей встигли розсипатися на порох. А потім його покинули, дозволивши розтягати на різні дрібні будівництва. Його кості всихались, підточувалися дощами і сечею, дедалі більше зросталися з пагорбом. І все ж він нікуди не зник, він усе ще досі тут, уже років вісімсот як стримить над містом. Бо, хоча майже все на землі розчиняється, не залишаючи сліду, місця часто мають власну пам'ять, власні спогади і сни.

На оцій фотокартці відбився сон місця. Поглянь, як хмари пруть між баштами церкви монастиря на Федорі. Дивися на цю зграю голубів, яких зносить вітром із барокових карнизів Ратуші, — їхні крила розметані врізнобіч, і вони схожі на окремі квітки бузку, підкинуті в повітря. Поніве́чені силуети статуй від руйнувань стихіями набули ще екстатичнішого вигляду. Інтуїція скульптора підказувала йому виготовляти складні заготовки фігур, що згодом будуть піддані довершувальному впливу вітру, дощу, снігу, перепаду температур і атмосферного тиску.

Складається враження, що площа біля Ратуші оновлюють: вона порожня, схожа на оголений механізм, із якого стирчать безпорадно обрізані дроти. У настояний століттями простір із його плавними гнутими лініями пагорбів і ріки, моста над Стрипою, тісних кам'яниць, що поналипали одні на одних, позросталися між собою, як гриби, ще доволі промовистих залишків розкішної архітектури, густо відзначеної рокайлевими завитками, сандриками та гербами, ніби в'їхала здоровенна чавунна праска і залишила по собі пропалену тканину. Посеред цієї тканини стовбичить видовжена бетонна коробка райдержадміністрації.

Я не можу знати, якою була ця площа раніше. Цього ти мені не розповідав. Єдиний спосіб тобі довідатися — пригадати.

Коли ти народився, пам'ятник Лєніну вже знесли. Можливо, фотографію зроблено в рік твого народження. Можливо, Христя намагалася зафіксувати місто, передчуваючи, що ти втратиш пам'ять.

Цікаво, що на знімку зображена також споруда, якої на той момент не існувало вже впродовж кількох десятиліть. Так, я знаю, що це всього лише тінь від хмари отут, неподалік від Ратуші. Це хмара опустилася додолу, розсіялась на будівлі туманом, напустила туману в очі й об'єктив. Але скажи, чому тоді ця хмара така прямокутна? Чому її стіни — укріплені мури, товщина яких складає цілих п'ять метрів, а висота — приблизно тридцять? Кожна стіна має кам'яні опори, з'єднані між собою арковими портиками. Дах будівлі — опукле склепіння. Це була справжня фортеця, прихисток у часи воєн.

Будівлю звів італієць Меретин — той самий архітектор, що збудував Ратушу на замовлення графа Миколи Василя Потоцького.

Над малим віконечком над входом до жіночої частини вигравіювано рік будівництва: 1728 — як на івриті, так і римськими числами: MLCCXXVIII. На східній стіні, під самим дахом, є ще напис, який повідомляє, що 1748 року стіни було покрито тиньком завдяки дару від доброчинної Естер-Мальки Бір.

По всьому периметру стін тягнеться дванадцять прозорих герметичних вікон. Внутрішня зала декорована картинами, квітами та херувимами. Із західного боку приміщення здіймаються двоповерхові балкони жіночої частини, з яких особливо зручно милуватися пишнотами храму.

На кожній стіні висить по мідному канделябру, що були спеціально створені й подаровані самими майстрами.

При східній стіні сяють двері Ковчега Одкровення, а над ними — Десять Заповідей, увінчані Торою. З обох боків від сходів, які ведуть до Священного Ковчега, стоїть по залізному баранові, різьбленому квітами. З їхніх голів виростають металеві пальми. У центрі зали красується мармурова біма.

Тору оздоблено золотими і срібними орнаментами. Однак не тільки вона притягує погляди, а й мідний рукомийник і його мідна підставка, мідний резервуар із вигравіюваними рисунками, в якому священнослужителі омивають руки перед проповіддю, кубічна ханукальна менора, також із міді, а ще — древній рукописний молитовник, літери якого виписані на пергаменті: книга містить у собі гімни для всіх літніх шабатів, а також різноманітні молитви для спеціяльних оказій (у тому числі і за хворих дітей). Ця книжка має палітурку зі шкіри й дерева і створена 150 років тому одним із письменників містечка.

Неподалік від синагоги — бет-мідраш, місце для навчання, з бібліотекою, повною рідкісних цінних книжок, як соти повні медом.

Всього цього насправді вже немає. Синагогу знищили в 1941. На фундаменті бет-мідрашу не так давно збудували у твоєму місті критий ринок з вагонкою і гіпсокартоном.

фотокартка: церква Покрови взимку

З цієї фотографії можна зрозуміти, що день був морозяний, прозорий і тихий. Гілки, які перекреслюють кадр, простягають повні пригорщі снігу. На деяких — ще не опале листя. Ці напівпрозорі молочні смужки — зафіксоване падіння крихітних грудочок снігу. Вони падають майже нечутно, м'яко осідають в обійми товстого перистого хутра.

Ця картка дозволяє не тільки побачити те, що в кадрі, але й усе, що навколо. На об'єктиві — найлегший наліт пари з віддиху фотографа. Кінчик носа червоний. Пальці задубіли, але в рукавицях натискати на спуск незручно.

Фото зроблене з пагорба. Внизу — крита брезентом вантажівка, що минає церкву Покрови. Кутий паркан навколо церкви й муровані стовпи з оздобою. Блідо-сіра на тлі ще блідішого неба, церква стоїть в обіймах голих дерев і пишних туй на подвір'ї.

Мама водила малу Уляну з сестрами до круглої церкви Покрови, хоч туди з їхньої Торговиці було плентатись і плентатись. Але вони звикли і до інших церков ходити вже не могли. Уляна раз на тиждень приходила сюди ще до 1956 року, коли більшість людей робити цього вже не наважувалася. Але твоя баба була вперта собі назло. Потім, коли в Покрові зробили склад Районного споживчого товариства, вона намагалася влаштуватися сюди на роботу. Але їй сказали: жіночко, дорогенька, тримайтесь від церков якнайдалі, бо про вас і батька вашої дитини, який був альбіносом і ворогом народу, нам тут, у кабінетах, відомо більше, ніж вам самим про себе.

Твоя баба ніколи не трималася від церков якнайдалі. Але вона була лисицею і вміла замітати сліди.

А 1989-го вона увійшла до Покрови як власниця. Як Марія Амалія Могилянка, коли їм із чоловіком перейшли у власність міста Бучач, Чортків, Вербів, 23 села «бучацького ключа», срібло і клейноди на 20 тисяч злотих. Баба поводилася без тіні сумніву, що має найбільше права і влади опікуватися церквою — як вдова покійного священника (закатованого у Сибіру повстанця), якого місцеві віряни вважали святим.

Вона була присутня, коли, розкопуючи дзвони, в підвалі церкви знайшли рештки півтори сотні людських тіл. Вона давала всім зрозуміти — особливо тим, у кабінетах, які раптом стали доволі стриманими, — що найкраще знає, чиї то були рештки і чиїх рук усе це справа. Що їй завжди відомо було все про рештки і про злочин.

Твоя баба тримала при собі всі ключі від церкви, знала кожну сходинку вузьких гвинтових сходів, які вели на хори, кожен пальчик дерев'яних херувимів, різьблених Пінзелем або котримсь із його учнів чи наслідувачів.

Вона зберігала в захристі шмати для прибирання, віники і швабри, вона забирала додому на прання облачення священника, вона збирала з пастви гроші на різні побутові потреби, закуповувала свічки й образки. Але це не найголовніше. Вона одноосібно вирішувала долі людей. Хто з жінок удостоївся права прибирати церкву перед Покровою. Кому випала честь натирати сірими шматами з затхлим душком щічки й животики Пінзелевих янголят, що грайливо вигулькують серед оздоби храму. Кому на похорони гроші збиратимуть посилено, а кому — пасивно. Чию дитину хреститимуть першою. Кому пощастить узяти шлюб іще перед постом.

До певного моменту ти вважав бабу всемогутньою. Ти не сумнівався, що вона має здатність читати людські думки. Вона завжди знала про всі твої гріхи: ти не чистиш зуби, а треш зубною щіткою об умивальник; ти не любиш квасне молоко, яке баба дає тобі на вечерю (чому, чому вона так навісніла від того, що квасне молоко викликало у тебе блювотні рефлекси? Чому вона сприймала це так особисто, ніби, не люблячи його, ти зневажаєш святиню або її саму?). Їй було відомо, що іноді, розкопуючи мурашник (хоч це заборонено), ти уявляв, ніби мурашина матка — це баба. Знала, що іноді ти зумисне заливав мурашину матку водою.

Як вона могла все це про тебе знати? Адже ти ніколи нікому не розповідав. Твої таємниці знали тільки ви з Богом. Йому ти розповідав на сповіді, до якої баба возила тебе аж до Рукорака. Молодий лисавий священник з рум'яними щічками і невпевненим поглядом кивав головою і, здавалося, навіть не слухав.

І тільки згодом ти зрозумів, що він усе переповідав бабі.

фотокартка: фрагмент вулиці Шкільної

Рибу і сарану можна їсти без шхіти.

Твоя баба знала багато про євреїв, але не хотіла розповідати. На цій фотокартці — дорога, якою вона один час ходила занадто часто. Ця дорога повела її так далеко, що повернутися вона вже не змогла.

Це фрагмент вулиці Шкільної. Вона йде містком через Стрипу, полого піднімається догори, повз давній поштамт, повз давній магістрат, повз середньовічні мури, повз монастир василіян. Тоді, коли твій прадід, Улянин батько, щосуботи ходив цим шляхом на роботу, вулиця називалася Міцкевича.

Батько Уляни був шабес-ґоєм у шохета. Шохет жив на протилежному боці гори Федір. Його звали Авель Бірнбаум — прізвище, як у кандидата на виборах у Бучачі 1907 року, тільки той був Натан.

Авель — вдале ім'я для шохета, тому що означає воно «подих». Шохет відбирає подих у тварини, щоб подарувати тварині благословення, здійснити її вище призначення: передати благочестивим юдеям, які з'їдять м'ясо і піднімуть душу тварини на один щабель із собою.

Бути шохетом — високий обов'язок: навіть великий праведник народу ізраїльського, цадик Баал Шем Тов, перш ніж відкритися світові, один час служив шохетом в маленькому містечку Ксиловичі. Минуло багато років після смерті Бешта, і котрийсь із премудрих ребе поїхав до того містечка і знайшов старого різника, якому перевалило вже за вісімдесят літ. «Сам я ніколи не перетинався з Баал Шемом і не знав жодного єврея, якому би пощастило особисто його знати. Але в юності я мешкав в одного селянина-ґоя, і його старий дід, спостерігаючи, як я бризкаю водою на камінь, щоб загострити ножа, хитав головою. Мені здавалось, його голова тремтить від старечої немочі, аж доки не збагнув, що старий робить це з докором. Я запитав: "Чому ти хитаєш головою, коли я гострю ножа?" Старий відповів: "Ти негарно працюєш, хлопче. Коли Ізраелько гострив свого ножа, він орошував камінь власними сльозами"».

Авель був дуже добрим шохетом. Він пройшов вишкіл і навчання, він майже напам'ять знав книгу «Сімла хадаша», написану равом Александром Сендером Шором 1752 року, де докладно викладені всі закони шхіти.

Головний ніж Авеля був сталевий, схожий на прямокутний промінь із досконалого скла. Найменшу подряпину на ньому було б видно неозброєним оком. Але Авель щоразу ретельно перевіряв ножа пучкою пальця, мочкою вуха, нігтем і язиком. Найменша щербинка могла завдати тварині страждань, обернутися рваною раною — а отже, некошерністю м'яса, змарнованістю. Авель майже ніколи не марнував живих душ.

Ніж не мав вістря, він скидався на чотирикутну пластину. Саме цей ніж призначався для корів, і довжина його леза була вдвічі більшою від діяметра шиї тварини.

Здійснюючи шхіту, Авель не переривався ні на мить. Він діяв плавно, на повільному розслабленому видиху. Не вдаряв і не тиснув, а ніжно і впевнено робив ножем поступальні рухи, ніби розпилюючи трахею і стравохід. Плоть тварини і ніж не були нічим розділені, плоть не була прихована від очей Авеля шерстю чи тканиною: він завжди бачив, що саме робить, завжди дивився на те, що робить. Його лезо ніколи не заходило за дозволені межі, не спотворювало плоть більше, ніж це було необхідно.

Авель завжди перевіряв, чи розрізав трахею і стравохід правильно, чи не відірвались вони у процесі від місця, до якого кріпилися. Уважно обдивлявся легені — чи немає в них струпів і згустків крови, які свідчили би про те, що тварина страждала, що вона відчувала жах і біль і що шхіта була проведена неправильно.

Легені найчастіше були зовсім чистими, гладенькими.

Авель був чоловіком середнього зросту: худий, але сильний, з міцними і гнучкими м'язами рук, стегон і спини. Підглядаючи, Уляна часто бачила, як м'язи напинаються під його нижньою сорочкою, коли він перед роботою знімав кафтан. Його видовжене обличчя мало лагідний вираз, завжди печально усміхнене, воно ніби просило пробачення і свідчило про певну розгубленість чи внутрішню нез'ясованість важливих запитань. Чорні Авелеві брови лежали на чолі здивованим трикутником. Усмішка ховалася в охайній сивій бороді. Він носив окуляри, які ще дужче збільшували його й без того великі опуклі очі з виразними нижніми повіками.

Це був чоловік спокійний і тихий. Незважаючи на свою важливість для громади і попит своєї праці, він ніколи не поводився пихато чи величаво. Більше любив запитувати, ніж відповідати. Більше любив шукати відповіді самотужки, ніж запитувати інших. Тому Авель проводив усі суботи в бет-мідраші, слухаючи суперечки або виступи, вчитуючись у старі рукописи. Тим часом Улянин батько проводив суботи в домі Авеля Бірнбаума і сусідніх із ним будинках його родичів, допомагаючи його дружині, дітям і матері. Вони святкували святий день, а Василь Фрасуляк розпалював і підтримував вогнище, носив воду, подавав приготовану господинею напередодні їжу, прибирав посуд. Уляна раз по раз чула, як їхні сусіди насміхались через це з батька (віч-на-віч м'якше, а за спиною — з огидою, мало не з ненавистю), але Василь нічого собі з цього не робив, тільки крехтав і мружив очі.

Він мав шпакувате волосся і квадратне підборіддя, покреслене глибокими передчасними борознами. Це був чоловік імпульсивний і непередбачуваний. Часто він без попередження десь зникав, і Улянина мама не тільки до цього пристосувалась, а й потаємно сподівалася на його неповернення. Іноді він бував сентиментальним і сльозливим, нав'язливим у своїх пестощах. А тоді, без жодного попередження, ставав роздратованим і нетерпимим, крикливим, грубим. Не те щоб він їх бив, але добряче штовхнути міг. Він не вживав алкоголю, просто в голову йому часом заходила, як він казав, чорна хмара й отруювала розум. Щоб себе покарати, він поринав з головою у працю, з-під землі викопував найвигідніші заробітки, виконуючи їх з особливою старанністю. Але ніби випадково калічився за роботою, ходив потім із обдертими аж до м'яса руками чи обпеченим обличчям. Він був доброю людиною і часто зворушував аж до сліз, коли виявляв свою дитинність і свою незахищеність. Через ці вияви всі його вибухи жорстокости врешті-решт пробачалися.

Бірнбаум і його родичі Василеві добре платили — він отримував у них за одну суботу більше, ніж заробляв за цілий тиждень на щоразу іншій роботі: перевозячи то дерево, то мішки з борошном із млина, то людей зі станції до міста позиченим екіпажем, якщо власник екіпажу лежав хворий із перепою, то копаючи рови водостоків, то допомагаючи лагодити штрику, то розбираючи стіну замку і транспортуючи камені на будову.

Уляна була батьковою улюбленицею і жаліла його найбільше. Батько мав звичку захоплюватись Уляниною впертістю і її капризними вибриками якраз тоді, коли мама Уляну карала або вичитувала. Він тихцем усміхався їй і, підбадьорюючи, підморгував. І Уляна спокійно витримувала покарання, відчуваючи, як їй розпирає груди від гордости.

Батько, звісно, ніколи не був свідком шхіти. Але розповідав донькам про неї в найменших подробицях — невідомо, справжніх чи вигаданих ним самим. Уляна вирішила, що мусить побачити все на власні очі. Їй було одинадцять років, коли вона, нікого ні про що не попередивши, покинула свій двір і вирушила через усе містечко у бік монастиря василіян.

Того ранку вона довго блукала серед будинків із протилежного боку гори Федір, аж коли зауважила кількох єврейських бороданів у капелюхах, які кудись несли мідні миски. Уляна кинулась до будівлі, звідки виходили ці суворі люди, зігнуті від щоденного сидіння над книгами, і змогла розгледіти втомленого чоловіка в окулярах з чорними бровами і сивим волоссям. Він постояв мить на порозі, вдивляючись у хмари на небі, і, тягнучи за собою ногу, повернувся до приміщення і зачинив двері.

Авель втратив ногу під час боїв за гору Маківка. Він належав до зведеного батальйону піхотного полку ландштурму гауптмана Дрозда. Втікаючи від ворожого вогню, Бірнбаум в останню мить обминув замаскований фугас, але натомість втрапив до вовчої ями, в якій провів півтори доби непритомний, із литкою, нахромленою на загострений кіл. Згодом він жартував, що саме цей сосновий кіл лікарі використали в якості Авелевого протезу.

Цілий рік після закінчення війни Бірнбаум був упевнений, що більше ніколи не зможе працювати. Він сидів перед своїм будинком і цілими днями дивився на біду. Більшости давніх сусідів уже не було: вони повтікали, роз'їхалися чи погинули. З'явилися нові люди, геть усі обдерті, нещасливі й непристосовані. Але як можна обходитися без шохета? Хіба нічне небо може обходитись без місяця? Авель повернувся до життя, знову взявшись його відбирати, — все для того, аби виконувати заповіді П'ятикнижжя.

Біда чи не біда, може, навіть шлунки присихають до ребер, але шохет ніколи не залишиться без роботи. Навіть у ті роки Авель міг забезпечувати родину.

Коротку мить дивлячись на нього з відстані, Уляна встигла помітити, що ні руки чоловіка, ні його одяг закривавленими не були, і що вираз обличчя він мав сумний і виснажений. Дерев'яна будівля розташувалася не на самій вулиці, а біля вигину потічка, і скидалася на стодолу з малими віконцями під самим дахом. Уляна прокралась повз двоповерховий будинок, із якого лунали буденні голоси, і наблизилась до стодоли берегом струмка, порослим високою широколистою травою.

Навколо будівлі панував лад. Уляна посиділа певний час у заростях молодої верби й відчула, що в щілини у підошвах черевиків зайшла струмкова вода. Навколо нікого не було. З кам'яниці долинав пронизливий плач малої дитини і схвильовані голоси одразу кількох жінок.

Уляна обережно наблизилася до стодоли, намагаючись не надто голосно чвакати вологими ногами, притулилась до дерев'яної стіни і почала зазирати у щілини. Вона відчула, як ізсередини еманує солодкаве тепло. Побачила залізні гаки, що звисали зі стелі, дощатий настил, якусь дерев'яну конструкцію, схожу на велике гофроване ложе з густим візерунком отворів, безліч предметів, розкладених на столі, шкіряні ремені. Розгледіла темні плями на різних поверхнях, що були, без сумніву, слідами крови, які намертво (бо як же іще) пов'їдалися.

Авель Бірнбаум стояв у проймі дверей. Уляна бачила його темний силует: неприродний вигин спини, високо піднята голова, борода, що кінчиком впиралась в основу шиї. Однією рукою він тримав навпроти свого обличчя прямокутний ніж, а нігтем на іншій руці обережно й повільно проводив по його лезу.

Уляна не могла нічого з собою вдіяти. Вона почала втікати з власного дому і проводити час біля дому різника, в надії підгледіти шхіту. Її надія дуже швидко справдилася. Дівчинка стояла, всім тілом притиснувшись до стіни стодоли, і дивилась, як крізь широкі двері досередини заводять білу теличку. Теличка погойдувала боками, неспішно робила крок за кроком, покірно ступаючи за чоловіком, який провадив її, лагідно погладжуючи по морді. Він майже цілував її, здалося Уляні.

Їх супроводжувало двоє чоловіків, коли Авель, щось примовляючи теличці на вухо, торкаючись своїм чолом її шиї, зазираючи їй в очі і пестячи долонями її боки, почав вкладати тварину додолу. Він рухався смикано, кострубато, а протез голосно постукував об підлогу. Теличка слухалась його, не виявляючи жодної тривожності: довірливо підігнула ноги, чемно лягла на бік. Уляна бачила вологий відблиск її очей.

Авель стояв на одному коліні біля потилиці тварини, зігнувшись і випроставши іншу ногу назад і вбік, і не припиняв шепотіти щось заспокійливим голосом. Уляні цей голос був схожий на голос її тата, коли той перебував в особливо ніжному настрої. Коли він бажав їй на добраніч, колючою щокою торкаючись її дитячого вушка і запевняючи, що любить набагато більше від інших двох доньок.

Уляна не помітила навіть, коли ніж увійшов у горло тварини. Все це сталося на розслабленому видиху, в напівсні. Авель продовжував любовно шепотіти, поки двоє помічників з усієї сили притримували сильне велике тіло, яке страшно билося, товклось об підлогу. Уляна враз відчула, що це надходить кінець: і навіть не кінець теличчиного життя, а кінець усього, кінець світу. Тіло дівчинки вібрувало разом зі стінами будівлі, дивні звуки, що рвалися з перерізаної трахеї тварини, виявилися чомусь напханими до Уляниної горлянки.

— Ну не треба, не плач, — сказав хлопець, не наважуючись взяти її за руку. Він стояв поруч, але дивився не всередину, крізь щілину, а на Уляну. Його блискучі очі з тяжкими повіками були наповнені співчуттям і жалем.

Ти не бійся, чуєш, — продовжував він говорити українською і своїм голосом ніби погладжував її по волоссю. — Це порятунок для тварини. Це для тварини добре. Вона цього хоче. Її душа піднімається вище.

Їй боляче, — заревіла Уляна, з'їхавши додолу. Сльози залили її скривлене почервоніле обличчя. — Вона думала, що все буде добре, а її вбили.

Пінхас сів поруч і зашепотів серйозно й по-діловому, розповідаючи, що тваринам не боляче і не страшно. Тато робить усе дуже швидко — і саме так, щоби не завдавати страждань. Він говорить їм добрі речі, говорить про любов, заколисує, а потім швидко і вправно перерізає трахею та стравохід, і тварина тут же непритомніє і не відчуває більше нічого. Її тіло смикається, але це тільки зовні виглядає страшно. Сама тварина вже звільнена. Вона на свободі.

Пінхас був сином Авеля Бірнбаума.

фотокартка: Нагірянський тунель ізсередини

Вони не розуміли, що з ними діється. Це не мало назви, але сповнювало гуркотом і дрижанням, як каменепад, як селевий потік, що злизує хати з поверхні землі. Їхні тіла почали різко і багато пітніти, виробляти запах. Прислухаючись до землетрусу, якого, крім них двох, ніхто більше не завважував, вони забували вдихати чи видихати, їхні серця переставали битися, щоби за мить заторохтіти навіженими калатальцями. Було млосно, нудотно. Широко розплющені очі — сіро-зелені й карі — гарячково ковзали по навколишніх предметах і краєвидах, шукаючи. Коли знаходили одне одного, вони злипалися переляканими отупілими поглядами і дихали широко відкритими ротами. Почервонілі очі пекли і сльозилися від безсоння. Обриси розмивалися, туманилися від виснаження та голоду. Про це не можна було нікому казати. Вони не розуміли, що з ними відбувається, їм було страшно і солодко, було нестерпно, хотілось усе припинити, хоча вони нічого не робили. Не знали, що саме треба з'їсти чи випити, яку потребу справити, щоб усе вляглося, затихло. Не відали, як потамувати бажання, тому що не знали, яке саме бажання відчувають.

Діти ховалися від людей. Ходили полями до Підзамочка під палючим сонцем. Пінхас рвав для Уляни зелений горошок, лущив стручки і скидав горошинки в її долоню. Уляна згрібала кульки з долоні пожадливими губами, всі одразу. Розжовувала свіжу зелену кашку, змішану зі слиною. Висохлі грудки землі розколювалися під їхніми ногами. Сонце напікало потилиці. Крайки вух згорали до червоного і лущилися. Так само, як і носи. У Пінхаса менше. У нього пітніло волосся, ще більше загорталося в кучері. Уляна запускала розчепірену п'ятірню в його завитки. Рясні краплини розліталися навсібіч. Уляна злизувала солоний присмак зі своїх губ.

Сорок хвилин розпеченим полем, потім годину лісом. У тіні дерев після спеки дітей починало морозити. Вони майже не розмовляли, просто цілеспрямовано й наполегливо прямували поруч або одне за одним. Сиділи під мостом над потічком, тримаючи ноги у воді. Ловили жабу. Слухали, як їде потяг із Гусятина. Двічі проходили наскрізь Нагірянський тунель, усі двісті шістдесят метрів — тримаючись за руки, в цілковитій темряві, відчуваючи на щоках подих підземелля, вдихаючи запах вугілля та заліза. Уляна йшла попереду, тримала Пінхаса вологою від переляку долонею. Обоє дрібно тремтіли від збудження й захвату. Другого разу, коли вони вже побачили сліпуче біле сяйво виходу попереду себе, штрика загуділа наближенням потяга. Діти кинулися бігти. Гострі камінці порскали з-під їхніх розтоптаних незручних черевиків.

Червоні від напруги, вони попадали на траву насипу. Потяг торохтів повз них, важкий і невблаганний. Уляниним тілом прокочувалися спазми. Вона не знала, що це, але більше не мала сили лякатись. Сиділи на віддалі простягнутої руки одне від одного, але їхнє важке уривчасте дихання сплелося в спільне протяжне хрипіння. Очі ковзали вагонами.

Коли запала тиша і заспокоїлось дихання, діти почали усміхатися одне одному, не кажучи ні слова. Усмішки перейшли в регіт, регіт — у сльози. Вони привалилися тілами одне до одного, пообм'якали. Відчували свої напружені від сміху нутрощі. Світлий пух передпліч торкався темних волосинок. Засмаглі, гострі й подряпані Уляниві коліна біля Пінхасової щоки. Її збиті до крови кісточки.

Пінхас вийняв із мішечка, який весь час носив на спині, і простягнув їй батькову металеву манірку. Там була вода з Королівського джерела на Королівській вулиці. З джерела колись пив чи то король Польщі Ян Собєський, чи то його кінь. Тепер із нього брали воду на мацу. Вода позаливала їм одяг, затекла Уляні за пазуху.

Знесилені, мовчки дивились поперед себе. Якісь люди зупинились на віддалі з протилежного боку штрики і показували на них пальцями.

фотокартка: чорна скриня

Ні твоя баба, ні її сестри не могли пригадати, з якої нагоди їм зробили цей знімок. Швидше за все, батько, який легко улягав навіюванням сторонніх осіб, з ентузіазмом пристав на нав'язливу пропозицію нахабного фотографа, який, потерпаючи від незацікавлення містян таким іще недавнім чудом техніки, покинув невелике приміщення фотоательє «Німанд», розташоване на Гімназіяльній поруч із пожежною сторожею, і став підходити до людей на вулиці, переконуючи їх не втрачати рідкісного шансу. Він мав на голові світле канотьє, обхоплене широкою лискучою стрічкою, і носив на плечах свою масивну і страшну чорну камеру в дерев'яній скрині.

Батько привів його до хати, і мама налила їм обом росолу. Уляна якраз повернулась зі школи і навідріз відмовилася переодягатись у святковий одяг, як це зробили її молодші сестри. Помиті і зачесані, вони не до кінця розуміли, що відбувається. Особливо Христя: вона не зводила нажаханого погляду з чорної скрині, оперезаної потертими шкіряними пасками. Уляна схилилась до сестри і прошепотіла їй на вухо, що в тій скрині дядько тримає маленьку дівчинку з білими очима. Вона сидить, скорчившись у тісняві, і не може рости. Христя вибухнула слізьми й утекла з хати. А Нуся, виявивши найвищу готовність, пояснила мамі причину сестриного плачу.

Батько відшукав Христю в садку і приніс її до хати на руках. Вона ховала почервоніле і мокре від сліз обличчя у нього на грудях і час від часу несміливо позирала звідти на незнайомця. Той розповідав про свою машину: про скельця і пластини, коліщатка, отвори, відображення та заломлення світла. Єдине, що цікавило Христю: чи там, усередині, справді немає нікого живого.

Мама дівчат аж зблідла від злості. Вона кілька разів із силою шарпнула нестерпну старшу доньку за передпліччя. А твоя баба, ніби зумисне, закотивши на неї завмерлий погляд своїх болотяних очей, вигнувши здивовані брови, незворушно і вперто не погоджувалася переодягнутися. Зімкнені уста не могли приховати затаєну посмішку. Ця безсоромність доводила матір до ще більшого сказу. Якоїсь миті її долоня відлетіла вбік і з гучним ляскотом впала на Улянину щоку.

Батько підстрибнув до дружини і схопив її за руку, запитально вдивляючись їй в очі. А Уляна вже не могла стримати широкого усміху. Ляпас, який обпік їй шкіру обличчя, засліпив разючим світлом.

Вона добре знала: її є за що карати. Бо вона тільки й думає, щоб звитися, як гадючка, втекти їм крізь пальці. Залишити позаду ці сільські хати на околиці, де живуть українці і поляки. Просочитися вулицями, серед гарних кількаповерхових будинків, заселених людьми його віри. Впитися поглядом в його очі. Далі вона не знала, чого ще можна хотіти. Але цього було більш ніж достатньо.

Нехай уже цей чоловік зробить, що треба, своєю скринею, і вона вшиється звідси.

Чоловік вибрав для знімка місце в садку, де бузок обплутала густа трава і серед стеблин стриміли рясна конюшина впереміш із подорожником.

Уляну посадовили в центрі, на низькому ослінчикові без спинки. Її світле, гладке й лискуче волосся було трохи роздмухане вітром. Промені сонця, які щокілька хвилин простромлювалися з-за хмар, торкались веснянок на її носі. Улянине лице було схоже на лисиччину мордочку: гостре підборіддя, примружені очі, вузьке личко. Здавалося, вона от-от ласо оближеться. Чорна сукня з комірцем під горло тільки ще дужче проявляла її радість від власного свавілля. На щоці темнів багряний опік.

Цей круглий кулон на короткому ланцюжку — стихійний і надто щедрий подарунок від батька. Вона ж була його неприхованою улюбленицею. На ногах — білі шкарпетки до середини литки і черевики-човники з пасочками, кольору червоного грибка, яким поросло королівське джерело.

Двох молодших сестер фотограф поставив обабіч Уляни, позаду неї. Вони теж у білих шкарпетках і човниках-черевичках. Обидві мали стрижки під пажа, в обох трохи вилося волосся. Одягнуті у вишиті сорочки, мали на собі запаски з дрібними квітками на чорному тлі. Рум'яна Нуся супилася, стискала губи. В руках тримала букет квітів із короткими стеблами. Ці квіти їй дав фотограф — він мав при собі цілу торбинку з різними штуками: вуальками, віялами, капелюшками, паперовими метеликами й бабками, папугами, обшитими справжнім пір'ям (жовтим і салатовим). Христя зосереджена й зацікавлена: вдивляється, як заворожена, в чорну скриню на тринозі навпроти. Її очі ще підпухлі, носик червоний від плачу.

Фотограф довго мучив дівчат, вказуючи кожній, як їй повернути голову, як схилити лице, куди покласти долоню. Він таки зробив щось, від чого апарат зашипів і спалахнув. Христя зіщулилась, але тут же зацікавлено видовжила шию, ніби хотіла зазирнути всередину скрині. Фотограф сказав, що це ще не все. Знімок невдалий. Треба ще трохи помудрувати.

Уляна мовчки встала і почала спускатись садом додолу. Над вежами монастиря небо пішло пухирцями, як буває на людській шкірі від холоду. Пінхас чекав на неї під мостом. Вони усміхнулись одне одному і сіли на березі, не знаючи, чим зайнятися.

копія мапи в старому записнику: Polonia Et Hungaria Nuova Tavola, Girolamo Ruscelli/Venice (1560)

По неї часто приходив Пінхас.

Коли обличчям твоєї баби блукала характерна усмішка, а погляд ставав розсіяним і невидющим, ти підозрював, що її починає зраджувати свідомість. Від цього ніхто не застрахований. Неминуче розмивання меж — жах, який почав проймати тебе, відколи ти придивлявся до розгубленого обличчя тієї, що завжди міцно тримала під контролем не лише себе саму, своє тіло, слова, поведінку, а й половину містечка. З іншого боку, дивлячись на несподіване сяйво її обличчя, ти розумів, що коли вже таке відбувається, краще розтиснути зціплені кулаки, розпружити щелепи, повільно видихнути і віддатись. Тобі здавалося, навчившись розслаблятися, баба почала схоплювати нові закономірності світу, в який переходила.

Вона сама не була певна, чи епізоди, які виринали в її пам'яті у таких станах, були по-справжньому пережитими подіями, чи надто реалістичними снами.

Як, наприклад, спогад про передсвітанкову темряву в зародку серпневого дня, коли гарячий подих торкається її дитячої щоки. Ще навіть не розплющивши очей, лише усвідомивши короткочасне полегшення, дароване свіжістю ночі, яка от-от мала знову розвіятися з першими променями сонця, Уляна вже знає, що по неї прийшов Пінхас. Його тіло нависає над її тілом, його нетерпіння змушує негайно скинути з себе залишки сну. Він нечутно підводиться і вислизає з кімнат, оминаючи Уляниних сестер і батьків, які міцно сплять.

Хоча сплять не всі. Притьмом рухаючись за хлопцем, Уляна ковзає поглядом по обличчях дівчат, напівприхованих темрявою. Світанок усе ближче. В момент, коли очі Уляни зупиняються на повіках середньої сестри, Нуся різко піднімає їх і незмигно дивиться.

Уляна втікає, не озираючись. Навіть якщо всі родичі зараз прокинуться, вона не зупиниться і не повернеться.

Пінхаса на подвір'ї вже немає. В нерухомій передсвітанковій темряві Уляна помічає просвіток відчиненої хвіртки і розуміє, що він вийшов на вулицю і запрошує її зробити те саме.

На вулиці його теж не видно. Тільки рівномірно хрумтять камінці під його ногами, поки він віддаляється.

Уляна зачиняє хвіртку і відчуває на своїй скроні чийсь несвіжий подих. Над нею нависає обличчя сусіда — кінчики вусів погойдуються перед Уляниними зіницями, ніби приманка для кицьки. За цих кілька секунд, здається, вже майже повністю розвиднілося. От-от повстають її батьки.

Уляна киває сусідові, ніби нічого й не сталося, і біжить наздоганяти Пінхаса. Задихана, хапає його за передпліччя. Він весело їй усміхається. — Куди ми? — запитує Уляна. — Далеко, — відповідає хлопець. — Я покажу тобі те, чого бути не може.

Вони переходять зі стежки на стежку, продираються крізь кущі навколо дедалі простіших хат і врешті опиняються за межею містечка. Кам'яниці залишаються куняти у складках пологих грудей-пагорбів. Шлях пролягає уздовж Стрипи, проти її тягучої течії. Тут Пінхас просить якогось єврея з жінкою їх підвезти. Він не зважає на насуплені лиця й несхвальні погляди. Жінка знає Пінхаса: розпитує про пана шохета і його дружину (*свіжу, як рожу, здорову, як гарбуз, здалеку видно, що обросла новим хутром*), про здоров'я Фейґ, старшої і молодшої. Слухаючи чемну Пінхасову відповідь, вона м'яко усміхається, а тоді її погляд знову падає на Уляну, й усмішка зникає з її обличчя.

Дітям смішно від того, як віз підкидає їх догори, як товче ними по вибоїстому шляху. Ранкове сонце набирає дедалі більшої сили: засмагла шкіра вкривається краплями поту, навколишні поля розчиняються у сліпучому сяйві. Пінхас тулить до грудей полотняний мішечок із чимось важким і прямокутним, що проступає з-під тканини. Коли Уляна простягає руку, він лише заперечно хитає головою і хитро мружиться.

Коли віз проминає Підзамочок, Уляна починає куняти. Її голова ритмічно стукається об дерев'яні борти. Крізь напівзаплющені повіки вона бачить, як під руїнами замку розгортається сувій яблуневого саду. Кожен пагорб, що вигулькує з того чи іншого боку, має трохи інший відтінок. Клапті полів на відстані складають строкатий малюнок.

Зі сну Уляну знову вириває Пінхас. Віз стоїть посеред незнайомого села. Чоловік із жінкою напружено чекають, поки діти нарешті зійдуть. Ми приїхали, каже Пінхас. Далі підемо пішки.

Уляна наскрізь мокра, спітніла. Важкий полуденний сон обліпив її з усіх боків, наповнив м'язи неповороткою вагою. Шкіра вкрита шаром куряви. Пінхас теж увесь мокрий і брудний. Сонце стоїть просто над ними, високо в небі.

Він веде її кудись стежкою, і трави шмагають їх по ногах. Коники сюрчать так оскаженіло, що від їхнього вереску болять вуха. Уляна ледве переставляє ноги. Їй давно вже перестало все це подобатися: куди ти мене волочиш, якого дідька? Мене ж удома уб'ють. Якби хоч було заради чого.

Ніби цього всього замало — невдовзі під ногами починає квецяти болото. Грязюка міцно присмоктує до себе, а відпускає неохоче, з гучним плямкотінням. У теплій волозі аж кишить живністю: розбігаються вусібіч довгоногі водомірки, розпорскуються жаби, з-під підошви вивертається якась гадина — Уляна не встигає помітити, чи мала вона жовті плямки біля вух. Мерехтять крильцями бабки, сонно повиснувши у повітрі. Литки і спина обкусані комарами. Жирні лискучі в'юни звиваються в намулі.

Уляна показує на в'юна — можемо наловити їх і продати. Пінхас заперечно хитає головою. Мені їх навіть торкатися не можна, що ти.

Врешті діти виходять на сухе узвишшя. В повітря здіймається кілька чапель. Щось кричить у корчах голосом кота або покинутого немовляти — аж мурашки біжать по спині.

Давай тут полежимо, — благає Уляна. Але Пінхас смикає її за руку й тягне далі. На протилежному боці острівця чекає невеликий човен.

Деякий час вони тягнуть човна за собою болотом, скинувши взуття і Пінхасову цінну торбину на дно суденця, аж доки вода не починає сягати колін. Тоді Уляна залазить досередини і, поки хлопець ще тяжко бреде в густій юшці, зосереджено віддирає п'явок від своїх литок. Шкірою стікають вузенькі червоні цівки.

Потім Уляна віддирає п'явок від Пінхасових ніг, поки той намагається призвичаїтися до весел. Якийсь десяток хвилин човен нікуди не пливе, лиш безладно крутиться на одному місці. Але ось Пінхас опановує ситуацію і підхоплює ритм. Човен розтинає носом яскраво-зелену від цвітіння воду. Густа сплавина творить враження, наче вони насправді ковзають суходолом — тільки плюскотіння води під веслами розвіює цей чар. З болотяних вікон визирають чаші білого латаття. Вже достигають де-не-де його круглі зелені плоди, а старі кореневища, схожі на хребти вимерлого болотяного гаддя, створюють перепони на шляху човна, які доводиться обпливати.

Густішими й вищими стають стіни очерету й рогози. Чутно, як днище човна треться об кошлате дно болота. Пінхас хапається рукою за простягнуте гілля верби і притягує їх ближче до стовбура, під опущені віти. Тут їх підхоплює лінивий струмінь і тягне поміж густими заростями верб, що посплітаналися гілками і утворили над водою склепіння, продірявлене сонячними променями.

Пінхас складає весла на дно човна і дістає зі своєї торби товстеньку книжечку в палітурці з фарбованого сап'яну. Він гортає шерехаті сторінки з нерівними краями — й Уляна бачить рівні рядки незнайомих літер, якими густо й охайно списані аркуші. Вона впізнає мову Пінхаса, хоча й не може прочитати жодного слова. Впізнає свою мову, і польську, і німецьку, і вирізняє зовсім незнайомі мови — візерунки літер вилаштовуються щоразу інакше: то грайливо, то аскетично, то густо і нерозбірливо, то чітко, старанно виписані — і все ж зовсім незрозумілі Уляні.

Її погляд ковзає рядками, натомість затримується на рисунках і кресленнях: на баняках і дзбанах, сферах і їхніх сегментах, на вагах різних конфігурацій, конструкціях, схожих на цілі містечка, де всередині будинків обертаються валики, тече вода, пульсують струмені світла. — Це єгипетська вага, — каже Пінхас. — Це — будова Всесвіту за Арістотелем. Це — сферичний сонячний годинник. Ось — система світу Анаксімандра. Ось схема будови Сефірот. Це — креслення з астрономічних рукописів, привезені з Багдада на Цейлон єврейським мандрівником Яковом Ібн Тариком у IX столітті. Це діоптра, з її допомогою можна спостерігати за нічними світилами. Це південне коло, для спостереження за Сонцем. Астролябія, швидше за все, — винайдена Гіппархом. Армілярна сфера — астрономічний інструмент, винайдений геометром Ератосфеном. За допомогою екваторіяльного кільця визначали моменти рівнодення. Я хотів би якось збудувати за цим кресленням справжній небесний глобус Архімеда. Опинившись усередині, людина може спостерігати за рухом планет, Місяця і Сонця, спостерігати місячні фази, сонячні й місячні затемнення, — каже Пінхас.

Найбільше аркушів займають різні мапи. Сторінки книжки — доволі великі, але позначення й написи на мапах — крихітні, як мачок. Ось — мандрівка рабина Веніяміна, — пояснює Пінхас. — Безліч інших мап також відображають чиїсь мандри: Ґаспара да Ґами, Ернандо Алонсо, братів Дельмедіґо, Педру Тейшейри (першого єврея, який здійснив навколосвітню подорож), Моше Перейри ді Пайви.

Десь на середині записи й малюнки обриваються. Далі йдуть порожні картки — часом лише заляпані бруднуватими плямами.

Чия це книга? — запитує Уляна.

Моя, — каже Пінхас. — Я роблю її для себе. Я хочу знати якомога більше про світ, часи, розумування мудреців.

Але сьогодні я хотів показати тобі найбільше озеро в Європі, якого немає. Ось поглянь.

Пінхас розгортає мапу за мапою і розповідає Уляні про озеро Амадоку, зображене на кількох десятках географічних мап XVI-XVII століть, — величезну водойму, якою плавали судна, з якої витікали струмки й ріки, навколо якої тулились поселення, виростали замки й укріплення. Мешканці цих земель годувалися рибою зі щедрого озера. Озеро слугувало захистом від ворогів і межею між землями, і було воно настільки великим, що з одного берега неможливо було розгледіти протилежний. — Це озеро загубилося, зараз його не існує, — каже Пінхас, і його очі іскряться, перегукуючись із сонячними зайчиками серед верболозів.

У четвертій книзі своєї «Історії» — «Мельпомені» — Геродот писав: «Третя ріка — це Гіпаній, її джерело у Скітії, і починається вона з великого озера, навколо якого пасуться дикі білі коні. І правильно називають це озеро матір'ю Гіпанія. Отже, з нього витікає ріка Гіпаній, і на відстані п'яти днів шляху в ньому ще небагато води, і його вода солодка, але після того на відстані чотирьох днів шляху від моря його вода стає дуже гіркою. Це тому, що в нього вливається одне гірке джерело, яке хоч і зовсім мале, але дуже гірке, і його вода змішується з водою Гіпанія, що є великою рікою серед малих, і це джерело надає його воді такий смак. Це джерело є на межі країн скитів — землеробів і алізонів. Назва цього джерела і місцевості, звідки витікає його вода, по-скитському Ексампай, а по-еллінському — Священні шляхи. Тірас і Гіпаній у країні алізонів не дуже віддаляються один від одного, але звідти і далі кожен із них розходиться з іншим, і відстань між ними розширюється».

У ІІ столітті нашої ери давньогрецький мудрець Клавдій Птолемей — який так переконливо обґрунтував, що всі небесні тіла обертаються навколо Землі, що цієї версії дотримувались аж до появи Коперника — зобразив на одній зі своїх мап «Болото Амадоку» («Amadoca palus»). Із того часу озеро чи болото, болотисте озеро чи озеро серед боліт, *Amadoca, Amadoca Palus, Amadoca Lago, Amadoca Lacus* виринало на зображеннях цієї частини світу, виконаної у різних стилях, у різний спосіб. Поволі перегортаючи сторінки, Пінхас показує Уляні копії середньовічних мап, які він намагався робити, залишаючись якнайближчим до джерела. Він ніжно торкається кінчиками пальців обрисів невеличкої хмаринки посеред пагорбів, серед густого сплетіння рік. Ось тут — водойма кругленька, з акуратними берегами, тут — вона має вигадливу форму, врізається в суходіл гострими язиками, ніби тканина землі розірвалася, наткнувшись на цвях. Озеро то стає схожим на рвану рану, то на охайну сльозу серед лісів і міст. Уляна не здатна розібрати жодного слова, і Пінхас терпляче читає для неї назви, більшість із яких виявляються знайомими: вони живуть тут, серед цих назв, про ці міста й річки їм доводиться чути мало не щодня.

Озеро лежало на межі Волині й Поділля, на його березі часто позначали містечко Городок, а неподалік — Кам'янець-Подільський, Збараж, Тернопіль, Кременець, Вишневець, Красилів, Смотрич. З озера витікали ріки Південний Буг, і Збруч, і Случ, і Горинь, і Смотрич, і Гньозна, і Ушиця, а також Стрипа.

Але потім водойма просто випарувалась. (Уляна вдихає в себе гірке Пінхасове зітхання.) Не знаю, чи випарувалось воно насправді, чи воно взагалі існувало, але з мап зникло повністю. Тут і там трапляються ще дрібні безіменні болітця, залишаються ріки і міста — але величезної водойми, з одного берега якої не видно протилежного берега, вже немає. Запалась під землю. Стала хмарою. Випала дощем деінде.

Озеро Амадока мало бути десь тут, Уляно. Але більше його немає. Геродот із Птолемеєм могли помилитися, всі ці картографи повторювали їхню помилку, піддавшись спокусі фантазування. Але мій учитель Кіршнер, Уляно, показав мені ще одну мапу, і я скопіював її ось сюди: на ній зображені всі найдавніші поселення, поховання, замки й укріплення, знайдені в цих околицях. Сотні років тому ці місця повимирали, спустошилися, поруйнувалися, їх занесло землею, накрило камінням, кімнати і місця жертвоприносень позаростали кущами й деревами, але час від часу їх віднаходять. Мій учитель Кіршнер цікавиться такими місцями. Він обіцяв узяти мене невдовзі з собою і показати велику, як гору, могилу воїнів. Але зараз я не про це.

Поглянь уважно на цю мапу, Уляно: ось вони, ці древні могили й житла, позначені червоним. А ось тут — вільний простір, на якому розташовані лише теперішні, відомі тобі й мені містечка й села. На цьому просторі немає червоних знаків. І він має обриси нерівного розриву на тканині, яка раптом зачепилась за цвях, тобі не здається?

Пінхас обережно кладе свою книгу до торбинки, торбинку ховає на дні човна, а човна надійно прив'язує до верби. Тоді бере Уляну за зап'ястя спітнілою долонею і стискає її руку так міцно, що дівчина аж скрикує — і не встигає навіть повітря набрати, тому що Пінхас перевалюється всією своєю вагою за межі човна, і каменем падає в зелень води, тягнучи слідом Уляну. Вона вже не зауважує на своїх щоках ковзкої рослинності, бо все стискається у чверть миті, у товщину часової волосини, у вістря голки — і водночас розтягується, заповільнюється в нескінченність. Вона не встигає нічого зрозуміти й розгледіти, заплющивши від несподіванки й жаху очі, — і водночас помічає кожну підводну травинку, тягучі нитки намулу, зеленаву брунатність каламуті, прострілені сонячним світлом пасма свого волосся, які плавно погойдуються навколо їхніх із Пінхасом голів. Уляна не відчуває жодної тверді, не відчуває під ногами дна, але бачить його — примарні пагорби, камені, здається, навіть розрізняє ніс корабля (вона роздивлялась недавно кораблі у шкільній книжці). Щось велике й гладке торкається її спини, треться об її бік. Чиєсь темне тіло відштовхує від неї Пінхаса — вона бачить його налякані, широко розплющені очі — і, навалившись на її груди, це темне важезне тіло прибиває її, тягне її додолу. Вона відчуває напруженість могутніх м'язів під слизькою шкірою, шерехкі плавці торкаються шкіри її обличчя і шиї, живота і ніг.

Вона втрачає притомність, спазматично заковтуючи воду, коли Пінхас знову знаходить її зап'ястя і з зусиллям, застрягаючи в намулі, шпортаючись серед покручених коренів, зіслизаючи знову і знову в баюру, витягає дівчину на поверхню, кладе головою на вигадливо вигнутий риб'ячим хвостом корінь верби. Уляна виблювує воду. Пінхас тяжко дихає. У нього винуваті й нещасні очі. — Це мав бути жарт, — каже він. — Я хотів порятувати нас від спеки. Хотів, щоб ми викупались у найбільшому в Європі озері, якого не існує.

Вони повертаються назад мовчки. Мокрий одяг, що тхне болотом, вони повикручували, наскільки могли, і порозкладали в човні, здаючи собі справу, що, навіть не зважаючи на розігріте серпневе повітря, немає жодних шансів, що речі висохнуть. Вони повертатимуться додому у вологому і смердючому вбранні, і вдома на них чекають за це неприємності.

Втомлений Пінхас терпляче працює веслами. Уляна злиться на нього — але не через несподіване купання в брудній воді, а з незрозумілої причини: їй чомусь невимовно шкода їх обох, шкода Пінхаса — його голосу, очей, рук і тіла, кожного кучерика на його голові. Шкода себе — бо він ніби самим своїм існуванням сприяє її провині. Уляну нудить від посмаку намулу, провини і втрати. Біль у легенях ще доволі відчутний. Вона думає про величезне озеро Амадоку, глибоке і повноводе. Ось і Пінхас навпроти неї: штовхає веслами неподатливу вечірню воду.

Раптом він зойкає і мало не випускає весло з руки. Серед осоки бреде стадо білих коней.

фотокартка: відображення хмар у течії Стрипи крізь гілля верб

Уляна випрошувала, щоб Пінхас розповідав їй історії про Баал Шем Това. Пінхас охочіше говорив би про різницю між моделлю сливового пудинга Томсона і планетарною моделлю атома, але сперечатися з Уляною було неможливо. Навіть підозрюючи, що чинить переступ, бо передає ґойці хасидську мудрість, яку та здатна приймати винятково за казочки, він не міг відмовити. Уляна слухала, майже не дихаючи, час від часу зриваючись на захоплений регіт — як людина, якій вдалось збагнути вигадливий анекдот. Іноді вона замислено мовчала, звівши брови докупи. Іноді ставила Пінхасові запитання. Іноді починала відкидати його пояснення, наполягаючи на власних. Вона на все мала власну думку і не сумнівалась, що правильно трактує історії.

Білі коні нагадали Уляні історію про овець і Баал Шем Това, яку їй одного разу розповів Пінхас. Історія починалась із тривалих пошуків у гірських селах і містечках бодай когось, хто особисто бачив святого праведника Баал Шем Това, аж доки нарешті не пощастило знайти древнього іновірця, який доживав свої останні хвилини. Цей стариґань розповів, що в юності, коли пас овець на пагорбах, зауважив здаля дивну постать, яка металась узад-вперед, збігала донизу, в долину, і знову сходила догори, аж до смуги лісу. Це скидалося на танець божевільного, і пастухові стало цікаво. От-от мала настати субота. Пастух погнав свою отару в напрямку дивного чоловіка. Наближаючись, він помітив, як ворушаться уста чоловіка, як він закидає голову догори і простягає руки до неба. А тоді озирнувся на своїх овець і обімлів: тварини стояли на задніх ногах, випроставши передні догори, як це робив незнайомець. Пастух заходився бити овець палицею, але марно. Тільки згодом довідався іновірець, кого саме пощастило йому зустріти напередодні суботи.

фотокартка: очі старої жінки

Авель Бірнбаум вийшов, накульгуючи, їй назустріч. Він усміхався. У нього було добре обличчя, і Уляна навіть на мить відчула незнайоме вологе зворушення і безпричинний жаль до себе, що підступили до горла. Він доброзичливо махав їй рукою, запрошуючи підійти ближче. Його дерев'яна нога кресала по каменях, потрапляла в щілини між ними, а на м'якому ґрунті залишала глибокі вм'ятини.

За Авелем ішов Улянин батько. Маючи дві здорові ноги, він відставав і плентався, ніби п'яний. Перечепився через курку — в повітря здійнявся вихор пуху і панічний пташиний крик.

Уляна пошукала поглядом його очі за Авелевою спиною. Але батько ховав очі. Дивився у бік курей, лісу, дахів, які нашаровувались одні на одних, їжачились коминами, грали на світлі своєю вилинялою лускою. Уляна не могла розгадати, що в батька на думці: він злиться на неї? На Авеля? Він засмучений її присутністю? Ховає лють під маскою відстороненості?

Сама Уляна страшенно злилася на себе за те, що ось так по-дурному втрапила їм до рук. Що надто безоглядно підійшла до дому Бірнбаумів: вулицею, не ховаючись, у час своїх шкільних занять, поглинута навіть не думками, а густим, нетерплячим прагненням побачити Пінхаса — відчуття, схоже на мурашки в затерплій кінцівці, яку починаєш випростовувати.

У свідомості прослизнула тінь здивування: чому батько тут — адже сьогодні не Шабат?

Авель дивився на неї мовчки і лише продовжував усміхатися. Твоя баба бачила, що він налаштований миролюбно. Старший Бірнбаум їй дуже подобався.

Батько переступав із ноги на ногу, так і зупинившись за пів кроку від них, напівобернутий в інший бік, ніби він тут випадково.

Бірнбаум торкнувся долонею Уляниного волосся, і вона пригадала, як він вправно проводить цією рукою з ножем по горлянках корів.

Він запитав, чи все в неї добре у школі, чи не складно їй щодня ходити туди так далеко з дому, а коли Уляна не відповіла, взявся нарешті до суті справи.

Лагідно мружачи очі й раз по раз зупиняючись, щоб схилити набік голову і дбайливо придивитися до її реакції, він сказав, що вони з Пінхасом більше не будуть бачитися. Світ впорядкований, і впорядкований він, на щастя, не людьми. Цей порядок мудрий і єдино можливий. Якщо його не порушувати, людина житиме в щасті та спокої, на радість собі й іншим. Є речі, в яких начебто й не закладено нічого злого, але вони просто неможливі, їх не можна допускати. Є стежки, яким не можна перетинатися. Є світи, які можуть існувати лише відокремленими один від одного.

Якщо подумати, — говорив Авель, поки Уляна дивилася на нього пильно й уважно ловила кожне слово, — зовсім нічого не змінюється. Не стається нічого недоброго чи печального. Навпаки. Діти не завжди можуть розрізнити напрям. Ти і Пінхас — ви збилися зі шляху, а ми, дорослі, беремо вас зараз за руки і ведемо туди, куди слід. Кожен із вас житиме собі так само гарно, як жив раніше. (Твоя баба в цьому місці криво посміхнулась і гмикнула.) Ви з Пінхасом більше не побачитеся, але хіба ж не добре, що кожен із вас знатиме, що з іншим усе як належить.

Авель сказав, що Пінхас — особливий. Він водночас розумний і добрий. Його мозок працює так, як працює зоряне небо з усіма його зорями і планетами, далекими неосяжними небесними тілами, незбагненними вирвами й вибухами, безмірністю та злагодженістю. Бар-міцва у нього ще тільки за три роки, а він уже більш ніж готовий. З одного боку готовий — тому що може пояснити будь-яке місце з Книги Пророків. Знає майже напам'ять Тору і Хафтару. А польські професори на Бараках часом забувають зневажливо кривитися, коли Пінхас перераховує назви всіх 227 праць Теофраста давньогрецькою. Але на житті він розуміється іноді менше, ніж п'ятирічна дитина. Він одночасно розумніший від решти й дурніший від решти. І тому про нього доводиться дбати дужче.

Авель сказав Уляні, що вона розсудлива і внутрішньо зріла, а Пінхас — наївний і надто емоційний. Йому ще треба буде багато років, щоби поважчати і протистояти вітрам, які норовлять зірвати його з землі. Вона ж, Уляна, розуміє складність цього світу, розуміє його закони та заборони і зможе як слід про себе подбати. Людям різної крови та різної віри краще триматися одне від одного якнайдалі, бо коли вони зближаються, то часто роздирають одне одного на шматки. Так, у них із Пінхасом це всього лише невинні прогулянки, дитячі милі пустощі, але він, Авель, навчився за життя розрізняти речі важливі й дрібні; і навчився виривати бур'ян ще поки той — кволий росточок, а не кілометрове колюче бадилля, що проникло корінням у фундамент дому.

Іноді найбільше, що можна зробити для когось важливого, — це більше ніколи його не бачити.

Уляна жодним словом не відповіла. Вона нарешті перехопила погляд свого батька — від чого той ошелешено здригнувся — і попрощалася з Авелем. Той схилив перед нею голову з раптовим подивом і шаною. Напевно, через те, що Улянині очі дивилися зараз зовсім не по-дитячому. По-дитячому очі твоєї баби дивляться з оцього фото, коли їй за дев'яносто. А того дня, перед домом Бірнбаумів, то були очі старої жінки, яка втрачає.

фотокартка: родинне застілля

Дорогою додому Уляна вкотре програвала в уяві історію, яка бентежила її чи не найдужче: про те, як напередодні Песаха необрізані, прагнучи помститись Баал Шем Тову, вбили необрізаного хлопчика і підкинули його тіло до повітки Бешта. Вони планували звести на великого праведника наклеп.

Повернувшись із синагоги, Бешт принюхався і сказав дружині: «В нашому домі пахне падлиною». Заходились вони шукати, і врешті знайшли в повітці мертвого хлопчика. Баал Шем наказав дружині одягнути тіло в кафтан і шапку і посадити за святковий стіл. Самі вони також сіли поруч, але седеру не проводили. Якраз тоді надійшли необрізані з міською сторожею, обшукали всю повітку, але так і не знайшли мертвого. Нікому з них не спало на думку, що той, кого вони приймали за гостя в кафтані і шапці, і є убитим. Коли непрохані гості пішли ні з чим, Бешт наказав скинути тіло хлопця в ріку. Після цього з найбільшим натхненням він провів святковий седер.

Уляні не давав спокою безіменний мертвий хлопчик. Нікого не цікавило, звідки він взявся і чи хтось за ним плакав, коли той безслідно зник. Вона запитувала Пінхаса, чому добрий і справедливий Бешт повівся з мертвим тілом з такою байдужістю: хлопчик же був ні в чому не винен. Необрізані думали тільки про те, щоб звести на ненависного Баал Шема наклеп і засудити його. Баал Шем думав про те, щоб не допустити брехні проти нього.

Нікому не було діла до хлопчика. Його тіло понесла швидка течія, б'ючи об гострі камені і рвучи коренями плоть. Ніхто ніколи про нього не згадав.

фотокартка: вершечок старої мацеви з білого каменю, порослої мохом, майже повністю вгрузлої в землю

Авель Бірнбаум таки справді був добрим чоловіком. Просто люди в ті часи переживали речі, які не можуть вміститись у жодне розуміння. Навіть коли про ці речі розповідати — з усіма подробицями, з ретельним описом деталей, — свідомість пручається і не пропускає їх, залишаючи десь в імлі, на відстані. Навіть коли ці речі бачити на власні очі, навіть коли вони відбуваються з самою людиною, людський мозок вибирає не вірити — або відмовляється діяти так, як раніше. Він робить тіло й серце людини нечутливими, витирає частини дійсности й пам'яти, засліплює її або пропонує натомість заспокійливі вигадки, водночас загострюючи страхи та потребу оборонятися. Інакше життя стає непотрібним. Інакше воно стає неможливим.

Щойно закінчилася війна, і її сліди виднілися на кожному кроці. Місто стало іншим: спалене та поруйноване, лише трохи підлатане, воно втратило значну частину мешканців, а натомість прийняло повно чужинців, які втекли від війни, — переважно, приблуд зі сходу. Протягом тих кількох років влада змінювалась так часто, що вже здавалося, ніби нічого не змінюється. Бо, по суті, нічого й не змінювалося. Російська армія витурила австро-угорців, австро-угорці витурили росіян, але оскільки Австро-Угорська імперія — подумати тільки — розлізлася на дрантя і цурпалки, українці скористалися нагодою (ще рідкіснішою, ніж рідкісна) і створили державу, поставивши на керівні ролі в містечку своїх, місцевих, не надто вигадливих хлопців. Не встиг ніхто й оком змигнути, як цих знову витурили росіяни — цього разу також трохи інші, тому що більшовики (перших росіян місцеві називали «козаками», а цих, других — «гайдамаками», хоча суть від цього не змінилась). А тих, порівняно на триваліший час, випхали поляки, які, своєю чергою, скористалися рідкісною нагодою і створили власну державу.

Мало не щокілька днів у місті змінювалися мови вивісок на установах і крамницях, і більшість населення в одну мить переходила з мови на мову. Добре, що місцеві люди володіли одночасно кількома мовами. Це допомагало іноді зберегти життя. Хоча від каліцтв, травм, зґвалтувань, пограбувань, принижень, жаху, зневіри й відчаю не рятувало.

Події цих років залишались страхітливо одноманітними. Це був вид одноманітності, звикати до якої — найгірший із можливих симптомів. Хоч хто би не захоплював владу, все навколо горіло і вибухало, лунали постріли, людей розстрілювали, різали ножами, рубали сокирами, сікли нагайками. Траплялося, що ті, кого вчора переслідували, сьогодні — з приходом нової влади — отримували відносний спокій чи навіть відчутні переваги. Селянки, які вчора пухли від голоду і потерпали від насильства, сьогодні ходили в барвистому одязі міських жінок, подарованому ґалантними ґвалтівниками-солдатами. Хто вчора був безнадійно загнобленим, сьогодні міг стати господарем становища — хоча ні, не в усіх випадках. Українці з поляками поодягали на груди хрести, обвішали стіни іконами. Тому що за будь-яких нових поворотів першими жертвами виявлялися євреї.

Коли Авель Бірнбаум повернувся з війни, ще зовсім не бажаючи ступати на свій дерев'яний протез, навіть протестуючи на нього ступати, він виявив, що його дружина Пуа втратила чотирьох із п'яти дітей, а єдина донька, яка залишилася, більше не розмовляє і не вилазить зі свого темного закутка. Коли Авель запитав у Пуи, де діти, Пуа запитально на нього поглянула і у відповідь перепитала: які ще діти? Ось лежить Нехамке, вона дуже втомилась, їй треба спати. Авель спершу наполягав, навіть кричав на Пуу. Він тисячу разів перерахував імена зниклих чотирьох, тримаючи щоки дружини в своїх долонях і торкаючись кінчиком свого носа її носа: де Ривка, де Буна, де Фроймке, де Йокі? Де Ривка, де Буна, де Фроймке, де Йокі, Пуо?

Пуа не заплющувала очей, але Авель знав, що вона на нього не дивиться. Так само, як не чує імен, які він називає, хоча не закриває вух.

Потім Авель збагнув, що йому пощастило зберегти дружину й бодай одну доньку. Однієї ночі, коли біль у відрізаній нозі і вибухи в голові не давали навіть на мить провалитись у сон, він здогадався, що Пуа не лише втратила дітей, а ще й була свідком того, що з ними зробили. Авель проплакав усю ніч, а з наступного дня більше жодного разу не згадував дружині чотирьох імен.

Сам він щоранку і щовечора промовляв їх собі подумки. Ривка. Буна. Фроймке. Йокі.

Потім Авель знову став шохетом. Згодом народився Пінхас.

Нехамке померла, коли Пуа була вагітна малою Фейґою. Добре що вона не дожила до того, що чекало на них усіх попереду. Добре, що Нехамке бодай цього вже не побачила.

фотокартка: весільний знімок Зени і Василя Фрасуляків

Про Василя Фрасуляка всім у місті було відомо, що він когось урятував. Можливо, навіть не одну людину. Одні казали, що тих, кого він рятував, краще було вбити чи видати і що вчинок Василя таким чином зовсім не заслуговує на похвалу. Навіть навпаки. Казали, Василя Фрасуляка слід було би здати владі. Якби, звичайно, влада не змінювалась так швидко, що неможливо було зрозуміти, за що вона каратиме, а за що — винагороджуватиме.

Нікому, однак, не були відомі точні подробиці цих порятунків. Без сумніву, на кожному кроці траплялися люди, які мали власну версію подій і посилалися на достовірну інформацію, отриману з чиїхось перших рук. Але я б цим рукам віри не йняла. Ні твоя баба, ні її сестри не мали уявлення, хто сопів під підлогою їхнього дому.

Ще один факт, який залишається без пояснення: навіщо. Батька твоєї баби неможливо було вважати ревним християнином або хоча би людиною з чіткими й непохитними поглядами, принциповим чоловіком або милосердним добродієм. Уляна не пригадувала, щоб коли-небудь зауважувала в батькові вияви співчуття до калік, хворих, сиріт чи вдів. Він ніколи не давав милостині. У ньому неможливо було спостерегти зміни настрою, викликаної чиєюсь смертю чи якоюсь бідою (може, цих змін не було, тому що біда не припинялась і тільки перетікала з різновиду в різновид). Самі по собі зміни настрою, звичайно, траплялись, як я вже тобі розповідала. Вони траплялися часто і були разючими. Але виникало враження, що ці перетворення спричиняли не зовнішні події, а невидимі внутрішні процеси, що відбувалися у Василя в голові. Щось на кшталт внутрішньочерепних циклонів, затемнень місяця і вибухів на сонці.

Ні, Уляна ніколи б не запідозрила свого батька в милосерді. Вона не сумнівалася, що він любив, наприклад, її, але натомість сумнівалася, що любив свою дружину й інших двох доньок. Стусани й іскри з очей стирали останні проблиски надії.

Теоретично, якщо він справді комусь допоміг, то міг зробити це з корисливою метою: отримати натомість їжу чи гроші. Але Уляна не пригадувала ні розмов на цю тему, ні — тим більше — матеріяльних виявів успішної оборудки.

Уляні було відомо, що батька забрали у військо десь на початку війни. Мама розповідала, що перед цим він особливо часто зривався на ній, стверджуючи, що вже не може дочекатися, коли піде, і сподівається не повернутись. Мама не сміла проговорювати власних надій, хоча зовні здавалося, що більшої біди, ніж перспектива цієї розлуки, для неї не існує. Зрештою, вони щойно недавно одружилися — в їхніх стосунках того періоду було ще трохи більше ніжності й незнання. Молода Улянина мати розривалася від ридань, непритомніла через виснаження і набирала дедалі моторошнішого вигляду: бліда, з запалими щоками, з чорними колами під очима, схожа на прояву, на недобру пані, яка приходить душити тебе у снах, коли лежиш горілиць.

Поки батько був на війні і впродовж певного часу жодних звісток від нього не надходило, мама встигла трохи відновитися. Незважаючи на голод і постійних страх, на цілодобове тремтіння й ревіння землі, на навколишні смерті, Улянина мама здавалася заспокоєною, втихомиреною і часами навіть вдоволеною. Коли Уляна розпитувала її про той час — ще до свого народження, — то таємно на неї злилася. Цього вона своїй мамі пробачити не змогла.

Що ще було відомо твоїй бабі про її батька на війні? Наприклад, що йому випало перетинатись десь там із Авелем Бірнбаумом. За яких обставин — ніхто не знав. Але, можливо, саме цим пояснювалося повоєнне запрошення служити у Бірнбаумів шабес-ґоєм, у часи, коли пошарпаним людям починало здаватися, що все потрохи влягається, що, можливо, все у майбутньому якось іще налагодиться.

фотокартка: труна на столі серед вінків із написами і лілій перед завішеними вікнами

Подай мені, будь ласка, знову той знімок із похоронів. Я хочу, щоб ти подивився на стіл. Зараз на ньому лежить труна твоєї баби. Раніше на ньому завжди стояв слоїк із пижмом.

Цей стіл практично за жодних обставин не зсували з місця. Він важкий і масивний, стоїть на одному місці майже ціле століття. Його ніжки втрамбувалися квадратними вм'ятинами в поверхні всіх килимів, килимків, верет і будь-яких покриттів підлоги, що з плином часу змінювали одні одних. Ці тканинні покриття заважали столові прорости у дошки підлоги.

Навіть під час прибирання відсувати стіл було небажано. Твоя баба вміла мити підлогу безпосередньо під килимком.

Цей стіл і ці килимки приховували під підлогою схованок. Батько Уляни пустив туди пересидіти чи то відсталого від своїх більшовика під час наступу австро-угорсько-німецьких військ, чи то ополченця з загону охорони Нагірянського тунелю від більшовиків, чи то врятував там когось із місцевих москвофілів від вивезення до Талергофа, чи когось із уряду ЗУНР від прихильників УНР, коли другі евакуювали перших до містечка, чи то бійця Начальної команди Галицької Армії під час відступу до «Трикутника смерті», чи одного з уланів від ІІ-го Корпусу УГА, більшовика чи уенерівця від поляків під час польсько-радянської війни у 1920-х роках. Про все це Уляна знати нічого не могла — в ті часи її ще й близько не було на світі, — але згодом, коли дівчинка почала досліджувати навколишній світ, розпочавши з підлоги в кімнаті, її з невідомих причин тягнуло туди, під стіл. Вона припадала вухом до долівки і відчувала, як щока німіє від холоду, від крижаного протягу. Щось лякало дитину — пронизувала підозра про чиюсь незриму присутність.

Уляна була тоді малям, і спогади її розмиті й фрагментарні. Вона нічого не могла тямити в політичних подіях, у тектонічних зсувах земної кори. Вона відчувала страх, бачила мамині сльози, але поняття не мала про того, скажімо, молодого гірничого інженера, якому замало стало активної участи в УНДО, тож він переніс свої основні сподівання на зустрічі оунівців у народній читальні. Спершу чоловікові здавалося, що вони з соратниками складають конкретний план дій, але дій він ніяк не міг дочекатися, йому не вистачало терпцю і нервів миритися з дійсністю. Якось під час чергового патріотичного параду під портретами ще живого Пілсудського він дав привселюдного ляпаса молодій українці, яка розмовляла польською зі своєю приятелькою. Він почув, як дівчата захоплюються привабливістю військових, що гордо виступали рядами на своїх крутобоких дебелих конях. Попри те, що інженер був якраз гірко скривджений через свіжу заборону проводити панахиди на українських могилах і через те, що кількох місцевих представників «Просвіти» знову не допустили до участи у виборах, він і сам був заскочений тим, що завдав палючого удару долонею по щоці зрадниці. Та (як йому видавалось) із задоволеним усміхом і ласою готовністю віддавала те, що у неї й так відбирали силою.

Врешті-решт, відбувши кількаденне покарання в ув'язненні, інженер створив власний план боротьби зі ста вісімдесяти чотирьох пунктів. Йому вдалось успішно перерізати у двох місцях телеграфну лінію, але вже під час закладання вибухівки під залізничний міст юнака затримала поліція. Інженерові пощастило вирватися з їхніх пристрасних, та все ж неуважних обіймів, і він із заламаними і зв'язаними за спиною руками промчав кілька кварталів, увірвався до однієї з єврейських кам'яниць на Колійовій, де сумний бородатий реб провів його до таємного переходу горищами, який вивів інженера на дах будівлі в сусідньому кварталі. Тут уже, трохи віддихавшись, інженер подумав, що не слід було йому приймати допомогу від юдея. Наступним пунктом чоловіка, після кількаразового нічного переходу вбрід Стрипи, стала хата Фрасуляків.

Уляна міцно спала, коли батько з незнайомцем у повній темряві мовчки відсунули стіл, зняли з підлоги верету і відкріпили дошки. Дитина нічого не знала і нічого не підозрювала. Дні минали так само, як і раніше, — може, з'явилося ще більше напруження в їхньому домі, може, там поселився якийсь чужий тривожний запах.

Цілком імовірно, то були тільки сни. До Уляни долинало шепотіння з-під дощок підлоги серед глупої ночі. Вона не могла заснути, тому що там, під підлогою, хтось важко перевертався з боку на бік, стогнав і дряпав кам'яну долівку пазурами.

фотокартка: суниці

Мама зустріла Уляну на порозі хати, дивлячись на неї впритул і криво посміхаючись. — Я хотіла сама йти до євреїв сваритись. У що вони тебе втягнули, який сором! У що вони всіх нас втягнули! — вигукнула вона, гидливо зморщившись, і кивнула головою на батька. — Дякуй, що він мене вмовив відпустити на розмову його. Я б підняла крик на всю Польщу. Я б нагадала їм їхнє місце.

Вона не вгавала цілими днями. Зневажливо зиркала на Уляну, цокала язиком і хитала головою, смакуючи замашні означення, які не припиняли злітати з її язика. Охоче дозволяла сусідам і всім перехожим, випадковим селянам на Торговиці провокувати себе на розмови на тему скандальної історії, не шкодувала для доньки та зловмисних Бірнбаумів гострих слів, й інших заохочувала їх вживати. З Нусею і Христею мати почала поводитись так, ніби вони раптово зовсім змаліли, ніби стали беззахисними калічками, які понад усе потребують материнської ніжності й опіки. Вона накривала їх своїми крилами, прагнучи вберегти від хатнього демона, який лежав горілиць, невидючим поглядом витріщившись на стелю. Уляні здавалося, їй от-от скажуть забиратися геть. Може, й вигнали б, якби не батько.

Уляна й сама пішла б. Вона передчувала, що в постійному русі кудись, в пересуванні кінцівок, в розмитих обрисах на обрії, які ніяк не ближчають, може знайтися бодай якась полегша. Розмірене просування у безформному просторі без жодної мети мало шанс трохи очистити її отруєну кров, розрідити загуслі зіпсовані рідини, які наповнили її організм, зробивши його важким, здушеним, слабким і безвольним.

Уляна почувалася хворою. Вона відчувала, як зараза з її тіла поширюється на всю хату, як клубочиться ядучими сірчаними випарами, в'їдається в стіни. Вона отруювала інших і, дихаючи цим зіпсутим повітрям, знову заражала сама себе. Але зараза не дозволяла померти, звільнитися — вона заполонила дівчинку рівно настільки, щоб дозволити їй нидіти, і використовувала її тіло для свого процвітання.

Уляна пішла б із дому, якби отрута не відібрала в неї будь-які сили. М'язи її тіла стали глевкими, як тугий холодець, кості гнулися. Вона лежала в своєму кутку, серед брудної затхлої постелі, проводячи більшість часу в імлавих заглибинах сну; в сирнистих, жовтаво-зеленавих товщах нудотної напівсвідомості. Цей сон виснажував її, але ще дужче її виснажували години неспання, які душили запахами кулеші, материним кашлем і сопінням, її бурчанням і гуркотінням заслінкою печі, дзвінкими голосами сестер, які сміялись і бавились, чи дерлись і сварились одна з одною через поламаний гребінець або її, Улянину, спідницю. Вони порозтягали по хаті Улянині речі, як могли би зробити з речами померлої сестри. Вони вже настільки призвичаїлися до того, що старша сестра нерухомо лежить у кутку кімнати, ніби призвичаїлися до мерця, якого чомусь вирішили не ховати.

Іноді крізь запаморочення Уляна відчувала батькову руку на своїй голові. Вага цієї долоні, втиснувши череп дівчинки в подушку, на кілька митей повертала відчуття реальности, трохи прояснювала все навколо. Але це прояснення пронизувало Уляну гостро й нестерпно, і вона відсмикувала голову, запорпувалась у смердючу липку перину, вводила себе в стани напівпритомности і забуття, в яких не так яскраво проступав образ Пінхаса. Не було там його опуклої щоки, порослої густим прозорим пушком, позолоченим променями сонця, не було його великих відстовбурчених вух серед лискучих пасем, що вільно спадали додолу, не було напівкруглих тіней від вій, опущених вниз, зосередженого виразу хлопчикового обличчя, коли той поринав у глибокі роздуми над чимось, чого Уляна не могла осягнути, але від чого трепетно пронизувало її підчеревину, навертались на очі сльози, душили ніжністю. У роздумах він відходив дуже далеко — геть недосяжний для своєї малої подруги з лисиччиним личком. А вона, затамувавши подих, готова була оберігати ці його стани, відмовляти собі в їжі і питві, щоб тільки чути його сопіння, бачити напружену складку на чолі. Він різко повертався до дійсности, підводив очі і впирався в Уляну поглядом. Діти мовчки вглядалися одне в одного. Вона впізнавала емоції і стани, які виринали на поверхню погляду з денця очних яблук: здивування від раптового повернення до неї, радість і захват від того, що бачить її перед собою, що вони поруч, впізнавання її погляду і її обличчя, приємність від того, що може споглядати її перед собою. Вони стільки разів присвячували себе цьому заняттю, довгі тисячі хвилин ретельного занурювання. Це вдивляння одне в одного стало їхнім природним середовищем. Так само вони любили грітися на сонці, купатися в річці чи їсти суниці.

Скинувши з голови батькову руку, Уляна провалювалась у непритомність. Але навіть серед її несвіжих клаптів тріпотіли Пінхасові вії, біло зблискували зуби серед розхилених губ. Він уже надто міцно став її частиною, щоб вона могла пристосуватись до його неіснування.

фотокартка: розлите квасне молоко на підлозі кухні

Уляні часто снився сон про той сувій Тори, в якому постійно знаходили помилку. Її виправляли, а потім знаходили знову і знову. Сотні, тисячі разів.

Коли сувій показали Баал Шему, він сказав: «Цей сувій написано за гроші, отримані господарем за притулок для картярів. З кожного кола гри він отримував монету і згодом заплатив суму за переписування сувою».

Слова Бешта перевірили, і вони виявились чистою правдою.

Бешт сказав: «Цей сувій неможливо виправити. Скільки б його не виправляли, він назавжди залишиться зіпсованим».

фотокартка: ключ на цвяшку біля входу

Не дивися на мене так, ніби я промовляю слова, які не мають жодного сенсу. Всі мої слова мають сенс, ти тільки слухай уважно. Я розповідаю тобі твою історію.

Минув якийсь час, і твоя маленька баба зрозуміла, що, хоч і лежить уже невідь скільки нерухомо у своїй постелі, не рушаючи з місця, вона, тим не менше, подолала чималу відстань, і ця відстань змінила її і привела кудиінде, далеко від точки, з якої вона, Уляна, вийшла.

Хоч твоя баба, переживаючи кількамісячну депресію, нікуди не виходила з хати, вона таки здійснила подорож — якраз таку, про яку їй іноді марилося: саме те розмірене просування у безформному просторі без жодної мети, яке врешті-решт почало приносити певне полегшення. Бо хіба час не стає простором, коли залишається чи не єдиним виміром, у якому існує людина?

Мама теж злагіднішала. Вона приносила Уляні їжу до ліжка і намагалася до неї заговорити. — Часом мені здається, що не я, а ти — доросла жінка, яка бачила в житті надто багато, часом я гублюся, дивлячись на тебе, часом я сама тебе боюся.

Уляна не відповідала, але мама не злилася. Розповідала сусідські новини, нарікала на тих українців, які ніяк не можуть вгомонитися: не мають, нездари, нічого іншого до роботи, як тільки перекривати польські написи на вулицях українськими. А жандарми натомість, не розбираючись, карають усіх українців підряд. Якось її саму на ринку добряче потовкли палицею. Добре, що вона встигла застрибнути з кількома іншими перехожими до єврейського воза, що розвозив воду до кам'яниць у центрі, і зійшла з нього на Підгаєцькій. Її заляпало водою з діжок, а на морозі, під косим сніговієм, вона геть задубла.

На цьому місці твоя баба зрозуміла, що, поки вона лежала, надворі настала зима.

На Підгаєцькій жила Іда Кріґель, яка працювала фармацевткою в міській лікарні і була знайома Фрасулякам уже багато років, із моменту перших пологів Уляниної матері. Ніхто не збирався звертатися з таким дурним ділом до лікарів — але після першої катастрофи, коли немовля померло і мало не стекла кров'ю майбутня мама Уляни, всі наступні рази вони просили про допомогу. Лише трьом дівчатам з усіх семи плодів вдалося вижити. Жодне дитя не бажало з'являтися на цей світ, і тому лікарям і їхнім асистентам доводилось щоразу вести тривалу й виснажливу боротьбу, щоби повитягувати їх назовні. Кожні пологи ввергали жінку в прірву безумства й болю, що сигналили про складну природу того подружнього зв'язку, який став призвідцем таких неприродних мук. Діти впиралися, бажаючи назавжди затриматись по той бік. Затятий доктор Ратаняк зі світлими короткими вусиками щоразу впадав у раж, прагнучи насильно привести їх до життя. Він був дуже амбітний і аж гарчав від злості над черговим мертвим новородком.

У рідкісні миті проблисків свідомості ошаліла мати здатна була лише на одне: бажати негайної смерти всім і кожному (собі, чоловікові, донькам, медичним працівникам). Біль дер її вшир і вздовж іще певний час після пологів, й Іда Кріґель ставала тут у пригоді. Вона робила заштрик і з виразом уважної дослідниці наглядала, як за якихось кілька хвилин поламане на брижі обличчя мучениці розгладжувалося, млявішало. Сльози, що починали рясно стікати щоками, свідчили про полегшення, про те, що відчуття приємно затуплюються, розпука тимчасово ховається за завісою туману. Згодом, коли фактична потреба, згідно з досвідом дуже кваліфікованої панни Кріґель, ставала менш виразною, а залежність від заштриків зростала, фармацевтка мужньо витримувала штурм, послідовно відмовляла прохачці в нових дозах, терпіла її гнів, шантаж, плачі й скимлення, і щоразу досягала успіху.

Натомість сталося так, що сама особа Іди Кріґель стала символізувати для Уляниної матері спокій і втіху, тимчасове солодке пристановище. Коли розпач накривав із головою, мати Уляни кидала все, залишала в хаті своїх так тяжко надбаних доньок, і бігла на Підгаєцьку. Мчала під дощем, супроти вітру або крізь білу спеку, перенапружені литки зводило судомами. Вузькими східцями поміж кам'яниць вона піднімалася до протилежного боку будинку, до входу. Схилені над східцями гілки шипшини чіплялися за її спідницю, за панчохи. Через те, що ці кам'яниці (як і більшість будівель у містечку) стояли на пагорбах, поверх, який із вулиці був другим, із внутрішнього боку слугував першим, а той, що виявлявся надбудованим над ним, і фактично вже виявлявся третім рівнем будівлі, з боку вулиці залишався непомітним, втопленим у тіні й рослинності. Перед домом, де панна Кріґель мешкала з родиною свого дядька, вмістився ще вологий затінений дворик, у якому завжди можна було застати повно людей: приходили нескінченні прохачі до господаря дому, адвоката, а жінки зверталися до Ідиної кузини, щоб та завивала і стригла їм волосся. Четверо кузинчиних дітей вистромлювали розпатлані голови з кущів, отримуючи на свою адресу потік зойків і приговорювань від Ідиної тітки, їхньої бабусі. Стара не припиняла заклинати невидимих демонів, яких називала «оті люди» або *шін-далет,* щоб не вимовляти слово *шед**, відганяти від дому демонічних *мазікім***, які підслуховували зопалу кинуті прокляття й обертали їх проти людини та її рідних. До старої приходило найбільше містян і селян, бо люди вірили, що її слова мають особливу силу. Якщо вона на когось злилась, то

---

* Біс, чорт *(їдиш).*
** Злі сили *(гебр.).*

могла прокричати: «Та щоб ти був сильним і здоровим, як залізо, і щоб так само, як залізо, не міг гнутись!» Або: «Щоб тобі добре було!» Або: «Та щоб тобі… пироги самі їсти!»

До Іди приходила тільки одна Улянина мама. Задихана, вона кивала головою всім присутнім на подвір'ї, вже звикнувши до того, що стара господиня дому завжди дивиться на неї з підозрою, примруживши очі і несхвально прицокуючи язиком. Вона піднімалася дерев'яними сходами на галерею, знімала ключа з цвяшка біля входу і заходила до кімнатки панни Кріґель, де чекала на її повернення з роботи.

Іда завжди вже знала наперед про гостю від родичів. Вона не виказувала ні радости, ні розчарування її появою. Уяви, як вона з зусиллям штовхає вхідні двері на своїй мансарді, оскільки рама примерзла до одвірка, як тупає чобітьми, намагаючись залишити більшість намерзлого на підошви снігу назовні, як запускає досередини клуби пари і підсвічену снігами темряву, як самими лише очима вітається зі своєю подругою, входячи досередини. На її оливковій шкірі — міцний рум'янець. Вона знімає капелюшок, неслухняними пальцями розстібає ґудзики пальта і розкладає його на стільці біля грубки. Передні прядки її темного волосся, стриженого кузинкою «під пажа», на маківці скручені двома вузликами. Біла лікарняна сукня має круглий комірець, вона підперезана тонким пасочком. Ідині брови зрослися на переніссі. Обличчя завжди зберігає той самий спокійний і зібраний вираз, лише кілька зморщок видають накопичену за роки скорботу, яка всотувалася в Ідину істоту разом з людським болем і смертями.

Чому ти дивуєшся, що я розповідаю тобі так багато про Іду Кріґель, про її зовнішність і вдачу, і зовсім не описую, якою на вигляд була мати твоєї баби Уляни? Кажеш, я навіть имени її тобі не сказала? Але хіба я можу знати про твою родину геть усе? Я розповідаю те, що знаю від тебе самого, що запам'ятала з твоїх слів. Те, що здалося мені найважливішим.

Мати твоєї баби Уляни мала кругле широке обличчя, вузькі очі над пухкими щоками, коротку шию. Вона була миловидна, м'якотіла, розгублена, хоча й здатна виявляти жорстокість до своїх дітей і до себе. Її звали Зеною. Так добре?

Того дня, коли Зена Фрасуляк, втікаючи від польських жандармів, сховалася в бричці водовоза і так доречно опинилася на Підгаєцькій, Іда Кріґель повідомила їй дещо важливе. Родина Бірнбаумів, про яку мати твоєї баби не хотіла й слухати, готувалася виїхати до Ерец-Ісраелю, до Землі Обітованої. Авель уже подав усі необхідні папери до сіоністського осередку в містечку, а тепер чекав на відповідь, яка мала надійти з центрального осередку у Львові. Вони збиралися брати з собою навіть стару Фейґу, зовсім беззубу і з дедалі відчутніше надщербленою пам'яттю — не залишати ж її тут на поталу.

На яку поталу? — перепитала Іда в Зени. — Хіба ж ти не знаєш, що коїться зараз у світі, що діється в Польщі, до чого все йде в Німеччині? Що лихіші часи настають, то складніше доводиться євреям. Християни, хоч як би одні одних ненавиділи, завжди порозуміються завдяки ненависти до євреїв. Комуністи тиснуть зі сходу, але Авель налаштований до них неприхильно — зовсім не так, як Мойшеле Кац, наприклад, чи Барух Райх. Навіть мій дядько розглядає комуністів як певну можливість. Авель Бірнбаум вирішив, що більше немає на що тут сподіватися, що він мусить подбати про Пуу, про малу і стару Фейґ і про свого неповнолітнього мудреця, якому пророкують велике майбутнє.

Та ні, — сказала Іда Кріґель Зені Фрасуляк, акуратно відкусивши шматочок крихкого печива, — я теж не думаю, що в німців може там дійти до чогось справді страшного. Такий зараз період, дивні речі відбуваються, в політиці так буває. Це невдовзі минеться. До того ж люди страшенно схильні до перебільшень. Ми ж не знаємо точно, як там усе насправді. Поки всі ці чутки до нас доходять, вони проробляють шлях крізь тисячі вух, тисячі голів і ротів. Це не новини, це зіпсовані, перетравлені і знову сформовані біфштекси. Нам не можна їх їсти. Треба берегти шлунки. Чекати чогось лихого від німців? Я більше боюся наших місцевих іновірців. З цими ніколи не буває солодко. Не тебе, звичайно. Ти розумієш, про що я.

фотокартка: високий кам'яний мур, увитий лозою, парочка стариганів у лівому кутку

Батько Уляни по-справжньому лютував, довідавшись, що дружина переповіла доньці почуте від Іди. Сам він уже довший час тримав це знання в таємниці, потерпаючи від страху ще дужче нашкодити дівчинці. — Баба не годна язика на прив'язі втримати, — аж почорнів він від злости. Але його побоювання не справдилися. Новина подіяла на Уляну протилежним чином.

Уляна знову почала їсти і вмиватися. Щоб дістатися до Пінхасової гімназії, вона мусила відновити сили. То була кам'яна будівля, розташована на пагорбі: над полем фронтону — аркові вікна з пілястрами, а ще вище від них — побілені полумиски з барельєфами Міцкевича, Словацького і Красінського. Більшість учнів у гімназії були греко-католиками, а більшість учителів — поляками. Щовечора Пінхас ходив займатися додому до свого вчителя з гебрейської школи, Кіршнера, який жив на Костельовій, але Уляна знала, що підстерігати хлопця біля вчителевого помешкання — невдала ідея. Він не захотів би там із нею розмовляти: надто чемний, надто поглинутий думками про середньовічні мапи й природу Всесвіту, надто скутий присутністю численних сусідів і свідків на вулиці.

Коли вона вперше вийшла за ворота дому, в неї запаморочилася голова. Але чекати, поки відновляться сили, вона вже не могла. Уляна знала, що за місяць Пінхас матиме свою бар-міцву. Йому виповниться тринадцять років і один день. Він стоятиме посеред синагоги в центрі загальної уваги — високий і міцний, з білосніжною кіпою на голові, з тфіліном на чолі. Його чистий голос відлунюватиме від стін. Пуа і стара Фейґа, міцно стиснувши долоні одна одної, крізь пелену сліз спостерігатимуть за своїм хлопчиком згори, з жіночого балкона. Потім Пінхаса осипатимуть цукерками, а він щасливо мружитиметься, коли вони торкатимуться його щік і волосся. В синагозі проведуть урочистий кідуш, а потім влаштують святкове прийняття вдома. Авель, пишаючись сином, стежитиме, щоб за обідом для учнів Бет Ха-Мідрашу все було бездоганно.

Пінхас стане дорослим. Уляна відчувала, що має зовсім мало шансів затримати його. Вона вірила словам Іди Кріґель і розуміла Авеля. Якась частина її дуже хотіла, щоби Бірнбауми поїхали звідси якнайдалі, у спекотні землі, де сухий вітер осипає колючим розпеченим піском, далеко-далеко від сусідів-християн, від снігових заметів, від неї, Уляни.

Їй таки вдалося дістатися до гімназії перед закінченням занять. Ледве тягнучи ноги, вона оминула будинки з гострими черепичними дахами і білими коминами і піднялася догори широким мощеним під'їздом, де зупинилася і, спершись спиною до кам'яного муру, перевела подих. Уляна вибрала для чекання місце, що дозволило їй залишатися непоміченою. Діти, які виходили з подвір'я гімназії, жваво прошкували додолу, проминаючи Уляну і залишаючи її позаду. Здебільшого вони виходили групками і були поглинуті одні одними.

Уляна вдивлялася в їхні спини, в танок прудких ніг у темно-синіх штанях, в повороти голів, на яких височіли тверді пурпурові шапки з дашками. Уляна знала, що не побачить між цих дітей Пінхаса, не побачить його навіть поруч із іншими нечисленними тут хлопчиками-євреями і не побачить його з дівчатками зі свого року навчання, яким зовсім нещодавно дозволено стало навчатись разом із хлопцями. І справді: Пінхас невдовзі проминув Уляну і поволі сходив до вулиці, розглядаючи небо. Побачивши його, Уляна зрозуміла, що не гукатиме. Зрозуміла, що вона даремно сюди прийшла і не хоче Пінхаса непокоїти. Вона вирішила дочекатися, аж її друг зникне з поля зору, і повернутися додому. Перспектива цієї виснажливої подорожі лякала її. У неї більше не було жодних сил.

Пінхас побачив її сам. Це було майже неможливо, він не повинен був обертатися. Але чомусь йому захотілося оглянути мур і голу витку лозу на ньому, яка ще не встигла вкритись зеленим листям. Він пробігся поглядом по сплетіннях дикого плюща, напівобернувся, щоб простежити рослину аж до кінця огорожі, — і вперся очима в Уляну. Його обличчя враз прояснило і засяяло, ніби він тільки й чекав на цю зустріч, ніби він увесь час, кожної миті думав про неї — сидячи на заняттях в гімназії, одягаючи своє важке ткане пальто і виходячи в сіру березневу імлу. Він кинувся до Уляни і завмер навпроти неї, широко усміхаючись і бігаючи поглядом по її обличчі, по всій її постаті. Іскристу радість, яку випромінювали його очі, розбавило занепокоєння і збентеження. Уляна усвідомила, який виснажений і незугарний вигляд вона має після довгих місяців хвороби. Її щоки запали, шкіра набрала тьмяної барви, очі займали мало не пів обличчя, а тьмяні білки здавалися зболеними і хворобливими. Вона стала ніби вдвічі меншою — збіглася і змаліла. Від Пінхасової стурбованості, від ніжности, з якими він торкався поглядом її рук і плечей, її підборіддя та вилиць, пасем волосся, що вибилося з-під хустки, Уляні стало геть зле.

Від його радісного голосу, що від хвилювання зривався на високі дівчачі нотки, їй потемніло в очах.

Пінхас торкнувся її передпліччя і заговорив, затинаючись і хвилюючись, мало не захлинаючись від емоцій. Він сказав, що страшенно радий її бачити, що весь цей час він думав про неї, згадував кожен день, кожну хвилину, яку вони провели разом, їхній тунель, і міст, і ріку, прогулянки і сидіння серед замкових руїн, їхні розмови (хоча Уляні здавалося, що вони здебільшого мовчали), і подорож до Амадоки, і те, як Уляна знепритомніла в болоті і як він її витягнув. Сказав, що виплекав собі нову звичку: уявляти, чим вона займається зараз, цієї миті. Він вірив у ці фантазії, і від них йому ставало набагато краще, набагато легше. Майже солодко. Вони ніби були разом увесь цей час. Він навіть очей не заплющував, не переривав розмови з учителем Тори (так, він знає, що цього не слід було робити під час читання Тори), не припиняв забави з малою Фейґою — і бачив, як Уляна допомагає своїй мамі готувати обід, як Уляна з сестрами вибирає тістечка в цукерні біля Ринку, як Уляна розмовляє з подругами дорогою до школи, як вона весело сміється. Він уявляв, що цей її сміх насправді призначений йому, Пінхасові. Він дуже скучив за її сміхом.

Пінхас розповів, як кожної суботи він стримував себе, щоб не розпитати про Уляну її батька. Але робив-таки над собою зусилля і вдавав, наче йому нецікаво, знаючи, що його розпитування знову викликали би занепокоєння в усіх навколо, знову породили б сум'яття. А їм же більше не потрібне жодне сум'яття. — Правда, Уляно? — звернувся за підтвердженням Пінхас.

Він був справді щасливий, що вона прийшла сюди до нього на зустріч. Він давно хотів їй сказати дещо, хотів із нею домовитись, але зовсім не знав, яким чином зробити це, щоб не порушити заборони. Він хотів поділитись із нею своїм винайденим способом, з допомогою якого вони зможуть бути поруч, коли тільки заманеться, і ніхто не буде мати нічого проти. Нехай вона, Уляна, теж уявляє, що Пінхас робить тієї чи іншої миті, і нехай насправді вірить, що це не вигадка, не фантазія, що вони просто знають усе до найменших подробиць одне про одного, що вони здатні одне одного відчувати на відстані. І таким чином їх ніколи не розлучать. Навіть коли він із родиною поїде до Ерец-Ісраелю. Навіть коли він буде старим дідом і житиме за морем, Уляна зможе точно знати, чим саме він зайнятий і що він думає про неї.

Ти ж відчувала весь цей час, що я з тобою? Відчувала те саме, що і я? — запитав Пінхас. Він жадібно вдивлявся в Улянине обличчя палахкими очима. — І тобі було легше?

Так, — кивнула Уляна. — Так, Пінхасе, мені теж було легко.

фотокартка: священник святить великодні кошики, накриті вишитими рушниками і вилаштувані рядками біля людських ніг

Уляна вірила, наче насправді нагадала Пінхасові історію про те, як Баал Шем Тов осягнув усю Тору за одну годину.

Якось Бештові довелося побувати вдома у іновірців, які власне тоді займались ідолопоклонством. Покинувши цей дім, ощасливлений вчитель повідомив своїх учнів, що протягом останньої години йому вдалось виконати всі заповіді Тори. Здивовані учні не йняли йому віри.

На це Баал Шем сказав: «Хіба ж не відомо вам, що поклоніння ідолам прирівнюється до калу? У вбиральні ж заборонено звертати свої думки до слів Тори. А отже, те, що під час перебування в тому домі я зміг утриматись від думання про святі письмена Тори, означає, що я виконав усі до останнього її приписи!»

У своїй уяві Уляна запитала Пінхаса: тобі не здається, що коли ти був зі мною, то виконував заповіді Тори?

поштівка: морський порт із висоти пташиного лету

Сертифікатів бучацький осередок сіоністів отримував дедалі менше. В останній момент, коли всі речі було спаковано, коли Авель і Пуа обійшли половину міста, щоби попрощатися, а Василь Фрасуляк зафасував шість нових сорочок, пару чобіт у доброму стані, хустки для дружини й доньок, а на додачу — суму, яка дорівнювала чотирьом його суботнім заробіткам, з'ясувалося, що дозвіл на виїзд старої Фейги не надійшов. Бірнбауми залишилися. Квитки на пароплав, який за місяць відпливав із Трієста до Яффи, Авель так і продовжував носити в гаманці з телячої шкіри під сорочкою. Ці квитки йому надіслав знайомий із Трієста, який ще перед першою війною втік із містечка і тепер успішно торгував сукном. Квитки надійшли у великому гладкому конверті, підписаному вигадливими каліграфічними літерами. Уже той пароплав відчалив із порту, вже кілька мандрівників встигло померти на борту від тифу, який дав про себе знати аж у відкритому морі, вже хтось із пасажирів устиг написати кілька десятків листів до свого старого дому, маючи на думці відіслати їх із дому нового, а Авель Бірнбаум все ніяк не міг наважитись і позбутися тих квитків.

Але на Уляну це вже ніяк не могло вплинути. З дня на день вона відновлювала сили й ось уже змогла повернутися до навчання, змінивши попередню школу на руську бурсу, яка щойно відкрилася при вулиці Колійовій. Мама привела її одного дня до шпиталю на вулиці Під вербами, де Іда Кріґель чекала на них у садку навпроти входу. Зена Фрасуляк хотіла, щоб Уляна вчилася на медсестру. Іда запропонувала взяти дівчинку до себе — копійку навряд чи заробить, але зможе зрозуміти, чи взагалі надається до цієї справи.

Уляна не мала сумнівів, що не надається. Але загалом їй було байдуже. Їй подобався садок навколо шпиталю, а одноманітні завдання, які вона отримувала (помити підлогу, нарізати рівні відтинки марлі, прокип'ятити в кюветах грушки, простерилізувати скляні й металеві інструменти з допомогою спирту чи карболової кислоти), надавали бодай якоїсь форми її життю. Вона давно вже не знала, чого б хотіла. Ще рік тому все було інакше: вона так само не знала, чого можна хотіти від життя, крім їжі і нового вбрання, але значна частина її існування приносила їй радість без жодної причини.

Іда її хвалила. Казала матері, що вже навіть кілька лікарів помітили спритні Улянині руки. Директор шпиталю спочатку був лихий на панну Кріґель, яка насмілилася без дозволу взяти собі помічницю, але головний лікар втомлено махнув на нього рукою: нехай собі побуде, вона тут нікому не заважає.

Іда Уляні подобалася. Вона видавалася такою беземоційною, такою досконало витриманою у всіх своїх діях, у всіх виявах — жодного хвилювання, нервів, поспіху. Все чітко й акуратно, саме так, як і має бути. Інтерн Щіпаняк явно був у неї закоханий, шукаючи найбезглуздіших приводів, щоби побачитися бодай на кілька секунд, але Іда з усією бездоганністю свого виховання вдавала, що нічого не помічає, що нічого не відбувається, що Вітольд поводиться цілком нормально.

Уляна не розуміла тільки Ідиної прив'язаности до пацієнтів. Вона спостерігала, як панна Кріґель стурбовано оглядає їхні рани, як придивляється до їхніх облич і наслухає подих, з якою тривогою вчитується в залишені лікарем приписи і проміжні діягнози. Уляна зауважила, що Іда не здатна усміхатися кілька днів після чиєїсь смерти. З неї ніби висмоктували всю життєву силу простерилізованою ґумовою грушкою. Це залишалося для Уляни загадкою. Для неї пацієнти були навіть чимось меншим, ніж люди, — якісь абстрактні напівтіні, кволі, скорчені від болю, зіпсовані ізсередини. Сама Уляна — із серйозним виразом дорослих очей, з рівною лінією міцно стиснутих уст — не могла знайти жалю навіть до себе. Лишень Іда здавалася їй вартою уваги, вартою м'якости. Однією з небагатьох, за ким варто буде шкодувати.

Іда ніколи не говорила з Уляною про Пінхаса. Хоча обидві знали. Цих кілька років до початку війни вони, не зближуючись, залишались одна від одної на чутливій дистанції, що передбачала мало не телепатичний зв'язок. Іда відправляла Уляну додому після дня у шпиталі, а сама поверталася до своєї кімнати, щоби застати там Зену, яка терпляче й тихо чекала, сидячи біля вікна. Будинок дзвенів дитячими голосами, брязкотом порцеляни, сварками і жвавими розмовами, у грубці тихенько скавучав протяг. Зена жадібно всотувала в себе кожен звук, не вміючи відповісти собі на запитання, навіщо з такою мало не екстатичною завзятістю вона сюди приходить.

Знаєш, — одного вечора обережно сказала Зені Іда, — вона досі його не забула.

Зена одразу зрозуміла, про що йдеться. Не стримавшись, вона вилаялась: — Клятий жид! — Їй негайно стало соромно, хоч і не занадто. Вона змахнула з себе сором, натомість дозволивши злості розрум'янити її рябі вилиці.

Іда вдала, ніби нічого не трапилося. Її долоня легко лягла на Зенине плече. Вона по-справжньому співчувала. Їй було шкода дівчини. Дівчина, хоч яка непроста й наїжачена, їй подобалася.

Іда Кріґель насправді нічого не знала. Просто чомусь сьогодні вранці, коли Уляна прийшла до шпиталю з іще сірішим як зазвичай обличчям, вона зрозуміла, що тій далі йдеться про хлопчика з низько посадженими над очима густими бровами і відстовбурченими вухами, напівсхованими серед кучерів.

Іда Кріґель не могла знати, що минулого вечора Уляна, повертаючись додому, оговталась навпроти будинку Бірнбаумів. Сідало сонце. В його розтопленому млявому світлі кружляла сліпуча комашня. Стара Фейґа сиділа перед домом і бавилася з малою золотоволосою Фейґою.

Патше, патше кіхелех, маме 'ет койфн шіхелех, тате 'ет койфн зекелех, ун Фейґа 'ет гобн ройте бекелех.*

Мала Фейґа старанно плескала і, сміючись, відкидала назад голову, її біляве волосся торкалося стебел трави.

З дому вийшов Пінхас. Він зупинився на порозі і з усмішкою спостерігав за сестрою і бабусею. Він став ширшим у плечах і вищим, його брови ще дужче розрослися, а над верхньою губою темніли справжні вусики. Уляна побачила його тієї миті ніби з відстані кількох сантиметрів. Ось його нижня губа, розділена смужечкою посередині. Ось його смаглява гладка шкіра. Ось його міцна шия, ось пульсування вени, ось пласкість його міцних грудей. Він веселий, добрий і безтурботний. Він став іще розумнішим — гордість для батька, втіха для матері, радість для сестри і бабусі. Який же він був файний, цей Пінхас Бірнбаум. Ще кращий, ніж Уляна його пам'ятала.

Прокляті комуністи, — плюнула вона на каміння собі під ноги. Повітря миттю здалося їй липким і несвіжим. Комашня налізла в очі. Хотілось запастися під землю.

фотокартка: дерев'яні етажерки з однаковими буханками в хлібному магазині, черга з терплячих людей, їхні спини і потилиці

Що ти кажеш? Як ти, галичанин, можеш казати, що західні українці знехтували допомогою більшовиків? Як ти можеш казати, що радянська влада була кращою від нацистської? Іноді мені аж моторошно від твоїх слів — не від того, що ти забув себе і всю свою історію, а від того, як ти сиплеш датами й іменами, ніби на звивинах твого мозку виписані хронологічні таблиці, і водночас перекручуєш значення кожної дати, плетеш нісенітниці. Гріх казати, що західні українці чекали на німців, чуєш?

Зараз я ще раз нагадаю тобі, як все було насправді. Тими самими словами, якими ти розповідав мені. Так, як я все запам'ятала.

Коли ти трохи подорослішав і почав розпитувати бабу Уляну, вона здебільшого відмахувалася і мовчала.

---

* Плескай, плескай руцями, мама купить тобі нові черевички, тато купить тобі нові шкарпеточки, і Фейґа матиме рожеві щічки *(їдиш)*.

Вона завжди їла багато хліба. Жодні страви, жодні кількості їжі не могли її наситити — тільки чорний хліб заспокоював, впорядковував нутрощі і допомагав приборкати тривогу. Їй ставало дуже погано серед скупчення людей — перехоплювало подих, дзвеніло у вухах, темніло в очах, але вона ніби навмисне кидала себе в гущу юрби, роблячи собі гірше й гірше, і доклавши найбільших зусиль, витримувала служби Божі, керувала ними й організовувала громаду. Вона лише стежила, щоби бути завжди скраю: при дверях, біля виходу, на останньому табуреті. Стежила за простором навколо себе. Прислухалася. Пильнувала. Пантрувала. Так, пантрувала. Це означає: була на сторожі.

Коли ти розпитував, вона могла сказати, що в усьому були винні війна, біда і чужа влада. А влада завжди була чужою. Казала, раніше сусіди розумілися між собою: жид говорив по-жидівськи, поляк — по-польськи, українець — по-своєму, всі говорили німецькою, і був порядок. Різні діти ходили до однієї школи. Кожен мав свою церкву. Кожен мав свої свята. Нікому не було діла. (Ні, «жид» — не образливе слово, звідки ти таке взяв? У нас так завжди казали, і твої баби тільки так і казали на них, і нікого не збирались образити.)

Коли в жидів був суккот і вони ставили свої шалаші, твоя мала баба з іншими дітьми вилазила на дерево, найближчий дах або пагорб і кидалася в них камінням для забави. «Жидку, жидку, нема з тебе пожитку», — таке говорилося навіть із любов'ю, не зі зла. Всі звикли, що жид має хутро і гроші, що він тримає заїзд і крамницю і не пускає поляків з українцями заробляти, а тільки їх споює. Бо як чоловік не має просвітку в житті, то як йому не піти і не напитися горілки. Потім, коли жидів не стало, з'явилося стільки місця, стільки можливостей, вже можна було б робити щось самим — але цього вже радянська влада не дозволяла.

А за Польщі, казала твоя баба, декому страшенно шкодило, що все навколо було польською і що українці з євреями не годні були ні пробитися в політику, ні вчити дітей по-своєму. Чимось їм так заважали той польський «Сокіл», і гарцери, і патріотичні свята, коли улани на конях виступали гарними стрункими рядами. Чомусь їх так денервувало, коли до міста приєднували польські села, щоб жидівські кандидати не взяли гору. Не могли змиритися, що поляки отримали кращі можливості на землю і завжди в будь-яких судових і суспільних справах їхнє було зверху. Якось же жили одні з одними. Добре жили: одружувалися між собою, хрестили доньку в православній церкві, сина — в католицькій. Пили у жида горілку. Святкували спочатку Різдво в кінці грудня, потім — на початку січня. Кидали камінням в сукки з пагорба. Якось точилося. Не було зле.

Вона не вірила, що могли вирізати одні одних. Не вірила, що зумисне і злостиво зраджували. Та ні, казала, навпаки — переховували в себе, годували, допомагали. Не вірила в той випадок, коли вчителька української мови з сокирою в руках бігла до будинку єврейських сусідів. Казала: «Моя подруга-жидівка розповідала, що впізнала її, що бачила її крізь дошки в стодолі, де сховалась. Але я їй не вірила. То була добра вчителька, пані Леся. Любила співати». І теж не вірила, що Михась Касівчак записався в дивізію *SS Galizien*, щоби помститись вчительці німецької, яка тричі валила його на іспиті. Він не був дурний, тільки мав дуже штивну вимову. Пані Фінк такого не допускала.

Твоя баба знала, що казали про євреїв: що то вони привели комуністів. Допомагали закорінювати владу на місцях і вказували на потенційних ворогів режиму. Вона знала, що більшовики твердили, ніби в Радянському Союзі антисемітизму не існує. Пам'ятала, як підкреслювали прізвища своїх начальників: Арлазоров, Біберман, Гольц. Але казала, що так насправді у комуністи їх записувалося не більше, ніж українців. Може, лише були розумніші і спритніші, тому швидко займали посади. Не вірила, що українці з євреями допомагали більшовикам депортувати поляків.

А з іншого боку, казала вона, ти бачиш, що багато тих, яких вислали на Сибір — хоч і розлучили з дітьми, заморили голодом, — вижили. І не тільки полякам із українцями таке вдалося, багато євреїв теж залишилося жити. Якби їх не депортували, то вже лежали б на Федорі в ямі.

Не вірила, що українці разом із євреями тягнули людей на радянські вибори. Казала, там не було з кого вибирати. Казала, люди з них насміхалися.

Казала, що всі євреї, українці і поляки, які йшли до більшовиків, переставали бути євреями, українцями і поляками, а ставали радянськими людьми. Сипали своїх.

Не вірила, що *наші хлопці*, які пішли в німецьку поліцію, найохочіше виконували накази проти євреїв. Що після кожної акції селяни з мішками перли до міста: вичищати єврейські помешкання. Що ховали втікачів за гроші, а потім самі їх здавали. Мусили йти в поліцію, бо треба було якось бути. Але зла не робили. Часом навіть захищали, коли могли. Рятували.

Ну так, не любили євреїв — але навіщо вбивати? Не любили поляків. Та всі одні одних не любили, але вічно були разом: гарно віталась на вулиці, жартували, позичали лантухи.

Не вірила, що українці чекали на прихід німців. Думали, що німці пообіцяли їм власну державу? В це теж не вірила.

Казала, що євреї, які втікали з Заходу, всіх заспокоювали: не бійтеся німців, загрози життю не буде. Будуть лише тимчасові утиски, трохи перипетій, поки все не вляжеться. Але це культурний народ. Місцеві їх слухали, бо пам'ятали австріяків. Твоя баба спочатку сміялася зі своєї мами, згадуючи, як та розповідала про часи за Австрії — ніби смоктала грудку цукру.

А потім твоя баба вже сама таке ж розповідала, сковтуючи слину, — як замовляння, як дитячу лічилку, як молитву перед сном. Її власна пам'ять дедалі більше ставала пам'яттю її матері і дедалі менше зберігала те, як все було насправді, підміняючи спогади барвистими муляжами, які мали ту саму дію, що заштрики Іди Кріґель: огортали теплом, занімінням, гойдливим серпанком невагомості.

фотокартка: духовий оркестр виступає на парковій сцені-мушлі

Випатравши місто, більшовики втікали, забиралися геть — повзли на схід на довгоногих конях, в пікапах і вантажівках Ґорьківського автозаводу, у «фордах» і «фіятах», відібраних тут, у вагонах різного класу, залежно від рангу тих, хто відступав. Вони забирали з собою міцні й вишукані меблі, порцеляну і столове срібло, конфісковані в родин, яких було вислано на Сибір. Декому з найлояльніших серед місцевих дозволили відступати разом із росіянами.

Упродовж чотирнадцяти днів, поки німці лише прибували й облаштовувалися, ґрунт для них готували представники товариства «Січ». Здебільшого вони займались тим, що арештовували, били і страчували людей, яких вважали задіяними у співпрацю з комуністами. Котрісь із цих діячів справді вірили, що процеси, які відбуваються, і вчинки, які вони здійснюють, — необхідна умова для досягнення важливої мети. До них доєдналося чимало чоловіків, які зметикували, що цей момент можна використати, щоб красти і грабувати, всіляко проявляти себе, відчувши нарешті владу не над собою, а свою над кимось. Це відчуття розривало, прискорювало серцебиття, кров робило солодкою — ще краще від злягання. Були й такі, які поєднували мотиви різної природи: з насолодою грабували і катували, розстрілювали більшовиків, вітали німецьких зверхників випростаною правою рукою, збирали підписи за звільнення з берлінського ув'язнення провідника, п'яніли від того, що мають владу тепер не тільки над своїми жінками, а й над більшістю місцевих мешканців, і щиро вірили, що кожен їхній вчинок виправданий війною й історією, має на меті встановлення так довго очікуваної справедливості. Інші, попригядавшись до ситуації, покидали лави Української Армії, залишивши при собі зброю, — і відходили в ліс.

Роззуйте очі, казали вони тим, що прагнули залишатися, з якого це дива німці будуть іти нам назустріч. Вони лише використовують вас: усувають із вашою допомогою євреїв, а потім так само і вас усунуть. Але більшість людей — тихих і переляканих — забилась у темні кутки біля своїх печей і молилася. Дасть Бог, нас не зачеплять. Війна закінчиться, все це минеться, якось воно буде.

20 липня 1941 року на центральних вулицях відбувся парад Української Армії. З Коропця прибув добре озброєний загін піхоти, за яким виступала кінна ескадра вояків у народних строях зі стягами, а слідом за ними йшли дівчата у вишитих сорочках, з барвистими стрічками у волоссі, і несли образи з Христом і Дівою Марією, синьо-жовті прапори й величезні, зростом із людину, тризуби, сплетені з квітів та вив'язані з вишитих рушників. Чи говорила баба Уляна про свастики? Одного разу вона сказала, що серед символіки, поруч із тризубами, була також і свастика. Але пізніше, коли ти її про це перепитував, вона роздратовано супилась і відмовлялася говорити.

Щоправда, про трибуни з німецькими військовими в досконалій уніформі з сіро-блакитної тканини вона згадувала щоразу. Військові були усміхнені, задоволені. Налаштовані майже лагідно. Шкіряні паски, що охоплювали уніформу, лисніли на сонці. На них видивлялися свіжі рум'яні дівчата. Гірлянди з квітів розповсюджували інтенсивний запах. Важкі голови прив'ялих бутонів лягали у вологі долоні. Попереду чекало дуже багато роботи, але щоб добре і тяжко працювати, треба також добре відпочивати.

Це виявилося не так уже й просто, якщо ти, офіцере, потрапив до цих диких країв, де про комфорт, до якого ти звик у себе вдома, не доводилося навіть мріяти.

Тут не було порядних ресторанів і театрів, не вміли варити справжню каву, і добре, що бодай якийсь запас доброго вина вони везли з собою у дерев'яних скринях, напханих соломою. Що вже казати про порядні — тут не було навіть стерпних закладів, хоча з часом, зрештою, цим хлопцям вдалося відшукати собі і непоганих кухарів, і шевців, і навіть якихось музик (зазвичай то були євреї з нашитими літерами W на рукавах).

Голова *Judenreferat* у Чорткові Курт Фаль привіз із собою німецького єврея на ім'я Вольф і зробив його шефом місцевої *Ordnungdienst*. У сержанта місцевої жандармерії був особистий голяр на прізвисько Папуш. Синові ляндкомісара їхній єврей Баумштайн зробив дерев'яного коника, якого похвалив сам Отто Вехтер, приїхавши якось на інспекцію з Лемберґа. Сестри Дора й Емма виявилися чудовими гувернантками, няньками, кравчинями, прибиральницями, куховарками, перукарками у домі ляндкомісара. Жандарми Рукс, Томанек і Розенов мали зубні протези від старого дантиста Райнфельда.

У скат можна було пограти в українському казино, розташованому в приміщенні залізничного вокзалу. Біля української поліційної станції виявився кінотеатр, у якому вдавалося вимкнутися з дійсности на годину-другу. На тютюновій фабриці в Монастириськах видавали скільки завгодно лікеру й горілки, а ще — непоганих сигар. При цій фабриці був бар, у якому подавали чудовий часниковий соус і холодну зельцерську воду. Власником був місцевий поляк, а його дружина, українка, витираючи ляду, зваблово гойдала грудьми під тонкою блузкою.

Полювали в пахучих лісах, засипаних опалим осіннім листям. Каталися на лещатах. Приносили своїм дітям кудлатих цуценят у подарунок і відчували, як у грудях усе стискається від зворушення, а шрами зі студентських дуелей на мензурах починають пекти від приливу крови до обличчя. Поринали в романи з місцевими польками чи навіть дружинами колег. Співали. Ревіли на порожніх вулицях після пиятики о четвертій ранку. Мали власний фотель за обіднім столом у саду родини Біліїв. Після вечері грали у преферанс із українським лікарем і польським адвокатом. Слухали музику і спів птахів. Виїздили на кінні прогулянки з дружиною і дітьми.

Милувалися містечком, що розкинулось серед пагорбів, бароковими вежами. Ляскотіли нагайкою. Намацували поглядом свою ошатну віллу з балконом на березі Стрипи. Почували всередині спокій.

Тимчасово, але таки облаштувалися.

фотокартка: автопортрет чотирнадцятирічної Христі, відображеної у шибі дому з видом на подвір'я, паркан і кущі аґресту

Василь Фрасуляк спостерігав за моментом, коли німецькі війська перевалили через пагорб на заході і, як мураша, поповзли шляхом додолу. Разки вантажівок і автомобілів, мотоцикли з причепами, оповиті хмарою сепієвої куряви. Серед них був навіть загін велосипедистів. Це виглядало романтично, але вже того ж вечора місто розривало від криків, дерлося від дикого жіночого волання.

Сусід побачив з-за паркана, як Василь нервово, немов лисиця, охоплена тривогою за потомство, міряє кроками двір, то прилипнувши до паркана і видивляючись крізь гілки дерев на дахи внизу, силует Ратуші, вежі монастиря (все таке знайоме, що аж непомітне; все таке спокійне, незмінне), то кидаючись до будинку, збігаючи кількома сходинками на ґанок, щоб зазирнути крізь вікно до кімнати і розгледіти трьох своїх доньок і дружину, яким він наказав сидіти і ворушитися якнайменше.

Не бійся, — крекнув сусід, кумедно примруживши одне око, — наших вони не чіпають. Хіба якби-с був комуністом.

Фрасуляк відчув, як у сонячному сплетінні його засмоктала гниліста нудьга. Роздратований, він навіть не глянув у бік сусіда. Але той не зважав. Був у доброму гуморі. Мабуть, уже встиг випити.

Я маю думку, — зашепотів він по-змовницьки, розгорнувши товстими брунатними пальцями кущі аґресту і висунувши голову вперед, мало не настромлюючи її на штахети. — Чи не взяти у Гольців ту їхню Мір'ям, щоб не траплялася німцям на очі. Я б її сховав на стриху, ніхто б і не знав, що вона там у мене є. Тільки від Влодзі хіба щось сховаєш.

І він засміявся.

Їй чотирнадцять років, — процідив крізь зуби Василь.

Шкода дівку, — зітхнув сусід.

Може, ще нічого не буде, — сказав Василь, змушуючи себе заспокоїтися.

фотокартка: чорні гілки, воронячі гнізда над черепицею, лет пір'їни, гнаної вітром

Аж прийшло троє наших хлопців — інженер, вчитель і семінарист. У кожного — синьо-жовта стрічка на рукаві. Від важких кроків забриніло скло у креденсі.

Інженер Гогуля — той самий, якого Василь Фрасуляк переховував колись у цій кімнаті під підлогою, — привів двох інших. Він першим зайшов до будинку, широко усміхаючись, подаючи Фрасулякові праву руку, а лівою долонею поплескуючи господаря по плечі. — Я вам кажу, хлопці, Василь буде з нами, бо він завжди був із нами, — інженер Гогуля роззирнувся кімнатою і зітхнув мало не замріяно: все тут так само, як було тоді.

Вчитель дивився вовком. Він і семінарист були озброєні *манліхерами*. Але якщо семінарист тримав свого кріса за спиною, на ремені через плече, то вчитель Якимчук стискав карабін під пахвою, вистромивши люфу вперед і мало не тицяючи нею в груди господаря. Фрасуляк, насупившись, ступав крок назад, але вчитель Якимчук тут же робив крок уперед, знову впираючись люфою в ґудзик на животі твого прадіда.

Вчителя Якимчука твоя баба одразу впізнала: він викладав історію в Уляниній руській бурсі, що кілька років тому переїхала з Колійової на Словацького. Діти боялись Якимчука: він був смиканим, нервовим, із запаленими очними яблуками, якими знавісніло обертав в очницях. То бубонів щось нерозбірливе собі під ніс, не дбаючи про те, чи учні його розуміють, а то починав раптом лютувати від власних слів, бігати кімнатою, гепати кулаком об двері і стіл, порскати слиною, незмінно лаючись на Грушевського і Винниченка. Будь-яка тема — хрещення Русі, татаро-монгольська навала чи Запорізька Січ — незмінно перетікала в нього у прокльони в бік Грушевського і Винниченка.

Про вчителя Якимчука всі знали, що його дружина взяла дітей і пішла жити до польського вчителя Домославського, який викладав «на Бараках», у школі імени Міцкевича. Домославський був удівцем і виховував сам двох синів. Високий і широкоплечий, сивовусий, із заспокійливим гортанним голосом і впевненістю неквапливих рухів — Домославський подобався багатьом жінкам, і не лише Якимчук не зміг пробачити своїй дружині ганьби, а й кілька десятків міських жінок тримали на неї зло. Залишившись сам у двох тісних кімнатках, які винаймав для своєї колишньої родини в одній із кам'яниць Блатта, Якимчук за лічені дні розвинув нервове сіпання обличчя і неприховану глибоку нетерпимість до всіх навколо. І все ж основним об'єктом ненависти для нього став Йоахим Блатт. На нього Якимчук скидав основну причину свого нещастя. Мовляв, старий пив із нього кров за винаймання житла і видирав назад позику, якої вчитель ніяк не міг повернути. За словами Якимчука, так далі тривати не могло. Слід було щось робити. Вони зустрічались із інженером Гогулею і ще кількома українцями і підігрівали одне одного планами рішучих акцій проти кровопивць, зрадників, євреїв, комуністичних посіпак, польських націоналістів-шовіністів й інших угодовців. Їх об'єднувало постійне відчуття розчарування очільниками ОУН, «Січі» і «Пласту», які здавались недостатньо конкретними, недостатньо рішучими, занадто роздертими протиріччями. Вони давно вже чекали приходу німецьких військ — великої сили, яка мала катапультувати їхні плани, оживити наміри.

Радянська окупація геть вибила Якимчука з колії. Ніколи в житті він не почувався ще настільки загроженим: упевненість, що по нього прийдуть з хвилини на хвилину, ворушилася під шкірою неспокійними червами. Він сидів під дверима свого помешкання, просто на брудній підлозі, забуваючи вмиватися і їсти (зрештою, купити їжу він не мав за що), і слухав кроки й шарудіння назовні. Його очі бігали, думки торохтіли в голові, як свинцеві кульки в центрифузі, пальці неспокійно обмацували одвірок і підлогу, перебирали купи паперів з тезами для лекцій і власними міркуваннями на теми нешкільних уроків історії. Якимчукові видавалося таким очевидним, що по нього мають прийти одним із перших.

Дружина Блатта підходила до дверей і запитувала, чи пан Якимчук не голодний, бо є свіжа зупа. Якимчук мовчав і сопів, стиснувши кулаки, аж біліли кісточки. Вона жодного разу не дала йому тієї зупи — він знав, що вона лише дражнить його. Але залишала іноді на таці хліб, ячмінну каву без цукру і скибки квашеного буряка, який Якимчук ненавидів. Він намагався не їсти цієї їжі, тому що знав, що Блаттова нараховує йому за їжу відсотки до боргу.

Щойно коли більшовики відступили і до містечка увійшла 101-ша дивізія легкої артилерії Вермахту, Якимчук довідався, що його дружину з їхніми дітьми і синами Домославського без жодних речей запакували до товарного потяга і вислали кудись на схід. Сивовусого Домославського Якимчук знайшов серед напіврозкладених трупів неподалік від Церкви Покрови під стінами будівлі, тільки щойно поспішно покинутої НКВД. Євреям, кілька десятків яких зігнали з найближчих вулиць, було наказано витягати ці трупи з підвалів. Злиплі між собою тіла розпадалися від дотиків, сочились і пінились, від них відпадали кінцівки. Євреїв змушували торкатись їх голими руками, забороняли захищати носи і роти від отруйного смороду.

Якимчук затулив хустиною лице, нажаханий страшним сопухом, але не зміг відірвати очей від почорнілих і задублих вусів Домославського навколо зяючого отвору розчахнутого рота. Осклілі очі колишнього суперника здавалися такими ж спокійними, як за життя. Якимчук виблював і заплакав. Поруч із ним озвірілий батько, який щойно опізнав один із трупів, розбив палицею голову старому євреєві, повністю забрьоханому гнилою трупною кров'ю. Акуратний стос однакових палиць лежав біля ніг есесівця, який курив, дивлячись на чорні гілки і воронячі гнізда над черепицею з неприхованим виразом огиди на обличчі. Все котилось у напрямі, на який давно вже вказувала Якимчукова інтуїція, і набирало обертів.

Третім непроханим гостем у будинку Фрасуляків був семінарист — зовсім молодий, не набагато старший від Уляни. Мав років вісімнадцять. Він тримався осторонь від двох своїх напарників, був сумний і мовчазний. Його дивний зовнішній вигляд привертав до нього увагу. Зрештою, Уляна давно вже помічала його біля інституту святого Йосафата — його неможливо було не помітити. Він був невисокий і делікатний, тонкий. Мав граційне, майже дівчаче тіло, і рухався з легкістю, яку можна було порівняти з летом пір'їни, гнаної вітром.

Він справляв враження смертельно хворого. Людини за крок від останнього видиху. Мав воскову прозору шкіру, крізь яку просвічувалися блакитні вени на скронях, чолі й зовсім голому черепі. Семінарист не мав і сліду волосся — ні брів, ні вій, ніде жодної пушинки. Його уста відтворювали ту саму барву, що й шкіра, були наче безкровними. Погляд ясно-блакитних очей бентежив і непокоїв. Він називався Матвій Криводяк і після розмови, коли Улянин батько на ґанку скручував для всіх самокрутки з терпкого пахучого тютюну, семінарист зізнався, що раніше хотів постригтись у ченці, але тепер починає думати про те, щоб висвятитись на священника. Тільки для цього йому треба, щоб існувала церква. А для цього — щоб не було більшовиків, і безкровні губи семінариста ледь вигнулись у подобі усміху.

Вчитель Якимчук, навіть запахкавши цигаркою, вологою від слини господаря дому, не злагіднішав. — Не можу йняти віри чоловікові, який служив жидові, — сказав він, багато разів скліпнувши і засмикавши лівим кутиком рота.

Я не вважаю, що ми повинні діяти таким чином, — вперто мовив Фрасуляк із інтонацією, з якою продовжують обірвану нещодавно розмову.

Якимчук смикнув головою і цмокнув.

Будемо робити, що нам скаже штурмбаннфюрер, — відрізав він, викочуючи очі.

Семінарист відвернувся до вікна і зустрівся поглядом із Уляною, яка з кімнати дивилась на них у вікно. Але чи бачив він її насправді, певности вона не мала. Навіть крізь відблиски на шибі вона могла розгледіти цей зосереджений вираз, спрямований досередини, цей сумнів, це напружене зважування всіх за і проти, які були виписані на обличчі хворобливого юнака.

Інженер Гогуля заспокійливо підморгнув спершу Василеві, тоді миролюбно — Якимчукові. Він був доволі легким типом — на відміну від одержимого Якимчука — схожим на дитину, яка повністю зливається з предметом своїх ігор, для якої закони вигаданого королівства й історії його тисячолітніх воєн із сусідніми землями стають єдиною реальністю. Він не мав родини, оскільки більшість часу присвячував своїм стратегічним планам: робив креслення, вивчав мапи, прораховував шанси, хоча в результаті майже ні з ким не ділився своїми думками, вичікуючи вдалого моменту і вартих довіри спільників. Він знав, що люди з проводу беруть його в свої розрахунки, і чекав лише сигналу, щоб виїхати до Львова на пильну й остаточну нараду.

Бач, які в нашого господаря виросли гарні доньки, — сказав він.

фотокартка: метелик мнемозина

Отримавши трофейну радянську уніформу і гвинтівку Мосіна, Фрасуляк простягнув семінаристові синьо-жовту стрічку і повернувся до нього плечем, просячи про допомогу. До них тут же, карбуючи кроки, підскочив невисокий унтершарфюрер СС, якого крок за кроком, як пришита, супроводжувала велика німецька вівчарка з висолопленим язиком і розумними пильними очима. Виплюнувши з гортані коротку команду, есесівець вирвав із долоні Криводяка Фрасулякову стрічку і зірвав таку саму стрічку з плеча самого семінариста. Пес схопився на задні лапи і, роззявивши пащу, азартно націлився на Василеву шию. Есесівець Томанек із силою відсмикнув собаку за нашийника, повернувши власному обличчю незворушний вираз. Він поглядом наказав псові сісти і обома долонями обсмикнув свій сірий мундир. — Нарукавні пов'язки візьмете у штурмана Руе, — недбало кивнув він на сходи.

Видаючи кожному по білій смужці тканини, огрядний штурман показав на худу темноволосу дівчину, яка старанно вимивала закуток приміщення. Фрасуляк упізнав полохливу сусідку Бірнбаумів, яка з ким би не віталася на вулиці, щоразу сором'язливо опускала очі й густо червоніла. І зараз вона вся була червона — Василь помітив її червону шию та червоні вуха, побачив шкарлатні плями на шкірі мокрих рук і зап'ясть, що визирали з рукавів сорочки. — Після виконання завдання принесете пов'язки їй, щоб вона вишила на них слово «шуцман», — наказав чоловік.

Фрасуляк побачив крізь вікно, як на Площу Ринок збрідаються євреї. Їм було наказано зібратися на п'яту — і вони слухняно йшли, намагаючись гамувати тривогу, яка випиналась і сочилася з кожної брами, виплюскувалася з голосів жінок, які хапали чоловіків за рукави і заливалися сльозами, мучила стогоном коліс, відлунювала в ударах годинника на вежі Ратуші.

Руе з Томанеком і ще кілька працівників *Sipo* приїхали на акцію рано-вранці з Чорткова двома кюбельваґенами. Ними керував штурмбаннфюрер Гайнріх Мюллер, який наказав шефові української поліції Козовському негайно надати групу шуцманів для виконання завдання. Фрасуляка, Якимчука і Гогулю відібрали разом із кількома іншими українцями, натомість семінариста залишили. — Ще помреш мені там, — пхекнув Козовський. Він тепер і сам не розумів, з якого дива взяв цього кволого виродка в шуцманшафт. Мабуть, знову з ним зіграла злий жарт його спадковість і сентимент до духовних осіб, нехай ще й не до кінця сповнених: його батько був за життя греко-католицьким священником у Золотому Потоці.

Фрасуляка і решту розсадили по автомобілях на місця більшості ґестапівців, які залишились оглядати містечко. В машині з Фрасуляком їхали

Мюллер і Руе. — Це поселення розташоване просто чарівно, — розчулено усміхнувся штурмбаннфюрер водієві. — І хто міг сподіватися такої барокової архітектури! — підтакнув водій.

Гогуля порадив їхати на Федір. Тамтешні місця пасують найкраще. Вони обрали тиху простору галявину, навколо якої погойдувались і шелестіли молоді кволі граби, затінені міцними дубами. Руе вказав українцям, де в кюбельваґенах лежать лопати. Поки шуцмани копали, німці прогулювались лісом і роздивлялися в бінокль поля і села, сарну, яка паслась на узліссі, але була занадто далеко, щоб можна було її підстрелити, про що Мюллер гірко пошкодував.

Василь Фрасуляк вдихав запах вологої землі. Коли він дійшов до глибини, на якій уже майже не було коріння, почав думати, чи є спосіб дати задній хід.

Поруч із ним Якимчук копав озвіріло, ніби вбивав когось ненависного. Він гарчав, скронями стікав піт. Запітнілі окуляри висіли на самому кінчику червоного зіпрілого носа. — Чому ти не знімеш окулярів? — запитав Фрасуляк. — Бо я тоді можу забути, що є шкільним вчителем, і вважатиму себе копачем могил, — відповів Якимчук.

Відчуваючи, як починають німіти руки, Фрасуляк спробував заспокоїти себе, що викопувати могилу — це не те саме, що вбивати того, для кого ця могила призначена. Який стосунок до чиєїсь смерти міг мати він усього лише через те, що копав важку землю, щораз непоступливішу — суцільний камінь.

Стоячи на краю розверзтої ями, Фрасуляк із жахом відчув невідворотність. Він подумав про доньок. Тепер уже ніщо не врятує їхньої невинности. Чорна могила з купами відгорнутої землі на краях, з перерубаними вертлявими тілами дощових хробаків, викопана його руками, свідчила про вихолощену суть життя.

Вони скупались у струмку і переодягнулись у дбайливо видану їм уніформу. Пізній ранок розгорнувся спекою. Над течією легковажно пурхав великий метелик мнемозина, що спізнився з народженням на цілих два місяці. У лісі посвистували пташки.

Василь безуспішно переносив себе думками в цю мить, визираючи з вікна поліційної станції. Била п'ята година. Серед борід і чорних капелюхів він побачив вузьке обличчя Авеля Бірнбаума.

фотокартка: кістлявий темний чоловік, чиє обличчя наполовину сховане в густій тіні

Одна справа знати, що хтось колись таке робив. Коли це ще було: десь в минулому столітті, в теоретичному пласкому вимірі. Але якщо подумати, як швидко проминають десять, двадцять років твого власного життя, як легко ти окидаєш їх думкою, дивуючись із невагомости й вислизання часу — ще нічого й не починав, не встиг навіть розбігтися, а все проминуло, — то можливість такого відступання назад, на кілька десятиліть за межі твого життя починає здаватися нескладним завданням. Це було так недавно, що можна палицею докинути. Ось на цих самих вулицях, у цих же будинках. Це відбувалося тут. То були такі самі люди, як ці перехожі, як оця бабця з нарцисами у зеленому пластиковому відрі, як оця молода жінка, яка енергійним рухом долоні відчищає бруд зі штанців хлопчика, як оцей водій маршрутки, який сьогодні не в гуморі. Ти можеш лише знову і знову читати статистику і свідчення очевидців: зібрали, оточили, катували, ув'язнили, повели, відібрали цінні речі, наказали повністю роздягнутись, не більше однієї кулі, лягати на тіла попередньо вбитих, поранених живцем, земля довго ворушилася, від 350 до 800 людей. Жінка вклякла на коліна і просила не вбивати її дитину. Розбив голову об мур. Старий чоловік не міг іти сам, до ями його піднесли. З-під землі, що ворушилась, почувся дитячий голос: мамо, ми вже на небі?

Найскладніше по-справжньому побачити весь обшир деталей, буденних і диких, сплавлених між собою так, що раптом перекручена й вивернута дійсність перетворилася на звичайне проминання днів. Складно повірити, що й одні, і другі люди кліпали, що продовжували готувати їжу і їсти, розмовляли між собою, засинали, бачили сни й прокидалися. Що їхні долоні, якими вони тримали за руки своїх дітей, були теплими. Ось як долоня польського батька, який пішов до ями слідом із єврейською дружиною і дітьми, хоч жандарми казали йому, що він може забиратися геть. Або як рука працівника ґестапо Курта Кельнера, що застрелив підлітків Еміля Кітая і Ганю Адлер, по черзі притуляючи цівку пістолета до чола кожного з них, поки вони стояли перед ним на колінах, благаючи не вбивати, — він тримав пістолет однією рукою, а другою стискав руку свого п'ятирічного сина.

Подивись іще раз на бабцю з відром, на жінку з хлопчиком, на водія маршрутки. То були ці самі люди. По той бік і по цей бік.

Можливо, тобі вдається вірити краще, ніж мені, Богдане, бо ти бачив щось дуже схоже там, звідки прийшов. Хоч і не пам'ятаєш.

Колись ти сказав, що почав вірити тоді, коли довідався про прадіда. Ти сидів поруч із бабою Уляною за столом, вона розправляла долонями вишиту серветку на лакованій поверхні, ніби хотіла втрамбувати, вростити її в стільницю. — Він ніколи нікого не вбивав, — із притиском сказала вона, звертаючись до тебе, але дивлячись за вікно, крізь вижовклий тюль із запахом пилюки. — Він не міг би нікого вбити, — сказала Нуся, кладучи на коліна газету і позираючи з-над окулярів. — Він був добрий. Він допомагав євреям. За це його й не любили. — Христя увійшла до кімнати зі слоїком в руках: — Ми ж його добре знали. Татко сідав отут-о, при вікні, і скручував свої самокрутки, а я дивилась. А потім, коли він одного разу приніс мені квадратну плівкову камеру *Goerz*, мою найпершу, я навіть любила робити його портрети. Вранці тут було добре світло для портретів, поки не виросли ці кущі. Треба їх вирубати, Богдане. — Ні, Богдане, — сказала Нуся, — я не хочу, щоб ти вирубував нашу ліщину. Я люблю горіхи. — Вона вже не родила три роки, — сказала баба Уляна. — Наступного року вона буде родити, — відповіла Нуся. — Звідки прадід узяв камеру? — запитав ти. — Вона лишилась по тому фотографові з «Німанда». То була важка чорна коробка. Я ледве втримувала її своїми дитячими руками. Я була дуже немічна під час війни. Ти запитав: — Фотограф був євреєм?

Не на всі запитання вони відповідали. Не хотіли відповідати. І ти весь час думав над тим, скільки всього вони насправді забули, тому що не могли пам'ятати, скільки всього вони не побачили, тому що не були здатні бачити, скільки всього замінили іншими спогадами, в які самі повірили настільки, що довго, перебиваючи одна одну і сварячись, перелічували деталі, запахи, найдрібніші обставини.

Ти знав, що здебільшого вони не обманювали. Вони справді вірили в те, що казали. Вони пригадували те, в що вірили.

Ти весь час повторював, що ніколи не довідаєшся напевне, що ніколи не отримаєш відповіді на запитання, що ці відповіді недоступні. Натомість статистика та свідчення очевидців для тебе почали набувати об'єму. Зображення набули різкості. Ти придивлявся до людей на вулицях містечка, до їхніх облич, до їхніх буденних жестів — і, розуміючи, що це зовсім інші люди, люди з інших місць, родини яких заселили порожні напівзруйновані кам'яниці, коли ті спорожніли, ти почав бачити попередніх власників, їхні обличчя, жести. Почав чути у снах їхні стривожені голоси, відлуння кроків серед нічної тиші, гавкіт псів, постріли, крики, плачі, божевільний вереск, звук лопати, яка вгризається в землю, шелестіння грудок землі. Ти дивився на перехожих, ніби перебирав їх, прикидаючи: а цей би заховав? А ця видала би? Цей убив би? А ці казали б «погано, що німці прийшли, але добре те, що вони зробили з євреями»? І ти розумів, що тебе заносить, але зупинитися було складно.

Твій прадід був там, батько твоєї баби, з якою ти поруч спав у ліжку, теплий подих якої ти чув щоночі, яка вела тебе за руку вниз, показувала вихід із нашарувань вулиць, коротший шлях старими розваленими кам'яними сходами чи просто порослим травою спуском поміж будинками (якщо ступати на корені дерев, то не послизнешся). Вона демонструвала місця на вулицях, з яких так легко можна було спостерігати за життям у вікнах других або третіх поверхів у кам'яницях, розташованих рівнем нижче, у видолинках. Вона несла тобі портфель, коли зустрічала зі школи. Її батько там був. Твій прадід був там насправді.

Ти не міг знати, чому він пішов у загін добровільної поліції — через обіцянку винагороди? Гарантію безпеки? Через погрози його родині? Він боявся за доньок? Вважав, що тільки таким чином насправді можна буде щось змінити — для себе, для сім'ї, для всіх людей? Тому що хотів відчути владу? Уліг впливам? Вірив, що тільки так повинен вчинити свідомий чоловік? Ненавидів більшовиків? Був злий на жінку? Поважав німців? Зневажав євреїв? Поважав конкретного єврея? Зневажав себе? Думав, що зможе таким чином комусь допомогти, когось врятувати?

Тобі весь час хотілося знайти йому виправдання. Хотілося знайти бодай вузьку, непевну й непереконливу обхідну стежину. Він пішов у поліцію, але нікого не вбивав, він уникав таких завдань. Він копав ту могилу, але сам не стріляв, стріляли німці. Він закопував. Він бачив їхні мертві тіла, але не міг більше плакати. Сльози застрягли в гортані, змішані з трупним смородом, з часточками сухої землі. Він конфісковував майно і цінні речі, але ні на кого не піднімав руку. Такий був наказ, він не міг не виконувати накази. Він же був просто людиною. Він дуже любив своїх доньок, особливо найстаршу,

Уляну, в якій найчіткіше бачив своє відображення. Він був добрим чоловіком. Але, як і будь-який смертний, він був слабким. Він боявся за своє життя. Страх — нормальна людська якість. Не бояться лише божевільні.

Від того, що відбувалося, здавалось, усі втрачали глузд — хто більше, хто менше. Всі люди в той час по-своєму божеволіли. Як можна було не збожеволіти, якщо кожного дня на твоїх очах десятки й сотні живих людей виявлялися видертими з людськості, відкритими для будь-якого використання, спотворення та знищення. Заборони поступилися вседозволеності щодо певної групи людських істот, і не було більше необхідності щось відчувати до них чи до себе у зв'язку з ними.

Але думати про божевілля — значить, виправдовувати. Божевільні не мусять відповідати. Ти знав, що це непереконлива відмовка, яка нічого не пояснює, дешевий і нечесний трюк. Насправді, в якомусь сенсі глузд у багатьох випадках тільки зміцнився, підсиливши здатність пристосовуватись до ситуації, в якій усі координати виявилися зірваними й зміненими. Хочеться сказати: «Пристосуватись, щоб вижити», — але й це не завжди було так. Нерідко пристосовувалися, щоби почуватися краще.

Ти знав, що з багатьма серед тих, кого більше не вважали людьми, твій прадід був знайомий усе життя: жартував, розмовляв, кивав головою; і ось перед ним — їхні трупи, спотворені лиця, а у вухах — знайомий, хоч і здичавілий, голос, що лунає серед ночі, вириває з тяжкого сну благаннями про допомогу, аж серце починало товкти у самій голові, тисло на вуха. Він тяжко, поривчасто дихав і не міг встати, бо чим допоміг би. — Хіба сам підеш і з ними умреш, — розлючено кидала з темряви його жінка.

У критичних обставинах свідомість починає викривлятися. Те, що вчора здавалося неприпустимим, сьогодні сприймається як належне.

Чи ескортував він їх на місця страти, до таборів у Кам'янці, Великих Бірках, Великому Глибочку або до потягів на Берґен-Бельзен? Чи ризикував він життям, попереджаючи їх про облави, попереджаючи, що насувається акція? Чи носив він їм їжу? Чи брав він від них за це гроші? Чи злився він на них за те, що доводиться так із ними чинити? Чи хотів він, щоб усе це якнайшвидше вже закінчилось, щоб уже було по всьому? Чи запитував він себе, чому вони не пручаються, чому не намагаються оборонятися? Чи він їх зневажав? Чи ненавидів він себе? Що він відчував? Чи треба тобі було все це знати? Чи можна тепер не знати цього?

Ти міг уявити винним учителя Якимчука. Ти міг уявити, що він був здатен на вбивство якщо не з насолодою, то охоче. Що він справді вважав це своїм обов'язком. Його особисті неврози, болісні стосунки, нездатність впоратись із самим собою і гарячковий розум, що зовсім зірвався з рейок у вирі історії й істерик, під впливом різних пропаганд, немов спеціально розрахованих на будь-які типи нервових систем, слугували непроглядною, одурманливою пеленою, в якій Якимчукові єдино правильним видавалося винищення тих, в кому він навчився бачити ворогів, і поєднання з тими, хто сприймався ним як спільники. Про Якимчука уявляти таке було легко. Це було логічно.

Натомість у всьому, що стосувалося твого прадіда — цього кощавого темного чоловіка з чорно-білого фотопортрета, чиє обличчя наполовину сховане в густій тіні, а наполовину вияскравлене сонячним світлом з вікна, аж видно кожну пору й цупкі волосинки різної довжини, що стримлять на щоках і підборідді і визирають із ніздрів, — коли справа стосувалася цього чоловіка з жорстким обличчям і невпевненим поглядом, з нашорошеним поглядом, з ледь переляканим поглядом і зворушливим усміхом, у тебе повністю збивався компас, стрілка починала смикатись і знавісніло обертатися, як під дією чорної магії. Ти вже не знав, що таке ницість, що таке відданість, що таке переконання і що — милосердя.

Тобі траплялись історії німецьких військових, які щиро вважали себе милосердними людьми. Одного, наприклад, дорогою на Федір жінка, що прибирала в його квартирі і якій він дуже симпатизував, попросила змилоститись і застрелити її доньку, бо «українці погано стріляють». Але він не зміг. А інший допоміг якомусь старому дійти до місця страти. Він підхопив його сильною рукою, обійняв і майже доніс до ями на руках.

Ти розумів, що твій прадід не мав достатньо відваги чи переконання, щоб повестися, як повівся лисий семінарист із печаттю невиліковної хвороби на лиці, коли побачив сувої Тори, прив'язані линвами до мосту над Стрипою, опущені до самої течії, і старих закривавлених хасидів, яким обрізали ножами бороди, і кілька сотень чоловіків-євреїв, яких зібрали біля Старої Синагоги на Ринку. Він ще не знав, що частину цих чоловіків — тих, які були ремісниками, майстрами, — відпустять, а найосвіченіших, найбільш інтеліґентних закриють на цю ніч у в'язниці. Він не знав, що ґестапівці питимуть до самого ранку, а потім, разом із деким із допоміжної поліції, всіляко катуватимуть в'язнів. Що потім їх, разом із кількома жінками і ще кількома сотнями ув'язнених поляків і українців, поведуть дорогою до лісу в напрямку села Жизномир, кажучи, що ведуть до трудового табору. Що там, під лісом, на них чекатимуть нові автомобілі з ґестапівцями, які щільніше оточать в'язнів і допровадять на галявину з ямою, яку копав твій прадід.

Криводяк не міг цього всього знати, але повівся так, ніби знав уже набагато більше. Навіть більше, ніж знав штурмбаннфюрер Мюллер, ніж усе німецьке керівництво на місцях разом узяте. Він розлютився і націлив свою рушницю на тих, що знущались над бородатими дідами, і тих, що реготались із погойдування сувоїв Тори над дрібними хвилями річки. Їхнє розмірене маятникове гойдання остаточно допровадили Криводякові сумніви й вагання до власного усвідомлення. Напружені розмірковування, відбиток яких Уляна спостерігала на обличчі семінариста крізь шибу вікна у своєму домі, сягнули рішення.

Німці спустили на нього двох вівчурів, але собаки завмерли за крок від семінариста, наїжачивши шерсть на хребті й вібруючи від гарчання, — і не нападали. Хтось кинувся на нього з сокирою, але він вистрелив зі свого манліхера і поцілив хлопові в шию. Юрбу оросило фонтаном крови. Чоловік помер за кілька митей, а юрба кинулась урозсип. А Криводяки вже не було: він шаснув під міст, і німці, вистрілявши десяток набоїв у зарості високого лапатого лопуха, постановили не витрачати їх надаремне. — Він скоро сам здохне, — сказав Руе. — Бачили, як із нього шкіра облазить? Живий мрець. — Погано лише, що він забрав зброю, — розізлився Мюллер. Це ваша провина, — зневажливо зиркнув він на Козовського — і тільки тоді помітив, що троє з п'яти сивобородих стариганів безслідно зникли, скориставшись замішанням. Тих двох, які залишилися, застрелили на місці.

Твій прадід такого не втнув, ніщо подібне навіть не спало б йому на думку. Ти стільки разів намагався уявити, як уранці біля в'язниці він зустрів Авеля серед натовпу приречених. Ти уявляв незворушні обличчя цих двох, нерухомі м'язи, які вдавали цілковиту байдужість, — і погляди, якими вони обмінялися між собою. Що це могли бути за погляди? Якою спільною історією про людство були вони наповнені? Що сталося між ними раніше, на попередній війні, — хто там кого врятував або зрадив, хто кого пробачив? Чи думав твій прадід над тим, як допомогти зараз Авелеві? Чи міг він поберегти його бодай від знущань на цьому шляху до могили? Чи міг Авель його про щось попросити: подбай про Пуу, допоможи моїм дітям? Чи Василь щось пообіцяв? Чи знав він, що бреше, даючи обіцянки?

Баба Уляна сказала тобі тільки те, що її батько закопував яму. Що першого разу її закопали невдало, і всі трупи залишались назовні. Трупні соки просочилися до підземних вод, і міська питна вода почала смердіти і набрала рудої барви. Тому закопувати довелося вдруге. Знову довелося прийти на те місце.

Невідомо, чи Василь Фрасуляк спостерігав убивство Авеля. Чи бачив його мертве тіло, коли закидав землею безладні кінцівки, оголені тулуби, спотворені обличчя. Чи могло таке бути, що він убив його сам? Чи слід вважати, що якщо він не стріляв у нього в буквальному сенсі, та все ж брав участь у вбивстві, викопуючи яму, ведучи на місце страти під цівкою гвинтівки і закопуючи могилу вже після всього?

Відомо, що він точно знав про Авелеву смерть. Повернувся додому й повідомив про це дружину. Уляна все чула. Вона не видала жодного звуку і не змінилася на обличчі. Але у скронях у неї стукало: Пінхас, Пінхас, Пінхас.

фотокартка: ластівки над течією Стрипи

Пуа попросила стару Фейґу перев'язати їй руку широкою білою опаскою із жовтим моґендовідом на ній. Два дні та дві ночі вона сиділа вдома, тому що так їй наказав Авель, і вона пообіцяла йому, але сьогодні Пуа вже не могла витримати. За весь цей час вона не заснула й на волосинку. Щоб не втратити розум, повторювала собі слова, які залишив їй Авель: усе буде добре, ми разом. Натомість ночами біля неї були її мертві діти, які вже довший час не приходили. Знову вони тулилися до неї голівками, знову вона заколисувала їх і торкалася їхніх гладеньких щік.

Добрий сусід Табак, якого вибрали до ради Юденрату, розказав, якими вулицями відтепер можна ходити, а яких слід уникати. Він сказав, що можна розпитати про Авеля з Пінхасом у його племінника Лева, який служить відтепер у загоні єврейської поліції. — Йдіть туди, до в'язниці. Їх, напевно, тримають там, — порадив Табак. — І візьміть всі гроші і цінні речі — так просто вам його не віддадуть, ви ж розумієте.

Пуа йшла, як уві сні. Деякі вулиці були зовсім тихими та порожніми, і Пуа намагалася ступати ними ще тихіше й обережніше, щоб не накликати на себе нічого злого. Вона проминула мертву жінку з розкинутими ногами в самій лише білизні, наскрізь просяклій кров'ю, але вдала, що її не помітила. Поглянула на себе в дзеркало, яке висіло у вітрині крамниці з капелюшками. Поправила волосся, кінчиками хустки витерла очі. Тоді зауважила крізь скло вітрини, в мороці елегантної крамниці, пронизливу пустку: порожні гачки й полички, на яких раніше красувалися капелюшки різних фасонів, перевернутий прилавок, бите скло.

Те саме спустошення панувало у крамничці солодощів Горовіца, куди Авель часто ходив грати в більярд у задній кімнаті. Згодом Пуа супилася, що Авель наскрізь просмердівся тютюном, а в дітей знову після морозива болять горла. Тут вічно було надто людно. А зараз крамничка виявилася темною і замкненою.

На вуличках навколо Площі Ринок коїлося щось страшне. Розтрощені вікна кам'яниць світили випатраними нутрощами. Надто часто доводилось обходити чорні плями від крови на хіднику. Якийсь селянин із мішком вискочив із брами, в якій жили друзі Бірнбаумів. Мішок торохтів склом, порцеляною, з нього стирчав рудий хутряний рукав. Селянин пронизав Пуу пильним поглядом, ніби зважуючи якусь гостру думку, — Пуа відсахнулася від нього й кинулась бігти у протилежний бік. Врешті знову опинилася на Грюнвальдській.

Пуа кружляла й кружляла навколо тих самих будинків, щоразу визираючи з-за рогу, коли хотіла перейти далі, оминаючи людей, ховаючись у брамах. Вона бачила, як люди у військовому одязі змушують мовчазних отупілих євреїв чистити хідники навколо Ринку, вигрібати нечистоти з громадських вбиралень. Чула удари. Крики. Чиєсь принижене скавуління. Слова, які неможливо було вже опізнати: вони розпадалися на тваринні звуки, на утробні скімлення й завивання.

Пуа підкралася до юрби, зупинилася за спинами роззяв. Хтось штовхнув її в плече — жінка мала знайоме обличчя, але Пуа не змогла її впізнати. Вона потягла Пуу за рукав у бік поліціаїв, але інша жінка зупинила їх: — Та чекай, ще прийде її черга. Лиши її зараз. Пішли звідси.

Лева ніде не було видно. Натомість Пуа помітила Герша, Пінхасового товариша по навчанню у вчителя Кіршнера. Уніформа була на нього завелика, смішно здувалася на плечах. Руки тонули в закочених рукавах. Холоші витирали хідник.

Він не мав зброї, але тримав у руках величезну палицю.

Гершеле, чшшш, Гершеле, — пошепки погукала його Пуа. Хлопчик впізнав її і скривився. Його погляд став роздратований, очі неспокійно забігали.

Йдіть звідси геть, пані Бірнбаум, — кинув він неохоче.

Гершеле, я зараз піду, — швидко й улесливо заговорила Пуа. — Піду собі геть і не буду тобі заважати. Тільки скажи, де мені шукати Авеля? Де шукати твого товариша Пінхаса? Два дні тому вони мали з'явитися на Ринку, як було наказано, і досі не повернулися додому. Думаєш, їх тримають в ув'язненні?

Хіба ви не чули постріли на Федорі, пані Бірнбаум? — аж загарчав на неї хлопець, і його обличчя страшно перекосилося.

Пуа затулила руками розчахнутий рот, вирячила очі. Але не розуміла, що означає хлопцеве запитання.

До них підійшов ще один чоловік в уніформі, з шестикутною зіркою на кашкеті: зацікавлена посмішка, темні примружені очі.

Не впізнаєте, пані? — запитав приємним хрипким голосом. — Я працював у пекарні Марґулеса.

Пуа не впізнавала. Але вчепилась за цього чоловіка, побачивши в ньому проблиск надії.

Мені треба знайти чоловіка і сина, пане, — швидко заговорила вона, ковтаючи сльози. — Він пішов два дні тому на Ринок, на п'яту годину. Я йому казала не йти, але він такий впертий. Сказав: краще піти самому і не давати підстав. Мені треба знати, де він є. Чому його тримають у в'язниці? Третій день уже тримають! Він же нічого не накоїв!

Пані, це складна справа, — співчутливо поглянув на неї співрозмовник. — Мені відомо, що пан Бірнбаум у в'язниці, бо я добре знав вашого чоловіка — хто ж не знає шохета, хто його не шанує! Але про вашого сина мені нічого не відомо — може, він із батьком, а може, й ні. Спробую довідатись. Я зроблю все, що зможу, пані Бірнбаум. Але чи маєте ви бодай якісь гроші? Задурно мені їх ніхто не віддасть.

Тремтячими руками Пуа вигребла з торбинки все, що взяла з собою з хати: стосик нових злотих сотками і дрібнішими банкнотами, золоті кульчики, кілька перснів із коштовними камінцями.

Незнайомий напхав грошима й золотом кишені на мундирі.

Добре. Може, й вистачить, — кивнув він. — Я спробую вплинути. Йдіть додому і чекайте. Якщо все буде добре, чоловік і син невдовзі повернуться.

Та як же мені вам... — Пуа бризнула сльозами, кинулась йому на шию і обм'якла, знепритомнівши. Коли прийшла до тями, біля неї залишився тільки Герш. Він із силою трусив її за плечі.

Ідіть звідси, пані, я вас прошу, — засичав і тупнув ногою. — Я бачив вашого сина, але нічого вам не скажу. Йдіть геть!

Пуа поверталася додому, вже не думаючи про обережність. Взагалі ні про що не могла думати. Йшла, як їй ішлося. Не переступала більше ні кров, ні зламані креденси й столи, що лежали на хіднику. Перечепилася об раму великого люстра.

Перейшла міст, тримаючись за перила. Проминула будівлю суду і в'язниці, навколо якої копошилося чимало люду, під'їздили автомобілі, заводили й виводили затриманих. Ніхто не зачіпав її, не гукав, ніби вона стала невидимою. І вона так само не зауважувала людей навколо, наче зовсім забула, з якою метою покинула дім, забула про чоловіка і про дітей, не зважала на небезпеку.

І раптом прокинулась із отупіння: навпроти неї, від монастиря василіян, згори сходила група шуцманів — утомлених і мовчазних, зі злими, виснаженими обличчями. Було видно, що вони тяжко працювали багато годин — мали чорні обличчя і брудні руки. Між собою не перемовлялися: мовчки йшли вперед, тьмяні й понурі.

Вся істота Пуи стрепенулась і напнулась, як струна: вона вихопила з-за спин чоловіків силует Авеля. Хіба вона могла не впізнати його статури, його широких плечей із білим шовковим талесом, вишитим нею самою синіми нитками. Це вона прив'язувала цицит, в'язала на них вузлики, які б розповідали про рід і місце Бірнбаумів, вона сріблом пришивала вінець на плечах.

Прикипівши очима до синіх смуг на білому тлі, Пуа рвонула вперед, розштовхала чоловіків і вчепилася руками за лацкани чорного сурдута з тонкої шерсти, який сама принесла чоловікові два дні тому, коли той одягався. Під сурдутом біліла Авелева сорочка. Пуа опустила погляд на короткі, нижчі колін, чоловікові штани — і тоді аж її пронизав жах, і в голові обірвалась одна з головних ниток (давно вже ослаблих, перетертих і нетривких), на яку був нанизаний порядок Пуиного світу. Її ноги підкосилися, і вона безсило повисла на лацканах чоловікового сурдута.

Чоловік мав обидві ноги, взуті в гарні міцні чоботи. Тільки зрозумівши, що ці ноги не можуть нести на собі Авеля, Пуа підняла голову і зустрілася поглядом із чужими очима.

Казав я тобі, не брати ту білу шмату, — промовив до незнайомця в Авелевому одязі інший шуцман.

Та чого ж не брати — сорочку дитині мож пошити, — долучився третій. — Тільки не треба було так-о кіно грати. Мож було скласти і сховати.

Чоловік в Авелевому одязі з силою штовхнув Пуу, і вона впала на дорогу, скотившись кілька метрів додолу.

Поліцаї оточили її, ставши колом і дивлячись згори донизу.

Це жінка різника, — сказав хтось із них. — Василю, вони, певне, платили тобі повно грошей? Де ти там є, Василю, чого не підходиш ближче?

Пуа металась очима від одного до іншого обличчя, але ні на кому не могла зупинитись: усі були трохи знайомі, кожного Пуа часом зустрічала на вулицях, але ніхто з них не був їй добре знаним — ні імен їхніх, ні історій не містилося в її пам'яті.

Вона спробувала підвестись, але нога в чоботі вперлася їй підошвою в потилицю і вклала назад — щокою в утоптаний ґрунт. Пуа зауважила в цей момент, що ластівки літають низько над землею. Навіть побачила, що вони торкаються крилами поверхні Стрипи, розбризкуючи краплини води, в яких заломлювалося сонячне світло. І там, у цих бризках, Пуа помітила крихітні круглі веселки, схожі на прозорі барвисті яблука, які виникали щоразу, коли пташка проносилася над вузькою течією.

Пуа зумисне трималася цих веселок краєчком свідомості, поки її тіло корчилось і підстрибувало під ударами. Вона не чула вже ревіння і прокльонів, і не чула свисту палиць і розтріскування, проламування кісток, втратила здатність пов'язувати себе з цими кістками і з болем у тілі, як і з тим болем і гострою тугою, якими щойно озивались думки про дітей і чоловіка, вона стрімко віддалилася від жаху й відчаю, від усвідомлення того, як рвуться тканини тіла, як порожнини заповнюються кров'ю, — Пуа більше не знала, що відбувається і чим вона є. Але ще кілька хвилин вона жила, поки один по одному гасли сигнали в її мозку, поки м'яз оскаженілого серця не вибухнув від страшного напруження.

Того вечора Василь Фрасуляк самими губами, не видихнувши жодного звуку, показав дружині: — Пуа. — І не хотів ні про що говорити. Він ніяк не міг відігнати від себе образ нерухомого чорного лахміття, невпорядкованої шкаралущі, яка залишилася лежати посеред дороги. І дуже через це злився.

фотокартка: порожня площа біля зруйнованого фонтана навпроти неіснуючої Синагоги

Пінхас також збирався йти на площу Ринок о п'ятій. Уранці він підійшов до батька і сказав: — Може, сьогодні я не піду до вчителя, щоб ми разом із тобою вийшли з дому і разом повернулися?

Батько розклав на видубленій шкірі свої халефи і оглядав їх по черзі, присвячуючи кожному лезу зосереджену й ніжну увагу. Тут лежало два ножі для курей, два — для овець, і улюбленець Авеля: халеф для корів, із найдовшим і найширшим лезом. Його довжина складала приблизно дві третини шиї тварини.

Авель сам виготовляв ножі й іноді робив їх на продаж, але продавав не більше п'яти на рік. Він брав довгий час на роздуми, вирішуючи, для кого виготовлятиме ніж, а для кого — не буде.

Тут і там в його ковальській майстерні лежали гострильні камені, металеві пластини, заготовки лез. Сталь Авелеві привозили тільки зі Швейцарії, іншої він не визнавав. Так, як жінок приваблюють фасони одягу й види тканини, мене надять до себе різні сорти сталі, любив повторювати Авель. Він радів, як дитина, розпаковуючи дбайливо вкладені і загорнуті в цупкий папір листки металу. Зважував кожен у долонях, ловив їхньою поверхнею відблиски сонця, торкався язиком і принюхувався.

І того ранку, коли Пінхас нечутно до нього наблизився, він застав батька за чимось подібним. Той делікатними рухами торкався лез, підносив ножі один по одному до обличчя, вдивлявся в бездоганну поверхню. У широкому лезі, до якого зазирав Авель, відобразилася крихітна постать його сина, що несміливо, боячись потривожити батька, завмер за його спиною.

Може, сьогодні я не піду до вчителя, щоб ми разом із тобою вийшли з дому і разом повернулися? — запитав Пінхас, поклавши долоню на батькове передпліччя.

Ні, Пінхасе, — лагідно відказав Авель. Шохет дивився на сина так само ніжно, як дивився на свої ножі. — Ти не пропускатимеш занять. Підеш до Лейба Кіршнера так само, як ходив учора, як ходиш щодня. Ми зустрінемося з тобою о п'ятій на площі Ринок. Нехай нашим орієнтиром буде фонтан.

Пінхас довго й детально з'ясовував у Кіршнера, чим відрізняються між собою підходи трьох масоретських шкіл — вавилонської, палестинської і тіверійської, цікавився порівнянням класичного масоретського тексту з Септуагінтою, а потім обоє захоплено зіслизнули до своїх улюблених необов'язкових тем, якими щодня самозабутньо блукали, як Мойсей пустелею, — хіба що з тією відмінністю, що їм це приносило радість і задоволення. Вони розмовляли про печери в різних куточках світу і про древні знахідки, про пергамент з козячої або овечої шкіри, який навіть одного разу спробували відтворити самі, про папірус і рукописи на аркушах міді, про те, як сувої пакували в глиняні глечики, про вугільне чорнило і про те, наскільки багато можна довідатися про життя давніх людей із місць їхніх поховань. Так, ніби смерть найкраще здатна розповісти про життя.

Аж коли годинник на вежі Ратуші почав бити, Пінхас схопився на рівні ноги. — Ми знову занадто захопилися, ми знову про все забули, — вигукнув юнак перелякано. — Я пообіцяв батькові зустрітися з ним біля фонтана. Що б не сталося, а я мушу бути поруч із ним.

Лейб Кіршнер навіть не ворухнувся. Він сидів за своїм великим столом, на якому височіли башти з книжкових томів і стоси аркушів паперу, списаних охайними рівними рядками, виведеними господарем. Праворуч і ліворуч від столу, за спиною Кіршнера, навколо м'якого пурпурового фотеля похитувалися вигадливі книжкові будівлі — паперова архітектура зі шкіряними оздобами. Під ногами, на килимі, візерунки якого скидалися на фрагменти земної поверхні, побаченої з висоти пташиного лету, лежали сувої географічних мап, манускрипти та креслення. На книжкових полицях, окрім книжок, стояли свічки, дзвоники, яади в оксамитових футлярах, інкрустовані гірським кришталем скриньки, вирізьблені з дерева й кості фігурки мандрівників на верблюдах чи віслюках, проповідників і танцюристів, пісочні годинники, черепи дрібних тварин, глобуси, компаси, термометри, колекція люльок і дзбанки з висохлими травами.

Книжки та дрібнички належали, звісно, самому вчителеві, тоді як будинок і його внутрішня оздоба походила від померлої дружини Кіршнера — єдиної і найулюбленішої доньки власника кількох кам'яниць Якова Вайса. Колись, іще до одруження, вчитель гебрейської школи Кіршнер, не нарікаючи, тулився в тісних кімнатках, де на подобі постелі під ковдрою тримав свої книжки, оберігаючи їх від дощу, що лився крізь дірки в дахові. До цього способу життя він був настільки звичний, що майже не потерпав, коли за радянської окупації йому довелося критися щоночі в іншому домі, ховаючись від переслідувань комуністів. І все ж його серце було разом із бібліотекою: у двоповерховій кам'яниці, зручній і затишній, ще й розташованій у вигідному й доброму місці, на Костельовій, навпроти костелу Внебовзяття Пресвятої Діви Марії, не так далеко від Ратуші, Синагоги й Бет-Мідрашу.

Послухай, хлопче, — сказав поважно й тихо Лейб Кіршнер, сива борода якого була оторочена рудими кучерями. — Послухай мене уважно. Ми не підемо з тобою на площу Ринок, ми з тобою залишимося тут, у моєму домі, поки не допетраємо, як нам слід учинити далі. Я з радістю відпустив би тебе на всі чотири сторони світу, бо, щиро кажучи, втомився вже від твого товариства, але у нас із твоїм батьком домовленість: я пообіцяв залишити тебе тут, у себе, і за потреби сховатися разом із тобою в надійному місці, поки він не подасть нам знак.

Хіба ж ви не повинні також з'явитися на площі, як наказано? — запитав Пінхас, нездатний визначити свого стосунку до того, що відбувається.

Я хотів би якнайдовше сам вирішувати, що я повинен, а що — ні, — відказав Лейб Кіршнер.

Пінхас відкрив рота, щоб запротестувати, але якраз цієї миті у важкі двері тихого й затемненого високими тополями двоповерхового будинку з голубником на стриху хтось нетерпляче загупав. Було чутно, як кілька десятків переляканих поштових голубів, залопотівши крилами, випурхнули назовні. Крізь вікно Пінхас зауважив, як вони нервово кружляли навколо ваз на аттикові, навпроти тимпана з Сікстинською Мадонною, аж доки не повсідалися й не втихомирилися, набундючившись.

Кіршнер насторожено примружив очі, рвучко підвівся з-за столу, наблизився до Пінхаса і спробував жестами переконати його сховатися під тапчаном із гаптованою оббивкою. Гупання тим часом не припинялось — удари лунали рідше, але настирливіше, геть по-хамськи. Пінхас обійшов свого вчителя — нижчого від нього на цілу голову, сутуло схиленого вперед від вічного сліпання над книжками — і, відчинивши двері бібліотеки, вийшов у просторий передпокій. Він смикнув на себе двері, сподіваючись побачити на порозі батька, але помилився: до будинку влетів Герш, ще один учень Кіршнера.

Барух хаба, — привітав його вчитель.

Герш мав на собі вим'яту уніформу та кашкет із зіркою Давида на ньому, руками він стискав ґумового кийка. Герш був лютий — такий лютий, що Пінхас навіть не одразу його впізнав.

І ти тут, Бірнбауме, — гаркнув на Пінхаса Герш. — Я бачив твого батька на площі — чому ти не з ним?

Кіршнер хотів було щось промовити, простягнув до Герша обидві руки, дивлячись поверх окулярів, але Герш нетерпляче смикнув головою, стріпнув руками і вдарив ґумовим кийком по решітці для парасоль, з гуркотом збивши її на підлогу.

Нема коли розмовляти, — закричав він, широко роззявляючи рота. Тонка шия, що стриміла з тісного коміра уніформи, блищала від поту. — Вам треба сховатися, Кіршнере. А краще — забратись звідсіля геть. Ви є у списках, вони нікого не відпустять. Більше я не зможу вам допомогти. І ніхто не зможе.

Він ледве вимовляв слова, цокаючи зубами, так сильно ним трясло.

І дивіться, щоб я теж не знав, як саме ви спробуєте врятуватися, — сказав він, відчиняючи двері назовні і значуще зблиснувши вирлатим оком.

Молодий Бірнбаум і сивобородий Кіршнер мовчки стояли у темному передпокої перед зачиненими дверима. Вони чули, як голуби один по одному повертаються до своєї домівки на стриху. Їхні крила розтинали повітря з тихим свистом, схожим на дихання хворого.

Десь на сусідній вулиці пролунало кілька пострілів. Хтось біг, гупаючи важкими черевиками. Здійнявся крик. Неможливо було визначити, хто саме кричить — чоловік, жінка, старий чи дитина. Не було навіть певности, чи звуки видає людська горлянка — такими протиприродними вони були. І обірвалися різко, ніби обітнуті на льоту.

Кіршнер замислено підняв із підлоги одну з парасоль і розчахнув її. Мовби збирався під нею ховатися від дощу.

фотокартка: очі корови

Авель помер, до останнього сподіваючись, що все от-от припиниться: розвіється, наче сон, учасники якого отямляться й розійдуться, збентежені та спантеличені. І в якомусь сенсі це ірраціональне сподівання справді збулося, коли в його потилицю вистрілили впритул.

І річ не в тім, що Авель був настільки наївним. Насправді він, із розбитим обличчям і зламаними ключицями й ребрами, цілком здавав собі справу в тому, що коїлося. Тягнучи своє важке знівечене тіло запилюженою дорогою слідом за іншими в'язнями, в оточенні людей в уніформі, Авель зосередив усі свої сили в думках про Пуу, якій наказав сидіти вдома, що б там не сталося, на двох беззахисних Фейґах, зовсім старій і зовсім малій (на яких вони не піднімуть рук!), на Пінхасі, який на його прохання перебуває під опікою Кіршнера. Він навіть попросив Герша якнайшвидше попередити вчителя про все, що відбувається, — і Герш прийняв від Авеля годинника, хоч і ховав очі, і хитав головою, бурмочучи, що у нього нічого не вийде.

Авель переконував себе, що його рідні мають усі шанси вижити. Сам він просто потрапив у жорна початку окупації — нерозбірливі та дурні, — але після перших розстрілів усе вляжеться, місто заживе спокійніше. Не можуть же вони всіх убити.

Він планував життя Пуи й дітей після того, як його не стане. Бачив, як Пінхас — уже дорослий син, що виправдав усі можливі сподівання, — бере на себе роль головного чоловіка в родині. Бачив, як Пуа знову потрохи повертається до життя, переживши ще одну втрату. Бачив, як росте донька — джерело розради. Видива плину життя, яке продовжує точитися в містечку, з наступними народженнями й підростаннями, одруженнями та смертями, з семиденними Шівами на низьких стільцях, з жалобним роздиранням одягу на клапті і з найзаманливішими елементами — буденними дрібницями, плітками й суперечками, читанням «Кадишу», натиранням сіллю новонародженого, святкуванням Шабату, зустрічами моеля, сандока, кватера й кватерін, а також пророка Іллі, торгівлею і будуванням нових будинків, із подорожами і прийняттями гостей. Авель спіткнувся і мало не впав, коли подумав про Бат-Міцву Фейґи, якої не побачить. Але усміхнувся, незважаючи на удар кийком по плечах, тому що видовище, яке відкрилось його внутрішньому зору, виявилося сліпуче-солодким. У цей час, ідучи дорогою на гору Федір, Авелеві відкрилось усе знання про минуле і про майбутнє. І йому стало легше.

Але лише на кілька митей. Бо тут же він повністю витверезів, збагнувши, що його свідомість прагне захистити себе саму від жаху й марности, які розверзлися навколо. Заспокійливі галюцинації слугували колисковою. Ніякого знання про майбутнє не було. Крім того, що його і багато сотень інших людей запилюженою дорогою гнали на місце страти.

Він поводився спокійно. Але цей позірний спокій міг бути насправді відстороненістю, отупінням. Він повністю здав себе, віддав себе і відмовився від себе. Думав про всіх тварин, яких торкався, заспокоюючи і просячи пробачення, яким точним рухом перерізав трахею і стравохід. Кожна корова, кожне теля, вівця, курка зринули на поверхні його свідомости — їхні очі, їхні теплі тіла, передсмертне дрижання. Думав про те, що ось зараз і йому випала нагода померти. Життя і смерть замикаються одне на одному, рухаються нескінченним колом. Шкода тільки, що немає шохета, який попросить у нього пробачення і прочитає молитву перед тим, як убити. Хоча поруч весь час був Василь Фрасуляк — посередник і конвоїр, суботній помічник і нікчема. Чи помічав його Авель? Чи зневажав він його? Чи вважав він, що Василь заслужив на можливість бути свідком того, як Авеля не стане? Чи навпаки — це була найбільша з несправедливостей, найтяжча дикість: бути приниженим, знівеченим і вбитим на очах у Фрасуляка? І чи всього лише свідком був Василь — чи також виконавцем? І чи свідок — це щось менше, ніж виконавець? І чи засвідчувати — це вже не виконувати?

А ще: чи має бодай якесь значення те, що перед тим, як тебе уб'ють, ти бачиш неподалік знайоме обличчя? Стає від цього краще чи гірше? Ненавидиш ти його чи знаходиш у ньому розраду?

Авель міг тужити за містечком, що залишається без свого різника. Хто продовжить його справу? Він свідомо не передав Пінхасові мистецтва забою тварин. Хлопець був з іншого тіста.

Авель міг відчувати жах і паніку. Міг не розрізняти більше нічого й нікого, міг перестати навіть реагувати на біль.

Поруч із ним плелися такі самі побиті й отупілі чоловіки — запухлі обличчя, червоні очі, закривавлені голови, вибиті зуби. Хтось плакав. Хтось молився. Хтось благав. Хтось верз нісенітниці, збожеволівши. Кожен негайно падав на землю, збитий ударом.

На місці, поруч із ямою, в них по черзі відібрали гроші й особисті речі. Роздратований молодик сортував предмети по різних скриньках, інший — меланхолійний, у круглих окулярах — фіксував усе в журналі. Їм наказали роздягнутися. Одяг Авеля, хоч і брудний, не просякнув кров'ю. Його груди прорізав нестерпний щем, коли він поклав перед собою футляр зі складеним талесом, який досі дивом ще був при ньому. Цей шовковий талес вишила для нього Пуа. Йому так захотілося бодай один раз іще прочитати в ньому молитву Шахарит. Так захотілося надягнути на голову і на руку біля самого серця свої тфіліни.

Повністю голий, Авель стояв серед натовпу голих чоловіків.

Шхітою заборонено, щоб одна тварина бачила смерть іншої. Шохет повинен зробити все, щоб до цього не доходило за жодних умов.

П'ятьох наступних нагих людей гнали до ями і наказували лягати на мертві тіла. Постріл. Постріл. Постріл. Постріл. Постріл.

Лайка. Сміх. Короткі чіткі накази.

Авель відчув шкірою живота і грудей холодну та мокру від крови спину чоловіка під ним. Він упізнав цього чоловіка. Постріл.

фотокартка: костел Внебовзяття Пресвятої Діви Марії

Герш показував дорогу. Тепер він більше не тремтів. Був енергійний, рішучий — здавався майже радісним. Решта за ним не встигала, так швидко він ішов у бік костелу летючими кроками, ледь підстрибуючи. Ґумовий кийок, як маятник, розгойдувався вперед-назад.

Ця радість походила від полегшення, що можна нарешті вже не приховувати. Можна не розриватися між безпекою і сумлінням, припинити обмірковувати вибір, дати запаленому, ніби збільшеному вдвічі, мозку спокій. Дотепер Герш цілодобово тільки те й робив, що гарячково пережовував версії і варіянти: як йому краще повестися, яку лінію вибрати, дбати про себе чи спробувати допомогти, як зробити, щоби поєднати перше з другим, як не мучитися сумлінням, як не боятися, що твої наміри викриють, як зрозуміти свої наміри. Думки дробилися на сотні й тисячі дрібніших, розсипалися на уточнення, ймовірні наслідки та передумови, додаткові перепони, обґрунтування, аналіз, припущення. Герш не міг спати. Герш не мав спокою. Герша дратували його зверхники, які були повсякчас сповнені підозр і карали будь-кого навіть без найменшого приводу, чи й навіть не карали — їхня тяжка праця не була пов'язана з покаранням: їм треба було очистити простір від якомога більшої кількости людей, і цим вони й займалися, не вдаючись у деталі, що не були пов'язані з технікою й технологією головного завдання.

Але не меншою мірою дратували Герша і жертви цих зверхників, котрі, як йому здавалося, постійно поїдали його благальними поглядами, вдавали з себе нещасних, імітували пекельні муки, аби лише він зглянувся і їм допоміг. Він почував із їхнього боку моральний шантаж. Його шантажували поглядами: сусід Каплан, який був найближчим приятелем покійного Гершевого дідуся; швачка Ривка, яка шила для всієї Гершевої родини одяг; Ане, сестра Гершевого однокласника, з якою вони колись перезиралися у темряві саду; молодий красень-рабин і його вродлива дружина (обоє були скрипалями); власники і продавці крамниць, у яких Герш найчастіше купував продукти й речі; дідугани в хутряних штраймлах, темних очей і дзьобатих носів яких Герш панічно боявся з самого дитинства; жінки, з якими Гершева мама пліткувала на Торговиці. Та що їх перераховувати: Гершевої допомоги вимагав кожен — незважаючи на те, наскільки близько вони зналися з самим Гершем чи з членами Гершевої родини, які (і від цього *Гершеле, мамусина радість, бабусин солодкий хлопчик* почувався водночас і спокійно, і незатишно) сиділи в безпеці у великій схованці під кам'яницею на Підгаєцькій.

Таким чином хтось, можливо, таки зрозуміє, що почував Герш, провадячи за собою чотирьох чи п'ятьох чоловіків в уніформах. Герш знав, що попередив Кіршнера. Знав, що попередив, хоч і не збирався цього робити, також Пінхаса Бірнбаума (який ніколи йому не подобався). Знав, що зараз, користуючись своїми знаннями про вчителів дім, зробить усе можливе, щоб їх знайшли. Не тому, що він справді цього хотів, — зовсім ні. Він був доброю людиною, він не хотів, щоб когось убивали. Але водночас він хотів добре виконувати свої обов'язки, тому що таким уже був — старанним, обов'язковим, надійним. Герш не міг по-дурному жертвувати своїм становищем і довірою голови Юденрату, який був далеким родичем Гершевої бабусі. Він і без того робив для всіх цих людей надто багато — тепер час було подбати і про себе, про своє життя.

Було чутно, як туркочуть голуби на стриху кам'яниці. Люди в уніформі на кілька митей зупинились у затіненому передпокої, а тоді розійшлися по дому, перегукуючись і задаючи Гершеві запитання: — Що це за рукописи? Що за мапи? Чи може бути ще одне приміщення за стелажами? Чи є тут пивниця? Де можуть бути ключі від спіжарки, бо двері в ній на диво міцні?

Вони перевертали крісла і столи, випатрували шафи, вивалювали на підлогу книжки і весь дріб'язок, який дотепер прикрашав полички. Хтось набив собі кишені фігурками зі слонової кістки. Хтось став власником кількох глобусів, компасів і астролябії.

Простукавши стіни й долівку пивниці, прийшлі гості відпочивали на східцях, що вели нагору. Один із них з хрумкотом вгризся зубами в холодне яблуко з напівпрозорою, блідою скоринкою, знайдене на кухонному підвіконні.

Найімовірніше, що вони на піддашші, разом із голубами, — сказав Герш.

Сходи завібрували від кроків. Налякані голуби заметалися, в паніці наштовхуючись одні на одних, випурхуючи крізь вікна. Вони товклися мовчки, створюючи шум самими лише своїми рухами. Дрібні блискучі очиці аж пульсували від страху.

Тут були самі арійці: берлінські довгодзьобі турмани з довгими ногами й шиями, біло-коричневі альтстамери, альтенбурзькі трубачі-барабанщики, чорні мальтійці з криваво-червоними лапами, аахенські щиткові чайки, вальдфіртельські й старонімецькі дуті голуби. Тіла різних конфігурацій — круглі та видовжені, важкі, майже курячі, й тонкі, непропорційні, з надмірними опереннями і дзьобами. Строкатий гобелен із пір'я на кілька хвилин застелив просвіток перед очима чоловіків.

Один із них вистрелив. Сизе тільце важко гепнулось додолу. Оскліле око було спрямоване за вікно: на черепицю сусідніх кам'яниць, комини, гойдливі верхівки дерев, дзвіницю костелу, сліпуче небо з кількома грайливими завитками хмар. Інший чоловік вилаявся на нього: знову не бережеш набоїв.

На горищі смерділо розігрітим послідом і було спекотно. Простір, який відкрився очам прийшлих, вражав: здавалося, на горищі — вдвічі більше площі, ніж у самій кам'яниці. Балки та перекриття, підлога, скрині, жердини для голубів, усе, що можна було розгледіти, як і те, що тонуло в темряві, — лисніли білими ляпками, що зливались у флуоресцентну географічну мапу. Мапи в цьому будинку були всюди, у різних формах.

Ядучий піт докучав, густо виступивши у закамарках тіла під цупкою уніформою. Чоловіки перечіплялися через годівнички з пшоном і балії з водою, билися потилицями об балки, геть вимастилися павутинням і послідом. Вивертали якесь лахміття зі старих шафок з розгойданими дверцятами, виймали зі скринь упряж для коней, вицвілі дерев'яні іграшки, поїдене міллю весільне вбрання, що від часу стало схожим на іржаву лицарську кольчугу. Герш почував себе дедалі ослабленіше. Він зрештою начхав на бруд і присів на підвіконня, втупившись сповненим ненависти поглядом у ряди голубів на даху костелу. Тісно обсівши Божу Матір на тимпані і насторожено роздувши свої чутливі тіла, вони у відповідь не зводили з Герша десятків очей.

Коли куля влетіла Гершеві просто в скроню, він навіть не встиг здивуватися. Голуби ж зметнулися в небо ще за мить до того, як куля покинула коричневу цівку вальтера. Виверження цього голубиного фонтана супроводжувалося відчайдушним тріпотінням крил, гучним настільки, що удар Гершевого тіла об м'яку землю саду залишився майже нечутним.

Чоловіки закурили, дивлячись крізь вікно на фігуру, що неприродно розкинулася серед кущів аґресту і малини. Від одного недопалка зайнялася весільна сукня бабусі власника кам'яниць Якова Вайса, який спочивав під мацевою у Домі Вічности поруч із самою бабусею, поруч зі своєю матір'ю, дружиною, донькою й іншими родичами. Від іншого недопалка спалахнула мішковина, в якій зберігалося пшоно. Третій недопалок підпалив постіль у спальні на другому поверсі. Четвертий і п'ятий — стос книжок, мап і рукописів у бібліотеці Лейба Кіршнера.

Вже наступного ранку ці німецькі рядові жандарми отримали сувору нагінку від штурмбаннфюрера Мюллера за те, що несанкціоновано, без жодної раціональної потреби спалили добре розташовану й добротну кам'яницю. Мюллер погрожував їм судом і навіть у запалі налякав розстрілом. Але оберманн Крахт зумів вибудувати докладну і змістовну словесну конструкцію, яка зрештою вивела розмову на спокійніший лад. Крахт сказав, що будинок був надто загиджений голубами, їхніми нечистотами й розкладеними трупами. І що учитель-єврей, ім'я якого фігурувало у списку тих, кого конче слід першочергово розстріляти, разом зі своїм учнем ховалися десь у надрах цього недоглянутого, типово для таких людей захаращеного будинку. Їхня присутність відчувалася кожним із учасників рейду. Тільки пошуки цього потаємного сховку могли б зайняти кілька діб цінного й дефіцитного в умовах війни й окупації часу. Крахт ствердив, що вони не могли не виконати поставленого їм завдання, хоча й погодився, що вчинили з колегами серйозний проступок, який порушує священний порядок і дисципліну. А отже, цілком реалістично виснував Крахт, вони з розумінням і навіть вдячністю приймуть покарання, яке їм належиться.

Мюллер відпустив жандармів, залишивши ситуацію тимчасово підвішеною в повітрі. Зрештою, думав він, я не маю іншого виходу у світлі постійного браку людей.

З кімнати відкривався вид на замкові руїни, а якщо опустити погляд і повернути голову праворуч — на заспокійливу течію річки, зіпсовану жалюгідними єврейськими халупами на протилежному березі, частину з яких так і не було відновлено після Першої війни. Черепиця на дахах, ніби імітуючи течію, здіймалася хвилями. Тут і там чорніли прогнилі дерев'яні латки.

Тихо постукавши, до кімнати увійшов голова Юденрату. Він зняв капелюха, але Мюллер про себе зазначив, що на обличчі цього надокучливого старого не було звичної усмішки. Зараз почне говорити про цього свого застреленого племінника, труп якого згорів разом із домом, здогадався штурмбаннфюрер. Треба скерувати його до ляндкомісара. А самому час уже повертатися до Тернополя.

фотокартка: три яйця, цибулина, окраєць хліба, кілька картоплин

Раз на кілька ночей Василь Фрасуляк носив їжу для старої і малої Фейґ. Щоб перетнути місто, він одягав уніформу, ховаючи в кишені білу опаску, — аби не світилась у темряві. Вибирав найбезлюдніші вулички, а де міг — непрохідну стежку, брід через Стрипу, рів, городи, задвірки, брами і задні двори. Крадучись у глухій темній тиші такими закинутими місцями, Василь помічав, що насправді в них стає дедалі більше життя. Життя міста переповзало під землю, у схованки й катакомби, у напівзавалені пивниці і середньовічні ходи, які вже багато століть населяли хіба що щури.

Василь намагався ступати нечутно, пересуватися під самою стіною. Зауваживши щось бодай віддалено підозріле, він завмирав і оцінював ситуацію. Часом надовго вливався у стіну чи стовбур дерева, припадав до землі, не зважаючи на болото чи гострі гілки, що впивалися в ребра. Іноді повертався назад, щоб вибрати інший шлях. Жодного разу він не повторював свого попереднього маршруту.

Одного разу його занесло аж на Чортківську: звідти він зробив чималий гак, проминув перший вигин річки і бачив уже будинки на Мулярській на протилежному березі. Але помітив у світлі місяця чиюсь тінь, що ковзала між деревами і так само, як він, скрадалася, липнучи до парканів і стін. Швидше за все, говорив собі потім Василь, то був якийсь бідолаха, який ще більше за нього боявся бути викритим. Але тієї миті паніка так здушила йому горло, що він мусив впасти долілиць у високу траву, що вже по-осінньому вижухла, перечекати з чверть години — і повернутися додому.

Іншого разу він ішов через Юридику і вирішив, що найбезпечніше буде рухатися просто повз замок — бо хто там міг бути серед глупої ночі. Але в центрі замкового подвір'я відбувалося справжнє свято: палахкотіло вогнище, реготалась п'яна місцева жінка, закидаючи голову на тонкій шиї до неба, запилюженого зорями. Припавши до холодного каменя однієї з бастей, Василь дивився, як відблиски вогню танцюють на засмаглій шкірі у вирізі білої блузки, і на червоному обличчі одного з її супутників, який підливав вина, і на лисині іншого, який розтирав долоні об холоші штанів, не зводячи з неї погляду. Вона розмовляла поганою німецькою, але всім цього вистачало.

То були надмірно складні виправи — навіть не беручи до уваги те, що твоя прабаба Зена за кожну здіймала страшенну бучу: вона то ридала, що Василь згине і дівчата залишаться сиротами, то примовляла, що він їх усіх забере з собою до ями, то починала палко бажати йому не повернутися з наступної вилазки, то кляла його за те, що відбирає мізерну їжу у власних дітей і несе її тим, кому так чи інак недовго ще залишилося.

Василь теж думав, що Фейґам залишилося недовго. Він благав стару навіть назовні з дому не виходити, а найкраще — перебратися до когось із родичів чи знайомих, хто міг би їм допомогти і за ними приглянути. Але стара Фейґа не знала, до кого можна проситися. Вона дивувалася, що будинки сусідів здаються порожніми і спустошеними. Вже довгими тижнями вона не бачила майже нікого на вулиці: навіть старий Кантор, який ніколи не покидав своєї місцини на осонні, кудись зник.

Коли повернеться мій син? — незмінно запитувала вона Фрасуляка, поки той викладав на столі три яйця, цибулю, хліб, кілька картоплин.

Він не повернеться, його вбили, — вкотре терпляче відповідав Василь.

Стара Фейґа ніяк не реагувала на відповідь, поводячись так, ніби ці слова не звучали. В її плутаних монологах поєднувалось божевілля і твереза поміркованість: — Скоро прийдуть мій син із дружиною, матір'ю маленької дівчинки, скоро повернеться мій онук — і тоді вони скажуть мені, що робити. Авель з Пінхасом облаштують підземний сховок, про який тобі, Василю, краще не знати, бо ти українець і можеш нехотячи нас здати. Але сама я не буду йти до міста і шукати родичів, які, може, ще живі, а може, вже давно мертві — ти ж сам мені сказав не виходити з дому.

Мала Фейґа міцно спала тут же, на кухні, на тапчані. Стара Фейґа, кості якої з кожним днем боліли все дужче, влаштувала їхнє з дівчинкою життя так, щоб їм доводилося якомога рідше покидати це приміщення.

Василь кидав несміливий погляд на скуйовджене біляве волосся, розкидане на подушці, — і смертельний сором окочував його з голови до п'ят. Солодкий сон маленької дівчинки — якби ж він міг тривати вічно, думав Фрасуляк, якби вона могла залишатися там, у безпечному світі, разом із мамою і татом, разом із братом і всіма, хто залишався живим і незагроженим бодай там, у її сонній свідомості.

Стара Фейґа впіймала погляд Василя і сказала: — Часом вона забувається на довгі години і бавиться, як звичайна дитина, сміється і ластиться. А потім раптом зиркне таким поглядом, що я відразу розумію, що зараз почнеться, і запитує мене, не зводячи серйозних очей: коли прийде мама? І що з того, що я обіцяю їй: мама вже скоро повернеться, — вона лягає на підлогу і так гірко плаче, що врешті-решт засинає від утоми, зі спухлим обличчям, голодна і виснажена, і продовжує схлипувати крізь сон і кликати їх усіх.

фотокартка: крипта з розбитими вітражами, кам'яними вазами, гірляндами пластикових квітів у купах сміття

Там, куди дивилося мертве обличчя Герша, перекреслене смугою свіжої крови зі скроні, у м'якій землі саду, між густими кущами аґресту й малини, уважне око могло розрізнити півкруглий отвір у землі — нору бабака чи кроля. Ця нора була насправді частиною більшого отвору, прикритого дерев'яною лядою. Вистромивши руку крізь отвір, ляду можна було відсунути чи, навпаки, поставити на місце, майже не скинувши з неї шару втрамбованої землі, що поріс кволими бур'янами.

Лейб Кіршнер розповів згодом Пінхасові, як іще до приходу в місто росіян тесть Вайс покликав його до саду та показав зяючу чорну яму в землі, яка утворилася внаслідок обвалу, поки він садив нові кущі, й у яку мало не впав. Кіршнер із Вайсом обережно спустили додолу драбину і злізли, присвічуючи карбідним ліхтариком — Кіршнер викупив цього ліхтарика в одного хірурга, той використовував подібні для нічних операцій.

Вони опинились у вогкому тунелі з напівкруглими склепіннями масивного каменю. Бредучи по коліна в воді, просувалися вперед, аж доки не дійшли до наступного завалу. Кіршнер набрався сміливості і проліз у вузьку щілину в землі. Так він опинився у просторій крипті. Присвічуючи ліхтарем, учитель розгледів вітражні вікна, які зберегли дивовижну яскравість — хоч відразу за ними й темніла спресована товща землі. Стелю підпирали колони, а в нішах біля кожної зі стін стояли масивні кам'яні ложа.

Credo, quod Redemptor meus vivit. Вірую, що мій Спаситель живий, — прочитав Кіршнер вибитий у мармурі напис на одній зі стін.

А на стіні навпроти — слова з «Третьої книги царств»: «Аж ось переходитиме Господь, а перед Господнім лицем вітер великий та міцний, що зриває гори та скелі ламає. Та не в вітрі Господь. А по вітрі трус землі, та не в трусі Господь. А по трусі огонь, і не в огні Господь».

Ось куди привів Кіршнер Пінхаса після того, як Герш покинув його дім. Лейб Кіршнер завдав собі на плечі мішок яблук із білою, напівпрозорою шкіркою і попросив Пінхаса підтримувати трохи знизу. Цей мішок вони ледве пропхали в яму, а тоді вчитель Кіршнер, стоячи на драбині, просунув руку в вузький отвір і закрив дерев'яну ляду. У крипті, як виявилося, були вже різні припаси: дерев'яна скринька з мацою, сухарі, цибуля і морква, і навіть кілька копчених коропів, які наповнили струхлявіле повітря своїм сильним п'янким запахом. Кіршнер встиг запастися теплими перинами й подушками, купою свічок і двома баліями з водою. Сказав, що носив цю воду невеликим відерцем і витратив на це добрячих сім днів, якщо не більше.

У кількох місцях склепіння крипти мало тонкі отвори, крізь які проникали промені світла й повітря ззовні.

Ймовірно, — сказав Кіршнер Пінхасові, який так захопився пригодою, що навіть на кілька хвилин забув про зовнішній світ, — імовірно, що ця крипта була частиною фарного римо-католицького костелу кінця XIV століття, який стояв раніше на місці Костелу Успіння. Один із власників міста на деякий час перетворив його на кальвінський збір, але згодом наступний дідич або його донька повернули храм католикам. Можливо, тут покояться тіла Потоцьких, Творовських-Бучацьких, носіїв гербу Абданк. Бачиш, як усе, що раніше стояло на поверхні землі, осідає під землю. Це схоже на події, які однієї миті настільки чіткі для нас і незаперечні, що ми й припустити не можемо їхнього западання у товщу і морок нашого забуття. Нам із тобою пощастило, що вода стоїть тільки у тунелі, яким ми прийшли, а в самій крипті сухо.

Як довго ми тут ховатимемося? — запитав Пінхас, нарешті пригадавши про все, що коїлося назовні. — Може, мені вийти нагору і бути поруч із батьком?

Я не знаю, Пінхасе, — відповів йому вчитель Лейб Кіршнер, глибше насаджуючи на носа свої окуляри і підставляючи сторінки однієї з книжок під кволий промінь світла з отвору у склепінні. Про книжки він, безперечно, подбав також. Серед стосів Пінхас зауважив «Сефер Нета Шаашуїм» («Вирощування насолод») — коментарі Раббі Цві Гірша, президента рабинського суду, до кодексу «Шулхан арух», 1929; «Сефер Ша'ар ГаТефіла» («Брама молитви»), написану Раббі Хаїмом, президентом рабинського суду святої конґреґації Могилева і кількох інших конґреґацій, який наприкінці свого життя вирушив до Святої Землі, звідки надіслав цей твір 1817 року; «Сефер Езер Мекудаш» («Освячена допомога») — коментарі Даата Кедошіма до трактату «Ґіттін» («Розлучення») і пояснення щодо чоловічих та жіночих імен, покликаних допомогти з розумінням галахічних приписів, а також безліч інших книг, які Пінхас пам'ятав із бібліотеки вчителя.

Я не знаю, — повторив Кіршнер, занурюючись у читання.

фотокартка: бібліотечні стелажі тісного книгосховища у приміщенні колишнього повітового староства Австро-Угорщини

Однієї суботи до третьої трапези в будинку Баал Шем Това зібрались усі його святі учні і спільно вирішили, що запитають свого вчителя, що означають слова Талмуду: «Прийшов Гавриїл і навчив Йосифа сімдесяти мовам».

Вони хотіли попросити Бешта, щоб той як слід пояснив їм, що тут мається на увазі, адже сімдесят мов — це вам не іграшки: кожна мова має сотні тисяч слів, а сімдесят мов — це нескінченна кількість понять і висловів. Жодна людина не здатна осягнути такого обширу знань, вже не кажучи про те, щоб зробити це за однісіньку ніч.

Постановили, що це запитання Бештові поставить його шваґро, святий вчитель раббі Гершон із Кут.

Так і сталося. Щойно Баал Шем зайняв своє місце за святковим столом, як його шваґро прочистив горло і промовив: «Просимо нашого вчителя пояснити нам вислів древніх мудреців: "Прийшов Гавриїл і навчив Йосифа сімдесяти мовам". Як можна раціонально збагнути ці слова, адже сімдесят мов — це сотні тисяч слів, нескінченна кількість фраз і висловів?»

Запала тиша. Раптом серед цієї мовчанки Баал Шем почав виголошувати цілі сторінки з Тори — жодним чином не пов'язані з запитанням. Він говорив і говорив, не припиняючи, розмірено і з великим почуттям, а його учні слухали і дивувались: невже їхній вчитель не зрозумів запитання?

Аж раптом святий раббі Яків-Йосеф з Полонного почав гримати рукою по столу і промовляти: «Турецька, татарська, грецька, англійська, іспанська, волинська», — і так продовжував, не змовкаючи, немов завдяки святим словам Тори і вчителя Бешта осягнув джерело і природу кожної з семи десятків земних мов. Його думки перетворювалися на слова і негайно спурхували в повітря з його уст, одягаючи шати не знаних досі мов, які щойно відкрились йому завдяки уроку, отриманому від благословенного праведника Баал Шема.

Коли ж Бешт перестав читати з Тори, замовк і раббі Яків-Йосеф. А знесилений Бешт тихо проказав: «І говорив він про дерева...» Маючи на думці, що після того, як він припинив вимовляти слова Тори, в нього не залишилося більше сил для осягнення інших мов чи будь-якого нового знання.

фотокартка: рядок жіночих потилиць у перукарні, пелерини, дзеркала, сушарки

Чи пощастило Іді Кріґель, яку доктор Зайфер як представник Юденрату за дорученням німців обрав старшою медсестрою єврейської лікарні? Іда Кріґель не мусила тепер продавати домашні шовкові пошивки й мило за собівартістю (плюс шматочок хліба), постійно перебуваючи під загрозою розстрілу, якщо не встигне уникнути погляду німецького жандарма або українського поліцая. Не мусила вона й виконувати брудну роботу, на яку прирікали інших жінок, її знайомих.

Її кузина Сара полірувала меблі в домівках німців. Якось в одному помешканні вона натрапила на стіл, фотелі та креденс, конфісковані з їхнього дому. Кожна тріщинка на дереві була добре знайома. Навіть рідний запах іще не вивітрився. Іншого разу дружина ляндкомісара запитала, чим Сара займалася раніше. Довідавшись, принесла ножиці і сіла спиною до жінки, показавши ребром долоні бажану довжину. Але Сару цей жест наштовхнув на інші думки. Вона сама себе злякалася — ледве стримала крик. Тримала ножиці спітнілою рукою. Біла шия була так близько. Сариного батька і старшого брата (які доводилися дядьком і кузеном Іді Крігель) забрали в табір праці у Великих Бірках. Батько невдовзі помер. Про брата нічого не було відомо вже кілька тижнів.

Іді пощастило, бо вона продовжувала займатися тим самим, що й завжди. Чи була вона захищеною? Доктор Зайфер казав, що поки єврей працює, він потрібен німцеві. Праця дає шанс вижити. Вони не будуть чіпати тих, хто задіяний у важливі справи, заспокійливо повторював він.

Чи в Ідиній праці з'явилося тепер іще більше сенсу? Доктор Зайфер казав, що від них ще дужче залежать життя євреїв. Вони мусили визначати придатність до тяжкої роботи у таборі. Це був справжній шанс на порятунок, стверджував доктор Зайфер. Тому Іда часто називала сухоти легкою застудою, а дизентерію — розладом шлунка. Якщо раніше вона намагалася затримати в лікарні кожного, хто скаржився на найменшу слабість, тепер — мусила називати повністю здоровими і виштовхувати з лікарні хворих на тиф, пневмонію, віспу, туляремію, правець. «Здоровий і придатний до праці», — писала вона на бланках, несла відігнати від себе образи нещасних із вижовклою шкірою, запалими очницями й гарячковим блищанням очей. — Ти їх рятуєш, — повторював доктор Зайфер.

Усіх не можна було називати здоровими. Німці не повинні були помічати явних зловживань становищем із боку персоналу. Доктор Зайфер приходив і клав перед Ідою список тих, кого неодмінно слід скерувати до табору. Іда знала, що ці люди заплатили німцям через Юденрат великі гроші, що вони віддали всі статки для того, щоб опинитися за колючим дротом у Кам'янці, Бірках чи Глибочку. Тепер вони не мали нічого. Але інакше їх негайно розстріляли б.

Ти рятуєш їхні життя, — запевняв доктор Зайфер.

Інших хворих треба було називати хворими. Можна було ставити справжні діягнози, не кривити душею, виконувати свій обов'язок. Сухоти, дизентерія, тиф, пневмонія, віспа, туляремія, правець. Декого Іда могла залишати в лікарні (ми маємо золоті годинники, докторе Зайфер, коштовності, хутро, у нас ще залишилася чудова постільна білизна, ми принесемо вам майже нову порцеляну). Але всіх не могла (я віддала вже всі гроші, я віддала навіть усе взуття та панчохи, я більше нічого не маю). Іда знала, куди їх ведуть від неї, куди забирають. Вона давала на прощання таблетку аспірину. Робила заштрик. Просила дозволу швиденько продезинфікувати гнійники. Іноді траплявся добрий німець: — Це вже марна справа, фрау, їм уже все одно. Але нехай. Я зачекаю. Якщо вам від цього стане краще.

Вона з вдячністю кивала йому головою.

Ти робиш усе, що можеш, — казав їй доктор Зайфер. — Ти робиш навіть більше, ніж може зробити людина в цій ситуації.

Чому ж тоді Іда Кріґель себе ненавиділа?

фотокартка: Уляна в одязі медсестри, везучи каталку темним вузьким коридором, викладеним кахлями, роздратовано змахує рукою в бік фотографа; рука, яка змахує, нечітка і розмазана знизу догори

Поки Бешт іще не відкрився світові у всій своїй величі і святості, його називали *кінцн-махером*, тобто чарівником. В одному містечку неподалік жив багатій, який насміхався з чуток про Баал Шем Това. Цей багатій мав тяжкохвору доньку. Добрі люди сказали нещасному батькові: «Ти не віриш у силу чарівника, але можеш його випробувати. Попроси його приїхати і повернути твоїй багатостраждальній доньці здоров'я». Багатій спершу відмахувався, але зрештою так і зробив: надіслав по Бешта воза і переказав запрошення.

Бешт поїхав до багатія, але на ніч вирішив зупинитись у заїзді, на півдорозі. Тим часом стан дівчини різко погіршився, і коли наступного дня Баал Шем Тов нарешті дістався до дому її батька, з'ясувалося, що вона вже померла.

Бешта провели до відведеної йому кімнати, він одягнув таліт і тфілін і розпочав свою молитву. Після молитви він сказав: «Ось пропустив я вчора свою вечерю, і маєш тобі — почуваю страшенну слабкість». Ці слова передали багатієві, і той страшенно розгнівався. Однак стримав свій гнів і наказав приготувати вечерю. Тоді Бешт сказав: «Я бажаю випити медовухи», — і йому негайно її принесли. Тоді Баал Шем запитав, як почуває себе донька господаря, і почув відповідь: «Вона померла і лежить на підлозі у своїй кімнаті». Бешт узяв медовуху і пішов до кімнати, де лежало тіло дівчини, і наказав усім вийти геть. Залишились тільки він сам і його учні. І мовив Бешт до своїх учнів: «Відкрийте їй рота і влийте трохи медовухи». І влили їй медовухи до рота. А Бешт проказав: «Я наказую душі повернутись до цього тіла». І звернувся до дівчини: «Послухай-но лишень: негайно підводься і подай мені вечерю». Дівчина звелася на рівні ноги і того ж вечора подала Бештові вечерю на стіл.

фотокартка: базарна ятка з пластиковими тазиками, відрами, господарськими товарами

А ти як думаєш? Поки все це діялось, що могла робити Уляна?
Вона робила приблизно те саме, що завжди. Допомагала матері. Церувала одяг сестер. Часом брала хліб і йшла на Торговицю, чи не винесуть євреї знову на обмін якісь добрі речі. Їй вдалось якось виміняти собі чудову білу блузку з тонким гаптуванням, а ще — черевички зі зручною підошвою. Годинник із маятником. Порцелянові філіжанки для кави (каву нелегко було дістати, але філіжанки дуже гарно виглядали в креденсі).

Ну, а що ж — вона ж не відбирала їх силоміць, не знімала одягу з мертвих. Вона давала їм натомість хліб і гроші. Рятувала їхні життя.

Містечко порожніло на її очах. Стояли спустошеними цілі кам'яниці. Особливо безлюдним і німим був простір навколо замкненої синагоги: до неї ніхто не смів навіть наблизитися. Раніше, щоб тут пройти, доводилося проштовхуватися крізь натовп.

Вона лаялася про себе і вголос, тицяла гострими ліктями навсібіч, протискаючись серед довгих чорних каптанів, захоплених вічними своїми розумуваннями, ніби нічого цікавішого й важливішого не було на світі — але чомусь, так дратуючись, майже ніколи не вибирала собі іншого шляху, не обходила синагогу навколо.

Тепер навколо будівлі було так пусто, ніби мешканці цього міста вимерли сотні років тому. Двоє німецьких офіцерів, зачерпуючи долонями воду з фонтана, поливали собі спечені на сонці потилиці.

Кілька разів Уляна приходила у двір Іди Крігель на Підгаєцькій. Прокрадалася кущами, ховалась за стовбурами. Їй хотілося побачити Іду бодай ізздалеку. Але їй навіть на думку не спадало прицільно відвідати її, наблизитися впритул, завести розмову.

Якось Ідина тітка, стара Естер, що стала понурою і тяжкою, відколи втратила чоловіка й сина, сидячи на своєму звичному ослінчику перед вхідними дверима, зблиснула витріщеними очима в непроглядну гущавину саду, де ховалась Уляна, і закричала, тицяючи поперед себе обома руками: — Злий дух, клятий демон! Йди-но сюди, я вижену з тебе діббука! Диви-но, як вона приліпилася до нас, як пропасниця! Кого ти впустила у своє тіло, нечестива?

Уляна хутко подряпалася нагору пагорбом, прагнучи чимшвидше віддалитися від моторошних криків. Чіплялася руками за траву, за корені дерев. Чорна земля набилася під нігті. Але навіть коли дісталась до наступної вулиці, стара Естер продовжувала стояти перед її очима: сива, розпатлана, із судомно роззявленим ротом. Довгими тижнями Уляна не могла позбутися спогаду про її голос. Як вона побачила її крізь усі ті гілки, крізь плетиво винограду? Як стара могла впізнати її, як вона могла знати?

Нічого вона не знала, заспокоювала себе твоя баба щоранку. Тітка Естер завжди була божевільна, а тепер остаточно втратила розум від горя. Їй постійно щось верзлося, вона розмовляла з воронами на гілках і з котами. Це лише збіг, що Уляна опинилась у їхньому саду під час однієї з галюцинацій.

Натомість відтоді вона сама почала бачити привидів. Чула кроки стежкою, відчиняла хвіртку — і витріщалася на порожнечу за нею. Повертаючись із ринку, кидалась у браму на знайомий голос — і заставала у дворі чужих людей, приблуд із навколишніх сіл, які прийшли на місце попередніх господарів.

Одного дня, сидячи біля вікна на занятті математики — так, твоя баба продовжувала ходити до школи і якраз закінчувала останній рік навчання в ліцеї, — вона раптом відчула на своїй щоці чийсь погляд. Учитель пояснював розв'язання задачі, але Уляна не могла зосередитись на його монотонному голосі: їй заважала чи то його недолуга німецька, якою він віднедавна був змушений користуватись на роботі, чи то лінива травнева днина.

Уляна повернула голову — і зустрілася поглядом із очима дівчини, з якою навчалась попередні роки, і в ліцеї, і в гімназії. Веснянкувата Рахиля — дрібна і з тілом спритним, мов у ласки, — жадібно вдивлялась у клас, у своїх колишніх приятелів, які нудились і не могли дочекатися кінця заняття, в написи на дошці, яких майже не могла розібрати. Напроти вікна другого поверху, відчиненого навстіж, ріс розлогий горіх. На гілці цього горіха й стояла Рахиля, тримаючись обома руками за стовбур.

Учитель теж її помітив — почав іще більше збиватися, забувати слова. Врешті перейшов на польську. Це був один із небагатьох учителів, які так погано говорили німецькою.

Рахиля зазирала в Улянині очі — так жадібно, ніби хотіла ковтнути звідти світу, до якого раніше належала, а тепер із якого виявилася витісненою, викинутою за будь-які межі. Той втрачений світ не був щасливим, а все ж належати до нього — значило існувати. Те, що зовсім недавно було звичним для всіх і укладеним, сьогодні залишалося таким для всіх учнів у класі, крім неї.

Рахиля впіймала в Уляниному погляді жалість і сором, а потім дедалі більше роздратування. Вона гойднулася на гілці, не втримала рівновагу і впала горілиць із дерева. Тут же прийшла до тями, але дихати не могла. Бачила над собою розплюснуті об скло обличчя дітей. Уляна вистромила голову з відчиненого вікна, а потім відступила за спини однокласників, пригадавши чомусь усі ті випадки, коли їй здавалося, що бачить на вулиці Пінхаса.

Вона багато разів йшла назирці за кимось із Зіркою Давида на рукаві, милячи постать із Пінхасовою. Кожного разу це виявлявся хтось інший, хтось зовсім на хлопця не схожий.

Уляна не знала, навіщо намагається його наздогнати. Думаючи про це, вона пригадувала, що взагалі не бажає його ніколи бачити. І, напевно, вже й не побачить. Він мертвий, як і його батько Авель.

І від цих думок Уляні й самій хотілося негайно лягти на те місце, на якому вона цієї миті перебувала, — посеред вулиці, напроти Синагоги, в церкві чи на базарі. Лягти і не вставати більше ніколи.

фотокартка: спалювання осіннього листя в саду

Пінхасові здавалося, що він роками не може прокинутись у цій старій могилі, що холодні випари каменю увійшли йому в кості. Прокинутись не вдавалося, хоч тіло звело від холоду і ним так трусило, аж підкидало на твердій долівці, боляче товкло об нерівний виступ стіни. Перини не допомагали зігрітися. Вони просякли вологою і тиснули на груди своєю вагою. Пінхас відчував запах пожежі і тривожно пручався, робив спроби вирватися з-під лантухів сну, але тут же повністю поринав у нав'язані запахом марева: в одному з них щось готувалось у казанах, паруючи і важко булькочучи; в іншому — маленька Фейґа гралась у димарі, поки в печі хтось за незнанням розвів вогонь; ще в третьому Пінхас покинув човна серед сухої осоки, що, вигораючи, тріщала так гучно, аж голова розколювалася від болю, і пробував бігти крізь глевке болото, бо десь там мала бути Уляна.

Його легені розривало від кашлю і браку кисню, від ядучого диму, але навіть це не виштовхувало на яв. Лише коли до закаламученого слуху долинув страшний кашель Кіршнера, Пінхас сів і сперся до стіни. Його очі були заплющені. Він намацав правою рукою тіло вчителя і потряс його за плече. Трясти довелося довго. Кіршнер не реагував. Вони обоє захлиналися кашлем. Нарешті Кіршнер нерозбірливо мовив: — Ми горимо. — Він говорив, як говорить людина, сп'яніла від алкоголю. Пінхас допоміг йому сісти.

Вони не знали, скільки часу минуло і яка зараз пора доби. Крізь отвори нагорі не пробивалося світло: може, надворі було темно, а може, простір у крипті застелило димом.

Пінхас підповз до заваленого виходу з крипти і розблокував отвір, вийнявши кілька каменів. Повітря, що увірвалося всередину, негайно витверезило його, хоч груди й скроні прорізало посиленим стократ болем. Він трохи перепочив і, намагаючись ступати мокрою долівкою якнайтихіше, побрів до місця, де стояла драбина.

Назовні справді була ніч. Поривчастий вітер нагнав на небо густі хмари. Будинок уже догорів: на тлі темного неба чорніли нерівні зуби стін, що струмували димом і віддавали жар. Якраз на тому місці, під яким мала бути крипта, повільно тліла дерев'яна балка з піддашшя. Пінхас перекотив її в інший кінець саду, дряпаючи собі литки гілками малини, обпікаючи руки і надриваючись.

Згодом він наблизився до обгорілої руїни і крізь вікно зазирнув до бібліотеки. Промінь карбонового ліхтаря — слабкого, вже майже вигаслого — ковзнув вугільними корінцями книжок, частина з яких так і залишилась стояти на стелажі. Більшість лежала чорними купами на підлозі. Від руху повітря, спричиненого Пінхасовим наближенням, кілька томів майже безгучно розпалися на окремі клапті, що розлетілися порохом.

Розмова з Кіршнером була складною. Той затято відмовлявся покидати крипту.

Я чекатиму тут, — тихим зосередженим голосом сказав він. Кіршнер уже не кашляв, але дихання його стало хрипким, деренчливим.

На кого, на що ви чекатимете, вчителю? — запитав Пінхас. — Хіба ви не розумієте, що німці прийшли надовго? На кого ви розраховуєте? Хто може нас порятувати?

Кіршнер не відповів на запитання. Натомість сказав: — Бачиш, як я постарався. Їжі і води на перший час вистачить. Ось, візьми частину рибини, понови сили перед тим, як мене покинеш.

Але Пінхас не міг і думати про їжу. Він був голодний, він відчував свій висушений шлунок усередині — та шматки не йшли до рота.

Ходіть-но зі мною, вчителю Кіршнере, — він вперся чолом у вчителеве плече. — Я не можу покинути вас тут і не можу не повернутися до рідних. Мені треба знати, як вони. Мама з татом уже з ніг збились, мене шукаючи.

Звичайно, йди, — кивнув головою Лейб Кіршнер, ретельно розжовуючи цупкий і солоний шматок коропа. — Тулися до стін і будь обережний. Ти потрібен матері, потрібен сестрі і старій Фейзі. А мені не можна виходити — вони ж на мене полюють. Я дам собі раду. Зі мною є найнеобхідніші з томів, є папір і чорнило, я давно збирався записати деякі свої думки, але на це ніяк не вистачало часу. Якщо ти підеш, їжі я матиму вдвічі більше. Якось принагідно ти зможеш зазирнути до мене і принести гостинців.

Пінхас вирішив, що витягне Кіршнера з крипти трохи згодом. Можливо, за кілька днів.

А зараз він повинен повернутися додому.

Але додому Пінхас не повернувся.

фотокартка: омела у цвітінні на чорних гілках мертвих дерев, які обступили зруйнований будинок

Зена Фрасуляк більше року не бачила Іди Кріґель. Бажання сидіти на дерев'яному стільці з вигнутою спинкою навпроти рудої кахляної печі в Їдиній кімнатці щоразу пересилювалося роздратованістю й отупінням. Що так почало злити Зену у спогадах про Іду, вона не знала. У роздратуванні містилось щось рятівне й заспокійливе, певне пояснення.

Але коли сусідка, показуючи свої нові черевики (трошки замалі — тиснуть у великий палець, але якось дасться носити), сказала їй, що рано-вранці до міста приїхали есесівці з Чорткова, в Зені прорвало якусь загату. — Чуєш? — запитала сусідка, піднявши вказівний палець догори. Зена прислухалась. Знизу, з міста, долинали постріли. Валували собаки.

Сусідка скрушно зітхнула і стиснула губи. Значуще втупилася в Зену поглядом, явно чекаючи від неї взаємності. Провела долонею по лискучих носаках черевичків, замислено схилила голову набік — чи то в замилуванні, чи в жалобі.

Зена навіть не попрощалася. Поспішно сполокала руки в мидниці, накинула на плечі пальто, пригладила волосся. Світило сонце, але у вітрі відчувалось уже наближення холоду. Поривчастий вітер знавісніло хльоскав гілками дерев.

Зена Фрасуляк бігла проти вітру. Її шлях сходив додолу, у міські западини. Іноді в неї виникало відчуття невагомості, коли на котромусь із пагорбів вітер ударяв її в живіт, і на мить вона зависала в повітрі.

Колійовою есесівці з поліцаями гнали євреїв у напрямку вокзалу. Лави напіводягнених людей, закривавлених і побитих, виваляних у землі (їх, вочевидь, повитягували зі сховків), йшли мовчки, важко совгаючи ногами, під лайку своїх охоронців. Багато хто ніс на руках дітей чи вів їх за собою, ніжно стискаючи їхні долоньки. Зовсім маленькі плакали, але більшість довірливо тулилася до дорослих, світячи уважними очима. Хтось устиг спакувати з собою клунки з найнеобхіднішим і найціннішим. Одна жінка (Зена знала її) пошепки благала поліцая (Зена його знала) дати їй можливість повернутися додому по забуту метрику. Той тільки підсміювався і заперечно хитав головою. Врешті втратив терпець і гаркнув. Жінка трохи помовчала, а тоді зненацька закричала страшним голосом, налякавши кількох дітей, що зайшлися плачем. Розлючений поліцай вистрелив у юрбу. Хтось упав і залишився лежати на розбитій дорозі. Зена зауважила руку, відкинуту вбік від тіла. Діти захлиналися плачем, тулячись до батьків, притискаючи до себе іграшки. Жінка, яка спричинила це, вже не могла йти сама після кількох десятків ударів чобітьми по ребрах. Їй допомагали старі Карфункелі: обійняли з обох боків і тягнули, хоч самі ледве переставляли ноги.

Зена зустрілася поглядом із Ритою Карфункель. Стара, задихана й виснажена, з перукою, яка збилася набік, кивнула Зені головою так, як віталася з нею на вулиці ще два роки тому — стримано, по-діловому.

Зена рушила далі на Підгаєцьку. Всюди на хідниках лежали мертві тіла: племінниця Рінґельблюмів, вогненного волосся якої не можна було помилити з чиїмось іншим, Натан Векс, який, здавалося, продовжував широко посміхатися, хоч у його роті було повно крові, Хая Афлер, що, навпаки, завмерла просто посеред потоку свого майстерного ниття й голосіння. Ганя Дідик — дівчина, яка багато років прибирала у Афлерів і ще в кількох родин, — сиділа над головою мертвої Хаї і щось зосереджено робила з нею руками. — Облиш її, вона мертва, не бачиш? — сказала їй Зена, думаючи, що Ганя намагається привести Хаю до тями. — Їх треба поховати, — додала вона, а тоді зрозуміла, що Ганя виймає з вух пані Афлер золоті кульчики. — Бідна пані Афлер, сказала Ганя, не припиняючи свого заняття. Видно, тканина вух уже заніміла, вивільнити прикраси було нелегко. — В інших жінок на вулиці прикраси повидирали з живого м'яса. А пані Афлер залишили. То я думаю — їй і так уже вони не знадобляться.

Уже наближаючись до будинку Кріґелів, Зена Фрасуляк зрозуміла, що прийшла надто пізно, що вона нічим і нікому не зможе допомогти. Їх вишикували під стіною і тримали під прицілом: стару розпатлану Естер, яка бурмотіла собі під ніс і спльовувала кров на землю, затято витріщившись у порожнечу перед собою порожнім поглядом, і заплакану Сару, яка тремтіла всім тілом і обіймала трьох своїх дітей — двох хлопчиків, дев'яти й семи років, Хаїма й Аарона, і чотирирічну Мальку. Діти боязко тислися до матері, не зводячи очей із поліцаїв. Ті пережартовувались між собою, ліниво походжаючи взад-вперед.

Зена ступила крок у браму з протилежного боку вулиці і зачаїлась. Іди поруч із родичами не було. А якби й була, подумала раптом Зена, чим би я могла допомогти їй? Для чого мене взагалі сюди принесло?

Вона гостро захотіла повернутися назад, додому. Захотіла вигребти з саду опале листя, підготувати до зими кущі порічок. Чомусь їй стало так страшно, що кінцівки обважніли й знерухоміли, легені перехопило болючим заніміннями. Зена не могла дихнути.

Сходами повз будинок Кріґелів спускався есесівець. Він ішов некваплива, ніби милуючись осінніми барвами навколишніх рослин. У лівій руці тримав складену вдвоє шкіряну нагайку і за кожним кроком постукував себе нею по литці. Наблизившись, есесівець гиркнув на поліцаїв. Один із них схопив за волосся Сару і потягнув на середину вулиці. Діти закричали і кинулись слідом за мамою. Малька трималася за поділ Сариної сукні і дерлася від крику, що наповнив вулицю, піднявся над дахами, змусив кажанів випурхнути зі сховищ на стриках будинків. Роздратований німець націлився в Мальку. Сара впала перед ним на коліна, затуляючи собою дітей. Вона схопила есесівця за руку і намагалась її поцілувати, але це так зогидило й розлютило чоловіка, що його біле обличчя пішло червоними плямами, а рот перекривило гримасою. Спершу засвистіла в повітрі нагайка — але вона тут же обламалась об Сарине тіло. З носа Сари юшила кров. Хаїм упіймав есесівця за руку — але відлетів набік, опритомнів і знову повернувся до мами в обійми.

Далі Зена розповідала так. Вона бачила, як від стіни відступила Естер. Її сиве кучеряве волосся стояло навколо голови, як омела в цвітінні. Білки очей почорніли. Вона продовжувала щось бурмотіти собі під ніс — ритмічно, низьким голосом, який зароджувався не в грудях, а в животі. І есесівець, і поліцаї завмерли. Зена й далі не могла як слід вдихнути — від браку кисню їй темніло в очах, дзвеніло у вухах.

Стара божевільна Естер, розповідала Зена, підійшла до своєї доньки та онуків і подивилася кожному по черзі в очі. Спочатку — крихітній Мальці, що мала пухкі рожеві щічки і носик-ягідку. (Бубух — і дитяче тільце впало у мамині обійми.) Тоді — Ааронові, найслухнянішому зі слухняних. (Бах — і Аарон теж уже лежить на землі.) Потім — Хаїмові, який геть усе знав про перелітних пташок і про мінерали. (Бабах — ось і він притискає своєю вагою мамину ногу.) Своїй доньці Сарі, що відповіла старій пані Кріґель довірливим поглядом. (Сара зігнеться навпіл, прикриваючи власним тілом мертвих дітей.)

Наступної миті Зена міцно заплющила очі: їй здалося, стара Естер повернула голову і дивиться в її бік. Вібрація від пострілу пройшла крізь камінь будівлі, до якої Зена тулилась, і опалила її зсередини. Коли Зена розплющила очі, всі Кріґелі були мертві. Естер лежала горілиць. Її волосся просякло кров'ю.

— Вона вбила їх своїм поглядом, одного по одному, — розповідала Зена Фрасуляк. — Не хотіла, щоб їх застрелив той есесівець або поліцаї. Вирішила сама забрати в них життя.

Насправді ж ти розумієш, що твоя прабаба підмінила власний спогад, підтасувала свідоцтво. Перетворила смерть п'ятьох людей на казку, бо так виявилося легше її витримати.

Есесівець застрілив Кріґелів із пістолета, одного по одному, притуляючи до їхніх скронь метал, який ще не встиг охолонути від попереднього пострілу. Застрілив Мальку, Хаїма, Аарона, Сару. А потім — стару Естер, яка справді не відводила погляду, бо вона вже була надто далеко від страху й розпачу.

Мартін Кнопф ще деякий час продовжував відчувати праведне обурення й огиду. Оцілована рука не давала йому спокою, поки він добряче не вимив її у фонтані біля Синагоги, там же стерши бризки крови й мозку зі свого взуття.

Іван Палагнюк — вайлуватий і круглолиций поліцай — почувався недобре. І не тільки тому, що мав удома доньку Мальчиного віку. Йому довелося спорожнити шлунок і зробити це так, щоб не привернути увагу Кнопфа. Але потім вони обговорили все, що трапилось, разом із Федором Кролицею, і Палагнюкові стало легше. Кролиця не тільки на вигляд здавався розумним, він таким справді був і добре знав, що і навіщо робить. Він міг геть усе пояснити. Бо справді: не слід було дітям плакати і кричати, не треба було тій жидівці падати на коліна, ніхто не просив їх цілувати Кнопфові руку. Могли тихо піти до вокзалу, як робили це інші. Могли спокійно дати себе завантажити у вагони. Могли тихо дістатися до Белзеця, як дісталось туди тисяча шістсот інших євреїв містечка. Могли б залишитися живими, як решта.

фотокартка: іграшковий візок із лялькою на тлі бляшаного паркана, з-за якого визирає пишна витка англійська троянда

— Він не повинен був цього робити, тому що через нього нас усіх могли вбити, — деренчливим голосом говорила Нуся і стискала губи. Відвертала вбік поморщене обличчя, затято дивилася в стіну, ніби намагалася показати, що вона своє знає. Вона любила розповідати про те, як їхній батько рятував євреїв, але робила це тільки для того, щоб нагадати всім, яким поганим батьком він був і за які марні справи брався. — Якщо вже мама так йому остогидла, — цідила крізь зуби Нуся, — якщо вже ми з Христею сиділи йому в печінках, то міг бодай подумати про свою улюблену Уляну. Хоча він про неї й так увесь час думав. Так багато думав, що врешті загинув через неї і того її хлопця. А міг ще й нас усіх за собою на той світ забрати.

Нуся не розповідала про ті роки в присутності Уляни. Найбільшою забороною було згадувати при ній «хлопця». Нуся округлювала очі, роздувала щоки, хитала головою, показуючи нестерпність свого становища. Натякнеш на нього — і потім тисячу разів пошкодуєш, що народилася.

Мені в цій хаті слова не дають сказати, — бурмотіла вона. — Я тут ніхто. Ціле життя довелося терпіти то батькові вибрики, то потім Улянині. Сама ні в чому не винна — тремти потім цілими днями й ночами за своє життя.

Батько, мовляв, подбав про те, щоб урешті перевести стару й малу Фейґу, яким віддавав усю їжу і речі своїх доньок, до безпечнішого і кращого місця. Він прийшов до них одного вечора і сказав: — Пакуйте найнеобхідніше — завтра допоможу вам перебратися туди, де вам буде легше, де більше ваших людей навколо.

Він говорив це старій Фейзі, сидячи на стільці біля порожнього столу, посеред якого лежав тільки халеф Авеля для забою корів. Ніж чіпляв погляд Василя, притягував досконалим лиском холодної поверхні.

Раптом мала Фейґа, яка дотепер чимось тихенько гралася в кутку за піччю, наблизилася до столу і, закинувши обличчя догори, серйозно подивилася на Василя. У руці вона тримала шматяну ляльку з коралями і стрічками у волоссі. Мала Фейґа показала жестом, що хоче вилізти до Василя на руки.

Він підхопив її і посадив собі на коліна. Дівчинка зручно вмостилася, повернулася до столу й заходилася переплітати ляльці коси.

Тепер Василь уже не міг заспокоювати стару Фейґу, схвильовану тим, що завтра доведеться покинути дім. Вона плакала й заламувала руки, міряла кухню кроками від стіни до стіни: сутула, згорблена суха постать, замотана в чорне.

Як прийде мама, — сказала маленька Фейґа, серйозно поглянувши на Василя, — то я покажу їй, які в моєї ляльки стали брудні коси. Мама казала, що помиє їй коси.

Аякже, помиє, — підтвердив Василь Фрасуляк, не знаючи, як інакше може повестися.

Батько їх страшно жалів, — казала Нуся. — І в цьому була його біда. Через цю свою дурну жалість він ризикував самим собою й усіма нами. Іншим людям було простіше: вони розуміли, що нічим не зможуть допомогти — от і не рипалися. Ворухнешся — і голову тобі відстрілять. Краще було навіть не дихати, щоб не привертати уваги. Дихнеш — і тебе звинуватять, що допомагаєш полякам. Дихнеш — і поб'ють, що співчуваєш євреям. Дихнеш — і розстріляють, що чекаєш на росіян. Дихнеш — і заріжуть, бо підтримуєш бандерівців. Або через те, що не підтримуєш. Причина завжди знаходилася. Тому найкраще, що можна було вдіяти, — не робити нічого, передчувати бажання того, хто перед тобою, не висовуватися. А батько не міг, — скрушно зітхала Нуся, ніби батькове милосердя, в яке вона беззаперечно вірила, було її найтяжчим покаранням. — І що він отримав за своє добре серце? Що ми всі отримали за небезпеку, на яку він щомиті наражав наші життя?

Людина робить добрі справи не тому, що вона добра, — казала Уляна. — Навпаки. Люди роблять щось добре зазвичай тому, що не почувають жалощів. Не почувають нічого.

А ось, наприклад, сусіди. Що за добрі люди: колядувати завжди приходили, пригощали кутею. Ці здали кілька єврейських родин поліції. І нічого. Казали: Інша влада прийшла, тепер інші закони. Сказано євреям — звільнити будинки, віддати майно. Якщо знаєш, де ховаються євреї, — треба повідомляти. Інакше — незаконно.

Потім вони перестали про це згадувати, перестали про це говорити. І живуть собі, бачиш, — казала тобі Нуся, киваючи у вікно, на бляшаний паркан, з-за якого визирала пишна витка англійська троянда. — Їхні внуки нічого не знають.

І ми теж перестали про це говорити, — зітхала Нуся. — Бо Уляна вважає, що всі ми робили замало, що ми взагалі нічого не робили. А якщо й робили, то не так, як треба було. Вона аж корчиться від болю, коли згадати її хлопця. Аж сіпається, коли сказати, що тато хотів допомагати їм, намагався їх порятувати. Що й вона сама хотіла.

Не завжди виходить так, як хочеться. Що зараховується? Дії чи наміри? Наслідки чи бажання? Можливості чи страхи? Бездіяльність чи мотиви?

Зрештою, — казала Нуся ображено (її слабкі очі заходилися поволокою сліз; вона знімала окуляри в пластиковій оправі з носа і довго протирала їх полою халата), — навіть те, що батько перевів стару й малу Фейґу до кращого дому, Уляна вважала негідним учинком. Він перевів їх до колишнього будинку загиблих Кріґелів, поки там ще ніхто інший не поселився. Надійшов наказ зганяти євреїв у ґетто. Будинок Кріґелів стояв якраз на Підгаєцькій. До інших частин міста євреям ходити не можна було, хоч у нашому місті ґетто було майже відкрите, не оточене колючим дротом.

Але я казала їй, — розповідала далі Нуся, — подумай сама. Коли би він не допоміг їм перенести речі, як би ця згорблена стара і це дитя дотарабанили аж на Підгаєцьку свої клунки? А вона каже: не було в них уже ніяких клунків. Дитина йшла і обіймала свою шматяну ляльку. Стара Фейґа несла якісь дрібниці: панчохи, ложки, рушник. Батько ніс баняк, дві ковдри і подушку. І навіщось прихопив із собою Авелевого ножа, не попередивши стару. Запхав його в чобіт і, йдучи, весь час відчував розігріту сталь, притиснуту до ноги.

Це вже згодом у колишній будинок Кріґелів заселилося ще кілька родин. То був великий і гарний будинок з розкішним садом навколо, з багатьма кімнатами. Батько вибрав для Фейґ найкраще помешкання.

Коли вони прийшли, там ще нікого не було. — Можете самі вирішити, де ви будете жити, — сказав їм батько.

Вони походили кімнатами, де залишалися ще речі попередніх мешканців. Розгорнута книжка на простреленому фортепіяно. На поверхні недопитої води у склянці — тонкий шар пилу. Мертвий щиглик у клітці. Сеча, що висохла на підлозі передпокою, вилившись із нічного горщика, через який хтось у поспіху перечепився.

Дівчинка окинула поглядом дитячі іграшки на лавках і ліжечках під стіною. Там було кілька порцелянових ляльок із рожевими щічками і солом'яним волоссям. Вона взяла бабу за кістляву долоню і потягла її в кімнатку без вікон, де стояла швейна машинка.

Будемо жити тут, — сказала стара Фейґа.

Як хочете, — Василь роздратовано скинув подушку зі спини. — Робіть уже, що хочете. Скоро сюди прийдуть інші люди, і вам буде легше.

Його страшенно вичерпав цей похід. Навіть попрощатися з Фейґами вже не міг. Взагалі не міг більше на них дивитися. Вийшов, не кажучи ні слова. Відчував, що Авелів ніж вгризається йому в ногу поруч із кісточкою.

Йому треба було з'явитися на станцію, але він важко побрів додому. Не привітався з сусідом, який щось грайливо гукав і просив зачекати, не поглянув на Зену, яка читала на ґанку «Тернопільський вісник», не відповів на її, Нусине, щоденне запитання про те, як довго триватиме війна. Вийняв ножа з халяви і поклав під подушку. Сам ліг на лаву і відвернувся до стіни.

фотокартка: розчахнута порожня шафа з вішаками, з дзеркалом із внутрішнього боку дверцят і розмитим відображенням постаті з фотоапаратом біля обличчя

Інтерн Вітольд Щіпаняк і сам не певен був, що він робить. Коли йому серед ночі прийшла до голови ця думка, він сів на ліжку і просидів так до самого ранку. Хворів цілий тиждень шлунком, так тяжко не погоджувалося його палке бажання з нервовою системою.

Але щойно стало легше, він взявся облаштовувати стрих. Вітольд заспокоював себе так: я нічого поки що не роблю, я всього лише наведу лад.

Боже, як він її любив! — по-змовницьки шепотіла Христя. Вибляла шкіра її щік рожевіла. Очі збуджено блищали. Христя роззиралася навколо: чи не застане її, любительку романтичних історій, на гарячому котрась із сестер.

Всі в містечку про це знали: інтерн Вітольд Щіпаняк роками вже сохне за Ідою Кріґель, зовсім утратив голову.

Це було тим цікавіше, що ніхто до війни не сумнівався: Іда його не прийме. Вона була сувора й порядна: білий круглий комірець навколо шиї, акуратно підстрижені нігті, ввічлива усмішка. Під час перерв у лікарні вона сиділа над медичними статтями, ритмічно постукуючи себе кінчиком олівця по шиї під правим вухом, і робила помітки. Кожен пацієнт мріяв про заштрик її руками.

Іда повинна була вийти одного дня за котрогось із єврейських лікарів або адвокатів. Може, за інженера. Може, за будівельника мостів або фабриканта. Вона повинна була переїхати до більшого міста. Повинна була жити якимось кращим життям, ніж могли запропонувати ці пагорби. Вітольд

Щіпаняк — непоганий, зрештою, хлопчина — не пасував їй, і це визнавали всі. Він був надто розгубленим, надто незграбним. Він паленів, устрягав у суперечки й ображався. Йому здавалося, кожен лікар намагається показати йому свою вищість, кожна медсестра прагне його взяти на кпини, кожен пацієнт пирхає за його спиною. Йому причувалося, що навколо вишіптують дошкульні прізвиська: Опецьок, Цюцька, Кльоцок. Запізнюючись щоранку до ординаторської, він чітко уявляв, як персонал використовує нагоду, щоб обговорити вчорашній випадок, у якому Щіпаняк знову щось встругнув і наївся сорому. Забув запнути штани. Переплутав фізрозчин із антисептиком. Випив медичного спирту замість води. Наступив на ногу професорові, а тоді, гарячково розмахуючи руками і благаючи пробачення, розбив йому окуляри.

Щіпаняк, зіпрілий і розчервонілий, заходив до ординаторської й обводив презирливим поглядом присутніх, які, зачаївшись, явно боролися з реготом, що рвався з грудей. Він добре знав: варто йому вийти з приміщення, і вони аж плакатимуть зі сміху, аж труситимуться від істерики. Вітольд дивився на кожного багатозначно: я добре знаю про все, можете не вдавати. І тільки Іда Кріґель поводилася так, ніби він, інтерн Щіпаняк, не був об'єктом насмішок і принижень. Ніби він був таким, як інші. Ніби вона не помічала цих перехресних іронічних поглядів і мін, цих піднятих брів і хитання головами. Вона поводилася з ним ввічливо і серйозно, дивилася прямо. Через свою ідеальну витриманість Іда була єдиною в світі, на кого Вітольдові не вдавалось образитися. Під час їхніх коротких бесід про погоду і стан пацієнтів, інтерн Щіпаняк і сам ладен був повірити, що він — людина, яку можна сприймати всерйоз.

Він без проблем зміг влаштуватися до єврейської лікарні, щоб її знову бачити. Щоразу, з зусиллям тягнучи на себе важкі різьблені двері входу, він полотнів від думки, що цього разу вона не прийшла. Що її впіймали. Що її забрали. Що її зґвалтували, а потім застрелили.

Насамперед він знаходив її в котрійсь із палат чи в ординаторській. Йому вистачало прочинити двері, встромити в щілину голову і знайти її силует очима. Темні хвилі волосся, охайно вкладені. Делікатні руки. На гострих колінах напнута надто тонка, як на цю пору року, спідниця. Як же вона змарніла. Як випинаються її ключиці. Яка ж вона завжди сумна — очі аж обпікають наскрізь, коли подивиться. Вітольд зітхав із полегшенням і протирав руками зволожені очі. Він залишав біля торбинки Іди картоплю і хліб. — Куди ти носиш їжу? — сварилася мама, човгаючи за ним у своїх дерев'яних капцях. — Вітусю, ти комусь віддаєш нашу їжу? Ти не забрав мою шерстяну хустку, я не можу її знайти? Вітусю, у мене ще залишалося одне мило, ти не бачив, куди поділося?

Він засмучувався, якщо знаходив мило або інший подарунок знову на своєму столі. Але найчастіше вона їх приймала. І тоді інтерн Щіпаняк аж затерпав цілим тілом від усього, чого не міг осягнути. Те, що коїлося, було завелике. Чавило людину. Не мало назви. Він не міг визначити, жах чи розпач поймають його зсередини і світ навколо.

Що буде, коли одного дня він її не побачить? Що буде, якщо він її втратить? Щіпаняк дивився на спорожнілі вулиці, на жінок із гнійними виразками на голові, із обстриженими клаптями волосся. У напрямку вокзалу гнали одних — напівголих, із запалими щоками, з простирадлами за плечима, в яких зав'язано останні пожитки. Тим часом до їхніх домівок тягнулись інші, такі самі — обдерті, беззубі, в лахмітті й вошах.

Якось інтерн Щіпаняк, який усіляко намагався уникати подібного, наразився на жахну сцену. Посеред вулиці двоє есесівців спустили на жінку пса. Вона каталася, скорчившись, по залитому кров'ю хіднику, і кричала так страшно, що Щіпаняк затулив вуха обома руками, але не міг перекрити звуку.

У квітні 1942-го зруйнували єврейські кам'яниці уздовж берега Стрипи, пояснюючи це антисанітарією, брудом та інфекціями, які там розвелись і загрожували перекинутися на інші квартали. Навпроти стояв будинок ляндкомісара з балконом на другому поверсі. Ляндкомісар мусив дбати про безпеку й здоров'я власної дружини й дітей, як і про решту містечка. Вивернуті, розпотрошені домівки, які ще зберігали сліди інтимних життів, беззахисно зяяли нутрощами.

Потім, у жовтні, інтерн Щіпаняк довідався, що всю Ідину родину стратили під час облави. Вона залишилася живою, бо чергувала в лікарні. Він не знав, як до неї наблизитися, боявся її навіть побачити, стати свідком її болю. Сам не знав, як це витримає. Спостерігав іздалеку — так, щоби не бачити обличчя, виразу очей. Кидав невротичні погляди на її схилену спину, безсилі плечі, на вибляклі пасма волосся. Втратив сон.

Він спалив на подвір'ї дрантя, знесене з горища, нікчемне лахміття, хоч стара Барбара Щіпаняк зойкала й хапалася за голову. Бо ж хто його знав, чи ті поїдені міллю мережива, побиті грибком паперові квіти і шухляди креденсів із мишачими кублами не могли ще колись знадобитися. Він вимів пилюку й павутину, повимивав усі закутки й підлогу, а тоді привів на горище старого напівглухого сусіда-теслю.

Всі дні, що тесля працював на горищі (тихше, тихше, трохи тихше стукайте, я вас прошу! — благав Вітольд), Барбара Щіпаняк сиділа темна як ніч у своєму кутку під жовтим абажуром, накривши чоло холодним компресом. Вітольд волів її не чіпати. Кілька разів на день підходив до матері і без жодного слова брав вказівним і великим пальцями її зап'ястя і тримав хвилину, не відводячи погляду від настінного годинника.

Коли тесля закінчив роботу, Вітольд мав на горищі таємну кімнатку, вхід до якої нічим не відрізнявся від інших дерев'яних стін. Варто було відсунути невелику панель при самій підлозі, і відкривався чотирикутний отвір, у який можна було протиснутися навкарачки. Цей отвір слід було закладати зі зворотного боку цеглою, щоби при обстукуванні порожниста стіна не видала схованку.

Вітольд заплатив теслі, заручившись його мовчанням. Старий урочисто перехрестився і, поплескавши інтерна по плечі, зі сльозами на очах і з тремтінням у пошерхлих старих устах виказав свою повагу шляхетному Вітольдовому наміру.

Коли Вітольд забрав із вітальні округлий килимок, щоб перенести його до таємної кімнатки, Барбара Щіпаняк впала в істерику. Вона лягла горілиць на підлогу і била кулаками навколо себе, аж доки повністю не виснажилась. Вітольд витримав цей припадок, можна сказати, з гідністю. Лише кілька разів вибігав із кімнати, траскаючи дверима, але, подихавши осіннім холодом, повертався назад до матері.

Ти нас обох знищиш, — кричала вона. — Ми обоє загинемо через тебе.

Вітольд відпоїв маму ромашковим чаєм і вклав до ліжка, пообіцявши, що нічого поганого не трапиться. Ніхто не довідається про схованок.

Як ти можеш довіряти старому теслі? — з відчаєм запитала Барбара, жалібно ковзаючи запухлими очима по синовому обличчі.

Треба хоч комусь довіряти, — відповів Вітольд.

Наступного дня він зробив Іді Кріґель пропозицію. Тремтячим голосом описав їй схованок, витираючи долоні об тканину маринарки. Запав ранній листопадовий вечір. Вологе брунатне листя збитими пластами лежало біля

Ідиних ніг, взутих у заношені черевики. Вона втупилась у темряву між гілками дерев. Її густі брови щільно зійшлися на переніссі, утворивши жалобну складку. — Я не знаю, Вітольде, — нарешті сказала вона. — Не знаю, що сказати.

Вітольдові було відомо, що вона ночує в лікарні, відколи її родину розстріляли. Вона більше жодного разу не ходила у напрямку дядькового дому, взагалі майже нікуди не виходила за межі лікарні.

Подумайте, панно Кріґель, — його голос набирав неприємних високих нот, зривався від хвилювання. — Я чекатиму на відповідь.

Наступного дня вона відповіла згодою. Просто підійшла до нього, поклала долоню на лікоть і кивнула.

Цілу ніч він приводив кімнатку до ладу. Застелив на підлозі доволі м'яку і теплу постіль (взимку тут, на горищі, напевно, буде холодно; але він спробує роздобути в селян перину), повісив на стінах свої юнацькі акварелі з пейзажами, підготував стосик улюблених пригодницьких книжок.

Під ранок заснув там же, загорнувшись у ковдру, приготовану для Іди. Прокинувшись, почув постріли. Ноги почали тремтіти раніше, ніж він устиг встати з ліжка.

Барбара хапала його за руки, знову плакала, просила нікуди не йти. Вітольд рвучко вирвався з її обіймів, упав просто на різкий листопадовий вітер. Напівпритомний, дійшов до лікарні. У подвір'ї стояли німецькі машини. Дві вівчарки напнули повідки і, настовбурчивши шерсть на загривках, рвались у його бік із лютим гавкотом, аж здиблюючись на задні лапи. З будівлі лунали постріли. Їх розділяли рівні проміжки: секунд десять, може, п'ятнадцять.

При вході Щіпаняка затримав високий ґестапівець. Запитально й здивовано підняв брови. Щіпаняк простягнув йому свій *Wehrpass*. Буркнув щось про наркотичні речовини у сейфі, про доручення старшого лікаря. Ґестапівець гмикнув і відійшов від дверей, даючи дорогу.

Вітольд ішов коридором і боявся повертати убік голову. Скляні двері кожної палати були відчинені навстіж. Бічним зором він розрізняв силуети ліжок, білу постіль, темні плями. Щіпаняк ступав якнайтихше, якнайобережніше, боячись власних кроків. На кілька хвилин постріли стихли. Почулося важке гепання поверхом вище. Коридором над його головою рухалися військові. Лунали голоси.

Наскрізь мокрий, він увійшов до найближчої палати.

Всі шестеро були мертві. Застрелені прицільним пострілом у чоло. Сухотник, у якого щойно вчора спав жар, лежав, розчепірившись, на підлозі. Його очі дивно блищали, як у живого.

Вітольд дійшов до кінця коридору і повернувся до тих палат, які пропустив на початку. В третій від входу він знайшов Іду. Вона лежала впоперек ліжка, на тілі підлітка, батьки якого мали сьогодні принести гроші, щоб хлопця відправили до табору в Кам'янках. Вітольд не бачив Ідиної голови — вона звисала з протилежного боку ліжка. Сукня задерлася й оголила кістляві, як у дівчинки-школярки, ноги в панчохах.

Інтерн Щіпаняк наблизився і дбайливо поправив сукню. Потім підняв Іду на руки, відводячи погляд від її обличчя, завдав тіло собі на груди, вигнувшись трохи назад під його вагою, і під крики на другому поверсі поніс коридором до ординаторської. Повз нього пройшло кілька ґестапівців зі зброєю — заклопотаних, пожвавлених. — Я на службі, — сказав їм Вітольд, — на службі. Я поляк, я виконую доручення старшого лікаря. Я показував уже посвідку вашому вартовому.

І вони, неуважно ковзнувши поглядом по Ідиному тілу на його руках, пішли собі далі.

Щіпаняк вклав Іду на тахту під вікном. Поправив їй голову на подушці і тепер уже зміг її роздивитись. Він відчував, що його права щока і волосся були вимащені її кров'ю.

Пане Щіпаняк, — почулось здушене хрипіння з кутка кімнати, — пане інтерне Щіпаняк.

Вітольд підійшов до шафи і розчахнув двері. Скоцюрблена Роза Боженкер, санітарка, сиділа в тісному просторі під халатами. Її обличчя було червоне й запухле, заюшене слизом. Вона дрижала.

Допоможіть мені, пане Щіпаняк, — хрипіла Роза. Вона майже не мала голосу. — Заховайте мене. Іда казала мені про сховок.

Вітольд помітив, що вона так міцно стискала кулаки, що нігті залишили внизу її долонь криваві порізи.

Я не можу, Розо, — похитав він головою. — Ти ж знаєш, що це неможливо. Як я тебе звідси виведу серед білого дня?

Розине обличчя скривилося. Руками вона вчепилась у Вітольдову ногу. Прошу, прошу, пане Щіпаняк!

Вітольд лагідно відняв від себе її тіло і глибше посадив у шафу. Згори накрив кількома халатами.

— Сиди тут, Розо, — прошепотів він. — Може, вони тебе не помітять.

Єврейську лікарню зліквідували. Христя розповідала, як Вітольд приходив за кілька днів до їхньої мами і розповідав про Ідину смерть. Христя пам'ятала, як вони обоє плакали, сидячи поруч на ґанку і тримаючись за руки. Одягнені в теплий одяг, випускаючи густу пару з уст.

Христя точно не знала, що трапилося з Розою Боженкер. Уляна перебивала її на півслові: — Що з нею трапилося? Що з нею могло трапитися там, у шафі, під халатами, в лікарні, де аж кишіло німцями, — як ти думаєш? Що з нею могло трапитися після того, як хтось, хто мав шанс допомогти, зачинив дверцята шафки і вийшов геть? Думаєш, вона сидить там і досі?

Христі здавалося, що одного разу, одразу після війни, коли радянські війська вдруге увійшли до містечка, вона бачила Розу Боженкер. Вона стояла на вулиці Третього травня і слухала розмову якихось чоловіків. Була обдерта, худа, майже лиса. Але Христя пам'ятала, що бачила її живою.

— То не вона, не говори дурного, — цокала язиком твоя баба. — Щіпаняк її не врятував.

— Ти забагато від нього хочеш. Від нас усіх ти забагато хотіла, — хитала головою Нуся. — Роза Боженкер була приречена. Іда Кріґель була приречена. І батько прирік себе тим, що думав подібно, як ти.

Після цього западала тиша, яку врешті Христя порушувала протяжним, схожим на схлипування, зітханням.

— Вітольд сильно любив Іду, — казала вона екстатично. — Він більше ні про що інше й думати не міг. Бідний Вітольд. І бідна мама.

Христя ловила на собі погляди сестер і замовкала.

фотокартка: постаті двох чоловіків, які, обійнявшись, поволі сунуть у напрямку вулиці Підгаєцької

Упродовж довгих годин Гоґулі не вдавалося заспокоїти Якимчука. Той лютував, аж задихався. Рот його сіпався, смикалася голова — схоже було, що Якимчук намагався хвацько закинути чуба на лівий бік, тільки от не мав він ніякого чуба. З рота летіли краплі слини. Він кричав, що Фрасуляка треба розстріляти, негайно розстріляти. Гогуля відповідав, що розстріляти ще встигнеться, й поглядав крижаним поглядом на Василя, який мовчки чистив кріса на подвір'ї поліційної станції, повернувшись спиною до кількох тіл, які погойдувалися на гілках дерев.

Що сталося з тим старим? — майже пошепки запитав Гогуля у Фрасуляка, щоб не привертати увагу Якимчука, який, міряючи нервовими кроками подвір'я, відійшов від них на певну відстань.

Він помер, — укотре повторив свою версію Фрасуляк. — Не знаю, від чого — від голоду, чи хвороби, чи від зневоднення. Коли я знайшов його, він уже не міг встати. Я спробував підняти його, копнув у живіт — і він спустив дух. Хлопці везли возом трупи на Федір, я сказав їм забрати туди й старого.

Гогуля тяжко зітхнув.

Неправду кажеш, — втомлено глянув він на Фрасуляка. — Ти знаєш, що мене старий не цікавить. Мені не подобається робити те, що ми з ними робимо, але інакше зараз не вдасться. Треба ще певний час затриматися при німцях, одразу всі до лісу не підуть. Тільки ти даремно своїх обманюєш. Я не зможу тобі довіряти.

Василь кивнув через плече на Якимчука і сплюнув.

Ти маєш кому довіряти, — понуро сказав він, не піднімаючи очей.

Напередодні Фрасуляк почув, як якийсь чоловік розповідає Якимчукові про старого єврея, що лежить горілиць на згарищі біля костелу Успіння. — О-о-о, цей! — видихнув Якимчук, зрозумівши, що йдеться про вчителя Кіршнера. Він ще продовжував щось випитувати в чоловіка, коли Василь пройшов повз них, прямуючи до виходу. — Якщо і встане, — сказав чоловік, — то далеко не зайде. Але навряд чи навіть встане. Він так довго лежить там і щось бурмоче під носа — чи плаче, чи сміється. Втратив розум.

Вечір був ранній, але надворі вже запала темрява. Калюжі схопило найтоншим натяком на мороз. Вітер продирав до кісток, особливо лютуючи там, де лежали руїни кам'яниць, і жодна стіна більше не заступала йому шляху.

Він справді знайшов Кіршнера на згарищі будинку його тестя. Розштурхав його, як міг, і, завдавши його руку собі на плече, потягнув на собі супроти вітру. Той майже не перебирав ногами. Звисав на Фрасулякові, як струхлявіле опудало. Фрасуляк пригадав, як під час минулої війни так само тягнув на собі Авеля Бірнбаума. Тільки той був по-справжньому важкий, ще й пручався. Нога волочилася слідом, як корінь дерева, вивернутий із землі. Єдине, в чому Фрасуляк не був певен, — хто кого з них тоді рятував: Василь Авеля чи Авель Василя.

Вони не зустріли нікого, але Василеві під шкірою ворушилося лихе й уїдливе враження, що з вікон за ними спостерігають. Єдина надія, що через темряву й непогоду розгледіти як слід постаті двох чоловіків, які поволі сунули в напрямку Підгаєцької, тримаючись якнайближче до стін, мало не втискаючись у паркани, було майже неможливо.

Василеві довелося покинути Кіршнера посередині сходів. Той без жодного слова покірно втиснувся під гілки кущів, ніби вповзаючи в чиїсь обійми. Василь бачив Кіршнерове обличчя — міцно заплющені очі, безтямне розслаблення м'язів, затяту відстороненість. То було обличчя людини, яка понад усе хотіла запасти в найміцніший зі снів, з якого неможливо прокинутися. Фрасуляк зрозумів, що так само, як Кіршнер дозволяв йому вести себе сюди, він дозволив би будь-що і будь-кому. Пойнятий цією ж сонливістю — єдиним способом сховатись від реальності, — він приймав би удари Якимчука і будь-які приниження, дозволив би запроторити себе до камери, де чекав би на транспортування до Чорткова або одразу до табору в товарному вагоні. Долаючи кілька сходинок, що провадили до внутрішнього двору кам'яниці, яка належала раніше Кріґелям, Фрасуляк раптом засумнівався у своєму вчинкові. Чи варто навіть намагатися рятувати людину, яка більше не хоче ні рятуватися, ні триматись за хливке слівце «людина» (бо що це тепер таке? хто це?), яка шукає лише забуття й неіснування, яка прагне припинити знати і усвідомлювати, яка прагне не розуміти, що діється навколо й до чого усе дійшло. Не те щоби Фрасуляк його за це засуджував. Він відчув навіть бажання скористатись із Кіршнерового прикладу — спокусу, схожу на м'який дотик вологого язика.

На його стриманий стукіт ніхто не озвався. Він боявся гупати голосно, щоб не привернути увагу когось іззовні. Йому здавалося, Якимчук на цей момент вже прочісує ґетто в пошуках.

Не вірячи, що хтось може його почути, що там, за дверима, взагалі ще є хтось живий, Фрасуляк заговорив у замкову шпарину: — Відчиніть, це я, Василь Фрасуляк. Я привів Лейба Кіршнера, він дуже хворий.

Він повторив це п'ять, десять разів — маючи певність, що це марно, і не уявляючи, що робити з Кіршнером далі. Покинути його тут, на сходах?

Привести до станції? Цим кроком він би збив із пантелику Якимчука — той би розлютився ще дужче, побачив би в цьому жестові намагання його принизити. Натомість Ґоґуля поплескав би його, Василя, по плечі. У кожному разі Кіршнер приречений. Яка різниця, де і як йому вмирати.

І тоді двері прочинилися. На порозі стояла маленька Фейґа. Василь не одразу впізнав її, так сильно вона змарніла. Тонка стеблина шийки стирчала з широкого коміра підперезаної поясом чоловічої маринарки, схожої на маленьку військову шинель. Біляві кучері світилися навколо її голови, підсвічені полум'ям свічки, яку тримав у руках невисокий старий чоловік. Фрасуляк не одразу впізнав у ньому напівглухого теслю — пияка, про якого казали, що його б'є жінка.

Ти що тут? — спантеличений, запитав Василь. Тоді звернув увагу на те, що одяг теслі весь виваляний у мокрій землі. Шматки глини поприлипали до холош, до тканини сорочки на ліктях.

Дід нічого не відповів. Зрештою, він був напівглухим — міг і не почути.

Тут є ще хтось із чоловіків? — голосно запитав Фрасуляк, чітко вимовляючи кожне слово. Тесля заперечно похитав головою, але цієї ж миті з віддаленого й темного закутка передпокою виступило двоє євреїв — старший і молодший. Вочевидь, батько і син. Вони були теж повністю вимащені свіжою землею, і виглядали, як люди, яких несподівано відірвали від важкої фізичної праці.

За їхніми плечима стояло двоє жінок — переляканих і кощавих, з очима, які так видивлялися на Василя, що майже вилазили з орбіт. У сусідній кімнаті заплакало немовля. Тілом однієї з жінок пробігло видиме тремтіння, і вона кинулася до дитини.

З добру хвилину в повітрі висіла мовчанка.

Врешті старший єврей прочистив горло і промовив: — Ми прийшли з Росільни, з гірського села. Але перед тим мешкали у Варшаві. Нам сказали, ми можемо вибрати, де поселитися.

Василь кивнув, насупившись і опустивши погляд. На якусь мить побачив себе їхніми очима, вдихнув різкий сморід страху, яким наповнився простір приміщення. Це він викликав у цих людях тваринне, неконтрольоване напруження своєю присутністю. Він прийшов до них із темряви, зі зброєю і в уніформі, і вони не могли заховатися за жодними стінами, в жодних кам'яницях.

Фрасуляк жестом показав чоловікам, щоб ішли слідом. Ті скорились і рушили, тупо й понуро звісивши голови, а тоді раптом заметушились, наткнувшись на сходах на непритомного Кіршнера. Утрьох дотягнули його до будинку, внесли до кімнати, де молода жінка напувала немовля ромашковим чаєм. Інша жінка, трохи старша — можливо, її сестра, — але геть сива, з обличчям мало не чорним від страждань, про які Фрасуляк не хотів би і знати, але в яких почувався винним особисто, принесла для Кіршнера сухі лахи, миндицю з теплою водою і трохи рідкої зупи. Вона годувала його з ложки, а він слухняно відкривав рота, хоча очей і далі не розплющував. Василь вдивлявся в нього зі здивуванням: вчитель виглядав, як хтось зовсім інший, майже невпізнаваний. Зі сплутаним кошлатим волоссям, що налипло на лисину, з виваляною у багні бородою, з неприродними величезними вилицями, з запалою грудиною, з випуклими ребрами, туго обтягнутими землистою шкірою.

Маленька Фейґа теж вивчала його серйозним поглядом. Її дрібні пальчики постійно перебирали щось, не знаходили спокою. Дитячі риси були підшиті темною тінню, личко поважне й беземоційно застигле. Натомість весь неспокій, весь страх і нервовість зібрались у худих пальцях, в її доньках. Вони перебирали тканину маринарки, постукували по поверхні столу і стінах, крутили якісь віхтики і камінці, розтирали грудки землі, смикали за пасма волосся.

Де твоя бабуся? — запитав її Василь.

Дівчинка зупинила на ньому нерухомий погляд, аж Фрасуляк засовався на місці.

Вона внизу, лежить зовсім хвора. Помирає, — сказала Фейґа. Її м'який голос звучав дуже спокійно.

Внизу? — запитав Фрасуляк.

Перелякані очі жінок зійшлись на ньому. Паніка стала надто виразною.

У далекій кімнаті, — вигукнула мама немовляти.

У спальні, тут, за стіною, — сказала її сестра. — У неї тиф. Вона дуже погана. Вже другий день не їсть. Сьогодні перестала пити.

Бабуся помре, — сказала Фейґа, так і не відвівши погляду від Василя. Її пальчики продовжували рухатись, як комашині лапки. Вона перебирала щось невидиме — павутинку чи волосинку, якийсь найдрібніший пил.

Краще вам його теж заховати до тієї кімнати, — насуплено кивнув Фрасуляк на Кіршнера і рушив до виходу. Йому спало на думку, що напівглухий тесля десь зник. З глибини кам'яниці, серед глухої тиші долинало постукування й шурхотіння. Так поводяться узимку миші у стінах будинків, подумалося Фрасуляку. Так вони кубляться, прогризають собі нові ходи, завмирають і замовкають, зачувши найменшу небезпеку. Вдають, ніби їх не існує.

Ще він подумав, що страх, викликаний ним на початку, трохи розсіявся. Що цим людям довелося йому довіритись. І від цієї думки він відчув гніт кам'яниці, передморозяної ночі й чорного неба, яке чавило його, навалювалося, стискало. Йому захотілося лягти на сходах під лапами голих колючих кущів, заплющити очі й більше не прокидатися.

фотокартка: молода жінка в халаті фарбує нігті, сидячи на табуреті посеред подвір'я будинку з дерев'яною галереєю

Отак той старий тесля, той Дудик, і здав їх усіх, — казала Нуся з якоюсь навіть, як тобі здавалося, насолодою. — Третю облаву в лютому 1943-го вони таки пережили в норі, яку той пияк допоміг їм облаштувати. Врятувалися всі, крім баби. Але їй пощастило. Вона померла своєю смертю.

Пощастило? — перепитала Уляна. — Вона пролежала кілька тижнів у тісній землянці, як у труні. Тесля зробив кілька отворів назовні, вставивши в них горлечка від розбитих скляних пляшок, щоб надходило повітря, — але ти думаєш, того повітря вистачало? Вона тижнями не бачила світла. Стара Фейґа ще до війни майже втратила розум, а потім втратила сина, невістку, онука. Вона сама майже здитиніла — але в неї на руках була справжня дитина, мала Фейґа. Вона вже не могла їй нічим допомогти, але покинути теж боялась, і тому так довго ще прожила між гарячкою та онучкою, між могилою і бункером, хоч мала померти від тифу за кілька днів, як сказав лікар із Варшави, Менахем Дінкін. Він зовсім, зовсім нічим не був здатен зарадити. Семирічна Фейґа майже цілодобово обмивала стару Фейґу прохолодною водою, щоби принести бодай якесь полегшення. Вона робила це спритно і старанно — ніби купала найулюбленішу з ляльок. Мала Фейґа була поруч, коли стара Фейґа відійшла. Вона довго хрипіла і смикалася, потім випустила останнє шипіння з беззубого рота — й завмерла. Чоловіки закопали її вночі у садку перед кам'яницею — неглибоко, бо заважало коріння дерев, і тому що хотіли зробити все якнайшвидше. Цікаво, чи її кості і досі там лежать. Ти знаєш людей, які там живуть зараз? — запитала Уляна в Нусі.

Я знаю, — відповіла натомість Христя. — Я ходила фотографувати будинок два роки тому, вони попросили мене забратися геть. Молода жінка в халаті — вона фарбувала собі нігті на подвір'ї, коли я туди прийшла. А потім на галерею з кімнати, в якій колись мешкала Іда, вийшов заспаний чоловік із рожевим тілом і сказав, що фотографувати не можна. Досить ввічливо, не сварився. Запитав, навіщо це мені. Я сказала, що знала людей, які там раніше жили. «Тепер це наш дім», — сказала жінка. Мені здається, там досі ростуть ті самі рослини.

Але повертаючись до Дудика, — додала Христя несміливо, — я думаю, що то не він показав німцям сховок.

Тобі здається! — тут же роздратувалась Нуся. — Що ти можеш знати? Він один із неєвреїв знав це місце. Батько приносив їм їжу і все необхідне, що міг знайти, але він їм одразу сказав: не бажаю нічого знати про те місце.

Ці прийшлі люди були йому такі вдячні, — пригадала Христя. — Я пам'ятаю, як він казав мамі, що жінки цілували йому руки щоразу, коли він щось приносив.

Його це страшенно мучило, — додала Уляна. — Дуже злило. Він на них кричав. Але вони не зважали.

Я все одно не вірю, що Дудик їх видав, — неголосно мовила Христя. — Я чула, що його розстріляли разом із ними.

Нуся пересмикнула плечима, засопівши.

Дудик допоміг Кіршнерові врятувати сувої Тори і книжки, — продовжувала Христя. — Вони з батьком витягли їх із крипти за вказівкою Кіршнера. Той трохи оклигав і повернув собі бодай якусь притомність. Але на себе йому було начхати. Єдине, що його цікавило, — це книжки. Щойно йому привезли їх, він зовсім заспокоївся. Сидів посеред них багато днів і ночей, а потім почав складати план порятунку книг. Почав вимагати від усіх участи. І батько попередньо домовився з якимось ченцем із монастиря. А Дудик пригнав воза вночі до кам'яниці Кріґелів. Далі вже Кіршнер з Дінкіними зробили все самі: завантажили сорок п'ять сувоїв Тори і вісім мішків із талесами та тфілінами на воза і поїхали вулицею Стефана Баторія, Торговицькою, Міцкевича, через міст над Стрипою, потім перетнули Костельну і нарешті дісталися монастиря. Їхній віз голосно скрипів, і кожен його протяжний стогін різав їхні нерви, тягнув із них жили. Вони чули постріли десь зовсім неподалік, проте саме там, де їхали самі, на їхньому шляху ніхто не траплявся. Ворота монастиря довго не відчиняли, але врешті кілька переляканих монахів прийняли віз із усім вмістом, хоч і відмовилися заховати у себе чоловіків. Повертатись до міста було небезпечно: там зноcу діялося. Валували собаки. Люди кричали. Один із монахів підказав, що можна сховатись у склепі на цвинтарі. Кіршнер і Менахем Дінкін послухались, а молодший Дінкін різко відколовся від них, тому що не міг покинути свою жінку з немовлям. Вони не встигли його зупинити. Це було неможливо.

І дуже він допоміг жінкам, — пробурчала Нуся.

Ну, — погодилась Уляна. — Його вбили одразу дорогою. Один німець прострелив йому голову, а інший сказав: не треба було вбивати, можна було використати його для роботи. Це бачив батько. Молодшого Дінкіна вбили вже перед будинком.

Один із послушників переказав за кілька днів Дудикові, що Кіршнер і старший Дінкін ховаються у склепі, — підхопила розповідь Христя, сама дивуючись зі своїх спогадів. — І Дудик носив їм туди їжу.

Бачиш, його не застрелили разом із жінками в бункері, — переможно вигукнула Нуся.

Таки ні... — протяжно мовила Христя, замислившись. — Але його застрелили пізніше разом із Кіршнером, коли простежили за Дудиком і знайшли цей схованок на цвинтарі. Застрелив хтось із поліцаїв, бо німці повернулися до Чорткова.

Такого я не пам'ятаю, — вперто стояла на своєму Нуся. — Але пам'ятаю, що Менахемові Дінкіну вдалося вижити. Ми з тобою бачили його потім у лісі, коли тато послав нас до Криводяка, — обернулась вона до Уляни.

Уляна кивнула: — Криводяк узяв його лікарем. Він стількох із того світу повитягав. Якби не Дінкін, вони би не протрималися аж так довго. Дінкін і Матвієві витягнув кулю з ноги, і навіть ногу не довелося відрізати.

Тобі не здається, що його убив хтось зі своїх у тому лісі? Лікарів-євреїв наші хлопці убивали, коли стало сутужно. Щоб ті їх не здали, — сказала Нуся.

Сестри помовчали.

Як же він вижив тоді, у склепі? — запитала врешті Христя. — Цього я не знаю.

Коли їх там знайшли, то страшно побили: поламали руки і ноги, потрощили ребра, проламали черепи, — з готовністю відповіла Нуся. — Дудика й Кіршнера так і вбили, навіть стріляти не довелось. А Дінкін знепритомнів. Тільки вбивці цього не знали, він нічим не відрізнявся від мертвих: проламана голова, лице — суцільна виразка. Його кинули на воза з іншими трупами і завезли до ями, де й скинули. Він прийшов до тями вночі під горою мертвих тіл. Якось виліз із-під них і заповз до лісу. Там би і стік кров'ю, але його знайшов Криводяк.

Але бачиш, — повернулася до свого Христя. — Дудик нікого не здав.

Цього не знати, — впиралась Нуся. — Хтось же їх здав. Сховок, де були жінки, знайшли, і їх постріляли.

Я пригадую, мама розповідала, ніби заплакала, — примруживши очі й дивлячись у якусь точку за вікном, сказала Христя. — Вони не взяли немовля з собою до бункера, бо воно могло будь-якої миті подати голос і всіх видати. Його напоїли ромашкою і заховали під ліжком. Але коли німці зайшли до кімнати, немовля все одно прокинулось і заскімлило. І йому тут же прострелили голову. Лея Дінкін, зрозумівши, що сталося, втратила розум і закричала, вириваючись назовні. Сестра намагалася її стримати, але німець уже почув, де жінки ховалися, і почав стріляти в горлечко пляшки, зрозумівши, що це отвір для повітря. А потім наказав батькові і Гогулі знайти вхід до бункера і перевірити, чи всі там мертві.

Тато розповідав, — докинула Уляна, — що немовля Дінкінів налякалося звуку пострілу, яким на вулиці вбили його батька.

Гогуля дуже швидко розібрався з тим, як було влаштовано сховок, — продовжила Нуся. — Він же був інженером, він на такому знався. Німець не міг дивитися на мертве немовля і вийшов надвір, наказавши Гогулі й батькові самим закінчити справу. Вони спустились у сховок і побачили двох жінок, які лежали, міцно обійнявшись. Та, яка була чисто сива, вже померла. А молодша, Лея Дінкін, якраз конала. У неї була прострелена шия. Кров ритмічно порскала високою цівкою, що з кожним наступним спазмом все маліла, маліла.

Сестри знову замовкли на деякий час, а тоді заговорила Уляна.

У куточку тато знайшов малу Фейґу. Вона зосереджено дивилася на свої пальці, якими швидко-швидко ворушила, ніби пряла нитку чи в'язала десятки вузликів. Батько поглянув на Гогулю, і той усе зрозумів. Він навіщось вистрілив убік, у стіну схову, яку Дудик виклав дошками, і все навколо струснулося — от-от завалиться. Тоді інженер різко розвернувся і виліз із бункера назовні. Батько поліз слідом. Усі мертві, сказав Гогуля німцеві. Я добив. Викинете трупи, наказав німець і рушив до гурту своїх.

Батько повернувся туди вночі і забрав малу Фейґу. Він приніс її додому під одягом, як кошеня. Ми оточили її і наперебій говорили: дивись, яке воно худеньке, дивись, як кісточки випирають. А мама принесла пів склянки молока, тільки дитина не змогла його пити. Вона сиділа така байдужа до всього — не дивилася на нас, не роззиралась навколо. Все, що її цікавило, — вузлики, які вона, не втомлюючись, швидко плела, вимальовуючи у повітрі дрібні візерунки кінчиками пальців.

І тоді батько сказав, що ми з Уляною повинні відвести її до лісу, — сказала Нуся. — Що ми зараз же повинні одягнутись і рушити до лісу. Він дав нам іще торбу з їжею і якимись паперами від Гогулі. І пояснив, куди йти.

фотокартка: пікнік у весняному лісі, на розстеленій ковдрі — термос, канапки і яйця, усміхнені жінки й чоловіки сидять і стоять навколо, дивлячись в об'єктив

Коли сестер не було поруч, Христя розповідала тобі про перший похід Уляни і Нусі до лісу. Розповідала детально, захоплено — видно було, що робила це вже не раз. Хоча сама того разу залишалася вдома і не могла бачити того, що відбувалося, на власні очі.

За кілька днів мав бути Великдень. Їхня мама напекла таких-сяких пасок, нафарбувала у цибуляному лушпинні яєць. Поклала у слоїк міцних цвіклів і навіть загорнула в проолієний папір невеликий шматок солонини. Сусіди ще напередодні теж принесли дещо. Провізія була готова, але передача мала відбутися щойно за кілька днів. Ніхто не сподівався, що вирушати доведеться негайно.

Батько сказав: — Ви мусите йти вже, щоб ніхто не бачив, що ця дитина взагалі тут у нас була. Дивіться сюди, я намалюю вам, як найкраще йти і де чекати, поки до вас не озветься.

Уляна з Нусею по черзі несли малу Фейґу на руках. Уляна мала вісімнадцять років, Нуся — п'ятнадцять. Фейґа мала сім, але вона була настільки худою, що важила не більше від чотирирічної дитини. Мішок із великодньою їжею для людей, що ховалися в лісі, був навіть важчим від дівчинки. (Несемо їжу від дядька з села, мали сказати дівчата, якби їх затримали і почали розпитувати. Ми сироти, жебрачки, не маємо що їсти. Ми заблукали.) І все ж сестри злилися не на мішок, а на дитину. Вони несли її, ніби несуть якусь чужу річ, з якої їм самим не буде жодної користи.

Дівчинка й сама поводилася, як річ. Вона не спала, але також не брала участи в тому, що відбувалося. — Тобі зимно? — запитувала її Уляна, тому що лісова ніч, хоч і квітнева, була ще дуже холодна і волога. Фейґа мовчала, втупившись кудись у темряву, і нічим не зраджувала, що вона чує і розуміє Улянине запитання.

У мене руки зараз повідпадають, — скаржилась Уляна, майже жбурляючи дитину з висоти свого зросту на землю, і падаючи поруч із нею долілиць.

Я не буду більше її нести, — відповідала їй Нуся. — Тато доручив її тобі, а не мені. Я зовсім не мала йти.

Ти взагалі ніколи нічого не маєш робити, — нерозбірливо пробурчала Уляна крізь вогкий мох, у який уткнулася ротом.

Далі вони вирішили вести дівчинку за руку. Уляна тягнула її слідом за собою, добре розуміючи, що мала Фейґа не здатна встигати за її широкими кроками. Батько наказав їм іти заростями, а не стежкою. По змарнілому личку шмагали широкі пера папоротей, хльоскали лози, гілки ожини чіплялись за одяг, впивались у шкіру. Ніжки, взуті у незручні і на кілька розмірів завеликі черевики, вивертались на нерівному ґрунті, перечіплялись за корені й камені, провалювались у нори гризунів. Часом Уляна піднімала її високо над землею за одну руку, ризикуючи викрутити. — Швидше, швидше, — шипіла вона, — ти що, не розумієш, що тебе уб'ють?

Що швидше вони неслися крізь гущавину, що більше зусиль докладала дитина, то слабшою ставала її відстороненість: озирнувшись котрийсь раз на бігу, Уляна побачила освітлене місячним світлом бліде обличчя, скривлене від плачу, і тоді звернула увагу на дрижання, яке перекочувалося з тіла маленької Фейґи і крізь руку передавалося самій Уляні.

Не реви, — коротко кинула вона. — Ніхто не буде з тобою панькатися. Ти повинна радіти, що залишилась живою. Ми і зараз тебе рятуємо.

Краще було не помічати це дитяче старання понад силу, нажаханий, сповнений болю вираз очей, не бачити, як вона зіщулюється на бігу щоразу, коли Уляна чи Нуся роблять надто широкий відрух, як вона намагається ловити кожен їхній намір, перш ніж вони встигнуть його озвучити (трохи перепочинемо; тут давай швидше; через цю баюру ти мусиш перестрибнути і не поламати собі ноги, ясно?).

Яка дурна дитина, — сказала Нуся, коли дівчата попадали просто на суху глицю, вже не вибираючи собі для відпочинку більш-менш затишного і зручного місця. Тут крони дерев так щільно сходились угорі, що, видно, крізь гілки не пробивалось удень сонячне світло, і тому досі ще з землі майже не пробилася трава. Навколо стриміли самі стовбури, багато з них були сухі від старості й зламані.

Нікуди більше не йдемо, — поклавши голову на мішок із провізією, сказала Уляна. Нуся й так уже спала. Мала Фейґа залишилася стояти над ними. Її тремтіння не припинялося. Вона намагалася стримати ревіння, яке рвалося ізсередини клекотанням і свистом, болісними ривками — ніби на морозяному вітрі полоскалася мокра тканина. Врешті тиск став більшим, ніж дівчинка могла витримати. Загату прорвало. Вона обм'якла й опустилась на глицю, увігнавши в неї розчепірені пальці. Вона кричала так голосно, аж осипалось торішнє листя з дерев, яке де-не-де залишалося досі прикріпленим до гілок, аж тріскалася суха кора на стовбурах, аж нажахано завмирали комахи і пташки у своїх гніздах, аж розірвалось від страху серце в зайця, який навіть не встиг прокинутися зі сну.

Уляна різко розплющила очі від цього жахливого виверження — і негайно напоролася поглядом на цівку рушниці.

Стріляйте їх уже, чого чекаєте? — почула вона голос звідкілясь іззаду. Вона скосила очі і побачила Нусю, яка долонями затулила таку саму цівку, спрямовану їй у чоло, і відвернула голову набік, ніби це могло зберегти їй життя. Тепер цівка цілилась їй у скроню.

Фейґа сиділа на землі, продовжуючи ридати, — вона ридала всім тілом, розмашистими рухами розквецюючи по обличчю бруд і шмарклі, вигаркувала із запалих грудей щось зовсім уже не людське. Ці згустки, ці утробні потоки налякали Уляну дужче, ніж чоловіки з рушницями. Вона відчула себе причетною до чогось нестерпного. Ніби була причиною розверзтого сорому.

Тут навіть невідомо, чи, застріливши її, рятуєш себе, чи її саму звільняєш, — сказав один із чоловіків зі смішком, який не був анітрохи доречним.

Коротким рішучим рухом Уляна відвела від себе рушницю і стрибнула до дівчинки. Схопила її за плечі і затрусила, тоді з усієї сили дала кілька ляпасів.

Замовкни негайно, замовкни, я тобі сказала, — наказала вона пошепки.

Потім чоловіки згадували, що саме тієї миті їм самим стало зрозуміло, що вони їх не постріляють. Відьми й одержимі, прийшлі демони, які своїми потойбічними завиваннями могли привернути небажану увагу до лісової криївки неподалік, перетворилися на малих жінок, на дівчат різного віку: одна була різка і владна, видно, що не звикла ні з ким панькатись, інша налякана й ображена, а ця, третя — пушка духу з білим пухом на голові. Вона зірвала собі голос ревінням і — як згодом усі вирішили — викинула з себе разом із ним усю пам'ять. Далі йшла покірно за руку з Уляною, ніби звичайна дівчинка на прогулянці, яка трохи втомилася. — Дай-но візьму її, — сказав Криводяк, і Фейґа (а насправді — вже безіменна дитина у порожньому проміжку між історіями) майже одразу заснула, притулившись щокою до його гладенького підборіддя.

Уляна його впізнала. Це ж він приходив до батька на початку війни — семінарист із невідомою хворобою, яка от-от мала його вбити. Він був досі живий. Вивів усіх до світлої сонячної частини лісу, аж по вінця заповненої зеленню. Виявилося, вже був пізній ранок. Пташки заливалися щебетом. Крізь воскову шкіру семінариста, підсвічену променями сонця, проступали зеленкаві вени. Він поглядав на Уляну поглядом, який вона не могла відчитати.

Згодом, зі слів Христі, Уляна вирішить для себе, що Криводяк увесь такий є. Про нього не скажеш, добре йому чи погано, не визначиш, чого він хоче. Вона ніколи не знаходила в його поведінці натяків на бажання, на симпатії чи антипатії, на гнів або ніжність, на голод чи спрагу, на садизм чи ліричність. Він був, напевно, ідеалістом, який втілював свої ідеали на практиці, вважаючи найменшу гнучкість проявом слабкости. Тому в ньому часто проявлялись ознаки дрібного тирана, нездатного до найпростішого співчуття. Він міг витримати нестерпні речі — фізичний біль, багатоденний голод, моральне приниження. Але не міг бодай трохи пом'якшити погляд, не міг обійняти. За той нетривалий час, протягом якого Уляна побула з ним поруч, він кілька разів діловим тоном згадував про свої обговорення тих чи інших справ із Господом. Натомість варто було

Уляні спробувати поскаржитись на страх бути вбитою чи на нервове безсоння, як він коротко кидав: — Це ефемерні речі, ти гаєш наш час, — і знову брався до роботи. — Він робив дуже багато доброго, — думала Уляна. Сказати, що він був доброю людиною, вона не могла б. Хоча й поганим також його не назвала б. Вона думала про нього як про машину або велику комаху з жалом, яка з'явилася серед людей.

Тоді, в лісі, Уляна ще зовсім нічого про Криводяка не знала. Його уважний погляд викликав у ній неспокій. Вона не розуміла: він ворожий? Несхвальний? Сповнений підозри? Зневажливий? Зверхній? Байдужий? Він щось знає про неї? Він чув про Улянину дитячу історію? Вона викликає у нього відразу зовнішнім виглядом? Вона недостатньо хоробра? Вона занадто затуркана? Що він думає? Щоб якось перервати цю бентежну невизначеність, вона запитала, чи довго йому ще залишилося.

Криводяк жодним чином не змінився на обличчі і відповів: — Як Бог дасть.

Дуже дивно, що вони одразу ж повели їх до криївки, — знизала плечима Нуся. Такого ніколи не робилося, це було заборонено. Але, може, забагато вже всього сталося, і тому чоловіки знехтували правилами безпеки, яких в інших випадках беззастережно дотримувалися. Може, завдячували надто сильно їхньому батькові, Василеві Фрасуляку, і вдячність автоматично означала для них довіру. Складно це тепер пояснити.

Вхід був у ярку, там, де схил утворював складки і зморшки, то ґрунтові, то кам'янисті, порослі мохом, одразу за стовбурами трьох грабів, які тулилися боками до стіни яру, тягнучись до сонячного світла. У вхід треба було пролазити навкарачки — Криводяку це нелегко було робити зі сплячою дитиною на руках і рушницею на плечі, — але вже метри за три коридор трохи розширювався і ставав вищим, тож можна було майже випростатися. Дерев'яні колоди підпирали стелю, викладену брусом, так само, як ним були викладені стіни і підлога. Кілька кроків — і вони опинились у невеликій задушливій кімнатці, теж повністю оздобленій деревом. У ній стояв столик і дві широкі двоповерхові лежанки, але коридор вів далі — до печі, до складу з припасами, до криниці і туалету в найбільш віддаленому кінці, поруч із додатковим виходом.

Повітря було затхле і смердюче. Уляну мало не вивернуло, коли вона занурилась у цю спресовану товщу, що була сповнена гострих запахів медикаментів і тілесних секрецій: поту, бруду, гною, зіпсованої крови.

На одному з ліжок лежав усе ще непритомний Менахем Дінкін — брудні зашкарублі пов'язки на всьому тілі, на голові перетворилися на брунатну кору. Над сплутаною бородою зяяла чорна яма розчахнутого рота. Дінкін стогнав і хрипів.

Треба змінити пов'язки, — кивнула на нього Уляна, трохи прийшовши до тями. — І невже у вас тут немає вентиляції? Ви ж поздихаєте.

Вентиляція є, — сказав Криводяк, кладучи сплячу дівчинку на сусідню лежанку. — Ми її вдосконалимо цього літа. А пов'язки змініть із сестрою, якщо вже прийшли. Але спочатку поїмо.

Це була ціла історія: як вони їли серед того смороду, сміючись, сказала Христя. Криводяк проказав молитву, і присутні розділили кілька крашанок, паску і грудку білого сиру. Джерельна вода була свіжа й холодна.

Шкода, що великоднє їмо зашвидко, засмутився кремезний хлопуньо, друг Вухо. Радянський солдат відстрілив йому мочку вуха у 1939-му, а німецький солдат у 1941-му — решту вуха відрізав. (Хоча Нуся, наприклад, переконувала, що все було навпаки: радянський — відрізав, а німецький — відстрілив.)

Добре, що взагалі їмо великоднє, — зареготав зизоокий друг Шпак. — Добре, що ми взагалі їмо, і добре, що маємо капелана, який може висповідати, і причастити, і посвятити їжу, і застрелити ворога, який у тебе цілиться. А якщо не встигне його застрелити, то потім зможе тебе відспівати.

Потім ми всі побачили, наскільки вони ним захоплювались, наскільки були йому віддані, — сказала Христя. «Добрий» чи «поганий» — такі поняття не мали жодного значення. Важило щось зовсім інше.

Я ще не дістав рукопокладення на капелана, але вже маю дозвіл, — повідомив Криводяк, жуючи яйце і поглянувши на сестер своїми блідими очима.

Отут Уляна й помітила, що Нуся дивиться на нього, ніби дитина, яка дуже хоче догодити своїм батькам.

Криводяк, навпаки, цієї особливої уваги не помічав або не хотів помічати. Він узяв Уляну за лікоть і повів її коридором у протилежний край бункера. Тут Уляна віддала йому папери Гогулі, які тримала при собі, під одягом. Вивільняючи їх, вона мусила задерти сорочку, але Криводяк завбачливо відвернувся. Це її здивувало. У його присутності не було нічого чоловічого, нічого непристойного чи тілесного. Вона б навіть не подумала про такі речі, перед ним роздягаючись. А потім ще дужче здивувалася через це спостереження: їй же соромно було навіть тоді, коли доводилося митись у маминій присутності.

Вона знову пригадала Пінхаса — спогад, який гнала від себе, який собі забороняла. За який ніяк не могла себе пробачити.

Я розумію, хто ця дитина, — сказав Криводяк неголосно. — Коли я стану священником, я її вихрещу. Швидше б уже.

Потім, допомагаючи сестрам змінювати пов'язки Дінкіну, Криводяк сказав Уляні, навіть на неї не дивлячись:

Прийдеш до нас наступного разу. Скажеш батькові, що тепер ходитимеш ти.

Так, він не дивився ні на неї, ні на Нусю, але сумніву не було: його слова адресовані саме Уляні.

фотокартка: хлопчик сидить навпочіпки перед знайденими в гущавині лісу грибами

Ще коли про справжню велич Баал Шем Това не було відомо у світі, він мешкав у горах, десь між Кутами й Косовом. Однієї зими, увечері напередодні суботи, до його будинку увірвався опришок Олекса Довбуш: він і його легіні останнім часом потерпали від голоду і нестачі найнеобхіднішого, сидячи у своїх незатишних печерах високо в горах. Через мороз люди мало подорожували, сніг заважав багатіям, шинкарям, власникам землі і худоби, крамарям приносити опришкам звичні дари, які мали слугувати відкупом за можливість спокійного життя. Тож опришки розізлились і постановили напасти на єврейські житла, де того вечора святкували святу суботу, а отже, мали вдосталь вина і їжі.

Довбуш увірвався до Бешта якраз тієї миті, коли той тримав у руці келих із вином і читав над ним молитву. Довбуш вихопив свого топірця, освяченого для нього власноруч самою Смертю: того топірця, яких ніколи не хибив і завдавав винятково смертельних ударів. Довбуш міцною рукою скерував свого вбивчого топірця у голову Бешта, але раптом рука його чомусь ослабла, і він лише злегка ковзнув по Бештовому плечі. Вино з келиха вихлюпнулось і оросило Довбушів топірець. Хоч як він не намагався, не міг більше поворушити рукою — вона немов скам'яніла в повітрі, стискаючи зброю.

Баал Шем Тов усю ніч і суботній день молився й проводив священні обряди, а знерухомілий Довбуш залишався поруч і спостерігав. Лише коли проминув Шабат, ватажка опришків було звільнено. Він низько вклонився Бештові, приклавши долоню до серця, а святий мудрець шанобливо вклонився йому у відповідь.

Так вони й розійшлися. Довбуш покинув дім Баал Шем Това, вирушивши знову грабувати й убивати без найменшого жалю, покликаний на те самою Смертю.

фотокартка: жінка в хустці визирає з-за тюлю у вікні, її сторожке, недовірливе обличчя ховається за стеблами каланхое

Наприкінці травня 1943-го ґестапівці повністю спустошили ґетто. Через місяць надійшла черга трудового табору. Цей табір був останньою ефемерною надією тих небагатьох, які ще залишалися: доки ми працюємо, нас не вб'ють. Ці люди дивом виживали впродовж кількох останніх років. Вони втратили своїх рідних, втратили майже всіх, кого знали. Щодня навколо них, упритул до них гинули люди. Все в їхньому існуванні перетворилося на випадковість: вони прокидалися вранці у смердючих бараках, жували скоринку глевкого хліба, отупіло відмітали від себе спогади й почуття, таргали каміння, непритомніючи від виснаження по кілька разів на день, супроводжувані вошами і діареєю. Той, хто зараз гинув поруч, випадково гинув замість них. Вони випадково залишалися жити замість тих, хто випадково щойно загинув. І все ж до кінця зберігалося абсурдне сподівання: якщо я досі тут, то, може, не загину. Сподівання впритул до пострілу в потилицю.

Виловлювали кількох останніх євреїв, яким усе ще вдавалося переховуватись. У місті їх залишалися одиниці: Королюки зробили між поверхами свого дому додатковий півповерх і ховали там Фенделів. Четверо людей не виходило з кімнатки, площею три на три метри і висотою в половину людського зросту вже два роки. Їм не можна було розмовляти між собою (хіба що пошепки) і не бажано було рухатись. Що сталося з Фенделями потім? Хтось із них пережив війну? Хтось із них розповів цю історію? Хтось зрадив їхній сховок? Королюки самі привели їх до поліції, бо Фенделі давно вже не мали чим платити? Чи до поліції звернулися Бобики, і в результаті Королюки загинули разом із Фенделями? Жодна з сестер не пригадала, чим закінчилась ця історія. Більшості закінчень історій вони не могли пригадати.

Зрештою, що від цього зміниться, — сказала Нуся. — Все це залишилося в минулому. Цими спогадами нікому не допоможеш, зробиш тільки гірше. Цього не було.

Ті євреї, які досі залишалися живими, пішли з міста. У місті шанси на виживання були практично вже марними. Тому переслідувані ховалися в лісі. Влітку ставало легше: можна було спати просто неба, вночі брати трохи овочів із полів або обережно просуватися між стеблами пшениці від поля до поля, не витоптуючи збіжжя й не залишаючи слідів, і, видаючи себе за поляків чи українців, просити роботу на день за шматок хліба.

Василь Фрасуляк хотів іти зі служби, втікати з міста. Він уже давно просив дозволу у Криводяка, але його не отримував. Коли німці заарештували Гогулю, знайшовши у нього папери з докладною інформацією про майбутні пересування крайсгауптмана повіту з волості у волость, і розстріляли його, Фрасуляк знову послав Уляну до лісу з запискою. Уляна принесла відповідь: залишатись на місці, пильнувати Якимчука.

Про той другий похід в Уляни не залишилося особливих спогадів. Врятована Фейґа Бірнбаум, яку вихрестив ще тоді, на Великдень, сільський священник, допомогла Уляні почистити і спекти в печі картоплю. Тепер її звали Галею. На Уляну вона особливо не зважала. Здавалося, вона вперше її бачить, та й дивиться, зрештою, не надто хоче. Обличчя дівчинки було практично позбавлене міміки.

Дінкін, хоч досі майже не піднімався з лежанки, вже був при тямі. Він натомість не зводив із Уляни жадібних очей, стежив за кожним її рухом. Коли вона прощалася, на його обличчі проявилася така відчайдушна туга, що Уляна аж відвела погляд. — Дуже хотілось би вийти до міста, — пояснив Дінкін. — Трохи походити попід стінами будинків хотілось би. Відчути підошвою бруківку. Постояти на протязі у брамі.

Криводяк відпровадив її трохи лісом. Вони мовчали. Уляна несла під одягом записку до батька, згорнуту трубочкою, не більшою від сірника.

Може бути, що ми змінимо криївку, — сказав він їй.

Як я вас знайду? — запитала Уляна.

Знайдеш, якщо нам треба буде. Головне — роби, що тобі кажуть.

Коли Уляна вийшла з лісу і невдовзі увійшла до міста, раптом зауважила разючу спустошеність вулиць. Будинки здавалися порожнистими дуплами, виїденими шашелем. Повітря заклякло від здавленої тиші. Не було нікого, кого вона раніше зустрічала сотні, тисячі разів на своєму шляху. Вона знала напам'ять усі ті обличчя, що визирали з вікон, знала їхні міни, все ще чула в себе всередині їхні голоси — як вони шумлять, як кленуть, як побиваються, як не припиняють нарікати, як жартують одне з одного, як вітаються, як розповідають про прикрощі, як заганяють на обід дітей, як ті діти мало не збивають її з ніг, несучись навперейми, як регочуть або як ревуть, відкриваючи роти з молочними зубами. Уляні пригадався день, коли вона добрела до Пінхасового дому і спостерігала за старою і малою Фейґами на осонні:

Патше, патше кіхелех, маме 'ет койфн шіхелех, тате 'ет койфн зекелех, ун Фейґа 'ет гобн ройте бекелех.

Плескай, плескай руцями, дитятко, тосі-тосі, мама купить солодкій донечці нові черевички, татко купить золотій лялечці шкарпеточки, і наша пампушечка Фейґа матиме рожеві щічки.

Всі, за ким вона тоді підглядала, були вже мертвими. Уляна чітко бачила перед собою кожного. Стару Фейґу, поглинуту любов'ю до білявої дитини в її обіймах. Малу Фейґу, безтурботну, пещену. Пінхаса на порозі будинку — задоволеного тим, що він той і там, де й повинен бути.

Уляна струснула з себе марево. Вулиці, якими вона йшла, здавалися спотвореними, незнайомими. Тепер із вікон визирали нетутешні обличчя зі сторожкими поглядами. Якась жінка, що, незважаючи на спеку, була щільно замотана хусткою, просто з балкона викидала назовні майтки і шкарпетки. — Все старе й подерте! — пояснила вона Уляні, впіймавши її погляд. У крамничках порядкували теж вони: вирізані з іншого простору, з інших околиць. (Це було чимось схоже на колаж, де частина — сфотографована, і частина — мальована, — сказала тобі Христя, перебивши Улянину розповідь.) Якийсь дядько мав на руці два годинники і ніяк не міг їх наставити так, щоб ішли однаково. Потім Уляна, похолодівши, побачила зі спини дівчинку Ґолдиків: це ж її мереживна блакитна сукня, якій вони кілька років тому заздрили всім класом, це ж її туфельки на акуратних підборах. Негайно Уляна зрозуміла, що Астрід не могла би дотепер носити свою дитячу сукенку, вона ж давно з неї виросла. І аж тоді збагнула, що в цієї дівчини попереду — русяве тонке волосся, а не таке, як було в Астрід: темне, кручене, неслухняне. Русява дівчинка сором'язливо закліпала пухнастими віями, коли Уляна обганяла її. Сукня добре на ній сиділа.

Де тепер Астрід? — думала Уляна.

фотокартка: згорнутий клубком їжак, якого штурхають палицею, намагаючись перевернути

На кінець жовтня дощами просякла земля під ногами. Вітер посилювався на ніч: він то шмагав холодними потоками води по шибах, ніби даючи ляпаси чиїмось щокам, то завивав, казячись і дуріючи, проникаючи крізь шпарини в будинок. Виходити з дому не хотілося. Всюди під ногами — закисла трава і злиплі оберемки темного листя, баюри, повні багнюки. Брудна Стрипа виходила з берегів, ніби вертала зіпсовану неперетравлену їжу.

Наближаючись вулицею до будинку, Уляна почула гавкіт сусідського пса. Відчинила хвіртку і побачила, що він зірвався з прив'язі і товчеться біля їхнього ґанку. Уздовж хребта його шерсть настовбурчилась мокрими клаптями, зуби вищирились. Він махав хвостом і не зводив очей із чогось під дерев'яним настилом. Ланцюг тарабанив і бряжчав у ритмі псового нервового пританцьовування.

Уляна нагнулась і зачерпнула пригорщу камінців. Вони були гострі й вологі. Пес вереснув і підтиснув хвоста від самого лише Уляниного жесту. Їй не довелося жбурляти камінням. Пес припустився бігти і протиснувся між дошками сусідського паркана.

Невже це може бути якийсь запізнілий їжак, подумала Уляна, наближчаючись до ґанку. Камінці вона зі жмені не випускала, несвідомо стискаючи їх щоразу міцніше й не відчуваючи болю.

Уляна знала, що вдома зараз нікого немає. Батько був на службі, сестри — у школі, навіть мама сьогодні покинула дім на кілька годин, бо хтось на Баштах пообіцяв їй чоботи на зиму.

Вона ступала вперед крок за кроком, відчуваючи раптову скутість усіх м'язів, яку доводилося долати крізь біль. Панічний жах замолотив її серцем. Кров зашуміла у скронях. Здавалось, Уляна чула, як внутрішні органи від передчуття небезпеки викидають у кров отруйні речовини. Вона не могла вже думати. Всі сили пішли в чуття, в інстинкти, і сигналізували лише про одне: розвертайся і втікай, рятуй своє життя, бо от-от уже стане пізно.

Але Уляна не розверталась і не втікала, чомусь навіть на думку не спадало їй починати кричати і кликати на допомогу, гукнути сусідів чи звернутися до когось першого-ліпшого з перехожих: того пана у світлому плащі і насунутому на очі фетровому капелюсі, який гидливо переступав баюри, або жінок, які вчепилися двома парами рук в одну парасольку, котру вітер вивернув назовні. Уляна знала, що там, за її спиною, є люди, але хоч були вони близько — тільки гукнути, — Уляна не здатна була зупинити своїх кроків. Вона продовжувала нестямно стискати в руці каміння й долати спротив м'язів. Корчилася від нестерпних звуків, які видавала жорства під її ногами.

Дощ заливав очі, лупив по щоках. Уляна підійшла впритул до дерев'яного настилу, на мить завмерла так, розуміючи, що перебуває в чиємусь полі зору, що хтось не зводить очей із погойдування складок на її спідниці, а тоді повільно присіла, пригнувши потилицю і потягнувшись обличчям у темний простір під ґанком.

Спочатку вона не бачила зовсім нічого. Звук крапель посилився: вони товкли об поміст над її головою з такою жорстокою силою, аж Уляні здалося, що зараз проб'ють череп.

Тісний сховок наповнювався запахом брудної й залежаної шерсти тварини. Гострий сморід, що різонув Улянин нюх, розганяв відчуття тривожности до нестерпних, запаморочливих обертів.

Вона не бачила ще його, але чула, як він неспокійно вовтузився там, на звалялій перегнилій траві, чула важкий пришвидшений подих, посвистування і хрипіння, чула скавуління якесь і борсання.

Врешті очі почали звикати до темряви, розрізняти чорний згусток тіла у брудному світлі, яке пробивалося крізь щілини між дошками. Ось довгі кінцівки, підібгані під себе, — стирчить лише черевик на одній із них із підошвою, прив'язаною шнурком. Ось клапті лахміття, яке звисає й вивалюється у багнюці. Ось тонкі кістляві руки, які безперервно чухають це тіло в усіх можливих місцях, щипають його і роздирають, труть і погладжують, ні миті не спочивають.

Жаль і огида Улянині були настільки сильними, що вона заціпеніла.

Йди геть звідсіля, — гнівно зашипіла вона на істоту. — Я зараз піду до будинку, а ти тим часом зникнеш із двору, і ніхто ніколи тебе тут не побачить, чуєш?

Тварина завовтузилася ще більше, засмикалася, б'ючись ліктями і колінами об фундамент будинку. Схоже, у неї почався якийсь приступ.

Навіщо я взагалі розмовляю з ним, — розізлилась на себе Уляна. — Він же не може мене зрозуміти.

І все одно продовжувала звертатися до тіла:

Добре. Чекай. Припини уже смикатись, — сказала вона рвучко і коротко.

Істота справді завмерла, продовжуючи лише дихати з шерехким присвистом. Уляна зіщулилася, розуміючи, що тримає на собі всю її увагу. Вона досі не могла розгледіти обличчя, жодних рис — нічого, крім загальних вражень, крім зіжмаканої неповороткої фігури, забитої в закуток. Натомість істота — Уляна це точно знала — здатна розгледіти її набагато краще. Вона бачить її обличчя, бачить очі, пасма волосся під мокрим беретом, бачить хустку, якою обмотана Улянина шия, бачить переляк і відразу, бачить розгубленість і бажання якнайшвидше спекатись цієї зайвої, мучівної пригоди. Уляну обпекло соромом. На якусь мить вона отримала здатність подивитися на себе збоку, очима когось витісненого й загнаного, хто перебуває за межами життя. Тут, стоячи перед ним на колінах, під стружкою дощу, в багнюці, Уляна не могла заховатися. Він бачив її такою, якою вона сама себе побачити не наважувалася. Він бачив її, даючи їй нагоду побачити себе, а отже — вихолостити своє існування, помножити на нуль. Сором від усвідомлення своєї людської мізерності вибрав із Уляни будь-які сили.

Я зараз принесу тобі хліба, — ледве вичавила з себе вона. — Подивлюся, що там є удома, і принесу тобі якоїсь їжі. Чекай.

Так, ніби він збирався кудись іти.

Уже вистромлюючи голову з-під настилу, Уляна впіймала насичений полиск його очей. Решта рис проявилися негайно, ніби її зір отримав внутрішнє підсвічування.

Глибоко запалі щоки, зморшки, що врізалися в шкіру, гострі заломи, темні тіні, синці і шрами, чіткі межі очниць і вилиць, надламаний контур носа, зранені сухі губи. Волосся, зваляне на голові, як овеча шерсть.

На Уляну дивився не мрець, а незнайомий чоловік.

Пінхасе, — прикрила вона рукою рот. — Це ти.

фотокартка: дощ

Дощ не припинявся всю ніч. Будинок постогнував, вбираючи в себе вологу. Уляна загорталась у ковдру з головою. Думки й безсоння кружляли комашнею. Цієї ночі всі спали неспокійно, ніби відчували близьку присутність чужого. Христя кілька разів вставала і з голосним дудінням дзюрила у відро. — Ще хоч раз питимеш увечері — вб'ю, — засичала Нуся, перевертаючись на їхньому з Христею ліжку. Під ковдрою Уляна не мала чим дихати. Вистромивши з-під неї носа і п'яти, починала мерзнути.

Батько виходив на вулицю курити. Мама голосно й протяжно зітхала, коли за ним зачинялися двері. В Уляни стискався шлунок, коли чула батькові кроки в сусідній кімнаті: що, коли він його зараз побачить, якщо він його викриє? Що тоді буде?

Вона зіщулювалася. Постіль просякала потом. Під ранок відчула, як болять м'язи тіла від несвідомого напруження.

Щосекунди, впродовж усієї ночі, не забуваючись навіть на мить, Уляна мала на думці його: як він лежить там, під ґанком, неначе пес, загорнувшись у батькову першу уніформу з нашивкою допоміжної поліції, накрившись старим тканим килимком, який знайшовся на стриху, обмотавши плечі й голову вовняною маминою хусткою і накинувши овечий кожух. Йому мусить бути страшенно холодно, але ж, думала Уляна, він уже звик до холоду за весь цей час, поки переховувався десь і поневірявся. Він же навіть мороз якось переживав, а зараз ще навіть не мороз. Це дуже погано, що він постійно на дощі, погано, що сидить там, у багнюці — але принаймні за ним цієї миті ніхто не женеться, його поки що ніхто не хоче вбити. Ніхто, крім неї, не знає, що він тут. До того ж вона дала йому найтепліші речі, які змогла знайти і яких, можливо, ніхто найближчим часом не похопиться.

Вона лежала у власному зручному і теплому ліжку, а всім тілом відчувала багно і темряву, тісноту і вітер, вагу розбухлої від вологи тканини, що тисла на кволі кості. Їй нічого не боліло, вона була відносно здорова, нехай і надто худа — і відчувала, як ломить і крутить суглоби, як ниють змарнілі м'язи, як пече і свербить шкіра, як горять вогнем нутрощі після похапцем зжованої картоплі, хліба з цибулею і кількох смажених яєць. Уляна терпіла нічну темряву, прислухаючись до кінчиків своїх пальців, які здавалися потрісканими, а нігті — обламаними до крови. Тілом бігали дрібні іскри, впиваючись у плоть. Вона пробувала ловити бліх, але на місцях укусів її пальці змикалися на порожнечі. Пекли струпи, яких вона не намацувала. Стугоніли збиті до крови ноги.

Вона не поговорила з ним. Так нічого про нього і не довідалась. Вдавала з себе заклопотану: шукала в будинку теплі речі, перебираючи одяг у шафах по кілька разів, хоч напам'ять знала, де і що лежить. Довго смажила яйця і картоплю.

Поклала все це на накривку від старого відра, просунула туди, в глибину. — Ось, поїси. О, треба тобі ще води принести. Я залишу тобі тут слоїк. До криниці не виходь, щоб тебе не побачили.

Здригнулась, почувши цямкання і захланне жування, судомні сплески плоти. Не могла на це дивитись. Взагалі уникала на нього дивитись — відверталася, ховала очі. Це було неприємно. Соромно. До горла підкочувала відраза. Але вона не хотіла йому цього показувати. Може, він і так би навряд чи помітив. Такі речі перестали бути для нього важливими, здавалося їй. Вона не хотіла собі самій показувати свого сорому й відрази.

Хочеш квасного молока? — запитала його, відвернута спиною. Не чекаючи жодної відповіді, пішла додому, довго думала, в що налити йому молока, тоді махнула рукою і віднесла просто в глечику, все, що було.

Зараз я піду додому, бо мама вже от-от повернеться, — прошепотіла вона у щілину між дошками, тримаючи над собою парасолю. — Не можна привертати до ґанку увагу. Ніхто не повинен знати, що ти тут. Чуєш?

Він підсунув до неї накривку від відра. Вона почервоніла і підняла її.

Дякую, — сказав він. Уляна впізнала Пінхасів голосів. Хоч який незнайомий, а це був Пінхасів голос.

фотокартка: посеред темної захаращеної кімнати — мидниця з мильною водою, в якій відображається щось схоже на людську постать

Що з тобою таке? — запитав батько. Уляна зрозуміла, що він звертається до неї не вперше. Вона сиділа навпроти нього за столом зі склянними очима і з ротом, наповненим їжею. Сіре ранкове світло пробивалося крізь шиби, зі зовнішнього боку яких стрімко збігали водяні потічки.

Вона така вже цілий тиждень, — сказала мама, звівши докупи брови. — Немає з ким говорити. Уже б заміж вийшла чи що.

Може, є що передати до лісу? — запитала у батька Нуся.

Той подивився на неї здивовано, збитий з пантелику.

А це тут до чого?

Ніякого лісу, — відрізала мама, збираючи зі столу тарілки. — У нас і так їжі обмаль. Куди вона тільки зникає. Цілий слоїк квасного молока зник.

Може, сусіди крадуть, — підвела на маму погляд Уляна. Мама округлила очі, ще дужче здивована доньчиним припущенням. Перезирнулася багатозначно з Нусею, кивком голови викликаючи її на кухню.

Вони залишилися за столом удвох — батько й Уляна. Уляна сьорбнула збіжжевої кави. Обпекла язика окропом.

Батько поклав свою долоню їй на руку. Дивився на неї сумним і стривоженим поглядом, уже одягнутий в уніформу, охайно зачесаний і поголений. Пахнув тютюном і сніданком. Вони посиділи мовчки, а тоді батько поцілував її у скроню й вийшов. Уляна зачекала, поки він вийде з двору, відхиливши фіранку на вікні. Тоді зачесалася, натягнула своє вузьке пальто, особливо тісне в плечах.

Зійшовши сходами, Уляна затрималася біля отвору і закинула туди згорток із кількома скибками хліба і сиром.

(Дякую.)

Вона розкрила парасолю, впіймала через паркан погляд сусідки, яка дивилася крізь вікно. Їхній пес цими днями розривався від гавкоту, ніби проклятий.

Неспішно рушила через подвір'я, хоч уже запізнювалася. — Уляно! — причулося їй. Вона не озирнулась. Вчепилася обома руками в держак парасолі і зціпила зуби. Та що це він виробляє, телепень, невже хоче все зіпсувати. Хоче, щоб його викрили. Щоб їм обом дісталося. Її теж уб'ють? Відправлять на роботу до Німеччини, і навіть батько не допоможе?

Усі ці дні у шпиталі вона не знаходила собі місця. Відсутня, надто довго стерилізувала інструменти, надто міцні робила розчини антисептиків. Забувала показники термометрів, уже струсивши їх, плутала ліки. Хворі німецькі чоловіки не злилися — зрештою, їй щастило, помилки, яких вона припускалася, не були занадто серйозними. З вами все гаразд, фройляйн? Ви погано себе почуваєте? Всі ці дні вона навіть фліртувати з ними не могла, і це, безперечно, неабияк їх непокоїло. То були ввічливі молоді люди, акуратні, освічені. Білосніжні усмішки, замислені очі. Один писав щоденника, гризучи кінчик олівця. В іншого на столику біля ліжка лежала «Поема про старого моряка» Колріджа.

Додому її підвіз водій ґестапо, який спеціально приїхав із Чорткова, щоб навідати свого сором'язливого товариша, Томаса Штетке. — Він такий делікатний, — притишеним від чулости голосом сказав Уляні Рудольф Ціммер, розігріваючи двигун машини. Ціммер був дебелий, мав рапате червоне обличчя і світлі брови. — Томас — найталановитіша і найніжніша людина з усіх, кого я знаю. Дуже вразливий. Ця війна дається йому складно. Таким людям, як він, не можна ставати свідками подібних речей.

Він уже почав спати, — спробувала розрадити Рудольфову печаль Уляна. — Минулої ночі він спав понад дві години, це вже щось.

Уляна не могла відмовити Ціммеру, хоч воліла повертатися додому пішки. Вона перестрибувала калабаню у дворі шпиталю, коли Ціммер гукнув її. Уляна обернулась і зауважила, що її литки ззаду заляпані тонким розсипом болотних бризок і панчохою поповзла стрілка. Він теж дивився на її литки. Вони зустрілися поглядами, і Ціммер, примруживши очі, голосно прицмокнув. Його запрошення сісти поруч із ним до автомобіля звучало однозначно. Уляна добре знала, чим може закінчитись її спроба відмовитися.

Ціммер кивнув головою на кам'яниці, повз які вони проїздили, здіймаючи фонтани багнюки на сполоханих перехожих зі здичавілими обличчями: — Вам дуже пощастило, що ми вичистили ваше місто, га?

Так, нам дуже пощастило, — стримано погодилась Уляна, розглядаючи пустку за вікном. Їй доводилося терпіти його руку на своєму коліні.

Зупинивши автомобіль неподалік від Уляниного дому (Дивись, куди я заради тебе заїхав: до якоїсь темної дупи, — реготав він), Ціммер бурхливо розповідав щось, аж рохкаючи від захоплення. Він мав гарні великі губи, насичено-малинові, вивернуті назовні. Уляна внутрішньо готувалася до поцілунку. Вона відчувала запах його подиху. Що буде потім, Уляна передбачити не могла. Ціммер нахилився над нею своєю тушею, притис до сидіння, однією рукою знерухомив обидва її зап'ястя за її спиною.

Наступної миті над ними різко розчахнулися двері. Ціммер підскочив, з розмаху вдарився потилицею об дах авто, рука потягнулася до пістолета.

Уляно, Уляно, — кричала Нуся не своїм голосом, але чомусь німецькою мовою. Вона вхопила сестру за лацкани пальта і тягнула її назовні з машини. — Уляно, швидко біжи додому, батько тебе зараз уб'є. Батько лютує. Він зараз вийде сюди. Він іде тебе шукати. Батько злий як чорт.

Приголомшена Уляна потягнулася за Нусею, але Ціммер вхопив її за поперек і притягнув до себе. Він притиснувся круглим лицем до її шиї ззаду, обіймаючи за талію так сильно, що Уляні перехопило подих. — Батько! Батько! Твій батько мене зараз уб'є! — загорланив Ціммер їй на вухо і зареготав. Уляна відчула, що його обійми стали слабшими, і швидко вивільнилась із настирною Нусиною допомогою.

Вони мчали догори вулицею, тримаючись за руки і грузнучи в болоті аж до кісточок, а ззаду розкочувався сміх Ціммера.

Сестри зупинились за кілька будинків від дому. Нуся приперла Уляну спиною до стовбура сливи.

Я ходила до лісу, — вимовила вона, задихаючись, і замовкла, чекаючи на реакцію.

Сама? — здивувалась Уляна, негайно забувши про Ціммера. — Тебе покликали?

Ні, не покликали, — з викликом відповіла Нуся. — Я сама пішла, бо довго ніхто не озивався. Я хотіла переконатись, що все гаразд. Принесла їм їжі.

То от куди зникає їжа, — невпевнено мовила Уляна. (Вона ж добре знала, куди їжа насправді зникає.)

Нуся змірила її дивним поглядом: — Більшість їжі беру не я. Я взяла тільки трохи й одного разу.

Вони перезирнулися.

Але я не про це, — махнула головою Нуся. Її очі майже вилізли з орбіт, коли вона проказала: — Їх там немає! Схровок порожній!

Зрозумівши сенс Нусиної тривоги, Уляна стріпнула зі своїх плечей її руки, випручалась і ступила крок у напрямку їхньої хвіртки.

Все добре, — сказала вона знехотя. — Вони просто змінили місце. Криводяк казав про такі плани. З ними все гаразд. Він живий.

Вона відчувала Нусине хвилювання за крок позаду себе. Але Нуся мовчала.

Дякую, що витягла мене з машини цього дурня, — кинула Уляна. — Я, напевно, й сама втекла би від нього, але він був такий жирний і тяжкий...

І тоді Нуся тихим і якимось підозріло спокійним голосом сказала:

Сусіди запитали батька, собаку чи свиню ми завели.

Уляна зупинилась.

Що? — запитала вона, не обертаючись і нашорошившись усім тілом.

Сусідка щодня спостерігала, як ти кидаєш їжу під ґанок, — глузливо відповіла Нуся.

Уляна розвернулась і поглянула сестрі в обличчя. Нусині очі світилися мстивим задоволенням.

Батько таки вб'є тебе, — сказала вона. — Я не брехала німцеві.

Уляна увійшла в темний дім і рушила крізь передпокій до кімнати, залишаючи по собі сліди від болота. З кімнати їй назустріч вийшла мама з величезним оберемком у руках, обійшла її і сказала Нусі: — Треба спалити.

Зараз, напевно, палити не будемо, — відказала їй Нуся. — Тільки ще більше уваги привернемо. Та й не горітиме воно в тій мокроті.

У кімнаті стояв запах мильної піни. Повітря було важке і парке. Христя сиділа за столом, нетерпляче відкриваючи і закриваючи накривку об'єктива.

Я сказав тобі: навіть не думай, — суворо кинув їй батько і перевів погляд на Уляну.

Куди ти це все болото принесла, — напустилася на неї мама з-за спини. — Тут і без тебе гною вистачає!

Пінхас сидів у віддаленому темному закутку. За кілька метрів від нього в мидниці погойдувалася вода з серпанком чорної піни на поверхні. Він був одягнутий в батьків одяг, що звисав із його кістлявого тіла безрозмірними складками. Мокре волосся стирчало навколо голови окремими острівцями. Шкіра ввалювалась у темні ями щік. Руки й ноги здавалися неприродно довгими. Пінхас теж дивився на Уляну. Не зводив із неї очей.

Уляно, — тільки і сказав він, шарпнувшись усім тілом.

Ну, і що ти накоїла, — тільки й промовив батько розчаровано, з відчаєм. — Ти хоч розумієш, що ти накоїла?

Уляна мовчала. Цієї миті вона не розрізняла ні батькових слів, ні маминого сичання за спиною. Вже потім вона пригадувала цю сцену і думала, що так і не знає, чому батько розчарувався в ній: чи тому, що вона переховувала під ґанком їхнього дому єврея, про якого колись їй заборонили навіть думати, чи тому, що тримала живу людину в багнюці, кидаючи їй недоїдки, ніби псові.

фотокартка: вітрина з пластиковими манекенами, одягнутими в мереживну білизну і панчохи

Де ти був, Пінхасе? — прошепотіла вона, припавши губами до жорсткої верети на підлозі. Серед глупої ночі Уляна сповзла зі свого ліжка і ступила кілька кроків у темряву, уникаючи найбільш скрипучих дощок. Тишу порушувало тільки сухувате клацання годинникового механізму. Уляна відчувала, як пушок на її шкірі піднявся дибки. Вона знала, що, незважаючи на цілковиту тишу, сестри й батьки не сплять. У цьому домі віднедавна ніхто не міг спати.

Розпластавшись на холодній підлозі, від якої її тіло відділяла тільки тканина нічної сорочки і частково — запилюжена верета, Уляна ледь чутно видихнула: — Це я, Пінхасе. Розкажи мені, де ти був.

Батько розширив сховок під підлогою — зробив яму вдвічі ширшою, поглибив її, наскільки зміг (Уляна вночі виносила відра з землею з хати і розсипала тонким шаром у кінці саду, радіючи, що дощ негайно змішує її з ґрунтом).

Не було часу копати по-справжньому зручний сховок — будь-якої миті їх могли застукати: сусідка так і вилася під вікнами, постійно вигадуючи приводи, щоби проникнути досередини. Ці дні, поки батько ходив на службу, жінки мусили не покидати дому, щоб не допускати непроханих гостей. Увечері батько повертався, і вони вечеряли всі разом (Пінхас — у темному кутку, там, де Уляна вперше його побачила). Пінхас копати не міг. Він непритомнів. Щось у його легенях свистіло. Руки тремтіли, як у старого діда.

Батько виклав стіни і підлогу сховку дошками, розібравши дві старі скрині і лавку. Зробив на підлозі теплу лежанку. Пінхас міг у ямі лежати, хоч і не повністю випростаний, а ледь зібгавши ноги в колінах. Міг сидіти, припершись спиною до стіни. Але стояти він там не міг, не міг ходити — простору для цього не вистачало.

Може, за деякий час зробимо більше приміщення, — замислено сказав батько, дивлячись згори на свою роботу і на Пінхаса, який щойно зайняв власне місце внизу.

За деякий час? — вибухнула мама. — Скільки часу, по-твоєму, все це повинно тривати?

Скільки б не тривало, — процідив батько крізь зуби, прикриваючи сховок лядою з дошками, що імітували підлогу, на дошки згори стелячи верету, а на верету кладучи стіл. Тепер щоразу, коли вони їли разом за столом, під ними, там, унизу, сидів Пінхас. Довелося запровадити правила: вдень до Пінхаса не можна було озиватися, стіл, верету і ляду чіпати було заборонено. Поводитися мусили так, ніби ніякого Пінхаса і ніякого сховку в будинку ніколи не було.

Одного разу запросили на вечерю сусідів. — Накрутила забагато голубців, — сказала мама. — Боюся, що зіпсуються. — Сусіди перезирнулись. У якої це сім'ї з п'яти осіб у той час псувалася вдома їжа.

Забагато голубців не буває, — відповіла сусідка, накладаючи собі другу порцію. — Добрі вийшли.

Та не вдалися, — заперечила мама. — Капуста тверда, а рис розварився. М'яса взагалі немає.

А, то ти не забагато голубців накрутила, — здогадався сусід. — Ти накрутила недобрі голубці.

Але голубці були добрі, і це визнали всі. Сусіди так їх вихваляли, що за кілька днів, коли батько ще не повернувся зі служби, до будинку Фрасуляків ввалився Якимчук іще з двома шуцманами. Вони з порога заходились обстукувати стіни й підлогу, спустились у підвал і довго щось там перевертали, грюкали і лялись, тоді спустились до льоху, потім — полізли на стрих, але швидко звідти зійшли ні з чим. Зена поклала на стіл тарілки з кукурудзяною кашею. Чоловіки розчаровано сіли і взялись за ложки. Зена принесла шкварки.

Тільки один Якимчук не сідав, а все ходив і ходив навколо столу, прислухаючись до стін, приглядаючись до темряви у шафах, прогладжуючи долонями підлогу. Він добре пам'ятав розповіді Гогулі про те, як Фрасуляк порятував його, сховавши в норі у своєму домі. Якимчук сердився, що Гогулю розстріляли так недоречно.

Зена не мовчала. Її гучний сварливий голос — грубий, хрипкий, майже чоловічий — лунав на всю хату. Вона кричала на Христю, щоб їла жвавіше, кричала на Нусю, щоб випростала спину, вона ж дівчина, чи хто, кричала на Уляну, щоб та бодай у чомусь їй нарешті допомогла, щоб принесла келишки, щоб налила, щоб не сиділа як засватана, щоб порізала ще хліба, щоб дістала квашеної капусти, хоч ще і рано для капусти, але що робити, коли приходять непрохані гості, які не зважають на війну, на біду, на зиму і на те, що їжі обмаль, і треба годувати стільки ротів. Після Уляни вона взялася за сусідів і докладно перерахувала всю ту силу речей, які раптово з'являлися в них за останніх роки два: всі ті пухові подушки і перини, весь той кришталь і порцеляну, шкіряне взуття, хутра, сукні і навіть фрак для чоловіка. — Фрак! — округлювала очі Зеновія Фрасуляк і піднімала догори вказівний палець. — Фрак! Він, видно, до Опери тепер ходитиме. — Один із Якимчукових поплічників припинив жувати скоринку від сала і запитав: — У нас в місті є Опера? — І дівчата не втримались, порснули сміхом: Уляна сміялась відкрито, Нуся — лише усміхалась, дивлячись до своєї тарілки, Христя закрила долонями обличчя і сховала голову під стіл. А Зена не вгавала. Вона розписувала якесь чарівне яйко Фаберже, і якісь кульчики з рубінами, і мереживну білизну, яку сусідка звідкись набрала цілими оберемками, хоч така павутинка ніколи в світі не могла втримати в собі її дупу і цицьки. — За тими цицьками пропадає пів міста, — грала голосом Зена, впавши в гарячковий раж, — ніхто не може пройти повз них спокійно — ні поляк, ні українець, ні німець, повірте мені. Ви маєте і самі добре знати. Що скажете, пане Якимчук? Я нікого не звинувачую, — знизала плечима Зена, раптом витягнувши з кишені фартуха тютюн і газету і заходившись скручувати самокрутку, від чого у дівчат полізли на лоба очі. — Я нікого не звинувачую, бо розумію, що хлоп тут не винен. Я не звинувачую свого Василя, який цілими ночами тими цицьками лишень і снить, і навіть уночі про них бурмоче.

На цю звістку Якимчук припинив ходити кімнатами, повернувся до вітальні і сів поруч із Зеною перед тарілкою з жовтим застиглим пляцком на ній. Зеновія вп'ялася в нього поглядом і випустила просто йому в обличчя хмару диму. Вона ніколи раніше не курила в будинку. Взагалі — доньки вперше бачили, щоб вона курила.

Якраз тоді додому повернувся Василь Фрасуляк. — Я цим гостям віддала наше останнє сало, — повідомила Зена чоловікові. — Тепер знову будемо на одній картоплі сидіти. — Це ж гості, — відповів їй Василь, розглядаючи почервонілі від горілки обличчя шуцманів і напружену та згорблену спину Якимчука за столом. Там, під цим столом, сидів Пінхас, підібгавши ноги і обійнявши себе так міцно, ніби боявся, що його тіло от-от збіжить, як молоко, і проці디́ться назовні крізь щілини в підлозі.

фотокартка: на тлі стелажів із книжками у читальному залі працюють за столами відвідувачі міської центральної районної бібліотеки

Вона притуляла вухо до підлоги і слухала його шепотіння. Він притуляв уста до стелі свого сховку і шепотів їй на вухо.

Пінхас розповідав, як із усієї сили мчав порожніми вулицями, але цей темп здавався йому надто повільним. Він точно знав, що батько з матір'ю не сплять уже котру добу, так і не дочекавшись його повернення від Кіршнера. Він хотів якнайшвидше покласти край їхнім хвилюванням і тому не дбав про гучне відлуння власних кроків. У деяких вікнах не відображався місяць, і Пінхас не відразу зрозумів, що багато шиб вибито.

Він збирався перейти Стрипу вбрід, щоб оминути міст, не йти вулицею. Від ріки його відділяло всього кілька десятків кроків, коли, завернувши за ріг кам'яниці, він наткнувся на групу чоловіків.

Бірнбауме, це ти? — запитав хтось із них у Пінхаса, а тоді приглушеним голосом звернувся до решти. — Це молодший Бірнбаум, я ходив із ним до школи.

Пінхас упізнав хлопця, але не відповів. Пришвидшив крок. Серце загупало так швидко й голосно, що Пінхас ледве міг розрізняти звуки зовнішнього світу.

Стій! Стій! Зупинись! — гукали голоси. Хтось розреготався. Хтось інший — а може, хтось той самий — вилаявся.

Вони погналися за ним, і він утікав, припустивши ще дужче, падав і котився заростями до самої води, а вони теж котилися за ним, лютуючи дедалі більше. Він гнав від себе спокусу зупинитися і спробувати з ними домовитись — бо що це таке, справді, якась сміховинна історія, навіщо вони за ним женуться, він же ціле життя знав кожного з них в обличчя, це ж файні хлопці, котрі, як і він сам, хочуть усім подобатися. Але страх піднімав його з каменів, виривав із колючих пагонів ожини, примушував бігти проти мілкої течії, вивертаючи ноги на ковзкому камінні. За спиною стояло важке хекання, змахи їхніх рук піднімали рух повітря поруч із його шкірою.

І потім вони впіймали його за штанку чи за рукав і повалили обличчям на каміння, а самі навалилися на нього згори, доведені цією гонитвою до останнього краю люті. Так він думав уже пізніше, коли згадував усе, що міг пригадати. Біль від цих спогадів багатократно посилювався, але не згадувати він не міг. Він пригадував воду, яка омивала його голову й тіло, гострі краї каменів, об які роздирали його обличчя, тримаючи за волосся, і по яких кресали його зуби, швидкість і силу, з якими його осипали ударами одночасно в різні місця, чужі пальці, кулаки, руки, які тлумили ним, перевертаючи, змінюючи його позу, щоби було зручніше бити, важкі черевики, прокляття, метушню, плювки, перекошені обличчя, сміх, шал, ляпаси і стусани, перетягування на берег — таке злагоджене, майже дбайливе — і після цього знову удари: ще сильніші, прицільніші, старанні, затяті. На цей момент, думав Пінхас, він уже непритомнів, і тому майже нічого насправді не міг пригадати. Але що тоді за видіння чиїхось круглих, широко розплющених очей перед його обличчям з'являлися в нього в голові, що за уривки фраз, що за запах цигаркового диму? Чи був певен він тоді, що помирає, що вони по-справжньому вб'ють його? Він не міг відповісти на це запитання. Він лише з певністю пригадував чорноту, в яку провалювався і з якої його видирали знову і знову, а він міг тільки повторювати подумки, з відчаєм: о ні, знову. О ні, знову.

    Наступного разу він почав приходити до тями від чийогось скімлення. Його ніхто не чіпав. Він лежав горілиць на твердій і холодній долівці. Не міг розплющити очей. Взагалі не відчував, що має очі, рот, ніс, обличчя. Майже не міг дихати: повітря було замало, кожен вдих і видих спричиняли біль, що розростався за межі тіла. Очі, рот, ніс, обличчя, кінцівки — все тіло відчувалося чимось зовсім інакшим. Чимось розпеченим і роздутим, багатократно збільшеним у розмірах, розгалуженим, безформним, видозміненим, тяжким і огидним. Він чув шелестіння навколо, звуки чиїхось рухів, притишені голоси. Потім — лункі впевнені кроки. Багато гучних кроків, які викликали жах і паніку. Він знав, що треба втікати, але не міг поворухнутися, був замурованим у тілі. Гриміло залізо. Щось важке кидали на долівку. Смерділо калом і кров'ю. Говорили німецькою. Когось штурхали, били. Когось кудись тягнули. Знову звучало скімлення. Він провалювався в чорноту.

    Він знову тонув. Захлинався нескінченними потоками холодної води. Вода лилась і лилась, завдаючи різкого болю. Далі його обличчя — те, що було раніше його обличчям, — почали грубо обдирати. Крізь повіки засіріло світло. Він повертався в чорноту, але знову лилася вода, і він нарешті навіть відкинув набік голову — перший рух за невідомо скільки часу.

Я ж казав, що живий, — сказав хтось. — Навіть очі цілі, — докинув інший. — Дайте йому попити. Підніміть його.

До нього знову доторкалося безліч рук — його підіймали, підтримували голову, відкривали рота і вливали краплі води. Він не хотів пити. Точніше, він понад усе хотів пити, але не міг. Пити було страшно і боляче. Пити було неможливо. Намагався залишатися нерухомим. Чекав, поки йому дадуть спокій.

Крізь щілину лівого ока побачив тісний простір, заґратовані двері, людей навколо, які сиділи на підлозі щільними рядами. Багато було поранених, вкритих плямами брунатної крови на одязі й на тілі. Більшість дивилася поперед себе відсутніми поглядами.

Пінхас непритомнів і приходив до тями, коли хтось вливав у нього ковток води чи ложку гидкого водянистого супу. Він вертав суп. Іншого разу — не вернув, і його погладили по голові. — Все буде добре. Вони відправлять нас у табір. Поки ми працюємо, ми їм потрібні. Ти дотепер живий, а отже, вони бачать, що ти сильний хлопець, що ти можеш працювати.

Одного разу він прокинувся в іншому місці. Не пам'ятав, як там опинився. Він лежав на дерев'яному паркеті, залитому сонячним світлом. Кімната мала високу стелю. За столом сидів чоловік і зосереджено щось писав.

Пінхас довго дивився на його обличчя, аж поки чоловік відчув його погляд і підняв очі.

Ти прокинувся, — сказав він німецькою. — Ти ж розумієш німецьку?

Пінхас кліпнув лівим оком. Чоловік зацікавлено відклав перо набік, випростався на своєму стільці і трохи потягнувся вперед, пильно придивляючись.

Які ще мови ти розумієш?

Пінхас хитнув головою.

Це неправда, — сказав чоловік, насупившись. Тоді щось зрозумів: — Ах, ти маєш на увазі, що не можеш говорити! Тоді я питатиму, а ти кліпай, якщо відповідь ствердна. І просто заплющуй око, якщо вона заперечна.

Пінхас кліпнув.

Латина?

Кліп.

Давньогрецька?

Кліп.

Умієш читати ними?

Кліп.

Достатньо добре?

Кліп.

Чоловік із сумнівом зітхнув.

Я ж зараз не перевірю, наскільки добре насправді ти читаєш.

Пінхас кліпнув.

Це твоє? — чоловік вийняв із шухляди столу книжку в шкіряній палітурці. Вона була при тобі.

Пінхас смикнувся від болю, вдихнувши забагато повітря.

Хто це писав?

Пінхас кліпнув.

Це ти писав? Ти переписував? Де книжки, з яких ти переписував? Ти скажеш?

Він різко підвівся зі стільця, наблизився до Пінхаса і присів над ним. Усе його обличчя свідчило про нетерпіння. Він мав тонкі риси, карі очі, чуб спадав на виголені скроні.

Тварюки мало тебе не вбили, — прошепотів він, знову суплячись. Тоді підвівся, підійшов до дверей і сказав: — Одужуй швидше. Я хочу з тобою поговорити. Сподіваюся, ти не збрехав мені про класичну філологію і цей рукопис. Ти мене розумієш?

Пінхас кліпнув.

Чоловік відчинив двері і погукав когось.

фотокартка: приблудний пес підставляє живіт для пестощів

З того дня Пінхас перебував в окремій камері. Камера була темна й тісна, але ніхто не торкався до нього, ніхто його не чіпав, не лив на нього воду, не бив і не дер його обличчя. Він не чув поруч із собою нічиїх хрипів, ніхто не кашляв кров'ю, ніхто не сходив піною та сукровицею, ні від кого не разило калом і блювотою, ніхто не плакав, не марив, не скиглив, не кликав дружин і дітей, не розповідав про останні дні й останні хвилини. Йому приносили воду та суп і поводилися майже ввічливо. Праве око почало розплющуватися. Дихати було все так само боляче — Пінхас здогадався, що в нього поламані ребра.

Більшість часу Пінхас спав. У його камері було однаково тьмяно і вдень, і вночі, і він не знав пору доби, і це влаштовувало його, бо у свідомості панувала така сама тьмяність і невиразність. Пінхас лежав горілиць, часом зауважуючи на периферії свого слуху деренчання двигунів, лайку з прокльонами, крики й благання, постріли й жорсткі ритмічні удари, але майже ніщо більше не порушувало розміреності Пінхасового загрузання у тьмяність. Він прокидався, коли приносили воду чи їжу. Прокидався, коли заходив лікар, щоб оглянути його рани. Прокидався, коли фізіологічна потреба не просто завдавала болю, а розривала, розколювала його на шматки. Справивши її, він знову лягав горілиць, складав руки на грудях, напівзаплющував очі — йому навіть не доводилося заплющувати їх повністю, щоб відійти у бажане отупіння. Він витренував у собі вміння поринати в цей стан, як тренують собак. Образ мами, яка блискавичними рухами скручує довгу косу з пружного тіста для хали, витираючи передпліччям рясний піт із чола, відлуння батькового голосу (ця його манера розтягувати слова, ніби завмираючи на деяких складах, щоб потримати звуки в роті, розсмоктати їх на язику), знайома до останнього вигину крива згорбленої бабусиної спини і її кістлявих рук із покрученими пальцями, роздутими суглобами, відчуття дотику до щоки маленької Фейґи, її легеньке тепле тіло, довірливо припале до його грудей, її забрьохане личко, її чіпкі й липкі від бруду і поту пальці — всі ці видива, які непрохано проникали крізь темряву і від яких його корчило й скручувало, і серце починало товктись у грудині, і голову розпирало від внутрішнього тиску, багатократно більшого за тиск атмосфери, і він відчував, що божеволіє, що за мить остання нитка, яка в'яже його з цим місцем і цим тілом, назавжди розірветься, і він загубиться у безладі й хаосі, в нескінченному космосі, у вічному страху та тривозі, без імені і спокою, без найменшого розуміння: порожня оболонка, начинена розрізненими уривками всього того, що раніше складало тканину його свідомості.

Пінхас відчував, що якщо він не втримається тут, у цій камері, якщо зараз не збереже себе за заслоною тьмяности, він втратить спогади про своїх рідних, втратить причини болю, забуде підстави для своєї скорботи. Поки гоїлося його тіло, поки він із невідомих йому причин залишався живим, він тримав подалі від себе образи своєї родини, занурюючи себе у затерплість.

І тільки тепер, після двох років блукань, прибившись до будинку Фрасуляків і щоночі пошепки розповідаючи Уляні про те, що з ним сталося, проштовхуючи слова крізь шпарину в підлозі, Пінхас перестав боронитися перед затерплістю. Скорбота почала рватися з нього, більше не знаючи перепон. Уляна чула, як він захлинався нею. Чула, як він падає на свою постіль на дні сховку, як нігтями дере дошки, якими батько обшив стіни, як давиться шмарклями і слізьми. Його тілом товкло в тісному просторі, підкидаючи до самого верху, з грудей і горла перли завивання, хрипіння і гавкіт. Він повторював їхні імена в нескінченність.

Уляна кам'яніла від болю, затуляючи вуха руками. — Замовкни, замовкни, я тебе прошу, — пошепки кричала вона під підлогу. — Замовкни, бо почують сусіди. Замовкни, бо тебе викриють. Замовкни, бо я не можу це слухати. Ти їх не повернеш. Ти нічого не зміниш. Замовкни, бо ти живий.

Вона не хотіла його слухати. Навіщо їй були всі ці історії. Вона навіть не певна була, що Пінхас не бреше. Вона навіть не була певна, чи справді це Пінхас. І чи це чоловік, чи це людина — чи якась дивна тварина, яка набула людської подоби, чи це спотворений звір? Що це за істота, і чи повинна вона залишатися на цьому світі, чи може для неї бути тут місце, на землі або під землею, чи можуть знайтись якісь причини і сенси, які виправдають такий біль і такий жах і дозволять йому залишитися?

Наступного дня Уляна повторювала собі: я не прийду сьогодні до нього, мені цього не треба. Не хочу знати.

А вночі відкидала різким рухом ковдру, з силою викидаючи повітря роздутими ніздрями, тому що не могла пручатися. Підповзала до килимка на підлозі, притуляла вухо до щілини між дошками і чула його теплий подих, свист у його легенях. Він уже був там. Його губи торкалися дощок із внутрішнього боку.

Кажи далі, Пінхасе. Розкажи мені, що було далі.

фотокартка: дві молоді жінки розмовляють, сидячи на пласких каменях над течією ріки, на тлі мосту

Будинок ляндкомісара, білий і двоповерховий, стояв на розі за мостом, над Стрипою, на Гімназіяльній. Пінхаса привезли туди наприкінці весни, після зими, проведеної на самоті у в'язничній камері, і, якщо забігти наперед, пробув він у ляндкомісара до другої половини жовтня.

Мішке розповіла потім Пінхасові, що оновленням будинку керував Баумштайн — той самий, який вирізьбив для господаревого сина дерев'яного коника з китичками на гриві і хвості, зробленими зі справжнього кінського волоса, й оббитого золотавим плюшем. Цього коника похвалив сам Отто Вехтер — Мішке з гордістю підняла догори вказівного пальця. Її рожеві уста надималися, коли вона старанно вимовляла «о» й умляути.

На той момент ні Баумштайна, ні сестер Емми й Дори не було вже на світі. Сестри просто зникли — Генрієтта дотепер не втомлювалася нарікати на цю обставину: що то були за помічниці, як вправно Емма крохмалила й прасувала постіль, яким сумирним із Дорою ставав неспокійний Клаус (дозволяв їй укладати себе вчасно до ліжка, чемно їв овочеве пюре та палюшки).

Про Баумштайна було відомо, що його застрелив на вулиці сержант Лісберґ. Тесля кинувся захищати старого, якого Лісберґ шмагав нагайкою, і сержант вистрелив у нього, як він пояснив згодом герру ляндкомісару, в нападі праведного гніву, за що й перепрошував, оскільки знав, що вітальня ляндкомісарової вілли ще не мала всіх дерев'яних панелей на стінах.

Ляндкомісар так і залишився без панелей, — скрушно зітхала рудоволоса Мішке, й сама схожа на молоду кобилу. На правій щоці у неї була ямочка, а між передніми зубами — щілина. Їй було п'ятнадцять років.

Дружина ляндкомісара поводилася з Мішке доволі приязно. — Добре, що сюди призначено саме Оскара, — казала вона, печально спостерігаючи, як Мішке спритно змахує віничком із гусячого пір'я пилюку з ваз і рам. — Добре, що ми з Оскаром можемо тобі допомогти. Я б не могла погано ставитися до людей, розумієш, йдеться про елементарні людські якості. Були би на нашому місці інші люди — хтозна, як би все склалося з тобою. Буває, когось заносить. Ось як сержанта Лісберґа, — розмірковувала Генрієтта, розмішуючи мед у склянці теплого молока. — Він зловживає алкоголем і перестає собою керувати. Знаєш, Мішке, буду з тобою відверта, бо знаю, що можу тобі довіритись: я не люблю Лісберґа. Він постійно підбиває підсумки своїх убивств. Минулого місяця він влаштував з цього приводу вечірку у Монастириськах. Це огидно, Мішке. Серденько, ти забула пройтися вологою ганчіркою по дверних клямках, будь уважнішою.

Коли Мішке мала вільний час, вона спускалася сходами до напівпідвальної кімнатки, де тримали Пінхаса. Він чув її кроки, чув побряцування оберемка ключів, прив'язаних суканим мотузком до її талії, і трохи збадьорювався.

Вона приносила йому їжу й чистий одяг. За її спиною виростав кремезний Ромцьо, охоронець. Мовчки окидав Пінхасову кімнату поглядом, ревниво зиркав на Мішке. Ніби знічев'я бавлячись, підкидав у руці ножа.

Мішке зачиняла двері перед його носом. Сідала навпроти Пінхаса, поки той брався до їжі: булочки, шматок свіжого масла, справжня кава з вершками. До Пінхаса повернувся апетит.

Поки він жував, Мішке розповідала, як ходила з господинею вранці до м'ясаря, а потім — до продуктової крамниці на сусідній вулиці, а тоді ще піднялися трохи вище, зайшли за монастир і там купили в жінки свіже молоко, білий сир і різної зелені.

Розповідала про колекцію хутра господарів, що зберігається у спеціальному гардеробі нагорі. Казала, що туди заходиш, як у веселку: хутра білі і сріблясті, сірі, з бузковим відливом, руді, брунатні, до синього чорні, горіхові та золотисті, однотонні і плямисті, гладкі й пухнасті, вони пестять тебе дотиком, ллються, як вода чи світло, мерехтять, як коштовності. Казала, що заходить туди іноді, коли ніхто не бачить, знімає з них футляри і (розповідаючи, Мішке густо шарілась, опускала вії, але не могла приховати збудженого блиску своїх очей) знімає з себе одяг, щоб можна було торкатись хутра голою шкірою. Вона заплющує очі і рухається серед шуб, зарівається в них обличчям, і тоді їй стає так добре, ніби вона знову маленька дівчинка на руках у мами, ніби мама гойдає її в обіймах, торкаючись губами її волосся та щік, і Мішке майже засинає так стоячи, танцюючи у гардеробі на другому поверсі вілли ляндкомісара.

А за кілька днів із Мішке щось трапилося. Пінхас не одразу помітив це, але врешті збагнув, що дівчина змінилася. Вона була бліда, її обличчя розпухло. Вона не хотіла говорити. Ставила їжу на столик поруч із Пінхасовим ліжком і мовчки виходила геть, тягнучи ногу. Наступного разу Пінхас догледів фіолетово-жовті синці, що визирали з-під коміра і рукавів її блузки. Він зауважив, що Ромцьо, незмінно виростаючи за її спиною, дивиться на неї згори вниз вдоволеним поглядом. І тоді Пінхас подумав про ту кімнатку з ляндкомісаровою колекцією хутра на горищі і про те, як Мішке безборонно скидала там одяг, щоб поснити кілька хвилин про обійми мами.

За деякий час Мішке знову стала майже такою ж, як була раніше. Знову сідала навпроти Пінхасового ліжка і говорила. Вчора до господарів приходили гості, і вони до ночі грали в салоні у преферанс. Пінхас, зрештою, і сам чув крізь заґратоване віконечко своєї кімнатки, як чоловіки час від часу виходили на ґанок, бо там курити було набагато приємніше, ніж у приміщенні. Пінхас чув навіть, як ляндкомісар розповідав про нього: хлопець цитує напам'ять «Антігону» й «Царя Едіпа» давньогрецькою. Це дуже зручно, бо дозволяє відновити давно не практиковані знання. До того ж він почав займатися з Клаусом латиною. Тому страшенно нудно, але що з того, якщо він здатен уже формулювати деякі речення в різних часових формах. *Servus vinum ad villam portat. Servus vinum ad villam portabat. Servus vinum ad villam portavit. Servus vinum ad villam portaverat, quid dominus bibit. Speramus, ut servus vinum portet. Servus vinum portet!**

Пінхас зрозумів, що ляндкомісар показував гостям його альбом із картами та кресленнями, з найважливішими цитатами й зображеннями озера Амадоки. — Він стверджує, — сміявся Оскар, і його голос відлунював у нічній порожнечі вулиці, — що тут неподалік розливалося колись найбільше в Європі озеро. Це взялося з «Історії» Геродота і кількох середньовічних мап, копіями яких володів учитель нашого єврея. Мапи згоріли, — відповідав на запитання своїх гостей ляндкомісар. Але якби це справді було так, якби озеро таки існувало, уявіть собі, як це вплинуло би на історію, на нас із вами. Як би його наявність відобразилась на війнах і на кордонах, на всій цій місцевості. І якщо припустити, що Геродот його не вигадав, то що з ним сталося? Найбільше в Європі озеро просто зникло, випарувалося, запалось під землю? Куди поділися кораблі, риболовецькі села? Що сталося зі щуками й велетенськими сомами?

Оскар був уже добряче напідпитку.

Тим часом жінки, користуючись відсутністю чоловіків, вели власні розмови. Генрієтта зітхала, що Мішке далеко не така спритна й охайна, як попередні служниці. До того ж вона розбещена: схоже, спить із охоронцем. Однак особливо вибирати немає з чого, зрозуміло — війна. Єдине, чого би фрау не стерпіла, — це крадіжки. Але поки що за Мішке нічого схожого не спостерігалося.

Генрієтта скаржилася на своє недавнє переживття. Вони йшли містечком, і Клаус почав смикати її за руку. Вона обернула голову і побачила на

---

* Раб несе вино до маєтку. Раб ніс вино до маєтку. Раб приніс вино до маєтку. Раб носив вино, яке згодом пив господар. Сподіваємось, раб принесе вино. Нехай раб принесе вино! (*лат.*)

хіднику молоду єврейку з простреленим черепом. Мертва жінка лежала горілиць із розплющеними очима, з роззявленим ротом. У її голові зіяв чорний масний отвір, волосся стирчало звідти, лисніючи кров'ю, з нього звисали якісь драґлисті шматки. Жінка лежала посеред вулиці, і її проминали люди.

Служби, які повинні стежити за збором трупів, за порядком на вулицях, працюють геть погано. Часом доводиться захищати від цих євреїв із Юденрату інших євреїв. Якось, ще взимку, Оскар побачив, як багаті євреї в ґетто стояли і спостерігали за тим, як кілька найубогіших і хворих бідолах розчищають сніг. Оскар вийняв пістолета і всіх змусив узятися до роботи.

Що вже казати про українців, — продовжувала Генрієтта. Їй здавалося, що їхній охоронець кричить на коней. Він не сміє цього робити, Оскар йому зніме голову, якщо він бодай пальцем торкнеться цих коштовних ахалтекинців, перлово-опалових, кремово-сяйливих істот із витонченими тілами, з граційною ходою, з молочно-рожевою ніжною шкірою, перекуплених Оскаром у Львові в чоловіка, який привіз їх ще до війни з Туркменістану.

Фрау ревнує свого чоловіка до його коней, — сказала Пінхасові Мішке. А потім простягнула йому чисту сорочку й повідомила, що господар чекає вже на Пінхаса у себе в кабінеті.

Дівчина дивилась, як Пінхас переодягається. Вони вийшли з кімнати разом, негайно натрапивши за порогом на Ромця. Той дихав Мішке у вухо, поки вона провертала ключ у дверях, а тоді відпровадив Пінхаса до бібліотеки, що слугувала водночас кабінетом.

Ляндкомісар дивився, як палахкотить вогнище у каміні. Він видавався втомленим, навіть виснаженим.

На чому ми закінчили? — запитав він, побіжно зиркнувши на Пінхаса, який стояв навпроти господаря.

Минулого разу ми закінчили «Медею».

Ох, закінчили? Я й забув. То що ти розповідатимеш мені сьогодні? Ще щось знаєш напам'ять?

Напам'ять я знаю лише Евріпіда. Інших гірше.

Ляндкомісар підняв на Пінхаса здивований погляд.

Що ти? Невже всі запаси закінчились? І що ж мені тепер із тобою робити? Ні, ні. Подумай краще, пригадай.

Пінхас помовчав.

Можливо, я пам'ятаю «Жаб» Арістофана.

Ляндкомісар скривився.

Комедії не люблю. Але що поробиш. Давай «Жаб». Я ж знав, що ти щось вигадаєш, що ти постараєшся, щоб виграти трохи часу.

Чи не сказати, пане, жарта звичного,

Щоб глядачі, як завжди, посміялись? — прочистивши горло, розпочав Пінхас давньогрецькою.

фотокартка: купання дитини в пластиковій ванночці

То він збирався вбити тебе, коли ти вичерпаєш свої знання? — запитала Уляна.

Він жодного разу нічого такого не вимовив, — відповів Пінхас. — Кидав лише якісь натяки, недомовки. Але я не збирався чекати. Я хотів убити себе сам.

Ще починаючи з місяців у в'язниці, відколи тіло Пінхаса почало гоїтися і він обережно пробував зводитися на ноги, робити кроки, відколи зміг уже втримати в руці ложку, він почав віддаватися двом різновидам думок, що були тісно між собою пов'язані й дозволяли витримувати навколишнє.

З першим різновидом належало обходитись якнайобережніше. Він стосувався рідних: того, хто з них міг бути живим. Від напруги Пінхасові зводило судомою м'язи — настільки уважно він намагався не допускати марних надій. Батько мав мізерні шанси. Ще лежачи непритомним у переповненій в'язнями камері, Пінхас зумів вирізнити розмови про ті перші страти на Федорі. Стара Фейґа була надто немічна, надто виснажена життям, щоби мати змогу витривати. Натомість мама і мала Фейґа могли отримати більше можливостей. Пінхас знав, що там, у місті, люди продовжують жити. *Sie Zain Guit*, повторюють вони безліч разів на день, знову і знову. Зникають їхні родичі, вранці будинок навпроти стоїть спорожнілий, у них відбирають гроші, речі, відрізають їм бороди. Так, це жахливо, кричать вони, стогнуть і плачуть, тремтять, міцно обійнявшись у своїх тісних схованках, а тоді знову шепочуть на вухо одне одному: *Sie Zain Guit*. Не може бути завжди так погано. Колись це мусить закінчитися.

Багато хто продовжує жити: діти граються на вулицях, мами варять їм їжу, бабусі перераховують їхні пальчики під час купелі, тати викопують ночами схованки. Якщо бодай хтось один із Пінхасових рідних досі живий, отже, Пінхас мусив жити також, щоби допомогти, коли вирветься з в'язниці, щоби порятувати, щоби бути поруч.

Інший різновид думок стосувався імовірности того, що всі Пінхасові рідні загинули. Пінхас відганяв від себе думки про те, в який спосіб це могло статися, якими були їхні вирази облич за мить до того і в ту саму мить, чи сильно вони страждали, чи дуже вони боялися. Найзапекліше він відганяв влізливе припущення про те, що загибель була би бажанішою, ніж те існування, яким зараз живуть його рідні, якщо вони живі.

Ці думки стосувалися Пінхасового плану вбити себе, щойно довідається, що більше немає заради кого залишатися. Він жадібно уявляв собі мить, у яку повинен був здушити собі шию мотузкою, чи ввігнати уламок скла в шию, або вихопити в охоронця зброю і вистрілити собі в роззявленого рота.

Справжніх можливостей заподіяти собі смерть Пінхас не мав ні у в'язниці, ні згодом, у будинку ляндкомісара, де більшість часу його було замкнено в крихітній напівпідвальній кімнатці. Але Пінхас знав: спосіб можна знайти. Треба тільки напевне знати, що жодних підстав залишатись у нього більше немає.

фотокартка: простирадла на мотузці, натягнутій між деревами саду

Уже першого разу, ввійшовши до Пінхасової кімнати і ще навіть не знаючи, як хлопця звуть, Мішке торкнулась його волосся. — Ти був страшно побитий, це одразу видно, — співчутливо сказала вона. Пінхас не відповів їй нічого й жодним чином не реагував на неї впродовж перших кількох тижнів. Від її особи віяло буденністю, безпечним життям: прасуванням, свіжою білизною, булочками з маслом. Пінхасові доводилося щоразу нагадувати собі, що це не насправді, що це тільки страшний міраж. Що більше часу він проводив у білому ляндкомісаровому будинку, то з більшим зусиллям витягав себе із забування.

Аж доки одного разу Мішке, за звичкою спостерігаючи, як він снідає, і супроводжуючи його сніданок легковажними розмовами, перечепилась язиком об якусь деталь і раптом зблідла, а з очей її бризнули сльози. У відповідь на німе запитання Пінхаса Мішке пояснила, що їй пригадався батько, якого вбили тоді, ще з самого початку, коли німці лишень зайшли до міста. Пінхас різко нахилився вперед і схопив дівчину за зап'ястя. Мішке скрикнула, але сама ж стишила свій вигук, ховаючи його від Ромця, що чатував за дверима. Пінхас почав запитувати, Мішке слухняно відповідала. Поліцаї забрали батька і старшого брата, а мати побігла до Юденрату, бо мала там далекого родича, з яким їхня родина двадцять років була посварена, але відомо, що в такі часи деякі речі відходять на другий план. Мати повернулася без батька, без брата і без грошей, одначе з обіцянкою, що вона, Мішке, зможе працювати у доброму місці і це слугуватиме для них із матір'ю своєрідним захистом. Спершу Мішке прибирала на поліційній станції, але потім її скерували сюди, до ляндкомісара, бо попередні служниці виїхали. — Виїхали? — перепитав Пінхас. — Виїхали, — кивнула головою Мішке. — Так про це говорять: виїхали, більше тут не живуть, змінили місце проживання, емігрували.

Мішке сказала, що котрийсь із поліцаїв, ще коли вона прибирала станцію, розповів, у якій ямі лежать тіла її батька і брата. Мішке ходила туди плакати, хоч мамі вирішила про це не казати — вона не припиняла чекати їхнього повернення.

Чи ти можеш дізнатися, що з моїми родичами? — запитав Пінхас. — Я можу спробувати, — одразу ж погодилася Мішке.

Відтоді Пінхас почав дивитися на неї інакше.

Мішке жила з матір'ю на Баштах і лише на день приходила до ляндкомісарового дому. Іноді, коли в місті особливо часто лунали крики й постріли, Генрієтта посилала Ромця до дому Мішке з посланням, що сьогодні вона може не приходити. Мішке не завжди слухалась.

Одного з таких разів вона не могла не прийти, бо нарешті родич із Юденрату повідомив їй дещо про Пінхасових батьків. — Твій батько лежить у тій самій ямі, що й мій, — сказала Мішке, зазираючи Пінхасові в очі. Він нетерпляче вивільнив із її гарячих долонь свої зап'ястя, сховав руки до кишень. — А мати? — запитав Пінхас. — Вона щось накоїла, — невпевнено мовила Мішке. — Порушила якийсь закон. Її застрелили.

Мішке помітила, як спалахнули крихітні зірочки в Пінхасових зіницях — і негайно згасли, забравши слідом за собою частину життя з його обличчя.

Наступного разу Мішке повернулася від поліцая, який пам'ятав її, ще відколи вона прибирала станцію.

Я довідалась про твою маму, — задихано сказала Мішке, зриваючи з шиї хустинку. Пінхас зауважив піт на скронях і над верхньою губою, тремтіння пальців. Хустинка, заплутавшись, тільки дужче стисла горло дівчини.

Пінхас мовчки чекав.

Твоя мама втратила розум, шукаючи батька, — прошепотіла Мішке, впритул наблизивши своє обличчя до Пінхасового і допильновуючи кожен найменший порух, кожну тінь, ніби прагнула відстежити й попередити вибух. Але натомість сама вибухнула слізьми: — Твоя мама накинулась на поліцаїв посеред вулиці — з ножем чи з сокирою, — і ті застрелили її.

Пінхас підійшов до стіни і втулився в неї лицем. Мішке гладила його по спині.

Я знаю, я розумію, — ридала вона. — Але принаймні тобі відомо, що з нею сталося. Більшості людей нічого не відомо про смерть їхніх рідних. Моя мама не знає, що її чоловік і син мертві. Не знає, де лежать їхні тіла.

Де лежить тіло моєї матері? — глухо запитав Пінхас.

Мішке мовчки похитала головою.

Зате ти точно знаєш, що вона мертва, — сказала дівчина.

Що з моєю сестрою і бабцею? Вони загинули?

Дівчина закрила руками обличчя й заридала, здригаючись і потворно кривлячись. Здавалось, вона не має більше сил, не може витримувати.

Що з ними? — повторив Пінхас. — Вони мертві?

Так, вони мертві, — закричала йому у відповідь Мішке, розбризкуючи слину і сльози. — Вони мертві, вони померли від тифу чи від якоїсь зарази. Їх не встигли забрати до лікарні. А в лікарні їх би все одно не вилікували.

Отже, Пінхас залишився сам.

фотокартка: жінка стоїть навколішки перед іконостасом Церкви Святого Миколая

Що? — перепитала Уляна. — Як це — обидві померли?

Їй же було добре відомо, що мала Фейґа, Пінхасова сестра, жива. Тепер її, щоправда, звали Галею, і вона вже відрухово хрестилася, відчуваючи здивування або переляк. Це ж її батько привів до них додому якось глупої ночі, непоясненним чином виніс із пекла. Уляна ж власноруч відвела її до лісу і передала Криводякові.

Внизу, під підлогою, запанувала добре знайома тиша. Уляна впізнавала вже Пінхасові напади болю, що межували з божевіллям: жодного звуку, жодного шелесту не виривалося назовні.

Уляна нетерпляче роззявила рота, поспішаючи розповісти, вирятувати його — і завмерла. Спокуса була неосяжна, нестерпна, але щось Уляну стримало. Чи треба розповідати? Чи витримає він зараз таку новину? Що він скаже, усвідомивши нарешті з усією чіткістю, ким є і чим займається її батько, Василь Фрасуляк? Ким є вони всі в цьому домі, де його переховують. І навіть якщо він остаточно не втратить розум, довідавшись, що мала Фейґа жива, то чи зможе і далі сидіти тут, чи зможе негайно не вилізти назовні і не вирушити до лісу на її пошуки, наразивши себе цього разу на певну смерть? Чи зможе він знову її, Уляну, не покинути? Тепер уже точно назавжди.

Вона подумала: ця Мішке, ця його маленька руда подруга, його крихітна спільниця, дбала про власну матір і саме тому не розповідала їй про смерть батька і брата. Я так само дбатиму про Пінхаса, так само його оберігатиму — і тому поки що не розповім про те, що Фейґа жива. Я ще встигну зробити це. Він іще відчує радість.

Згодом твоя баба не раз думала: що було б, якби я таки розповіла йому? Якби я так сильно не боялася відпустити його від себе, якби я була не такою жадібною, менш владною? Як би все склалося, коли б він вирушив уночі до лісу і знайшов Криводяка, знайшов Дінкіна, інших чоловіків зі зброєю, знайшов би свою сестру? Може, тоді все склалося б інакше?

Напевно, тоді все було би зовсім інакше, думала твоя баба не раз. Думала щодня упродовж сімдесяти п'яти років.

фотокартка: жінка годує курей і півня

Ні твоя баба, ні Пінхас не знали, що Мішке сказала неправду: пам'ятаєш, я згадала про той період, коли Мішке ходила заплакана і в синцях?

Коли ляндкомісар тримав Пінхаса замкненим у напівпідвальній кімнаті своєї білої вілли, розташованої над річкою Стрипою, час від часу відсилаючи по нього кремезного Ромця, щоб задовільнити мульку потребу в класичній філології, обидві Фейґи були ще живими. Василь Фрасуляк ще навіть не перевів їх до спеціально визначеної для євреїв вулиці, а продовжував приносити харчі до спорожнілого будинку Бірнбаумів.

Мішке знала, що бабуся й молодша сестра Пінхаса живі. Нетерпляча, широко усміхнена, вона забігла з вулиці на кухню, виклала на стіл шматок просвердленого дрібними дірками пружного будзу й розклала рядком тузин видовжених білих яєць. Ромцьо балансував на двох задніх ніжках кухонного табурета, впираючись плечима об піч, і спідлоба стежив за рухами Мішке. Вона склала на тацю сніданок для Пінхаса і поспішила до дверей.

Ромцьо викинув вперед обидві руки і впіймав Мішке за поперек. Молоко розхлюпалось на хліб, на тацю, на груди Мішке. Мокра тканина прилипла до шкіри. Погляд Ромця прилип до мокрої тканини.

Він зараз нагорі в господаря, — Ромцьо притягнув Мішке впритул до себе і, соваючись на табуреті, усміхнено дивився на неї знизу вгору. Увібрав носом повітря. Притулився ротом до її живота.

Мішке роздратовано виборсалася з його рук, поклала тацю на стіл, різкими рухами заходилась відтирати мокрі плями.

Потім зійшла сходами додолу, перевірила, чи справді Пінхаса немає в кімнаті. Навшпиньки проминула салон, де напівлежала з книжкою Генрієтта, наблизилася до зачинених дверей бібліотеки.

О, як мило, бува, серед гір
Після стрімливого бігу
На землю впасти й священною
Вкритись оленя шкурою.
Спраглій і м'яса сирого, й паркої ще
Крови козляти — між скелями Фріґії!..

Мова була Мішке незнана, але від звуку знайомого голосу радість знову наповнила її зсередини, піднялася з живота до грудей і потім солодко зашуміла у скронях. Щойно закінчиться їхня з ляндкомісаром розмова, Мішке збиралася повідомити Пінхасові новину про його Фейґ.

А тим часом її потягнуло в кімнатку до хутер. Вона щільно зачинила за собою двері, навпомацки позрімала футляри в повній темряві. Від пилу й нафталіну Мішке готова була розпчихатись, але, втиснувши обличчя в першу-ліпшу горжетку, вольовим зусиллям стримала напад. Далі вона просунулась углиб, до найніжніших шкур, які пестили їй щоки та шию. Їхні пухнасті хвостики, слизькі пасочки ковзали дівчині за пазуху, лоскотали під пахвами. Коли Мішке скинула блузку, вхідні двері рипнули. Промінь світла розмів густий ворс і негайно помер. Кілька важких поспішних кроків — і Ромцьо схопив Мішке рукою за шию, притягнув до себе задом, заліпив їй рота долонею. Вона відчувала, як її слина густо залила його шорсткі негнучкі пальці. Кілька хутер зірвалося з плечиків, і Мішке лежала тепер грудьми на них, знерухомлена так, як її було вигнуто. Вона спробувала пручатись, але тоді тиск на горлі став таким міцним, що Мішке почула всередині себе якесь тріщання, а від задухи її охопила паніка. Він безладно й розлючено шукав щось між її стегнами, то притягуючи до себе її сідниці, то знову їх відштовхуючи, і від цього смикання крізь вивернуті лопатки й плечі Мішке продирався вогонь, і вона мукала йому в руку, не впізнаючи свого власного голосу. І водночас чула нестерпно гучне рипіння дощок підлоги під їхніми тілами — з таким звуком у снах Мішке розгойдувалися сосни вітряної ночі. Вона чула, як її розриває від болю внизу живота, чула своє однотонне зчавлене волання, чула його хекання над лівим вухом — рубання дров — і відчувала його рясний піт, що котився їй на потилицю, а сама захлиналася слизом, вологою, які плинули з її горла і носа, з її очей. Понад усе Мішке боялася, що от-от розчахнуться двері, і над нею, розтерзаною, закривавленою, вивернутою на зіпсованих шкурах мертвих тварин постануть господарі.

Поки Мішке лежала ще, не маючи сил підвестись і приклавши сорочку до роз'юшеного носа, Ромцьо щіткою чесав хутра, витріпував їх і розгладжував, і охайно одягав на кожне футляр. — Чим ти збиралася його потішити? — запитав він миролюбно. — Ти ж принесла йому якусь добру новину?

Мішке не одразу віднайшла в собі голос — та й той був радше хрипіння, сипке шепотіння.

Я хотіла сказати йому, що його сестра і бабуся ще досі живі, — відповіла вона і розплакалася.

Йди вмийся і шуруй нині додому, — сказав Ромцьо. — Я скажу фрау, що ти впала і побилася. Скажу, що ми з тобою ловили щура.

Він допоміг їй підвестися, підтримав, коли у неї в очах потемніло і вона на кілька митей втратила притомність, зім'якнувши, а тоді поплескав по плечі і порадив притримуватись за стіни.

І ти не скажеш йому нічого, — знову стиснув її за хворе плече. — Бо якщо скажеш йому або комусь іншому, то я скажу про тебе і хутра ляндкомісара.

Мішке не перепитувала, що саме не можна розповідати Пінхасові. Про всяк випадок вона не розповідала йому ні про те, що Ромцьо робив із нею на горищі, ні про те, що обидві Фейґи ще досі живі.

Пінхас був певен, що він залишився сам.

фотокартка: пеленають немовля, яке купали на одній із попередніх фотокарток

З віконечка його кімнати було видно вулицю, якою людей гнали на Федір. Іноді Пінхас впізнавав декого з них, іноді люди були незнайомі, але їхні лиця і зсутулені охлялі постаті разили втратою, спустошеністю, смертю, якими Пінхас і сам був просякнутий наскрізь. Що з того, що він старанно уникав власного відображення в шибах і люстрах, у чайній ложечці, в ляндкомісарових окулярах. Там, за вікном, у напрямку до монастиря василіян тяглися вервечки Пінхасового відображення. Лахміття погойдувалося на їхніх плечах, ніби плоть розчинялася сама по собі з кожним кроком наближення до місця розстрілу. Хоча це було би надто значним полегшенням — просто розчинитися дорогою до ями. Пінхас плакав і вгризався зубами у власні передпліччя, впивався нігтями у своє тіло, щоб фізичний біль допоміг бодай на мить заглушити біль від побаченого. Старий, який ледве волочив ноги, — з вибитим оком, з головою, що тремтіла на немічній шиї. Жінки, майже повністю роздягнені, що ковзали по вкритому кригою схилу.

Діти, яких несли на руках і вели за руки. Пінхас знав, якими на дотик є їхні маленькі долоні, пальчики, міцно сплетені з пальцями дорослої руки. Йому знайомі були їхні серйозні зосереджені погляди. Одна жінка кинула у сніг під деревом немовля, інші скупчилися в тому місці, намагаючись відгородити згорток від поглядів конвоїрів. Але ось один із них щось помітив і кинувся вперед, розштовхуючи юрбу. Хтось упав і розбив голову. Бризнула кров. Жінка кричала страшним голосом. Немовля розривалося від плачу — і різко стихло після пострілу, ніби його крик відрізали ножем. Від гуку над кронами дерев здійнялася зграя ворон. Мати дитини впала додолу, як мішок із камінням. Її привели до тями ударами чобота по голові. Двоє старших жінок підвели її з землі і поволочили на собі вперед, догори.

Пінхас бачив виголений череп літньої жінки, яка гладила темні коси молодої дівчини, поки та роззиралася навсібіч, вертіла головою, як сполохана пташка, готова от-от спурхнути, — і раптом вона натрапила на погляд Пінхаса у віконечку, і її очі спалахнули непоясненною, відчайдушною надією. Пінхас упав горілиць на підлогу, і мовчки лежав, дивлячись у стелю. Він не знав, скільки минуло часу, коли, досі пойнятий дрижанням, потягнувся до вікна і визирнув на порожню вулицю, на ряд дерев навпроти, на силует ворона, що завмер на стовпі.

Вже давно не було тих людей. Вже давно не було тієї дівчини. Чорні птахи скупчилися під деревом, куди жінка жбурнула згорток зі своєю дитиною.

Мішке повернула його з заніміння. Він навіть не чув її кроків, не чув звичного брязкання ключів. Вона притулилася до нього ззаду м'яким теплим тілом, розплюснула щоку об його ліву лопатку. Пінхас здригнувся, здивувавшись, що світ навколо існує. (Уляна напружилась і відчула, як горлянку стискають ревнощі. Ну, що ти, сказала вона собі подумки, до кого ти це відчуваєш?)

Мішке ковзнула під Пінхасову пахву, втислась обличчям в його груди, ніби хотіла врости в нього, втопитись у його тілі.

Пінхас не ворушився. Не відштовхував її, але й не відповідав. Він дивився, як там, за вікном, ворони розпростують свої великі крила, воюючи одні з одними за поживу.

— Мішке, дістань мені ціяніду, — приглушеним голосом попросив Пінхас. — Або принеси хоча б кухонного ножа. Чи шматок скла. Що завгодно.

Мішке завмерла. Її тіло затвердло й відокремилося від Пінхасового. Там, де щойно розливався приємний жар, залишилася тільки липка спітнілість.

Потім Мішке гірко плакала, скорчившись на Пінхасовому ліжку. Плакала тяжко і невтішно, але Пінхас і не намагався її втішати. Він продовжував визирати у віконце, ніби боявся пропустити чиєсь повернення.

фотокартка: світанок над містечком, вид з пагорба

Невдовзі Мішке принесла Пінхасові бритву з відкритим лезом. Вона мала руків'я, вирізьблене із зеленавого каменю. Саме лезо гарно лисніло, відбиваючи світло.

Тільки знаєш що, — сказала поважно Мішке, кладучи Пінхасові в долоню важкий холодний предмет. — Забереш мене зі собою. Спочатку допоможеш мені, потім підеш сам.

Пінхас кивнув. Вони не могли відвести одне від одного поглядів. — Коли ти хочеш? — запитав він. — Хочу вже швидше, — сказала Мішке. — Хочу завтра або сьогодні.

Давай завтра, — сказав Пінхас. — Сьогодні я хочу підготуватись.

Увечері, повернувшись із бібліотеки, Пінхас дозволив собі пригадувати батька. Він зауважив, що тепер, коли рішення прийняте і є спосіб здійснити задумане, пам'ять про рідних перестала бути небезпечною. Тепер він знаходив у думках про них заспокоєння, навіть утіху. Він наповнився ніжністю. Сповнився тремким хвилюванням, яке відчуваєш перед зустріччю по довгій розлуці.

Вдячність до Мішке ще дужче насичувала Пінхаса бажанням зробити все так, щоб їй не було боляче. Він пригадував ті сотні разів, коли спостерігав, як батько впевненим і точним рухом, без найменшого натиску, як ніж у масло, вводив лезо у плоть тварини і перетинав трахею, стравохід, сонну артерію і яремну вену. Пригадував батькове шепотіння у нашорошене темне вухо, його дбайливі руки, його опіку. Пінхас усю ніч прокручував у голові ці сцени, перемежовуючи їх із молитвами — «Шмоне есре», «Шма Ісраель», молитвами в пам'ять про батька й матір, покаянною молитвою — і всіх їх підсилював внутрішнім стогоном, слізьми і благаннями, сидячи під вікном і розгойдуючись узад-вперед, почуваючи всередині дедалі більше спокою і впевненості.

Він знав, що батько скерує його руку, коли він зашепоче на вухо Мішке заспокійливі слова. Потім він перетне собі вени на стегнах і на зап'ястках — Пінхас докладно вивчив кожну з них, уважно дослідив опуклості пучками пальців. Він розумів, що йому доведеться нелегко. Після того, як Мішке відійде, у нього залишиться небагато сили для себе. Але він покладатиметься на пам'ять про батька, на голос матері, яка його кликатиме й вестиме за собою, на солодкий віддих сестри, на простягнуту з того боку руку звільненої Мішке.

Пінхас не спав тієї ночі і навіть не лягав, але почувався свіжим і бадьорим, коли за вікном зажеврів світанок.

фотокартка: жінка в чорному сидить на лавці автобусної зупинки, чекаючи

Вікно в бібліотеці було відчинене. Звідти лилося проміння морозяного листопадового сонця. Гострий вітер, що вдирався до кімнати, нервово смикаючи за тонку фіранку, змушував тримати тіло в постійному напруженні.

Пінхас і ляндкомісар стояли перед овальним портретом жінки середнього віку у масивній різьбленій рамі. Жінка на портреті була вбрана в чорну глуху сукню, складки якої таїли ще густішу барву темряви, її темне, гладко зачесане волосся губилося на брудному присмерковому тлі. І лише миловидне, рожево-біле обличчя виділялося серед загальної понурости картини, притягуючи погляд і римуючись із білими манжетами та комірцем.

Це ваша мати? — запитав Пінхас. Жінка здавалась йому сором'язливою і м'якою. Її пухкі руки були скромно складені на колінах.

Замість відповіді ляндкомісар процитував:

> *Чого боятись, коли нами випадок*
> *Керує і нема в нас передбачення?*
> *Живімо так, як дозволяє доля нам.*
> *І з матір'ю не бійся ти одруження.*
> *У сні, буває, і на ложі з матір'ю*
> *Себе людина бачить, та пустий то сон —*
> *Його забудеш, і живи спокійно знов.*

Змовкнувши, він дивився на Пінхаса, усміхаючись хитро і багатозначно. Пінхас, усе зрозумівши, делікатно опустив погляд і відступив на крок від портрета. Йому стало соромно, але він намагався приховати це почуття, щоб своїм соромом не зачепити й не образити ляндкомісара. Він прочистив горло й перевів погляд на неспокійну фіранку.

Ляндкомісар розсміявся. Пінхас здивовано зиркнув на нього — і побачив на його обличчі майже дитячий захват.

Я не знаю, що за жінка на цьому портреті, — вимовив він крізь сміх, дивлячись на Пінхаса приязно, з певним співчуттям. Він навіть поклав йому на плече долоню, як роблять із людьми, до яких відчувають особливу прихильність. Йому було приємно, що жарт вдався.

Мені подарували якось цю картину, як і багато інших речей у цьому домі. Тільки того разу я не зміг допомогти. Це ж усе-таки не Тиціян, правда? В обмін на Тиціяна я б допоміг. Але погодься: у портреті щось є. Я сам здивувався, коли відчув, що мені хочеться постійно мати його перед собою.

І він поплескав Пінхаса по плечу. Незважаючи на дивну незручність цієї ситуації, Пінхас спостеріг у собі теплий відрух, майже розчулення у відповідь на ляндкомісарову поведінку.

І цієї миті вілла наповнилася криками. То кричала Генрієтта — верещала пронизливим голосом, таким високим і сильним, що годі було розібрати слова. До її вереску домішувався бас Ромця, який вивергав прокльони. Порцелянові фігурки на комоді і стелажах забриніли, завібрували меблі від навісної шарпанини і важких кроків унизу. Кричала від болю Мішке. Чутно було звуки ударів, лункі ляпаси.

Ляндкомісар і Пінхас схрестились поглядами, а тоді господар кинувся геть із кабінету, додолу сходами.

Пінхас чув, як унизу розгорається скандал. Генрієтта, не здатна заспокоїтися, звинувачувала Мішке в крадіжці. Ромцьо підтакував. Він навіть насмілився перебити господиню, щоб розповісти своєму панові про звичку цієї брудної дівки тертись голим тілом об коштовні хутра. Засвистіла нагайка — Пінхас добре розрізняв, як вона січе повітря, а тоді зі сплеском впивається в плоть дівчини. Він майже бачив її червоні щоки, її розпатлане волосся, схожі на опіки пухирі, які здіймаються на плечах і руках, на обличчі, криваву росу на білій шкірі.

Він стояв перед портретом незнайомої жінки, розуміючи, що затія з небезпечною бритвою була даремна. Не через те що відбувалося зараз, ні. Просто Пінхас не зумів би перетяти Мішке горло, він не зміг би зробити навіть маленький прокол на її тілі. Так само, як не здатен був би втяти собі вени, вкоротити віку самому собі. Батько знав його набагато краще, ніж він знав себе сам. Батько не сумнівався, що Пінхас не зможе стати різником.

До чого тут різник, — не витримала Уляна. — Йшлося про порятунок. Ти повинен був порятувати дівчину і себе. Про що тут ще думати?

Ти зробила б це? — запитав Пінхас, трохи помовчавши.

Звичайно, зробила б, — розлючено відповіла Уляна.

фотокартка: дерев'яний коник з китичками на гриві — хвості, що зроблені зі справжнього кінського волоса, оббитий золотавим плюшем

Він підійшов до газетного столика і жадібними руками схопив свій записник. Заклав його собі на живіт, під сорочку, ніби втрачений орган, який знову повернувся на місце. Тоді виліз на підвіконня і, тримаючись напруженими руками за раму, зробив крок на гілку горіха, а тоді — сам не розуміючи як — перемістив туди, напівлежачи, плазуючи, усе своє тіло. Гілка, хоч і груба й масивна, тремтіла та здригалася під його вагою. Кора була ковзка й крижана на дотик. Пручалася, не давала надійно себе осідлати, як в'юнке чудовисько.

Пінхас чув, що з протилежного боку від дому, вулицею кудись тягнуть Мішке. Вона вже не плакала і не кричала, лише скімлила зовсім тихо. Пінхас розумів, що вже зовсім скоро похопляться і його.

Він доліз до стовбура і, обхопивши його в обіймах, ніби танцюючи, спустився на нижчу гілку. Тоді — на ще одну, а далі, оскільки гілок під ним уже не було, він розвернувся спиною до стовбура і стрибнув додолу. Усе тіло наскрізь пробило блискавкою удару. Пінхас виборсався з кущів, поправив свій записник під сорочкою і кинувся бігти догори між будинками, в напрямку дерев'яної вежі пожежної охорони. Наостанок від вілли ляндкомісара до нього долинула нова хвиля гамору. Вочевидь, Ромцьо повідомляв господарів про Пінхасову втечу.

Він мчав і мчав, проминувши останні будинки під пагорбом і огинаючи будівлі ліворуч від монастиря. Він прагнув якнайшвидше дістатися до лісу. Досі відчував удар від стрибання з дерева: ноги здавалися вдвічі важчими, неповороткими. Записник у штивній палітурці заважав рухатися. Пінхас хекав так голосно, що не одразу почув, як галопує кінь під ляндкомісаром. Звук копит передавався йому в ноги вібрацією землі, а не звуком. Він озирнувся на бігу й побачив вершника на золотавому жеребці. Пінхас перечепився і впав, покотився просто назустріч своєму переслідувачу. Ляндкомісар потягнув за віжки, кінь встав дибки, заіржавши. Пінхас бачив над собою його височенне сильне тіло, оточене гнітом напучнявілих снігом хмар, встиг за долю секунди розгледіти налиті м'язи на крупі й ногах, обтягнуті сяйливою світлою шкірою. Ляндкомісар ударив Пінхаса по обличчі нагайкою. Раз, другий, третій. Звідкись взялося кілька поліцаїв з палицями в руках. Хтось із них націлив Пінхасові в чоло цівку пістолета.

Чи не сказати, пане, жарта звичного,

Щоб глядачі, як завжди, посміялись? — процитував ляндкомісар і зупинив поліцая.

Те срібне лезо з руків'ям із берилу, яке ви у мене вкрали, я теж отримав у подарунок. Я отримав його як вдячність, розумієш? — очі ляндкомісара були налиті щирістю і жалем. — Вдячність за те, що я чесно виконую свій обов'язок, що моя честь — це моя відданість, що я змушений докладати надлюдських зусиль, змушений чинити нелюдські речі, що на моїх плечах лежить тягар, непідйомний для більшості смертних.

Запала трагічна й урочиста тиша. В цій тиші Пінхас, рот і ніс якого були напхані грудками підмерзлої землі, а з розпухлого обличчя юшила кров, марно намагався навести різкість. Ляндкомісар на коні витанцьовував навпроти світлого неба, схожий на кентавра, на античне чудовисько. Після кількох невдалих спроб, сплюнувши криваву грязюку, Пінхас спромігся запитати:

Що з Мішке?

Ляндкомісар скривився.

Якщо ти про служницю, то вона торкалася хутра, — відрізав він.

фотокартка: ґрот Святого Онуфрія під терасою монастирської церкви

Може, ляндкомісар запідозрив у собі натяк на перейнятість Пінхасом — і саме тому не вбив його власноруч. Бо це скидалося б на пристрасть, на помсту ображеного коханця — останнім часом їх із Пінхасом об'єднувало надто багато античних сюжетів, і ляндкомісар не міг ризикувати, не хотів сіяти в собі сумніви. Він відчув, що з Пінхасом слід повестися якнайнедбаліше. Зрештою, цілком можливо, що він і на мить не думав ні про античні сюжети, ні про своє ставлення.

Разом із десятком інших євреїв Пінхаса повели на Федір повз віллу лянд-комісара, повз віконечко, з якого Пінхас ще недавно визирав, відпроваджуючи поглядом приречених. Коли його штовхнули палицею у плечі, він переступив широкий кривавий слід на землі, що залишився після тіла Мішке. Якихось пів години тому її протягнули тут за пухнасте волосся в напрямку поліційної станції. Була вона тоді ще жива чи вже мертва — цього Пінхас ніколи вже не довідався.

Він ішов із понуреною головою, бездумно втупивши запухлі очі в порвані холоші когось попереду. Обабіч його периферійний зір виловлював крізь сльози, що сочилися без упину, тіні смертників, їхні сутулі спини, безсило повислі руки, зів'ялі профілі. Раптом Пінхасові спало на думку, що цей шлях — його дорога додому. Дорога, якою він усе життя повертався зі школи, на якій продовжував подумки вести бесіди з учителем Кіршнером, де мріяв про озеро Амадоку, про те, як колись він буде знаходити те, що вважалося забутим, і навіть те, що здавалося неіснуючим.

Цією дорогою Пінхас водив із міста маленьку Фейґу, накупивши їй солодощів і содової води з трояндовим сиропом у крамничці Авраама Погорілле. На цій дорозі він допомагав матері нести торби з ринку, а разом із батьком складав плани на майбутнє, коли вони прибудуть кораблем до Святої Землі. На цій дорозі — біля мосту або під ним, біля ґроту Святого Онуфрія, під терасою монастирської церкви, на десятках стежок, що відгалужувалися ліворуч і праворуч, — Пінхас чекав на Уляну: переминався з ноги на ногу, щомиті витирав спітнілі долоні об сорочку, складав перше речення, яким збирався її привітати. Його серце починало небезпечно гатити в ребра, коли йому здавалося, що він зауважив на схилі пагорба її постать. Більшість разів то була не вона, і слідом за серцебиттям підходили нудота і млявість. А потім, коли Уляна нарешті з'являлась, усе вже йшло якось зовсім не так, не за планом, усе відбувалося стихійно і зіжмакано, долоні продовжували пітніти, слова — вислизати. Але бачити її завжди було радісно.

Пінхас зі здивуванням зрозумів, що чи не вперше за довгий час пригадав про Уляну. Життя, частиною якого вона була, залишилось так далеко позаду, в разюче солодких, нереальних снах, таких віддалених, що Пінхас дедалі частіше підозрював, що вимарив їх без жодної підстави. Цокотіння Уляниних зубів від холоду, смужки намулу, залишені на його шкірі пасмами її мокрого волосся — образи розвіювались, виблякали. Пінхас мусив докладати зусиль, щоб відтворити спогад про мамине обличчя, про те, як уранці з вікна кімнати падало проміння на його подушку, про першу мить переляку перед громадою під час бар-міцви. Чи справді все це з ним відбувалося? Чи справді він був собою, Пінхасом Бірнбаумом, сином шохета? Він давно вже не міг по-справжньому в це вірити, відірваний і відрізаний від зовнішнього світу, покараний невідомо за що, але з тим більшою жорстокістю, що навіть померти не міг, а був приречений спостерігати крізь вікно своєї в'язниці за тим, як убивають його людей, знищують світ. Зрештою, в цьому й полягала для Пінхаса його провина: попри все, він продовжував жити, їв свіжий хліб і пив каву, підіймався сходами до бібліотеки і цитував із пам'яті давньогрецькі драми. Попри все, він, напевно, хотів вижити. Він готовий був на все, щоб тільки йому зберегли життя: жартувати з ляндкомісаром, покинути на розтерзання Мішке, забути всіх своїх рідних.

Це усвідомлення було разючим, нестерпним. Поштовх ненависті, огиди до себе навалився настільки ґвалтовно, що Пінхас заточився, втративши рівновагу. На його голову й плечі тут же посипалися удари. Пінхас спробував підняти голову — і впізнав поліцая, який їх завдавав. Він ішов попереду німців із гвинтівками. Ті спокійно спостерігали, не втручаючись. А поліцай — хлопець із сусіднього дому, якому Пінхас допомагав один час із німецькою мовою, — намагався за грубою люттю приховати переляк у своїх очах.

Пінхас зиркнув праворуч — і впізнав приреченого, який ішов поруч. Це був Мойсей Франкель, який працював на фабриці свічок. Інших він не знав, але всі вони були однакові: згорблені, скоцюрблені, жалюгідні. Нічим не відрізнялися від нього самого. Попереду темнів ліс, вже давно оголений із листя, передзимовий. Дорога вела на Жизномир. Пінхас прислухався: за вигином пагорба шуміла течія.

Він пригнувся і, розштовхавши двох чоловіків із правого боку, кинувся схилом донизу. Постріли пролунали не одразу. Пінхас гнав додолу, а йому здавалося, що позаду зависла нескінченна глуха тиша. Йому здавалося, що якби він зараз обернувся, то не побачив би нічого, крім порожнечі, безлюддя, мутнявої імли, яка розчинила в собі земну твердь і повітря.

Насправді постріл пролунав уже на другій секунді. Упав поліцай із сусіднього дому, якому Пінхас допомагав один час із німецькою мовою. Упав незнайомець із Закарпаття, у чиї благенькі холоші попереду ще десять хвилин тому вдивлявся Пінхас. Упав Мойсей Франкель, який працював раніше на фабриці свічок.

Чи знав Пінхас, що через нього застрелили кількох людей?

Він упав у холодну ріку — таку мілку, що коліна билась об гостре каміння. Течія понесла його, накриваючи з головою. Тіло заніміло. Забило подих.

Він думав: отак я помру.

фотокартка: троє схожих одна на одну молодих жінок в урочистому одязі усміхаються в об'єктив, обійнявшись

Якби вона хоч не плазувала, як гадюка, щоночі до тієї ями, в якій він сидів, з цим іще можна було б якось миритися, — казала Нуся. — Якби вона не перешіптувалася там із ним сласно, безсоромно, якби вони не хихотіли і не виробляли казна-яких непристойностей при живих батьках.

Нічого такого вони, звісно, не виробляли, — говорила Христя. — Упродовж довгих місяців вони лише розмовляли крізь шпарину в дошках, крізь тканину верети. Він розповідав, вона слухала. Він плакав, вона чекала. Він глухо мовчав, вона закушувала губи.

Ніхто з нас не міг спати увесь той час — пів року, якщо не довше. Не було жодної спокійної ночі, — казала Нуся. — Ми лежали напружені, сполотнілі, прислухалися до кожного шелесту за вікном. Коли мені й вдавалося заснути, то тільки для того, щоби переживати знову і знову сон про те, як до хати приходять німці чи поліцаї, як заходить Якимчук із хлопцями, як заходить Криводяк із чоловіками з лісу, як вони витягають із-під підлоги єврея і розстрілюють нас одне по одному: батька, матір, розбивають голову Христі…

Криводяк? — перепитувала Христя. — Він же сам переховував євреїв у себе в лісі.

Хіба я могла керувати своїми снами? — відказувала Нуся. — Хіба я могла керувати страхами?

Було страшно, було дуже страшно, — погоджувалась Христя, — але ми всі знали, що інакше не може бути. Він місяцями не вилазив із того сховку. Сидів там, скоцюрблений, безшелесний, не бачив світла, не розминав кісток. А Уляна — як вона натомість віджила, який полиск з'явився в її очах, якими пружними, точними стали її рухи. Нам було страшно, але хто з нас насмілився б їм заборонити бодай ці нічні перешіптування? Удень вона ходила на роботу до шпиталю, доглядала за німцями: мила їх, подавала судна, віддирала затверділі темні бандажі з нагноєних ран. Поранених везли зі сходу, дедалі більше. Уночі Уляна сповзала зі своєї постелі, навкарачки наближалась до чотирикутника під столом, жадібно припадала до нього всім тілом.

Як мерзенно, — казала Нуся.

Вони з батьком приносили новини... Зрештою, хто вже в той час не приносив таких новин: радянські партизани в нашому лісі. Німців вибивають з якихось радянських міст. Спершу відчуваєш сп'яніння, безмежну радість. Потім — знову безсилля, потьмарення: що то за радянські міста, що нам із того, — розповідала Христя.

Мама погрожувала, що сама приведе поліцаїв, — згадувала Нуся. — І я її розуміла. У мене в самої бували такі думки: поки батька і Уляни не було вдома, відсунути стіл, відкинути верету, відчинити ляду. Простягнути йому руки, допомогти йому вилізти. Дати йому поїсти. Одягнути на нього татового кожуха. Взяти його за руку, вивести з дому, повести додолу, через ціле місто, до поліційної станції. Сказати: ось єврей. Він ховався в нашій дровітні.

Вона би тебе вбила, — нажахано розширивши очі, вигукувала Христя.

Батько вбив би тебе, — промовила Уляна, яка слухала все це, стоячи за прочиненими дверима.

А так ти вбила батька, — відрізала Нуся.

фотокартка: мурашник, усипаний сосновими голками

Понад пів року Уляна щоночі припадала вухом до підлоги. Іноді вона не витримувала: відсувала верету, підважувала пальцями ляду, просувала в щілину руку і чекала, пришвидшено дихаючи. За мить Пінхас торкався її руки. Він несміливо проводив пальцями по її пальцях, гладив пучками її кісточки, її нігті, її фаланги, ніжно пересувався каналами вен, напучнявілих від хвилювання. Його кістлява, довга, хрумка долоня вплітались між її пальці. Його шорстка гаряча шкіра майже ранила її. У час цих дотиків ніхто з них не міг ні говорити, ні думати. Всі сили, вся увага, тілесне пульсування зосереджувалось у цих двох кінцівках.

В інші ночі — а їх була більшість — Уляна лягала на верету, бажаючи слухати. Їй необхідно було довідатися про все, що з Пінхасом відбулося.

Але чи Пінхас розповідав їй про все? Чи міг він, не ризикуючи збожеволіти, знову і знову пригадувати всі найдрібніші деталі того, крізь що пройшло його тіло і яких деформацій зазнав розум? Чи був він здатен проговорювати свої спогади — нехай навіть не вголос, а пошепки — не переживаючи все вкотре, не завдаючи собі нестерпних, надлюдських мук? Хіба не повинна була його свідомість подбати про себе одразу, постиравши найжахливіші тортури, найнестерпніші приниження, підмінивши їх на видозмінені спогади — більш округлі, бодай трохи заспокійливі?

Чи справді з листопадової ріки, на неспокійну течію якої падали поодинокі сніжинки, тануючи на пінистих хвилях, непритомного Пінхаса виловив темноволосий велетень Іван, високий і товстий чоловік із печальними очима й вусами? Чи справді Пінхас лежав у воді долілиць, б'ючись головою об величезний камінь на вигині ріки? Чи справді сумний чоловік переодягнув Пінхаса в сухий одяг і, поклавши на воза, під мішки з картоплею і буряками, повіз його до ґетто в Чорткові, де передав у руки подружжю Файткевіц. — Ви краще будете знати, як йому допомогти, — пробубонів Іван басом, прощаючись. Перед тим як зникнути, він торкнувся Пінхасового плеча і важко зітхнув.

Чи справді подружжя Файткевіц виходило Пінхаса? Чи справді вони залишили його в себе, тому що втратили єдиного сина під час облави? Чи справді у них дотепер не було власного схову? На що вони сподівалися?

Sie Zain Guit, — повторювала Циля Файткевіц, годуючи Пінхаса з ложечки. *Shma Israel adonai eloheinu adonai ehad*, — молився Ісаак Файткевіц.

Чи справді в чортківському ґетто в той час Пінхас бачив людей у дорогих костюмах, бачив, як жінки фарбували нігті? Чи слухали там музику з патефонів? Чи ходили одні до одних на гостину? Чи пані Циля Файткевіц вкладала колодки у своє взуття щоразу, коли роззувалася? Чи Ісаак Файткевіц грав у скат із місцевими ґестапівцями? Чи він був одним із небагатьох, кому дозволяли виходити за межі ґетто і купувати продукти?

Чи справді тоді, коли Пінхас з'явився там, на шести вулицях міста мешкало понад вісім тисяч євреїв? Чи в помешканні Файткевіців жило ще три родини? Чи поступово віддала пані Циля Файткевіц усе своє взуття, патефон, коштовності? Чи перейшли вони на щоденну пайку сурогатного хліба?

Пан Файткевіц — якщо Пінхасові це не примарилося — розповідав про те, як у чортківській в'язниці людей напоюють отруєною водою, щоб заразити тифоїдом. Потім хворих знову відвезли до Пінхасового містечка, цілком справедливо очікуючи поширення зарази.

Від тифоїду люди гинули і поруч із Пінхасом. Сам іще не одужавши повністю після запалення легень, він відходжував доньку сусідів Файткевіців, тоді — її маленького сина, який помер, потім — старого Шмуеля Катценелля, який помер, далі — саму пані Цилю, яка цілий місяць марила і не приходила до тями, вся вкрита виразками, з волоссям, що клаптями відпадало від її черепа. Солодкава, задушлива на запах сукровиця цідилася з її ран. Він обмивав її тіло холодною водою, вливав до рота замінник кави. Пані Циля не припиняла марити, аж доки одного дня розплющила очі і сказала Пінхасові: твоя бабуся так само хворіє зараз і, дбаючи про мене, ти дбаєш насправді про неї. Це теж, звичайно, було її галюцинацією, Пінхас у цьому не сумнівався.

Наступного дня пані Циля Файткевіц померла. Якщо Пінхас не наплутав нічого.

Пінхас пам'ятав цілоденну роботу в трудовому таборі: він переносив з місця на місце величезні каменюки. Спочатку йому здавалося, що таку вагу він не здатен навіть відірвати від землі. Потім Пінхас носив ці камені чотирнадцять годин поспіль, тримаючи їх руками з повністю здертою з долонь шкірою. Часом, коли сил не було вже зовсім, коли через біль у попереку Пінхас не міг зробити жодного руху, наглядач наказував причепити собі на шию спеціальний тягар і далі переносити вантаж із ним.

Це вдосконалення мало допомогло. Пінхас падав і надовго втрачав притомність. Побиття не допомагали, але смерть не приходила також. Пінхас був певен, що вона близько. З раптовим спокоєм він спостерігав за своїм тілом збоку: він віддалявся від себе, втративши страх і співчуття.

Пінхас не пам'ятав, щоб йому дозволили повернутися до пана Файткевіца і попрощатися. Разом із кількома десятками інших робітників він дві доби чекав у переповненому й щільно задраєному вагоні, поки потяг не рушив. На цей момент половина людей у вагоні була вже мертвою від задухи і зневоднення. Живі сиділи верхи на мертвих тілах. Хтось пив сечу. Кілька чоловіків сварились і билися за місце, жінка зі страшними очима й обличчям у виразках вила й кричала, інші плакали — тихо чи голосно, схлипуючи або дозволяючи сльозам безгучно котитися щоками. За деякий час люди стихли, запали в прострацію.

Пінхасові здавалося, що він сидить на чиїйсь голові.

Якийсь чоловік розхитав залізний прут у віконці, Пінхас і ще двоє підлізли впритул і, нависнувши всією вагою, виламали залізо. Інші прути не піддавалися. — Давайте сюди дівчинку, — сказав чоловік до жінки, яка тримала в обіймах знесилену дитину з мокрими від поту рідкими кучериками. — Якщо вона вдало випаде, то не вб'ється, і потім, можливо, їй вдасться врятуватися. — Ні, — закричала жінка диким голосом, а в кутиках її уст запінилась біла слина. — Я нікому її не віддам. Вона залишиться зі мною, не підходьте, бо я вас загризу.

Пінхас підтягнувся до отвору. І справді — він був достатньо кістлявий для того, щоб протиснутися. Пінхасові дії несподівано викликали занепокоєння якогось діда з тремтячою головою. Дотепер він сидів під самою стіною вагона, затерплий, занімілий, і тільки язиком та м'язами щік виштовхував і вкладав знову до рота свою вставну щелепу з золотими зубами. Зі спритністю комахи він раптом викинув догори обидві чіпкі руки, вп'явся в Пінхасову ступню: — Куди ти лізеш? Через тебе нас усіх розстріляють! Нас просто везуть на роботу, кажу тобі, нас везуть на роботу!

Половина Пінхасового тіла нависала над щебенем колії, навколо голови мерехтіла зелень кущів і полів. Тіло відхилилося проти напрямку руху потяга, а на нозі, всередині вагону, висів охоплений шалом дід. Пінхас зробив відчайдушний ривок, вибухнув стрілою закумульованого зусилля і вилетів просто в гуркіт, в дрижання землі і заліза, в гостре каменюччя, в гілки, на які наштрикнулось на швидкості, з розмаху, тіло, продовжуючи летіти за інерцією, здіймаючи за собою каменепад і зриваючи листя.

Він не мав уявлення, скільки пролежав там, серед тонких стовбурів осик під залізничним насипом. Може, кілька годин, а може, кілька днів. Йому здавалося, що лежав він із розплющеними очима, не відчуваючи тіла і не маючи жодної думки. Він не знав того, що лежить, не знав, що лежить саме він, не знав, що навіть існує, де він є і хто він. Лише згодом, набагато, набагато пізніше, коли окремі частини тіла почали поволі наповнюватися болем, до Пінхаса почала повертатись і здатність усвідомлювати себе. Він пригадав потяг, пригадав свій стрибок із вікна. Виявилося, він лежав, зібгавшись навпіл, обкрутившись навкруги вирваного з корінням деревця, з головою, вгрузлою у розбурхану прохолодну землю, з руками, розкиданими навколо голови, внизаними камінцями й скалками, що увійшли під шкіру. На закривавленому, обдертому обличчі заклопотано метушилися мурахи. Пінхас довідався про це, коли спромігся поворухнути лівою рукою, з великим зусиллям зігнути її і торкнутися щоки. Мурахи, подумав він, дивлячись на свою чорну, невпізнавану долоню — здогадавшись, що цей розкарячений шмат був долонею, — мурахи вже встигли поселитись у моїх вухах, у носі, в моїй гортані. Мурахи вже відклали яйця в моєму мозку.

Дивним чином ця думка заспокоїла його, принесла полегшення. Пінхас поринув у марення про мурашине життя в його власному черепі. Він спостерігав за злагодженою, терплячою роботою. За викопуванням тунелів, облаштовуванням приміщень, кожне з яких мало власне, окреме призначення. Бачив, як мурахи-воїни, вилаштувавшись у шестикутну зірку, провадять до найглибшої зали свою Мурашину Королеву — цибате чудовисько, що елегантно переставляє кінцівки й посмикує чудернацьким тільцем. Пінхас бачив кімнати, в яких зберігались яйця під пильною охороною. Бачив личинок, за якими доглядали мурашині няньки. І те, як мурахи-робітники суцільними потічками рухалися в усіх можливих напрямках: переносячи зернятка до складів із харчами, гілочки й листочки — для облаштування покоїв, виносячи назовні сміття й непотріб, розбудовуючи складний лабіринт, дедалі довершеніший, дедалі вишуканіший, дедалі розвиненіший.

Пінхас прокинувся, коли сонце стояло вже високо в небі. Він відчував нестерпну спрагу, але виявив, що ноги відмовляються його слухатись. Він міг уже підводитися на ліктях, був здатен підняти голову, підтягнутись уперед на м'язах рук — але ноги зберігали цілковиту мовчанку, повну пасивність. Якщо відвернути голову в інший бік, можна було уявити собі, що ніг не існує зовсім.

Пінхас вирішив не відвертатися. Він дивився на свої кінцівки, бажаючи спонукати їх відгукнутися. Крізь біль і негнучкість, спухлість і розбитість тіла, він зумів викрутитись таким чином, що, спершись на поламану осику спиною, досягав обома долонями до стегон і навіть колін, і почав погладжувати ноги, розтирати їх. Це було схоже на розтирання каміння чи стовбурів дерев, розтирання двох щільно напханих шматтям мішків, двох чужорідних тіл. Пінхас швидко втомлювався і поринав у забуття, тоді, опритомнівши, знову звертався до своїх ніг.

Котрогось разу йому наснилося, що крізь кістки, м'язи і сухожилля повзуть змії: повільно, роздираючи плоть, розламуючи тверді й жорсткі частини тіла, завдаючи немислимих страждань. Пінхас заплакав і закричав, але нічого не міг вдіяти. Одні змії виповзали з Пінхасових п'ят, однак полегшення не надходило, оскільки слідом за ними повзли наступні, п'яті, десяті й соті, нескінченна кількість плазунів, що зароджувалися десь біля куприка, в районі закінчення хребта — і вигризали свій шлях на волю крізь Пінхасові ноги. Він лежав горілиць, весь мокрий і червоний від болю, вгорі над ним крізь тріпотливе дрібне листя розжареним сяйвом світилося небо.

Аж коли знову запали сутінки, до Пінхаса дійшло, що чуття повернулося і до ніг. Обережно, ніби остерігаючись, що від надто різкого руху кінцівки можуть розтріскатися, роздробитися, він почав ворушити пальцями, кволо пересувати стопами, ледь згинати коліна.

У світлі місяця, що вигулькував раз по раз із-за гнаних вітром уривків хмар, Пінхас зробив кілька непевних кроків. Він рухався, пригнувшись до землі, чіпляючись руками за траву й дерева, знову падав і довго лежав, захлинаючись від болю, потім робив наступну спробу. Його тягнуло проти вітру: звідти йшов запах вологи. Невідомо, скільки часу минуло, коли він нарешті дійшов до неглибокого рову, дном якого повз хирлявий струмок. Пінхас скотився в улоговину — і припав до води. Там, біля цього струмка, він кілька разів засинав, а прокинувшись, продовжував пити, засинаючи отак, з обличчям у воді, з пораненим тілом, обліпленим мокрим брудним одягом.

фотокартка: святковий стіл із салатами, оселедцями, канапками зі шпротами й цитриною

Пінхас ховався в лісах, вночі виходячи до полів, але на них ще не встигло дозріти нічого путнього. Він викопував перемерзлі й напівзігнилі торішні картоплини і буряки, жував стебла рослин. Одного разу йому вдалось украсти їжу селян, залишену на краю поля в кошику. Він довго втікав із кошиком до хащів, йому вчувалися звуки переслідування, аж доки не зупинився, і не перевів дух, і не виявив, що за ним ніхто не женеться — щебетали пташки, біля коренів розлогого дуба снувала землерийка, анітрохи не остерігаючись людини.

Пінхасові вистачило їжі на кілька днів. Він з'їдав невеликий шматок, щоб мати силу рухатися вперед, хоча куди йшов і навіщо, не мав уявлення.

Згодом він осмілів настільки, що почав проникати в городи хат на краю села. Найскладніше було оминати собак, які, зачувши наближення чужинця, заходились валувати, збуджуючи одне одного. З хат сторожко визирали господарі, озброєні вилами та сокирами, вдивлялися в темряву. Пінхас дочікувався, аж доки все не заспокоювалося, і з порожніми руками відступав до лісу. Він шукав відокремлені хутори, відірвані від сіл будинки. Одного разу на городі такої самотньої хати йому пощастило знайти яйце серед моркв'яної грядки. Іншого разу він проник до стодоли, припав до відра з залишками молока на денці — і раптом, ніби з-під землі, звідкись взявся пес. Спершу нічну тишу розтерзало його нервове гарчання, а тоді вже чорна рухлива тінь метнулась до чужинця, намагаючись вгризтись іклами в ногу. Пінхас вивернувся, схопив гострильний камінь, що лежав поруч, замахнувся — але вдарити не зміг. Неочікувано для себе загарчав страшним голосом, що клекотінням вирвався з грудей, і гепнув каменем об долівку. Пес вереснув і, відстрибнувши на кілька кроків назад, хижо вищирив зуби. Шерсть на його карку стовбурчилась, очі виблискували лютими вогниками. Пінхас позадкував до виходу зі стодоли, собака від нього не відставав. Пінхас не мав сумніву, що господарі прокинулись, але на подвір'ї і в хаті було тихо й темно. Витанцьовуючи разом із твариною дивний танець із вишкірами і гарчанням, він перетнув сад. Зірвав дорогою шість зелених слив.

Наступних кілька днів його мучила діярея. Він лежав біля лісового джерела, тремтячи від гарячки. В мареннях до нього приходила незнайома жінка в темній сукні з білим комірцем. Клала прохолодну долоню на чоло, на обличчя, на губи, на шию.

фотокартка: оточені лісом руїни оборонної церкви Преображення Господнього в урочищі Монастирок біля села Жизномир

Тепер, силкуючись пригадувати пережите, щоби перетворити його на слова і вишепотіти в темряві сирого сховку під підлогою Фрасуляків, Пінхас виявив, що з неочікуваною чіткістю пам'ятає власні сни, марення, галюцинації. І, хоч здогадується, що всі ті образи — лише виплоди його розуму, пригадує їх детально, об'ємно, і відчуває запаморочливу, виснажливу непевність, намагаючись відокремити їх від реальности. І навіть більше: те, в чому Пінхас підозрював реальні події, вислизло з його свідомости, розмивалося, дробилося на невиразні фрагменти — достоту так, як буває у снах, коли одна дійова особа тут же виявляється іншою, коли залишається відчуття, але неможливо пригадати подію, коли ноги стають ватяними і відмовляються нести, очі затягує пеленою, а горлянка не видає жодного звуку тоді, коли треба ридати, кричати, вити.

Залежно від зусиль, які Пінхас докладав, намагаючись пригадувати, події залишалися більшою чи меншою мірою поглинутими сутінками. Що більше зусиль, що настирливіше намагання згадати, то густішою ставала каламуть, то впертіше клубочилися шари непроглядної темряви, закриваючи собою пункти Пінхасової подорожі. Світло спалахувало несподівано, прозріння приходили непрошеними: у снах, від розміреного рипіння дощок підлоги під кроками Василя Фрасуляка, від запаху диму чи нафти. Це скидалося на брудний завулок посеред вітряної, дощової ночі, коли не знаєш, куди забрів і куди тобі йти далі, коли стоїш, мокрий, розгублений, дезорієнтований, а кожен твій крок приводить у ще глухіший закуток. І коли ти, зневірившись, більше не намагаєшся розпізнати, не пробуєш зрозуміти — вітер раптом гойдає у твоєму напрямку підвішеним на линві ліхтарем, і жовтий промінь вихоплює з темряви прохід між будинками, розверзлий отвір брами або знайомі двері, вкриті облупленою фарбою. В які краще було б ніколи не заходити.

Пінхас пам'ятав мурашник у своїй голові — всі його вигини, тунелі, кожне напівпрозоре, білувате тільце личинки. Пам'ятав змій, які повзли крізь його ноги — міцні м'язи їхніх звивистих тіл. Пам'ятав дотик материних долонь, коли вона з'являлася біля нього серед лісової бурі чи під снігом каменярні. Коли у нього була гарячка, мамині руки виявлялися прохолодними. Коли Пінхас тремтів від холоду, не відчуваючи відмерзлих кінцівок, з'являлася незнайома висока жінка, оповита темрявою. Вона усміхалася сором'язливо і трохи непевнено, шкіра її обличчя мінилася перловим сяйвом — ніби написана на канві олійною фарбою. Жінка обережно брала обома руками Пінхасову голову і клала її собі на груди — якраз під білим комірцем. Він так точно пригадував темну цятку родимки над її губою — а сам натомість не був певен, де перебував тієї миті: у в'язниці містечка, серед побитих напівбожевільних чоловіків, на віллі ляндкомісара чи у вагоні потяга, де від нестачі повітря і води гинули люди?

Пінхас не пам'ятав, чи справді існувала Мішке — вона як ніхто скидалася на сон зі своїм золотим розвіяним волоссям, зі щілиною між передніх зубів. Пінхас не був певен, що ляндкомісар викликав його до свого кабінету і просив читати вголос Софокла з Евріпідом, що ляндкомісар взагалі розмовляв із ним коли-небудь, а тим більше — гнався за ним верхи.

Там, на дорозі до Жизномира, чи то справді Мойсей Франкель ішов із ним поруч у колоні — чи лише якийсь схожий на нього чоловік? А товстий велетень Іван з печальними очима й вусами віз Пінхаса на возі під мішками з овочами — чи то були гори трупів, купи рук і ніг, відірваних голів, вибитих очей, роззявлених і перекривлених у вічному страху ротів?

Пінхас не міг пригадати прізвища подружжя, яке прихистило його в Чорткові: Файделіц, Файшпіцель, Фершвігенер? І чи вижила жінка, за якою він доглядав під час епідемії тифоїду? Невже він добровільно подався тягати каменюки до трудового табору? І чи примерзали вони намертво до пальців, коли він перетягував кожну з місця на місце? Яким чином він опинився серед осикового лісу — з розбитим тілом, знерухомленими ногами? Навіщо він убив того бідного пса? А чоловік із сивим волоссям і випнутою щелепою, який знайшов його в лісі (чи біля власного дому? чи при колії?) — побив його палицею чи допоміг підвестись і привів до своєї хати?

фотокартка: стара жінка в окулярах куняє над молитовником, затиснутим у руках із пошрамованими зап'ястями

Твоя книжечка з мапами, — одного разу пригадала Уляна. — Ти загубив її?

Ні, весь цей час вона була зі мною. Я не знаю, де я був і як мені вдалося вижити. І не знаю, яким чином я зміг її вберегти.

Уляна тяжко мовчить, навіть боїться дихнути, а тоді несміливо просить Пінхаса показати їй книжечку. Зі щілини в підлозі просувається кістлява рука. Уляна впізнає сап'янову палітурку, її гнучкість знайома їй навіть на дотик. Книжечка геть забруднилася, подерлася. Вона вкрита темними плямами і смердить зітлілим тілом. Уляна обережно розліплює склеєні сторінки і дивиться на озеро Амадоку.

фотокартка: коропи в тісній мисці з водою, над мискою присів хлопчик, приглядається до риби

Опівночі почалася злива. Ліс спалахував на білому тлі блискавок, грім вивергався з-під землі, пронизував стовбури. Пінхаса накрило водою, залило вщерть. Він хапав ротом повітря, як риба, викинута на суходіл. Ковзаючи по глині й мокрій траві, відповз від джерела, забився під густе гілля ялини, що жодним чином не рятувало. Лежав там у багнюці, змішаній із сухою травою і глицею, тремтячи від жару й холоду, які терзали його одночасно.

Вранці його знайшов чоловік із повним лискучим обличчям і сивим волоссям. Мав виразну нижню щелепу, що виступала вперед, м'ясистого носа і вибалушені водянисті блакитні очі. Його низький голос долинав із огрядного живота, як із мідного казана. Він кілька разів тицьнув Пінхасове тіло палицею, щоб переконатися, що той живий. Пінхас розплющив очі, спробував відірвати голову від стовбура.

Це ти собак лякаєш на хуторі? — запитав чоловік.

Пінхас мовчки дивився.

Ти єврей? — запитав чоловік, мружачи праве око і ще дужче випинаючи нижню губу, аж та торкалася підборіддя.

Niech będzie pochwalony Jezus Chrystus, — промимрив Пінхас і зробив спробу перехреститись.

Ти єврей, — тицьнув його палицею в груди чоловік. — І у тебе пропасниця чи ще якась холера. Пішли зі мною.

Він з кректанням нахилився й подав Пінхасові руку. Пінхас довго, не розуміючи, дивився на його велику міцну долоню із зашкарублою шкірою. Чоловік схилився ще нижче, схопив Пінхаса за комір і одним різким рухом підняв догори, поставив на ноги.

Спирайся мені на плече, дурню, — наказав чоловік, тоді підхопив Пінхаса під пахви і потягнув крізь мокрі хащі, не надто зважаючи на те, що його підопічний ледве переставляв ноги і що його палахке від гарячки обличчя зазнавало замашних ударів гілками.

Чоловіка звали Войцех. Він мешкав у перехнябленому будиночку на узліссі, звідти відкривався вид на село: було видно дрібні хатки, оточені садами, а за особливо ясної погоди можна було розгледіти барви хусток на голові у жінок. — Я живу тут, бо не люблю людей, — пояснив Войцех, вклавши Пінхаса на лаві. — Чим довше я не бачу людей, тим краще себе почуваю.

Чи міг Пінхас чути його слова, розуміти їхнє значення, коли його обличчя лагідно торкалась та незнайома пані у темній сукні, з гладко зачесаним назад волоссям?

Войцеха це не турбувало. — Як же ти смердиш, скурвий сину, — скривився він і, знявши з Пінхаса одяг і гидливо кинувши його за поріг, вимив напівпритомного хлопця холодною водою, а тоді одягнув у трохи чистіші речі. Він розтовк шматок вугілля і, розчинивши його у рідині, почав вливати Пінхасові до рота. — Пий же, пий, бо вб'ю тебе на місці, — пообіцяв Войцех. — Потім дам тобі ще настоянки з полином, засранцю.

Так він бавився з Пінхасом кілька діб, але Пінхас довідався про це, аж коли гарячка нарешті відступила. Він різко розплющив очі й уперше замість мовчазної жінки з її довгими білими пальцями, що визирали з манжетів, з устами, що нечутно ворушилися, як у рибини, побачив незнайомого сивого чоловіка — потворного, з горбкуватою шкірою обличчя, з кривою щелепою і сизим носом.

Нарешті, — пробасував чоловік так гучно, аж у Пінхаса зашелевіло в голові. — Отже, скоро ти заберешся звідси і не будеш мозолити мені очей. Дати меду?

Позаду хати Войцех тримав вісім вуликів. Його дружина з двома синами жили в селі, і Войцех розповідав: помітивши, що вони прямують до нього, втікає так далеко до лісу, як заносять його ноги.

Пінхас від'їдався хлібом із медом, відсипався під дахом, накрившись ковдрою, і щойно зумів зіп'ястись на ноги, почав збиратися геть. — Ну й дурень, — гримнув на нього Войцех. — Ти — проклятий дурень, шкода, що тебе дотепер іще не вбили. Поглянь лише на себе — ти й кроку ступити не здатен. Сиди тут, набирайся сил. Я викину тебе сам, навіть незчуєшся.

Так воно й сталося. Одного вечора до хати увійшов син Войцеха. Він метнув швидкий погляд на Пінхаса, тоді запитально, з якоюсь кривою недоумкуватою посмішкою глянув на батька.

Це той хлопець із Шульганівки, про якого я тобі розповідав, — сказав синові Войцех. — Той, що хоче купити у мене пізній рій.

Прийшлий чоловік стенув плечима.

Я прийшов за новими слоїками, — сказав він, сплюнувши на долівку брунатний згусток слизу.

Очі Войцеха спалахнули, він різко шарпнувся, гнівно закинув голову догори — але стримався останньої миті, розвернувся, рушив до комори.

Пінхас сидів не ворушачись, бічним зором помічаючи, що чоловік, який займав своєю важкою, понурою присутністю половину приміщення, також не дивиться на нього прямо, але при цьому повністю — і думками, і хижо напруженим тілом, і всіма чуттями — звернутий до нього, у бік лави, на якій Пінхас схилився вперед, намагаючись мотузкою прикріпити підошву до свого розірваного черевика.

І що? Будеш бджіл розводити? — навис він над Пінхасом, зробивши в його напрямку кілька кроків. — А вулика порожнього ти приніс?

Пінхас підняв голову.

Він чув запах густого, як шмір, маслянистого гніву, ядучої ненависти — до батька? до нього самого?

Приніс, — відповів Пінхас. — Ми його одразу встановили за хатою, а завтра вранці знімемо старий вулик із роєм.

Будеш його в руках додому нести?

Приїдуть по мене конем.

Я знаю, хто ти.

Пінхас кивнув. Поклав черевика на долівку. Мовчки звісив голову.

Щойно син Войцеха зі слоїками вийшов із хати, як Пінхас зібрався (з підошвою справи були кепські), взяв із рук господаря торбину з їжею, звернув увагу на дужче, ніж зазвичай, закопилену нижню губу старого, і ступив у темряву.

Іди геть, щоб я більше ніколи тебе не бачив, — шепнув йому услід Войцех.

Пінхас рушив стежкою між вуликів і яблунь, штовхнув хвіртку й увійшов до нічного лісу.

фотокартка: поле соняхів

У таборі в Ягільниці було добре. Жінки, в яких Пінхас купив їжу за гроші, знайдені у Войцеховій торбі, не збрехали. Він сказав їм, що його звати Войцех, що він утік зі свого села, бо посварився з батьком-бджолярем, і шукає роботу.

Жінки покивали головами, дивлячись, як він жадібно заштовхає до рота м'якуш чорного хліба, як тремтять його руки. Навіть хліб жувати без половини зубів було складно. Де він розгубив зуби? Два вибили тоді, коли пробували втопити його в Стрипі, праве верхнє ікло і ще два різці пішли, коли ляндкомісар наздогнав Пінхаса на своєму коні, ще кілька зубів випало, вочевидь, від побиттів у Чорткові, коли він тягав каміння, і не міг він не втратити жодного зуба, вистрибнувши на швидкості з потяга. Він пам'ятав, що траплялося йому вийняти зуб із рота просто так, ніби без жодної на те причини: зчісуючи нігтями вошей зі своєї сорочки і думаючи повсякчас про їжу, він розхитував язиком ті пеньки, які ще залишалися в роті, і раз чи двічі котрийсь із них таки вишпортувався із ясен, що вже майже й не кровоточили і не боліли, а тільки набридливо свербіли злегка.

Отож селянки співчутливо покивали головами у відповідь на історію про посвареного з батьком сина, і тоді одна з них — з розгойданою і широкою пазухою, з широко розставленими міцними ногами, що стриміли з закасаної за пояс спідниці, — порадила піти до Ягільниці, до палацу, бо там євреїв влаштовують на роботу за п'ятнадцять ґрошей на день, якщо є можливість заплатити.

До Ягільниці Пінхас дістався, про всяк випадок тримаючись від людей якнайдалі. Він ішов вночі, а день перечікував у лісах чи в густо зарослих ярах, в місцях, що видавалися безлюдними й захищеними.

Щойно наблизившись до межі містечка і тримаючи курс на будівлі тютюнової фабрики — Ягільницького замку, — що вимальовувалися на тлі неба на пагорбі з боку Нагірянки, Пінхас натрапив на двох молодих чоловіків в уніформі з паралельними сріблястими блискавками на погонах. Вони курили, ліниво перемовляючись між собою і спершись на дверцята автомобіля. Зауваживши Пінхаса, який навскіс перетинав поле, поросле схожою на кульбабу рослиною з клиновидними листками, один із чоловіків випростався і вистрілив у його напрямку. Пінхас упав обличчям в суху землю, здійнявши хмару куряви. Чоловіки йшли до нього швидким кроком — роздратовані, невдоволені тим, що їх відірвали від бесіди.

Пінхас був вражений красою їхніх облич: засмаглою свіжою шкірою зі здоровим рум'янцем на щоках, пухкими губами, лискучими рівними рядками білих зубів. Він звівся на ноги й усміхнувся до есесівців якнайпривітніше, намагаючись улесливістю — складеними в усмішку губами, грайливим і щирим поглядом — викликати м'якість у ставленні до себе. Ті дивилися на нього з жалістю і втомою. Схоже, юнаки були Пінхасовими ровесниками — але виглядало також, що вони не розглядають його з цієї точки зору. Їх не цікавив ні Пінхасів вік, ні його стать, не цікавив стан його здоров'я, його історія чи наявність потреб. Вони переглядалися між собою ледь іронічно, ніби натрапили раптом на якесь безглузде непорозуміння, ніби вкотре почули зачовганий жарт. Їхні вродливі обличчя не псував вираз зогидженості, що її викликав у них Пінхас своїм неприємним запахом, своєю шолудивістю, виразками на обличчі, непропорційністю тіла, худою шиєю, шрамами, відчайдушним благанням у погляді.

Пінхас мало не захлинався від вдячності. Всією своєю паршивою шкірою, болючою й висохлою, своїми спухлими лімфовузлами, роздутим від голоду, неприємно чутливим шлунком, що сам у собі виїв криваві отвори, він відчував, що його не збираються вбити на місці. Що його навіть просто бити зараз не будуть.

Нижчий із юнаків — присадкуватий, міцний, білоголовий — зобразив суворість на обличчі і наказав Пінхасові забратися геть із поля з цінною рослиною, не витоптувати її. Всі втрьох підійшли до автомобіля. — Говори, — наказав високий шатен із горіховими очима.

Пінхас сказав, що має гроші і хотів би влаштуватися на роботу на тютюнову фабрику, що він добрий і старанний працівник, що робота — єдина його мрія, і він просить, благає йому посприяти, закликає дозволити йому залишитись тут, обдарувати його шансом виявити себе з найкращого боку.

Білоголовий нетерпляче стріпнув чуприною, підняв долоню, подаючи знак Пінхасові замовкнути.

Ось туди, — показав він рукою на будиночок із біленими стінами і зеленим дахом. — Там тебе запишуть, там можеш заплатити й отримати розпорядження.

Млявий пан Тацль, розпашілий від задухи, з червоними очима, отороченими білими віями, з волоссям, що вкривало лише його скроні, залишаючи решту черепа повністю гладкою, згріб Пінхасові гроші своєю пухкою рукою до шухляди столу. Він ретельно записав Пінхасове ім'я й прізвище до книги робітників і свистом прикликав літнього чоловіка з настільки темним і зморшкуватим обличчям, що неможливо було скласти враження про його риси. Пінхас пішов слідом за ним, мружачись під червневим сонцем, яке почало вже добряче припікати, звернувши увагу на те, що навколо, аж до самого обрію, розкинулися поля з тютюном і тією схожою на кульбабу рослиною, через ступання по якій Пінхаса мало не застрелили. Це був кок-сагиз — каучуконосна рослина, яку завезли сюди ще в 1930-х роках радянські аграрії.

Зморшкуватий чоловік, прізвище якого було Кузюк, привів Пінхаса до табору. З сиротливої прямокутної рами, з якої починалося поселення, Пінхас зрозумів, що раніше це було футбольне поле. Брезентові намети й благі халупи розташовувалися зовсім близько від будівель фабрики, оточених масивними кам'яними стінами. Провідник завів Пінхаса до однієї з халуп, показав місце в самому кутку на двоярусних нарах. Там уже, схоже, хтось спав — судячи з кількох бурого кольору дірявих шмат, що лежали, скручені, на зіпрілій соломі.

Кілька тижнів Пінхас збирав насіння кок-сагизу. Цю роботу виконували переважно жінки, чоловікам доручали переносити мішки з добривами чи діжки з водою. Немилосердно пражило сонце. Посіріла земля розходилася тріщинами.

Але Пінхаса Кузюк прикріпив до польової роботи. З самого ранку і до вечора, з короткою перервою на обід, Пінхас ліз уздовж нескінченного рядка зелених розеток, увінчаних жовтими квітами, частина з яких перетворилась на сизий пух. Якщо розірвати стеблину, з неї цідився тягучий молочний сік, гіркий на смак. — Краще тобі його не їсти, май на увазі, — попередив Кузюк, зауваживши голодний блиск Пінхасових очей.

Пух слід було збирати до полотняної торбинки, яку Пінхас тримав перевішеною через плече. Після щоденного повзання по землі коліна спухали, червоніли і боліли так, ніби їх от-от розірве. Від нескінченного смикання за стебла долоні стали суцільними пухирями, наповненими прозорою рідиною. Випадково проколеш такий пухир — виливається назовні каламутна вода з неприємним запахом, а рана відразу інфікується, починає нагноюватися, стає гарячою, пульсує різким болем.

Добре було, що годували в таборі регулярно: супи навіть загущували борошном, часом траплялися шматки картоплі або брукви, які Пінхас завжди планував якнайдовше тримати в роті, навіть ходити з ними під язиком бодай кілька годин, але щоразу заковтував їх миттєво, нічого не здатен із собою вдіяти.

Але найбільше Пінхасові пощастило з сусідом. Його звали Давидом Абрамчиком, він був крихітний і спритний, з маленькими ручками й ніжками, невеликою верткою головою на короткій шиї. Спершу він здався Пінхасові майже дитиною, але тоді виявилося, що Давид старший від Пінхаса рівно вдвічі, а на його обличчі росте сива щетина. Він походив звідси, з Ягільниці, точніше — з Нагірянки на протилежному березі Черкаски. Більшість людей у таборі, а було їх дві або три сотні, походили з цих країв.

Давид — хитрий, меткий, але по-своєму щирий і довірливий — негайно заходився ділитися з Пінхасом своєю історією, розповідями про втрачену родину, про сестер (найкрасивіших дівчат у всьому селі) і брата (він обслуговував машини на тютюновій фабриці), яких убили ще під час облави у квітні, і про те, наскільки невдоволене наказом про винищення євреїв було керівництво табору, бо робочих рук не вистачало, літо обіцяло бути посушливим, тютюн засихав і заростав бур'янами. Воно, керівництво, навіть звернулось із проханням до вищих інстанцій оминути їхніх регіон і не впроваджувати тут тимчасово остаточного очищення, але їхнє прохання залишилося без відповіді.

— Я теж трохи розуміюся на тих машинах, — хвалився Давид Пінхасові. — Там на фабриці є офіцер — добрий, порядний німець, Людвіґ Земрод. Він якраз і подавав те прохання до керівників. Він пообіцяв перевести мене на фабрику. Якщо ти працюєш на самій фабриці — ти на крок далі від смерті порівняно з іншими, знаєш. І знаєш, я попрошу його ще й про тебе. Він багатьом уже допоміг.

Пінхас прагнув розповісти Давидові про себе, потерпаючи від неможливості говорити так само щиро. Оповідаючи, він оминав місяці, проведені на віллі в ляндкомісара. Як він міг розповісти про каву і білі булки, про чисті сорочки, які Мішке іноді навіть прасувала для нього, про вечори в бібліотеці, від яких Пінхас, бувало, отримував насолоду — і все це незважаючи на постріли, які постійно долинали до його кімнатки, розташованої майже навпроти поліційної станції, на знавіснілі рики собак, які — Пінхас знав — терзають живу плоть, на нелюдські крики знетямлених, яких катували знову і знову. Як він міг, дивлячись у широко розплющені довірливі очі Давида, зізнатися, що сидів у зручному фотелі навпроти каміна, розмовляючи з ляндкомісаром на різні цікаві теми: про те, чому Арістофан так побивався через занепад театру, або про те, наскільки часто давні картографи помилялись у своїх працях. І жодного разу Пінхас не заговорив із ляндкомісаром ні про своїх батьків, ні про долю бабусі і малої сестри, ні про вчителя, якого покинув самого у залитому водою, задушливому і холодному підземеллі. Ба більше: згодом він вчинив іще гірше, вистрибнувши з вікна, рятуючи власну шкуру, не зважаючи на крики дівчини, яка пішла на ризик заради нього, яка по-справжньому хотіла допомогти йому — і допомогла.

Пінхас промовляв кілька слів: «Я знаю, що мій батько загинув одразу, щойно німці увійшли до нашого міста» або «Відтоді я більше не бачив нікого зі своїх рідних і майже нічого про них не знаю», — і надовго замовкав, отупіло вминаючи пучками пальців пухирі на своїх долонях.

Лягай спати, — грубувато промовляв Давид смішним тріскучим голосом. І Пінхасові вчувалося в цих словах співчуття, і від того ставало ще гірше. Але, тим не менше, він негайно засинав. А першою думкою вранці було бажання випити кави зі свіжим молоком, яку подавали на віллі.

фотокартка: той самий хлопчик, який дивився на рибу, розкопує мурашник

Земрод вів їх за собою крізь простори приміщення однієї з будівель фабрики. Грубі стіни замку створювали всередині прохолоду, особливо приємну в ці нестерпно спекотні дні. Густо й терпко пахло висушеним тютюном, між мішками з яким пролягала вузька стежка. За вікнами виднілися тютюнові поля: лапате листя розкинулося, розімліле від розкошів сонячного світла, поля з рядками кок-сагизу, де повзали навкарачки жінки, тисячі, десятки тисяч разів на день смикаючи жорсткі стебла, відриваючи пух із насінням. — У будівлі навпроти, — сказав Давид, — розташована фабрика поташу. — А вони, мовляв, ідуть туди, де Земрод поселив із тридцять євреїв. Ці євреї не безпосереднім чином працюють на їхній табір, але все ж до нього належать стараннями німця. Хтось із них шиє чудове взуття, інший — лагодить годинники, третій — дантист, для якого з Чорткова перевезли весь його лікарський кабінет з устаткуванням. Є такі, які начебто не мають видатних вмінь чи заслуг і займаються тими обов'язками, які було для них визначено: ріжуть тютюнове листя, вивішують або знімають його із сіток для сушіння, встановлених на схилах пагорба й у дворі замку.

Земрод на вигляд не вирізнявся нічим особливим, але Пінхас все одно не міг відвести від нього очей. Його приваблювало високе чоло офіцера з паралельними глибокими зморшками, пори на шкірі біля крил носа, карі очі, розчарований вираз яких не приховували скельця круглих окулярів в золотій оправі. До речі, серед тридцяти чоловіків, що жили в цій фабричній будівлі, був також лікар-офтальмолог, який лікував не тільки Земрода, а і його короткозору доньку і ще кількох місцевих німців із вадами зору.

До Пінхаса не одразу дійшло, чому німці видавались йому такими красивими: вони одні з небагатьох серед тих, кого Пінхасові доводилось зустрічати останнім часом, мали вигляд звичайних людей із минулого. Раніше в Пінхасовому житті всі люди були такими: ніяких запалих грудей, плечей, що стриміли з-під порваного одягу, як вішаки, очних яблук, що далеко вибалушувалися за межі черепа.

Земрод розмовляв тихим голосом — до нього постійно доводилось прислухатися, нашорошувати вуха. Він показав Пінхасові склад із ящиками горілки та цигарками, за який відтепер слід було нести відповідальність. Двоє охоронців-поляків стояли на дверях складу. Пінхас перебував із ними майже в приятельських стосунках: охоронці приймали від нього трохи відсирілі цигарки, вони вміли розкурювати їх, підсушивши. Пінхасові подобалося чути, як тріщить тютюн при першій затяжці, як вдоволено крекчуть охоронці, сідаючи відпочити навпроти виходу зі складу, милуючись краєвидом.

Мало не щодня до Пінхаса приїздили німецькі військові з паперами, в яких було чітко прописано, скільки пляшок горілки і цигаркових пачок їм слід видати. Зазвичай вони поводилися з Пінхасом як із порожнім місцем. Набагато гірше було, коли хтось із них раптом зупиняв на ньому свій погляд.

Ну, недовго тобі вже залишилось, — якось сказав Пінхасові офіцер зі змащеним якоюсь лискучою речовиною волоссям і тонкою смужечкою чорних вусиків і акуратно записав собі щось до невеликого записника, суплячи брови. Охоронці посміхнулися один одному, багатозначно відвели погляди.

Час від часу Пінхас допомагав Давидові і ще кільком робітникам заносити тютюнове листя до темних бункерів під будівлею, де вони розвішували сировину і зволожували її теплою водою. До одного з цих бункерів Пінхас утік, раннього ранку видавши групі новоприбулих німців шість чи сім ящиків. Вони розбудили його гепанням у важкі дерев'яні двері — древні, мало не скам'янілі стулки. Ще тільки починало розвиднюватися: на сході промалювалася нитка обрію, на пів тону світліша від решти темного світу.

Пінхас одразу помітив діловитість рухів тих, що прибули, звернув увагу на збудження, нервовість і особливе роздратування, яке буває в людей, яким нікуди дітися від виконання неприємного обов'язку. Охоронець привів з дому заспаного Землрода, вийнятого з-під теплого боку дружини. Пінхас чув його розгублений голос — спершу терплячий і тихий, із занудними інтонаціями людини, що звикла керуватись у своєму житті законами, логікою і здоровим глуздом, і цього ж чекає від інших. Йому відповідали коротко й різко, відкидаючи будь-які притомні аргументи. Поступово тон офіцера почав зриватися на все вищі ноти, мало не на верескливість. Він втрачав терпець. Його речення уривалися. Ні закон, ні логіка не діяли.

Пінхас спустився у смердючий колектор, вхід до якого відкривався із бункера, де зволожували тютюн, і занурився в довгі темні коридори, розташовані під замком. Він ішов наосліп, навпомацки, брів по коліна, часом — по пояс, іноді плив у підземних водах, чуючи навколо сплески і шурхотіння невидимої живности. Тут смерділо столітніми відходами. Чітко долинало іржання коней з кінного заводу, тамоване товщею землі й мурами.

У деяких місцях коридори ставали настільки обширними, що в Пінхаса виникало враження, ніби він рухається у безкраюму просторі, не обмеженому жодними стінами та перекриттями, а лише втопленому у вічний холод, вологу і ніч.

Крізь лунке скрапування води йому причувалося шепотіння у темряві, а ще — скрадливі звуки кроків. Була мить, коли десь заскреготав метал — страшенно схоже на зведений курок заіржавілої зброї. Але нічого не сталося. Постріл не прогримів. Якщо хтось і ховався тут, у підземеллі, якщо стежив за Пінхасом певний час, то він вирішив не чіпати його, дати можливість піти.

Думка ця розтривожила Пінхаса, змусила його серце неприємно тріпотіти в самому горлі: невже тут неподалік може критися жива істота, чимось схожа на нього — переслідувана, небажана там, назовні? І з яких причин, цікаво знати, вона стала небажаною: через речі, які накоїла свідомо або через помилку? З пристрасти, злости, з голоду, шукаючи справедливости — або тому, що їй приписали ознаки, неприйнятні для тих, хто встановлює у світі лад?

Може, тому, що її, не запитуючи, не цікавлячись тим, що вона за людина, зарахували до категорії істот, на яких не варто зважати, істот, перед якими не може бути почуття провини, вбивство яких не вважається гріхом або злочином, а навпаки — обов'язком і необхідністю, істот, яких не захищає жоден закон, яких можна хіба що витиснути з останніх соків і розчавити, не звернувши на це особливої уваги?

У п'яти, литки і стегна ззаду, в Пінхасову потилицю впивалися дошкульні нервові мурашки, викликані відчуттям цілковитої відкритости перед кимось у цій глибокій невідомості. Навіть сховавшись під землю, вислизнувши з рук одних переслідувачів, Пінхас залишався повністю вразливим, відкритим і незахищеним перед цілим світом.

Добре було б, думав Пінхас, дістатись отак до котрогось із тих інших замків, із якими цей має бути поєднаний, — дійти до Золочівського замку чи до Чортківського, а може, до Червоноградського, який біля Ниркова. Або мандрувати тут, під землею, так довго і так далеко, аж доки не вдасться нарешті вийти десь у недосяжному закутку землі, де про цей світ і про це життя нікому нічого невідомо. Добре було б просто безслідно запастися тут самому під землю. Безслідно зникнути. Піти в пісок і глини, як вода.

Пінхас виліз назовні з пролому в стіні, за межами фабрики, серед густого вільшаника. Звуки пострілів неприродно розривались у повітрі. Тріпотіло листя тютюну, приймаючи розлогою поверхнею сонячне тепло. В небі ніжно торкались боками, танучи, хмари.

Пінхас зробив із долоні дашок і розглядів крихітні голі фігурки, які падали одна за одною до ями, в котрій дотепер зберігали картоплю для робітників табору.

фотокартка: діти з ранцями і букетами хризантем ідуть до школи, хлопчик незграбно тримає свої квіти, як віник, торкаючись ними землі

Довший час спостерігаючи за чудесами, які творив Баал Шем Тов, розбійники зі сходу Карпат прийшли до нього і наказали йти слідом за ними. Вони, мовляв, поведуть його до Землі Ізраїльської, але не суходолом і морем, а таємними ходами й підземними печерами. Бешт зрадів і погодився. Мрія кожного єврея — потрапити до Святої Землі.

Розбійники повели Баал Шема вузькою і глибокою ущелиною, яка все звужувалась і заглиблювалась під землю, аж доки не настала та мить, коли неможливо стало розгледіти небо у височині. Вони йшли вервечкою: розбійники попереду, Бешт — останнім. Якщо траплялися заболочені ділянки шляху, їх засипали камінням і землею. Йти було складно і ставало дедалі складніше. Стіни сходилися докупи, залишаючи вузький темний прохід.

Раптом Баал Шем побачив попереду вогняний меч, який забороняв йому йти далі. Тож він розвернувся і рушив назад, додому.

фотокартка: три дівчини стоять на балконі кам'яниці на Ринку, одна з них тримає перед обличчям важкий допотопний фотоапарат

Наприкінці березня сніг іще навіть не думав танути. Німці в поспіху відступали: рівненько поскладали на вантажівки своїх хворих, навіть тих, щодо кого було зрозуміло, що переміщення відбирає у них останній шанс вижити. Вони були розлючені, роздратовані. — Це ненадовго, — цідив крізь зуби Рудольф Ціммер, переносячи на руках Томаса Штетке до свого автомобіля. Він спеціально приїхав по нього з Чорткова: не міг його тут покинути. Томасові ставало дедалі гірше, його лише через помилку досі не відправили до матері на острів Фрауенкімзее.

Василя Фрасуляка разом із багатьма іншими чоловіками забрали копати траншеї на підступах до міста. Гауптманн Гейзе, схиливши набік свою акуратну голову, запропонував Уляні приєднатися до медичних транспортів, щоб піклуватися про поранених у дорозі. Вона погодилась, але тут же склала в торбинку свої речі і кинулася бігти додому.

Місто здавалося тепер іще більш безлюдним, цілковито спустошеним. Тільки в'язниця повнилась ув'язненими дужче, ніж будь-коли раніше. Один час здавалося: все, що чути, — це лише звуки розстрілів. А ще — гуркотіння літаків, вибухи бомб і розриви.

Потім запала коротка тиша. Уляна підвелася вранці з підлоги, сіла на краю свого ліжка і сказала: кінець світу. Вона знати не знала, чи слід їй іти до шпиталю того дня.

А вже по обіді виявилося: місто сьогодні вночі зайняли радянські війська. Німців більше немає, вони відступили. Раптом вулиці, всі дороги до міста закишіли людськими натовпами. Люди ніби лізли з-під снігу, поставали звідкись із-під землі, зі щілин, з уламків льоду. Вулицею третього травня марширувала колона німецьких військовополонених — обличчя виснажені, відсторонені. Крокували радянські військові з автоматами, перевішеними на пасках через шию, гуркотіли вантажівки, вщерть наповнені солдатами. Люди товклися на хідниках, ніби щось притягувало їх магнітом. У повітрі стояли волання і крики, дикі плачі та пісні, привітання й поцілунки. Червоного стало раптом всюди настільки багато, що вулиці здались Уляні пульсуючими перерізаними артеріями. Хтось намагався повернутися до свого колишнього дому, але його й на поріг не впускали теперішні мешканці. Хтось із розпачем зазирав в обличчя зустрічних, шукаючи втраченого родича. Люди жебракували, випрошували одне в одного їжу, чіплялися до солдатів.

Уляна звернула увагу на розхристані, напівобдерті постаті, з обличчями спухлими і спитими. Один із них гнався за дівчиною крізь натовп, розтягнувши рот у знавіснілій гримасі — та верещала, і незрозуміло було, чи вона справді нажахана, чи просто п'яна. Але траплялись у цих військових і приємні лиця, зовсім не страшні. Тяжкий запах давно немитих тіл нависав над вулицями.

Найдивніше було з євреями. Хто міг подумати, що вони ще десь існували. Ось худі, нетутешні Фенделі — мама з двома дітьми — розгублено стоять на Ґрунвальдській, біля брами свого колишнього будинку, тісно пригорнувшись одне до одного, наполохано ковзаючи очима по людях, що сунуть повз них. Вони дрижать, відступають назад, намагаючись врости у стіну будинку позаду, наскрізь відчуваючи небезпеку. Хая Фендель напружено переконує себе, що все закінчилося, що жахіття позаду — і їй ніяк, навіть на йоту не вдається в це повірити. На них дивляться з подивом, підозрою і збентеженням. Комусь ніяково, хтось згірчено хитає головою, хтось розчаровано крекче. — Це ж треба, — говорить обдертий дідок, який сидить на сходинці й перемотує гнійну рану на нозі заяложеним шматком тканини. — Це ж треба, а ці тут що забули.

Христя не могла стримати радісного збудження. Вона вирішила: єдину, останню плівку, яка ще залишилась із запасів, принесених батьком на самому початку війни з фотоательє, можна використати цього дня, щоб назавжди його запам'ятати. Вона знайшла для себе і своєї чорної коробки з витрішкуватим оком місце на балконі кам'яниці на Ринку. Нуся з Уляною стояли поруч, понуро дивлячись на спливання, пучнявіння людської товщі внизу.

Погляньте лише, які молоденькі і свіжі лиця, — говорила Христя, витираючи сльози, які не давали їй навести різкість. — Погляньте, які у них чесні і сміливі погляди!

Чому ти не радієш? — в'їдливо запитала Нуся в Уляни. — Тепер він може нарешті вийти. Йому нічого більше не загрожує.

Уляна кусала губи, втупившись поглядом у руїни Великої синагоги.

Чому ти досі не сказала йому про сестру? — завелася Нуся. — Він повинен знати. Не хочеш сама казати — дай сказати мені. Як довго ти ще будеш закривати нам усім роти?

Уляна перевела на неї гострий погляд.

Послухай, — сказала вона. — Ще не час. Треба ще почекати трохи. Нехай він іще посидить у схованці, нічого йому не станеться. Ми поки що не розповімо йому про німців. Не скажемо про сестру. Ми встигнемо. Так буде безпечніше.

І, зітхнувши глибоко, з гірким, але повним переконанням, тихо додала:

Я хвилююсь за батька. Скільки це днів його вже немає? І що буде, коли він повернеться?

фотокартка: жінки продають розкладену на газетах черемшу під стіною торговельного центру на місці колишньої Синагоги

Чоловік був високий і, хоча й намагався ховати обличчя під крисами темного капелюха і піднятим коміром свого плаща, вона відразу звернула на нього увагу. В її голові промайнула спочатку не до кінця сформована думка фривольного характеру. Щось ніби: з оцим би я пішла світ за очі — і в крові негайно розкрутилась якась хімічна реакція, що відповідає за короткочасне збудження й ейфорію.

Це була випадковість, але надто закономірна, — виправдовувалася Нуся. Нічого поганого вона не зробила, крім того, що хотіла бути корисною, що розуміла важливість справи, що прагнула допомогти не тільки чоловікам, які сиділи в лісі і про яких так давно нічого не було чутно, а й навіть своїй сестрі, яка втратила голову, геть збожеволіла, наражала на ризик усіх — і близьких, і далеких, — поводилася безглуздо.

Місто вже майже два тижні було радянським, коли вона, виходячи з Уляниного шпиталю, зауважила цього чоловіка навпроти входу, пережила блискавичну ейфорію, улігши фантазії, і негайно про нього забула. Тому й налякалася мало не до смерті, коли він наздогнав її на темній безлюдній вулиці, за десяток метрів від їхньої хвіртки, шарпнув за лікоть, з силою припер до паркана, затулив рота і поклав їй щось до кишені.

Потім вона думала: хіба була потреба до мене торкатися, обмацувати мене всю, робити боляче? Крізь обурення проступало солодке хвилювання, яке хотілося знову і знову викликати в собі, зависаючи в ньому. Якимось непоясненним чином — хоч і бачила чітко й навіть різко усі очевидні відмінності: зріст, статуру, грубуватість рис, шарпану вайлуватість рухів — незнайомець сприймався нею як втілення Криводяка. Ніби це він надіслав їй фізичне послання, ніби він торкнувся її гарячковими й неотесаними руками цього посланця. Він наблизився до неї впритул. Нуся відчула на піднебінні його, Криводяків, подих.

Шкода, що це відчуття надто швидко розвіялось. І тоді на перше місце вийшла записка до Уляни, яку Нуся постановила сестрі не показувати. Посланець переплутав їх із сестрою — в цьому сумнівів не було.

Коли Уляна повернулася зі шпиталю і негайно взялась накладати на тарілку для Пінхаса картоплю і наливати квасне молоко, яке вона діставала з такими труднощами, Нуся сіла поруч за стіл, сперла підборіддя на кулак і поцікавилась, чи змогла б Уляна теоретично дістати для неї в шпиталі десять ампул пеніциліну. Її серце товклося так гучно, що аж переходило у вібрування кохлі об стінки баняка з молоком. Нуся придумала для Уляни кілька складних пояснень, налаштувала себе на стійкість і наполегливість: пеніцилін потрібен пораненим полякам з гангренами, яким вдалось врятуватися з одного зі спалених сіл у Перемиському повіті, то як, ти ніби не розумієш, чому і звідки вони взялися, ні, я їх ніколи сама не знала, але мене попросила Ядзя, а я їй не можу відмовити, бо її батько стільки разів за пів ціни продавав нам дрова, ні, тата я не хочу в це вплутувати, йому ця історія зовсім не сподобається, тим більше, ти сама бачиш, який він, відколи повернувся, — нічого не їсть, чорний, як ніч, тільки курить і курить, чекає, коли по нього прийдуть, так, от лиш не починай зараз, я тебе прошу, і зрештою, чому ти до мене чіпляєшся, яке маєш право після всього, що я для тебе роблю, після того, як стільки часу затикаєш мені й нам усім писок, стільки часу гнеш своєї попри мою волю, і мою думку, і попри здоровий глузд; бо як ризикувати моїм життям, життям моєї молодшої сестри і моїх батьків, то ти готова, а як просто дати мені десять ампул пеніциліну і не ставити дурних питань, то не можеш, суча дочко, як же ти засіла вже мені в печінках, дивитися на тебе не можу...

Але Нусі не довелося і слова пояснення говорити, бо Уляна нічого не запитала. Ніби й не здивувалась із Нусиного прохання, майже уваги на нього не звернула, розкроюючи паруючі картоплини на чвертки, дмухаючи на них, обпікаючи собі пальці, вся поглинута цим любовним заняттям, неначе готувала бенкет для якогось східного принца. — Ясно, — кивнула вона сестрі, — завтра принесу тобі. — З ліками сутужно, може, десяти ампул і не набереться, але вона постарається — знає, в кого є ще німецькі запаси, бо ці нові визволителі прийшли взагалі без ліків.

Був початок квітня, але в лісі ще лежало повно снігу — ніздрюватого, збитого несвіжими валунами й грудками, увітканого дрібними гілками і хвоєю. Нуся вибрала момент, щоб Уляна вже пішла до шпиталю, і тоді сказала матері про кількаденну роботу, на яку її забирають, — чи то церувати білизну радянським солдатам, чи то передруковувати якісь дрібні звіти й накази. Невідомо, чи заплатять, але вибирати немає з чого. Батько, чуючи це, підняв на неї важкий погляд своїх згаслих очей. Підійшов до столу в кімнаті, стукнув кілька разів п'ятою в підлогу. Звідти долинуло кілька глухих ударів. Тепер, провалюючись у крихку снігову твердь, засапана Нуся відчувала, як від холодного повітря і злости їй роздирає легені: скільки ще те чудовисько сидітиме в їхньому домі, до чого все це має врешті дійти? Свіжість лісового повітря не остуджувала їй голову. Вона йшла вже кілька годин, навіть не особливо дбаючи про напрям, — її несла якась тваринна впевненість, її провадив гнів.

Врешті Нуся схаменулася: десь неподалік чулися вигуки російською, метушня. Вона причаїлася, обмерши від переляку. Якби її зараз затримали, одразу зрозуміли б, куди вона йде, несучи при собі їжу, бинти, шприци, пеніцилін, спирт, та ще й досі не знищивши штафету з координатами місця зустрічі, написану рукою Криводяка. Нуся перечитала записку, вбираючи в себе кожну літеру. Тоді повільно розсмоктала папірець, повертаючись до притомності.

Тепер Нуся стала обачнішою. Схоже, вона трохи збочила зі шляху, але це навіть добре: таким чином уникла небажаної зустрічі. Від цієї миті вона перетвориться на суцільне чуття. Вона не йтиме, а пливтиме над землею, не видаватиме жодного звуку. Вона стане безшелесною, буде майже невидимою. Натомість чутиме геть усі голоси в лісі, найменше шепотіння. Вбиратиме запахи, орієнтуватиметься на світло.

Западав вечір. Зовсім скоро у лісі стало геть темно. Місячне світло не мало жодного шансу, щоби пробитися крізь сталеву завісу з хмар. Тільки клапті снігу сіріли під ногами, віддаючи вологу й холод. У Нусі змокли ноги до самих колін, заніміли тіло й обличчя. Але вона продовжувала йти, не зупиняючись більше ні на мить після вимушеної зупинки ще за дня. Йшла, не збавляючи швидкості, аж коли це хтось штурхнув її в плече, і вона розплющила очі, спазматично вхопила повітря ротом і усвідомила, що глибоко спала, лежачи у калюжі темного снігу під голими вільхами, а над нею схилилась чиясь здоровенна й розпухла голова, якийсь кошлатий пень зі здичавілим поглядом. Це був Менахем Дінкін.

Ти не Уляна, — сказав він.

Ні, я не Уляна, але мене ти знаєш також, Менахеме. Я Улянина сестра, Нуся, — відповіла Нуся, відчуваючи, що мокрий берет на її голові важить, немов повне води цебро, яке тягне її свідомість на найглибше дно.

Менахем насупився.

Я Шашіль, — сказав він. — Чому не прийшла Уляна?

Вона не змогла, — спокійно відповіла Нуся, підводячись. — І тому попросила мене.

Менахем-Шашіль показав рукою кудись між стовбури дерев.

Дивись, уже черемша є.

фотокартка: хлопчик з'їжджає на санчатах із пагорба, весь його одяг обліплений снігом, щоки горять від морозу

Цього разу це навіть криївкою неможливо було назвати. Нора норою — поспіхом викопана, тісна, мокра, брудна і смердюча. У ній доводилося просуватись, зігнувшись навпіл, розводячи руками обвислі корені дерев. Розпалювати вогонь, розмовляти — надто ризиковано: коло стискалось. Енкаведисти прочісували ліс, постійно тримаючи оточення і точно знаючи, що Криводяк і решта ховаються неподалік, повністю відрізані від своїх.

Зі «своїми» Криводяк давно вже мав проблеми. Врешті таки догрався, що з чималої боївки, яку він очолював майже цілий рік і яка забезпечувала діяльність підпілля і запілля, охороняла друкарні, супроводжувала вантажі, славилася своїми особливо зручними й просторими криївками в селах і підтримкою населення, брала участь у бойових акціях, дбала про порядок на терені, залишилися тільки ті, які пристали до семінариста на самому початку його втечі до лісу: Шпак, Вухо і Менахем-Шашіль. Вухо не схвалював Криводякової непримиренности і не втомлювався про це говорити: мовляв, він ризикує їхніми життями, захищаючи євреїв і поляків, хіба в такий час можна не бути радикальним, навіть наш жид розуміє необхідність жорстоких кроків, ми залишимося зовсім самі через твої принципи, через цих твоїх ближніх. Бог пробачає вбивства з необхідности, бо він розуміє їхню мету, і тільки ти один — впертий, як мул, і м'який, як жіноча сідниця, і саме через тебе нас або німці порішать, або ті самі поляки з жидами, яких ти захищаєш!

Попри це, і Вухо, і Шпак, вже не кажучи про Шашіля, залишилися поруч із Криводяком навіть після прикрого конфлікту у Драгоманівці в лютому, на конференції проводу ОУН Тернопільщини. Останню спробу порозумітися — яку сам же остаточно і провалив, мало не спровокувавши власного убивства руками колишніх побратимів, — Криводяк здійснив у березні, у лісовому таборі біля Дичок на Рогатинщині, де вояки проходили стрілецький вишкіл.

Криводякові досі стояв перед очима той табір і посилене морозом відчуження, якого вони зазнали. Вони йшли дном яру, що нагадував тепер чуднацьке селище лісового народу. Вони щойно покинули головну колибу в його кінці, де щодня відбувались виклади й вистави, а щойно закінчилася палка суперечка з членами таборової управи. Криводяк ішов першим, вгрузаючи в глибоку верству снігу, яка покривала яр і його береги, приховувала під собою колиби, що слугували помешканнями для вояків. Хлопці сиділи або стояли навколо своїх колиб, нерухомі й завмерлі на тлі білосніжних багатовимірних полотен, не зводячи очей із вигнанців. Криводяк не опускав очей: зустрічався поглядом із кожним. Натомість тим трьом, які з ним залишились і тепер плентались позаду, пронизлива тиша, крізь яку було чутно, як сніжинки, опадаючи, торкаються землі та стовбурів дерев, здавалася найважчим із мислимих тягарів.

Поки чисельний стан відділу зростав, поповнюючись новими добровольцями і членами української поліції, Криводяк зі своєю четвіркою ставали дедалі відособленішими. Здогадуючись про розпорядження проводу щодо ліквідації непокірного Криводяка, який ніяк не погоджувався улягати субординації, вони знову повернулися до лісів неподалік Бучача, хоч ця місцевість була надто ненадійною для переховування порівняно зі, скажімо, Бережанським і Рогатинським повітами.

Наприкінці березня Криводяк зі Шпаком і Вухом прямували до Рукорака на зустріч зі зв'язковим, що мала відбутись у печерному монастирі навпроти церкви святого Онуфрія (настоятеля Криводяк пам'ятав іще зі своїх семінаристських часів). Вони все ще сподівалися налагодити контакт із кимось зі «своїх», але потрапили в засідку. Трійця помітила групу озброєних чоловіків ще здаля і прийняла їх за партизанів, з якими взимку минулого року вони мали добрі зв'язки і яких не остерігалися. Зрештою, у своїй більшості це й були ті знайомі їм партизани, очолені капітаном держбезпеки НКВД, скерованим із Рівного.

Від моменту цієї першої зустрічі і до миті, коли Нуся вповзла у смердючу, схожу на могилу з напіврозкладеними трупами, криївку, Криводяк і його люди втікали і переховувалися, втратили попередній, так добре облаштований, сховок, у якому мало не згоріли живцем, перед тим практично потруївшись газом, цілу ніч втікали від переслідування з собаками, зрештою були закидані гранатами й обстріляні, після чого Криводяк із простреленим і всіяним осколками стегном упродовж трьох діб тягнув на собі непритомного Шпака, поки друга Вухо катували різними способами до тієї міри, що він на довший час втратив здатність говорити і навіть плакати, аж доки Криводяк (так, із раною на стегні) і Шашіль завдяки воістину непоясненним випадковостям його не відбили, поклавши на місці шістьох осіб.

Добре, що існувала ця тісна, нашвидку викопана нора з найнеобхіднішими припасами — останній прихисток, до якого можна було вдатися. Часом було чутно кроки мисливців, які не припиняли їх вистежувати, — вони проходили мало не над самим сховком, аж грудки землі осипалися на принишклі голови. Криводяк зважував давню пропозицію селянина зі Старих Петликівців переховатися в нього під клунею, але дорога до тих Петликівців, напевно, стала би для всіх них останньою в житті.

Коли Шашіль зустрів лісника в хащах і, заговоривши з ним, узяв на себе сміливість ризикнути і попросив його прийти на те саме місце наступного дня, Криводяк щиро сказав, що тим самим він, Шашіль, виніс усім їм остаточний вирок. Але, переспавши ніч із цими складними думками, таки написав штафету Уляні. Багато годин поспіль він перебирав подумки сотні кандидатур: цей ненадійний, цей боягузливий, цей емоційний, ця не розділяє моїх поглядів, цей зламається, ця надто віддана проводу, цей надто слабкий, а цей — надто негнучкий. Він думав про Уляну — і відкидав її також, а потім знову і знову повертався до неї, і врешті таки зупинив свій вибір на ній. Шашіль відніс лісникові записку і попросив передати чоловікові в Заривинцях, який мав побачитися зі згаданим уже священником із Рукорака. Той, своєю чергою, знав когось у Бучачі, хто повинен був знайти медсестру бучацького шпиталю Фрасуляк Уляну. Лісник, хоча Шашіль нічого від нього й не вимагав, заприсягся, що радше загине, ніж їх видасть.

фотокартка: дві схожі між собою жінки середнього віку (ймовірно, старша і середня сестри) чистять віниками килими і верети в снігу серед саду

Спершу Нуся думала, що одяг підсохне і їй стане ліпше. Але відчуття важкого мокрого вбрання, холод якого проймав до кісток, став її почуттям, коли Криводяк розплющив очі й поглянув на неї.

Він був розчарований, її побачивши, і це розчарування притягнуло за собою страшний приступ болю від розтрощеного стегна, тканини якого вже почорніли і блищали вологим блиском, виділяючи масний запах гниття, від якого нікуди неможливо було подітися — хіба лише погодитися його вдихати. І Нуся погодилася. Вона була готова майже на все: дихати страшним смородом, тремтіти в мокрому одязі, витримувати гнів і злість через те, що не передала записку Уляні, була готова навіть пройти крізь нелюдські тортури. Вона не мала сумніву, що витримає будь-які побиття, найгірші знущання, навіть зґвалтування — бо точно знала, заради чого. Але бачити, що її прихід сприймається як зайвий клопіт, як тягар, як безглуздя, як марна нав'язливість, розуміти, що її присутність — це свідчення відсутності когось по-справжньому потрібного й бажаного, виявилося нестерпним, неможливим. Якщо подумати, Нуся могла би погодитись внутрішньо з тим, що Криводяк чекав не на неї, а на іншу, якби цією іншою не була її старша сестра.

Впродовж тих кількох тяжких годин, які Нуся провела в цій жахливій могилі, майже нічого не говорилося. Лише на самому початку, коли Криводяк ледь розліпив свої хворі очі й Нуся замість радости та надії побачила в них глибоке, пронизливе розчарування, вона прошепотіла якісь пояснення, плутаючись у словах і затинаючись, а він перебив її на півслові і глухо сказав: — Потрібні були руки медсестри. Ти нічого не вдієш. Шашіль мусить сам нас обробити. З тебе не буде користи, тільки повітря відбираєш.

І далі вони мовчали. Нуся сиділа в кутку, біля скрині з ручними гранатами, боячись поворухнутись, боячись вдихнути забагато гнилого повітря, щоб не відбирати в тих, хто більше його потребував і перед ким вона завинила. Шашіль розібрав принесену Нусею торбу, їжу віддав Галі, яка тут же по-діловому почала нарізати хліб і цибулю на пласкому уламкові колоди, що слугував столиком. Криводяк відмовився їсти, похитав головою, вказавши очима на інших двох чоловіків, які не зводили поглядів із темних скибок хліба і склистих дольок цибулі. Коли різкий цибулевий аромат наповнив простір криївки, Нуся ледь погамувала блювотний рефлекс. Її охопив жах: що, коли вона ще й таке неподобство їм скоїть після всіх своїх помилок і переступів. Вона зібрала всю волю, затулила долонями обличчя, сховала його в колінах, а коли відчула, що небезпека минає, знову поглянула на присутніх.

Шпак поїдав хліб із Галиних долонь — як пес, вилизуючи її пальці. Від нього тхнуло екскрементами. Його тіло не ворушилося, він міг лише трохи повертати головою і шиєю. Кінцівки ж і тулуб простягалися перед ним, тому тіло його нагадувало мерця в труні. Галя навіть руки його склала на грудях, сплела пальцями. Сама вона, зосереджена і терпляча, чекала, поки Шпак виїсть з її долоні останню крихту, щоб взяти тепер іще шматок білого сиру і простягнути чоловікові. Сіруватe від бруду волосся облямовувало її незворушне воскове личко.

Той, якого кликали Вухом, лежав поруч, із головою накрившись напівобгорілою шинеллю. Раз по раз він починав бубоніти щось нерозбірливе. Слова шерехливо просочувалися крізь шинель, ніби смажились на олії. Нуся напружувала слух, але їй вдавалося розчути хіба щось про волосся, яке напхалось у горлянку скурвим синам, і про те, що він стільки разів говорив і попереджав, а його не послухали, і тепер маєте — очі повиколювали, покотилися-потелилися, всіх подушили, душі повиймали. І він раптом починав сміятися: спочатку хихотіти й порскати тихесенько, як дитинча, а потім усе нестримніше, голосніше реготав, видихаючи плаксиво на повні груди, стогнучи й хекаючи, і Галя злегка постукувала по шинелі кулаком, а потім розтискала пальці і гладила шинель долонею, і чоловік на деякий час затихав. Затихав ненадовго: невдовзі знову починав плести щось про жидів, через яких вони тут усі подохнуть, бо понабирали їх, попідбирали всіх підряд, а разом із ними і смерть свою попідбирали, і поки жидів не збудуться, то і смерти своєї не збудуться. Галя знову стукала його кулачком, щоб після цього ніжно й заспокійливо гладити, і він укотре змовкав.

Тим часом Криводяк лежав, відкинувши вбік свою лису голову, ще білішу, ніж зазвичай, і затиснувши в зубах шматок дерева. Перед тим він випив добрячий ковток розбавленого водою спирту, відтак його зіниці звузились, а погляд став дещо розсіяним, відсутнім. Він деякий час спостерігав, як Шашіль дезінфікує свій ніж, руки, маленькі сталеві щипці, як набирає у шприц пеніцилін з ампули, а потім, отримавши заштрик, вклав голову долі і заплющив очі. Шашіль займався його стегном, розклавши перед собою принесені Нусею медикаменти. Нуся помітила, що в Шашеля тремтять руки, але обличчя його було майже красивим: грізним, поважним, зосередженим. Сморід розкладу став іще насиченішим, а до нього додалися аромати спирту, якихось хімічних сполук і смаленого. Шашіль довго видаляв чорно-зелений тягучий гній, який, здавалося, ніколи не припинить виступати назовні рясними вихлюпами, а потім, буркнувши Криводякові якесь попередження, обережно почав накладати на рану складну кількашарову пов'язку, просякнуту карболовою кислотою. Криводяк сичав і вигинався, вчепившись обома руками за свій карабін. Шпак перестав їсти і лежав тепер, не зводячи погляду з коренів, які пробивались зі стелі кривки. Вухом перевертало й крутило під його шинеллю. А Галя спостерігала за операцією, анітрохи не змінившись на лиці.

Нуся мало не вдарила себе по обличчі, відчувши несподівану хвилю щастя й полегшення, коли слідом за темним від виснаження Шашелем вилізла на поверхню. Знову стояла ніч. Нуся вдихнула свіжого лісового повітря на повні груди. Їй паморочилося в голові, вона не одразу змогла йти. Ця ніч була місячною. Нуся розгледіла химерний роздвоєний стовбур сосни, що ховала під своїми коренями кривку. В одну частину стовбура влучила колись блискавка, і тепер жива половина дерева з коричневими лушпайками кори і рясною зеленою хвоєю тулилась до голого, розкаряченого, омертвілого скелета.

Шашіль провів Нусю зовсім недалеко, не промовивши до неї більше жодного слова. Він навіть не попрощався, навіть не поглянув на неї. Мовчки розвернувся і пішов у той бік, із якого вони щойно прийшли. Нуся зупинилась і слухала, як його кроки стають нечутними. Вона більше не злилася, не ображалась. Хіба ж вона не розуміла?

фотокартка: жінка середнього віку облаштовує червоний куточок у міській бібліотеці для дітей і юнацтва

Коли кілька десятків постатей в уніформі і синіх кашкетах з'явились з-за стовбурів, вона навіть не здивувалася. Спокійно зупинилася, роззирнулася навкруги, зауваживши їх і праворуч, і ліворуч. Позаду тріснула гілка. Нуся знала, що вони оточили її з усіх боків. Вона й на думці не мала втікати. Відчула лише якусь веселу, майже дитячу цікавість всередині: чи стежили вони також і за Шашелем? Чи знають уже, де кривка?

Коли кілька з них підійшло упритул, цілячись у Нусю гвинтівками, а той, що ззаду, навіть дошкульно тицьнув цівкою під лопатку, Нуся усміхнулася, переводячи погляд із одного на іншого. Мовляв — ну чого ви, хлопці, не будьте такі серйозні. Але їй ніхто не відповів. Ззаду штовхнули в плечі. Вона думала, одразу почнуть запитувати про Криводяка, про сховок, але котрийсь із них — Нуся не могла розгледіти облич, ще було надто темно — наказав їй мовчки йти з ними і не викидати коники.

Вона скорилася і рушила слідом за тим, що віддавав накази. Попереду він ішов сам, ще один або двоє хрумтіли позаду неї гілками і снігом. Вона точно не знала, скільки їх залишилося поруч, але не сумнівалася, що небагато. Решта, вочевидь, знову заходилися прочісувати ліс у пошуках Криводякової схованки.

Нуся відчувала страшенну втому. Їй було прикро, що її досі вологий одяг так неприємно смердить затхлістю, що він просяк смородом криївки і ці люди точно його відчувають і тому не будуть ставитись до неї належним чином. Їхня гидливість, яку Нуся передчувала, ослаблювала її, відбирала впевненість.

Вона згадувала свої думки про катування й допити, намагалася відтворити той затятий, упевнений стан, із яким готувалась витримувати будь-які знущання і не розколотися, не видати нікого, не зрадити. Однак стан той здавався зараз настільки ж далеким і надуманим, наскільки далеким і майже вигаданим здавався Криводяк у своїй темній ямі. Нуся сумнівалася, що недавні події їй не примарилися. Вона бачила підголену потилицю попереду себе, бачила глибокі вм'ятини слідів, які залишалися на сніговій корі після високих шкіряних чобіт чоловіка. Котрийсь із тих, що йшли позаду, постійно кашляв мокрим кашлем, відхаркував і спльовував, і незлостиво лаявся при цьому собі під носа. Все це було так по-звичайному, майже нормально, зовсім не страшно. Може, Нусі навіть було б цікаво, якби вона не відчувала цієї надзвичайної втоми, від якої аж погляд їй застилало.

Її привели до лісничівки, з якої назустріч вийшло ще двоє мовчазних чоловіків. Неуважно зиркнули на Нусю, завели досередини. Сивий кремезний тип із вимученим виразом обличчя, ніби в нього давно ниє зуб, кивнув на стільця під стіною. Нуся зняла пальто, охайно вклала на бильце лави під вікном, а сама сіла, куди їй було вказано. Стіну прикрашали тканий килим і цілий іконостас: Діва Марія з Ісусиком, який тільки розміром нагадував немовля, а вигляд мав підтоптаного, змученого дядька; розіп'ятий Ісус на хресті, розписаному святковими візерунками; кучерявий ангелик, який переводить невинну дитину через кладку над лісовим струмком; Адам із Євою в саду, серед рясних яблунь із плодами, завбільшки з гарбузи, і змієм, який вклав свою розімлілу голову на Євине біле стегно.

Нуся сіла й уважно оглянула кімнату: подробиці образів, які дедалі чіткіше проступали з мороку, вишиті подушки на лаві, невелику піч, стіл із ніжками різної довжини, який хитався, коли на нього спиралися. Потім сивий підклав під коротку ніжку зігганий в кілька разів шматок газети і виправив ситуацію. В кімнаті стояли запахи життя незнайомої людини: пахло їжею, тілом, тютюном, пліснявою, деревом.

Крізь невелике віконечко Нуся дивилася на вогники сигарет. Коли хтось затягувався, вогник розгорався і червонів. Летіли іскри.

Нусю залишили в кімнаті саму. За якийсь час навіть червоні цятки за вікном позникали. Іноді їй здавалося, що вона чує голоси або кроки, але не мала певности. Почало розвиднюватися. Нуся бачила охайний городик, із якого вже повністю зліз сніг, пофарбований паркан, хвіртку, стежку, пухнасті ялиці і рясні голі гілки листяних дерев.

Нуся чомусь не підводилася зі стільця, хоча в кімнаті не було нікого і їй, зрештою, не забороняли вставати. Вона дуже хотіла справити малу потребу, але все одно не підводилася. Незважаючи на різь у животі, Нуся навіть пози не змінювала.

Минав час. Вітер за вікном розгойдував дерева, завивав у кронах, терся боком об стовбури. Нуся відганяла настирливу думку, чи не могло так статися, що охоронці залишили її тут назавжди, покинули з невідомих причин. Що, якби вона зараз підвелася, пройшла тісні сіни, відчинила двері, сходами зійшла у двір, перетнула стежку, штовхнула хвіртку і рушила собі до лісу, в гущавину, щоби за деякий час зорієнтуватися, де перебуває, і піти в напрямку свого дому. Що, коли її ніхто не зупинить, коли навколо нікого немає. Її ніхто не стримує, про неї забули, вона нікому не потрібна. Ось вона повертається додому, переодягається в сухий і чистий одяг. Мама спекла свіжий хліб і зварила кашу. Тато сидить на ґанку і курить. Христя тулиться до неї, розповідає якісь дурниці. Уляна приходить з роботи, і вона, Нуся, навіть трохи рада її бачити. Так би хотілося забути все, що сталося протягом останньої доби, думалося Нусі.

Але спершу, увійшовши до лісу, вона присіла б під деревом і солодко видзюрилася. Вона робила б це так довго, нескінченно довго, милуючись, як піниста гаряча рідина пробиває залишки снігової кори й всякає в пухнасті острови моху, аж доки не стала б легкою та вільною, і більше ніщо не завадило б їй на шляху додому.

Невідомо, скільки годин поспіль вона ось так просиділа, коли сечовий міхур таки зрадив її. Нуся навіть не одразу зрозуміла, що відбувається:

щось весело задзюркотіло, в сідниці і ноги стало тепло і приємно. Нуся нажахано зазирнула під стілець: на дошках підлоги розтікалося безмежне озеро.

Вона дочекалася, коли дзюркотіння стихло, і нарешті наважилась підвестися. Її спідниця була повністю мокра ззаду. Непевними рухами хворої людини Нуся зняла з себе спідницю, а тоді, як уже вийшло, витерла нею стілець і мокру підлогу. Роззирнулась навколо, підійшла до печі, вгледіла всередині мідний прокопчений казан, вклала до нього спідницю і знову сховала до печі. Тоді одягнула на себе пальто, визираючи у вікно, біля якого стояла.

Вона побачила, що стежкою до лісничівки наближається високий чоловік у фуражці, негнучкому мундирі з погонами, який робив його рухи чіткішими, і темно-синіх бриджах. Він ішов широкими впевненими кроками, розмахуючи руками. Нусі здалося, що і руки, і ноги, і голова в цього чоловіка дуже великі, набагато більші, ніж зазвичай бувають у людей.

Вона повернулася й сіла на свій стілець. Тут же відчула нестерпний запах аміяку, який стояв у повітрі. Хтось постукав у двері. Нуся мовчала і дивилася поперед себе. Двері прочинились, і чоловік увійшов досередини. Він усміхнувся і привітався. Нуся усміхнулась у відповідь. Чоловік був дуже приємним. О Боже, який він добрий, який він хороший, подумала вона, шкодуючи про аміяк.

Чоловік зняв фуражку, обсмикнув на собі мундир. Капітан держбезпеки НКВД Красовський, представився він, подаючи Нусі руку і дивлячись на неї лагідно, трохи сором'язливо. Він говорить українською, здивовано відзначила про себе Нуся, він українець.

Аж не віриться, що вже майже середина весни, сказав він, розтираючи почервонілі від холоду руки. (Нуся помітила кілька бородавок на фалангах його довгих пальців.) Надворі так холодно. Зимно, як у псарні.

Потім вони просто розмовляли. Ми просто розмовляємо, думала собі час від часу Нуся. Ми ж просто з ним розмовляємо, як розмовляють люди. Чому я не повинна була би розмовляти з цією людиною. Хіба він не людина?

Капітан держбезпеки сидів навпроти, несподівано близький і зрозумілий, і розповідав про те, як скучив за своєю дружиною. Він так давно її не бачив, уже місяці три, якщо не довше. Востаннє вони зустрічалися в Харкові, куди дружину привезли ще минулого року, восени, одразу після звільнення міста від фашистів, а він зміг до неї дістатися лише три місяці тому — і вона до сьогодні не знає, яке це диво, що він досі живий. Вона плакала, що на зустріч їм відведено якихось шість годин — але могло ж не бути навіть секунди! Зараз вона пише йому розпачливі листи: мовляв, Харків для неї незвичний, усе там химерно, всепроникне відчуття тимчасовости робить тривогу нестерпною. Вона ніколи ще не бувала так далеко на заході, до того ж сама, без нього. Але він заспокоює її, що Харків — це набагато ближче до того, що їй близьке, тому що по-справжньому вона здивується, коли зовсім скоро, вже от-от він привезе її до своїх рідних країв. Треба почекати ще зовсім трохи, поки вони остаточно очистять світ від зарази, коли навіть тут, в цих лісах, уже стане безпечно. Він повезе її до Львова, до Чернівців, покаже їй Товтри і Карпати. Покаже місце у Кам'янці-Подільському, де стояв будинок, у якому він виріс. Ось тоді навіть вулиці не здаватимуться їй вулицями, а будинки — будинками, ось коли вона не зможе зрозуміти, про що розмовляють люди.

Капітан усміхнувся розслаблено, зі зворушливим смутком в очах, і позмовницьки підморгнув до Нусі. Він потер чоло долонею і скрушно зітхнув: їй було б набагато простіше, якби у них народилися діти, зізнався він. Але вони перестали вже сподіватися.

Він розповідав про себе й розпитував Нусю: а у вас є брати або сестри? О, троє доньок — це наша з дружиною мрія, уявляєте! — оголював у щирій усмішці рівні зуби. Ви середня? Які ж у вас стосунки з сестрами? Старша сестра працює в лікарні? Я впевнений, що і для вас нам вдасться знайти корисну, потрібну роботу. Чим ви хотіли б займатися? Любите читати? Вам подобаються бібліотеки, ці скарбниці людської мудрости? Ви маєте час, щоб подумати, не поспішайте.

Коли Нуся розхвилювалася, побоюючись, що мова от-от зайде про батька і його заняття в часі війни, капітан держбезпеки знову почав розповідати про дружину: як познайомився з нею у перший же день свого приїзду до Москви, як вона виголошувала промову з трибуни своїм дзвінким, упевненим, навіть гнівним голосом, як комірець охоплював її шию, як обличчя обрамлювали напівпрозорі апострофи кучерів, як її краса стала доповненням до краси тієї ідеї, в пошуках якої він поїхав так далеко на схід, і підтвердженням того, що, незважаючи на юний вік, він зумів здійснити правильний вибір.

І потім він зболено зморщився й обхопив долонями обличчя, а Нуся знову звернула увагу на ці некрасиві, такі людські бородавки на його пальці, поки він бурмотів — часом навіть зовсім нерозбірливо, ніби охоплений маячнею — про те, що вибір необхідно доводити своїм життям, що заради вибору цим життям необхідно жертвувати, і не тільки своїм, зрештою. Дурна і передбачена наперед загибель його загону була потрібна! — запевнив Красовський Нусю, хоч Нуся не розуміла, про що він говорить. І капітан держбезпеки, впіймавши її розгублений погляд, заходився ділитися державною таємницею (від чого Нусі жахно замлоїло в животі): розповідати, як наказом ЦК КП(б)У навесні 1943-го його призначили членом підпільної партгрупи, яка, разом із трьома сотнями партизанів, повинна була проникнути на територію Дрогобицької області з метою створення центрів комуністичного спротиву, підготовки ґрунту для розгортання повноцінного партизанського руху. Крім нього, одного з небагатьох військових за фахом у загоні, до групи належали парторганізатор, комсомольський організатор, агітатор, двоє розвідників, троє радистів, інструктор-підривник, перекладачка, машиністка та лікар. Місцевим, уродженцем цих країв, був тільки він. Решта походили зі Східної України, з Росії і Білорусі, не володіли мовою, не орієнтувалися в місцевих особливостях. Партгрупа повинна була отримати в допомогу бойовий загін партизанів, але в результаті їм виділили три сотні недавно мобілізованих колгоспників з Полісся, які здебільшого не мали жодного бойового досвіду. На початку червня партгрупа приземлилася на партизанському аеродромі в Білорусі і, об'єднавшись із партизанами, впродовж місяця просувалася на Волинь. — Що це була за кавалькада, — розпачливо сичав капітан, випромінюючи сором, — що це був за циганський табір! Ми плелися, тягнучи за собою десятки возів, незграбні, неоковирні, позбавлені здатності до маневрування. Нас було помітно за десять кілометрів, а гуркотіння розносилось, напевно, ще далі. Українські націоналісти знали про наше наближення вже за кілька днів, але вони поводили себе радше стримано, а дрібні сутички з ними траплялись радше випадково. Нашим головним завданням тоді була боротьба з німецькими окупантами. Українських націоналістів ми повинні були переконувати, що вони обдурені власним керівництвом, яке служить фашистам. Очевидно, що ми мусили з легкістю підбивати їх переходити на наш бік. Так нас проінструктували, хоч я намагався пояснювати, що все набагато складніше.

Одначе інструкція є інструкція, — з гіркотою засміявся Красовський. — Ми зупинилися над Західним Бугом, оскільки розвідники повідомили про німецькі гарнізони в кожному селі на правому березі. До того ж нам потрібен був час, щоби бодай трохи поремонтувати взуття, перевірити зброю і підлікувати потерті ноги.

Коли з'явилося троє невідомих, які назвались українськими націоналістами, ми погодилися на переговори. Ми рушили в бік села Смоляри, зайнятого націоналістами, роззброїли їх, оточили село, забрали зброю і запропонували спільно боротися проти німців. Після їхньої згоди ми повернули їм зброю, і частина з сотні УПА перейшла до нас, а решта розбіглася.

Натхненні таким вдалим поворотом подій, ми перетнули адміністративний кордон генерал-губернаторства. Командир передової роти помітив хутір, і ще до моменту, коли я опинився на місці, хата виявилася пограбованою і підпаленою. Карати моїх людей не було сенсу: їм хотілося свіжого молока, горілки, хтось одразу натягнув на ноги господареві чоботи. Я їх міг зрозуміти! А от господар не зміг. Він, звичайно ж, тим часом подав про нас звістку німцям.

Зовсім скоро нас оточило кілька німецьких автомобілів. Бій тривав п'ять годин, але нам вдалося його відбити. Ми рушили далі в ліси, та наступного дня, в Трещанському лісі, потрапили в оточення п'яти тисяч німців. Тут і почалося найгірше. Командир батальйону Філіпов відмовився оборонятися, мовляв — якби його залишили на території Білорусі, він би боровся, а тут не буде, і все, і ніхто не примусить, навіть не намагайтеся. Дотепер мені перед очима стоїть його вперте обличчя, його блідість, його наляканий погляд. Філіпова підтримали комісар Обрушенко, начальник штабу Григоренко й інші командири. Всі вони добряче напилися, вирішивши, мабуть, що така нагода випадає їм востаннє в житті, а хтось, можливо, хотів трохи набратися хоробрости, але не зміг вчасно зупинитись. Усю ніч під мінометним і артилерійським обстрілом ми шукали в лісі місце для прориву з оточення. Пам'ятаю, як я тицявся в темряву і гілки, як напорювався на трупи наших, як зусібіч летіли кулі, як від обстрілу спалахувало повітря поміж хащів. І цей запах — я ж не вперше брав участь у боях! Але цей запах: диму, сірки, болота, крові — мені здається, він досі на кінчиках моїх пальців.

Закінчення історії капітан розповідав здавленим голосом, ніби от-от розридається. Його розповідь паралізувала Нусю, загіпнотизувала її. Згодом, набагато пізніше, вона зауважила, як сильно болять усі м'язи її тіла — так, ніби вона впродовж довгого часу працювала на виснажливій фізичній роботі, ніби тягала на собі тонни каміння, заліза, стовбурів дерев.

Красовський говорив, не даючи Нусі можливости відокремити себе від його розповіді. Говорив, що їх залишилося всього лише кілька десятків — тих, кому вдалося вирватись. Однак відтепер на них полювали не тільки німці, а й націоналісти, озлоблені ще за той випадок у Смолярах. — Блукаючи, — говорив полковник, — ми натрапляли на спотворені тіла своїх, на ці знайомі й рідні клаповухі голови, на застиглі наївні погляди. Як їх катували! — тремтячий голос зламався на високій ноті.

Капітан замовк на мить, а тоді вже майже спокійним, рівним голосом почав описувати способи катування, змальовувати сплюндровані трупи, в найменших деталях відтворюючи рани й понівечення. Командира батальйону Філіпова вони знайшли живцем закопаним у землю, із вбитою в чоло червоною зіркою.

Капітан, не кліпаючи, дивився в Нусине обличчя. Нуся не піднімала очей.

Раптом щось змінилось у повітрі. Напруга почала поволі опадати додолу, як опадає ранковий туман навколо водойм, окремими клаптями застряючи поміж трави ще деякий час після того, коли повітря стає прозорим.

...Кажуть, — довірливим тоном, майже пошепки мовив Красовський, — що ці нещасні переховують в тій норі з собою дівчинку, сироту?

Нуся кивнула:

Вона єврейка.

Мені розповідали, у неї світле волосся. Казали, вона дуже гарна.

Нуся ще раз підтвердила капітанові слова кивком голови.

Вам щось відомо про неї? Ви знаєте щось про її попереднє життя?

Нуся, як могла, задовольнила його цікавість. Хоч і вичерпана вкрай, вона почувала до нього вдячність за це спілкування. Він так добре до неї ставився, розмовляв із нею по-людськи, нормально, щиро. Їй було його шкода. Вона хотіла допомогти.

Ви думаєте, дитині можна жити ось так, під землею? — запитав Красовський. — Думаєте, дитині можна залишатися поруч із такими людьми?

Нусі здалося, в його очах стоять сльози.

Я і їх розумію, я їм глибоко співчуваю. Це слабкі, введені в оману люди, — продовжував капітан. — Невже ви не усвідомлюєте, що коли ми їх не знайдемо, то вони повмирають? Вони ж уже от-от повмирають усі... — читала Нуся по його безшелесних губах. І раптом — різкий вибух: — Ми ж їм можемо допомогти! — у відчаї він охопив голову руками, розбурхав волосся пальцями.

Цієї миті почувся шум двигуна, завищали гальма. З лісу вилетів чорний лискучий автомобіль з витрішкуватими фарами й опуклим капотом. Капітан держбезпеки зірвався з місця і вибіг назовні.

Нуся дивилася крізь вікно, як він схилився до когось, хто сидів у тому автомобілі. Наростала тваринна тривога. Красовський щось довго і вперто доводив, розмахуючи руками. Потім слухав, кивав головою, тоді знову починав говорити. Врешті він виструнчився і віддав честь.

Повернувся до неї він іншим: чужим, холодним, віддаленим.

Знаєте, відбуваються страшенно неприємні речі, — поскаржився він, мружачи очі, як від яскравого світла. — Я хотів би отак вічно сидіти тут із вами і розмовляти. Ви страшенно мила, симпатична особа! І так багато тепер про мене знаєте, що стали для мене навіть небезпечною, — він усміхнувся звабливо. — Але часу зовсім немає, насувається катастрофа.

Капітан завагався й додав: — Вона ненадовго, ця катастрофа. Побачите, вона тимчасова. Але все ж...

Він наблизився до неї впритул, нахилився до її обличчя, поклав свою руку на її долоню і зашепотів у вухо, торкаючись губами мочки:

Мені дуже треба їх знати. Я можу на вас надіятися?

фотокартка: шматок вимішаного тіста з ум'ятинами від пальців, посеред дошки, засипаної борошном

Перед нею відчинили дверцята автомобіля, подали руку, щоб їй легше було виходити. Вони бачили, яка вона втомлена, і поводилися з нею бездоганно, мало порошинки не здували.

Нуся скористалася простягнутою рукою, але все одно заточилась. Улесливе привітання сусіда пролунало як з-під води, хоч вона розуміла, що він витріщається на неї з відстані кількох метрів, перехилившись через паркан.

Чомусь рушила спочатку в протилежному від дому напрямку, і аж коли котрийсь із її недавніх супутників наздогнав її, вона зрозуміла свою помилку. У світлі фар, під ритмічне бурчання двигуна, що накочувало на неї щільними хвилями, довго мучилася з хвірткою.

Вона була вдома, але це тепер уже не здавалося їй чимось потрібним. Могла, зрештою, і не повертатися — нічого б не змінилося. Вона пам'ятала ще години туги, проведені в хатинці лісника до приходу полковника: повернення додому здавалося їй найбажанішою річчю, остаточною метою. Вона думала тоді, що варто їй повернутись — і все можна буде якось залагодити, пробачити, забути. Що саме її повернення додому має магічну силу налагодження справ, виправлення помилок. Але все змінилося безповоротно, і тепер навіть повернення додому перестало бути важливим. Все тепер зіпсоване, всі колишні значення вивернуті й перекручені.

Вдома стояла неприємна задуха і тхнуло чимось несвіжим — перекислою капустою, гнилою морквою чи цибулею.

Нуся повернулася! — гукнула Христя, зістрибнула з бильця канапи і кинулась обіймати сестру, мало не збивши з ніг. Мама визирнула з кухні. — Яка ти бліда, — сказала вона. — Що то була за робота? Вони нічого не заплатили, звісно?

Нуся мовчки підійшла до столу, на якому мама вимішувала сіре тісто, що кришилось і розходилося тріщинами, ніяк не бажаючи перетворюватися на однорідну масу. Вона поклала на брудну стільницю кілька купюр.

Заплатили, — відповіла вона, а коли мама запитально на неї поглянула, лише знизала плечима. — Кажуть, у нас скоро ходитимуть рублі.

Мама похитала головою, знову повертаючись до тіста. Христя не відходила від Нусі, обіймаючи за плечі. Нуся легенько розчепила її руки, рушила до великої кімнати. Батько з Уляною сиділи одне навпроти одного з розгорнутими книжками в руках. Обоє вдавали, що глибоко занурені в читання. Так глибоко, що не помічають Нусиного повернення.

Нуся поглянула на батька: невже він став трохи спокійнішим? Ну, це ненадовго.

Що ти читаєш? — запитала Нуся в Уляни, ніби їй справді було цікаво.

Уляна навіть голову не підняла, не зреагувала жодним чином. Замість неї відповіла Христя.

Інтерн Щіпаняк поїхав із німцями, залишив усю свою бібліотеку, — повідомила вона. — Пані Барбара прийшла до шпиталю, хотіла обміняти книжки на їжу. Уляна віддала їй два кілограми картоплі і нашу стару капусту, а вона дозволила вибрати тузин книжок. Є один альбом із фотографіями, — Христя кинулася до столу, щоб продемонструвати сестрі велике видання з сепієвими зображеннями будівель.

Нуся теж підійшла до столу впритул, але на альбом не реагувала. Вона знала, що стоїть зараз точно над Пінхасом. Він, скручений, скорчений, лежить у темряві — як дресирований звір, який добре затямив, що йому не слід видавати жодного звуку, не слід себе зраджувати. І якщо він буде поводитись чемно, то його не битимуть, не проганятимуть на холод і дощ і навіть дадуть поїсти.

Так, Уляна вдає, ніби читає, але насправді вона не може вже дочекатися, коли ж усі порозходяться спати, щоб мати змогу припідняти ляду і намацати там, унизу, кошлату голову, ковзнути долонею по ключицях, сплестися долонями, множити в їхньому домі гріх.

Чого ти там встала? — запитав раптом батько.

Він мене не запитує, де я була, що зі мною відбулося, не запитує, чи зі мною все гаразд, чи я рада, що залишилася живою, подумала Нуся, нічого не відповідаючи.

Він не дякує за те, що я роздобула гроші, що тепер ми зможемо купувати їжу, що ми всі зможемо вижити. Він вдає, ніби не сталося нічого особливого. Ніби я, як завжди, нічого не зробила.

Вона відчувала, що тепер і Уляна, і батько підняли голови від своїх книжок і пильно на неї дивляться. Їхні погляди навалилися на неї, ніби два кам'яні мури, ніби стіни їхнього дому, який, хоч стояв іще, але чомусь видавався зруйнованим.

Нуся не дивилася на них, але звідкілясь точно знала, що діється. Бачила, як вони зустрічаються поглядами, як у їхніх очах виникає дедалі сформованіше порозуміння, як їхні обличчя наповнюються сміхом, роз'ясняються від цієї насолоди впізнавати одне в одному спільні емоції, як їхні однаковісінькі роти розповзаються в однаковісіньких усмішках. І коли вона почула голосне, подвоєне, віддзеркалене пирхання, наповнене і здивуванням, і нерозумінням, але найдужче — знущанням над нею, Нусею, вона тупнула ногою об підлогу і промовила чітко й голосно:

Коли вже ти розповіси Пінхасові всю правду, Уляно?

Коли ти, Уляно, припиниш обманювати Пінхаса?

Уляно, коли ти скажеш Пінхасові, що німців уже немає?

Коли ти повідомиш Пінхасові, Уляно, що він уже може безпечно вийти назовні?

Чи ти, Уляно, збираєшся тримати його в ув'язненні довіку?

Чи ти думаєш завжди дурити його і йому, Уляно, брехати?

І невже ти ніколи не розповіси Пінхасові, Уляно, що Фейґа, Пінхасова маленька сестричка, не загинула?

Ти не хочеш йому зізнатися, що Фейґа жива?

фотокартка: пересвічена

Такої тиші просто не могло існувати. До того моменту ніхто у всьому світі не підозрював, що буває така тиша.

А тоді будинок затрясся. Долинув удар, другий, третій. Нусю підкинуло догори. Ляда відчинилася навстіж.

фотокартка: одна жінка засиляє нитку в голку, інша — протирає окуляри

Ні, — сказала Христя, окуляри якої раптом запітніли. Вона зняла їх і почала протирати полою сукні. Руки здавалися обтягнутими подарунковим гофрованим папером із вишуканим візерунком чайного кольору. Руки тремтіли. — Ні, — повторила Христя і відкашлялася, — такого не було. Я не пам'ятаю, щоби Нуся в ті дні взагалі кудись ходила. Вона була вдома. Вона не виходила. Вона хворіла на свинку.

Я ніколи не хворіла на свинку, — сказала Нуся, якій ніяк не вдавалося засилити нитку у вушко голки. Вона назбирала кілька речей, які треба було зашити: Христина блузка розійшлась під пахвою, від Уляниної спідниці відірвався ґудзик, а підкладка пальта роззявилася по шву. Нуся мала найкращий зір, тому зашивати речі було її обов'язком.

На свинку хворіла я, — сказала Уляна, — але тобі тоді, Христю, було чотири роки. Я лежала в лікарні. За мною доглядала Іда Кріґель.

У мене була скарлатина, але не в ті дні, про які ми говоримо, — Нуся відклала звичайну голку набік і взяла циганську.

Що ти робиш? Як ти будеш зашивати блузку циганською голкою? Ти наробиш мені отакенні діри! — сполошилася Христя.

Інакше я взагалі нічого не зможу зашити. Ми будемо ходити в дірявому одязі, з відірваними ґудзиками. Хочеш? — саркастично запропонувала Нуся.

У ті дні ми всі хворіли, — повернулася до теми Уляна. Сестри затихли. Уляна продовжила:

Ти наймолодша, Христю, а забула найбільше. Звичайно, Нусі не було вдома кілька днів до того, як усе трапилося.

Я була на роботі. Мене забрали з іншими жінками церувати засрану білизну радянських солдатів, — мовила Нуся, якій тепер уже не вдавалося вселити нитку у вушко циганської голки.

Нічого я не забула, — образилася Христя. — Та що ж таке, скельця в якихось масних плямах, ніяк не відітру. Я нічого не забула, я все пам'ятаю.

Вона терла і терла окуляри, аж доки одне зі скелець не вилетіло з оправи, і ґвинтик, тонко дзенькнувши, покотився підлогою.

Крекчучи, всі троє опустилися навкарачки.

Христю, ти ж і так його не побачиш, навіщо дурно лазити. Хто тебе потім підніме? — забурчала Уляна.

А ти взагалі зі своїм попереком тепер не розігнешся, — сказала їй Нуся.

Певний час вони повзали мовчки, обмацуючи підлогу руками, приглядаючись до крихітних шматочків бруду, збитих грудок пилу, до мертвих комах.

Ось, здається, знайшла, — обережно підібрала щось Нуся пучками пальців.

Ні, це не воно, — похитала головою Уляна, — я не знаю, що це таке, але це точно не ґвинтик.

Їхні пожовклі, розшаровані нігті, схожі на стулки молюсків, обстежували тріщини між дошками підлоги. Згрубіла шкіра долонь досліджувала поверхню верети. Пальці з набухлими суглобами перебирали френзлі.

Але, Нусю, навіщо ти кажеш неправду, — з докором сказала Уляна. — Ніякої засраної білизни ти не церувала.

Нуся неуважно зиркнула на неї і хитнула головою:

Точно, я сплутала. Я передруковувала дрібні військові накази і звіти на друкарській машинці.

Я прекрасно знаю, де ти була і що коїла, — не поступалася Уляна.

Нуся закам'яніла з простягнутою вперед рукою. Христя округлила очі.

Хіба я не пам'ятаю тих грошей, які ти поклала на стіл перед мамою?

То було за роботу, — жалібно проказала Нуся. — За друкарську машинку!

Думаєш, я така дурна? — знущальним тоном вигукнула Уляна. — Думаєш, я забула про десять ампул пеніциліну?

Нуся безсило розпласталася на підлозі. Поверхнею свідомості ковзнуло лячне передчуття інсульту, але тут же її охопив гнів. Вона підхопилася, підлізла до Уляни впритул, готова от-от напасти, однак Уляна випередила її:

Я бачила тебе. Я бачила, як ти їх продавала. Бачила, як ти перепродавала пеніцилін радянським солдатам, Нусю.

Нуся застигла з роззявленим ротом, а Уляна продовжувала.

Я бачила тебе на ринку, бачила біля їхніх автомобілів, бачила на розі центральних вулиць. Я не хотіла до тебе підходити, не хотіла бентежити тебе, що твоя брехня про роботу розкрита. Чесно кажучи, я й до сьогодні не розумію, навіщо було брехати. Яка в цьому була потреба. І, звісно, я розумію, що не моя справа, де ти ночувала тих кілька ночей, але все ж!

Нуся мовчала.

Христя спробувала втрутитись, примирливо пробурмотіла:

Ну от бачите, кожна хотіла добра...

Сестри, проте, зараз її не чули, кожна поглинута виром власних думок.

І ще менше я розумію, — надто твердим, підозріло твердим голосом проказала Уляна, — чому ти вчинила так, повернувшись додому. Чому не дозволила мені зробити все по-своєму: розповісти йому лагідно, поступово. Адже я була права, що не варто нікуди поспішати. Адже я відчувала, що небезпека ще не минула. Навіщо ти сказала йому про Фейґу? — сумно запитала Уляна.

фотокартка: звук роздирання кролячої шкіри вовчою пащею

Він заповнив собою всю кімнату і виглядав страшно, як демон. Худий і високий, з розтріпаним волоссям, що сягало плечей, з кошлатою бородою, із запалими очима, які світилися ненавистю й божевіллям, з глибокими чорними шрамами на обличчі, з широким беззубим ротом, він метався кімнатою і гарчав, ревів, плакав. Нуся з Христею заверещали від страху, кинулися до дверей, в обійми до матері, яка вже бігла до них із кухні.

Василь Фрасуляк підхопився зі свого місця і рушив до Пінхаса, широко розвівши руки, готовий прийняти його в обійми. Пінхас закричав, пойнятий пекучим болем. Він кричав так, ніби його живцем палили вогнем, ніби пронизували його тіло гострими розжареними списами. Крик виходив з цілого тіла, а не з самої горлянки. Він ішов із легень, зі шлунка, з нирок, линув з печінки, з кишківника. Руки і ноги Пінхасові кричали, кожна клітина його тіла розривалася від крику.

Пінхас Бірнбаум наступав на Василя Фрасуляка, готовий його роздерти. Василь добре це розумів, як розумів водночас і те, що він не зможе оборонятися, бо просто не здатен завдати цьому хлопцеві кривди. Він надто сильно завинив уже, щоб себе захищати. Провина притискала до землі його руки, плечі і голову.

Уляна підскочила і обвила Пінхасову шию руками. Він заборсався, намагаючись скинути її з себе, але вона трималася чіпко, як тримаються люди, які висять понад прірвою, щоб за мить упасти й розбитися на смерть. Пінхас намагався віддерти Улянині руки від своєї шиї, але вона припала до нього всім тілом, тісно-тісно, близько-близько, злилася з ним в одну істоту, заховала обличчя в його бороді, торкнулася устами його шиї, його щоки, його вуха.

Лють, ненависть, розпач і жах, які охопили Пінхаса, коли він почув про Фейґу, наповнили його нелюдською силою, але ось ця сила почала його покидати. Уляна ніби висмоктувала її з нього, шепочучи йому на вухо, гладячи його долонею по потилиці, перебираючи ґудзи, в які звалялося його густе кучеряве волосся. Вона шепотіла щось таке, що не було схоже на людську мову. Це було зміїне шипіння, павучине прядіння, шумування болотяної води у ставку, звуки намулу. Це було копирсання вітру в соломі, голос косулі, яка кличе свого самця в момент, коли в нього цілиться мисливець. Це було скрипіння старого порожнистого дерева, пугикання сови, звук роздирання крилячої шкіри вовчою пащею.

Уляна обіцяла йому, що все буде добре, і просила пробачення. Уляна казала, що вона винна, що вона дуже винна перед ним, але нехай він, Пінхас, її послухає: вона боїться його відпускати назовні, вона не вірить, що небезпека минула, в неї всередині загніздився неспокій, він подає їй сигнали, і вона їм вірить. Але послухай мене, послухай мене, коханий, я тобі обіцяю: ти скоро побачиш свою Фейґу, свою маленьку сестру. Я відведу тебе до неї завтра вранці, а зараз розповім тобі геть усе, що я про неї знаю. Я розповім тобі, з ким вона і що робить. Вона у безпеці. Ми подбали про неї так само, як подбали про тебе, для того, щоб ви обоє вижили, щоб залишилися одне в одного, щоб ви були разом. Я не наважувалась розповісти тобі про неї, бо знала, що тоді не зможу тебе стримати. Що ти вилізеш зі схову і підеш її шукати, і тебе схоплять дорогою, і мордуватимуть, і вб'ють. Що тебе відберуть у мене, що я тебе втрачу, що я знову буду без тебе, але цього разу назавжди, що я більше ніколи не почую твого голосу, не нагодую тебе печеною картоплею з квасним молоком, як східного принца, не торкнуся твого волосся, не сплетуся з тобою долонями. Що ти не сидітимеш у мене під підлогою, не сидітимеш у мене під шкірою. Що тебе вже не буде.

І Пінхас, вбираючи в себе оці її звуки і доторки, вдихнувши запах її тіла, відчувши жар, який від неї йшов, почав слабшати й обм'якати. Вона висмоктала з нього гнів, як висмоктують зміїну отруту з двох червоних ранок. І, хоч це він стояв на землі двома своїми довгими ногами, а вона сиділа на ньому верхи, обхопивши литками за поперек, він відчував, що робить теперь тільки те, чого вона від нього хоче, йде туди, куди вона наказує. Він гойдається і кружляє, підступаючи дедалі ближче до ліжка, як заворожений, як зачарований, і не збирається вже нікого вбивати, роздирати на шматки, і цілком здатен почекати до ранку, хоч як би не рвалося, не кривавило його серце — але ж вона має рацію, ця Уляна, яка годувала його печеною картоплею і квасним молоком, і в чиє вухо він шепотів щоночі, вишіптував своє неможливе життя крізь дошки підлоги. Тепер же ось воно, її вухо, ось воно тут, біля його уст. Воно рожеве і маленьке, шовковисте на дотик, його вигини такі таємничі, запрошують і не дозволяють подумати ні про що інше.

Пінхас опустився на Улянине ліжко і ліг на нього горілиць, після чого Уляна, озирнувшись іще на мить до батька і блискавичним знаком руки, а також поглядом показавши Василеві Фрасуляку, щоб вийшов геть і зачинив за собою двері, вмостилася на Пінхасові зручніше. Повернулася клямка, скрипнули завіси, клацнув замок. Багатоголосе шепотіння віддалилося і розчинилось у неіснуванні. Навколо кімнати запала чорна пустка, поцяткована білими спалахами зірок.

Пінхас із Уляною залишились удвох, зовсім самі, притиснуті одне до одного так близько, що за мить уже не зрозуміло було, де чиє вухо, і що роблять ці пальці, і шкіра якої частини тіла покрита таким густим пушком, і як же пахне, і що це за сопіння, і це ти мене обіймаєш чи перевертаєш, цілуєш чи кусаєш, тобі добре чи боляче, і чому ми обоє так тремтимо, і що це за вода — сльози чи піт, чи щось, може, зовсім інше, і чому твоє обличчя одразу в кількох місцях доторкається до мого тіла, і це ми закінчили чи почали знову, і це ми заснули з тобою чи знову прокинулися, це сон чи дійсність, і це справді ти, а це — я, і це ти в мені чи я в тобі, це ти мій сховок під підлогою, чи я твоє озеро Амадока, найбільше в Європі озеро, яке простягається на сотні кілометрів серед міст і сіл, полів і лісів, серед хмар і небесних тіл, води його хлюпочуться ритмічно до берега, дедалі швидше і швидше, чуєш, солодкі води розгойдуються хлюп-хлюп-хлюп, ти знайдеш мене тільки на давніх мапах, але я залишуся в тобі назавжди.

озеро Амадока на мапі Вацлава Ґродецького і коректора Андрея Пограбія (Пограбки), Антверпен, 1602 рік

Уляна навіть не почула, як вони вдерлися в дім, а радше відчула це тканинами своїх внутрішніх органів. Зрештою, вона весь час знала, що так усе й станеться. Неспокій, який виточив у ній рану ще колись давно, в їхньому з Пінхасом дитинстві, коли їх уперше розлучили, нашіптував їй майбутнє, випалював її.

Вона зірвалася на рівні ноги, застигла над Пінхасом, прислухаючись до голосів за дверима. Пінхас розплющив очі, миттєво збагнувши, що небезпека десь зовсім поруч. Уляна торкнулася його уст кінчиками пальців, просячи мовчати і не ворушитись. Очима вона показала йому, що зробить усе, щоб не сталося нічого поганого. Вона накинула на нього перину, прикрила повністю, з головою, — і цієї миті важкі кроки наблизилися до дверей. Пролунав удар, і двері до кімнати різко розчинилися навстіж. Уляна, обсмикуючи на собі нічну сорочку, обернулася. До кімнати увійшов Якимчук і ще двоє колишніх поліцаїв. Слідом за ними йшов Василь Фрасуляк — чорний, напружений, розгніваний.

Очі всіх присутніх зосередилися на зяючому прямокутному отворі посеред підлоги. Зморщена верета лежала під вікном, ляда була відкинута, стіл відсунутий. Звісно, Уляна з Пінхасом так і не зачинили сховок уночі — їм було не до того.

Якимчук наблизився до краю і зазирнув досередини. Його ненормально рухливе, побрижене постійними судомами обличчя скривилось ще дужче від посмішки. Він торжествував.

Але ж я знав, — сказав він, обертаючись до Фрасуляка. — Я знав напевне, що ти ховаєш жидів.

Що з того, — вигукнула Уляна, підійшовши до Якимчука і злегка штовхнувши його в груди. — Якщо ми когось і ховали один час, то це наша справа, а не твоя. Ти наробив досить біди, а тепер зовсім уже збожеволів. Навіщо ти прийшов до нас? Хіба ти не знаєш, що більше тобі немає на кого працювати? Закінчилися ті часи, коли ти міг отак приходити до людей і їм погрожувати.

Якимчук на Уляну навіть не поглянув. Він наблизився до Фрасуляка і націлився йому в груди пістолетом, який зняв із запобіжника.

Кого ти ховаєш? — запитав Якимчук. — Де він зараз? Кажи негайно.

Двоє супутників Якимчука тим часом перевертали дім. Уляна чула зойки сестер, чула, як свариться мама, погрожуючи і кленучи все на світі, чула, як перевертаються і гуркочуть меблі, як падають предмети, б'ється скло.

Уляна підбігла до батька і спробувала встати між ним і Якимчуком, але Василь суворо поглянув на неї і відсторонив рукою.

Не лізь, — сказав він їй. Тоді його погляд, спрямований на неї, ледь злагідніша, і він пояснив їй те, чого вона не розуміла, розповів те, чого не знала.

Сьогодні вночі радянські війська відступили. Німці повертаються. Їм вдалося знову відсунути фронт.

Уляна хитнулася, але зуміла встояти на ногах. Біль у шкірі, який пронизав її, був пов'язаний із Пінхасовим болем, який охопив його тіло за кілька кроків від неї. Не ворушися, тільки не ворушися, попросила вона його подумки. Не дихай, не ворушися, вдавай, що тебе не існує. Я їх випроваджу, я зумію їх обдурити, ми ж робимо це не вперше. Потім ми сховаємо тебе деінде, ми придумаємо інший чудовий сховок, ще кращий від минулого. Все буде добре, тільки не видавай себе.

Якимчукові супутники бігали навколо дому, шукали під сходами, обстукували стіни. Якимчук тим часом продірявлював Василя поглядом, і його обличчя робилося дедалі шаленішим, все знавіснілішим. Рот заїхав на ліву щоку, вишкірився аж до вуха, оголюючи зіпсовані зуби, підборіддя смикалось і тремтіло, кліпали очі.

Який же ти скурвий син, — процідив крізь зуби Якимчук. — Як же ти постійно робив мені все на зло, стільки років псував мені життя, діяв мені на шкоду! Нашіптував проти мене Гогулі, виривав у мене з рук паразитів, яких я вже от-от був готовий убити. Ти знаєш, що ти зрадник? Знаєш, що ти диверсант? Знаєш, що з такими, як ти, роблять?

У вікно постукав товстощокий вусатий поліцай, поманив Якимчука пальцем. Той показав Фрасулякові на двері. Мовляв: іди перший.

Уляна дочекалася, коли вони вийдуть із кімнати, підійшла до ліжка, зашепотіла під ковдру ледь чутно: — Лежи, лежи і не рухайся, благаю тебе. Я мушу побігти до них. Я щось придумаю. Ти тільки не роби нічого.

Він міцно схопив її за зап'ястя. Його долоня була вологою. Уляна відчула, що Пінхас боїться. Відчула, що все повторюється знову: він укотре помирав зараз, укотре по-справжньому помирав.

Все буде добре, — видихнула вона, вивільняючи руку. — Просто лежи, добре? Це скоро закінчиться.

Вона тільки вибігла з дому назовні, коли прогримів постріл. Цей звук ще не встиг розвіятись, як його перекрив мамин протяжний, утробний крик. Закричали сестри. Уляна побачила клубок із тіл на землі, під фруктовими деревами. Якимчук і поліцаї стояли над ними. Якимчук досі тримав у руці пістолет. Краєм ока, нічого не розуміючи, Уляна зауважила його затяте обличчя. Почула, як траснули двері в сусідському будинку.

Уляна відтягнула від батька маму. Спробувала навалитися на його ноги, які дивно і неприродно витанцьовували на землі, зі страшною силою смикаючись, розлітаючись в різні боки. З батькового рота йшла рожева піна. Уляна нічого не могла зрозуміти: хапала його за руки, за плечі, за голову. З ним щось діялося: його очі ослизли, широко розчахнулися. Він дивився на Уляну в розпачі, щось ніби намагався сказати їй своїм поглядом, але цього разу, вперше в житті, вона не могла цього прочитати, не розуміла його послання, хоч вкладала всі свої сили в намагання збагнути.

Вона продовжувала відштовхувати сестер і маму. Їй здавалося, вони нічого не тямлять, лише заважають їй діяти чітко, заважають допомагати батькові. Не дають зрозуміти причину його дивної поведінки. Аж коли це помітила, що мамині руки повністю закривавлені. Побачила свіжу кров на Нусиному обличчі. Зрозуміла, що й сама замастилася батьковою кров'ю.

І тоді до неї дійшло, що її батько вже мертвий. Що Якимчук убив його, застрелив з пістолета.

Вона обм'якла і знерухоміла, не відпускаючи батькове обличчя зі своїх долонь. Його шкіра ще була теплою. Уляна відчувала шерехатість його непоголених щік.

Десь далеко, в найдальших глухих пивницях Уляниного сприйняття нестерпно завивали сестри й мама. Їхні плачі дерли Улянине серце. Її мозок пульсував, розбухаючи, розпирав ізсередини череп. Уперше в житті вона втратила здатність думати. Думки розсипалися на уламки розрізнених символів, навіть не на літери, не на знаки зі значеннями — а на вигуки, на тисячі видів болю, на страхи, відчай, безвихідь, на ознаки смерти, порожньої і глухої.

Ховаючись від цього безладу, Уляна схилилась до батька й обійняла його тіло. Її долоня натрапила раптом на твердий металевий предмет. То був халеф Авеля Бірнбаума, який Василь Фрасуляк із певного часу завжди тримав при собі. Уляна впізнала його гостре, небезпечне тіло, і раптом її свідомість очистилась. На Уляну опустився спокій.

Вона пригадала давні Авелеві слова одного погожого дня на початку створення світу. Пригадала, як найкращий і єдиний шохет містечка, накульгуючи на свою дерев'яну ногу, наближався до неї, коли вона прагнула тільки одного: негайно побачити його сина, бодай на мить, бодай одним оком. Пригадала примружені очі Авеля, його лагідність і дбайливість. Пригадала зніяковіння власного батька, який ховався за шохетовою спиною.

Зараз, сидячи на просякнутій батьковою кров'ю землі посеред власного саду, Уляна знову почула голос Авеля Бірнбаума. Здавалося, він промовляє їй над вухом.

Світ впорядкований, і впорядкований він, на щастя, не людьми. Цей порядок мудрий і єдино можливий. Якщо його не порушувати, людина житиме в щасті та спокої, на радість собі й іншим. Є речі, в яких начебто й не закладено нічого злого, але вони просто неможливі, їх не можна допускати. Є стежки, яким не можна перетинатися. Є світи, які можуть існувати лише відокремленими один від одного.

І тоді Уляна зрозуміла. Вона зрозуміла, чому світ зіпсувався, чому збожеволіли люди. Зрозуміла, звідки витікає ця незбагненна війна. Зрозуміла, звідки беруться неможлива жорстокість, нелюдська безжальність, невситима кровожерливість. Пояснення прийшло до неї занадто пізно: щодня гинули сотні тисяч людей, мільйони людей зазнавали страждань і болю, знущань і принижень, були страчені у спосіб, якого ніколи не повинно бути допущено. Те, що сталося, виходило так далеко поза межі людської здатності відчувати, жахатися, страждати й розуміти, що жодних шансів осягнути це страхіття не було.

Але Уляна осягнула його на мить. І її мозок, серце, її людська суть не витримали.

Уляна остаточно збагнула, що це вони з Пінхасом спричинили війну, страждання і смерті, порушивши своєю любов'ю впорядкованість світу. Їхня любов була могутня і притягувала до себе, як притягує ядро Землі, але вона не могла існувати, бо деяким стежкам не можна перетинатися, а деяким світам слід існувати лише відокремленими один від одного. Вони повірили в існування озера Амадоки. Вони випустили зі земних надр його розжарені, смолянисті води. Вони з Пінхасом зламали світ. Накликали загибель на свої родини. Накликали загибель на мільйони людей.

Тримаючи халеф у рукаві своєї нічної сорочки, Уляна випросталась і рушила в бік будинку. Ні Якимчук, ні інші двоє поліцаїв не пішли слідом за нею. Вона увійшла до кімнати і побачила, що Пінхас лежить саме так, як вона його попросила: накритий периною з голови до п'ят, незворушний, безшелесний. Вона вийняла ножа — прямокутний сталевий промінь — і знайшла лівою долонею Пінхасову голову під ковдрою. Він здригнувся, але впізнавши її пальці, пригорнувся щокою до розчепіреної руки. Уляна пестила його кучері, бороду, його зриту шрамами шкіру, проводила по губах і по носі, легко торкалася Пінхасових повік. Він довірливо вклав обличчя на її зап'ясті, сперся на передпліччя. Уляна зашепотіла до нього мовою крил кажана у польоті, співом китів в океані, шурхотом гусені на свіжому весняному листі. Права рука заслизнула під ковдру. Лезо торкнулося напнутого сухожилля на Пінхасовій шиї.

Що це за гаряча неспішна волога тече по моїй руці? Це сльози чи, може, щось інше?

Перед очима Уляни постала картина, яку вона підглядала колись разом із Пінхасом. Як Авель ніжно обіймає теличку, як її тіло товчеться і б'ється об підлогу, як воно тріпоче: раз, другий, двадцятий. І врешті стихає, назавжди заспокоєне.

фотокартка: темрява

Ось ґвинтик, — каже Уляна і випростовує вперед свої поморщені, покручені артритом руки. Її зап'ястя по всій окружності пошрамовані глибокими рівними рубцями — старими як світ, грубими, схожими на десяток коштовних браслетів, що вросли у шкіру.

Ґвинтик забився у щілину між дошками — якраз там, де прилягає ляда над сховком у підлозі.

Ну в тебе й зір, — із заздрістю каже Нуся, намагаючись вишпортати ґвинтика назовні. Але тільки заштовхує його глибше.

Давай трішки її піднімемо, — пропонує Христя і піднімає ляду, але ґвинтик, звичайно ж, провалюється туди, на дно прямокутного отвору.

Три старі жінки — твоя бабуся і двоє її молодших сестер — схиляються і зазирають у чорний зяючий простір, у порожнечу, що розверзлася під ними.

ЧАСТИНА ТРЕТЯ

БАЖАНЕ

Цей будинок — продовження мого тіла. Або моє тіло — продовження цього будинку. Ми з ним одне ціле. Це в моїх стінах кубляться миші, це мій дах потріскує, коли пражить сонце, це мої закутки заплетені павутиною і забиті жмутками бруду, це в мені майже нечутно відпадають від стін крихкі шматочки тиньку і приземляються на підлогу, як лапаті сніжинки нерухомого морозяного ранку.

Я можу ходити тут навпомацки, із зав'язаними очима. Я знаю кожну сходинку, відчуваю пальцями ніг кожну тріщину дощок підлоги, кожну зморшку старого шерехатого лаку. Я знаю, де і як слід ступати, щоб не лунав скрип. Я знаю, як наступити так, щоб будинок заскрипів жалібно, щоб він заскімлив, як змерзле щеня, а то й пронизливо закричав, ніби охоплений відчаєм.

Ось я і крадуся в темряві, не вмикаючи світла, не присвічуючи собі смартфоном. Дев'ять сходинок донизу, обережний крок на шостій, де дошка струхлявіла і може перехилитися під ногами, як хитка кладка. Мене супроводжує розмірене дзюркотіння води в батареях. Я додаю до нього короткочасний шум водоспаду, спускаючи воду в унітазі, і прислухаюся, як тілом мого будинку проходить дрижання.

Я відкриваю кран на кухні, ніби здійсню очисний ритуал водоспускання. Чекаю, щоб стекли найближчі води, що чекали в трубах, і наповнюю склянку майже крижаною водою, яка ще хвилину тому спала в землі під будинком. Вона охолоджує мені гортань, стравохід, шлунок. Ця сонна холодна вода мене пробуджує.

Дев'ять сходинок догори (увага, ось шоста!), чотири кроки між дверима кімнати, в якій я ночую, і дверима, за якими спить мій чоловік. Ще дві сходинки. Я ступаю на килим. Під моїми ногами в темряві вигинаються візерунки: ромби, звивисті лінії, завитки. Мені відомо, що саме зараз я відбиваюся в темному дзеркалі, ще чорнішому за ніч.

Від моїх кроків — хоч яких легких — вібрують меблі: високі барні табурети з різьбленими ніжками, стелажі з книжками, дверцята шафи і полиці синього комоду. Але він не прокидається.

Йому знову сниться жах: він стогне, не припиняючи бурмотіти, сновигає в постелі, заплутавшись у ковдрі і простирадлі. Його кінцівки сплутані, він стриножений, знерухомлений — і від цього його гнів, його лють, його відчай наростають, обертаючись проти нього самого. Повітря в кімнаті пропахло його густим, пряним запахом. Йому, полоненому звірові, страшно. Він потрапив у сильце, яке сам же для себе розклав.

Я відчуваю до нього жаль і ніжність. Обережно лягаю на край матраца, підперши голову правою рукою. Лівою торкаюсь його мокрого чола. Він геть мокрий від холодного поту. У западинах шрамів утворилися цілі озера, немов після танення льодовиків.

Невдовзі всі льодовики розтануть — і що тоді буде? — тихенько говорю я. — Чи ми доживемо з тобою до цього страшного моменту? Я хотіла б зустріти кінець світу разом із тобою. Хотіла б загинути в твоїх обіймах, чуєш?

Він не відповідає. Він спить. Мої слова зачепили щось у його голові, в його сонній свідомості — він прислухається до нового повороту сюжету. Вислуховує когось, тоді відповідає: спочатку терпляче, іронічно, навіть поблажливо, тоді дедалі нервовіше, роздратовано. Його мова — мова сновиди: вона складається з речень і слів, вона насичена інтонаціями й емоціями, вона чітка й артикульована, але я не розумію жодного слова. Ця мова не схожа на жодну мову, яку б я могла ідентифікувати. Це звуковий відповідник тексту, перевернутого догори дриґом й відображеного в дзеркалі. Я її розумію кінчиками пальців, коли торкаюсь артерії на його шиї, коли прислухаюсь до пульсу.

Від мого дотику він кричить — страшно і довго, як людина, що помирає. Коли його крик врешті обривається, я бачу крізь сіріння повітря над його постіллю, що він прокинувся. Він дивиться на мене нажаханими, широко розплющеними очима. Він тяжко дихає. Він хрипить. Йому перехопило горло. Шумить у вухах. Я чую, як гепає його серце. Бачу, як шалено двигтить його понівечена грудна клітка, готова от-от розколотися.

Його тіло від жаху паралізоване. Тепер він втратив мову, всі мови — і мову зі свого сну, і ту, якою зазвичай розмовляє зі мною. Якою мені відповідає.

Ти мене кликав, — лагідно поясню йому я, заспокійливо усміхаючись. Своїм виглядом, своїм спокійним обличчям і тихим буденним голосом я хочу його втихомирити, як мати втихомирює розбурхане немовля: самим лише своїм запахом, своїм рівним глибоким подихом.

Ти мене кликав, повторював моє ім'я, — шепочу я, тягнучись до нього кінчиками пальців, торкаючись його слизького від поту плеча, малюючи на ньому знаки. Я знаю, що він не знає, не пам'ятає мого імені. Знову і знову я виписую своє ім'я на його вологій шкірі, втрамбовую себе у звивини його мозку.

Все добре, — продовжую я, гладячи його по вилиці, беручи його обличчя в долоні. Мені так подобається вага його великої голови, подобається нервова напнутість його сухожиль. — Агов, хлопчику, чуєш, — говорю я, — все добре, тобі просто наснився страшний сон.

І я розповідаю сон, який йому наснився.

Тобі наснилося, що ти лежиш у калюжі його крови, змішаної з болотом. Цілу ніч падав дощ, і все поле розкисло. Тут земля зовсім чорна і пахне попелом, пахне вугіллям, пахне залізничною колією. Його кров змішалась із мазутом, вона витекла з отвору його шиї, коли йому відірвало голову фугасним снарядом. Його тіло розірвало зсередини, і ти більше не здатен його розпізнати. Ще кілька годин тому ти не міг заснути і вивчав волосинки, які спускалися додолу його карком, вивчав ромби, звивисті лінії і завитки його татуювання, мацаки якого виповзали майже на череп, обіймаючи вухо, розповзалися спиною, щільно охоплювали ліве плече, немов лускатий обладунок. Татуювання стікало додолу передпліччям, обігнувши лікоть, і останньою змілілою хвилею викочуючись на тильний бік долоні, немов на гальку берега, де й завмирало окремими темно-синіми краплями між виступами кісточок.

Благим накриттям бліндажа тарабанив дощ, і твоє нервове безсоння перетікало мало не в затишок, у розміреність стану. Ви вже стільки днів і ночей сиділи тут безвилазно, нидїли, грали в карти, слухали накази, що стосувались усіх, окрім вас. Решта хлопців хропла. Хтось, щоправда, виліз назовні курити, обматюкавши криву кицьку, яка прибилася до вас із найближчого розбомбленого села, бо у вас можна було випросити щось поїсти. Ти чув, як ляпають по болоту кроки цього курця, і тобі теж захотілось курити. Ти якраз застібав штани, правою ногою викопуючи заболочені берці зі закутка, коли той, хто курив назовні, закричав і заматюкався так страшно, що ти зразу зрозумів: цього разу кицька тут ні до чого. Ти похолов, збагнувши, що вже цілих кілька митей з віддалі не долинає характерний свист снарядів. Навколишній світ просякнув грузькою тишею, розбухлою до останніх меж. Ця недобра тиша заглушила звуки дощу, який досі захищав вас, як міг, але тепер уже навіть він тут був безсилий. Від удару розкришилась частина стіни, тебе відкинуло до протилежного краю приміщення, просто через твого сусіда. Ти вдарився головою об щось тверде і, напевно, знепритомнів. Хоча наступної миті вже біг поруч із ним по розкислому болоту. На тобі були незашнуровані берці, тому яке там біг — ти місив ними чорний фарш землі, що всмоктувала твої ноги, всмоктувала тебе, роззявляла свою ненажерливу пащу. Свист не припинявся, а чорні смуги дощу над вами були покреслені помаранчево-рожевими снопами трасуючих снарядів. Ти не бачив і не чув, як йому прилетіло. Ти просто впав, ударений повітрям, нічого не тямлячи і лише відчуваючи, як тебе затоплює багном, смолою, холодними і гарячими густими потоками, як тебе засмоктує в трясовину. Ти намагався схопитися за щось тверде, за щось певне, знайти опору, але пальці проходили крізь шовк і слиз розрідженої землі, аж доки ти не намацав його руку, обліплену болотом, і притягнув її до себе, впізнавши паростки татуювання, що де-не-де проступали на шкірі. Рука піддалася тобі надто просто, без жодного зусилля: ти подумав на мить, що здобув раптом нелюдську силу, якщо ось так, завиграшки, притягуєш до себе тіло дорослого чоловіка, і воно здається тобі легким, як пір'їнка. Але виявилось, що рука була сама по собі, вона більше не була ні до кого прикріпленою, і татуювання також втратило цілісність і будь-який сенс, крім того, що ніби підписувало кінцівку, привласнюючи її і називаючи, хоча власник більше не жив, власника більше не було ніде — тож кому тепер належала його власність? Він розчинився у чорних болотах.

На світанку над тобою стояли старі жінки в хустках і хитали своїми чорними головами: — Сину, сину, — повторювали вони без кінця і краю, — що ж це таке, сину, сину.

Він слухає мене мовчки, не виказуючи жодної емоції. Отак і не визначиш, чи його серце розривається зараз від болю і розпачу, чи він злиться, вірить мені чи не вірить. Навколо нас блимають маленькі лампочки побутової техніки: червоні й салатові, ніби біолюмінісцентні глибоководні істоти зачаїлися на дні.

Можливо, — кажу йому я, кладучи на його шкарубку руку свою долоню, — щось із цього ти пережив насправді. Спогади приходять до тебе снами.

Він мовчить, більше на мене не дивлячись. Його погляд спрямований у напрямку вікна, у проміжок між шторою і стіною. Там проступає на тлі темного неба натяк на хмару.

Пригадуєш? — запитую я, наблизившись до його обличчя, намагаючись зазирнути йому в очі.

Але він відвертає від мене погляд, не дозволяє нічого розгледіти. Я випростуся і сідаю поруч із ним. Його тіло розкинулося переді мною, як ландшафт, який я можу лише споглядати, так і не маючи цілковитої певности, чи не примарився він мені.

Поки мене поруч із ним немає, він вкотре переглядає фотографії. Труна на столі. Серед лілій — розмита пляма, більше схожа на целофановий пакет, ніж на обличчя. Йому невідомо, хто це. Він нічого не відчуває. Він навіть не вірить, що ця річ, вміщена в чорну скриню на столі, була людиною. Людиною, яку він знав. Близькою йому.

Чорно-білі зображення малого міста. Вузькі вулиці, в яких ледве вміщуються автомобілі. Двоповерхові будинки втискаються один в одного боками, зсуваючись із пагорбів. Черепиця і шифер. Суміш крон, дахів і шпилів. Замість однієї з вулиць — вертляве тіло річки розсуває береги.

Порослий мохом, почорнілий камінь. У цих неоковирних брилах, якщо дивитися на них довго, проступають раптом постаті: Геракл роздирає пащу

Немейському левові. Геракл убиває Лернейську гідру. Нептун заспокоює розбурхане море.

Камінь ніздрюватий, поточений вітрами, дощами, морозом. У спотворених обличчях героїв Богдан впізнає своє лице. Постаті завмерли над містом у непогамовному неспокої.

Йому найбільше подобається Полонений. Він сидить по-турецьки, на самому краю урвища. Його руки заламані назад, зв'язані за спиною. Знерухомлений, позбавлений волі, він здається спокійним. Із зацікавленням роздивляється вулицю під ним, унизу. Там ходять граки. Пурхають голуби. Течуть то мляві, то швидкоплинні людські течії.

Пригадуєш, хто автор цих скульптур? — запитую я, нечутно підійшовши ззаду і поклавши долоню на Богданове плече. Він навіть не здригається, ніби цього разу моя раптова поява не лякає його і не дивує.

Пінзель, — відповідає мені Богдан, не повертаючи до мене голови. — Йоган-Ґеорґ Пінзель, скульптор XVIII століття, який прийшов невідомо звідки і невідомо куди зник. Про котрого ніхто нічого не знає — хіба лише, що одружився з якоюсь вдовою, що і по ньому стала вдовою вдруге й одружилася знову. Здається, про характер і звички цієї вдови можна сказати більше, ніж про її другого чоловіка.

Я сміюсь, а він здивовано піднімає на мене очі, ніби не сподівався, що я вловлю його іронію. Знімки Пінзелевих скульптур надовго приковують його увагу. Дивлячись на них, він на деякий час забуває, що забув себе. Його заворожують екстатичні заламані тіла кам'яних постатей, сухі й міцні фігури, роздерті внутрішнім поривом, емоції, що випирають назовні смиканим знавіснілим танцем, гарячкою, терзанням, розверзстістю нутра.

Ти розповідала мені про Пінзеля кілька тижнів тому, — говорить він, окреслюючи вказівним пальцем запалий м'язистий живіт Алегорії Мужности, її худі груди, сильні кінцівки, ніжне обличчя із закоченими догори очима, напівприховану між колонами іконостаса постать. Він упевнений, що вперше почув про Пінзеля від мене, але в цих неякісних фотографіях, у зображеннях пошкоджених часом кам'яних і дерев'яних тіл він не припиняє впізнавати щось занадто близьке собі.

Ти закочуєш очі так само, як і вона, — демонструю я на собі його схожість із Алегорією Мужности. — Бачиш, у неї на плечі — чоловіче обличчя, — привертаю його увагу. — Вона ховає чоловіка у себе всередині.

Богдан приглядається до рис, які виопуклюються на білому плечі. — Це символ сили, міцности? — міркує він. — Жінка, наділена силою чоловіка? Жінка, яка полонила чоловіка своїм тілом? Не випускає його назовні? Тримає в собі?

Я кидаю згори на Алегорію Мужности знімок із Гераклом, що вбиває Лернейську гідру. Гідра корчиться під напруженим героєм, дрижить у конвульсіях. Тіла обох спазмують, стиснувши одне одного смертельними лещатами, які так легко сплутати з обіймами жаги.

Богдан тицяє в Геракла пальцем: за жорстокість, із якою він знищив евбеїв із їхнім царем на чолі, Гера покарала героя потьмареним розумом.

Міти він пам'ятає, їх йому не треба нагадувати.

Я витягаю зі самого споду знімок скульптури святого Онуфрія, тим самим відкриваючи наш із Богданом спільний портрет, що був схований на самому споді. Я знаю, як він ненавидить це кольорове фото. У котромусь із нападів шалу він розбив рамку та скло на друзки, і лише дивом не розшматував глянсовий аркуш. І, тим не менше, я часто застаю його наодинці з цим зображенням. Мені добре відомо, що моє обличчя його цікавить найменше. Богдан вивчає себе самого — того, яким був колись.

Я помічаю його перед дзеркалом: він придивляється до свого відображення, повертаючи свою велику жахну голову й вивчаючи її в усіх можливих ракурсах, шукаючи схожости з красенем на фото. Але як він може знайти цю схожість, коли досконалий видовжений череп був проламаний у стількох місцях і перетворився радше на багатокутник, на подобу капустяного качана. Там, де колись росло шовковисте волосся, — тепер суцільні западини й заломи, темно-сірі, фіолетово-сині шрами, крізь які не пробивається жодна волосинка. Воно, волосся, росте де-не-де окремими ріденькими жмутками, вибляклими пучками невизначеної барви — як торішня трава, що наприкінці лютого раптово вилазить з-під снігу.

Коли на фото він бачить високе осяйне чоло, елегантно прокреслене кількома тонкими лініями — то в дзеркалі навпроти натикається поглядом на темну і шерехату поверхню, побрижену численними нерівностями. Цікавий ефект, бо на знімку темні Богданові очі здаються ясними, сіро-зеленими: так буває, коли в момент фотографування світить яскраве сонце, промені якого заломлюються, скажімо, у шибах навколишніх будівель. Цей Богдан із фотографії має очі, заповнені розталим світлом, опаловим снігом, хоча насправді Богданові очі — темно-карі, непроникні, сутінково-лискучі. Очні западини мають тепер різну форму, вісь їхнього розташування порушено, як порушено всі осі Богданового обличчя, що раніше так струнко й гармонійно складали його обличчя згідно з усіма законами золотого перетину. Ліве око — зовсім вузьке, наближене до скроні, праве — розширене, майже кругле, його повіки розпухлі й неповороткі, око зміщене до спинки поламаного, сплюснутого носа. Як тут впізнати цю горбинку і подовгасті ніздрі? Яким поглядом треба дивитися, щоб розгледіти у суцільних вибоїнах, ковбанях і рівчаках гладко тесані вилиці, міцні щелепи та підборіддя?

Але вуста, — повторюю я йому щодня, знову і знову, — уста твої залишилися такими самими. Я ж упізнала тебе за вустами.

Він дивиться на свої напружені, стиснуті аж до посиніння губи у дзеркалі і звіряє з губами на фотографії. Намагається усміхнутися так само невимушено, як робив це того дня, коли обіймав мене, тулив до свого плеча біля стіни Архіву, але напівпаралізований рот його не слухається: кутики повзуть додолу й дрижать, спотворюючи сумне, зневірене обличчя ще дужче. Я знаю, що він не спостерігає подібності.

Як же мені донести йому, не припиняю терзатись я, що тепер він мені ще миліший, ніж на тому знімку, де він уперше притягнув мене до себе, щоб я щокою тицьнулась у його плече, залишивши на білому рукаві лляної сорочки слід від помади. Його тодішнє прекрасне обличчя янгола Мікеланджело Буонарроті не завадило мені розгледіти в ньому все те, чим він був насправді. А тепер, коли він так нагадує відокремлену дерев'яну голову Пінзелевого янгола з відпиляним носом — скорботну, печальну, неправильну голову, що змінює свій вираз залежно від кута, під яким ти на нього дивишся, — коли вся його суть, вся його справжність намальована, вирізьблена у шрамах і переломах, вивернута назовні, я ладна будь-що зробити, аби бути поруч, аби охороняти його, дбати про нього, стати його шкірою, що пом'якшує дотик зовнішнього світу до відкритої рани.

Як же мені це до нього донести?

Поверхня нейтронної зорі холодна і гладка. У ній можна було б відобразитися, як у дзеркалі. Тільки от гравітація її сильна настільки, що притягне будь-яке фізичне тіло, роздробивши його на атоми. Спершу виверне суглоби, розтягне шкіру, роздробить тіло на частки. Тіло стане пилом. Пил розіб'ється на ще менші частки. Не залишиться нічого.

Я дивлюся на себе в дзеркало ванної. У темряві. Я думаю про нейтронну зорю. Про її залізну зовнішню кору. Про її атмосферу. Про електропровідність внутрішньої кори. Я не зміг би побачити свого відображення у поверхні нейтронної зорі.

Я бачу відображення в темному дзеркалі ванної. Але з ним щось не так. З усім щось не так: із дзеркалом, ванною, з темрявою, з відображенням, зі мною.

З нейтронними зорями все в порядку. Їхня маса становить одну чи дві маси Сонця. Радіус — 10-20 км. Він збільшується зі збільшенням маси. Період обертання становить частки секунди.

Я думаю про нейтронні зорі, коли до ванної без попередження заходить ця жінка і каже: — О Боже. Чому ти стоїш тут у темряві?

Вона негайно вмикає світло. Вона наближається до мене. Вона знову занадто близько. Вона знову на мене дивиться. Вона знову простягає руки, щоб мене торкнутися. Я роблю крок назад. Вона закручує обидва крани. Вода перестає текти. Вода перестає шуміти. Западає тиша. Ця жінка дивиться в дзеркало на своє відображення і на те інше відображення, що зробило крок назад. — Що ти тут робиш? — запитує жінка. — Щось негаразд?

Я довго мовчу. Волію зайвий раз не говорити. Думки — оці думки, які ви тут зараз читаєте, — не потребують слів. Це ваш мозок перетворює їх на слова. Я тут ні до чого. Дурних немає.

Жінка обертається. Знову підступає до мене. Заганяє мене в кут. Дивиться своїми очима. Дихає. Запитання в її погляді. Чогось від мене хоче. Я завмер. Відвів погляд. Зціпив зуби. Вона бере мене за руку. Я відбираю руку. Ховаю за спиною. Триматися від неї подалі. Триматися від неї подалі.

Щось негаразд? — запитує вона. — Щось не так? Щось негаразд? — її голос відлунює. — Щось негаразд?

Усе гаразд, — нарешті лунає голос. Це я зробив. Виштовхав із себе слова. Ось, подавися. Ось тобі. — Все гаразд, — голосніше кажу їй я.

Давай я допоможу тобі поголитися, — говорить вона, знову тягнучись пальцями до моєї щоки.

Я не хочу голитися, — кажу я.

Моєму язикові бракує клаптя. У щелепах залізо. Весь мій рот — щось туге й іржаве. Тому й мова мене не слухається. Так каже ця жінка. — Скоро ти заговориш, — каже вона. — Скоро ти пригадаєш.

Деякі слова ще нічого. Я вимовляю їх. Але є такі, які стирчать в горлі і колються. Або вивалюються шматками. Або печуть. Або розповзаються. Я не знаю, що з ними робити. Вони лежать у моєму роті, холодні і незручні. Я їх не знаю.

Допомогти тобі почистити зуби? — шепоче ця жінка.

Це знову трапляється. Пульсар, електромагнітне випромінювання в моїй голові. Я не ворушуся, але знаю, що жінка все помічає. Вона налякана. Вона боїться, що я можу вдарити її, можу їй щось заподіяти. Стільки всього в її очах, на її обличчі. Більше, ніж я можу витримати. Більше, ніж я хочу знати. Вона знає про мене більше, ніж я сам знаю про себе.

Я не хочу чистити зуби. Я не буду сьогодні чистити зуби. Я не буду вмиватися. Я хочу лягти, заплющити очі, накритися з головою. Хочу думати про нейтронну зорю. Про те, якою гарячою вона народжується. Як охолоджується протягом тисячі років.

Я заплющу очі. Знаю, вона навпроти мене. Знаю, вона на мене дивиться. Це моя жінка. Моя дружина. Вона дочекалася мене і знайшла. Вона витягла мене з того світу. Вона подолала гравітацію нейтронної зорі. Вона все про мене знає. Вона розповідає мені про мене. Вона повертає мені пам'ять. Вона дає мені відображення.

Записник Пінхаса притягує Богдана, немов магніт. Я розкладаю навколо нього його старий одяг, взуття, вітрівку, спальник. Залишаю поруч із матрацом його улюблений ромбовидний шпатель у шкіряних піхвах — щоб це було перше, що він побачить, розплющивши вранці очі. Це той самий шпатель, яким він стільки разів знімав ґрунт із людських кісток тисячолітньої давнини. Яким він зішкрябував із залишків древніх жител накип часу, торкаючись кісткового мозку життя, що не припиняє пульсувати. Я кладу на наш круглий обідній стіл, полакований у колір скитського черепа, його довідники з археології та «Історію» Геродота з серпиком від кавового горнятка на палітурці, зі слідами Богданових пальців на сторінках. Він відсуває книжку ліктем, навіть не торкаючись її пальцями, і тягнеться до овечого сиру на блюдці, що невдало мені покришився під тиском леза.

Іноді Богдан запорпується в купи родинних знімків, вдивляючись у них, аж доки в його очах не починають тріскати судинки від перенапруження, але цей екскурс у безпам'ятство лише дужче вганяє його у зневіру. Він уже знає напам'ять імена всіх героїв, переповідає мені обставини, що передували тому чи іншому моментові на фотокартці, або події, які трапилися згодом, коли персонажі знову заворушилися, знову віддалися звичному плинові життя. Він пояснює той чи інший вираз очей своєї баби Уляни, гримаси Нусі, причини страху на обличчі свого п'ятирічного батька, який розгублено завмер у дверній проймі. Богдан може описати будинок на Торговиці, його ґанок, щілини між дошками, закамарок у передпокої, де вічно накришено засохлого болота і стоять сапки, низьку лавку, на якій роками лежить та сама іржава колодка з клаповухо відігнутою скобою. Рипіння тахти, накритої ліжником, кольори верети на стіні й тієї, яка прикриває ляду на підлозі. Він перераховує вміст дубового серванта, хоч на знімку мало що можна розрізнити, крім темніших і світліших плям: угорські фаянсові тарелі із золотавими краями, порцелянові супниця й соусниця, на денці яких чітко проступив маленький чорний орел верхи на свастиці, польські посріблені ножі, ложки та виделки, і маленькі ложечки з гнутими ручками, з круглими черпачками, аж бурі від старости («Які мені дуже чомусь подобались у дитинстві»), темно-сині чеські кавові філіжанки й один келих для шампанського кольору темного виноградного соку, мельхіоровий чайник, мідна таця, одна золота виделочка з двома зубцями, кілька ложок і келих із вигравіруваними єврейськими літерами, склянки та бутель для вина з жовківського склозаводу Лілієна і бережанські піялки, радянський посріблений мельхіор з емблемою у вигляді качки, тарілки і блюдця з вишнями й олімпійськими ведмедиками, і глиняний глек, і глибокі полив'яні тарілки.

Він старанно переказує все, до найменших, найбільш незначних подробиць, які я вже й сама встигла забути, які я, можливо, просто ляпнула не до кінця усвідомлено — повторює кожне моє слово, кожен елемент моєї розповіді. Жодного нового факту, жодного його власного спогаду не прорізається з цього густого навару, яким я старанно його годую ось уже кілька місяців, з цього добрива, яким я підживлюю виснажений ґрунт, сподіваючись зростити на ньому живий паросток.

Ці спроби знову і знову виснажують нас до краю, висмоктують будь-яку надію. Богдан лютує: фотографії злітають у повітря, він топче їх ногами. Я терпляче збираю розкидані аркуші, вкладаю за прозору плівку на картонних сторінках альбомів, упорядковую те, що вдалося врятувати після нападу Богданового гніву. Ми кілька тижнів не повертаємося до тем минулого. Взагалі — майже не розмовляємо. Я мовчки дбаю про нього. Він мовчки дозволяє мені про нього дбати.

Але я помічаю, що він крадькома витягнув із таємної кишені мого пальта обважнілу від часу книжку в палітурці з фарбованого сап'яну і носить її при собі, ховаючи за паском штанів, під футболкою. Коли я проходжу повз Богдана, випадково торкаючись животом його плеча, якщо він сидить на стільці, або грудьми черкаючи його спину, я відчуваю добре знайомий мені запах затхлої шкіри, запліснявілого паперу. Богдан не зізнається мені у своєму зацікавленні, не пояснює його жодним словом. А я вдаю, що нічого не помічаю — хоча сама знаю: Пінхасова книжка розворушила щось у Богдановому нутрі. Мені не вдалося дотепер намацати ніжну, неприкриту плоть серед трухлявих пнів і мертвих рудуватих вапнякових відкладень, якими Богданова свідомість поросла зсередини. Натомість тисячу разів зраджений і убитий єврейський хлопець, чиє тіло багато десятиліть тому встигло зітліти й розпастись на порох, зумів вдихнути життя в занімілі клітини Богданового мозку.

Я не можу й сама збагнути, чи це спостереження тішить мене, чи бентежить, лякає чи дає надію. Серце навіжено б'ється в самому горлі, коли я, пізнього вечора, зігнувшись й скоцюрбившись, піддивляюся у щілину дверей, як Богдан пожадливо гортає брудні, вижовклі сторінки Пінхасового записника, як надовго завмирає над тим чи іншим розворотом, як вчитується у дрібний мак Пінхасового письма. Богдан мало що здатен там розібрати. Я запевняла його, що він добре знає польську і німецьку, що вчив в університеті латину й давньогрецьку — але йому чомусь навіть українські слова не вдається розшифрувати, що вже казати про іврит.

Його більше цікавлять Пінхасові малюнки: він порівнює обриси озера Амадоки на різних копіях середньовічних мап, ніби саме в цих звивистих лініях, у наївних схематичних позначках гір, міст і лісів, доріг, замків і боліт зашифровано ключ до його спогадів. Може, й так, думаю я, неспокійно переминаючись із ноги на ногу, не відчуваючи, як у мене затерпло пів тіла, може, й так, може, й зашифровано. І я не знаю, добре це чи погано, якщо Богданові вдасться розгадати Пінхасове послання. Якщо він зможе його відчитати. Я не знаю, бажаю я цього чи боюся. Знаю тільки, як сильно хочу зберегти Богдана. Як нестерпно жахає мене думка про можливість знову втратити свого чоловіка.

Богдан чудується з Пінхасових ескізів: із замальовок вулиць містечка — кам'яниць, їхніх глибоких, як колодязі, брам, їхніх порослих кущами бузку й порічок внутрішніх дворів, затінених і вогких, вигинові Стрипи, над якою похилилися верби, будинкові з різьбленим дерев'яним піддашшям, фонтанові біля Синагоги, і самій Синагозі з її величезними вікнами, з арковими портиками й опуклим склепінням даху, дивується сценкам на площі Ринок, де маленькі зграбні постаті в довгополому вбранні й капелюхах із широкими крисами, з бородами, розвіяними на вітрі, в хустках, зав'язаних на головах чудернацькими вузлами, з кубічними виступами талітів і тфілінів на головах і руках. Ці постаті такі дрібні, немов розділові знаки, немов літери гебрейської абетки — а все ж у кожному випадку можна розрізнити, коли зображувані люди вітаються одні з одними, коли обмінюються новинами, коли стежать поглядом за біганиною дітлахів, а коли замислено вдивляються в обрій, намагаючись зметикувати, що саме несуть у містечко хмари куряви, які здійнялися між землею і небом. Богдан розпізнає вже руїни замку, пагорби, далечінь із полями і небом, Нагірянський міст, тунель, голову Яна Непомука, Ратушу з її бароковою вежею, гвинтові сходи всередині вежі, вид на містечко з вікон на самому вершечку вежі та фрагменти Пінзелевих скульптур, які порівнює зі знімками, вгадуючи вухо Геракла, пащу лева, біцепси Козака.

Він не впізнає тільки ніжного личка дитини, зображеного на сторінках книжки десятки разів. Більші й менші голівки, фас і профіль, повторення кадрів, цілі мальовані фільми з поворотів голови, з поступового розквітання усмішки, з гірлянд емоцій. Чи це котрийсь із Пінзелевих путті, чи ще якась незнана алегорія? Пасма волосся спадають на чоло і шию, рум'янець на щоках, пухкі губи. Великі серйозні очі визирають із рисунка, ніби з дна озера, ніби з того світу. Богдан здогадується, ким могла бути ця дівчинка — бо це дівчинка, це не кам'яний, навіть не дерев'яний ангелик, а жива дитина. Звідкілясь йому відомо це достеменно.

На одному ескізі дитину тримає на руках худий жилавий чоловік із затіненим обличчям, на якому проступають хіба гострі вилиці і темніють під ними запалі щоки. За кілька сторінок — новий малюнок: мощеною дорогою дівчинку веде кудись жінка в елегантній сукні й капелюшку, тримаючи її за руку. Богдан впізнає дівчинку навіть зі спини: це ж її кучері. І вони, безсумнівно, світлі. Ось дівчинка, майже повністю відвернута, тулиться щокою до великої телячої морди. Тепло коров'ячого язика. Могутній жаркий подих. Вологі ніздрі. Дівчинка заплющила очі й дослухається до тіла тварини, до всіх її утробних голосів.

Ось вона сидить перед входом до будинку. Стіна майже зовсім не промальована, кількома штрихами позначено натяки на ґанок, фіранку у вікні, пеларгонію на підвіконні. Натомість сама дитина вималювана надзвичайно деталізовано: на ній сукня та фартушок, і черевички зі шнуруванням, і високі шкарпетки. Вона має ямочки на колінах, а у фартушку — кілька волоських горіхів, цілих і розколотих. Богдан прикипає поглядом до горіхів, аж відчуваючи раптом, як рот наповнився густою слиною з присмаком горіхової гіркоти. Білі зерна, такі крихітні, зображені лаконічно й майже схематично, приковують до себе увагу. Богдан несвідомо нюхає пучки своїх пальців. Сам він навіть не помічає цього відруху — натомість його помічаю я, нечутно підкрадаючись до Богдана, вправно обминаючи кожну скрипучу дошку підлоги. Я йду тихо, як святий дух. Але всередині у мене все рветься й осипається з гуркотом, наче у злочинця, якого от-от виведуть на чисту воду.

Млосно стискає живіт. Волоські горіхи. Я не знаю, не маю уявлення, в чому тут річ і чому мене пронизує такою тривожністю, відчуттям такої гострої, несподіваної небезпеки, але з тієї миті я починаю ховати від Богдана всі волоські горіхи, на які він міг би натрапити в будинку чи на подвір'ї. Рано-вранці я визбирую торішні горіхи на землі під деревом, несу їх до лісу і викидаю під котроюсь із сосон, притрусивши згори глицею.

На мить я завмираю, пригадавши, як кілька років тому приносила волоські горіхи в подарунок Богдановому батькові. Тепер мені доводиться ховати їх від Професорового сина.

Ще донедавна, щойно я поверталася додому, ми виходили на вечірню прогулянку до лісу. Що пізнішою ставала осінь, то менше я остерігалася зустрічей з іншими людьми. Більшість із них в холодну пору року припиняли сюди приїздити — зимували в міських помешканнях, заколисуючи себе усвідомленням надзвичайної близькости тисяч людських присутностей за стінами, під підлогою, над стелею. Тих, що залишалися зимувати на дачі, не варто було боятися: вони більше скидалися на постаті зі снів, аніж на реальних людей. Ми перетиналися часом з кимось із них у вогких незатишних сутінках, десь на стежці, що вела серед стовбурів сосон в оголену павутину кущів, на тонкому гіллячі яких набивалося клоччя вечірнього туману. Це міг бути старий у синій спортивній шапці зі смужками, який возив за собою лісом тачку, наповнюючи її старанно відібраними гілками. Або пара пияків розмитого віку, що пересувалися вічно у хмарі випарів і густих запахів, то випромінюючи дзвінку, нестерпну ніжність одне до одного, оголену, як відкрита рана, любов, то проклинаючи одне одного з не меншою жагою, а то понуро плетучись кудись у морок: вона — тягнучи ногу і скімлячи, він — зневірено несучи у руці сокиру. Часом ще хтось невизначений ковзав поміж далекими деревами, оточений зграєю диких собак. Ці собаки іноді мчали на нас із гавкотом, що відлунював на весь ліс, вони навісніли, захлиналися завиванням, під'юджуючи одні одних панікою і шалом — неможливо було не уявляти, як наваляться на нас їхні худі і сильні тіла, як їхні ікла за мить шматуватимуть нас живцем. Але собаки лише махали хвостами, наблизившись, і широко усміхалися мордами з висолопленими язиками. Богдан обережно опускався на коліна і, ніби западаючи в транс, гладив спини та голови, чухав за вухами, розкуйовджував пальцями злиплу кудлату шерсть. Розгублена, я стояла над ним, не впізнаючи, ошелешено спостерігаючи, як умлівають від насолоди улещені пси. У його погляді, в його рухах, у виразі обличчя відкривалося щось несподівано м'яке, беззахисне — смужка світла з-за прочинених дверей. Я відчувала його розслабленість, якої він не дозволяв собі зі мною ще жодного разу. Це тривало, аж доки звідкілясь із глибини цього лункого, схожого на павільйон, лісу не починав лунати пронизливий свист — нетерплячий, роздратований, настирливий. Собаки вмить забували про нас із Богданом і, зірвавшись, мчали до свого господаря, покидаючи нас серед заніміння порожнього простору.

Нарешті осінь загусла настільки, що дні перестали наставати взагалі. Наші повільні кроки провалювались у товщу вологого піску, пронизаного міцелієм грибів, у хрумку кудлатість моху, в ковзкий настил зігнилого листя. Ми брели майже наосліп, не розбираючи напрямків у цьому тьмяному одноманітті.

Хоч як тепло я не одягала нас із Богданом, нашаровуючи на нього й на себе светри і підштаники, куртки, шалики, шапки й каптури, ми все одно промерзали наскрізь. Взуття і шкарпетки просякали водою. Німіли обличчя, унеможливлюючи міміку. Раз по раз обертаючись, аби пересвідчитися, що з Богданом усе гаразд, я не розрізняла в темряві його обличчя.

Іноді під час прогулянок ми потрапляли під дощ. Оманлива млява суспензія найдрібніших невидимих крапель різко перетворювалася на крижану зливу. Зривався вітер, що розгойдував над нами верхівки сосон. Сосни тріщали та скрипіли, їхні тендітні стовбури гнулись і танцювали, ніби то були не дерева, а збільшені в тисячі разів травинки. Вітер лупив по наших тілах цілими площинами дощу, хльоскав навідліт по щоках, по боках, по спині.

Ми поспіхом повертались до нашого дому, і щоразу я відчувала за фіранкою вікна, за сплетінням виноградної лози на ґанку або в темній щілині прочинених вхідних дверей будинку навпроти принишклу постать, підозрілу увагу, спрямовану на нас із Богданом. Я тамувала гнів, звичним рухом приборкувала дедалі сильніше роздратування, породжене зацікавленням, яке ми викликали у цій невеличкій сутулій жіночці, нашій сусідці. Чимось ми розпалили її допитливість, аж вона відірвалася від грядок із петрушкою і теплиць із томатами експериментальних сортів. Чимось ми вабили її чи лякали. Що вона могла про нас знати? Чи могла становити загрозу?

І, як на зло, її старий вівчур Зефір просто-таки млів від Богданової присутности: махав хвостом, скавулів, благаючи чоловіка наблизитись, завмирав від блаженства, щойно Богданова рука торкалась його карка.

Хвилину чи дві я ревниво спостерігала за їхніми любощами. Я розуміла пса. Я й сама повсякчас була спрагла цих доторків. Спостерігала, бажаючи підгледіти способи, якими собака зваблював мого чоловіка. Що, коли вдасться й мені скористатися ними?

Але я знала, що в моєму випадку ці способи не подіють. Я торкалась Богданового плеча, м'яко штовхала його в бік. — Ходімо додому, — казала йому. — Ми ж геть намокли. — Ти йди, — відповідав він, — я ще трохи. Зараз прийду. Дивись, який він хороший, — показував мені на розімлілу від насолоди морду тварини. З-за фіранки за нами спостерігала зачаєна постать. — Ти мусиш добре вимити руки, — говорила я Богданові. — Пес страшенно смердить. — Я люблю цей запах, — глухим, незнайомим голосом відповідав чоловік.

Ми поверталися до будинку. На сині кухонні кахлі з нас натікали брудні моря. Я швидко скидала на підлогу свій верхній одяг і заходилася роздягати Богдана. Він глухо протестував, але я не давала йому жодного шансу: вистрибувала на табурет, підсунутий до нього впритул, стягувала з нього один за одним светри, час від часу гублячи в мокрій вовні його руки і голову, свою голову і руки. — Ти змок наскрізь, — примовляла я, — треба негайно позбутися цього мокротиння, бо ще мені не вистачало, щоб ти застудився, — і я обережно витирала йому обличчя й голову рушником, розтирала аж до почервоніння його голий торс жорсткою тканиною. Він щось бурчав, намагався від мене відмахнутися, робив кілька кроків геть — але тоді завмирав і покірно дозволяв мені продовжувати, аж доки мої руки не бралися за пряжку його паска, аж доки її холодне лунке брязкання не струшувало тишу поміж нами. Тоді він із силою ловив своїми долонями мої руки, і зупиняв їх, і відводив геть. — Ти чого? — запитувала я, вдаючи нерозуміння. — Дивися, яке тут усе мокре, треба ж переодягнутися. — Богдан не відповідав. Його подих ставав шерехатим, густим. Я відчувала його гнів, відчувала його опір.

Добре, — врешті здавалася я, глибоко зітхнувши. — Я принесу тобі сухі штани, принесу зараз для тебе суху білизну. А ти роздягайся тим часом сам. Не хочеш, щоб я тобі допомогла, — мучся сам, — майже ображено кидала я, піднімаючись сходами і притискаючи до обличчя геть мокрий рушник, який наскрізь просяк Богдановим запахом.

Чи згадувала я, що він просив мене іноді повторювати історії знову і знову, безліч разів? Наприклад, про те, як Уляні заборонили бачитися з Пінхасом. Або про їхню прогулянку на човні. Або про те, як і чому Пінхасові вдалося вижити. І потім, звісно, — як і чому Уляна його вбила.

Він запитував: чи відомо, що трапилося із Матвієм Криводяком? Чи надходили про нього бодай якісь звістки? Чи любила його Уляна? Хто така Зоя і звідки вона взялася? Що то за жінка приходила на похорони баби Уляни і чому вона знепритомніла? Чому батьки покинули його в дитинстві? Звідки все-таки взялося те помешкання в Києві? І чому вони зараз тут, у перехнябленому дачному будиночку, а не у зручній квартирі, на яку він, вочевидь, має право? І де його батьки? Де бодай хтось із родичів? Де люди, яких він знав? Де люди, які знають його?

Я відповідала як могла. Але ви ж самі розумієте — пригадайте-но лише застереження психіатра Слонової, яка дбала про Богдана ще в лікарні: надмір інформації міг йому тільки зашкодити. Я добре знала, що непомірковано велика доза цілющих ліків легко може стати отрутою. Тому старанно дозувала свої відповіді, загортала їх у папірці, спритно переводила мову на щось інше.

Ні, достеменно про Матвія Криводяка так нічого й не стало відомо, — відповідала я тихим і лагідним голосом. — Він не мав родичів, і вони з Уляною не були одружені, тому офіційно неможливо було отримати інформацію про Криводякову долю. Доходили якісь чутки: одного разу до Уляни з'явився незнайомець, який стверджував, що впродовж восьми місяців ділив із Криводяком нари і працював на лісоповалі. Вони обоє належали до бригади, завданням якої було відкопувати стовбури дерев із кількаметрового снігу. Тому що коли дерево стинали надто високо над землею, залишивши високий пень, — усю бригаду жорстоко карали. Він описував тіло Криводяка, прив'язане до стовбура, засипане густим шаром снігу і схоже на скульптуру з льоду, яку випадково відкопали одного ранку. Він був оголений, і його шкіра здавалася настільки чистою та прозорою, що крізь неї було видно кістки, сухожилля і внутрішні органи. — Розповідали, — говорив чоловік (бо сам він на власні очі цього не бачив), — що у Криводяка було надзвичайно, неприродно велике серце. Воно займало всю грудну клітку, змістивши й деформувавши решту органів. Незрозуміло, як він прожив стільки років із цією аномалією. Серце просвічувало крізь прозору шкіру і блідо мерехтіло відтінками полярного сяйва. — Слідів насильницької смерті не було, — сказав незнайомець, — якщо, звичайно, не врахувати линви, якою Криводяка міцно прив'язали до кедра. Його обличчя, незважаючи на застиглість, справляло враження розслабленого й заспокоєного, ніби він споглядав внутрішнім зором безкрайній простір, у якому одночасно мали здатність реалізуватися всі можливості. За що його убили? О, він вічно втручався в усе підряд: доглядав за хворими (а хто там, у таборі праці на Півночі, міг бути здоровим?), віддавав іншим свою жалюгідну пайку хліба, зголошувався підмінити когось геть немічного під час зміни, намагався переконувати в чомусь конвоїрів, повсякчас просився на розмову з начальником табору, за що багато хто вважав його стукачем. Хто знає, за що саме вони його вбили. Причин було безліч.

Тільки, — сказала я Богданові, — твоя баба цьому незнайомцеві не повірила. Він пропонував поспріяти їй у переїзді на Захід, можливо навіть — до Канади, чи ще краще — до Нової Зеландії, пропонував грошову допомогу, але вона врешті (якщо я правильно пам'ятала Богданові розповіді, якщо я правильно пам'ятаю твої, Богдане, розповіді) вкрай знервувалася, вчинила йому скандал, обізвала останніми словами і, з ганьбою витуривши на вулицю, ще довго гнала повз зацікавлених сусідів, які повисипали зі своїх будинків, щоби помилуватись подією.

Чи любила Уляна Криводяка? О, як би вона розгнівалася, почувши це твоє запитання. Сказала б: — Дупарелі тобі в голові!

Сам подумай: чи відчуваєш ти до мене любов, відколи втратив пам'ять, відколи я знову знайшла тебе? Але ж вона є, ця любов, пам'ятаєш ти чи не пам'ятаєш, безвідносно до пережитого, надбаного та знайденого, ми в неї занурені, хоча й не помічаємо її, як не помічаємо повітря і власного дихання. Як не помічаємо вдиху, видиху і порожнечі між ними.

Пінхас і Матвій були для Уляни як вдих і видих, Богдане.

Скажи мені, як ти думаєш: чим є ця порожнеча між вдихом і видихом?

Ось так я відповідала йому, як могла: хто така Зоя — а як ти сам думаєш? Звідки помешкання — ти ж давно вже здогадався, це ж зрозуміло. Та, зрештою, яка різниця. Чому ми не там? Тому що ти посварений зі своїм батьком, Богдане, тому що ти на нього ображений, тому що не хочеш ніколи більше в житті його бачити і розмовляти з ним, нічого не хочеш про нього знати. Не хочеш знати нічого про них обох із мамою. Їх для тебе не існує.

Чому? Я ж уже розповідала тобі історію про Пінзелевого святого Онуфрія. Розповісти ще раз? Знову? Добре, я розповім.

Тільки ти пам'ятай, май на увазі, Богдане: коли ти був малим, вони залишили тебе не тому, що не любили. Вони не забули про тебе. Просто так склалося. Це була тимчасова домовленість. Так усім було краще. Вони були певні, що от-от заберуть тебе до себе, що ви зовсім скоро будете всі разом.

Тільки розумієш, Богдане, у твоїй родині люди не вміють бути разом. Навіть будучи близько, вони відокремлені порожнечею. Наче вдих і видих. Вдих. Видих.

Мені здавалося, Богдан усе помічає. Іноді, коли я відповідала недомовками на котресь із його запитань, коли говорила з ним, як із дитиною, його погляд ставав оголеним і роззутим. Він дивився на мене прямо, ледь усміхаючись очима, і я читала на його обличчі: як довго ти ще ламатимеш цю комедію? Припини нарешті. Мені все відомо.

Він кпинив із мене, але водночас я відчувала небезпеку, яка від нього струменіє. На що він був готовий? Наскільки безрозсудно я діяла? Скільки ще буде мені дозволено? Коли настане кінець і яким він буде?

Я не хотіла про це думати. Зараз він був тут, поруч зі мною. Я готова була розповідати, скільки завгодно. І розповідала.

Того раннього травневого чи вересневого ранку, сім або дев'ять років тому, я вийшла зі Звенигородського лісу просто в туман, який перистими клаптями пер із-над Стрипи. Деякі клапті були ледь помітні, прозорі — радше натяк на туман, що розмивав обриси навколишнього світу, тоді як інші скидалися на збиті вершки, снігові замети, уламки пінопласту.

Я бачила лише невеликий острівець соковитої трави під своїми трекінґовими черевиками. Вони місили вологий ґрунт, а той відгукувався гучним плямканням. Я йшла радше на ледь чутний звук течії, бо зорові орієнтири були надто оманливими. Врешті опинилася поруч із круглою водоймою, оточеною підмурованим камінням, — невеликим фонтаном з гіпсовою статуєю Божої Матері, розфарбованою крикливими кольорами. Ось тоді верстви туману розхилились, роздмухані раптовим вітерцем, і моїм очам відкрилася панорама на пагорби й луки, порослі густим волоссям трави, на м'які спадисті складки аж оксамитового простору, на травертинові скелі, що дірчастими черепами, вивітреними кістяками вищирилися з-під розкинутих на них розбуялих рослинних ковдр.

Травертин, як тобі завжди було відомо, Богдане, — надзвичайно цінна гірська порода. Ще римляни будували з травертину храми, акведуки, купальні, амфітеатри. Ти знав, що Колізей збудовано з травертину? Так само, як і колони площі Святого Петра у Римі. Так само, як і Базиліку Сакре-Кер в Парижі. А які досконалі травертинові посудини, датовані I століттям нашої ери, тонкі й гладенькі, немов наповнені рідким світлом, знайшли в Окосокоаутла-де-Еспіноса в Мексиці!

Тут, у печерах рукорацьких травертинових скель, у XIII столітті був монастир. У келіях жили ченці, які покинули Києво-Печерську Лавру в часи зруйнування Києва Батиєм. Одну з печер вони розширили, видовбавши в камені більше простору для молитви, але невдовзі з'ясували, що молитва в цьому місці давалась невимушено і приходила до них сама по собі: біля вигину Стрипи, з якої ченці черпали солодку на смак воду, чи сидячи на випнутій губі скелі, під час споглядання протилежного берега ріки, вдень і вночі, за безвітряної погоди і тоді, коли вітер приносив запахи вудженини з Рукорака, розташованого вище за течією.

Згодом під скелями монастиря з'явилась дерев'яна церква святого, завжди доброго Онуфрія, старця з єгипетської пустелі, якому ангели щодня приносили святе причастя, а демони не змогли спокусити, навіть застосувавши найвигадливіші зі своїх прийомів. Сива розкошлана борода вихудлого й зісмаленого на пекучому сонці діда прикривала його гострі коліна, і тому він не потребував жодного одягу, щоби прикривати свою голизну. Одяг, у якому Онуфрій прийшов у безлюддя, розпався через два роки після постійного життя в пустелі. Він харчувався гіркими й сухими стеблами, які знаходив серед червоних розпечених каменів, а спрагу втамовував двома-трьома краплинами вологи, які щоранку з'являлися на стіні його печери.

Зрештою, поруч із печерою спеціяльно заради Онуфрія виросло фінікове дерево, гілки якого плодоносили по черзі і в суворій послідовності впродовж цілого року. Важкі китиці брунатних фініків звисали додолу, погойдуючись над нерухомою поверхнею джерела. Кожна китиця перебувала на своїй стадії дозрівання, щоб святий старець, боронь Боже, не наївся недозрілих плодів і не зазнав неприємних проблем із травленням.

Джерело зі свіжою і холодною водою виникло під деревом, щоб напувати Онуфрія. Спершись спинами на рапату поверхню фінікової пальми, у смугастій тіні відпочивали потомлені спекою демони з янголами, прикріплені до Онуфрія. Нерідко котрийсь із янголів, запавши у глибокий сон із широко роззявленим ротом і безпомічно закинутою назад головою, знехотя лоскотав пір'їною розгорнутого крила вухо чи ніс найближчого демона, і тому починав снитись жахливий сон. Демон зривався з місця, заревівши як найгірший серед звірів, гублячи навколо себе клапті смердючої піни з пащі, — але Онуфрій швидко заспокоював його, поплескавши по загривку і лагідно до нього примовляючи. Часом можна було спостерегти і таку картину: Онуфрій вимивав джерельною водою закислі демонові очі, а той покірно терпів, і тільки його хвіст посмикувався, як це трапляється з котами, коли їх охоплює роздратування.

Коли надійшов час Онуфрієві повертати свою душу Богові, він помолився і спокійно відійшов на той світ, залишивши по собі порожню, доволі вже подірявлену оболонку, схожу на шкіру змії чи зітлілий лист. Його крилаті й хвостаті супутники викопали для святого старця могилу і поховали його з усіма почестями, які для цих істот завжди так багато важили.

За іншою версією, зауваживши, що вода в джерелі замулилась, обміліла й почала неприємно посмерджувати, а плоди пальми гниють, навіть не встигнувши дозріти, янголи з демонами здійнялися і відлинули в осяйну далечінь небес.

Онуфрієве тіло лежало, прикрите схожою на пустельний чагарник бородою і витинанкою фінікової тіні, аж коли на обрії (там, де розжарене повітря над піщаною поверхнею брижилося розмитими складками, утворюючи своєрідні кишені) вималювалося дві темні цятки, що стрімко наближалися. То були великі леви з густими гривами і міцними лапами, з великими загостреними кігтями на них. Леви викопали для Онуфрія могилу поруч із печерою, що стільки десятиліть правила йому за домівку. Наступних сорок днів тварини лежали поруч із похованням, віддаючи йому останню шану.

Цілком можливо, що обидві версії є насправді однією. Можливо, ті, кого Онуфрій мав за трансцендентних істот, були представниками родини котячих, що прибились до самітника і з невідомих причин не роздерли його на шматки. Це могли бути лев і левиця, яких Онуфрій підібрав у пустелі ще малими і виростив, годуючи фініками. Сьогодні складно сказати, як усе було насправді. Навіть спогади ченця Пафнутія, який свого часу зустрічався зі святим, небагато пояснюють.

Отож уперше я побачила твою постать там, у тумані. Ні, не в єгипетській пустелі, дотепнику (знаєш, втрата пам'яти анітрохи не позначилася на твоєму почутті гумору). Я побачила тебе вперше під скельним монастирем, поруч із церквою святого Онуфрія, біля села Рукорак.

Я наблизилась до тебе з туману, нечутно підкралася ззаду і завмерла, намагаючись не привернути твоєї уваги.

Ти стояв перед брамою входу на подвір'я кам'яної церкви, яку збудували на місці дерев'яної у XVIII столітті. Це оборонна церква з товстими мурами, яка повинна була допомагати витримувати ворожі навали. Поки жінки з дітьми протискались у вузький отвір за вівтарем, у вхід до підземного тунелю, що провадив далеко за межі села і закінчувався десь серед лісу, в безпечному місці, чоловіки тримали оборону, підпираючи могутніми плечима важкі ковані ворота входу.

Ти, звісно, знав, що сьогодні вхід до тунелю надійно замурований на прохання селян і ніхто ніколи не досліджував церковних і монастирських підземель. Краще нехай цей отвір буде запечатаний, ніж знайти там, у темних переходах, щось таке, про що можна було пошкодувати. Якщо воно там заховане — на те, отже, воля Божа. Ми прожили дотепер без цього знання, проживемо й далі. У великій мудрості багато печалі, і хто примножує пізнання, примножує скорботу.

Це місце завжди було для тебе особливим і викликало змішані почуття. Баба Уляна возила тебе сюди змалку, оскільки її притягувала особлива любов до травертину, скель, печер, східців, вирубаних у камені, до шелестіння води, що прорізала стеблом течії ґрунт луки, до цвіту калюжниць, спокою, який покоївся на луках, кам'яної прохолоди церкви, запаху грибів, що долинав із лісу, побіленої статуї святого Онуфрія на брамі і до молодого священника.

Ти сприймав як належне, коли вона будила тебе вдосвіта, прошепотівши: «Їдемо до Рукорака». На празник, на сповідь, на гриби, шукати цвіт папороті, молитися, просити, каятися, подивитися на святе місце, набрати свяченої води, поміняти квіти у скельному храмі, помити вікно, поговорити з душами ченців. Ченці відповідали їй старослов'янською мовою, і вона, звісно, мало що розуміла.

То були часи, коли почали поволі знову відчиняти церкви. Не те щоби надійшли якісь офіційні дозволи з центру — просто місцева влада чомусь немов зробилася підсліпуватою, ніби не завжди помічала, що від церкви знову знайшли ключі й вимели павутину з її закутків, навишивали нових рушників, щоб обгорнути образи, що когось похрестили там місяць тому, а наступного тижня — ще когось іншого відспівали.

Твою бабу з якогось часу перестали викликати на багатогодинні розмови до кабінету, розташованого так близько від церкви Покрови. Це була будівля зі стінами кольору сирого м'яса, всі осі якої були химерно зміщені та скошені, і сама вона стояла ніби під нахилом, готова от-от зсунутись уперед, в напрямку від вулиці Лєніна, і напоротися на стовбури тополь у дворі.

У цьому кабінеті звідкілясь було відомо, що саме твоя баба Уляна зберігає ключі від більшости храмів міста й околиць, що саме через неї домовляються про те, у кого в помешканні можна таємно провести нічне ритуальне дійство з приводу релігійного свята Різдва або Великодня. До неї зверталась, коли хтось помирав, і вона негайно вирушала таємно домовлятися з котримсь зі священників, і далі керувала всіма необхідними приготуваннями: знаходила свічки, ладан, кадило, збирала гроші з вірян (ніколи не було певности, кому з них можна було довіряти), купувала найдешевше кріплене солодке вино для причастя, пекла разом із сестрами проскури.

Специфічно розріджену кабінетну тишу лише підкреслювало жебоніння радіо, на стіні висів відривний календар, у поверхні лакованого стола відображались гілки тополь і пагони традесканції, що звисали з шафи. Твоя баба здебільшого мовчала у відповідь на запитання й погрози, які чула від особи, що сиділа за цим лакованим столом, перебираючи набір кулькових ручок із кольоровою пастою, або виймаючи з дірочок у блокноті пружину, якою були скріплені аркуші, або ритмічно й різко орудуючи пробивачем.

Уляна давно вже винайшла свій стиль ведення цих розмов: вона приглядалася до світло-салатових смужок вазонного листя, чи спостерігала за діяльністю ворон на гілках дерева навпроти вікна, чи обдумувала, що варитиме на обід сьогодні — капусняк чи, може, все ж таки росіл — щоби знову не догодити своїй молодій невістці, яку син привіз додому на Зелені свята. Зрештою, невістка й сама могла б нарешті почати допомагати, вона ж не вагітна. Але навіть якби й була вагітна — хіба їй складно накрутити голубців замість того, щоби переписувати безглузді ноти тонкими й завжди холодними пальцями?

Було дещо гірше від погроз зіпсувати життя Уляниному синові, молодому хірургові. Уляну неможливо було налякати такими погрозами: вона не шкодувала ні себе, ні своїх найближчих. — Псуйте мені, що хочете, вже й так усе зіпсовано, — могла криво вишкіритись вона, різко підкинувши догори брови.

Але особі звідкілясь були відомі подробиці Уляниного дитинства та молодості, всі деталі Уляниного життя перед, під час і після війни. І коли вона починала переповідати той чи інший епізод захеканим від збудження й хвилювання голосом, зриваючись на високі ноти від захоплення почуттям власної всевладності, Уляну діймало небезпечне роздратування. Було очевидно, що інформація лежить на столі, в картонній течці з акуратними світлими зав'язками.

Одного разу, під час опису батькової смерті («Йому посмертно дали героя СССР? — особа вдала, що зазирає до папки, щоб з'ясувати цей момент. — Хоча насправді він заслуговував на те, щоб бути оголошеним ренеґатом!»), Уляна не витримала, потягнулась через стіл, схопила пробивач і замахнулась. Невинне здивування, що спалахнуло в очах людини за лакованим столом, привело Уляну до тями. Страх самовпевненої особи вивалився у простір між нею і Уляною, як вивалюються тельбухи з розрубаного одним ударом сокири черева.

А вони ж повсякчас зустрічались у місті — бо скільки там було того міста. Вони зустрічались у крамницях, на ринку, на пошті, в поліклініці чи просто посеред вулиці. Іноді Уляна натикалась на особу в когось удома, збираючи гроші на ладан і солодке кріплене вино. Доводилось просто продовжувати йти, розмовляти, купувати, за чим прийшла. Клеїти на конверт марки з обличчям Ґаґаріна. Стояти в черзі, поки продавчиня підкликала особу до себе в підсобку.

Вони мало не щодня зустрічались поглядами. Дивились одне одному в обличчя. І щоразу в пам'яті з'являвся той пробивач, занесений простісінько навпроти чола. І ніч, проведена за ґратами разом із десятком затриманих на автовокзалі циганок.

Хоч як там було, та твоїй бабі так і не відбили бажання організовувати релігійне життя громади. Але до Рукорака вона їздила не на роботу, а на прощу. Їздила ще до твого народження, до того, як між нею і твоїми батьками виникла домовленість тимчасово залишити тебе з бабами.

У Рукораку вона могла дихати на повні груди. Могла перестати думати. Могла стояти годинами перед брамою, під побіленим вапном Бовваном, що виконував танець, схиливши на плече голову, яка, здавалось, описує плавні півкола на гнучкій шиї, від чого довжелезні патли і борода розвівалися навколо м'язистого старого тіла; міцні його руки були складені в наполегливій молитві, а під правою ногою, виставленою наперед, спочивав собі лев зі спокійною мордою. Лев, що зацікавлено придивлявся до неба розумними травертиновими очима.

Ви їхали рейсовим автобусом, що курсував між навколишніми селами, або хтось підбирав вас на дорозі своїм автомобілем. Дорогою ви урочисто мовчали. Тебе нудило, і твої спітнілі долоні судомно стискали зіжмакані краї наготованого про всяк випадок поліетиленового пакета.

Баба Уляна любила молодого рукорацького священника, бо, як вона стверджувала, він нагадував їй її покійного чоловіка. — Хіба ти мала чоловіка, бабо? — запитував ти. А вона роздратовано на тебе цитькала і відверталася.

Кого вона мала на увазі — Пінхаса чи Матвія? Кого з них міг їй нагадувати цей невисокий опецькуватий молодик із густим рудуватим волоссям, вічно захеканий, з вічно розпашілими щоками? Він носив у кишені під ризами карамельки «Рачки» або «Барбарис», а іноді навіть «Корівку», тому від нього приємно пахло паленим цукром і згущеним молоком.

Може, це місце нагадувало Уляні про Криводяка, бо в печерах монастиря аж до 1967 переховувався один із упівців. Коли його вистежили (коли хтось із місцевих на нього доніс), він спалив себе живцем. Баба показувала тобі пальцем майданчик перед входом до однієї з печер і розповідала так, ніби бачила це на власні очі: — Отам він стояв нерухомо і горів яскравим полум'ям. Язики вогню і клуби чорного диму здіймалися високо в небо, як пелюстки чорнобривців. А ці, внизу, навіть стріляти в нього перестали, бо кулі все одно пролітали повз. Жодна не вцілила. Він стояв спокійно і не дивився на них, а дивився туди — на Стрипу, на горби, на хмари. Тут є на що подивитися.

Ти сповідався отцеві Штунді — щось бубонів собі під носа про мурашину матку, потоп і землетрус, про обман, втечі, про те, що думав погано про бабу та її сестер і що не хочеш жити з ними. Затято хитав головою, вперто повторюючи, що не дочекаєшся вже, коли мама з татом нарешті заберуть тебе до Києва. Це мало статися зовсім скоро: на цих літніх канікулах. Або на наступних. Щонайпізніше.

Отець Штунда постійно відволікався: робив зауваження жінці, яка не випрала вишиті рушники, давав вказівки щодо підготовки до служби за упокій душі, шарудів у кишені обгортками від цукерок, сколупував застиглий віск свічок із мідних підсвічників і таць, намугикував собі під носа «Два перстені» Івасюка (ти, Богдане, цього знати не міг, але в голові йому крутилася пісня у виконанні Софії Ротару).

Потім він неуважно гладив тебе по голові і казав, що ти згрішив, сину його, і що тобі слід прочитати стільки-то разів «Отче наш» і стільки-то — «Богородице, Діво, радуйся». Ти міг починати негайно.

Поки ти вештявся в закутках церкви (тебе особливо цікавили отвори в кам'яних стінах, що спускалися додолу, впираючись у напівкруглу арку і замурований вхід у підземелля), поки лазив скелями, намагаючись і там, у печерах, знайти непомічені раніше потаємні ходи, твоя баба розмовляла з отцем Штундою. Це могло тривати кілька годин поспіль. Іноді на порозі церкви збирався цілий натовп селян. Вони несміливо наближались до священника і вірянки, вклякаої і охопленої трансом, переминались із ноги на ногу, покахикували і робили отцеві знаки: під проливним дощем на цвинтарі чекав відспівування мрець у труні.

Врешті баба Уляна, по-діловому долаючи біль у суглобах, спині та крижах, піднімалася на рівні ноги, вдаючи, що не помічає руки отця Штунди, простягнутої задля допомоги. Вираз її обличчя видавався на диво тверезим. Ніби це не вона останніх кілька годин тремтіла всім тілом, ніби не її очі перестали кліпати й оскліли на довший час, і погляд їхній, здавалося, провалився у споглядання якихось нетутешніх декорацій.

Ходімо, кидала вона священникові й вела його за собою. Вона підкликала тебе, один раз коротко гукнувши твоє ім'я: — Богдане! І ти виповзав з-під почорнілих вологих каменюк, у яких винюхував якщо не запах києво-печерських ченців, то бодай упівця. Ти скочувався кам'яними виступами, твої ноги небезпечно провалювалися в нарости рослин і сплетені корені, що приліпилися до скель, ти послизався, з'їжджав на колінах додолу, щоби потім наздоганяти болотом свою бабу, священника і всю процесію. Їх нелегко було розгледіти крізь стіну дощу. Але ти знав, що вони прямували на цвинтар. І тобі добре було відомо, де це.

Вона використовувала знання про тебе раптово, у моменти твоєї найбільшої вразливости. Коли, скажімо, вела тебе на морозиво в гастроном. Ти стояв унизу, під круглою стільницею високого барного столика, твої губи були липкі від цукрового сиропу і насолоди. Вона ставила перед тобою газовану воду з сиропом. І, розмішуючи у власній ребристій склянці томатного соку сіль ложкою, прив'язаною до прилавка, лагідно тобі усміхалась. А потім нахилялась і шепотіла на вухо щось про мурашину матку, подробиці розкопок, твої втечі, твої таємниці, твої приховані сподівання.

Ні, — казала вона тобі, — батьки нескоро заберуть тебе, їм не до тебе, сину. Вони мають важливіші справи. Невже тобі справді так зі мною погано живеться?

Звісно, тобі не жилось із нею аж так погано, Богдане.

Хто здатен збагнути, чому він це зробив? Точно не він сам.

Можливо, то був жест відчаю через втрату: більше він не почує її владного голосу на подвір'ї перед брамою, коли вона розмовляла з Бовваном. Більше не зможе виконати її чіткі накази. Не матиме перед собою її вимогливого обличчя, зморшкувата шкіра якого здавалась цупкою й застиглою, наче брезент.

Може, це була своєрідна помста за роки тієї непоясненної влади, яку вона мала над ним, як і над багатьма іншими. Може, він просто звик передавати далі отриману під час сповідей інформацію. Він присягав відкрити її лише Богові, але отець Штунда добре знав, що Бог — у кожному з нас. У комусь більше, у комусь менше, залежно від обставин.

А може, то був вияв його ревнощів: відспівувати покликали настоятеля церкви Архистратига Михаїла, навколо якої розтягнувся Нагірянський цвинтар. Останніх кілька років перед смертю Уляна тримала в напруженні всіх священників околиць, вибираючи, кого ж із них наділити почесним обов'язком відпровадити її в останню путь. Схоже, остаточно рішення вона прийняти так і не встигла, бо мало не щотижня його змінювала. Але розуміючи, які ускладнення це може спричинити, сестри самі здійснили вибір і приписали його Уляні.

Під час поминок отець Штунда, блідий і схвильований, не припиняючи витирати сльозинки, що виступали в кутиках його підпухлих очей, відкликав Уляниного сина, твого батька, набік і переповів йому усе, що знав про твою бабу. Все, що вона розповідала йому про себе, у найменших подробицях.

Двоє чоловіків вийшли до саду і зупинилися поміж давно не білених стовбурів старих яблунь. Покручені дерева опускали розлогі гілки аж у траву. Крізь листя відкривався вид на димарі міста внизу. Над дахами й антенами кружляли голуби. Син померлої ковзав поглядом по віконцях піддаш і тінях від хмар на вибляклій плямистій черепиці.

Голос священника спершу тремтів і здавався ледь чутним. Він вичавлював із себе слова, речення розсипались на його язику. Він забував, про що і заради чого говорить.

Але згодом справи пішли краще. Історія міцнішала, підживлювала сама себе, набирала сили. Голос священника переливався і входив твоєму батькові досередини, як тепле гірке молоко.

Коли отець закінчив говорити, в саду запала тиша. Над містом тріпотіло відлуння собачих голосів, сентиментальної мелодії, дзвінкого жіночого сміху.

Твій батько почував дивовижну ясність у собі самому й у всьому навколо. Його серце билося розмірено, як ніколи. Дихання набуло тонкости.

Щойно поховавши свою матір, він побачив її. Глибина життя відкрилась перед ним, дозволивши збагнути цю жінку, те, якою вона була і якою не могла бути. Її жести і вирази обличчя, її слова, недомовки, мовчання, напруження, холодність, побіжні дотики, суворість, сотні діалогів і ситуацій, які і його самого зробили саме таким, яким він був, — усе це виявилось тільки поверхнею. Тепер він розумів, скільки всього було там, унизу, в ґрунті, в таємних лабіринтах і печерах, у сховках, де дозріває і розлущується насіння.

На якусь повну мить твій батько відчув єдність зі своєю матір'ю.

Вона надто швидко померла, ця мить. Професор відмахнувся від розповіді священника, від жалю, який його охопив, від сліз, які наповнили його горло. Побачити її і себе, все життя у цьому новому світлі було надто складно, занадто страшно. Твій батько надто міцно прикипів до старих образів і уявлень, надто міцно зрісся з ними. — Навіщо ви мені все це розповідаєте? — гнівно крикнув він на священника. — Я вам не вірю. Я не хочу знати.

Він навіть тобі, своєму синові й онукові померлої, не сказав жодного слова про ту розмову. Ти ніколи так і не дізнався всієї правди про свою бабу

Уляну. Були хіба що якісь уривки, слова, якими прохоплювалися, самі того не бажаючи, бабині сестри, натяки, підслухані тут і там, плітки сусідів. Були, зрештою, чотири валізи з фотографіями і одна книжечка в сап'яновій палітурці.

З моєю допомогою ти виклав з усіх цих скелець химерний вітраж, крізь який боляче було дивитися на світ. Пейзаж за ним змінювався до невпізнаваности. Чи, може, тільки крізь цей вітраж можна було побачити пейзаж саме таким, яким він був насправді.

Ти не здогадувався про мить, яку пережив твій батько під старими яблунями в бабиному саду під час поминок. Але за те, що він не прийняв простягнутого йому дару і не поділився тим даром із тобою, ти не міг його пробачити.

Бо хоч яку коротку, але сам він ту мить пережив.

Може, вона і стала причиною, що змусила отця Штунду порушити обітницю. Бувають обітниці, які гріхом було б не порушити.

Ти стояв під брамою входу на подвір'я церкви святого Онуфрія, закинувши голову догори. Ти дивився у порожню нішу над входом, Богдане.

Я зупинилась позаду тебе. Ти мав міцний загривок і широкі плечі. Я опустила погляд на твої руки, що стирчали з рукавів парки, і мені сподобались ці долоні й пальці, сподобалась форма твоїх нігтів, Богдане.

Накрапав дощ. Повітря здавалося приємно обважнілим від вологи. На твоєму волоссі осіли дрібні краплинки, але ти не натягував каптур, і це теж одразу припало мені до душі.

Ти був настільки поглинутий чимось — своїми думками, тривогою чи спогляданням порожньої ніші — що досить довго не помічав моєї присутности. Аж коли дощ припустив сильніше і зашарудів по траві весело й відчайдушно, я накинула свій капюшон, і ти відчув рух позаду. Ти різко озирнувся, переляканий, не розуміючи походження звуків. Я пошкодувала, що викликала в тобі страх. Першої ж миті, коли я побачила твоє заскочене обличчя, мені в живіт увійшов гарячий промінь упізнавання. Це було могутнє відчуття, але я зуміла з ним упоратись і усміхнулась тобі, поглядом просячи пробачення. Ти одразу ж мене пробачив.

Ми обійшли мур ліворуч і піднялися східцями догори, до скельного храму. Це була невелика округла печера, стіни якої поросли зеленавим мохом.

У шибу вирубаного в камені віконця тарабанили обважнілі краплини. Ти простягнув руку і клацнув вимикачем. Печеру осяяло жовтаве електричне світло.

Я побачила навпроти від входу вівтар, обтягнутий ядучо-фіолетовою синтетичною тканиною, рядки барвистих пластикових рослин, більших і менших, цілі батареї фантастичних несправжніх квітів і пальм у діжках, що оточували образи, прикрашені вишитими рушниками. Тут, у цьому храмі, ми й перечікували дощ і, як виявилось згодом, чекали на священника. У тебе була призначена з ним зустріч.

Ти почав розповідати мені цю плутану й неоковирну історію, в якій так складно було віднайти логіку. Мені було цікаво. Мені подобалось, як відлунював твій голос у печері, як ворушились твої губи, як брови танцювали на чолі. Як ти усміхався, хоч я відчувала гіркоту твоїх інтонацій. Я ловила кожне слово, тобою сказане, звук кожної краплини по склу і по каменях, запах туману.

Ти розповів, що вже давно не відвідував рідного містечка: востаннє був на похоронах наймолодшої бабиної сестри Христі. Перед тим померла Нуся, середня сестра. Ти не мав більше до кого туди приїздити.

Звісно, ти добре пам'ятав отця Штунду: вже в ранньому підлітковому віці ти здогадався, звідкіля бабі Уляні відомі всі твої таємниці. Ти ж був розумником, Богдане. Ти будеш ним завжди.

Востаннє ви перетиналися, звісно, на похороні, і відтоді спливло трохи часу. І раптом — цей його нічний відеодзвінок через фейсбучний месенджер. Ти негайно збив сигнал, упевнений, що трапилася помилка. Твоє серце чомусь почало вистрибувати з грудей, похололи кінцівки. А дзвінок повторився знову. Ти дивився на аватарку на екрані смартфона, на забілену вапном скульптуру старезного діда з довгою бородою, що застигло витанцьовував у своїй ніші над брамою. Можна було подумати, що тобі дзвонить святий Онуфрій.

Нарешті ти таки тицьнув пальцем у зелений значок дозволу. Ти навіть не знав, як починати розмову: Алло? Добрий вечір? Я вас слухаю? Тим не менш, твій рот спробував щось промовити, хоч із нього не долинуло жодного звуку.

Перед собою ти бачив розмите зображення, що дрижало й підстрибувало, не даючи змоги зафіксувати практично жодної деталі: балки з потемнілого дерева, біла стіна з темним на ній розп'яттям, складки тканин зі сріблястими візерунками, потім — лише темінь, у якій проблимують спалахи розмитого світла. Внизу екрана — чоло й опуклість черепа з помітно поріділим кучерявим волоссям, часом — верхня частина окулярів, що врізалась у брови.

Отець Штунда голосно, натужно дихав. Його дихання займало весь ефір, випорскувало з динаміків, створюючи відчуття, ніби ти став свідком чогось інтимного, недозволеного. Він дихав так, як дихає охоплена страхом людина, яка стрімголов поспішає, рятуючи власне життя. Врешті ти зрозумів, що, крім цього дихання, були ще й слова: екзальтована розповідь, булькітливий потік обурення, гніт образи. Він чогось хотів від тебе. Ти мусив у щось втрутитися. Ти повинен був, зобов'язаний був із чимось йому допомогти.

Незабаром дещо почало прояснюватися. Під загрозою опинився бородатий Бовван у брамі, тисячі разів забілений вапном так густо й старанно, що навіть рис його обличчя, завитків бороди, напнутих м'язів неможливо було розрізнити під товстим шаром покриття. Загуслі білі краплини, затверділі бородавки, вапняні нарости всіювали кам'яну постать, повалене дерево біля неї, сумирного лева обіч. То вже була не скульптура, а чуднацька проява, котра, однак, означала надто багато для місцевих вірян, була частиною цього місця, невід'ємним елементом життя.

Крім того, що святий Онуфрій, покровитель мандрівників, монастирів і породіль, Бовван, охороняв мешканців Рукорака й околиць від засухи, повеней, граду, блискавки, від ворожої напасти, злих духів, спокус, гріхів, брехні, лихих думок, розпусти, бідности, голоду, безпліддя, зради, хвороби, дурости, від нечемности дітей, сусідських пліток, вроків, протягів, сміття під килимом, скелетів у шафі, вчорашніх дріжджів, непіднятого тіста, поганих снів, скислого молока, запліснявілого хліба — одне слово, від усіх лих, що чигають на християнина у цьому недосконалому світі. Небезпеки наближались і ковзали по дотичній, а святий Онуфрій зі своїм умиротвореним звіром, що спочивав під ногами, охороняли клапоть землі біля травертинових скель. Це тривало вже третє століття поспіль.

І ось раптом, — священник не стримував ні сліз розпачу, ні сліз обурення, ні сліз праведного гніву, — з'явився чоловік, який, придивляючись до статуї на брамі, впізнав у ній твір Йогана-Ґеорґа Пінзеля. Екзальтований через своє відкриття, цей пан заперечив у рукорацькій статуї захисника і святий оберіг, а натомість назвав його коштовним витвором мистецтва геніяльного скульптора, який неодмінно слід відкрити світові.

Спершу священник щиро зрадів: звісно, заступник села і церкви не міг бути просто собі шматком каменя. Отець Штунда погодився, щоб реставратори обережно зняли з Онуфрія нашарування вапна, оголивши всю його заховану десятиліттями нервову й екстатичну красу. Онуфрій звивався й невротично дрижав, віддаючись Всевишньому до останньої волосинки на розвіяній поривами пустельного вітру бороді. Скульптура разила електричною пристрастю.

Негайно з усіх усюд з'явилися мистецтвознавці й культурні діячі. Вони приїздили автобусами й автомобілями, вони ломились у рококову браму, витоптавши траву на подвір'ї церкви, вони придивлялись до слідів кольорової фарби у виїмках і западинах скульптури, хитали головами на вид слідів клею і неоковирного мізинця, прироблєного до досконалої кам'яної руки.

Вони й самі молитовно витанцьовували в екстазі, узрівши цю досконало відтворену анатомію, напружені м'язи, текучість матеріялу. Що за спокій у цій тривозі! Яке упокорення в цьому дикунстві! Ну й конвульсії безмежного вмиротворення!

Вони наповнили повітря церкви стрибучими й сюркітливими кониками слів, перебираючи роки й періоди, мистецькі школи, впливи й художні засоби. Вони сперечались про іронію й аполонічність, про відмінність праці з деревом і каменем, про релігію, архітектуру, Мікелянджело й Ель Греко, про Сусанну і старців, про Миколу Потоцького і архітектора Меретина, про Пінцеля, Пільзе і Пельце, про майстра Пінзеля, про якого невідомо навіть, чи справді звали його Йоганом-Ґеорґом.

Від нього майже нічого не залишилось, окрім кількох десятків скульптур, кам'яних і дерев'яних уламків анатомічно досконалих тіл, наповнених рухом і нервовим дрижанням. Пінзель виринає із невідомості сформованим майстром, вправним, сильним і впевненим. Він точно знає, що і як робить. Але невідомо, хто і де навчав його, чому він став скульптором, з чого починав, ким надихався, з ким конкурував, кого заперечував.

Про його життя в Бучачі, у шлюбі зі вдовою, яка народила Пінзелеві двох дітей, його стосунки з архітектором Меретином, котрий, вочевидь, запросив Пінзеля до співпраці, про взаємодію зі свавільним і суперечливим графом Потоцьким — нічого невідомо.

Подірявлений камінь, біцепси янголів, зуби святих, животи мучеників, волосся пророків, поточене дерево, що має обриси триметрової атлетичної постаті, — ніби рештки поховань, ніби залишки людських трупів на місці стихійного лиха, воєнних дій, катастрофи. Всі вони — свідчення існування однієї особи, яка розчинилась, поглинута небуттям.

Але що і навіщо нам треба про нього знати? Стільки людей було і зникло, і навіть натяку на них не залишилося. Камінь і дерево теж розпадуться на порох (дерево — швидше). Чому загадка, невідомість викликають відчуття, ніби від нас щось сховано, ніби з нами хтось грається? Навіщо нам плекати в собі цей неспокій? Що нам дарує туга за відповіддю?

Невідомо, був він німцем, австрійцем, поляком, італійцем, євреєм чи й українцем, звідки і чому раптово забрів аж на сам схід Європи. Можливо, він утікав від інквізиції, небезпеки, покарання, нещасливого кохання, насмішок, боргів, батьківського прокляття, неслави? Чи, навпаки, виснажений поневіряннями світом або життям у світових столицях, прибув до Бучача в пошуках затишку й спокою, відчуття справжньої домівки, рідного гнізда, вірности й надійности в любовних стосунках, моральних і матеріяльних винагород, пошани, благословень і слави?

Якщо причиною була втеча, ми не можемо навіть здогадуватися, чи життя в галицькому містечку стало для скульптора сподіваним сховком. Його роботи аж горлають про внутрішнє кипіння, про нестишний неспокій. Пінзелевих персонажів викручує від нервового заряду, їм ломить кінцівки, вони смикаються у диких спазмах, не здатні й миті встояти рівно. Ними теліпає чи то від душевних мук, чи від екзальтованої радости, чи від першого й другого разом. З точеного часом, дощем і вітром каменю й дерева продовжує перти нестримний неспокій людини, яка спочила в Бозі вже кілька століть тому.

Якщо він втікав від реальної фізичної небезпеки, що загрожувала йому деінде — в Римі, Відні, Падуї, Мілані, Вроцлаві, Севільї, Франкфурті-на-Майні, Марселі, Венеції, — ми не можемо знати, чи втеча була успішною, оскільки не знаємо причини Пінзелевої смерти. Є всі шанси, що вбивцям таки вдалось вистежити його й запопасти, і навіть його можновладний патрон, пан меценас, скандаліст, розпусник, граф, релігійний фанатик, коханець, убивця, мальтійський кавалер Микола-Василь Потоцький не зміг захистити майстра від удару гострим лезом, задушення шовковим шнурком чи отруєння. Хоча, може, він помер від прорваного флюса. Або від інфекції, яку заніс до травмованого пальця руки під час роботи над фігурами Якима та Анни в парафіяльному костелі Монастириськ, або над вівтариками св. Антонія Падуанського та Миколая, чи над постатями святих Ієроніма, Августина, Григорія, Амбросія для вівтаря в Буданові, чи навіть різьблячи святого Онуфрія для церковної брами в Рукораку. Цілком імовірно, що Пінзель міг загинути, впавши з драбини чи вежі, приглядаючи місце для своєї наступної скульптури. Як відомо, майстри зазвичай схильні нехтувати правилами безпеки праці.

Приблизна дата Пінзелевої смерті відома лише з того, що у церковній книзі знайшовся запис про третій шлюб Пінзелевої вдови Єлизавети. 1762 року вона одружилась із паном на ім'я Іоан Беренсдорф, який взяв жінку разом із двома синами Пінзеля: десятирічним Бернардом і трирічним Антоном.

Ще у вересні 1761 року, згідно з записами в книзі парафіяльного костелу Монастириськ, Георгій Пінзель отримує кошти за вівтарики, а вже 24 жовтня 1762 року Єлизавета знову виходить заміж. Скільки часу потребувала вона, щоб встигнути віджалувати попереднього чоловіка і прикипіти серцем до наступного?

Можна припустити, що Єлизавета була щедро наділена якостями, які приваблювали до неї чоловіків, робили її бажаною, а може, навіть жаданою супутницею життя. Щоправда, ми не можемо знати, зовнішніми були ці якості чи внутрішніми: йшлося про глибокі заманливі очі, миловидне обличчя, пружне й міцне дозріле тіло; про особливо ніжні й теплі обійми, в яких так легко вдавалось забути про будь-які негаразди, і тому знову і знову хотілось у них провалитись і якнайдовше затриматись там, на п'янкому дні; про запаморочливий аромат чи медвяний усміх, про м'яку товариську вдачу, дбайливість, практичність, майстерність у готуванні їжі, церуванні одягу, веденні господарства чи навіть справ своїх чоловіків. Хто його зна: а раптом вона надихала на творчість, наповнювала вірою в себе, підказувала ідеї? Може, вміла конструктивно критикувати, вказувала на сильні та слабкі сторони? Вела переговори з замовниками, торгувалася за винагороду, шукала пропозиції? Купувала чоловікові інструменти, підбирала породи каменю й дерева, дбала про спокій творця?

В Єлизаветі навіть могли поєднуватись усі перераховані риси, що, безсумнівно, пояснює живу чергу з чоловіків, яка вилаштовувалась до неї в очікуванні на момент, коли жінка вкотре стане вдовою. (Чим не ще одна версія причини Пінзелевої смерти?)

Якщо ж повернутись до його життя, а точніше — до втечі або пошуків, до Пінзелевого неспокою, то, судячи з його останньої роботи — зі святого Онуфрія з церковної брами в Рукораку, умиротворення скульпторові навряд чи вдалось віднайти. Хоча, можливо, саме той, хто пізнав справжній спокій, здатен зобразити найбільшу бурю. Згідно з природою творчости катований переживаннями майстер переливав їх у свої роботи, встановлюючи таким чином рівновагу в собі самому й у світі.

Хай там як, святий Онуфрій танцює свій останній передсмертний танець, просячи про обійми Господа. Після багатьох десятиліть самозречення, проведених у пустелі, вихудле тіло святого аж бринить від струму: що було гріхами й земною жагою, перетворилось на жагу віри і нестримне бажання стати нарешті нічим і всім. У бажанні віддати душу Богові — себто в бажанні померти — більше життя, ніж у бажанні жити. Тому і спокою в цьому неспокої більше, ніж навіть у зламаному фіґовому дереві поруч.

Остання передсмертна скульптура Пінзеля — остання передсмертна молитва святого Онуфрія. Мить перед смертю, яка триває вже кілька століть.

Отець Штунда ридав серед ночі у твоєму смартфоні. Ти майже не бачив його очей, тому що з них текли потоки вологи, густі струмки сліз заливали обличчя. Він ридав некрасиво, невтішно, самозабутньо. Ридав так, як можуть ридати хіба що малі діти, для яких усе існування вмить стискається в горі втрати або жагу бажання. Ридав, як людина ридає над мертвим тілом когось найближчого. Він стільки разів спостерігав за цим під час відспівування, але й не здогадувався, що сам на таке здатний.

Вони хочуть забрати його, — ревів він, і ти через раз розбирав його слова. — Вони збираються забрати святого Онуфрія до Лувру. Вони готують виставку робіт Пінзеля, хочуть показати його світові.

Ти не розумів, у чому проблема. — Прекрасно. Це чудова новина. У чому ж річ? Чому ви плачете, отче?

Священник боявся, що вони заберуть святого Онуфрія назавжди. Що він більше ніколи не повернеться до Рукорака. Що його не повернуть парафії. Йому відомі десятки, ні — сотні, та ні — тисячі історій про зниклі чудотворні ікони, стародруки Євангелій із коштовними палітурками, дикирії й трикирії, євхаристичні предмети, дароносиці й вінчальні чаші, про безповоротно втрачені золоті й срібні лампади, мощевики з мощами святих, панікадила й приладдя для соборування, інкрустовані коштовними каменями. Найвитонченіші й найпрекрасніші речі, витвори давніх майстрів, поцілованих Господом у скроню, що датуються найдавнішими століттями, мироточать, зцілюють хворих, збідованих, піднімають нерухомих, дають зір сліпим, слух — глухим, а любов — покинутим, повертають надію і вселяють благочестя в людські серця — назавжди втрачені й загублені, безслідно зниклі. Та ще ж слід мати на увазі, що про ці зникнення ми переважно навіть не підозрюємо. Зниклі реліквії і святі предмети не завжди супроводжуються збройним нападом, зламаними замками, розбитими вікнами і бездиханними тілами церковних сторожів у калюжах застиглої крови. Тут усе здебільшого не так, як зі, скажімо, Монреальською Іверською іконою, яка безперервно мироточила п'ятнадцять років, розповсюджуючи п'янкі аромати ладану, трояндових пелюсток, фіалок, калганового кореня, мускату, лимона й гвоздики, аж доки не зникла, а її зберігача, Йосипа Муньоса, знайшли мертвим.

Святі речі зазвичай зникають, і про це ніколи й нікому не стає відомо. Їх підміняють дешевими, незграбно зробленими копіями, пласкими й недолугими предметами, що пахнуть не миром, а пластиком і свіжими акриловими фарбами. Хто їх відрізнить, хіба люди володіють потрібним знанням, хіба вони достатньо уважні, хіба їм не байдуже?

Отець Штунда перестав говорити і тихо схлипував, витираючи обличчя паперовими серветками. А ти уявлення не мав, як йому відповісти. Ти пробелькотів щось про довіру до спеціалістів, до Лувру, до мистецтвознавства, до святого Онуфрія врешті-решт. — Звичайно, він повернеться. Тобто, я мав на увазі, його повернуть, отче. Ці люди — справжні науковці. Світ повинен довідатись про нас і про Пінзеля, повинен пережити цей трепет.

Ви тільки подумайте: ваш власний Онуфрій стане перлиною Лувру! Стоятиме в центрі каплиці Людовіка XVI!

Штунда дивився на тебе з недовірою, як тобі видавалося. Хоча, можливо, то було враження, посилене твоєю збентеженою уявою і поганою якістю зображення.

Парафіяни не дозволять, — похитав він урешті головою. — Навіщо їм здалась каплиця Людовіка XVI? Думаєте, це для них аргумент? Як можна залишити без Онуфрієвого захисту дітей, вагітних жінок, чоловіків, які змагаються із владою алкоголю над ними?

Ти звернув увагу на ритмічне гупання, що лунало на тлі вашої розмови, глухий і могутній шум. Ти усвідомив: цей звук був присутній упродовж усієї вашої зі священником розмови.

Що це, отче? — поцікавився ти.

Він втомлено махнув рукою.

Ніби недостатньо лих, — тяжко зітхнув Штунда. — У нас прокладають нову дорогу. Земля двигтить цілодобово. Живемо, як на вулкані.

І він поглянув в екран із розпачем: — Як я можу віддати їм Онуфрія?

Він наполягав на твоєму приїзді. Його не цікавило, що кориснішим тут, імовірно, міг стати твій батько, його життєвий досвід, можливості і зв'язки. Він навіть чути про це не хотів і кривився зневажливо. — Ні, Богдане, тут тільки ви можете втрутитися. Ваш батько розчарував уже мене одного разу. Він навіть слухати мене не хотів тоді, у саду, під час поминок, коли я здійснив переступ. О, більше це не повториться, і не питайте. Я донині спокутую.

Він заговорив про твою бабу: — О, якби ж вона була жива. О, ця жінка не вагалася би, вона достеменно знала б, як розв'язати ситуацію. Вона не дозволила б і пальцем торкнутися Онуфрія, і на крок до нього нікого не підпустила б.

Вона вас виховала, вона вклала у вас свою душу, — продовжував Штунда, спокійний раптом і переконливий. Щось сталось зі звуком, і голос священника заполонив усю кімнату, заповнив кутки, завис під стелею. Оточив тебе з усіх усюд. Він повторював, що приїхати — це твій обов'язок перед нею і цими місцями. Що є речі, над якими не варто навіть думати: їх слід робити — і все. — До того ж, — безапеляційно додав він, — ви розумієтесь на культурних цінностях і мистецтвознавцях.

Я не розумюсь на мистецтвознавцях! — вигукнув ти, цього разу сам охоплений розпачем. Але отець Штунда вже більше не слухав. Благословив тебе поспіхом і розірвав зв'язок.

Дощ на зламі липня та серпня був і свіжим, і теплим. Я постояла кілька хвилин на кам'яному виступі перед аркою печерного храму, придивляючись до скісних струменів і сонячних променів, які їх прошивали, а тоді провела долонями по обличчю, ніби вмиваючись, і виявила, що волога була слизькою, схожою на олію.

Ти дивився на мене зацікавлено, притулившись плечем до скелі. Крізь камінь в наші тіла переходило розмірене гепання, могутні поштовхи ворожої сили. Навіть під дощем продовжували робити дорогу.

Священник помахав нам ізнизу, щось гукаючи. Його слова плутались і тріпотіли, приглушені, між натягнутих силець дощу. Мелодійно бриніли ключі в його руці. Він зробив дашок із долоні і дивився, як ми спускаємось. Під його поглядом дотик твоєї мокрої руки, поданої для підтримки, здавався іще відчутнішим. Ми зупинилися навпроти входу до церкви, якраз під масивним виступом скелі, що нависала над лужком. Ти назвав священникові моє ім'я так, ніби вже роками воно тільки й очікувало своєї миті на твоєму язику. — Романа, — повторив священник, пильно на мене поглянувши, і впустив нас до бабинця, відчинивши дерев'яні двері.

Святий Онуфрій стояв на столі при масивному вході до нави під дерев'яним розп'яттям, що було увите вишитим рушником і оздоблене трикутником, з якого зацікавлено глипало чиєсь пильне блакитне око. Скульптура була на метр заввишки. Мені здалося, що святий дещо лукаво схилив голову на праве плече й видихав гарячий усміх у бороду. Сумна і зворушлива лев'яча морда з навислими повіками й понурими губами ховалась у тіні. Деякі складки каменю були разюче-білими, ще не повністю відчищеними від вапна, деякі — темніли вохристою, жовтавою і зеленавою сірізною. У ній не було нічого особливого, в цій скульптурі.

Приходили люди. Чоловіки у надто тісних чи, навпаки, завеликих піджаках, одягнутих на светри. Жінки в чорних і бордових хустках, надто туго зав'язані кінці яких врізались їм у підборіддя. Від їхнього одягу пахло курми, молоком, прогірклим салом, літньою кухнею. На засмаглих і передчасно постарілих зморшкуватих обличчях світились ясні дитячі очі. Вони переминалися з ноги на ногу, згуртувавшись перед входом до бабинця. Не заходили, щоб не нести на своїх ґумаках болото до храму. Дивилися на нас з неприхованою цікавістю, як на щось чудернацьке. На щось незрозуміле, що, зрештою, розуміти не так уже й хочеться.

Отець Штунда підійшов до них і тихим голосом розповів про Богдана. Вони позиркували з-за священникових плечей, зважуючи інформацію. Жінки кивали головами, бабці жували беззубими ротами: аякже, аякже, Криводякову Уляну пам'ятаємо, файна була жінка, багато робила. — А хто та молода пані? — запитав якийсь дідок, показуючи на мене. — Романа, — відповів священник. — Романа, — повторило одразу кілька голосів. — То його жінка? — запитала згорблена бабуся з костуром у тремтячій руці. — Так, його жінка, — відповів священник. Я відчула себе так, ніби нам із тобою тієї миті дали шлюб.

Коли закінчився дощ, нас пригостили їжею у подвір'ї церкви. Люди стояли трохи осторонь, так і не зводячи з нас поглядів. Ти почувався розгубленим, непевним себе: відчував, що від тебе чогось очікують, покладають надії — а сам не мав уявлення, чим можеш допомогти. Чому саме ти? Ти шкодував, що піддався і приїхав сюди, що вляпався в цю історію. Тепер вони були певні, що ти маєш план, що ти точно знаєш, що слід робити, щоб захистити їх, відвоювати Онуфрія. А ти ховав від них свою безпомічність. Сам від себе намагався її заховати.

Час від часу ти наближався до людей, намагався завести з ними розмову, про щось запитував. Вони усміхались тобі у відповідь і відповідали однослівно. Бесіда не зав'язувалася. Ти не витримував тиші й поглядів, знову повертався до мене, сідав поруч. Я жувала білий, спечений щойно вранці хліб і мружилась від сонця. — Мені вже час, — промовила якоїсь миті ледь чутно, не дивлячись на тебе. — Я вже поїду звідси.

Тут же збагнула, що ти різко підняв на мене переляканий погляд. Ця мить збіглася з особливо відчутним поштовхом землі: вона задрижала під нашими ногами. Ти схопив мене за руку. — Послухай, залишся, будь ласка, — попросив ти. — Я тебе дуже прошу: залишся.

І я, звичайно ж, залишилась.

Взяти нас до себе на ночівлю зголосилася котрась із бабусь. Їх вдавалося розрізняти хіба за кольорами хусток: хустка цієї була пурпуровою. Вона повела нас берегом ріки, найбільш болотистою смугою понад течією. Від наших кроків у стрімку воду падали шматки жирного чорнозему, пронизаного тонкими коренями рослин. Її звали Марія, і вона весело сміялась, грузнучи ґумаками в болоті. Аж дивно було, звідки в цієї древньої жінки стільки сили: вона видирала свої ноги з лещат землі, порскаючи хихотінням, витираючи рукавами сльози, що невпинно цідилися з її лискучих швидких очей. Вона була зовсім як маленька дівчинка з понищеним часом лицем. Ти злився, що доводилось без потреби долати настільки ускладнений шлях, хоча ж можна було йти до села іншою, значно кращою дорогою. На ній траплялися ще фрагменти давнього асфальту, що стриміли серед каміння й щебеню розрізненими острівцями. Але всю дорогу, крок за кроком, ти тримав мене за руку, щоб я могла спертися на тебе, витягуючи ноги з багна.

Марія швидко йшла попереду, змішуючись із сутінками. Вела нас поміж штахетами парканів, кущами, стежками серед городів, повз собачі буди, де пси розривались від гавкоту, зворохоблені присутністю чужинців, і обдавали наші литки краплинами слини й гарячою вологою роззявлених пащ за міліметр до укусу. Вона провадила нас повз курники, бляшані кіоски, де ніхто не купує хліб, сірники і солодку шипучку в пластикових пляшках, повз лужки, порослі кульбабами (то жовтий, то сивий, у шаховому порядку), повз лужки, порослі білою і рожевою конюшиною (в довільній послідовності), повз лужки, порослі вищипаною гусьми травою, повз лужки, встелені зашкарублими і знову розмоченими коров'ячими пляцками. Наповнені дощівкою бочки й баюри надималися бульбашками.

Марія завела нас на подвір'я, коли западали сутінки. Відштовхнула чорного пса з прим'ятими вухами, який, гримаючи ланцюгом, метнувся нам назустріч, рвучко відчинила перед нами двері літньої кухні, аж загойдався на вікні білий тюль. У наші обличчя пахнуло чужими запахами: льохом, коренеплодами, зіпрілим деревом і тканиною, просяклою молочною сироваткою.

Вона показала нам на вузьке ліжко під вікном, біля газового балона і заляпаних вапном ночов. Світла в приміщенні не було. Дощ ущух, вітер розігнав хмари, і зорі з місяцем давали рівно стільки світла, скільки було тобі потрібно, щоби не передумати.

Ти сів на ліжко, застелене чомусь килимом, і пружини матраца прогнулись до самої долівки. Марія розреготалась, аж задерши обличчя до стелі.

Зі стелі звисали краплини. Вони, однак, висіли там нерухомо, не скрапуючи додолу.

Наша господиня посерйознішала вмить і запитала тебе про твою бабу: щось про родину загиблих євреїв, про єврейського хлопця, якого Уляна ціле життя носила в серці. — І що з ним сталось? Як він помер? Його вбив хто? Хто його вбив?

Ти дивився на неї, не розуміючи. — Не знаю, — хитав ти головою. — Мені нічого не відомо про цю історію, — відповідав їй. Тобі було тривожно й незатишно. Я підійшла до тебе і простягнула руку, ти взяв її і притис до своєї шиї.

Марія враз знову змінила настрій, захихотівши. Вона не дала нам постелі, не дала подушок і ковдри. Показала на ночви, порадивши не виходити вночі назовні, бо пес нас не знає і може цапнути. Ти закотив очі.

Щойно вона вийшла, ти притягнув мене до себе. Пружинний матрац розгойдувався і рипів, шкрябаючи підлогу. Ми розбудили, здається, курей, бо вони почали схвильовано скрипіти десь зовсім близько і бити крилами. Ти підвівся і проляпав босими ногами по підлозі, прямуючи до вхідних дверей. На гачку висіло старе пальто, яке ти накинув собі на плечі, повернувшись до мене. Себе ти накрив цим пальтом, а мене — своїм тілом. Так ми й пробули до ранку.

Пам'ятаю, коли я над ранок провалилась у в'язкий поверховий сон, мені здавалося, що я не сплю, що я просто лежу з заплющеними очима, все усвідомлюючи. Що я відчуваю кожен твій м'яз під своїми пальцями, вагу твого тіла, відчуваю твою шкіру, притиснуту до моєї. Тільки м'язи твої болісно впивались у мою плоть, ніби то були гострі кам'яні виступи, шерехаті й холодні, і вага твоя втискала мене в долівку, немов у могилу. І тоді я зрозуміла, що лежу в обіймах кам'яної статуї святого Онуфрія. Фінікова пальма перетисла вени на моїх ногах. Лев'яча голова впивалась у стегно. Складені в молитві руки святого тисли просто на моє серце.

Наступного дня ми разом зустріли спеціалістів. Потиск руки чоловіка в плащі був лагідним, а жінки в червоній спортивній куртці — міцним, майже болючим. Чоловіка ти був радий бачити по-справжньому: твої очі засяяли, голос налився бадьорістю. Омелян Майструк — так його звали. Я бачила, що ви з ним давно знайомі, і бачила, що він для тебе важливий. Майструк розповів тобі, що це він виявив Онуфрія. Себто збагнув, хто саме був автором скульптури. — Я ж дивився на неї мільйони разів доти, — говорив він неголосно, іронічно усміхаючись над власною незбагненною недорікуватістю. — Я стільки разів ковзав поглядом по цій бороді, по густо виквецяному білою фарбою рельєфі статуї — і впродовж стількох років мені не спадало на думку, що переді мною — останній твір Пінзеля! — Майструк хитав головою, ніби досі не міг повірити. — Його найдовершеніший твір! — наголошував він, вказуючи тобі на деталі різьблення, які потребували особливої уваги. І ви обоє тупцювали навпроти старцевої постаті, прикипівши очима до порепаного каменю, пестячи поглядами ребра, ключиці, зведені до Небес зап'ястя, пошматовану хоругву бороди.

Супутниця Майструка втратила голову, щойно переступивши поріг бабинця. Її очі негайно зосередилися на скульптурі Онуфрія — ніби несподівано вирізнили в натовпі постать коханого, втраченого двадцять років тому.

Скульптуру обережно поставили на підлогу, і жінка, затягнувши волосся у вузол, вклякла перед ним на коліна. Вона придивлялася до мікроскопічних заломів і тріщинок в камені, зовсім не дбаючи про вираз свого обличчя. Повністю себе загубила. Вся увійшла в порепану поверхню, в зазубрини й нерівності, розтеклась у них увагою, як топлене масло.

Майструк безшелесно тупцяв навколо колеги, не відпускаючи тебе від себе ні на крок — тільки його плащ вкрадливо шелестів. Він поводився спокійніше, ніж жінка: випромінював тиху гордість, як батько новонародженого. Половину свого життя цей низький сутулий пан із запалими щоками і сумним поглядом присвятив вивченню Пінзелевої різьби. Він знав щічки Пінзелевих дерев'яних путті, знав погляд, що ховався під опущеними повіками Авраама у мить, коли той заносить над сином меча, знав кожне пошкодження, завдане дерев'яним скульптурам шашелем, знав обриси сліз на обличчі Богоматері, що були схожі на застиглі краплини воску, і кількість шарів реставраційної шпаклівки на авторській позолоті. Обличчя Пінзелевих героїв проявлялися в його снах, тривожачи перебільшено жвавою мімікою. Вони здавалися ріднішими від близьких людей із життя.

Майструк перекинув плаща через ліву, зігнуту в лікті руку. Схвально й опікунчо дивився він на Онуфрія і жінку, що вклякла перед пащею лева.

Приглушеним, майже побожним голосом ти поцікавився про деталі транспортування скульптур до Парижа. Майструк охоче відповідав, позираючи на тебе з приязню.

Найскладніше — отримати бюрократичні дозволи. Найскладніше — відреставрувати скульптури згідно з вимогами Лувру, володіючи нашими обмеженими засобами. Найскладніше — вибрати серед Пінзелевих скульптур ті, які найбільше варті уваги. Бо котра з них не варта уваги? Навіть уламки, навіть порохняві шматки смиканих мученицьких пальців, навіть побиті торси і стегна викликають тремтіння діафрагми, болісний спазм легенів.

Отець Штунда спочатку зиркав спідлоба, несхвально позирав на прийшлих. Але коли жінка в окулярах без оправи і червоній спортивній куртці відвела від очей лупу, закрила обличчя долонями і заплакала, він підійшов до неї, присів поруч і обійняв.

Раптово почалася злива. Церква підстрибувала на місці від підземних поштовхів, мало не розколюючись від одночасних гуків грому. Бабинець був повен людей. Усі стояли навколо скульптури святого Онуфрія мовчки, майже нерухомо. Якимось дивом усім вистачало в тісному бабинці місця.

Уже згодом, за кілька днів, на початку серпня ти пережив на собі гнів священника. Злива його докорів, здавалося, не припиниться ніколи. — Тих чужинців, — кричав він, — не можна було навіть близько пускати до Онуфрія. То був знак, — казав він тобі, грізно дивлячись в очі. — То було попередження.

Скеля, що нависала над моріжком, обвалилась, розтрощила масивні кам'яні стіни бабинця, увійшла в них, як ніж у смалець, підім'яла під себе, як бик підминає корову, — і зупинилася за сантиметр від складених Онуфрієвих рук. Уламки каменюччя докотились аж до вівтаря.

То був знак. То було попередження, — казав священник. — Онуфрія не можна віддавати. Навіть говорити про таке не слід, навіть думати — гріх.

Майструк лютував не менше. Він бігав навколо завалів, махав руками. Звинувачував у крадіжці. Волосся розвіялось, стало дибки над його чолом.

Священник слухав його крики вже спокійно, склавши руки на грудях. Заперечно хитав головою. — Ні, не віддамо. Ні, не покажемо. На все воля Божа. Його місце тут, він нікуди звідси не піде.

Поли чоловікового плаща тріпотіли зім'ятими складками. Він бурхливо жестикулював, заламував руки. Його обличчя зминалось у перебільшеній, мало не божевільній міміці. Він курив цигарку за цигаркою, витирав піт із чола. Телефонував до високопосадовців, військових, мерів міст і голів міських рад, до міністра культури і якогось єпископа. Побіг геть, повернувся, пообіцяв з-під землі дістати Онуфрія, побіг знову. Ти, Богдане, кинувся, було, за ним. Хотів якось загладити ситуацію, хотів заспокоїти. Але повернувся засмучений, з опущеною головою. Священник не зводив із тебе погляду примружених очей. — Кому ви допомагаєте, Богдане? — запитав він. — Ви повинні вирішити, з ким ви у цій справі.

Того дня не чутно було гепання. Того дня, вочевидь, дорогу не прокладали.

Він тобі довірився. Увечері, коли запала густа сюркітлива тиша, він повів нас підземним ходом, присвічуючи ліхтариком. Одним із тих ходів, які починалися з церкви і були замуровані. Цей, як виявилося, зачинений кованою лядою на замок, легко відчинявся.

У підземеллі було вогко й холодно, мене били дрижаки. Ти міцно тримав мене за руку, йдучи слідом за священником. Кожен із нас підсвічував власним смартфоном — одначе, зовсім недовго. Хвилин за десять телефони згасли, померли, несподівано розрядилися. Ми запали в цілковиту темінь, яка проникла крізь наші очниці в тім'я, в мозок, наповнила наші хребти.

Ми йшли наосліп, і священник сказав, що так і треба, що це символ людського життя, ось таке блукання підземними норами. Що жоден ліхтар не допоможе зрозуміти напрямок і віднайти правильний шлях. Ти можеш іти серед мороку, тільки слухаючи власне нутро, ловлячи промінь Божого світла. — Бачите його, чуєте? — запитував він. — Ось він, веде мене за правицю мою, такий м'який, як пінка з пряженого молока. Не бійтеся, він надійно мене тримає. Ходіть-но за мною слідом.

Я відчувала підземні протяги на своїх щоках. Мені чомусь здавалося, ми проминаємо простори зали, видовбані в товщі землі, в яких цілком могли лежати прадавні кістяки ченців або сільських дітей XIII століття. Дітей, що, втікаючи підземним ходом із обложеної татарами церкви, відстали від жінок і поволі згасли тут, не знайшовши виходу. Намацуючи підошвою взуття круглий камінь під ногою, я не мала певності, що то не череп.

Що мені тільки не уявлялося посеред того мороку: цілі вулиці кам'яного містечка, круглі віконця у грубих стінах, басейни з чорною непорушною водою, в яких чорним киснем дихала чорна неповоротка риба, столи, врощені у ґрунт, з відполірованою дзеркальною поверхнею, зали підземних храмів із соляними оздобами, витесані в товщі стін полиці з напіврозкладеними фоліантами (праворуч — кирилиця, ліворуч — глаголиця; на нижніх полицях — кругла, на верхніх — ламана).

Нам бракувало кисню, дихати ставало дедалі тяжче. Раз по раз ми впирались у глухі стіни і, здавалось, давно вже застрягли у сліпому відгалуженні заокругленого тунелю, з якого неможливо вийти. Я, схоже, починала втрачати притомність, і ти тягнув мене на своєму плечі, підхопивши за талію. Я чула твій хрипкий подих, чула сопіння священника попереду.

Але ми виринули назовні: просто в запах свійських тварин, у їхній гарячий сморід. Вилізли серед прілої соломи, поруч із товстими льохами, які схвильовано притискали одна до одної свої напружені боки в протилежному кутку хліва, якнайдалі від нас. Це був великий хлів, розділений на окремі стійла. Звівшись із колін і звикаючи до світла, я розрізнила коров'ячі морди, і кінські хребти, і метляння козячих хвостів, і ґелґотання птиці. Серед них стояв святий Онуфрій, кам'яний Онуфрій. Прохід до нього нам заступив великий індик. Його тіло було схоже на перетлілі дрова, на попіл, на лускату кулю. Він розгорнув хвоста і випростав крила: брунатно-чорний, попелястий, з білими цятками й смужками, — і завмер загрозливо, потворний і величний, з гнівною головою, увитою розкішними криваво-червоними гірляндами.

Я бачила, як тебе роздирали протилежності. Чула, як ти телефонував до Майструка, обіцяючи переконати священника. З раптовим пафосом запевняв, що залишати все це неподобство просто так не можна, що дрімучість селян немислима. Повторював, немов закляття: йдеться ж про культуру, мистецтво, наукові цінності! Виставка не може відбутись без своєї головної перлини! І ти, мовляв, саме тому залишаєшся тут, у Рукораку, докладаючи всіх зусиль, щоб переламати ситуацію.

Священникові ти натомість говорити нічого не насмілювався: його реакція була відома тобі наперед. Ти розумів сільських людей і їхній страх втратити свій оберіг. Ти співчував їхній наївній забобонності. Довгими годинами ти вислуховував розповіді старших жінок про чудеса, які кам'яний бовван їм явив. Помолившись йому, вони віднаходили загублені ключі, виявляли брехню, бачили віщі сни, всі насінини на їхніх городах проростали і врозтіч кидались кроти. Я спостерігала, як ти жалісливо зводив брови, ділячи з ними їхні переживання. Як палко кивав головою, ніби й тіні сумніву не маєш, що ця огрядна мати шести дітей справді побачила, як Онуфрій їй усміхнувся і накреслив у повітрі хрест, а після того її корова перестала народжувати мертвих телят.

Зізнаюсь, Богдане, це я порадила тобі звернутися до батька. Я ж хотіла допомогти. — Ти мусиш у когось запитати поради, — сказала я. — До батька я не звертатимусь, — відповів мені ти майже злостиво. — Чому? — запитала я. Ти мовчав, насупившись і стежачи за разком колорадських жуків на підвіконні. Я підійшла до тебе ззаду і поклала долоню на ліву лопатку: — Ти сам не впораєшся. Ти опинився між двох вогнів, — ласкаво прошепотіла у твою підпахву.

Батько уважно вислухав твою розповідь і пообіцяв невдовзі зателефонувати. — Є один чоловік, — сказав він тобі згодом, і його голос звучав у твоєму телефоні страшенно дивно: якось абстрактно, немов з колодязя сну. — Є один чоловік, який погодився допомогти. Він розуміється на мистецтві. Він мистецтвом займається. Це тонкий поціновувач. Справжній профі. Він знає людей і володіє необхідними техніками.

Тебе охопило полегшення. Ти видихнув у телефон десятки подяк. Потім сперся до облущеної стіни літньої кухні, примружив очі і розмлів на сонці.

Повз хату Марії проходив якраз священник. Ти вдав, що не помічаєш його і не чуєш його привітання.

Ти й сам не сподівався, Богдане, що він приїде так швидко. Ніби йому горіло. Ніби переслідував надзвичайну мету.

Він призначив нам зустріч на мості через Стрипу, аж у Заривинцях. Ми з тобою дійшли туди пішки. Двигун темно-оливкового мікроавтобуса з тонованими вікнами вібрував. У повітрі смерділо дизелем.

Широкоплечий чоловік у короткій куртці, яка відкривала волохату смужку попереку, курив, спершись на бильця мосту, і струшував попіл у ріку. Це й був Руслан. Він був нижчий від тебе на добрячих дві голови, але збудований немов із тугих кубів, тісно обтягнутих дубленою шкірою. Все, на що він спромігся, щоби вділити нам мить своєї уваги, — це відірвати погляд від місця, де течія кучерявилась навколо бетонного блока, що стримів із води, і зиркнути на нас із тобою лише для того, щоб знову приліпитись зіницями до невпинного руху води.

Не обертаючи голови, він повідомив, що кілька годин тому побував у будинку твого дитинства. — Так сумно, — сказав він, — потрапляти до покинутого місця, до порожніх кімнат. Чути випадкове рипіння дощок підлоги чи шкряботіння гілки об шибу, від чого глуха тиша стає просто-таки бездонною. Бачити всі ці предмети, які більше нікому не стануть у пригоді. Бо більше немає нікого, кому б вони могли знадобитися. Ніхто не торкнеться їх із наміром, який вони знали раніше.

Ти здивовано запитав, що він робив у вашому домі, звідки у нього ключі. — Я домовився з твоїм батьком, — пояснив Руслан. Він сказав, що після ваших померлих родичок у хаті могли залишитись цінні старовинні речі, яким можна дати нове життя. Замість того щоб просто спалити їх восени, коли палитимуть в саду опале листя і сухе галуззя винограду. — Поки я там був, — продовжував Руслан, а його голос вітром зносило над воду, — до мене приходили сусіди і приносили зі своїх будинків те, що могло мене зацікавити, а їм уже було непотрібне.

Ти хотів запитати, що саме він узяв із вашого дому, але чомусь не зробив цього. Якась дивна млявість охопила тебе з ніг до голови.

Западав вечір. У повітрі над нашими головами мерехтіла мушва. Час від часу мікроавтобус проминали селяни на своїх скрипучих велосипедах. З іржавих рам нечутно опадали пластівці старої фарби. Селяни мовчки, не кліпаючи, придивлялися до тонованих вікон, навіть не потребуючи стежити за дорогою.

Ми спустились до самої води, заховавшись за борщівником, щоб нас ніхто не міг помітити.

Руслан присів навпочіпки, широко розвівши коліна, закурив наступну цигарку і, заворожений біганиною водомірок по невидимій крайці води, розпитав нас із тобою про церкву Онуфрія, підземний хід і про місце, де зберігалася статуя. Він змушував нас розповідати знову і знову, по черзі, від початку і до кінця, тоді — з кінця до середини, від середини — і до початку. Ми корилися йому, як малі діти. Я внутрішньо злилася, роздратування розпирало грудну клітку, але продовжувала відповідати на його запитання, покірно розповідала.

Тоді він коротко і так тихо, що навіть шум води заглушив його голос, виклав свій план. Нам із тобою, Богдане, довелося схилитись і наблизитись майже впритул до його обличчя, щоби почути, і я навіть відчувала щокою голки щетини на його затупленому підборідді.

Руслан сказав, що цієї ж ночі ми з тобою без відома священника повинні знову пройти тунелем, щоб дістатися до стайні, в якій переховують скульптуру. Нам слід подбати про освітлення і пригадати свій попередній досвід, щоб не збитись зі шляху і не заблукати. Промовивши це, він замовк, ніби переживав спогад, а тоді пробубнів щось про історико-культурний заповідник Переяслав-Хмельницького і гетьманську шаблю, яку мало не довелось ковтати, щоб винести назовні. І, засміявшись сам до себе, додав, що у бібліотеці Вернадського, де зберігалося прижиттєве видання книги Коперника «Про обертання небесних сфер», страшенно рипів паркет.

Там, у стайні, ти, Богдане, повинен був за допомогою даних геолокації визначити розташування і подати Русланові звістку. Він негайно мав з'явитись на своєму мікроавтобусі і допомогти тобі завантажити скульптуру до багажника («Навряд чи вона важить більше, ніж єдиний у світі золотий пояс скитської цариці», — криво посміхнувся він, але ми явно не зрозуміли його жарту). Ми не розуміли практично жодного з його жартів: ні про «Голівку дівчини в білому чепці» Ґреза, ні про Тетяну Яблонську, Віру Баринову-Кулебу, Миколу Глущенка, Марію Примаченко, ні про Яна Матейка з Артуром Ґроттґером. Тут він промовив щось на кшталт: «Було так тихо, немов після відходу ворога, хоча ворог насправді ще тільки заходив», — і це найменше скидалось на жарт, незважаючи на його усмішку. А тоді раптом очі його набули мрійливого виразу і він завівся про відполіровану лискучу гладкість поверхонь і простору на полотнах Архипа Івановича Куїнджі і про грецьку громаду Маріуполя. Про те, як весело й легко писав Адальберт Михайлович Ерделі.

Він таки вразив тебе своїми знаннями. Я бачила, як по-новому почав ти дивитися на це простакувате обличчя, ледь сплюснуте спереду, на великі червоні вуха, на коротку шию. Ти зазирав йому до рота, на пеньки прокурених зубів, на вкритий сірим нальотом язик.

Руслан перебив сам себе на півслові, продовживши сухо окреслювати наші подальші кроки. Захопивши святого Онуфрія, ми всі разом повинні були їхати чомусь до Меджибожа, де навіщось треба було змінювати транспорт, залишати цей бусик і пересідати до різних авт.

А як же Майструк? — стурбовано запитав ти. — Його попередили, — кивнув Руслан. — Він нас зустріне в Меджибожі? — поцікавилась я. Руслан тільки стенув бровами. — Чому у Меджибожі? — запитав ти.

А чому б і не в Меджибожі? — запитав його у відповідь Руслан. — Це тихе, задрипане містечко. Там є мурований замок. Багато безлюдних закутків, розбиті дороги.

І продовжив, багатозначно на мене поглянувши, підхоплюючи якусь іншу думку:

Тут головне нічого не загубити, як тоді, коли дорогою з Яготинського музею посіялось цілих шість картин.

Вже прощаючись і вкотре повторивши всі домовленості, ти припав раптом до дверцят бусика, і Руслан опустив шибу. — Що? — буркнув він неохоче. — Ми ж повернемо потім скульптуру до Рукорака? — з благальним виразом запитав ти. — Майструк же ж погодився?

Руслан з гучним шумом видув повітря з рота і картинно витріщив очі, ніби перезирався з якимось невидимим співрозмовником.

Звичайно, повернемо, — сказав він, звернувши на тебе неприховано глузливий погляд. — Звичайно, погодився.

Бачиш, як цікаво. Тепер, коли ти нічого не пам'ятаєш, коли ти не здатен пригадати ні міста, ні баби, ні Рукорака, ні Пінзеля, ні статуї бородатого святого з левом, ні старої Марії в її пурпуровій хустині, яка впустила нас до себе ночувати, тобі очевидно, наскільки вся та історія була шита білими нитками. Ти одразу розумієш сенс того, що відбувалось, — а я ще навіть не дійшла до кульмінації і розв'язки. Тобі смішно тепер, як ми тоді могли не здогадуватися, про що йдеться? Як могли дозволити вплутати себе? Ми здогадувалися, Богдане. Я попереджала тебе, але ти не міг зупинитись. Ти заплющував очі і пер проти здорового глузду. Напевно, тому, що вперше в житті твій батько відгукнувся на поклик, погодився допомогти, взяв участь у твоєму житті, підтримав, щойно ти попросив, надіслав до тебе свого посланця. Ви були спільниками. Ніколи раніше такого ще не траплялось.

Ми перелізли через уламки скелі й поруйновані стіни бабинця, і Руслан, попросивши йому присвітити, завовтузився біля дверей. Я не встигла отямитись, як щось заскреготіло і ми опинились у лункому холоді церкви. Він орієнтувався набагато краще, ніж я. Так, ніби бував тут раніше безліч разів, ніби знав кожен закуток, кількість кроків від входу до вівтаря, відстань між стінами.

Він залишив нас із тобою перед вузьким зяючим входом до підземелля після того, як кількома вправними рухами підважив і вивернув із завіс залізну ляду, що закривала вхід. Ми завмерли з налобними ліхтарями в руках, ще не одягаючи їх на голови, і слухали, як його мікроавтобус довго не хотів заводитися. Здавалося, на це ревіння збіжиться зараз пів села. Або повилазять із тунелів душі ченців.

Коли все стихло і навколишня тиша загустилась дужче від темряви, ти допоміг мені закріпити на голові ліхтар, а я припасувала тобі твій. Ми протислись у вузьку щілину входу, що була розрахована на дітей і жінок, на те, що тільки вони, найслабші, найменші, зможуть порятуватися, тоді як великі і сильні чоловіки загинуть, стримуючи навалу, і не зможуть піддатись спокусі пірнути під землю, розчинитись у темряві, плюнути на звитяжну боротьбу і самопожертву. Водночас розмір щілини повинен був завадити переслідувачам кидатись слідом за втікачами. Подряпана, з болем від вивихів у суглобах, я стояла, зігнувшись із протилежного боку від входу, не вірячи, що тобі, такому високому і міцному, немов верблюд, вдасться пролізти у вухо голки. — Розслабся, — зашепотіла я тобі, взявши долонями твоє напружене обличчя, — розслабся і пройди, міліметр за міліметром. Уяви, що твоя грудна клітка сплаває, ніби випорожнена ґумова грілка. Уяви, що твоє тіло — це тіло тонколапого домашнього павука-косарика, що може проникнути в кожну тріщинку. Уяви, що твої сідниці стискаються до розмірів двох запонок для відстібного коміра сорочки.

Ми рушили вперед, уже на самому початку цього шляху виснажені й побиті, немов нас помилково заковтнув, а тоді виплюнув кит біля узбережжя

Південно-Африканської Республіки. Коли ми вперше сюди потрапили, все було інакше: коридор здавався широким, ніби проспект, — а тепер стіни тисли з обох боків на наші плечі, і досить часто доводилося йти боком; тоді над нашими головами височіли округлі склепіння — тепер же стеля, нерівна, вкрита несподіваними виступами, нависала так низько, що часами ми під неї підлазили, лягаючи на живіт і просуваючи поперед себе рюкзаки, витягуючи одне одного за руки, дряпаючи обличчя й долоні об усі навколишні поверхні. В деяких місцях на нас небезпечно осипався розкришений камінь, в інших — доводилось брести крізь глевкі підземні води. Я згадувала свої фантазії про зали храмів, про вулиці кам'яних містечок, про підземну бібліотеку, і не могла надивуватися з них.

Зовсім скоро наші налобні ліхтарі замерехтіли й майже одночасно згасли. Ми опинилися серед повної темряви, але цього разу з нами не було отця Штунди, який міг би освітити шлях силою своєї віри.

Послухай, — сказала я тобі, Богдане, після того, як ми добрих пів години просиділи мовчки в темряві, втрачаючи навіть найпростіші орієнтири і не маючи вже цілковитої певності, звідки прийшли і куди йдемо. — У мене є ідея. Я повернусь до церкви і принесу свічки. Ти зачекаєш на мене тут, бо так буде швидше, і мені все одно легше протискатись.

Я почула, як ти опустився долі і сперся спиною до мокрої стіни. — Я на тебе чекаю, — сказав ти. — Будь обережна.

Я була обережна, швидка і зграбна. Зворотний шлях я подолала удвічі або й утричі швидше, незважаючи на темряву. Я поспішала, бо знала, що ти чекаєш на мене десь там, у надрах землі, зовсім сам посеред підземелля. Уявляла, як видовжується для тебе час, як розмиваються відчуття, як спотворюється свідомість від цієї тиші, що тисла тоннами землі, від відсутності кисню. Страх за тебе і бажання повернутись якнайшвидше відкрили на моїх долонях і ступнях новий зір. Я відчувала стіни, вибоїни і ями перед собою.

Коли я, несучи за плечима рюкзак, налагований вузькими пахучими свічками з жовтого воску, розпізнала твою скоцюрблену постать посеред тунелю, і нахилилась над тобою, і освітила твоє обличчя розтанцьованим тривожним вогником, ти здався мені занадто спокійним. М'язи втратили напругу, немов у людини в глибокій стадії сну. Ти згодом сказав мені, що не знаєш, спав чи ні. І не можеш сказати, скільки часу минуло: тобі здалось, що надто багато — кілька днів, тижнів чи й місяців. Тяглість хвилин перестала існувати для тебе. Ти втратив її береги. Тебе охопив жах, що я ніколи не повернусь, і що ти не знайдеш виходу назовні, що навіки застрягнеш у котрійсь зі щілин. Ти зовсім забув, навіщо ми проникли під землю, чому серед ночі подалися до церкви, яку мету переслідували. Ти кинувся тунелем уперед, боляче ранячи себе об виступи стін, вдаряючись головою об стелю. Ти йшов і йшов — тобі здалося, це тривало вже кілька діб, ти обмацував руками глухі поверхні, тицявся носом у крижану твердь тільки для того, щоб усвідомити, що помилково подався в протилежний бік, що вхід, крізь який ми сюди проникли, в іншому напрямку. І ти розвернувся і рушив туди, і знову йшов нескінченно довго, повз навкарачки, ледь переставляючи кінцівки, а потім просто ліг і лежав, про все забувши, навіть про свій страх. Тебе заповнила приємна байдужість. Можна було перестати думати, робити зусилля. Можна було відпустити все і відпочити. Ти відчув себе вдома, відчув, що досягнув мети, перебував просто в її осерді.

Ти лежав так, аж доки маленький вогник свічки не виник із повітря навпроти твоїх очей, і доки на твою щоку не скрапнула, обпаливши, краплина гарячого воску.

Знаєш, — згодом зізнався мені ти, і це твоє зізнання, Богдане, відгукнулось у мені тривогою, — тієї миті я усвідомив, яким солодким і безпечним може бути забуття.

Ми вилізли в тепло нічної стайні, зворохобивши сонних тварин. Вони завовтузились і заметушились. Зарохкали свині, схарапуджено навалюючись одна на одну, збиваючи з ніг. Задихали тяжко коні. Корови нервово жували прив'ялу вчорашню траву, яка залишалася на підлозі під їхніми копитами. Кози тремтіли. Кролі пряли вухами, напруживши свої перелякані тільця так сильно, що ті затвердли на камінь. Тим часом камінний святий Онуфрій нерухомо витанцьовував посеред пташиного пір'я, посеред лопотіння крил, дряпання пазурів, роззявлених у паніці дзьобів. З балки на нас вороже світила очима кішка. Наші налобні ліхтарі заблимали і знову запрацювали. Твій смартфон впіймав мережу, і ти подав сигнал.

Ми чекали на приїзд нашого спільника, вдихаючи гарячу суміш тваринних запахів, їхніх подихів і випарів, посліду, шерсти й секрецій. Вони трохи вгомонились, звикнувши до нашої присутности. Одна з льох навіть насмілилась наблизитись і тицьнулась мордою мені в руку. Я обережно ковзнула долонею по її задубленій шкірі, по жорсткій щетині. Відчула ніжність її вологого рота.

Стало чутно, як до подвір'я підкотив автомобіль. Двигун затих. Ти наблизився до виходу і вийшов назовні, щоб показати Русланові шлях. Негайно завалував собака, забрязкотів ланцюгом. Йому відповів другий, третій. Всі рукорацькі пси зайшлись гавкотом.

Треба було діяти швидко. Я побачила, як дві ваші постаті вималювались у проймі дверей. Швидкими кроками ви наближалися до скульптури, аж доки дорогу вам не загородив індик. Він забелькотів розпачливо, скреготливо, ще раз і ще. Його крик, схожий водночас на сміх божевільної жінки і на плач дитини, яка втратила матір, обривався, щоб за мить пролунати знову, ще голосніше, ще ґвалтовніше. Враз усі тварини загорлали. Верещала кішка, вигнувши спину дугою. Свині вищали, ніби їх ріжуть живцем. Повітря було повне пір'я і пуху.

Ви з Русланом наблизилися до скульптури, розштовхуючи звірячі тіла. Ти скинув кішку зі своїх плечей, ухилився від кобили, яка з розгону налетіла на тебе, цілячись передніми копитами просто в налобний ліхтар. Руслан відбивався від індика.

Ви з зусиллям відірвали Онуфрія від землі. Кам'яна основа була обліплена гноєм і сіном. Кури били вас крилами по обличчю. Кролі метушились навколо ваших ніг, намагаючись вибити вас із рівноваги.

Що робила я? Не пам'ятаю. Може, продовжувала чухати лагідну льоху за вухом. Може, обережно складала до кишень індичі яйця. Швидше за все, просто спостерігала.

Найдивовижніше те, що навіть увесь цей тваринний ґвалт нікого не розбудив, не привернув уваги. Ми були в самому центрі села — там, де дві паралельні безіменні вулиці об'єднані короткою перетинкою стежки, — але навколишні хати залишалися темними й тихими. Навіть у білому будинку господарів стайні, обгородженому високим бетонним муром, не світилося жодне вікно.

Люди прокинулись щойно тоді, коли ти, Богдане, почав лютувати. Це ти усіх розбудив. Ти сам привернув увагу до злочину.

Це сталося, коли ви з Русланом відчинили задні дверцята темно-оливкового мікроавтобуса, щоб завантажити в нього скульптуру, — і ти постав перед його вмістом. Ти впізнав усе, що там було усередині: угорські фаянсові тарелі з золотавими краями; порцелянову супницю й соусницю, на денці яких чітко проступав маленький чорний орел верхи на свастиці; польські посріблені ножі, ложки і виделки; і твої улюблені маленькі ложечки з гнутими ручками, з круглими черпачками, аж бурі від старости; темно-сині чеські кавові філіжанки і один келих для шампанського кольору темного виноградного соку; мельхіоровий чайник, мідну тацю, одну золоту виделочку з двома зубцями; кілька ложок і келих з вигравіюваними єврейськими літерами; склянки, бутель для вина з жовківського склозаводу Лілієна і бережанські піялки; радянський посріблений мельхіор з емблемою у вигляді качки; тарілки і блюдця з вишнями й олімпійськими ведмедиками, і ще — глиняний глек і глибокі полив'яні тарілки. А ще: личка святих, що проглядалися з облущеної побляклої фарби ікон; оберемки банкнот Ваймарської республіки; австрійські дукати; поштові марки на честь дня народження Гітлера; листівку з Тюркеншанцпарку з водоспадом і альтанкою, списану дрібним і нерозбірливим почерком; два настінні бронзові підсвічники. А ще: важкий багряний із золотом оксамитовий чохол для Тори, срібну табличку з написом «Уявляю Господа перед собою завжди», кілька золотих менор і ханукій із вигнутими ніжками, срібні предмети для обрізання — ножі й чаші, цілу колекцію дво- і трирівневих срібних корон для Тори: з дзвіночками, з фігурками оленів («Будь прудким у виконанні волі Творця»), левів (символа царської волі і влади), єдинорогів, Скрижалями Заповіту, семисвічниками на знак зв'язку між світами і семи днів творення. А ще: чотири валізи, набиті старими вибляклими фотокартками. А ще: товсту коричневу книжку в палітурці з м'якої шкіри з жовтими, а то й брунатними сторінками, старанно списану кимось і змальовану майже повністю.

Враз ти сполотнів і випустив із рук свій бік статуї, від чого Руслан втратив рівновагу і тільки дивом устиг відсмикнути кінцівки з-під святого, що, глухо гепнувши, завалився на бік. Ви з ним заревіли одночасно, гучніше від усіх тварин разом узятих. Ти кричав на Руслана, кричав на батька, який не міг тебе зараз чути, але найбільше кричав на себе самого, останнього дурня серед дурнів. — Це крадіжка! — кричав ти. — Він вплутав мене у крадіжку!

Він злодій! — і, накинувшись на Руслана, завалив його на землю. Той, звісно, був набагато вмілішим, коли справа стосувалася побиттів: за мить він сидів на тобі верхи, спрямовуючи стиснутий кулак тобі то у вилицю, то в ніс, то в щелепу. Твоя голова підстрибувала, як шкіряний м'яч, товклась об землю. З рота випорскували струмені крови й слини. Я чула, як страшно стукали твої зуби.

З усіх усюд збігались люди, більшість із усіх 419 мешканців села (декого несли на руках). Попереду біг отець Штунда. За ним, допомагаючи собі костуром, немов то була її третя нога, з небаченою швидкістю кульгала стара Марія в пурпуровій хустці, накинутій на плечі. Її довге сиве волосся розвіювалося навколо голови мертвою травою. Господар стайні стояв уже над Русланом, притискаючи до його червоного м'ясистого вуха рушницю. Отець Штунда перехилився через спину Руслана і з докором зазирнув тобі в очі. Він, здавалося, плакав. Його сльози падали на твоє закривавлене обличчя. Хоча, може, то були твої сльози.

Я бачила, яким маленьким хлопчиком ти був тієї миті. Крізь велике тіло дорослого чоловіка проступила беззахисна дитина. Якби ти не був дитиною, ти б не довірився злодієві, ти б йому не повірив. Це він, хлопчик, зрадів, що батько вперше в житті прийшов йому на допомогу, що захотів допомогти.

Тим часом господар двору, вправний мисливець, який за останні двадцять три роки відібрав життя у двадцяти шести дорослих лосів і ста восьми сарн (уже не рахуємо дитинчат звірів, дрібну дичину і птаство), взяв із рук своєї дружини мотузку, відклав рушницю набік і нахилився, щоб зв'язати Русланові руки за спиною. Він завжди відзначався тим, що вмів думати швидко: згідно зі струнким планом, який вилаштувався в його голові, він збирався відвезти злочинців до Тернополя і здати поліції.

Але вже наступної миті чоловік лежав горілиць на землі, а Руслан стояв на ледь зігнутих у колінах і широко розставлених у боки ногах і тримав обома руками на рівні грудей статую святого Онуфрія, розмахуючись ним над тобою, прагнучи тебе розчавити. Ось тут я метнулась уперед, випроставши руки, ніби стрімголов пірнала у чорну глибочінь. Я тільки відчула, як мене розрізає навпіл, як чимось вогненним проорює мій живіт, мою спину, як із мене живцем зриває шкіру, як тріщить мій хребет, водночас лунаючи, як арфа чи радше кобза. Мене торкнулися складені в молитві руки мудрого старця. Наступної миті ми з ним одночасно влетіли в бетонний мур.

Ось звідкіля у мене шрам, Богдане.

Більше я нічого не пам'ятаю.

Пізніше ми з тобою довідалися, що Руслан ускочив за кермо темно-оливкового мікроавтобуса і просто через квітник і грядки з городиною покотився у напрямку полів за селом. З відчинених задніх дверцят по дорозі сипався вміст багажника: трощився зі святковим брязкотінням посуд, тріпотіли в повітрі, мов метелики, банкноти й марки, розсипались по баюрах старі фотокартки з валіз.

Пізніше ми довідалися, що рукорачани весь наступний день старанно визбирували, щоб повернути твоїй родині, всі речі до найменшої дрібниці, користуючись сонячною погодою. Вони шанували пам'ять твоєї баби Уляни, та й до батька ставилися з повагою.

Ми довідалися, що нас із тобою забрали до районної лікарні і що індичі яйця в моїх кишенях дивом залишилися цілими.

Що зі статуї Онуфрія зробили кілька гіпсових копій, а справжню скульптуру заховали в надійне освячене місце, відоме лише священникові і ще кільком особливо надійним особам. Отець Штунда тяжко побивався, що статуї бракувало тепер лев'ячої голови: видно, вона відвалилась під час удару об бетонний мур.

Нас із тобою було прощено, але повертатись до Рукорака навряд чи коли-небудь випадало. Ти не міг більше залишатися ні в рідному містечку, ні у Львові, в якому доти збирався прожити все своє життя. Найдужче боявся випадково наткнутись десь на Омеляна Майструка, побачити вираз його очей, на тебе спрямованих. Ти здригався щоразу, коли чув його прізвище.

Одужавши від фізичних ран, ти, Богдане, не зміг позбутися наскрізного сорому, який погнав тебе на схід, якнайдалі від тих місць, до яких могли докотитися чутки про випадок зі статуєю святого Онуфрія. Ти пригадував іноді ті сорок хвилин (що у твоїй уяві розтягнулись на цілі місяці), проведені у темряві підземелля, коли пережив солодке забуття. Мені було відомо, що ти мрієш про той час і той стан. Що хотів би його повернути. Хотів би залишитися там назавжди.

Твій батько виявився поза підозрами. Навіть більше — відігравав у подальшому розслідуванні роль постраждалого. Під час вашої останньої телефонної розмови він запевняв тебе, що уявлення не мав про Русланові наміри. Коли ти звернувся до нього за порадою, він, мовляв, зателефонував до батька однієї зі своїх колишніх пацієнток, із яким підтримував зв'язок, — пана Кравецького чи Кролевського, пенсіонера, в якого збереглись розгалужені зв'язки з людьми з різних сфер. Той, начебто, і вказав йому на Руслана, порекомендувавши його як знавця мистецтва, що цікавився стариною і вмів вирішувати проблеми. Звісно, йшлося лише про допомогу в організації виставки в Луврі. Про те, щоб тимчасово позичити скульптуру і потім її повернути.

Виставка, до речі, мала великий успіх, навіть незважаючи на те, що триметровий дерев'яний янгол, розгойдуючи під стелею каплиці Людовіка XVI своє видовжене важке тіло, надсилав бентежний усміх не останній передсмертній скульптурі, виконаній майстром Пінзелем, а порожньому місцю.

Твій батько з печаллю в голосі зізнався, що він таки дав дозвіл Русланові забрати собі валізи з фотографіями, і старий посуд, і ще якісь дрібниці. Навіть сусіди твоєї покійної баби зацікавилися Руслановими пропозиціями і самі обміняли на гроші те, що залежалося на їхніх горищах і в підвалах, — усі ті єврейські речі з часів війни, про які давно вже ніхто не пам'ятав.

Але ж то були знімки бабиної сестри! — сердився ти. — Нікого з них більше немає, — сумно сказав твій батько. — Вони більше нікому з нас не потрібні.

Ти не міг йому вірити.

Я чула твій голос, коли ти сказав йому, що не бажаєш мати з ним справи. Що не хочеш нічого про нього знати. Ти вимагав, щоб усі чотири валізи з фотокартками наймолодшої сестри твоєї баби наступного тижня привезли тобі. Вони були тобі потрібні. Хоч ти й не знав, що з ними робити.

Перед тим, як виконати твоє прохання, батько знайшов у одній із валіз круглий порепаний камінь. То була голова Онуфрієвого лева, яка відпала від статуї під час зіткнення з бетонним муром. Лев'яча морда усміхалася тим самим бентежним усміхом, що й більшість Пінзелевих янголів. Не зрозумієш, чи то умиротвореність і спокій, чи хижий вишкір шаленця.

З чоловіком у темно-оливковому бусику стався дивний випадок. Він зупинив свій автомобіль посеред зелених просторів Меджибожа, замилувавшись білосніжним прямокутним будинком із арковими вікнами, що вимальовувався на тлі неба. Навколо нього, немов частини хмар, що опустилися згори, лежали півкруглі камені: найбіліші вилаштувалися рівними рядками поруч із будівлею, сірі лежали розсипом на певній віддалі, схилені під різними кутами.

Русланові знайомі, які, за домовленістю, мали прийняти від нього мікроавтобус і подбати про заміну транспорту, не могли повідомити поліції нічого конкретного. Одному з них повністю відібрало мову. Інший белькотів щось настільки несусвітнє, що краще б і він мовчав. Усі вони явно стали жертвами психотичної реакції.

Вони довго чекали, коли Руслан підійде до них, але той, здавалося, не міг відірвати погляду від якогось видіння. Обидві руки були підняті догори, ніби чоловік ловив на льоту футбольний м'яч, чи, може, захищався від рою бджіл, а тіло химерно викручене — так викручується людина, прагнучи роздивитись болюче місце на попереку. Руслана очі вирячено застигли, рот перекривився, щелепи роз'їхались урізнобіч.

Коли знайомі нарешті наблизилися самі, то зрозуміли, що тіло чоловіка тверде і холодне, як камінь, хоч і зберігає зовнішній вигляд людського тіла. На колінах у нього лежала старовинна книжка в шкіряній палітурці, списана і змальована від руки вибляклими чорнилами. Під ногами недбало валялись оксамитовий футляр для Тори, корони, золота ханукія і келих, який використовують під час обряду обрізання. Всі ці предмети, крім книжки, згодом безслідно щезли. Давній записник повернули тому, кого вважали власником: твоєму батькові.

Його так і не змогли зняти з водійського крісла, що намертво приросло до чоловікових сідниць, — довелося випилювати разом із сидінням, щоб транспортувати до лікарні. Там крісло, звичайно, змогли відокремити від задубілого в надзвичайному спазмі тіла. Але від обширного крововиливу в мозок Руслан так і не відновився.

Згідно з одним із переказів про Баал Шем Това, у період, коли світові ще не відкрилася його святість, він служив провідником дітей меламеда з Городенки, а на обід ходив до раббі Хаїма. Його дружина Хая була благословенна знанням про Бештову велич, але пообіцяла нікому про це не розповідати. Істина відкрилась їй таким чином.

Якось Хаї довелося вирушити в дорогу, і вона попросила Бешта її супроводжувати. Дорогою вони зустріли язичника, що негайно заходився жбурляти камінням і лаятись останніми словами. — Нікому не кажи, що я зараз зроблю з цим поганцем, — сказав Хаї Бешт. — Обіцяю, — відповіла Хая.

Бешт втупився поглядом у негідника, і той умить запався під землю.

Нічого страшнішого, як у городенківському костелі отців Місіонерів, Майструкові бачити не доводилось. Хоч він уже, здавалося, майже звик до вигляду понищених ікон і статуй, створених десять століть тому, до поруйнованих вівтарів. Він навіть перестав западати в тривалу бездіяльність, наповнену жовчю й нудотою, після кожного зіткнення з цим безоглядним насильством.

1963 року приятель привіз Майструкові з виставки у Москві німецький мотоцикл із бічним візком. Тепер він міг вільно їздити селами, вишукуючи цінності, які ще можна було порятувати. Йому забороняли приносити віднайдене до музею: працівник райкому влаштовував цілі скандали на тему «католицького мотлоху», який не надається навіть на те, щоби бути спаленим у печі, бо позолота і левкас дають чорний дим, шипіння і сморід.

У 1750-х роках Пінзель створив п'ять дерев'яних вівтарів для костелу отців Місіонерів у Городенці: Богородиці з фігурами Якима, Анни, Єлизавети і Йосипа, розп'яття з Йоанном та Марією одне навпроти одного, Яна Непомука з жіночими алегоричними постатями, вівтар із фігурами святих Вікентія і Роха, святої Трійці з фігурами Пророка та композицією «Жертвоприношення Авраама».

І ось, два століття по тому, Майструк зайшов до храму і побачив цю страшну купу в самому центрі: відрубані голови святих Єлизавети і Якима дивилися просто на нього, поламані кінцівки Роха і Яна Непомука тягнулись до Небес, всюди лежали частини жіночих тіл, уламки розп'яття, ступні, простягнуті фаланги пальців, напружені м'язи стегон, ключиці, палаючі самозречені серця, скинуті з-під склепіння, з триметрової висоти. Студенти технікуму, розташованого в колишньому монастирі, розпилювали фігуру ангела, щоб розпалити нею грубку. І тільки один великий ангел на самому вершечку головного вівтаря залишився ще неторканим. Він ледь помітно гойдався, порипуючи, ніби намагався себе заколисати.

Майструк розповів тобі про це ще до випадку з віднайденням у Рукораку святого Онуфрія, до всієї подальшої катастрофи, до твоєї панічної втечі. Він часто навідувався до тебе, за чорні й білі покривала конструкції в одній із зал музею — то просто сидів мовчки, пильним поглядом придивляючись до тієї чи іншої скульптури, то, наблизившись до неї впритул, вивчав шашелеві дірочки або зачудовано вдивлявся у сліди різця, ніби в них от-от відчитає щось про автора. Його зачаровував зворотний бік дерев'яних фігур: там, де тіло людське, таке деталізоване й правдоподібне, майже непомітно для ока глядача відкривало свою природу, грубий зруб, видлубану виїмку, шви між частинами скульптур.

Того разу ти якраз фотографував голову безносого ангела з Городенки (він походив не з костелу отців Місіонерів, а з Непорочного Зачаття Діви Марії): для нормального відтворення текстури доводилося робити більше двох тисяч кадрів. Працюючи, ти, Богдане, забував про все: хто ти такий і де востаннє проводив розкопки. З твоєї пам'яти безслідно випаровувалися будь-які знання про бароко і Ренесанс, готику і Реформацію, кубізм і експресіонізм (які мали з'явитися щойно за два століття — а вже так явно проступали в роботах Пінзеля), про світло й фотограмметрію.

Ти провів тут, у цьому білому шатрі, поруч із головою, стільки часу, що почав відчувати найменші зміни у виразі обличчя — і світло тут, повір, було ні до чого. Атож, майстер явно продумав цей фокус наперед: як спокій незворушного лиця при червоних променях призахідного сонця, що заломлюються у вітражах і саме під таким кутом падають на чоло скульптури, перетворюється на болісну, страдденну гримасу. Але не все залежало від світла. Навіть скульптор не міг продумати, не здатен був видобути зі шматка дерева свідомо, яким би вправним не був, у яких видатних майстрів Європи не вчився б, разючих змін у виразах облич його героїв від тривалого й уважного споглядання. Від того, хто саме і як дивився на фігуру. Чи відчував глядач тієї миті тугу, гнів, чи боровся з хіттю або лінню, чи просив про спокій або одужання. Ти був певен, що вираз деформується не тільки в уяві глядача, а насправді. Що кожен, хто дивився на Пінзелеві скульптури, робив їх щоразу ледь іншими. І тому їхні личини такі невловні: залишаючись тими самими, вони зберігали на собі відбитки тисяч живих людей. Мільйони пережитих миттєвостей у момент споглядання.

Чи то були мільйони личин і особистостей самого автора? Кожен із нас носить у собі зародки доль і характерів всіх живих істот, які живуть у Всесвіті, жили колись і житимуть до кінця світів, — хоча й не кожен може у собі це розпізнати. Не кожен свідомий, що є не тільки собою, а й усіма іншими. Не кожен знає навіть, що є собою. Вже не кажучи про те, щоб винести це знання назовні, зробити його видимим, приковувати ним погляди і привертати увагу, зароджувати неясні сумніви, будити притлумлені спогади.

Погляд опущених додолу очей янгола здавався тобі то втомленим і печальним, то грайливим, то розпачливим чи замисленим. Розхилені уста свідчили про млость і млявість. Про стан довіри до світу, до повітря, в якому він колись ширяв під склепінням костелу Непорочного Зачаття Пречистої Діви Марії, коли ще мав своє дерев'яне тіло. Про цілковите розчинення. Одначе в складках між надбрівними дугами зосередилася напруга: невже ти знав, янголе, що позбудешся тіла, що залишишся без носа? Що на спинці хряща у тебе залишиться ребристий слід від чиєїсь ножівки? Невже і янголам страшно позбуватися тіла? І янголи мають тіло, якого можуть позбутись?

Дивлячись на нього згори, ти бачив ніжного, красивого юнака, зануреного у дрімоту. Ледь скуйовджені кучері прим'ялись і розметались. Шрами, зазубрини, ямочки не псували його — навпаки. Чи не дивився ти в нього, як у дзеркало? Ти не знав, що це дзеркало показує твоє майбутнє.

Майструк сидів на стільці поруч зі столиком, на якому лежала голова, і мовчки спостерігав, як ти крутишся навколо, як набуваєш незручних безглуздих поз, прогинаючись, вихиляючись, підлазячи, нависаючи, розставляючи ноги, викручуючи голову на шиї — в тій самій манері, що вигинав колись шию янгол. Ти ніби копіював його несвідомо. Ніби власним тілом домальовував у просторі ангелову постать.

Наводячи фокус, ти впіймав у об'єктив погляд Майструка, спрямований уже не на янгола, а на тебе. Уважний і теплий погляд, яким на тебе ніколи й ніхто доти не дивився. Погляд, яким ти хотів, щоб тебе побачили.

Наскільки мало відомо про Йоана-Георгія Пінзеля (Йогана-Ґеорґа Пінзеля, Іоанна-Георгія Пінзеля, Пінцеля, Пільзе і Пельце), настільки ж багато і розмаїто ми знаємо про Ізраеля бен Еліезера, Володаря доброго імени, Баал Шем Това (Бешта). Двоє цих таких різних чоловіків, без перебільшення, походили з різних, віддалених одне від одного світів, і все ж їхні шляхи пролягали на доволі близьких у часі й просторі траєкторіях. Вони діяли на тих самих землях у той самий час, і діяльність їхня, сенс їхніх життів був спрямований у трансцендентне. Обоє були тісно пов'язані з релігією, хоча й кожен зі своєю. Обоє робили Бога ближчим до людини, а людину — ближчою до Бога. Чи був би котрийсь із них готовий визнати подібності між ними?

Імовірно, що той будинок у Бучачі, з бароковими склепіннями й огорожею балкона, які схожі на огорожу собору святого Юра у Львові і галереї на Бучацькій ратуші, той просторий дім із великим подвір'ям і видовженою офіциною, який видається просто досконалим місцем для майстерні скульптора, належав Пінзелеві. Якщо так, то це свідчить про високий статус і шанованість, про усілякі блага й винагороди, отримані від патрона міста, Канівського старости Миколи-Василя Потоцького. Якщо оглянути весь об'єм робіт майстра Йоана-Георгія за роки, відколи той з'явився на Галицьких землях (чи принаймні той об'єм, про який нам відомо: кілька десятків алегоричних фігур і вівтарів, іконостасів, амвонів, інженерні роботи при будівництві ратуші й храмів), не виникає жодного сумніву, що майстер не впорався б самотужки. Він мусив мати учнів, помічників — з десятеро чи п'ятнадцятеро чоловіків, які виконували для нього грубшу роботу, брали на себе частину левкасових випарів, деревного і кам'яного пилу, що мертвим вантажем утрамбовувався в альвеоли. Ось хто насправді міг асистувати з підбором матеріялів та інструментів, а зовсім не вдовиця Єлизавета, з якою Пінзель, схоже, одружився зовсім не через якісь там її (вифантазувані нами) чесноти, а всього лише тому, що інакше цей чужинець не міг стати членом цеху і відкрити в місті свою майстерню.

Вони надавали шматкам дерева обриси людських тіл: подоби торсів, кінцівок, голів. Особливо талановитим він міг довірити надбрівні дуги чи навіть вигин шиї. Далі сам брався за роботу: неоковирні п'ястуки вистрілювали пагонами тонких фаланг, загострювались вилиці, западали щоки, увиразнювався погляд з-під важких повік, випучнювалися м'язи й напружувалися соски. Пульсувала яремна вена. Складки тунік, плащів і покривал брижилися неспокійними валами й напливами. Він врізався в матеріял швидко й упевнено. Так стрімголов кидаються вперед, до небезпеки, не даючи собі завагатись. Він не дбав про старанність, про гладкість, про досконалість. Частини тіл випинались кубами, рубаними геометричними фігурами — тільки для того, щоб задихати гаряче, заеманувати жаром людського тіла, електрикою дистильованих пристрастей, зустрівшись із уявою глядача.

Десятеро або й цілих п'ятнадцятеро людей зачаровано дивилися йому під руки. Він скидався на божевільного в роботі. Він був по-справжньому страшним. Його тіло ніби випадало в інший вимір, переставало підкорятися законам земного тяжіння. Він рухався заповільнено або, навпаки, так швидко, що самого руху неможливо було помітити. Погляд був зосереджений на камені або на шматку липи, але водночас — обернений кудись усередину. І в очах виднілося щось таке, чому неможливо було дати назви, щось тривожне, щось надто інтимне, щось оголене, обезшкірене. Те, до чого не допускають інших. До чого навіть на самоті з собою моторошно буває торкнутися. Що викликає суміш сорому, й огиди, і нестерпної жалости, яку годі витримати.

Його обличчя смикалось у конвульсіях. Риси втрачали гармонію, лице немовби розколювалося на дві частини. Вибалушувались очі. Яблука починали обертатись, як у схарапудженого коня. Один кутик рота вищирювався, оголюючи ікла.

Ти пам'ятаєш скульптуру святого Йоана з Годовиці? Пам'ятаєш його химерне обличчя, якщо дивитись у фас? Раніше на вівтарі костелу Всіх Святих він був розташований таким чином, що поглядам вірян був відкритий лише його профіль. Ліва частина обличчя вирізьблена наче старанніше, тонше, ніж та, що схована від поглядів, — недбала і неоковирна на позір. Але якщо поглянути на фас святого Йоана — це обличчя може виявитись обличчям Йоана-Георгія Пінзеля.

Вони так багато часу проводили поруч із ним, спостерігали за його рухами, знічев'я обертали в руках дерев'яні боцетті. Чули, як він розмовляє з дружиною. Бачили, як він торкається своїми почорнілими й загрубілими долонями голівок синів. Як він жартує із Меретином. Як він кланяється Миколі Потоцькому, коли той з'являється помилуватися котроюсь із різьб: надвечір, щойно прокинувшись, запухлий із перепою, ведучи за собою кількох своїх дівчат, напідпитку від шипучого вина. Дівчата ловлять погляди одна одної і порскають реготом, дурносмішки. Староста Канівський дратується і лупить вертихвісток по плечах своєю шкіряною рукавичкою. Усе ж він намагається себе контролювати, щоб не вийшло так, як із тією Бондарівною, яку шляхтич нехотячи убив у нападі шалу. Йому за це насправді прикро. Він неодноразово просив прощення в її батьків, винагородивши їх стократ. Він сповідається по сей день, продовжуючи давати гроші на будівництво храмів і монастирів.

Трохи згодом, уже після смерти Пінзеля, Микола-Василь Потоцький, посилено рятуючи душу, стане ченцем Почаївського монастиря. Він матиме свій окремий дерев'яний будиночок, у якому триматиме поруч із собою дівчат для потреб власного тіла, аби воно не заважало духові прагнути святости. Навряд чи це ті самі дівчата, які приходили до майстерні Пінзеля (ті вже явно стали надто старими, позбулись зубів, розпаслися надмірно), але у всьому іншому майже нічого не змінилося. Потоцький змушує їх уклякати в церкві і ревно молитись. Поки сам він впадає у транс каяття, дівчата перешіптуються і сміються, цим виводячи свого пана зі стану самозаглиблення. Він лупить їх по плечах молитовником, костуром із вигравіюваною Пилявою на важкому руків'ї, голою рукою. Це дошкульно і доволі боляче, бо старий поляк, аристократ, гульвіса, мальтійський кавалер, греко-католик Потоцький має міцну руку.

Але повернімося до учнів Пінзеля, до свідків його життя і роботи. Ці люди так багато від нього навчилися! Перейняли його ставлення до зображення людського тіла, до роботи з матеріялом, до вивільнення емоцій, до розверзання буремної каламуті нутра заради розчинення у тонких висотах. Багато з них, вочевидь, продовжували різьбити й далі, втілюючи в життя уроки майстра.

Чому ж ні від кого з них не залишилось переказів, спогадів, розповідей? Так, ніби їм замурували роти. Ніби їхні пальці оніміли. Ніби вони перетворилися на камінь. Або струхлявіли.

Нічого.

Але чи потрібно знати щось про саму людину і її життя? Хіба не вистачає дерев'яної, поточеної шашелем голови янгола з відрізаним носом?

З Баал Шем Товом усе інакше. За потреби ми можемо з головою зануритись у *легендарну реальність* — як назвав світ переказів про Бешта Мартін Бубер. Інша справа, як багато ми в цій реальності здатні будемо збагнути (особливо ті з нас, хто язичники й необрізані). Але фокус тут якраз не зовсім у тому, щоби збагнути. Або зовсім не в тому. Недаремно Баал Шем іронізував із кабалістів, що ті настільки глибоко занурені в свої премудрі книги, що їм не вистачає часу згадувати про Бога.

Існують сотні переказів про Баал Шем Това, які дійшли до наших часів завдяки Бештовим учням і послідовникам. Звичайно, якщо порівнювати тишу навколо Пінзеля і легендарну реальність меджибізького цадика, різниця полягає у тому, що перший — художник, а другий — релігійний діяч, і що обоє належали до різних культур, і особливості цих культур диктували ставлення до особи, до її місця в громаді, до пам'яти про її життя, слова і діяння. Дивовижно, в наскільки різних світах вони жили, хоча й ділили ті самі містечка й села, ті самі гори, поля, ті ж хмари пропливали над їхніми мудрими головами, сіючись однаковим дощем.

Крім того, цілком можливо, що в першому випадку безмовність була метою й умовою. Що коли художник справді ховався і прагнув розчинитися безслідно? Тоді як у випадку засновника могутньої релігійної течії, збереження та поширення легендарної реальности мало в собі надзвичайну цінність. Це був один зі способів плекати віру, вивільняти *ніцоцот*, божественні іскри, розсипані в матеріяльному світі, аби наблизити звільнення. Своєю святістю цадик здійснює цей акт, і святість його проникає в усе навколо: в молитви і найпростіші буденні дії, у вияви радости і скорботи, у предмети, яких він торкається руками або думками, в душі його учнів, в слова, які промовляє сам, і слова, які учні передають одні одним, слова, почуті від цадика, слова цадика, почуті одне від одного, слова про цадика. Все це — вияв віри.

Розповідання історій про святих — інструмент перетворення, містичний ритуал, акт довіри і навчання. Вислухавши історію, учень ніколи не залишався тим, що раніше, навіть якщо сам цього ще не встигав збагнути. Там, у просторі між цадиком і учнем, між оповідачем і слухачем відбувається таїнство близькости, трансформації. У цей простір приходить Бог.

Тому так важливо було ставитись до хасидських оповідок якомога трепетніше, з неабиякою старанністю: пильнувати кожне слово, дбати про точний сенс, нічого не забувати й не перекручувати. Історії здебільшого передавались із уст в уста, усно. І ніхто й не помітив, як ця точність, про яку дбали впродовж століть, розмилась і наповнилась новими варіаціями.

Недарма хасиди кажуть: «Хто вірить у всі історії про Баал Шем Това й інших містиків і святих — дурень; хто дивиться на будь-яку окрему історію і говорить: "Це не може бути правдою", — єретик».

Котрийсь із учнів Бешта таємно записував усі слова цадика. Якось Баал Шем побачив, що по його дому вештається демон із грубезною книжкою в руках. «Що це у тебе за книжка?» — запитав у нього раввi. «Та це ж книжка, яку ти сам створив».

Так Баал Шем збагнув, що хтось із його послідовників записує все, що він промовляє. Він зібрав своїх учнів і запитав: «Хто з вас записує мої слова?» Учень, який робив це, негайно зізнався і віддав цадикові свої нотатки. Баал Шем Тов довго вивчав рукопис, а тоді мовив: «У цій базгранині немає жодного слова, промовленого мною. Ти не слухав мене в ім'я Неба, тому сили зла оповили тебе і твої вуха чули те, чого я не говорив».

Ацвут, печаль — перепона на шляху до Бога. Тягар, який людина власними руками вішає собі на шию, прибиваючи себе до землі. Від цієї ваги, від розпачу через власну тілесність, невиправність, через свою безнадійність і гріхи плоті голова людини схиляється так низько, що очам недоступним стає світло Господа.

Печаль слід відрізняти від гіркоти, *мерирут*. Мерирут — це смуток людини через її віддаленість від Бога. Гіркота цілюща, в ній — прагнення до Небес. Печаль несе в собі безнадію і бездіяльність, апатію та мертвотність.

Служачи Богу, цадик перетворюється на чисту радість, на осяйний захват. Акт служіння робить його таким. Він приліпляється до Бога і запрошує всіх своїх учнів узяти з нього приклад. Він палахкотить, палає вогнем, іскриться, він кружляє в танці до самозабуття, він тремтить від пронизливого щастя, він п'є вино, святкує Бога, віру в нього і свою відданість йому. Цадик переживає *двекут* — стан, у якому безпосередньо спілкується з Господом, сходить на Небеса, де здатен розмовляти з будь-якою душею, зі самим Месією. У стані двекуту цадик може втручатись у стосунки Бога з іншими людьми й охороняти громаду від лиха, зцілювати, вказувати істинний шлях.

Учні Бешта описували стани, в які той впадав під час молитви: його обличчя, його чоло сяяли потойбічним вогнем, очі порожніли й витріщались, риси змінювались, деякі м'язи надмірно розслаблялись, інші — напружувались. Часом, відкинувши з його обличчя таліт, хтось із охоплених сумнівом виявляв вражаючу картину: йому відкривалося заніміле обличчя померлого. Інші свідки розповідали, що лик цадика під час глибокої молитви щомиті змінювався: то він палав, немов смолоскип, а то вибляк, неначе сніг. Казали, коли Бешт молився, то вода у баліях здригалась і тремтіла, як від поштовхів землі. Трапилось, що Баал Шем молився у приміщенні, до стіни якого були приперті бочки з зерном, і зерно здригалось і підстрибувало, мов оживаючи.

Якось увечері під час святкування Сімхат Тора Баал Шем Тов танцював разом зі своїми учнями. Він ніжно обійняв сувій Тори і почав кружляти з ним, променіючи щастям. Згодом цадик відклав сувій і заходився танцювати без нього. Один із найбільш проникливих учнів пояснив: «Наш учитель відклав сьогодні видиме вчення і віддався вченню духовному».

«Якось я їхав на возі, запряженому трьома кіньми, — розповідав певному скептичному равві Баал Шем Тов. — Один мій кінь був гнідий, другий — рябий, третій — сірий. І жоден із коней не міг іржати. Дорогою я зустрів селянина. Той підійшов до мене і порадив: "Послаб-но віжки!" Я послабив віжки, і всі троє моїх коней заіржали».

Равві занімів і не міг вимовити жодного слова від могутніх почуттів, що над ним запанували.

«Троє коней, — продовжував Бешт, — гнідий, рябий і сірий, не могли іржати. Звичайний собі селянин знав, як зарадити. Слід було послабити віжки, і коні миттю заіржали, равві».

Рав мовчки похнюпився.

«Селянин дав добру пораду, — сказав Баал Шем Тов. — Ти зрозумів?»

«Я зрозумів, зрозумів, раввi», — відповів рав і заплакав. Він плакав так, ніби щойно його тіло і душа навчилися проливати сльози. Так, ніби плакав уперше в житті й досі не знав, що таке плакати по-справжньому.

Певного раввi, чиєму дідові пощастило бути учнем Баал Шема, попросили якось розповісти історію.

Той зауважив: «Історію слід розповідати так, щоб вона сама по собі допомагала слухачам».

Він розповів таке.

Його дід мав хворі ноги. Він кульгав і відчував постійний біль, який заважав йому рухатись і змушував більшість часу лежати в ліжку або нерухомо сидіти в кріслі. Якось його попросили розповісти історію про його вчителя. І він розповів, як, творячи молитву, Баал Шем Тов починав тремтіти, підстрибувати, смикатись і підтанцьовувати. Розповідаючи це, дід раввi, сам того не помічаючи, звівся з ліжка і почав танцювати й підстрибувати, відтворюючи рухи свого святого вчителя. Перед його внутрішнім зором запалав образ Баал Шема, і його охопила така любов, що хворий несвідомо почав імітувати найдрібніші жести наставника. Тієї ж миті він назавжди зцілився від своєї хвороби.

«Ось як слід розповідати історії!» — вигукнув онук учня Баал Шем Това.

Я аж смикаюся, коли він говорить про Сковороду. До чого тут Сковорода? — я розумію, що мій голос зраджує ту злість, яка несподівано для мене самої прориваєтьcя ізсередини. Ніби тільки й чекає, причаївшись за долями щитовидки:

Я розповідала зовсім про інше!

Я знаю, що про інше, — спокійно говорить Богдан, ледь здивовано спостерігаючи за моєю реакцією. — Просто того, що розповідаєш ти, я не пам'ятаю. А Сковороду пригадав.

Чому це раптом? — з презирством пирхаю я. — Ти ніколи ним не цікавився. Він зовсім з іншої історії.

Богдан дивиться на мене одним із тих поглядів, від яких мої органи неприємно важчають, немовби я наковталася каменів: — Я не впевнений, що ніколи ним не цікавився.

Принаймні мені про це нічого не відомо, — я намагаюсь надати своєму тону звичної м'якости й буденности, але мій голос звучить здавлено: через сильне серцебиття я не можу відновити розміреність подиху. Ми трохи сидимо мовчки, перш ніж я пропоную вийти.

Нам обом подобається мороз. Я йду позаду Богдана, підлаштовуючись під ритм його кроків. Переді мною погойдується спина справжнього велетня, роздута пуховиком. Червона спортивна шапка з бомбоном не приховує нерівностей голови.

Ми тримаємось ледь помітної стежки в снігу, що вже встигла майже повністю влитись у снігову масу. Богданові сніг сягає колін. Я ступаю в його кроки. Якоїсь миті неясна підозра змушує мене озирнутися: моїх власних слідів не видно. Якби хтось вирішив з'ясувати, хто тут блукав, він дійшов би логічного висновку, що порожнім знерухомленим лісом ходив самотній чоловік.

Кущі перетворилися на білі пагорби. Сніг заповнює навіть тріщинки в корі сосон. Гілки прогинаються під його вагою і покректують, виснажені тягарем. У тиші, схожій на тишу звукоізольованого приміщення, час від часу лунає тільки короткий м'який звук падіння снігової шапки в товщу снігу — немов шепотіння, немов доторк губ до щоки. Більші і менші білі клапті відриваються від гілок і повільними парашутами спадають додолу. Сніг віддзеркалюється в небі: здається, що там, під лискучою сизою плівкою, під напружено напнутим риб'ячим міхуром, втрамбовано повно снігу, який чекає своєї черги висипатися на землю.

Богдан голосно хекає, і густа пара з його рота торкається мого обличчя. Я роззявляю рота, щоб наковтатися його подиху. Сподіваюсь, це допоможе мені прочитати його думки.

Мороз стає дедалі дошкульнішим. І тому, коли я починаю говорити, мої уста і щоки заніміли настільки, що я несамохіть імітую ускладнену Богданову мову.

— То що там зі Сковородою? — запитую. — Що ти там пригадав?

Він не обертається і не сповільнює кроку. Лише знизує плечима — червона шапка втягнулась у комір пуховика. Різко здіймається вітер, навколо нас починає густо порошити. Богдан піднімає свій капюшон, ховаючи обличчя.

Я чую: він щось мені відповідає, тільки не можу розібрати жодного слова.

Якщо можна гіпотетично припустити, що двоє попередніх персонажів могли принаймні чути про існування одне одного, то Сковорода, звичайно, належить до планети, відірваної від двох попередніх планет іще мільйоном світлових років, а якщо точніше — тисячею кілометрів. Планета Сковороди, якщо говорити про політичну географію, належала до Російської Імперії — звісно, не більше, ніж номінально.

Наша трійця розділяє спільний час: XVIII століття. Епоха бароко, преромантизм. Як писав Віктор Петров: «Містичне почуття дійсності, символізм і меонізм, шукання далечінів, шукання за всім конечним і умовним безконечного й абсолютного».

Те, що ми можемо говорити про Пінзеля, буде неприхованими вигадками. Як уже не раз тут повторювалося, нам не відомо про нього нічого. Один дослідник переконливо довів, наприклад, що в Пінзелевій майстерні навчався Антон Осинський, львівський скульптор доби рококо. Ми вже встигли йому повірити, ми вже запалилися надією дізнатися бодай щось про вчителя, звернувши прискіпливу увагу на його учня — але якраз нагодився інший дослідник, який аргументовано звів нанівець гіпотезу свого колеги. Так воно буває з науковими дослідженнями людських доль. Ми тут перебуваємо, понад сумнів, у набагато кращій ситуації. Краще уже вигадувати.

Про Бешта і Сковороду існує більше матеріалів, а отже, більше можливостей для спекуляцій. Відмінність культур, особистих історій та історичних обставин загалом, які впливали на кожного, відмінність їхніх світоглядів, вірувань і мудрувань, відмінність джерел — усе це робить пошук паралелей ризикованим і безглуздим.

Що ж, Баал Шем Тов не залишив власних текстів і забороняв записувати за ним його слова, щоб не давати демонам можливості валандатися світом зі спотвореними письменами в ратицях, натомість Сковорода розповідав про себе у власних творах, записах і листах. І якщо Бештові численні, більш і менш талановиті, учні все ж зберегли (поглибили, спотворили, розширили, вигадали, створили) його образ, то образ Сковороди значною мірою дійшов до нас завдяки коханому хлопчикові, другові й учневі філософа Михайлові Ковалинському.

Що ж до Пінзеля, то тут уже зовсім залишається вилами писати по воді і шукати образ майстра хіба в скульптурах Франциска Оленського чи Матвія Полейовського, який у листі до Почаївського монастиря писав про своїх вчителів — Йогана Пінзеля і Бернарда Меретина, так само, як і згаданого вже Василя-Миколу Потоцького: «Його величність фундатор настояв на тому, щоб я почав сницарську роботу в Почаївській церкві, тому що цінував мою майстерність, знаючи мене з дитячих літ навчання сницарці й архітектурі в його метрів, які при його фабриках повмирали».

Кожного з трійці так чи інакше зберегли люди, які були поруч: замішували левкас на рибному клеї, подавали воду, щоб обмити руки, слухали гри на флейтравері звіддаля, звикаючи до могил, поки учитель віддалявся з інструментом до гаю, бо слухати музику на відстані, як він стверджував, набагато приємніше.

Кожного зберегли. Навіть якщо ми цього не здатні розгледіти.

Якось Бешт звернувся до Небес із запитанням, хто найбільший мудрець серед живих, тому що прагнув йому послужити. Почув відповідь: «Гаон Шор, автор книги "Твуот Шор" — найбільший мудрець цього покоління».

Бешт поїхав до міста, де жив Гаон Шор. Рано-вранці він увійшов до спальні, коли господар підвівся на ліжку і роззирався навколо, не знаходячи води для обмивання рук. Бешт подав йому воду для обмивання рук, розвернувся і негайно поїхав геть. І більше ніколи не з'являвся перед цим чоловіком.

Природно, що трактування Бога в юдаїзмі і православ'ї надто різні. Хоча кожен із наших героїв приніс у догму власне, приватне, інтимне бачення. Кожен володів своїм безпосереднім досвідом спілкування з Господом і міг багато про це розповісти. Це не була віра як така: переконання, що не має і не може мати жодних підтверджень. І Баал Шем Тов, і Сковорода розмовляли з Богом так, як людина розмовляє з людиною: чули Його слова, бачили Його усміх, відчували на собі Його любов.

Так, Сковорода говорив про Бога в собі, про те, що, аби пізнати Бога, слід пізнати себе самого. «Поки людина не знає Бога в самій собі, годі шукати Його у світі». Сковорода багато почерпнув від пантеїстів — і це, вочевидь, викликало би гнів і спротив Баал Шем Това. Він вважав би таке переконання єрессю. Бо Всевишнього не можна звужувати лише до Всесвіту, вже не кажучи про грішну людину. Людина і Всесвіт — це частини Бога. Але Бог незмірно більший. Неосяжненний. Незбагненний. Йому можна тільки віддатися. До нього можна лише приліпитись.

Але ж, зрештою, Сковорода був не проти того, щоб віддатися. Він був за самозречення, за цілковите розчинення. Він був за те, щоб нічого не мати й бути ніким. Він займався саме цим більшу частину свого життя.

Вони не знали одне про одного і не здогадувалися, що одночасно розмовляють зі своїм Богом. Що Бог одночасно дає їм відповіді.

Кожного вечора після молитви Баал Шем Тов усамітнювався у себе в кімнаті. Там він вивчав таємничу «Сефер Ецира», «Книгу Творіння», книгу з містичним інтерпретуванням чисел і літер. На столі завжди горіло дві свічки: по одній на кожне око цадика. Тоді кожен, хто потребував поради Бешта, заходив до нього, і цадик розмовляв із ними до пізньої години.

Уже покидаючи Баал Шема пізньої ночі, один із учнів сказав: «Наш святий цадик сьогодні був незмірно щедрим до мене, розмовляючи впродовж всього вечора лишень зі мною!» Інший кинув на нього здивований погляд: «Що ти! Він нікому, крім мене, і слова не сказав нині!» Інші учні повторили те саме, кожен про себе.

А тоді раптом перезирнулися між собою і позмовкали.

Снігопади не припиняються, о ні. Навпаки: снігу, який падає, дедалі більше в повітрі, він густішає з кожним днем, щогодини. Коли я прокидаюсь і відхиляю фіранку, мені здається, ніби я її не відхилила. За вікном висить щільна завіса. У повітрі вже місця не вистачає на те, щоб умістити все це шаленство білого пір'я, весь огром нахабних і влізливих сніжинок.

Щоранку дедалі складніше відчиняти вхідні двері або хвіртку на подвір'я: їх завалює важким сніговим валом. Сніг лежить усюди, немов застигла лава, біле вулканічне скло: він перетворив дерева, кущі винограду й дерену, ялівець і тую, тин і лавку, гойдалку під горіхом і сам горіх на парк геометричних фігур, на інсталяцію кубіста.

Ми продовжуємо щодня здійснювати лісові прогулянки: ніби на зло одне одному, зціпивши зуби, премо крізь дедалі непоступливішу масу, вкриту твердою корою, що, ламаючись, може порізати, немов лезо. Ми долаємо снігові замети, падаємо на коліна, допомагаємо одне одному підвестись і продовжуємо йти — захекані, червонощокі, спітнілі й замерзлі водночас. Наші руки, ноги й обличчя німіють, сніг забивається за комір і просякає у взуття. Інеєм беруться брови і вії, і навіть волосинки, що стримлять із Богданового носа, і пасма мого волосся, які вибиваються з-під шапки.

Одного разу за кілька метрів від нас падає сосна. Спочатку повітря навколо гуркоче, немов розколюючись: непоясненність цього страшного звуку змушує наші тіла закам'яніти. Нас охоплює остовпіння. Ми зазираємо одне одному в очі поглядами, вмить позбавленими будь-яких захистів, будь-яких нашарувань. А тоді Богдан штовхає мене у снігову товщу, навалюючись згори. Він робить це несподівано обережно і м'яко: його лікті впираються у землю біля моїх вух, долонями і власним обличчям він дбайливо прикриває мою голову. Він накриває моє тіло своїм — але так, що я опиняюсь немов у курені, у теплому просторі.

Виявляється, сосна впала від ваги снігу. Ми підходимо до неї і роздивляємося: вона не виглядає хворою чи сухою. Голки на її гілках — пишні й довгі, пахнуть терпкою свіжістю.

Сосни падали вже й раніше. Снігопади не припиняються — тож вони ламаються, як сірники. Нам не раз уже доводилось чути звіддаля моторошний стогін, кректання велетня. Але так близько, за кілька кроків від нас, це сталось уперше.

Наступного дня ми вагаємось, чи варто йти на прогулянку. Вперше того ранку мені не вдається відчинити двері, тож я піднімаюся сходами до Богдана, щоб жартівливо повідомити його, що ми з ним потрапили в пастку. Аж раптом зникає світло.

Причина очевидна: котрась із сосон, не витримавши, повалилася просто на лінії електропередач. Наївно було б сподіватися на ремонт: до наших садів уже більше тижня не доїжджає транспорт, дорогу не чистять. Ніхто без нагальної потреби не вирушив би в наші замети. Залишається тільки чекати.

Зараз всього лише близько полудня, але будинок занурюється у вечорові сутінки. Розперті від снігу дерева і снігова пелена не дають жодного шансу денному світлу.

Присвічуючи ще не розрядженим смартфоном, я збираю з усіх кімнат свічки: деякі з них слугують декораціями, деякі ми вже використовували за схожих обставин.

Свічки треба економити, — кажу я. — Ми не знаємо, як довго це потриває.

Богдан мовчки погоджується посунутись і пустити мене під ліжник поруч із собою. Я ставлю на наші коліна дерев'яну лаковану дошку від старого журнального столика, і на неї встановлюю свічку в тріснутому горнятку.

Що, подивимось фотографії? — запитую я і обережно кладу перед свічкою один із альбомів.

Нам доводиться відчувати одне одного, щоб не перекинути свічку й утримувати дошку на наших колінах у рівновазі. Навіть не знаю, на що більше спрямована зараз наша увага.

Наскільки різними були життя і справи, яким віддавався кожен із трійці, наскільки різними були контексти їхніх справ і життів, у кожному з цих персонажів можна зауважити спільний мотив: своєрідне заниження загальноприйнятих підходів, розхитування або й ламання, заперечення доктрин, правил, норм, опрощення і заземлення того, що здавалося вихолощеним, високим і недоступним звичайним смертним, оживлення й олюднення речей, контакт із якими був заборонений або недосяжний через табуйованість або сакральність.

Взяти бодай Пінзелевих святих, мучеників, янголів — усі ці постаті, покликані символізувати винятково святість і муку, чистоту та цноту, відірваність духа від земного бруду й метушні. Чи ж не повинні вони бути незворушними і спокійними, їхні обличчя — вмиротвореними й відстороненими, їхні тіла — стриманими й щільно загорнутими в одяг? Їхній вигляд мусив би наштовхувати на думки про аскетизм і мудрість, про відречення від земних утіх, про минущість усього матеріального і про цілковите розчинення в духові.

Натомість перед нами постають фігури, один вигляд яких викликає хвилювання й тремтіння, будить знайомі почуття. Це герої, розтерзані складними пристрастями. Герої, що переживають навпроти глядача внутрішні конфлікти, яким ніколи не знайти розв'язання. Вони приречені на роздвоєність і нецілісність, на сумніви й докори сумління — хоч би як щиро не прагнули туди, у безмежність духа, до цілковитого звільнення, тіло залишається при них.

Святість і мучеництво їхні тілесні: такі ж тілесні, як у будь-якого останнього грішника. Їхній аскетизм налитий вітальністю й еротизмом. Струм їхньої віри розпалений ламаними танцями, конторсіями, що вигинають плоть у небачений спосіб, доводячи безмір людських можливостей. Чи ж не нагадують ці шалені вигини хасидські танці під час молитви? Чи не схоже, що святий Онуфрій, який робить танцювальні па, хитаючи головою і простягаючи вперед руки, просячи Бога прийняти його душу, примовляє словами Сковороди: «Я ж у Господі зрадію, звеселюся про Бога, Спаса мого!»

У своєму жаданні дістатися до самої суті людського Пінзель роздягає власних персонажів. Йому замало просто тіла, він зображає тіло якнайтілесніше: ландшафти сухожиль і м'язів; що то випинаються, то ховаються під шкірою в чіткому тривожному ритмі; гострі суглоби, драматичні ребра й ключиці, невротичне закам'яніння м'язів черева, напружені гострі пиптики. Все, що символізує бруд і гріх, — виставлено напоказ, на всезагальний огляд. Дивлячись на це жилаве вигнуте тіло, на міцні груди, на могутні литки — про що думатиме глядач: про вічне й духовне чи про доторки й стогони?

Але йому мало звичайного оголення: він знімає зі своїх творінь шкіру. Йому хочеться горлати про внутрішню напругу, хочеться зробити всі органи, всі частини не просто видимими, а просто-таки кричущими. Тепер, цілковито оголені перед людьми і Богом, вони найбеззахисніше корчаться в муках і любові. Тепер можна розглядіти найдрібніші порухи їхніх душ: Пінзель знімає плоть шар за шаром, аж доки не оголює чистоту духа. Перед глядачем — найщиріша щирість, неприкрита відданість. Ось що таке вірити, ось що таке — віддатись. Ось чому вони смикаються і танцюють, доведені до найвищої точки чуттєвості, до кульмінації болю і переживань.

Вочевидь, Пінзелеві замовники не витримували напруги: чи не могли б ви трохи прибрати пиптики? Чи не зробили б ви цю западину меншою, а цей виступ дещо згладженішим? Чи не прикрили б ви цю частину тіла складками? Більше складок, зробіть нам, будьте ласкаві, якомога більше складок, схожих на хмари, щоб серед них можна було заховати буремне тіло з його пристрастями.

Таким чином чимало скульптур Пінзеля зазнавали втручання вже після того, як були закінчені майстром. Щоб зробити їх цнотливішими, відповіднішими для очей вірян, Пінзелевих персонажів вкривали драперією — до найбільш дражливих місць прикладали просякнуте левкасом полотно. Згори його золотили, щоб різницю не було помітно.

Баал Шем Тов зробив віру і Бога доступнішими для простих людей. Розквіт хасидизму був спричинений, з одного боку, ускладненнями в житті польських євреїв XVIII століття, через що рабини й керівники громад втрачали свій вплив, а з іншого боку — поширеннями месіянських течій, сабатіянства насамперед. Під впливом цих містичних віянь почала міцнішати схильність до студіювання Кабали. Вчені-кабалісти, мудреці, інтелектуали, володарі таємних знань, цілодобово занурені у священні книги і зайняті пошуками імен Господа, досліджували закони Всесвіту, шукаючи способи, в які Творець відкривався у світі через своє творіння.

Простим євреям з маленьких галицьких містечок усе це мудрування було недоступним. Хіба багато з них могли не задрімати, штудіюючи Тору, Йєциру, Книгу Зоар, Писання Арі та інші священні сувої, хіба не починали злипатися їхні очі над Сокровенною Книгою, хіба не клювали вони носом над Малими Покоями, хіба не плутались їхні думки над Таємницею Таємниць, хіба не починало у них бурчати в череві над Вірним Пастирем, хіба не верзлося їм казна-що над Таємницями Літер?

Бог здавався таким далеким і незрозумілим, що, хочеш не хочеш, а втратиш до нього інтерес.

І тоді з'явився Володар Доброго Імені, святий Баал Шем Тов, який повернув простим євреям їхнього Бога. Служіння набуло простіших, практичних рис. Те, чого дотепер можна було досягати лише інтелектуально, стало доступним у спосіб дотримання приписів і правил, шляхом прагнення до етичного ідеалу, щирістю і відданістю.

Хасид володіє набагато більшими скарбами за інтелектуальні, тому що жар його віри значно переважає будь-який інтелект. Відданість вірі і плекання чеснот — незмірно дорожчі за будь-які знання.

Бешт замовляв хвороби, виготовляв амулети і заклинав бісів. І грішники були йому незмірно миліші від зверхніх праведників-аскетів.

Одному цадикові, який тільки те й робив, що повчав усіх і кожного, проповідував і роздавав поради, Баал Шем Тов сказав: «Що тобі відомо про повчання й поради! За все своє життя ти так і не пізнав гріха, і надто мало спілкувався з людьми, які тебе оточували. Тому ти нічогісінько не знаєш про гріх!»

Баал Шем казав: «Грішникам я дозволяю наближатись до мене, якщо вони не пихаті. А мудрагелям і праведникам, коли я зауважую їхню пиху, до мене зась. Бо коли грішникові відомо, що він — грішник, і він сам усвідомлює власну нікчемність, Бог не покидає його, залишаючись з ним "посеред нечистот". Натомість про тих, що пишаються власною безгрішністю, Бог каже: "Немає ніде у світі такого місця, де б Я був поруч із ними"».

Одному зі своїх учнів Баал Шем якось сказав: «Уяви собі найнікчемнішого серед нікчемних. Він незмірно дорожчий мені, ніж тобі — твій власний син».

Про Бешта ходили чутки, що сам він — недалекий простак, який не знає Тори і не отримав належної освіти. Але хто так думав, зрештою довідався, що Баал Шем Тов не мав потреби сидіти довгими днями й ночами над книгами, бо вогненна Тора текла в його жилах замість крови.

У містечку Сатанові був собі книжник, який не припиняв розмірковувати над тим, чому існує те, що існує, і як узагалі можливо, що те, що існує — існує. Якось у п'ятницю, після молитви, він залишився в Бейт-мідраші, щоб, як завжди, віддатися роздумам на улюблену тему. Але його думки заплутались остаточно, і він упав у відчай. Баал Шем Тов відчув це на відстані. Він сів на свого воза і миттю перенісся до Бейт-мідрашу в Сатанові. «Ти шукаєш доказів існування Бога, а я немудрий, зате вірю». Поява людини, якій достеменно відомі були його потаємні думки, відкрила серце книжника для віри.

І знову він приплітає сюди свого Сковороду. Я помічаю, як лукаво схиляється набік його велика важка голова, яку мені постійно так хочеться брати у свої долоні, хоч я стримуюсь, бо знаю, що йому це не до вподоби. Помічаю лукавий вогник у його очах, хоча вираз обличчя залишається цілковито серйозним: чоло насуплене, кутики рота не настільки роз'їхались у різні боки, як це трапляється, коли Богдан усміхається.

Отже, він зумисне розповідає мені про Сковороду, бо знає, як мене це непокоїть. Того Сковороду, що причаровував стількох високопоставлених і впливових людей, того, що вражав освіченістю й талантами, того, який отримував безліч привабливих пропозицій і міг якнайкраще, якнайтепліше облаштувати власне життя, — і знехтував усіма до останньої можливостями. Того Сковороду, який вибрав незатишне і незахищене життя. Життя, в якому щось точно знати міг хіба лише про цю мить, що триває зараз, і не далі. А перебуваючи посеред цієї миті, він не мав нічого, нічим не володів і ніким не був. І таким чином переживав власне сповнення.

Всі його здобутки — це відмови, нехтування і резиґнації: звільнення з Петербурзької придворної царської хорової капели, відхід від почту імператриці Єлизавети, нехтування подальшою участю в «Токайській комісії з заготівлі вин до царського двору», у складі якої йому вдалося помандрувати Європою; звільнення — «не без ганьби» — з колегіюму в Переяславі, де вперто впроваджував власні способи вивчення поезії; скандал і вигнання з місця гувернанта через те, що назвав сина бунчукового товариша Томари «свинячою головою»; відмова викладати в Троїце-Сергієвій лаврі в Росії, оскільки його пекла «постійна відраза до цього краю»; відмова прийняти постриг і стати «стовпом церкви й окрасою обителі», Києво-Печерської Лаври — і безліч інших схожих випадків, серед яких — скандальні ситуації під час бенкетів і урочистих подій, на зборах духовенства чи викладачів колегіюмів. Сковорода залишав після себе ображених, обурених, розгублених, розчавлених, збентежених його поведінкою людей, які, не вміючи пояснити ірраціональних вчинків філософа, вигадували власні пояснення і поширювали прикрі чутки.

У власних міркуваннях, озброєний мудрістю улюблених філософів і богословів — Платона й Плотина, Павла, Філона, Августина, — Сковорода дійшов висновку, що шлях до цілковитого розчинення у Господі лежить через сотні й тисячі послідовних відмов від спокус. Уляґаєш спокусі:

погоджуєшся пригрітись у тепленькій місцині, сісти у зручне крісло, з'їсти ромову бабу, закуняти біля каміна, прийняти постриг — і віддаляєшся на незмірну кількість століть від омріяного. Шлях вимагає пильности.

Що ж він обрав? Роль старця, убогого блукальця, бездомного і невлаштованого волоцюги, без власного дому, без родини, без визначеного суспільного становища. Освічений, проникливий, начитаний мудрець обрав роль пришелепкуватого дурника, простакуватого й наївного недоріки: «Зніми покриття й побачиш, що дурість є найпремудре, а тільки прикрилось юродством». Коли для Баал Шема недорікуватість і простакуватість певний час були маскуванням, прикриттям, що захищало його святість від поглядів, рук і язиків грішників, то для Сковороди його «дурість» і є суттю святости, найчистішою святістю уповні. Він винайшов для себе формулу абсолютного щастя, шукаючи відповідей у запереченнях і протилежностях: мудрість — у дурості, велич — у ницості, багатство — в бідності, любов і близькість — у віддаленості й розлуці.

Сковорода обрав довгі одноманітні дні походів уздовж битого шляху, під нудними струменями дощу чи палючими сонячними променями. Бруд під нігтями і за вухами, пересохлу горлянку, набиту придорожним пилом, поколені стернею стопи, вдивляння в сонячний диск аж до моменту, коли в очах усе вибляклало й пронизливо біліло. Що дошкульніше пекли збиті до крови ноги, що відчутніше стугоніли втомлені кістки, а шлунок стискався від голоду, мов порожній капшук зі старої шкіри (Сковорода не вживав у їжу м'яса і риби, не пив вина, через що говорилося, ніби він розповсюджує маніхейську єресь), що менше годин він спав (зазвичай — чотири), що більше кпинів і образ лунало в його бік, що щедріше кривавили душевні рани — то повніше він відчував, що його приниження любе й солодке Господові, що він на правильному шляху, що він тримається гостинця, не збочуючи і не вагаючись недоречно.

Коли губернатор Харкова Щербинін, умираючи від цікавости, запросив до себе Сковороду і запитав його: «Чесний чоловіче! Чому ти не візьмеш для себе якогось відомого стану?» — той відповів: «Милостивий пане! Світ нагадує театр: щоб зобразити в театрі гру з успіхом і похвалою, то беруть ролі за здібностями. Дійова особа в театрі не за знатністю ролі, а за вдалу гру хвалиться. Я довго міркував про це і після довгого випробування себе побачив, що не можу представити в театрі світу вдало жодної особи, крім низької, простої, безпечної, усамітненої: я цю роль вибрав, узяв і задоволений».

У вічній мандрівці без мети, у стані постійної непевності, в зовнішній непостійності, не залишаючись довго ніде, готовий рушити світ за очі будь-якої миті з найбільш гостинного дому, в якому є бажаним гостем, Сковорода шукав внутрішнього спокою в постійному неспокої тіла. Виснажений, змарнілий, худий і хворий, він продовжував прагнути для себе лише незручностей, гострих кутів, непристосованості. Тільки так він знаходив мир і затишок: серед чистого поля під зоряним небом, серед лісу, в маленькій хатинці біля пасіки, серед гудіння бджіл. Богдан не сумнівався, що укуси бджіл завдавали філософові глибокої насолоди. Вони були немов поцілунки Бога. В самотності він писав трактати про віднайдення себе, про любов до себе самого, про Бога в людині. Старий сторож і собака, з якими Сковорода, зупинившись у лісі біля Гужвинського, зрідка проводив час, були йому далеко милішим товариством, ніж високе духовенство й пишна шляхта.

Він утікав і від любови, вірячи, що любов найповніша і найвища лише тоді, коли вона недосяжна, віддалена, коли вона нездійснена. Його завданням перед собою було оминути будь-які натяки на земне щастя, зняти їх із себе, як частини одягу, як зайвий тягар, як нашарування бруду, що відділяє від Абсолюту, що віддаляє від повного танення і злиття з Небесами.

Він здирав із себе все, що могло робити душу нечутливою. Продовжував оголюватись навіть тоді, коли вже був цілковито голим. Знімав із себе шкіру.

З непроглядного нічного мороку ми одразу ж переповзаємо в ранкові сутінки, тоді в денні присмерки, далі — у вечірню темряву, яка провалює нас у чорноту наступної ночі. Тепер я засинаю поруч із ним, щоб економити світло, тепло, економити рух і простір. Він не протестує. Я відчуваю, що він змирився. Йому, можливо, навіть почало подобатись.

Ми кублимося під ліжником, немов сліпі черви серед прадавньої ночі на початку світів. Я чекаю, коли підземні тунелі, просвердлені у вологій підстилці лісів натрудженими ротовими отворами, перетнуться, коли присоски на видовжених тілах спричинять сплетіння наших двобічно симетричних тіл, коли ми засвідчимо одне одного сенсилами, нерухомими війками, що пронизані нервовими закінченнями. Я уявляю його сенсили, що торкаються моїх статоцистів, мого шкірно-м'язового мішка, моїх полум'яних клітин, — і задихнулась би від надміру кисню, якби у мене була дихальна система.

Але я вдячна й за те, що він ділить зі мною цей матрац і накриває мене своїм ліжником — улюбленим косівським ліжником його баби Уляни. Я вдячна за те, що він засинає поруч зі мною, що дозволяє мені бути свідком його нічних тривожних катулянь, його несвідомого терзання, голосів, що долинають раптом із його черева, його подиху — то настільки нечутного, що я аж лякаюсь, чи не відірвався у нього тромб, то гучного, немов кипіння води чи харчання холодильника.

Двері назовні нам вдається-таки спільними зусиллями відчинити. Тепер Богдан щодня бере в цьому участь. Він зголошується наповнювати снігом залізні миски й відра і приносити їх до кухні. Ми топимо сніг на плиті, щоб отримати воду. Наша помпа замерзла в підземній ямі. Ночами, якщо я засинаю, знеможена пильнуванням, мені сниться крига, що розпирає труби в товщі землі.

Замість пригадувати щось зі свого попереднього життя, переглядаючи фотографії, щоб відстежувати тріпотіння свого серця або стискання горлянки від вигляду баби Уляни в її бавовняному халаті, яка на подвір'ї будинку простягає маленькому хлопчикові щось схоже на булку з маслом, він знову і знову повертається до Сковороди. Мені це не подобається. Серце тріпоче в моїх грудях. Мою горлянку неприємно зчавлює лещатами.

Він говорить про те, що коли, за моїми словами, Баал Шем Тов спокійно сприймав присутність демонів у власному домі, і перемовлявся з ними, як перемовляються, буває, з сусідським заблуканим котом, шпетив їх і ганив, як недорікуватих дітей, чи просто відвертався і продовжував свої справи, то Григорієві Сковороді з його бісами доводилось не так легко. Від демонів, які являлись йому, він був змушений щоразу втікати: швидко, похапцем, стрімголов, не встигнувши взяти з собою навіть кількох тих убогих речей, якими володів.

Його буколічні мандри золотистими дорогами й полями, лісами і левадами, його невпинний рух із Київщини на Слобожанщину, від одного доброго поміщика до іншого — розумного, від хатинки мисливця — до пасіки виявляється раптом гонінням, ґвалтовною втечею. Любов до простору і відчуття свободи від порожнечі небес і безкраїх ланів, спокій, виплеканий не прив'язаністю до місця чи статусу, стає панічним переміщенням із місць, де аж кишить демонічними сутностями.

Сковорода втікав тому, що, схоже, з власного досвіду добре знав усі подробиці й тонкощі поведінки демонів, знав, що вони «ламають усе і збурюють, літають і сідають на позолочених дахах, проникають у світлі чертоги, підсідають престоли сильних, нападають на воїнські стани, дістають у кораблях, знаходять на Канарських островах, закорінюються в глибокій пустелі, гніздяться в душевній точці».

«Часто один душок демонський, — ділився своїм знанням Сковорода, — страшний бунт і гіркий заколот, що, мов пожежа, пече душу, збурює в серці».

Цим найгіршим бісом був «смуток, нудьга, туга». Нестерпна печаль, яка отруювала душу й тіло, нападаючи зненацька, з-за рогу. Хвороба, що затьмарювала розум, затуманювала зір, відбирала смак до життя. Чорне борошно, що набивається в легені. Сопух, гірший від смороду розкладеної плоті. Зараза, що входить у кров і висисає душу крапля за краплею, нескінченно довго, знерухомлюючи, катуючи, не даючи ні спочинку, ні сну, ні надії.

«Ся мука позбавляє душу здоров'я, тобто — миру, відбирає мужність і приводить у млявість. Тоді душа нічим не задоволена. Гидує і станом, і місцем, у якому перебуває. Мерзенними здаються сусіди, невеселими — забави, остогидлими — розмови, неприємними стають стіни світлиць, немилі всі домашні».

Надто добре вивчивши біса нудьги, коли той заполонював його власну душу, Сковорода навчився вирізняти його в душах інших. Якось йому зустрівся чернець, якого «страшенно мучить демон печалі, і якого зазвичай називають бісом меланхолії. (...) Даючи поради цій людині, я і сам ледве не пропав (...) Дуже важливе значення має, з ким щоденно спілкуєшся і кого слухаєш. Бо поки ми слухаємо, ми їх дух у себе вбираємо».

Цей біс Сковороди страшенно схожий на ацвут, печаль, що, згідно з хасидським ученням, заступає шлях до Бога. Поки мандрівний філософ утікав, шукаючи усамітнення серед природи, шукаючи ліків і чистоти у собі самому, хасидський цадик танцював і веселився, залучаючи десятки, сотні учнів і послідовників до танцю. Їхній танець був покликаний проганяти демона мертвотности душі, святкувати служіння Богу.

Залучення інших — головне життєве завдання Бешта. Цадик неможливий без своєї спільноти, без інтимности й тепла розділеної молитви, побуту, радости і сліз. Він неможливий без своїх послідовників і учнів, без слухачів, прохачів, грішників, помічників. Незважаючи на періоди відособлення й самотности на початку свого шляху, необхідні для власного становлення і укріплення віри, Баал Шем Тов стає тим, ким він є, лише в громаді. Спільнота народжує його так само, як він народжує спільноту. Цадик і його хасидим — одне ціле, органічна нероздільна єдність. Спільнота зберігає і примножує пам'ять про свого цадика, про свою невід'ємну частину.

Чи не тому теж ми нічого не знаємо про Пінзеля, що він був чужинцем? Він з'явився невідь звідки у незнайомих для себе краях, прагнучи вписатися в усталений лад життя, стати своїм. Для цього він докладав зусиль: одружився, став членом цеху, відкрив майстерню, набрав учнів і помічників, нав'язав контакти з громадою, чиї замовлення старанно виконував (нехай певні деталі його старанности й доводилось згодом прикривати драперією). Він залишив свій вагомий, свій кричущий слід на околицях. Але, може, тому, що цей слід був надто глибоким, надто бентежним, надто чужорідним для тих часів і місць — зумисне чи ні, його затирали роками, десятиліттями і століттями. Аж доки він майже повністю не розчинився.

Сковороді про жодні власні сліди не йшлося. Навпаки: він прагнув безшелесности й невидимости. Він утікав від суспільства, що намагалось оповити й знерухомити його своїми мацаками, втягнути у звичні декорації, розташувати його особу на зрозумілому й певному місці. Бути частиною спільноти в розумінні Сковороди суперечило тому, щоб залишатись собою, любити себе, ставати вільним і чистим, зливатися з Богом. Усе це робилося можливим щойно на відстані від людей, у відокремленості від світу, наодинці. Звідси й напис на надмогильному камені: «Світ ловив мене, та не впіймав». Таке симпатичне, наївне вихваляння, схоже на інший напис на іншій могилі: «Я ж казав вам усім, що хворий!»

Бо чи аж так не впіймав його світ? Як же тоді цей напис, і камінь, і сама могила, і село з назвою Сковородинівка, звідки аж три провулки Сковороди в Конотопі, звідки назва астероїда 2431?

Будь-яка пам'ять, яка залишається, — це пастка світу. Сильце, що намертво стисло кінцівку, поки впійманий вигадує напис собі на могилу.

Але, — продовжує Богдан, вимотуючи мені всі жили, — Григорій Сковорода, нехай і на свій лад, також своє розчинення у Господі святкував. Відновившись і розквітнувши силою та впевненістю в усамітненні, довгий час провівши в медитаціях біля пасіки, з улюбленим псом і флейтою, він знову віднаходив власний спокій і цілісність.

«От якби я в пустині своїй від тілесних хороб лічився, або стеріг пчоли, або ловив звіра — тоді би здавалося сим людям, що Сковорода чимсь зайнятий. А без того вони гадають, що я нічого не роблю, і не без причини дивуються. Але ж хіба тільки всього й діла для чоловіка — продавати, купувати, женитися, воювати, кравцювати, будуватися, ловити звіра?» — реагував на нерозуміння тогочасним суспільством власного способу життя Сковорода. А на запитання «Чим займається у житті Сковорода?», відповідав: «Я ж бо про Господа радію. Веселюсь про Бога Спаса мого!»

Мене меншою мірою тривожить, коли Богдан видає мені раптом інформацію про акваріумних рибок чи про те, як із ньюфаундлендів зробили водолазів, коли починає пояснювати мені природу чорних дір або повідомляє, скажімо, що якби з усіх атомів усіх людей на світі вичавити порожній простір і якнайщільніше стиснути тверді частинки, то вийшов би предмет завбільшки з кубик цукру. Щоправда, важив би він стільки ж, скільки важить людство. Але коли він, посеред нашого темного дому, що припадає снігами, не вмовкаючи, говорить про Сковороду, я відчуваю, як дедалі сильнішим стає передчуття небезпеки. Мене лякає не сам Сковорода і те, що Богдан про нього пригадує. Я відчуваю, що химерний філософ XVIII століття, який міг досягнути значного багатства і впливового становища, а натомість вибрав життя волоцюги і жебрака, виринає з Богданової свідомості не заради себе самого. Що він пов'язаний із чимось або кимось іншим, із якимось пластом, який залягає в надрах Богданової пам'яти, з розпеченою лавою, що проситься назовні. Я відчуваю: щось уже просочується крізь мікроскопічні тріщинки. Я хочу стримати цей процес. Сподіваюся на сніг, на мороз, який усе заповільнює, який поволі наближає Богдана в мої обійми. І знаю, що сама доклалася до того, що з ним відбувається: не варто було розповідати йому аж так багато. Не варто було давати його свідомості стільки зачіпок. Не треба було дозволяти йому вбирати в себе мій дух.

Він не міг довго всидіти на одному місці, особливо в місцях людних — у Харкові чи в Києві. Не міг довго гостювати в одних людей, хоч якими лагідними й шанобливими вони були.

У серпні 1770 року, прогостювавши три місяці у свого двоюрідного брата Юстина Звіряки, Сковорода відчув, як його охоплює неспокій. У тілі гуляло тремтіння, він не міг всидіти на місці. Не вдавалося надовго зупинити на чомусь погляд. Не міг зосередитися на молитвах чи на читанні. Він сказав братові, що їхатиме з Києва геть, і не хотів навіть слухати Звірячиних переконувань залишитись ще на трохи.

Спускаючись з Гори біля Андріївської церкви, він уже просто-таки нетямився від наскрізного шаленства й тіпання органів. Ніби під шкіру йому запустили живих червів, що неспокійно вовтузились у плоті. Ніби живіт наповнили пуголовками й щойно пролупленими карасиками.

Сковорода кілька разів зупинявся і біг у протилежному напрямку, догори. Тоді знову починав спускатись на Поділ, прямуючи до своїх приятелів Сошальських.

Уже зовсім не зміг впоратись із собою, коли вітер з Подолу приніс чіткий маслянистий сморід трупного гниття, гною, випорожнень. «Я забираюсь звідси, — сказав братам Сошальським Сковорода. — У Києві скоро почнеться чума».

Спакувавши свої благенькі речі, філософ вирушив у дорогу. Зупинився він у Свято-Троїцькому монастирі неподалік від Охтирки. Туди до нього дійшли новини про те, що на початку вересня в Києві розпочалася жахлива епідемія, що зародилася на початку нової російсько-турецької війни серед турецьких військових, доведених до нелюдського стану голодом і антисанітарією на території Молдови. За три місяці на Подолі загинуло понад шість тисяч людей.

Звістка про загибель такої значної кількості людей занурила Сковороду у стан містичного екстазу. Приголомшений, він, вочевидь, осмислював своє пророче передчуття, прозріння, втечу. Він бачив у тому, що сталося, поцілунок Господа, відчував Його пальці на своєму вузькому й витягнутому обличчі, відчував Його теплий подих на підстриженому «під горщик» волоссі. З цими переживаннями він ліг спати.

У листі до свого коханого Ковалинського Сковорода згодом оповідав: «Прокинувшись рано, коли мої думки та почуття були сповнені благоговіння і вдячності до Бога, я рушив у сад на прогулянку. І перше, що я відчув у серці, була якась розкутість, свобода, бадьорість та здійснена надія. Віддавши цьому настрою всю свою волю й усі свої бажання, я відчув у собі незвичайний порух, котрий переповнював мене незнаною силою. В одну мить якась солодка злива ринула в мою душу, і від неї все моє нутро спалахнуло полум'ям.

Здавалося, що в моїх жилах вирувала вогненна течія. Я почав не ходити, а бігати, наче мене щось носило, я не відчував ні рук, ні ніг, так, ніби я весь був із вогню, що шугав по колу. Цілий світ зник мені з-перед очей. Одне лиш почуття любови, благонадійності, спокою, вічности оживляло моє єство. Сльози струмками покотились мені з очей і розлили по всьому тілі якусь зворушливу гармонію. Я ввійшов у себе, мовби відчув запевнення синівської любови, і з цієї миті присвятив себе синівській покорі Божому Духу».

Равві Дов Баер, магід із Межріча, прагнув побачити людину, все тіло якої було б цілковито святим. Небеса вказали йому на тіло Баал Шем Това, і магід виявив, що в жилах цієї людини тече вогонь, а не кров.

У неї — щілина між передніх зубів. Вона короткозоро мружиться, коли дивиться на мене. — Стосунки не для того, щоби бути гарними, — каже вона мені після котрогось із моїх вибухів. Ми лежимо серед битого скла й роздертого паперу, серед розлитого воску свічки, який поволі застигає. Смердить паленим волоссям — але я не пам'ятаю, що і коли горіло. Натомість пам'ятаю, як розшматував кілька книжок із археології.

Щось химерно шурхоче. На мить здається, що там, назовні, об шиби труться повітряні кульки. Але насправді це сніг, просто сніг не припиняє падати.

Стосунки для того, щоб витримувати і залишатись, — говорить вона, з труднощами підводячись. Я, видно, сильно її потовк.

Вона навпомацки знаходить свої окуляри. Одне зі скелець тріснуте. Воно тріснуло не цього разу, а котрогось із попередніх: коли я перевернув на неї каструлю зі щойно звареним борщем, або коли зіштовхнув зі сходів, або коли зачепив виламаним бильцем від крісла, яким трощив усе навколо. Вона нахиляється наді мною й уважно роздивляється свіжі рани на моєму обличчі. У неї серйозний вигляд. Вона кумедна, коли ось так нахиляється. Губи розтулені, видно щілину між передніх зубів. Нижня губа розбита. Це я її розбив. Її обличчя близько. Дуже близько. Надто близько. Її волосся розсипалося і лоскоче мені шию. Так запах паленого відчутний ще дужче. Окуляри з'їхали на кінчик носа. Краплина крови з її розбитої губи крапає мені на губи, і ми усміхаємося, дивлячись одне одному в очі.

Я знаю могилу, в якій труна жінки лежить згори, на труні чоловіка, як оце зараз ти на мені, — кажу я.

Що це за могила? — запитує вона, дивлячись на мене застиглим поглядом, немов загіпнотизована.

Могила Петрова. Археолога, який вивчав скитські могильники і могильники антів. Того, яким я цікавився ще до війни.

Я відчуваю пальцями крізь одяг, як раптово напружуються м'язи її спини. Але вона не ворушиться, не відсовується від мене. Вираз очей стає запитальним.

Він багато років любив жінку, — продовжую я. — Писав їй листи. Але майже до кінця життя їх розлучали.

Романа починає пручатись, віддаляє від мене своє обличчя. На ньому проступає чи то переляк, чи образа.

Він помер першим, — не припиняю говорити я.

Сам не знаю, що це на мене найшло. Ніби щось увімкнулось у голові. Ніби промінь світла впав на затемнену частину мозку.

Він помер першим, а вона заповіла, що хоче бути похована в його могилі. Хоча через дорогу вже багато років чекала могила її десятилітнього сина. І символічна могила першого чоловіка, який загинув невідомо коли, де і як. Його розстріляли в Сандармоху.

Можливо, мені здається, але Романа смикається так, немовби хоче втекти від мене.

Її звали Софією, — кажу я.

Усмішки зникають. Вона приглядається до моїх губ. Її погляд стає сумним. Я роблю рух, щоби знову притягнути її до себе, але цієї миті вона підіймається. Підбирає з підлоги подерті сторінки, випростовує їх на столі, старанно розгладжує долонями.

Згодом я сиджу навпроти неї і спостерігаю, як вона склеює прозорим скотчем те, що ще можна порятувати.

Навіщо ти це робиш? — запитую я. — Це нічого не дасть. Ці книжки до мене не промовляють.

Вони допоможуть тобі пригадати, — знову повторює вона своє заклинання. — Скоро ти все пригадаєш.

Починати треба зі смерти. З найбільшого в Європі озера, яке в ході історії безслідно всякло в землю. Зі скитських могильників і могильників антів. З викопаних у лісах і полях Східної Європи ям, заповнених болотяною водою і трупами, до яких живі ще жертви лягали таким чином, щоб зекономити якнайбільше місця. З невідомої могили Пінзеля в Бучачі. З пишного білосніжного поховання Баал Шем Това в Меджибожі, схожого на палац із хмар і айсбергів. Зі слів, які Сковорода забажав мати на власній могилі в селі Сковородинівка Харківської області: «Світ ловив мене, та не впіймав». Вони виписані на камені, на сірому граніті, недбало обтесаному й заокругленому — він нагадує ембріон, завмерлий на котрійсь зі стадій розвитку.

Про Пінзелеву смерть ми вже говорили багато. Тільки вона нічого не сказала нам у відповідь. Про Пінзелеву смерть відомо тільки те, що скульптор помер. Його не стало у період між вереснем 1761, коли він отримав гроші за вівтарі в Монастириськах, і жовтнем 1762, коли його вдова знову взяла шлюб.

З невідомих причин дехто з дослідників вважає, що Пінзель помер у доволі молодому віці — мовляв, йому було близько 45 років. Чим вони керуються? Віком дружини? Промовистою сексуальністю його робіт? Ці орієнтири більш ніж непевні. У такому разі він мав би прибути до Бучача десь у віці двадцяти років, ще зовсім юним і неоперенним. Натомість крізь мряку й затуманеність зображення, крізь товщу й каламуть часу нам вдається розгледіти інше: до містечка скульптор прибув уже сформованим митцем, чиї талант і майстерність промовляли самі за себе. Він мав набиту руку, власний стиль і добряче розворохоблену душу. Пінзель приїхав не тільки навченим — він був здатен навчати інших. Усотавши в себе мистецтво й техніку майстрів великого світу, він прибув у місце, де міг відкинути практично все і робити по-своєму.

Ймовірніше, що смерть запопала Пінзеля вже після шістдесяти років. Може, навіть у сімдесят. Може, він уже був натоді по-справжньому старим чоловіком, згорбленим і перехнябленим. З жовтуватою тонкою шкірою, з руками, що втрачали міць, із вологими очима, які перестали розрізняти нюанси відтінків.

Таке припущення негайно видасться жартом, коли поглянути на статую святого Онуфрія: на твердість і впевненість форм, на чіткість і впевненість ліній, на силу й нахабство виконання. Навіть якби Пінзель на той момент усього лише керував процесом — складно припустити, що вказівки походили від немічного старця.

Отже, помираючи, він був уже літнім паном, але все ще міцним і діяльним. Смерть наблизилася до нього, вочевидь, іззаду чи збоку, доволі несподівано. Вона, звичайно, роками годувала його своєю чорною юшкою: випарами хімічних речовин, деревним і кам'яним пилом, дрібнішими й більшими виробничими травмами. Можливо, він кашляв і хрипко дихав. Можливо, на погоду йому крутило суглоби. Всередині нього могло розростатись злоякісне утворення, причин виникнення якого нам ніколи не світить докопатися.

Чи могла Пінзелева смерть бути наслідком його втечі до Бучача? Чи могло її насіння засіятися ще там, у західнішій Європі? Чи була б вона, ця смерть, інакшою, якби Пінзель до Бучача не прибув, якби жив деінде?

З листа Матвія Полейовського ми знаємо, що помер Пінзель «при фабриках» Потоцького — тобто помер працюючи, в розпалі діяльності.

Ми не можемо знати, помер він у ліжку чи на ногах, при котрійсь зі своїх скульптур. Помирав довго чи сконав раптово: щойно показував помічникові, як слід поглибити очні западини у святого, — а тут уже лежить долі, синій, із виваленим назовні язиком. Ми не можемо знати, яку реакцію викликала Пінзелева смерть у його дітей і дружини, у людей, що працювали в майстерні, у графа Потоцького. Натомість знаємо точно, що вона не викликала жодної реакції в архітектора Меретина, оскільки той сам уже три роки як був мертвий. Не знаємо, якими були похорони Пінзеля, хто копав його могилу і хто виготовляв гробівець. Знаємо, що в чорному Пінзелева вдова ходила зовсім недовго, але не знаємо натомість, як довго навідувала вона могилу свого другого чоловіка. І де розташована ця могила, не знаємо також.

Що коли Пінзеля вбив святий Онуфрій — один із останніх творів майстра? Святий старець за кілька митей до власної смерти, що в самовідданому танці просить забрати його душу, що радісно прагне власного скону. Як вам така спекуляція: Пінзель остаточно виснажив себе, цілодобово працюючи над статуєю єгипетського відлюдника, забуваючи про їжу, питво та сон. Або необачно поранився різцем і заніс у кров інфекцію. Або підірвався, вперто таргаючи важезного кам'яного Онуфрія самотужки.

Чому нам так хочеться знати якомога більше точних деталей про кожну конкретну смерть? Чому це настільки важливо?

У збірнику хасидських переказів, які Мартін Бубер віднаходив і впорядковував протягом багатьох десятиліть, зробивши це однією з головних справ свого життя, про смерть Баал Шема розповідається так.

Баал Шем Тов захворів одразу після Песаху. Поки йому вистачало сил, він не припиняв читати молитви в синагозі.

Наче не бажаючи отримувати жодної допомоги, яка могла б продовжити його життя, цадик відмовився викликати з інших міст тих своїх учнів, чиї молитви мали особливу силу завдяки їхньому завзяттю й відданості, а тих учнів, які перебували поруч із ним у Мезбіжі (Меджибожі), відправив геть із міста. Тільки равві Пінхас вперся і відмовився від'їздити.

Напередодні свята Шавуот, П'ятидесятниці — дня, коли євреям було подаровано Тору на горі Синай при виході з Єгипту, — віряни, як і щороку, зібралися разом, щоб усю ніч присвятити спільному вивченню закону. Баал Шем Тов був разом із ними до самого світанку, і хоч як складно давалося йому вимовляння слів, хоч скільки нелюдських зусиль він докладав, але розмовляв із ними і нагадав про одкровення на горі Синай.

Вранці Бешт таки покликав кількох своїх найближчих друзів. Двох із них він попросив подбати про його тіло і поховання. На власному тілі він продемонстрував і змалював із найменшими деталями, як душа от-от почне з нього відходити, як вона покидатиме члени й органи, і настановив їх, пригадавши їхній власний досвід з іншими хворими. Ці двоє людей піклувалися про тих, хто помирав, і влаштовували їхні похорони.

Після цього Баал Шем зібрав десятьох людей для молитви. Він попросив подати йому молитовник зі словами: «Ще бодай трохи хотів би я послужити Господу моєму».

Після молитви равві Нахман із Городенки (дід равві Нахмана з Брацлава) вирушив до синагоги, щоб увесь свій запал і любов вкласти в молитви за свого вчителя. Баал Шем, довідавшись про це, мовив: «Він даремно стукає у ворота Небес. Вони відчиняються не так, як земні двері».

Коли служник Бешта ввійшов до нього в кімнату, то почув, як цадик шепоче: «Ці дві години я віддаю тобі». Служник вирішив, Баал Шем просить, щоб смерть не приходила по нього ще дві години, але равві Пінхас, який зрозумів сенс слів правильно, пояснив: «Господь подарував йому ще дві години життя. Але Баал Шем хоче у відповідь теж подарувати щось Господу, тому вирішив присвятити ці дві години йому. Це жертва його душі».

Як і щороку, до цадика зійшлося безліч містян, і він з усією увагою, на яку йому вистачало сили, вислуховував їх і навчав.

Невдовзі Баал Шем звернувся до учнів, які стояли навколо: «Мій відхід не печалить мене. Я знаю, що ввійшов крізь одні двері, а виходжу крізь інші». Тоді він знову заговорив: «Тепер мені достеменно відомо, для чого мене було створено».

Він сів на своєму ліжку і коротко пояснив учням вчення про «стовп», з допомогою якого душі після смерті з раю переходять до вищого раю, до Дерева Життя, і нагадав вірша з книги Естери: «То з тим дівчина приходила до царя». Також він повідомив: «Я, звичайно ж, повернусь, тільки виглядатиму інакше».

Далі Баал Шем промовив слова молитви: «Нехай буде з нами милість Господа, Бога нашого», — і впав на ліжко. Кілька разів він із зусиллям підводився знову і щось переконано й пристрасно шепотів. Його учням добре було відомо, що їхній вчитель робив так завжди, коли розмовляв зі своєю душею і переконував її бути мужньою. Поміж цим він лежав непорушно й тихо, і учням здавалось, що вони навіть подиху вчителевого більше не чують. Раптом Баал Шем наказав накрити себе простирадлом. Але й тоді учні продовжували чути його шепотіння: «Боже мій, Господи всіх світів!» Потім до них долинув вірш псалма: «Нехай не наступить на мене нога гордині».

Згодом ті двоє, яких Баал Шем просив потурбуватися про його тіло, розповідали, що бачили, як його душа покидала будинок тіла: вона була зіткана з блакитного полум'я.

Ми вже згадували про те, що Сковорода з виховною метою водив свого коханого Ковалинського прогулюватися на кладовище. Для цих прогулянок він вибирав літні вечори, і двійко чоловіків без поспіху прямували на околицю міста, до цвинтаря, де походжали серед тиші й могил, зрідка перемовляючись. Іноді Сковорода співав «щось пристойне для добродушности». Помітивши, що друг його вже дещо заспокоєний отриманим досвідом, філософ почав залишати його наодинці, віддаляючись у гай, де грав на флейті. Виправдовував він це тим, що музику набагато приємніше слухати на відстані.

Ці практичні заняття доповнювалися розважаннями та поясненнями Сковороди про смерть. Ось що розповідає Ковалинський у своїх спогадах: «Зауваживши, що страх смерти й ляк мертвих нестерпно володіли його уявою, пропонував він йому важливі читання, які руйнували цю жахливу думку; часто говорив про початок і розпад кожного творіння на свої основи, кажучи, що воно подібне до вінка: початок і кінець розташовані в одній точці. Із зерна колос у зерно повертається, із насіння в насіння яблуня ховається, земля на шлях землі йде і дух до духа».

Схоже, Сковорода почувався доволі спокійно щодо власного неминучого кінця, ніби точно знав, що ввійшов крізь одні двері, а вийде крізь інші.

Щойно (1793 року) отримавши звання генерал-майора і займаючи посаду головного наглядача Московського виховного будинку (доброчинної закритої навчально-виховної установи для сиріт, підкидьків та безпритульних), Ковалинський того самого року виявився звільненим зі служби «за злодійство і грабунок». Переживаючи внутрішню кризу і прагнучи віднайти рівновагу, Ковалинський усамітнився в маєтку Хотетово, за 25 верст на південь від Орла. До цього маєтку і прийшов старенький Сковорода, щоб навідати свого учня, друга і коханого. Вони проводили дні за бесідами, згадували минуле. Ковалинський хотів, щоб Сковорода, немічний і хворий, залишився з ним доживати віку.

Але філософ не знаходив спокою. Він пробув у Ковалинського всього лише три тижні і, незважаючи на жахливу мокру погоду й хворобу, що геть ослабила його тіло, вирушив із краю, до якого почував «постійну відразу», «в любу Україну, де він дотепер жив і хотів би померти».

Зробивши кілька вимушених зупинок дорогою, Сковорода нарешті прибуває до місця власної смерти: до села Пан-Іванівка, до будинку Андрія Ковалевського. Відмовившись помирати в Ковалинського, Сковорода вирішив померти в Ковалевського.

День його смерти був сонячним і погідним. З усіх усюд з'їхалося безліч гостей, щоб подивитись і послухати старого. Сиділи в найбільшому покої дому, за зсунутими столами, що вгиналися від наїдків. Сковорода був веселий, грайливий, багато й охоче розповідав, жартував, відповідав на запитання. На весь дім раз по раз вибухав гучний регіт, аж миші перелякано розбігались зі своїх кубел, вимощених у кутках і шпаринах. Багато хто зі слухачів не сприймав філософа всерйоз, а приїхав сюди радше заради розваги, щоб на власні очі побачити чуднацького шаленця.

Після обіду Сковорода зник. Виявилося, він пішов углиб саду. Там старий довго походжав, раптово завмираючи перед якимось кущем чи химерно вигнутою гіллякою, і усміхався, ніби впізнаючи когось давно знайомого. Він зривав із грядок пізні овочі й роздавав хлопчикам, які працювали в садку.

Врешті, не дочекавшись, господар вирушив на пошуки свого гостя. Знайшов його під розлогою липою: Сковорода копав яму. На запитання стурбованого Ковалевського, філософ відповів, що надійшов його час завершувати мандрівку. Господар спробував умовити гостя, щоб ішов додому. Той погодився, але попросив, щоб отам, під липою, була його могила.

Він замкнувся у себе в кімнатці, переодягнувся у все чисте, помолився, ліг у ліжко, поклавши собі під голову кілька власних рукописів, і склав навхрест руки на грудях. На вечерю він не з'явився. Наступного дня не прийшов на сніданок і на обід. Здивований господар нарешті наважився увійти до кімнати. Сковорода лежав уже холодний.

Того дня, 8 червня 1969 року, мав прийти кореспондент журналу «Огоньок» — порозмовляти на тему розвідницької діяльности в роки війни. Щойно два роки тому, у віці 72 років, Віктор Петров отримав дозвіл знову захистити докторську дисертацію з філології і поновити наукове звання, відібране, вочевидь, як одне з покарань за ту ж розвідницьку діяльність. Щоправда, рік перед тим він отримав за неї Орден Вітчизняної війни. Такими були радянські методи контролю, складна й ірраціональна система погладжувань і шмагань, покликана демонструвати цілковиту владу над кожним — навіть найбільш дрібним та інтимним — аспектом людського життя.

Він сидів за своїм письмовим столом, виявляючи надзвичайну для його віку працездатність. Того дня Петров переглядав редакторські правки у своїй монографії «Етногенез слов'ян», готуючи рукопис до друку. Його дружина Софія — з якою вони одружились і прожили разом 12 останніх років, щойно Петрову нарешті дозволили знову переселитись із Москви до Києва, хоча їхні стосунки тривали понад три десятиліття, — щось готувала на кухні. Можливо, рис (недарма Петров називав її в одному з листів «рисошанувальницею і рисопоклонницею») і парові котлети (Петров багато років страждав від проблем із травленням, його організм не виробляв шлункового соку). Крізь шипіння гарячої олії Софія почула, як її чоловік скрикнув. Жінка вирішила, що він просить її відчинити вхідні двері кореспонденту. Подумала, що не почула звуку дверного дзвоника, а чоловік не хоче відриватися від рукопису, використовує кожен момент, аби доробити ще кілька речень, ще один абзац. Можливо, їй у грудях навіть прошкребло звичним роздратуванням через те, до чого знову зводилась її роль.

Висока й худа, з видовженим обличчям, запалими щоками й високими вилицями, з великими темними очима, під якими пролягали півкола втомленої старечої шкіри, Софія навіть перед собою не видала роздратування. Вона стишила вогонь під пательнею, спокійно витерла руки кухонним рушником і, пригладивши підстрижене до основи шиї хвилясте волосся, твердими кроками перетнула передпокій. Їй було 78 років, але спину вона тримала напрочуд рівно.

Софія відчинила двері, проте там, у під'їзді, нікого не було. Це виявилось несподіванкою. Софія здивовано звела брови. Хвилину постояла перед лункою порожнечею під'їзду, вдихнула вологу прохолоду — і повернулась у жар помешкання, насичений запахами гарячої їжі.

— Там нікого немає, — сказала вона чоловікові рівним голосом, прочиняючи двері до нього в кімнату. Але за письмовим столом також не було нікого. На якусь мить Софію охопило відчуття ірреальности, межі її сприйняття різко розчахнулись і розмились, голова стала підозріло легкою, а ноги ослаблено підігнулись.

Чоловік кудись зник. Розгорнутий на середині рукопис лежав на столі. Крізь двері, прочинені до наступної кімнати, виднівся олійний портрет першого чоловіка Софії, Миколи Зерова. Портрет стояв на тумбочці біля ліжка, прихилений до стіни. Зерова розстріляли у 1937-му.

Куди він знову міг зникнути? — подумала вона. І аж тоді побачила руку, що лежала поруч із ніжкою стільця. Петров розпластався під столом. Його вигук виявився повідомленням про раптове наближення смерти, а не кореспондента московського «Оґонька». Петров помер так, як хотів: за роботою, не зазнавши «напівбуття», паралічу, якого боявся і про який згадував у листах до Софії у зв'язку з передсмертними випробуваннями своїх однолітків. Лікар констатував згодом шість інфарктів міокарда, що надійшли один за одним, як хвилі цунамі, забираючи старого чоловіка все далі, все глибше в океан.

Ніде не можна знайти згадки про те, чи кореспондент «Оґонька» того дня взагалі приходив.

Дві молоді колеги Петрова з Інституту археології, яких Софія Зерова викликала по телефону, не могли відірвати поглядів від тіла, вкладеного на дивані. Це вони допомогли Софії витягнути його з-під столу. Обидві жінки не припиняли ревіти. Сльози котилися неконтрольовано, рясно. Вони схлипували і підвивали. Їхні обличчя були червоними й спухлими, носи — закладеними. Вдома не було серветок витерти сльози. Туалетного паперу в ті часи не було взагалі. В туалеті користувалися зазвичай газетами. Іноді — шкільними зошитами. Шкільними зошитами і газетами неможливо витирати сльози.

Раптом стало впадати в очі, наскільки крихітним було це тіло. З рукавів сорочки стирчали тоненькі зап'ястя, з холош — кістляві ноги. Мертвий ніби тонув в одязі, що морщився і здувався на ньому безглуздими пухирями, складками, зминався на згинах. З коміра стриміла худа шия. Одній із колег недоречно прийшла до голови думка, що Софія набагато вища від свого покійного чоловіка.

Софія не зронила жодної сльозини. Вона також не відривала погляду від тіла, але, на відміну від молодих жінок, які й слова не могли вичавити від скорботи, вдова не припиняла говорити.

Однак говорила вона не про Віктора Петрова, свого другого чоловіка, якого щойно втратила. Не про того, з ким упродовж кількох десятиліть не могла бути разом, через кого зазнала чимало гіркоти, але завдяки кому пережила й радість, хто засвідчував їй свою любов вперто і наполегливо, незмінно, незважаючи ні на що, у найскладніші часи. Не про того, хто, вочевидь, заради неї піддав себе небезпеці й неволі, хто, цілком можливо, знехтував шансами і можливостями, хто, як можна припустити, здійснював сумнівні вчинки. Хоча, як завжди, все це лише спекуляції: ми ніколи не знатимемо, що саме чинилось і заради чого. Очевидними є небезпека, насильство системи над людиною, відібране життя, розрізнені клапті якого не дають нам збагнути відповідей, натомість огортають запахом запитань: майже зовсім невідчутним, як запах чадного газу.

Дивлячись на тіло щойно померлого другого чоловіка, Софія Зерова не припиняла говорити про першого. Вона згадувала юність і їхнє знайомство в студентській їдальні, своє тривале одужування після тифу і те, як Микола передавав їй до лікарні котлети, і відтінки китиць бузку на подвір'ї будинку їхніх господарів у Баришівці, і те, як Микола любив солодке, що аж доводилось усе від нього ховати, і яким схожим на батька був їхній син Котик — таке саме кругле обличчя, кирпатий ніс і великий рот, завжди широко розсміяний, — і як Микола безмежно його любив. Софія описувала синову смерть від скарлатини в найменших подробицях, хоча сама тоді не була поруч із хлопчиком: так само, як і він, лежала в реанімації у непритомному стані. Описувала його похорон. Детально переповідала, як не бачила того, що синову труну поклали в землю. Розповідала про від'їзд Миколи до Москви та про його арешт і повернення до Києва, і про те, як ходила на побачення до нього до Інституту шляхетних панн. Вона ніяк не могла забути, яким пригніченим, яким тихим він був під час їхніх зустрічей. Вона не хотіла цього забувати. Говорила про Миколині листи, про всі його 39 листів. І про роки, впродовж яких не було звісток, а офіційні повідомлення про його долю суперечили одні одним. Розповідала про незнайомця, який після війни несподівано прийшов до її помешкання. Цей чоловік стверджував, що знав Миколу з концтабору, що вони були сусідами по нарах. Говорив, що

Микола з пам'яти перекладав вірші Овідія. Він, цей незнайомець, мовляв, пропонував їй виїхати за кордон, обіцяв посприяти у цьому, запрошував приєднатися до нього — але вона відмовила. (Відмовила, можливо — бо всяке ж може бути, — через Петрова, хоч із ним натоді не було жодного зв'язку: він перебував у Німеччині, виконував таємне завдання.) Згодом їй час від часу хтось невідомий надсилав гроші — Софія підозрювала в цьому незнайомця, пояснювала це вдячністю до свого першого чоловіка.

Вона ніяк не могла зупинитися. Труну все не привозили. Софія говорила про елегантні костюми й відірвані кишені Миколи. Говорила про чоловіка, з яким не була поруч упродовж останнього періоду його життя, загибелі якого не бачила, тіло якого не омила й не поховала. Говорила про свого маленького десятилітнього сина, який помер без неї і якого без неї поклали в могилу.

Всі смерті її життя зійшлися зараз у смерті її другого чоловіка. Його сухе, дрібне тіло уособлювало мертві тіла її найрідніших людей. Смерть вірного друга подарувала жінці можливість об'єднатись із втратами, які вона носила у собі, як бите скло, що повростало в шкіру стоп. Тепер Софія могла скласти всі свої втрати до однієї могили.

Я довго не можу збагнути, що це не чиєсь важке тіло навалилося на мене своєю вагою, щоб мене знерухомити і задушити. І що я не в тісній підземній норі, де зовсім темно, хоч в око стрель. Що мої плечі не впираються в стіни зі сирої землі, що це не корені впиваються мені в шию і лопатки. Я не осліп. Мені не викололи очі. Мені не відірвало ноги снарядом. Це не тремтіння землі від вибуху, а знавіснілий галоп мого серця, розбурханого зі сну.

Я ненавиджу ту невидиму постать, вкрадливі кроки якої наближаються до місця, де я лежу, привалений вагою. Я вдаю сплячого. Я знаю, що його підіслали мене вбити. Не знаю тільки, яким чином він діятиме: стрілятиме в мене чи колотиме ножем. Може, в його руках лом або сокира. Як же я його ненавиджу. «Ненависть» — замале слово, щоб описати моє почуття щодо нього, мій намір. Я хочу встромити в нього пазурі, роздерти його шкіру, впитися в його нутрощі, висотати їх із нього живцем, витягнути кожну жилу. Ця жага паралізує мене дужче, ніж тонни сміття, якими мене було привалено. Я намагаюся нечутно ворушити долонями, шукаючи зброю. Я завжди тримаю при собі зброю. Мої пальці от-от повинні намацати приємний холод металу. А натомість лише перебирають складки тканини, плутаються в них.

Його постать нависла наді мною. Він мовчить і не ворушиться. Мені відомо: ворог намагається визначити, де моя голова, де мої груди і де мій живіт. Куди завдавати удари. Куди стріляти. Щоб швидко мене прикінчити. Або, навпаки, не швидко: щоб я довго стікав кров'ю і мучився від рани в кишківнику. Щоб він міг сидіти неподалік, курити сигарету за сигаретою і слухати мою передсмертну маячню. Я можу вже зараз уявити це, навіть текст маячні, навіть інтонацію, шелестіння пошерхлих губ, булькотіння слини в кутках рота, хрипіння, свист пневмотораксу. Мені стільки разів доводилося чути подібне від інших. Стільки разів я сам курив сигарету за сигаретою, спостерігаючи за чиїмось конанням. І я завжди знав, як легко, як непомітно люди міняються місцями. Я завжди знав, що рано чи пізно я опинюся на тому, протилежному боці. На тому боці, де могили.

У моїй уяві виринає цвинтар: дві помпезні побілені круглі колони і кована чорна арка, прикрашена зіркою, за якими починається знайома широка алея і погойдують важкими кошлатими гілками високі ялини. Вони гойдають гілками не так, як дерева зазвичай хитаються від вітру — синхронно, одностайно. Гілки цих ялин тягнуться в різних напрямках і ворушаться, немов людські кінцівки.

Я бачу ряди могил: широкі плити з лискучого мармуру, схожі на подружні ліжка у розкішних спальнях. Доглянуті, зручні. На цьому кладовищі немає релігійної символіки: жодних ангелів, жодних хрестів. Натомість — багато зірок і серпів із молотами, гранітні й мармурові погруддя в надійно запнутих ґудзиках військової уніформи, вирізьблені в камені профілі поважних чоловіків або збільшені в розмірах нагороди й медалі за хоробрість. Однієї миті мені здається, що повз квітучий кущ жасмину проходять Сковорода з Ковалинським. Ковалинський напружений, його рухи скуті. Сковорода підносить до губ флейту. Але це тільки марево. Я здатен відрізнити марево від реальності.

Продовжую проминати сектори, впізнаю могили: киваю капітанові Рафтопулло з танком і дружиною, віддаю честь генерал-майорові Кротту в позолоченому обідку, підморгую генерал-лейтенантові Мусі С. Н., що прикрашений вінком із пластикових квітів. Їх багато там лежить із дружинами, нічого дивного. Ось і Лукич зі своєю Єфимівною, і портрет Лукича з усіма військовими регаліями. Далі — дерев'яна скриня, в якій заховані: зелена пластикова лійка, відсирілі сірники, іграшкова лопатка. А нижче — могила професора Петрова з прикрученою до основи сталевою табличкою: «Зерова Софія Федорівна». Вона пережила його на цілих шістнадцять років. Як вона жила?

Кущ хризантем. Кволе листя лілій. Плюшевий ведмедик, змоклий і прогнилий, перевернутий на бік. Його залишив тут хтось із читачів роману «Дівчинка з ведмедиком» В. Домонтовича, альтер-еґо Петрова. Нерівна, ніби запітніла чи запилюжена поверхня пам'ятника, вибляклі написи, що контрастують із блиском мармуру сусідніх могил. Ось, наприклад, із блиском червоно-білого мармуру, вкритого тонкими прожилками, з переливами ніжно-рожевого і бордового, кольору, схожого на окислену кров. Я помічаю цю могилу там, у кінці алеї. Різьблений вигин лаврової гілки. Лаконічний напис. Гілки старого горіха, що обхопили пам'ятник, стисли його в обіймах. І продовжують ворушитися, хоч вітру немає. Ворушаться, як людські кінцівки.

Спогад повертає мене назад, до ями. Я знову почуваю поруч із собою ворога. Його гарячий подих на моїй щоці. Сльоза або крапля поту на моїй шкірі. Потужний приступ відрази, гнів, потреба вбити. Фраза за фразою виринають у моїй голові, окремі слова, від яких з моїх сліпих очей усередину мозку сиплються іскри, пекельно стугонить стиснуте повітря, що продувається крізь бесемерівську реторту. Золоте світіння розплавленого чавуну, неповоротка розжарена ріка живого металу осяює і прочищає мою свідомість.

Це я. Охоплений ненавистю і бажанням убити того, хто хотів убити мене, я все пригадую тієї миті: своє ім'я, свою історію, маму і місто, в якому народився, батька і сталеливарний завод, сиве небо, застелене хмарами з летких отруйних викидів, зелень, пісок і рінь пляжу, і навіть товщу морської води, запилюжену ніжним сепієвим нальотом. Міцний потиск сухої руки сивого чоловіка, який зупиняє на мені свій пильний погляд. Запах його прокурених манжет. Не надто гладко виголену шию. Це мій дід. Пам'ять повертає мені сили, примножує їх.

Я відчуваю тіло супротивника. Воно розтинає морок, нахиляючись наді мною. Я вкладаю у ривок усі можливі сили, скидаю з себе багатотонний вантаж (листи алюмінію, черепицю, підвісні стелі, шлакоблоки, сталеві сітки), долаю скутість і затерплість покаліченого тіла. Я чіпляюсь у нього руками, тягну на себе, завалюю його, підминаю. Я перевертаю його, навалююся на нього, втискаю його в мокре зітліле листя, в якому лежу на дні цієї темної ями. Я такий збуджений, що золота розплавлена сталь, чорна кривава сталь, температура якої перевалює за 2000 градусів Цельсія, стікає з мене, піт ллється з мене струмками, скрапує на того, кого я тримаю під собою. Хоча мої руки зіслизають із його голої шкіри. З його голої м'якої шкіри, з його тонких плечей, його делікатних, як ювелірний виріб, ключиць. Він кричить неприємно, голосно — невидимий біс у нічній безвісті. Я намагаюся закрити йому рота, перш ніж задушу. Я не можу душити його, чуючи цей непристойний жіночий крик.

Я нахиляюсь і починаю його цілувати: шию, і плечі, і груди. Ми обоє мокрі від нервового поту. Я не можу зафіксувати пальців на жодній частині тіла піді мною. З моїх долонь вихлюпуються литки і стегна, лунко плямкаючи об мій живіт, плескаючи, прицмокуючи об мої ноги. Моя щока скочується від соска до підпахви, у мене в роті повно солоної сталі, цілющої і розрідженої сіркою з фосфором.

Урешті я фіксую таки вертку фігуру під собою, притиснувши її передпліччя до матраца. Я витягуюсь над нею, видихаючи гаряче повітря в її обличчя, розчинене в темряві, і кажу: дивись на мене. Не смій заплющувати очі. Дивись мені в очі, чуєш?

Я розумію тепер, що помилився: яма і вбивця мені наснилися. Цвинтар мені наснився. Я спав на матраці, накритий важким колючим ліжником (улюбленим косівським ліжником моєї баби Уляни). Я кинувся не на ворога, а на свою дружину. Я порушив дану собі обіцянку. Я не повинен був цього допускати. Я знав, що від неї треба триматися якнайдалі, не дозволяти її голому тілу отак лежати під моїм голим тілом, литки до литок, стегна до стегон, злипатися з нею, сукати з неї стогони. Я так довго тримався, так довго впирався, так довго тримав оборону. Відколи вона знайшла мене в лікарні, відколи привезла до цього будинку, відколи ми жили тут із нею разом, я не улягав спокусі. Аж до цієї миті.

Яка помилка. Яка слабкість. Яка невідворотна катастрофа.

Розуміння сходить на мене, як дощ зі шрапнелі. І водночас я чую свій захриплий голос: — Не відводь очей. Дивися сюди. Дивися на мене.

І я знову забуваю себе. Знову забуваю, хто я.

НЕПРОНИКНЕ

Він був коханцем дружини свого близького друга. Це означає, що історія наповнена пристрастями, ревнощами, внутрішніми терзаннями, солодкими завмираннями, сварками й сльозьми. У ній є конкуренція та великодушність, упокорення і зрада.

Все починається з коробки цукерок, яка падає на підлогу наприкінці вересня в помешканні на вулиці Фундуклеївській — там, де вона скочується вниз, сходить терасами, клумбами, наближаючись до свого завершення, до перехрестя. Цукерки розсипаються по підлозі. Чоловік і жінка схиляються їх зібрати. Там, на підлозі, рівнем нижче від решти дійових осіб, присутніх на сцені, між ними щось трапляється. За дужками залишаються гості, які зібралися на святкування іменин (30 вересня — день мучениць Віри, Надії, Любови і матері їхньої святої Софії). За дужками залишається чоловік іменинниці, Микола Зеров: він не підозрює, яке насіння посіяне тієї миті. Можливо, він якраз розливає вино, пригнічений думками про судові арешти над знайомими. Можливо, він відчуває на собі утяжливі пута марудних слів і нудних тирад, які не припиняють сипатись на його адресу.

У цій історії є таємне листування початку любовного роману, коли закохані не можуть бути разом, бо Софія одружена і має маленького сина. І є три сотні листів, отриманих Софією протягом років наприкінці їхньої розлуки, коли закохані все ще не можуть бути разом, бо цього не допускає система.

Під час першого листування закохані ховаються від Софіїного чоловіка й розголосу. Під час другого — затяжного, щільного потоку листів — вони торкаються одне одного на відстані, в єдиний дозволений спосіб, ховаючи свою оголеність у самих рядках листів, у найтривіяльніших словах і повідомленнях.

Між обома періодами листувань — раптова втрата маленького хлопчика; його зламаний батько, якого одночасно роздирають депресія і політичні репресії; утиски, наклепи, доноси, заборони, невблаганний ґротеск тоталітаризму, арешти найближчих друзів і більшости знайомих — науковців, лікарів, професорів, літераторів, студентів, звинувачених у терористичній діяльності; заслання та страта Зерова; війна. Зрад і смертей так багато, що розум втрачає здатність на них реагувати. Жаль і співчуття витончуються, аж доки не стають зовсім невловними. Співчувати стає майже неможливо. Туга за співчуттям стає рівнозначною тузі за звичайним життям. На людську природу чиниться тиск, людське нутро деформується до невпізнаваности.

Люди зраджують найближчих, аби тільки зберегти собі клаптик уявної безпеки. Люди зраджують із примусу, зраджують від страху, зраджують через погрози й під тортурами. Зраджують добровільно, проявляють ініціятиву у зраді, випереджають замовлення на зраду.

Якою тепер здається подружня зрада, що зароджується у вересні на початку 1930-х у мить, коли по підлозі розсипаються цукерки? І чи бувають зради звичайними? Чи може зрада, що трапилась на початку репресій і ще до війни, нехай у часи звинувачень, страху і найгірших передчуттів, але — теплого вересневого дня, коли іменинницю вітають з її святом, мати зворушливий присмак, присмак безтурботности, неусвідомленого щастя? Які її витоки і причини? Чого в ній шукають? Чи може горе, яке відбувається, бути прихованим щастям порівняно з іншим горем, що надійде зовсім скоро? Так людина потерпає від холодної зливи, пронизливого вітру, гострих укусів крапель — і тільки згодом пригадає, яким щасливим був день негоди: сміх когось, хто біг калюжами поруч, сухий одяг удома, чашка гарячого чаю. Людина пригадає давній дощовий день після того, як мало не загинула під час повені, коли стихія забрала її дім і найближчих.

У чому полягає різниця між стихією, природною катастрофою і терором, влаштованим одними людьми над іншими?

Яка різниця між видами зрад і чи вона існує? Що потрібно, аби зраду пробачити? А що — аби її зрозуміти? І чи потрібно зраду пробачати і її розуміти? І чи бувають зради, яких ні пробачити, ні зрозуміти неможливо?

І що означає серед усіх цих зрад і смертей — бути «щасливим суперником», якому кохана жінка відповідає взаємністю?

Отже, повторимо: в цій історії є любов, дружба і зрада. Є в ній смерть дитини. Є біль самотнього й обманутого чоловіка. Є його арешт, знущання над ним і його приниження. Є насильство фізичне й моральне. Є його розстріл. Є коханці, які залишаються після цих смертей.

І є авантюрний сюжет про подвійного аґента розвідки, в якому більше запитань і недомовок, ніж певності. Коханець виявляється розумним і спритним настільки, що йому вдається переконати владу двох диктаторських режимів одночасно у своїй важливості для їхніх справ. Виконуючи таємне завдання радянської влади, Петров на початку війни переходить кордон і доводить німцям, що він — на їхньому боці, що він їм потрібен. Офіційно служачи радянській і німецькій владам, під прикриттям цієї служби, він займається розвитком і поширенням української культури. Таємний агент вдає перед своїми радянськими і німецькими шефами, що його діяльність, яка стосується пропаґування української культури, — лише цинічне прикриття. Або, навпаки, вдає перед своїми українськими друзями й колеґами в окупованому Харкові, а потім, після відступу, вже в Німеччині, наче щиро, з власних переконань займається українською справою. Пишучи статті до еміґрантських видань, яскраво прошитих націоналізмом, Петров час від часу, ніби знущаючись, цитує Маркса, не називаючи його прізвища. Але водночас створює працю «Діячі української культури — жертви більшовицького терору», в якій найповніше на той момент висвітлені злочини радянського режиму проти української інтеліґенції.

Нічого схожого на цей текст ще ніхто не спромігся тоді написати: праця містить конкретні імена, інформацію про переслідування і тортури, дати й точні дані, подробиці, докази. Яким чином став доступним йому цей матеріял? Чому цей текст створює радянський спецаґент, а не хтось із відвертих, неприхованих націоналістів, які еміґрували на Захід, утікаючи від радянської влади? Чому рукопис праці залишається вцілілим і виходить друком тоді, коли сам Петров раптово й безслідно зникає з Мюнхена? Ще вчора він зустрічався з друзями, на сьогодні у нього запланована лекція в Українському вільному університеті, на місяці наперед розплановано справи. Всі його речі чекають у кімнаті: так, як буває, коли виходиш із дому, щоби повернутися туди за кілька годин. Домашні капці з прим'ятими задниками лежать біля порога. Одна із сорочок зіслизнула зі спинки стільця й розпласталася на підлозі. На письмовому столі, серед паперів і книжок — чашка з недопитою кавою. Фізичне тіло мешканця натомість розчинилось у повітрі.

Але поки ще відомо, що Петров точно живий і що він існує, не виникає сумнівів, що він когось (чи всіх одразу?) ошукує. Кого саме, з яких мотивів і як — ось де ми можемо розмножувати запитання й перебирати відтінки.

Але що коли не ошукує? Любомудрий прихильник складних інтелектуальних побудов, скептик і шукач істини в парадоксах, Петров цілком би міг розгледіти суть чесности і щирости у безвихідній ситуації, що виводила в глухий кут обману. Найімовірніше, цілісність лежить десь за межами інтелектуальних побудов. Для людини, вся особистість якої вибудувана навколо мислення, найскладніше — засвідчити те, що існує поза інтелектом. Цей досвід водночас — найбажаніший. Коли ти розпадаєшся на безліч складних уламків, кожен із яких — ще дужче розгалужується й ускладнюється, мерехтить скельцями в калейдоскопі, що невпинно обертається, змінюючи візерунки, врятувати може хіба що тривіяльність, приземленість, простота.

За кілька років до смерти, вже коли йому дозволили повернутися до Києва, нагородили орденом і знову допустили до захисту дисертації, журналіст запитав у Віктора Петрова: «Як же може людина так перевтілитися, щоб ніхто не втямив, коли вона справжня: чи виконуючи завдання радянської розвідки, чи під час служіння фюрерові?»

Петров, у відповідь на це («скрушно похитав головою, поцмокав губами й заплющив очі в задумі»), відіслав журналіста до власного оповідання «Чорний ангел». Там, ствердив він, «усе сказано».

В оповіданні «Чорний ангел», може, все й сказано. Тільки в автора В. Домонтовича (літературний псевдонім Петрова) немає оповідання з такою назвою.

У своїй статті про Петрова журналіст пригадує, що його співрозмовник під час їхнього діялогу назвав себе «чорним ангелом». Однак, додав він, у жодній ситуації він не кривив душею: «Завжди за статутом виконував доручення командування і так само віддано служив окупаційній владі».

Якщо вивести на передній план оці дві іпостасі — подвійного аґента й пристрасного коханця, — кого ми побачимо перед собою? Чоловіка сильного й розумного, привабливого красеня з незламною волею, який точно знає, як домогтися свого. Ми побачимо сміливого авантюриста, симпатичного пройдисвіта, героя, що, схильний до найширшого діяпазону почуттів, вміє володіти ними, давати їм волю і брати під контроль, стишувати, коли це необхідно. Нам уявиться персонаж, наділений виразними й рідкісними якостями, глибокими та переконливими знаннями, спритністю і блискавичністю реакції, здатністю до аналізу й розуміння людської психології, що й пояснить його затребуваність спецслужбами. Перед нами постане той, хто спроможний викликати довіру навіть у людей, чия професійна діяльність полягає в зраді, обмані, маніпуляціях.

Ми побачимо перед собою когось магнетичного й показного. Чоловіка, що випромінює невідпорну енергію, зачаровує і вабить. Того, хто не боїться ризикувати. Хто цінує зосереджену й відповідальну працю і вміє насолоджуватися життям. Наша уява намалює когось кінематографічно-спокусливого: білозубий чарівний усміх, що обеззброює першої ж миті, багатозначний проникливий погляд, прямий хребет, міцну статуру, елегантне вбрання, квітку в петлиці, лискучі туфлі, витончені жести сильних і ніжних рук.

Що з цього правда?

Петров справді любив добре поїсти і випити доброго вина. Люди, знайомі з ним, вважали, що він був би схильним до сибаритства, тільки от часи й обставини не надто сприяли практикуванню цієї схильності. Роль таємного аґента не завжди і не для всіх означає доступ до благ. Одначе сибаритство у випадку Петрова цілком логічне: той, хто так добре знався на аскетизмі і так цінував його, як це робив Петров, мусив знати, що таке розкошування.

«— О, справді, щось зовсім легеньке! Насамперед, чорної кави. Тільки... міцної й гарячої, друже!.. Масла, на якому ще блищать срібні краплини розсолу. Редису, холодного й свіжого. Рожевої шинки.

— Усе?

— Можливо, що й усе! Або...

Хвилинна пауза, секунда вагання, істотне роздумування.

— Гаразд, хай буде! Замовте, будь ласка, ще також солодкий омлет з конфітурою».

Що ми можемо знати про внутрішні якості? Їх доводиться виловлювати з художніх творів В. Домонтовича, не маючи жодної певности, чи справді «пишучи про інших, кожен пише тільки про себе». Робити висновки щодо них з огляду на кількість і характер наукових праць у різних царинах. Підозрювати ті чи інші якості у фактах життя, що розрізненими частинами потрапляють нам до рук, залишаючи невідомими, назавжди розчиненими в часі й архівах спецслужб, обширні пласти, що стосуються життя нашого героя. Щось можна визбирати у спогадах і враженнях людей, які з ним зустрічались. Але знову ж таки: яку ми можемо мати певність, що, пишучи про інших, кожен пише *не* тільки про себе?

У нас є 300 його листів до Софії. Інтимне листування, призначене парі очей однієї-єдиної жінки. Єдина можливість побачення. Єдиний шанс бодай у такий спосіб бути разом, бути близько. Чи не найбільшою мірою в цих листах проявлений справжній Петров?

У цих листах стільки всього сказано протягом довгих років. Сказано в спосіб, який мав умістити якнайбільше, не розкривши нічого. Листи призначалися парі очей однієї-єдиної жінки, але ж перед тим, як до цієї жінки потрапити, вони потрапляли до рук цензорів. Навіть таке аскетичне побачення відбувалося під наглядом.

Чужі очі ковзали рядками, вишукуючи в них щось заборонене, щось важливе, щось цікаве. Коли відбувався чуттєвий дотик двох близьких людей, їхні зап'ястя були затиснуті в лещатах рук ніколи не баченого незнайомця. Цей незнайомець наближав їхні долоні одну до одної. Він відчував пришвидшене биття їхніх пульсів.

Якщо ви ще досі не поглянули на фотографії Віктора Петрова, у що складно повірити, то знайте: зовні він точно не відповідає вашим уявленням. Так, він був коханцем і розвідником. Але усміх його навряд чи можна було б назвати білозубим і чарівним, і він зовсім нікого не знезброював ним першої ж миті. Погляд його, хоч і справді «проникливий» і «багатозначний», але зовсім не в сенсі джеймсбондівському, не в стилі хтивого й лощеного плейбоя, якого ви, либонь, устигли нафантазувати. Петрова навряд чи можна було побачити в пошитих на замовлення у кравця вишуканих костюмах, і взагалі дуже сумнівно, щоб він багато ваги надавав власному вбранню (хоча дуже багато уваги присвячував вбранню Софії!). У котромусь із листів до Софії Петров згадує щось про зелену краватку до рудого костюма, і це звучить доволі ексцентрично, але навряд чи скидається на правило.

Один із найвиразніших описів зовнішності Петрова можна знайти у статті його приятеля з часів повоєнної еміграції до Німеччини Ігоря Костецького, який вважав нашого героя «за казкового жука, в якому заворожено щирого принца»: «Він ходив, заклавши руки за спину й трохи похиливши голову. Плащ і капелюх у нього були дуже припасовані до його постаті, неначе хтось удатно доробив до неї великі звислі вуха і двоє рудиментів крил. (Хоч, проте, він на запас мав і парадний темно-синій одяг.) Він мислив крізь окуляри, скрипучим голосом, дещо вередливим тоном, завжди щосили стараючись не зіскочити з линви сноба. Коли він скидав на хвилю окуляри, личко його, як завжди в короткозорих людей, ставало добре й безпомічне... В нього був типовий лопарський вид, як ось в Ібсена. Він був кругленький і затишний. У Фюрті він щодня грівся на сонечку, в самоті над річечкою, в самих плавках, і виношував концепції».

Тепер, оглянувши фотографії, кого ми уявляємо? Невисокого дрібного чоловічка, який в одні періоди життя стає надмірно худим, а в інші — обростає кумедним черевом. Чоловічка лисявого, а згодом уже майже геть лисого, з дрібними рисами обличчя: маленькими вузькими очима, широкими чорними бровами, тонкими губами. У нього кругла голова і вуха стирчать. Як нам уже відомо, цей чоловік зрідка знімає окуляри. Вони приросли до обличчя, стали однією з його рис. Здається, що ці окуляри видають емоції й вираз Петрова. Це вони всміхаються й кепкують, це вони супляться, це вони втомлено кліпають. На чоловічкові не надто зграбно сидить одяг. Ані в його ході, ані в статурі немає нічого примітного. Він радше вайлуватий і незграбний, хоч такі слова зазвичай застосовують до товстунів, а Петров, навіть маючи животика, навряд чи міг вважатися товстуном. Він радше непоказний і сутулий, оскільки більшість свого життя проводив, згорбившись над книжками і документами.

Ні, нічого цікавого або показного немає ні в самій зовнішності, ні в манері себе нести. Хіба ми так уявляємо героїв, коханців і розвідників?

З багатозначним виглядом відіслати журналіста до неіснуючого тексту, мружачи хитрі очі за блискучими скельцями окулярів — це цілком може вписатися в один з образів Петрова. Цей Петров славився своєрідним почуттям гумору, коли співрозмовникові складно було сказати, жартує він чи говорить цілком серйозно. І слова його, і вираз обличчя (чи то пак — вираз окулярів) могли викликати відчуття незручності, розгубленості, збентеження. Складно було розрізнити, чи ця людина кепкує зі співрозмовника, а чи говорить поважно. Петров мав схильність підважувати будь-що, кепкувати над чим і над ким завгодно, в тому числі й над собою самим, але це не завжди пом'якшувало справу.

Спільна приятелька Зерова і Петрова Людмила Курилова, яка ще наприкінці 1920-х років відпочивала разом із обома чоловіками в Буюрнусі і сиділа з ними за табльдотом (і якій Зеров, за її словами, начебто присвячував згодом вірші і писав пронизливі листи, шукаючи розради у власній нелюбленості), описала Петрова так: «Петров відзначався різними дивацтвами, особливо любив похизуватися афоризмами-парадоксами, які сам вигадував. Деякі з них були влучні, дотепні, а над іншими всі ми дружньо підсміювалися».

Курилова згадує, що Петров дуже любив каву і повторював, що вона «повинна бути міцна, гаряча й солодка, як поцілунок». Одного разу він боляче нею обпікся — якраз тоді, коли йому подали таку каву, якої він найдужче прагнув.

У повісті про Ван Ґоґа Домонтович писав: «Його бажання стало дійсністю. Чи є щось більш небезпечне для людини, як здійснене бажання?» Цю думку він неодноразово повторював в інших своїх творах, дещо змінюючи форму.

З листів Петрова до Софії складається враження, що життя навчило цього чоловіка приборкувати свої бажання, а відтак опанування ними й давній потяг до аскези відкрили перед ним нові можливості: «І я — тепер уже наяву — мрію про те, коли ми будемо разом, і життя наше зв'яжеться тісно, як ще ніколи досі. Я думаю, що це так буде, тому що інакше бути не може, тому що я цього хочу, а те, чого я будь-коли або будь-як хотів, завжди збувалось». Курилова пригадає, як тоді, в Буюрнусі, Петров розбив собі чоло сапкою, прагнучи довести своїм співрозмовникам, що земля в Криму податлива й м'яка. На кепкування Петров «не образився, не розсердився, навпаки: почував себе "героєм дня"».

Розповідає вона і про окуляри Петрова: «Якось зайшла мова про зручність і незручність окулярів. Петров доводив, що "кожна культурна людина повинна їх носити" і "носити не знімаючи, постійно", а я, пригадую, сміючися, його запитала: "А коли ви цілуєтеся, то окуляри скидаєте?" — на що він прямо не відповів, тільки сказав мені: "Ваше запитання дуже добре й цікаве, я його вставлю у свій роман"».

Він зробив це. В. Домонтович використав цей діалог у своєму першому романі «Дівчина з ведмедиком». Ви ж пам'ятаєте плюшевого ведмедика на їхній із Софією могилі?

Таке враження, що він до цього був схильний: замість заповнювати паузи ввічливими безбарвними формулами, він видавав у відповідь на невинні запитання співрозмовників якісь безглузді фрази, чудернацькі слова, недомовки чи перекручення. Це було схоже на легкі поколювання голок. Співрозмовники губилися: їм намагаються завдати болю чи це такий вияв загравання та приязні?

Коли під час війни й окупації знайома, зустрівши в Києві Петрова, одягнутого у стрій, який вона окреслила як «уніформу німецького лейтенанта», довідалась від нього, що він тільки-но повернувся зі Львова, на її запитання, що він робив там, чоловік відповів: «Пив вино».

Своє роздратування недоречними запитаннями інших він приховував за відповідями, які, своєю чергою, дратували співрозмовників або викликали в них ще дужче нерозуміння. Запитань у вічі було не так уже й багато — здебільшого люди шепотілися за спиною, множачи чутки, розвиваючи вигадки. Підстав для базікання — дурного, злого, наївного, співчутливого, зацікавленого, пустопорожнього — було більш ніж достатньо: і роман із чужою дружиною, і родинна трагедія Зерових, і рукопис неопублікованої статті, виконаної (як шепотілися знавці) на замовлення Партії, проти відомого сходознавця Агатангела Кримського 1928 року, й уникнення скандального та затяжного процесу так званої — яка ніколи не існувала в реальності — Спілки визволення України (під час процесу прізвище Петрова звучало, але навіть свідком він не проходив, що викликало ще більше приводів для пересудів); і пізніший, уже після смерті Зерова, двотижневий арешт, з якого Петрова звільнили без жодних, здавалось би, наслідків.

Згодом, коли 1956 року йому дозволили повернутись до Києва і до Інституту археології, снували чутки чи то про його зраду, чи про його подвиг. Річ у тому, що 1942 року, коли Петров за наказом («з 10 лютого 1942 року до 15 травня 1945 року перебував у партизанському загоні об'єднання "ім. Берії" на посаді бійця») здався німцям у полон, у газеті «За Радянську Україну!» опублікували матеріал про зрадника й буржуазного націоналіста Петрова.

Що він відчував під цими поглядами, чуючи перешіптування, помічаючи вирази облич? Існує безліч способів на таке реагувати: мовчати, страждати, озлоблюватися, пояснювати щось кожному зустрічному, навіть коли не запитують, замикатись у собі. Петров реагував по-своєму. Тобто по-різному. І мовчав, і усміхався, і роздратовано пхекав. Ніколи достеменно не було відомо, що в нього на думці: чи то він дивується з абсурдності й безпідставності підозр, чи, навпаки, пригадує щось таке, до чого навіть найвигадливіші пліткарі не здатні були додуматися.

Колега-археолог пригадував, як одного вечора він сидів ще з кількома друзями і Петровим у ресторані «Динамо». Це той знаменитий ресторан архітектора Йосипа Каракіса, зведений під час блискавично короткої епохи українського конструктивізму. До нього піднімаються сходами з широкої Петрівської алеї, звідки часом з-поміж дерев відкривається вид на течію Дніпра. Відвідувачі рухались догори, закидаючи голови, до багатоярусних геометричних площин, до заскленних галерей, водночас прямокутних і заокруглених, до схилів і ухилів, що врівноважували одні одних. До жовтої цегли і сірого граніту, до темно-сірого тиньку, з яким заримовані барви. Там, усередині, був вестибюль і гардероб, велика кухня і зручні підсобні приміщення, кондитерський цех, велика зала зі столиками, розташованими навколо танцювального майданчика. Запах свіжого дерева, що домінувало в декорі інтер'єру, з роками дедалі слабшав, вибляував, як бляне надвечір колір, — аж доки зовсім не вивітрився. У дерев'яній стелі був сконструйований світловий ліхтар, що додавав відчуття невагомості простору.

Це той самий ресторан, у якому 1936 року обвалилася стеля. Це сталося через годину після закінчення бучного банкету військових високопосадовців. Архітектор Каракіс довший час перед тим попереджав про небезпеку перебудов у споруді, не пристосованій для таких змін, але його не слухали. Натомість після обвалу стелі заарештували й звинуватили саме Каракіса.

Після з'їденого й випитого під відновленою стелею ресторану «Динамо» Петров почав відповідати на запитання про власну місію в ролі радянського спецаґента.

Згодом, переповідаючи слова покійного вже натоді Петрова, свідок-археолог розхвилювався і, вкрай перейнявшись важливістю інформації, яку відкривав світові, щокілька речень повторював: «Слухайте, слухайте!» Ніби боявся, що його повідомлення можуть залишитися непоміченими. Зрештою, приблизно так воно й сталося.

Петров сказав, що йому поставили завдання очолити український уряд, який тоді німецька влада ще обіцяла українцям. Але дуже швидко стало зрозуміло, що ця обіцянка нею й залишиться: наступ на Радянський Союз ішов не так гладко, як можна було сподіватись, а водночас німці збагнули, що панькання з українськими націоналістами їм не на руку. Тому й почали розстрілювати декого з їхніх очільників, які ще сподівалися на реалізацію мрії про власну державу у складі Третього Райху.

Друге завдання Петрова (слухайте, слухайте!) полягало в — не більше й не менше — вбивстві Гітлера. Замах мав відбутись у Вінниці, все ретельно передбачили, продумали найменші деталі, тільки якраз у той момент Петрова начебто випередили німецькі генерали, які підготували для свого фюрера операцію «Валькірія».

Слухайте його, слухайте — і уявіть собі тільки цього вояку в недопасованій уніформі, що в одному місці була занадто тісна, а в іншому — занадто вільна. Цього асасина в перекошених окулярах, який незграбно пересувався перевальцем, професорським кроком, тягнучи на собі амуніцію та гвинтівку. Навіть уже після стількох років практики, 1945 року в Берліні уніформа на лейтенанті Z (він же — розвідник Іванов) висіла «як лантух», «його рухи були в тих мундирі і штанях мало не циркової незграбности, а коли при появі офіцера він віддавав честь і цокав одним черевиком об другий, важко було стриматися від посмішки». Уявляєте, яким вправним рухом професійного вбивці цей чоловік знищує Гітлера?

Слухайте його, слухайте!

1931 року Йосип Каракіс отримав від командувача військами Українського військового округу Йони Еммануїловича Якіра шкіряне пальто за проєкт

Дому Червоної Армії та фльоти у стилі неоампір. Після цього він зводить ресторан «Динамо», Єврейський театр, Будинок Червоної армії у Вінниці. 1936 року Каракіс відмовляється будувати дім для Командного складу військового округу в Георгіївському провулку, зовсім поруч із Софійським собором. Місце під будівництво визначили саме там, де два роки тому зруйнували храм Великомученика Георгія XI століття.

Людина, для якої сенс і форма існування втілюються у зведених стінах будівель, руйнування давніх храмів стає саморуйнуванням, автоагресією, недопустимою деструкцією. Віра для архітектора, навіть якщо він атеїст, має фізичний вимір. Вона співвідноситься з будівлею: тверда, як камінь, гладка і холодна, як мармур, висока, як колони і склепіння, осяйна, як вітраж; вона має деамбулаторій і дзвіниці, хори та царські врата, амвон і бабинець, її можна виміряти, розрахувати навантаження на тримальні конструкції, в ній можна між богослужіннями слухати лекції і переховуватися від небезпеки цілими селами разом із худобою.

Врешті, після тривалих суперечок, Каракіс не має виходу: він погоджується на будівництво. Але самовільно, на власний страх і ризик, на кілька десятків метрів пересуває власний проєкт, не зачепивши фундаментів зруйнованої церкви.

1937 року від нього вимагають знову. Цього разу — проєкт будівлі художньої школи для обдарованих радянських дітей на місці зруйнованої Десятинної церкви на Старокиївській горі. Каракіс не погоджується брати участь. Історія повторюється. Воно й не дивно: згодом у цій будівлі розташується історичний музей.

Каракіса залякують, на нього тиснуть, йому погрожують. Він довго тримається, але врешті високопоставлений доброзичливець, під столом наступивши на ногу, шепоче на вухо: «Не зробиш ти — все одно зробить хтось інший».

Будівля схожа на храм. Вона увінчує гору над Андріївським узвозом. Фасад її, як розкриті обійми, розвернутий до церкви, якої вже більше не існує.

Коли Каракіс оглядав Київ після війни — зруйновані будинки, діряві стіни, обвуглені кістяки будівель, — він повторював: «Найстрашніше, коли будинки не відкидають тіні».

1951 року, під час чергової хвилі «чисток», Каракісові нарешті пригадали його впертість, його відмови, його самовільні рішення. Пригадали обвалену стелю ресторану «Динамо». Спроби захистити від руйнувань давні храми. Цитування українського бароко у власних проєктах.

Архітектора арештували. Суд тривав понад два роки. Його звинуватили в «українському буржуазному націоналізмі», «космополітичних поглядах», «злочинному нехтуванні провідними ідеями партії». У найстрашніших гріхах.

Врешті — заборонили викладати і звільнили з Академії архітектури УРСР, вигнали з Київського інженерно-будівельного інституту. Його ім'я викинули з усіх енциклопедій і довідників, з книжок про архітектуру. Раптом будівлі, які він спроєктував, стали безіменними.

Щоб заробляти на прожиття, Каракіс певний час малював трафарети з візерунками. Робітники артілі використовували ці трафарети, щоб наносити на клейонку скатертин фарбу. Такими цератами в комунальних квартирах накривали кухонні столи. Їх не шкода було різати, пропалювати недопалками, всіляко псувати. Вони не становили жодної цінности. Хоча й міняти ці скатертини на нові рідко хто міг собі дозволити.

У романі «Без ґрунту», що був написаний В. Домонтовичем під час його служби на німецьку окупаційну владу і частинами публікувався в «Українському Засіві» (виданні Відділу пропаганди німецької армії в Україні, редактором якого був Петров), а виданий повністю виявився щойно 1948-го року в Німеччині, йдеться про обставини, що передують руйнуванню радянською владою одного з храмів — так званої «Варязької церкви», зведеної на околиці Дніпропетровська на початку XX століття одіозним архітектором Линником.

Степан Линник, описаний головним героєм роману, його колишнім учнем, — брудний дід, який став академіком, так і залишившись селюком, брутальний і жорстокий, кумедний і нестерпний, дивак в обліплених багном ґумаках, фраку й циліндрі, божевільний геній, підстрижений «під горщик» за давньою чумацькою традицією. Втілення митця-максималіста, якого не цікавлять такі нікчемні дурниці, як особисте життя, стосунки, психологія людини, для якого мистецтво — це нескінченне міркування, самозаперечення, пошук абсолютного і знищення індивідуального.

Зведена ним церква — його відповідь у полеміці про вибір: «Барокко чи візантизм, XVII вік чи X-XI, козаччина чи Святослав, Ворскла ("Ворскла річка невеличка") чи великий водний шлях з "варяг у греки", хуторянство чи маґістраль світової історії, земство чи Софія, ліберальне поступовництво чи вибух і злам».

Навколо долі цієї споруди перехрещуються осі поглядів на ідентичність, мистецтво, історію: чи варто берегти пам'ять, чи, може, більше практичного сенсу в тому, щоби перетворювати її і спотворювати, вихолощувати, зводити до спрощених сувенірних символів, закладати в неї власні значення; або, ще радикальніше — викорінювати її цілковито, безслідно, заради технічного прогресу, знеособлености людських мас і Дніпрельстану? Перетворювати церкву з символу наївної релігійної віри на музей, який свідчить про розвиток і розумовий ріст людини? Чи руйнувати її зовсім, як доказ перемоги над забобонами вчорашнього світу і тяжіння до «уніфікації і централізації», підпорядкованости владі партії? Біля підніжжя кам'яної конструкції точиться конфлікт між ідеологіями і стилями, між світоглядними системами.

Дім, пам'ять, історія, ґрунт: необхідна опора, відповідь на запитання, осердя людської приналежности — чи обмеженість, в'язниця, атавізм, перешкода для руху і справжньої свободи людської індивідуальности?

«Чорний ангел» — це назва пригодницько-психологічного роману Олекси Слісаренка, що був написаний 1929 року. Немає жодних підстав підозрювати, що, відсилаючи до літературного твору з таким заголовком, Віктор Петров мав би на думці саме його.

Стиль, сам підхід до творчости В. Домонтовича (перший роман якого — «Дівчина з ведмедиком» — побачив світ 1928 року) кардинально відрізнявся від Слісаренкових. Домонтович був естетом-модерністом, у творчості якого виразно проступали екзистенціялістські ідеї. Під кінець двадцятих років, коли тиск на культуру з боку влади стає дедалі відчутнішим, коли множаться обмеження й наростають небезпеки, він відкладає свої письменницькі спроби вбік. Соцреаліст Слісаренко, вочевидь, планував затриматися в радянській літературі надовго, тому й дотримувався рекомендацій, сформульованих у постанові Політбюро ЦК РКП(б) «Про політику партії в області художньої літератури» від 18 червня 1925 року. Хоча цілком імовірно, що ці рекомендації збігалися з його баченням.

Багатоплановий і сюжетно непростий роман, багатий на символи й посилання, «Чорний ангел» розповідає історію радянського агронома, який на початку 1920-х років вирішує здійснити прорив у сільському господарстві СРСР. Дія відбувається в невеличкому селі на Волині, де Артем Гайдученко проводить свої наукові експерименти. Його ідея геніально проста й безвідмовна: для отримання якомога багатших врожаїв слід мати найкращий чорнозем, а для цього потрібні спеціальні «расові» бактерії. Агроном прагне домогтися пришвидшеного розмноження цього особливого виду бактерій, тож йому потрібне стале тепло, що прогріватиме ґрунти. З цією метою Гайдученко винаходить особливу вибухівку, яка вивільняє енергію поступово. Одначе цією вибухівкою намагається заволодіти негативний персонаж: бандит і ренеґат Петро, — рідний брат Артема. Петро — отаман контрреволюційної банди, яка веде терористичну боротьбу, маючи на меті створення самостійної та незалежної України. Він і є Чорним Ангелом.

Наприкінці роману обоє братів, позитивний і неґативний персонажі, гинуть від вибуху, в якому знищується і весь запас особливої вибухівки.

Олекса Слісаренко походив із дуже бідної селянської родини і сам працював певний час агрономом, отримавши відповідну освіту, однак виглядав завжди так вишукано й тримався настільки гідно, наче належав до аристократів. Почавши з поезії, а згодом перейшовши до створення гостросюжетної прози, Слісаренко приставав то до одного, то до іншого угруповання літераторів, що з'являлися серед неспокійних хвиль соцреалістичної «культурної революції»: доєднувався і до символістів, і до футуристів, і до панфутуристів, але врешті покинув їх і приєднався спершу до об'єднання пролетарських письменників «Гарт», а згодом — до ВАПЛІТЕ.

Цей показний чоловік із темним волоссям і доглянутими вусами, з ямочкою на підборідді відкритого обличчя, в бездоганному костюмі з краваткою, виконував роль громадського обвинувача на згаданому вже процесі Спілки визволення України. А вже через 4 роки його заарештували також і засудили на 10 років позбавлення волі, заславши на Соловки. Його проблеми почалися з конфлікту з Горьким, який не хотів, щоб Слісаренко перекладав роман «Мати» на «украинское наречие». Слісаренко відповів Горькому листом, у якому висловився з приводу української мови й того, що думає про уявлення російського письменника. Висловився доволі делікатно.

У Соловецькому таборі Слісаренко нагадував «сенатора на покої»: був спокійним і вмиротвореним, ніколи не скаржився і жартував «з легким французьким гумором». Схоже, він навіть відшукав щось подібне до внутрішньої рівноваги в цьому сосновому ув'язненні, на території монастиря, серед барв Білого моря і напнутої над островами тріпотливої парусини неба.

Ще через 2 роки, у 1937-му, окрема трійка Управління НКВД СРСР по Ленінградській області новими очима поглянула на справу Слісаренка і ще 1115 ув'язнених. Вирок було змінено на найвищу міру покарання.

Олексу Слісаренка розстріляли того самого дня і в тому самому урочищі Сандармох, що й Миколу Зерова. 3 листопада 1937 року.

Там, у Соловецькому таборі особливого призначення, серед інших ув'язнених перебував Микола Нарушевич, колишній керівник історично-побутового відділу Вінницького музею. За деякий час його побуту в таборі на острів привезли з Вінниці Нарушевичевого сина, Льонку. Хлопчик залишився сам, оскільки його мама безслідно зникла.

Найближчими друзями хлопчика стали Олекса Слісаренко і Микола Зеров. Більшість вільного часу вони проводили з дитиною: розмовляли з Льонкою, жартували, грали з хлопчиком в ігри.

Микола Зеров, який 3 листопада 1934 року ґвалтовно прокинувся зі свого «щасливого десятилітнього сну», втративши сина Котика, і чиє пробудження з цього сну було схоже на розтягнуту в часі, немов підігріту вибухівкою з уповільненим виділенням енергії, тортуру, знайшов розраду в спілкуванні з Льонкою, «вільним» сином ув'язненого батька.

Начальник табору видав дозвіл хлопчикові відвідувати острівну школу для дітей енкаведистів і збройної охорони. Його навіть одягнули у відповідний, звичайний одяг. Щодня він проводив деякий час поруч із дітьми персоналу, уникаючи будь-яких контактів із ними, щоб, тільки-но закінчаться уроки, повернутись до монастиря, до Соловецького кремля, до батька й інших в'язнів.

Ось він іде зі школи битою стежкою в супроводі охоронця: влітку цвітуть яскраво-салатним рястом болітця серед густої невисокої трави, обрій якої непомітно переплавляється в нескінченну площину моря; взимку тілу хлопчика доводиться долати опір вітру і пхатись у сліпу порожнечу. Він стільки годин мовчав, почуваючись геть відірваним серед десятка однолітків. Зараз Льонка нарешті заговорить. Ще не дійшовши до мурів монастиря, він уявляє собі ямку на підборідді Слісаренка, ясно-блакитні очі й сумну беззубу усмішку на вихудлому обличчі Зерова і виблякле обличчя батька.

Хлопчика відправили з острова у червні 1937 року. Що сталося з ним далі — невідомо. Батько продовжував залишатись в ув'язненні, приречений на невідання щодо сина. Де і як помер Микола Нарушевич, невідомо також.

Якщо робити неправдоподібне припущення, що у відповідь на запитання про роздвоєність Петров відіслав журналіста до роману Олекси Слісаренка «Чорний ангел», а не до котрогось зі своїх власних творів, то паралель ми можемо намацати хіба що в тому місці, де назовні проступають уявлення про образи «негативних» і «позитивних» персонажів згідно з владною ідеологією часу.

Чорний Ангел, рідний брат відданого ідеї комунізму протагоніста, — український націоналіст, що живе в радикальний спосіб, свідомо вийшовши за межу безпеки, переслідуючи мету, фантастичнішої від якої на той момент годі було собі уявити. Цей персонаж настільки однозначно негативний, що Слісаренко навіть не мусив налягати на епітети, щоб підкреслювати власне ставлення до його постаті й ідей, які за нею стояли. Він убив свого персонажа в кінці роману — і тому чіплятися до нього з ідеологічними підозрами підстав не було. Убив Слісаренко, звісно, і позитивного протагоніста, але мучеництво тільки зробило його ще позитивнішим, тоді як для брата його стало справедливим покаранням.

Можна уявляти, що, виконуючи завдання і радянських спецслужб, і німецької окупаційної влади, перебуваючи на службі то в одного, то в іншого режиму, то в обох режимів одночасно, коли ці обидві служби накладались і нашаровувались одна на одну, тому що завдання й цілі обох режимів виявлялися дивовижно тотожними і не вимагали практично жодних суттєвих змін у методах і підходах, Віктор Петров вдавав — або «вдавав» — із себе українського націоналіста. У тих умовах (особливо коли йдеться про

Радянський Союз) намагання займатись українськими справами, розвивати й плекати українські культурні контексти було рівнозначним особливо жахливому, безоглядному самогубству. Саме через це — тому що був поетом, літературознавцем, критиком і професором української літератури — й знищили чоловіка коханої жінки Петрова.

Якщо з якихось причин людина не полишала переконань про альтернативний до єдино правильного уявлення шлях розвитку української культури, то їй залишалось хіба ретельно ховатися, мовчати, берегти їх усередині себе до кращих часів, викручуватися, натякати, говорити недомовками, робити багатозначні паузи — одне слово, застосовувати всі можливі способи ухильного висловлювання, оскільки висловлювання безпосереднє становило, без перебільшення, загрозу життю. Тим часом — з моменту вербування (себто — з моменту, який зазвичай називають зрадою), приблизно 1938 року — Віктор Петров мав усі дозволи відкрито, безперешкодно займатися справами української культури. Що він і робив, успішно та плідно.

Чудернацький, невірогідний, притягнутий за вуха парадокс.

Експерти з творчості В. Домонтовича, почувши про його неіснуюче оповідання «Чорний ангел», відіслали журналіста до оповідання автора, що існує насправді і вважається серед літературознавців такою собі «візитною карткою», ілюстрацією до внутрішніх складнощів і терзань Віктора Петрова, пов'язаних з проблемою зради. Йдеться про оповідання «Апостоли».

Найімовірніше, вони мимоволі вказали журналістові хибний шлях, бо, хоча в тексті можна знайти аж трьох складних персонажів, придатних до такого окреслення, ні слово, ні образ ангела жодного разу в новелі не трапляються. Зрозуміло, що йдеться про метафору, однак стилістично така метафора виявилася б надто далекою від наміру й настрою самого тексту — реалістично-чіткого, тверезого, неприкрашеного пафосом чи сентиментальністю. Допустити такий стилістичний різнобій було би зовсім не характерно для осмисленого модерніста В. Домонтовича.

Згадані літературознавці, підказавши журналістові шукати відповіді на своє запитання в новелі «Апостоли», скерували його в напрямі власних здогадок й домислів, а не того, що міг мати на увазі Петров, не відповівши. Надто спокусливо знаходити розв'язання в рядках цього тексту. Надто гарно фантазія про внутрішній конфлікт автора й намагання його вербалізувати лягають до ложа з образами апостолів. Надто проситься характер Хоми Невірного в обрамлену туманність авторового портрета.

Троє головних героїв твору — Петро, Юда і Хома — втілюють у собі різні людські якості, різні типи людських характерів, темпераментів, способів взаємодії. Різні типи віри.

Коли Юда зраджує Христа, намагаючись вести політичну гру і домовитись із владою, щоб подбати про власну безпеку і виторгувати якомога більше благ у несприятливих обставинах, він доволі реалістично сприймає дійсність і підлаштовується під неї. Христа він вважає божевільним, далеким від реальности. Тоді як вони, його учні, його апостоли — звичайні люди, приземлені та смертні, слабкі й суперечливі. Юда змальований лицеміром, що вміє подобатись і викликати довіру. Він втілює цинічну практичність, протиставляючи її відірваному від життя ідеалізмові Христа.

Петро — екзальтований і пристрасний послідовник Ісуса, який вірить Йому безоглядно і показово. Петро схильний до драматичних вистав, до виявлення й оголення перебільшених почуттів, до давання присяг і палких обіцянок, дотриматися яких жоден смертний не має змоги. Петро — фанатик, ідеаліст і максималіст. Йому важлива його позиція: роль найближчого Христового учня. Важливо, аби кожен спостерігач помічав його близькість до Сина Божого. Петро марнославний, запальний і не готовий визнавати власні слабкості.

Хома — людина, на перший погляд, невиразна. На відміну від перших двох персонажів, він не настільки фактурний. Його барви — це суміші відтінків. Він тихий і мовчазний, а коли вже говорить, то слова його, як правило, обтічні і неконкретні, і свідчать про невпевненість, про вагання, про зважування. Його слова можуть означати одночасно протилежні речі, а можуть не означати нічого. Він зважає одночасно на всі аспекти ситуації, і йому складно дається однозначно їх оцінювати.

«Замість славити, він перевіряв. Замість дивуватися, перепитував. Зіставляв. З'ясовував. Розшукував свідків. Домагався од зціленого кривого, щоб він довів, що він справді був кривий, а від сліпого — що він справді ніколи не бачив».

Хома не здатен керуватися пристрастями й почуттями, як Петро, але він і не йде винятково за голосом інстинкту самозбереження чи корисливости, як Юда. Йому потрібен час, щоби думати, аналізувати, зважувати. Він філософ. Він прагне докопатися до істини. Він розуміє, що ці його особливості все ускладнюють і виставляють його в невигідному світлі, але інакше не може. Бо якщо чинитиме інакше, то не буде вірним собі, своїй природі. Він себе зрадить.

«І чи може, — думав Хома далі, — людина одночасно мати дві віри? Чи може вона вірити й не вірити разом?»

Коли в критичний момент перед самим арештом Ісуса Петро піддає Хому неприємному допиту, той доходить до важливих для себе відповідей: він вірить, «тільки не в силу й хитрощі, а в безсилля». Він «ладен вірити в поразку». «Лише тепер, коли ми знищені й знеможені, коли нас чекає смерть, ми наблизилися до перемоги».

Під час побиттів і знущань над Ісусом на архієрейському дворі Петро усвідомлює раптом, що це він, найвідданіший серед учнів, а не підозрюваний ним, непевний Хома, тричі зрікся Христа.

Його справжнє ім'я було Віктор Петров. Але носив він ще й інші. В. П., В. Плят, В. Петренко, В. Пет-в, Борис Вериґо, А. Сємьонов, В. Бер, В. Домонтович. У таємних документах він фігурував як розвідник Іванов і лейтенант Z.

Псевдонім Домонтович наврядчи був пов'язаний із дівочим прізвищем російської революціонерки і радянської діячки Олександри Михайлівни Коллонтай, найбільш відомої тим, що аромат фіялок збуджував у ній сексуальний потяг. Численні недоброзичливці Петрова — а його постать часто викликала ненависть і різку ідіосинкразію — приписували Коллонтай і Петрову кровну спорідненість.

За іншою версією, яка походить буцімто з розповіді самого Петрова, копирсаючись у якихось давніх українських документах литовського періоду, його увагу привернуло слово «damauntas», що можна перекласти, скажімо, як «каламутник» чи «каламутяр».

Для філософських текстів, що писалися здебільшого в Німеччині наприкінці 40-х років, Петров вибрав псевдонім «Віктор Бер». Однак він не пов'язаний з іменем бельгійського ватерполіста і срібного призера Олімпійських ігор 1900 Віктора де Бера. Прізвище Бер — абревіатура «біологічного еквівалента рентґена», застарілої одиниці вимірювання. Ця примха, імовірно, пояснювалася зацікавленням Петрова розвитком фізики і його концепціями, вибудуваними навколо паралелей між новими відкриттями у квантовій механіці і новим поглядом на час. Після Другої світової війни більше ні в чому не можна було відшукати детермінізму.

Різні імена Петров використовував для різних потреб, оскільки цей чоловік присвячував себе одразу кільком царинам: він займався літературознавством, філологією, етнографією і фольклором, історією, археологією, філософією і літературою.

Цих царин він не торкався побіжно. Кожне заняття чи тема, якій присвячувала себе ця людина, пророблялися нею на кілька шарів під поверхнею, якщо вдатись до образів з археології. Петров вивчав, аналізував, порівнював, робив висновки і відкриття, синтезував, застосовував різні наукові методи, знаходив практичний сенс у теорії, а теорію виводив і підтверджував практикою. Всього, що встиг зробити протягом 74 років життя Віктор Петров, без перебільшення (і навіть — зі значним применшенням) вистачило би на кілька людських життів, на кількасот років праці в тепличних умовах з доступом до бібліотек світу, матеріялів і полів поховань. Петров же працював у часи терору, репресій і воєн, постійної загрози життю й максимального обмеження людської волі. В часи тиску та насильства, примусу й оголення інстинктів.

Понад 220 його наукових праць сьогодні опубліковано, але в наукових архівах досі зберігається безліч рукописів на різні теми. Натомість матеріялів, присвячених таємній діяльності Петрова, його арешту 1938 року або подробиць звільнення з посади керівника Етнографічної комісії «за допущення політичних вивихів і перекручувань» 1930-го, нікчемно мало: служби безпеки на запити відповідають відмовою або посилаються на відсутність будь-яких справ і документів, пов'язаних із Петровим.

Тоді, 1930-го, Петрова заарештували у справі СВУ. Академік Єфремов, головний обвинувачений, якого засудили як центральну фігуру, засновника й ідеолога Спілки визволення України, засвідчив, що Петров — член академічного гуртка їхньої терористичної організації. За шість років до того Сергій Єфремов, голова Управи Української академії наук, записує у своєму щоденнику: «Засідання Історично-літературного Товариства. Доповідь

Петрова про М. Рильського. Мудрий дуже, і студентська публіка, що ходить на наші засідання, мабуть, його мало зрозуміла».

Протягом 1930-х років через зв'язки з СВУ і причетність до неї було звинувачено, засуджено, ув'язнено, розстріляно тисячі людей по всій Україні. Академік Єфремов, відбувши десятирічне заслання в одному з таборів ГУЛАГу, загинув у в'язниці для особливо небезпечних злочинців — у Владімірському централі — за три місяці до закінчення терміну ув'язнення.

Петрова звільнили — і з ув'язнення, і з керівної посади в Етнографічній комісії. Через кілька місяців після цієї нервової події його було запрошено на іменини до дружини друга. 30 вересня 1930 року Софія Зерова святкувала день ангела.

Щойно після розпаду СРСР, коли відкрили деякі таємні архіви, стало очевидно, що вся історія зі Спілкою визволення України була цілковито вигадана.

Його образ залишається невловним, просочується крізь пальці. З якого боку до нього не наближаєшся — він вивертається і вислизає з рук, залишаючи по собі розмите враження про натяк на ту саму хитрість уст на кожній із фотографій, полиск окулярів і уламки невиразних відчуттів: збентеження, що переростає в нудьгу, заплутаності в міріадах окремих фактів, які психіка вперто відштовхує, не здатна впоратись із розривами й провалами між ними. Спокуса все спростити надто багато важить: «зрадник», «подвійний агент», «пристрасний коханець», «великий інтелектуал», «видатний письменник», «слизький тип», «запроданець», «аморальна особа», «геній».

Ось, наприклад, молодий радянський поет і член КПРС у середині 1960-х повертається з поїздки до Нью-Йорка, куди йому люб'язно надали дозвіл поїхати. У Нью-Йорку поет зустрічався з багатьма українцями, які емігрували з Радянського Союзу. Серед них — історик літератури й мовознавець Шевельов, який знав Петрова не тільки з Мюнхена і Берліна 40-х років, але ще раніше — вони познайомились і потоваришували ще в окупованому Харкові, під час війни. Шевельов багато писав про Петрова і тяжко переживав його раптове зникнення в 1949-му. Переживав, як безсумнівну смерть.

Тепер, у 1966, він знає, що Петров знову живе в Києві. І, зустрівшись із молодим радянським поетом, передає Петрову привіт. Повернувшись до Києва, поет навідується до старого додому, щоб виконати обіцянку. Він описує «сірий день» і «неймовірну слизоту» надворі, що служить лише прелюдією до слизоти, яку навіює йому знайомство з подружжям літніх людей. Чомусь особливо неприємною для молодого чоловіка є сіра барва одягу Віктора Петрова — ніби вона проявляє щось, у чому поет вбачає суть старого.

Гостя охоплює ірраціональне відторгнення господарів: подружжя йому неприховано не подобається. Він говорить про господаря як про «великого інтелектуала» й «видатного письменника», але в цих патетичних епітетах більше замаскованої погорди, ніж справжнього визнання. Водночас він зізнається, що практично нічого не знав про письменника до цієї зустрічі: читав хіба якийсь *дріб'язок.*

В інтонаціях розповіді — нехіть і підозра. Погано пам'ятаю, нічого про нього не знав, так собі — читав якийсь дріб'язок, якісь дрібнички, дурнички, абищиці, витребеньки, цяцянки, нікчемниці, марниці.

Єдине, що він закидає подружжю, — нехтування пам'яттю Зерова. «Очима» молодий чоловік і гість у домі «картає» «стареньку дружину Петрова..., що вона не лишилась Зеровою».

Старенька дружина Петрова, між іншим, таки лишилася Зеровою аж до власної смерті. Прізвища вона не змінила.

Того ж 1966 року в УРСР після років заборон стала можливою публікація збірки поезії і перекладів Миколи Зерова. До цього моменту, коли хтось і наважувався опублікувати в Радянському Союзі переклади Миколи Зерова, то це робилось або без імени перекладача, або під іменами інших перекладачів, які давали на це свою згоду.

Збірку впорядкувала Софія. Петров і перекладач Григорій Кочур, учень Зерова, робили примітки. Максим Рильський — один із найближчих друзів молодости і Зерова, й Петрова — написав передмову. В цій передмові Рильський безліч разів викручує невротичні реверанси: звичайно, помилок і Зеров, й інші неокласики допустили чимало, звичайно, вони надто перебільшували з індивідуалізмом, звичайно, їм не варто було позиціонувати себе настільки максималістично. Рильський, м'яка людина і блискучий поет, якого дивом не репресували, набув безумовного рефлексу каяття у власних ідеологічних переступах і недоглядах, самоприниження і привселюдного картання, до якого був готовий будь-якої миті і яким часто займався на випередження.

Видно, гостя — молодого поета, який приніс привіт Петрову з Америки, — надто далеко до помешкання не пустили. Інакше він побачив би портрет Зерова на столику біля ліжка, що окидав поглядом обидві кімнати і перед яким ніколи не зачинялись двері, щоб не перекривати небіжчикові кругозору. Щоб не обмежувати його присутності.

Хоча, звичайно, все це ні про що не свідчить.

Загрозливий об'єм і різноманітність царин, у яких працював Петров, вводять дослідників його творчого доробку в розгубленість. З якого боку наблизитись? Як це все осягнути? Як опрацювати таку кількість тем і текстів, стільки джерел літератури, всі ці концепції, ідеї? Найбільш притомний підхід: досліджувати одну чи дві сфери. Братися за один із сегментів. Опрацювати бодай часточку. Починати з малого.

У Петрова немає малого. Під поверхнею — глибина, яка тільки те й робить, що глибшає й розгалужується. Царини сплітаються і перехрещуються, висновки в одній із них витікають із причинків іншої. Дослідження археології тягне за собою дослідження текстів на історіософські теми, літературознавство вимагає заглиблення в знахідки етнографії, вивчення літературної творчости волає про всі інші поля досліджень Петрова. Його белетристика раз по раз ряснієює трактатами з мистецтвознавства; в статтях про повоєнний стрибок у розвитку фізики — цитати зі світової літератури; праці з археології містять посилання на ономастику, на теорії й відкриття лінгвістики. Він використовує шматки своїх наукових робіт у художніх творах, і користується художніми засобами та прийомами, щоб підкреслити якусь наукову тенденцію. Поза цим — усі праці Петрова зраджують його зацікавлення розвитком психоаналізу й розуміння людської психології.

Щось схоже — з дослідженням його біографії, його життя. Є точні відомості, існують підтверджені дані. Є плин і логіка подій, періоди, протягом яких перед нами постає людина з конкретними зацікавленнями, заняттями, з тим чи іншим колом спілкування. Виходячи з цих замальовок, із самого стилю життя Петрова, з текстів, які він створює в цей час, — припускаємо плин думок і характер, уявляємо стани й почуття, логіку вчинків.

Ось він — старанний рожевощокий студент, багатообіцяючий і винятково обдарований; він уміє порозумітися з професорами й академіками, йому це вкрай важливо. Він ходить із ними попід ручку.

Ось — богемний літератор-модерніст, який звик дратувати і смішити своїми парадоксами чи то в кафешантані парку «Шато-де-Фльор», поки цей буржуазний заклад ще існував, чи в кафе «ХЛАМ» (Художники, Літератори, Артисти, Музиканти), розташованому в підвалі готелю «Континенталь» біля цирку, чи то в редакції часопису «Книгар», редактором якого був Зеров, чи під час вечірки в помешканні братів Филиповичів або в критика Якубського.

На засіданні Історико-літературного товариства в 1924 він виголошує доповідь про поезію Максима Рильського: доповідь перенасичена алюзіями й цитатами і, вочевидь, розрахована на епатаж, на кидання виклику. Петров називає Рильського «поетом гріха» і денді, скептиком і «людиною певних недовір», яка «і в скепсис не вірить». Він порівнює Рильського з Бодлером, Верленом і Рембо. Але з Бодлером найдужче. Пише про те, що зречення, відмовлення й одкидання світу Рильським — це прояв його жаги й фанатизму. Про ерос аскези, про гашиш і алкоголь, про те, що справжня любов — холодна. Про романтизм злодіїв і повій, про мороз і спокій, білий сніг і червоне вино. «Між Кларою Цеткін і Рильським менше різниці, ніж нам здається», — вивертає свою логіку Петров. Він розповідає про те, що в гімназистські роки Рильський із друзями заснували літературний гурток «антропофагів»: «Ми пам'ятаємо, як колись, років 8-9 тому, один студент розповідав нам про цей гурток київської літературної молоді й свідчився, що в цьому гуртку антропофагів молоді гурмани, купуючи в Анатомічному Театрі людське м'ясо, заказують із нього котлети для своїх вечер».

Усе сказане про свого приятеля Рильського з такою непідробною симпатією явно стосувалось і самого Петрова. Він поділяв бажання дражнити й епатувати, приймати картинні пози, залякувати й відштовхувати. Він поділяв спрагу своїх приятелів-«неокласиків» до постійної наукової роботи, до вивчення мов і джерел, до оригінальних текстів, до поєднання творчости з наукою. Замилуваний у дендизмі й темних стихіях людського, автор філософсько-інтелектуальної повісті «Дівчина з ведмедиком», В. Домонтович тяжіє до наукового підходу й аналізу цих стихій. На тлі еротичного потягу головного героя повісті, немолодого хіміка, до юної дівчини він розкриває проблеми екзистенції, окремої людини та її вибору, людини в соціюмі, статей і ролей, традицій і бунту. Це вона, дівчина Зина — трикстерка; саме жіноча роль у романі породжує рух і бурю, ламає порядок, підважує традиції, розхитує мораль, спричиняє біль, експериментує, спокушає, активно діє. Чоловік — наскільки б старшим і досвідченішим він не був — лише потрапляє у вир, лише пасивно улягає, слухняно дозволяє втягнути себе в деструкцію.

Минає всього кілька років — і ось за Петровим уже не розглядиш «квітів зла» модернізму, формалізму, екзистенціялізму. В. Домонтович замовк, ніби геть утратив інтерес до літературної творчости. Натомість ми маємо науковця, який, здається, цікавиться лише проблемами етнографії, дедалі глибше закопуючись в археологію. Жодних більше товариських зустрічей, де артистичний нарцисизм підживлює нарцисизм своїх друзів, де кожен для кожного — відображення у струмку, тим миліше і ближче до серця, чим дужче різняться сорти золотисто-лимонних квітів.

Від Петрова тепер не почуєш нічого про опіум, пекельний рай, Де Квінсі та єдину втіху — мак небесно-синій. Зина, дівчина з ведмедиком, п'є портвайн, поправляє спідницю і, жартуючи, додає: «Та, мабуть, справді, мої раптові вчинки — це, власне, зворотний бік моєї розсудливости». Воля художніх епітетів, карколомна логіка парадоксів надійно сховані. Тепер науковий співробітник Етнографічної комісії (а не голова — після допущення «вивихів і перекручувань») і директор Інституту українського фольклору використовує штампи та сухі формулювання, критикуючи буржуазних антропологів, цитуючи слова Маркса й Енґельса з приводу процесу антропогенезу.

Настануть часи, за яких жодне з явищ не може бути назване своїм іменем. Звичайне називання речей тим, чим вони є, означає неминучі, тривалі й болісні тортури і загибель того, хто називає. Сумнівним щасливцям, які мають можливість залишатися «живими», залишатися «на волі», доводиться опанувати спеціяльну мову і цілу систему ритуалів, театральних дійств, покликаних підміняти справжні сенси й позначати щось відмінне від того, на що вони вказують. Умовність всеохопної вистави відома кожному, однак більшість при цьому пнеться зі шкіри, прагнучи вдати якнайпереконливішу щирість. Для власної безпеки краще переконати себе у власній щирості, повірити, що не граєш і не вдаєш, яким би божевіллям це не здавалося. Не йдеться про людську спотвореність — а якщо й ідеться, то ця спотвореність є наслідком всюдисущого насильства і майже повної неможливости здійснити вибір. Наслідком бажання жити.

Петров опановує і специфічну мову, й умовні позначення, й ритуали. Але живим він залишається не тому — ніхто в ті часи не залишився живим через власні виняткові здібності чи надлюдську схильність до мімікрії й конформізму. Виживання було винятково збігом обставин, випадковістю.

Попри будь-які збіги випадкових обставин, попри розум, хитрість і гнучкість, Петров винаходить і опановує додатковий спосіб висловлення: мову, що, всуціль складаючись з казенних штампів і формул, покликаних підміняти справжні сенси і явища, називання яких загрожує загибеллю, непрямим чином натякає на називання справжнього, засвідчує існування справжнього.

Йому в пригоді ставала схильність до парадоксів. На відміну від більшости тогочасних прихильників матеріялістичної діялектики, Петров справді проникав у її можливості. У системі умовних позначень, покликаних знецінювати й ховати, він шукав способи проявляти і відкривати. Бо те, чиїм завданням є приховування, за природою своєю проявляє саму суть прихованого. Брехня містить у собі правду. Неіснування розповідає історію припиненого існування або того, що могло б існувати.

Такий спосіб висловлення — максимально непевний. Шанси, що хтось інший зможе відчитати зашифрований сенс, — надто малі. Ризики, що котрийсь із мисливців за ворогами системи виявиться надто проникливим, — значні. Яким чином формулювати, щоб за частоколом ідеологічно правильних кліше більшість реципієнтів могла розгледіти тільки кліше, і тільки одиниці, втаємничені, «свої», здатні були знайти ключ? Як віднаходити найбільш невиразні можливості семантики, щоб з їхньою допомогою виражати?

І чи робив він це, чи віднаходив? Юродствував чи просто прийняв правила гри, відмовившись від будь-яких ризиків? Що коли враження про заховані сенси й багатозначно примружені очі, сховані за відблиском окулярів, — лише романтична фантазія, наївна маячня? Спроба бавитись у такі ігри надто дорого коштувала, а Петров і так десятиліттями платив високу ціну, з прикладів сотень і тисяч людей знаючи, що не існує меж у тієї ціни, яку його можуть змусити заплатити.

Але, навіть якщо й так, навіть якщо нічого не вкладав, не шифрував, не ризикував. Навіть якщо ідеологічні штампи — всього лише ідеологічні штампи, і за ними не сховані жодні підтексти. Так навіть іще виразніше.

Якщо навіть він не мав на думці жодних підтекстів, не підозрював навіть про можливість потаємних значень і позасемантичних шифрувань — тим невблаганніше його наукові тексти, створені в Радянському Союзі, підтверджують закони єдності і зв'язків, які існують незалежно від людської волі й наміру їх проявити чи спростувати.

Штампи, сухі формулювання й цитати класиків марксизму-лєнінізму — щит, який у цьому випадку захищає живу тканину справжньої роботи, спинний мозок науки. Критика європейських науковців — спосіб ознайомлення з їхніми працями. Археологія, куди Петров відступає дедалі рішучіше, — одна з небагатьох сфер, у яких за радянських часів допускалась робота з джерелами. Тут дослідження минулого не трактувалось як відстале шкідництво й антирадянська діяльність. Петрову пощастило: його схильність вживатись і проявлятись у різних царинах, його вміння знаходити себе одразу на різних територіях зберегла йому життя. Зеров, цілковито відданий літературі й мові, повний і цілісний за своєю суттю, не був спроможний на схожий спосіб порятунку. Рильському, який мав тільки власну поетичну творчість, довелося вчинити над собою насильство, перекрутивши себе внутрішньо. Увібгавшись в ідеологічні штампи, виконуючи замовлення, він майже втратив доступ до проявлення. Петров натомість щоразу знаходить спосіб робити щось справжнє, реалізуватися. Навіть явно кривляючись, танцюючи під владну сопілку, старанно вдаючи відданість партійній ідеології — або старанно демонструючи щиру їй відданість (хто може точно сказати?), він розробляє теорії, розкопує могильники, аналізує вірування, мацає черепи, зазирає в глибину історії, стежить за тим, як повільно кружляє та розчиняється в Космосі попіл попередніх поколінь, як цілі народи і культури, що колись завойовували й досягали, кочували і загарбували, перетворилися на найдрібніші частинки, пов'язані між собою квантовою заплутаністю.

Психологічне розщеплення стало єдиною можливістю порятунку життя. Воно стало запорукою збереження цілости. «Істина одна і суцільна». Що з того, якщо більшість її елементів залишаються для нас невидимими й невідомими?

Чи може існувати відданість дружбі там, де протягом довгого часу відбувалася зрада?

Закоханий у чужу дружину Петров пише: «Так, ніколи ніяких "сходин" неокласиків не було. Не було "неокласичної організації". Не було статуту, зборів, засідань, протоколів, президіюму й секретаріяту. Не можна було вступити до *складу* організації, як не можна одчинити одчинені двері: жадного складу не було. Була *дружба*, і поза цим не було нічого іншого. Зав'язувалась дружба з внутрішньої близькости, народжувалась духова одність. Ще в Києві почалась співпраця й приятелювання Зерова й Филиповича. Року 1920 перекреслились життєві шляхи Ю. Клена й Зерова. Року 1923 я, волею долі, опинився в Баришівці. З поворотом до Києва р. 1923 і з переїздом восени того року Рильського з Романівки зав'язалася наша дружба з ним. Дещо пізніше приїхав з Кам'янця Михайло Драй-Хмара. З цим коло було завершене.

З чого починається дружба, де її межі? Що її підтримує? Як згасає палання дружби?.. Трактат про "неокласиків" був би трактатом про дружбу. Всякий інший виклад був би хибний.

Але кожна дружба має свої відміни. Дружби бувають різні. У кожного в "неокласичному" колі вони були свої. Чи могло бути інакше? Були дружби периферійні. Інші означали суцільність близькости.

Про кожну з дружб треба було б говорити окремо. Одна була дружба Зерова й Рильського й інша наша з ним. Немає формальних дружб. Не можна вступити в дружбу, як вступають до організації, подаючи заяву. Є палання дружби, але воно може згаснути».

Зрада стає можливою саме тому, що існує справжня відданість. Використовуючи прийом Петрова: не може бути зради там, де не існує глибокої й ніжної вірности.

Якою вона могла бути — дружба Зерова і Петрова? Якою вона була?

Кохати дружину друга — навряд чи це вияв периферійної дружби. Хіба може бути щось інтимніше між двома чоловіками: ділити любов до античної літератури і філософії, до класичної філології, до європейського мистецтва, літератури, ділитися поглядами на розвиток власної творчости, сперечатись і кпити одне з одного. Кохати дружину друга.

У своїх спогадах про Зерова Софія серед іншого розповідає про перебування в Баришівці. Серед знайомих, згадує вона, були люди цікаві й освічені. Наприклад, Віктор Петров, який час до часу заходив у гості. Розмовлялось чоловікам одне з одним захопливо: обоє були ерудовані, освічені, обоє — академічного складу. Зацікавлення їхні перетинались, а там, де вони розходились, виявлявся благодатний ґрунт для суперечок.

У кількох досконало нейтральних реченнях Софії ці суперечки чомусь виходять на перший план. З участю жінки чи без неї конкуренція між чоловіками виникає у природний спосіб, пов'язана з особливостями кожного.

Софія — ще одна з тих, хто згадує про схильність Петрова до парадоксів. Парадокси, в'їдливі жартики, ущипливі зауваження, провокації на рівному місці, покликані, здавалося б, тільки для того, щоб роздратувати співрозмовника, збити його з пантелику. Більшість людей, очевидно, у відповідь на стиль спілкування Петрова просто замовкала, берегла себе від ще нищівніших насмішок. Але Зеров, який так кохався у різного роду виступах, у викладенні теорій, в читанні лекцій, в постійному озвучуванні різноманітної інформації, тут же синтезованої і перетвореної на контексти, сюжети, історії, міг знаходити в особі Петрова активного співрозмовника, який змушував застосовувати додаткові риторичні прийоми і назагал пожвавлював ситуацію.

Софія стверджує, що чоловіки сперечались, але не сварились. А сама вона тим часом займалася своїми *жіночими* справами, не втручаючись у *чоловічі* розмови. Спостерігала за їхніми «двобоями». Ймовірно, присутність спостерігачки наповнювала суперечки двох освічених чоловіків додатковим запалом, напругою, надихала їх. Чи суперечки між чоловіками не стали своєрідною прелюдією до падіння коробки з цукерками згодом, у 1930-му? Що коли суперечки дали цій мовчазній жінці, яка покірно займалася своїми жіночими справами, не втручаючись у серйозні чоловічі розмови, приводи для нових думок і нових почуттів?

Чи багато було людей, здатних переговорити красномовного, охочого до висловлення Зерова? Чи не пристрастю до ведення суперечок з її чоловіком іронічний і прикрий Петров привернув увагу Софії? Чи не зреалізував він бажання, в якому сама вона, стримана й вихована, упокорена у своїй жіночій ролі, собі не зізналась би?

Згодом, з плином років, Петров, найімовірніше, сперечається дедалі менше: хтось згадує, наскільки демонстративно неважливими ставали для нього моменти, коли сторонні люди не розуміли його думки чи не погоджувались із його твердженнями. Петров не затрачав зусиль і часу на те, щоб доводити чи пояснювати: ігнорував запитання, кивав головою у відповідь на чиїсь аргументи, тоді як погляд його був спрямований у вікно або на настінний годинник. Виникає спокуса припустити, що схильність Петрова до суперечки так виразно проявляла себе лише поруч із Зеровим. Чи обома Зеровими? Чи поруч із Софією?

Як може дратувати дружину її освічений, ерудований, розумний, талановитий чоловік, блискучий оратор, душа товариства? Той, хто говорить найбільше, хто найбільше знає, з кого оповідь ллється постійним потоком? Людина-«живе срібло»: теплий, приязний, уважний, енергійний, сповнений радости існування. Йому довіряють учні і студенти, з готовністю віддаючи себе його впливам. Друзі й приятелі визнають в ньому серце товариства. Колеги не можуть не визнавати його компетентности й чару. Жінки не зводять із нього захоплених очей.

Софія згадує про період перед Баришівкою: «Зеров називав нашу кухню "жіночим клубом" та іноді, напрацювавшись коло свого письмового стола, заходив до нас. Він, як звичайно, розповідав щось цікаве, а іноді читав якийсь вірш або переклад, щойно закінчений ним. Не завжди в мене був час його слухати, але моя сусідка казала мені: "Слухайте, слухайте, а то він знайде когось, хто буде його слухати". Микола Костьович, пригадуючи, мабуть, біблійну легенду про двох сестер, Марту й Марію (з яких одна, Марія, сіла в ногах у Ісуса і слухала Його слів, а друга, Марта, турбувалася про частування та й сказала: "Ось сестра залишила саму мене господарювати, скажи їй, щоб вона допомагала мені". Але Ісус відповів їй: "Марто, Марто, ти побиваєшся про многе, а потрібне тільки одне, Марія ж вибрала добру частину, яка не відніметься від неї — поживу духовну"), називав мене Мартою, кажучи: "Марто, Марто, постійно ти дбаєш про земне". Проте я не ображалася за його слова».

Левова частка спогадів про Зерова — це суперлятиви і дифірамби. Схоже, він почав ставати легендою ще за життя: виняткова душа, винятковий розум, винятковий талант. Немає сумніву, що ця його винятковість, внутрішня яскравість, його магнетизм і сповненність любов'ю, попри непоказну зовнішність і зіпсовані зуби, які не давали спокою жодному з тих, хто згодом залишав про Зерова свої спогади, викликали в людях сильні суперечливі почуття.

Бо почуття не схожі на чисті барви: вони завжди сплави. Така їхня природа. Любови не буває без провини, сорому, неповноцінности, залежности, заздрости. Любов живиться провиною, соромом, неповноцінністю, залежністю, заздрістю. Любов із них виростає, черпає міць. І те, що людина не здатна збагнути необхідности й сили власних слабкостей, не дозволяє їй любити, відштовхує від любови туди, де слабкості критично переважають.

Зеров умів чітко артикулювати. Він не залишався непомічений. Він викликав почуття. Саме тому і став центральною фігурою цькування під час так званої «літературної дискусії» 1925–27 років. Саме тому, що він не залишався байдужим, передавав свою пристрасть і свої зацікавлення слухачам, його неможливо було не знищити. Жодне пристосуванство Зерова не порятувало би. Та він і не здатен був до пристосуванства: його цілісність межувала з ригідністю, а віртуозність його розуму була зворотним боком побутової непрактичности. Він гіпнотизував сотню слухачів, але був безпорадним перед ґудзиком, що відірвався. У своїх спогадах, старанно намагаючись формулювати так, щоб це нічим не нагадувало нарікання або виправдання, Софія розповідає, як Зеров лише зрідка допомагав їй тягати сходами догори відра з водою чи як він не спромігся нарубати дров. Із Зерова в її розповіді сміються інші, інші коментують його невміння, але не вона.

Щодо неї самої: ті нечисленні скупі рядки, які оповідають нам про цю жінку, описують незмінну стриманість і небагатослівність. Описи Софії — невиразні, вони всіляко оминають характеристики. На нечисленних знімках бачимо, що вона показна, висока, тонка. Має великі, ледь зизуваті темні очі, видовжене вузьке обличчя і делікатні риси. Ті, що згадують, називають її «ефектною». Найкраще Софію можна розгледіти на груповій фотографії родини Зерових, зробленій у серпні 1934 року.

Костик тут ще живий і здоровий: засмаглий хлопчик із ясними очима, що прямим поглядом дивиться просто в об'єктив. Вуха стирчать. Долоньки зворушливо накривають колінні чашечки схрещених по-турецьки ніг. Стрижка під машинку надає обличчю просвітленого вигляду. Його погляд і натяк на усмішку на устах здаються сумними й несмілими.

Софія напівлежить праворуч від сина, між чоловіковою сестрою Валерією і його ж братом Михайлом, також поетом. Зеров стоїть за її спиною. Як і решта родичів у третьому ряду, вірогідно, він стоїть на колінах. Ми не знаємо, чи для знімка на траву в саду щось постелили, щоб запобігти забрудненню одягу. Зеров у білій сорочці і при краватці. Крізь круглі окуляри видно спокійні усміхнені очі.

Того дня вони востаннє були всі разом. Стояв спекотний серпень, але в Ботанічному саду буяла доглянута зелень. У своїх вогняних клумбах цвіли жовтогарячі кореопсиси, жовтозілля, медоносний сильфій, тонкі промінці язичника яскравіли на темно-пурпуровому листі, перекочувались відтінками кущі гортензій, схожі на колонії застиглих на мить метеликів, від спеки зминався шовк пелюсток гібіскусу.

До того, як приятель родини зробив фото, вони, напевно, певний час прогулювались стежками, шукаючи тіні. Постійно поверталсь думками до Зінькова, до будинку в самому центрі містечка. Порівнювали рослини над штучним ставком ботсаду з тими, що відображаються у повільній течії Ташані. Згадували — як це завжди буває під час родинних зустрічей, рік у рік — давні історії: знову і знову, котрусь сотню разів, з тими самими подробицями, веселими й запашними, як суниці. Знову сміялись аж до сліз. Потім різко змовкали. Зітхали ненароком, занадто голосно. У Миколи пітніли скельця окулярів.

У задушливій оранжереї з липким повітрям, на нерухомій воді лежало листя латаття. Коли вийшли назовні, виявили раптом, що погода змінилася: дмухав різкий прохолодний вітер, пахло дощем. Михайло, теж поет і філолог, як найстарший брат, першим одягнув піджак, застебнув ґудзики довгими пальцями. Ліг на траву у плямистій тіні від молодого деревця ґінкґо білоба. Георгій, ботанік, як брат Дмитро, долонею пригладив русяве волосся, розметане вітром, і сказав, що ґінкґо — рослина роздільностатева, і це дерево — жіноче. Микола зірвав роздвоєний листок і простягнув Софії зі словами: «Щоб насправді відповісти, // Чи почуєш, як з глибин // Я співаю — теж двоїстий, // я двоїстий, та один?»*.

(Згодом, цей єдиний екземпляр жіночого ґінкґо, що якраз почав давати насіння, забрали разом зі собою нацисти, відступаючи з Києва.)

На фотографії всі Зерови здаються ледь утомленими і вдоволеними. Губи в них ще липкі і солодкі від випитого щойно лимонаду. Спека спала, але минула й загроза дощу.

---

* Переклад Юрія Андруховича.

Хочеться сподіватись, що серед зелені і рідних Миколі на кілька годин вдалося відволіктися від невідступних думок про арешти і смерті, про заборони, яких ставало дедалі більше, доноси, розстріли знайомих, засідання войовничих матеріялістів-діялектиків та їхні доповіді з викриттям ворогів радянського народу, про села, здичавілі й спустошені голодом, про торішнє самогубство Хвильового. Хочеться розгледіти на його обличчі відображення щемкого затишку, заспокоєння, бодай короткочасного полегшення. Хочеться впевнитися, що хоча б тієї миті, коли родина вилаштувалася до фотографії, Микола відчув, як напружена тіснява у його грудях, огидне заніміння, яке останніми роками стискало й чавило дедалі дужче, ослабло, і на якийсь час навколишній світ розгорнувся ясністю необмеженої легкости.

Вони були всі разом, серед екзотичних рослин і серпневих трав, вони всі були зараз поруч: Костик і Софія, брат Дмитро з дружиною Марією і брат Костянтин із дружиною Вірою, сестра Валерія з чоловіком Іваном, брат Георгій, сестра Олена, брат Михайло, батько і мати.

До Костикової смерти залишається трохи більше двох місяців. До арешту Миколи — понад пів року. До моменту, коли Софія стане вдовою, навіть не маючи в цьому певности, — три роки.

Після арешту Миколи його брат Дмитро, ботанік, і міколог Марія, хвора на сухоти дружина Дмитра, протягом кількох років спатимуть одягнуті, кожної миті готові до арешту. Крім власної доньки, вони виховуватимуть Дмитрового сина від першого шлюбу, оскільки першу дружину та її чоловіка репресують.

31 грудня 1934 року заарештують і розстріляють чоловіка Валерії, Івана.

10 червня 1938 року вдруге ув'язнять Михайла.

У квітні 1939 року від хвороби помре Олена.

Щойно 1940 року батько Миколи Зерова, після багаторазових і безплідних намагань довідатися про долю сина, нарешті отримає офіційну відповідь: Микола начебто помер від запалення легень у квітні 1937 року в лікарні. Батько повідомить страшну новину Софії. Восени того самого року помре й він.

У червні 1941 року Валерію мобілізують на війну. Вона візьме туди з собою маленьку доньку, оскільки стара мати Зерових зможе опікуватись тільки наймолодшим онуком.

У серпні 1941 року мати Зерових помре.

Як добре бачити на цій фотографії їхнє спільне незнання про те, що от-от розпочнеться. Тобто продовжиться. Що вкотре і вкотре закінчиться.

Перебуваючи в колі численної чоловікової родини, пліч-о-пліч з ними, в момент зйомки Софія здається відсутньою. Їй добре: поза розслаблена, граційна, на обличчі — лагідна усмішка. Погляд спрямований кудись убік, немов перед внутрішнім зором прокручується спогад про приємну сцену з минулого або солодка фантазія. Схоже, що їй добре серед цих людей.

У Софії дуже темне хвилясте волосся, що прикриває вуха. Вона смаглява, а очі її здаються фіолетово-чорними, як магалебські вишні. Поруч зі світловолосими й білошкірими Зеровими, які світять назустріч фотоапарату майже прозорими небесними очима, Софіїне зображення здається вибірково проявленим на негативі. Вона спирається на правий лікоть, ліва її рука вільно лежить на подолі сукні. Сукня — синя або, може, бузкова — прикрашена візерунком, схожим на бджолині соти. Два скромні волани, скріплені брошкою, прикривають груди. З-під воланів виднються білі мереживні лямки спідньої білизни. Тканина не приховує точеності постави, граційності пози. Софія сидить невимушено і доладно. Її литка має гарну форму, на передпліччі ледь окреслений м'яз.

Щодо її вдачі — можемо фантазувати про холодність (Зеров, залицяючись, писав про неї у вірші, як про «неприступну й горду княгиню»), про вроджену й виховану, а згодом — загартовану трагедіями властивість надзвичайно добре володіти собою, тобто не виказувати своїх почуттів.

Вона бездоганно ввічлива, але закрита. Освічена й розумна, але, крім двох перекладів Анатоля Франса, нам невідомі проявлення її амбіцій, якщо такі були: більшість часу Софія то працювала в книжковій палаті, то виконувала марудні обов'язки бухгалтера в якійсь конторі.

Лінгвістка Людмила з Харкова, яка описує закоханість у неї Зерова, згадує про Софію з симпатією і говорить про її зовнішню красу. Студентка Зерова Алла, закохана в професора, у своїх белетризованих спогадах описує дружину викладача різко й осудливо: як зверхню і неприємну особу з яскравим макіяжем, зацікавлену винятково модним одягом, неуважну до багатого внутрішнього світу свого чоловіка.

Алла описує маленького Костика Зерова як викапаного батька. Тоді як Софія пише, що хлопчик був дуже схожий на неї саму.

На фотографії в ботанічному саду, дивлячись на маленького Зерова, ми можемо помітити, що хоча розріз очей і форма обличчя, точеність рис Костикового обличчя справді нагадують Софію, його прямий серйозний погляд і невловний печальний усміх — зовсім як у батька.

Отже, хто тут у нас є?

Мовчазна жінка, яка залишалася непроникною навіть для тих, хто знав її особисто. Тільки мовчазність її — це не мовчазність самовідреченої і підлеглої. Зі скупих описів стриманої і небагатослівної жінки постає образ особи, яка ревно оберігає свій внутрішній світ. Вона не нарікає ні на складне життя, ні на відсутність підтримки з боку чоловіка — але тим відчутніша погорда, з якою вона терпить щось, чого за всіма законами справедливості не мала би переживати. Софія описує хатні справи й обов'язки, якими змушена займатися, поки її чоловік віддає себе сродній праці, а простір між рядками заповнений відчуттям безглуздості і помилковості такого стану речей.

Чоловік, який чарує і гіпнотизує красою власного розуму. Його багато, і він яскравий. Він заповнює собою весь простір, приковує увагу. Сама природа його виразності, його експансивність не залишає простору для стриманої жінки, яка так добре вміє володіти собою.

І ще один чоловік, який зумисне дратує людей заради розваги. Напозір цей, другий, анітрохи не переймається тим, чи подобається він іншим. Навпаки: він навіть докладає зусиль, аби не подобатися, аби залишатися незрозумілим, складним, шерехатим. Окреслення «неприємна людина» може бути доволі спокусливим і дарувати свободу.

Кожен володіє чимось, чого бракує іншому. Кожен здатен втолити чиюсь спрагу. Три уламки цілого, три часточки. Троє живих людей.

«Мовчуще божество». Так називається недописана повість В. Домонтовича — белетризована біографія Марка Вовчка. Марія Вілінська походила зі збіднілої російської дворянської сім'ї і стала українською письменницею.

У другій половині XIX століття ця жінка власною творчістю заробляла на себе і свого сина, подорожувала й електризувала уяву обивателів чутками про свої численні любовні романи. Тарас Шевченко назвав її «донею» і подарував золотий браслет. Панько Куліш — «корифей» і «перворядна зірка» — доводив себе через неї до плаксивих істерик. Тургенєв розважав її маленького синочка під час спільних подорожей у диліжансі. Жуль Верн забажав, щоб його романи перекладала російською тільки вона.

Твори Марка Вовчка майже одночасно виходили в Росії і Франції. Французький видавець П'єр-Жуль Етцель зробив адаптований переклад повісті «Маруся», в якій маленька українська дівчинка хоробро допомагає запорозьким козакам боротися з ворогами. Буремні події часів української Руїни були перетворені в тексті на перипетії франко-прусської війни й захоплення Ельзаса й Лотаринґії. Оздоблена розкішними ілюстраціями Теофіла Шулера, книжка швидко стала однією з найулюбленіших дитячих повістей у Франції. Щоправда, вона була підписана псевдонімом самого Етцеля — П. Ж. Сталь. Ім'я справжньої авторки зазначалося маленькими літерами в підзаголовку «За переказом Марка Вовчка».

Жодні намагання відновити справедливість ні до чого не призвели. Етцель вперто тримався позиції, що у своєму тексті він лише використав ідею письменниці, а все інше створив сам. Зображення першого видання «Марусі» вирізьблене навіть на пишному гробівці видавця на цвинтарі Монпарнас.

Віктора Домонтовича вабили можливості, які відкривав жанр белетризованої біографії. Він надихався творами Андре Моруа і Стефана Цвайґа, свідомий того, як багато простору дає цей ґатунок тексту конкретно йому — науковцеві, пильному шукачеві намистинок промовистої інформації, любителеві аналізу, синтезу, зіставлень, психології і сміливих спекуляцій.

У помешканні Петрова, на вузькій, горбатій і вигнутій вуличці Малопідвальній, з верхньої частини якої відкривався вид на дахи і дворики старої забудови, було три письмові столи. За першим Петров писав працю з етнографії, за другим — наукове дослідження «Пантелеймон Куліш у п'ятдесяті роки», за третім працював над белетризованою біографією «Романи Куліша». Тому в науковому тексті час від часу трапляються живописні художні фрагменти, а в художньому — чіткі й конкретні наукові пасажі. За іронією, сусідом Петрова на Малопідвальній був Агатангел Кримський — старший колега з Академії наук. Зовсім поруч була розташована і будівля НКВД.

Уже там, у «Романах Куліша», В. Домонтович присвячує Маркові Вовчку чимало уваги. Згодом він пише белетризовані біографії Костомарова, Франциска Ассизького, Ґете, Ван Ґоґа, Рільке, Вацлава Ржевуського, Франсуа Війона, Тіхо Браге, Йоганна Кеплера, Гракха Бабефа, Сави Чалого, Гельдерліна. Ранні наукові статті Віктора Петрова про Григорія Сковороду рясніють фрагментами, що викликають чуттєві й майже тактильні переживання, які зазвичай дарує художня література: об'єм ситуацій, емоції, стани, вчинки, слова і побутові деталі складають додатковий вимір і дозволяють пізнати мудрого й дивакуватого філософа як когось реального або як самого себе.

Уже навіть за різноманітністю епох і покликань можемо побачити обшир зацікавлень Домонтовича: це письменники і філософи, астрономи і авантюристи, святі й божевільні. Як бачимо, жінка серед постатей, які привернули увагу письменника, тільки одна. Звичайно, у кожному творі з'являються жіночі персонажі — але всі вони лише додаткові елементи, акторки другого плану, необхідне тло, покликане зробити різьбу точнішою, прокреслити деталі й півтіні головного героя.

Марко Вовчок вабила В. Домонтовича. Навколо її образу залягала саме та фактура, яку йому так спокусливо вдавалося розгортати.

Цікаво, що персонажів-чоловіків, хоч яке неприховане захоплення і повагу автора вони б не викликали, він змальовував із характерною собі іронією. Створені ним портрети чимось нагадують карикатури, де влучно підмічені художником особливості перебільшуються і виводяться на перший план: ледь загострений ніс стає дзьобом, повні губи — роздутими міхами, легка сутулість перетворює постать на фігуру шахового коня. Мізерності й дивацтва, слабкості й інфантильні риси підхоплюються Домонтовичем і ним наголошуються. Генії, творці, науковці, мудреці й винахідники виявляються у його текстах плаксивими дітьми, капризунами і впертюхами. Вони носяться кожен зі своєю величезною ідеєю, викликаючи лише сміх і нерозуміння сучасників. Доводять себе до заламання, шалу, гарячки, безпам'ятства, самовідречення, створюють і плекають власні численні проблеми, налаштовують проти себе суспільство — і все заради чогось, на що себе перетворюють, переплавляють. Заради нефізичних сенсів, якими стають.

Марко Вовчок привабила Домонтовича поєднанням сенсів нефізичних (її творчість) і фізичних (велика кількість коханців), складністю характеру, обуренням і неспокоєм, які викликала в інших, суперечливістю вражень про неї. Вона притягнула його своєю мовчущістю. Непроникністю.

Користуючись звичним набором властивих собі інструментів, Домонтович проявляє раптом до героїні зовсім інше, ніж до героїв-чоловіків, ставлення. Він виставляє її в іншому світлі. Домонтович не глузує з Марії Вілінської, не іронізує з неї. Її образ не скидається на карикатуру. Він пише про Марка Вовчка серйозно. Це чоловіки, які в'ються навколо неї, мають дзьоби замість носів і схожі статурою на шахових коней. Які б непристойні жартики не траплялися дослідникові у спогадах сучасників Марка Вовчка, сам Домонтович коментує її постать, слова і вчинки обережно та дбайливо, з повагою й урочистістю.

Схожим чином він поводиться і зі своїми цілковито вигаданими персонажами: сумні, надламані, нехай навіть зовсім безумні й ірраціональні героїні, подані з шанобливим уклоном, з серйозністю і співчуттям; герої-чоловіки, якими б глибокими й поміркованими, якими б трагічними не були, безжально розчленовані на функції, виставлені до читача гіперболізованими якостями, в'їдливо висміяні.

Кожна жіноча постать — це постать матері, втраченої у віці трьох із половиною років. Навряд чи він міг її пам'ятати. А отже, її образ — це образ мовчущого божества: досконалий, невловний і недосяжний. Туга за нездійсненним дотиком, з якою живеш, як із одним з життєво важливих внутрішніх органів: він постійно завдає болю, але без нього твоя загибель — неминуча.

Кожен персонаж-чоловік — це постать батька, який був поруч: виховував, навчав, опікувався. Ухвалював рішення щодо власної долі на користь сина. Постать найближчої людини з плоті і крові, нехай і спрямованої думками і натхненням у вищі сфери, але все ж — звичайної людини, яка кахикає, сякається, поводиться занудно й набридливо. Людини, яка дратує, зворушує, захоплює, подає приклад для наслідування. Постать когось, хто протягом певного часу в житті виконував ролі обох батьків, тобто був усім Всесвітом, був усесильним, мав повну владу над сином. Когось, кого відтак нестерпно хочеться скинути з його постаменту, ким нестерпно хочеться стати.

Кожен персонаж-чоловік — це він сам, автор. Самоіронічний, безжальний до будь-яких виявів, безліч разів деконструйований, розібраний на окремі деталі, розсічений на сеґменти. Нікчемний і сповнений туги за нездійсненним дотиком. Двоїстий, та один.

«Мовчущим божеством» Марка Вовчка назвав закоханий у неї до нестями Пантелеймон Куліш. Спершу вона зачарувала його своєю мовчазністю. Це була розкішна, глибока мовчазність, під параван якої можна було вигідно умостити будь-які власні фантазії.

Коли з часом з'ясувалося, що мовчазність Марка Вовчка ховала в собі щось нескінченно далеке від мрій закоханого корифея, це спричинило тривалий і ґвалтовний шквал обурення, недовіри, образ, самопринижень і принижень на адресу підступної облудниці.

Ні особистими якостями, ні власною історією Софія не могла бути схожою на Марка Вовчка. От хіба що лаконічність і стриманість, що в кожної з жінок, вочевидь, мала власну природу, витоки й значення, все одно були названі однаково — стриманістю й лаконічністю. Обидві вміли бездоганно володіти собою, не виказуючи почуттів. Обидві, здавалося, були невразливими до пристрастей.

Ми не можемо нічого знати про те, що означала мовчазність Софії Зерової. Що вона означала для Зерова і що — для Петрова. Як кожен із чоловіків давав собі з цією мовчазністю раду. Що кожен у ній вбачав. Чи хтось із них зміг розгадати, розкрити Софіїну мовчазність? І якщо так, то чи зумів упоратися зі знайденим там, у глибинах?

Усе, що нам залишається, — фантазувати і спекулювати. Поєднувати випадкові точки на площинах, розташованих під різними нахилами. Домислювати.

«Мовчуща. Ні до кого не горнеться. Ніби якось з холодком, немов з підкресленою, майже навмисною неприязністю, з якоюсь гордовитою стриманістю.

"Мовчуще божество!" — як назвав її П. Куліш у ці роки своєї закоханості в неї. Марко Вовчок свідома була своєї замкненої, упертої, вольової непокірливості.

"Я була ще з реп'яшок, а вже мене ніхто переконати не посилив!" — казала вона про себе».

Впродовж усього життя Софія дбала про архіви кожного зі своїх чоловіків. Старанно берегла рукописи й усі можливі папери, записи, листи — все, що не конфіскували, що не відібрали. Вона берегла архів Зерова, коли того заарештували і вислали на Соловки. Берегла цілі стоси рукописів Петрова, хоч той після війни і зник на кілька років (чи отримувала вона тоді від нього бодай якісь звістки?), продовжувала їх зберігати, звалені на старій канапі, поки Петрова не відпускали до неї з Москви.

Софія берегла листи до неї від Зерова і зберігала листи від Петрова. І перші, й другі вона акуратно віддала до Архіву літератури й мистецтва. Натомість власні листи, які Петров, без сумніву, привіз із собою до Києва, Софія знищила. Вона точно знала, що і заради чого робить, точно знала, чого хоче і чого не бажає.

З усього, що існує про неї, крім фотографій, з яких ми можемо отримати враження про її зовнішність, погляд, усмішку, вираз обличчя, крім скупих і непевних спогадів і згадок людей, які її знали, саме в листах від Петрова, немов у водоймі, в озері, затягнутому ряскою, можна шукати її відображення.

Він постійно згадує про свою всеохопну любов, яка є сенсом і опорою, яка допомагає зберегти цілісність. Він докоряє їй за те, що вона рідко пише, що довго не відповідає на листи. Описує, з якою тугою і нетерпінням чекає на відповідь від неї, як виглядає поштаря біля скриньки, як втрачає геть усі бажання, якщо лист не приходить. Петров переповідає сни, пронизані ревнощами: до Софії в тих снах приходять і приходять чоловіки, поки його, Петрова, немає поруч. Він довго і детально, з найменшими подробицями, планує їхні короткі побачення. Потім довго і детально згадує подробиці перебування разом, відчуття, принесені розлукою, посмак — і тоді знову починає мріяти про наступну зустріч. Просить Софію пошити собі пальто, пошити собі сукню, розпитує про пальто і сукню, хоче знати все про фасон і тканину. Описує рутину свого життя: харчування, працю, погоду. Він уважний і терплячий. Він докоряє їй із ніжністю, докладно і спокійно пояснює власні думки та вчинки. Розраджує її з лагідністю, смутком і мудрістю. Жартує і каламбурить.

Його листи спрямовані на Софію навіть тоді, коли Петров розповідає в них про себе. Розповіді про себе — це промінь, який висвітлює її відображення.

«Якщо хочеш: вчинки іншого — це лише дзеркало, в якому відбиваємося ми особисто і наші власні вчинки. Якщо Тобі захотілося про все це поміркувати, то Ти знайшла безпосереднє пояснення всьому, що Ти бажаєш чи бажала мені приписати, або приписати начебто, на перший погляд, моїм вчинкам.

Дорога моя! Ти пишеш: "Мені здається, що з огляду на такий стан справ кожному з нас краще йти своїм шляхом". На жаль, як часто, скільки разів протягом вже майже чверті століття — бачиш, скільки років! — я намагався, щоб Ти йшла не тільки своїм, а й моїм шляхом! Але хіба для тебе це якась новина чи несподіванка, що Ти завжди йшла тільки своїм шляхом. Хіба Ти можеш не робити цього або що-небудь в цьому змінити?

На жаль, Ти завжди свій шлях і можливість іти своїм шляхом ставила понад усе і готова була ламати все заради утвердження "власношляховости"! Пригадай останні випадки за останні роки, будь-який із цих випадків...

Не зрозумій ці рядки як суперечку або докори. У них немає ні того, ні іншого! У них немає нічого, крім жалю і дещиці гіркоти, яка домішується до жалю».

«Кожна людина має в своєму житті власні вузли, і ці вузли час від часу повторюються. "Власний шлях" — це один із Твоїх життєвих вузлів, яких неможливо ні позбутися, ні зректися. Пригадай свою розповідь, як у студентські роки Ти, йдучи зі своїм приятелем, йшла з одного боку вулиці, а він з протилежного.

Тож у цьому немає проблеми. Ти завжди робила і говорила, як Ти хотіла. Можна було просити, благати, наполягати, плакати, але якщо Тобі хотілося йти тротуаром з іншого боку вулиці, то Ти йшла, наперекір усьому, з іншого боку. Так було, так є. На це доводиться зважати і просто повністю приймати, що я робив і роблю й, вочевидь, продовжуватиму робити».

Листи Зерова зовсім інакші: Софії там не розглядиш. Хоч як би самому авторові листів не хотілося втримати образ дружини, схопитися за нього, повірити в неї саму і життя, що було колись із нею пов'язане — це вже неможливо.

Він звертається до дружини, просить надіслати харчі, пера чи леза для бритви, просить її розповідати якомога більше про себе саму, про своє життя, про «рідну могилку» — але промінь не досягає жодної поверхні, від якої може відбитися, його поглинає темрява. Голос губиться в глушині, розріджується одноманітним свистом вітру.

Ці листи — надприродне зусилля людини, яка втратила сенси, ґрунт під ногами, реальність, надію. Людини, над якою вчинили насильство, вдерлися в нутро, до її розуму, до спогадів, до знання про себе, про свої наміри, вчинки і роботу, про прив'язаність і вразливість — і зруйнували всі зв'язки, весь усталений порядок, змусили її саму, власними руками зруйнувати ці зв'язки, цей порядок, лад, із якого складається особистість, зізнатись у тому, чого не робив, звести на себе наклеп, втратити себе, опинитися за межею життя і притомності — але ще не там, де пролягає межа божевілля або смерти. Ось точка, з якої Зеров пише свої листи.

Вони — відчайдушне намагання поневіченої людини утримати біль, повернути лад. Він продовжує працювати, він думає про переклади, про рукописи, про граматичні конструкції. Описує в листах уже перекладені ним уже пісні «Енеїди», плани подальших перекладів — і всі з різних мов, з'ясовує долю своїх рукописів, кожен із яких пам'ятає достеменно. Він надмірно акуратний, нав'язливо точний, невротично обов'язковий у тому, що стосується праці. Там, на Соловках, геніяльність перекладача загострилася до краю. Мова, поезія, переклад — єдине, останнє наповнення ґвалтом випатраної людської оболонки. Поки система, що чавить людей мільйонами, зводячи реальність до підсумку, ніби людська істота — нікчемність, і її життя, саме її існування, її особисті якості не мають жодного значення і ваги, праця над перекладами Верґілія з мертвої латини на українську мову, відточування гекзаметра, підбір епітетів із якнайточнішими відтінками, дбання про милозвучність стають засобом виживання й самозбереження. Засобом, за який він тримався, бо лише з його допомогою міг повертати і відновлювати смисли, логіку, історію власного життя. Лише так міг досягнути того краю, за яким вчинене над ним насильство переставало бути визначальним. Звідти можна було вийти у простір за межами власної особи з усім, що її творить і стосується, включно з відібраними правотою, притомністю й гідністю, включно з наругою, вчиненою над її єством.

Описи самовідданої наукової роботи Петрова означають, що робота не тільки допомагає йому зберегти цілісність, почуватись собою, а й підтримує серед безпросвітньої відірваності від дому, не дає занидіти без Софії. Дозволяє наповнити час, вимушено проведений без неї, в самотності. Наукова діяльність, любов до Софії, відмова від художньої творчости — складові, з допомогою яких Петров беріг себе.

Самозречена праця Зерова в умовах концтабору — останній притулок людини. Те, на що ця людина повністю перетворилася, у чому вона збереглася. Зрештою, щоб себе зберегти, слід себе перетворити.

30-го травня 1953 року Петров у своєму листі до Софії розповідає про приготування до археологічної експедиції. Серед інших деталей він ділиться тим, що для подорожі «радять мати матрацник, аби набити його сіном».

Ці рядки могли нагадати жінці лист від Зерова, написаний 3 червня 1936 року на станції Кемь у 8-му відділенні ББК НКВД.

«...Буде мені потрібен і який-небудь чохольчик для матрацу (сінника), замочок для кошика, мильниця (та, яку ти надіслала, у мене вже зникла після Морсплаву, в самому кінці етапу) — це єдине (якщо не рахувати трьох рублів, які тут зникли, і розчавлених окулярів), чим я розплатився під час етапних переміщень, — це дуже дешево, якщо порівняти з тим, скільки втрачають інші. Окуляри мене вже не пригнічують: я дістав собі тут нові (свій звичний №) і аніскільки вже не страждаю, а ось відсутність сінника і мильниці відчувається як виразна незручність. Якщо можеш, виручи — сіна дістати тут нескладно, а ось чохол — справа складна. Подумай, дорога».

Дослідники наукового доробку і біографії Петрова гублятьcя. Намалювати пряму неможливо, систематизувати матеріял — не вистачає системи. Психологічний портрет — спрощений і непереконливий.

Служачи німцям, він публікує в Харкові твори розстріляного Зерова (загиблого чоловіка своєї коханої жінки Софії) у виданні Відділу пропаганди німецької армії в Україні «Український Засів». Публікує в цьому ж часописі власний роман «Без ґрунту». В цьому місці у біографіях Петрова зазвичай зазначено: частину накладу він знищує власноруч.

Петров із великим інтересом спілкується з німецькими археологами в Києві, приїжджаючи туди до створеного окупаційною владою музею найдавнішої історії. Ось вона — можливість, що стільки років залишалася недоступною для радянського археолога Петрова. Поки іноземні науковці займаються описом експонатів, призначених на вивезення до Райху, лейтенант Z може досхочу обмінюватись із ними концепціями і знахідками, послухати про останні європейські тенденції, розкопки та відкриття.

Доктор Ріхард Штампфус веде розкопки древнього могильника II-I ст. до Р. Х. на хуторі Корчуватому біля Києва. Інші німецькі археологи досліджують пам'ятки III-IV ст. до Р. Х. на островах і кручах поблизу Дніпровських порогів. Ці місця раніше були недоступними. Німецьким науковцям із відомства Альфреда Розенберґа допомогла Червона Армія. Відступаючи, її частини підірвали Дніпрогес: води Дніпра відступили, пінистий язик ріки зіслизнув із замулених древніх поселень, що колись були залюдненими і живими, але ось уже стільки століть ховались під товщею води.

Директором музею був військовий і археолог Пауль Ґрім. Про нього ще довго згадували як про добру й співчутливу людину. В окупованому Києві він врятував не одну людину від голодної смерті. Про Петрова, зрештою, теж говорили добре: одягнутий в німецьку уніформу, він допомагав колегам з офіційним працевлаштуванням. Це давало змогу отримувати продуктові картки.

1943 року почали вивозити унікальні експонати: багато сотень бронзових і срібних прикрас, древньослов'янські емалі, давньогерманські застібки для плащів.

Петрову якось доводилося поєднувати в собі симпатію до гуманних, увічливих та ерудованих німецьких колег і розпач, пов'язаний із втратою експонатів. Більшість із цих предметів він добре знав. Деякі — знайшов сам. Був свідком віднайдення інших. Багато — описував і використовував у власній роботі. Чимало з цих предметів він зберігав на фотографіях, що були потрібні Петрову для написання наукових праць.

Експонати вивезли, дорогою чимало з них безслідно зникли. Вони залишилися тільки на знімках, що збереглися в архіві археолога Петрова.

Двоє людей перебувають у тому самому місті в той же час. Кожен із двох свідків розповідає свою історію: вони описують одне місто, ті ж вулиці й ті ж руїни мостів і будинків, той же дим над знищеним Хрещатиком, ту ж Лавру, на подвір'ї якої в снігу й уламках лежать коштовні ризи, гобелени і тіла партизанів, тих же кістлявих собак і кістлявих людей, які продають на ринку картопляне лушпиння. Тільки один із них — чоловік, що пригадує досвід восьмирічного хлопчика, який народився в Києві й жив у халупі на Куренівці, дитини, якій довелось пережити все, що відбувалося, зсередини, знизу, щоразу на волосинку від пострілу, від вибуху, від зламаного карка. Інший оповідач — освічений іноземець, який переповідає пригоду, що з ним відбувалася в дикому місті на Сході. Це людина цивілізована і чутлива, високоморальна та справедлива. Старанно виконуючи наказ керівників Райху, цей чоловік не поділяє деяких їхніх поглядів і співчуває місцевому населенню: «Нам здається необхідним встановлення духовного контакту з найкращими елементами людности».

У першому випадку йдеться про Анатолія Кузнєцова з його «Бабиним яром». У другому — про «Київський щоденник» Феттіха Нандора, угорського археолога і мистецтвознавця, який був скерований нацистським відомством Альфреда Розенберґа для опису культурних цінностей, що зберігалися в музеях Києва.

Нервова система риб порівняно з нервовою системою більшости живих істот влаштована таким чином, що риби гостріше й пронизливіше відчувають біль. Це тим страшніше, що вони не здатні видавати звуків, не здатні цей біль жодним чином провістити світові. Їхні страждання залишаються замурованими в холодних лискучих тілах, скліють в очах. Уявіть собі тільки цю клаустрофобію і ядуху, цю безвихідь і приреченість — мовчки, безслідно, ізольовано пройти крізь найгірші тортури.

У «Бабиному яру» несподівано трапляється опис риболовлі. Спухла від голоду дитина вирушає до водойми в надії впіймати собі харч. Цій дитині довелось уже не раз чути над головою свист кулі, випущеної прицільно в неї, вона засинає в мокрій землянці під хрумкотіння підземних комах, весь час хворіє і весь час тяжко працює, постійно чує постріли, крики катованих, бачить, як обм'якають тіла, як розколюються черепи, як женуть на заклання тисячі й тисячі людей повз її будинок, чує, як ці люди, прямуючи до урочища, діляться між собою здогадами, куди ж саме їх вивезуть, — «адже німці поважають євреїв, бо ми споріднені».

Отож хлопчикові вдається впіймати окуня. Але не вдається ні вбити його, ні дочекатися повільної смерти рибини. Опис мук риби настільки нестерпний, настільки нестравний, що відгукується читачеві на фізичному рівні. Таке враження, що цей текст, помережаний смугами різних шрифтів і курсивами — умовними позначеннями коректур і редакцій різних часів, — писала людина, яка колись втратила шкіру і так більше ніколи й не змогла її наростити, навіть бодай трохи загоїти її пекучу поверхню.

Вчений-археолог Феттіх Нандор описує той самий простір і час у спосіб, який навіть навіює відчуття затишку. Так, руїни на Хрещатику димлять, так, якомусь бідоласі розкроїли череп сокирою посеред вулиці, так, тут справді винищили євреїв («євреїв повбивали українські поліцаї, які ходять із пов'язкою на рукаві»), люди мерзнуть у власних помешканнях і не мають що їсти — але існує якась меланхолійна романтика в цій понурій атмосфері, спокій і відстороненість мандрівника, який із зацікавленням і співчуттям занурюється в жах чужих далеких життів, добре знаючи, що це тимчасово для нього, що саме цей жах його не стосується. «Сьогодні я розглядав руїни через свій чудовий французький бінокль».

А хлопчик розповідає: «Жінки побігли уздовж колони, не припиняючи верещати, ридати, кидатися на шиї своїм донькам, поліцаї їх відштовхували, баби падали на землю; позаду йшли німці і підсміювались». А вчений-археолог записує: «Цілком пристойний спектакль ішов у великому оперному театрі, в якому відсутнє будь-яке опалення. ... Музика і вистава загалом, враховуючи обставини, були дуже гарними». А хлопчик: «Один, наприклад, збожеволівши від запаху смаженого, почав їсти трупне м'ясо, вихоплюючи шматки з вогню. Спочатку німці цього не бачили, а коли застукали його, негайно розстріляли — і кинули у вогнище, вкрай обурені дикістю, до якої той дійшов». А вчений: «Я був вражений, коли вперше проходив залами музею: жодного сліду від недавніх руїн. Наче я перебував в одному з елітних музеїв в якійсь мирній країні. Чудовий паркет блищав, двері та стіни були чисті».

І кожен розповідає те, що бачив і знає. Кожен розповідає правду. І надія на те, що ці подорожні таки зустрічаються, існує — вони можуть зустрітись у слухачеві. У той момент, коли одного лютневого дня угорський вчений-археолог націлюється своїм незмінним фотоапаратом, шукаючи найвдаліший ракурс, щоб зафіксувати Андріївську церкву. А змарнілий хлопчик із пекучою шкірою дивиться просто в об'єктив, не відводячи погляду, — і в його очах відображаються Дніпро, і Труханів острів, і Лівий берег, і Дарниця, і дахи, і пустище, де раніше стояла Десятинна церква, і зграї птахів у небі, і рибина, яка мовчки вигинається на березі, охоплена відчаєм замурованого всередині болю.

Цей момент справді описаний в обох оповідачів. Феттіх описує місце, де він робить фотографію. Кузнєцов розповідає, як спостерігав за одягнутим у військову уніформу чоловіком, що фотографує Андріївську церкву, — турист, що бажає зберегти собі на пам'ять цікавинку зі своєї подорожі.

В описаному в обох текстах спільному часі та просторі, в тому ж контексті пролягає траєкторія Петрова. Вона, щоправда, як і тисячі, мільйони інших траєкторій, залишається за межами обох оповідей.

Феттіх Нандор міг бути знайомий із Петровим. Але що ми почерпнемо з цієї випадковості, про яку й так ніколи не зможемо довідатись?

Хоча схоже на те, що якраз у випадковостях, про які ніколи не дізнаєшся напевно, почерпнути можна найбільше.

Можна вибрати на площині дві довільні точки і їх поєднати. Пряма лінія дає відчуття полегшення: в центрі життя — наукова діяльність або любовне почуття. Ми самі вибираємо, які точки поєднувати і самі даємо прямій назву, відштовхуючись від того, що шукаємо.

Але що робити, коли площин — набагато більше, а більшість точок — змінні, миготливі й невидимі? Що коли паралельні прямі перетинаються, центрів життя одразу кілька (або жодного), а геометричні фігури втрачають свої осі? Як охопити розумом усі невідповідності, як пояснити собі невідоме?

Розрізнені й недопасовані деталі поєднуються зрідка, в надто короткі миті, що іноді настають між вдихом і видихом. Іноді — вві сні, коли перебуваєш за межами логічних конструкцій і вербальних формулювань. Неспокійно скидаючись, намагаєшся передати назовні, у яв, послання з розгадкою: але твій рот замуровано, з нього долинає хіба що мукання, а слова, які навіть часом вдається вилаштувати в подобу струнких речень, не схожі на лексеми жодної мовної сім'ї.

Хоча — хто його знає. Можливо, йдеться про котрусь із мов мертвих. В архівах лінгвіста Віктора Петрова збереглися матеріяли його роботи над відтворенням двох мертвих мов, якими розмовляли колись довгоголовці і круглоголовці — давньопрусської і скитської. Може, в тому то й річ, що невисловлене й безповоротно втрачене можна висловити хіба мертвою мовою.

Прокинувшись, деякий час іще відчуваєш, що відповідь була і є, що вона лежить там, усередині тебе, її можна ще пережити цибулиною довгастого мозку. Але назовні її не видобути, ніяк не видобути. Вона є, однак всі спроби торкнутися її марні.

Як торкнутися непроникного?

Може, його листи щось пояснять? Може, з них стане зрозуміліше?

Спеціяльна комісія лікарів-педіятрів якось офіційно визнала Костянтина Зерова вундеркіндом. Він читав і писав мало не від самого народження, ковтав дорослу літературу і розмовляв складнопідрядними реченнями. Зовні він був зменшеною копією батька: те саме кругле личко, розріз очей, форма губ. Ідентична міміка.

Ця мініятюрна вдосконалена копія його самого була розрадою Зерова в усьому. Неможливо почуватися самотнім і непотрібним, маючи перед собою таке відображення. У Котикові множилось і процвітало все те, у що вірив його батько: воля до навчання, зацікавленість, працьовитість, феноменальна пам'ять, гострий розум, швидка реакція, талант до аналізу, синтезу й експромтів.

1 вересня 1934 року професора Зерова звільнили від викладання в Київському університеті. 1 листопада йому заборонили займатися науковою роботою. 3 листопада від скарлатини помер десятирічний Костик.

На похоронах маленького Зерова, крім хлопчикового батька, було четверо людей — двоє колег і двоє професорових учнів. Софія цього дня, можливо, ще не знала, що її сина більше немає. У критичному для життя стані, вона лежала в реанімації.

Протягом усього поховання відчувалася ніяковість. Пік збентеження випав на тих кілька хвилин, коли Зеров раптом почав виголошувати промову над свіжим пагорбом, під яким лежав «рідний покійничок».

Зеров промовляв латиною. Цитував Верґілія, Овідія, Горація. *Tempora si fuerint nubile, solus eris.* Якщо спохмурніло небо, знай — ти відтепер самотній.

Він відчув нерозуміння решти присутніх. Напружена мовчанка і відведені погляди дали йому зрозуміти. Дорогою з цвинтаря він вирішив пояснити.

Він поховав не тільки свого єдиного сина, а й себе самого. Він знав, що цей виступ для закопаного в землю мертвого хлопчика — останній у його житті. Більше не буде напхом напханих аудиторій, куди втікали навіть студенти з інших курсів, щоб віддатись гіпнотичному трансу, солодкому наркотику лекцій професора Зерова. Більше не буде заворожених уважних поглядів, затамованого подиху, овацій і відчуття сп'яніння, змішаного з приємним виснаженням. Йому заборонили викладати, заборонили займатися практично будь-якою діяльністю. Цькування почалося з того, що він перекладав латинських класиків. Носіїв латини давно вже немає. Латинська мова мертва.

Ось, наприклад, одна з багатьох відмінностей між ними: Зеров був блискучим оратором, а Петров натомість скептично ставився до публічності. Він не міг її уникати, бо читання лекцій і виступи — невід'ємна частина наукової діяльності. Десь так він її сприймав — як додаток, необхідність, іноді — вимушеність. Привід для іронії, скепсису, важкого зітхання. Щось, що треба пережити.

Зеров натомість виступами насолоджувався. Якщо вони й не були його метою, то джерелом радості, натхнення, ідей, дзеркалом і двигуном уже напевно були.

У всіх спогадах про Зерова його талант до публічних виступів підкреслено й виділено. Ці фрагменти спогадів — особливо піднесені, екзальтовані. Найбільш насичені епітетами, суперлятивами. Очевидно, що такі ознаки свідчать про перебільшення. Але коли десятки свідків перебільшують той самий момент — це про щось свідчить.

Говорять про те, що він абсолютно нічим не вирізнявся зовні: середнього зросту, круглолиций, усміхнений, зі світлою чуприною, зачесаною назад, з блакитними очима. Про зіпсовані зуби ми вже знаємо. Зіпсовані зуби заважали дикції: Зеров шепелявив. Шепелявий оратор.

Але натомість — тембр голосу. О, це вже ближче до теми. Приємний для вух, милозвучний тенор (на противагу «скрипучому голосу» й «вередливому тону» Петрова). Вміння володіти інтонаціями. Ймовірно, майстерне застосування риторичних прийомів: він же явно простудіював теорію ораторського мистецтва у своїх античних улюбленців. Це могло бути хіба додатковим засобом, інструментом: його виступи були магічними, бо вони були спонтанними. Навіть незважаючи на те, що він до них щоразу готувався. Готувався до кожної теми, незалежно від того, скільки разів уже про неї говорив. Щоразу додавав і знаходив щось нове, щоразу траплялись нові відкриття, оголювався новий зріз, робився новий наголос, проявлявся новий акцент, несподівана паралель, ще глибший аналіз. І, скільки б разів не відчитував тему, як би ретельно не готувався, — говорячи, сам захоплювався нею, ніби вперше. Очі починали сяяти, жестикуляція ставала дедалі жвавішою. Він не входив у несамовитий раж, у транс, завжди залишаючись зі слухачами: вони переживали подію разом, разом проживали осяяння, разом поєднували безліч розрізнених точок на різних площинах: історичні обставини, походження, впливи, деталі життєпису, художні засоби, ідеї, форма і зміст, творчий підхід, вплив хвороби на творчість, любовні історії, внесок і збереження пам'яти.

Він цитував із голови цілими сторінками і різними мовами. Він вперше відкривав для студентів імена і твори українських авторів, про існування яких вони не здогадувались і близько. Він систематизував і вписував у цілісну картину. Раптом фрагментарні й випадкові течії, школи й угруповання, окремі письменники вилаштувались у струнку й логічну, хоча й невимовно складну, конфігурацію, відкривши нову перспективу — у процес становлення і тривання української літератури та його вписаність у загальноєвропейську тяглість.

У спогадах студентів повсякчас трапляється момент, пов'язаний із пережитим здивуванням, майже шоком: з того, що в очах багатьох справляло враження невиразних і розірваних, вторинних клаптів, анемічного наслідування російської або польської літератури з рідкісними спалахами справді сильних імен, Зеров вилущував тонкощі й цілість, які викликали щось дуже схоже на гордощі. Виявлялося, що, впевнені, ніби давно вже знають усе про українську літературу, вони насправді навіть не знали, що ця література існує.

Кожну лекцію він починав із легкої бесіди. Вів діалог зі студентами на принагідні теми: про погоду, архітектуру, концерти, свята, рівень води у Дніпрі, лосів у Голосіївському лісі. Ті, що знали його, не могли надивуватись із всеохопної ерудиції. Його пам'ять зберігала цілі ландшафти інформації, глибокі поклади знань, і виловлювала необхідне, комбінуючи між собою окремі фрагменти, щоб створити цілісну замальовку. Так, проминаючи давній храм у чужому місті, він починав розповідати історію його створення: називав імена фундаторів, описував плани архітекторів, перелічував матеріяли, використані на ті чи інші елементи будівлі, і випадки, пов'язані з нею в різні періоди. Ця інформація походила з різних джерел, і, щойно поглянувши на споруду, Зеров знаходив її у глибинах пам'яти, сполучав відомості й подавав слухачеві готову історію.

Він міг говорити про причини хвороб київських пірамідальних тополь, про звироднінння сеттерів-ґордонів, про бруківку на Фундуклеївській вулиці. Але найдужче його цікавила література: порівняння перекладів, конотації, відтінки, способи римування, віршові розміри, психологія творчости, історія і критика, впливи, причини і взаємозв'язки. Він не припиняв вчити мови, не припиняв складати плани й проєкти і не припиняв їх реалізовувати. Навіть перед розстрілом, у концтаборі на Соловках, Зеров продовжував перекладати — «Енеїду», «Гайавату», «Бориса Годунова». Збирався сідати за Ґете і Шекспіра, перед тим «привівши в систему» англійську з німецькою.

Лінгвістка з Харкова, яка вірила, що Зеров був багато років у неї закоханий, розповідала у листах до мовознавця Шевельова про осінній вечір, коли втрьох — вона, її чоловік і Зеров — гуляли харківським парком, читаючи напам'ять поезію. Чоловік був арбітром. Вони йшли серед кленів і каштанів, серед клумб з айстрами, навколо озерця, сиділи серед заростів на зваленому стовбурі дерева, а навколо них намотувала кола собака (доберман-пінчер на ім'я Ласка), і змагалися, хто знає більше російських віршів. Коли і Зеров, і Людмила розповіли по 40 поезій, арбітр запропонував оголосити нічию. Трійця повечеряла на терасі ресторану «Динамо» (популярна назва для ресторанів у ті часи), нагодувавши собаку залишками їжі. — Цікаво, хто ж із вас насправді знає більше віршів напам'ять, — промовив чоловік Людмили. — Звичайно, я, — сказав Зеров. Він не хвалився, він просто констатував ситуацію: він знав набагато більше української поезії, а ще — грецьку й латинську, французьку та німецьку. Він справді знав набагато більше. Знав різні варіянти й редакції. Знав різні переклади.

Ось моя дружина, наприклад, зовсім байдужа до поезії, — сказав Зеров. А до вашої? — запитала Людмила.

До моєї вона скептична. Зрідка, буває, похвалить. Хоча хвалити немає за що.

У своєму листі ця жінка додає ще цілий набір елементів, необхідних для солодко-гіркого присмаку невтоленої любови. І невідомо, ніколи не буде відомо, що вона вигадує, а що — було насправді. Чи були ці клени, каштани, озерце, повалене дерево, чи доберман-пінчер Ласка їла з апетитом недоїдки на терасі ресторану «Динамо»? Чи западали сутінки? Чи чоловікові Людмили треба було йти на вечірні лекції до університету? Чи несла вона в руках скромний букетик із пізніх роменів і двох дзвіночків, знайдених у лісі, поки чоловіки пішли до кіоску по пиво? Чи відпровадив Зеров Людмилу до дверей її помешкання, чи обцілував руки, чи попросив на згадку квітку? Чи справді сказав він, що це один із найщасливіших днів у його житті, а таких днів у його житті так мало, занадто мало?

Вона ж розповідає про публічну лекцію Зерова в Харкові, яка відбулася напередодні: про натовпи людей, які напхалися до головної зали Будинку вчених, заповнили всі додаткові приміщення, сходи, стояли у відчинених дверях, ставали навшпиньки, тяглися над головами одні в одних, прагнучи почути промовця. Вона сама вперше усвідомила тоді винятковість Зерова, зачудована його виступом. Овації довго не змовкали.

Оплески супроводжували Зерова, де б і про що він не говорив. Вони лунали під час приятельських вечірок, поетичних читань, під час наукових доповідей. Ними закінчувалися його лекції, прочитані для пожежників або міліціонерів, медсестер чи бібліотекарів, вони звучали несподівано після вдалого жарту чи особливо влучної цитати, продекламованої поезії або віртуозного аналізу того чи іншого літературного твору, після проникливо переказаного драматичного життя когось із письменників-романтиків чи оповіді про мандри і баляндраси барокових дяків.

На XII з'їзді РКП(б) Сталін наголосив на необхідності рішучого придушення не тільки великоросійського шовінізму, але й виявів шовінізму іншонаціонального. Київський обком КП(б)У негайно відреагував на це у свій спосіб: мовляв, оскільки товариш Сталін наголосив на боротьбі з великоросійським шовінізмом, наше основне патріотичне завдання — викорінення українського націоналізму.

У грудні 1933 року в Київському університеті відбулися загальноуніверситетські партійні збори, на яких Зерова звинуватили в буржуазному націоналізмі і засудили за шкідницьку діяльність. Наперед усім було відомо, що врешті Зеров отримає слово, і під час власного виступу мусить розкаятись, назвати й визнати всі свої злочини та помилки. Це був один із основних інструментів влади: жертва повинна була натхненно самопринижуватися. Це вважалось особливо ефективним засобом перевиховання і повинно було слугувати прикладом для інших. У намаганнях порятувати власне життя багато хто з головою віддавався наклепам на себе самих, вигадуючи собі гріхи й потаємні зловісні наміри, сковані проти радянської влади.

Зеров говорив, аудиторія зачаровано слухала. Промова була чітка, логічна, з бездоганною аргументацією, яка виявляла абсурдність будь-яких закидів, як, зрештою, і всього, що відбувалося навколо. Промова була сумна, мудра і пронизана іронією. «Професоре Зеров! Ви говорите вже 25 хвилин...» — опам'ятався раптом голова зборів. Зал загримів оплесками, які довго не вщухали.

Зеров був щасливий. Увага і підтримка його надихнули. Хоча він добре знав, що цього виступу йому не пробачать. Викликати загальне бурхливе схвалення на власному суді, де ти мав бути принижений і розчавлений натовпом, — недозволений вчинок.

Газета «Пролетарська правда» тут же опублікувала статтю із заголовком «Під гучні оплески присутніх»: «На трибуні досить відомий М. Зеров, неокласик і зміновіховець. Із медових вуст присяжного златоуста пливуть слова, одні солодші від других. Авдиторія притихла, вона вслухається в кожне слово.

Прислухаємося і ми. Про що співає вельмиповажний професор?

"В минулому я робив формалістичні помилки".

Маєте політичну самокваліфікацію проф. М. Зерова!

"Рішення листопадового пленуму дають мені можливість глибше проаналізувати мої помилки в літературній роботі".

Це про політичне значення пленуму...

"А взагалі (і це центральне місце виступу М. Зерова) я вважаю, що процес інтернаціоналізації вже зайшов так глибоко, що ми можемо впевнено сказати нашим ворогам словами Данте: 'Облиш назавжди будь-яку надію'".

Навіть сивоголового Данте притягнув професор, щоб під прикриттям красної фрази приховати цілковите "нерозуміння" (чи небажання зрозуміти?) ухвал історичного пленуму партії, який особливу увагу звертає на потребу поглибити інтернаціональну виховну роботу.

Професорове цитування укривають оплесками.

Плескали в долоні тому, хто довгі роки був ідеологічним натхненником, теоретиком української формою, буржуазної змістом культури!»

Що б не коїлось, до яких вчинків не змушувала б влада своїх громадян, будь-яка дія — насильство над іншим чи над самим собою, обман чи самообман, обмова чи самообмова — повинна була демонструвати активізм і добровільне начало. З ними теж варто було не перестаратися, тому що будь-який фанатизм негайно викликав підозру, і часто-густо покараними виявлялися найбільш ревні прихильники заповітів Лєніна. Але пасивність і уникання однозначно прирівнювались до шкідництва і підривної діяльности. Жодної нейтральности не існувало. Просто пересидіти, не висовуючись, було неможливо: вже тільки за твоє мовчання тебе могли засудити — і засуджували. Так само як засуджували й розстрілювали за понурість, меланхолію, смуток, сумнів, філософське світосприйняття, любов до античної літератури, за освіченість або навчання в дореволюційній гімназії. Ознаки ворогів режиму знаходили в найневинніших людських якостях. Авжеж, будь-яка людська якість, будь-яка характерна людська риса вже була достатньою підставою для розстрілу.

У намаганні зберегти життя орієнтуватися варто було на невиразність. Але не на пасивну невиразність, а на невиразність бадьору, інфантильно-оптимістичну, невигадливо-дзвінку. Людям, які ще не встигли як слід оговтатися від Першої світової війни, майже відразу опинившись у вирі революції та більшовицько-української війни 1917-21 років, які зазнали голоду у містах у 1920-х роках і масового голодного вимирання в українських селах у 1932–33, за радянських умов було заборонено говорити й осмислювати пережитий досвід. Оплакувати загиблих, називати власні горе, страх, відчай, зневіру було небезпечно; всі ці неперетравлені емоції варто було якнайглибше ховати навіть від себе самих, не допускаючи на них навіть натяку.

Замість них віталися демонстративна усмішка, сяючий погляд, лунке скандування, грайлива кровожерливість, жага радісного винищення, підкорення, завоювання, сталь і ніжність, гуркіт тракторного заводу, обернуті проти течій ріки, привселюдне каяття, готовність донести на ближнього, пристрасть вистежувати й видавати ворогів комуністичного ладу.

1955 року «Українська літературна газета» в Мюнхені опублікувала розлогу працю Петрова під назвою «Українська інтелігенція — жертва більшовицького терору». Рукопис до редакції передав білоруський емігрант-мовознавець Антон Адамович, який із Петровим не був знайомий і ніколи не зустрічався. Звідки взявся в нього рукопис, також невідомо.

Минуло шість років від загадкового зникнення Петрова з Німеччини. Зовсім нещодавно українським емігрантам стало відомо, що він живе у Москві: його прізвище як одного з тогочасних радянських науковців виявилося зазначеним серед інших у щойно виданому довіднику з радянської археології. Попри це, звістці не всі й не одразу повірили: її сприйняли за ще одну провокацію і наклеп, за чергову психологічну гру. Петрова на еміграції давно вважали мертвим.

Публікація тексту, серед іншого, була спробою підтвердити підступні наміри радянських спецслужб. Здавалося неможливим навіть помислити, що автор викривального тексту про злочини радянської влади може спокійно жити і працювати за фахом в столиці Радянського Союзу. Того, хто так ретельно, чітко й переконливо змалював злочини режиму, послуговуючись конкретними прикладами, переходячи від загальних планів, методів і стратегій, від завдань, які переслідує комуністична система — до окремих деталей, особистих історій жертв, трагічних подробиць, до називання десятків і десятків знищених доль, режим не міг би пробачити. Той, хто з такою достовірністю описував деталі й обставини справ і переслідувань, хто змальовував, з одного боку, психологічне саморуйнування і крах жертв, а з іншого — безвідмовні методи емоційного й фізичного тиску на них, хто подавав інтимні подробиці і оголював моменти жаху й безвиході — не міг сам служити радянській владі.

Портрети ще недавно живих людей поставали перед читачем, ніби підглянуті крізь замкову шпарину. Це були люди науки, культури, мистецтва, складні й беззахисні навіть більшою мірою, ніж людина буває зазвичай. Те, що з ними робили, викликало жах і скорботу. Кількома штрихами Петров описував історію й особливості кожного, а тоді — спосіб психологічного знищення, винайдений спеціально для кожного з них з метою зламати якнайефективніше, з найвигадливішим садизмом, спосіб, який водночас був для всіх цих виняткових людей зведеним до одного знаменника, уніфікованим.

Петров розповідав про поета Євгена Плужника, відстороненого інтроверта, який втікав від радянської дійсності у філософію, у сюжети класичної літератури, і цитував його екзальтованого листа до дружини, написаного після винесення вироку — 10 років ув'язнення до концтабору на Соловках замість розстрілу. Плужник називав день винесення цього вироку «найщасливішим днем свого життя». Він помер на Соловках через пів року.

Розповідав про поета Дмитра Фальківського, знищеного через його меланхолію, про цькування (і врешті — розстріл) новеліста Григорія Косинки — за те, що той у своїх творах не міг припинити критику радянської влади та винищення українського села. Про доведення до самогубства емоційно нестійкого, хворобливо пристрасного Хвильового, чия добровільна загибель планувалась ним як жест самопожертви і порятунку інших, а натомість стала цілковито марною, тільки дуже підкресливши приреченість інших. Про страту футуриста Михайля Семенка, який жагуче демонстрував свою відданість кожному слову Сталіна і якого під час слідства звинуватили в участі в Українській фашистській націоналістичній терористичній організації, якої насправді не існувало. Про глухонімого поета Олексу Влизька: «Він жив в абсолютній тиші, і навіть в останній момент він не почув пострілу, яким йому був розтрощений череп».

Однаково закінчувались життя письменників із Галичини, які переїздили до Радянської України, і письменників-партійців, які ще зовсім недавно перед власним засланням чи розстрілом брали участь у переслідуванні тих зі своїх колег, які не дуже вписувались у соцреалістичну літературу. Знищували дрібних і неталановитих, знищували тих, які щойно перебували в найвищих і найбільш виграшних офіційних становищах. Знищували їхніх дітей, їхні сім'ї. Знищували всі покоління одразу.

Серед десятків імен, серед згадок про сотні й тисячі вбитих, Петров пише і про репресії проти своїх близьких друзів: Миколу Зерова, Павла Филиповича, Михайла Драй-Хмару. Він майже не згадує про Максима Рильського, хоча з ним перебував чи не в найближчих стосунках. Але це тому, що Рильського, якого арештували одним із найперших — на початку 1930-х років, під час процесу СВУ, — через пів року відпустили. Раніше він носив пишні вуса, хоч мода на схожу рослинність на обличчі давно вже минула. Під час допитів, знущаючись, наглядачі висмикували вуса цілими пасмами. Після цього вони назавжди припинили рости. А Рильський почав писати іншу поезію.

Працюючи над текстом (де він почав роботу — ще в Харкові чи вже перебравшись до Німеччини?), Петров уже мусив знати про загибель тих, із ким протягом багатьох років був близький і в смаках, і в заняттях, і в баченні світу. З деким він святкував навіть іменини чиєїсь дружини. Дружину декого він любив. Перед деким у нього не могло не бути почуття провини.

Знаючи, що Зеров мертвий, Петров писав текст, у якому відтворював стани внутрішнього розпаду, що передували загибелі. Стани, крізь які проходив його друг. Щоб їх описати, він мусив знову і знову уявляти їх, проживати подумки. Цілком можливо, він занурював себе в них не тільки заради тексту. Цілком можливо, що такою була його спокута, його співпереживання, вияв його почуття провини. Таким чином він намагався бути поруч — навіть тоді, коли самого Зерова вже не було на світі.

«Треба уявити тільки душевний стан людини, яка опинилася перед фактами подібного обвинувачення. Більше того: яка повинна була, кінець-кінцем, визнати це.

Щоб визнати це, треба було зламати себе. Треба було перебороти в собі самого себе. Дійти до такого моменту в самопростованні, в запереченні власної самосвідомости, щоб, одкинувши в собі своє покликання поета, свою порядність, свою людську гідність, сказати: — Ні! Я — ніщо! Я — дворушник! Я — вбивця! Я не тільки сам убивця, але я ще й очолював організацію убивць!

Жорстокість цього катування, скерованого на інтелект, далеко більша, ніж китайські тортури дзвоном або коли перепилювали людину дерев'яною пилою. Чемність може стати джерелом жаху. Що чемніш, то жахливіш. Головне — діяти послідовно. Аналіз психіки стає джерелом її нищення. Здіймаючи шар за шаром наверствування захисних заслон, оголюючи психіку, беручи на облік кожен нездійснений вислів, одсунений у підсвідоме, розкривали в людині сховані комплекси фашизму, контр-революції, терору, диверсії, участи в організації, спроби утечі через кордон, нелегальних зв'язків із закордоном... Чисто клінічний метод, використовуваний невропатологами до лікування психічних порушень, застосовано для патологічного розкладу нормальної психіки.

Нерви не витримували. Зеров увесь час плакав. Він розмовляв і посміхався, а в цей час з очей лились сльози».

Радянські спецслужби начебто дали агенту Іванову, себто Петрову, повну свободу дій. Він міг чинити як завгодно, писати і говорити що завгодно — тільки щоб викликати повну довіру в еміґрантських колах, переконати їх і змусити ділитися з ним інформацією. Довіритися йому настільки, щоб улягти його впливам.

Цей дозвіл начебто поширювався навіть на створення текстів на кшталт праці «Українська інтеліґенція — жертва більшовицького терору». Цим дозволом пояснювався той нечуваний прецедент, коли автор опублікованого на Заході тексту про злочинні дії радянської влади продовжував жити і працювати в Радянському Союзі.

Але чи означає цей дозвіл, так само як і завдання писати подібного типу тексти, що вони за замовчуванням були тільки маскою, прикриттям, удаванням автора? Що він писав не те, що знав і думав насправді?

Чи могли позиція таємного радянського аґента, завдання і дозвіл, отримані ним від влади, давати можливість висловлення з неприпустимою за інших обставин чесністю? Чи могла маска дозволяти Петрову озвучувати думки й факти, за озвучення яких інакше його б негайно розстріляли?

Серед величезної кількості постатей, яких Петров згадує у своїй праці «Українська інтеліґенція — жертва більшовицького терору», є один абзац про Агатангела Кримського. Петров називає його «видатним ученим європейського масштабу». Він перераховує напрями діяльності свого старшого колеги-науковця (обоє, крім усього іншого, займалися етнографією та фольклором), і коротко описує утиски, яких довелося зазнати Кримському від радянської влади: звільнення з посад, заборона наукової діяльності і викладання, арешт і заслання старого, майже повністю сліпого, тяжкохворого й безпорадного академіка до Казахстану, де той і помер.

Петров згадує про Кримського стримано, не подає жодних деталей, які могли би по-справжньому зачепити читача за живе. Зазвичай він уміє кількома словами оживляти персонажів (навіть таких, що схожі радше на м'якотілу функцію, ніж на живу людину, як-от Василь Хрисанфович Комаха з «Доктора Серафікуса»), створювати доступ у сприйнятті до пережитого кимось, перетворювати словесні конструкції на життєвий досвід читача. Але пишучи у своїй розвідці про Кримського, Петров не використовує це вміння.

Агатангел Кримський належав до попередньої епохи — він народився на початку 1870-х років. Це була розтерзана суперечностями натура: надзвичайно складна, емоційна, схильна до самокатувань і нав'язливих станів. Численні неврози й комплекси, маніякальні стани насичували дивовижну пам'ять і здатність накопичувати інформацію. Або радше навпаки: цілковите невміння забути бодай щось спричиняло різкі перепади емоцій і зацикленість на ідеях і станах, призводило до бурхливих істерик.

Кримський сам не був певен, скількома мовами володіє. У різні періоди свого життя він називав числа у межах від 60 до 100 — західноєвропейські і східні, мертві та сучасні. Він був сходознавцем, істориком, письменником, перекладачем, займався вивченням театру, релігії, літератури. Наслідком його небувалої працездатності стали сотні наукових праць, тисячі й тисячі списаних сторінок на теми семітології, ісламу, історії та культури арабських країн, Ірану, Туреччини, дослідження історії української мови і літератури, фольклору й етнографії. Він сам писав прозу й поезію і перекладав твори Антари, Омара Хаяма, Гафіза, Сааді, Фірдоусі, Міхрі-хатун.

За походженням він був кримським татарином, а однією з численних теорій, які обстоював, було його переконання щодо розумової обмеженості й інтелектуальної нездатності представників тюркських народів. Водночас Кримський — не маючи в собі й краплини української крові — вирізнявся аж фізіологічно пристрасним українським патріотизмом. Це була жага, схожа на невтолену еротичну спрагу, болісну й хворобливу. Він сам усвідомлював надщербленість власних почувань і тяжінь і не припиняв страждати з цього приводу. Кримський писав про свою любов у художніх творах, обґрунтовував і обстоював її в публіцистичних текстах.

Він мав складні й відчужені стосунки з батьком, відчував сором і огиду щодо власної матері, яку вважав простакуватою, брудною й неосвіченою, з братом радикально розходився у світогляді і прозивав його «чорносотенцем», а його сестра тяжіла до релігійного фанатизму, регулярно впадаючи в трансові стани «танцю святого Вітта».

Репресуючи власну гомосексуальність, він забороняв собі почуття і стосунки з чоловіками, які його приваблювали. Він тужив за ними, западав у чорну пустельну муку, тяжко карав себе розумово й емоційно через потяг, який сам вважав хворим і забороненим. Кримський перекладав еротичну поезію Румі, Гафіза й Сааді, писав то жагучу, навісну еротичну лірику, яка несподівано виявлялася щирим захопленням розумовою величчю когось із колег або знайомих, то описував жахні тортури й покарання як для себе самого, так і для інших людей (особливо — жінок), які не втримались від спокуси занурення в еротичну насолоду, то розписував у власній прозі аргументи супроти одностатевої любови, відречення й аскезу героя, його самозаперечення.

Водночас звідкілясь узялася нав'язлива плітка про те, що Агатангел Кримський протягом всього життя був безумно й болісно закоханий у Лесю Українку.

Протягом багатьох років напівсліпому, безпорадному в побуті, немічному академікові Кримському був самозречено відданий його молодший на тридцять років учень і колега, помічник, секретар, читець і писар Микола Левченко. Кримський його навіть усиновив.

Під час процесу над націоналістично-терористичною організацією «Спілка визволення України» Микола Левченко заперечував будь-яку причетність Кримського до всього, що йому прагнули інкримінувати. Допит за допитом він стійко тримався своєї лінії: Кримський, — казав Левченко — найвірніший син радянського народу. Врешті молодому чоловікові показали власноруч написане зізнання Кримського про активну участь в СВУ. Секретар академіка обімлів: письмо, яке він знав не гірше від власного, таки належало його прибраному батькові.

Він зумів опанувати себе надзвичайним зусиллям волі й почав вивчати рукопис слово за словом, літера за літерою. Любов до людини — це уважність до особливостей її мови.

Врешті Левченко збагнув, що зізнання підроблене: з огляду на свої химерні лінгвістичні переконання Кримський ніколи не вживав слова «майже». Не вживав він і ґерундиву.

Левченка заслали на карельське Енґозеро, потім — на Чупу-пристань, тоді — до Сеґежа. Він тяжко працював, сподіваючись заслужити звільнення. Кожного літа Кримський, незважаючи на слабке здоров'я, долав велетенські відстані заради побачень зі своїм колишнім секретарем. Тим часом старий академік одружився з вагітною дружиною Левченка, щоб усиновити їхню дитину і дати їй власне прізвище.

Восени 1934 року Микола Левченко повернувся з ув'язнення. Його звільнили через психічну хворобу і повну нездатність працювати. Але ще того ж року він покінчив життя самогубством.

Агатангел Кримський помер 25 січня 1942 року у лазареті Кустанайської загальної тюрми №7 у віці 71 року.

Він був парадоксальним і суперечливим, немов готовий персонаж для творчости Віктора Домонтовича, продуманий автором у найменших деталях, навіть більше: явно гіперболізований. Домонтовича цікавила тема людської ірраціональности в усіх її виявах. Він знаходив її в характерах і вчинках історичних постатей, моделював в образах своїх персонажів, аналізував її вияви в масштабах масових рухів, революцій, політичних систем, вбачав її впливи на ту чи іншу історичну епоху і найдужче буяння знаходив на зламах епох. Ірраціональність Агатангела Кримського, що поставала з чуднацького сплетіння його рідкісних розумових здібностей, діяпазону життєвих зацікавлень і палання пристрастей, мала б усі шанси стати заманливим матеріялом для Домонтовича. Тим більше, що вони були знайомі особисто, що перетиналися у коридорах і кабінетах Академії, в її інститутах і комісіях, музеях і лабораторіях, в Ботанічному й Акліматизаційному садах, в Астрономічній обсерваторії і на Біологічній станції, у бібліотеці, друкарні, архіві. Кримський був близьким другом двох наукових керівників Петрова-Домонтовича — Володимира Перетца й Андрія Лободи. Петров не міг би не захоплюватись цим світилом, не міг його не поважати — і водночас не міг не милуватись його ірраціональністю.

Одначе присвячений Кримському текст, над яким Петров працював 1928 року, зовсім інший, ніж можна було би сподіватись. Це чернетка рецензії на збірник давніх, ще дореволюційних статей академіка, які побачили світ того ж року. І ця чернетка виявляється раптом чимось кардинально іншим, ніж усе, що писав і в чому кохався до того моменту Петров. Кудись поділися його модернізм, його іронія і навіть парадоксальність. Думки чомусь відмовилися вилаштовуватись у стрункі й логічні послідовності, перестали приходити на допомогу епітети і метод тези-антитези-синтези не видавався в цьому випадку переконливим.

Після цитати з Лєніна йде цитата зі Сталіна, штамп налазить на штамп, притягнутий за вуха аргумент перекриває аргумент, який не налазить на голову. Сміховинність закидів справляє враження, що цей текст писала людина недалека, жорстока, озлоблена, позбавлена навіть натяку на почуття гумору.

Що сталося з людиною? Що людині довелося зробити з собою, зі своїм блискучим розумом, зі своїми смаками й переконаннями, зі своїми уявленнями про себе саму, про своє життя, про широту обріїв, Анрі де Реньє, Тому Кемпійського, Сковороду? Як змінилось ставлення людини до пригод загубленої голови мертвого Декарта? До карнавальних чудасій, напудрених перук і рогатих королів Карло Ґоцці? Довелося, вочевидь, уголос і подумки перебрати силу-силенну виправдань і раціональних причин, довелося покарати себе самого, довелося визнати перед собою власну обмеженість і слабкість. Довелося покоритись, довідатись і зізнатись собі у власних здатностях. Довелося пережити до себе огиду й зневагу, не спати ночами, мучитись від безсоння. Можливо, довелося звернутись до алкоголю. Переконатись, що сил занадто мало, що людина — крихка. Що вона боїться.

Чи, може, й не так. Може, все обійшлося без надмірних терзань: кожна психіка по-своєму обходиться з неприємними пастками, з безвихідними кутками. Автор тексту міг поринути з головою в наукову діяльність, аби уникнути докорів сумління. Танцювати кумедний танок між трьома письмовими столами у помешканні на Малопідвальній, думаючи про сусіда. Міг захиститися більшою дозою скепсису й жовчності. У пригоді йому міг стати багаж знань про історію людства, ознайомлення з біографією людських ницостей і підступів за всі часи від початку створення світу. Він міг, зрештою, укріпити себе в критичному ставленні до наукового методу Кримського, що нагадував радше списки-накопичення й переліки, нагромадження фактів замість аналізу й творення власних теорій.

Петров описує Кримського як цілковито безпорадного, провального вченого, загрузлого в старому буржуазному світі, як народника, плазуна й опортуніста. Він нанизує нищівні означення, аргументуючи їх недоладними фактами. Він плутається в цілях, собі поставлених. Здається, він раз по раз забуває, заради чого взагалі взявся писати цю статтю. Жорсткість вироків анітрохи не збігається з суттю звинувачень, звинувачення самі по собі видаються повною безглуздістю. Чернетка рясніє закресленнями й виправленнями. Петров починає писати знову й знову, викидає цілі абзаци, щоб розпочати з нуля, щоб роздмухати ще більше обурення, вдати ще більше люті. Але текст опадає і провисає, безпорадний і сумний, непереконливий. Риторика такого роду текстів ніколи не бувала переконливою сама собою: переконливою її робили тиск і обмеження, наклепи й доноси, арешти та розстріли.

Що могло стояти за процесом писання цієї статті? Що крилося за всіма численними підготовчими матеріалами, ретельно зібраними Петровим для роботи над текстом? Наскільки відрізнялось обмірковування кожної думки, кожної тези у цій чернетці від звичного відчуття захоплення й зосередженості, азарту й розумової напруги, яка приносила глибоку, ні з чим не зрівнянну сатисфакцію? Сатисфакцію, яка часто-густо перевершувала будь-яке фізичне задоволення: насолоду від їжі, вина, тілесної близькості з жінкою, спілкування з цікавими співрозмовниками.

Сумніви й нудота, злість на себе й відчуття знесилення, роздратування, тривожність і неспокій, зворотнім боком якого було отупіння, раптова втрата звичного навику думання — приблизний набір відчуттів, що гіпотетично можуть стояти за виконанням замовлення, від якого не можна відмовитись.

Статтю Петров не опублікував. Можна лише уявляти, як соромився збурювач посполитого люду, естет і експериментатор, любитель інтелектуальних ігор В. Домонтович такої публікації. Йому вдалося цього уникнути. Він виступив із доповіддю про Кримського на засіданні Академії.

Арешт надходив за арештом. І Петрова, і Кримського з якихось причин не зачепило процесом СВУ. Але Кримського — хоч не висилали до таборів — переслідували, вибивали ґрунт з-під і без того нестійких ніг. Цькування почалося по-справжньому після доповіді Петрова. Навряд чи доповідь слугувала причиною або підставою. Навряд чи вона слугувала активним чинником. Це був тільки один із елементів декорацій, один із позбавлених смаку зразків сухозліток, яких потребувала влада для того, щоб у їхньому обрамленні знищувати незручних їй людей. Чомусь вона не могла робити це просто так. Навіщось їй потрібен був спектакль, оформлення законності, справедливого обурення, перемоги добра над злом.

Зустрічаючись згодом, Петров із Кримським цілком могли підтримувати діалог. Могли подавати один одному руку. Дивитися в очі. Можна припустити, що академік не тримав зла на молодого науковця, чия кар'єра продовжувала розвиватись у цілком непоганих темпах. Можна уявити, що академік навіть не надто зневажав молодого науковця за здійснене. І не тому, що Кримський був ірраціональним. Ірраціональним був весь світ навколо.

Начебто Петров був особою, якій німці довіряли настільки, що звернулись до нього — як до колаборанта, антрополога й етнографа — за консультацією з приводу караїмів. Йшлося про кваліфікування народу, що вважався одним із автохтонних народів Криму і розселений був по деяких великих містах України та Литви: були вони семітами чи тюрками. Від цього залежало, знищувати їх — чи дозволити жити.

Релігія караїмів поєднує в собі ознаки юдаїзму, ісламу й християнства. Їхня основна священна книга — Старий Заповіт. Талмуду караїми не визнають. Їхня мова — одна з мов кипчацько-огузької підгрупи тюркських мов.

Караїмів довший час ототожнювали з євреями, але ще в XIX столітті самі ж караїмські мислителі доводили, що в I столітті нашої ери їхній народ не заселяв Єрусалим, а отже — не був причетний до розпинання Ісуса Христа.

З моменту, коли в Третьому Райху почала діяти нацистська расова політика, німці заходилися вирішувати проблему караїмів. 1934 року голови караїмського кагалу в Берліні звернулися до представників влади, запевняючи їх, що їхній народ не належить до семітів, а в Російській Імперії караїми мають статус росіян. Відповідь вони отримали щойно 1939 року: Міністерство внутрішніх справ Третього Райху підтримало це запевнення, хоч і з певними застереженнями: мовляв, щоб остаточно з'ясувати це питання, слід докладно вивчати походження і кров кожного представника цього народу.

З початком наступу німецьких військ на Радянський Союз проблема караїмів проявилася знову. З ними німці стикались уже на Галичині, а коли нарешті дійшли до Криму, з'ясувалося, що тут спільноти караїмів найчисленніші. Кілька визначних єврейських науковців, незалежно один від одного, підтвердили, що в расовому стосунку караїми євреями не є. (Всі ці науковці загинули ще до закінчення війни.) Поки відбувалися консультації, круглі столи, вивчення документів, багатьох караїмів встигли знищити — зокрема, в Бабиному Яру.

Коли до Головного управління імперської безпеки надійшов запит щодо караїмів від командира айнзацгрупи «Д» поліції безпеки СД, яка займалася підготовкою до знищення кримських євреїв, з РСХА повідомили, що знищувати їх не треба.

24 листопада 1944 року оберґруппенфюрер СС Ґоттлоб Берґер написав: «Ми не можемо вітати їхню авramічну релігію. Однак на підставах раси, мови й релігійної догми... Дискримінація проти караїмів неприпустима, зважаючи на їхніх расових родичів (тут малися на увазі кримські татари). Попри це, щоб не порушувати спільної антиєврейської орієнтації націй, очоленої Німеччиною, рекомендовано надати цій маленькій групі можливість відокремленого існування (наприклад, у складі закритого будівельного або трудового батальйону)».

Петров належав до місцевих фахівців, до думки яких окупаційна влада з якихось причин прислухалася. Він ствердив, що караїми мали власну аристократію, на відміну від євреїв, — і це, на його погляд, давало вичерпну відповідь.

Не варто сумніватися, чи — за своїм ретельним звичаєм ґрунтовного науковця — Петров звертався до праць Агатангела Кримського, присвячених караїмській тематиці.

Можна розповідати про нього, приміром, так.

Віктор Петров народився 10 жовтня 1894 року в Катеринославі у родині Платона Петрова, священника Катеринославської тюремної церкви Всіх Скорботних Радости. Коли хлопцеві було три роки, його мати померла від сухот. Одразу після неї померла і молодша Вікторова сестра. Батько тим часом вступив на навчання до Київської духовної академії, залишивши сина на певний час у селі в своєї сестри Фросі. Він розглядав можливість чернецтва, але це означало б повну відмову займатися синовим вихованням.

1902 року разом із хлопцем священник переїздить до Одеси. Там він не затримується: його скеровують до інших місць служби, висвячують у дедалі вищі сани, аж доки 1920 року Платон Петров, хіротонісаний у єпископа

Уманського, стає вікарієм Київської єпархії. Помирає він через рік або два після цього. Причина смерти — невідома, обставини — нез'ясовані. Дехто говорить про вбивство. З'являються чутки про те, що рештки вікарія — нетлінні, що вони, ці рештки, поводять себе в незвичайний спосіб, відмінний від того, в який належить поводитися тліні та праху. Могилу Платона Петрова з невідомих причин переносять до Михайлівської церкви в Умані. Ще довший час після цього віряни не припиняють говорити про померлого, його тіло і гріб.

Навчаючись на слов'яно-російському відділенні історико-філологічного факультету Імператорського університету ім. святого Володимира, Віктор Петров займається фольклором, російською літературою і українським письменством XVI-XVII століть, вивчає античну філософію та європейську літературу. Крім російської і набутої української, Петрову доступні давньогрецька мова й латина, німецька і французька мови. «Рожевенький», він ходить «під ручку» з «академіками», як згадує інший український письменник, Тодось Осьмачка.

(Згодом, до речі, вже практично в іншому житті, наприкінці 1940-х років у Німеччині, Віктор Петров відвідає Тодося Осьмачку в лікарні і подарує йому свій виданий із запізненням на роки роман «Доктор Серафікус». Щойно Петров покине палату, як Осьмачка простягне книжку першій-ліпшій медсестрі, яка наблизиться до його ліжка, заклопотано приглядаючись до аналізів пацієнта. Медсестра, що характерно — німкеня: вона не має уявлення про українську мову. Осьмачка зробить це не тому, що зневажає Петрова, просто він «терпіти не міг книжок інших авторів».)

Після подій 1917–1920 років, коли у Києві десятки разів змінювалась влада, українці так і не спромоглися домовитися й організуватися, вибрати напрям руху і розвитку, не змогли себе захистити. 1920-го, після остаточного приходу більшовиків, закрито університет. На рік раніше Петров стає членом Етнографічної комісії ВУАН, а згодом — її очільником. Окрім власних досліджень фольклору й етнографії, Петров залучає до збору матеріялу близько десяти тисяч осіб з усієї України. На певний час він опиняється в центрі масштабної павутини, мережі кореспондентів: школярі, вчителі, бібліотекарі, аматори краєзнавства надсилають зі своїх районних центрів і сіл конверти з записами почутих від бабусь пісень і витягнутих хитрощами, лестощами, а іноді — мало не силоміць, історій. Згодом Петров організовує вивчення зниклих професійних об'єднань на Україні — чумацтва й лоцманства.

Лоцмани на Дніпрі проводили човни через пороги — кам'яні скелі, що виступали з течії ріки. Лоцмани зникли разом із порогами, коли 1932 року збудували ДніпроГЕС. Чумаки зі своїми волами й возами — сольові монополісти, скупники риби та хліба — зникли набагато раніше, щойно з'явилася залізниця. Але ще на 1880 рік існувало двісті тисяч живих чумаків.

Петров досліджує вогнезрубну систему хліборобства, мисливські ігрища, культи, народні забобони й вірування, уявлення про вихор і чорну хворобу, про мітологему «сонця», яка для нього особисто набиратиме з віком дедалі більшої ваги: у своїх листах із Москви до Софії Петров часто розповідатиме про сонячне проміння, яке віддзеркалюється у його лисій голові, описуватиме сонячні дні, розніжене тепло, години, проведені в парку на лавці з думками про жінку, писатиме про засмагання за письмовим столом під час упорядкування матеріалів останньої експедиції. Науковець, який дбайливо збирав і аналізував наївні уявлення невинних давніх людей, сприймаючи їх як матеріяли для своїх узагальнень і теорій, непомітно для себе з плином років наскрізь пройнявся примітивними віруваннями. Його тіло відгукувалося на сонце. Тілові було відомо, що сонце — праведне і святе, що воно — куля, діжа, вогонь, що воно — колесо, що його бояться чорти і що людина й сама може ставати чистою, як сонце, обертатися в сонце, засвоювати сонячні прикмети.

Його ґрунтовне дослідження «Підсічне землеробство», що було повністю готове вже 1940 року, побачило світ уже перед самою смертю Петрова, у 1968-му.

У текстах його рясних рукописів можна простежити, як радянська ідеологія — у нарочито штучний, неприродний спосіб — просочується поміж рядками й нейронними ланцюжками мозку. Дослідження і статті спершу поволі, а тоді — з відчутним перевантаженням починають рясніти цитатами з Маркса, а до словосполучення «європейська культура» додається від'ємно заряджене окреслення «буржуазна». Використовувати у своїй роботі творчість західних митців і науковців допускалося винятково за прикриття їхньою нещадною критикою з позиції переконаного аж до обурення комуніста. Цитати з Маркса слугували своєрідними оберегами, що захищали від підозр у неблагонадійності і давали можливість продовжувати роботу. Дослідник етнографії та фольклору Віктор Петров чимало знав про обереги й ритуальні дійства.

Майже через два десятиліття, перебуваючи в Німеччині, Петров пригадуватиме ці обереги і — з властивим йому химерним гумором — використовуватиме у своїх статтях до еміґрантських видань, творячи у різних періодах власного життя своєрідні перегуки, схожі на експериментальні поетичні рими.

Протягом 1930-х років Петров бере участь в археологічних експедиціях, готує видавничу серію пам'яток культури «полів поховань» зарубинецького і черняхівського типів, в 1940–41 роках досліджує Галич і Пліснeвецьке городище.

Поступовий перехід Петрова від фольклору й етнографії до археології схожий на відступ. Відступ на території, де тимчасово чинилося менше тиску й нав'язувань, у царини, що дозволяли зануритись у товщі часу, запорпатись у городища на багато століть під землю, знайшовши бодай так уявну свободу та простір для творчости, знахідок і розумувань. Існувала ілюзія, що там, під землею, можна бодай на певний час заховатися від постійного, без пауз і червоних дат календаря, спостереження за кожним твоїм кроком. Фольклор і етнографія натомість були невіддільними від національного, а Країна Рад дедалі менше толерувала національні вияви.

У лютому 1941 року Петрова (який, вочевидь, виправив свої «вивихи й перекручування») призначили директором Інституту фольклору. На початку війни всіх працівників Інституту було евакуйовано до Уфи в Башкирії.

Вдова Миколи Зерова Софія переїздити до Уфи відмовилася. З невідомих причин вона залишилася в окупованому німцями Києві. Можливо, причиною було невідання про власне вдівство. Можливо, вона хотіла залишитися вдома на випадок, якщо повернеться з ув'язнення в Соловецькому таборі особливого призначення її чоловік.

Свого першого чоловіка Софія більше ніколи не побачила. Свого майбутнього другого чоловіка вона побачила наступного разу нескоро. Вона навіть уявити не могла собі наскільки.

Одного дня до приміщення, де розташували в Уфі Інститут археології, прийшли суворі молоді люди й забрали Петрова. Свідки цієї сцени мали певність, що це кінець. Але Петров знову з'явився наступного ранку. По-діловому сів за стіл, розгорнув рукописи, над якими ще вчора працював.

Мене мобілізували до армії, — скупо відповів на запитання, не вдаючись у подробиці. Йому було майже 50 років. Це був чоловік із не надто добрим здоров'ям, у не найкращій фізичній формі, з поганим зором.

Згодом з'ясувалося, йому запропонували стати шпигуном у ворожому тилу. Петров самотужки проаналізував повідомлення газети «Красная звезда», з'ясував, на яких територіях німців іще немає, без супроводу перейшов кордон і здався у полон. Так він згодом, вже у 1960-х, коли повернувся остаточно, розповідав своїм молодим радянським колегам.

Вони сфотографовані на тлі цегляної стіни, що майже повністю схована за сплутаною рослинністю, диким плющем, галузками кущів. На фотографії присутні всі, крім Драй-Хмари. У мить, коли фотоапарат клацає, якраз дме легкий вітерець, вивертаючи листя внутрішнім боком назовні. Кілька розмитих плям над головою Зерова римуються з правим черевиком Рильського: він, видно, нервово посмикує ногою. У правій руці в нього напіввикурена цигарка, рука нерухомо лежить на лівій, але помітно, що вона готова зметнутись уже наступної миті і піднестися до енергійного рота, схованого у пишних вусах. Обличчя Рильського справляє враження активності: він або щойно закінчив говорити, або збирається кинути репліку. Про це свідчить блиск і нетерпіння в його очах. Погойдується нога, губи пожадливо, з легким сичанням впиваються в сигарету.

Зеров, який стоїть позаду, має натомість вираз обличчя людини, яка заокруглила свій аргумент і залишається ним задоволеною. Правою рукою він тримається за спинку лавки перед собою й усміхається кутиком рота. Зачесане назад волосся, застебнутий на всі ґудзики піджак, біла сорочка з краваткою.

Зім'яті гімнастичні сорочки Петрова й Рильського контрастують із костюмами Зерова й Филиповича. Филипович, той узагалі вдягнутий в акуратний костюм-трійку. У нього маленькі охайні вусики і маленька охайна стрижка, у нього охайний вираз обличчя, але чомусь виникає враження, що сидіти йому трохи незручно. Він совається, шукаючи вигіднішої позиції на лавці між Освальдом Бурґґардтом і літературним критиком Борисом Якубським. Знайшовши опору за спиною Якубського, Филипович ледь підіймається над лавкою, щоб умоститися на ній зручніше. При цьому він дбає, аби маніпуляції не відобразилися на його обличчі і не зіпсували знімок.

Бурґгардтові круглі очі з важкими повіками і красиво накреслені м'які вуста роблять його обличчя меланхолійним. Може, він і справді зараз чимось засмучений. Може, йому набридли постійні розмови й дискусії друзів. Його долоні складені човником на колінах — схожим чином, як у Якубського, тільки той переплів пальці.

Бурґгардт одягнений у світлий одяг. Довга сорочка незвичайного крою перехоплена на комірці чорною стрічкою. Бурґгардтова голова ледь відхилена ліворуч, від товариства. Він видається відокремленим від решти, хоч і торкається плечем Филиповича.

Петров стоїть якраз над ним: зосереджений і серйозний, навіть різкий. Насуплені брови, вусики над тонкими, міцно стуленими губами. Окуляри приглушують гостроту пильного погляду примружених очей. Його голова теж трохи схилена набік — він приміряється до чогось, ніби концентрується на думці, готується до випаду.

Зачудовано вдивляється в об'єктив Якубський. Худе трикутне обличчя із запалими щоками ще більше посилює ефект від опуклих очей, що, здається, майже не кліпають. Стирчать вуха. Одяг безформними складками пухне на кістлявій фігурі. Він підібгав під лавку ноги, наче прагне сидіти якомога компактніше, займати якнайменше місця. Інші тримають ноги випростаними. Закинута на ліву, права нога Рильського не припиняє гойдатися. Дме вітерець, і дим від цигарки затуляє від глядача обличчя чоловіків.

У період між падінням царської влади в Росії в березні 1917 року і остаточним приходом більшовиків у червні 1920 влада в Києві змінювалась чотирнадцять разів. Зміни супроводжувалися руйнуваннями, вбивствами, розстрілами, грабунками, голодом. Траплялося, зміни відбувались протягом двох днів: ще 30 серпня 1919 року в Київ увійшла армія УНР під командуванням Симона Петлюри, а вже 31 серпня її витурили білогвардійці. Траплялось — як на самому початку подій, — що в місті одночасно боролося три сили: кожна — проти двох інших. Тоді провадився так званий «трикутний бій»: українські сили — проти військ Київського округу і більшовиків.

Розгублені й непевні представники новопосталої держави ще не встигли дозріти до сміливости фантазувати про повну незалежність. Вони хилилися то до Росії, то до Німеччини з Австро-Угорщиною, то до Польщі. Не могли домовитися між собою. Не могли домовитись самі з собою. Зрештою, ніхто й не збирався давати їм шансу для дозрівання.

Серед жаху і пролитої крови, неспокою і хаосу, серед невідомого й несвідомого то з'являлася раптом надія на зміни, про які раніше й помислити було неможливо, то знову і знову все виявлялося втраченим разом із життями численних жертв. Протягом кілька годин під Крутами гинули всі до останнього школярі-патріоти. Зникали люди. Когось знаходили згодом мертвим, когось не знаходили більше ніколи.

Більшовики з кожним приходом відзначалися дедалі більшою кровожерливістю: розстрілювали тисячі й тисячі тих, кого вважали своїми ворогами.

Коли у квітні 1918 року до зали засідань парламенту УНР зайшов німецький лейтенант і скомандував: «Руки вгору!» — підкорились усі, крім Михайла Грушевського, голови президії.

Директорія на чолі з Петлюрою, яка вступила до Києва після того, як гетьман України Павло Скоропадський зрікся влади, насамперед замінювала російські вивіски на українські.

Білогвардійці, захоплюючи місто, переводили час на тринадцять днів назад і годину налаштовували на петроґрадську. Ці, заходячи до Києва, громили здебільшого євреїв.

Німцям потрібен був хліб, польські добровольці приїхали до центру міста з околиці на рейсовому трамваї, більшовики вимагали від мешканців зустрічати їх із квітами.

Але поки більшовики остаточно, вп'яте, на сімдесят наступних років не захопили владу, навіть короткочасні проблиски надії входили у свідомість несподівано глибоко. Цілі пласти й періоди історії відновлювались у пам'яті, набирали нового сенсу. Тим, із чиєю пам'яттю це відбувалося, хотілось заповнювати прогалини, відновлювати тяглість, створювати нове. І вони мали для цього і розум, і сили. Це був справжній шанс. Незважаючи на те, що все навколо нагадувало кінець світу, це був добрий початок.

Поетів було п'ятеро. Хтось придумав називати їх неокласиками, але згодом ніхто точно не міг пригадати, за яких обставин до них пристало це окреслення. Насправді вони не були ні напрямом, ні течією, ні рухом, ні літературною школою. У творчому плані вони були надто відмінні, їхні стилі різнилися. Можливо, відмінностей від решти творчість кожного мала набагато більше, ніж спільних рис.

Їх об'єднувало щось інше: вони розуміли один одного, знаходили спільну мову. Кожен із них — можливо, не настільки виразно у випадку Рильського — був пов'язаний із наукою, з академічним світом, з викладанням, дослідницькою діяльністю. Вони нетямилися від захоплення, довгими годинами розмовляючи про ритміку, розмір, строфічну будову, алітерації, асонанси, консонанси, епіфори. Сперечалися про сентименталізм в українській літературі кінця XVIII століття, про травестії, оперети й сентиментальні повісті. Про те, які фрагменти «Енеїди» Котляревського найбільш вартісні: переспіви з Осипова чи оригінальні місця, де автора мимоволі виносило у цілковиту спонтанність. Іронізували з того, що поет Олександр Олесь за освітою був ветеринаром, а поет Вороний носив шовковий бант і панаму. Підсміювалися з дитячих ревнощів і пристрастей Куліша щодо Шевченка. Цитували напам'ять Верлена, Бодлера, Ґете і Гайне, і своїх улюблених Леконта де Ліля, Теофіля Ґотьє, Жозе-Марію де Ередія. Ідея творчости цих останніх промовляла до них особливо виразно: відсторонитися від буденности, дистанціюватися від політики, релігії, моралі, від будь-яких виявів людської метушні. Творчість вимагає незалежности і свободи, плекання ремесла. Творчість вимагає вчености й родючого, а головне — твердого ґрунту під ногами, широкого кругозору, знання джерел.

Їх не надто переконували поняття натхнення, Божої іскри, містичної печаті на чолі. Ці чоловіки сходились у тому, що творчість повинна бути добре підготовленою, розміреною й виміряною. У ній не може бути випадковостей. Вона мусить бути виправдана й ваговита. Кожна емоція мусить мати зв'язок із розумом. Леткий стан цієї миті повинен корінням вгрузати у часи до нашої ери, наскельні малюнки, усні перекази, лебійську мову перебендь, у кістковий мозок цивілізації.

За кілька років до смерти Нарбута (за нетривалого періоду Гетьманату, а згодом — під час захоплення Києва денікінцями) в дещо іншому складі вони збирались у його задимленій буржуйкою холодній кімнаті на вечірки «масонської ложі». Господар — графік і естет — придумав спеціальні нагрудні емблеми й персні-печатки, які мали вирізняти учасників гуртка від решти. Вони займалися містифікаціями, ритуальними дійствами та базіканням. Один поперед одного читали барокові акростихи й кабалістичні вірші. Нарбут відтворював на папері вірші-яйця, вірші-рибини, вірші-люльки, хрести, кротові нори.

Але ось так — уп'ятьох плюс один прозаїк плюс кілька додаткових літературних критиків і професорів — вони почали сходитися вже після того, коли Рильський на початку 1920-х переїхав жити до Києва з Романівки, а всі інші повернулись із Баришівки.

Вони повтікали до сіл, бо в Києві панував голод. Вони навчали сільських дітей за їжу, бо інакше могли загинути. І загинули б так само, як багато їхніх знайомих і колег із міста: зі спухлими черевами, з прозоро-блакитною шкірою обличчя, з невидющими поглядами, втупленими в порожнечу безлюдних вулиць.

Місто вимирало. Здавалося, навіть камені будинків ставали дедалі прозорішими, починали просвічуватися, випромінювати потойбічне сяйво. Якби на вулицях ще залишалися перехожі, то їхнім поглядам відкривалась би пустка неопалюваних приміщень зі слідами вологи та промерзлости в кутках, залізні каркаси ліжок, на яких лежали знеможені, безсилі люди.

Вітер роздмухував над Дніпром інфекції, які чіплялися до виснажених голодом мешканців. На розі Інститутської і Левашовської чорніла чавунна прибудова з ґанком на колонках — мало не все, що залишилося від пишного палацу генерал-губернатора (згоріли білі з позолотою меблі, перетворився на зашкарублий попіл біло-рожевий килим). Було незвично бачити Дніпро, не оперезаний жодним з чотирьох мостів: тільки ікласті зуби зотлілих опор прохромлювали сизий пух небес.

Петров у спогадах про цей період описує помирання Києва навесні. У його тексті завмерле місто, в якому зупинилася будь-яка людська діяльність, на повні легені дише весняною свіжістю і рясним цвітом дерев. Якщо дивитися на горбисті сади звіддаля, може здатися, що яблуні та бузок почали ходити: вони сонливо ворушаться серед незвичної тиші, що ковпаком накриває місто. Дерева здригаються й гудуть мільйонами бджіл. На трамвайних рейках гріються жирні, лискучі вужі. Проміжки між бруківкою захопило листя хрону, що погойдується від вітру, ніби чиїсь великі нашорошені вуха. Млин Бродського тріщить шпаками. У чавуноливарному і механічному заводі Ґретера постала колонія ластівок. До цукеркового підприємства Єфімова прибилися лисиці — вилизувати застиглий цукровий сироп з чавунних резервуарів. Опалі пелюстки забивають фонтани, каналізаційні стоки, колектори. Дощові води переповнюють Дніпро, і ріка виходить із берегів, заходячи в помешкання і вимиваючи звідти попіл, пилюку, сухі людські оболонки.

Петров розповідає про відчуття летючої легкості, що приходила з голодом. Про бульбашки ейфорії, про безпричинну радість, про всеохопне щастя. Про те, як можна було милуватися прожилками на листі дерев крізь дедалі прозорішу плоть. Про зелений глевкий гороховий хліб, про горохову юшку, яку отримували в редакції «Книгаря» в Зерова, якщо написати й принести туди рецензію, про пшоняну кашу на сніданок, обід і вечерю безліч місяців поспіль, якщо пощастить. Про спухлих і напівошалілих знайомих, які грілися на сонці, аби бодай так наситися. Позолота барокових бань та іржа бляшаних дахів Подолу посилювала, примножувала сонячне проміння у прозорості вичищеного від промислового диму повітрі — й сонячних харчів сповна вистачало на всіх.

У Баришівці натомість викладачі отримували за роботу борошно, трохи сала, хліб і олію. Це була достатня підстава для поетів, щоби на кілька років туди переїхати.

Згодом, під час вступних іспитів до інститутів народної освіти, молодих людей, які привертали до себе увагу викладачів, часом запитували: «Ви що, родом із Баришівки?» Завдяки тому, що люди в Києві мерли від голоду, сільські діти певний час отримували повну й багату освіту: їх навчали класичних мов, давали глибокі знання з літератури, історії, географії, астрономії, логіки, етики, мистецтва. Вони завиграшки підважували промову Павсанія з «Бенкету» Платона. Дискутували з приводу твердження Іммануїла Канта: мовляв, після «Органону» Арістотеля нічого нового сказати про царину логіки вже було неможливо.

А ще трохи пізніше один із баришівських учнів Зерова, він же — один із його найулюбленіших, найталановитіших студентів в університеті, 29-річний доцент-філолог Петро Колесник виступав з викривальною промовою під час партійних зборів наприкінці 1934 року. Він опублікував свою промову в статті «Плач Ярославни, або Агонія буржуазно-націоналістичної камени». («Камена» — збірка оригінальних віршів Зерова і його перекладів римських поетів, опублікована 1924 року. Камени — римські богині джерел і породіль, а також — покровительки мистецтв, музи.)

Особа Колесника серед дійових осіб вистави мала особливу вагу: він міг поділитись інтимним досвідом, розповісти товаришам про те, як професор Зеров намагався отруїти його слабку дитячу свідомість пропагандою націоналізму, як докладав зусиль, щоб виховувати «молоді куркульські кадри письменників».

Ми не можемо знати, чи долучився Петро Колесник до незапланованих бурхливих овацій у самому кінці, влаштованих після виступу Зерова. Внутрішній неспокій радше міг змусити його судомно стискати в кишенях піджака спітнілі кулаки, ховаючи голову в комірі. Звук оплесків, посилений луною високих стель і стін приміщення, мав перетворитися на пульсуючий розлам мігрені. Все, що він міг робити, — це намагатись упіймати погляд головуючого, світячи в його напрямку нездоровими білками з потріскими капілярами: але головуючий надто захопився промовою професора і слухав його слова, мимоволі привідкривши рота.

1937 року Колесника заарештують і на десять років ув'язнять у Печорських виправно-трудових таборах, звинувативши у членстві в контрреволюційній націоналістичній організації. На волі він пробуде всього два роки. 1949 року арешт повторять.

На Сінному ринку, розташованому на Сінній площі, торгували сіном і кормом для худоби. Туди можна було дістатися з вокзалу трамваєм №2.

Рядками стояли дерев'яні будиночки з товарами, а ще — відкриті столи, захищені від дощу і сонця навісами. Там можна було купити не тільки продукти, привезені селянами на потягах, не тільки борошно, цукор, какао, маїс, кокосове масло, а й речі, крадені і ношені, уламки дореволюційної епохи: дзеркала в позолочених рамах на підставках з рожевого мармуру, кришталеві люстри, порцеляну, статуетки пастухів і пастушок, маркіз і шевальє, сервізи Севр, Сакс, Хіна, Ґарднер і Міклашевський, вироби імператорських заводів, бонбоньєрки з вирізьбленими на них королівськими білими ліліями, між якими літають срібні метелики, оббиті синім шовком і білим атласом скриньки: *Confiseur Fley. Au pont des Maréchaux*, срібло, медалі, табакерки.

Одразу навпроти Сінного ринку розташовувалася простора квартира Бориса Якубського. Всі кімнати в ній мали стелажі й шафи, закладені книжками. Книжки наповнювали простір від підлоги до стелі.

Ось тут вони і збирались найчастіше. Ще, звісно, у «Кривому Джімі», в редакціях часописів — «Літературно-критичному альманасі» або в «Книгарі». Влаштовували лекції і читання в університеті або в котрійсь із аудиторій Академії наук. Але найчастіше затяжні посиденьки відбувались удома в Якубського.

Вони називали його Аристархом: так звали стародавнього філолога Александрійської школи. Це вигадав Зеров, який присвятив Якубському один зі своїх александрійських віршів.

Високий, сутулий, із впалою грудною клітною, з довжелезними руками-клешнями, Якубський зустрічав їх на порозі і запрошував досередини. Ледь опустивши голову, поглядав на кожного вирлооко. Очі він мав витрішкуваті, завжди печальні. Усмішка його була сором'язлива, прихована тінню від великого тонкого носа з горбинкою.

Зеров одразу ж просяював. Ще навіть не роззувшись, починав говорити. Його приязні очі омивали теплом. Русява чуприна спадала на чоло, він відкидав пасма волосся різким рухом голови або пригладжував їх долонею. Подавав руку, нахиляючись усім тілом у бік поданої йому Якубським правиці.

Петров описав кілька різних способів, у які Зеров тиснув руку. У першому випадку він притискав руку від плеча до ліктя до свого тіла, сам згинався і нахилявся вперед, «і руку од ліктя, під гострим кутом, поземо, обернено назустріч одвідувачеві. Сила потиску, ступінь зігнутості корпуса відповідали мірі урочистості привітання.

Був, однак, ще інший жест особливо приязного привіту, жест підкресленої дружности, яка не потребує офіційного уточнення потиском. При зігненій в лікті руці, одхилено, широко й одверто розкрита долоня, — своєрідний рух щирого визнання й доброзичливої відданости. Жест завжди гармоніював з посмішкою, бо могло бути вітання без посмішки. Потиск руки міг бути побіжним, долоня в'ялою, байдужою, без м'язів, зір відсутній, обличчя скупе».

Якубський згадував згодом, що потреба зустрічатися перетворилась у них на регулярну звичку. На необхідність, залежність, конечність. Якщо комусь із них не виходило долучитися до товариства, відчувалося порожнє місце, болісне й незахищене. Вогка холодна туга не давала зосередитися на звичних справах.

Але коли вже вони сходились — усе ставало на свої місця. Зеров говорив, жестикулюючи. Доброзичливий усміх ковзав його пухкими устами. Живе срібло, він весь випромінював енергію й ентузіязм.

Петрова це, звісно, дратувало. Якубський називав його найгострішим серед друзів, «з іронічним оскалом». Він докидав уїдливі жартики, врізався ними в монологи Зерова, а коли той давав йому змогу висловитися, вправно вибудовував якнайвигадливіші й бездоганно стрункі, логічні антитези. Стискав уста. Криво посміхався. З викликом мружився.

«Тож його за постійну іронію й за гострий язик трішки недолюблювали. Але Микола Костьович завжди умів ставити його у смішну ситуацію. І це рятувало становище».

Інші напружено замовкали. Филипович протяжно й гучно зітхав, повернувшись обличчям до книжкових стелажів. Його карі очі ковзали корінцями. Він втягував досередини свої пухкі щоки, схожі на мордочку обачного гризуна. Бурґгардт, чиє бліде аристократичне обличчя, що ніби проступило з котрогось із портретів династії Гессен-Дармштадтських, похитував головою, демонструючи незгоду з Петровим. Як і те, зрештою, що поведінка останнього, така типова для нього, так добре усім знайома, вже давно набила їм оскомину. Господар помешкання намагався докидати свої аргументи, але Петров не давав йому цього зробити. Він розпалювався, підстрибував зі шкуратяного крісла, вибігав у центр кімнати, підносив руку. Але тут же опускав її додолу, обводячи всіх присутніх хитрим поглядом. Він був задоволений, бачачи їхню фрустрацію. Зрештою, іноді він навіть погоджувався із Зеровим — якщо бував в особливо погідному настрої.

Драй-Хмара реагував на нього нарочито спокійно, беземоційно. Як завжди, в бездоганному костюмі з краваткою, він вирізнявся особливо холоднокровним самовладанням. Переводив розмову на іншу тему. Говорив помірковано і розважно. Демонстрував, що він вище за будь-яке роздратування. Високе чоло ще більше роз'яснювалося світлим волоссям і не брижилося від жодної зморшки. Тільки ясні брови трохи здіймалися догори, поки він, час від часу замислюючись, плинно викладав свої думки.

Рильський сміявся з вибриків Петрова, ніби хотів показати решті, як слід сприймати його поведінку. Докидав жарти, гіперболізував почуті тези, аби звести їхній ефект нанівець і зняти напруження. Але часом, не витримуючи, виходив випалити цигарку у відчинене віконечко вбиральні. Петров приєднувався до нього. Він майже не курив, але любив просто стояти поруч і ділитись, наприклад, тим, що йому спало на думку: що, коли позичити одного з персонажів Анатоля Франса і поселити його у власному творі? Рильський знову сміявся, щиро захоплений таким нахабством. Але, зрештою, чому б і ні? Хіба це було заборонено? Який світ, якщо не художній, не може мати жодних кордонів? Де дозволено неможливе? Де панує найширша свобода, якщо не в творчості?

З віконечка вони бачили іржаві водостоки і клапоть неба. З Сінного ринку чулися гамір і лайка. Там вкотре ловили за руку кишенькового злодюжку. Гострий пах зігнилих овочів, що, непродані, купами кисли на задвірках ринку, приваблюючи жирних щурів, домішувався до аромату тютюнового диму.

Любити когось, кого більшість людей недолюблює, — спокусливо. Особливо, якщо вже любиш когось, хто викликає в інших захоплення й мало не обожнення. Така людина — хоч як інтимно-близько ти її знаєш — любов'ю інших заперечує, скасовує вашу близькість. Це вони думають, що знають її найкраще. Вони прирівнюють своє обожнювання до знання. Вони вигадують їй ідеалізовані риси, і в хибності їхніх уявлень ніхто не зможе їх переконати, аж доки вони не розчаруються якнайболісніше. Одначе, якщо буде збережено достатню дистанцію, розчарування може ніколи й не настати. Що з того, що ти стільки років знаєш наскрізь нудьгу цієї людини, її розгубленість, її хворобливе зболене еґо, яке змушує дряпатись на нові висоти, яке затрачає надто великі зусилля, щоби втримувати образ. Колись ти, можливо, вірила, що цей чоловік зробить твоє життя незвичайним, захопливим — і в цьому була твоя помилка. Бо ніхто нікому не робить життя. Тепер тільки ти одна з небагатьох, хто добре знає, що це Рідке Срібло, Золотоуст і Шагразада — розгублена і налякана людина, вигнана з більшости своїх улюблених схованок. Людина сумна й ображена, безпорадна. Тільки ти одна знаєш, які сцени відбувалися між вами — його обожнювачам і не снились ці некрасиві, виснажливі, нецікаві сцени ревнощів, ниття, повного безсилля. Жалюгідна людина. Людина, гідна жалю.

Чи не помітила ти в собі поводі помсти й жорстокости, коли він сидів навпроти тебе, обтяжений знанням про іншу твою любов? Чи не хотілося тобі сказати вголос: де ж ти був, поки я залишалася сама, чому ти не запитував, про що я думаю і що почуваю, зі сотнями яких ошелешених твоїм красномовством студентів була твоя увага, поки я почувалася неважливою? Хіба тобі потрібна була ще й моя, така доступна і звичайна, любов — до сотень пристрасних наркотичних любовей?

Натомість любити когось, кого інші не люблять, — ось що заманливо. Він відштовхує від себе, зумисне дражнить. Його присутність не завжди бажана в товаристві. Він псує людям настрій своїми дурними, незрозумілими жартами, не дбає про слухачів, про палахкі погляди, про захоплення чи навіть симпатію. Йому байдуже, що про нього подумають. Йому навіть приємно знати, що він не подобається. Хіба це не відкриває безліч нових можливостей?

Той, кому важливо подобатись, боїться розчарувати. Той, кому байдуже ставлення інших, здатен пізнати глибший спокій, дозволяти собі набагато більше.

Той, хто подобається багатьом, манить солодкими обіцянками: якщо стільки скарбів виблискує на поверхні, то що ж там, усередині, заховане від людського ока? Ти знала, що там ховалось, усередині твого чоловіка. З тобою він реалізував свій страх бути викритим. Розчарування неминуче. Питання лише в тому, як його пережити, як його витримати, як із ним залишитися.

Той, хто мало кому подобається, дозволяє собою розчаруватися з перших же миттєвостей. Він навіть запрошує до розчарування. Допомагає розчаровуватися. Будь ласка, панове, розчаровуйтесь мною, скільки вам завгодно. Неприємного вам розчарування!

Світ — незатишне місце, життя не обіцяє нічого доброго, за всю свою багатотисячну історію людина не зробила нічого, щоби змінитися внутрішньо, змінити себе саму, прагнучи тільки одного: деформувати й змінити світ навколо, щоб зробити його зручним для себе. Жодної еволюції, суцільна деґрадація. Прадавні розвинені культури були стерті з лиця землі недоумкуватими племенами, які переважали чисельністю і не гидували жорстокістю. Те саме станеться з нами всіма. Кожного з нас чекає той же кінець, і не варто покладатись на милосердя чи здоровий глузд. Але навіть вони не захистили б від невблаганної порожнечі, в якій ми існуємо. Сподіватись на краще — дурість. Ось і від мене не варто сподіватися нічого доброго.

І раптом, зануривши приятелів у темний холодний колодязь безвиході, в понурість, він злегка повертає голову, ловить твій погляд кутиком лівого ока — і посилає тобі імпульс, зблиск скельця, наскрізну проникливість і пильність. Ти саме наливаєш окріп із каструльки до чашок, намагаючись не обпектися, тому не маєш змоги придивитись уважніше до його обличчя, щоби точно дізнатися, чи це тобі не здалося. Прозорий окріп парує, обдаючи твоє обличчя жаром. Над верхньою губою виступають крапельки поту. Якось мулько стає у грудях, і чомусь починають злегка тремтіти руки, але водночас тебе накриває теплою, незбагненною хвилею. Ти не розумієш. Та й не віриш, зрештою. Бо ось його кругла лисява голова, ось його велике вухо і металева дужка окулярів просто навпроти тебе. Він знову не звертає на тебе жодної уваги, примружено окидаючи поглядом решту присутніх — чи достатньо він їх засмутив. Але щось у його спині, в його дрібних, зсутулених письмом і читанням плечах звертається до тебе. Ти відносиш каструльку на спільну кухню, бездумно усміхаючись у відповідь на слова сусідки. Ти нічого не розумієш.

Молодому Рильському могла б здатися привабливою обіцянка кінця світу сучасних науковців. Вони кажуть, що врешті-решт глобальне потепління призведе до процесів, під час яких з важких темних хмар, скупчених на всіх ярусах тропосфери, почне падати сніг. Він падатиме усюди, навіть там, де колись, з огляду на кліматичні умови, люди могли прожити всеньке життя, так ніколи й не зазнавши снігопадів. Тепер кожен їх знатиме. Різнитимуться лише види снігу. Часом він опадатиме плавно й ніжно, сонливо, лапатими скупченнями, цілими колоніями зірчастих кристалів. Іноді — сіктиме густими й гострими нитками, що складатимуться з цупких кульок. Це виглядатиме заспокійливо й красиво. Розростатимуться крижані пустелі. Більшість водойм буде скута кригою. Іноді, впродовж довгих тижнів, стогнатимуть снігові бурі, щоб несподівано замовкнути одного дня (темного-темного дня, бо всі дні стануть сірими, підсвіченими тільки сніговою незайманістю), дозволивши помилуватись заметеними майже повністю будинками, мертвими деревами, що перетворилися на садки крижаних скульптур. Таке вже колись бувало, але тим воно й переконливіше. Такий кінець світу був би одним із наймилосердніших: згасати поволі, вмиротворено милуючись нескінченністю білого простору. Замерзаючи, відчути затишний жар усередині тіла, полум'яну сонливу квітку, яка сковує мозок і делікатним стисканням зупиняє серце. Раз, два, три. Стоп.

Молодого поета Рильського, чию творчість так любив Петров, вабили стани відстороненості й споглядальности. Він цінував красу тліну, багнюки, розпаду, сприйняті крізь призму беземоційного констатування — хоча констатувати беземоційно йому таки не вдавалося з огляду на глибоку емоційність.

У своїй розлогій доповіді про поезію Рильського (саме ту, про яку віцепрезидент ВУАН Єфремов відгукнувся словами щодо надмірної і мало кому збагненної мудрости промовця) Петров, як це часто трапляється, сперечається із Зеровим. Зеров, мовляв, побачив у поезії Рильського радість існування, але — що це за радість і якого існування? Сам він обстоює думку, що Рильський сповідує спокій розпаду й згасання, «присмеречности й осінньости»: «Радість Рильського — радість осінніх весен буття, на яке лягли прикмети небуття в той момент, коли буття стає подібним на небуття: радість Рильського — радість напівіснування, страждання. ... В теплих радостях землі Рильського багато од песимістичної солодко-гіркої й холодної impassibilité парнасця, що казав про осіннє солодке безсилля і білі постелі снігів».

Вони разом тинялись околицями Києва. Валандалися чортзна-де, спілкувались із чортзна-ким, шукали невідь чого. Пішки доходили туди, де місто вже майже закінчувалось: аж за вокзал, де стояли крихітні сільські хати, відокремлені одна від одної ярами, простягалися «великі пустирі, заметені снігом — білий, білий сніг, такий чистий, чистий». Тісні й брудні подвір'я давно вже не були обгороджені, паркани згоріли. Вулиці були темними й порожніми навіть удень. А коли вони дочікували там до ночі, то довго роздивлялися сузір'я під валування собак — зовсім як у селі.

Рильського тягнуло в такі місця якраз тому, можливо, що вони так нагадували село. Він же любив надовго зникати у своїй Романівці: з вудкою чи рушницею розчинятись у лісах, завмирати на багато годин над озерами й заплавами, довго цілитися серед провалля тиші, де тільки шурхотіло листя під вітром, скрикувала птаха. Пестити шовковисту шерсть свого сеттера-ґордона, виглядати його смолянисту фігуру серед стовбурів — чи несе в зубах підстреленого качура, який ще посмикує правим крилом.

Його тягнуло туди, у вогке лісове небуття. Він любив спілкуватись, умів бути поруч по-справжньому, його зворушувало нутро людини, він легко міг прослізитись, особливо якщо був напідпитку, — і ховав свою м'якість, таку схожу на дотик до оксамитових гарячих сеттерових брилів, за густими вусами, давно вже не модними. Інші люди були йому необхідними, він не вмів від них захищатися, надто розчахнутий, надто нестійкий усередині — тоді як у самотності лісів, у прозорому повітрі над водоймою, в притишених мохом кроках лосів йому не загрожувало нічого.

Він звик вдаватися до цих нетривалих втеч, щоб віддалятися від невідповідности, на яку був приречений. Він походив зі шляхетського польського роду гербу Остоя. Його дід, польський поміщик Розеслав Теодорович Рильський, був одружений із князівною Трубецькою. Батько Тадей був хлопоманом, виконував обов'язки почесного мирового судді, давав селянам безкоштовні юридичні консультації і виступав у судах як їхній адвокат. До того ж він дозволив організувати у своєму будинку православну церковно-парафіяльну школу (сам був католиком), а потім збудував для школи окрему будівлю, оплачував учителя й укомплектував кабінети фізики й хімії, а також — бібліотеку. Після смерти першої дружини й кузини Людґарди одружився з місцевою селянкою Меланією Чуприною. За життя царська влада переслідувала його як комуніста, натомість їхній із Меланією син, поет Максим, з приходом радянської влади був позначений тавром ворожого походження: він був поміщицьким синком, буржуєм, який отримав класичну освіту і тяжів до світу декадентського загнивання.

Поет Рильський любив проводити час на природі і писав про це. Але не тільки. У його ранній поезії ідилія природи поєднувалася зі спокоєм читання, з-під споглядання нерухомого плеса чи брудного приміщення паштетної на околиці Києва проступали цитати й алюзії, Війон, Рембо, Верлен, «кокаїністичне Бодлер'янство», «ідилічне гомеріянство», Челліні, Казанова, Свіфт, Шевченко, чумаки, козак Мамай, Ілля Турчиновський. Він писав про «вроду отрути й отруту вроди», «кохання чужого до чужої», вічні мандри, втому душі, істинність холодного й далекого кохання.

Петров пише про те, що сільська ідилічність, замилуваність природою в творчості Рильського, його тяжіння до усамітнення на лоні незайманого ландшафту — чітка ознака урбаністичної культури. «Ідилізм, звичайно, витвір урбанізму: як непідроблена, не фальсифікована деревенська [*нерозбірливо*] має цілковито придворний — урбаністично-аристократичний характер, починаючи од билин і кінчаючи казками про Бову й Єруслана, чи апокрифами про Соломона, чи повістями про Девгенія, починаючи од ікони й кінчаючи плахтами, наслідуванням пурпуру й золота парчі».

Тож, передчуваючи, що Солом'янка з її ярами і хатинками перетвориться згодом на щільне нагромадження кубів і паралелепіпедів, геометрично-прокреслений на тлі неба бетонний масив, що одноманітним ритмом прямих кутів і ліній, розміром балконів і вікон, відміряною тіснотою людських життів наглухо заб'є ландшафт, Рильський із Петровим знову і знову вирушають туди, щоб слухати валування собак і милуватися зоряним небом.

Степанівською вулицею тече брудна, квола Либідь: там, де вона вибивається назовні з-під землі, вона ще пливе у власних болотистих берегах. Після того як очисні споруди під Лисою Горою були зруйновані вибухом, стічні води з Либеді неочищеними стікають у Дніпро.

Приблукалі чоловіки дивляться на неприємну течію вузької річки. Вони ще не знають, що її невдовзі буде заховано в бетонний короб і підземні колектори. Що її замкнуть під землею. Зараз Рильський мовчки курить над вузьким потічком, готуючись через нього перестрибнути. Він високий і довгоногий, взутий у чоботи — на відміну від невисокого Петрова з його розтоптаними черевиками, якому багнюка в'язких берегів Либеді здається набагато менш привабливою. Рильський одягнутий у жовтавий одяг: куртку на баранячому хутрі і такої ж барви штани, куплені за помірною ціною в крамниці сельбудинку.

Чим вони там милуються, двоє цих приятелів, які вирушили в свою вечірню одіссею? Їм зустрічаються п'яні баби в подертих спідницях і з розбитими губами, з почорнілими обличчями, зі щоками, рясно наведеними червоним. Вони зазирають до обшарпаних смердючих столовок, «за стойками яких стоять якісь греки». Хтось із заголеними ногами — складно навіть визначити, чоловік це чи жінками — з демонстративно виставленими потворними нагноєннями хапає Рильського за сіро-жовту штанку. Чорна рука ковзає холошами. Старці на мосту просять хліба. Перекупки під перехиленими парканами продають щось геть мізерне: старе дрантя. Їдять простір чорні стіни заводів. Дід тягне важенний мішок через колію. Щось у тому мішку металево бряцає, поки паротяг подає свій тужливий сигнал, набираючи швидкости. Дерева обіч колії руді й мертві — покручені кінцівки паралітиків.

«Й не треба чіплятись до поета й його манери, йому більш подобається назвати таверною ковбасну й паштетну на якій-небудь Паньківській вулиці, де грають гармоніст і скрипці, продають таємно самогон і де старий п'яний єврей показує фокуси: ловкість рук, де в честь поета програють заповіт і туш й він устане й, стоячи, послухає, знявши шапку. Йому більш подобається, щоб приятеля в ковбасній, студента з якої-небудь Паньківської було названо матросом, а дівчина в задрипаній спідниці й з сірим обличчям здавалась переодягнутою Таїс, що, переодягнувшись, амурних пригод шукаючи, зайшла в таверну портову Олександрії».

В 1902-1903 роках, до речі, існували плани виділення цієї околиці, Солом'янки, в окреме місто. Місто хотіли назвати Олександрією.

Як дотепно зауважив критик: «Вони були наскрізь урбаністичні, але їхній urbs їх не приймав, бо він був російський; вони писали мовою села, якого *вони* не могли прийняти».

На початку 1920-х років радянська влада взялась за українізацію України. З одного боку, таким чином вона намагалась засвідчити свою цілковиту відмінність від царського режиму, з іншого — міцніше врости, вкорінитись у землю, оплутати все наскрізь липкою павутиною. Україномовне село не надто симпатизувало радянській владі від самого початку — це було однією з причин, чому остаточно захопити владу вдалося щойно з п'ятого разу.

Ця «українізація» була спритним дресируванням. Одним пострілом убивалось одразу стількох зайців! Націонал-комуністи сприяли тому, щоб переконати важливих українських діячів у власних благих намірах. Скажімо, Михайло Грушевський повернувся до Радянської України в березні 1924 року, впевнений, що зможе безперешкодно продовжувати свою діяльність на ниві зміцнення української нації. Для нього все закінчилося погано прооперованим карбункулом під час відпочинку в санаторії російського міста Кисловодськ. Грушевського оперував лікар, який хірургом не був. Він відмовив хворому допустити до нього досвідченого хірурга і давнього приятеля. Дуже швидко почався сепсис. Смерть настала через три дні після операції. Тіло голови Центральної Ради УНР, цю священну реліквію з пишною бородою, перевезли до Києва і влаштували помпезне прощання, вклавши мертвого академіка в головній залі Академії наук. Урочисті промовці повторювали про особливі заслуги померлого перед Радянською Соціялістичною Республікою.

До того ж українізація була інструментом залучення таких ефективних діячів, як Олександр Шумський, з однаковою пристрастю відданих як ідеям комунізму, так і українській ідеї. Шумський очолював Народний комісаріят освіти УСРР з вересня 1924 до лютого 1927. Однак надмірна пристрасність наркома і його боротьба з Генеральним секретарем ЦК КП(б)У Лазарем Кагановичем, який, на думку Шумського, протидіяв українізації, підштовхнули Сталіна до поступового усунення останнього від влади. Він відбув десять років заслання в Красноярську, а через три роки повідомив Сталіна про своє рішення покінчити життя самогубством у зв'язку з несправедливими репресіями. Спроба самогубства однак виявилась невдалою. Каганович із Хрущовим тут же запропонували Сталіну позбутись Шумського раз і назавжди. Його убили дорогою зі Саратова до Києва. Убивство здійснили розвідник і диверсант Павло Судоплатов і керівник токсикологічної лабораторії НКВД-МГБ Григорій Майрановський.

Українізація допомагала створити ситуацію, коли складалося враження, що радянська система твориться руками самих українців, що вона є їхнім власним бажанням, виявом їхньої свідомої волі. Від представників політичної номенклатури, службовців, різнорідних функціонерів вимагали знання української мови. Російськомовних це доводило до сказу: що за марне витрачання зусиль і часу, навіщо цей безглуздий цирк і приниження, натомість забезпечувало симпатію і підтримку україномовних — зокрема, мешканців Західної України.

Українізація допомагала послабити аргументи й підважити діяльність українських націоналістів, противників комуністичного ладу, які змушені були забиватись у підпілля або втікати за кордон, аби бодай таким чином протидіяти системі. Водночас завдяки процесам коренізації можна було виявити і заманити на світло безліч ворогів народу, які інакше сиділи би принишкло; можна було їх заохотити, заспокоїти, дозволити їм висловитись — а тоді всіх повинищувати.

Під час українізації з'являлася можливість виховати власну українську культуру: простакувату й наївну, пласку й кишенькову, етнографічно-поверхову, ужиткову, позбавлену пам'яти. Українізація дозволяла зростити українську радянську літературу, що стояла би на сторожі ідеології, була зручним інструментом у руках влади, слухняним ретранслятором правильних і корисних ідей. Для цього селян і робітників усіляко заохочували ставати письменниками. Все, що було потрібно: цілковита відданість радянській справі й соціялістичному суспільству, якомога реалістичніше видавання бажаного за дійсне, вихваляння державного ладу Країни Рад (і жодної його критики!); прославляння колективізації й індустріялізації, змалювання чесного життя та непростої праці селян і робітників, уникання психологізму, інтелектуалізму, індивідуалізму, формалізму, алюзій, посилань, цитат зі світової літератури; віталися якомога більша доступність, бадьорий оптимізм і невигадливий гумор. Зовсім не важили художні якості творів чи наявність таланту в письменника. Це були речі неважливі. Могли собі бути, а могли й не бути. Зрештою, таланту й художній якості складно було знаходити простір для проявлення серед тиску і штучних вимог, а надто — серед постійних контролю, цензури і небезпеки арешту й розстрілу.

Як це постійно трапляється, після драматичних подій 1917–21 років в українській літературі почалося бурхливе бродіння. З'явилися масові літературні організації: в Харкові, першій столиці УСРР, було засновано Спілку селянських письменників «Плуг» (завдання — «об'єднувати розпорошених досі селянських письменників, що, ґрунтуючись на ідеї тісного союзу революційного селянства з пролетаріятом, ідуть разом з останнім до утворення нової соціялістичної культури й ширять ці думки серед селянських мас України без ріжниці національностей», «боротьба із власницькою міщанською ідеологією й виховання як своїх членів, так і широких селянських мас у дусі пролетарської революції, залучення їх до активної творчости в цьому напрямку») і Спілку пролетарських письменників «Гарт» («створення інтернаціональної комуністичної культури, користуючись українською мовою як знаряддям творчости, поширення комуністичної ідеології та переборювання міщанської власницької ідеології»). У Києві літературні критики ділили письменників на кілька видів: не дуже бажаних символістів, які тяжіли до індивідуалізму й формалізму, доволі бажаних футуристів, які проголошували загибель мистецтва, закликали палити музеї, руйнувати театри і нищити «барахло минулого», обіцяючи, що мистецтвом майбутнього займатимуться робітники, закохані в запах бензину, і дуже бажаних революційних письменників (вони ж — «літературні червоноармійці»). Був також «талановитий молодняк» — критикований, але з допусканням можливости, що його вдасться настановити на шлях істинний, на «шлях слугування пролетарській революції».

Прізвища письменників постійно мерехтіли, переміщаючись із групи до групи, зі спілки до спілки, з організації до організації. Під тиском ідеологічної роботи змінювалися погляди. Розпадались одні організації, засновувались інші.

Цікаво було б простежити, коли позиція самозбереження, вдавання заради власної безпеки поволі перероджувалась у переконання. Коли вони починали вірити в те, про що і як говорили. Що їм доводилось робити з власною психікою, коли віра у справедливість радянської влади і «безмірно щедрий і плодючий чорнозем Жовтня» нищилась очевидними й оголеними вдаванням, лицемірством, вислуговуванням, тупістю і насильством. Багато хто під тиском обставин якимось немислимим чином лише підвищував градус віри. Інакше це було несумісно з життям. Байдуже, у що чи в кого вірити. Віра захищає сама собою, самим фактом своєї ірраціональної наявности.

«Живем комуною, працюєм. Навколо ліс, самотні села і люди дикі, мов шипшина. Ах, скільки радости, коли ти любиш землю, коли гармонії шукаєш у житті! То ж кожен з нас буде людськости палац і кожен як провісник. Ах, скільки радости, коли ти любиш землю. Нема у ній ні ангелів, ні бога, ані семи небес. А є лиш гордість і горіння, сукупна праця і хвала.

Ну що з того, що всесвіт кров залляла? Майбутні встануть покоління — єднання тіл і душ.

Ми робим те, що робим. І світ новий — він буде наш!»

Неокласики неабияк вирізнялися на цьому бравурному соцреалістичному тлі. Вони були занадто освічені, занадто скептичні, занадто витончені й снобські. Вони занадто багато працювали над собою і власними текстами. Вони занадто широко дивилися, занадто добре знали історію культур, занадто близько розуміли людську природу. Вони були перфекціоністами, естетами, науковцями. Надто критично ставилися до себе самих і всього навколо.

Неокласики сходились на тому, що письменникові повсякчас слід вчитися. Що письменникові дуже бажано знати джерела, історію і світову літературу, володіти мовами, щоб мати безпосередній доступ до класичних текстів, вигострювати інструмент рідної мови, залишатися скептичним, притомним, тверезим, вимогливим.

Кожен із них, окрім власної творчости, постійно займався перекладами. Кожен присвячував себе вивченню історії, критиці й аналізу української і світової літератур, виявляв зв'язки і впливи між першою та другими, проявляв залежности, суцільність і тяглість.

Вони виголошували доповіді, читали лекції, влаштовували поетичні читання й диспути в будинках культури, школах, бібліотеках, в актових залах університетів, Академії наук, в клубах пожежників і міліціонерів, у робітничих клубах.

Представники профспілок приходили до них додому, аби запросити на виступ. Їх зачаровано слухали. Ними захоплювались. Їм влаштовували овації.

Формально неокласики були надзвичайно близькими до соцреалізму, панівного стилю радянського мистецтва. Вони так само орієнтувалися на реалізм і правдивість відображення явищ, на об'єктивність, раціоналізм, статичність, досконалу пластичність форм, не замулену суб'єктивними почуттями, думками, станами автора. Десь у цій номінальній схожості, у двоякості тих самих понять, у майже невидимих тріщинках, які розділяють справжність і глибину від того, що видає себе за такі, можливо, і крилось одне з пояснень тієї ненависти, яку на онтологічному рівні викликали неокласики у своїх опонентів.

Витоки соцреалізму й українського неокласицизму були різні. Різними були джерела. Різною була їхня природа. Український неокласицизм зародився як антитеза до романтизму XIX століття — селянського, сентиментального, сльозливого, що наріс неуникним хвостом після появи Шевченка. Одначе точки дотику неокласики знайшли в українському бароко XVII–XVIII століть: у філософських і духовних трактатах, еротичній ліриці, демонологічних повістях і авантюрних оповіданнях, інтермедіях і п'єсах жанру міракль. Згідно з їхнім каноном нової особливої уваги заслуговував відтепер філософ і поет Григорій Сковорода. Вони прагнули створити тканину, якою можна було б покрити розриви в процесі розвитку української літератури, відновити тяглість і зв'язки, вивести українську літературу зі статусу колоніяльної. Втома від символізму спричинила спрагу й тугу за чіткістю сприйняття, пошуками форм і явищ, якими вони були тут і тепер. Неокласикам хотілось оживити культуру, модернізувати її у спосіб, що поєднував смак до життя, традицію і розум. Їх вабили зусилля досягання недосяжної гармонії калокагатії.

Їх звинувачували в надмірній пристрасті до старовини, до античних світів, до мистецтва буржуазної Європи — й ігноруванні соціялістичної розбудови сьогодення. У любові до естетизму, «чистої краси», класики, що було явним виявом контрреволюційно-буржуазного формалізму. У недооцінюванні здобутків революції і нехтуванні соціологічним методом критики. Одне слово, це були явні вороги, яких, понад сумнів, слід було знищити: вороги, які не приймали радянської дійсности і своєю любов'ю до старовини намагалися реанімувати капіталістичний світ і вели класову боротьбу проти пролетаріяту.

Цікаво, що нікому зі злостивих критиків не спадало на думку, що годі й шукати точнішого та невблаганнішого відображення радянської дійсности, як у поетичних алюзіях Зерова. Захищені дитячою самооманою, вони не впізнавали чомусь «дикий край неситих лестригонів», які «сире і свіже рвуть», бідного Йорика, який повсюди бачить «очі тоскні та гнівливі, немовби вістря невідбійних шпад» і відчуває на собі «пута утяжливі» «слів марудних і нудних тирад» чи Гуллівера, який зазнав найдошкульнішого горя «у карлів півдня»: «Не так-бо люті тигри і леви, // Як дріб'язкові мстиві ліліпути. // Щоб кожен волос брати як струну, // В'язать до паколів... плести страшну // Інтригу... лагідно і так зухвало!»

Але, вочевидь, навіть добре, що нікому зі злостивих критиків це не спадало на думку.

Могло скластися враження, що Зеров створював свою поезію, як математичні рівняння. Кожен епітет ніс найточніше значення, кожен образ містив у собі посилання, рими були бездоганними. Зеров дотримувався форми сонета або александрійського вірша. Через ерудицію і продуманість кожного рядка існувала спокуса закинути Зерову холодність. Він і сам іронізував із себе, вважаючи свої вірші сухими й надто продуманими. Надто тривожно було би визнати навіть перед собою, що це був єдиний віднайдений ним спосіб переживати складні почуття, засвоювати страшне життя. Зеров знайшов спосіб обвінчати серце з розумом, вплавити серце в розум. Витримувати власну чутливість, щоб вона не спопелила його в одну мить, міг, занурюючись в античні сюжети. Він перечитував давні трагедії в оригіналі і всіх доступних йому перекладах, і рядки назавжди відкарбовувались у його пам'яті. Він перекладав, концентруючись на кожному відтінку значення, сам стаючи тієї миті цим словом, його значенням, образом, який відкривався, немов далекий обрій, що роззявляв свій рот. Він чув, як плюскочуть хвилі під веслами троянців — холодна загуса олія, що неохоче дозволяє мандрівникам долати бентежні води: вже Ільйонеїв міцний корабель і дебелий Ахатів, той, що Абанта тримав, і той, що Алета старого, бурею вщент переможені, закріпи всі розхитались і крізь щілини роззявлені воду солону вбирають. Щоденне життя, таке нестравне, перекладене поетом і перекладачем, на мову так давно існуючих історій, ставало можливим. Ставали можливими біль і гіркота, образа і страх, дикість і ненависть, несправедливість і смерть.

Постановка «Саломеї» за п'єсою Оскара Вайлда — покладена на музику в цьому випадку не Ріхардом Штраусом, а українським композитором Борисом Яновським (справжнє прізвище — Зіґль), який бентежив багатьох своїми радикальними музичними рішеннями — відбувалась у театрі «Соловцов». 1919 року Соловцовський театр ще був розташований на Миколаївській площі, якраз того ж року перейменованій на площу Спартака. Перед ним на круглих клумбах похитувались на тендітних стовбурах юні дерева. Невдовзі театр переміститься на початок Фундуклеївської, до театру Берґонье, тож Зеровим буде зовсім зручно: лише пройтись із дому вгору вулицею, у бік Хрещатика.

На постановці їх було, як мінімум, троє: Зеров, Филипович і Бурґгардт. Хоча Бурґгардт у своїх спогадах пише, що там були «всі». Більшість чоловіків зачаровано спостерігала за плавними вигинами стегон акторки. Саломея, розлючена відмовою Йоканаана відповісти на її поцілунок, будь-якою ціною хотіла домогтися свого. Біло вилискував її оголений живіт, опуклість якого сходила додолу напівнатяком на тінь.

Филипович невдовзі присвятив опері сонет. Він був захоплений акторкою і образом її героїні. Інфантильні й нарцисичні мотиви її звабницького танцю, кровожерлива впертість, причиною якої була всього лише ображена жіноча гордість, навіть приреченість на загибель у фіналі танцю — все це лише посилювало еротичний чар танцівниці. Перед невідпорним плотським потягом, викликаним сексуальним об'єктом у чоловіка, жагою, яка не зважала на обставини, а перетворювалася на абсолютну величину, маліло все інше.

Зеров натомість скорчив зогиджену міну і відвів очі від красуні, що вигиналась на сцені, тримаючи на таці майже невагому, виконану з пап'є-маше голову чоловіка з червоним обрубком замість шиї, схожим на ковбасу зі шматочками сала в розрізі, з перукою, що стирчала цупкою паклею, вимоченою у яскраво-червоній липкій речовині.

Зеров навіть зморщився — так, ніби йому заважав запах рясно спітнілого тіла цієї жінки.

«Це тільки семітська розпуста», — сказав він.

Ця фраза містить у собі заперечення. Вочевидь, спільного захоплення, затамованих подихів, широко розчахнутих очей, влучання у фантазії.

«Це тільки семітська розпуста» — на противагу греко-римським стриманості, самовладанню, стоїцизму, опануванню тілесних поривів, перемозі розуму над тілом.

Зеров теж згодом написав сонет, використавши історію з Євангелія від Марка. Втіленню «семітської розпусти», Саломеї, протиставлена в поезії давньогрецька Навсікая — «струнка, мов промінь» і «чиста».

До білих скель, серед яких стоїть, вдивляючись у море, незаймана царівна, поет відправляє свою душу — якнайдалі від світу, в якому він приречений жити. Якнайдалі від кого? Від знайомих, які підлаштовуються до нової влади? Від своїх недостатньо розвинених учнів? Від дружини?

«Марто, Марто, постійно ти дбаєш про земне».

Котрась із колишніх студенток Зерова або його університетських колег, секретна працівниця органів «Євгенія», у своєму звіті в березні 1929 року повідомляла про зустріч із Зеровим. Зеров ділився плітками з інституту і подробицями письменницьких міжусобиць, схвалив чутку, начебто радянська влада збирається забирати лишки в селян. Нарікав на Грушевського, якого «особливо ненавидить», і на Холодного, керівника Інституту української наукової мови, і взагалі на всіх — що вони пнуться зі шкіри, прислужуючись радянській владі.

Про себе ж Зеров сказав, що сам намагається не влазити ні в що і триматись осторонь — «бо навколо надто багато "жидівського духу", а він його не виносить».

З гидливістю згадав і професорів, і студентів — «хамів» і «жидків».

Григорія Холодного того ж року заарештували у справі СВУ. Через дев'ять років його розстріляли на Соловках.

Зеров став прототипом професора й критика Михайла Свиридовича Світозарова в романі Валер'яна Підмогильного «Місто». Це був один із кількох (крім романів Домонтовича) великих інтелектуальних творів української літератури на урбаністичну тематику.

«Він тоскно підвів голову й глянув на чергового промовця, якого слухали уважніше, ніж інших, і сам звернув на нього увагу. Той говорив плавко й дотепно, ефектно наголошуючи слова, підкреслюючи речення, немов вставляв їх у блискучі рамки; в міру спроможности він кидав слухачам влучне слівце, збуджував сміх, поправляв тим часом пенсне і починав знову з новим натхненням. З його уст сипались цитати всіма мовами, літературні факти, пів-факти й анекдоти, його обличчя виявляло гнів ображеного велетня, глум зневаженого карлика, тулуб схилявся й випростувався в такт м'яким акторським жестам. Його слова зліплялись шматочками здобного тіста, він формував їх у листкові пиріжечки, посипав цукром і цукрином, квітчав мармеладними трояндочками і закохано спинявся на мить перед тим, як віддати ці ласощі на поживу».

Письменник-початківець Степан Радченко, написавши оповідання, вирішує показати його критикові Світозарову, з яким вони не знайомі. Радченко знаходить домашню адресу професора в адресному бюро і з'являється туди без попередження. Той якраз працює. Хлопець повідомляє про своє оповідання. Критик, не поцікавившись ні текстом, ні іменем гостя, сухо повідомляє, що йому ніколи, що він зайнятий.

«Ніколи ще не був він такий принижений та знищений. Зухвалі слова того книжного хробака лягли на нього ганебними плювками. Ну хай йому ніколи, але ж призначив би час! Хай зовсім одмовиться, але мусить порадити, куди вдатись! Та й яке має він право так казати? О, його до крови стібнув той пихуватий тон, той панський тон дідича від літератури!»

Ця історія начебто сталася між Зеровим і Плужником, найближчим другом Підмогильного.

Поета Плужника, який багато років хворів на туберкульоз, засудили до розстрілу, але згодом змінили вирок на довготривале табірне ув'язнення на Соловках. За однією з легенд, ще 1926 року хвороба Плужника набрала критичної форми. В лікарні він сказав дружині: «Ти знаєш, якщо дуже захотіти, то можна й не вмерти...»

На Соловках останніми словами Плужника була фраза: «Я вмиюся, пригадаю Дніпро і вмру».

Докія Гуменна, письменниця зі селянської родини, певний час належала до спілки селянських письменників «Плуг». Смілива і пряма, негнучка в своїй чесності й максималізмі, Гуменна потерпала від обставин, учасницею і спостерігачкою яких була.

В автобіографічному романі «Дар Евдотеї» Гуменна, скажімо, розповідає про одного зі студентів Зерова: «З якою їддю виступає він проти Зерова! Філігранну блискучість і діямантовість Зерова він задумав шахувати грубою невігласною пролетарсько-марксистською дубинкою, — студент його! Він мав нахабство лізти на трибуну із своїми суконними двоверстовими цитатами з Маркса (і пам'ятав же він їх!). З нього реготалися, він вже придбав прізвище Голобельника, але він говорив своє, мов таран, із обличчям погребника та мішком тельбухів у синій чемерці. Та й діставав же він потім від Зерова, під грім оплесків від усієї публіки».

Зерову показувати власні твори Гуменна не наважувалась. Вона чула історію про те, як якийсь студент-початківець попросив професора прочитати його вірші. Зеров «захисно підняв руки й перелякано вигукнув: "Ні, ні! Бога ради, звільніть мене від цих дохлих цуценят!"»

«Так ніколи я до Зерова не підійшла ні з чим. З його висловів я ж знала, що він зневажає тих, які не володіли чужими мовами, не можуть читати в оригіналі творів світової літератури, що цю частину громадян він вважає неуками, не прощає їм того, що батьки не навчили...»

У «Болотяній Лукрозі», зображуючи повільне згасання Києва на початку 1920-х років, Домонтович описує знайому суку, яка серед занедбаного пустища, серед покинутих німих будинків, що тільки поскрипували глухо від перепаду температур, розпадаючись на тлін, народила цуценят. Спершу вона годувала їх, але молока їй не вистачало. Собака залишала дітей, щоб вирушити у мандри вулицями в пошуках бодай якоїсь їжі. Іноді їй вдавалося впіймати жабу. Часом — вилизати місце, на якому лежало гниле картопляне лушпиння. Але врешті вона просто перестала повертатись до своїх дітей.

«Сліпі малята розповзались по порожніх кутах цементованого льоху. Вони здихали одне по одному. Чи не здається вам, в загибелі малого є завжди якийсь присмак космічної несправедливости, однаково, чи це буде дитина, чи цуценя?»

Докія Гуменна брала участь в археологічних розкопках. Траплялось, вона працювала там разом із Петровим.

Після війни Петров і Гуменна зустрілись у Німеччині. Гуменна й там не могла ні з ким порозумітись, надто непримиренна до того, що вважала людськими слабкостями. Перед самим зникненням Петрова вона написала йому листа, в якому скаржилася на самотність, на те, що не має кому довіритися. Радилась, чи варто їй переїздити до Америки. «...Я не думала Вам про це писати. І чому Вам, коли Ви такий невловний і ніколи не показуєте свого справжнього обличчя. Не знаю».

Через деякий час, уже знаючи про те, що Петров живе в Москві, Гуменна писала у своєму щоденнику: «Я не буду так крутити, звиватися вужем, щоб здійснити себе, як Петров. Щоранку про нього думаю. І тепер, у світлі його зникнення, зрозуміла стала його творчість. Мене ще тоді здивувала його двозначність оповідання "Сірко". Там же репатріяція в позитивному дусі освітлена. А стиль "Апостолів"? А безперспективність інтелігенції в "Серафікусі"? А філософські етюди? Все то могло друкуватись і в СССР».

В іншому місці щоденника вона пригадувала: «На запитання, чим йому запам'ятався рік 1948-й, відповів "Знедійсненням дійсности"».

Німецька дійсність Петрова знедійснилась у квітні 1949-го.

Майже всі, хто залишив свої спогади про Миколу Зерова, мимохіть згадували про його погані зуби. Ніби це було дуже вагомою частиною його образу. Круглолиций, веселий, голубоокий, ерудований, надзвичайно талановитий, з поганими зубами.

У випадку суперника Віктора Петрова така деталь опису цілком природна (так, він був непоганим хлопцем, мав чудову пам'ять, знався на античній літературі — але зуби в нього були погані). Однак чому й іншим приятелям Зерова, і навіть його студентці, пристрасно закоханій у викладача, цей елемент його образу здавався настільки важливим, що його ніяк неможливо було уникнути?

Віктор Домонтович писав, що Зеров втратив зуби, коли працював викладачем давніх мов у чоловічій і жіночій гімназіях Златополя. Ті роки були настільки складними, що молодому вчителеві довелось потім лікувати нерви в «київських водолікарнях».

Цих водолікарень на пагорбах над Дніпром на початку століття було доволі багато. Водолікування й електротерапія віднедавна стали модними сучасними практиками. Поблизу Золотих Воріт і в парку Шато-де-Фльор (там, де згодом Йосип Каракіс побудував ресторан «Динамо») били джерела з мінеральною водою, яку й підводили до бальнеологічних будівель. У клініках з п'ятиметровими стелями, з мармуровими сходами й підвіконнями, над якими яснили простори вікна, ковзали вгору-вниз ліфти з різьбленим декором, а під прикрашеними ліпниною стінами стояли спеціальні ванни, спроєктовані для надводного і підводного масажів. Масажі бували вихровими, ротаторними і проточними. Плюскотіння води змішувались із шепотінням медсестер, і пацієнт, заплющивши очі й розслабившись у теплій воді, бачив перед собою оливкові гаї, виноградники, мальовничі водоспади й німф у білосніжних туніках. Тільки і мрії було — щоби клаптик малесенький поля, дім, огород і криниця з веселим струмком біля дому, а на узгір'ю, над домом, лісок...

Златопіль, перебування в якому призвело до потреби лікуватись, усупереч своїй мальовничій назві, описаний Домонтовичем як край безпросвітности: розбита дорога, болото, порожнеча й самотність, тужна й туга безсенсовність. Гуска, цап, нудна муха на підвіконні. Порожні очі, звук позіхання.

Домонтовича зачарував певний епізод, на який будь-хто інший не звернув би уваги. Якось у Баришівці, де молоді чоловіки викладали в місцевій школі, рятуючись від голодної смерти, яка чатувала на них у Києві, і де й відбулося зближення поетів-неокласиків, «у сірий дощовий осінній день» Зеров заходить у гості. Він, вочевидь, охоплений меланхолією. Вона, вочевидь, йому притаманна, що б там не згадували про його бадьорість і ентузіязм.

Можна уявити погляд світло-блакитних очей: печальний, застиглий. Він прийшов із пронизливого, вологого холоду, що резонував із внутрішнім станом. Зиркнув крізь шибу — і знову напорвся поглядом на чорні дерева, пустку оголеного простору, заштрихованого сіризною косого млявого дощу.

Зеров запитує Домонтовича щось дивне: «Чи ви стоїте біля вікна і дивитесь годинами крізь нього?»

Цей показово, підкреслено дивується: «Я? Біля вікна? Навіщо? Що можна побачити крізь вікно?» Такий рішучий подив, з наміром чи без, покликаний вказати на дивакуватість гостя. Той, очевидно, знічується, відчувши себе ще більшим нікчемою. Бо навіщо інакше він раптом, як мале хлопча, охоплене почуттям провини, хоча жодної шкоди скоєно не було, переводить стрілки на Бурґгардта: «А ось Освальд Федорович робив так!..» Він соромиться себе? Він відчуває провину за сам факт свого смутку?

Але Домонтович не настільки наївний. Хитрий знавець психології, зацікавлений працями Фройда (ще поки їх було в Радянському Союзі дозволено) уважний спостерігач за людською природою, Домонтович не сумнівається у тому, що Зеров розповідає про власний досвід. Так, саме він стоїть біля вікна і годинами дивиться крізь нього. Так, «на невизначене, завжди тотожне собі ніщо злиденної вулиці, мокре гілля дерев, дощові калюжі між камінням шосе, почорнілий від дощу дерев'яний паркан на протилежному боці вулиці».

Перебільшено надавши невинній звичці Зерова обриси цілковитого безглуздя і тим самим її висміявши, Домонтович нею ж захоплюється. Йому притаманне захоплення химерностями, чудернацькими дрібницями, з яких мало хто здатен був би витягнути сенс.

Ба більше. Описи схожої звички, ритуалу чи ознаки «хворих нервів» ми знайдемо у інших персонажів Домонтовича. Тих, кого Віктор Петров не знав особисто.

Ось що виробляє, наприклад, Франциск Ассизький: «Хлопця не приваблювали крамарські справи. Раз у раз він тікав із хати. Довгими годинами простоював десь на самоті в полі, в гаї або коло ріки, нерухомий, одірваний од усього, сповнений подиву, заглиблений у споглядання світла, фарб, звуків. У променях сонячного сяйва він бачив янголів, що сходили з неба на землю, у зоряній тиші нічного неба чув мелодію небесних сфер. Йому вчувалися голоси».

А ось що відбувається з Вінсентом Ван Ґоґом: «Уже з дитинства він виявляє важку вдачу. Він дикий і замкнений, нерадісний, сутінковий. Поглинений собою, він тримається осторонь од інших дітей. Він не галасує. На самоті блукає по полях. Довгі години мовчки простоює на березі річки або каналу, роздивляючись, як пралі перуть білизну. Від річки він іде на село, щоб з такою мовчазною зосередженістю спостерігати роботу ткачів».

Вияви дивацтв, несхожості на інших, нетутешності, поглинутості чимось своїм, далеким і незрозумілим більшості людей, непрактичність та ірраціональність, перетворення речей неважливих і дрібних на важливі й вагомі, самовідречення заради чогось, більшого від них самих — усі ці схильності явно чарували Петрова-Домонтовича. Більшість його персонажів, якщо не всі, доволі відбита, значною мірою пришелепкувата. Вони недолугі, непристосовані, кумедні. Кожен із них скроєний за якимось ледь бракованим лекалом. Часто вони жалюгідні, вивернуті до читача непоказним боком. Попри те, що кожен із них — геніальний.

Майже всі історичні постаті, герої белетризованих біографій Домонтовича — і Франциск Ассизький, і Ван Ґоґ, і Рільке, і Куліш, і Костомаров, і Сковорода, і Карло Ґоцці, і Вацлав Жевуський, і персонажі вигадані — професор Комаха з «Доктора Серафікуса» чи Линник із «Без ґрунту» — зображені чудернацькими диваками, часто суперечливими й роздвоєними. Химерні й нерідко безглуздо-смішні у своїй незвичайності, вони вперто й вірно тримаються власної справи, віри, покликання, переконання. Навіть якщо невротично смикаються і терзаються, як Куліш, їхня хворобливість наповнена живими пристрастями.

Такі бентежні, вивернуті слабкостями назовні, вони викликають зніяковіння в читача. Викликають співчуття і ніжність. Зворушують найчистіше, як зворушує бездомне цуценя, що невинно грається травинкою, чи рідна людина, найменші прояви якої ти знаєш наскрізь.

Ця нота, ця м'якість, це зворушення відчувається в описі Петровим Миколи Зерова. Він із нею не перебільшив тут, із цією нотою, не розкрив її повного звучання — так лише, натякнув на її присутність. Бо інакше, напевно, ці почуття неможливо було б витримати. Інакше вони могли б наповнити собою ціле життя.

Так звана «літературна дискусія» 1925–28 років почалась зі статті селянського письменника-початківця Григорія Яковенка «Про критиків і критику в літературі». Стаття була написана після того, як його оповідання, надіслане на конкурс на найкращий пролетарський твір, залишилося без уваги. Про Григорія Яковенка можна прочитати, що він був до революції наймитом, а писати й читати навчився у віці вісімнадцяти років. Це страшенно спокуслива легенда, однак інша біографічна довідка повідомляє, що Яковенко походив «із селянської сім'ї волосного писаря». Дуже малоймовірно, що син волосного писаря так пізно навчився читати. Якраз навпаки: він мав би бути одним із тих, хто почав писати і читати найшвидше порівняно зі своїми ровесниками-односельцями, і це мало б стати приводом для значних амбіцій.

У своїй статті Яковенко неодноразово погрожує «з документами в руках» довести, як сильно кривдять молодих пролетарських письменників «сиві олімпійські діди», які сидять в редакціях видавництв, часописів і в журі конкурсів. «Я ще маю зазначити, що пролетарська творчість — елементарна, проста, але здорова й корисна — нашим критикам не до серця». Автор нарікає на те, що друкують не його корисні для селянства твори, а твори Миколи Хвильового, які можуть бути цікавими тільки для міщан і деґенератів, «для яких революція була прикладом найгострішого душевного садизму».

Яковенко пише, що несправедливу ситуацію явно виправило б створення «при редакціях журналів і газет» контрольних секцій «з людей ідеологічно витриманих, цілком розуміючих вимоги щодо пролетарської творчости, які контролювали б рецензії штампованих письменників».

Стаття Яковенка починається словами: «Гадаю, що стаття моя викличе жваву дискусію, на яку я сподіваюся».

Стаття справді викликала жваву дискусію. І завершилась 13 травня 1933 року пострілом у скроню. Самогубець вірив, що його смерть порятує інших. Опісля література відійшла на чималу відстань — її складно було розгледіти десь там, на межі лісу. Її витіснили політика, арешти, заслання, розстріли.

Микола Хвильовий відгукнувся на статтю Яковенка власним текстом під назвою «Про "Сатану в бочці", або Про графоманів, спекулянтів та інших "просвітян"». Це був перший із серії памфлетів Хвильового на теми розвитку української радянської літератури зокрема і культури загалом. Уже в першому тексті Хвильовий озвучив головні пункти дискусії: «Зеров чи Гаркун-Задунайський? Європа чи Просвіта?»

Його памфлети, пристрасні й густі, розбурхані й не надто дисципліновані, але позначені особливим музичним ритмом, притаманним художній творчості романтика й імпресіоніста Хвильового, були сповнені прямоти, обурення, гумору, пафосу, окличних речень, гасел і діягнозів. Відданий комуніст, Хвильовий жагуче вболівав за розвиток українського радянського мистецтва. Він окреслює весь обшир грандіозних можливостей, які з'явилися після Жовтневої революції. Пише про «азіятський ренесанс», про «вітаїзм»: відродження мистецтва, яке оновить всю загнилу Європу, весь втомлений світ, і візьме свій початок із комуністичної України, яка клекоче живодайними творчими силами. Щоб цей процес по-справжньому розгорнувся, варто розставити крапки над «і», чітко відмежувавши графоманів, борзописців, віршомазів, гаркун-задунайських, безграмотне міщанство, «рідненьку просвіту» в вишиваній сорочці і з задрипанським світоглядом, що свого часу була «ідеологом куркульні» від «радянського інтеліґента Зерова, озброєного вищою математикою мистецтва». Варто йти слідом за «Зеровими», вивчаючи європейську літературу і навчаючись із неї, для того, щоб поєднати власний талант і вогонь, справедливість комуни з мистецтвом і мудрістю всього світу: «Європа — це досвід багатьох віків. Це не та Європа, що її Шпенґлер оголосив "на закаті", не та, що гниє, до якої вся наша ненависть. Це Європа грандіозної цивілізації, Європа — Ґете, Дарвіна, Байрона, Ньютона, Маркса і т. д.».

А водночас, писав Хвильовий, невблаганний у своїй розверзтій чесності — яка вже не мала гальм, щоби стишити хід у єдино можливому напрямку, — українському радянському мистецтву варто відмежуватись від Радянської Росії. Для того, щоб перестати бути Малоросією. «Українська інтелігенція відчуває, що в масі вона не здібна побороти в собі рабську природу, яка північну культуру завжди обожнювала і тим не давала можливості Україні виявити свій національний геній». Геть від Москви! Дайош Європу!

З одного боку, він хотів *азіятського Ренесансу*, з іншого, тут же, негайно, водночас — *психологічної Європи*.

Справжнє прізвище Миколи Хвильового — Фітільов. Батько — дворянин, учитель і пияк — власник розлогої домашньої бібліотеки, дав синові змогу пізнати світову літературу. Закінчивши чотири класи школи, хлопець покинув навчання й волочився Слобожанщиною та Донбасом, займаючись принагідною роботою: возив вугілля, цеглу, працював вантажником і чорноробом. Коли його мобілізували до армії на початку Першої світової війни, почались три роки «походів, голодовки, справжнього жаху, який описати я не ризикну, 3 роки голгофи в квадраті на далеких полях Галичини, в Карпатах, в Румунії». Згодом, у листах до Миколи Зерова він писав, що саме той досвід порушив щось у його психіці, став причиною неврастенії і роздвоєности, галюцинацій і надмірної емоційности, які мучили його впродовж усього життя. Він зізнавався Зерову в листах, що двічі намагався вчинити самогубство: «Словом, достоєвщина, патологія, але застрелитися я ніяк не можу. Два рази ходив у поле, але обидва рази повертався живим і неушкодженим: очевидно, боягуз я великий, нікчема».

Він симпатизував українським соціялістам-революціонерам, був членом стихійного загону, який боровся проти режиму гетьмана Скоропадського, але так само не надто вболівав за Директорію. Двічі його мало не розстріляли: одного разу — петлюрівці, іншого — ЧК під Орлом, під час наступу Денікіна на Москву.

Симетрія нездійснених пострілів: два нереалізовані розстріли і два ж невдалі самогубства. Колись це мало нарешті увінчатись успіхом.

З 1919 року він був членом більшовицької партії, мав тісні, можна сказати — родинні — зв'язки з ЧК (його перша дружина була партійним працівником і начебто врятувала Хвильового від розстрілу через якусь провину; сестра працювала в ЧК з 1921), був переконаним, відданим комунаром. Але водночас він — подібно до Шумського — ідентифікував себе як українця. Ще 1917 року він прибув на солдатський з'їзд із двома бантами на грудях: червоним і жовто-блакитним.

Творчість Миколи Хвильового — романтична, імпресіоністична, психологічна, емоційна, майже суґестивна проза, яка, незважаючи на невиразність сюжету, виростала навколо трагічного, невиправного внутрішнього конфлікту й розламаности героя — швидко стала для автора джерелом популярности. Він був розхристаний і талановитий, повсякчас роздертий самокатуваннями, палахкий, перейнятий високими ідеями. Його темні очі блищать хворобливим вогнем навіть на вибляклих газетних знімках. Він не міг не вабити, не чарувати, не займати думок. Йому заздрили, його ненавиділи, його наслідували.

Він був настільки магнетичним, що деякі люди не могли опиратися спокусі видати себе за Хвильового. Якось до Катеринослава приїхав хтось із харківських письменників і йому повідомили, що у Хвильового якраз відбувається серія виступів у місцевих університетах і в театрі. Він розповідав про нові книжки, відповідав на запитання, змальовував майбутнє соціялістичного суспільства і розвиток пролетарської літератури. Він читав: Ах, карнавальте свої оселі // і огадючте оазу міст, // я все ж упертий, хоч невеселий // і неосяжний бажання плац. // Іду похмурий в крицевих дзвонах, // розтаборився по всій землі... // бори в задумі... // ідуть колони... // бори — колони... // То я іду. // Іду — // по логарифмах — // бо вічний дух мій.

Це не він, — сказав харківський приятель Хвильового. — Це не Хвильовий. Він на нього навіть не схожий. Голос такий неприємний. Підвиває, читаючи, як голодна сука.

Хвильовий не такий: він невисокий і сухенький, виснажений постійним розумовим збудженням, його шкіра висушена тривожністю, маніякальністю.

У нього пильні темні очі, широкі брови й різкі рухи рук, які, якщо придивитися, постійно дрібно тремтять. Але коли він читає власні тексти, його голос лунає енергійно й чітко, навіть ледь потріскує у повітрі, немов електрика, що розповсюджується невидимими провідниками.

Самозванець утік, залишивши позаду розчарованих і невтолених шанувальниць таланту.

На початку 1920-х Микола Зеров і Микола Хвильовий листувались. У цьому листуванні відбувався акт навчання: Хвильовий розкривав себе, Зеров розкривав йому свої погляди на культуру і творчість. Протягом кількох років, упродовж яких обидва Миколи обмінювалися листами, Хвильовий встиг багато чого зі своїх бурхливих почуттів та інтуїтивних об'явлень оформити в конкретні ідеї.

Згодом ці ідеї він викладав у памфлетах. Ідентифікуючи себе з комуністичною ідеєю, знаючи, що все, що він робить — має на меті справу загірної комуни, «еру творчої пролетарської поезії справжнього майбуття», він навіть помислити не міг спершу, що його зусилля і хід думок можуть бути витлумачені владою проти нього і його однодумців.

У своїх текстах він постійно підкреслював, що вчитись молодим українським письменникам слід від Зерова (й Зерових), і протиставляв його неосвіченим поціновувачам штампів і дешевих гасел.

Тексти Хвильового ще дужче роздратували цих неосвічених поціновувачів. Кожен мав власні причини не любити Зерова з його неокласиками і Хвильового з його європейським психологізмом. Чи це були ревнощі, чи омана, чи страх, чи незнання іноземних мов і нелюбов до читання інших, особливо — давніх та іноземних, авторів, чи гра на випередження, чи звичайна недоумкуватість, якої ніколи й ніде не бракувало, — їхні голоси об'єднались у безперервний, надокучливий, влізливий хор церберів із циклопами, єхиден із сиренами, неситих лестригонів із мстивими ліліпутами.

А коли до Хвильового приєднався з власними статтями Зеров — ніби перекладаючи емоційність і месіянство першого на виважену й елегантну мову логіки, тверезого розуму й аргументів — колеги зробились подеколи вже зовсім нестерпними і безжальними.

Всі нападали на всіх. Вчорашні найближчі приятелі, що задимленими ночами в холодних помешканнях ще не зруйнованих будинків царського періоду читали одне одному вірші і ділилися літературними відкриттями, сьогодні звинувачували одне одного в «порожньому псевдоінтернаціоналізмі» й «кволій буржуазності», в міщанстві й деґенератстві, міряючись навввипередки, хто з них більш істинний марксист і більшовик. Аргументи опонента, які мали засвідчити його відданість радянському ладу, негайно оголошувалися доказом ультраправої або куркульської, шкідницької суті.

Просто знищити їх усіх було недостатньо. Перед тим, як знищити фізично, влада домагалася тривалого морального нищення письменниками одне одного: невротичного, виснажливого, дедалі засліпленішого. Вони мусили вгризатись одне одному в горлянки, висисати самі з себе кров, заганяти самі себе до вивернутого простору деструкції, в якому — лише параноя, розпач, відчуття облоги, страху і безнадії, луна від кроків на темних сходах, спаковані про всяк випадок валізи біля дверей, поки ти одягнутий галюцинуєш у ліжку: і навіть воно перестало тебе впізнавати.

Очевидно, просто фізично їх розстрілявши, по-справжньому знищити було неможливо.

У сам розпал цькування і знавіснілих гонить з'явилася Постанова Політбюро ЦК РКП (б) «Щодо політики Партії в області художньої літератури» від 18 червня 1925 року, яка чітко давала зрозуміти кожному, в кого могли ще закрадатись бодай невиразні сумніви, чим є і якими повинні бути література та творчість в Країні Рад: «На жодну мить не здаючи позицій комунізму, не відступаючи навіть на йоту від пролетарської ідеології, розкриваючи об'єктивний класовий смисл різноманітних літературних творів, комуністична критика повинна безжально боротись проти контрреволюційних проявів в літературі, розкривати зміновіхівський лібералізм і т. д., і в той же час виявляти величезний такт, обережність, терпимість у стосунку до всіх тих літературних прошарків, які можуть піти з пролетаріатом і підуть з ним».

Якщо зазвичай у різні епохи і в різних культурах творчість трактувалась як один із небагатьох доступних просторів для звільнення людини, замкненої в жорстких рамках тілесного життя, як шанс для подолання обмежень власного еґо, спосіб переживання свободи, то в цьому випадку вона перетворювалася на невигадливий інструмент обслуговування. Він видавав набридливий монотонний звук. І ним можна було завиграшки вбити. Власне, він заіржавів від крови.

У квітні 1926 року, після візиту Шумського, який скаржився на перешкоди в проведенні українізації і переконував Сталіна змістити з посади Кагановича, Сталін написав до Кагановича й інших членів Політбюро листа. Серед іншого він висловив занепокоєння з приводу останнього памфлета Хвильового — «Московські задрипанки». То був тринадцятий за порядком текст. Хвильовий любив число 13: він народився 13 грудня. (Хто сумнівається, якого травня він застрелився?)

Сталін писав про те, що «вимоги Хвильового про "негайну дерусифікацію пролетаріяту" на Україні, його думка про те, що "від російської літератури, від її стилю українська поезія повинна втікати якомога швидше", його заява про те, що "ідеї пролетаріяту нам відомі і без московського мистецтва", його захоплення якоюсь месіянською роллю української "молодої" інтелігенції, його смішна і немарксистська спроба відірвати культуру від політики, — все це і багато схожого в устах українського комуніста звучить тепер (не може не звучати!) більш ніж дивно. Тимчасом як західноевропейські пролетарі і їхні комуністичні партії сповнені симпатій до "Москви", до цієї цитаделі міжнародного революційного руху й ленінізму, а західноевропейські пролетарі з захопленням дивляться на стяг, що майорить у Москві, український комуніст Хвильовий не може сказати на користь "Москви" нічого іншого, як тільки закликати українських діячів бігти від "Москви" "якомога швидше". І це називається інтернаціоналізмом! Що сказати про інших українських інтелігентів некомуністичного табору, якщо комуністи починають говорити, і не тільки говорити, а й писати в нашому радянському друці мовою Хвильового?»

У червні 1926 відбувся пленум ЦК КП(б)У «Про підсумки українізації», в постанові якого йшлося також про неокласиків. Їх прямим текстом звинувачували в намірі відродити капіталізм, буржуазний лад.

Крім усіх інших численних наслідків, які тягнула за собою ця постанова для Зерова й інших, вона змусила Хвильового припинити листування з Зеровим. Їхня дружба раптом оніміла.

Хвильовий каявся, визнавав ідеологічні й політичні помилки, шкодував через заклики орієнтуватися на Європу і розривати стосунки з Росією, а ще — що підтримував ворожі літературні групи на кшталт «неокласиків».

До його артистичного, істеричного, спланованого самогубства залишилось ще 7 років. Він думав, що зможе самогубством вплинути на розвиток ситуації. Мав певність, що зможе багатьох врятувати. Не сумнівався, що його життя — важливе. І що тим важливішою стане його смерть.

Григорій Яковенко — селянський письменник, ображений на «сивих олімпійців», який розпочав «літературну дискусію» — взимку 1935 року сумлінно збирав на Донбасі матеріяли для книжки «Історія шахти Ілліча». Його бентежила чорна скоринка на припорошеній снігом, потрісканій землі. Шахтарі розмовляли з ним неохоче, були зазвичай тяжкі й понурі, і він постійно відчував якусь невиразну провину, яку вперто намагався не помічати. Там його й заарештували просто в гуртожитку №2 тієї шахти, історію якої він збирався писати.

Під час слідства працівниця секретно-політичного відділу НКВД УРСР Гольдман з'ясувала, що він «був активним учасником контрреволюційної української націоналістичної організації і знав про підготовку терористичних актів проти керівників партії та радянського уряду». Його звільнення означало б величезну загрозу, стверджувала Гольдман.

Під час слідства Яковенко відкидав будь-які звинувачення. Його позбавили волі на 4 роки і відправили до київської в'язниці.

Про подальшу долю Григорія Яковенка більше нічого не відомо.

Яків Савченко, який на початку 1920-х полишив поезію і взявся за літературну критику, був автором двох полемічних книжок, спрямованих проти відстоюваних Хвильовим і Зеровим цінностей: «Азіятський апокаліпсис» і «Проти реставрації греко-римського мистецтва». Крім цих книжок, він писав статті, в яких викривав хитрість та ворожість, мляву буржуазність неокласиків. «Я тут не переказую науки неокласиків. Вони її не мають. Вони її не вміють створити — ні з чого. Та й самі вони, — хоч і дуже "учені люде", — вигадати сякої-такої — про людське око, — теорії невдатні. А, може, з властивого їм "такту" і не хочуть починати небезпечне діло з "теоріями", бо надто вже ясно, з яких рівчаків тече неокласична "цілюща" вода».

Літературна дискусія примножила творчий запал і плідність Савченка. Його статті, що в них він сповідує соціологічний метод, іскрять особистим заанґажуванням і відчуттям наповненого сенсом життя. Критик впадає в раж від власних формулювань і аналізу, збуджується від свого гумору: «Родословна українських неокласиків — формальна, подекуди й ідеологічна, — стара, як світ: Авраам роді Ісаака, Ісаак роді Іакова, Іаков — 12 синів, а ці 12 разом вилупили спочатку Зерова, потім Якубського, а вже нарешті двох близнюків, М. Рильського й П. Філіповича».

Вночі 17 вересня 1937 року Якова Савченка розбудили і оголосили про його арешт. Окрім співробітників НКВД, був присутній двірник Нізельський, який, стараючись зберігати відповідний до ситуації вираз обличчя, уявляв собі, що він у церкві на Службі Божій. У розбурханому ліжку кліпала почервонілими очима молода дружина. Під час обшуку було вилучено докази: рукописи, листи, книжки, фотографії.

1 жовтня Савченкові повідомили, що його звинувачують в участі «в антирадянській націоналістичній організації», в рамках служіння якій він провадив «шпигунську, шкідницьку і терористичну діяльність» проти радянської влади.

Головною підставою для цього звинувачення була короткотривала праця для газети «Україна». Її публікували під час Директорії в Кам'янці-Подільському.

1 листопада 1937 року Військова колегія Верховного Суду СРСР винесла вирок: найвища міра покарання — розстріл.

Наступного дня Якова Савченка розстріляли.

Дмитро Загул, ще навчаючись у чернівецькій класичній гімназії, сам перекладав фрагменти «Енеїди» Верґілія, Горацієві сатири, «Пісню про дзвін» Фрідріха Шіллера. Перекладав Гайне, Ґете, Байрона, Андерсена-Нексе,

Бехера. Так само, як і безліч німецьких романсів, покладених на музику Бетховеном і Шубертом. Серед них, наприклад, «Бабака» з п'єси «Ярмарок у Плундрерсвейлерні». Цю пісню співав маленький савойський хлопчик, який блукав Німеччиною з дресированим бабаком, що підсвистував мелодії, допомагаючи заробляти гроші їм із господарем на прожиток.

Поезія символіста Загула була просякнута відчаєм і безнадією, понурим містицизмом. Згодом він доклав зусиль, щоб власною лірикою наздогнати карколомні темпи бадьорого Жовтня, але виходило у нього непереконливо. Його перестали видавати окремими збірками, тому Дмитро Загул взявся за критику.

Знавець мов і літератур, перекладач, у своїй брошурі «Література чи літературщина?» він писав: «Тільки незадоволення сучасним станом речей, непогодження з нашою сучасною дійсністю штовхає декого з наших митців на той шлях, що на ньому в своїй мистецькій творчості стоять неокласики. Вчитайтеся тільки в їхні твори і ви побачите навіч, як далеко хочуть вони втікти від нашої дійсності, які вони самітні в сучасному соціяльному оточенню».

Вибираючи цитати з поезій неокласиків, що стосувалися самотности й бажання вирватись назовні, Загул підбивав підсумки: «Отака самотність — наслідок одірваности від реального ґрунту, від народу. В наші часи побідна мистецька самотність може перейти в приховану ворожість до "бруду", до "плебсу", до того profanum vulgus, що його римський поет Горацій, улюбленець Зерова, "ненавидить" і "держить осторонь" од себе. Наші неокласики стоять на подібній позиції відчуження від маси, на позиції оборони перед наступом мас на їхнє "святая святих", на їх мистецтво, де вони відпочивають душею від "бруду життя"».

1933 року Дмитра Загула звинуватили в націоналізмі і засудили на 10 років концтаборів. Ув'язнення він відбував у Забайкаллі, на залізничній станції Урульґа. Там працював редактором газети «Строитель Бама» і літературним оформлювачем в агітбригаді. Після переведення на Колиму, був асистентом фельдшера, помічником маркшейдера, заготівельником деревини, обліковцем на вивезенні торфу та золотоносних пісків, обмірником забоїв, днювальником у бараку.

Коли термін ув'язнення закінчився, Загулові повідомили, що оскільки жодних розпоряджень з центру немає, йому доведеться залишатись у концтаборі.

Влітку 1944 року він помер на Колимі від паралічу серця.

Володимир Коряк (справжнє ім'я — Волько Давидович Блюмштейн) — керівник кабінету радянської літератури Інституту Тараса Шевченка і один із найбільш послідовних літературних критиків соціологічного методу.

Про нього казали, що має дві душі: одну — котячу, другу — заячу. Він був дрібненький, прудкий, сутулий, вічно заклопотаний. Пристрасний промовець, він вирізнявся тим, що у своїх критичних статтях порівнював легкий і пінистий імпресіоністичний стиль із зашкарублими й пласкими трактуваннями. «Творчість не є певний спосіб пізнання дійсности, — наприклад, цілковито безапеляційно стверджував Коряк. — Часткові наслідки мистецької творчости використовуються, як джерело пізнання суспільної ідеології й матеріяльної дійсности певної доби. Але завдання мистецтва зовсім інше; воно є знаряддям емоційного поширення від людини до людини й на широкі маси клясової ідеології».

30 вересня 1937 року його виключили з КП(б)У як «буржуазного націоналіста, що не побажав роззброїтись проти Радянської влади». 1 жовтня його заарештували. 21 грудня, під час суду йому винесли найвищу міру покарання за контрреволюційну діяльність. 22 грудня Володимира Коряка розстріляли.

Самійло Щупак ще з 1919 року повністю віддався партійній роботі, літературній критиці і пропаганді. Перед письменниками він надавав перевагу приятельським — чи які там були можливі — стосункам з партійниками, був із усіх боків захищений і підмощений, і поводився впевнено й безапеляційно, підстрахований і налаштований войовниче. Його особливо дратував Хвильовий.

«Отже, ми сперечаємось не проти "обличительства" графоманів, не проти "Європи", як символу культури. Як символ, слова "Європа" не забороняється вживати. Але ми викриваємо тов. Хвильового, зазначаючи, що коли "Європу", як найвищий ідеал Хвильового, збираються вже тепер здійснити, спираючись на ВАПЛІТЕ в спілці з Зеровими, Филиповичами, то це дуже підозріла Європа. Це культура для культури, ренесанс для ренесансу, мистецтво для мистецтва. Це байдужість до проблеми пролетарського ренесансу на Україні. Це націоналістичне захоплення тов. Хвильового».

Арешт Щупака став шоком геть для всіх. У це важко було повірити. Його заарештували 10 листопада 1936 року за постановою військового прокурора диввійськ'юриста Євгена Перфільєва. Через п'ять місяців Щупака звинуватили в участі у контрреволюційній троцькістській організації, яка здійснила вбивство Кірова, у створенні терористичної групи, до якої він начебто вербував молодих письменників.

Закритий суд над Щупаком відбувався в Москві, без залучення свідків, звинувачення й захисту. Він тривав 10 хвилин. Було винесено вирок: вища міра покарання. Щупака розстріляли того самого дня.

Перфільєва, до речі, заарештували згодом також. Підставою стала видана ним попереднього року директива: «...покласти край недостатньо серйозному ставленню до питань арешту, випадкам, коли працівники НКВД пропонують заарештувати "про всяк випадок", щоб легше було все з'ясувати».

Перелічувати ці смерті можна сотнями й сотнями сторінок. Характери, людські слабкості, любовні історії, пошуки, пристрасті, темпераменти, способи самовираження, боягузтво, відчайдушність, божевілля — однаковий кінець. За невеликими винятками: хтось покінчив життя самогубством, більшість — розстріляно, абсолютну більшість — заморено голодом і вислано на край світу.

Можна згадати ще Олександра Дорошкевича, університетського приятеля Зерова, з яким вони багато років були близькими друзями. З розгортанням літературної дискусії Дорошкевич почав роздвоюватись: інстинкт самозбереження нестерпно поманив його в бік партійно-комуністичний, «на позицію пролетаріяту». Ще певний час у своїх виступах і статтях він плутався і висловлював двоякі твердження, не встигнувши перелаштувати свідомість. Його навіть зображено на карикатурі Казимира Агніта-Следзевського: Дорошкевич на малюнку має дві голови, що дивляться в протилежних напрямках. Підпис повідомляє: «Ну й ситуація ж! Аж в'язи болять!»

Дорошкевичеві не допомогли ні виступи проти СВУ й Сергія Єфремова, ні дедалі вправніше використання соціологічного методу. Його почали переслідувати, забороняли друкуватись, усіляко тисли психічно, а в середині 1930-х років вислали на Урал викладати в Педагогічному інституті. Дорошкевич повернувся в Україну перед самою смертю, і активної діяльності більше не міг проводити.

Можна згадати Сергія Пилипенка, голову спілки селянських письменників «Плуг», який вів одну з основних партій наступу на Хвильового під час літературної дискусії. Він не припиняв наголошувати, що жодної вільної конкуренції між письменниками, як того хочуть Хвильовий із Зеровим, не буде, бо цього не допустить партія. Вона ж не відмовиться від протекціонізму пролетарським організаціям у всіх ділянках життя.

Пилипенка виключили з партії, арештували і за тиждень після виголошення вироку розстріляли.

Можна згадати красунчика Валер'яна Поліщука, експериментатора й епатувальника, який називав себе «Філософом із головою хлопчика», писав відверту еротичну поезію і твори для дітей, і начебто жив у вдоволеному трикутнику з двома сестрами — Йолкою і Лічкою Конухес. Він встигав із людьми стати найближчими душами у Всесвіті — як-от, наприклад, із Тичиною і Хвильовим, і так само встигав розвести з ними непримиренну ворожнечу. Єдина провина, яку визнав за собою Поліщук, коли його арештували і висунули звинувачення — авторство порнографічних текстів.

Його було розстріляно в Сандармоху того самого дня, коли розстріляли Зерова. Тоді, коли розстріляли 1111 в'язнів.

Чому Петров майже не виникає під час «літературної дискусії»?

У ці роки він працює над власними художніми творами: над «Дівчинкою з ведмедиком», «Аліною й Костомаровим», «Романами Куліша». Безперервні перетягування канату, суперечки, памфлети, статті й диспути безпосередньо впливають на постання цих текстів. Можна спекулювати, що Петров-Домонтович відповідає опонентам своїх приятелів-модерністів, конструюючи власні романи. Він грається так само, як граються вони, кривляється, формулює теорії, розмірковує про розвиток культури, цінності, пропонує власне прочитання традиції. Дражнить зашкарублих «народників», роблячи з Костомарова й Куліша безнадійних дитинних диваків і капризних самолюбів. Кепкує з полум'яних гасел комуністів про впорядкованість і лад нового світу, де все «деґенеративне» і «шкідливе» от-от буде винищено, а залишиться тільки правильне, бадьоре, життєствердне, марксистсько-більшовицьке, робітниче-селянське. Але кепкує, вдаючи власну наївність, загортаючи своє кепкування в кілька шарів. Пересічний критик соціологічного методу, читаючи його тексти, роздратується, клюне на наживку: напише рецензію про те, що твір Домонтовича «не має нічого спільного з ідеологічною установкою пролетаріяту», а світ, показаний у романі, — «не той світ, у якому ми живемо». І не помітить, що повірив у пародію на любовно-еротичний детектив, схрещений із соцреалістичним романом, у колаж із карикатур на героїв Жовтневої революції, страшилок про моральний занепад буржуазії, перелицьованих цитат із творів модних авторів.

Петров-Домонтович мав смак до формалістських прийомів: його художні тексти значною мірою побудовані на цитатах, і бракувало зовсім трохи, щоб він створив текст, що всуціль складався б із прямих чи непрямих цитат інших авторів. Він вводив у свої твори персонажів із текстів інших письменників. Він захоплювався професором-мовознавцем Іваном Огієнком, який написав скрупульозну й розлогу наукову працю і виголосив блискучу доповідь, присвячену наголосу в слові «му́зи́ка» у поемі «Полтава» Пушкіна. Серед його невтілених задумів була ідея любовного роману, побудованого не на подіях із життя закоханих, а винятково на їхніх снах. «Сни повторюються. Вони лейтмотивні, й мотиви снів заступають зміни й подробиці любовних пригод. Це був би надзвичайно цікавий роман».

Персонаж роману «Доктора Серафікуса», Василь Хрисанфович Комаха — «автор, який існує в примітках».

Петров, без сумніву, оцінив би роман шведського письменника Петера Корнеля «Шляхи до раю», що складається з приміток до тексту, який читач може хіба що вифантазувати сам.

Але все це залишалося недоступним більшості радянських критиків. Їхні органи чуттів не реєстрували таких частот. Щось збуджувало їхні підозри, викликало сумніви — але що саме, вони нездатні були вловити.

Вони писали: «Своєю тематикою та й загальним стильовим спрямуванням твір не є відповіддю на соціяльне замовлення радянського читача». Або: «Проте кінцеві тенденції Варецького, що, до речі сказати, заливаються вином, видаються академічними й непереконливими, а натомість залишається надламність психіки героїв, що їй не протиставлені здорові постаті й ідеї, а заглиблене трактування істин та надламність постатей разом із виключною увагою автора до любовної інтриґи й епізодів, відсутність у повісті правдивої картини радянської дійсности, — виявляють дрібнобуржуазний психо-ідеологічний комплекс його як твору дрібнобуржуазної ідеології».

Крім вигадливої полеміки в художніх текстах, Петров дискутував у текстах літературознавчих: про Сковороду, Куліша, Шевченка. Марксистські критики, скажімо, вибухнули гнівом через трактування «теорії нероблення» Сковороди: такі антисоціальні ідеї були неприпустимими в суспільстві невсипущих трудівників. Петров написав відповідь на одну з таких критичних рецензій, у якій знову повернув на свої місця перекручені марксистами акценти. «Сковорода, шкільний учитель і попередник психотехніки, спрощений і вульгаризований, нам не потрібний».

Однак безпосередню участь у сутичках і гризні, в диспутах і полеміці «літературної дискусії» Петров не брав. Він не втручався у суперечки вибору між Європою і Москвою, «Зеровими» і «Гаркун-Задунайськими», освітою і «Просвітою». Тримався осторонь. Так, ніби це не про нього згадувала більшість неокласичних приятелів, як про любителя ущипливих жартів, уїдливих натяків, сумнівних провокацій.

Може, це зовсім і не дивно.

Максима Рильського заарештували 19 березня 1931 року. Це був його день народження — цей трюк часто використовувався для посилення фрустрації, для демонстрування повної безпомічності й неважливості арештованого. Не існувало нічого — думок, зворушливих сімейних ритуалів, будь-яких побутових дрібниць, звичок, приємностей, особливостей — які б система залишала людині. Вони діяли часом доволі вигадливо. Очевидно, переживали навіть збудливі приступи натхнення, що супроводжувалися пришвидшеним серцебиттям, дзвінким сміхом, диханням на повні груди.

Ось, скажімо, арештовуючи Рильського, того самого дня вони арештували і одного з його приятелів, оперного співака Миколу Дейнара. Дейнар святкував свій день народження 19 березня, як і Рильський, і традиційно вони щороку поєднували обидва святкування в одне.

Все розрахували таким чином, щоб іменинники перетнулись у коридорі Лук'янівської тюрми — розгублені, з торбинками в руках, вони чекали розподілу до камер і намагалися жартувати. Свідомість кожного ще відкидала реалістичність того, що відбувалося.

По Рильського прийшли пізно ввечері. Вони з дружиною вже встигли лягти до ліжка. Вочевидь, працівники ДПУ спеціально стежили за вікнами помешкання тих, кого мали арештувати.

Вони сиділи в своєму тупоносому «воронку», чиї заокруглені, згладжені боки з вузькими видовженими вікнами зливались із сутінками, що вже густішали, і поглядали на те, як у помешканні на Бульйонській, 14, запалюється світло, як ковзають затишні тіні за фіранками. Прислухались до голосів, що долинали з кватирок. Побілені вапном стовбури лип невдовзі починали скидатись на постаті померлих, які стояли вздовж вулиці, розділені рівними інтервалами. Бруд і грибок плямами вгризався в старі двоповерхові будівлі. Сніг іще не обліз з хідників. У брамах нерівно завивали протяги.

Чоловіки у «воронку» чекали, аж доки світло в помешканні не гасло. Тоді вони припиняли, можливо, свої неспішні розмови. До того вони розмовляли про щось буденне: про те, чи скресла вже крига на Дніпрі, і про те, як уже хочеться літньої спеки, і про арештованого колегу, з яким вони всього лише кілька днів тому ось так чигали на ворога режиму, а тепер уже і його самого допитували слідчі.

Вони вичікували, мабуть, ще якийсь час після того, коли світло гасло. Сиділи в повній тиші і темряві. Когось із них, напевно, хилило в сон. Ставало зовсім холодно. Надходило роздратування. Треба було дочекатись, щоб той, кого мали арештувати, — а також усі члени його родини — встигли заспокоїтися, звично і зручно вмостились у власних ліжках, зростися з ними в просторі ніжного сну початку ночі.

Ось тоді вони й вислизали з машини. Гасили недопалки каблуками чобіт. Пірнали в браму. Піднімалися сходами. Гупали в двері. Робили це швидко й гучно. Ще гучніше.

З того боку — хоч перші миті продовжувала стояти пронизлива тиша — повітря розпирав лячний ірраціональний жах.

Коли вони увірвались до помешкання Рильських і почали перевертати речі, його дружина Катерина, яка так і залишалась лежати в ліжку, вибрала мить, схопилася і, знявши зі стіни мисливську рушницю чоловіка, заховала її поруч із собою під ковдрою.

«О, звідки вона тут?» — здивовано підняла вона брови, коли один зі співробітників ДПУ зірвав із неї ковдру.

Упродовж п'яти місяців Рильського тримали в камері з іншими арештованими і водили на допити. Він повинен був зізнатись у націоналістичних нахилах, тісних зв'язках зі Спілкою визволення України, підривній діяльності на шкоду Радянського Союзу, дружбі з ворогами народу, шкідництві. Якраз у розпалі був процес над СВУ.

Під час допитів Рильський усно й письмово вибудовував складні конструкції, плетива причин і наслідків, що розгортались одночасно у різних логічних площинах. Він робив із себе наївного, але відвертого чоловіка, м'якотілого й заплутаного, схильного улягати впливам, поглинутого сумнівами любителя випити. (Робив чи був таким?) Слово «чарка» у протоколах допитів зустрічається страшенно часто: більшість «помилок», які Рильський визнає за собою, пов'язані з розмовами за «чаркою» з тими чи іншими ворогами народу, яким вдалося Рильського обплутати.

Він чесно визнавав за собою «гріх українства» й «націоналізму», але щоразу додавав до цих зізнань уточнення про власну недалекість і слабкість, про недостатнє знання марксистської теорії, про легковірність. Говорячи про український націоналізм, Рильський нав'язливо використовує образ свинцю, прикутого до ноги, важкого тягаря, гирі.

Під час допитів він не говорив неправди. Але водночас і правди не говорив. Вигадливість поета, якому доступний обшир епітетів і художніх засобів, людини, яка засвоює мить за посередництвом слова, яка володіє витонченістю відтінків і грою світла й тіні, невловними бризками значень, в певному сенсі його порятувала. Він не брехав і не говорив неправди, а просто ледь зміщував акценти й наголоси. Трошки змінював композицію. Широта розуміння неоднозначних феноменів життя, весь його досвід відчуття «краси отрути» і «отруєної краси» дозволяли бути переконливим проти слідчих. Його поетична пластичність і гнучкість межували з прогинанням. Це був лише початок процесу, повільний рух у розкришення ідентичності. Уламки невпинно дрейфували, віддаляючись одні від одних.

Даючи свідчення про тих чи інших знайомих, Рильський дбав, щоб погоджуватись зі слідчим тільки у випадку осіб, про яких було відомо, що вони засуджені і приречені. Всіх інших Рильський характеризував як людей, глибоко відданих ідеям марксизму-ленінізму.

Це був початок його співпраці з радянською владою. Попереду на Рильського чекало життя заслуженого радянського поета, автора «Пісні про

Сталіна» — яка, разом із примхою Хрущова, зберегла життя поета в 1937-му. Багатьох його близьких друзів знищили. Їхні беззахисні, розгублені образи просочувались у сни, стояли завжди десь за кілька кроків від нього. Він не те щоби брехав і не зовсім говорив правду. Він продовжував жити, отруєний. Він пізнав розрив між порожнечею художнього засобу і дійсністю: в токсичній отруті, що не давала жити, але й дозволяла не помирати, жодної краси не було.

Під постійним тиском, під задушливим ковпаком, у намулі ритуалів Рильський продовжував все життя балансувати на межі депресії та життєрадісності, й невідомо, що з цих двох виявів за навколишніх обставин було свідоцтвом більшої хвороби.

Протягом п'яти місяців ведення слідства Рильському чотири рази доводилося знайомитися з новим слідчим. Новенький насамперед повідомляв про арешт свого попередника. Щоразу те саме: ворожі наміри було вчасно викрито — мало не по-змовницьки заспокоював в'язня слідчий, — на злочинця чекало покарання.

Коли 19 серпня було видано наказ звільнити Рильського з-під арешту, йому повідомили про це не одразу. Спочатку розіграли жарт: слідчий сказав, що провину доведено, і вже завтра Рильського на 10 років відправлять на Соловки. Після цього ув'язненого відпровадили на побачення із дружиною, яка щойно повернулась із зустрічі з Генеральним прокурором Республіки. Зауваживши її піднесення, Рильський вирішує не говорити про вирок.

«Це вже не психологічний тиск слідчого Андрєєва, а зразок людської підлості», — пише син Рильського у спогадах.

Але чи психологічний тиск людини на людину не є завжди зразком людської підлості?

Повернувшись додому, Рильський присів навпочіпки і, заливаючись гавкотом, на чотирьох увірвався до кімнати, викликавши бурхливу радість у маленького сина.

Так його сеттер-ґордон казився, захлинався щастям, намотував кола, теліпав вухами, опинившись за містом, на природі, у лісі, над озером, серед залитої сонцем свободи й тиші.

Чому вони його відпустили? Невже тому, що йому вдалося переконати їх у своїй відданості режиму? Невже через визнання власної провини і обіцянки служити Радянському Союзу? Це було б надто просто й логічно, надто визначено. Стільки людей під час допитів говорили можливе й неможливе, аби порятуватись, зводили наклепи на себе й на інших, виплітали майстерні, бездоганно-логічні панно з брехні, клятв, аргументів і доказів, застосовували найпереконливіші засоби самовираження, безліч разів посилені страхом смерті. Їм це не допомагало.

Рильського відпустили випадково. Відтоді він докладав зусиль для порозуміння з режимом — але життя його тривало далі через вигадливу гру випадковостей і примх, настроїв тих чи інших впливових людей, суб'єктивних симпатій, погодних умов, роботи чийогось кишково-шлункового тракту чи вдалого сп'яніння.

Ось як тоді, під час прогулянки Хрущова і українських письменників Дніпром на пароплаві у травні 1948-го, куди Рильського не запросили. Перший секретар (знову — після недовгої паузи) потерпав від дошкульного сонця, яке несподівано швидко напекло йому лисину, поки він насолоджувався вітерцем, до того ж від шампанського почалася печія — поет Тичина вибрав невдалий момент, щоб наблизитись і поговорити з Хрущовим про Рильського, якому дав обіцянку. Хрущов вилаявся і бризнув слиною, він і чути не хотів про клятого націоналіста. Треба було повісити його ще в 1945-му поруч із бандерівцями, яким він так співчував, десь на Західній Україні. Він порятував його десять років тому, коли не поставив свого підпису під наказом про розстріл, а той так і не затямив нічого!

Тичина похитнувся і побілів. Вино з келиха розхлюпалось на палубу, мало не омивши туфлю Першого секретаря. Той не помітив цього, продовжуючи біситись. Вибух гніву змусив усіх присутніх замовкнути і завмерти. Тріпотів лише прапор і білі сорочки на присутніх.

За кілька хвилин до Хрущова знову повернулася його звична благодушність. Тичини поруч із ним не було, а поет Бажан у відповідь на здивоване запитання підказав, що той замкнувся у себе в каюті. Всім же відомо про його слабкі нерви, про його надзвичайну вразливість. Він налякався, по-справжньому налякався.

Хрущов терпляче стукав у замкнені двері і переконував Тичину вийти. Він примирливо говорив щось про те, що нехай собі буде той Рильський, хрін із ним, ну навіщо ж поводитись так по-дитячому? Чому вони всі, ці письменники, поводяться, наче діти? Перший секретар кликав поета випити, але в каюті було зовсім тихо. Так, ніби там уже давно нікого не залишилось.

Після п'яти місяців, проведених у в'язниці, Рильському більше ніколи не росли вуса.

Наступного дня після звільнення вони з дружиною вийшли погуляти на бульвар Тараса Шевченка, і Рильський знепритомнів. Був серпневий день. У тополях шарудів сухий вітерець. Дружина потім сказала, це сталося від надміру свіжого повітря.

1931 року Освальдові Екартові Бурґгардтові з дружиною і сином дозволили покинути Радянський Союз і виїхати до Німеччини. Він народився у родині німецьких колонізаторів: його дід, Авґуст Бурґгардт у XIX столітті переїхав із прусського міста Зольдіна на Волинь, щоб заснувати фабрику сукна.

Зерова з Петровим Бурґгардт знав іще з Університету святого Володимира, де вчився на романо-германському відділі філологічного факультету. У всіх трьох, хоч вони й вступили до Університету в різні роки, було багато спільних викладачів, зокрема — Володимир Перетц.

На початку Першої світової війни Бурґгардта через його неблагонадійне походження було вислано царським режимом на заслання до Архангельської області. Ці заслання значно різнилися від тих, у які почали відправляти «ворогів народу» вже за радянської влади, але, звісно, Бурґгардтові порівнювати не було з чим. Навряд чи перебування у Мар'їній горі можна було назвати приємною пригодою, однак суворі морози, арктичний видимий вітер, нескінченний сніговий простір з його напівтонами і галасом білого, вкриті модринами, ялицями й соснами рівнини налаштовували на споглядання. Серед споглядання відбувалося перетворення. Перебуваючи так далеко від місць, у яких народився, Бурґгардт чітко відчув, що належить їм. Німець за походженням, досі він писав поезію російською мовою. Із заслання він повернувся українським поетом.

Навколо його глибоко посаджених, з виразними повіками, очей залягали тіні. Погляд незмінно свідчив про задуму. Перебуваючи в товаристві, поруч із друзями, просто посеред жвавої бесіди він міг немов поринути куди-інде, заблукати поміж думок. Однак він бував і пристрасним, і діяльним.

Це він, Бурґгардт, не раз зустрічав приятелів на порозі помешкання Якубського біля Сінного ринку, коли жив там упродовж певного часу, після Баришівки.

Це про нього Зеров розповідав згодом Петрову, що той міг годинами стовбичити перед вікном і дивитись на розбиту дорогу й баюри, повні болота. Петров, звісно, все перекрутив і приписав цю звичку самому Зерову, хоча йому чудово відома була схильність Бурґгардта до споглядання, його занурення в невідомі простори по той бік.

Єдиний з них усіх він мав куди втікати. Вони відпроваджували його заздрісно і печально. Тут не було навіть над чим міркувати: навколишній жах згущувався дедалі більше. Бурґгардт вирушав туди, в Европу, культурою якої вони стільки років живились і потяг до якої останніми роками став небезпечним для життя. Вони ж не мали жодного виходу: тільки продовжувати займатися поки дозволеним, відступати на все менші і менші клаптики простору, стоячи вже навіть не на одній нозі, а на одній нозі навшпиньки. Напевно, на прощання вони обмінювалися підбадьорливими жартами і домовлялись зустрітись іще не раз. Передавали одне одному давні натяки, улюблені цитати, згадували раптом якісь давно, здавалося, розгублені крізь шпарини пам'яти дрібниці — як людина намацує у дірявій кишені зіжмаканий папірець із номером чи єдиним слівцем.

Там, у Німеччині, він облаштовувався, налагоджував стосунки, займав себе діяльністю — перекладав, писав, викладав у Мюнстерському університеті, працював над німецькомовною дисертацією. Він, звісно, володів німецькою мовою дуже добре — на відміну, скажімо, від Петрова, який, коли приїде сюди після війни, розмовлятиме зі страшенним акцентом.

Усі його дії, все німецьке життя здавались напівпрозорими, нереальними, а крізь них просвічувалося тло думок, невідступних марень, снів і уявлень про близьких людей, залишених там, позаду. Щойно прокинувшись, він пригадував, як знову розмовляв з ними уві сні. Часом ці сни були безформно-оптимістичними: радісний сміх Зерова, невротичне кліпання очей Филиповича. З ними все добре, з ними все добре, повторював собі Бурґгардт, намагаючись відчути у найменших подробицях, де вони і що роблять тієї миті. Ось Зеров відчиняє важкі величезні двері університету з багряними стінами. Ось його кроки відлунють коридором. Він поправляє пенсне, вітаючись зі студентом. Розмахує течкою.

Уривки інформації, яку він отримував, були тривожними, нестерпними. Жодних приводів для надій на краще вони не давали. Штучним голодом доведені до тваринного стану селяни волоклися до міст, уже навіть не маючи чим усвідомлювати причину свого божевільного руху. Їхні страшні тіла, нічим не схожі на людські, гнили на хідниках. Хвильовий застрелився. Тривали арешти. Розстрілювали людей. Багато хто зникав у концтаборах, і потому не надходило більше жодних звісток.

Це було нестерпно. Він постійно думав про них. Постійно стежив за ними внутрішнім поглядом. Це тривало роками. У 1935-му надійшла звістка про арешт Зерова і Филиповича. Тоді — про Драй-Хмару. Його власна безпомічність вбивала. Потім він довідався, що їх вислали кудись на край світу. Далі нічого відомо більше не було.

Він продовжував думати: як вони там? Як вони все це витримують? Дехто повертався з таборів. Декому після цього вдавалось навіть виїхати на Захід. Розповіді цих очевидців переповідали безліч разів. Вони писали спогади. Їх розпитували про всіх, кого вони там зустрічали і кого не могли зустріти. Тільки таким чином можна було бодай щось довідатись.

Інформація була непевна і щоразу змінювалася. За ці роки Бурґгардт безліч разів довідувався, що з Зеровим усе гаразд, що Филипович хворіє, що Драй-Хмарі обіцяють скорочення терміну, потім — що Драй-Хмарі нарахували додатковий термін за якийсь переступ, Филипович у порядку, Зеров помер від запалення легень.

1937 року Бурґгардт написав поему. Він планував спершу кілька сотень рядків, але не міг зупинитись. Картини снів і страшні фантазії вихопилися з-під черепного купола з нестримною силою. Йому писалися тисячі строф, і зупинитись не було жодної змоги. Пишучи, він зауважив, що йому стає трохи легше. Що він наближається до тих, ким зайняті його думки, живі вони чи мертві, хворі чи здорові, божевільні чи притомні. Відточуючи розмір, підбираючи образи й рими — водночас так, як тоді, коли вони всі були разом, але й зовсім по-іншому, змінюючи стилі, поринаючи у стихійні запливи — і постійно перебуваючи десь там, деінде, він спостеріг у собі фізичний біль. Цей біль давав полегшення.

Для публікацій Бурґгардт придумав собі псевдонім. Він став Юрієм Кленом. Відкривати своє справжнє ім'я він не наважувався, боячись нашкодити тим із близьких, хто ще залишався в Радянському Союзі. Наприклад, своїй молодшій сестрі, яку ніяк не випускали. Сестра приїхала в самому кінці 1937 року. Радянський Союз висилав усіх німців з країни, готуючись до війни.

Вона провела в Київському ДПУ три з половиною місяці. Там її саджали до дерев'яної клітки, тримали в герметичній шафі без повітря, де вона непритомніла, приходила до тями, щоби знепритомніти знову. Її допитували по кілька діб поспіль, і в цьому стані її найдужче лякала зміна слідчих. Їй не дозволяли спати впродовж цілого тижня.

На початку війни Бурґгардта мобілізували до Вермахту. Як перекладач у штабі 17-ї армії він опинився на Східному фронті. Це було макабричне здійснення його мрій: він знову був удома. На якийсь короткий час навіть приїхав до Києва. Поглянув на підірвані більшовиками будівлі Хрещатика, деякі з яких димілися ще досі.

На початку Фундуклеївської дивом вціліла будівля ЦУМу, а навколо неї лежали завали чорного каменю, височіли стіни з отворами вікон. На котромусь підвіконні розвівалась кремова фіранка. Бурґгардт пригадав про «Саломею», про всі їхні з Зеровим і рештою спільні походи до театрів. Він впіймав себе на бажанні вирушити додому до Зерових, але негайно змусив себе відмовитися від цієї затії. Натомість рушив в іншому напрямку, до руїн хмарочоса Ґінзбурга. Він підняв голову до застелених чорним димом небес, ніби хотів намацати в повітрі висоту дванадцятого поверху, де колись була розташована майстерня художника Мурашка, убитого ще 1919-го.

Бурґгардт навряд чи знав, що може зустріти в Києві Бориса Якубського — свого колишнього господаря й приятеля. Коли більшість установ і знайомих на початку війни евакуювали на схід, Якубському ніхто не запропонував і не допоміг. Це трапилось через загальну метушню, але й тому, що він був непрактичним, розгубленим, безпорадним. Щоб якось зводити кінці з кінцями, він продовжував ходити до Університету, потім — брав участь у створенні нових німецьких планів навчання, хоч жодних студентів уже не було. Згодом почав працювати в газеті «Нове українське слово», яку видавала німецька влада.

Коли німці відступили з Києва, Якубський знову чомусь не втік. Вони з дружиною виїхали до Житомира. Там 1944 року професора заарештували, привезли до Києва і звинуватили в державній зраді. Його допитували впродовж кількох місяців. На запитання, чому він не відступив із німцями і навіщо переїхав до Житомира, Якубський відповідав, що в Житомирі його дружина володіє невеликим приватним будиночком, тож йому треба було допомогти їй із городом. Допити тривали, аж доки слідство не довелося припинити через хворобу Якубського. Він помер від серцевої недостатности у в'язничній лікарні.

У 1941-му Бурґгардт розминувся з ним на поруйнованих вулицях Києва. Сам теж невдовзі тяжко захворів і був звільнений з війська.

Помер 1947 року в Авґсбурзі від запалення легень.

Один із небагатьох способів, що давав невеликі шанси на порятунок, — поїхати до Москви. Що ближче до епіцентру перебуваєш, то вища ймовірність загубитись, то складніше системі сфокусувати на тобі свій зір і зберегти цей фокус.

У Києві й так залишатись було нестерпно. Хлопчик помер, і геть усе навколо посилювало біль від того, що його більше не було і ніколи не буде. Зерову заборонили видаватись і викладати, його звільнили з Університету. Смерть сина зробила неподоланною прірву між ним і дружиною. Як міг би сказати (та, здається, й сказав) Петров: «Двоє випадкових перехожих, чиї шляхи на мить перетнулись на перехресті багатомільйонного міста сльотавої і слизької ночі, не могли бути більш віддаленими одне від одного, ніж двійко цих найближчих у світі людей».

Поїхати до Москви здалося йому раціональним рішенням. Він думав, на відстані рани загояться швидше. Він думав, знайде там гідну роботу. Він думав, зможе зануритись у переклади. Думав, що писатиме там літературознавчі праці. Думав, там люди не такі нікчемні, як ці «хохли, що базікають без стриму», про яких він писав у листах із огидою, з ненавистю. «Якби не спогади про осяяні нашим хлопчиком дні, я, здається, нічого не мав би проти, щоб ніколи більше не побачити Києва».

Цим переїздом він вибиває собі з-під ніг останню хитку опору, розриває одну з останніх ниток, які пов'язують із притомністю, — і зависає в ірреальності. Весь період перебування Зерова в Москві — це перебування тіні серед тіней, у місті тіней, де всі заняття, думки, розмови, час, проведений у редакціях і закладах в пошуках роботи, намагання про щось домовитися, вилаштувати життя — лише тінистий відгомін тіні, що тане на очах, розпадаючись на пластівці туману, про який невідомо, чи він був насправді, чи це лише галюцинація, уривок міражу, мандрівні вогники, *Ignis Fatuus*.

У листах до знайомих він просить їх розповідати про Київ (якого ніколи більше не хоче бачити), про людей, яких він знає, про вулиці — будь-що. Це єдиний спосіб зберегти вчорашню подобу, втриматися.

«Я нервую і мучусь, а останні два дні (вчора і сьогодні) божеволію. Три місяці з дня смерти і поховання Тусика — і, здається, біль втрати ніколи ще не був настільки безвихідним, як зараз, на віддалі від місць, дорогих щасливими спогадами, на віддалі від людей, з якими пов'язаний інтимно і сердечно, врешті, на віддалі від місць, де спогади про дорогого живуть у речах і людях. Зробіть, рідна, що можете, для полегшення цієї нестерпности. Підтримайте людину, яка руйнується нервово. Мій лист, як бачу сам, сповнений відчаю. Але я більше не соромлюсь ні сліз, ні відчаю. Очевидно, помилкою було їхати до Москви, не врівноважившись душевно».

Він майже нічого не їсть — не має апетиту і не вистачає грошей на їжу. Ніяк не може знайти постійного притулку, змінює тимчасові адреси.

Нарешті він затримується на чиїйсь дачі під Москвою, де доволі стерпно і навіть приємно: садок, малинник, ялинки, дерев'яні будиночки, водокачка. Але певности до ситуації це все ж не додає. Він розмірковує над тим, чи не поїхати йому ще далі на Схід — скажімо, в Казань. Він сумнівається, що Софія погодиться «відриватись так далеко від рідної могили». Він усе ще сподівається, що вони з Софією будуть разом.

Через 14 років Петров, ніби луна, повторюватиме цей досвід Зерова у Москві. За інших обставин, в іншій ролі, на інших умовах. Та все ж його перебування в Москві химерним чином нагадуватиме відлуння кількох московських місяців Зерова. Так, ніби це спокута. Чи необхідна умова. Так, ніби для того, щоб отримати нарешті дозвіл на перебування разом із Софією, він мусив пережити дещо з того, що переживав її загиблий чоловік.

Чотири місяці Зерова, які для Петрова розтяглися на сім років. Концентрація отрути — менша, витримати її — простіше. До того ж наприкінці процедури на нього очікував дозвіл на повернення, а не арешт, допити, заслання і розстріл.

Зерова заарештували у квітні 1935 року і перевезли до Києва для слідства.

Слідство крутилося здебільшого навколо одних відвідин Зеровим Рильського, про які розповів інший заарештований — такий собі поет Жигалко. Слідчі видобули від нього розлогі свідчення про терористичну організацію, ідеологічним натхненником якої був Зеров і до якої належали й інші письменники, включно з Рильським, що начебто виховав у Жигалкові «справжнього українського націоналіста».

Всі допити крутилися навколо зустрічі Зерова з Рильським з приводу збірника перекладів поезії Валерія Брюсова. У той сам час до Рильського зазирнув і Жигалко. Чоловіки розмовляли про поезію, читали вірші, і Рильський час від часу зупинявся, щоб звернути увагу Жигалка на те чи інше місце, епітет, метафору, прийом, пояснити рішення поета, підкреслити експеримент, виділити алюзію.

Жигалко стверджував, що певної миті Зеров прочитав уголос вірш Куліша «Кобзо моя, непорочна утіхо», який закінчується словами: «Та посідаймо по голих лавках, // Та посумуймо по мертвих братах». Після цього Зеров начебто тяжко зітхнув і, помітно посмутнівши, запропонував пом'янути загиблих братів-націоналістів, зокрема розстріляного більшовиками письменника Григорія Косинку.

З кожним допитом Жигалка зустріч у Рильського дедалі більше перетворювалася на протестне зібрання терористів, присвячене трауру за своїми бойовими соратниками.

Під час першого допиту Зеров перебував у шоковому стані. У нього знизився кров'яний тиск, пульс став «м'яким» і «ниткоподібним». Він тяжко дихав, ніби, сидячи за столом, навпроти слідчого, водночас тягнув на собі непідйомний вантаж. При цьому якоїсь миті допитуваний відчув, що не може поворухнути й пальцем, не здатен кивнути чи навіть кліпнути. Слідчий ставив запитання — він не розумів їх. Зрозумівши на мить — одразу ж забував знову. Чіплявся за уривки думок, які виникали в голові, намагався повідомити їх — але не міг вимовити й слова. Язик не слухався. Лежав у пересохлому роті, нерухомий, в'язкий, як шмат вареного м'яса чи якесь чужорідне тіло. Його обличчя стало блідим, з блакитним відливом. Час від часу він мало не непритомнів. Кілька разів почув раптом сміх хлопчика за спиною, потім під столом нявкнуло кошеня. Але він не міг ні озирнутись, ні опустити голову. «Воно роздирає мені вену», — спробував він повідомити слідчому. Кошеня чіплялось зубами і пазурами за холошу штанів, бавлячись. «Ви визнаєте себе винним?» — запитав слідчий. Арештований кивнув. «Поставте свій підпис».

Прийшовши до тями, Зеров вжахнувся. Йому довелось довго вимагати можливости написати заяву і спростувати все, з чим він погодився в стані афекту на першому допиті.

Пункт за пунктом він роз'яснював всі моменти: те, що Жигалка бачив раз чи двічі в житті, що до Рильського зайшов у видавничих справах. Перелічив вірші, які були зацитовані. «Жодних розмов про Косинку ні в плані "загальнолюдського співчуття", ні просто констатування не було. Зробив короткий літературознавчий аналіз вірша "Кобза", що, як і інші цитовані тоді тексти, не є ні прославлянням політичних борців минулого, ні, тим більше, солідаризування з ними. Тема цього вірша — потуга і міць слова. Вірш написано в перші роковини смерти Шевченка і невдовзі після цього й опубліковано (1862 р.) — звідси й образ кобзи, який символізує для автора народну творчість і творчість Шевченка. В процитованих у свідченнях словах немає жодного слова ні про загиблих братів, ні про смуток: "Мовчки сумуймо по вбогих братах" (тобто попечалимось про вбогих "менших" братів — типово ліберально-дворянська фраза). Є ще варіянт "мертвих", який стосується Шевченка, як це випливає з ряду тогочасних висловлювань Куліша)».

Під час наступних допитів знову і знову обговорюється згадана зустріч.

1 червня 1935 року:

«ЗАПИТАННЯ: Хто був присутній на квартирі у РИЛЬСЬКОГО, і які питання обговорювались під час траурної наради з приводу розстрілу КОСИНКО?

ВІДПОВІДЬ: Я на траурній нараді не був, жодних питань при мені не обговорювалось. Точно, коли саме — не пам'ятаю, але, здається, 26.11.1934, я відвідав РИЛЬСЬКОГО у нього на квартирі. Я застав ЖИГАЛКО Сергія. Протягом певного часу, приблизно впродовж половини години, ми говорили про поетів і вірші, супроводжуючи нашу розмову цитуванням російських і українських поетів. Коли я прочитав вірш КУЛІША "ДО КОБЗИ" серед інших віршів, то деякі рядки — "Та посідаймо по голих лавках, // Та посумуймо по мертвих братах" — викликали в мені побоювання, що розмова торкнеться КОСИНКО. Розмова не відбулась.

ЗАПИТАННЯ: Чому у Вас з'явились побоювання, що після прочитання цього вірша розмова відбудеться саме про КОСИНКО?

ВІДПОВІДЬ: Мені здавалось, що ЖИГАЛКО був близький з КОСИНКО.

ЗАПИТАННЯ: Якщо Ви знали, що цей вірш може викликати небажану для Вас розмову про КОСИНКО — навіщо Ви його читали?

ВІДПОВІДЬ: Я його читав тільки тому, що не передбачав цього. Побоювання прийшли вже під час читання.

Мик. Зеров

Допитав: оперуповноважений

ОО УГБ НКВД і УВО   Літман»

2 червня 1935 року:

«ЗАПИТАННЯ: Які розмови про необхідність застосування терору проти керівників Комуністичної партії велись у квартирі РИЛЬСЬКОГО під час траурної наради, на якій Ви були присутні?

ВІДПОВІДЬ: На жодній траурній нараді на квартирі РИЛЬСЬКОГО я присутнім не був і жодних розмов про терор при мені в квартирі РИЛЬСЬКОГО взагалі не було. Я вже свідчив, що 20.12 я був у РИЛЬСЬКОГО у зв'язку з літературними справами, застав там ЖИГАЛКО. Моя бесіда з РИЛЬСЬКИМ характеру траурної наради не мала, ні про КОСИНКО, ні про застосування терору мова не йшла.

ЗАПИТАННЯ: Слідство встановило точно, що в грудні 1934 року після оголошення в друці про розстріл КОСИНКО, Ви під час траурної наради на квартирі РИЛЬСЬКОГО, присвяченій пам'яті КОСИНКО й інших розстріляних терористів продекламували вірш українського письменника "ДО КОБЗИ" — "Мовчки сідаймо по голих лавках, мовчки сумуймо по мертвих братах". Чому Ви ще й це приховуєте?

ВІДПОВІДЬ: На траурному засіданні я присутній не був. Вірш "ДО КОБЗИ" я читав серед інших віршів, жодного поминального сенсу це читання, як і сам вірш в цілому, не мав.

Мик. Зеров

Допитав: оперуповноважений

ОО УГБ НКВД і УВО   Літман»

Одружившись із Марією, Филипович не здатен був приховати радости. Вона цвіркала з нього й порскала, ця радість, він весь іскрився, нетямився від дитячого захвату. Він пишався своєю молодою дружиною, пишався фактом одруження з нею, фактом їхнього спільного життя, тим, що він — її чоловік, що вона його обрала і відповіла на його почуття. Весь його робочий кабінет був обставлений її ескізами й акварелями, аж складно було за аркушами, полотнами й дошками розгледіти корінці книжок. Хвалився на кожному кроці, коли Марія захопилася вирізанням фігурок із плодів каштану. Марія робить скульптури! Різьбить по плодах каштану! Марія — скульптор! У мене вже двісті сорок чотири її скульптури!

Звичайно, такий екстаз, таке невичерпне захоплення викликало поблажливі усмішки у знайомих. Взагалі, Филипович не міг не викликати іронії: надто старанний, надто обов'язковий, надто ерудований, акуратний, чемний — а водночас і нерішучий, і сором'язливий, і переляканий, і дратівливий.

Це складно уявити, але він володів навіть більшими знаннями джерел і цитат, ніж Зеров. Однак лекції Филиповича були радше звичайними, сухими — нічим не схожі на фантастичні вистави одного актора у виконанні Зерова. Кумедно, що свої російськомовні, писані до революції, вірші Филипович підписував псевдонімом Зорев.

Він мав пронизливі швидкі очі, ледь загострений ніс, охайні вусики і пухкі щічки, які на худому обличчі створювали враження інфантильної образи.

Зовнішність Марії робила її на вигляд ще молодшою від її віку. Світле волосся вона заплітала в косу, яку обвивала навколо голови, як дівча. Брови і вії мала зовсім білі, майже невидимі. А шкіра обличчя, гладка й лискуча, так тісно облягала кістки круглого личка з широкими вилицями, що це надавало їй ефекту ляльковости.

Обоє танули у взаємній ніжності, забуваючись соромитися її перед іншими і приховувати від світу.

Незворотний зсув у психіці Марії стався тієї ж ночі, коли Филиповича заарештували. Коли їхнє двокімнатне помешкання наповнилося рвучкими рухами, кроками, чужими тілами, запахами, шарпаниною, лайкою, наказами й криками, вона фізично відчула, як у її голові щось тріснуло і прорвалося, зсунулись якісь напівпрозорі стоси, змістилися шви — і від нестерпности й невпізнаваности світу навколо череп розорало болем. Вона хапала страшних незнайомців за руки, проривалася до чоловіка, чіплялася за нього і вила так, ніби цим звуком хотіла розбити жах і неправильність того, що відбувалося, повернути все на свої місця. Улягаючи ірраціональним глибинним інстинктам, породіллі виють особливими утробними голосами, даючи народження. Так само вила Марія, більше не розуміючи, що робить, і все ж намагаючись розчаклувати хід подій. Ніби намагалася знову народити реальність.

Протягом наступних днів старим батькам доводилось силою стримувати її: вона кричала і рвалась у НКВД. Вона хотіла, щоб її заарештували разом із ним. Хотіла, щоб з нею робили те саме, що з її чоловіком. Не могла залишатись сама. Не могла витримувати без нього й миті. Їй нестерпно було не знати, що з ним роблять, що він відчуває, є він іще — чи вже немає.

Лікування в психіатричній лікарні не допомогло. Через три місяці старі забрали Марію додому, продовжуючи давати сильнодіючі заспокійливі ліки. Вона почувалася від них жахливо: непритомніла, блювала, не могла їсти, не встигала ні на що реагувати, забувалась на кілька днів важким сном, крізь який то реготала, то плакала, так і не прокидаючись. І постійно — крізь сон, крізь ліки, після блювання, розплющуючи очі після знепритомнення — вона кликала Павла, запитувала, коли його відпустять і коли вона зможе його побачити.

Филиповича — разом із Зеровим і рештою — засудили до розстрілу, але змінили вирок на 10 років заслання з конфіскацією майна. Довідавшись, що чоловіка відправляють кудись на Північ, Марія благала батьків відпустити її з ним. Її знову поклали до лікарні.

Її чоловіка вже понад рік не було серед живих, коли Марія зникла. Шукали доволі довго: немічні старі прочісували вулиці, опитували людей, описуючи округле личко, запалі щоки, широкі вилиці, білі брови, вії і волосся своєї доньки. Її ніхто не бачив. Ніхто нічого про неї не чув.

Врешті під час котрогось із походів батька до НКВД хтось із начальників виявив великодушність і визнав, що вони заарештували Марію. — Щодо хвороби, — сказали старому, — треба ще розібратись. Зрештою, у в'язниці про неї попіклуються. Може, там лікування виявиться навіть ефективнішим.

Марію заслали на Колиму. Там вона зникла безслідно.

З Драй-Хмарою вийшло трохи інакше, але ненабагато.

Під час допитів він — що було рідкісно — відкидав абсолютно всі звинувачення, ні в чому не зізнавався, тримався чіткої, весь час тотожної собі, лінії. Він не ламався, як більшість інших арештованих, яких невизначеність і психологічні трюки слідчих підштовхували до наклепів на себе самих і на фантазії про знайомих — аби лишень змінити бодай щось в одноманітному житті, наблизити момент вироку, яким би він не був. Невизначеність виснажувала, відбирала розум. Їм здавалося, що краще якнайшвидше загинути, ніж терпіти це нескінченне витягування жил. Слідчі, бавлячись, то обіцяли звільнення і повне прощення, то оголошували про розстріл наступного дня, то багатозначно мовчали, натякаючи на власне всевідання щодо фашистських організацій, контрреволюційних націоналістичних гуртків, про змови й замахи, свідчення дружин і дітей. То раптом давали дозвіл із цими дружинами й дітьми побачитись, щоб за п'ять хвилин до побачення все скасувати. Поети, художники, студенти, професори, не здатні самотужки зацерувати шкарпетку, описували у чітких подробицях докладно сплановані замахи на прокурорів, партійних секретарів, генералів. Із кожним допитом їхні плани виявлялися дедалі кровожерливішими, зв'язки із Заходом — усе глибшими й розгалуженішими, а самі вони були справжніми соціопатами, хитрими організаторами складних підпільних мереж спротиву.

Зрештою, чітко проговорювати власні зізнання було не так і важливо. Слідчі самі перекручували слова звинувачених, формулюючи запитання дедалі абсурдніше. Нанизували дедалі більшу кількість безліч разів згаданих побутових ситуацій, довільно змінювали порядок цих згадок, аби серед них замаскувати фразу про зізнання у зраді Батьківщини, якої доведена до краю психіка арештованого вже не в силі була зареєструвати.

Драй-Хмара не грав із ними в жодні ігри. Він беріг у мозку чітке усвідомлення власної невинності й абсурдність звинувачень. Він тримався за це усвідомлення, щодня, щогодини здійснюючи те саме внутрішнє зусилля: наводячи різкість, концентруючись на очевидному, відточуючи своє підставове, фундаментальне знання.

Він був уважний, активний, увімкнений на повну потужність. Відповідав на запитання зі щонайбільшою ясністю. Пояснював все лаконічно й вичерпно, не даючи підстав для підтекстів і подвійного дна. Ні, жодних терористичних організацій. Жодної контрреволюційної, підривної діяльності. Жодного протягування буржуазно-націоналістичних концепцій. Ніколи не брав участі, не був зацікавлений, навіть не думав. Якщо той чи інший займався чимось подібним — що ж, йому про це не доводилось чути, він нічого про це не знав. Мабуть, його свідомо не повідомляли про таємні організації й плани, розуміючи, що він за природою своєю не здатен таким зацікавитись. Зеров? Филипович? Ні, йому невідомо, чи вони займались злочинною діяльністю — вони так давно не спілкувались, не бачились.

Вирок Драй-Хмарі відрізнявся від інших вироків: його засудили на 5 років на Колимі.

Драй-Хмара був міцний у всіх сенсах. Він чітко постановив собі пережити заслання і повернутися додому. Збирався писати листи Сталіну і вимагати перегляду своєї справи.

У своїх листах до рідних він описує тайгу: запахи глиці модрин, спів невідомих йому пташок, сопки, журавлину, западання ніг у м'який-м'який мох. Працює на золотокопнях. Живе в наметі з дерев'яними стінами, де поруч із ним тулиться 40 осіб. Купається в річці Ат-Урях. Він має достатньо фізичної сили для виконання найскладнішої праці. Драй-Хмара перевищує плани, навіть заробляє якісь гроші. Туга за дружиною і донькою завдає йому фізичного болю, але він докладає всіх зусиль, щоб триматися. Він планує повернутись і бути з ними.

Він пише вірші про Сталіна для вечорів в'язничної самодіяльности, викладає, грає в театрі. Писати й читати майже не має часу, натомість фізичної роботи стає дедалі більше. До цього додаються сильні морози, сніги, відсутність одягу і взуття, паршиві харчі, яких все одно майже немає.

Він рубає дрова в засніженому лісі. Сонце припікає і топить сніг. Діряві валянки пропускають воду. Виникає враження постійного перебування в крижаній воді. Сліпучий у сонячному сяйві сніг проймає очі. Течуть сльози, заважаючи дивитися. Але норма повинна бути виконана.

Все ж він продовжує. Який гарний був сьогодні день! Які солодкі ягоди я їв! Височіють сопки, вкриті снігом і модринами. Бігає бурундук. Я бачив сліди ведмедя! Природа — як мати, вона єдина пестить мене і втішає. Сьогодні мені було сумно.

Його листи й апеляції до Сталіна й інших посадовців залишаються без відповіді. Однак термін іде. Минають роки. Він продовжує триматися.

Втрачає вагу, хвороба нанизується на хворобу, нестерпні побутові умови стають несумісними з життям. Робота дедалі складніша, розрахована навіть не на здорову людину, а на сотню силачів. А він — хворий і зламаний.

Він бачить метелика серед снігів. Пригадує Дніпро — спогад, який наповнює все його тіло солодким дрижанням. Єдине, що йому залишається тут, на засланні, — це викликати бажані образи в своїй уяві. Він досягає в цьому ще більшої майстерності: майже торкається дружини, майже чує голос доньки, майже бачить, як сонце сідає за Дніпром.

Лице вкривається фурункулами. Він перестає голитись, заростає сивою бородою і тепер його називають дідом. Фурункули вкривають тіло. Фурункули на руках не дозволяють працювати, на ногах — ходити.

Листи від дружини і посилки з найнеобхіднішим йому не передають, тож він дедалі дужче відчуває свою відрізаність, викинутість, цілковиту самотність. Образи рідних, такі об'ємні в його уяві, починають танути й розмиватися. Триматись за них дедалі складніше. Втома, зневіра, холод, хвороби заполонюють свідомість, ламають тіло. Зусилля волі даються дедалі важче.

Він працює в забої, видобуває торф. У нього сверблячка, порепані п'яти, болять всі кості. На вигляд він — як старець. Морози доходять до 45 градусів. У нього майже немає одягу.

Він дедалі докладніше описує свої болі в кожному сантиметрі тіла, описує, як руйнується плоть, як покидають його сили. Все дошкульнішою, ніби приступи асфіксії, стає туга за рідними. Він не спить по кілька тижнів поспіль, намети не опалюються, надворі — понад 30 градусів морозу. Але працювати все одно треба. Він не тримається на ногах, падає від болю, хвороб і знесилення — але його підвішують за ноги, щоб він працював далі.

І голод, голод, голод, який наростає з кожним листом. Думки про їжу переслідують щомиті. Він починає галюцинувати їжею. Щоби вроїти собі відчуття смакування стравами, пригадати, що таке ситість, він вдається до свого сродного прийому: писання. Він же справжній поет.

«Я часто згадую мамині обіди в Тростянчику. Який смачний був короп, фаршированих або в маринаді! Тільки й об'їдатись! А борщ зі сметаною! Я таких борщів потім не їв. Правда, пісний борщ, з грибами, маслинами і вушками ще смачніший від скоромного. А які смачні мариновані груші, яблука, сливки і вишні подавалося у мами на стіл до пряженої качки або до котлет! Я вже не кажу про мамалигу, яку я любив їсти з молоком. Але великих гречаних лежнів зі свіжим сиром, ледве підрум'янених з одного боку, та ще зі сметаною, я й згадувати не можу. Ах, як часто я їх в уяві їв, нудьгуючи в проходах, набитих людьми, що вешталися! Не забув я і маминих сирних пасок, ванільної та шоколядної, ані мазурок її та баб, таких запашних, що впрост у роті танули, коли їлося їх до чаю, наполовину заправленого ромом або вином. Згадую я і колеґіятські обіди, і наші, на Садовій, що рясніли городиною з фаршем (кабачки, помідори, сині баклажани, голубці і т. п.), молочними стравами, що я їх так люблю, та солодкими бабками зі сметаною і варенням, киселями та компотами. А на столі у нас завжди пінилися великі келихи з пивом. Як смачно воно пилося після поросяти з хріном або після пилава, цебто жирної баранини з рижиком! Згадую і каневецькі, прості, невибагливі, сільські страви, в яких усе ж багато своєрідного чару та оригінальности. Та більш за все запали мені в пам'ять іменинні вечері. Ось великий, важкий дубовий стіл, покритий білим обрусом, а на ньому у симетричному порядку горілки, настояні на цитриновій або помаранчевій шкоринці, на кориці або гвоздиці, на шафрані або ванілі, зубровка, гірський дубняк, англійська гірка, коньяки різної міцности, спотикач, наливки (вишнева, слив'янка, чорнопорічкова, малинова), вина, солодкі, кисло-солодкі і кислі, портвейн, мадера, малаґа, токай, мускат білий і рожевий, барзак, шато-ікем, кахетинське, столове, рислінґ і т. п. Спочатку накуштуємося холодних закусок. Ось дунайський оселедець або керченський, з цибулькою, з перцем, з помідорчиками, ось баклажанний кав'яр, ось мариновані грибки, ось севрюжка вуджена, ось баличок осетриний, це — скумбрія маринована, вуджена і свіжо пряжена, це навага з цитринкою, далі жирні шпроти, бички в томаті, гострі кільки і солодкі ніжки крабів. Тепер холодна м'ясна закусочка: холодна телятина з яєчком та зеленою цибулею, шинка, ковбаса краківська, московська, українська, мілянська, паштет, холодець з ніжками і хріном, холодець з судаком. По маленькій перерві наливається карафки горілкою, наливками і вином та подається гарячі страви: бульйон з пиріжками або проціджений гороховий суп із сухариками, пряжена індичка з печеними яблуками, ковбаски з тушеною капустою і гірчицею, біфштекс зі смаженою картоплею та огірками, смажені карасі у сметані, пельмені гарячі, пудинг, бабка саґова або рижова з цукром або варенням, мус вишневий, компот ананасовий, диня і кавун. Знов маленька павза, подається пиріг солодкий і чай. До чаю цитрина, сир швейцарський і голландський, сирки шоколядові і ванільні, ром, тістечка, торти оливкові і мікадо, цукерки, лікери і фрукти: яблука, грушки, виноград, помаранчі, мандарини, банани, ананаси, ґранати, морелі і т. п. Все це можна запивати сидром, крюшоном, оранжадом (цитринад з вином, фруктами і крижинками). Наприкінці морозиво — тутті-фрутті та абрикосове».

«Я не можу тобі писати... Якщо я не спочину, я падаю на роботі, і тоді мене підвішують... Ноги опухли...»

Драй-Хмара помер у січні 1939 року у приміщенні медпункту лікарської ділянки Усть-Тайожна.

(Вони любили, коли в'язні помирали «своєю смертю», бо тоді їм не доводилося брехати. Брехня навіть операторам системи коштувала певних зусиль. Людина в будь-якій ролі, за будь-якого викривлення потребує прив'язки до етики й моралі.

Про смерть тих в'язнів, які помирали «унаслідок природних причин», родичі мали більше шансів довідатися правду: час, місце, обставини, причини смерти. Якщо особливо щастило, було відоме навіть місце поховання. Про вбитих і розстріляних довідатися бодай щось було вкрай складно: запити ігнорували, пропонували відмовки, інформація змінювалася, дати різнилися, причини були різноманітними і всі — неправдивими. Про багатьох нічого невідомо донині. І ніколи не буде відомо.)

До закінчення його терміну залишалося трохи менше року.

Але насправді цей термін від самого початку не мав закінчення.

Листи Зерова з концтабору на Соловках інакші. У них відчувається втрата пластичности, відчувається вирваність і апатія. Небезпека роздробитися, безповоротно розсипатися на непоєднувані частини не відступає. Але Зеров вдається до способів, які, незважаючи на їхню косметичність і штучність, служать зовнішнім каркасом, що підтримує і з часом навіть допомагає повернути спогад про відчуття цілісности.

Про один із цих способів уже йшлося: він продовжує перекладати. Цілий день віддавши обов'язковій роботі (копанню кам'янистого ґрунту чи праці в Соловецькій бібліотеці), вночі він сидить над Верґілієм, Лонґфелло чи Овідієм. Здебільшого над Верґілієм. «Енеїда» — його основна справа. Він пересилає частини перекладів Софії у своїх листах. Запитує про її думку. Потім пише, що ні, не образився.

Інший спосіб — він витримує зовнішній спокій. Його листи рівні, без надриву, помірковані. Влаштувався непогано, сусіди не найгірші, погода навіть приємна, природа гарна, їжа стерпна, здоров'я слабке, але стане краще, з настроєм буває по-різному, але відомо ж, що він залежить від погоди. Так, йому також буває іноді самотньо, але тільки після прокидання — далі він робить зусилля і повертає собі ділову бадьорість.

Немає коли занурюватись у розпач, якщо ти відточуєш рядок за рядком, слово за словом. Фурункули поволі захоплюють все тіло, але він випробовує запропонований йому спосіб: ін'єкції власної венозної крови. Це діє.

Софія надсилає йому окуляри, дивовижним чином помилившись із діоптріями. Замість мінус трьох вона надсилає йому скельця плюс три. Чотири чи п'ять листів поспіль (а лист із Соловків відправляється у середньому раз на місяць) Зеров терпляче пояснює, в чому проблема надісланих окулярів. Листи, очевидно, не доходять, бо тема переходить із листа в лист, і врешті Зеров вкотре пише: «Ти запитуєш, чому не підійшли окуляри, які ти надіслала, так от...»

Він береже її, дбає про амортизацію почуття провини й відчуття непідйомних жалощів. А отже — береже себе самого, їх обох. Віддаленість не тільки географічна, а й емоційна віддаленість останніх років відіграє в цьому випадку роль знеболення, страхування. Чи, може, стриманість і заокругленість формулювань — звичний стиль їхнього з Софією спілкування.

Він жартує, він цілком правдоподібно проявляє радість, уважно й прискіпливо шукаючи, де її, цю радість, можна знайти в обставинах, що склалися. Сама по собі ця вправа — шукати приводи для радости в концентраційному таборі — стає стимулом і підтримкою.

Це неправда, що Софії в його листах немає. «Тобі, очевидно, це не так цікаво, і Терочка вважає тебе назагал тверезою і земною, а це видовище з тих, що п'янять і відбуваються над землею — в дуже високих шарах атмосфери. Це щось на кшталт грозових зірниць, але, так би мовити, холодніше, розсипне і триваліше, хоча так само швидке й миготливе. Кольори чарівні, хоча тут, кажуть, не настільки яскраві, як в Заполяр'ї. Смачно і за кольором схоже на фісташкове морозиво. Особливо гарні звислі завіси з вертикально-гофрованого сяйва, якими пробігають зеленкувато-сині кольори, при чому вся ніч отримує якийсь фісташковий відтінок. Я бачив три погасання і три розгорання на протязі години з чвертю, простирчав весь цей час на 8-10 градусному морозі. Як бачиш, зима у нас почалась. Кажуть, пароплав, який вийшов з Кемі, повернувся назад. Це означає — кінець навігації».

Якщо ти хочеш приблизно уявити мій стан, — пише Зеров до Софії, — то пригадай Баришівку. До того ж тут, як і в Баришівці, мені бракує штанів. Щоправда, там у мене була ти.

Він вигадливий у своїх звертаннях до неї: «Сонусику», «Сонику», «Сонечко», «Сонушко».

Петров у своїх листах із Москви обмежуватиметься згодом хіба звертаннями «Сонь» і «Соню».

До речі, про Петрова.

«Чому ти не пишеш мені нічого про Віктора Платоновича?» — запитує, серед іншого, Зеров в одному зі своїх листів.

Коли посилки — зацвілі, відсирілі, вкриті шкаралупою бруду — кілька разів повернулися назад, батько Зерова звернувся до НКВД. За деякий час він отримав відповідь, що Зеров помер від хвороби в лікарні концтабору 1939 року.

Невдовзі (в червні 1940-го) у листі до Софії батько її зниклого чоловіка повідомив про те, що його раптово викликали до органів. Там йому сказали про смерть сина, яка настала в лікарні Соловецького концентраційного табору в квітні 1937 року.

Далі батько писав, що йому здається, його син міг застудитися під час тривалої подорожі на заслання і захворіти запаленням легень. Він висловлював співчуття невістці.

Але останній лист, отриманий Софією від Зерова, був датований вереснем 1937 року. А грошові перекази на його ім'я в таборі приймали до червня 1938-го.

Якийсь чоловік, який повернувся зі Соловків, стверджував, що бачив Зерова у 1939-му.

Після війни на запит Софії з Магадану (чомусь) надійшло офіційне повідомлення про те, що її чоловік помер від хвороби у жовтні 1941-го.

Після XX з'їзду КПРС, під час якого відбулося засудження культу Сталіна й розпочалися відчутні зміни в політиці партії, Софія знову спробувала довідатися, що трапилося з її чоловіком.

Заступник голови військового трибуналу Київського військового округу М. Козлов (Захарченко) подав запит начальникові обліково-архівного відділу КГБ Києва про дозвіл надати Софії Зеровій довідку про час перебування її чоловіка в ув'язненні. У цьому внутрішньому документі зазначалось, що, згідно з постановою Особливої трійки НКВД, 3 листопада 1937 року Зерова розстріляли.

Після цього Софія справді отримала довідку. У ній підтверджувалося, що її чоловік справді перебував у місцях позбавлення волі з 27 квітня 1935 до 13 жовтня 1941 року.

Чутки ходили найрізноманітніші: казали, що понад тисячу в'язнів, які безслідно зникли одного ранку з Соловецького табору особливого призначення — «перший соловецький етап», — втопили разом із баржею в Білому морі. Казали, що їх перевезли до трудового табору в усті ріки Медвежка. Казали, що їх вивезли на острів Вайґач. Казали, що їх розстріляли неподалік Ленінграда.

Лісове урочище Сандармох в Карелії: химерна архітектура щільних соснових колон, крізь які графічно простромлені сонячні промені. Стіни стін зі стовбурів і неба, що, немов сито, пропускають воду, світло і людські тіла. Тиша, пісок, мохи, лохина, журавлина. Люди кажуть, що тут чомусь ніколи не співають пташки. В урочищі Сандармох, на честь 20-ї річниці Великої Жовтневої соціалістичної революції за 5 днів було розстріляно 1111 людей.

Серед них були українські письменники Марко Вороний, Григорій Епік, Мирослав Ірчан, Микола Куліш, Валер'ян Підмогильний, Валер'ян Поліщук, Клим Поліщук, Михайло Козоріз, Олекса Слісаренко, Михайло Яловий, Павло Филипович, Микола Зеров та інші.

Історик Матвій Яворський, режисер Лесь Курбас, міністр освіти УНР Антон Крушельницький, а також його сини Остап і Богдан, міністр фінансів УССР Михайло Полоз.

Російський адвокат Олександр Бобрищев-Пушкін, творець Гідрометеослужби СРСР Олексій Вангенгейм, засновник удмуртської літератури Кузебай Ґерд, білоруський міністр Флеґонт Волинець, грузинські князі Ніколай

Ерістов та Яссе Андронников, татарський громадський діяч Ісмаїл Фірдевс, черкеський письменник, князь Холід Абуков, православні єпископи Воронезький — Алексій, Курський — Даміян, Тамбовський — Ніколай, Самарський — Петро, лідер баптистів СРСР Василь Колесников, представник Ватикану Петер Вейґель, якого відправили перевірити чутки про переслідування вірян у СРСР.

В'язнів, приречених на розстріл, мало бути 1116, але один із них помер ще під час етапування, а чотирьох раптово перевели до інших місць для додаткових розслідувань (і згодом розстріляли).

Більшість людей протягом цих п'яти днів власноручно вбив капітан держбезпеки Михайло Матвєєв. Він закінчив два класи сільської школи і не був здатен без помилок написати навіть словосполучення «Зимовий палац», у штурмі якого брав участь 1917 року.

Українського письменника Зерова, якого засудили на смерть, тому що він виступав за постійне вдосконалення розуму, розстріляв чоловік, який досягнув неабияких висот у кар'єрі, не навчаючись навіть у школі.

З 1918 року — щоправда, з перервами — Матвєєв працював виконавцем смертних вироків при різних відділах і підрозділах НКВД.

Беручись за своє відповідальне завдання, Матвєєв попросив видати йому чотири вантажівки. Вантажівок не було, тому капітану видали покришки, наказавши, щоб він самотужки обміняв їх на вантажівки.

Під керівництвом Матвєєв мав бригаду всього з десяти осіб. У Медвежій горі з дотриманням секретності виявилось сутужно: від барака, де тримали засуджених, до місця розстрілу доводилось їхати через селище. Отже, слід було подбати, щоб ув'язнені не чинили шуму.

Розстріли розпочалися 27 жовтня, але все негайно пішло не так, як треба. Хтось із в'язнів мав із собою ніж, перерізав мотузок, яким було зв'язано його руки, напав на одного з охоронців, поранив його і втік. Його невдовзі знайшли, але через цю неприємність на чотири дні перервали роботу. Матвєєв від хвилювання й люті наліг на спиртне.

Стало очевидно, що роботу треба виконати не тільки чітко і швидко. Треба ще й додатково перестрахуватися. Матвєєв бачив, що заради надійності мусить узяти левову частку праці на себе.

В урочищі викопали величезні ями. Готуючи до розстрілу, в'язнів заводили до дерев'яного барака. У перші миті всередині людина крізь свій страх відчувала приємний аромат деревини і соснової смоли. Це було останнє приємне враження в житті. Всередині було три кімнати: в першій — перевіряли документи, роздягали й обшукували, в другій — зв'язували руки за спиною і ноги дротом, в третій били по голові дерев'яною довбнею, щоб уникнути несподіванок. Після цього непритомних вантажили до вантажівок, накривали брезентом, а тоді члени бригади сідали згори, щоб охороняти приречених, поки їх везли до місця страти. Якщо хтось приходив до тями і починав ворушитись, його негайно знерухомлювали тією ж довбнею.

Біля ями чоловіків одного за одним скидали на дно. За мить до падіння туди з ними могло відбуватись роз'єднання тіла і сприйняття: хтось отримував пронизливі, неймовірної чіткості й охоплення кадри, що виходили за рамки урочища, за межі Карелії, Росії, Радянського Союзу; чиїсь останні хвилини повністю зосереджувалися на одному чутті — жирному і свіжому запахові глиці й сирому, гіркуватому, попелистому запахові моху, чи на рисунку гілок, чіткість і промовистість якого перевершувала здатність витримувати; більшість залишалася майже відсутньою, спаралізована нутряним страхом, приголомшена абсолютною незбагненністю того, що відбувалося.

Мозок більше не діяв разом із тілом, уривки думок клубочились і шарпались, самою своєю наявністю посилюючи жах, тіло було невідомо де, покинуте напризволяще, розладнане кожною своєю клітиною. З глухим ударом воно падало на дно ями ще живе, одразу ж лунав постріл, відлунюючи лісом, хрипким голосом бурмотів щось Матвєєв. Він стріляв кожному в потилицю. За день убивали 180–265 людей. Того дня, коли розстріляли Зерова, було вбито найбільшу кількість людей.

З кожним днем розстрілу виконавці дедалі більше входили в раж. Захват приходив на зміну втомі, сльози накочували після спалаху звірячого шалу. З кожним наступним в'язнем застосовували додаткові знаряддя, вигадували тортури, реготали, знущалися, впадали в п'яне безумство. Листопадовий пісок задубів від крови. Місце страти чорніло поміж стовбурів — здаля можна було подумати, що там розверзлася бездонна прірва. Запах відчувався вже за кількасот метрів. Його розносило вітром.

20 грудня 1937 року «за самовіддану роботу боротьби з контрреволюцією» капітана Матвєєва нагородили орденом Червоної Зірки і радіолою.

Чому ми так сильно страждаємо від невідання тих чи інших фактів з життя осіб, що нас приваблюють і манять, ніби це могло нам чимось допомогти, щось пояснити? Навіть маючи перед очима докладно розписаний похвилинний перебіг кожного дня, ми все одно мало що здатні були б збагнути. Почуття й мотиви залишаються непроникними, навіть коли йдеться про людей, які поруч. Що вже казати про письменника й археолога, похованого на воєнному цвинтарі, та ще й захищеному труною своєї дружини — Сфінксом-немовою.

Неспокій, посилений неспроможністю довідатися відповіді на запитання, має в своєму осерді екзистенційні причини. Нам здається, що якби ми точно знали, яким чином людину було завербовано і якими саме спецслужбами, які завдання перед нею ставили і які з них виявились виконаними, а які — проваленими, яким чином відбувалося викрадення, і чи було це викраденням — чи, може, майстерним інсценізуванням викрадення самим зниклим, з яких причин його не вбили, чим він заслужив на те, щоб йому дозволили жити, тихо працювати, згодом — навіть налагодити особисте життя, чим він заслужив на те, щоби бути таким щасливцем — о, якби нам було це відомо, здається нам, це відкрило би доступ до універсального, цілющого знання про нас самих. Таємниці мучать, бо ми наївно віримо, що розгадка кожної таємниці містить у собі обіцянку, дану нам особисто.

Коли Петров довідався, що трапилось із Зеровим? Коли він точно знав, що Зеров уже неживий? На що це схоже: розуміти, що ця доля від самого початку була заготовлена і для тебе самого? Те, що трапилось із Зеровим, Филиповичем, Драй-Хмарою, сотнями і тисячами інших — мусило трапитись і з тобою. Те, що твоє життя поточилось іншою стежкою, навіть не так — іншими стежками, які раптово обривались, а ти продовжував рухатись у незнаному просторі, навпомацки, витоптуючи шлях у темряві, — лише збіг випадковостей, лише ірраціональна гра обставин, що вилаштувалися камінцями, дозволяючи тобі робити крок за кроком і не зірватись у прірву. Скільки разів і як давно ти мав уже загинути, дрібний і неважливий, нецікавий із усім своїм інтелектом, душею і тілом, непомітний і нікчемний серед мільйонів інших так само непомітних і нікчемних, неповторних живих людей, перемелених у жорнах на кісткове борошно, — усвідомлення цих речей мусило вплинути кардинально. Очевидно, цей приголомшливий досвід, що тривав довгими днями й роками, нестишне відчуття навислої загрози, напруження й очікування найгіршого, тимчасом як найгірше траплялося з близькими людьми, зі знайомими і незнайомими, з людьми далекими, але такими мало чим відмінними, навчили головного.

Наприкінці війни, потрапивши до Німеччини разом із німецькими військами, що відступали, Петров отримав змогу писати без жодних обмежень. Це мусило бути п'янке відчуття, що забивало памороки. Або, можливо, втіха насправді виявилась не такою й значною порівняно з безліччю чинників для страждань і неспокою: небезпека бути викритим (спочатку — німцями, згодом — українцями-еміґрантами, власними друзями і знайомими), всюдисущість радянських спецслужб, непевність щодо їхніх рішень і логіки, чужа країна, незнаний європейський світ, невлаштованість, непевність післявоєнного часу, загальне лихо навколо, розлука з коханою жінкою й — імовірно — неможливість підтримувати з нею зв'язок. А ще — втрата друзів, думки про їхні страждання, біль від невідання; почуття провини перед Зеровим, спогади, сни, фантазії про те, через що тому довелось (і, можливо, доводиться далі) проходити. Почуття провини перед ними всіма, старанно приглушене психікою. Паскудні роздуми про зраду, її відносність, її неминучість (якщо ти живий). А також: проживання власного паралельного життя, яким воно мало би бути, якби не...

Спочатку він опинився в Берліні, трохи згодом — у Фюрті, потім — у Мюнхені. Там, у Швабінґу, винайняв зручне помешкання на другому поверсі — хоча вхідні двері були обвуглені, а сходи нестерпно рипіли — налагодив добрі стосунки з власницею. Партер займала величезна аптека, на першому поверсі розташувався невеличкий театр, який тільки-тільки знову почав відживати після війни.

Господиня вивчила основні звички свого пожильця, приносила вранці каву до його кабінету. Обоє полюбили ці ритуальні діалоги — обговорення погоди, наслідків війни, обмін чутками, спільний вибір страв до невибагливого меню. Господиню зворушував східний акцент професорової німецької мови, знаної здебільшого з книжок. Вона не могла знати, що українською мовою її квартирант розмовляє з російським акцентом. Як не могла знати й того, що російською мовою розмовляє з акцентом українським.

Незбагненним чином він знав безліч таверн, льокалів і кнайп, розташованих у розбомблених закапелках Берліна — десь на Шарлоттенбурґу чи біля Тірґартена, — де можна було несподівано знайти щось їстівне на обід. І навіть напої. У ті часи то було схоже на магію.

У Фюрті він приходив на берег річки і, роздягнувшись до плавок, грівся на сонці.

Різноманітні теорії і концепції робили його майже щасливим. Натрапивши де завгодно — в поезії чи в газетному оголошенні — на уривок тексту, що зачіпав його несподіваним ракурсом, він місяцями вибудовував навколо цієї основи несподівані конструкції. Приходив до товариства, кланявся паням (стриманий нахил вперед, не згинаючи тіла в попереку), вкладав своє тіло у м'яке крісло і, виблискуючи окулярами, вдоволено киваючи черепашачою голівкою з ледь зизуватими очима, заходився монотонно й скрипуче розвивати теорію, над якою розмірковував безупинно: намотував методичні кола тез, робив піруети антитез, виголошував несподівані висновки синтез, провокуючи жінок на вигуки (оманливо-вражені: професоре, ну хіба так можна! таке говорити цинічно! дайте надію!). Згодом, після цих періодів скрипіння вголос, з'являлись історіософські статті, підписані іменем Віктора Бера.

Віктор Домонтович тим часом писав про козаків, загнаних колись у татарський ясир, а тепер звільнених людьми кошового отамана Сірка — і про раптове усвідомлення рабів, які отримали волю, рабів, що не хочуть повертатися додому. Писав про дикого ватажка гайдамаків Саву Чалого, який роками рубав і винищував поляків, аж доки не був змушений обставинами, під впливом Пилипа Орлика перейти на службу до магнатів Потоцьких. Погодившись змінити одяг і зовнішній вигляд, набравшись стриманости й ввічливих манер, він розколовся внутрішньо, роздвоївся, пожер сам себе ненавистю й усвідомленням зради себе самого.

Писав про польського магната Вацлава Жевуського, який віддавав усю свою істоту власним ідеям і пристрастям, не дбаючи про обставини й думку загалу, про політику й поміркованість, вивчав орієнталістику, був еміром і шейхом бедуїнів, вважався на Сході напівбогом, засипав поля на своїх подільських землях піском і наказав зробити з власного двору оазу; заснував школу лірників, кобзарів і бандуристів; обожнював арабських скакунів; одружився з селянкою і врешті-решт, після битви проти російських військ, таємниче зник 14 травня 1831 року.

А ще писав про радянські концтабори. Його персонаж — літній журналіст Радецький, якого називають Професором, — висловлює свої міркування серед снігів тундри, поруч із іншими ув'язненими працюючи на вирубці цілинного лісу в нестерпний мороз. Професор незграбний і недолугий, коли йдеться про фізичну працю. Він не вміє втримати сокири в руках. Сокира вислизає і впивається лезом у ногу Професора.

Сюжет про невміння обходитись із сокирою і незграбним професором згодом використає Софія, пишучи спогади про свого першого чоловіка.

Але Радецький — водночас непривабливий, жалюгідний і зворушливий, упертий у своєму говорінні, послідовний у розвиванні й озвученні теорій, в усному вибудовуванні історіософських міркувань — нагадує самого автора.

Чи це не був спосіб Петрова витримувати кожну ситуацію, будь-які карколомні зміни у власному житті, вимушене прибирання ролей, зрощення з ними: звертатися до розумувань, міркувань, філософії, шукати розради в історії — нехай тільки у вигляді гіркоти від підтвердження давно відомого, пережитого в різних епохах, в різних культурах?

«І все ж таки він говорив! Він говорив докторальним тоном самовпевненої людини, немов на урочистих зборах з катедри перед ситими й розсудливими, добре одягненими людьми. Немов на ньому була не брудна, засмальцьована ватянка, а чорний сурдут, лаковані черевики й туго накрохмалений пластрон сорочки, і гайвороння не перелітало з дерева на дерево, і він не чухався, і заіндивіла борода не стирчала в усі боки розпатланим клоччям, і каламутні окуляри не були перев'язані мотузком.

Щоб простувати вперед, — казав він, — людство повернуло назад. Воно знов повернулось до форм, які проіснували тисячоліття і які воно, здавалось би, остаточно відкинуло хіба що кілька десятиліть тому. Року 1861 року було скасовано кріпацтво, року 1929 воно було відновлене знов».

Втіха від розуму.

У своїх автобіографіях, підшитих до справи, Петров то уникав згадки про батькове заняття, то вживав евфемізм «народився в родині вчителя». Аж доки не одягнув форму німецького лейтенанта, він ретельно уникав викликати підозри у власних симпатіях до почуттів вірян і старанно приховував свою обізнаність у питаннях теології. Рясно здобрюючи свої наукові статті цитатами з класиків діялектичного матеріялізму, він приховував здатність цитувати доладно й розлого твори отців Церкви I–VIII століть і виходити далеко за межі класичного періоду. На кожну цитату з «Початку родини, приватної власности і держави» Енґельса він міг навести кілька цитат з Климентія Римського, Ігнатія Антіохійського чи Полікарпа Смирнського. «Злидні філософії» Маркса або «Марксизм і філософія» Карла Корша діяли на певні ділянки мозку, печінку і підшлункову, тоді як у випадку представників Александрійської школи християнської теології, скажімо, Климента Александрійського чи Теогноста, крім мозку було відчутне закумульоване зусилля у хребті, сонячному сплетінні й легенях. Щойно заморожений літератор-модерніст цитував «Історію і класову свідомість» Дьйордя Лукача, який не визнавав історичної «необхідности» буржуазного модернізму, що втікав від діялектичної дійсности, йому цілком могли зринати в пам'яті думки Максима Сповідника чи Йоана Дамаскина, які непоясненним чином врівноважували.

Аж відступивши з німцями і потрапивши до Мюнхена («у справах Зовнішторгу», як свідчила його радянська легенда), професор Петров зміг вивести на поверхню цю свою вперту підводну течію. Він став одним з ініціяторів заснування 17 листопада 1946 року Української православної богословської академії, деканом педагогічного факультету, де викладав богословські дисципліни, не маючи спеціялізованої освіти. Звідки в ньому взялися теологічні знання? Очевидно, що особлива прив'язаність до питань християнської науки мала стосунок до батька. Платон Петров вивчав історію церкви і був автором великої кількости дослідницьких статей із теології.

Цинік і реаліст, скептик і тверезий прихильник Геґеля, власник «чистого розуму, схильного теоретизувати», у своїй статті «Християнство й сучасність» викладач патрології, професор Віктор Петров аналізує кризу людства, яке, розвинувши власні знання й технології, не встигло змінити себе, виявилося неготовим до плодів розвитку техніки. Свідченням цього є катастрофи та війни, руїни не тільки міст, а й ідеологій.

Вихід із глухого кута раціональний прихильник методу діялектичної тріяди бачить в ірраціональному: у поверненні собі віри в чудо, у святості.

«Лише два століття знадобилося модерному людству, щоб ствердити свій деміурґізм на знеґованих шляхах техніки й раціоналізму. Ствердити свій деміюрґізм і з жахом упевнитись, що воно стоїть перед загрозою катастрофи. Перед загрозою власного самознищення.

І тепер людство мусить сказати: Не механічна кавзальність, а чудо. Не техніка, а віра».

Від вивчення філософії Арістотеля, Платона, Плотина, Сенеки, блаженного Августина, Петров — цілком узаконено з ідеологічної точки зору — будучи радянським науковцем, заглиблюється в діалектику Геґеля. Він відточує свій науковий метод і знаходить опору у принципі діалектичної тріяди, яким послуговується у власних пошуках. Його цікавлять Кант, Фіхте, брати Шлеґелі, Шіллер, Шеллінґ, Ґете. Згодом, протягом років еміґрації («еміґрації»?), коли, ніким не контрольований або радше з дозволом від зверхників на будь-яку поведінку, Петров розгортає свою діяльність на повну міць, одразу в усіх можливих напрямках власних зацікавлень, водночас щедро та жадібно, повноводо створюючи тексти, концепції і теорії, пишучи літературознавчі статті й художні твори, він з особливою віддачею вкладається в свою «історіософську концепцію», суть якої в дечому перегукується з теоріями Мішеля Фуко — тільки Петров формулює власні думки на цю тему на два десятиліття раніше.

Йому йшлося про розриви й зв'язки, про пов'язаність усіх історичних процесів, про причини та наслідки на тлі переконання чи усвідомлення, що історичний процес «не становить безперервного потоку бування». Історичні епохи, вважав Петров, не стають логічним продовженням своїх попередниць. Історія не знає прогресу, не підіймається по висхідній, ніби це якийсь тріюмфальний парад чи процес закипання молока, кожна наступна епоха не є розвиненішою, досконалішою від попередньої. Кожна епоха знаменується катаклізмами та кризами, а проявляється, заперечуючи попередні періоди, вступаючи з ними в суперечку, в конфлікт, розвиваючи й утверджуючи те, що було попередньою епохою заперечене, і навпаки — заперечуючи явища, які перед тим становили найвищий сенс.

Історичні процеси в його уяві набирали фізичних форм, твердішали й опуклювались. Їх можна було бачити як стратиграфічні розрізи, збитий до твердости каменю ґрунт, ніздрюватий піщаник, глиняні черепки й уламок гончарного кола, вплавлені в долівки первісних жител із місцевого вапняку. Як сліди витіснення черняхівської культури племенами, нижчими й примітивнішими за рівнем розвитку. Повільне й невідворотне розчинення ґотів серед різноплемінного населення Східної Європи. Повільне вибляркання краплини крови у склянці води.

Петров писав про нелінійність історичних процесів, про їхні нашарування, провали й покрученості, про неґацію й одночасне ствердження однією епохою іншої, про розриви та западання, обірваність — і про струнку внутрішню логіку проминання епох, нехай навіть невидиму на позір, але підпорядковану причинно-наслідковим зв'язкам «у вищому сполученні». «З нашого особистого досвіду ми переконалися, що не завжди минуле керує майбутнім. Не завжди сьогодні визначає завтра. Сьогодні може бути висновком не з того, що сталося вчора, а з того, що здійсниться лише завтра. Замість бути підсумком подій, які вже сталися, сьогодні виконує завдання, що їх поставить і розв'яже завтрашній день».

Примхливий візерунок зв'язків і розривів епох прояснювався перед його внутрішнім поглядом так, як нерозбірливо-дрібний і заплутаний почерк самого автора в його листах до Софії Зерової раптом перетворювався в очах дослідника життя і творчости Петрова на літери і слова, вилаштовувався у фрази й цілі речення, пропускаючи досередини, лагідно й гостинно відкриваючись. Багато годин чи навіть днів поспіль знаки на клаптиках аркушів, згорнутих удвоє, на розрізаних учетверо сторінках, нашкрябані на листівках, складали непролазну сув'язь, набір найдрібніших недоладних насінин, сліди комах на піску — і раптом в очах немов розвиднілось, розвіявся туман. Мить переходу непомітна, не помічена, просто ось уже перед людиною в архіві, що згорбила спину над письмовим столом і обійняла саму себе, потерпаючи від подмухів вітру з-під дверей до сховища документів, розгортається перебіг одноманітних днів, смуток за близькістю, побутовий опис, скарга на проблеми зі шлунком, сон, ревнощі, мрія про зустріч, злива ніжних докорів, необов'язкова гра слів. Клапті паперу, пошкрябані олівцем чи чорнильною ручкою, зберігають сліди дотику автора. До цього дотику можна й собі доторкнутись. Увійти в контакт.

Чи допоможе це зрозуміти?

Петров зникає безслідно 18 квітня 1949 року. Ще за чотири дні до цього він проводить час зі своїми приятелями — Юрієм Косачем та Ігорем Костецьким.

Усі троє були емігрантами, оберталась у середовищі «переміщених осіб», брали активну участь у створенні Мистецького українського руху — організації українських письменників, що в 1940-х роках об'єднала митців із таборів ді-пі.

Вони жваво сперечались і жартували, стаючи дедалі більш говіркими й ніжними один з одним — їхнє взаєморозуміння і почуття посилювали палкі пестощі алкоголю, що омивали слизові оболонки нутрощів. Усі троє любили ризиковані жарти й цінували несподівані повороти думки. Вони кпили один з одного, вступаючи щокілька секунд у змови двох проти третього, знаменуючи це поглядами й мінами, щоб уже наступної миті перейти у протилежну конфіґурацію. Це була чоловіча дружба, яка не боїться ні інтимних зізнань, ні дошкульних копняків. Троє ексцентричних митців і мислителів, кожен із яких винаходить усередині себе свою батьківщину. Злиття у спілкуванні — настільки ж повне, наскільки й ситуативне — яке вже завтра може обірватися назавжди. Між ними було багато спільного. Кожного з трьох, скажімо, підозрювали у зв'язках із радянськими спецслужбами.

Юрій Косач — буремний небіж Лесі Українки, загублена душа. Вихований в дусі європейського аристократизму і артистизму, всебічно розвинений, рафінований і тонкий, людина світу. Здавалось, він уже народився, володіючи манерами й правилами етикету, знанням іноземних мов і вмінням підтримувати розмови на будь-які теми з представниками вищого світу. Він носив на собі весь вантаж роду Косачів-Драгоманових, які вели свій початок від сербського намісника Боснії і Герцеговини Стефана Вукшича Косача (XVIII століття) і продукували на світ численних нащадків, щонайбагатше обдарованих усіма мислимими талантами, гострим розумом і працьовитістю, нащадків, які своїми руками, серцями й головами створили половину всієї української історії та культури: шляхтичі, маршалки, козацька старшина; починаючи з XIX століття — всуціль культурні діячі.

Що може означати для людини близька спорідненість із мітологізованою і зведеною в канон Донькою Прометея — і помислити лячно. Її палюча сухотна агонія могла навіть відкластись у найглибші зложища пам'яти кількарічного хлопця, впродовж усього життя тривожачи його уві сні чи в стані алкогольного делірію, коли розбурхується придонний намул: якщо він і перетинався з тіткою, то в зовсім несвідомому віці. І все ж небіж Лесі Українки мислив себе тільки і рішуче письменником. Він був запійним у всьому — і в письмі, і в алкоголі. І письмом, і алкоголем він рятував себе і труїв. Глибина прірви, що залягала між реальністю і його амбіціями, позахмарністю його перфекціонізму, закладеною внаслідок отриманого спадку, породжувала пристрасть до життя в усіх своїх виявах, жадобу до успіху і визнання — і ця ніколи не втолена, безнадійно не втолена пристрасть знаходила розрядку тільки в тисячах пластичних сторінок, мільйонах рядків: чуттєвих, надмірних, вишуканих, живіших за саме життя.

Косач був елегантним і привабливим, він умів закохувати в себе з першого погляду — ґалантною поведінкою, блискучим інтелектом, чарівною посмішкою, випромінюванням тепла. Але так само сильно він умів розчаровувати своєю зверхністю й пихатістю, неприхованим нарцисизмом, непостійністю, нехтуванням інших.

Про його легковажний спосіб життя ходили легенди. З'явившись без запрошення на новорічну вечірку в окупованому Львові, він приводив разом із собою принагідну молоду жінку і двох німецьких офіцерів, з якими, здавалося, перебував у товариських стосунках. Наступного ранку господиня дому не знаходила власного хутряного манто, а вже того ж вечора в цьому манто бачили подругу Косача, з яким вони сиділи в кав'ярні. «О, справді? — здивовано зводив брови чоловік світу. — Comme c'est amusant!» Нетвердо звівшись на ноги, він стягував з молодої жінки сріблясту лисицю і кидав під ноги власникам. Його тонкі довгі пальці здавалися мало не кришталевими у світлі слабких економних жарівок.

Гнаний нестишною силою свого eґo, він із карколомною швидкістю змінював місця проживання й ідеології, весь час шукаючи і прагнучи, весь час почуваючись ображеним і переслідуваним. Він влаштовував істерики і капризував.

У нього загострювалася параноя. Він поводився вкрай безсовісно навіть із людьми, які терпіли його вибрики з жалощів, ніжності чи поваги до таланту. Більшість його ненавиділа, вважаючи зрадником і безпринципним мерзотником. Більшість визнавала його незвичайний талант — про який, однак, вважала ця більшість, слід було забути з огляду на зневагу до особи.

Справжнє прізвище Ігоря Костецького — Мерзляков. Він усвідомив себе українцем 1938 року, коли, не закінчивши навчання в московському ҐІТІСі, виїхав на Урал, де два роки працював у театрі. На початку 1940-го року Костецький повернувся до Вінниці, і звідти, після окупації міста німцями, його примусово вивезли 1942-го року до Німеччини — працювати в шахті.

Костецький був надзвичайно темпераментний і діяльний. Письменник, перекладач, критик, режисер, видавець, він писав оповідання, романи, п'єси, вірші, подорожню прозу, кіносценарії, есеї і перекладав твори іноземних авторів українською. Він без упину рефлексував, віднаходячи себе і світ у мистецтві, а мистецтво — в усьому, що оточувало, шукав шляхи для подолання відчуження між людиною і феноменами, між людиною і людиною. Він самозаперечував себе заради подолання меж. Його погляд простягався широко й обіймав цілий світ, не обмежуючись національним, пронизував жанри і синтезував їх. Водночас національне він винаходив у спосіб для себе найактуальніший і вірив у те, що всі можуть врятувати всіх, якщо зречуться власних імен. Йому прагнулося довести «можливість неможливого». Він вірив, що володіє абсолютною свободою: може стати злочинцем або праведником.

Відомо, що, будучи редактором видавництва, він затримував або й узагалі не сплачував гонорари, хоча тексти й переклади з авторів і перекладачів витягав наполегливо.

Якось він приніс Петрову власну передмову до його роману «Доктор Серафікус», який мав бути невдовзі опублікований (хоч написаний був цілих 20 років тому). Йому ніхто довго не відчиняв, хоча господиня запевнила, що пан професор мусить бути у себе: не може не бути! Костецький чекав у темній брамі, спостерігаючи, як вулиці погойдуються в товщі ірреальних сутінків. Повз нього ковзали постаті, схожі на персонажів зі сну, а не на живих людей — розмиті, невиразні. В театрі під помешканням Петрова мала от-от розпочатись вистава за п'єсою Альфреда Жаррі «Король Убю», як повідомляла афіша ручної роботи.

Костецький відчував, що Петров удома. Нарешті знову піднявся рипучими сходами догори і загепав кулаком в обвуглені двері.

Петров сидів у темряві за столом своєї кімнати і їв яблука. Костецький простягнув йому текст передмови і зачекав, аж Петров її прочитає. Текст здавася Петрову занадто радикальним. Він міг привернути надто багато уваги. Петров цього не бажав. Він сказав: може, ми не будемо публікувати його разом із романом? Може, краще опублікувати в часописі, у якості рецензії?

Костецького охопив шал. З ним траплялися такі напади люті, особливо коли це стосувалося близьких людей, тих, до кого він був небайдужим. Він кричав пронизливим голосом, виблискував очима, смикався, розмахував руками. Здавалось, от-от ударить. Ось так він верещав і на Петрова: аж побілів увесь, а губи його розтягнулись мало не на всю довжину квадратних щелеп і посиніли.

Петров злякався. Ну що ви, Ігорю. Заспокойтеся. Візьміть краще, з'їжте яблучко.

Іншого разу Костецький приймав удома у них із дружиною їхню близьку подругу. Він млів від жіночої краси і цілий вечір, посадивши гостю перед великим дзеркалом, прикрашав її брязкальцями і пір'ям, блискучими камінцями, видобутими з численних скриньок, мереживом і стрічками. Він був ніжний і муркотливий, немов кіт. Очі затягнуло млосною поволокою. Пальці торкалися лагідно її скронь, шкіри за вухами.

І раптом, коли йому не сподобалася котрась її репліка, він сполотнів і заходився здирати з неї прикраси й цяцьки, лаючи на всі заставки, бризкаючи слиною, боляче смикаючи за пасма волосся, з яких різко витягував шпильки з мерехтливими камінцями. І ховав ці предмети до своїх шкатул, і тицяв у неї пальцями, з підозрою мружачи очі, чи вона не поцупила у нього чогось цінного.

Він підкреслював, що схожа манера поведінки була притаманна його улюбленим Григорію Сковороді і Стефанові Ґеорґе. Ось, наприклад, як Сковорода писав до Ковалинського: «Іноді може здаватися, що я гніваюсь на найдорожчих мені людей: ой, це не гнів, а надмірна моя гарячковість, викликана любов'ю, і прозорливість, тому що я краще від вас бачу, чого треба уникати і до чого прагнути».

Вечір почався вдома в Костецького.

Косач прочитав уголос якусь свою жовчну мініятюру, а Петров, попередивши, що йому потрібно більше часу, зручно вмостився у фотелі й розгорнув рукопис щойно закінченого оповідання «Ой поїхав Ревуха та по морю гуляти». Це була історія про ексцентричного польського шляхтича, який протягом свого віку прожив кілька різних біографій: вихований у традиційному католицькому дусі, став науковцем-орієнталістом, картографом, арабським еміром і шейхом, мандрівником, який не раз зависав на волосину від смерти й рятувався винятково дивом; він був конярем, співаком, композитором і поетом, меценатом і очільником повстання.

Лисина Петрова зіпріла, і в ній відображалося світло торшера, плафон якого був виконаний із венеційського скла. Тому й окуляри професора, залежно від рухів його голови, засвічувалися то смарагдовим, то рубіновим, то золотим сяйвом.

Своїм іржавим голосом він читав сцену про кохану старого графа, сільську дівчину Оксану, яка, одягнута в чоловічий одяг, мчить верхи на дикому огирі, а в її очах світяться вільна воля і усвідомлення власної смерти, що настане за мить.

Костецький нетерпляче рипів канапою і, сам того не помічаючи, хрускотів кісточками пальців. Йому складно було всидіти нерухомо. Він зиркав на годинника: вони збирались іще того вечора до кінотеатру, на екранізацію «Красуні й потвори» Жана Кокто.

Косач відкинувся на спинку іншого фотеля, закинув голову і заплющив очі. Ні, він не спав: його повіки і губи реагували на почуте гримасами, напруженням і рухом.

Блиснувши окулярами на розгорнутий посеред столу том «Анни Кареніної», Петров самовдоволено прокректів, що пише краще від Толстого. Він був схожий на людину, яка щойно закінчила споживати щедру й смачну вечерю.

Заради драматичного ефекту, дочитуючи останні абзаци, Петров стишив голос.

«Останнього разу його бачили в битві під Дашевим 14 травня 1831 року, коли російські війська під командою генерала Рота прочісували ліс, де заховалися повстанці. По битві він таємниче зник. У кожному разі, тіла його ніде в лісі не знайшли. Тільки кінь другого дня без сідла й без кульбаки примчав на дідинець Савранського палацу».

Так само ніколи не знайшли тіла героя роману Домонтовича «Без ґрунту», архітектора Линника. Ні з того ні з ового він сідає у човен і, виплившиу відкрите море, кидається у воду. «Певно, підводна течія винесла його тіло десь далеко в глибини Балтійського моря».

Увечері 18 квітня 1949 року Петров покинув винайняте помешкання в Мюнхені, повідомивши, що їде на зустріч до Міттенвальду. Там був розташований табір для переміщених осіб. Очевидно, що в Міттенвальді Петров так і не з'явився.

Всі були переконані, що його вбили. Але тіла так і не знайшли.

Зникнення Петрова розтривожило і без того неспокійне еміґрантське середовище. Люди пригадали — ніколи по-справжньому цього не забуваючи — що навіть опинившись тут, на Заході, вони не втекли нікуди. За ними повсякчас стежать, знають про кожен крок. Їхні життя не захищені, їхні беззахисні шиї постійно підставлені під удар. Повсякчас плетуться таємні інтриги, розігруються сценарії, відбуваються багатоходові маніпуляції, в яких можуть брати участь твої знайомі, друзі, люди, яким довіряєш. Не можна мати певности, хто на чиєму боці і хто проти кого. Людина зникає посеред білого дня, і немає ні свідків, ні доказів, ні тіла, ні звісток.

Невідомість робила настрій іще понурішим. Підозри множилися, чутки і плітки розросталися до небачених масштабів. Давалися взнаки неврози, загострювалися психічні хвороби. Люди зривалися посеред ночі з дикими криками, бігли кудись, дерлись у вікна, вилазили на стіни. Багато кого мучило безсоння. Думки виточували порожнисті отвори в черепі. Ніби бджоли, гули і гули у виснажених головах, не давали спокою.

Адже Петров домовлявся про зустрічі на найближчий час, мав заплановані подорожі. У нього були розписані на щодень лекції в Українському вільному університеті, Православній богословській академії, Українському технічно-господарському інституті. Він був задіяний у справах літературної організації. Комусь обіцяв надіслати статтю, комусь — прочитати його рукопис.

Він був у добрих стосунках з усіма угрупованнями, з яких складалось еміґрантське середовище, — а це неабияка рідкість, оскільки між собою всі вони гризлись, одні одних ненавиділи, накопичували образи, поширювали підозри. Петров же їздив від табору до табору, від міста до міста. Мав справи і з бандерівцями, і з мельниківцями, знаходив спільну мову з ультра-радикальними націоналістами і з поміркованими лібералами, друкувався в усіх можливих виданнях і часописах, незважаючи на ідеологію й аудиторію, на яку вони були орієнтовані.

Всі, хто спілкувався з ним останніми днями, запевняли, що він поводився спокійно, так, як завжди. В його поведінці не було абсолютно нічого підозрілого. Жодного хвилювання чи неспокою.

На його робочому столі залишилося безліч матеріялів, рукописів. Дописані і ті, над якими якраз працював. Наприклад, покинутий посеред сторінки текст белетризованої біографії Марка Вовчка — «Мовчуще божество». У самому центрі столу — аркуш із останніми реченнями цього тексту, від руки написаними напередодні: сцена арешту Тараса Шевченка. А може, ще сьогодні вранці. Петров прокидався о 5-й годині й одразу сідав працювати.

«Раптом обірвалось серце. Похитнувся світ. Сонячний день зблід, померк, ніби затягнений безбарвним вапняним серпанком. Життя урвалось. Час спинився. Усе дальше діялося в якомусь іншому, чужому, досі незнаному світі. Він уже не належав собі. Він робив несміливі спроби, надзвичайні зусилля стулити, зібрати уламки свого розірваного "я"».

Одні говорили, що його вбили бандерівці за симпатії до мельниківців. Другі — що його знищили радянські спецслужби як одного з найяскравіших представників еміґрації. Треті стверджували, що його вивезли до Радянського Союзу і там катуватимуть, судитимуть, зашлють до таборів праці, вб'ють. Багато хто кричав, що від самого початку знав і попереджав, що Петров — радянський аґент. Частина з цих людей вважала, що його вбили, бо він провалив завдання. Інша частина переконувала, що його просто повернули на Радянську Батьківщину.

Розповідали про когось, хто на власні вуха чув крики Петрова, якого катували в бункері неподалік одного з еміґрантських поселень. Звинувачували Костецького й Косача, що ті, мовляв, заманили його в пастку.

Запевняли з усією достовірністю, що оунівці спалили його в крематорії Міттенвальду.

Ось, будь ласка, дорогі ліберали, ви пригріли на грудях радянського аґента розвідки, це ж ви любили і довіряли йому найбільше, зловтішалися націоналісти.

Згодом господиня винайнятого помешкання пригадала, що Петров виходив на потяг, одягнутий надзвичайно урочисто — в темно-синій костюм, який одягав лише з урочистих нагод (ми цей костюм уже знаємо зі спогадів Костецького), і з валізою в руках. І заплатив за помешкання на місяць уперед.

Згодом хтось звернув увагу, що Петров завжди в ці голодні часи мав гроші і платив за тих, кого запрошував на вечері до ресторанів. Що він винаймав помешкання, а не жив у таборі для переміщених осіб. Що час від часу він зникав без попередження, а тоді його випадково зустрічали в Стокгольмі, Антверпені, Відні, Римі, Парижі, Брюсселі.

Згодом колега-професор з Богословської академії зізнався, що його дивувало, яким чином Петров, не маючи богословської освіти, читав курс із патрології.

Він переглянув конспекти студентів — і виявив, що там не було навіть згадки про отців Церкви: ні про Климентія Римського, ні про Ігнатія Антіохійського, ні про Полікарпа Смирнського, не кажучи вже про Теогноста і Максима Сповідника. Всі його лекції були побудовані на темі кризи фізики й метафізики в сучасному світі — саме про це була й більшість його історіософських праць.

Згодом хтось пригадав, що його бачили біля будинку Бандери. А хтось інший — що він запросив на зустріч до ресторану Мельника, якого повідомив, що з Бандерою вже зустрічався.

Згодом хтось написав про причину переїзду Петрова з Фюрта до Мюнхена. Там якраз відбувались засідання Нюрнберзького трибуналу, і одним із представників від радянської преси був український письменник Юрій Яновський. Петров розповів про це своєму близькому приятелеві. Яновський, мовляв, зупинив його посеред вулиці, сплутавши з Юрієм Косачем.

У щоденнику Яновського є запис про цю зустріч, тільки сюжет різниться. Яновський пише, що поїхав погуляти до Фюрта, хотів купити модель вітрильника, але сумнівається, що його легко буде транспортувати. Поки гуляв вулицями, заходячи до крамниць, його зупинив худий, брудний, одягнений в лахміття, беззубий чоловік і назвав його небожем Лесі Українки (невже я на нього схожий? — дивується Яновський). Виявилось, що це Віктор Петров, якого Яновський не одразу впізнав. Востаннє вони бачились в Уфі, потім стало відомо, наче Петрова мобілізували. А згодом Яновський почув, що той редагує якийсь нацистський журнал на окупованій території.

Звичайно, те, що Петров сплутав Яновського з приятелем, із яким часто спілкувався в Німеччині, доволі дивно. Але на його користь натомість свідчить бідний одяг, змарніла статура і беззубість. А отже, усе-таки не так розкішно він жив під час еміграції.

Були такі, що пригадали, як ще в Харкові чи Кременчузі, перед відступом німців, Петров запевняв усю місцеву інтелігенцію, що відходити разом із німецькими військами не варто, бо, за його інформацією, фронт ось-ось стабілізується, радянські війська не прийдуть.

Ці радикально налаштовані оунівці від самого початку його недолюблювали: це йому, а не їм начебто обіцяли посаду голови українського уряду. Вони писали на Петрова наклепи, а німецьке керівництво зі сміхом демонструвало доноси Петрову: ось погляньте, лейтенанте Z, що тільки ваші колеги і співвітчизники не вигадують. Настирно пишуть нам, що ви — радянський таємний аґент.

Одним із його завдань в Німеччині, як здогадувались знавці і втаємничені, крім збору якнайширшої інформації про емігрантські кола, крім втирання до них у довіру для отримання впливу, була акція з переконування українців не покидати Німеччину і не виїздити до США. Йому доручили тримати середовище вкупі.

Цікаво, чи йому самому не хотілося виїхати до США? Чи йому не хотілося втекти, розчинитися, зникнути назавжди? Чи він не обмірковував таких планів? Чи не мріяв про можливість до кінця життя вільно жити, писати все, що заманеться і думається, — не для прикриття і не тому, що те, що заманеться і що думається, водночас цілком надається на прикриття? Чи його надто міцно тримали на гачку? І якщо так, то чим? Або ким? Софією?

Чи Софія тут була ні до чого, і він просто боявся смерти? Чи цей немолодий чоловік просто хотів, щоб йому дали спокійно жити, щоб відчепилися нарешті, і йому вже не йшлося ні про свободу, ні про висловлювання думок?

Що таке це «висловлювання думок» — чи не звичайне складання слів за різних обставин у спосіб, який дозволить зберегти життя ще на певний час?

1955 року професор історії давнього світу і археолог Михайло Міллер натрапив на прізвище Петрова в найсвіжішому радянському виданні, присвяченому археології. Дивом врятувавшись у часи сталінських репресій, з початком війни Міллер залишився на окупованих німцями територіях, проводив розкопки на Подніпров'ї, куратором яких був німецький археолог Рудольф Штампфус, а потім разом із німецькими військами відступив на Захід.

До радянських видань ніколи не допускали імена ворогів народу, зрадників, емігрантів. Їх просто викреслювали з усіх списків, енциклопедій, з будь-яких друкованих текстів, а їхні здобутки, відкриття, все цінне, що було в їхній науковій діяльності, приписували надійним, лояльним до влади колегам. Таких випадків були тисячі. Якщо відповідальні за видання випадково пропускали ім'я когось із заборонених авторів, помилки жорстоко карались.

Стало очевидно, що Петров не загинув — він був живим і знову працював у Радянському Союзі. Зчинився новий скандал. Не залишилося сумнівів, що науковець світового рівня, професор, інтелектуал, шанована людина, яка викликала довіру в більшості української еміграції, — радянський аґент.

Дехто намагався його захистити: але ж ми не знаємо, яким чином він знову туди потрапив. Можливо, це було викрадення? У ті часи радянські спецслужби масово виловлювали втікачів до Західного сектора. Люди зникали безслідно. Розчинялись у повітрі. Їхні сліди в Союзі губилися.

Ті ж, які виявлялися працівниками НКВД, розвідниками, що виконували завдання, сексотами, повернувшись до СРСР, за традицією писали відкриті листи емігрантам. У цих листах вони каялися, що покинули на деякий час Країну Рад, розповідали про усвідомлення своїх помилок, прийняте рішення про повернення і закликали до цього всіх інших: схаменутись, вибрати правильний шлях, відповісти на широкі обійми Матері-Батьківщини.

Петров жодного листа не написав. Про його повернення до Союзу взагалі жодним чином не було заявлено. Радянська преса мовчала. Якби не уважність археолога Міллера, Петрова й далі вважали би безслідно зниклим.

Перших півтора року після повернення до Радянського Союзу Петров провів на Луб'янці, у внутрішній в'язниці НКВД. Його камера мала сім кроків завдовжки і три завширшки. Заґратовані вікна були густо зафарбовані сіро-білим. У задушливому приміщенні постійно панував півморок. На допити його водили довгими коридорами і широкими сходами. Він намагався запам'ятовувати й вираховувати поверхи, але щоразу збивався, бо складалося враження, що вони піднімаються, щоб опуститися, щоб знову піднятись на два поверхи догори, закільцюватися й опуститись туди, звідки прийшли. Під час цих походів Петров звернув увагу на те, що нумерація камер довільна і зумисне невпорядкована. Після цього він покинув спроби вирахувати внутрішню структуру в'язниці.

Вісім місяців із загального терміну ув'язнення Петров у тяжкому стані перебував у в'язниці. У нього — в останні роки особливо схильного до шлункових проблем — перестав виробляться шлунковий сік, а тому організм не перетравлював їжу. Отже, він не міг їсти взагалі.

Шлунок пекло і різало гострим болем. Не минала нудота. Варто було з'їсти чи випити щось незначне — трохи води, ложку вівсяної каші, скибку сушеного яблука — як відкривалися безпросвітні сесії блювання. Спочатку Петрова занурило в гарячку, він лежав напівнепритомний (що він розповів їм у мареннях?), потім — температура, навпаки, понизилася. Додалися млявість, апатія, безсилля. Слідчий сидів біля його лікарняного ліжка, вкотре повторюючи ті самі запитання. Часом Петров навіть рота не міг роззявити. Все це здавалось йому нудним, таким нескінченно нудним.

Може, вони не вважали його більше ні потрібним, ні небезпечним. І навіть з огляду на це дивно, що відпустили. Може, вони були впевнені, що він неминуче помре від своєї хвороби: навіть в'язничні лікарі ніяк не змогли на неї вплинути. Трохи зняли загострення — ось і все. Але воно неодмінно повернеться, звітували начальству. Процеси незворотні. Рак шлунка або смерть від голоду. Його організм і так перебуває у критичному стані дефіциту майже всіх необхідних елементів. Він буде довго мучитись і врешті помре.

Але він помер не так швидко і не від цього. Він суворо дотримувався дієти, він майже нічого не їв, крім сухарів і кефіру, і за деякий час випадково відкрив коров'ячий шлунковий сік, що продавався в аптеках. Скляні пляшки зі шлунковим соком — один із лейтмотивів листів до Софії: «шлунково-тваринний стан», «безглузді пляшечки! безсенсовні кислі соки, що окислюють радість буття!»

Він повідомляв їй, що успішно закупив запас шлункового соку. Перед кожним своїм приїздом просив її підготувати для нього шлунковий сік. І про всяк випадок віз його з собою з Москви. А потім — брав до Москви з Києва. В Радянському Союзі ніколи не було відомо, чого не виявиться в продажу. Тому коли вже щось продавали, цим слід було запасатися.

Повертатися до Києва йому заборонили. Помешкання сказали шукати собі самому. Без прописки жити в Москві було заборонено, а прописку давали тільки до власних помешкань. Натомість дозволили працювати в Інституті історії матеріальної культури в Москві. І дали чин офіцера.

Його шлунок перестав виробляти шлунковий сік. Його організм відмовився виконувати одну з основних своїх функцій. Ланцюжок реакцій, на які неможливо впливати свідомістю, одне з явищ природи раптом дало збій. Там, де існувало безперервне коло послідовних процесів, відбулася незапланована зупинка.

Його шлунок відмовився перетравлювати їжу. Чи це не метафора відмови перетравлювати дійсність? Чи це не відмова приймати і засвоювати отруту й абсурд, якими просякнуте життя, чи не намагання зберегти себе, свою внутрішню екологію, особистий заповідник, відгородити внутрішній простір від невідпорних втручань іззовні ціною припинення життєво важливих процесів, ціною зупинки?

Чи не схоже це на катастрофу, яка відбувається внаслідок тривалого і настирливого зловживання та переступання через усі максимально допустимі рівні толерування середовищем насильства над його природними законами рівноваги? Врешті це середовище, ця природна система мусить дати збій, вводячи себе в стан неіснування. І тільки так, у цій завислості, в ледь помітному жеврінні, в анабіозі вона отримує шанс захистити себе чи зберегти.

Набір його особистих внутрішніх якостей не дозволяв поводитися в інший спосіб: з тих чи інших зовнішніх і внутрішніх причин він не міг відкрито боротися, не міг повністю здатися, не міг вибрати однозначну систему цінностей, тому що він був (припустимо) надто складний, надто освічений, надто м'який, надто поступливий, надто пасивний, надто замкнутий, надто скептичний — і недостатньо прямолінійний, недостатньо рішучий, недостатньо сміливий, недостатньо чесний, недостатньо відкритий, недостатньо цілісний.

Але протягом свого життя — від втрати матері у кількарічному віці, загадкової смерти батька — служителя культу, впродовж воєн, голоду, революції, репресій, під тиском ідеології, у відчутті постійної небезпеки, з тисячами і десятками тисяч смертей навколо, з загибеллю людей, у безперервному хаосі системи, яка вивернула й насильно спотворила засади людського співіснування, — він надбав власне вміння витримувати дійсність. Навчився не реагувати на зовнішні її вияви, якими б вони не були, або реагувати у спосіб, який дозволяв зберегти максимальну можливу рівновагу. Не загинути, порятувати своє життя, не збожеволіти, зберегти дієздатність.

Він виробив практику зупиняти власну емоційну реакцію на обставини зовнішнього життя або хоча б стишувати її, наскільки можливо. Навчився підлаштовуватися до обставин настільки, щоб це не заважало оберіганню внутрішнього балансу. Це вимагало вміння себе пробачати, бути достатньо поблажливим до власних слабкостей, пробачати інших людей і розуміння будь-яких людських виявів, вад, потворностей, каліцтв. Це вимагало відмови від більшости власних бажань і очікувань, від більшости амбіцій, від зважання на думку інших. Зосередженості на тому малому, що маєш цієї миті, плекання вдоволення від дрібних радощів життя. Це потребувало усвідомлення власної неважливости, нікчемности й мізерности, а також — чіткого розуміння власної смертности. Це потребувало самозреченості. Вміння побачити простір за межами его.

Вся ця духовна практика, як це зазвичай і трапляється зі справжніми духовними практиками, на позір була нудним, дріб'язковим, сірим і монотонним життям літнього хворого чоловіка, який цілодобово сидів за письмовим столом, списуючи аркуш за аркушем дрібним нерозбірливим почерком.

Опорою йому, вочевидь, давно вже був Сковорода з його теорією нероблення, як і отці Церкви, схимники і філософи. Але ніхто з мудреців жодним чином не допоміг би, якби не існувало постійної практики. Практики не заради досягнення чогось, а заради неї самої. Це був єдино можливий для нього спосіб життя — чи то пак спосіб витримувати життя. Бо парадокс у тому, що, як правило, витримати життя, яким воно є, набагато складніше, ніж із ним розпрощатися. Це був його еквілібріюм.

Академік Павлов, священна корова і критик радянської влади, вчений, який винайшов спосіб встромляти живим собакам трубочку в нутрощі, щоб отримувати їхній шлунковий сік, говорив про безумовні, природні рефлекси, властиві людській істоті: про рефлекс свободи і рефлекс рабства.

Виплекана звичка Петрова, його вміння, щоденна практика на фізичному рівні проявилась у хворобі. У зупинці фізіологічного процесу, у припиненні безумовного рефлексу. У випаданні власного організму з абсурдної логіки життя.

«Ти пишеш, що в неділю після від'їзду тебе охопив смуток. Не знаю, хто того недільного дня 16-го кого заразив, Ти мене чи я Тебе, але з самого ранку мене пронизав якийсь гострий смуток. Чи то він передався Тобі від мене, чи це було відчування твого почуття.

Але якщо говорити з висоти досягнутих років, коли вже перейдено рубіж, і все, що відбувається, у зв'язку з минулим, стає необов'язковим, — доводиться себе переконувати, що найголовніше — це зберігати себе в тиші, а тиша ця залежить від самого себе, а не від чогось зовнішнього.

І коли ось і тепер з будь-якого приводу чи без приводу раптом виникає вихор чи буря, і щось вириває тебе з належного ладу, то докладаєш всіх зусиль знову ввести себе в тишу. Напишеш необхідні рядки і сторінки до кінця року, а якщо не допишеш, то теж біди не буде. Добре, якщо написане вдасться гарно, але якщо написане не вдасться, то і це не біда.

Коли озираєшся на минуле, переконуєшся тільки в одному: лих немає! І те, що сприймалось як загроза лиха, в дійсності жодним нещастям не було. Такими є уроки, принесені життям. Їхнє достоїнство в їхній же благості…

Ти скажеш, що все це філософія! Між тим, це дійсність. Тут, у моєму Позамісті, це відчувається особливо явно. Адже, за винятком двох днів, коли їздиш до міста і на кілька годин з'являєшся в інституті, решту часу наглухо замкнуто в стінах моєї холоднуватої кімнати, і в прогулянку на пів години, 15-20 кроків вперед і 15-20 кроків назад стежкою уздовж будинку, або вздовж грядок, скопаних біля фруктових дерев, з яких опадає листя.

Сьогодні чудове сонце!»

Упродовж восьми років Петров пише Софії листи. Йому не дозволяють повернутись до Києва і жити з нею. Софія, можливо, має дозвіл на переїзд до Москви, але з якихось своїх міркувань не бажає цього. Зрештою, про її бажання і міркування ми знаємо ще менше, ніж про інших.

Петров живе на відстані від коханої жінки, як персонажі його художніх творів чи об'єкти літературознавчих досліджень. Ще 1924 року, пишучи рецензію на поезію Рильського, він підкреслює, що «Любов — це межа. Рідність — чужість. Рідні це й є чужі, закохані — одмежовані, близькі — далекі, радісні — печальні». Він милується рядками Рильського про «любов як розлуку», «любов далеких».

Він захоплюється втечею Сковороди від нареченої у день, який мав стати днем їхнього вінчання. І розкошує в описах повноти стосунків Сковороди з Ковалинським, від якого він хотів фізично бути якнайдалі, щоб упиватись їхнім злиттям і цілістю.

Історія стосунків Миколи Костомарова і його учениці Аліни Крагельської, написана й видана Петровим 1929 року, — це історія ірраціонального вислизання головного героя зі зв'язку з жінкою, яку він кохав. Вони одружилися за 10 років до смерти Костомарова. «Весільний бенкет було справлено перед коханням, оберненим у трупне "ніщо"».

Мотив, який видавався Домонтовичу одним із найбільш звабливих — як тільки може бути звабливою аскеза і зречення насолод, — втілився у його власному житті. Зрештою, він же писав у одному з листів до Софії про те, що всі його бажання здійснюються: «І я — тепер уже наяву — мрію про те, коли ми будемо разом, і життя наше зв'яжеться тісно, як іще ніколи досі. Я думаю, що це так буде, тому що інакше не може бути, тому що я цього хочу, а те, чого я коли-небудь і як-небудь хотів, завжди здійснювалось».

Його листи здебільшого складаються з нецікавих деталей. Він описує ніщо. Сірі, однакові, монотонні будні, сидіння за столом, одноманітні заняття, нескінченні повторювані дрібниці: холод у кімнаті, вогкість, початок опалювального сезону, крики дітей надворі, бажаність тепла, своє невибагливе меню, їхні старечі хвороби, час, коли ліг спати напередодні і коли прокинувся, як зіпрів під час виїзду до міста, проблеми з закупівлею шлункового соку корів, біль у руці, шум сусідів, калюжі на вулиці, постійні пошуки нового прихистку, справи з довідками і паперами, очікування її листів.

Очікування листів від Софії в його листах до неї надзвичайно багато. Це одна з провідних тем: те, як рідко вона йому пише, які короткі й лаконічні її листи, як він нетерпляче чекає на них, як він виходить на вулицю і кілька годин поспіль вештається біля поштової скриньки, як він розчаровується, коли поштар не приносить листа, як він радіє, коли приносить. Він ображається на неї і вичитує за те, що вона не пише. Він підрахує, скільки сам написав листів, поки вона ледь-ледь надіслала йому кілька рядків. Він описує їй свої ревниві сни. Він визнає, не соромлячись, що листування з нею — один із основних сенсів його життя. Те, на чому тримається це життя. «Думаю, що щастя полягає тільки в тому, що воно буває постійним. Постійність — єдиний вид щастя, доступний людині. Будь же постійною в усьому, в тому числі і в писанні листів».

Він, вочевидь, ні з ким у Москві не спілкується. У листах не описані зустрічі, походи в гості, спільні заняття з кимось. Вона — так. Вона підтримує стосунки з людьми, з родичами, пише йому про це, і ми довідуємося про її зв'язки з його реакцій. У нього, по суті, нікого, крім неї, немає.

Про свою працю він згадує хіба мимохідь, у найзагальніших рисах: закінчую таку-то працю, роблю правки, доповнюю, почав займатися тим-то, працював учора вісімнадцять годин, прокинувся о 4-ій ранку й одразу ж сів працювати. Він знає, що її не цікавлять подробиці його роботи. Вона, вочевидь, не заглиблюється у світ полів поховань. І він тактовно й уважно не втомлює її цими темами.

Цілі серіяли листів — процеси їхніх домовлянь про спільні відпустки. Місяці поспіль, іноді — по пів року чи більше вони планують своє наступне побачення, перебування разом. Зазвичай це не так романтичне смакування і передчуття, як з'ясування обставин і можливостей, повідомлення про планування найближчих археологічних розкопок, які можуть дозволити йому на короткий час приїхати в Україну і під цим приводом трохи побути з Софією: «Мертві лежать на своїх місцях і чекають нас, щоб ми взялися до їх виймання. Отож усе гаразд». (Речення про тих, які померли кілька тисяч років тому, видається надто двозначним у контексті всіх їхніх недавніх спільних мертвих.)

Після кожної короткої зустрічі — деякий час смутку, туги, чуттєвих натяків. Меланхолійність. Ностальгія. «Перші дні минали в пошуках! Я шукав самого себе, загубленого в Києві! Сьогодні вже неділя. Однак чи можу я сказати, що вже знайшов себе? Навряд чи! Відчуття, що мене ще тут немає, а я все ще там, переважає. Як і раніше, у перші дні після приїзду, я відчуваю, що все залишилося незмінним і немає жодного тисячокілометрового простору, і я живу там, як це було всього лиш тиждень тому, можливо, ти ще просто не прийшла з роботи, а я сів за маленький столик з пастухами і пастушками, щоб писати про музейні речі, які я замалював учора або сьогодні вдень, а зараз все приводжу до певного загального ладу, тому що я і в цьому нічого не змінив, а так само, як і в Києві, все ще зайнятий писанням про матеріяли, зібрані в музеї!»

І зовсім скоро: новий виток домовляння і планів, нові перспективи зустрічі (можливо, вже скоро — за шість місяців).

Для тривалих стосунків двох людей, які десятиліттями живуть разом, немає гіршого випробування за монотонність буденних деталей, повторюваність тих самих дій і обставин. З цього виростає втома одне від одного: від надмірного знання, від постійної близькості. Чоловіка нудить від мовчазного зітхання жінки, яка миє посуд. Жінку доводить до сказу чоловікове заброьхане взуття посеред коридора.

Петров і Софія у своїх листах витворюють спільний простір буденности й монотонности. Позбавлені його в реальності, вони бажають його понад усе, імітують. Не яскравости і пристрасти їм хочеться, а нудьги й марудности, передбачуваности й затертости. Петров розвиває рутину у своїх листах так, як Драй-Хмара в одному зі своїх листів із заслання, божеволіючи від голоду, перераховує страви, щоб насититись ними в уяві.

А ще обоє мають на увазі присутність третього, невідомого. Безлику людину, яка обов'язково читає кожен із їхніх листів. Вони свідомі його існування. Пишучи одне одному, вони знають, що їхні інтимні доторки, єдино можливі за цих обставин, відбуваються у присутності незнайомого їм чоловіка. Чи не йому присвячені рідкісні пасажі на кшталт цього, від 9 березня 1953 року: «Все інше — поза нами! І ми, і країна — в скорботній печалі...»

Вони мусять мати його на увазі, пишучи. Мабуть, із цим пов'язаний почерк Петрова, який спотворюється до цілковитої невідчитуваности, перетворюючись на непролазну базгранину, якої не розбереш і з мікроскопом.

Може, з цим пов'язане і враження, що листи нічого не розповідають своїми реченнями і словами, що це лише нескінченне переминання фраз, виполіскування синтаксичних конструкцій, за яким не стоїть жоден сенс.

Бо, вочевидь, ідеться на цьому етапі вже не про сенс. Йдеться про дотик. Близькість. Очікування. Терпіння. Засвідчення.

Доводиться використовувати значущі одиниці мови, щоб із них конструювати повітря, яке зазвичай спресовується і злежується в помешканні, в якому десятиліттями зростається пара. Це повітря переважну більшість людей душить. З нього прагнуть виборсатися.

Ці двоє людей старанно і терпляче намагаються його змітувати.

Набагато раніше цієї миті — коли поховані в Архіві листи, папір яких геть висох і почав нагадувати на дотик крихку оболонку жука чи змії, ці листи, що легко вміщаються до кількох не надто об'ємних картонних тек і радше викликають думку про забутий натуралістом набір рослин для гербарію, що зжужмились і сплясли, втративши зі своїх клітин будь-який сік, потрапляють до рук зацікавленого дослідника життя і творчости — є мить зовсім інша. Вона, ця інша мить, існує десь там, кілька десятиліть тому, впродовж яких стався розрив епох, розлам земної кори, тектонічний зсув, і тепер наша епоха заперечує попередню, конструює себе в негативному ствердженні етапу, від якого вона відірвалась, але так і не може почати своє відокремлене дрейфування.

Цієї іншої миті чорнило на аркушах ще навіть не висохло повністю. Сліди грифеля ще лисніють сталевим глянцем. Папір пружний, гладкий і цупкий, він ще пахне свіжістю. Пахне ще, можливо, сільським молоком, яке зовсім недавно розпирало гаряче вим'я підмосковної корови («До речі, про харчування! Тепер я харчуюсь по суті тільки молоком і можу на власному досвіді підтвердити, що харчування молоком — я маю на увазі справжнє молоко в його природному єстві — заміняє всі інші види харчування, в тому числі й пиво; в результаті переходу на молочну їжу я страшенно розтовстів, піджак не застібається, штани не сходяться»). Листа написано буквально вчора або два дні тому, він несе в собі крихти щоденного, теперішнього побуту живої людини, її негайні настрій і стан, її думки, її турботи («Зрештою, вагу слід скидати, у спекотні дні людина мокріє, а це неприємно. Людині слід бути сухою, а погоді — мокрою»), її сподівання («Було б добре, якби сьогоднішній день не був спекотним. Бо ж доведеться тягнути на собі тягар піджака!»), її ніжність, тріпотливу й теплу, як маленький внутрішній орган чи пташеня, що вже ворушиться там, усередині, у яйці («Будь здорова. Їдь на дачу!»).

Цей лист — не тільки спосіб зв'язку між двома людьми, не лише спосіб комунікації, не просто засіб передачі інформації. Він є виявом чогось набагато більшого: їхнього зв'язку як близькості, зв'язку як поєднаності, пов'язаності, переплетеності, способом їхніх стосунків, єдиною дозволеною формою бути разом. Цей лист покликаний заміняти звук голосу когось рідного, що долинає з прилеглої кімнати, знайомий ритм кроків, набридливе зітхання, розслаблену вагу передпліччя, притуленого до іншого передпліччя під ковдрою, стріпування одне одному дощових крапель з коміра, бурчання через неохайність, сміх двох голосів над жартом, доступним тільки їм, сміх, що сплавився в однорідне звучання. Цей лист втілює в собі які завгодно елементи співжиття двох людей.

Мить, до якої ми зараз намагаємось пробитися, існує поміж миттю, коли підписаний конверт із маркою опущено до поштової скриньки зіпрілим і огрядним чоловіком у сірому піджаку — і миттю, коли худа й висока жінка з напруженим обличчям, пригладивши своє неслухняне посивіле волосся, обережно розпростає аркуша перед собою і її зіниці без жодних зусиль заковзають рядками. Сплутані сув'язі значків для неї такі зрозумілі, ніби їй простягують їх на розкритих долонях. Ніби це зім'яті фантики, які вона завиграшки розгортає. Звичні, як совгання старечих ніг у розходжених домашніх капцях.

Але перш ніж цей лист дістанеться до Софії, його торкатимуться інші руки і читатиме інша пара очей. Працівник пошти приносить кілька відібраних сьогоднішніх конвертів до установи (все згідно з інструкцією: він старанно перевірив прізвища за поданим йому списком), чекає під дверима кабінету, позіхає, прислухаючись до приглушених звуків телефонних розмов і голосу диктора з радіо. Передає конверти з рук у руки, усміхаючись ніяково і чомусь перелякано. Злегка навіть кланяючись.

У кабінеті високі стелі. За масивним столом сидить чоловік, зминаючи білу сорочку об спинку свого стільця. На стіні, за його спиною — портрет Лєніна, що блікує від сонячного світла.

Чоловік неуважно киває працівникові пошти і відсилає його геть. Він нетерпляче чекав цієї миті. Він, може, навіть сам не усвідомлював, як сильно чекав на неї вже впродовж кількох днів, із моменту отримання попереднього конверта. Він просить свою помічницю принести йому міцного чаю. Він не п'є кави, у нього від недавнього часу проблеми з серцем — і це прикро, бо він ще порівняно молодий і навіть поки що неодружений. Лікар казав, що чай варто теж пити не надто міцний, але він — учасник боїв в околиці Сандомира і форсування Одеру, колишній начальник політвідділу 10-го артилерійського корпусу прориву Резерву Головного командування 1-го Українського фронту — чхати хотів на такі поради. Він сам дивується, помічаючи легке тремтіння власних пальців, коли розгортає листа, попередньо дбайливо видобутого секретаркою з конверта. Він же ж знає вже, за всі ці роки, що нічого аномального в цьому листі не буде. Гарячкове нетерпіння, яке піднімається зі шлунка дедалі вище, починає тиснути на ребра. Воно чимось нагадує еротичне збудження.

«Одним словом, я набув своєї початкової конституції, — читає чоловік. — Тож коли я зайшов до своєї попередньої міської квартири, то там спробували зіслатись на те, що я, вочевидь, захворів серцем, і моя нинішня повнота є результатом захворювання серця. Припущення було мною категорично відкинуте».

Чоловіка пробирає морозець: він не вперше вже помічає, що варто йому щось подумати чи пережити, як це негайно відлунює в котромусь із листів. Будь-яка подія з його життя, чиїсь слова, навіть іноді сни відображаються цим неакуратним, заплутаним почерком, ніби авторові листів звідкілясь відомо про нього. Відомо більше, ніж він, цей чоловік, правомірно наділений владою, цей кавалер ордена Лєніна, сам знає про себе. А не навпаки, як мало би бути.

Бо ж передбачено все інакше: ніхто з тих, хто пише чи отримує ці листи, не має уявлення, що їх читає хтось третій, хтось незнайомий. Вони не підозрюють, що хтось має доступ до їхніх життів, хтось зазирає крізь кватирку до їхніх мрій і спогадів, хтось торкається пучками пальців їхніх розкритих ран.

Цей чоловік довго в'язнув і загрузав у нерозбірливості письма, але тепер врешті його, здавалось би, винагороджено. Він проникає в людей, всередину їхніх голів без їхнього відома, без дозволу, без усвідомлення. Він почувається там господарем. Ніби нічний гість, який чинить перелюб із дружиною чоловіка, що похропує поруч на ліжку. Йому нічого не загрожує, на відміну від цих людей, що беззахисно перед ним розкриті. Він їх може знищити, але він не така людина. Він милосердний. До того ж неабияк до них уже звик. Це як члени сім'ї, думає він собі. Я — ніби їхній двоюрідний брат, про якого вони не знають. Він відчуває майже прив'язаність, коли думає про них.

Тільки не зараз. Зараз він дратується, читаючи в листі про «захворювання серця». Так, ніби автор листа насміхається з нього у вічі. Чоловік вирішує помститися. Не всерйоз, а так лише — щоб зіпсувати настрій, викликати тривогу. Тому що він може на них впливати, він має над ними владу. Йому доступний весь діапазон впливу: він може вирвати волосинку зі сплячої голови, а може прищемити важкими дверима пальці, що невчасно затримались на одвірку. Він може й знищити, думає собі чоловік. Так, він міг би навіть повністю знищити. Хіба вже так не бувало.

Чоловік спершу вирішує затримати листа в себе. Він не раз уже це робив. Деякі листи, особливо улюблені, він залишив собі назавжди. Так, він трохи сентиментальний. Але Софія, не отримавши листа від Петрова, не засмутиться так сильно, як засмучується Петров, коли вчасно не отримує листа від Софії. Тому він просто трохи вичекає, дочекається її відповіді — і не пропустить цю відповідь далі. Нехай Петрова затопить неспокоєм. Нехай він знову десять разів за день перевіряє скриньку, нехай виходить назустріч поштареві, нехай переживає мульку нудоту в череві. Нехай скаламутиться його спокій, його внутрішня тиша, про яку він пише в листах і яку начебто навчився в собі відновлювати й утримувати, нехай спогади про неспокій завирують на поверхні. Нехай він знову і знову, як це трапляється постійно, думає про найгірше.

Чоловікові приємно, що він здатен тиснути на такі важелі. Що він має можливість провокувати несвідомі стани в людях, викликати страх, тривогу і тугу, що розгортаються і заволодівають людиною. Малими й простими вчинками він може занурювати людей у прірву їхніх інстинктів.

Йому здається, так мав би почуватись Бог, якби Він існував. Так мав би почуватись Бог, якби Він почував.

Цікаво, що сказав би на це професор Петров, син служителя культу.

Тим часом йому, чоловікові з кабінету з високими стелями, треба буде трохи почекати. Софія не така обов'язкова з відписуванням. Але тоді, коли він перехопить її листа, як приємно буде відчувати оцю майже фізичну присутність між їхніми тілами. Він як стіна, крізь яку вони намагаються обійматись.

Якщо придивитися, його життя химерно обрамлене й чудернацько заримоване: знакові події чи сенси молодости повторені, продубльовані в самому кінці, незадовго до смерти.

1930-го року Віктор Петров захистив у Київському університеті докторську дисертацію «Пантелеймон Куліш у п'ятдесяті роки. Життя. Ідеологія. Творчість». Опонентами виступали його власні викладачі: філолог, дослідник і видавець пам'яток давньої української літератури, історик і теоретик літератури Володимир Перетц (він приймав згодом Петрова у своєму домашньому кабінеті, вбраний у чорну круглу шапочку) і фольклорист, літературознавець, етнограф Андрій Лобода.

Змушений надовго покинути Київ 1941 року і зазнавши Уліссових переміщень у просторі й карколомних внутрішніх перетворень (що в одних випадках були деформаціями, в інших — розвитком пластики, і ще в інших — розкриттям глибин), позбавлений усіх наукових регалій, Петров зміг назавжди повернутись до Києва аж 1956-го. Цього ж року його допустили до можливости стати співробітником Інституту археології Академії наук — ніби зовсім забувши, що він є членом Академії наук з початку 1930-х років.

1965 року Петрова нагороджують орденом Вітчизняної війни й урочисто визнають його розвідницькі заслуги. Бажав він цього чи не бажав, домагався чи ні, це, вочевидь, дозволяло отримати бодай якесь полегшення і поблажки: підвищення зарплатні, пільги, нове помешкання. Мабуть, орден і визнання нарешті притишили перешіптування за спиною, яке не змовкало ось уже дев'ять років з моменту повернення до Києва. Але повертати наукові здобутки ніхто не збирався. Ніби не бажаючи формально підтвердити одну з найвагоміших частин його ідентичности. Ніби прагнучи навіть так тримати його в покорі, не віддаючи щось водночас умовне і дуже важливе.

1967 року він знову захищав кандидатську дисертацію. Цього разу з філології. До його смерти залишалося всього два роки. Хвороба серця давалася взнаки. Як початківець він складав усі кандидатські мінімуми-іспити: з археології, філософії, німецької мови. З німецької мови Петров отримав «задовільно», хоча володів нею впродовж усього життя, вільно читав і перекладав, п'ять років жив у Німеччині і саме завдяки знанню німецької став лейтенантом Z.

Захист дисертації виглядав як абсурдна вистава. Зала була переповнена. Члени Ради із захисту, філологи, історики, етнографи, мистецтвознавці, професори, кандидати наук, академіки вдавали, що беруть участь у народженні немовляти. І, незважаючи на це, розмах і масштаб виступу застав їх зненацька. У конференц-залі запала найглибша з можливих тиша, поки скрипучий голос сухого дідка, полотно за полотном, розгортав перед ними ідеї й концепції, вимальовував цілі системи зв'язків між науками, показував можливість способу мислення й осягнення, що дозволяв збагнути логіку цілости. «Істина одна й суцільна», як писав Віктор Домонтович у романі «Без ґрунту».

Дрібненькому дідкові з лискучою лисиною, на якій куйовдилося кілька пасем тонкого волосся, незручно було стояти за кафедрою, про що свідчили роздуті й поморщені на плечових суглобах рукави недопасованого до постаті піджака. В окулярах, вочевидь, ламалась одна з дужок, бо ті постійно перекошувались і правий бік залазив на кущувату брову. Кожне скорочення м'язів обличчя змушувало окуляри підстрибувати, створюючи враження надто жвавої міміки.

Петров пересипав свою доповідь цитатами з класиків марксизму. Він промовляв щось приблизно таке: «Говорячи про ті чи інші області наукового знання, будівництва, скажімо, станків і машин, або ж відсторонених, здавалось би, побудов математики, в усіх випадках не можна забувати найголовнішого, а саме того, що в кожному випадку мова йде про будівництво комунізму, про будівництво комуністичного суспільства, про перехід від соціялізму до комунізму і, тим самим, про найтісніший, нероздільний зв'язок задач побудови матеріяльно-технічної бази комунізму з теоретичними основами марксизму-лєнінізму як ідеологічної доктрини».

Це могли вже бути перші ознаки маразму. Чи майстерне блазнювання. Ніхто не міг мати певности — але навряд чи бодай хтось із присутніх там про це взагалі замислювався.

Під час цього другого захисту наприкінці життя, опонентом Петрова був його учень, Євген Кирилюк. Вчителі 72-річного кандидата повмирали ще до Другої світової.

Цікаво, що почувала в цей день, день захисту дисертації, 75-річна дружина Петрова. Чи була вона щаслива? Пишалася? Згадувала ораторський талант Миколи Зерова? У що вона була одягнена? Про що Софія з Петровим розмовляли, коли увечері, виснажені, повернулись удвох додому? Чи звикли вони нарешті на одинадцятому році спільного життя, що справді живуть разом?

Рима «кров-любов», присвячена Софії, оперізувала життя Петрова ще одним обручиком. У день убитих імператором Адріяном дівчаток Віри, Надії і Любові та їхньої матері святої Софії, яка поховала тіла доньок, 30 вересня 1930 року підлогою помешкання на Фундуклеївській, де мешкали Зерови, розсипались цукерки. Торкаючись пальцями загорнутих у фольгу солодощів на долівці, легковажна тієї миті Софія — яке щастя! — не підозрювала, що вона не зможе поховати тіло власного померлого сина, бо лежатиме непритомна в реанімації.

Петров точно пам'ятав кожну траєкторію ковзання цукерок підлогою, коли через 26 років писав до Софії одного з останніх листів із Москви: «У п'ятницю, 8 липня, близько 10-ої години ранку я буду стукати в двері, як і слід, чотири рази». Тоді, 30 травня, йому, напевно, здавалося, що до липня ще ціла вічність. І, хоч який терплячий, він не знав, звідки взяти терпіння, щоб дочекатись.

«Дорога, кохана, мила Соню! Як шкода, що і цього року напередодні твоїх іменин і в день твоїх іменин ми не зустрінемось, і коробка цукерок, перевернувшись, не впаде зі столу і цукерки не розсипляться підлогою, як це було двадцять три роки тому… Життя багато разів розламувалось і шматки розсипались, але завжди і в розсіяних шматках життя була цілість, і при всіх змінах одне залишалось незмінним, і це завжди незмінне в моєму житті — це було моє почуття любови до тебе, моя постійна любовна пам'ять про тебе. Що змінилося за ці більш ніж двадцять років? Либонь, нічого, тому що і тепер, як і завжди, незмінно всі дні і кожен день насичені для мене пам'яттю і думкою про Тебе. Це дивний стан, який залишається з дня на день, з року в рік, з десятиліття в десятиліття незмінним. Можливо, все це просто і дуже очевидно, тому що відчуття себе — це водночас для мене відчуття Тебе, і якщо я думаю про себе, то тим самим думаю про Тебе, відчуваю Тебе. Дні мої для мене наповнені Тобою. Так було раніше, так є і тепер.

Озираєшся назад, охоплюєш десятиліття, які минули, одним поглядом, одним і єдиним відчуттям, відчуттям одного-єдиного відчуття: і в центрі всього і завжди Ти. Я Тобі говорив про мої сни: вони повторювались завжди, кожної ночі. Мені снилась Ти. Це був завжди повторений, завжди один той самий сон: я іду до Тебе, і ніяк не можу дійти до Тебе, досягнути Тебе. Прагнення до Тебе залишається незавершеним... І я — тепер уже наяву — мрію про те, коли ми будемо разом, і наше життя зв'яжеться тісно, як ще ніколи досі. Я думаю, що це так буде, тому що інакше не може бути, тому що я цього хочу, а те, чого я коли-небудь і як-небудь хотів, завжди здійснювалось.

Мені дуже шкода, що в ці пам'ятні осінні дні, останні дні вересня, ми не разом, але трохи раніше або пізніше ми знову будемо разом, і я вже не буду такий хворий, як це сталось під час мого останнього приїзду, і ми ще раз будемо щасливі... Тепер же я побажаю Тобі бути щасливою в дні твоїх іменин, і пам'ятати, що, хоча нас розділяють відстані, але я з Тобою і Ти для мене тільки одна!

Обіймаю і міцно тебе цілую. Твій завжди».

Він назавжди повертається до Києва, коли йому вже 61. Софія старша від нього на чотири роки. Вони туляться в її крихітній однокімнатній квартирі, шафи якої забиті рукописами Зерова, а диван завалений рукописами Петрова, які Софія берегла всі ці роки (в тому числі й від мишей).

Йому дозволяють стати штатним працівником Інституту археології, згодом пускають в архів — і він, у принципі, цим задоволений: майже не обтяжений обов'язками, може працювати там над тим, що цікавить його самого: за старим гімназійним методом вивчати вокабули давньопрусської чи скитської мови, які сам винайшов, чи розмірковувати над назвами річок та їхнім походженням.

Лише кілька працівників інституту пам'ятають його ще з тих, давніх часів. Більшість працівників — зовсім молоді. Багато з них закінчили лише семирічку і, скориставшись соціяльними ліфтами, імітують заняття наукою. Дехто з них приписав собі наукові праці ворогів народу, чиї імена повинні були назавжди зникнути зі сторінок видань і з пам'яти.

Коли Петров уперше, літньої пори, з'являється в стінах інституту, там якраз майже нікого немає — всі на розкопках, у відрядженнях чи в поїздках. Одна з працівниць, учений секретар, зауваживши його постать відображеною у скляних дверях, упізнає зрадника і буржуазного націоналіста і, напівнепритомна, ховається під столом. Вона розгледіла в руках Петрова спрямований перед ним пістолет. Жінка тремтить. Петров наближається до її столу і, ввічливо привітавшись, делікатно запитує, чи закриє вона йому довідку про закордонне відрядження у справах Зовнішторгу, з якого він повернувся. Те, що здалося бідоласі зброєю, — розгорнута трудова книжка.

Колеги налаштовані щодо Петрова з недовірою. Йому не ставлять запитань, а він і не надто прагне відповідати. За його спиною обговорюються найнеймовірніші версії. Ніхто не здатен збагнути, яким чином злочинцеві дозволили повернутися на місце роботи. Жінка, яка пам'ятає Петрова ще з довоєнного часу, переповідає решті, що він завжди був підозрілим, тісно спілкувався і приятелював зі забороненими письменниками-контрреволюціонерами, що в Уфі його раптом мобілізували, а потім вона зустріла його в окупованому Кіровограді. Німецька установа, на яку працював Петров, переїздила до Умані, і він попросив жінку виконати його прохання: передати листа першому радянському солдатові, якого вона зустріне. Жінка пообіцяла і, негайно спаливши листа, нікому не розповіла про зустріч. Згодом, у переказах людей, лист перетворився на валізу з документами. А незграбний Петров із поганим зором — на вправного стрільця, спортсмена і професійного плавця.

Він здавався їм цілковито чужорідним елементом: розмовляв дивною мовою, надто складними реченнями, використовував надто багато іноземних слів. Був по-старосвітськи ввічливим і галантним: цілував жінкам руку, пропускав у двері перед собою, їх притримуючи, при зустрічі злегка кланявся. І ця поведінка ще дужче збільшувала дистанцію. Саме так вони й уявляли «гнилих інтеліґентів».

Почуваючи перед ним свою безсумнівну моральну перевагу — вони, комсомольці, перед ним, зрадником — колеги здебільшого ігнорували його, але іноді, у періоди збудження й хвацькості, починали насміхатися просто у вічі. Перебивали його доповіді, не розуміючи сенсу, встрягали із зумисне недоречними зауваженнями. Висміювали його непрактичну манеру вести розкопки: копати не траншеями, що економило час, зусилля й кошти, і давало можливість здобути безліч знахідок, а цілими площами, квадрат за квадратом, марудно й довго. Такий спосіб давав повнішу, ціліснішу картину — але кого це цікавило.

Лише іноді можна було зауважити, що він засмучується. Раз чи два він мовчки розвернувся і пішов геть під час котроїсь із цих вистав. Зазвичай він залишався однаково рівний, байдужий до їхніх слів, непроникний. Так само іронічний, небагатослівний і ввічливий. Це був його спосіб демонструвати зверхність. Спосіб, який він приписував ще раніше своєму улюбленому Сковороді: мовляв, самоприниження і роль найбруднішого й найнікчемнішого з брудних і нікчемних — це вияв вищости філософа, це його найбільший козир, який нічим не перебити. Тоді, пишучи про це, він чомусь акцентував на цій ролі, на прагненні Сковороди перевершити власною особою суспільство — але не брав до уваги, що на тому шляху, який для себе обрав Сковорода, йому не могло йтися про будь-яке перевершення, пиху чи ролі, що суть такої практики у її цілковитій правдивості, тотожності собі, у її самоцінності. Не для того ставати нікчемним, щоб принизити багатих і владних, а для того, щоби бути нікчемним і щасливим, відмовившись від усього, бо людина є нікчемною і щасливою, коли знає, що нічого не має.

Непроникними залишаються стосунки самого Петрова з власними ролями, еволюція усвідомлень і зрощення ролей із заспокоєнням і прийняттям своєї суті. Невідомо, наскільки різну природу мали різні його вдавання і чи врешті майстерне вдавання того, яким він хотів би насправді бути, перейшло в це буття.

У нечисленних спогадах про нього різних часів можна хіба що помітити, як він дедалі більше відпускає намагання справити враження на загал, довести свою думку, сподобатися, створити образ. Якщо в молодості його ущипливість і задерикуватість, його провокації привертають до себе увагу, то вже в часи перебування в Німеччині він радше мовчить, багатозначно усміхаючись, коли з ним намагаються вступити в суперечку, і всім своїм виглядом демонструє поблажливість. Останні десять років життя Петров ніби ще витончується і зневиразнюється, коли йдеться про контакт із суспільством. Все, що його цікавить, — це спокій, рутина (частиною якої є Софія), робота.

Він по-справжньому отримує насолоду від роботи. Іноді деякі люди помічають, як оживає цей напівпрозорий чоловічок (зовнішній вигляд якого навіть не конче відновиш у пам'яті, коли він зникне за рогом), як загораються його очі, коли він говорить про зв'язки генези етносу з ландшафтом чи про стратиграфію і хронологію древніх поселень. Часом Софії доводиться докладати великих зусиль, щоб докликатись чоловіка обідати: його складно відірвати від письмового столу.

Однак у нього поволі налагоджуються стосунки з молодими жінками-колегами. Байдужість і непроникність дещо розвіюються, варто Петрову побачити перед собою чиєсь свіже миловидне обличчя, почути приємний голос. З деким він починає приятелювати під час розкопок, з деким — у процесі розмов на теми досліджень. Ось тут, у цих розмовах, він раптом розкривається і розкриває співрозмовницю: вона навіть не помічає, як після кількох заперечень Петрова вона розпалюється, починає жестикулювати, говорити голосно і схвильовано. Петров продовжує збивати її докази, хитро мружачись. А ви напишіть про це, врешті говорить він, усміхаючись. Вона усвідомлює, що розвинула цікаву наукову теорію, але ще впродовж певного часу не може втихомирити емоції і роздратування, викликані суперечкою.

«Ви жінка і можете наказувати», — фліртує він, коли котрась із них про щось просить. Або по-снобськи робить зауваження, зустрівши співробітниць на вулиці, що морозиво не годиться їсти ось так, на ходу, що для цього існують кафе.

Найуважніші з них відчувають, скільки стоїть там усього неосяжного для них, за його невисокою, сміхотворною навіть, постаттю. Коли він дозволяє собі проявити власні знання чи натякає на попередній досвід, це схоже, ніби вони стоять поруч із кимось, хто просто зараз, цієї миті, без особливих зусиль милується видом на Чумацький Шлях, хто особисто знайомий із кожним небесним тілом. Він здається схожим на грифа з обрізаними крилами, який понуро сидить на мертвому корені в запустілому закутку зоопарку, у своїй загорожі — і в оточенні горобців, які галасливо купаються в піску перед ним.

Це вони, ці жінки, його молоді подруги, наївні комуністки з добрими серцями, накривають святковий стіл, коли несподівано виявляється, що Петрову дали нагороду і що він — не ворог народу, а герой і розвідник. Він відмахується від квітів, мовчки витримує тости і привітання. На запитання відповідає лаконічно: «Як ви стали розвідником?» — «Треба було — і став».

Це вони без його відома оббивають пороги начальника КҐБ, вимагаючи для радянського науковця, який служив їхній Вітчизні, а тепер виявився несправедливо забутим, повернення наукових звань, помешкання, підвищення зарплатні, пільг і заохочень. Це їм доводиться підробляти його заяву і його підпис на отримання помешкання, тому що Петров, почувши про всі ці справи, насуплено бурмоче: «Коли я їм був потрібен — вони самі до мене прийшли, нехай і тепер приходять».

Це їм він іноді дає почитати твори В. Домонтовича — «Аліну і Костомарова» або «Доктора Серафікуса», місце видання і назва видавництва на титульній сторінці якого чомусь старанно замальовані чорною пастою. Під час читання їм відкриваються нові світи, про існування яких вони не здогадувалися. Софія толерує їх і наливає їм чаю. Вони вдивляються в портрет Зерова, який незмінно визирає з-за прочинених дверей до іншої кімнати.

Це на їхнє наївне запитання: «Чому ви не напишете спогади про всіх тих українських письменників?» — він тяжко мовчить, а Софія каже: «Він уже написав. У КҐБ».

Це їм він іноді натякає на свої розвідницькі завдання: після перемоги німців повинен був очолити український уряд; завдання мусив виконати у Вінниці, але воно провалилося; певний час жив у Берліні і працював в імперській канцелярії. Це їхні сльози помітивши, гірко усміхається і тихо промовляє щось на кшталт: «А які б я мав проливати сльози, якщо стільки років ходжу по лезу ножа і чую погрози вбивства на свою адресу?»

Вони помічають його смуток після відвідин прикутого до ліжка Рильського і останніх бесід із ним. Розмовляючи, слухаючи і згадуючи, він так захоплюється там, що не помічає, що цілий час пестить шовковисте вухо каштанового сеттера, який вологим носом уткнувся у руку хворого господаря.

Це вони домагаються для нього місця на воєнному цвинтарі: науковець, філософ і письменник — серед генералів, каґебістів, командирів.

Хтось стверджує, що бути похованим там було його передсмертним бажанням.

Часом у щільному захисті трапляються пробоїни і замкнута система, яка ревно охороняє свою непроникність, дає збій. Одного з вечорів він випиває зайвого і молодий колега намагається посадити його до таксі, щоб відпровадити додому. Щойно він заштовхує Петрова в одні дверцята, як той швидко перекочується через сидіння і вистрибує з інших. Щойно чоловік ловить його посеред дороги і знову всаджує на сидіння, вмостившись поруч, як старий спритно перелазить наперед, до водія — несподівано прудкий і гнучкий, як на свій вік і немічність, несподівано гутаперчевий — і вислизає через передні двері. При цьому він вигукує щось німецькою, бубонить розлогі монологи. Колега не здатен добитися від нього навіть фрази українською чи російською. Петров супить брови, сварится зі своїм східним, дерев'яним акцентом, а потім починає хихотіти мало не до сліз, ніби пригадавши кумедний випадок.

Після його смерти лікар сказав, що він пережив на ногах шість інфарктів міокарда.

Його життя мало по-справжньому щасливий кінець, та й назагал Петров був рідкісним щасливцем. Аж складно в таке повірити, неможливо збагнути: яким чином йому вдалося пройти крізь часи, найбільш несприятливі для людської істоти — для гідности, психіки, дієздатности, для самого її фізичного існування. Люди навколо нього гинули покотом, а якщо дивом виживали, то — зламані, доведені до краю, божевільні, апатичні, дезорієнтовані, зневірені. Люди втрачали будь-які сенси. Понівечені, випатрані, вони нерідко мріяли про звільнення смертю — але й смерть не приходила швидко, залишаючи їх страждати посеред розтягнутої в часі агонії психічної хвороби, паралічу, цілковитої безпорадности.

Петров прожив довге життя, і жодного разу йому не довелося зазнати нічого, що перевершило б його людську здатність витримувати. Загрози, які нависали над ним десятиліттями, хоч і створювали постійну напругу, в'їлися в мозок, але так і не перетнули критичної межі. Навпаки — вони розсунули ці особисті межі можливого. Необхідність лицемірити задля виживання не переросла в безвихідь, у якій він повинен би був вибирати між власним життям і життям когось іншого, між собою і безпосереднім знищенням конкретних осіб, між своїм існуванням і злочином. Він завжди мав можливість працювати в той чи інший спосіб, завжди мав доступ до тієї чи іншої царини, в якій міг розвинутись і проявитись, у якій міг зміцнитися й утвердитись. Його не заслали до північних концтаборів Союзу — натомість він отримав можливість побачити західний світ, отримати досвід Європи. Він умів цінувати дрібні радості існування і майже постійно мав до них доступ: до ресторанів зі смачною їжею, до алкогольних напоїв, до сонячного світла, до розкоші інтелектуального знання та міркувань.

Життя його закінчилося саме так, як він того хотів: у спокої і визначености, в тиші, з частково повернутим засвідченням його наукових заслуг. Він повернувся додому. Будучи самотнім, таємничим та ізольованим, він мав досвід близькости з людьми, які були йому важливі, переживав досвід ірраціонального людського тепла.

Він провів останнє десятиліття життя поруч із жінкою, з якою хотів бути поруч, і саме тоді, коли цього хотів. Він досягнув того рівня розвитку особистости, коли здійснення бажань більше не становить для людини небезпеки.

Він помер швидко, за роботою, за власним письмовим столом, не страждаючи від немочі й безпорадности, не впавши в маразм, не переживши сповна всю неосяжненну невідворотність розпаду людського тіла і свідомости.

Це історія зі щасливим завершенням. Таким буває людське життя.

«Час ущільнився. Сторіччя сконцентрувалися в подіях одного дня або кількох місяців. Кожна людина числить за собою кілька життєписів. Одне ім'я стало явно недостатнім для людини. Тотожність імени більше не відповідає зламам етапів. Над усім панує епоха. Функція людини за однієї доби одна, за іншої — інша. У зміні діб утрачає вагу сталість особи. Жаден з нас не має власної біографії, бо його біографія належить відтинкам епох, які круто відрізняються один від одного. Заповнюючи анкету, ми усвідомлюємо це з дотикальною ясністю. Зміну діб сприйнято як особисте переживання. Її усвідомлено на прикладі власної долі. Трагедія останніх поколінь полягає в тому, що вони живуть уривками уявлень різних діб, тоді як вони належать новій, іншій, якої вони ще не уявляють собі».

Кожну мить життя ми страждаємо від роздробленості. Ми знаходимо дедалі новіші способи, щоб забути про це страждання, яке не стихає ні на мить: ми поринаємо в насолоди, залежності, шукаємо зцілення в сексі, прив'язаностях, речовинах, служінні іншим, ідеях, постійній зайнятості. Але ні, з усією неймовірною здатністю людської психіки забувати, це страждання не забувається, не затирається. Із самовідданістю дитини, яка чекає повернення матері, ми мріємо про момент абсолютного щастя та заспокоєння, коли осягнемо внутрішню єдність. Коли всі розрізнені клаптики, окремі наші частини зустрінуться і поєднаються, розриви зростуться. Ми станемо досконалими. Ми повернемося додому.

Тим часом ми не можемо заспокоїтися, маючи геть усе: таємниці та приховані історії, розриви й суперечності, періоди ствердження і заперечення, ролі та якості, що випливають з нашої природи, з неможливости не бути людиною, із зовнішніх обставин, зі самої історії, якій ми не можемо не підкоритись, навіть якщо думаємо, що бунтуємо. Маючи слабкости, і вади, і близькість, яка випливає з неможливости близькости, почуття провини і сором (наші вічні супутники чи осі, навколо яких наростає плоть наших особистостей і навколо яких ведуться монотонні па зачарованих танців у коло).

Ми тужимо за цілістю, уявляючи її як абсолютно кругле яйце без натяку на жодну тріщину. Як фізичний об'єкт без жодної вади. Як абсолютне знання. Як повний доступ.

Наша уявна цілісність — це смерть, забуття, неіснування.

Старенька Софія, залишившись сама, ледве зводить кінці з кінцями. Її пенсія мізерна, але все ж вона знаходить можливість економити на власних харчах і ліках, щоби платити жінці, яка регулярно наводить лад на могилах.

Софія впорядковує всі матеріяли, які залишились їй після обох чоловіків, і віддає їх до Архіву. Власні листи, будь-які власні записи, які могли би бодай трохи відкрити для інших її особу, вона знищує.

Чи була вона взагалі? Ким вона була?

Через сімнадцять років її, як вона того й хотіла, поховали в могилі другого чоловіка. Вони лежать там разом, у самому центрі цвинтаря, серед військових. Так і хочеться сказати: «У ворожому середовищі». Але для кісток це точно не має значення.

Через дорогу інший цвинтар, набагато старший. На ньому поховані різні люди: спортсмен-автомобіліст київського яхтклубу Підборський, художник театру Бурячок, професор-психіатр Гаккебуш, дворянка старовинного роду Одуд, працівник цукрових заводів Білоцерківщини Подаревський.

Тут лежать рештки Костика Зерова. І з ними — пригорща землі з урочища Сандармох, в якому розстріляли його батька.

«Ніщо не буває ізольованим. Якщо людина здорова, то вона здорова в цілому, а якщо хвора, то частковий біль завжди відображає стан цілого. Це зовсім за Павловим».

Цілісність живої людини — це завжди хвороба.

Ми думаємо, що наша нецілісність — це те, що нам відомо. Ми бачимо окремі острівці, вершечки гір, що верблюжими горбами випинаються над попонами з хмар, і між ними — величезний простір нічого, незглибима порожнеча, болючі рани роз'єднаності. Ми почуваємо себе кимось хворим і агонізуючим, хто стоїть на вершечку однієї гори і бачить там, удалині, крізь густий туман, власну нерухому постать, повернену спиною. Ця напружена самотня спина зраджує зусилля, з яким наша постать попереду вглядається кудись у протилежному напрямку, в безвість, когось намагаючись там роздивитись. І немає жодного шансу докричатися.

Те, що нас творить, те, з чого ми складаємось, — це також і все, що нам невідомо, що ми воліємо забути, до чого ми не можемо дістатися, до чого нам ніколи не докричатися. Оцей погляд, спрямований у спину собі самому, поки власний погляд спрямований у непроникне. Оця неможливість за волосинку від осяяння: просто озирнись — і помахай рукою.

ДІЙСНЕ

amoromality
Пороскотень, Ближні Сади
фото: її обличчя лисніє, погляд спрямований догори, туш розмазана, уста розхилені, на неї падає чорна тінь чоловіка
Вподобань 3462
Переглянути всі коментарі (174)
amoromality Боятися власної тіні

Від самого початку їй було достеменно відомо, що історія ця знайде свою розв'язку на кладовищі. У цьому не було жодної аномалії: геть усі історії саме там і закінчуються, щоб звідти ж брати свій новий початок.

Усе відбувалося точнісінько так, як боялась і сподівалась Романа. Єдине, чого вона не могла передбачити, — це ніжности, невимовної дбайливости, з якою Богдан тримав її за руку. Поки вони перетинали вулицю Іллєнка, випірнувши з підземель телецентру і лише дивом залишившись не поміченими знавіснілою юрбою, яка чигала на них за рогом, поки йшли вздовж бетонних парканів і білбордів із зображеними на них обличчями політиків, які безуспішно намагалися зобразити непритаманні їм якості, поки віддалялись від біло-червоного шприца телевежі, Романа відчувала, як чоловікова ніжність продовжує розростатися.

Богдан із зусиллям відводив зачарований погляд від її обличчя. Його очі були сповнені зачудування, навіть обожнення. Він ніби вперше її, Роману, побачив. Ніби не міг повірити, що вона справді його дружина. Раз по раз він схилявся до її потилиці, щоб вдихнути запах. Напружено сковтував слину, вивчаючи сухожилля на її шиї, ключиці, ледь прикриті тканиною сукні, одягнутої навмисне заради святкового телешоу, з якого зараз вони втікали. Скошуючи погляд, Богдан зиркав на погойдування Романиних грудей від ходи. Її рухи були скуті вузьким зеленим подолом, ноги зрадницьки підгиналися на недоречно високих підборах. Богдан міцно тримав долоню Романи у своїй руці, час від часу прикриваючи її згори другою рукою.

Вона бачила, що його тягне до неї з невідпорною силою. Ловила його бажання: таким бажаним для спраглого рота може бути соковитий достиглий плід. Вона спостерігала за зусиллями, яких Богданові доводилося докладати, щоб остаточно не втратити голову. Він озирався і чіплявся поглядом за густі крони дерев затишного парку позаду. В уяві поставали тінисті стежки. Вони вабили можливістю потягнути котроюсь із них Роману, в найвіддаленіший і найбезлюдніший закуток, в тінисті зарості, куди долинає хіба гавкотіння собак і звуки автомобільних двигунів, — і там дозволити пришвидшеному пульсові запанувати над усім його тілом повністю, вихлюпнувши на жінку в його руках всю свою вируючу жадобу.

Дихаючи липким і запилюженим повітрям міста, жаром і гуркотом дороги, слухняно йдучи слідом за своїм чоловіком (хоч це вона насправді провадила їх обох, тільки вона пам'ятала шлях), Романа повірити не могла, що їй вдалося-таки досягнути свого.

Ні, Богдан досі нічого не пригадав. Сталося щось важливіше, щось таке, чого вона прагнула весь цей час, відколи його знайшла, чим вона марила насправді, потерпаючи від його холодности, чужости, від приступів його нищівної люті.

Сталося ось що: Богдан запрагнув її у відповідь. Або навіть не у відповідь, а у спосіб, у який кожна людина таємно бажає, щоб її прагнули: він запрагнув її сильно й болісно, і його потяг ширився й могутнішав з кожною миттю, пропорційно з тривогою, що її любов до нього виявиться набагато слабшою.

Загіпнотизована і нажахана, вона йшла поруч із ним, потерпаючи від невблаганного наближення до військового кладовища. Щокілька десятків метрів Богдан нервово й довірливо перепитував, чи правильно вони йдуть. Романа ствердно кивала, додаючи щось на кшталт: «Уже скоро» або «Ось уже виднієтьcя огорожа цвинтаря». Він почав голосно дихати, як велика запряжена тварина, що місить копитами землю і вивертає очні яблука, нетямлячись від бажання дістатися до мети.

Романа думала про те, що вона ще здатна попередити неминуче. Вона могла з силою смикнути Богдана за руку, потягнути на себе, розвернутись у протилежному напрямку і скористатись таки заманливою сутінню стежок заповідника. Могла використати фізіологічну спокусу, щоби збити з невідворотно катастрофічного курсу їхні тіла.

Романа усвідомлювала, що не зробить цього. Що сила, яка сплавила їх із Богданом в одне ціле, яка з кожним кроком поглиблювала його любов до неї, яка здійснювала її, Романине, марення — ця ж сила не дозволить зійти з траєкторії. Насолода була надто гострою. Розкіш існувала негайно, в незнаній доти повноті. У тому, як Богдан тримав у своїй руці її долоню, крилась святість. У тому, як обоє вони не помічали зацікавлених, зляканих, зогиджених поглядів перехожих, спрямованих на Богданове каліцтво, розкривалася сповненість.

Крок за кроком, мить за миттю ця сповненість наближала їх до кульмінації. Романа знала, що ця кульмінація стане крахом, що вона стане найвищою точкою насолоди — і водночас кінцем.

Романа нічого не могла з цим удіяти.

amoromality
Пороскотень, Ближні Сади
фото: оголена широка спина чоловіка, вкрита шрамами різної товщини, розміру й форми, з-за якої простягається худа жіноча рука зі смартфоном, щоб зробити фото у потріснаному дзеркалі
Вподобань 2201
Переглянути всі коментарі (203)
amoromality Мене тут немає

Перед входом на кладовище молоді чоловіки вправлялись у їзді на мотоциклах. Частина тротуару носила напівстерті сліди дорожньої розмітки. У химерному порядку були розкладені смугасті конуси, забарвлення яких перегукувалось із забарвленням телевежі.

Богдан завмер на мить під самою аркою входу, точно посередині між цегляними колонами. Романа зауважила, як він сковтнув слину і як не одразу зміг набрати в легені повітря. Їй здавалося, вона бачила навіть, як підіймаються й опускаються його груди від пришвидшеного серцебиття.

Він більше не запитував у неї напрямку, більше не потребував її підказок. Тепер він упевнено, дедалі впевненіше вів її за собою: асфальтованою алеєю поміж могил (ліворуч — афганці, очолені постаттю стрункого фехтувальника, праворуч — зовсім свіжі поховання, до яких Романа спробувала привернути увагу свого чоловіка, але він нетерпляче й заперечно хитнув головою).

Бурхлива цвинтарна зелень у цій, парадній, частині кладовища була регулярно тамована: поміж пишними надгробками зеленів рівно підстрижений газон, дерева й кущі не перевищували виділених їм повноважень. Але чим далі від головного входу, тим більше свободи було даровано рослинності.

Романа зауважила кількох робітників, що безуспішно намагалися зняти важкий чорний стовбур, завалений нічною бурею на перекошений могильний пам'ятник. Навколо ставало дедалі більше ознак нічної негоди: зламані гілки, листя, шишки, зелені недозрілі каштани, надто рано здерте додолу насіння, целофанові кульки й пластикові пляшки встеляли стежки і простір між могилами. Високі трави та польові квіти так і лежали, втрамбовані в землю. Липовий цвіт змішався з розрихленим ґрунтом, віддаючи п'янкий солодкий аромат розігрітому парковому повітрю.

Слухай, — схвильовано сказав чоловік, зупинившись раптово як укопаний. — Ми ж із тобою так і не відіслали назад кам'яну лев'ячу голову. — Я знаю, — сказала Романа, — я пам'ятаю. Забагато різних подій відбулося останнім часом, — майже пошепки, ледь віднаходячи власний голос, продовжувала вона. — Але ми обов'язково це зробимо. Щойно покинемо цвинтар — підемо на пошту. Я обіцяю.

Богдан кивнув із вдячністю і відпустив руку Романи, пришвидшуючи крок. Вона припустила за ним, але змушена була відстати, щоб дати дорогу робітникам. Чоловіки з натугою котили доріжкою неповоротку садову тачку, навантаживши її кам'яним погруддям велетня у військовій фуражці з зіркою і могутнім торсом, рясно унизаним орденами. Бичача шия підпирала його велетенську голову. Риси обличчя були грубо вирубані в граніті. Те, що мало бути твердістю, проявилось як неоковирність. Що мало навіювати враження незламности й хоробрости, виглядало як тупість і порожнеча. Западини очниць мертвотно втупилися просто в Роману.

Вона не одразу розгледіла Богдана серед стовбурів беріз і молодих кленів, листя яких було вражене білими цятками грибка — ніби шаленець-священнослужитель ходив поміж могилами, щедро сіючи навколо важкі й рясні краплі розведеного вапна. Богдан завмер як укопаний, повернутий до Романи спиною, оточений жовтим і помаранчевим розливом буйно насіяних рудуватих лілійників і геліопсисів. Романа бачила, як він схиляється, щоб перенести з однієї могили на іншу щось схоже на плюшевого іграшкового ведмедика.

Вона підняла погляд догори. Туди були спрямовані всі навколишні вказівники: загострені краї намогильних паралелепіпедів, гілки дерев, стовбури, голка телевежі. Що мені робити? — запитала Романа подумки, намагаючись розгледіти відповідь серед густого візерунка листя різної форми, фактури й розміру.

Вона знала, що мусить наблизитися до Богдана. Вона добре бачила, що перетворення почалось. Про це свідчив колір неба, і шелест рослин, і погойдування важких плямистих голівок квітів, і виграювані на навколишніх могилах слова. А найдужче — напружена Богданова спина, кожен м'яз якої закумулював у собі цієї миті граничний нервовий заряд.

Романа зітхнула і поволі рушила до Богдана, плутаючись ногами у траві.

amoromality
Пороскотень, Ближні Сади
фото: напівпрозора золотиста скибка груші з крапельками соку, покладена грубими чоловічими пальцями у розхилені жіночі уста
Вподобань 2543
Переглянути всі коментарі (119)
amoromality Що є більш солодке?

Прямуючи до нього, обходячи граніт могил, переступаючи через низькі дерев'яні лавки, Романа думала про різну любов, про любов різних людей, знаннями та спогадами про які вона так довго й терпляче намагалася розбудити спогади Богдана, а з ними — і його любов до неї, Романи.

Нехай її план спрацював не зовсім так, як вона сподівалась, але все ж любови його у всіх виявах вона таки домоглася. Ось іще метрів двадцять, які залишались між нею і Богдановою закам'янілою спиною, Романа могла з повним правом розкошувати чоловіковими почуттями, напуватися ними. Набирати з них сил, які за кілька митей стануть їй по-справжньому необхідні.

Романа думала про любов Уляни до Пінхаса, яка змусила вбити. Думала про любов Нусі до Матвія Криводяка, яка штовхнула жінку на зраду. Думала про любов Професора до Зої, про непогамовну потребу змінювати аж до спотворення. І про любов до Зої Красовського, яка проявлялася в задушливому контролі.

Вона знову і знову вигадувала любовні колізії стосунків Пінзеля і його дружини Маріянни-Єлизавети, запаморочливо спокусливої у своєму вдівстві, жінки практичної і теплої, надійної і земної. Те, що перебуваючи в союзі з цією панею, майстер створив таку значну кількість видатних скульптур, які тривожать уяву своєю оголеною чуттєвістю, свідчить на користь вдови та їхніх зі скульптором сповнених стосунків.

З усією обов'язковістю, як і належалось її статусу, Пінзелева вдова довела другого супутника свого життя і батька дітей до його життєвого фіналу, відповідним чином віддала йому останню шану, подбавши про поховання та прощання — і навіть одружившись утретє, не викинула попереднього чоловіка з серця і голови, а навпаки: виїхала до Європи, прихопивши з собою колекцію Пінзелевих боцетті.

Романа не один раз намагалася довести Богданові, що причиною такого вчинку була не меркантильність жінки, не її плани вигідно продати скульптурки, щоб забезпечити бодай на якийсь час непевну матеріальну ситуацію в чужому краю, — а сентиментальність, почуття, туга за чоловіком, його пристрастю і його мистецтвом.

Зацікавившись усім, що було пов'язано з Пінзелем, Богдан усе ж не виказав жодних ознак пробудженої пам'яті. Жоден момент із дитинства, проведеного серед мучеників, святих і героїв скульптора, не піднявся на поверхню його свідомості.

Схожим чином ніяк не подіяли на спогади Богдана — точніше, на їхню відсутність — розповіді Романи про Баал Шем Това. Він довгими годинами гортав Пінхасів записник, придивляючись до скопійованих мап із озером

Амадока, до текстів, старанно виведених незнаними мовами, до замальованих нашвидкуруч сценок із життя єврейського містечка — але Романа добре знала, що справжню небезпеку в цьому записнику для неї становить лише один-єдиний рисунок: зображення волоських горіхів у фартушку білявої дівчинки.

І все ж вона не припиняла нагадувати Богданові, що Баал Шем Тов — той, хто самозабутньо кружляв у танці з Торою і змушував оживати пшеничні зернятка — вірив у власне вознесіння на Небеса під час грози. Однак коли померла його дружина, він сказав: «Тепер у мене всього лише пів тіла, тому вознесіння неможливе».

Богдан натомість говорив Романі про Сковороду. Дратував її розповіддю про незавершений шлюб філософа: про старого чоловіка на прізвище Майор і його юну доньку — допитливий паросток! — яку Сковорода один час навчав філософії і природознавству, аж доки не почались розмови на тему весілля. Сковорода спершу мовчав, віджартовувався, але з удячності до ласкавих людей врешті таки погодився одружитись. До весілля готувалися з надзвичайним ентузіазмом, але в день шлюбу філософ не витримав і втік: легкість у кінцівках, що несли його далі й далі в нескінченність, межувала з релігійним екстазом.

Однак Романа не дозволяла загнати себе у глухий кут. Вона витягала з рукава безвідмовний козир: безкрайню, невимовно солодку любов Сковороди до Ковалинського. Ледь захриплим від тривалого говоріння й розмлоєння голосом вона описувала цей досконалий союз, який знав і віддалення, і зближення, час разом і окремо, спільні читання античної літератури й філософії, розумування й суперечки, писання віршів, музикування, листування грецькою і латинською, дотики до волосся, розламані навпіл соковиті груші, простягнуті другові на долоні, сльози закоханості й усмішки, які не сходили з уст.

«Ти, — цитувала Романа листи Сковороди, — постійно перед моїми душевними очима, і я нічого доброго не можу ані згадати, ані зробити, не почуваючи, що ти постійно живеш у мені. Ти зо мною, коли я уходжу на самотину, ти невидимо зо мною, коли я на людях. Коли я в сумі, ти приймаєш участь у моїй скорботі, коли радий, ти приймаєш участь і в моїй радості, так що й вмерти я не міг би без того, щоб не унести твого образа з собою».

Приклавши губи до Богданового вуха, Романа шепотіла слова закоханого філософа: «Що є більш приємне, ніж кохання, що є більш солодке? Я вважаю мертвими тих, хто не знає кохання. І зовсім не дивуюсь, що сам Бог зветься любов'ю».

А коли Богдан, різко вивернувшись, відсувався від неї, ховаючи обличчя у темну шпарину між стіною і матрацом, Романа вдавалася до важкої артилерії: застосовувала його власну мову, підлаштовуючи її на свій лад.

Налякана першими променями у свідомості Богдана, проявленими фрагментами несподіваних знань про радянського шпигуна й археолога Петрова, Романа вирішила з власної волі пролити на нього яскраве денне світло. Щось було в цих знаннях таке, що змушувало Богдана пришвидшено дихати й оживати, щось хвилювало його, витягало назовні зворушення й ніжність, спонукало раптом зі здивуванням дивитися на неї, його жінку.

Романа розпочала зі слів Петрова про Сковороду: про те, як у дружбі з Ковалинським розкрилась душа філософа і як у Ковалинському той знайшов себе самого. Віднайшовши іншого, він збагнув себе і пізнав себе.

Розкручуючись, Романа читала дедалі швидше і швидше, незважаючи на Богданове мовчання і на ворожу до неї нерухомість його тіла. Втомлена його холодністю, постійним зусиллям, яке він здійснював над собою, щоб триматись від неї на відстані, вона випустила з себе лють і пекучий запал, дочитуючи вголос статтю Петрова про ненависть Сковороди до всього земного, про його «самовідмовлення» й «офіру власної волі», про «святу ненависть удосконаленої любови».

І тоді розступилися води й розверзлися небеса: Богдан уреші піддався. Романа пізнала, що таке ця «свята ненависть», продовжуючи винаходити незліченні способи «вдосконаленої любови».

Зараз же вона крок за кроком підступала ближче до могили. «Професор Петров Віктор Платонович» — було вигравіювано товстими літерами на сірому прямокутному камені. Прикручена до основи каменя світла таблиця свідчила: «Зерова Софія Федорівна».

У цій могилі спочила любов, із якої Романа здатна була начерпати чимало повчань і тлумачень у подарунок Богданові. Перед нею все приречене було скінчитись.

amoromality

Пороскотень, Ближні Сади

фото: неможливо зрозуміти, що це, схоже на тонкі ворсинки, які світяться, гладка поверхня персикової барви, поцяткована пухирцями, розмитий обрій западає в темну улоговину

Вподобань 2898

Переглянути всі коментарі (204)

amoromality Метелики в животі

Сюди, на кладовище, їх привів розбуджений Богданів потяг до Романи. Він почав прокидатися водночас зі спогадами.

 Насолода від Богданової уваги змішувалась для Романи з жахом перед викриттям. Романа відметала від себе лихе передчуття, відверталася від нього, відмовлялася його усвідомлювати, як людина відмовляється усвідомлювати власну смертність. Їй би слід зупинитися, слід би законсервувати події в тій точці, якої вони досягли, не провокувати подальших проблисків пам'яті — але й це було понад сили: справжні Богданові спогади тягнули за собою сплески його чуттєвості. Він по-справжньому оживав, наповнювався захватом, страхом, жагою — і ця його справжність вихлюпувалася на Роману. Від цього вона не здатна була відмовитись.

 Навпаки: винайшла новий спосіб спонукати чоловікове пробудження і, незважаючи на ризики, заходилася перевіряти його дієвість.

 Коли вона завершила вголос читати одну зі статей Петрова про Сковороду, Богдан заворушився, випростався на матраці й уважно поглянув їй в обличчя. Він мав поважний, ледь збентежений вигляд. Його очі примружились, і здавалось, що в ній, у Романі, він бачить зараз зовсім не її. Можливо, навіть не іншу особу. Він визирав у неї, як у вікно, що виходило до іншого часу. Пильно вдивлявся туди, вдалечінь, де прагнув розгледіти віддалення невиразних постатей.

 Романа спостерігала, як завмерлість його обличчя, що зазвичай скидалося на неприродну пластикову маску, ледь побрижилась: ніби з внутрішнього боку на нерухому поверхню впав промінь світла чи дмухнув вітерець. Зосередженість і зусилля пригадування супроводжувалися гримасою болю. Він навіть стиха застогнав — і Романа побачила перед собою іншого Богдана: затопленого відчаєм, безпомічного, переляканого.

Вона не чіпала його — це він простягнув до неї долоню і погладив по передпліччю. Ковзнув пучками пальців до зап'ястя, поважно роздивляючись пушок на руках, родимки й вени.

Романа не дихала. Впродовж тих кількох миттєвостей вона існувала лише в місцях його дотику.

Він підняв обличчя, наблизився й поглянув їй в очі. Не було жодного сумніву, що він, Богдан, дивиться на неї, Роману. Що він її бачить. Що це він до неї доторкається.

Вона не витримала, широко відкрила рота й заковтнула повітря. Богдан тут же відштовхнувся, немов плавець, і впав на матрац, з головою накрившись ліжником, не зважаючи на задуху.

amoromality
Пороскотень, Ближні Сади
фото: чоловіча постать різко вистрибує з озерного плеса, майже повністю захована за рясними бризками води, тільки видно широко розплющені очі й роззявлений рот, який чи то пожадливо хапає повітря, чи вивергає крик
Вподобань 4797
Переглянути всі коментарі (247)
amoromality Народження

Романа не сподівалася настільки потужної віддачі. Це мав бути експеримент, сенсу якого вона й сама не розуміла до кінця. Він спав їй на думку, коли Романа, не припиняючи міркувати про химерний зв'язок між Богданом і його знанням про Петрова, перебирала в Архіві листи до Софії Зерової. Спочатку вона намагалася читати листи послідовно, але дрібний неохайний почерк дуже швидко вибив її з рівноваги. До того ж зміст листів навіював нудьгу: в них не було жодних сюжетів, не було, по суті, нічого цікавого. Ані драматизму, який би міг Роману розхвилювати, ані чуттєвості, яка б її надихнула.

Усе ж вона спритним рухом сховала один із аркушів собі до кишені, мимоволі його зім'явши, а тоді кинула звичний погляд на монітор, який демонстрував їй читацьку залу з кількома відвідувачами, за поведінкою яких

Романа була покликана наглядати. У неї навіть пульс не пришвидшився від власного вчинку.

У маршрутці Романа вийняла листа і прочитала його. То був аркуш звичного формату, зігнутий навпіл і перетворений на чотири менші сторінки. Пожовклий грубий папір зі специфічним запахом. Знову небувала нудьга, виписана заплутаним письмом безпредметність. Романа пошкодувала, що не підійшла до своєї авантюри уважніше: вона ж могла обрати виразнішого листа. Треба було поцупити того, в якому йшлось про розсипані цукерки, про два десятиліття незмінних почуттів, про розламані на частки життя і про цілість наповнення любов'ю. Вона знала, що зловживає цим прийомом, але не змогла стриматися: знову і знову розповідала Богданові історії стосунків, читала йому описи чужих почуттів, перераховувала факти чиїхось пристрастей, ніби то були докази на суді. Її спроби не приносили плодів. Богдан залишався застиглим і немов порожнистим. Лише час від часу — якраз тоді, коли вона цього зовсім не сподівалася, — з ним несподівано ставалися страшні припадки, виривалась якась потойбічна сутність — Мінотавр намагався розбити стіну свого лабіринту. Богдан ревів і лаявся, трощив предмети, бив скло. Ці спалахи Роману лякали, але водночас і вабили. Під час них пробивалася справжня, незнана Богданова суть. Заспокоївшись, він не пам'ятав, що саме спровокувало напад, і не пам'ятав себе під час нападу.

Що їй залишалося ще? Тільки пробувати наосліп, намацувати, ризикувати. Йти у морок, тримаючи між пучками пальців нитку.

Вона піднялася сходами нагору, з зусиллям відчинила ледь перекошені на завісах двері (коли Богдан із силою їх затраскував, вони застрягали в рамі), мимохіть зморщилась від спертого запаху, який наповнював кімнату. Через помаранчеві штори кімната здавалася напханою кривавим світлом призахідного сонця. Романа відхилила одну зі штор і оглянула кімнату. Негайно збагнула, що Богдан сьогодні навіть не підводився з матраца.

Вона сіла поруч із його тілом, як робила це вже сотні, тисячі разів за минулий рік. Знала, що він не спить, що він свідомий її присутности. Помовчала кілька хвилин, пробігаючи очима рядки листа. Пошарудала папером.

А тоді почала читати, одночасно перекладаючи:

«Свій лист Ти знову писала вночі замість того, щоб мирно спати... Цілком зрозуміло: я теж був у театрі, як писав Тобі, але в театрі я був удень, на денній виставі, а вночі, як зазвичай, спав і не мав потреби замість сну писати листи... Навчайся жити!

До речі, про Київ! Я вже неодноразово говорив Тобі, але повторю ще зараз і в листі: Київ цілком залежить від Тебе. Якби Ти наполегливо хотіла, щоб я був у Києві, то це було б саме так ще минулого року, за однієї-єдиної умови: щоб Ти проявила в цій справі ініціативу й завзятість. Ну, а без цього все буде йти самопливом, як воно поки що і йде, і коли дійде до тих чи інших результатів — сказати, звичайно, складно.

Вчора у мене був день суцільних катастроф: скис годинник і почав іти з надзвичайною невпевненістю в собі, з окулярів випав гвинтик, і довелося перев'язати лапку ниточкою; ввечері вийшов з дому, щоб пообідати і за Твоїм листом, потрапив під дощ і змок. Сьогодні день також якийсь невизначений: в небі й уздовж вулиць світла імла. Може, ще прояснеться, а може, як і вчора, буде дощити.

Бажаю Тобі всього найкращого.

Цілую. Твій В.

5 травня 1953»

Читаючи, вона відчувала, як із боку ліжника на неї пре напружена увага. Богдан підскочив і вирвав листа в Романи з пальців. Його руки тремтіли. Він наблизив аркуш до обличчя, заковзав очима по рядках. Його губи ворушилися, поки він нечутно перебирав слова, читаючи листа тією мовою, якою той був написаний. Раз по раз він наближав аркуш упритул до носа і голосно, жадібно вдихав запах. Тер око кулаком. Прикушував, жував губи. Тряс головою.

amoromality
Пороскотень, Ближні Сади
фото: розмитий вид на тин, рослини і високу ялинку крізь брудну шибу
Вподобань 43
amoromality Здається

Маленький хлопчик, він стояв на березі моря. В одній руці тримав сандалики й погойдував ними взад і вперед. Шкіра стоп відчувала жорсткість крупного піску — насправді дрібних камінців. Усе, на що він дивився, здавалося припорошеним тонким шаром сепієвого пилу — акації, що росли на пляжі вздовж колії, облущені дерев'яні лавки й іржаві гойдалки, кожна піщинка, бетонний пірс, сандалики в його руці. Навіть барва морської води виглядала приглушеною, ніби по той бік брудного скла. Повітря, й те мало сіруватий відтінок, але місцеві давно вже вважали цей колір новим прозорим.

    Хлопчик ще відчував спухлість обличчя після того, як він довго плакав, поки дід тягнув його за руку, не відпускаючи і не говорячи більше ні слова. Їхня прогулянка починалася для хлопчика дуже добре, хоч він і відчував тяжкий настрій діда. Зсутулений іще дужче, ніж зазвичай, той простягнув йому морозиво на порожній площі воїнів-визволителів і поправив на голові панамку в горошок. Вони повільно перетнули площу під палючим сонцем. Хлопчикові здавалося, спека заповільнює рух і розпростує площу далі й далі. Від бетонних плит пашіло жаром, і цей жар провокував нудоту, що переходила в якусь незрозумілу, а тому — майже нестерпну тугу серця і горла. На щастя, хлопчикова рука стискала вафельну скоринку з морозивом усередині, і, хоч морозиво й тануло, крапало на коліна і на землю, на цьому відчутті можна було зосередитися.

    Вони пройшлись асфальтованими доріжками Парку культури і відпочинку, акуратно обминаючи клумби з утомленими від спеки квітами. Стенди виробників заводів «Азовсталь» і коксохімічного, тресту «Азовстальбуд» та інших в цю пору не відкидали тіні. Веранду бібліотеки-читальні з дерев'яними стінами-павутинкою двоє молодих жінок готували до вечірньої події. Дід заговорив до однієї з них — знизавши плечима, дівчина невпевнено відповіла про лекцію на суспільно-політичну тему. Дід запитав її, чи планують завтра проводити настільні ігри з олівцем, і дівчина гукнула без ентузіазму в голосі свою подругу, та відклала набік віника, підійшла до них і чітко відповіла на всі дідові запитання. Перша дівчина тим часом поманила хлопчика пальцем і злила на його липкі руки воду зі скляної пляшки від молока. Він висушив їх об задню частину шортів, а дівчина примружила очі в посмішці й докірливо похитала головою.

    Четверги, — говорила перша дівчина дідові, — дні молоді. Сюди приходять юнаки та дівчата з баянами і гітарами. Можна танцювати, співати, декламувати вірші, показувати сценки чи демонструвати акробатичні трюки. Можеш узяти участь у конкурсі, — звернулася дівчина до малого, коли той знову до них наблизився. — Що ти найкраще вмієш робити? — Хлопчик зашарівся й опустив голову. Дід знову поправив йому панамку. — Він любить читати, — відповів замість внука.

У нас і фільми показують безкоштовно, — сказала дівчина. — «Перший рейс до зірок» показували. І «Таємницю речовини». Багато фільмів про природу, про Космос. Тобі це цікаво? — знову запитала вона у хлопчика.

Хлопчик мовчав. Тоді дівчина знову заговорила до діда. — Вас зацікавить, — казала вона, — вечір «За здоровий побут». — Люди вашого віку особливо люблять приходити на ці зустрічі з медичними працівниками.

А День металурга? — запитала інша дівчина, пожвавившись. — Обов'язково приходьте всі разом на святкування Дня металурга! Вже не кажучи про День військово-морського флоту. — В останню неділю липня? — запитав дід. — Так, в останню неділю липня, — підтвердили дівчата.

Вони розхвалювали концерти на літній естраді-мушлі. Енергійніша з дівчат збігала по програмку, але не простягнула її дідові, а заходилася сама читати вголос: з 31 травня до 29 червня — гастролі обласного драматичного театру імені Пушкіна, з 2 червня — Кримський драматичний театр, з 5 по 15 липня — Шахтарський ансамбль пісні й танцю Донбасу «Молода гвардія». З 16 червня — гастролі обласного театру опери і балету з операми «Бал-маскарад», «Трубадур», «Запорожець за Дунаєм», «Травіята», «Кармен», «Чіо-Чіо-Сан», «Ріґолетто» і балетами «Лебедине озеро» і «Великий вальс».

Хлопчик смикав діда за руку. Вони попрощалися з молодими жінками і рушили далі, намагаючись пересуватися з тіні в тінь. Широкі бетонні сходи, асфальт і шлакоблоки, які служили своєрідними бортиками, елементами паркової архітектури, обрамляли доріжки й майданчики або просто лежали в найнесподіваніших місцях, були помережані тріщинами. Хлопчик зауважив блискавичність ящірки, яка ховалася під розколеною конструкцією. Звідти випиналися грубі коричневі стержні.

Спортивний майданчик був безлюдний. У шаховій альтанці сидів один втомлений чоловік і пив пиво з коричневої пляшки. Хлопчик вдихнув сигаретний дим, який не розвіювався зараз, а так і залишався висіти в повітрі, на рівні дитячої голови.

Вони зупинилися на переїзді, пропускаючи вантажний потяг. Земля двигтіла під їхніми ногами, катастрофічне гуркотіння й вібрації входили в плоть і кістки, болісно били у барабанні перетинки. На долю секунди між брудними торпедами вагонів проблискувало море.

Перейшовши колію, хлопчик і його дідусь наблизилися до темної пінистої води. На тлі наелектризованого неба, на віддалі виростали обриси порту, зігнуті шиї плавкранів, вуглуваті чорні тіла танкерів, рефрижераторних суден, нафторудовозів, піраміди шлаку вздовж лінії узбережжя, навколо яких стримано зеленіли фруктові сади й виноградники, вкриті матовою плівкою.

Це, звичайно, не фруктові сади грека Лікакі — від них залишився тільки парк імени Гурова. І не виноградники болгарина Чанкова Коню Михайловича. Це звичайні садочки навколо хатин селища Рибацького, до якого можна від порту дійти уздовж лінії берега. Хлопчик, щоправда, поки що так далеко ще не ходив.

Це згодом, коли підросте, він облазить пішки десятки кілометрів пляжів, сколупуватиме мідій із напівзатопленого на мілині металобрухту й уламків бетону, проникатиме з друзями до покинутих човнів і невеликих рибальських корабликів, погнилих і слизьких від водоростей.

Зараз хлопчик стоїть і дивиться, як вітер несе руді ядучі хмари з Металургійного комбінату ім. Ілліча, на якому раніше працював його дід, а тепер батько обіймає якусь важливу посаду. Він заплаканий, бо дідусь не дозволив йому взяти на руки хворого голуба. Той сидів на піску, нажахано витріщаючи очі й викручуючи шиєю майже навколо власної осі. Крізь ріденьке пір'я проглядала неприродного кольору шкіра. — Він же тут помре, — сказав хлопчик. — Ми не можемо його тут залишити. Як ми його просто залишимо, знаючи, що це означає для нього смерть?

Він не помре, — відповів дідусь. — Навпаки — якщо ти його візьмеш, це йому зашкодить. Він дикий птах. Природа найкраще знає, що їй робити. Не треба втручатися.

Вони відійшли вже страшенно далеко від того місця, а хлопчик усе не міг заспокоїтися. Сльози застилали йому вид на порт і на море. Хлопчик кашляв — чи то від плачу, чи від отруйних викидів в атмосферу.

Хочеш, купимо тобі нових рибок? — запитав дідусь, схилившись до онука. — Хочеш райдужних рибок? Хочеш нових цихлід?

Я хочу червону шапочку оранду, — сказав хлопчик, шморгнувши носом. — І ще я хочу сома! Хочу, щоб ти купив мені зірчастого агаміксиса!

Він поїсть твоїх мальків, — похитав головою дідусь. І хлопчик знову заплакав.

І тоді дід — невисокий, худий, сутулий, із сивим волоссям, яке розвіював морський вітер, — вийняв із кишені чорну пластикову коробочку, присів навпочіпки поруч із онуком, від чого його сірі штани високо підстрибнули на литках і відкрили високі темно-сині шкарпетки, що охоплювали кісточки, і відкинув круглу кришечку з дзеркальцем із внутрішнього боку. Це був компас Адріянова (як згодом виявилося, радіоактивний).

У темряві його вказівники-маркери і північний кінчик магнітної стрілки світяться, — сказав дідусь.

Хлопчик нетерпляче вирвав компас із дідових рук, але не втримав його — той упав у пісок. Маленькі долоні запорпались у гарячу жорстку товщу.

amoromality
Пороскотень, Ближні Сади
фото: розмитий вид на тин, рослини і високу ялинку крізь брудну шибу, в якій відображені вигини білих тіл
Вподобань 5298
amoromality Одночасно

То був ніякий не пісок, а тіло Романи. Жадібними твердими долонями Богдан торкався її, притягнувши до себе. Він дивився на неї широко розплющеними очима, поважно й пильно. Пожовклий крадений лист хрумкотів під її вагою. Він схопив її за волосся на потилиці однією рукою, знерухомлюючи, тоді як інша його долоня ніби шукала щось на грудях, животі, стегнах. Від несподіванки Романа хапала повітря ротом. Вивільнена від одягу, вона потерпала від жорстких дотиків ліжника до шкіри. Його поспішні поцілунки обпікали вуха, шию, груди, тоді як долоні стали раптом обережними й повільними, ледь відчутними. Вона не здатна була вгадати, в якому місці чоловік торкнеться її за мить.

Богдан стишився і перестав цілувати її, але його розжарений вологий подих, що мандрував западинами тіла, передавав під шкіру розряди солодкої розкоші, змушуючи жінку вигинатись усім тілом.

Врешті обоє завмерли й лежали нерухомо, аж доки за вікном повністю не стемніло. З озера долинали скрекітливі полотна жаб'ячих співів. Вони обліплювали стіни будинку рясною сіткою звуків, проникали у шпарини. Зливалися з відчуттям млости, з забуттям двох оголених тіл, переплетених кінцівками.

Богдан поцілував Роману в живіт і підвів голову. Вона могла розгледіти лише обриси його голови, могла вгадати полиск очей. Але безпомильно відчула пронизливий погляд, спрямований простісінько їй в обличчя.

Образи, які виринули в його свідомості якийсь час тому, розвіялися безслідно. Залишили хіба ледь відчутний присмак на кінчику язика. Хоча це міг бути насправді смак Романиної шкіри.

Цього разу Богдан, хоча вкотре втратив усі зачіпки, розгубив натяки на впізнавання, не відчув на своєму серці звичного непідйомного тягаря відчаю і марноти. Він сплів свої пальці з пальцями Романи і тримав її долоню делікатно й міцно. Вона спробувала вивільнитись, але Богдан не дозволив.

Тепер він розумів, що ця жінка приведе його, куди треба. Приведе, навіть якщо її власна мета лежить у протилежному напрямку.

amoromality
Пороскотень, Ближні Сади
відео: на кущі шипшини ритмічно розгойдується жіноча блузка, лунає незрозуміле шарудіння й постукування, ляскання
Вподобань 3777
Переглянути всі коментарі (460)
amoromality Він пригадує

Романа крадькома цупила з Архіву листа за листом, і коли маршрутка повертала праворуч перед в'їздом до села Пороскотень, її серце починало пришвидшено битися. Богдан справді чекав її на зупинці. Щоб не випробовувати його терпіння, Романа простягала йому листа, щойно автобус рушав далі. Богдан заходився читати його, простуючи до їхнього будинку.

Романа підозрювала, що зміст листів, однак, не надто важливий. Точніше — не важливіший, ніж папір і почерк, вигляд рядків, що часом ледь сповзали донизу на нерозлінованих аркушах. Йому впізнавалися не конкретні слова чи факти — знайомою була цілість, що ненадовго провокувала прояснення спогадів, слідом за якими надходила висока хвиля вдячності до неї, Романи. О, тепер вона відчувала, наскільки сильно йому потрібна. Тепер він не стримував себе, щоб їй це показувати.

Скажімо, в листі йшлося:

«Тут — у Знам'янці — сонце, вода й абрикоси. Сюди я не запрошую Тебе приїздити, тому що абрикоси закінчуються, в хаті задуха, а сонце і вода Тебе не ваблять. Однак у серпні мене збираються перекинути до Кам'янки, а Кам'янка — райцентр, і тут — кіно, чайна зі спиртними напоями, газетний кіоск, радіо, аптека, пошта, і сюди, можливо, й варто буде приїхати».

Богдан читав, уже впізнаючи тонкі ознаки пригадування: пульсування у кінчиках пальців, невагомість тіла, легкість подиху, розширення навколишнього простору і розсіювання в цьому просторі його фізичних відчуттів.

Далі він переживав, наприклад таке:

як сади ломилися від абрикосів. Хлопчик не міг уже на них дивитись. Знехотя розламував плід і спостерігав, як прозора гусінь намагається сховатися перед раптовим спалахом пронизливого денного світла. Кісточки вони запорпували в пісок. У піску завжди було повно сміття: обгорток від морозива, етикеток і кришечок від пива, недопалків. Хлопчик любив знаходити відполіровані морською водою гладенькі скельця;

як дорогою до кінотеатру вони обов'язково мусили підійти до старої водонапірної вежі, і дід вкотре повторював, що під час війни вона встояла, бо при будівництві на початку XX століття цеглини скріплювали яєчними білками. Хлопчик рахував грані та яруси й обходив вежу навколо безліч разів, щоразу зустрічаючись із дідусем, який весь цей час стояв нерухомо;

як одного разу їм дозволили вийти гвинтовими сходами аж на оглядовий майданчик, і звідтіля вони змогли розгледіти геть усе: і драмтеатр, і обидва будинки зі шпилями, і неозоре нудотне скупчення висоток, і брудно-сірі дахи житлових масивів, серед яких десь губився і їхній багатоповерховий будинок, цехи і труби металургійних комбінатів, і хмари диму неприродних барв над смужкою темного моря.

Усі ці образи проривались у свідомість упродовж найкоротшої долі секунди. Богдан робив один із кроків, Романа навіть не помічала його відсутности, як він уже знову був поруч. Вона нахилялася, щоб намацати з внутрішнього боку, крізь отвір у хвіртці, засув, і тут же смужкою оголеного тіла між спідницею і блузкою легко пробігали Богданові пальці. Не в змозі зачинити за собою хвіртку, чоловік і жінка перетинали двір у химерному, незграбному танці. За

Богданом тягнулися гнучкі гілки шипшини, зачепившись колючками за одяг, під ногами Романи перевертались камені. Чоловік обережно брав обличчя Романи в долоні, сперши її у кутку між вхідними дверима й рапатою стіною будинку, і повільно цілував чоло, очі, вилиці, ніс, підборіддя. Лист він тримав у руці або, встигнувши його охайно згорнути, ховав у кишені джинсів.

amoromality
Пороскотень, Ближні Сади
селфі: вона схилила голову, її обличчя сховане за пасмами волосся, він цілує її в тім'я, заплющивши очі від ніжности, її груди ледь прикриті ворсистим ліжником, парує кава у глиняному горнятку
Вподобань 2015
Переглянути всі коментарі (132)
amoromality Цей ліжник ще пам'ятає бабу Уляну

«Поки що я живий і здоровий, незважаючи на пилюку, яку піднімають трактори, що приминають глину і чорнозем для дамби, цілоденне перебування під грушею або на сонці, надвечір — годину біля річки, а з 7 вечора — в задушливій кімнатчині. Поки що навіть кісточки не затекли набряками, тож вік не впливає катастрофічно», — читав Богдан.

І пригадував, як із вікна батькової «Лади», десь на під'їздах до промислової зони, зауважив кількох жінок у чорному одязі. Вони, підіткнувши спідниці, місили білими ногами жирну глину, яка, прицмокуючи, неохоче відпускала жіночі кінцівки зі своїх тугих лещат. Інша жінка підсипала до ями з місивом рудий суглинок і підливала з відра воду. Батько, тарабанячи пальцями по дерматиновій косичці, якою було обтягнуте кермо, зауважив погляд сина в дзеркальці. — Вони робитимуть саман, — пояснив батько. — Бачиш, підсипають зараз полову з мішка. З саману в нас вибудувано було пів міста, але зараз його вже ніхто не робить. Видно, не можуть дістати цегли. — Хлопчик прилип до шибки, придивляючись до рівних пірамід із сіро-коричневих застиглих паралелепіпедів. Він думав про те, що таким чином і сам зможе збудувати будинок.

Світло на семафорі знову змінилося на зелене. Машина завелася не одразу. Батько дратувався і лаявся. Виблискувала його спітніла лисина.

Він стирав вологу долонею, тоді нервово хапався нею знову за важіль коробки передач. Хлопчик знічев'я потягнувся до купки газет — кількох номерів «Іллічівця» і одного «Приазовського робітника», але навіть зображення масивних жінок-трудівниць, у яких з-під мішкуватого одягу виступали міцні пагорби грудей, навіть розмиті, нечіткі фотографії доменних печей і святкування Дня солідарности не викликали зацікавлення.

Вони довго їхали уздовж колії, серед куп брухту, повз цистерни і перевернуті вагони, під насипами відпрацьованих порід. Цілі гірські хребти вимальовувалися на обрії: можна було розрізнити їхні кратери, тріщини в щільній поверхні. Виблискували ставки, наповнені відходами, нерухома рідина в них поблискувала сталево-райдужним відливом. Навколо відкривалися кілометри випаленої під сонцем, припорошеної товстим шаром металевого пилу брунатної трави.

Вони проїздили під важкими загрозливими конструкціями, що врізались у пащі гігантських ангарів. Конуси градирень вивергали жар і пару. Труби різної товщини і висоти, вифарбувані колись у червоно-білі смуги, які часом вгадувалися під корою чорного нальоту, нагадували хлопчикові духові інструменти, побачені ним у Палаці піонерів. Хлопчик згадував, як мама щотижня вигрібала цілі пригорщі липкого попелу з кислим запахом із зовнішніх віконних рам їхньої квартири.

На нескінченні ряди бетонних мурів опускались гілки дерев. Достигали сливи. На бляшаних настилах лежала перезріла, нікому не потрібна алича, сочилася від спеки, зсихалась.

Автомобіль то проїздив квартали з бараками й житловими будинками, біля яких у тіні дерев, на лавках сиділи люди, в пісочницях гралися діти, проминав дитячий садок, продтовари, будинок культури, банери із зображеннями вождів, клумби з сальвіями, то знову потрапляв на промислові території, де чорні споруди гули і двигтіли, розперті зсередини жаром, увиті трубами, цистернами й балонами, залізними містками і драбинами, рейками, конвеєрами, що поєднували цехи з різними станами. У протилежних напрямках гуркотіли вантажні потяги. Хлопчикові здавалося, залізниця покриває всю цю країну сталі й бетону, немов павутина, розтинає повітря, прорізає товщу землі.

Здалеку у промислових нетрях було складно розгледіти людей. Але хлопчик знав, що нутрощі споруд і конструкцій ними наповнені. Це був окремий народ, до якого хлопчик належав з моменту свого народження: люди в касках, в термостійких комбінезонах, у вогнетривких рукавицях. Люди з почорнілими, порепаними обличчями, захованими за брезентовими заборолами, схожі на середньовічних лицарів. Вічно спітнілі, брудні, втомлені — більша частина їхнього життя проминала серед ревіння печей, гуркотіння двигунів, шуму конвеєрів, серед язиків полум'я, іскор, над озерами рідкого вогню, плавленого заліза, над яким вони ковзали в кабінках кранів. Батьки й діди цих жінок і чоловіків працювали тут же, тут народжувались, жили й помирали, і єдине, чого вони бажали власним дітям: уникнути долі, схожої на їхню, усвідомлюючи водночас, що це неможливо.

Їх позвозили і заманили сюди, в державу цинобрових комбінатів, у неозорий промисловий рай, захований під ковдрою ядучого хмаровиння, з усіх усюд. Під дією шуму й гуркоту, які будь-яку мову перетворювали на безсенсовний інструмент, приречений бути відкинутим і забутим, під дією високих тисків і температур, серед гіпнотичних феєрверків іскор, породжених процесами виплавки, лиття й переробки, вони злилися в однорідну масу, у сплав із домішками. Вони забули всі попередні історії, повіривши в те, що виникли саме тут, серед труб, сплетених у лабіринти без виходу, серед геометричних візерунків металевих коробок і конусів, серед шафрану іржі й махагону кіптяви. Як і кожен із цих людей, хлопчик умів милуватися красою цих місць.

Він пам'ятав чарівливе золоте повітря перед входом до конверторного цеху, де батько запаркував машину. Він роззявив рота, закинув голову і замилувався міріадами найдрібніших коштовних пилинок, які осідали додолу з неба, час від часу вигадливо кружляючи у подмухах вітерця.

Однак насолоджуватися видовищем йому випало всього кілька секунд: по його батька бігли чорні лицарі в незручних масивних костюмах. Вибалушені білки очей разили пронизливістю кольору на їхніх темних обличчях. Вони кричали. Вони хапали його за руки. Вони затуляли обличчя долонями.

Хтось із них безсило зсунувся додолу, на купу брухту під стіною. Інший простягав батькові його чистеньку каску.

Хлопчика взяла за руку батькова помічниця, одягнута в акуратний спецодяг, який не приховував її гарної фігури. Вона швидко потягнула його крізь жар і спеку, металевими сходами догори, над кисневими конверторами й дуплами фурем, над завантаженим у грушеподібні черева агрегатів фаршем із чавуну, брухту й руди, над виливницями, в яких застигала сталь, схожа хлопчикові на велетенські плити гематогену, яким його частувала бабуся.

Хлопчик зацікавлено озирався назад, прагнучи довідатись, у чому причина небувалого переляку. Йому відкривався неозорий павільйон, опукле склепіння якого пронизували дебелі сонячні промені — скісні стовпи світла, що оприявнювали плавні вигини неповоротких клубів пари, ядучі кільця димових удавів. Темну задуху цеху розривали червоні виверження рідкого вогню. Хлопчик ковзнув поглядом по неозорих банерах, які не припиняли вражати його своїм розмахом: зображення кранівщиць і металургів, заклики не курити і боротися з алкоголізмом, дотримуватися правил безпеки і перевищувати виробничу норму. Рум'яний молодик хвацько одягав спецкостюм, а напис червоними літерами повідомляв: «Молодий інженере, до цеху!» Частокіл із труб парував чорною кіптявою: «Дим труб — подих радянського Донбасу». Хлопчик спробував висмикнути руку, щоб за звичкою довше помилуватися своїм улюбленим шедевром: білою бригантиною на тлі блакитного моря, що вливалось у безхмарну смугу небес. Але молода жінка схопила його міцніше і, засичавши, з силою шарпнула так, що ноги малого зіслизнули зі сходинки, і він на мить завис у повітрі, перш ніж стопи його боляче вдарились об наступну.

Хлопчик звідкілясь знав, що трапилось: котрийсь із робітників стрибнув зі своєї кабінки в чан із щойно випущеною з конвертора рідкою сталлю. Поки інші оговтались, він безслідно розчинився у палючій масі. До приїзду хлопчикового батька кілька сміливців безпомічно помішували довжелезними металевими прутами пластичну лискучу речовину, ніби сподівалися виловити приятеля, — а натомість лише ретельніше вмішуючи розрізнені часточки того, що складало його фізичне тіло, у рідку сталь.

amoromality
Пороскотень, Ближні Сади
фото: мокрі виткі сліди на шкірі
Вподобань 2154
Переглянути всі коментарі (94)

Богданові спогади витікали з нього через пори язика, передаючись Романі, яка не підозрювала, чому слина її коханця має присмак заліза. Вона танула від тертя його шкіри об її шкіру, вона пашіла, обпікаючи власними литками його сідниці, ошпарюючи своїми грудьми його груди. Мокрі пасма її волосся обвивались навколо його шиї, залишали на його спині мокрі виткі сліди.

На кілька хвилин вони перестали стогнати і голосно дихати, і прислухались лише до шуму прибою — до ритмічних ударів солоних хвиль із розчиненими в них отруйними викидами об затоплені цистерни, об бетонні перекриття зруйнованих цехів. Десь далеко гула сирена.

amoromality
Пороскотень, Ближні Сади
фото: чоловік цілує голову покірного старого вівчура крізь сітку огорожі, очі обох заплющені від ніжности, у шпарину між фіранками за ними спостерігає сусідка
Вподобань 1400
Переглянути всі коментарі (302)
amoromality Зефір

«Дорогий Сонь! Врешті-решт усе, що робиться, робиться просто й легко. Якби людина жила тільки тим, що робиться, то життя кожного було б простим і легким. Складним життя стає винятково через складні роздуми: як буде, як складеться?»

Хлопчик попросив діда дозволу повести Альфу, і вона потягнула його повз кінотеатр «Перемога», в буфеті якого продавали найсмачніші пеньки, а ще — ті інші тістечка, прикрашені рожевими кремовими трояндами з ядучо-зеленими листками. Хлопчик тонким голосом кликав собаку, намагаючись впоратись із силою тварини. Петля ремінця боляче врізалась у тонке зап'ястя. Альфа, очманіла від щастя, лише прилітала назад, облизувала щоку язиком і знову неслась уперед, рвучи повідець, мало не збиваючи з ніг перехожих. Вони проминали міцні сталінки з широкими вікнами, з елементами архітектурної оздоби, погріб «Головвино», де на стінах, як розповідав дідусь, були голови гіпсових левів, із чиїх пащ стирчали крани. Альфа звернула з проспекту Лєніна на вулицю Радянську, мало не відриваючи хлопчикові рук, і неслася вперед, мотиляючи хвостом. Дід, хекаючи і трусячись усім тілом від перенапруження, зумів наздогнати їх уже перед самим Клубом металургів, який стояв, ніби розкинувши крила.

Альфа зупинилась як укопана і, підібгавши хвоста, поплелась до господаря. Той напустився на неї з гнівом, зриваючись на кашель і спазматичні хрипи в грудях. Хлопчик ніяк не міг віддихатись. Він долав спокусу, щоб не запустити долоню в жорстку Альфину шерсть на карку. Йому було страшенно шкода собаку: вона лягла, покірно поклала голову на перехрещені лапи і винувато й благально дивилась на діда знизу вгору.

Ця сцена чомусь нагадала хлопчикові про те, як напередодні дід вичитував батька, докоряв йому в слабкодухості. Батько сидів на дивані, обхопивши руками голову: ніяк не міг повернутися до себе після загибелі робітника. Дід стояв над ним — такий згорблений, висохлий, у майці, яка відкривала запалу й сиву грудну клітку, — і монотонним голосом повторював у коло те саме: що батько не має права так розкисати, що він повинен слугувати прикладом для людей, якими керує. Що він чоловік і тому повинен бути сильним. Що вибору він не має. Що він мусить захищати підлеглих супроти їхніх власних страхів. Що кожен із нас, зрештою, розчиняється безслідно у розжареному горнилі часу, тож у вчорашньому нещасному випадку немає нічого виняткового.

Дід казав, що в часи його роботи такі речі траплялися теж нерідко, але він ніколи не дозволяв собі впадати у відчай.

Тут з кухні прибігла мама, яка зазвичай ніколи не втручалась у розмови діда й батька. Але цього разу вона була розпашіла, червона, її обличчя здавалось запухлим. Вона закричала, що дідові варто було б уже замовкнути. Тому що саме через нього всі вони назавжди приречені жити в цьому місті, де у людей з дитинства чорніють легені від отрути в повітрі, і що через його давні гріхи їм ніколи так і не дозволять переїхати ні до Києва, ні до Москви.

Дід зиркнув на неї зневажливо, так і не втративши самовладання. — Ти взагалі б мовчала, — сказав він їй зовсім неголосно, — тому що якби я сюди не переїхав у п'ятдесят шостому, ти зараз у кращому разі цілодобово їздила б у крані над розплавленою сталлю і жила б у тісній квартирці на дев'ятому поверсі з видом на цехи.

У цей час хлопчик борюкався з собакою, катулявся із нею по килиму взад і вперед. Вдаряючись спиною об сервант, він викликав бриніння келихів. Альфа гарчала, ніжно покусуючи хлопчика за плечі, руки і щоки.

amoromality
Пороскотень, Ближні Сади
фото: слід від зубів
Вподобань 5777
Переглянути всі коментарі (317)
amoromality Все, як раніше

Богдан так жодного разу і не сказав Романі, що коли заплющує очі і зариває розчепірену долоню в її волосся, це нагадує йому дотик до собачої голови. Рука пам'ятає собачі боки, ребра, масивні лапи з жорсткими подушечками. Запах шерсти, водночас неприємний і п'янкий. Твердий хрящ носа і шовковисту шерсть на ньому. Ніжні дотики гарячого язика. Сморід слини.

Цілуючи Романині лопатки, Богдан іноді завмирав, а тоді повільно проводив язиком знизу вгору, щоб було шершавіше.

amoromality
Пороскотень, Ближні Сади
фото: слід від яскраво-червоної помади на шрамах за міліметр до його яремної вени, велика міцна чоловіча шия
Вподобань 2319
Переглянути всі коментарі (34)
amoromality Зализування ран

«Звичайно, тут могла бути тисяча й одна причина. Те, що Ти була нездорова, про що, як Ти пишеш, Ти мені писала. Або ж, можливо, я повинен був отримати після моєї телеграми повідомлення не про Стефине, а, можливо, про Твоє весілля. Або ж були десятки всяких інших причин. У кожному разі, останні два тижні коштували мені чимало. Анітрохи не менше того, як це бувало років двадцять тому, коли так само раптово і непоясненно відбувалося Твоє несподіване зникнення. Я міг підшукувати десятки і знову десятки причин, а пояснення було завжди незмінно одне й те ж. Ти добре знаєш яке!..»

Хлопчик проник до дідового кабінету, хоча прекрасно знав, що це заборонено. Саме тому й проліз туди вкотре, оминувши сонну Альфу, ледь прочинивши двері з прямокутником матового скла.

Він потрапив до відокремленого світу, стишеного бордовим туркменським килимом і захищеного від світла знадвору важкими оксамитовими шторами. Мама поралась на кухні, підспівувала комусь там на радіо своїм високим дзвінким голосом. Батько ще не скоро мав повернутися з роботи. А дід, господар кімнати, до якої хлопцеві заборонено було проникати за його відсутності, вийшов до кіоску по газети.

Вилазка, вочевидь, була справою ризикованою, але впоратись зі спокусою хлопчик не міг ніяк. Він став навкарачки і поліз по килиму, вдихаючи концентрований запах діда: мандариново-хвойний аромат одеколону «Консул», флакон якого стояв на письмовому столі, закручений коричневою круглою кришечкою, гостра суміш серцевих крапель, сигарет і гіркої чайної заварки. Врізнобій цокали дідові годинники — прямокутний «Янтарь» на серванті і круглий елегантний «Маяк», умонтований у дерев'яну підставку, який стояв під настільною лампою із зеленим плафоном. Але хлопчика вабив найбільше електронний годинник, що висвічував малиново-ядучі квадратні цифри, особливо ефектно блимаючи ними в темряві.

Усе в цій кімнаті було сповнене особливого чару: масивний дерев'яний стіл і оббите шкірою м'яке крісло у вигляді мушлі, сидіти в якому було страшенно незручно — але дід і сам ніколи цього не робив, і не дозволяв нікому; мармурова настільна підставка з чорнильними ручками; круглий циферблат-календар, який показував температуру приміщення і яким хлопчик просто-таки марив заволодіти; важка скляна чорнильниця; порцелянова попільничка, яку мама зі скандалами примушувала діда витрушувати (бажано — не на килим, не на паркет в коридорі і не на кахлі в туалеті); прес-пап'є з зеленого змійовика з профілем Лєніна і написом «Ударник комуністичної праці»; скляний графин із кип'яченою водою і склянка. Скраю, верхи на телефонному довіднику, стояв зелений дисковий телефон. Високі книжкові шафи були заставлені багатотомниками, повними зібраннями творів, енциклопедіями: тут були довідники з металургії, видобування кам'яного вугілля і руд; книжки з фізики й хімії; книжки про інків, ацтеків і мая; кілька варіантів мітів Древньої Греції; твори Лєніна, Сталіна, Ґорького, Чуковського, Чернишевського, Пушкіна, Гоголя, Нєкрасова, Лєскова, Жуля Верна, Майн Ріда, Діккенса, Дюма, Гюґо, Котляревського, Жорж Санд, Олеші. Хлопчик любив гортати зелений том «Народів світу» з цікавими рисунками, книжки про Олімпійські ігри, альпінізм і водопостачання. Його вабили однаково урочисті темно-сині томи Великої радянської енциклопедії, але по-справжньому цікавитись їхнім змістом він почав уже згодом.

Кілька широких полиць займали улюблені дідові шпигунські романи: «Майор "Вихор"» у приємній на дотик тканинній палітурці, «Сімнадцять миттєвостей весни», «Повернення резидента» — всі зачитані до дір.

Але найдужче хлопчика вабила шафка в кутку між письмовим столом і вікном, під чавунним барельєфом, який зображав кавказького горця, поруч із їхнім із дідом спільним двохсотлітровим акваріумом зі скаляріями, моллі, ґуппі і мечоносцями, з неонами й золотими рибками, з ґурамі, півниками і барбусами. Особливим хлопчиковим улюбленцем був блакитний кубинський рак, подарований дідом на минулий день народження онука. Він просвічувався наскрізь, схожий на полум'я газової конфорки, поволі пересуваючись серед невагомого розгойдування елодеї і кабомби, кушируру й ехінодоруса ніжного. Корм для рибок — дафнію і циклопа — хлопчик із дідусем виловлювали в ставках Першотравневого району. Але найпростіше, звісно, було купити сушеного мотиля в «Природі». Хлопчикові так подобався його солонкуватий запах.

Дід не знав, що хлопчик навчився відчиняти його таємну шафку, де зберігались найбільші скарби. Для цього йому не потрібно було ключа: він зумів винайти спосіб підважувати дверцята залізною лінійкою і, підчепивши ізсередини металеву планку замка, піднімати її цупким дротиком.

Згори, на шафці, стояв порожнистий всередині бронзовий Лєнін (маленьке гіпсове погруддя завжди прикрашало дідів письмовий стіл). А всередині лежав шкіряний футляр із молочно-білою електричною бритвою «Спутнік-67», схожою на фантастичний прилад з майбутнього — цю гладеньку штуку так приємно було тримати в руках, занурюючись подумки у фантазії про зустріч із прибульцями з далеких планет, про гонитви і сутички, про космічну зброю. Не менший захват викликала й крихітна чорна коробочка — машинка для загострювання тонких, як волосинка, сталевих бритв. Вона заводилася шнурочком, за який слід було тягнути. Хлопчик поранився вже якось магнетичним лискучим чотирикутничком, на пучці вказівного пальця поволі виступила яскраво-червона краплина — але відтоді цей маленький предмет тільки ще дужче його приваблював. Лежали там ліхтарик, і складаний ніж, і збільшувальне скло, і бінокль, і справжня запальничка. А ще — дідові медалі з війни: «Золота зірка», «За бойові заслуги», «За перемогу над Німеччиною». І альбоми з фотографіями різних часів, які хлопчика не особливо цікавили, і якісь старі листи, пожовклі папери, конверти, записники, течки. А там, під ними, на самому дні — криваво-червона книжка, від якої голова йшла обертом, а кінцівки наливалися приємною тяжкістю, немов у них раптом з'являлися свинцеві гирі, як у продуктовому магазині, де продавчині вправно розкладали комбінацію з важок різного розміру, як під час гри в шахи чи нарди.

На обкладинці червоної книжки була витиснена назва, моторошні, незрозумілі й солодкі слова: «Загальна сексопатологія. Посібник для лікарів». І дрібний густий шрифт, і цілковито незбагненні сторінки, і графіки й рисунки, мінімалістичні схеми — все це було саме таким, щоб відчувати там, за важкодоступним змістом, напружену й пульсуючу царину, заборонену й огидну, недоступну жодним фантазіям, але водночас — невимовно привабливу, невідпорну.

Те, що хлопчикові було доступно, — це кілька сторінок із зображеннями, над якими він надовго зависав, поїдаючи поглядом, цілковито розчавлений і захоплений: темні отвори, ковбаски, мішечки, заштриховані складки й рулетики, що набухали між широко розставленими ногами невидимих схематичних осіб; відтворений у розрізі, такий, як у нього, пісюн; або — великий і докладний малюнок багаторівневої западини, схожої водночас на печеру на морському дні, мушлю з молюском і перлиною серед м'якого пуху ехінодоруса ніжного, пильно вдивлене просто у нього око, велика розкрита брунька, відкрита рана серед допитливо розгорнутого квітколожа.

Іншомовні підписи під рисунком лише посилювали збентеження. Вони були схожі на заклинання чорнокнижників, на відьомське белькотіння. Обриси навколо незбагненного об'єкта нагадували зад із туго стиснутою дірочкою, опуклий живіт і розкладені ноги — і підозри, які в'юнились у хлопчика в голові, від яких йому перехоплювало подих, а на очі наверталися сльози, не давали йому спати ночами. Щось стояло за цим малюнком невблаганне, щось невідворотне. Якась велика і важка істина, якась незглибима втрата. Інтуїтивно він відчував, що цей отвір серед напіврозхилених пелюсток несе з собою знання про життя, яке кардинально різнилося від його дотеперішніх дитячих уявлень. Відколи вперше зазирнув у це пильне око, він перетворився. І повернення назад не було.

Коли чарівливо забриніла десятками своїх скелець коштовна люстра з богемського скла, хлопчик здригнувся — але було вже пізно. Альфа дивилась на нього, широко усміхаючись роззявленою мордою, висолопивши язика, махаючи хвостом. А дід широкими кроками перетнув кімнату, аж затанцювали порцелянові білі слоники в серванті, і навис над ним. Нависала поморщена безсила шкіра його обличчя, поплямлена коричневими острівцями старости, стирчали з ніздрів пучки волосся, тремтіли губи. Очі діда гнівно сльозились.

Хлопчик затраснув книжку, встигнувши сховати сліди найжахливішого. Але діда не цікавила розверста брунька, оточена липкими й соковитими складками. Він брутально штовхнув хлопчика і вийняв з-під нього стосик зжужмлених пожовклих листів, списаних дрібним, нерозбірливим почерком.

Ця нерозбірливість одного разу навіть привернула увагу хлопчика: він спробував розшифрувати бодай однісіньке слово, але йому нічого так і не вдалося, і він повністю втратив інтерес.

Дід схопив листи, розгладив їх на столі і, підрівнявши їхні краї, обережно, ніжно випростав папір руками. Водночас ним смикало, він аж підстрибував на місці. Все його обличчя закам'яніло в жорстоку розгнівану міну. Таким лихим свого діда хлопчик ніколи ще не бачив.

Несподівано старий схопив правою рукою весь оберемок, який від цього враз набув форми широкого віяла, і навідліг ударив ним хлопчика по обличчю. Раз, удруге і втретє.

amoromality
Пороскотень, Ближні Сади
фото: листкове тісто, начинене ягодами
Вподобань 969
Переглянути всі коментарі (74)

Повернення назад не було. Відколи Богдан уперше зазирнув у це пильне око, він перетворився. Його гіпнотизувала непроглядна манка глибина, вистелена оксамитовим мохом улоговина. Дотик тісних і гладких тканин, слизьке стискання, сплески й присмак морської води. Віяловидне суцвіття щойно розпущеного іриса. Розламаний навпіл апельсин із сочистими, ледь роз'єднаними між собою дольками. М'якуш стиглої сливи. Розрізана пахуча диня, із заглибленням, повним кісточок у солодкому липкому сиропі. Листкове тісто, начинене ягодами. Нірка в делікатно розтрісканій вологій землі. Тугий слинявий м'яз мідії. Пластична й ковзка глина, що розкриває плоть від найлегшого дотику. Пролуплені м'ясисті уста магнолії, що визирають із ніжного хутра бруньки. Вказівний палець, поволі введений у кокон шовкопряда. Напівпрозора товща рожевого помідора. Розгорнута на середині книжка з розхиленими сторінками.

Що ти там робиш? — запитала безвладно Романа, несподівано прийшовши до тями.

Чоловік мовчав.

Богдане! — гукнула вона.

Він здригнувся і підвів голову.

Це я? — перепитав у неї. А тоді зітхнув і ошелешено прошепотів: — Забув. Я знову геть усе забув.

amoromality
маршрутка Клавдієве-Тарасове — Академмістечко
селфі: вона заплакана, ледь підпухла, чолом впирається в запітнілу шибу маршрутки, він винувато дивиться на неї, літня жінка на сидінні позаду них зацікавлено й з осудом спостерігає
Вподобань 3112
Переглянути всі коментарі (157)
amoromality Згадую його відсутність

Вона спершу сказала і аж тоді збагнула, що саме. Але було надто пізно. Зрештою, вона ж упродовж усього часу була свідома, які величезні ризики супроводжують всю її затію.

Богдан поцікавився щодо помешкання. Він почав із помешкання, зізнавшись, що коли Романа розповідає про це місце, йому навіть складно уявити настільки просторі й елегантні приміщення. Ці світлі покої, ці вікна від підлоги і до самої стелі, ці довжелезні коридори, зі стін яких на тебе дивляться портрети потвор. — Хіба це не цікаво, — запитував Богдан, — що мій батько все своє життя займався такими потворами, і ось тепер його син став чудовиськом?

Романа у відповідь на це лише мовчки хитала головою і сумно зітхала. Вона показувала Богданові, як доглибно з ним не погоджується.

А Богдан продовжував.

Чи не спадало їй, Романі, на думку, що його спогади могли б розбурхатись, якби він опинився там, усередині цього помешкання з видом на Флорівський монастир? Так, він пам'ятає, що вони вже говорили про маленьке містечко його баби на Галичині, про будинок і сад на пагорбі, і що їхати туди ще надто рано, що він мусить як слід відновитися після пережитого.

Він говорив і говорив м'яким, довірливим голосом і не припиняв легенько торкатися пальцями Романиного волосся. Її голова лежала у нього на колінах. Їй було затишно, Богдан накрив її пледом. Вона й не зауважила, як він заговорив про своїх батьків. Він заговорив, а Романі здалось, що лід під ними почав тихенько розтріскуватись. Це були ще зовсім маленькі, невидимі тріщинки. Товща льоду лише ледь просіла під вагою сплетених в обіймах тіл. Чорна нерухома вода внизу мляво гойднулась. Але це був поганий знак, дуже поганий знак, і Романа це знала.

Атож, він пам'ятає, дуже добре пам'ятає і розуміє, чому вони досі не зустрічалися з батьками. Він такий вдячний їй, Романі, що вона пояснює йому те, що сам він забув, розставляє для нього маячки на мапі, щоб він не загубився і не наробив нічого, що суперечило б йому справжньому, йому колишньому.

Тут Романа по-справжньому затривожилася. Вона перевернулася горілиць і широко розплющеними очима поглянула на Богданове обличчя. З цього ракурсу було особливо помітно, що, коли він говорить, його нижня щелепа описує чудернацьку траєкторію.

Богдан помітив її хвилювання і заговорив іще ніжніше. Його пальці — легко, немов пір'їнки — торкались Роминих уст, повік і щік.

Просто мені спало на думку, — продовжував він, — що зустріч із батьками — це великий шанс повернути пам'ять. Серйозний шанс.

Добре, поїхали, — сказала Романа, не відводячи погляду і не кліпаючи.

Богдан мовчав, прискіпливо до неї придивляючись.

Твоя правда, — майже вигукнула вона, зірвавшись на рівні ноги. — Ти маєш рацію. Чому я досі сама про це не подумала? Занадто старанно тебе берегла. Але ти маєш цілковиту рацію! Їхні обличчя, їхні голоси, знайомі тобі з дитинства інтонації й жести — о, вони ж твої батьки! Ти знаєш їх усе своє життя! Звичайно, ти пригадаєш!

Вона заквапилась, натягуючи джинси.

Поспішай, поспішай, автобус за п'ятнадцять хвилин, — суворо сказала Богданові, який спостерігав за нею, так і не зрушивши з місця.

Ти впевнена? — запитав нарешті.

Вона на мить зависла, з нерозумінням наморщивши чоло. Тоді швидким рухом застібнула блискавку на штанах.

Звісно, впевнена. Уже навіть менше — залишається дванадцять хвилин. Автобус, звісно, запізниться, але зараз нам краще не випробовувати долю.

«Не випробовувати долю», — саме так вона і сказала.

Романа думала над цим виразом уже в автобусі, коли її почало трусити. Думала також і про те, наскільки загрозливо почали складатися події в їхньому з Богданом житті: немов на зло, деякий час тому із ладу остаточно вийшло старенке «вольво», немов виштовхуючи їх із чоловіком у зовнішній світ, немов позбавляючи схованок, роблячи дедалі вразливішими. Хтось ніби натякав їм на щось. То чи не краще, думала Романа, чи не правильніше буде піти цій небезпеці назустріч, засвідчити себе. Чи не краще самим розшукати її і поплескати по плечі.

Тремтіння зародилось у животі і розповсюдилось по цілому тілу. Щосили вона напружувала стегна й литки, а долоні тримала затиснутими між колін. Боялася, що вібрація перейде на сусіднє сидіння, що Богдан помітить.

Зрештою, — сказала вона, нахилившись до нього і намагаючись говорити якнайбуденнішим тоном, — коли ти все пригадаєш, то пригадаєш також і те, наскільки тобі нестерпно їх бачити. І ми просто знову підемо геть. А перед тим ти з ними посканадалиш, ви втисячне проклянете одне одного, засиплете одне одного погрозами й приниженнями і зречетесь.

Богдан усміхнувся зворушено. Романа досі не могла збагнути, як ця його усмішка, що так сильно її вабила і від якої вона не могла відвести очей, лякала й відштовхувала інших. Ось і зараз стара у сидінні навпроти витріщилась, а тоді нажахано заметала очима по всьому салону, а підліток, який нависав просто над ними, націлив на Богдана свій смартфон.

Не забувай, — продовжувала Романа, намагаючись сповільнити пришвидшене й нерівне дихання, — що твоя мама невиліковно хвора.

Це мене якраз і дивує, — серйозно сказав Богдан. — Ти казала, вона в дуже тяжкому стані. Казала, вона от-от може померти. Я можу ніколи більше її не побачити? — він потер долонями об холоші, що свідчило про зворохобленість його внутрішнього стану, і поправив наплічник, який тримав на колінах. Романа знала, що всередині Богдан везе зі собою кам'яну голову лева від статуї святого Онуфрія і записник єврейського хлопчика Пінхаса.

Ти й хотів більше ніколи її не бачити, — терпляче пояснила Романа. Вона відчула, що в голос проникло надто багато сталевих ноток, і, щоб компенсувати, погладила Богдана по плечі.

Вона не хотіла бачити тебе зі самого дитинства, — співчутливо сказала чоловікові. — Вона залишила тебе з бабою, пам'ятаєш? Як так можна зробити з власною дитиною? — з її очей бризнули сльози, і вона від несподіванки заходилась витирати їх долонями, неприємно вражена, що привертає увагу людей.

amoromality
Пороскотень, Ближні Сади
відео: він, смішно зігнутий, їде на занадто малому для його зросту велосипеді попереду, в напрямку до очерету, крізь який проглядається нерухоме сяйливе плесо, він щось гукає, але слів не розібрати крізь шурхотіння коліс і її сміх, зображення смикається
Вподобань 2948
Переглянути всі коментарі (153)
amoromality Відновлення улюблених ритуалів

Невже вона втрачала його? Невже міг настати день, коли її долоні більше не зможуть пройтися цим тілом, його полями, так достеменно вивченими, його обширами, його угіддями, кратерами, його плато, скелястими виступами, кам'яними копальнями, ґрунтом і його мінеральними частинами?

Розбудіть її серед ночі — і вона негайно відтворила б із пам'яті всю мапу шрамів на його тілі. Кінчикам її пальців властивим стало знання про кожен шрам на його шкірі, більший і менший, — навіть про ті, сховані між пальцями ніг. Про обриси загоєних ран, про структуру й гладкість сполучних тканин, про грубість ребристих рубців. Вона була знайома особисто з кожним знаком на його тілі. І не тільки з тими, що на поверхні, — а й там, углибині, на місцях стику зламаних кісток, порваних сухожиль, розшматованих м'язів. Вона знала, що означає той чи інший несподіваний виступ. Де і яким чином кістки його тіла тримаються купи завдяки металевим пластинкам і гвинтикам. Де його судини були заштопані, немов відірвана бретелька. Розуміла, чому його подих супроводжується присвистуванням і хрипінням. Чому під час його ходи лунає клацання. Чому він не може тримати чашку з кавою у правій руці. Чому його щелепа, коли він говорить, описує чудернацьку траєкторію. Чому кутик рота, якщо намагається усміхнутись, повзе донизу. Чому його очі розташовані на різних осях.

Не могло бути більшої насолоди, ніж, заплющивши очі, поволі мандрувати пальцями по його тілу, починаючи щоразу з іншого пункту, і передчувати кожен вузлик, кожну западинку, кожен виступ, кожну улоговину нестишного болю, кожен напружений згусток, який чекав попереду, — і впізнавати їх, знаходячи. Немов зустрічаєш давніх знайомих. Немов шрифтом Брайля, раптом втративши зір, читаєш улюблену в дитинстві книжку. Немов натрапляєш на географічну мапу місць, у яких точилося твоє справжнє, наповнене сенсом життя.

Хто міг його знати краще?

Невже все це могло просто запастися під землю?

amoromality
Київ, Поділ
фото: портрет жінки без шкіри
Вподобань 3202
Переглянути всі коментарі (314)
amoromality Хто я?

Романа чекала, що дорогою до місця Богдан передумає. Що напруження навалиться на нього непосильним вантажем, хвилювання спровокує перепад тиску. Що він не впорається з емоціями, уляже паніці. Ведучи його так добре знайомим їй маршрутом від метро «Контрактова», вона сподівалась от-от почути його голос, притаманний йому наказовий тон: повертаємось! Ти як хочеш, а я їду додому.

Вона навіть уявляла собі, як кілька хвилин буде його переконувати — свідома того, що це неодмінно потягне за собою вибух гніву. Не володіючи собою, він міг штовхнути її. Міг розбити вітрину. Міг напасти на когось із перехожих.

Такого ще не траплялось, оскільки вони надто рідко виїздили удвох із будинку. Дотепер Романа вважала, що Богданові ще надто рано виходити назовні. Він не протестував, занурений більшість часу в апатію і бездіяльність.

Зараз же він мовчав і продовжував йти за нею. Він був серйозний, зібраний. Можливо, ледь урочистий.

Церква Успіння Богородиці Пирогощі, кивнув Богдан так, ніби все в його житті складалось за наміченим раніше планом. Вулиця Фролівська.

Він зупинився посеред проїжджої частини і зміряв вузьку вулицю поглядом, схвально киваючи головою. Чомусь вклонився групі черниць і сухоребрих жінок невизначеного віку, щільно замотаних у чорні хустки, з палючими поглядами, — ті у відповідь, перезирнувшись між собою, синхронно перехрестились і, втупившись у землю, забубоніли щось монотонно й палко.

Двері під'їзду, звісно ж, були зачинені. Але щойно Богдан підвів руку, щоб натиснути котрусь із кнопок домофона, як замок клацнув і на порозі з'явився знайомий Романі консьєрж. Старий дивився повз неї, зосередивши погляд на Богданові.

Ви куди? — запитав дідок скрипучим голосом.

Додому, — впевнено відповів йому Богдан, обходячи старого.

А, це ви, — врешті помітив той Рому. Її присутність, вочевидь, послужила йому приводом для заспокоєння, і він, накульгуючи й мугикаючи щось собі під носа, віддалився до своєї комірчини.

Романа ледве встигала за своїм чоловіком. Той нісся нагору, задираючи голову й зазираючи навіщось у проміжок між перилами.

Там нікого немає, заспокоювала себе Рома подумки, терпнучи всім тілом. Йому просто ніхто не відчинить, і ми повернемося до себе. Купимо дорогою пляшку вина, посидимо у дворі, спостерігаючи за кружлянням мушви навколо світильника.

Вона почула нагорі чоловічі голоси. Богдан говорив коротко й чітко. Щось нахабно цідив крізь зуби. Інший голос Романа також, безумовно, впізнала. Це був Професор.

Хто ви такий? — знервовано запитував він, зриваючись на фальцет. — Чого вам треба? Як вас сюди пустили? Я зараз викличу поліцію!

Я думав, це у мене амнезія, — широко шкірячись і розводячи руками, промовив Богдан, розвертаючись до задиханої, але підозріло спокійної Романи. Все її хвилювання ніби рукою зняло. Так завжди траплялося з нею в найскладніші моменти життя, коли більше не було вибору, коли можна було йти лише однією стежкою. Чи то пак просуватись лише уперед мотузкою, що була натягнута понад прірвою.

Богдан знову повернувся до Професора і прогримів:

Тату, це ж я. Невже я так сильно змінився?

Професор не відповідав, тож Богдан просто відсунув його убік рукою і увійшов до помешкання.

Усе так і є, — сказав він. — Усе саме так, як ти розповідала, — гукнув він до Роми, не озираючись. — Так, як я запам'ятав.

Не роззуваючись, він почвалав уперед коридором, зупиняючись перед кожним портретом спотворених пацієнтів. Ось жінка без шкіри, кістки і лицеві м'язи якої були повністю оголені. Ось чоловік із вовчою пащею. Ось дівчина із заячою губою. І ще одна жінка, з ущелиною губи й піднебіння, розпластаним носом і монголоїдним розрізом очей.

Всі на місці, — сказав Богдан. — Давненько ж ми з вами не бачились. Хоч ви мене пам'ятаєте?

Стоячи на порозі, Романа дивилась на Професора. Таке вже траплялося раніше: їхні очі вивчали одне одного крізь скельця двох пар окулярів. Романині — великі, на пів обличчя, у блакитній пластиковій оправі. Професорові — вузькі й видовжені, елегантні, зі сріблястими дужками.

Ви повернулись, — сказала вона сумним голосом.

Мене більше дивує, що повернулися ви, — відповів Професор. Він намагався говорити з викликом, можливо — з погрозою, але голос його звучав радше плаксиво, безпомічно.

Він дуже змарнів і постарів. Його волосся стало геть сивим і ще дужче порідшало. Він схуд, кістки його позсихались, а щоки запали. Романа помітила, що руки Професора тремтять. Дрібно тремтіла і його голова на тонкій, поморщеній, мов у черепахи, шиї.

Він поводився і говорив заповільнено.

Здавалося, все, що відбувається, доходить до нього з відставанням у кілька митей. І процеси в мозку, відгук тіла на сигнали нервової системи потребували додаткового часу.

Я не знав, де вас шукати, — сказав він, нарешті подаючи Романі рукою знак увійти. — Я збирався звертатися до поліції. Просто це було б справді дивно: після того, як я скасував уже колись власний виклик. І ви ж були тоді присутня тут, після першого пограбування!

Він обхопив голову руками і рушив на кухню. Романа скинула кросівки і пішла слідом. Перед входом до кухні вона обійшла кілька великих валіз і дорожніх сумок, розчепірених у проході. Деякі з них було розпаковано: з них стирчали жіночі сукні, білизна, фен для волосся, рожева косметичка, зошити з нотами. Вони лежали, немов побиті морозом квіти, немов повітряні кульки, спущені після святкування, немов розтоптані, вивалені в бруді прикраси й оздоби, що залишилися на ранок із бучного весілля. Романа спазматично ковтнула, відчуваючи поштовх тривоги в грудях.

У кінці коридору вона зауважила постать Богдана: той не зважав на них із Професором. Уважно вивчав помешкання: мацав стіни, принюхувався до меблів, визирав у вікна.

Професор тим часом не припиняв говорити.

Я так нічого і не зрозумів. Як? Навіщо? Я ж вам так довіряв! Ми ж із вами розмовляли! Я ж розповідав вам про все!.. То ви... Весь цей час ви були з ним у змові?

Він зупинився як укопаний, а тоді впритул наблизився до Романи.

Ви обкрадали мене разом із Богданом? — з відчаєм і люттю закричав він.

Романа відчула, що Богдан виріс за її спиною.

Разом зі мною? — перепитав він, наступаючи на Професора.

Той позадкував, запитально киваючи:

Та хто це взагалі такий? Ще хтось із ваших спільників?

Він зірвався на крик: істеричний, пронизливий. Він бризкався слиною. Він трясся і розмахував руками.

Я не знав, де вас шукати! Ваш номер телефону не відповідав! Ви повинні відшкодувати все. Ви зобов'язані повернути всі мої речі: всю техніку, посуд, прикраси, коштовності. Де наші родинні фотографії? Де частина Пінзелевої скульптури? Де старий записник?

Богдан мружився і усміхався, продовжуючи хитати головою, — ніби ніяк не міг чогось осягнути, повірити власним очам і вухам.

Все це й мені належить, батьку, — неголосно промовив він. — Ці речі пішли на мої операції. Бачиш? — і він підніс до обличчя руки, заходився тицяти пальцями у свої шрами, в сліди каліцтва, ще й корчив при цьому огидні, потворні міни.

Професор обвів Богдана невидющим поглядом. Здавалося, він не чує його й не бачить. Раптом він похитнувся, захрипів і мало не втратив рівновагу. Богдан підхопив старого і допоміг йому сісти на стілець поруч із кухонним столом.

Романа налила до склянки води, знайшла на дверцятах вимкненого холодильника пляшечку корвалолу (там, де сама залишила її роки два тому), накапала рідину на кілька крихт цукру, які вдалося виколупати з цукернички. І аж тоді звернула увагу на предмет, що стояв на столі перед напівнепритомним Професором.

Поруч із сільничкою та дерев'яною коробкою для серветок стояла чаша, схожа на особливо велику картонну ємність для кави. На етикетці було зображене стилізоване деревце з розкішними густими вітами. Це був естетичний, приємний об'єкт, якого хотілося торкатись. Він навіював думки про екологію, дбайливість і увагу до деталей.

Навколо чаші на столі були розкладені конверти з насінням, а також розрізнені насінини, більші й менші, що лежали окремо: Романа зауважила кілька каштанів, купку яблучних насінин (якщо то не були насінини грушеві), купку насінин груші (якщо, звісно, то не був такий сорт яблук), кругле насіння липи, що тримало́ся на висушених крильцях, кілька жолудів, схожі між собою кісточки різних розмірів (сливи, персики, абрикоси?).

Романа зойкнула і прикрила долонями рот, а тоді поволі сіла навпроти Професора і взяла його за руку. Його щелепа тремтіла, а зуби цокотіли. Обличчя налилося болем. Професор міцно заплющив очі, намагаючись не заплакати, — і все ж заплакав.

Богдан нечутними кроками підійшов до столу. Він мовчки спостерігав за сценою, переводячи погляд з Професора, його руки в долонях Романи, Романиного співчутливого обличчя — на зернятка й насінини, на конверти з назвами рослин, на чашу з екологічного картону, який швидко і безслідно розкладається в ґрунті. Романа і Професор, здавалося, забули про Богданову присутність, поглинуті переживанням втрати. Романа гладила поморщену, слабку Професорову руку. Тремтячу руку, яку безглуздо було навіть уявляти із затисненим у ній скальпелем.

Котроїсь із митей над ними вибухнуло ревіння тварини. Задрижали шиби у вікнах, приміщеннями покотилась луна. Роздираючи нутрощі, голос виривався назовні. Гнів і біль, які він ніс у собі, блискавично випалювали кисень. Повітря налилось отрутою.

Вона померла! — ревів Богдан, охоплений шалом. — Вона померла, померла, померла, а я її так і не побачив!

Він перевернув стіл, одну за одною повиламував дверцята у кухонних шафках, повивертав шухляди. Жбурнув пляшечку корвалолу у вікно, і шибою розповзлася страхітлива павукоподібна тріщина. Богдана тим часом понесло з кухні далі — і чутно було, як він гамселить заскленими портретами пацієнтів об стіни, як розкидає вміст валіз, лаючись, на чім світ стоїть. Усе, що ще залишалось у цій квартирі після минулорічного Роминого перебування, виявилося потрощеним, зламаним, випатраним, порваним, зім'ятим, знищеним. Тріщали дерев'яні ніжки меблів і полиці, скрипів, прогинаючись, метал, дзвенів кришталь, розсипаючись на сотні й тисячі друзок. Рвався папір, шаруділи аркуші Професорових документів, розліталося по всіх усюдах пір'я з подушок, клапті спеціального гіпоалергенного наповнювача ковдр, історії хвороб. Із завіс злітали двері. Розсипалися стіни.

Професор, чиї губи побіліли, а білки очей враз заповнилися візерунком судинок, зробив спробу підвестись, але Романа стиснула його руку і змусила залишатись на місці. Вона серйозно поглянула йому в очі і похитала головою. Так вони й сиділи, слухаючи багатоголосся руйнації. Професор впізнавав передсмертне звучання кожної речі. Кожен удар, що долинав із інших кімнат, відгукувався в його тілі печією і стогоном.

Це тривало довго і жодним чином не йшло на спад. Здавалося, сили не покидають Богдана — навпаки: він ніби напувався своїми діями, ніби ставав дедалі могутнішим. Його розпирало.

Він знов увірвався до кухні, могутніми кроками забігав навколо двох постатей, які, зсутулившись, утиснувши голови в плечі, сиділи посеред безладу. Його очі горіли. Волосся на голові стовбурчилось. Він був схожий на Мінотавра, який у всій повноті осягнув безмір жорстокості зіграного над ним людьми і богами обману.

Він схопив Професора за плечі і заходився трусити ним, майже піднявши в повітрі. Романа повисла в Богдана на плечі, але той відшпурнув її, ніби вона була крильцем липової насінини. Рома впала на кахлі, боляче вдарившись потилицею, хоч і не знепритомніла. Усе ж вона не могла підвестися, щоб знову захистити Професора.

Так само несподівано, як почалась, буря вщухла. Богдан затих і, важко відсапуючись, посадив Професора на той же стілець, на якому старий сидів раніше. Бідолаха здавався відсутнім. Його очі дивилися поперед себе, в точку на стіні. Богдан нахилився до його обличчя і з притиском заговорив.

Він говорив про те, що мати померла, а син так її й не побачив. Що він не поговорив із нею і не розповів про хлопчика, який день у день, роками чекав, коли мама нарешті здійснить свою обіцянку і забере до себе. Він розповідав подробиці хлопчикових снів, його страхи і приводи для нічних сліз. Розповідав про його надії і образи.

Говорив про відчуття покинутости, непотрібности й нелюблености. Описував їх у найменших деталях, як описують симптоми хвороби.

Розповідав про хлопчикову тугу, про невтоленість його потреб. Про відсутність матері і про відсутність батька. Про відсутність дорослого чоловіка в його, хлопчиковому, житті.

Звірявся, як це: бути вихованим трьома старими жінками.

Говорив про зраджені сподівання. Багато говорив про зраду. Про різні зради, яких довелося зазнати дитині і яких довелося зазнати молодому чоловікові.

Описував ні з чим не зрівняне щастя, яке охопило юнака, коли він повірив у можливість близькости з батьком, у шанс підтримки.

І про ні з чим не співмірне розчарування, огиду до себе і злість після того, як наївно дозволив себе ошукати. Про сором і приниження.

Про покарання себе самого. Про образу на цілий світ. Про невиправність.

Говорив: ось ціна недомовлености. Ось наслідки відчужености. Ось результати приховування і забування.

Хто я такий? — запитував знову і знову. — І хто ти такий? — цікавився у Професора. — Що ти знаєш таке, чого так ніколи й не розповів мені? У чому ти мені не зізнався? Про що вже пізно говорити? Що неможливо виправити? Чому ми такі, якими є, і чому так живемо?

І вкотре повторював:

Хто я такий, батьку? Ти знаєш, хто я?

amoromality

Київ, вул. Фролівська

відео: вулиця, відображена у викривленому дорожньому дзеркалі, що блікує, хвилювання і рух юрби жінок, одягнутих у чорне, які зливаються зі стовбурами дерев і зі стовбурів являються, наближення світлої чоловічої постаті, яке в іншому сеґменті дзеркала здається віддаленням

Вподобань 3467

Переглянути всі коментарі (215)

amoromality Оптична ілюзія

Перед тим як вихором вилетіти з Професорового помешкання, Богдан запустив руку до свого наплічника і вийняв звідти плід волоського горіха. З поздовжньої щілини між півкулями стирчали довгі цупкі ворсинки. Богдан взяв Професорову долоню і вклав у неї горіх.

— Думаю, ось що потрібно, — довірливим голосом мовив Богдан. — Я зовсім не знав її, але мені здається, це підійде найбільше. Горіх — хороше дерево. Він довго живе, і всі його частини використовуються: і кора, і листя, і шкаралупа, і зелена шкірка, і перетинки між насінинами. А з деревини роблять музичні інструменти. Клавіші напівтонів для рояля. Елементи скрипки, альта, віолончелі, контрабасу, гітари. Можна зробити лютню або барбат. Мені здається, це добра ідея.

Він мовчки дивився, як Професор отупіло розглядає круглий твердий м'ячик у вигині своєї долоні. А тоді різко розвернувся навколо власної осі і вихором вилетів із помешкання. Знісся сходами додолу, здіймаючи невимовний шум, перестрибуючи через дві-три височенні сходинки царського дому. Він розбудив і розтривожив старого консьєржа, якому щойно хвилин п'ятнадцять тому нарешті вдалось закуняти (минулої ночі він не склепив повік: його мучили кольки у нирках).

Богдан вийшов на вулицю Фролівську і озирнувся, вирішуючи, в якому напрямку йому краще йти. Він був спокійний. Він почувався добре і ясно.

Скинув із плеча наплічник, поклав зім'ятий папірець до бічної кишені, перед тим іще раз зиркнувши на нього. Він підібрав цей клаптик біля письмового столу Професора.

Це був фрагмент кольорової схеми Києва 1976 року випуску — дбайливо вирізана ножицями центральна частина міста. На вулиці Енґельса стояла позначка, накреслена олівцем. Три літери на полях повідомляли: «Зоя». Навпроти імени вигинався великий, утричі більший за літери, жирний і агресивний знак запитання.

Богдан знову випростався, рішуче рушив праворуч, проминув Фролівський монастир — і раптом зупинився як укопаний.

Йому здалося, що високий світловолосий чоловік, який щойно пройшов повз, був він сам — але ще цілий і неушкоджений, неправдоподібно привабливий: з рівним носом, високим чолом, напруженими жовнами, міцним підборіддям. Точнісінько такий, яким він себе не пам'ятав і навіть не міг уявити. Такий, як на їхній із Романою фотокартці — тій, що він люто ненавидів і кілька разів намагався знищити.

Долаючи запаморочення, він зробив кілька кроків слідом, але група послушниць з їхніми незмінними супутницями-вірянками, немов повінь, ґвалтовно заповнили простір між ними і продовжували прибувати, висипаючи з церкви Ікони Казанської Божої Матері, сунучи на Богдана асфальтованими доріжками. Вони були надмірно збуджені, а найбільш активні з них, групкою оточивши невисокого священника з вузькою довгою бородою, жестикулювали і сперечалися, ніяк не здатні вирішити, скільки курячих стегенець батюшка радить їм закупити і на чий рахунок перераховувати наступні пожертви. У цьому темному натовпі, що шелестів і непокоївся, Богдан остаточно загубив чоловіка, який кілька хвилин тому привернув його неспокійну увагу.

Тож він цілком раціонально вирішив, що йому здалося. Він надто перехвилювався там, нагорі, і тепер його буремна, втомлена психіка викидає йому колінця. Але це, зрештою, вже навіть зробилося звичним.

Швидким кроком Богдан рушив у напрямку Контрактової.

amoromality
Київ, Поділ
фото: колодязь під'їзду, геометрія поруччя і сходинок
Вподобань 602
Переглянути всі коментарі (14)
amoromality Страх утрати

Хіба могли існувати бодай найменші сумніви, що Романа негайно помчить слідом за Богданом. Хіба могли існувати сумніви, що якихось триста сорок семи секунд, які їх розділяли, вистачить для того, щоби Романа вже не змогла наздогнати свого чоловіка.

Вона зірвалася на рівні ноги, не зважаючи на дошкульний тупий біль у потилиці, на порізи, якими були вкриті її долоні (вона впала просто на гострі друзки вази), і кинулась до виходу, на бігу прохаючи Професора її пробачити.

— Цього разу я не встигну допомогти з прибиранням, — гукнула вона вже з під'їзду. — Вибачте, Професоре! Вибачте!

Професор рушив за нею — безнадійно повільний, він уже цілковито змирився з тим, що люди і непоясненні, невиправні події табунами проносилися повз нього, не даючи жодного шансу вчасно збагнути їхню суть. Про те, щоб якось зреагувати, не могло бути й мови. Він потребував більше часу. Невеликі порції часу і спокою — ось що було необхідно старому самотньому Професорові, щоб засвоїти дійсність.

Він обережно взявся обома руками за поруччя і зиркнув додолу. Романи він більше не бачив. Десь на дні колодязя відлунювали її кроки.

— Хто це був? — боязко крикнув Професор у бездонне провалля. — Ким є ваш друг? Що йому треба?

Закономірно, що Професор не отримав жодної відповіді.

amoromality
Київ, Житній ринок
фото: сива жінка у барвистому тюрбані в мить гніву
Вподобань 2999
Переглянути всі коментарі (3001)
amoromality Із варяг у греки

Націлена лише на одного-єдиного чоловіка — з головою неправильної форми, розкошланим волоссям і наплічником — вибігши із під'їзду, Романа не звернула увагу на когось, хто цієї миті проходив повз.

Із розбігу вона ввігналась у щільний, мов стільники, натовп воцерковленого жіноцтва. Напоролася на їхні сповнені осуду погляди, на гострі лікті, на бубоніння їхніх сухих суворих уст.

Цей натовп був немов рухома стіна, в якій Романа застрягла, — що більше вона смикалась, що дужче намагалася вирватись за межі внутрішніх потоків і вислизнути назовні, то безнадійніше загрузала і втрачала орієнтацію.

Куди подівся Богдан, в якому напрямку він подався — не було жодного шансу довідатись.

Юрба виплюнула Роману аж у смердючий глухий провулок позаду споруди Житнього ринку. На залізному панно, під капризно вигнутою хвилею даху, було зображено торговельний шлях «із варяг у греки». Сірий, поплямлений корозією метал кораблів і верблюдів, назви стародавніх міст і тих, що з'явились уздовж маршруту століття по тому, схематична, вибляла історія здійснення людських бажань, володіння недосяжним, розвитку економіки, обміну культур.

Утікаючи від черниць, Романа втрапила в сам епіцентр напружених зборів навколоринкових безхатьків. Тут, посеред переповнених відходами й надлишками торгівлі сміттєвих контейнерів, у повітрі, вже сотнями років, із часів Київської Русі, просякнутого смородом гнилизни, розкладання, плісняви, трупних соків, вочевидь, була їхня штаб-квартира. Жінка, сиве волосся якої стриміло з тюрбана, сплетеного з хусток і брудних шмат, звинувачувала в чомусь вкрай обурливому й антилюдському чоловіка, що мовчки слухав її прокльони і підгавкування кількох десятків її прибічників, презирливо сплюовуючи собі на оголені, фіолетові ноги з роздутими венами.

Ми могли б із вами порозумітися, — делікатно взяв Роману за лікоть молодий хлопець, чия специфіка була виразно виписана на обличчі. — Я бачу, що міг би вам зарадити. Я вже давно тут живу, ще з часів Евромайдану, коли покинув рідне селище. Я дуже багато бачив і знаю, і зможу вам усе розповісти.

Романа в діловій манері потисла його руку — вимащену, як виявилось, чимось масним, — і, ввічливо подякувавши й перепросивши, заходилась перелізати через дерев'яні ящики зі слідами засохлої крови, коробки з погнилими овочами, буру кашу, з якої від спеки стікала пінясти рідина. На вершині вона зупинилась, розвернулась до хлопця і запитала, чи не бачив він тут високого міцного чоловіка з наплічником і сильно понівеченим обличчям. Він накульгує, і при кожному його кроці лунає голосне тріщання. А ще у нього...

Я знаю його, — запевнив її співрозмовник. — Ходімо зі мною, я зараз вас до нього приведу.

Романа вже збиралась розвернутись, коли хлопець зробив помилку і зізнався:

А якщо той, про кого я думаю, — не він, то підемо до іншого. Я знаю дуже багато таких людей, яких ви оце описуєте.

Охоплена відчаєм, вона подалася якнайдалі від волоцюги.

amoromality
скріншот із додатку для зістарювання обличчя
Вподобань 64
Переглянути всі коментарі (1)
amoromality ...

Старий Професор, напівпритомний, збентежений і наляканий, стояв на сходовій клітці навпроти відчинених дверей до свого помешкання, міцно тримаючись за поруччя, — наче таким чином хотів звести до мінімуму наступні неприємності.

Він почув унизу якийсь рух і глухий, не зовсім виразний голос консьєржа. Той радісно підрохкував, і Професор, напруживши слух, здавалося, розрізнив, що дідок вітає когось знайомого із довгожданим поверненням додому.

Непевною рукою старий поправив на переніссі свої окуляри, що тріснули у двох місцях в моменти взаємодії з непроханим і страшним незнайомцем. Він був готовий за мить знову побачити його перед собою.

Натомість у чоловікові, який піднявся сходами і зупинився як укопаний на один проліт нижче, не усміхаючись і не промовляючи жодного слова, Професор впізнав свого єдиного сина, Богдана Криводяка, про якого понад два роки нічого не чув і пошуки якого так ні до чого його й не призвели.

Чоловік, якого насправді звали Богданом Криводяком, змінився мало не до невпізнаваності. Ні, риси його залишились тими самим, от тільки волосся посивіло, лінія уст стала жорсткою, шкіра загрубла. Зморшки провалилися глибоко в шкіру, а всі частини обличчя, які на ньому виступали, стали вдвічі виразнішими. Його обличчя потемніло, а найдужче змінились очі. Якби зараз Богдан Криводяк не стояв навпроти власного батька, можна було б подумати, що це він перетворився на свого батька.

Сину, — сказав Професор. — Ти живий. Заходь додому.

amoromality
Київ, Поділ
фото: молода приваблива жінка в одязі послушниці крадькома курить у брамі, збиваючи попіл до горіхової шкаралущі
Вподобань 3568
Переглянути всі коментарі (125)
amoromality Екологія

Криводяки, батько і син, вклякнувши на кухонній підлозі, обережно й терпляче збирали до ємности зі спеціяльного екологічного картону розсипаний прах матері і дружини. Вони робили це, звісно, голими руками, перед тим випробувавши метод із двома аркушами паперу і столовою ложкою. Руками виявилось найзручніше. Прах був змішаний із друзками битого скла, уламками дерева, з часточками пластику. Часом доводилося працювати великим і вказівним пальцем, пересипаючи до ємности невагому дрібку за дрібкою.

Професор при цьому говорив, а син здебільшого слухав. Професор розповідав про останній період життя Богданової матері. Про те, як поступово і вперто вона відходила з цього світу, ніби вгрузала в пісок, — а він не міг удіяти анічогісінько, крім того, щоби просто бути поруч і, тримаючи за руку, шепотіти їй на вухо, щоби вона не боялась і що все буде добре, що він поруч. Переїзд до Ізраїлю і лікування там лише погіршили справу й завдали їм обом надмірних страждань. Хворобу неможливо було відмінити, але її вдалося заповільнити — щоправда, лише для продовження в часі нісенітної, безглуздої агонії.

Професор розповідав про постійні болі, інтенсивність яких перевищувала всі нервові ресурси, про органи, які відмовляли один за одним, про наслідки їхньої відмови, про те, як згасала свідомість, як людина втрачала усвідомлення самої себе, часу, простору, стосунків, дійсности.

Час від часу траплялись моменти просвітлення, — говорив Професор, акуратно зсипаючи невагомий сріблястий попіл до ємности. Прах прилипав до долоні, застрягав у зморшках між фалангами. Але батько з сином намагалися зберегти все до порошинки. Все, що могли.

Вона розплющувала прояснені очі й усміхалась мені з полегшенням, ніби умита росою, — розповідав Професор, а син слухав його і ловив кожне слово. — Я знав, що вона мене пробачила. Там, звідки вона випірнала у ті хвилини, приводів для образ більше не існувало. Там більше не було жодних підстав і приводів, жодних причинно-наслідкових зв'язків.

І щоразу вона говорила про тебе, — казав Професор. — Вона згадувала свою вагітність і твоє народження, смішні речі, які ти лопотів у дитинстві, твою улюблену їжу. Здається, вона переповіла мені весь час, секунда за секундою, який провела з тобою поруч, як і той, який би хотіла провести, якби могла повернутись назад.

Знаєш, — говорив Професор своєму синові, поки вони удвох, випадково торкаючись пальцями, збирали з підлоги рештки своєї дружини і своєї мами, — мені здавалось, що той останній період її життя ми з нею хворіли разом. Ні, я не зазіхаю на її страждання — їх я не міг, не мав ні можливості, ні права з нею розділити. Але у нас була окрема, спільна хвороба: ми хворіли провиною. І не мали одне для одного жодних виправдань.

amoromality
Київ, Поділ
фото: ліхтарі в монастирському саду
Вподобань 4

І ось за кілька годин двоє чоловіків сиділи перед столом на кухні, споглядаючи перед собою зібраний до ємності прах. Вони обговорювали дерева.

Слов'яни вірили, — говорив Богдан, — що в дубах живуть душі померлих. Багато давніх язичницьких поховань було знайдено на деревах і під деревами. Зі стовбурів дуба робили човни, і ці човни також називали дубами. У таких дубових човнах ховали небіжчиків. Ось звідки взявся вислів «дати дуба», — пояснював Богдан батькові. — А ще був хороший звичай: садити дуб, коли народжувалась дитина.

Можемо посадити вишню, — пропонував Професор. — Щоб на її гілки зліталися пташки і цвірінькали.

А що коли посадити секвою? — спадало на думку Богданові. — Секвої живуть по шість тисяч років.

Їй дуже подобалися магнолії, — пригадував Професор. — Ми завжди ходили навесні до ботанічного саду, коли вони зацвітали.

А що ти думаєш про ґінкґо білоба? — запитував Богдан.

Вони деякий час мовчали, аж раптом Богдан звернув увагу на волоський горіх. Він узяв його в руку і замислено втупив погляд у заглибини й виступи шкаралупи.

Це залишили твої друзі, — сказав Професор.

Богдан підняв на нього запитальний погляд.

Які ще друзі?

Я ж одразу тобі сказав: тут були твої друзі. Понівечений чоловік, якого вкрай невдало оперували, — він вчинив увесь розгардіяш. І жінка, разом із якою ти пограбував мене двічі.

Професор зніяковіло почухав голову і опустив очі:

Я старий дурень. Знаєш, я вирішив, що вона — наша нова прибиральниця. Я впустив її додому. Вона жила тут довго разом зі мною. Я навіть уявити не міг, що ця особа мене пограбувала. Вона здавалася такою простакуватою, такою щирою.

Богдан різко схопився з-за столу. Не те щоб Професорові слова були повною неправдою. Дещо таки трапилося перед тим, як він зник на довгих два роки, — але протягом цього часу сталося стільки всього набагато серйознішого: тепер йому зовсім непросто — якщо взагалі можливо — вдавалося пригадати події, які передували війні. Зрештою, про війну він не хотів говорити.

Випадкова жінка справді була, і йшлося тоді про якусь дитячу витівку, дріб'язкову помсту, про образу, від якої йому роздирало легені. Чим усе те закінчилось? Ким була жінка? Де він її зустрів? Як вона виглядала? Ні імени, ні жодних особливих прикмет її Богдан пригадати не міг, хоч як не намагався.

Він нічого не знав про того іншого — понівеченого, як сказав батько, — чоловіка. І не зовсім розумів, про яке друге пограбування йшлося. А коли ще взяти до уваги те, що коїлося зараз у помешканні, і батькові слова про недавню присутність тут чужинців, які все це спричинили, ставало геть моторошно. Він повернувся сюди, шукаючи спокій, — і одразу зіткнувся з іншим виміром безладу.

Богдан відчув, як його накриває почуттям провини. Знайоме, нудотне відчуття: ніби потужна морська хвиля намила йому в нутрощі і в горлянку пісок і гострі уламки мушель.

Знаєш, — сказав він батькові, — не було б жодних пограбувань, якби ти мене колись не втягнув у ту історію. Я пограбував тебе, щоб виправити інше пограбування. Я хотів повернути на місце голову лева. Знаю, це був не найкращий спосіб.

Професор зняв окуляри і заходився так старанно витирати їх серветкою, що врешті з неприємним хрускотінням видавив одне зі скелець. Тепер він майже нічого не бачив на ліве око.

Я винен перед тобою, — сказав він, торкаючись рукою синового плеча. Той відсунувся і відійшов до вікна, втупившись у підсобні приміщення монастиря, дахи яких вигулькували з-поміж крон дерев.

До якоїсь міри я не підозрював, що все так обернеться, — продовжував говорити Професор. — Я справді хотів тобі допомогти. Але той чоловік — Красовський — з певного часу мав наді мною надто велику владу. На його прохання я оперував номенклатурників. І не оперував тих, кому це справді могло полегшити життя, але кого влада прагнула покарати. Я регулярно ходив і переповідав усі розмови моїх колег і знайомих, свідком яких я був і в яких сам брав участь. Я провокував людей говорити на небезпечні, заборонені теми. Я сам давав їм читати книжки, які мені перед тим позичав Красовський. О, він володів розкішною бібліотекою забороненої літератури. Він взагалі чудово розумівся на літературі і мистецтві.

Він був уже такий древній, — казав Професор. — Він давно вже не працював офіційно, але все ще мав великий вплив. А я був молодий і дуже пишався своєю професією — це було щось зовсім нове, практично невивчене. Уяви тільки: я міг змінювати людей! Мене це й дотепер не припиняє захоплювати. Але я не про це. Я про Красовського, який мав наді мною владу навіть тоді, коли почали змінюватись часи і коли фактично він уже начебто нічого не означав. Але такі речі насправді не змінюються, правда ж? Страх нікуди не зникає, почуття провини може лише зачаїтись, вдати щось інше. Це наче хитрий вірус-мутант, що знаходить прихисток у людському ДНК, жодним чином не проявляючи себе під час найретельніших аналізів. Ми сьогодні всі здорові. Тепер люди озираються назад і говорять: які раніше були дикі часи. Їм спокійніше думати, що людство стає гуманнішим. Або ні: спокійніше про це не думати взагалі, для цього сьогодні з'явилось багато технічних можливостей. Настав час відволікання.

Витягнувши з нагрудної кишені пачку сигарет, Богдан закурив. Дим він випускав просто у своє відображення в шибі. Надворі було вже майже темно. В монастирському саду засвітилися ліхтарі.

Я до сьогодні не можу чітко собі це пояснити. Можливо, моя покора була пов'язана з іншою жінкою, онукою того чоловіка. Я не буду тобі розповідати подробиць, це було надто давно, це вже стільки років неправда. Але ти зустрічався з нею: вона приїздила на похорони твоєї баби. Я так і не збагнув навіщо. А може, причини походять з іще давнішого часу. Той чоловік був якимось чином пов'язаний із нашою родиною. Мені відомо не все, але те, що я знаю, хотілось би забути. Він, зрештою, зробив для нас багато доброго. Знаєш, навіть це помешкання дісталося нам від нього. Але тобі не потрібні всі ці старі, вицвілі історії. Те, що було, — загуло. Нікому немає користи з намагання воскресити давно померлих. Минуле розсіялося назавжди. Його не існує. Немає тут про що говорити.

Так сказав Професор, перш ніж почав розповідати своєму синові історію їхньої родини.

Він сидів за столом, тримаючи в долонях горіх, і все, що було перед його лівим оком, пливло розмитими плямами. І лише коли Богдан наблизився і сів зовсім поруч, Професор чітко його побачив.

amoromality
Київ, Поділ
фото: маленька постать старого посеред вулиці внизу, його голова закинута догори, рука піднята у вітальному (або прощальному) жесті, розгубленість на обличчі
Вподобань 4

Протягом останніх подій ми вже доволі багато разів стикались із літнім консьєржем, який стежить за порядком у під'їзді Професора, а ще досі не знаємо, як його звати. З іншого боку, нам дотепер невідоме ім'я набагато важливішого персонажа цієї історії — самого Професора, — тому буде цілком закономірно, якщо старий пан, що дедалі відчутніше потерпає від наступу хвороби Альцгаймера у тісній комірчині між підвалом і першим поверхом царського будинку, за широкою скляною вітриною, так і залишиться безіменним.

Пізнього-пізнього вечора, який уже відповідніше було би вважати глупою ніччю, консьєрж власноруч привів до дверей Професорового помешкання двох чоловіків середнього віку. Ці чоловіки були вкрай небагатослівні, і власне тому не виникало жодних сумнівів у тому, що місія їхня вкрай серйозна і що вони цілком усвідомлюють вагу власних вчинків.

Перший із них мав виголене щокате обличчя, невеликий кирпатий ніс, вузькі очі, рясні веснянки і світло-руде волосся. Незважаючи на свою плохеньку зовнішність — а цілком можливо, якраз через неї — цей чоловік усім своїм виглядом підкреслював власну керівну роль і максимальну неналаштованість на різного роду забави. Одягнутий він був неформально: в темно-сірий спортивний костюм з помаранчевою блискавкою на худі і назвою бренду, вишитою над серцем, й акуратно заправлену чорну футболку з логотипом футбольного клубу «Шахтар», де на червоному тлі перехрестилися два молоти. Цей одяг підкреслював спортивність чоловікової будови тіла.

Другий — людина з землистого кольору обличчям, очима, оточеними темними колами й обвітреними, непристойно-червоними губами — мав на собі натомість темно-сині костюмні штани, блакитну сорочку на короткий рукав і затискав під пахвою шкіряну течку. Він був неголений. Темна щетина проступала на щоках, шиї, на підборідді і над верхньою губою, але тільки посилювала незбагненно-тривожну невідповідність цієї безсумнівно маскулінної риси з надмірною чуттєвістю ніжних уст.

На запрошення Професора увійшовши до помешкання, обоє продемонстрували свої посвідчення і відразу перейшли до справи. Губатий показував, а спортивний ставив запитання. При цьому жоден із них нічого не пояснював, і обоє дивились на Професора і його сина пронизливими, сповненими підозр поглядами.

Чи знаєте ви цього чоловіка? — запитав спортивний у той час, як губатий простягнув Професорові аркуш із чорно-білим зображенням. Це була збільшена фотографія на документи. З неї дивився чоловік приблизно одного з Богданом віку. Він мав на собі щось схоже на військовий однострій, тільки визначити, до якої армії належав, було неможливо: погони, шеврони й інші знаки розрізнення змазалися, вочевидь, під час копіювання.

Обличчя натомість вдавалося розгледіти без перешкод. Приємне обличчя, без особливих прикмет: охайно зачесане коротке волосся, густі брови, прямий погляд очей, рівний ніс, у лінії рота ледь проглядається натяк на усміх. Звичайне обличчя, яке навіть не так просто запам'ятати. Нічого особливого.

Професор заперечно похитав головою.

А в чому річ? — запитав він. — Хто це?

На запитання гості не відповіли, натомість губатий простягнув наступних два аркуші. Перший із них був ніби спотворена копія попереднього: збільшена фотографія на документи. Чоловік на фото чимось віддалено нагадував невідомого військового: посадкою голови, може, навіть лінією губ. Але здавалося, над його обличчям зіграли жорстокий жарт якісь безвідповідальні фотошопери, перетворивши на справжнє чудовисько, на страхітливу потвору. Частини його обличчя не пасували одна до одної, здавалися поєднаними докупи фрагментами облич різних людей.

Щось схоже можна було сказати і про друге зображення, тільки частини обличчя на цьому портреті не пасували з інших причин. Це був фоторобот, створений за допомогою комп'ютерної програми: неоковирний, неприродний. Проте і Професор, і його син з першої ж миті впізнали і ці великі окуляри на пів обличчя, і специфічним чином примружені очі, які водночас надавали обличчю розгубленості й хитрости, — але, не змовляючись, жоден із них навіть виду не подав. Професор не хотів зашкодити синові, у знайомстві якого з цією жінкою анітрохи не сумнівався. До того ж йому було соромно зізнаватися у власній довірливості: він сам дозволив їй жити тут стільки часу, він впустив її до свого дому, він відкрився їй повністю. Син не хотів зашкодити батькові: хто його знає, які почуття до цієї особи міг приховувати старий.

Вам знайомий хтось із цих людей? — запитав спортивний, з притиском звертаючись до Професора. — Впізнаєте?

Єдине, що я можу сказати, — повагом мовив Професор, піднявши власні багатостраждальні окуляри на чоло і розтираючи кулаками червоні від перенапруги очі, — що цьому бідолазі зробили з біса невдалі операції. Це несумлінна робота. Суцільна халатність і непрофесійність. Його зацерували, як ляльку-мотанку. Бідолашний.

Не відкриваючи рота, спортивний видав серію звуків, які мали, вочевидь, свідчити про глибокодумність. Губатий склав губи трубочкою і швидко перемістив їх із боку в бік.

Ну, — сказав спортивний, — ви ж відмовились його оперувати.

Я? — збентежився Професор. — Я про нього нічого не знаю. Весь минулий рік я був в Ізраїлі. Померла моя дружина... Я...

Губатий мовчки простягнув наступного аркуша. Це була роздруківка з Професорової поштової скриньки: прохання проконсультувати щодо важкопораненого бійця, який перебував на межі життя і смерти, хворого на ретроградну амнезію. Під текстом можна було розгледіти фотографію: щільно забинтована нерівна куля, з якої прозирали щілинки запухлих очей.

Професор підстрибнув і замахав руками.

Я не отримував цього листа... Не пам'ятаю такого. І звідки у вас доступ до моєї скриньки? Що за дешеві фокуси?

Спортивний тим часом знову тицяв Професорові в обличчя фоторобот жінки.

Ось ця особа, — говорив він затятим тоном, — повністю оплатила лікування й реабілітацію підозрюваного. Вона стверджувала, що є його дружиною. І, врешті, таки забрала його з лікарні, зобов'язавшись залишатись у контакті з медпрацівниками й іншими службовцями, але обоє зникли безслідно.

Він ефектно підвищив голос і тицьнув пальцем онімілому Богданові в груди:

Підозрюваного вона записала на ваше, до речі, ім'я.

Тоді зробив плавний, майже танцювальний піворберт і з гучним приплескуванням ляснув Професора по плечі:

А в якості домашньої адреси подала оцю ось вашу квартиру.

Вам є що сказати? — нарешті озвався губатий.

У чому його підозрюють? — запитав Богдан.

Вас, до речі, все це навряд чи стосується, — заспокоїв його замість відповіді спортивний. — Ми знаємо, де ви перебували протягом останніх двох років. До вас запитань немає. Ми вміємо цінувати наших героїв.

І він по-змовницьки підморгнув.

Чого не скажеш про вашого батька, — осмілів губатий. У нього був мелодійний голос, і він чудово володів інтонаціями. — До вашого батька ми маємо чимало запитань. Він, схоже, спільник цієї парочки.

Можливо, ворожий інформатор, — сухо кинув спортивний.

Імовірно, зрадник держави, — сумно зітхнув губатий, звівши докупи брови в печальній міні.

Це непорозуміння, — сказав Богдан. — Це якась нісенітниця.

Тим більше, ви, схоже, зібрались кудись далеко, Професоре, — кивнув спортивний на валізи в коридорі і порожнє помешкання із залишками розтрощених меблів. — Розпродали тут усе. Потрібні гроші на перший час на новому місці?

Його дружина щойно померла! — обурено закричав Богдан. — Ви не маєте права!

Не маємо, — погодився губатий. — Але краще йому піти з нами. Справа надто важлива. Йдеться про цілісність країни.

І він потряс перед Богданом аркушами, з яких дивилися незнайомий чоловік зі спотвореним обличчям і фоторобот жінки, водночас дуже знайомої і цілковито незнаної.

Взявши свою маленьку валізку з найнеобхіднішим, яку так і не встиг розпакувати, Професор обійняв сина і поклав йому на долоню волоський горіх.

Якщо вони самі тебе не відпустять, — сказав йому Богдан, — я тебе витягну. Обіцяю. У мене є контакти впливових військових чинів. Я знаю кількох генералів!

Батько здавався йому зовсім крихітним — бідолашний немічний стариган. Перш ніж зникнути в темряві під'їзду, він помахав Богданові рукою. Як у дитинстві, коли вони прощалися на вокзалі.

Богдан повернувся на кухню і сів за стіл, прислухаючись до відлуння кроків, яке все маліло, перетворюючись на шурхіт. Щойно коли запала цілковита тиша, він зсунувся чолом на стіл, обійняв руками ємність із екологічного картону і заплакав.

amoromality
Київ, Липки
відео: дім невтішної вдови, дощовий день, заглибинами на щоках маскарона стікають краплини
Вподобань 74

Маленька, така малесенька, майже прозора, вона губилась у семи кімнатах, у семи нескінченних, безкраїх кімнатах, кожна з яких мала автономний санвузол. Квартира була розташована на двох поверхах, і, якщо закинути голову, десь там, де розступались перила сходів, високо-високо можна було розгледіти стелю.

Квартира мала окремий вхід, а її величезних вікон (деякі з яких були вітражами) ніжно торкались обліплені пухом гілки тополі. Вони охороняли цей потаємний світ від вроків, від зазіхань на приватність, від надмірного зацікавлення.

Крихітна, невагома, стиснута під дією часу, з коротким сивим волоссям, що нічим не різнилося від тополиного пуху, одягнута в білий костюм із тонкого кашеміру, в білих пухнастих шкарпетках із шерсти альпаки, вона нечутно ковзала паркетом з червоного дерева. Вона скидалася на заблукану серед музейних експонатів душу — останню сутність, яка ще зберігала з ними примарний внутрішній зв'язок, хоч і не розуміла цінности і значення жодного з коштовних предметів. Дід, для якого ці речі були важливими, давно помер — і вона ще під час похоронів почала роздавати його колекцію охочим.

Вона народилась тут, серед золотистих і бурштинових барв, італійських меблів ручної роботи, під передзвін скелець на люстрах із муранського скла і богемського кришталю. Її дитинство минало посеред круглих килимів світло-персикової барви або в складках сіро-лавандового шовку, яким було накрите її ліжечко маленької принцеси. Вона носила справжні джинси, мала колекцію лакованих туфельок із бантиками і гралася ляльками, яких складно було відрізнити від живих дітей. У підлітковому віці вона жувала ґумки з ароматом дині і в бунтівних поривах таємно приліплювала сірі грудочки до спинок оббитих слизькою парчею диванів і м'яких крісел.

Скільки себе пам'ятає, це помешкання було просякнуте ароматами поролю для меблів, пасти для паркету, соснової піни для ванни. В цій піні, посмугованій червоним, знайшли одного дня холодне і чисте тіло її матері.

Вона ненавиділа цей дім, тому, відколи нарешті стала єдиною тут господинею, без натяку на жаль заходилася позбуватись усього, що пов'язувало її з пам'яттю про попереднє життя. Маминих речей (сукні, панчохи, коштовності, сумочки і дзеркала, кожне з яких було окремим витвором мистецтва), які дід тримав під замком у спеціяльній гардеробній кімнаті, куди сама вона не мала доступу аж до моменту його смерти, вона позбулась насамперед. Робила це з крижаною злістю, з жорстокою затятістю — сама вже немолода, а так і не здатна пробачити того, що мати її покинула.

Історія, яка стояла за іншими коштовними речами з дідового помешкання, її не зворушувала. Це була якась далека, абстрактна матерія, яка не мала до неї жодного стосунку. Все своє життя вона була зайнята іншим: змінювала власне обличчя і тіло, шукаючи той зовнішній вигляд, який мав зробити її собою. Змінювала коханців, шукаючи в їхніх обіймах любов, яка повинна була її наситити.

Чоловік, якого служба охорони — після певних вагань, ретельного обшуку на предмет зброї і кпинів з його спотвореного обличчя — нарешті пропустила досередини, взявши за одного з численних коханців господині, під час цієї процедури доклав чимало зусиль, щоб не проявити агресії. Він навіть сам не знав, що здивувало його дужче: те, що він зумів-таки стриматися, чи усвідомлення тілесного знання щодо послідовності ударів, заволодіння зброєю і знешкодження всього загону охоронців.

Чоловік торкнувся білої клавіші дзвоника і довго чекав, прислухаючись до пластикових звуків «Козацького маршу», дещо спотворених китайським механізмом. Коли двері відчинилися, він замилувався і вжахнувся водночас: усміхнене обличчя згорбленої бабусі видалося йому неприродно завмерлим і натягнутим, немов пухир. Гладка поверхня шкіри нагадувала шкаралупу яйця, а ті зморшки, які були, пролягали зовсім не у властивих для зморщок місцях. Чоловік не одразу здогадався, що темні западини й знаки на старому лиці — це давні шрами, сліди гострого скальпеля і хірургічної нитки. Сліди рук і любови його власного батька.

Зоя зацікавлено оглянула Чоловіка з ніг до голови, одночасно і без зайвих вагань запрошуючи його досередини. — Звідки ти такий взявся? — запитала вона, граючись костуром. Вона перекидала палицю з доньки в доньку — спритно й енергійно, з затятістю макаки. Не тільки її зморщені сухі ручки були схожі на лапки мавпи: вона нагадувала тваринку надмірною жвавістю сухого ротика й гарячим блиском темних швидких очей.

Чіпкою рукою вона схопила Чоловіка за зап'ястя і дошкульно його стиснула. Він опустив погляд на зморшкувату руку старої, на її вохрову шкіру. Усмішка хитрої мавпочки розтягувала обличчя так сильно, що те, здавалось, от-от лусне.

Чоловік різко вивільнив власну кінцівку і, низько схилившись, прошепотів на вухо старої: я Богдан Криводяк.

Він не відвів погляду, коли гострі палаючі очі макаки пронизали його наскрізь. Зоя різко розвернулась і, накульгуючи, допомагаючи собі костуром, швидко рушила коридором. Чоловік пішов слідом.

Вона провела його анфіладою кімнат і попровадила догори сходами, спритно долаючи сходинку за сходинкою. Богдан ішов слідом, ледь пригинаючись, щоб не зачіпати головою павичевого пір'я, кришталевих люстр, гіпсової ліпнини і невеликих скульптурок, які стояли на кожній сходинці.

Ключ провернувся в замку, відчинилися двері кабінету. Чоловік збагнув, що то був кабінет названого Зоїного діда — генерала КГБ Красовського.

Переступивши поріг, Чоловік похитнувся: дивним чином знайомими здавались йому гіпсові погруддя Леніна, розставлені в різних місцях, прес-пап'є із зеленого змійовика, запах одеколону «Консул», скляний графин, гранчаки на таці, кришталева попільничка, цокання годинників, циферблат календаря, що показував температуру, чорнильниця, підставка для пер, телефонний довідник і дисковий червоний телефон, повне зібрання творів партійних вождів у темно-синіх розкішних палітурках.

Відчуття впізнавання зміцнило його впевненість у тому, що він нарешті починає пригадувати по-справжньому. Іноді пам'ять повертається до людини з тих просторів, у яких вона не бувала, але до яких у той чи інший спосіб дотична, подумав Чоловік.

Класичний кабінет радянського номенклатурника, — поволі обвела кімнату костуром Зоя. — Я могла би зробити з цього музей.

Аж тепер Чоловік зауважив дещо не зовсім звичайне: по всьому периметру стіни кімнати були завішені пурпуровим велюром, що складками спадав і змієвся на килимі. Там, за цією тканиною, в усіх напрямках відчувалося продовження простору, і тому сам кабінет із усім його вмістом здавався лише бутафорією, що зависла у невагомості.

Зоя не дозволила своєму гостеві довго придивлятись до інтер'єру: владно тицьнула костуром Чоловікові на м'яке крісло-мушлю (до якої той не сів, звідкілясь точно знаючи, що спроба всидіти на вигнутій слизькій поверхні радше нагадуватиме тортуру), а сама майже повністю заховалась за масивним різьбленим столом, утопившись у кріслі, оббитому плюшем кольору морської хвилі.

Над поверхнею столу, між лампою зі смарагдового скла і глобусом, світились її пильні очі. Велюр зусібіч огортав її складками.

По-перше, — сказала Зоя, — ви — не Богдан Криводяк. З Богданом я знайомилась на похоронах його баби Уляни. Ви — не він.

Чоловік знітився і кахикнув:

Я... трохи змінився, — і він показав пальцем на власне обличчя.

Стара заперечно й затято похитала головою.

Ви — не він, — повторила вона. — Думаєте, я не здатна відрізняти людей? Чого вам треба?

На мить збитий із пантелику, Чоловік зняв зі спини наплічника і, виловивши з нього товсту книжечку в палітурці з фарбованого сап'яну, звичними рухами перегорнув сторінки, знайшов потрібну і, двома широкими кроками наблизившись до столу, поклав записник перед Зоєю. Пальцем він тицяв в ескізи, що зображали вузькі й темні вулички на дні кам'яниць, ями двориків, зарослі зеленню пагорби, верби на берегах Стрипи, різьблені елементи будинків, Ратушу зі скульптурами, фонтан біля Синагоги, і її високі вікна та міцні фортечні стіни, і маленькі людські постаті в довгополому одязі.

Показував їй бородатих чоловіків у капелюхах, які керували возами, які відчиняли брами, які молились уголос, не помічаючи метушні вулиць навколо себе. Показував їй жінок в елегантних капелюшках і у звичайних хустках, жінок, які вели за руки дітей, які вибирали городину на обід, які розмовляли і сварилися. Жінок і чоловіків, які разом поверталися додому, де на них чекали їхні діти.

І, хоча ці постаті були крихітні, немов розділові знаки, Чоловік точно знав, що стара жінка навпроти нього розрізняє вирази їхніх облич, розрізняє їхні риси, розуміє їхні емоції. Бачить задуму й усмішку, помічає образу, замріяність, піднесення, огиду, злість, і гидливість, і ніжність, і сором'язливість, і страх.

Поки вона поглядом мандрувала вслід за його пальцем мальованими вуличками, Чоловік неголосно розповідав історії про Баал Шем Това, які знав із дитинства від баби Уляни (так йому не раз і не двічі повторювала Романа, його дружина).

Він розповідав історію про відьму, яка заклинала дощ, і про її чорта, якого Бешт навічно ув'язнив у лісі, про овець, які за наказом Баал Шема ходили на задніх копитах, про те, що, будучи різником, Бешт зволожував камінь для гостріння ножа власними слізьми, і про його дружину, яка покірно підпорядкувала себе розпорядженню власного батька і вийшла заміж за Баал Шема, хоча всі вважали, що він був бідняком і недоумком.

Зоя мовчки слухала, не відриваючи очей від сторінок записника. Тепер вона сама гортала сторінки: ворушила губами, читаючи тексти незнаними мовами (вона їх знала, ці незнані мови! вона їх розуміла!), вивчала незрозумілі креслення стародавніх приладів, порівнювала мапи з озером Амадока.

Невже воно справді існувало? — поглянула на Чоловіка поверх окулярів.

У відповідь на це він знайшов сторінку, з якої починались більш деталізовані портрети. Він показав їй зображення дівчинки: пухке личко, рум'яні щоки, кучері, розвіяні вітром. Маленька долоня, затиснута в руці елегантної жінки, повернутої до нас спиною. Обійми худого чоловіка з сумними очима — і невимовна ніжність, з якою він тримає на руках кількарічну доньку. Схожа на кульбабу голівка, притулена до коров'ячої морди. Волоські горіхи у фартушку. Ямочки на колінах.

Я знаю, хто це, — мовила Зоя. Її очі були майже зовсім сухі, її руки майже не тремтіли, а голос зривався не дужче, ніж це трапляється за буденних обставин з особами такого поважного віку.

Чоловік натомість був по-справжньому здивований.

Знаєте? Справді знаєте, що це ваша мама, намальована її старшим братом? Знаєте, що це мала Фейґа, яку малював Пінхас Бірнбаум?

Зоя кивнула, продовжуючи вивчати малюнки.

Її голос звучав дуже низько, раз по раз провалюючись у настільки глухі ноти, що Чоловікові доводилося радше вгадувати те, що вона говорила. Жінка зізналася, що більшу частину свого життя, після самогубства матері, понад усе прагнула довідатись історію її походження, сподіваючись, що це все їй пояснить. Вона вбила собі в голову, наче, довідавшись про те, що насправді трапилося з її мамою, зрозуміє, чому мама покинула її напризволяще, обравши для себе порятунок у смерті.

Вона нишпорила в таємних архівах, до яких навчилася проникати, обманюючи власного діда і його колег, вона зустрічалася зі свідками, які вижили і могли бодай щось пам'ятати: втікачами з містечка, які були під час війни ще зовсім дрібними дітьми і не хотіли повертатися спогадами у найжахливіші з часів; ув'язненими з концентраційного табору, які працювали з Матвієм Криводяком на лісоповалі і пам'ятали його прозорий труп і мерехтіння серця, що розпирало грудну клітку (ці історії надто сильно скидалися на галюцинації божевільних, тільки телепень міг у них насправді вірити). Вона підкуповувала і залякувала людей, які могли би навести її на слід, використовувала методи, яких навчилася від названого діда, — і врешті таки знайшла вихід на родину Криводяків.

У цьому місці вона схибила зі шляху, без натяку на жаль продовжувала розповідати Зоя, пестячи кінчиками пальців сторінки: вона вирішила, що син коханої її дядька — це і є її особистий пункт призначення. Рівняння здалось їй досконалим у математичному сенсі. Всі кінці сходились. Те, що не змогло відбутися два покоління тому, що завдало непоправної шкоди її матері, тепер повинно було скластися єдиноможливим чином. Як ні у що досі, вона вірила в те, що кохання з Професором... (Моїм батьком, — докинув Чоловік, але Зоя заперечно похитала головою, продовжуючи розповідь) ...подарує їй спокій і сповненість, стане знаком шани для покійної матері й залікує біль.

Зоя крутнула глобус і, поки той обертався, хвильку помовчала. — Я не наважувалася розповідати йому того, що знала, тим більше, що самій мені були відомі тільки окремі речі: зв'язок родин, порушена заборона, зради, смерті, покинута назавжди серед лісу маленька дитина, по яку ніколи ніхто з її рідних так і не прийде. Кохаючись із Професором (він же не був іще тоді Професором?), я казала собі: зачекай, поки ще не час розповідати йому вашу історію. Нехай ваші стосунки зміцніють, і тоді ви обоє, разом, з повним правом, одночасно відкриєте правду.

Стара гладила лаковану стільницю і пояснювала, що зміна її зовнішнього вигляду була тільки приводом для того, щоб залишатись поруч із Професором. Або не тільки: їй здалось, що оскільки вони відтепер належать одне одному, він може зробити її такою, якою хоче, щоб вона була. Бо сама вона завжди знала: з нею щось не так, їй бракує чогось важливого. Зоя і в цьому розгледіла знак і фатум: її коханий умів змінювати людську зовнішність. То нехай би змінив її, свою жінку, таким чином, щоб вона йому пасувала. Так, як його родина хотіла би змінити його родину, аби прийняти.

Захоплена почуттями, осліплена, приголомшена, вона чекала, коли розплутаються вузли, коли зникнуть усі перепони, коли будуть прийняті рішення. Їй було відомо, що там, у малому місті, живе хлопчик, його син, — і ця відірваність дитини тільки доводила, що їхні життя дотепер точилися не тими руслами. — Я знала про його дружину і знала про сина, який жив зі своєю бабою (коханою мого дядька). Але той хлопчик — то був не ти, — суворо сказала Зоя.

Врешті, як завжди, втрутився дід, — продовжувала розповідати стара. — Протягом усього часу, поки тривав наш із Професором роман (найщасливішого часу в моєму заплутаному житті), він нетямився від люті, що втрачає свій вплив, від ревнощів, що події відбуваються не за його сценарієм, що я вислизаю з його рук так само, як перед тим вислизнула моя мати, — нехай і через інші двері. Він не міг цього дозволити. Натхненний ненавистю, він застосував усі свої таланти, він перевершив сам себе. Він здійснив операцію, де його втручання було настільки ж багатовимірним, невидимим і могутнім, як втручання Бога в життя смертних. Кількома досконало продуманими жестами він спровокував у дійових особах напади параної, муки сумління, розклав сіті з підозр, недовіри, розчарування й презирства, він розіграв сцени приниження і викриття. Він використав якості самих людей для того, щоб ті себе ними покарали. Розповідаючи це, я навіть сама не впевнена, що ним не пишаюсь, — зізналася Зоя.

Вона знову замовкла, а потім неголосно схлипнула:

Я звикла пояснювати власне нещастя перебільшеною всемогутністю діда. Це був зручний спосіб — не можу не визнати. Насправді життя точилось, як йому і належиться, і кожен виконував власну роль і робив власний вибір. Дід вирізнявся хіба що тим, що добре розумівся на людському нутрі і мав доступ до влади, а тому був здатен ледь підштовхнути події і людську поведінку в потрібному йому руслі. Він заохочував людські слабкості й ниці нахили, але аж ніяк не був їхнім призвідником. З цим кожен із нас завжди був здатен впоратися сам.

Дід був усього лише живою людиною, — мало не з ніжністю сказала Зоя. — Зрештою, він став цілковито вразливим, відкритим, геть беззахисним.

Вона заходилась описувати все, крізь що їй довелось пройти упродовж років після розриву з Професором: домашнє ув'язнення, цілковитий контроль, позбавлення будь-яких зовнішніх контактів. Урешті дід витіснив навіть Зоїного чоловіка, бо більше не міг терпіти присутності когось третього поруч із нею. Ти моя сім'я, — говорив він їй, поки вона, охоплена апатією, горілиць лежала на ліжку і витріщалась на стелю. — А я — твоя сім'я. Більше ні в тебе, ні в мене нікого немає. Ми повинні триматися разом, — казав він. І Зоя розуміла, що те, що він коїв — походило від страху. Страху могутньої людини залишитися зовсім самотньою, навіть без уявної близькости.

Йому потрібна була ця видимість, — говорила вона. — Він тримався за неї, немов за уламок розтрощеного човна, що не давав остаточно піти на дно, зануритись у безвість. Він же стільком людям понищив життя, уявляєш, — говорила Зоя, майже шепочучи, — стільки їх загинуло через нього, стільки було посаджено до в'язниць, заслано до таборів, стільки сімей було розбито — він робив, що хотів.

Скільки всього від нього залежало! А потім виявилося, що він зовсім самотній. Що єдине, на що він може спрямувати свою владу, — це тримати замкненою вдома свою названу онуку, доньку жінки-самогубиці, яку підібрав колись у лісі. І яка там, у лісі, так і залишила назавжди своє серце. Ціле життя вона була охоплена найглибшим усвідомленням того, що по неї ніхто не прийде.

Втомившись стояти, знесилений важким, задушливим шарудінням жінчиного монологу, що немов залягало у складках тканини, яка прикривала стіни, Чоловік важко опустився на шкіряний диван навпроти столу.

Зоя тим часом продовжувала говорити. Її білосніжні й досконало-рівні вставні зуби вилискували в тьмяності кімнати, відбиваючи світло лампи.

Вона розповідала, що це дід, торжествуючи, повідомив їй про смерть Професорової матері. — Хочеш — поїдь на похорони, — сказав він злостиво. — Я більше тебе не триматиму, знаєш. Я більше не буду ганятися за тобою і твоїми коханцями, годі з мене. Поїдь на похорони — і одружи його на собі, — глузував він.

Стара спокійно продовжувала розповідь, відверто зізнавшись, що не мала на меті нічого подібного. Їй навіть було відомо, що Професор багато років після припинення їхніх стосунків виконував різні дідові доручення і за це отримував винагороду. Навіть більше: його родина отримала від діда розкішне помешкання в подарунок ще до знайомства Зої та Професора, тому цей бідолаха був на гачку вже невідь скільки часу. Можливо, все своє життя, від народження. Єдине, чого достеменно не знала Зоя: за що саме було винагороджено Криводяків. За яку таку послугу, за яке таке «не все в цьому світі вимірюється грошима».

Всі її фантазії про Криводяка давно розвіялися, вона більше не вірила в сентиментальність і почуття. Зоя була втомлена і розуміла, що зі смертю Уляни втратила шанс довідатися трохи більше про власну матір. Можливо, Уляна встигла поділитися знанням зі своїм сином, з його родиною, думала Зоя.

Але там, на похороні, в тій тісній смердючій хаті (і як тільки люди можуть жити в таких огидних норах? як вони це витримують?), серед чужинців, диких і неосвічених — бачив би ти, як вони витріщали на мене свої порожні й водночас допитливі очі! — вона зіткнулася з неможливістю. З повною неможливістю бути. Щось у тій хаті душило її, розчавлювало їй мозок, вивертало нутрощі: безмежний жах і нестерпний жаль, суміш відкритости й беззахисности людської істоти — і її нескінченна жорстокість. — Щось там трапилося, — говорила стара, — чого ніхто не зміг би зрозуміти. Там, у тому домі, колись трапилося щось таке, про що я ніколи не хочу довідатись. Вистачає вже того, що я це відчула.

Там вона зіткнулася з цілковитою безсенсовністю спроб зрозуміти, звести кінці з кінцями, розплутати вузли і клубки. — Від того, що ти намагаєшся, — говорила стара, — все заплутується дедалі більше. Єдине, що розплутує, — це смерть. У цій невиправній точці все й треба залишити, все слід покинути.

Вона зібралась там померти по-справжньому, — зізналась Зоя. — Вона не жартувала. Це було її рішення. Але Богдан, син її колишнього коханого, онук коханої її дядька, завадив.

Вона на нього не злилася, — говорила Зоя. — Зовсім не злилася. Вона багато зрозуміла тоді — і негайно забралася геть із хати, відчувши полегшення вже надворі, коли вдихнула на повні легені вечірнє літнє повітря. Там, у саду, вона помітила Професора, який плакав серед дерев, упавши на коліна перед священником. І вона наповнилася співчуттям, але не могла наближатись. Їй прагнулось одного: покинути це місце і більше ніколи не повертатись туди. І так само не повертатись до спроб довідатись. Вона була певна, що не хоче знати. Що їй не треба знати. Що тільки не знаючи, вона здатна вижити.

Тому що, розумієш, я відкрила, що жити таки можливо. Здатність збагнути це приходить після того, коли по-справжньому вирішуєш померти, — сказала Чоловікові стара-стара жінка.

amoromality
фото: фреска «Троє юнаків у вогненній печі»
Вподобань 12

А ще вона сказала: коли мого діда розбив перший інсульт, його знайшли не одразу. Він пролежав на підлозі цієї кімнати майже добу. Йому паралізувало ліву половину тіла й обличчя, він не міг говорити, не розумів, коли до нього зверталися, майже нічого не бачив. У лікарні трапився другий інсульт, і стало ще гірше. За якийсь час я забрала його додому. Він повністю залежав від мене: нерухомий, посмикував відрухово правою ногою, вивалював язика. Мукав, як бик. Ходив під себе. Вертів очима, ніби бачить навколо себе якісь жахіття — і вони наступають, наступають на нього, а він нікуди не може від них подітись. Я годувала його з ложечки перетертими овочами, я поїла його через соломинку. Я домовилася з масажистом, щоб той щодня приходив і розминав ці омертвілі кістки.

Я добре знала, що можу його вбити, що мені тільки варто заплатити медсестрі — і вона зробить укол. Часом я уявляла, як скидаю його зі сходів, і потім, плачучи, повторюю поліціянтам, що він останнім часом почав повзати, і ось — доповз до сходів, поки я перетирала в блендері броколі.

Але від самого початку я знала, що нічого йому не заподію. Я готувала овочеві пюре, платила масажистові й навіть щодня розмовляла з дідом. Або просто сиділа поруч із ним, читаючи. Кудись подівся мій гнів, я більше не почувала безвиході.

У такому стані — без покращень, але й без погіршень (що вже, само собою, було найжорстокішим із можливих погіршенням) — минуло рівно дев'ять років його життя.

Він помер старим, дуже старим. Він мав уже мало не сотню років.

Хочеш знати, на що він дивився протягом усіх цих дев'яти років, лежачи на цьому ж дивані, на якому ти зараз сидиш? — запитала у Чоловіка стара жінка, схожа на жваву макаку.

Вона підвелася, покректуючи і хапаючись руками за меблі, і, накульгуючи, спираючись на костур, наблизилась до одного з країв велюрової заслони. Зоя потягнула заслону за собою, рушивши вздовж периметра кімнати.

Весь простір уздовж стін займали скульптури і статуї святих — з каменю, дерева й гіпсу; ікони й образи — і старовинні, напівстерті, темні, і яскраві, пишні, в позолочених рамах, величезні. Були тут фрагменти мозаїк XI століття зі смальти і природного каміння, які зображали Христа Пантократора, ангелів і євангелістів. Були перенесені з давніх храмів старовинні фрески — композиції «Тайна вечеря», «Жертвоприношення Ісаака», «Троє юнаків у вогненній печі». Постаті святих на них видавалися радше натяками, і тому викликали ще більший трепет. Були тут різні частини різних іконостасів, барокові царські врата, ренесансові портали, ґотичні фігури святих. Крім десятків Богородиць із маленькими Ісусиками на руках, тут стояли, обернувши погляди до дивана, святий Антоній Римлянин, Авраамій Печерський, Агафон Чудотворець, Андрій Первозваний, Беда Преподобний, Василій Великий, Святий Віт, Григорій Іконописець, святий Ґутлак Кроуландський, Даміан Цілитель, усі Дванадцять Майстрів Грецьких, Еразм Печерський, Лука Жидята, Іван Золотоуст, Іван Хреститель, пророк Ілля, Йона Київський, Іпатій Цілитель, Йоан Багатостраждальний, Йоан Богоугодний, Йоан Немовля, Йоан Руський, Катерина Александрійська, Євпраксія Константинопольська, Єфросинія Полоцька, святий Лука Печерський, Марко Гробокопач, Максим Сповідник, Теодора і Варвара, Флор і Лавр, Борис і Гліб, Харлампій і Херменеґільд.

Навколо них стояли золоті і срібні свічники й лампадки, і Зоя почала підходити до кожної воскової свічки і викрешувати іскру з пластикової запальнички, яку намацала в кишені свого кашемірового кардиґана. Десятки вогників затанцювали навколо, відображені в позолоті, в лакованому дереві, в металі.

Спочатку він збирав це, як чудернацьку колекцію, — заговорила знову Зоя, продовжуючи запалювати свічки. — Релігію було заборонено, і всі релігійні предмети знищували, викидали або накопичували десь на складах. З часом він розвинув до них особливий смак і навіть мав славу тонкого знавця й поціновувача. Деякі рідкісні речі йому дарували, щоб його уласкавити. Він приносив додому справді коштовні, цінні екземпляри: це розп'яття — робота Яна Пфістера, голландця. А цих Якима з Анною зробив Конрад Кутшенрайтер. Дідові звозили їх з усіх усюд. І він називав цей кабінет музеєм атеїзму.

Зоя підійшла до порожнього місця між експонатами — майже біля узголів'я дивана. Тут мав стояти святий Онуфрій із каменю, — сказала стара замислено, запалюючи лампадку. — Я пригадую, як дід на нього чекав. Чомусь йому дуже хотілося заволодіти тією скульптурою. Це було незадовго до того, як його розбив інсульт.

Вона мовчки дивилася на порожнечу, спершись на свого костура. Її спина ще дужче згорбилась. Врешті Зоя махнула рукою:

А, навіть не хочу знати, що то була за історія.

amoromality
фото: озеро Амадока на копії мапи Європи Птоломея у варіяції Ніколауса Лауренті (1480)
Вподобань 17
Переглянути всі коментарі (2)
jkoxana Що це?
amoromality Копія мапи Європи Птоломея у варіяції Ніколауса Лауренті

Відпроваджуючи Чоловіка, вона поцікавилась, чи може залишити собі книжечку в сап'яновій палітурці. Він мить повагався, а тоді таки кивнув головою. Вона усміхнулася йому з вдячністю, закинувши голову догори, щоб зазирнути йому в очі, і розтягнувши напнуті й поморщені уста.

Ти так і не розповів мені, хто ти такий, — поплескала його по плечі.

Чоловік втомлено зітхнув.

Ні-ні, — сказала вона, вперто хитаючи головою. — Ти — це не він.

amoromality
Київ, Липки
фото: кутики очей і рівчаки на щоках маскарона невтішної вдови обліплені тополиним пухом
Вподобань 25

Охоронець натиснув на кнопку і дозволив Чоловікові вийти назовні — в темряву, що ворушилась і лоскотала тополиним пухом.

Слухай, — після кількох хвилин мовчанки сказав він своєму напарникові. — А це не той чувак, якого розшукують у телевізорі? Це не той сєпар, чуєш? Здається, це він.

Та ну, — відмахнувся його старший приятель. — Що там можна було розгледіти на тій забинтованій башті. Смієшся чи що?

amoromality
маршрутка Академмістечко — Клавдієве-Тарасове
фото: обриси чоловічої долоні під тонким жіночим светром, який щільно облягає торс, смужка шкіри на жіночій спині, широке чоловіче зап'ястя, що пірнає під тканину, широкі шрами, що переходять із жіночої спини на чоловіче зап'ястя і навпаки
Вподобань 3201
Переглянути всі коментарі (107)
jkoxana Нарешті!

    Романа побачила його, щойно випірнула з підземного переходу на Академмістечку. Незважаючи на втому й темряву, на тополиний пух, який сіявся над бульваром Вернадського, перетворюючи ніч на старий негатив, незважаючи на метушню продавців навколо своїх запізнілих яток із пластиковими вішаками й безпомічно оголеними перед закінченням робочої зміни манекенами, з нерозпроданими за день підупалими фруктами, Романа безпомильно розрізнила його кремезну постать у черзі до маршрутки на Клавдієве-Тарасове. Він стояв, опустивши голову й притискаючи до грудей наплічника.
    Наче й не було цих нескінченних годин, упродовж яких вона бігала вулицями Подолу (зовсім як Сковорода, якому вітер приніс чіткий запах розкладених трупів — знак забиратися з Києва якнайдалі): догори Андріївським узвозом, розштовхуючи туристів, які приціювались до глиняних виробів, солом'яних капелюхів і вишитих сорочок, а тоді додолу Боричевим Током, звернувши на цю вулицю просто біля жінки середнього віку з кошиком, яка, не змовкаючи, гукала: «Купуйте свіжі чебуреки! Мама в печі сама пекла!». Романа зазирала у вікна старих зруйнованих будинків, які непристойно відгонили тліном, і у вітрини сміховинних у своїй розкоші вілл: тієї з мозаїкою у вигляді трьох павичів, і тієї з масивними фортечними стінами і вхідними дверима з коркового дерева, і палацу, архітектура якого намагалася нагадувати стиль ар-нуво, що впирався своїми містками й ландшафтним дизайном у доісторичний київський пагорб. Від станції Поштової Романа кинулась до Річкового вокзалу, і там придивлялась до підлітків і рибалок, і прислухалась до їхніх розмов. Спершу вона запитувала майже кожного на своєму шляху, чи не зустрічався їм високий чоловік

зі спотвореним обличчям, доволі відразливий на вигляд, герой війни, але згодом їй забракло сили, щоб витримувати їхній подив і заперечне похитування голів.

Її тягнуло на Труханів острів, але все ж вона не рушила Пішохідним мостом над водами Дніпра, а натомість довго йшла Набережним шосе, не зважаючи на сигнали авт, які пролітали повз неї з захмарними швидкостями, сліпили фарами, глушили істеричним вищанням гальмівних колодок. До неї прибився бездомний пес і впродовж певного часу трюхикав позаду, ніби вірний і вічний супутник її життя, ніби темний дух, який не припиняв нашіптувати їй на вухо.

Уже в цілковитій темряві, кілька разів мало не потрапивши під колеса, вона, не дійшовши до станції Дніпро, покинула собаку десь в околицях замкненого о такій порі ринку «Рибалка» і видряпалася до храму Андрія Первозваного. Вона оминула його з лівого боку і рушила далі, Дніпровським узвозом, серед зелені, дерев і жовтих голів кульбаб, освітлених ліхтарями, тоді звернула вузькою пішохідною доріжкою ліворуч і дісталася Маріїнського парку. Не шкодуючи ніг, вона бігла алеями, повз фонтани, пам'ятники і клумби, ажурні поруччя, морозивні кіоски. Вона долала сходи і підйоми, залишила крони неспокійних дерев відображатись у конструктивістських вікнах ресторану «Динамо», перетнула територію спорткомплексу, оминула Ляльковий театр і Музей води, зиркнула з верхньої стежки у видолинок, у неозорі вітрини Парламентської бібліотеки, крізь які можна було розгледіти затишний і порожній читальний зал, і пнулась догори, аж доки біля Пам'ятника жабі не почався спуск додолу, з видом на вигнутий у саму глибінь неба хребет Арки дружби народів.

На скляному мостику Романа раптово загрузла в радісному, розімлілому натовпі суботньої ночі. Навколо неї лунали надламані голоси й тріскучі гітари одразу кількох вуличних музикантів, хтось протискався крізь юрбу на велосипеді, хтось переносив над головами наляканих тер'єрів. Більшість, обліпивши поруччя, самозабутньо робила селфі з видом на невидимий у чорноті ночі вигин Дніпра, що неспішно повз серед вогнів Подолу й Лівого Берега, ніби космічний вуж. У провалі, далеко внизу, плив невидимий пароплав, і на ньому відбувалася гучна вечірка. Ведучий кричав у мікрофон, благаючи гостей не роздягатись і не стрибати у воду. Князя Володимира з хрестом освітлював серпик місяця.

Тут Романа вкотре пошкодувала, що так вперто відмовляла свого чоловіка від ідеї про власний смартфон. Зі смартфоном вона мала би бодай якісь шанси знайти його зараз, замість того, щоби безглуздо метатися Києвом, не маючи уявлення, куди він подався і які має наміри. Якби була достатньо передбачливою, то могла б встановити йому маячок і скористатися мобільною послугою відстеження координатів особи.

Безсенсовність її поведінки накотила з небаченою силою, коли Романа спустилася Володимирською гіркою і знову опинилася внизу, на Подолі, механічно плетучись знайомими вуличками до помешкання Професора.

Коли вона вдруге за сьогоднішню добу проходила повз двері його під'їзду, туди якраз заходило двоє чоловіків. Один із них був одягнений у спортивний костюм, інший мав на собі щось схоже на костюмні штани і сорочку. Вони тицяли в обличчя консьєржу руками, а той кланявся і відступав, просив пробачення і запрошував.

У метро, прямуючи до станції «Академмістечко», Романа й далі боролася зі спокусою залишитись у Києві і продовжувати пошуки, але знову повторила собі, що ця ідея — божевілля. Вона виснажилась, обійшовши крихітний клаптик Подолу, а Богдан міг у цей час йти паралельною вулицею, за десятки метрів від неї. Вже не кажучи про те, що він міг перебувати в будь-якому іншому районі Києва, кожен із яких — немов окреме велике місто.

Він міг бути в будь-якій точці на території, загальна площа якої становить майже тисячу квадратних кілометрів. Хіба ось так, бігаючи вулицями без жодного плану, вона здатна була відшукати його серед трьох мільйонів мешканців?

Романа вмовляла себе, що їй слід повернутись додому і спробувати заснути. Їй варто відпочити, подумки повторювала вона собі, щоб відновити сили і знову зуміти мислити раціонально. Завтра вранці вона спокійно все зважить і розробить план пошуку. Завтра обов'язково розвидниться, і вона збагне, як віднайти свого чоловіка.

Ковтаючи сльози і картаючи себе за саму ідею виїхати до міста, де все вийшло з-під контролю і пішло шкереберть, Романа випірнула назовні з підземного переходу — і побачила його в черзі пасажирів маршрутки.

Вона нечутно підійшла ззаду і просто тицьнулась обличчям у пропахчене пронизливо знаним ароматом плече. Він, здавалося, зовсім не здивувався її появі: ніжно погладив кілька разів долонею по голові, затримуючи руку на потилиці, а тоді нахилився і поцілував у скроню.

Дуже хочу додому, — прошепотів на вухо, обіймаючи і притискаючи до себе в салоні маршрутки. — Хочу з тобою до нашого ліжка. Я дуже втомився.

amoromality
фото: його рот
Вподобань 1793
Переглянути всі коментарі (78)
amoromality Як би інакше я його впізнала?

Директорка підчепила кінчиками нігтів пушинку і зняла її з язика. Доведеться зачинити вікно, знизала вона плечима. Пух цьогоріч — просто-таки катастрофа!

Прихиляючи раму, вона з насолодою обвела поглядом митрополичий сад. Перед будинком Варлаама відбувалася весільна фотосесія. Наречена в білосніжній сукні здавалася невидимою на тлі білосніжних стін.

Звичайно, я вас пам'ятаю, пане Богдане, — сказала директорка, знову розташувавши своє огрядне тіло, обтягнуте напівпрозорим тонким гіпюром, за своїм письмовим столом і сплівши пухкі пальці рук на стільниці. — Як я могла б вас забути? Ви ж поділились із нами безцінними родинними скарбами! Ви наш дарувальник, наш благодійник.

Цієї миті до кабінету директорки, ледь чутно постукавши у двері, увійшла Коротулька Саша. Директорка коротко й суворо виклала їй суть справи. Коротулька спершу зашарілась, і її розфокусований погляд, безцільно втуплений у підлогу, навіяв Богданові сильне внутрішнє відчуття нехоті до всього, що відбувалось. Однак вже за мить Саша заговорила — швидко й нерозбірливо, шпортаючись об дефекти власного мовлення: вона розповідала про їхню з Романою багаторічну дружбу (ну як дружбу — Романа зазвичай поводиться доволі відсторонено), про їхнє спілкування (щоправда, якщо подумати, я не можу пригадати, щоб вона про себе багато розповідала чи взагалі говорила), про Романин характер (вона добра, мила й розумна, ми з нею ніколи не сварилися; щоправда, не раз траплялося, що мене бентежили її мовчанка і пильний погляд: навіть коли вона дивиться на мене, у мене виникає відчуття, ніби її погляд спрямований крізь мене; не знаю, як це пояснити; але вона завжди приходить на допомогу: наприклад, тоді, коли пані директорка дала мені завдання перебрати той старий мотлох у чотирьох валізах і... ой!).

Так, — сказала Коротулька. — В її особовій справі подані моя домашня адреса і номер телефону — вона мене попросила, бо якраз перебувала у стадії переїзду. Звісно, я погодилася. Хіба це складно?

Де вона мешкала? — директорка і Коротулька розгублено перезирнулись. — Чи була у неї родина? З ким вона ще спілкувалась?

Директорка підняла догори вказівний палець:

Я точно пам'ятаю, що вона приязнилася з літературознавцем Михайлом Борецьким за кілька років до його смерти, — сказала вона. — Він досліджував творчість В. Домонтовича. Ви ж, звичайно, знаєте цього письменника? Ви ж читали Віктора Петрова?

Богдан заперечно похитав головою, нервово погойдуючись на стільці. Директорка несхвально гойднула масивними грудьми і з осудом стиснула губи.

Справді, — зраділа Коротулька. — Так і було. Романа взагалі найбільше мені подобається своєю уважністю до інших, особливо до людей літнього віку. Вона зав'язує з ними надзвичайно довірливі стосунки — навіть не уявляю, як їй це вдається. Ніхто так не вміє розмовляти з ними, як вона. Ні в кого немає такого терпіння, запасів такої лагідности! Я просто з дива не виходжу часом, спостерігаючи, як вона годину чи дві вислуховує монологи котроїсь із тих занудних баб, які цілими днями копирсаються у старих газетах або чиїхось щоденниках!..

Директорка шикнула на Коротульку і закотила очі. Та витріщилась перелякано, так, вочевидь, і не збагнувши, що сказала не так.

Розкажи про стосунки Романи з Борецьким, — навела директорка Коротульку на слід.

Він приходив до нас читати листи Петрова до Софії Зерової, — миттю зорієнтувалася Саша. — Ходив місяцями, мало не щодня, тоді робив паузу на деякий час, тоді знову починав учащати. Перечитував їх від початку незліченну кількість разів. Знав їх уже напам'ять, а продовжував перечитувати. Сподівався, що натрапить раптом на підказку, якої не зауважив раніше. Казав, що вони його не відпускають. Казав, що його не відпускає щось, що ховається там, за рядками. Знову і знову розповідав Романі всі деталі життя Петрова, відтворював хронологію подій, висловлював припущення. Чому майже всіх репресували, а його — ні? Якщо він погодився співпрацювати з радянською владою, то заради чого? Чому Софія ніколи так і не покинула Києва? Який зв'язок між його листами і художніми творами? Чому він такий різний? І чому всюди, у всіх текстах, які він по собі залишив — художніх і наукових, філософських есеях і любовних листах, — відчувається та сама невловна річ, той самий нав'язливий нюанс, якого Борецький, за його зізнаннями, поки що не міг назвати, але присутність якого вертілась у нього на кінчику язика?

Я досі пам'ятаю зливу його запитань і розмірковувань, — почухала кінчик носа Коротулька. — Щоразу він приносив свіжі версії. Я вже одразу втікала, коли він, сяючи, з'являвся на порозі читального залу: лисина аж червона, очі отакенні, пальці бігають угору-вниз по ґудзиках сорочки, ніби по клавішах. Я втікала, а Романа залишалась — і слухала. Невдовзі вона вже добре орієнтувалась у темі і підтримувала з ним розмову. Навіть пропонувала власні версії. Може, казала вона, той текст про репресовану українську інтеліґенцію — таке ж соціяльне замовлення, як і чернетка статті про Агатангела Кримського? Може, різниця лише в риториці і стилістиці? У відмінностях штампів? І Борецький негайно розпалювався, і починав із нею сперечатись, і вони так розмовляли цілими годинами — іноді на них навіть скаржились інші відвідувачі.

Ну, а потім, — сумно зітхнула Коротулька, — він перестав приходити, і Романа дуже розхвилювалась. Я тоді подивилася на неї іншими очима. Почала поважати її по-справжньому. Подумала: яка ж я черства! Ось Романа — оце добре серце! Вона щодня, щодня згадувала про нього, і я бачила, що їй дуже неспокійно.

І тоді я вирішила зробити для неї — для них обох — добру справу. Зателефонувала на кафедру філології і запитала про нього. І мені відповіли, що в нього стався серцевий напад. Його прооперували, але лікарі поки що нічого не обіцяються. І я довідалась, у якій лікарні він лежить. І розповіла про це наступного дня Романі.

А тоді вона зникла, — розвела руками Коротулька.

Так, — підтвердила її слова директорка, яка з виглядом суворої екзаменаторки чи навіть тренерки підопічного спортсмена слухала розповідь працівниці. — Романа має погану звичку час від часу зникати і не з'являтися на роботі. Ось як зараз, наприклад. Я висловлювала їй суворі догани, але це не допомагає. Я погрожувала їй звільненням.

Чому ж ви її дотепер не звільнили? — запитав Богдан, на якого зусібіч тисли стіни приміщення, і тому він підвівся, наблизився до вікна і знову відчинив його, дозволяючи хмарам пуху увійти до вогкої темної кімнати. — У вас тут одночасно холодно і задушливо, — пояснив він свої дії.

Але жінки вже занадто захопилися розповіддю, щоб зважати на поведінку чоловіка, який нещодавно повернувся з війни.

Я її не звільнила, бо вона добра працівниця, — пояснила директорка. — Вона добре виконує свої обов'язки. Вона фахівець. Вона чуйна і уважна до відвідувачів, і я постійно отримую схвальні відгуки на її адресу. Коли вона зникає, відвідувачі один за одним вриваються до мого кабінету і запитують, куди поділась Романа.

У цей момент до кабінету постукали, і троє присутніх здригнулися від несподіванки. Але то виявилась усього лише секретарка, яка зайшла полити вазони.

Коли Романа за кілька тижнів повернулася, було видно, що сталось невиправне, — продовжила розповідь Коротулька, зайнявши Богданове місце навпроти столу директорки. — Вона змарніла і мала заплакані очі. Її всі запитували, в чому річ, але вона відповідала відмовками. Проте наступного дня викликала мене на розмову — і ось саме тоді й попросила у мене дозволу тимчасово вказати мою домашню адресу замість своєї. Вона сказала, що переїздить. Що в лікарні, куди вона ходила навідувати Борецького, Романа буцімто познайомилась із його дружиною. Що вони удвох сиділи навпроти палати, коли Борецький помер, і плакали над його тілом, обійнявшись. А на похоронах, куди Романа також прийшла, Борецька запропонувала їй переїхати жити до неї, у дачний будинок за містом. Бо в них із покійним не було дітей, і вона залишилася зовсім сама, і у неї астма, і їй було страшно самій засинати. Романа, звісно, погодилась. Але дача не мала офіційної адреси, розумієте? — екзальтовано махала розкритою долонею Коротулька. — Ось вона й попросила в мене дозволу скористатись моєю.

Де ж розташовано той будинок? — запитав Богдан. — Вам це відомо?

Директорка й Коротулька Саша синхронно помахали головами.

Десь біля Коростеня? — невпевнено прошепотіла Коротулька, запитально дивлячись на директорку.

Ні-ні, — заперечила та. — Це занадто далеко. Я не думаю, що це біля Коростеня.

Коротулька раптом роздратовано зірвалась зі стільця і ображена стріпнула головою.

Ну, не знаю, — вигукнула вона, взявшись руками в боки. — Звідки я можу знати, якщо вона ніколи нічого про себе не розповідала? Скільки разів я її запитувала, як їй живеться на новому місці, як почуває себе дружина Борецького, чи не дивно ось так мешкати вдома в незнайомої людини... Я ніколи нічого від неї так і не добилась.

Тільки одного разу вона розповідала мені про озеро, куди вони з Борецькою ходили плавати в теплу пору року. Романа казала, воно лежить між Дальніми й Ближніми Садами, за Покоростенем... Поскоростенем... Покороскотнем!..

До того ж це більше не має значення, — знову заспокоїлася Саша. — Мені здається, Романа давно вже там не живе, в тому дачному будинку. Вона переїхала на Поділ — якийсь старий чоловік попросив її доглянути за його помешканням, поки сам повіз дружину на лікування до Ізраїлю. Це все, що мені розповідала Романа. Вона скаржилася, що помешкання просто-таки величезне. Що вона іноді почувається там заблуканою.

У цей момент Богдан тамував пришвидшене серцебиття, остерігаючись, що знавісніле гепання почують навіть жінки. Простір навколо нього розширився, але водночас втратив чіткість, виразність, випростався в нескінченність і потягнув чоловіка за собою. Богдан намагався знайти логічне пояснення, яким чином директорка і працівниця Архіву опинилися разом із ним на місці вибуху: крізь відчинене вікно влітали пелюстки попелу зі згарища, смерділо смаленим м'ясом.

Богдан повернув себе до власного видиху, до ніг, що міцно стояли на землі. Це пух, це тополиний пух, повторив він безліч разів подумки, аж врешті попіл піддався і знову став усього лише пухом.

Тут ще така справа, — невпевнено протягнула директорка. — Я обіцяла вам повернути ваші родинні фотокартки. І я не проти! — запевнила вона палко. — Це дуже цінні артефакти, але я розумію, що найбільшу цінність вони становлять для вас і вашої сім'ї. Тому ми із радістю їх би вам повернули. Ми були готові до цього!

Богдан відвернувся до відчиненого вікна і заспокоєно перевірив обмеженість простору митрополичого саду.

Але фотографії зникли! — директорка наблизилась і поклала долоню Богданові на плече, відчуваючи вібрацію, яка прошивала все його тіло. — Вони безслідно зникли, і ми вже повідомили про це поліцію.

Це серйозна справа, серйозний злочин. Це не жарти, і винуватця повинно бути покарано, — поважно запевняла директорка, розставивши широко руки, немов демонструвала готовність будь-якої миті прийняти Богдана в обійми. — Нам дуже шкода, що ми не виправдали вашої довіри і не вберегли ваші скарби. Ми відчуваємо свою відповідальність і провину перед вами. І тому ми готові запевнити, — продовжувала говорити вона м'яким, заспокійливим голосом, — що докладемо всіх зусиль, аби повернути вам втрачене.

Ви ж розумієте, хто украв ваші фотографії? — дитячим голосом запитала в Богдана Коротулька Саша, наблизившись до нього з протилежного від директорки боку і закинувши голову догори. — Я давно підозрювала, що в неї клептоманія. Мені взагалі здається: вона пережила у своєму житті щось жахливе. Вона ніколи нічого не розповідала про це, і відмовчувалась у відповідь на мої запитання. Але коли я запитувала, вона дивилась на мене таким страшним поглядом! — Коротулька аж пересмикнулась.

А той шрам на її спині! Вона намагалася його приховувати, але я його якось побачила, коли вона нахилилась у сховищі, потягнулась до найнижчих шухляд, блузка задерлась — а там!..

Знаєте, зникли не тільки ваші фотографії, пане Богдане, — повідомила директорка. — Зникла також частина листів Петрова. А це — з усією повагою — набагато серйозніша справа.

Відколи помер Борецький, — докинула Коротулька, — я помітила за Романою особливий сентимент до відвідувачів, які цікавились листами Петрова. Вони викликали в ній якесь нездорове, я б сказала, зацікавлення.

Припертий жінками, Богдан зважував можливість вистрибнути назовні через вікно. Йому здавалося, щільна сіть із тополиного пуху прийме його м'яко, немов батут. Але він намагався не піддаватися. Намагався слухати, що йому розповідають. Це може бути важливо.

Був, наприклад, зовсім незвичний відвідувач, — сказала директорка.

Може, й незвичний, — погодилась Коротулька, — але дуже привабливий. Високий, як ви. Одного з вами віку. Тільки іншого типу зовнішности. Але дуже привабливий!

Явно не науковець, — говорила далі директорка. — За поведінкою схожий на військового. Я з ним розмовляла, бо кожному з наших відвідувачів я підписую перепустку до матеріялів Архіву.

Мені здається, він був нетутешнім, — докинула Коротулька. — Його російська була незвичною, а українською він зовсім не міг говорити. Я думаю, він приїхав звідкілясь зі сходу.

Такі люди ніколи не цікавляться Петровим, — з упевненістю ствердила директорка. — Такі люди взагалі не цікавляться українською культурою.

А він сидів і читав ті листи, придивлявся до нерозбірливих закарлючок, ніби намагався знайти там щось про себе самого, про своє життя, — засміялась Коротулька.

І Романа, не відриваючи погляду, стежила за ним на моніторі спостереження, — мовила директорка. — Вона його побоювалася. Не наважувалась із ним фліртувати так, як зі своїми старими кавалерами. Це їй було завиграшки. З цим військовим — зовсім інша справа. Вона поводилась, як зачарована.

А одного разу, коли він вкотре сухо попрощався і пішов геть, навіть на неї не зиркнувши, вона не втрималась і сказала мені, — збуджено шепотіла Коротулька, гарячково викочуючи очі: — «Сашо, Сашо, ти хоч помітила, які гарні у нього губи?»

amoromality
Пороскотень, Ближні Сади
відео: кадри з висоти пташиного лету на сосновий ліс, дачні ділянки, садки, будиночки, теплиці, стежку, що веде до озера, відблиск якого зливається з мерехтінням сонячних променів, дві людські постаті і старого неповороткого вівчура з висолопленим язиком
Вподобань 2987
Переглянути всі коментарі (88)

Вони стояли за густими заростями винограду, на високому ґанку дачного будинку. Навколо розкинулись охайні грядки з зеленню, теплиці з помідорами й огірками. У завмерлій тиші, розбавленій сонячним світлом і сюркотінням цвіркунів, що вторували лініям електропередач, сонливо погойдувалися гірчично-зелені суцвіття рясного кропу.

Ми їздили до Таллінна разом із Тонею, — зачаївшись серед листя й обережно визираючи з-поміж шпаринок, говорила Богданові Юлія Юріївна. — Ми привезли звідти ось цю ялинку, вона мала тоді сантиметрів тридцять, — і я є живим свідком її зростання. Дачі ми з Тонею теж отримали одночасно — як працівниці Головного управління статистики. І все, геть усе ми робили одночасно. Коли в Антоніни посилились напади астми і вони з Михайлом вирішили переселитися сюди назавжди і продали квартиру, ми з чоловіком зробили те саме.

І як астма? — запитав Богдан.

Ви знаєте, відступила, — її очі здавались удвічі більшими крізь скельця окулярів — ніби домальовані на обличчі. — Нападів майже не стало. Тут же сосни, чисте повітря. Не те, що в місті. Але напади повернулися, коли Тоня запросила до себе цю пройдисвітку.

Круглолиця стара з коротким попелястим волоссям і руками, всі тріщинки й зморшки на яких були чорними від землі, охоче проводила гостеві екскурсію. Вони стояли на ґанку будиночка, розташованого навпроти високого тину, що оточував подвір'я і двоповерховий будинок зі стінами вохристо-помаранчевого кольору. Одразу за хвірткою височіла восьмиметрова ялина.

Богдан знайшов потрібний йому дім набагато швидше й простіше, ніж міг собі уявити. Приїхавши маршруткою до Пороскотня, він рушив у бік дач, які тут називали Ближніми Садами, і заходив по черзі до кожного кооперативу, обережно розпитуючи зустрічних. Він одразу знайшов безліч свідків. Сила людей звернула свою увагу на химерну парочку. — Жінка доволі звичайна, зате чоловік — як із фільму жахів. Ну й чудовисько. Такого побачиш — заснути не зможеш. Я й не могла. — Та чого ви, трохи пожувало життя бідолаху. Не варто перебільшувати. Може, пив забагато. Видно, неможливо з таким виглядом вижити в місті, ось вони сюди і приїхали. Щоб заховатися від чужих очей.

Здавалося, тут не було нікого, хто би їх не бачив, не зустрічав. Хто не спостерігав би за ними зблизька або звіддаля, не перетинався з ними випадково в лісі. Один чоловік, який підбирав в околиці бездомних собак, розповідав, що його пси реагують на виродка в особливий спосіб. — Їх до нього, — казав він, — притягує — вони перестають зважати на мої крики та свист, на команди, і кидаються ластитись до потвори. — Інший чоловік, який стояв поруч і все це слухав, втрутився і стверджував, що бачив на власні очі, як той ненормальний розкидав у лісі отруєні кістки — от тому й загинула така кількість собак протягом останніх місяців. (Насправді отруєні кістки розкидав якраз цей пенсіонер, але йому здалась дуже зручною ця нагода перевести стрілки, щоби вкотре відбити від себе підозру сусіда-собачника.)

Багато хто стверджував, що парочка займається якимись сексуальними неподобствами: з дому часто лунає звіряче ревіння, крики. Щось гепає, б'ється, хтось виє, голосить, плаче. — Він її б'є так сильно, що я вже безліч разів збиралась викликати поліцію, — сказала жінка в ґумових рукавицях і з секатором у правій руці. — Може, це вона його б'є, — сказала її свекруха, підв'язуючи баклажани (спеціяльний сорт — із білою шкіркою). — З усього видно, що це вона головна. — А взагалі, — порадив дядько на скрипучому велосипеді і з вудкою, — ви краще сходіть до їхньої сусідки Юлії Юріївни, яка живе навпроти. Вона багато років дружила з Антоніною Борецькою. Ми їх називали Королевами Помідорів, бо вони плекали стільки найкращих сортів! Ділилися тільки поміж собою, більше ні з ким. І були ближчими одна з одною, ніж із власними чоловіками. Недаремно Михайло знайшов десь оцю пройдисвітку, — прозвучали слова, що передували багатозначному підморгуванню.

Він помахав Юлії Юріївні зі стежки перед будинком. Вона помітила його, але підійшла не одразу, продовжуючи полоти. Богдан бачив, як ворушаться її губи. Вона щось говорила сама до себе. Потім з'ясувалося, це її багаторічна звичка, яка заспокоювала і допомагала ухвалювати правильні рішення.

Вислухавши, вона ще деякий час тримала його за парканом, мружачи очі й ворушачи вусиками, як недовірливий гризун. Потім затарабанила колодкою. — Заходьте швидше, щоб вони вас не зауважили. Ялинка, звичайно, затуляє вид, але тут така акустика: чутно все, немовби в оперному театрі.

З дому, назустріч Богданові, вийшов старий заспаний вівчур. Він мав надмірну вагу, і вже з його ходи було зрозуміло, як сильно ниють старечі кості. Вівчур махав хвостом. Але Богдан не надто любив собак.

Це Зефір, — сказала Юлія Юріївна. — Дуже підупав після смерти мого чоловіка. Якось вони всі почали моментально старіти і помирати, — зітхнула вона так, ніби сама перебувала осторонь неприємних процесів розпаду. — Мій чоловік помер майже відразу після Міші, а тоді Зефір захворів і, схоже, вже не одужає.

Я й не думала, що собаки теж здатні впадати в маразм, — сказала вона Богданові. — Зефір просто нетямиться від любови до цього квартиранта, — вона зневажливо кивнула на будинок навпроти. — Коли бачить його звіддаля, скавучить і мліє. А той теж, якщо мене немає поруч, може цілу годину гладити його через дірку в паркані.

Вона помовчала, по-діловому приглядаючись до рядків із квітучими помідорами.

Червоний Мустанг у мене від Тоні, — сказала жінка. — У неї він не пішов, а в мене добре прижився. Це такі смішні, довгі помідори, якби ж ви їх бачили! Формою схожі на моркву, — грайливо повідомила Юлія Юріївна, а тоді раптом помітно посумніла. — У Тоні взагалі останнього року помідори ніби поморило: Дядя Стьопа просто здох, Балерина так і не зацвіла, Золоту королеву і Монастирську трапезу поїло «мозаїкою», на Товстого Джека і Чорного Принца напала вершинна гниль, а Волове серце — її коронне, безподібне, незрівнянне Волове серце, м'ясисте, мов м'ясо, ніжне і солодке, як сама любов! — вразила асперемія. Вона нарікала на вовчка, але я знаю, хто був тим Вовчком! Вона сама притягнула Вовчка до свого дому, — схлипнула Юлія Юріївна. — І це після того, як Вовчок довів до серцевого нападу її чоловіка.

Збагнувши з Богданового погляду, що трохи переборщила з драматизмом, Юлія Юріївна взяла себе в руки. Вона зробила глибокий і поміркований екскурс у їхні з Антоніною Борецькою стосунки, у стосунки Антоніни Борецької з її чоловіком Михайлом (він був завжди занадто сильно захоплений власними літературознавчими дослідженнями, щоб зважати на побут, зовнішні вияви життя і власну дружину; уявіть, він нічого не тямив у городництві! Він кілька років не був здатен вивезти шифер з-за їхнього будинку, аж доки це не зробив мій чоловік); у появу в будинку навпроти незнайомки в окулярах.

Вперше я побачила її на похоронах Міші, — сказала Юлія Юріївна, коли вони відкрили потаємну хвіртку, заховану за рясним водоспадом хмелю з протилежного краю саду і рушили стежкою поміж дач у напрямку озера. Зефір без жодного ентузіазму трюхикав позаду, тож людям доводилось раз по раз зупинятись і чекати на нього. — Хто це така? — запитала я у свого чоловіка. — Хто це така? — запитала я в Ірини Семенівни. — Хто це така? — запитала я у Валі, Павла, Світлани. Ніхто з наших знайомих нічого не знав. Незнайомка весь час була поруч із Тонею, тримала її за руку, обіймала, простягала їй хустинки, витирала сльози, тримала напоготові інгалятор, шепотіла на вухо, гладила по спині. Мені нічого не було відомо про жодних племінниць чи далеких родичок — Тоня з Мішею були зовсім самотні. Ми були їхніми найближчими людьми, найкращими друзями. Я намагалася триматися поруч із Тонею і труною, але розпитати ні про що не мала змоги.

Вони проминули останні сади і вийшли на стежку, яка вела серед високих польових трав, повз жовті острови звіробою і сині зірочки цикорію, розкидані серед сріблясто-фіолетового полиску щучки дернистої. Зефір принюхувався до вузьких шпарин, де чаїлися польові гризуни. Серед очерету походжала чапля. Від озера віяло запахом ряски. Кумкали жаби. На мілині копошилися личинки комарів. Плесо сліпило.

А потім, — сказала Юлія Юріївна, — Тоня привезла цю жінку сюди, додому. І прийшла мене з нею познайомити. «Це Романа, — сказала вона мені, не зводячи закоханих очей із шарлатанки, — (а я одразу її розкусила, відразу!). — Вона нам із Михайлом, немов донька. Вона працює в Архіві, куди Міша ходив читати листи Петрова». Я, до речі, так і знала, що той Петров доведе його до могили. Він зациклився ненормально! Я йому казала: Міша, покинь той старий непотріб, ти не зможеш нічого збагнути. Там, де ти шукаєш, відповідей немає. Але він не слухав. Це була манія, справжня манія. Коли ми вечорами сиділи учотирьох — я, Тоня, Міша і мій чоловік — і розмовляли про те й про се, він був вічним предметом насмішок. Бо ніколи не був здатен підтримати розмову! Пам'ятаю, я кажу: ви тільки подивіться, що вони зробили з кліматом. Сьогодні вдень температура плюс тридцять чотири, а завтра — вже дев'ятнадцять! Як це витримувати гіпертонікам! А Міша: я знову перечитав «Дівчинку з ведмедиком», і цей вставний сюжет про вбивство чоловіком дружини з міркувань милосердя, натхненний реальною історією письменника Головка, наштовхнув мене на цікаву гіпотезу, і тепер я міркую, чи не розвинути ще цю лінію у своєму тексті, чи там уже й так достатньо різних ліній... І так без кінця. Він, здається, писав роман про Петрова. Я не дуже цікавилася. Він мене бісив своїм літературознавством! Як тільки Тоня з ним витримувала!

Ну, а ця жінка? Що вона? — запитав Богдан, пожовуючи кінчик травинки і розсіяно приглядаючись до перистої хмарки на обрії, яка розчинялась у блакиті.

Ця жінка, Романа, вочевидь, охоче з ним розмовляла на його улюблені теми, і цим його спокусила. Тоня казала, Михайло був нею цілковито захоплений! Казала, Романа дуже допомагала йому — їм обом — перед смертю. Казала, що коли він приходив до тями і бачив її біля свого ліжка, ставав таким щасливим! Ви таке чули? Коли Тоня привела її до мене знайомитися, цю мовчазну й усміхнену аферистку, цього вовчка, цю вершинну гниль, я побачила її наскрізь! — обурено вигукнула Юлія Юріївна.

Вона присіла на колоду в тіні розлогої верби. Зефір, висолопивши язика, завалився набік біля її ніг і негайно провалився у міцний сон. Його повіки ворушилися, він скавулів і смикав лапами.

Юлія Юріївна раптом зробилась небалакучою. Навколо її міцно стиснутих губ розходилися чорні промінці глибоких зморшок.

Що сталось із Антоніною? — запитав Богдан. — Куди вона поділася?

Тоня сама собі винна, — відповіла стара. — Вона сама себе довела. Підписала собі смертний вирок. Коли я викликала її на розмову, щоби вказати на всі факти, звернути її увагу на докази — на грибки і гниль, на вовчків і колорадських жуків, на засуху і на мор риби в озері, — вона відмовилася мене розуміти. Тоді я сказала їй прямим текстом: ця жінка — шарлатанка і пройдисвітка, вона діє на тебе циганським гіпнозом, вона хоче відібрати в тебе будинок, вона довела до смерті твого чоловіка і збирається зробити те саме з тобою.

І що Антоніна? — запитав Богдан, водночас наполегливо переконуючи себе подумки, що навпроти, на рівні їхніх голів, у повітрі зависла блакитно-смарагдова бабка, а не ворожий дрон. Однак долоні в нього свербіли, і якби Богдан мав зброю, то неодмінно розстріляв би падлюку.

Юлія Юріївна відвернула голову. Її очі звузились від злости.

Вона розсміялася мені в обличчя, — ледь чутно процідила стара. — Розреготалась, як божевільна. І сказала, що це я з'їхала з глузду. А тоді почала, немов молитву, розказувати, яке щастя — ця її Романа: як вона про неї дбає, яка вона ніжна й уважна, як цікаво з нею розмовляти, як смачно вона куховарить, як старанно прибирає, як добре розуміється на ліках, як охоче згадує з нею Михайла. І ще говорила мені, ніби заведена: якби я тільки знала, через що довелось пройти цій дитині, яким було її життя, що з нею трапилось! Повторювала: що вони з нею зробили, ой, що вони з нею зробили! Розповідала про якісь сліди на тілі, про шрами від катастрофи — чи навіть катастроф. Натякала на жахіття, яких не може витримати людська психіка. Я вам кажу, — зі знанням справи підсумувала Юлія Юріївна. — Ця дурисвітка добряче промила їй мозок.

А потім? — запитав Богдан.

А потім у Тоні стався напад астми. «Ось бачиш, ось бачиш», — сказала їй я. Але вона мене не чула, а я не могла знайти при ній інгалятора, і кричала на всі дачі, верещала не своїм голосом, а вона лежала на землі, серед моїх помідорів, вона потовкла мені всю петрушку, поламала стріли часнику, вся синя, фіолетова, як Чорний принц, як баклажан, як часниковий цвіт, і хрипіла, хрипіла.

Вона померла? — запитав Богдан.

Ні, вона жива, — ображено сказала Юлія Юріївна. — Прибігла Романа з інгалятором, і Тоні відразу стало легше. Але Романа все одно викликала швидку, і Тоню забрали. Сюди вона більше не повернулась.

Де ж вона? — запитав Богдан. — Ви з нею розмовляли?

Я з нею не розмовляла і не збираюся, — твердо сказала Юлія Юріївна, цього разу дивлячись Богданові просто в очі. — Я їй перестала бути потрібна і нав'язуватись не збираюся. Вона зробила свій вибір. Сусіди запитували в Романи, і та начебто сказала їм, що астма Антоніни перейшла в гостру форму і напади стали щоденними, іноді — по кілька разів на день. Раптово, ви чуєте! Раптово! — саркастично скинула вона бровами і продовжила: Лікарі, мовляв, сказали, що Антоніні слід постійно перебувати під наглядом фахівців. Вона під'єднана до якихось агрегатів, бо більшість часу не може дихати самостійно. Романа начебто платить за її приватний геронтологічний центр і начебто її відвідує. Вона сказала, що це тимчасово. Чуєте: тимчасово! — повторила свій риторичний прийом стара. А тоді втомлено і вдоволено водночас махнула рукою: — Та вона її просто здала в дім престарілих. Ніхто собі такого не побажає.

Може, у вас є її номер телефону? — запитав Богдан. — Я хотів би з нею поговорити.

Юлія Юріївна мовчки дивилася на нього кількадесят секунд, перш ніж відповісти:

Вам пощастило, бо я багато разів збиралась його стерти. Щоб і сліду її не було більше. Раз вона сама так захотіла.

І стара вийняла з нагрудної кишені картатої чоловічої сорочки, заправленої в шорти кольору хакі, кнопковий телефон, стару Нокію. І, піднісши її близько-близько до обличчя, піднявши окуляри на чоло, почала тицяти вказівним пальцем у проґумовані клавіші.

А той чоловік? — запитав Богдан, поки вона шукала. — Це якийсь її спільник?

Юлія Юріївна знизала плечима, не відриваючи погляду від екрана, що світився салатовим.

Не думаю, що це її спільник, — пробурмотіла вона неуважно. — Він, звичайно, буйний, і я не дуже хотіла б потрапити йому під руку. Але Зефір його любить. Я думаю, він добра людина. Я думаю, він її жертва.

Коли вони повернулися до будинку Юлії Юріївни, спека трохи зійшла. Настав час вечірнього поливу.

Навколишні сади наповнилися звуками скрекотання шлангів й подувами свіжості.

Бачите, до чого вона довела город Тоні, — вказала рукою на тин Юлія Юріївна. — Якби ви знали, як там раніше було доглянуто! Як у Букінгемському саду!

Але Богданову увагу привернув не город, що зеленими плямами проглядався крізь щільне сплетіння тину, а обриси двох постатей, які, обійнявшись, нерухомо сиділи на гойдалці під горіхом.

amoromality
фото: на засипані білим м'які пагорби спадають сутінки, через тіні, що залягають у вигинах, складках та улоговинах, зображення спершу здається фотографією оголених частин людського тіла
Вподобань 3844
Переглянути всі коментарі (202)

Ні, — сказав чоловічий голос у телефоні. — На жаль, із нею не можна поговорити. Вона дуже погано себе почуває. Зараз же період тополиного пуху, розумієте?

— Запитайте її, будь ласка, чи не погодиться вона зі мною поговорити, — сказав Богдан. — Мене звати Богдан Криводяк. Я знайомий Романи. Я дуже хочу поговорити про неї з пані Антоніною. Мені дуже треба.

Крізь неприємне шарудіння долинали віддалені голоси. Богданові здалося навіть, що він чує слабкий старечий голос, який щось коротко, з зусиллям, відповідає на запитання Богданового співрозмовника.

— Ні, вона не може з вами поговорити, — вкотре повідомив той. — Вона в дуже поганому стані.

amoromality
фото: запітніле дзеркало у ванній зі слідами від двох долонь, стікання крапель
Вподобань 1525
Переглянути всі коментарі (25)

Але за кілька годин з номера Антоніни перетелефонували.

— Пані Борецькій стало краще, — промовив той самий увічливий чоловічий голос. — І вона сказала, що готова з вами поговорити. Але по телефону їй розмовляти складно. Ви знаєте, як нас знайти?

amoromality
перефотографована стара чорно-біла фотографія, де хлопчик у куцих шортиках простягає руку по щось, схоже на булку з маслом, запропоновану жінкою в бавовняному халаті на подвір'ї одноповерхового будинку
Вподобань 3245
Переглянути всі коментарі (212)
amoromality Повернення спогадів. Повернення додому

Вона б ніколи на це не погодилась, якби це не було його бажанням. Вона ніколи б не пішла на такий величезний ризик — але ситуація розвинулася так блискавично, що вона не встигла оговтатись. І відступу не було: всі зусилля Романа витрачала на те, щоб утримувати видимість.

Так, тепер вона шкодувала лише про одне: про те, що почала ділитися власною любов'ю із зовнішнім світом.

Романа не сподівалася, що її перші повідомлення про віднайденого чоловіка і про їхню історію викличуть у соцмережах таку потужну реакцію. Вона не була готова до аж настільки загостреної, збудженої, ненормальної уваги. З одного боку, вона відчувала нестишний, непроминущий жах: це було схоже на утримування водоспаду. Навіть більше: йшлося не про один водоспад, а про тисячі водоспадів. Не про Ніаґару, а про Іґуасу — про каскади вбивчих вод, найбільший із яких має назву Горлянка Диявола.

З іншого боку, вона не могла зупинитися. Витримувати увагу було настільки ж складно і небезпечно, наскільки й приємно. Увага невідомих, невидимих, незнаних, чужих людей давала глибоку насолоду, що підсилювала їхній із Чоловіком зв'язок. Вона прив'язувала до себе, ставала навіть не потребою, а необхідністю, залежністю. Це був Романин наркотик, тимчасом як сама вона стала наркотиком для інших.

Щоденні фотографії їхнього з Чоловіком життя отримували в інстаґрамі тисячі лайків і поширень, і щоразу дедалі більше. Водоспади ставали все повноводішими. Засухи не передбачалося.

Її делікатна долоня на його жилавій шиї, покресленій стежками рубців у небезпечній близькості від яремної вени («Ніжне насильство любови») — 4135 лайків. Біла чашка з міцним паруючим еспресо на порепаній стільниці («Його улюблена чашка на його улюбленому столі») — 3203 лайки. Її біла нога з гладкою шкірою, перекинута через його масивну ногу з вузлами і чорними шрамами серед ворсу і візерунків ліжника («Улюблений ліжник баби Уляни») — 6004 лайки. Його широкоплеча постать на тлі заспаного неба і завіси туману над плесом («Любов у ритуалах») — 3113 лайків. Відбиток її помади на його грудній клітці, поораній опуклими слідами («Поцілунок у серце») — 3987 лайків. Його спотворена голова, втиснута в подушку, із заплющеними очима — відразлива і беззахисна водночас («Усе знову, як раніше») — 3458 лайків. Перефотографована стара чорно-біла фотографія, де хлопчик у куцих шортиках простягає руку по щось схоже на булку з маслом, запропоновану жінкою в бавовняному халаті на подвір'ї одноповерхового будинку («Повернення спогадів. Повернення додому») — 3245 лайків.

Щодня все нові й нові фотодокази. Неспростовні, правдоподібні і достовірні свідчення неймовірної історії.

Його велика фігура на лісовій стежці серед тонких стовбурів сосон, він пестить собак, які ластяться до нього, махаючи хвостами, відео, тривалість — 1 хвилина 22 секунди («Життя набагато неймовірніше, ніж будь-яка література») — 2402 лайки.

До деяких фотографій — Ромині рефлексії на кілька абзаців. Ці зазвичай отримують не так багато уваги, бо потребують довшого часу для ознайомлення. Але її це не надто розхолоджує.

Сірий дощовий день за вікном — і розповідь про час, проведений нею без нього і без знання про його долю.

Його постать, яка з видимим зусиллям, дуже-дуже повільно, накульгуючи, небезпечно й кумедно погойдуючись, просувається їй назустріч стежкою — і текст про довгі місяці зусиль, які здавалися марними.

Зняті за допомогою дзеркала його посмугована шрамами м'язиста спина і звивистий, схожий на виноградну лозу, шрам на її спині — і поетична ода любові.

Лісовий мурашник, всипаний сосновими голками, — і розповідь про те, як у дитинстві він годинами досліджував комашині королівства, втікаючи з дому і забуваючись.

Люди, які пишуть коментарі під фотографіями й оповідями, дуже швидко здаються рідними. У кожного свій характер: з кимось Романа пережартовується, для когось має особливий теплий тон, комусь відповідає з надмірною обов'язковістю і докладністю. Вони всі разом обговорюють політику, почуваючись згуртованими, почуваючись однодумцями. Критикують владу. Цькують недалеких і зманіпульованих, якщо таким трапиться забрести на Ромин профіль. Підбадьорюють одні одних, повторюючи, як заклинання: поки є такі, як ми, поки ми є одні в одних — все буде добре, все буде дедалі краще.

Однією з їхніх із Чоловіком рутин стає звичка обговорювати коментарі. Романа радиться з ним, яке фото вибрати. Запитує його думки, чи вдалий підпис вона придумала. Переповідає деталі суперечки. Або смішний анекдот, яким поділився хтось із друзів. Чоловік уже впізнає багатьох із них. Часом і сам просить її розповісти. Запитує: яке продовження мала дискусія? Такий-то приходить до нас у коменти?

Він так і каже: «До нас». І Романа мліє, і хвиля вдячності до тисяч їхніх свідків міцнішає, набуває потужности, стає постійним тлом, необхідним супроводом стосунків. Їхнім підтвердженням. Узаконенням. Опредмеченням.

Завдяки постійній присутності цих приязних і невидимих свідків любов Романи і її Чоловіка стає явищем Природи. Чимось, що завжди існувало.

amoromality
Пороскотень, Ближні Сади
фото: міцно сплетені пальцями долоні
Вподобань 1637
Переглянути всі коментарі (74)

Знаєш, я знову відмовила їй, — говорить Чоловікові Романа, під заспокійливе скигленння гойдалки, на якій вони за звичкою погойдуються увечері. — Цій журналістці, Лані Лялюк, яка хоче, щоб ми з тобою прийшли на її телешоу. Вона страшенно нав'язлива. Я відмовляла їй уже тричі.

Чоловік принюхується — часом (хоч не кожного разу) йому вдається відчути натяк на гіркий і терпкуватий запах горіхового листя. Під горіховою кроною зовсім немає трави. Корені й камінці виступають з-під пересохлого ґрунту.

Не те щоб вона була неприємна. Ні, вона доволі мила. Вона від самого початку співпереживала з нами, раділа нашим із тобою успіхам. Вона мені подобається: в її текстах на фейсбуці відчувається справжня, не показова, людська щирість. Вона не намагається з себе когось вдавати, щоби просто подобатись, розумієш?

Думаю, так, — реагує Чоловік. — Вона симпатична.

Романа продовжує:

Вона каже, що ми просто зобов'язані розповідати нашу історію. Що це вже давно не тільки наша приватна справа. Ми з тобою вже не належимо тільки собі й одне одному, каже вона, — і Романа іронічно посміюється. Але Чоловік не підтримує її сміху, тож вона говорить далі, вже набагато серйозніше:

Лана каже, що ти — справжній герой. Символ незламності, жертовності й перемоги. А я — символ терпіння, віри і... теж жертовності, здається. А ми разом — символ любови й самого життя, які долають смерть і війну і роблять людину вільною. Якось так.

Вони знову мовчать, і тиша навколо така лунка — незважаючи навіть на ошалілі сонми жаб, які горлають з боку озера, — що чутно, як совгає ногами Юлія Юріївна, вирушаючи до сну, і як клацають плиткою кігті старого Зефіра.

Але я відмовила їй, — говорить Романа, — тому що не думаю, що нам із тобою таке потрібно. Це зайвий стрес. Я написала їй, що ти пережив надто складні речі — ми пережили їх із тобою обоє. Зрештою, ми продовжуємо їх переживати. Твоя пам'ять частково відновилась, і це справжнє диво. Але мозок — надто крихкий інструмент. Не варто з ним гратися. Ми не можемо передбачити, до чого призведе телевізійний досвід.

До чого він міг би призвести? — цікавиться Чоловік.

Я не знаю, — знизує плечима Романа і вкладає голову йому на коліна. — Думаю, ніхто не може цього передбачити.

Вони деякий час мовчать. Десь над головою Романи, на рівні третього Чоловікового ребра дзижчить комар.

А як ти думаєш? — запитує Романа.

Я думаю, що це може бути навіть корисно, — каже Чоловік. — І ще я думаю, що вона має рацію, ця телеведуча. Це вже не зовсім наша справа, і ми собі не належимо. Це наш обов'язок. Думаю, ми повинні це зробити.

amoromality
Київ, Київський телецентр «Олівець»
анонс прямого ефіру телешоу Лани Лялюк за участю Романи та її чоловіка
Вподобань 22 987
Переглянути всі коментарі (4202)

І раптом, саме там, сидячи на несподівано незручному високому стільці, схожому на барний, відчуваючи, як спеціальна коробочка, що веде від мікрофона, пришпиленого на комір її зеленої шовкової сукні, починає відвалюватись від пояса, відчуваючи, як над верхньою губою проступають крапельки поту, Романа по-справжньому лякається.

Її страх тваринний: він не має імени, він не знає слів. Прожектори, що звисають з чорного провалля стелі, де перехрещуються залізні рейки і мерехтять вогники, звідусюди цілються в неї, сліплять її білим світлом. Апаратура розігріває повітря, наближаючись небезпечно близько до її обличчя. На неї спрямовані відеокамери, за якими стовбичать серйозні, зосереджені на власних обов'язках чоловіки. Від них не дочекаєшся підбадьорливої усмішки. Далі — амфітеатр, заповнений глядачами. Якимись чужими обличчями, поглядами, виразів яких вона не може пояснити і збагнути. Вони чогось від неї чекають. А вона відчуває, що не має уявлення, чого може чекати від них.

Вона збентежилась уже першої миті, коли вийшла з таксі перед входом до телецентру «Олівець»: весь двір під хмарочосом був заповнений людьми, які зібрались тут заради них із Чоловіком. Охоронці вели їх крізь натовп, торуючи стежку і розводячи руками роззяв, і Романа відчула, як земля захиталася під її ногами. Схожий на гігантську тертку, оточений супутниковими тарілками, понурий бетонний телецентр врізався в небо, а під ним, зовсім поруч, тиснулися збуджені незнайомці, які зійшлися спеціяльно заради того, щоб на власні очі побачити героя війни, який мало не загинув і який геть утратив пам'ять, і його дружину, яка зуміла його дочекатись, знайти і повернути Чоловікові його власну історію.

Серед них були люди у військовій формі. Вони стояли щільними групами, і складно було виловити їхні настрої. Були тут волонтери, які збирали на армію гроші і самотужки вивозили поранених із зони бойових дій, були вдови загиблих і зниклих безвісти. Були представники громадських організацій, помічники народних депутатів, бізнесмени, фотографи, люди, які пройшли Майдан, фанатки Романиного чоловіка, закохані в нього, просто зацікавлені і небайдужі громадяни, жебраки і названі вже роззяви, які просто не мали куди податися цієї пори й улягли вмовлянням знайомих.

Якась жінка з родимою плямою на щоці вхопила Роману за плече і представилась подругою в інстаґрамі. Романа спробувала їй усміхнутись і ствердно кивнула у відповідь на якесь запитання, але коли побачила в очах жінки здивування, сахнулась. На щастя, її врятував один із охоронців телецентру, який відсторонив настирливу пані й утрамбував її в неспокійну магму натовпу, де вона негайно розчинилась і зникла з очей.

Не бійся, — ласкаво прошепотів їй на вухо Чоловік і взяв за руку. Романа з подивом підняла на нього очі й усвідомила, що він по-справжньому розслаблений. — Не бійся, я з тобою, я поруч, — сказав він.

Ти не боїшся? — запитала його Романа, коли вони ввійшли в неозоре фоє, стіни і колони якого здіймались у височінь, до купола, викладені рожевим і сірим мармуром. Де-не-де проглядалися народні орнаменти на стінах. У дзеркальних вітринах красувалися національні костюми.

Ні, я не боюсь, — усміхнувся Романі її Чоловік. — Я ж знаю, хто я такий. Чого мені тепер уже боятись?

Тимчасово його впевненість допомогла, Романа з вдячністю прийняла воду в пластиковій ємності від приємної асистентки головного режисера й дозволила літній пані з чітко наведеними бровами підготувати своє обличчя до ефіру.

Але ось раптом, побачивши це дивне, в кілька разів збільшене, чітке й нафарбоване обличчя на моніторі навпроти себе, побачивши свої перебільшено червоні уста, перелякані очі з радикально-темними тінями навколо, Романа втрачає всі можливі орієнтири. Навіть її Чоловік, який сидить на такому самому незручному стільці зовсім неподалік і здається радше зацікавленим, ніж схвильованим, не впливає на неї заспокійливо. Навіть він — її опора, її любов, сенс її життя, не допомагає опанувати ситуацію.

Лана Лялюк, гарненька блондинка з виголеними скронями, енергійно міряє студію своїми довгими ногами на масивних лакованих підборах. Її філігранна фігурка еротично увита дротами від техніки, мікрофона й навушників (недарма ж вона досі вперто не погоджувалася на бездротові ґаджети).

Десь на периферії Романиного сприйняття залишилася сценка знайомства з Ланою та їхня бесіда з Роминим чоловіком — підозріло сердечна, навіть схожа на флірт. Лана Лялюк погойдувала стегнами і притискала рукою з яскравим манікюром крихітний навушник до свого крихітного вушка, а Чоловік дивився на неї згори донизу з приязною і поблажливою усмішкою, якою дорослий звір — нехай пошарпаний, однак упевнений у своїх силах — дивиться на життєрадісне катуляння молодої здорової особини. Романі здалося, Чоловік милується Ланою. Але думку про це вона залишила на потім. Її долоні спітніли. Величезне відображення її крикливо нафарбованого обличчя, зелений комір шовкової сукні на моніторах відволікають увагу.

Лана віддає останні розпорядження публіці. Люди навколо завмирають. Обличчя операторів робляться ще суворішими. Ефір розпочинається.

Романа повертається до себе, щойно усвідомивши, що розповідає про їхню з її Чоловіком любов. Зала завмерла. На очах багатьох блищать сльози. Обличчя операторів несподівано набувають людяної м'якості. Між бровами Лани залягають дві паралельні зморшки. Її голос тремтить від зворушення, коли вона ставить запитання.

Але найкращий — спрямований на неї погляд Чоловіка: сповнений захвату, довіри, вдячности. Він дивиться, ніби вперше.

Романа розповідає те, що сотні разів перед тим розповідала йому, намагаючись повернути пам'ять про їхнє спільне життя. Розповідає те, що писала на своїх сторінках у фейсбуці і під фотографіями в інстаґрамі. Розповідає те, що кожної ночі і кожного дня прокручувала у власній голові.

Говорить про його улюблену бабу Уляну і про двох її сестер. Кумедно описує стосунки старих: їхні сварки, їхні склерози, відставання від пришвидшеного часу, врешті смертю доведене до абсолюту. Говорить про мурашники, про лабіринти, комори з харчами, про лялечок і личинок, і про Матку-чудовисько, заради якої інші готові віддати життя, розповідає про маленького хлопчика, зачарованого їхнім налагодженим світом. Натякає на непрості стосунки з батьками, але делікатно мовчить про подробиці, ніжно дивлячись на Чоловіка, поки він ніжно дивиться на неї. Переповідає оповідку про Баал Шем Това, єврейського цадика, яку Чоловікові розповідала баба Уляна. Цитує його слова, промовлені після смерти дружини: «Тепер я не зможу вознестись на Небеса, немов пророк Ілля, тому що у мене залишилось тільки пів тіла».

Розповідає про їхню першу зустріч перед церквою святого Онуфрія у селі Рукораку і про скульптури Пінзеля. І про те, як її Чоловік фотографував роботи скульптора з метою збереження їх для вічности, у пам'яті людства. Говорить про особливі стосунки з мистецтвознавцем Омеляном Майструком. Про любов до історії і до предметів, захованих у землі, про його прихід до археології. Про спадок Віктора Петрова. Про філософію Сковороди.

Романа зберігає самовладання, ділячись із публікою і телеглядачами власними почуттями, пов'язаними з рішенням Чоловіка вирушити на фронт. Вона розповідає про його терпіння і мужність, про кількамісячну бойову підготовку, яку він проходив перед тим, як їхній батальйон кинули в зону воєнних дій. Розповідає про шок від пострілів і вибухів. Про спалахи ракет у нічному небі. Про свистіння снарядів. Про те, як земля піднімається під час розриву на двадцять метрів угору і як, падаючи, ти встигаєш побачити ще кілька розривів навколо. Про те, як літають міни 120-го калібру, а як — 82-го. Про дахи будівель, стіни, двоспальні ліжка і серванти, вантажівки і гірки з дитячих майданчиків, що висять у повітрі над землею. Про вогненні кулі, що зрошують землю. Про чоловіка, з яким ви ще вранці курили, вдивляючись у рівнину, яка зовсім недавно використовувалась для сільського господарства, а тепер його мертве тіло, поламаними кістками вивернуте назовні, ти тягнеш у плащ-палатці поміж сільськими будинками до підвалу, облаштованого як лазарет, наповненому смородом гангрен і стогоном. Про старих жінок у хустках, які стоять над тобою, поки ти лежиш у шовковистій перині грязюки, обіймаючи відірвану руку приятеля, про хитання їхніх чорних голів, про «сину, сину, ну що ж це таке, сину, ох, сину».

Поки Романа говорить, у студії западає дедалі густіша тиша. Кожне її слово розщеплюється на атоми і проникає у кровотоки присутніх. Кожне її слово запускає невідворотну фізіологічну реакцію, вивільняє в мозку цілі потоки речовин, які кров розганяє по тілу, наповнюючи його непідйомною, свинцевою важкістю. Кожне її слово потрапляє до слухачів із незмінним сенсом. Вони чують саме те, що Романа говорить.

Промовляючи, Романа бачить обличчя свого Чоловіка. Він дивиться на неї, але вона розуміє, що він бачить не її, свою дружину. Він не чує її мови. Крізь неї він бачить місця, в яких був. Всередині неї міститься увесь світ його життя, сама його пам'ять.

Чари порушує телеведуча Лана Лялюк. На її обличчі лежать драматичні тіні. Її низький голос вкрадливо котиться не з точки, в якій вона стоїть, довгонога й увита змійками дротів, а з усіх закутків студії, з темного повітря під невидимою стелею.

Як вас звати? — звертається вона до Чоловіка Романи.

Мене звати Богдан Криводяк, — відповідає Чоловік.

Чи правда, що ви брали участь у боях за Широкине? — запитує телеведуча.

Чоловік киває.

Які ваші враження?

Туман, — говорить Чоловік. — Туман, вологий пронизливий морський вітер. Іноді — з запахом промислових відходів, якщо тягнуло з Маріуполя. Вид на зимове море з балкона будиночка, який я займав із моїми бойовими товаришами.

Ваш батько — відомий пластичний хірург, доктор медичних наук?

Так, мій батько — один із перших фахівців у цій сфері.

Лана Лялюк витримує ефектну паузу. Десь там, у кутиках її досконалих уст, можна було б запідозрити тріюмфальний усміх — але ні, вона випромінює глибоку жалобу, трагічний жаль.

Знімальна група нашого телешоу, — повідомляє Лана Лялюк, — провела власне розслідування. Чоловік на ім'я Богдан Криводяк, археолог, син відомого пластичного хірурга, справді служив у складі ЗСУ. Тільки от терміни служби не збігаються. Богдан Криводяк — це зовсім інша людина. Це не ви.

Романа і її Чоловік мовчки дивляться на Лану. Відчутно, як студією розливається оніміння.

Ми запросили до студії бійців названого вами батальйону, які служили під Маріуполем у період боїв за Широкине, в яких ви начебто брали участь, — оголошує телеведуча. Світло падає на кремезного чоловіка в першому ряду. У нього русяве волосся і втомлені, сумні очі. Видно, що йому дуже нелегко перебувати серед усіх цих людей і техніки.

Лана наближається до нього, звабливо погойдуючи стегнами. Вона водночас співчутлива й підбадьорлива, вона ставить запитання і простягає мікрофон. Русявий чоловік називає себе (Василь Пасічник, позивний — «Оса»). Коротко розповідає власну історію. Їх кинули на Широкине в лютому. Вони навіть не бачили моря. Кожен ранок починався серед холоду і густого туману. За кілька днів селище майже повністю знищили. Він коротко переповідає головні події день за днем: було поранено бійця загону спецпризначення, загинули бійці полку, ховалися в сараї, терористи намагалися контратакувати, підірвали танки, ручки наведення на триносі, друга хвиля атаки, знали, що в підвалах ховаються місцеві мешканці, стріляли над їхніми головами, чотири тіла, поранення в живіт, згорів живцем, протягом кількох годин повз в оточенні ворога, почали евакуацію.

Лана зупиняє його, легко торкнувшись його плеча. Він дивиться на неї почервонілими очима. Йому не хочеться згадувати. Лана ставить запитання. — Ні, — каже артилерист Оса, — такого бійця я не знаю. Не зустрічав такого. Але я не з усіма був там знайомий. Це не місце для знайомства, розумієте. Це не вечірка для самотніх сердець. До того ж, — говорить Василь Пасічник, — м'яко кажучи, у документах Нацгвардії коївся неабиякий безлад. Половини осіб, зазначених у списках, з нами не було, натомість половину наших реальних бійців не занесли в документи. Особливо це стосувалося добровольців. А коли вони гинули — нічого не було відомо: хто це, яка група крови, кому він підпорядкований.

Оса затинається. Тоді додає: — Не завжди так бувало, звичайно. Але траплялось. Усе це неможливо пояснити.

А тоді, ще мить помовчавши, каже: — У принципі, те, що розповідала дружина цього бійця, — все це правда. Я знаю, про що вона говорить.

Добре, — киває Лана. — Згідно з нашим інтерактивним опитуванням, в історію нашого героя (і вона показує широким жестом на Роминого чоловіка, який спокійно спостерігає за всім, що відбувається) вірить шістдесят чотири відсотки глядачів.

Двадцять два відсотки вважає, що описані події не відповідають дійсності. Чотирнадцять відсотків глядачів не визначилося. — Названі нею цифри відображаються на екранах у вигляді кольорових діяграм, які пульсують, ледь помітно змінюючись.

Пане Василю, — вкрадливо звертається до ветерана телеведуча. — Може, я неправильно вас зрозуміла. Дозволю собі уточнити. Ви казали, бійці ЗСУ на своїх позиціях у Широкиному не мали доступу до моря?

Ні, — хитає головою Оса. — Будиночки біля моря займали терористи. Ми займали віддалений від узбережжя район.

На екранах знову з'являються діяграми. Двадцять два відсотки стрімко зростають. Глядачів, які беззастережно вірять Романі та її чоловікові, поступово стає менше.

У нас є наступний гість, — оголошує Лана. — Він із нами на прямому зв'язку через скайп, оскільки з певних причин не мав змоги приїхати до нас у студію.

У студію прориваєтся характерний звук додзвону, миттю обірваний. Лана Лялюк оголошує рекламну паузу.

Чи не час нам із тобою звідси йти? — запитує Романа у свого Чоловіка. — Мені здається, вони намагаються зробити з нас посміховисько.

Чоловік підморгує їй.

Не бійся. Ми можемо піти будь-якої миті. Ми нічого їм не винні. Мені цікаво, що буде далі.

Асистентка подає їм воду. Жінка з перебільшено підведеними бровами заходиться припудрювати Роману, нарікаючи на полиск її обличчя. Лана наближається, широко усміхаючись.

Все супер, — говорить вона. — Ви молодці. Ви просто суперкруті! Реально. У мене мурашки йшли шкірою. Ось тут. І тут. Реально. Дуже круто.

Вона відходить до операторів, напружено з'ясовуючи якісь технічні деталі. І тут якраз знову починається ефір.

Ми повертаємось, — каже Лана — свіжа, немов джерельна вода. — З вами Лана Лялюк, і сьогодні ми розповідаємо вам неймовірну історію любови, яка подолала смерть і забуття.

На моніторах виникає Професор. Він сидить за письмовим столом у якомусь кабінеті з ґратами на вікні. Професорова сорочка видається трохи зім'ятою і не зовсім свіжою. Однак він не втрачає самовладання. У Романи виникає враження, що вона навіть помічає в ньому якусь нову якість: крізь рівний тон вчувається не до кінця сформована агресія. Невластивим собі чином Професор наголошує деякі слова. Він знімає окуляри і ритмічно постукує ними по стільниці.

Ні, це не мій син, — говорить Професор. — Мій син, Богдан Криводяк, щойно повернувся з фронту, і ми з ним знайшли спільну мову після багатьох років непростих стосунків, в яких є також і моя частка провини. Цей чоловік, цей злочинець, який сидить перед вами в студії, — тиця́є Професор складеними окулярами просто в екран, — цей самозванець, який видає себе за мого сина — небезпечний і божевільний. Він з'явився в моєму помешканні, щойно я, охоплений жалобою, повернувся додому з Ізраїлю, привізши звідтіля прах моєї покійної дружини... — голос Професора тремтить, він намагається продовжувати розповідь, але його підборіддя смикається, слова зминаються. Старий схиляє голову, і на всю студію лунають скреготливі звуки, посилені вадами зв'язку. Звукорежисер встигає спрацювати на кілька митей пізніше, стишивши гучність. Але цього вистачає, щоб посіяти серед публіки ще більший неспокій.

Продовжуйте, Професоре, — крижаним голосом звертається до нього Лана. — Що зробив цей чоловік, коли з'явився у вашому помешканні?

Професор глибоко видихає і зводить голову.

Цей незнайомець з'явився до мене і розтрощив усе моє майно. Він завдав мені тілесних ушкоджень. Він мало мене не вбив. І я так і не зрозумів, яку мету він переслідував.

А ця жінка? — вказує Лана на Роману, блідість якої непомітна під шарами гриму. — Вам знайома ця жінка?

Професор болісно кривиться. Йому явно неприємно про це говорити.

Так, — мовить він. — Я знайомий із цією жінкою. Вона супроводжувала незнайомця, але я знав її набагато раніше. Чесно кажучи, я довірився цій особі і впустив її до свого дому. Вона втерлась мені в довіру. Вона ввійшла мені всередину. Вона знищила мій світ.

— Я не знищувала вашого світу! — не витримує Романа, зриваючись зі свого стільця.

Лана заспокоює її простягнутою долонею правої руки, як заспокоюють тренованих собак. Романа повертається на місце. Її перенапружені литки тремтять.

— Яку мету переслідувала ця жінка? — запитує Лана в Професора.

Западає мовчанка. Ромин Чоловік простягає руку і схрещує свої пальці з пальцями дружини. — Якщо хочеш, можемо забиратися звідси, — підморгує їй. — Це справді уже перестає бути смішно. — Рома голосно, з зусиллям видихає. Лана осудливо супить брови.

— Професоре, залишайтеся, будь ласка, на зв'язку, — просить телеведуча, а тоді обертається до глядачів. — Ми маємо ще одного гостя. Чи то пак свідка.

Прожектор ковзає першим рядом і висвічує елегантну жіночу постать. Романа не відразу впізнає Слонову.

— Так, я знаю цього чоловіка, — каже Емілія з досконалою експертністю в голосі. — Я психіатр, працюю здебільшого з особами, глибоко травмованими військовими діями на Сході, з людьми, які потерпають від ПТСР. Цей чоловік — мій пацієнт.

І Слонова заходиться методично й терпляче викладати особливості перебігу й корекції стресових станів, ілюструючи свою мінілекцію ілюстраціями з власної практики. Вона описує психози й нюанси клінічної депресії. А тоді плавно переходить на змалювання історії хвороби свого пацієнта N: аномалію його виживання (його ушкодження були абсолютно несумісні з життям), його пошкоджений мозок, надзвичайно цікаву ретроградну амнезію та супровідні психічні розлади. Слонова описує методи роботи з пацієнтом, нездоланні труднощі, повільний прогрес — і різкі та глибокі регреси. Змальовує проблиски вибіркових спогадів: латинські назви акваріумних рибок, обізнаність із технологічними особливостями лиття сталі, надзвичайну орієнтацію у видах плавучих засобів. Описує закономірності його галюцинацій, схильність до жорстокості і невмотивованих вибухів агресії.

У процесі своєї промови вона розпалюється, відбирає з рук Лани Лялюк мікрофон і, незважаючи на її протести, виходить у центр студії. Там Слонова застигає навпроти Романи та її Чоловіка і продовжує вивергати слова, дивлячись то на одну, то на іншого. Говорить з дедалі більшим натиском, карбуючи слова.

Вона ділиться власними спостереженнями за раптовою появою в лікарні жінки, яка називає себе дружиною пацієнта, за майстерним сплітанням сітки навіювання, за напусканням блуду, за наведенням полуди на очі спеціялістів.

Мені було очевидно, — заявляє Слонова, — що пацієнтові згадана особа цілковито незнана. Звісно, ретроградна амнезія передбачає невпізнавання хворим найближчих людей, цілковите відчуження інтимного досвіду власного життя — але як експерт із багаторічним досвідом я з усією відповідальністю стверджую, що існувала ціла низка чітких ознак і доказів, які свідчили про те, що двоє цих людей ніколи раніше не зустрічались і не були знайомими. Що вони з різних історій. Що вони віддалені одне від одного, як Схід і Захід. Що вони відірвані й відмежовані. Що вони розмовляють різними мовами. Особливо уві сні.

Це неправда, — сказала Романа.

Неправда? — люто кривить губи Слонова. — А всі ці галицькі казочки про бабу Уляну, бамбетлики, шляфроки і ліжники — це правда? Ви хоч знаєте, що крізь сон він бурмотів, як перед лицем своїх товаришів урочисто присягає жити, вчитися і боротись, як заповідав великий Лєнін? І запевняв, що завжди готовий. Ви про це знали?

Це неправда, — каже Романа. — До того ж на Галичині ми також мали піонерську організацію. Що тут дивного?

Мовчіть, — презирливо шипить на неї Слонова. — Мовчіть, ви! — білки її очей моторошно віддзеркалюють світло прожекторів. — Він же був як дитина! Невинне дитя. Чистий аркуш. Табула раса. Що ви з ним зробили?

Швидкими кроками вона перетинає студію і хапає за руку якогось опецькуватого типа. Слонова різко шарпає ним, тим самим наказуючи їй підкоритися. Вона витягує чоловіка у простір перед камерами і, тицяючи мікрофоном у його круглу голову, в обвислі щоки, у вузлуватий ніс і схоже на прим'яту траву волосся, повідомляє:

Це — Шушаков. Він також був моїм пацієнтом. Я проводила йому терапію після психічних травм, отриманих під час обстрілу мікрорайону «Східний» у Маріуполі. Він лікувався у той же період і в тій же лікарні, що й пацієнт, уражений ретроградною амнезією. Шушаков, розкажіть самі все, що ви знаєте, — наказує Слонова.

Цієї миті втручається Лана. Вона вже стискає в долоні другий мікрофон, змирившись із частково втраченим керуванням телешоу. Але повністю відпустити його у вільне плавання Лялюк не готова.

Зачекайте, — просить вона Слонову. — Давайте спершу поглянемо на результати нашого інтерактивного опитування. На цей момент уже всього лише чотирнадцять відсотків телеглядачів цілковито і беззастережно вірять в історію наших сьогоднішніх героїв. П'ятдесят шість відсотків — вагаються. Впевнена, разом ми здатні докопатись до істини. Прошу тільки про одне, — довірливо звертається Лана в об'єктив телекамери, — не робіть швидких висновків. Зберігаймо об'єктивність. Не дозволяймо себе обманювати, не віддаваймо себе до рук цинічних маніпуляторів. Брехня, замішана на емоціях, надто легко набуває форми правди. Закликаю вас дослухатися до власних сердець.

Ці останні слова вона промовляє, поклавши обидві долоні на плечі Романи та її Чоловіка.

А зараз ми із зацікавленням вислухаємо чоловіка, хворого на біполярний розлад, що загострився після пережитої трагедії у його рідному місті Маріуполі, — його теж лікувала психіатр пані Слонова. На превеликий жаль, як свідчить статистика, психічні хвороби залишаються з людиною на все життя. Їх неможливо повністю вилікувати. Слухаємо вас, пане Шушаков.

Шушаков починає говорити, лякається свого голосу, спотвореного мікрофоном і примноженого технікою, але, підбадьорений поглядом Слонової, тут же відновлює спробу.

Я знаю цього чоловіка, — каже він російською. — Це ж Віктор. Ми з ним знайомі з дитинства. Вітю, ти мене пам'ятаєш? — благально зводить він очі на Чоловіка. Чоловік залишається незворушним. Він мовчки стежить за всім, що відбувається. Романа тим часом почувається повністю виснаженою. Події віддаляються від неї, втрачають чіткість. Зображення стає замуленим. І тільки долоня її Чоловіка, його доторк пов'язує з реальністю.

Вітю, це ж я, Шушаков, — говорить тим часом Шушаков. Говорить він жалібно. Здається на його очі от-от навернуться сльози. — Ми з тобою разом вчились у школі. Ти був відмінником, Вітю. Вже в першому класі ти знав напам'ять усі столиці. І так, це правда, ти розумівся на акваріумних рибках, бо твій дід, який раніше був шишкою, парторгом на меткомбінаті Ілліча, влаштував для тебе величезний акваріум. Мої батьки казали, твій дід раніше жив у Києві і обіймав високу посаду, але його за щось покарали і відправили до нас. Ну, ваша сім'я все одно жила добре, ти не переживай, Вітьок. У вас було все. І твій батько, він теж працював на заводі, разом із моїм старим. Тільки мій старий був звичайним робітником, а твій — начальником цеху. І мій старий — не знаю, чи тобі про це було відомо, Вітю, — він загинув одного разу. Упав у казан із розплавленою сталлю. І твій батько приходив до нас додому. Йому було так шкода мого старого, він навіть плакав. І моя мама його заспокоювала. Я пам'ятаю, як на кухні світилося світло, і вони там довго-довго розмовляли, а я ніяк не міг заснути через це бубоніння, через їхні стривожені голоси, — хлипає Шушаков, поки Слонова киває головою і гладить його по спині.

Твій батько був дуже хорошою людиною, Вікторе, — продовжує Шушаков. — І твій дід також був доброю, порядною людиною. Всю вашу сім'ю дуже поважали і досі поважають у Маріуполі. Дуже шкода, Вітю, що твої батьки теж загинули під час обстрілу. У мене там загинули діти. Хлопчикові було вісім років, а дівчинці — шість. Її звали Аглая. Це грецьке ім'я. Просто моя дружина — маріупольська гречанка. Її прізвище було Папаіоанну.

Вітьок, — продовжує далі Шушаков. — Ми з тобою не дуже дружили в школі, але ти мені завжди подобався. Ти був серйозний. Ти був культурний. Ти читав книжки. Я позичав у тебе Джека Лондона і Майн Ріда. І Фенімора Купера — в такій темно-синій палітурці з золотим тисненням, пам'ятаєш? Це були книжки з бібліотеки твого діда. Ти, напевно, не хотів зі мною дружити, але нормально до мене ставився. І я пам'ятаю, як любила тебе Ольга Миколаївна! Вона тебе завжди ставила за приклад. А директора нашого, Василя Никифоровича, пам'ятаєш? А Рашпіля, Вітьок? Ти ж пам'ятаєш Рашпіля?

Спочатку через схлипи Шушакова ніхто не чує слів Чоловіка. Але їх чує сам Шушаков.

Що ти сказав, Вітю? Повтори. Я погано чую, — просить він.

Я зараз тебе вб'ю, — цідить крізь зуби Ромин Чоловік, дивлячись на схвильованого Шушакова темним поглядом.

Рекламна пауза, — оголошує Лана Лялюк.

jkoxana
Київ, Київський телецентр «Олівець»
селфі жінки з родимою плямою на щоці серед натовпу, який захопив одну з телестудій; якщо достатньо довго придивлятися, поміж людьми можна помітити Чоловіка, який, дбайливо обійнявши рукою Роману, виводить її геть
Вподобань 9243
Переглянути всі коментарі (4549)

Коли натовп увірвався до студії, винісши одразу всі вхідні двері, і затопив своїм гарячим навісним неспокоєм увесь простір, коли полетіли шкереберть відеокамери і почали вибухати, розбиваючись, прожектори, Чоловік скористався ситуацією і повів Роману до одного з виходів.

Він торував шлях, захищаючи її від агресивно налаштованих людей власним тілом, раз по раз озираючись, щоб упевнитись, що з нею усе гаразд. Вона була смертельно перелякана, так, але його впевненість і спокій знову повертали її до притомного стану.

Чого не скажеш про решту людей у студії. Лана Лялюк верещала, залізши з ногами, зі своїми високими масивними каблуками на стільця, а навколо неї погойдувалась юрба і простягалися загрозливі й хтиві руки. Слонова намагалася привернути загальну увагу до втікачів, тільки на неї ніхто не зважав. Шушакова взагалі не було видно. Він просто опустився на підлогу, опинившись серед рухливого лісу ніг, і, обійнявши себе за коліна, втупився в одну точку.

Жінка з родимою плямою на щоці, яка намагалась зупинити Роману ще перед входом до телецентру, тримала в руках мікрофон і емоційно зверталась до однієї з камер, за якою стояв чи то бізнесмен, чи то громадський діяч, відтиснувши оператора.

Від самого початку ми були свідками цієї історії, — виголошувала жінка, приклавши одну з долонь собі до грудей. — Вона розвивалася на наших очах, ми брали в ній участь, ми жили нею, ми жили цією любов'ю, ми напувались нею, вона стала нашим сенсом, вона розігнала хмари, вона повернула віру, — майже співала жінка з плямою, все дужче розпалюючись, завиваючи і підтупуючи ногами. — Ми знаємо Роману, як рідну сестру. Ми знаємо всі її таємниці, кожну з її потаємних думок, всі її жіночі болі і розкоші жертовного серця. Ми давали їй поради, ми давали їй розраду, ми були поруч щомиті. Вона до нас дослухалася. Ми знаємо Богдана, як рідного брата, як маленького сина, як старого батька, як власного чоловіка. Він наш герой, він втілення козацької звитяги, запорозької мужности, гайдамацької відданості ідеалам. Він — справжній чоловік. За ним ми — як за кам'яною стіною. Він — наша половинка. Ми вболівали за нього, за неї, за повернення пам'яті, за відновлення любови, за єдність. Ми не спали ночей, думаючи про них. Ми розмовляли про них із найближчими, ми не встигали стежити за власними дітьми, не встигали зважати на власних старих батьків, не встигали збагнути самих себе, тому що наша свідомість без лишку була віддана тільки їм, їхній історії. Їхня історія стала нашою історією, мої любі. Вони стали нами. Ми свідки їхнього життя, і ми захистимо їх від зазіхань маніпуляторів, від політичних інтриг, від жорстоких антигуманних практик сучасного глобалізованого світу. Ми не дозволимо зазіхати на вічні цінності, на правду, на любов, на нашу віру. Ми віримо, і наша віра — істинна. Ми знаємо, бо ми бачимо, бо ми відчуваємо, бо ми лайкаємо і ми коментуємо. Спільна і світла сила нашої раціональної притомности розвіє темний морок бездушного зла.

amoromality
Київ, Сирець
зроблене з дрону відео з видом на телевежу, телецентр, меморіал Голокосту, Кирилівський гай, Лук'янівське кладовище, станцію метро Дорогожичі

Київський телецентр «Олівець» був збудований на місці старого єврейського цвинтаря, поруч із Бабиним Яром, де за німецької окупації було розстріляно приблизно 90–100 тисяч людей, з них — 65–70 тисяч євреїв.

Як свідчить українська вікіпедія, телецентр було спроєктовано в радянські часи за бразильським планом. Через це (зокрема, через алюмінієві вікна) будівля виявилась неймовірно затратною у сенсі теплозабезпечення.

Київський телецентр мав виконувати функцію резервного для головного телецентру Радянського Союзу на випадок, якби московський із якихось екстремальних причин став недоступним. Спеціальне обладнання дозволяло вести мовлення не тільки на СРСР, а й на всі країни «соцтабору».

Загальна площа телецентру — 87 400 квадратних метрів. Висота споруди — приблизно 105 метрів. Кількість поверхів — 24. Приблизна висота поверху — 3,3 метри.

У телецентрі містяться апаратно-студійний комплекс телебачення з багатосвітловим вестибюлем, кіноконцертна зала на 450 місць, 8 телевізійних студій, 14 залів для репетицій, 17 відео-апаратних комплексів, 4 зали для кіноперегляду. У хмарочосі можуть одночасно працювати 2500 людей. Деякі приміщення досі залишаються недобудованими.

Телецентр має власну пожежну частину, необхідну у зв'язку з легкозаймистістю споруди. Одначе сьогодні пожежна частина більше не працює.

Більшість техніки, якою оснащено телецентр, значно поступається середньої якости смартфону.

Під будівлею міститься спеціяльний таємний поверх, розрахований на роботу в надзвичайних обставинах — у «важкий період» (наприклад, після початку ядерної війни).

amoromality
Київ, Сирець
фото: темрява

Звичайно, ми знайдемо вихід, — заспокійливо шепотів Чоловік, ведучи за собою Роману темними марморовими коридорами підземного поверху. Він освітлював шлях Роминим смартфоном, відкриваючи перед ними фрагменти металевих запаяних дверей, затоплені водою сховища з технікою 1980-х років, телевізори з опуклими, мало не круглими лінзами, полиці з бляшаними, схожими на консервні, коробками, в яких зберігалися плівки старих форматів. Повсякчас доводилось переступати через декорації телестудії, в якій висвітлювали Олімпіяду 1980-го року.

Звичайно, ми звідси з тобою вийдемо, — говорив Чоловік, час від часу зупиняючись, щоб обійняти свою дружину. — Хіба ми не виходили з набагато складніших ситуацій? Сама пригадай, як ми знайшли вихід у цілковитій темряві рукорацьких підземель. Тільки тому, що тримали одне одного за руки. Тому що були одне в одного. Пригадай, як ми вийшли на світло після блукань у лабіринтах забуття.

Це Мінотавр був приречений до вічного блукання, — говорив Чоловік. — Чудовисько, яке не могло відповісти собі на запитання, ким воно є: людиною чи биком.

Але ми знаємо, хто ми такі, правда, Романо? Нам це точно відомо. Ти — моя дружина. Я — твій чоловік.

Коли вони піднялись нагору довжелезною вузькою драбинкою, повсякчас ударяючись головами об залізні перегородки, коли Чоловік, залишивши Роману трохи осторонь, кількома потужними ударами плеча, які супроводжував тваринним ревінням, зірвав із петель двері, що відділяли їх від зовнішнього світу, коли їх залило яскраве літнє сонце і навколишня зелень влилась у їхні зіниці буйними хвилями, Чоловік замислився.

Скажи-но мені, — звернувся він до Романи, — чи не розташований телецентр зовсім поруч із Лук'янівським військовим кладовищем? Це ж там, здається, поховано Петрова?

Ось, через дорогу, — вказала рукою Романа.

amoromality
Київська область, Дарницький район
відео: нескінченний і одноманітний сосновий ліс, хекання за кадром

Від станції Бориспільська навігатор показував шлях кудись углиб лісу, що обрамляв трасу. Богдан Криводяк знайшов підозріло вузьку стежку, яка постійно губилась у заростях дикого хвоща, але інтерактивна мапа вперто стверджувала, що Богданові, попри все, слід рухатись далі.

Він сунув крізь гущавину, занурюючись у приглушеність лісу, однак, не міг відпустити з кола своєї уваги шуму траси, який віддалявся дедалі більше, але залишався тривожним тлом, що у свідомості Богдана кожних кілька секунд змінювало своє значення, тож йому доводилось робити зусилля, щоб нагадувати собі: ні, це не шум БТР-ів, ні, це не відступ колони танків, ні, він не відірвався знову від своїх. Це всього лише дорога на Бориспільський аеропорт, це всього лише потік легкових автомобілів.

Невдовзі стежка таки вивела його на асфальтовану доріжку. Уздовж неї провадили лінії електропередач. Що дужче Богдан заглиблювався в ліс, то частіше зникав мобільний зв'язок. Врешті покриття не стало зовсім. Мапа на екрані смартфона остаточно підвисла.

Доріжка вивела до високого бетонного муру, за яким розривалися від гавкоту пси. Богдан рухався вздовж нього в супроводі цього валування. Він чув, як собаки підстрибують, заведені запахом чужинця, як деруть кігтями огорожу з протилежного боку, навпроти Богдана.

Йому пригадався собака — ребра, обтягнуті шкірою, — який махав хвостом, щільно притиснутим до тіла, жалібно зазираючи в очі і просячи їжу. Він притискався до стіни дому, від якого залишилася тільки ця одна стіна. Його лапи потопали в купі блакитного пластику, кухонних рушників, шкільних зошитів, чорних від багнюки і здерев'янілих. Богданові пригадалося власне бажання його пристрелити. Він не довіряв собакам. Йому пригадалось, як той, чиє ім'я він донині волів не згадувати, пам'ятаючи до чого це може призвести, загримів найлютішою лайкою, рушив у бік тварини і, не доходячи до зіщуленої постаті, яка зникла за надщербленими цеглинами, вивернув на землю вміст останньої консерви. Здається, того вечора він підірвався на розтяжці. І перше, що спало на думку Богданові, коли він довідався, — це консерва, яку вбитий віддав собаці.

Він попросив сторожа закладу забрати собак геть. — Так, це всього лише шавки. Звичайно, вони нічого мені не зроблять. Я просто не люблю. Заберіть.

Рушив до видовженої двоповерхової будівлі серед залишків лісу, повз альтанки і лавки. Ковзнув очима по вікнах — однакових металопластикових чотирикутниках.

Товста неохайна жінка в очіпку стояла на порозі, дивлячись на стежку перед собою, і їла картоплю з алюмінієвої глибокої миски, яку обома руками притискала до грудей. — Я нянечка, — відповіла на Богданове запитання. Він попросив дозволу увійти. Пояснив причину.

Не дозволено, — категорично хитнула головою нянечка. — Треба говорити з головним лікарем. Він зараз не на прийомі. Так просто не можна сюди заходити, якщо ви не родич.

Богдан набрав номер на мобільному телефоні. Відповів знайомий чоловічий голос.

Ви приїхали? Навіщо? Ви тут? Я зараз вийду. Чекайте.

Це був худорлявий юнак із кучерявим темним волоссям і переляканими очима. Наближаючись коридором, проявляючись із темряви, він нервовими руками застібав ґудзики свого білого халата.

Вона померла, — сказав медпрацівник.

Богдан мовчки дивився на нього, не розуміючи.

Ви ж сказали мені, що вона готова зі мною розмовляти, — врешті мовив він.

Вона була готова, — сказав юнак роздратовано. Він вийшов на ґанок і закурив, жадібно затягуючись.

Їй навіть краще стало після вашого дзвінка. Вона віджила. Ми з нею вчора гуляли тут хвилин сорок, вона була в чудовому настрої. А сьогодні над ранок, десь о четвертій, стався приступ. Я не чергував уночі. Поки лікар і санітари добігли, вона вже була непритомна. Так і не прийшла до тями.

Вона вам щось розповідала про ту особу?

Юнак похитав головою.

Розповідала багато про покійного чоловіка. Про ту жінку — жодного слова. Антоніна була доброю людиною. Просто зараз така пора, розумієте. Підвищений ризик для астматиків: багато тополиного пуху.

Богдан роззирнувся.

Тут немає тополь. Це ж сосновий ліс.

Юнак зітхнув.

Вона була доброю людиною. Ви її знали?

amoromality
Пороскотень, Ближні Сади
фото, зроблене ззовні крізь вікно другого поверху (можливо, з однієї з гілок «ялинки Сталіна»): високий чоловік порпається в чужих речах

Він був упевнений, що його ніхто не помітив. Зефір не загавкав, коли він обігнув будинок із вохристо-помаранчевими стінами, так щільно до них припадаючи, аж боляче дряпнувся щокою об рапату поверхню. Розмірено тріскотіли поливалки на городі Юлії Юріївни. Колодка піддалася неохоче: щось усередині неї сухо тріснуло, потім нявкнуло жалібно — і замок упав Богданові в долоню, як важкий перестиглий плід.

Тепле нутро будинку пахнуло на нього ароматами чужого життя. На столі — дві чашки із залишками кави, розкришене печиво «Марія» на блюдці. М'яке жовте масло у глибокій гуцульській тарілочці (забули поставити до холодильника). Такі тарілочки полюбляла баба Уляна, подумалося Богданові.

Що довше він перебував усередині, що довше роздивлявся предмети, що більше уваги звертав на дрібнички, то химерніше відчуття наростало всередині. Все тут було зовсім чужим, цілковито незнаним. Він проник усередину життя людей, про яких нічого не знав і з якими навряд чи хотів би мати щось спільне.

І водночас — щось в окремих предметах, чи, навпаки, в їхній сукупності, в цій кераміці, що громадилась на кухонних полицях, у ліжникові, що лежав на матраці, немов убитий ведмідь, у глиняних свищиках, вишикуваних на підвіконнях поруч із підсвічниками і склянками, з яких стирчали воскові свічі різної форми й товщини — було таке, що непрямим чином його зачіпало, стосувалось якихось глибоко захованих, неусвідомлених, утоплених на самому дні його істоти якостей.

Коли він, розчхавшись від пилюки, витягнув із комори темно-синю, обтягнуту фактурним дерматином, валізу і, зірвавши язичок замка з блискавки, розчахнув її, відчуття впізнавання незнайомого піднялося до його горла, заважаючи дихати і ковтати.

У валізі були ретельно поскладані інструменти для археологічних розкопок. Сам він ніколи не мав нічого подібного: дещо з речей, які йому належали, валялись удома абиде, решту він завжди отримував під час експедицій. Тут же, у спеціяльних петлях і кишеньках, зафіксовані пасками на липучках, лежали господарські і художні пензлі різної товщини, цвяхи, голки й зубочистки, сита, рулетки, свинцевий висок, мотузки, спиртові рівні, креслярський планшет, компас, контейнер і безліч інших дрібниць, ніби перенесених сюди якимось маніяком з довідника для археологів. Поруч із валізою Богдан знайшов футляри з мензулою і землемірним рівнем.

Він покинув вміст валізи на підлозі і рушив скрипучими сходами нагору, на другий поверх. Він обстежив шафи з чоловічим одягом, шухляди комода з жіночою білизною, дивуючись із того, як багато предметів навколо поламано чи розбито: дзеркала, дверцята шафок, стільці — все носило сліди чи то військових дій, чи то бурхливих любощів. Теплий солодкавий запах, що наповнював кімнату, викликав у Богданові відчуття проникнення у заборонене, в неможливе. Він почувався сп'янілим. Ним хитало. Голова паморочилася. Йому хотілося покинути цей простір, вибігти назовні, ковтнути свіжого повітря — і водночас він торкався мережива білизни, гладив несвіжу зім'яту постіль на ліжку, залишав пальцями сліди у пилюці на шафах.

Його увагу привернули стоси фотоальбомів, що займали одне з підвіконь за важкою помаранчевою шторою. Богдан зняв із найближчого стосу другий том «Розвідок» Віктора Петрова, кілька пожовклих зім'ятих папірців, списаних дрібним нерозбірливим почерком, — найімовірніше, чиїсь листи (він зауважив інші такі самі серед складок постелі) — і видрукуваний на аркушах рукопис чогось схожого на художній текст під заголовком «Непроникне», і розгорнув перший альбом.

amoromality
Київ, Лук'янівський військовий цвинтар
перше в історії фото чорної діри

Романа зупинилась позаду нього, майже торкаючись його широкої нерухомої спини, що повністю затуляла від неї могилу. Тіні від гілок і листя, тріпотливі непевні тіні падали на мармурові і кам'яні площини. Романа знала, що сталося невиправне. Вона точно знала, що це кінець. І коли Чоловік поволі, з видимими труднощами почав обертатися, вона упевнилась у своєму знанні.

Його болісне зусилля негайно передалось і її істоті. Воно продерло все її тіло зсередини наскрізь, мало не збило з ніг. Романа вхопилася за тонкий стовбур клена, розмахуючи руками, як людина, що захлинається, тонучи.

Погляд Чоловіка змусив її завмерти. Пришпилив її до поверхні землі. Знерухомив.

Те, що розверзлося тієї миті у його жовто-карих чужих їй очах, пролягало далеко за межею людського життя, притомності, самого існування. То була вбивча матерія, чорна космічна діра, що втягувала у себе Всесвіт. То була нейтронна зоря з її холодною гладкою поверхнею, сила гравітації якої дробить фізичне тіло на атоми.

Романа дивилася туди, в саме осердя жаху, усвідомлюючи, що Чоловік знає. Цієї миті, тут, на цвинтарі, стоячи над могилами, він пережив цілковите повернення пам'яті. Приспані нейронні ланцюжки, які довгий час відмовлялися працювати, під дією атомного вибуху ожили — і тепер готові були до самознищення. А водночас — до знищення того, хто був винуватцем наруги. Хто був під рукою. Хто так довго, за всіх обставин залишався поруч. Хто стояв на відстані тридцяти сантиметрів від Чоловіка, закинувши голову, дивлячись у його страшне обличчя.

Протягом тієї долі секунди Чоловік здобув несумісну з життям властивість знання про минуле й майбутнє. Вся історія Всесвіту вмістилась у його голові. Він пригадав, хто він і звідки походив. Пригадав власних батьків, своє місто й ім'я, з яким народився.

Водночас він пам'ятав усе, що відбулося, з миті, коли він утратив пам'ять. Він не забув, як ця жінка обманювала його, давши чуже ім'я і чужу історію. Він не забув, як довго й методично вона вкладала в його розум і серце переконання, начебто він — це насправді людина, яку він хотів би убити, що його історія — це історія, в яку він не вірив і про яку нічого не бажав знати. Вона змусила його відчувати чуже почуття провини, відібравши і заперечивши почуття провини, яке належало йому і його родині. Ніхто не має права відбирати в людини її почуття провини.

І ця жінка, яка свідомо й цілеспрямовано коїла над ним свою наругу, жінка, яка використала його дитячу беззахисність, яка скористалася глибоким сном його хворого, зраненого, майже мертвого мозку — врешті пробудила в ньому віру у вигадану нею історію і викликала справжні, невигадані почуття до себе самої.

Він полюбив її по-справжньому. Він не міг жити без неї.

І зараз він збирався її за це убити.

Але доля секунди минула.

І Чоловік забув, ким ця жінка була і що вона з ним зробила.

amoromality
Київ, Лук'янівський військовий цвинтар
могила Віктора Петрова і Софії Зерової

А я вас знаю, — сказав він російською, увічливо усміхаючись (лівий кутик рота, смикаючись, сповз додолу). — Ви ж працюєте в читальному залі архіву, правда? Ви мене пам'ятаєте? Вам погано?

Ні, мені не погано, — відповіла Романа, тіло якої досі перебувало у стані вільного падіння. — Ні-ні, що ви. Мені не погано. Може, тільки зовсім трішки.

Чоловік поглянув на неї зі співчуттям і продовжив:

Я тоді спеціяльно приїздив до Києва, — сказав він. — Спеціяльно, щоб ходити до вашого Архіву. Я читав листи Петрова до Софії Зерової, пам'ятаєте? — і він кивнув на могилу.

Романа невпевнено хитнула головою.

Ні, вибачте, я вас не пригадую. Не ображайтеся, — сказала вона дуже тихо, навіть трохи начебто ніяковіючи. — Просто до Архіву ходить так багато людей, багато різних дослідників. Ми там зберігаємо стільки документів, стільки важливих щоденників, рукописів різних відомих культурних діячів. Я просто не здатна запам'ятати всіх.

О, звичайно! — було видно, що Чоловік не ображається. — Але Петров вас, очевидно, також цікавить, — він кивнув на могилу.

Так, я люблю його літературну творчість, — сказала Романа. — Особливо «Дівчинку з ведмедиком». А ви... Можна вас запитати? Чому вас зацікавили його листи? Ви зовсім не схожі на науковця.

Чоловік засміявся.

Я військовий, — сказав він. — Хоча в старших класах школи мріяв стати філософом. Дід виплекав у мені потребу розмовляти про книжки і буденні спостереження, міркувати вголос і сперечатись, не підвищуючи голосу. Ми розмовляли з ним щодня, багато годин поспіль. Згодом він переконав мене, що слова не допоможуть змінити історію.

Він перевів подих і продовжив: мені хотілося прочитати листи Петрова, бо я сподівався, що вони допоможуть мені збагнути дещо про мого діда.

Мій дід, — охоче продовжував Чоловік, — був партійним цензором, поки ще жив тут, у Києві. Через нього проходило багато листів, зокрема — різних неблагонадійних елементів. Але він трохи проштрафився, і його вислали на схід, до Маріуполя 1956-го, заборонивши навіть носа потикати до Києва. Його покарали не дуже суворо, бо він був героєм війни, нагороджений «Золотою зіркою», орденами «За бойові заслуги» і «За перемогу над Німеччиною», учасником боїв в околиці Сандомира і форсування Одеру, начальником політвідділу 1-го артилерійського корпусу прориву Резерву Головного командування 1-го Українського фронту — і там, у Маріуполі, його зробили парторгом на меткомбінаті Ілліча. Я, можна сказати, народився там, на цьому комбінаті, — і Чоловік, роззявивши рота в подобі сміху, показав свої гарні імпланти.

Вже перед смертю, коли дід тяжко хворів, йому дозволили лікуватись тут, у Києві, — вів далі Чоловік, хоча Романі складно було утримувати увагу на його розповіді. — Я приїздив його навідати, і він зізнався мені, що причиною покарання став його невинний злочин, якого він сам не міг пояснити: він цупив деякі з листів. Він казав мені, що непоясненним чином прив'язався до тих листів і до самих людей, які їх писали. Що він не знав їх особисто і ніколи не хотів познайомитись, але чомусь відчував себе причетним до їхніх доль, відчував із ними тісний зв'язок і з деякими листами просто-таки не міг розлучитись. У 1956-му цей його переступ виявили, і діда покарали. Хоча я думаю, в результаті це покарання вийшло нам усім на користь. Батько народився вже в Маріуполі. Я не уявляю свого життя іншим.

Він був специфічним, мій дід, — додав Чоловік, сумно зітхаючи. — Але я дуже його любив. Він сформував мене як людину. Якби не його приклад, я ніколи б не став військовим. Я не став би тим, ким я став, і не потрапив би туди, куди потрапив.

Раптом він спохопився:

Вибачте, я щось розбазікався. А ви зблідли так, ніби от-от знепритомнієте. Вам не потрібна допомога?

Романа чемно подякувала.

Тоді я піду, — сказав, прощаючись, Чоловік. — Сходжу до діда. Він теж тут похований — ось там, під самою огорожею.

Допомогло? — гукнула Романа йому навздогін.

Він озирнувся.

Читання листів допомогло зрозуміти діда?

Чоловік похитав головою, а тоді зробив кілька кроків назад, у напрямку Романи.

Я добре знав свого діда, ми були по-справжньому близькі. Я і зараз його відчуваю. Дід знав, що таке відповідальність. Неподалік від Сандомира в серпні 1944-го він пережив перетворення: коли ти на війні, ти маєш вибір — механічно виконувати дії, чекаючи, коли все закінчиться, або по-справжньому ненавидіти і вбивати, знищувати, вести війну, щиро її хотіти. Дід знав, що таке влада. Він по-справжньому дбав про тих, чиї життя було йому вручено: і тоді, коли йшлося про кидання гранати, і коли читав листування письменника і його жінки, і займаючись політичною свідомістю робітників на меткомбінаті. І вбивство, і понівечене життя, і постійний контроль над тими, за ким наглядав, — усе це було дбання. Часто говорять про залежність підлеглих від того, кому вони улягають, про страх і безсилля, що перетворюються на поклоніння зверхникові. Набагато рідше натомість мова заходить про прив'язаність особи, наділеної владою, до залежних від неї, до відданих їй на поталу. Кожен, хто має владу, мимоволі відчуває себе всемогутнім, відчуває себе богом. Вивищуючись над іншими, він фантазує про свободу. Але що нам відомо про його власну залежність від тих, хто залежний від нього?

Чоловік закінчив виголошувати свій монолог, знову стоячи навпроти Романи.

Схоже, мій дід потерпав від сентиментальної слабкости, пов'язаної з письменником, за яким таємно наглядав, — докинув він м'яким, співчутливим тоном. — Він навіть наполіг, щоб батьки назвали мене Віктором.

Романа усвідомила, що Чоловік тримає її за руку. Від рідного дотику його гарячої шкіри вона стрепенулась. Чоловік із нею знайомиться, здогадалась Романа, і у відповідь проказала йому власне ім'я.

А тоді ледь чутно, обережно, уникаючи зазирати йому в очі, вперше звернулася до нього по-справжньому: дуже приємно, Вікторе. У вас хороше ім'я. Говорить само за себе.

Як і ваше, сказав Чоловік.

Врешті він відвернувся від неї і рушив геть.

amoromality
Сторінки не існує. Будь ласка, поверніться на головну сторінку сайту

Романа, не розбираючи шляху, дісталась до залишеного серед занедбаних могил погруддя. Вона притулилася до холодної кам'яної поверхні і з'їхала додолу, на вологу землю, що пахла мохом. Її оточили гілки дерев і квіти. Геліопсиси лоскотали їй шию і щоки ніжними пелюстками. Кропива жалила їй передпліччя. Будяки тицялись у волосся. Литкою, просто під поділ зеленої шовкової сукні, повзли мурашки.

Романа сиділа там безшелесно, час від часу розмазуючи по обличчю густий телевізійний грим.

Чоловік за звичкою кивнув капітанові Рафтопулло з танком і дружиною, віддав честь генерал-майорові Кротту в позолоченому обідку, підморгнув генерал-лейтенантові Мусі С. Н., чия могила була прикрашена вінком із пластикових квітів. Легкість розпирала груди Чоловіка, коли він зауважив фотографію Лукича з усіма його військовими регаліями. Він ніжно стер долонею товстий шар налиплої пилюки із зображення, ніби заплющував очі померлому. Могила генерала Красовського вкотре не привернула його уваги через свою невиразність: скромна плита, отвори якої повністю поросли десятками більших і менших розеток молодила.

Ось нарешті і червоно-білий мармур, вкритий тонкими прожилками, з переливами ніжно-рожевого і бордового кольору, схожого на окислену кров.

Горіх ще дужче розрісся. Він опускав свої важкі гілки з-за стіни кладовища, створюючи над дідовою могилою природний дашок, справжній будинок, маленьку церкву, наповнену свіжим терпким запахом, улюбленим запахом спокою.

Чоловік зручно сів на низеньку, майже зовсім прогнилу лавочку поруч із могилою, і продовжив розповідати дідові з того місця, на якому зупинився минулого разу: з моменту поранення.

Я знаю, діду, — неголосно говорив він, вдивляючись у позолочені літери дідового імени і на різьблений вигин лаврової гілки, — що тобі це не подобається, але люди, якими мене було призначено керувати, не припиняли розчаровувати. Ти їх знаєш, цих людей, ти з ними стільки років мав справу на комбінаті, і ти вмів терпіти й розуміти їх, як ніхто, і я погоджуюся, що серед них справді є розумні і порядні хлопці, але здебільшого — ну як тобі сказати... Все це страшенно мене засмучувало. Я почувався так, ніби мене обдурили, ніби мене кинули до одного з кіл пекла, де діяли зовсім інші закони, ніж ті, до яких я звик, і де не йшлося про речі, яких, як я думав, ти навчав мене. Я усвідомлював це вже давно, намагаючись керувати цим некерованим взводом, поки згори надходили суперечливі розпорядження і діялись речі, суті яких я більше не розумів. Але тоді, коли вони залишили мене, пораненого в живіт, повністю голого, перед розпаленим каміном у санаторії з видом на лютневе море, коли вони не сказали мені жодного слова, не привели мене до тями, щоб повідомити, що вони забираються, тому що на нас наступають ті відморозки — я вже остаточно втратив усі орієнтири. До тями я прийшов від ударів берцями в мою рану. Вони стояли наді мною, цілячись автоматами мені обличчя. Вони кричали на мене, але я не розумів їхньої мови. Мені було страшно, і я їх ненавидів. До того, як потрапити до розбомбленого санаторію в Широкиному, я встиг багатьох із них убити власними руками — зокрема, під час допитів. Але я так і не навчився розуміти їхньої мови. Я не хотів її розуміти. Я знав, що вони мене зараз уб'ють. Я багатьох із них убивав ось так. Багато з них лежали переді мною голі — точнісінько так, як я лежав зараз перед ними. На багатьох із них я дивився таким самим поглядом, як вони дивилися зараз на мене. Я знав цей погляд. То був мій погляд — погляд убивці за мить до пострілу. Я не сумнівався. Але наступної миті море заревіло, і мене залило їхньою кров'ю, і поховало уламками каменів і шматками цих чужих ненависних тіл. Це наші стріляли з «градів». Я більше нічого не пам'ятаю. Я пам'ятаю тільки густий туман.

Чоловік зауважив незнайомця, який стояв неподалік, прислухаючись до його розповіді. Він стояв так уже, вочевидь, протягом певного часу, ніби чогось чекав. Він був показний і привабливий: одного з Чоловіком зросту, одного віку. Його присутність подіяла на Чоловіка, немов поштовх. Він більше не міг тут залишатися. Йому треба було негайно звідси піти.

Він кивнув дідові і виліз з-поміж гілля горіха. Проходячи повз незнайомця, зазирнув йому в очі. Це тривало коротку мить.

Якусь хвилину Богдан Криводяк ішов слідом за Чоловіком, не впевнений, що саме збирається зробити. Той рухався до головного входу кладовища, до білих масивних колон, за якими гуркотіли мотоцикли і виднілись обриси сяючого склом і металом бізнес-центру.

Богдан зауважив дві постаті, які з'явилися на одній зі стежок між секторами: один мав спортивну статуру і був одягнений у сірий спортивний костюм із помаранчевою блискавкою, інший мав непристойно-червоні уста і тримав під пахвою шкіряну течку.

Богдан рушив їм наперейми.

— Добре, що я вас зустрів тут, — сказав він, міцно беручи обох типів за плечі і розвертаючи у бік іншого виходу з кладовища. — Що там зі справою мого батька?

Ми ж його відпустили, — сказав спортивний. — Хоча багато запитань залишається.

Так само, як і до вас, до речі, — додав губатий.

Можете поставити мені їх просто зараз, — сказав Богдан. — Тільки ходімо звідси. Тут не найкраще місце для розмови.

Вони вийшли з кладовища на вулиці Дорогожицькій. Якраз навпроти входу до старого цвинтаря, на якому поховано Котика Зерова і грудку землі з урочища Сандармох, де розстріляли його батька.

Чоловік довго йшов вузькою мощеною алеєю. Дмухав рвучкий прохолодний вітер. Праворуч залишився хмарочос телевізійного центру — бетонна споруда, що нагадувала велетенську тертку, розцяцьковану ґронами сателітарних антен. Ліворуч, у траві під деревами, Чоловік зауважив масивні старі камені з різьбленими написами невідомою мовою, які просто лежали рядками, ніби потрапили сюди випадково.

Уздовж мощеної алеї, прямої, немов стріла, засвічувалися ліхтарі. На одній із лавок сидів старий і годував голубів. Птахи спурхнули у повітря, здійнявши сплески неспокою, налякані наближенням Чоловіка.

Алея вивела на невелику порожню площу. Самотній хлопець намагався запустити повітряного змія: розбігався і підкидав його догори, вітер шарпав конструкцією в різні боки, а тоді незмінно скидав її додолу.

Чоловік наблизився до великого пам'ятника, схожого на дерево, що в розпачі простягало до неба руки. Якийсь час він мовчки розглядав його, слухаючи звуки стрибків хлопчика з повітряним змієм і сухий шелест листя, зірваного вітром донизу.

Чоловік зауважив раптом, що тримає в правій руці великий камінь. Він не пам'ятав, звідки той камінь взявся і чому його долоня так міцно його стискає. Чоловік придивився до округлого предмета. Йому здалось, що він розрізняє на камені риси обличчя — людського або, може, лев'ячого.

Чоловік нахилився і поклав його поруч із іншими каменями, нагромадженими біля підніжжя пам'ятника.

Він рушив далі стежкою поміж дерев і йшов довго, добрячих хвилин п'ятнадцять серед темряви, яка згущувалась усе дужче, каламутна й моторошна, незважаючи на веселі клумби і доглянуті газони навколо, безпросвітна й ненажерлива темрява, яка чигала, роззявляючи пащу, щоб поглинути все існуюче.

Попереду, перед входом до станції метро Дорогожичі, світилася дзеркальна вітрина. Чоловік розмірено рухався, наближаючись до неї, наближаючись до світла.

Ще трохи, ще зовсім трохи, ще кілька хвилин — і він побачить своє відображення.

Романа залишилася на кладовищі — в цілковитій тиші, поруч із холодним мовчазним погруддям, зовсім сама.

Кому тепер зможе вона розповісти власну історію?

Авторка висловлює вдячність людям, місцям, текстам і обставинам, які сприяли і надихали під час роботи над книжкою.

Дякую Мар'яні Максим'як і Наталі Федущак за Бучач, а Верені Нольте — за Маріуполь. Дякую Андрієві Портнову за підказки щодо Віктора Петрова. Дякую Вірі Агеєвій, В'ячеславу Брюховецькому, Володимирові Панченку, Ярині Цимбал та багатьом іншим за дослідження, розвідки, праці про українських літераторів 1920–30-х років.

Дякую моїм супутникам, Мар'яні Прохасько і Андрієві Бондарю, за віру, підтримку і за те, що ви поруч щодня. Ця книжка з'явилася завдяки вам.

Зміст

ЧАСТИНА ПЕРША **7**
   Чоловік 13
   Богдан 33
   Професор 55
   Її чоловік 143

ЧАСТИНА ДРУГА **193**

ЧАСТИНА ТРЕТЯ **431**
   Бажане 433
   Непроникне 535
   Дійсне 713

Літературно-художнє видання

Софія Андрухович
АМАДОКА

Дизайн обкладинки *Романа Романишин, Андрій Лесів*

Головна редакторка *Мар'яна Савка*
Відповідальна редакторка *Ольга Горба*
Літературний редактор *Андрій Бондар*
Художній редактор *Іван Шкоропад*
Макетування *Альона Олійник*
Коректорки *Ольга Шевченко, Уляна Мусієвська*

Підписано до друку 06.12.2022. Формат 70×100/16
Гарнітура *TT Nooks, Diaria Pro*. Друк офсетний.
Умовн. друк. арк. 67,08. Наклад 3000 прим. Зам. № ЗК-005066

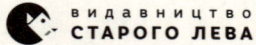

Свідоцтво про внесення до Державного реєстру видавців
ДК № 4708 від 09.04.2014 р.

Адреса для листування: а/с 879, м. Львів, 79008

Книжки «Видавництва Старого Лева»
Ви можете замовити на сайті *starylev.com.ua*
📞 0(800) 501 508 ✉ spilnota@starlev.com.ua

Партнер видавництва

Віддруковано АТ «Харківська книжкова фабрика «Глобус»
вул. Різдвяна, 11, м. Харків, 61011
Свідоцтво ДК № 7032 від 27.12.2019
www.globus-book.com

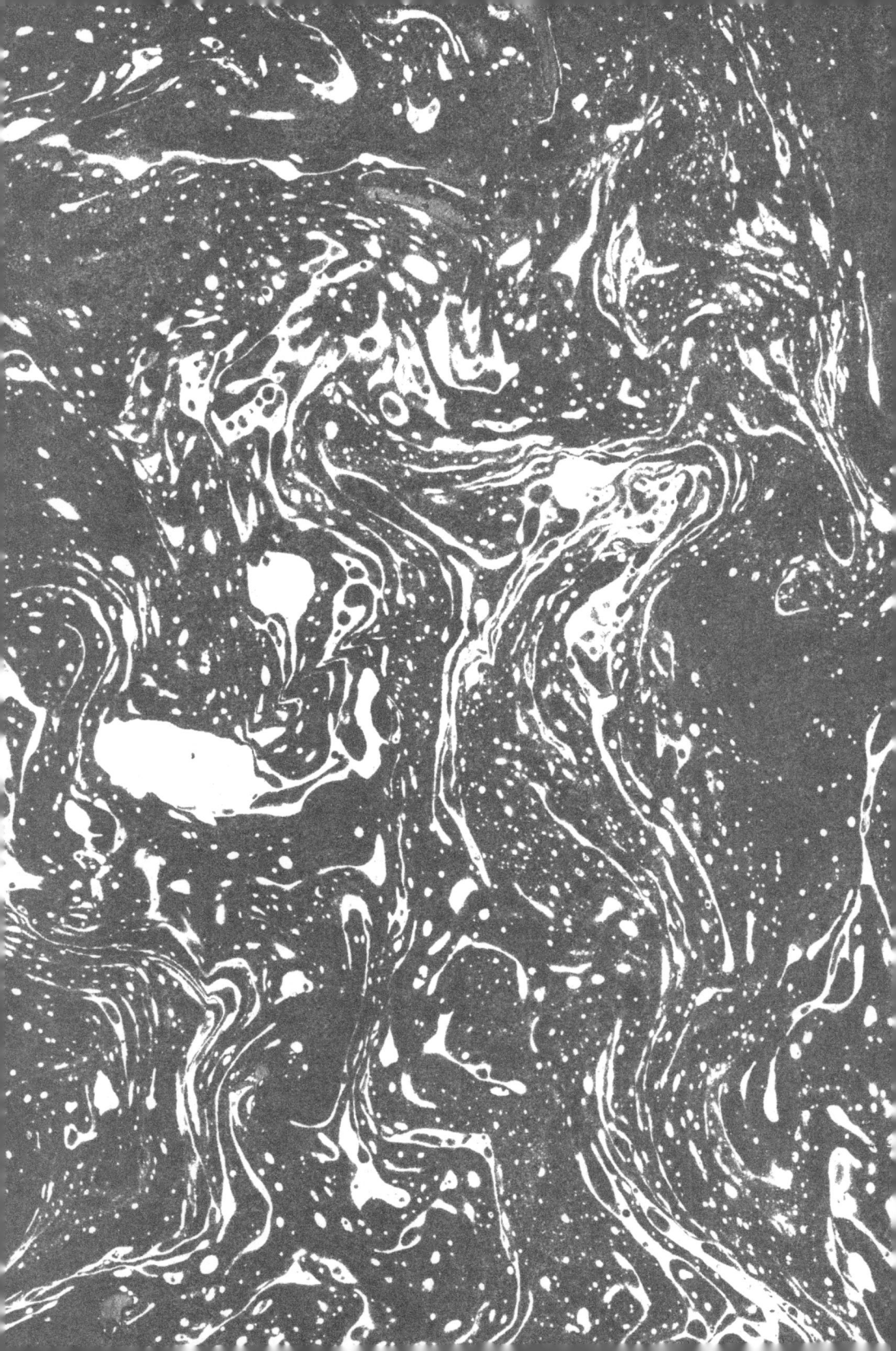

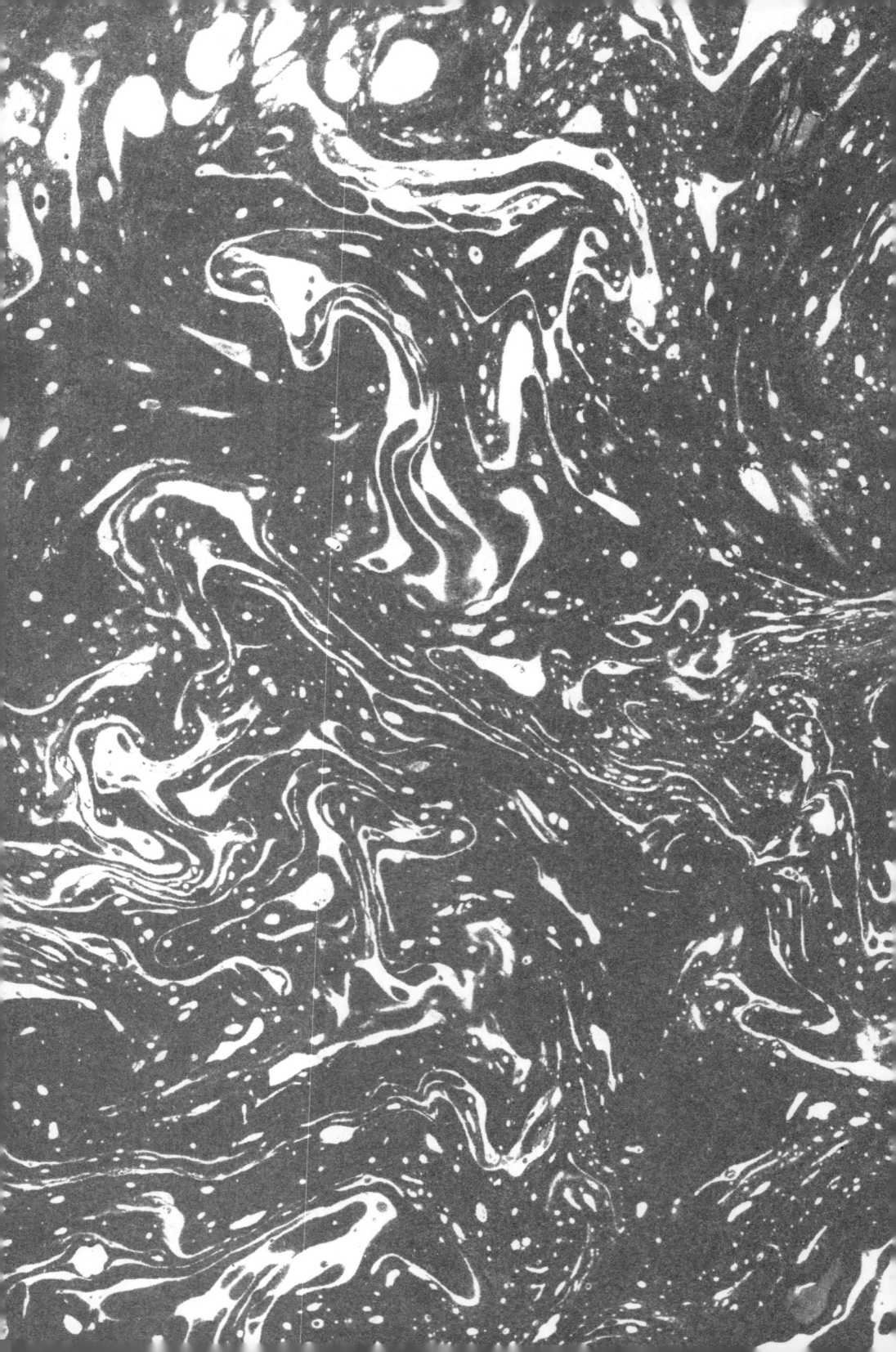